○南戲文獻全編　劇本編○

俞爲民　主編

拜月亭記

下册

劉水雲　整理

ZHEJIANG UNIVERSITY PRESS
浙江大學出版社
·杭州·

繡刻幽閨記定本

目録

幽閨記下

幽閨記目録

卷上

卷　下(一)

(一)　底本卷上、卷下目録分置於正文前，現合并於此。卷下目録至『第三十一齣　英雄應辟』止，正文實四十齣。

幽閨記上

第一齣　開場始末(一)

【西江月】(副末上)輕薄人情似紙，遷移世事如棋。今來古往不勝悲，何用虚名虚利。遇景且須行樂，當場謾共啣杯。莫教花落子規啼，懊恨春光去矣。

【沁園春】蔣氏世隆，中都貢士。妹子瑞蓮，遇興福逃生，結爲兄弟。瑞蘭王女，失母爲隨遷。荒村尋妹，頻呼小字，音韻相同事偶然。應聲處，佳人才子，旅館就良緣。岳翁瞥見生嗔怒，拆散鴛鴦最可憐。歎幽閨寂寞，亭前拜月，幾多心事，分付與嬋娟。兄中文科，弟登武舉，恩賜尚書贅狀元。當此際，夫妻重會，百歲永團圓。

(一) 齣目名原闕，第一齣至第三十一齣據目録補，第三十二齣至第四十齣據《鼎鐫陳眉公先生批評幽閨記》補。

老尚書緝探虎狼軍，窮秀才拆散鳳鸞群。
文武舉雙第黃金榜，幽閨怨佳人拜月亭。

第二齣　書幃自歎

【珍珠簾】（生蔣世隆上）十年映雪囊螢，苦學干祿。幸首獲州庠鄉舉。繼晷與焚膏，祗勤習詩書。咳唾珠璣才燦錦，養浩然春闈必取。一躍過龍門，當此青雲得路。

中都風物景全佳，街市駢闐鬥麗華。煙鎖樓臺浮錦色，月籠花影映林斜。禮樂流芳忝儒裔，雙親不幸俱傾逝。止存一妹在閨中，真乃家傳多富貴。自家姓蔣，雙名世隆，中都路人氏。雖叨鄉薦，未赴春闈，只因服制在身，難以進取。家中別無親人，止有一妹，叫名瑞蓮，年已及笄，未曾許聘。〔鷓鴣天〕正是錦繡胸襟氣若虹，文章才學足三冬。循循善道馳庠校，濟濟儒風藹郡中。題雁塔，步蟾宮，前程萬里附溟鴻。此時衣錦還鄉客，五百名中讓世隆。

【月上海棠】君子儒，文章學業馳名譽。但一心憂道，豈爲貧居。十年挨淡飯黃齏，終身享鼎食重褥。前賢語，果是書中自有金玉。

歲月易虛，寸陰當惜，不免到書房中將經史檢點則個。

琢磨成器待春闈，萬里前程唾手期。

一舉首登龍虎榜，十年身到鳳凰池。

第三齣　虎狼擾亂

【點絳唇】（淨番將上）勢壓中華，仁將夷化。威風大。一曲琵琶，醉後驅鷹馬。

你看邊塞上好光景。只見萬里寒沙，一天秋草。馬嘶平野呼鷹地，犬吠低坡射雁人。草叢中無非是赤兔黃獐，天際表有些兒皂雕白鷂。夜夜月爲青塚鏡，年年雪作黑山花。俺這裏吃的是馬酪羊羔，説甚麼龍肝鳳髓；穿的是狐裘貂帽，要甚麼錦衣繡裳。比着他諸夏無君，争似俺蠻夷有主。漢家雖盛，曾與和親；唐國稱隆，結爲兄弟。國號附金，而威風凜凜；中華臣宋，而氣宇巍巍。遠覷着幾層瑞彩罩金城，遥望見一派祥雲籠鐵柱。自家北番一個虎狼軍將是也。只因大金天子，俺這裏三年一小進，五年一大進，十年一總進。今經一十五年，並無一絲兒回答。俺主大怒，着俺起兵前去，打奪州城，占據糧草。不免叫把都兒每出來，與他商議。把都兒那裏？（小生、外、末、番軍上）

【水底魚】白草黄沙，氈房爲住家。胡兒胡女，慣能騎戰馬。因貪財寶到中華。閑戲耍。被他拿住，鐵里温都哈喇。

主帥呼唤，上前參見。（淨）把都兒每，只因大金天子，俺這裏三年一小進，五年一大進，十年一總進。今經一十五年，並無一絲兒回答。主上大怒，着俺起兵前去打奪州城，占據糧草。衆把都兒每，聽吾號令，不可有違！

【豹子令】點起番家百萬兵，百萬兵。紛紛快馬似騰雲，似騰雲。叵耐大金無道理，與他交戰定輸贏。（合）安排器械便登程，殺教片甲不留存。

【金字經】唃都兒哪應咖哩，者麽打麽撒嘛呢。哧嘛打麽呢，咭囉也赤吉哩。撒麽呢撒哩，吉麽赤南無應咖哩。

頭戴金盔挽玉鞭，驅兵領將幾千員。
金朝那解番狼將，血濺東南半壁天。

第四齣　罔害皤良

（小生、丑、金瓜武士上）蓬萊正殿起金鼇，紅日初生碧海濤。開着午門遥北望，赭黄新帕御床高。（末黄門上）

【點絳唇】漸闢東方。殘月淡啓，猶伺顯，平閃清光。點滴簷鈴響。

萬燭當天紫霧消，百花深處漏聲遥。宫門半闢天風起，吹落爐香滿繡袍。自家乃金朝一個小黄門是也。主司儀典，出納綸音。身穿獸錦袍，與賓客言；口含雞舌香，傳天子令。如今早朝時分，官裏升殿，怕有奏事官到來，不免在此伺候。怎見得早朝？但見銀河耿耿，玉露瀼瀼。似有似無，一天香霧；半明半滅，幾點殘星。銅壺水冷，數聲蓮漏出花遲；寶鴨香消，三唱金雞明曙早。人過御溝橋，燈影裏衣冠濟楚；馬嘶宫巷柳，月明中環珮鏗鏘。鐘聲響大殿門開，五音合内宫樂奏。只見那奉天殿、武英殿、披香殿、太乙殿、謹身殿巍巍峨峨，日色乍臨仙掌動；奉天門、承天門、大明門、朝陽門、乾明門隱隱約約，香煙欲傍衮龍浮。其時有御用監官、尚膳監官、尚衣監官，各司其事，備其所用；鴻臚寺官、光禄寺官、太常寺官，各守乃職，聽其所需。周旋中規，折旋中矩，降者降而升者升；過立色勃，執圭鞠躬，跪者跪而拜者拜。文官有稷、契、伊、傅之才，武將有起、翦、頗、牧之勇。正是日月光天德，山河壯帝居。太平無以報，願上萬言書。道猶未了，奏事官早到。

【出隊子】（净聶貫列上）番兵突至，番兵突至。禦敵無人爲出師，教人日夜苦憂思。事到臨危不可遲。奏議遷都，伏乞聖旨。

（末）來者何官？（净）臣聶貫列奏聞陛下。（末）所奏何事？（净）奏爲保國安民事。誠惶誠恐，稽首頓首。冒奏天顔，恕臣萬死萬死。臣聞番兵犯界，突入榆關，離俺中國只有百二十里之地。況彼人强馬壯，本國將寡兵疲，難以當敵。不若遷都汴梁，上保社稷無危，下免生民塗炭。（末）官裏道來，汴梁有何好處可以遷都？（净）夫汴梁者，東有秦關，西有兩隘，南有函谷，北有巨海，地雄土厚，可以遷都。所謂王公設險以守其國。願我王准臣所奏，不必遲回。（末）官裏道來，可退在午門外與衆官商議。即便遷都汴梁，免致兩國相争，實爲便益。（净）萬歲，萬歲，萬萬歲！（退科）

【點絳唇】（外陀滿海牙上）長樂鐘鳴，未央宫啓。千官至，頓首丹墀，遥拜着紅雲裏。

(末)來者何官?(外)臣陀滿海牙。累世忠良,官居左丞之職。有事不容不諫。(末)所諫何事?(外)臣聞番兵犯界,軍馬已到榆關,相去百二十里之地,所謂『剥床以膚,切近災』者也。本合命將出師,剿滅夷寇,今被奸臣擅權竊柄,奏令遷都,以避强勢。不惟天子蒙塵,抑且生民塗炭。於此不諫,不爲忠也。誠惶誠恐,稽首頓首。君乃臣之元首,臣乃君之股肱。君有諍臣,父有諍子。王事多艱,民不堪命。若鉗口不言,是坐視其危也。即今番兵犯界,何不遣將禦敵,却乃遷都遠避?(末)官裏道來,如今朝中缺少良將,着何人爲帥,統領三軍,與他對敵?(外)臣聞内舉不避親,臣舉一人,即臣之子陀滿興福。此子六韜三略皆能,有萬夫不當之勇。手下見有三千忠孝軍,人人敢勇,個個當先,可退番兵。(净)臣聶賈列奏聞陛下:陀滿海牙已有無君之心,又令其子出軍,如虎加翼,爲禍不淺。我王不可准奏。(外)咄!聶賈列,你何故妄奏遷都?(净)咄!陀滿海牙,你何故阻駕?(外怒科)

【新水令】(外)九重天聽望垂慈,主君賢諫臣須直。事當言敢自欺,既爲官要盡臣職。(净)如今聖駕遷都,有何不可?(外)你若是要遷移,把社稷一時棄。

(末)官裏道來,二人所奏不同,還退在午門外與衆官商議。(外、净)萬歲,萬歲,萬萬歲!(退科)

(外)聶賈列,你怎見得就該遷都?

【步步嬌】(净)蠢爾番兵須臾至,力寡難當禦。朝臣衆議之。你不見昔日呵,太王居邠,狄人侵地。事之以皮幣不得免,事之以犬馬不得免,事之以珠玉不得免。他也無計可施爲,只得遷都去。

【折桂令】（外）古人言自有權輿，能者遷之，否則存之。（淨）説得好，説得好，你説聖上不如太王！（外）怎忍見夫挈其妻，兄攜其弟，母抱其兒。城市中喧喧嚷嚷，村野間哭哭啼啼。可惜車駕奔馳，生民塗炭，宗廟丘墟。

【江兒水】（淨）臣道當卑順，秋毫敢犯之？你道能如太王則遷之，不能則謹守常法。這是不能堯舜欺君罪。那百姓每呵，見説仁君遷都避，紛紛從者如歸市。你道效死而民勿去，這等拘守之言，怎及得遷國圖存之計。

【雁兒落】（外）俺穿一領裹乾坤縫掖衣，要幹着儒家事。讀幾行正綱常賢聖書，要識着君臣義。俺則是一心兒清白本無私。（淨）你觸犯了聖上，就該萬死。（外）言如達，死何辭。（淨）常言道：『閉口深藏舌，安身處處牢。』（外）怎做得瘖無氣？（淨）你許多年紀了，還要管這等閑事怎麽？（外）怎做得老無爲？今日任你就打落張巡齒，癡也麽癡，常自把嚴顔頭手内提。

【僥僥令】（淨）半空橫劍戟，四面列旌旗。戰鼓如雷轟天地。你却唱太平歌，念孔聖書。

【收江南】（外）呀，恰便是驕驄立仗，噤住口不容嘶。將焉用彼過誰歟？那知越瘦與秦肥？你這般所爲，你這般所爲，恨不得啖伊血肉寢伊皮。

【園林好】（淨）朝廷上尊嚴去處，豈容你談論是非。全不識君臣之體。憑河死，悔時遲。憑

河死，悔時遲。（外將笏擊淨）（淨怒科）

【沽美酒】（外）你爲人何太訣，你爲人何太訣。腹中劍，口中蜜，長脚憸人藍面鬼。百般樣，肆奸回，肆奸回，把聖聰蒙蔽。俺學的是段秀實以笏擊賊，你那臭名兒海波難洗。我好名兒史策留題。我呵，這件事你知我知，天知地知。呀，便死做鬼魂靈一心無愧。

（淨）聶賈列奏聞陛下：陀滿海牙故意阻駕，陀滿興福造意出軍，父子將謀爲不軌。（末）官裏道來，陀滿海牙父子既有反叛之心，着金瓜武士打死。（外）聖上，讒言不可聽信。（小生、丑扯外下）（末）官裏道來，陀滿海牙三百家口，不分良賤，盡行誅戮，齠齔不留。就差聶賈列前去監斬，不得有違。（淨）奉聖旨。

（末）早朝奏罷離金階，（淨）戈戟森森列將臺。

（合）會施天上無窮計，難免今朝目下災。

第五齣　亡命全忠

【紅納襖】（小生陀滿興福上）將門庭，非小輕。掌貔貅，百萬兵。威權勇猛千般計，勢顯英雄一派鉦。官宦族，名譽稱，聲聞徹帝京。好笑番魔也，怎當俺三千忠孝軍。

膽略曾經百戰場，勢如猛虎走群羊。胸中豪氣沖天日，訓練三軍悉智强。自家陀滿興福。爹爹海牙丞相，今早入朝未回，不免把軍士每訓練一番，多少是好。軍吏那裏？（丑上）朝中天子宣，閫外將軍令。覆將軍，有何鈞音？（小生）取軍冊上來。（丑取冊）（小生看科）（末上）有事不敢不報，無事不敢亂傳。將軍，不好了！（小生）怎麼説？（末）即今番兵犯界，聶賈列奏令遷都，聖意欲從，老相公極言苦諫，那聶賈列輒生惡意，妄奏聖上，説老相公故意阻駕，謀爲不軌。聖上聽信讒言，將老相公金瓜打死了！（小生哭科）（末）還有一件。（小生）又怎麼？（末）聖上就差聶賈列爲監斬官，把將軍三百家口，不分良賤，盡行誅戮。如今聶賈列那厮，帶領人馬將到了也。（小生）這苦怎生是了！（末）將軍不妨。將軍手下見有三千忠孝軍，人人敢勇，個個當先，待那奸臣來時，把他一刀殺了。上報老相公屈死之讎，下免三百口屠戮之苦，有何難處。（小生）我若殺了那厮，怎全得我老相公的忠義！無計可奈，只得逃難他方，再作計處。

雙手擘開生死路，一身跳出是非門。

第六齣　圖形追捕

【趙皮鞋】（丑上）我是個巡警官，日夜差科千萬端。俸錢些少幾曾關，怎得三年官債滿？

〔西江月〕當職身充巡檢，上司差遣常忙。捕賊違限最堪傷，罰俸別無指望。日裏迎來送往，夜間巡警關防，雖然鵝酒得些噇，事發納贓吃棒。今有當朝陀滿丞相阻當鑾駕，朝廷大怒，將他滿門良賤，盡皆誅戮，只走了陀滿興福一人。奉上司明文，遍張文榜，畫影圖形，十家爲甲，排門粉壁，各處挨捕。但有拿得着者，有官有賞。窩藏者與本犯同罪。不免叫左右的出來分付。左右那裏？（末上）訟簡公衙静，民安士庶稱。明如秋夜月，清似玉壺冰。覆老爹，有何分付？（丑）我且問你，這個地方誰管？（末）這是中都路坊正管的。（丑）這等與我叫中都路坊正來。（末）領鈞旨。中都路坊正走動。

【大齋郎】（浄上）狂秀才，命兒乖，身充坊正是官差。三隅兩巷民户災。要無違礙，好生只把月錢來。

身充坊正霸鄉都，財物雞鵝那得無？物取小民窮骨髓，錢剥百姓苦皮膚。當權若不行方便，後代兒孫作馬驢。罰願滿門都吃素，年頭年尾只吃麩。（末）你倒佛口蛇心。（浄）你是甚麽人？（末）我是公使人。（浄）公使人，乾熱亂。得文引，去勾唤。窮三千，富五貫，得了錢，解一半。這等之人，如何判斷？押赴市曹，一刀兩段。吾奉太上老君急急如律令敕！（末）你也不像個坊正，到是個掌法司巡警。老爹叫你半日了，且不要閑説。（浄）既如此，待我去見。老爹見坊正。（丑）我把你這狗骨頭！我在此半日，你纔來見我，到説老爹見坊正。我倒來見你麽？（浄）不是這等説。不曾分得句讀。我説老爹見，小人是坊正。只少『小人是』三個字。（丑）這狗骨頭，白鐵刀，轉口快。且不打你，聽我分付：　今有當朝陀滿丞相阻當鑾駕，朝廷大怒，將他滿門良賤，盡皆誅戮，只走了陀滿興福一人。奉上司明文，遍張文榜，畫影圖形。十家爲甲，排門粉壁，到處挨捕。但有拿得着者，有官有賞。窩藏者，與本犯同罪。（浄叫科）東西南北四隅裏賣豆腐的王公聽着，但有人拿得陀滿興福者，有官有賞。窩藏者，與本犯同罪。（丑）拿過來！我把你這狗骨頭。東南西北四隅裏，豈没有個姓張姓李的？偏只有這個賣豆腐的王公？（净）老爹，有個緣故。小的老婆喫齋，賣豆腐的王公每日挑了豆腐，在小的門首經過，小的老婆問他賒一塊兒喫，他再不肯。老婆説，家長老官兒，今後有甚麼官府事，報他一名。故此只報他的名字。（丑）這狗骨頭，我倒替你官報私仇！叫左右，拿下去打。（末）稟老爹，打多少？（丑）打十三。（末打科）（丑）你方纔打多少？（末）打十三。（丑）狗骨頭，明明打得他三板，就説打了十三。壞了我的法度。坊正起來，拿這狗骨頭下去打！（净）六月債，還得快。稟老爹，打多少？（丑）也打十三。（净打科）（丑）我曉得，人人如此，個個一般，你打得他三下，也就哄我説打了十三。你每欺我老爺不識數？左右的，如今拿坊正下去打，打一下，我老爺記一根簽，難道也哄得我不成？

（末打净）（净打丑）（諢科）

【恤刑兒】（丑）你十三，我十三。三個十三三十九，賽過東京白牡丹。

【柳絮飛】（丑）聽我分付：一軍人盡誅戮，誅戮。走了陀滿興福，興福。遍將文榜諸州掛，都用心跟捉囚徒。（合）鄰佑與窩主，停藏的罪同誅。

【前腔】（末）聖旨非比尋俗，尋俗。明立官賞條局，條局。反叛朝廷非小可，市曹中影畫形圖。（合前）

【前腔】（净）排門粉壁明書，明書。擾擾攘攘中都，中都。坊正干繫天來大，没錢撰不比差夫。（合前）

（丑）排門粉壁刷拘，（浄）各分干係公徒。

（末）假饒人心似鐵，（合）怎當官法如爐。

第七齣　文武同盟

（小生慌走上）休趕，休趕。拆碎玉龍飛彩鳳，斷開金鎖走蛟龍。

【金瓏璁】鑾輿遷汴梁，朝廷，你信讒言殺害忠良。忠孝軍盡誅亡。慌慌逃命走，此身前往何方？天可表我衷腸。

陀滿興福，〔水調歌頭〕本爲忠孝將，翻作叛離人。番兵犯界，遷都遠避駕蒙塵。嚴父金階苦諫，聖怒一門賜死，亡命且逃生。上天天無路，入地地無門。

【北絳都春】興福家九族遭殃，六親俱喪銜冤枉。怎教俺三百口無罪身亡？兀的是平地裏災從天降。

【混江龍】大金主上，怨着大金主上。信讒言佞語，殺害我忠良。把俺忠孝軍都殺盡，教俺一身逃難，離了家鄉。朝廷忙傳聖旨，差使命前往他方。把興福圖形畫影，將文榜遍地裏開張。拿住的請功受賞，但人家不許窩藏。却教俺走一步一步回頭望，痛殺俺爹和娘。走得俺筋舒力乏，唬得俺魄散魂揚。

（内喊科）呀！　後面軍馬越趕得緊急了。　休趕，休趕，俺和你魚水無交。　冤有頭，債有主，教你一個來時一個死，兩個來時兩個亡。

【油葫蘆】則見幾個巡捕弓兵如虎狼，趕得俺慌上慌、忙上忙。　天那！　這場災禍，無可隄防。見那廝惡吽吽手裹拿着的都是槍和棒，諕得俺戰兢兢小鹿兒在心頭撞，這壁厢無處隱藏。且住，這裏有一堵高牆，牆邊有口八角琉璃井，曾記得兵書上有個金蟬脱殼之計，不免將身上紅錦戰袍掛在這枯椿上，翻身跳過牆去，待那士兵來時，見了這袍，則道俺墜井身亡，一定打撈屍首，那時陀滿興福在牆那邊不知走了多少路了。　好計，好計！　將俺這錦紅袍，錦紅袍脱放在枯椿上。　呀！　衣服脱了，粉牆這等高峻，如何跳得過？　自古道，人急計生。　不免攀住這杏花梢，跳將過去。　跳過這粉牆，恰便似失路英雄楚霸王。　教俺興福慌也不慌，不覺來到花影傍。

呀，好大風！　想必是天神過往，且在這花叢底下暫躲一躲，再作區處。（下）（末太白星上）

【旋風子】祥雲縹緲，飛昇體探人間。

湛湛清天不可欺，未曾舉意早先知。　善惡到頭終有報，只争來早與來遲。

【北雁兒落帶過得勝令】總乾坤一轉丸，睹日月雙飛箭。　浮生夢一場，世事雲千變。　萬里玉門關，七里釣魚灘。　曉日長安近，秋風蜀道難。　險些兒誤殺了個英雄漢。　淒淒冷冷埋冤世間。

善哉善哉，苦事難挨。有難不救，等待誰來？花園的土地那裏？（丑上）花園土地老，並無犧牲咬。敁耐灌花奴，香爐都推倒。覆仙主，有何分付？（末）今有本國忠孝將陀滿興福，乃冤枉之人。他家三百餘口，盡被誅戮，只脱得一身到此。此人去後，當有顯榮之日。如今被軍馬追趕緊急，汝可隱形全庇此人這場大難，不可有違。（丑）領鈞旨。便將此人變其形像爲小神，與他躲過便了。（末）降身臨凡世，起步到天宮。（下）（丑坐科）（小生上）風已息了，不免尋個走路。呀，這裏太湖石傍有個神像在此，牌上寫着明朗神之位。明朗神，陀滿興福是冤枉之人，逃難到此，若得片雲蓋頂，救了小將之難，他日重修廟宇，再整金身。

【混江龍後】望神聖將身隱藏，興福撮土爲香，禱告上蒼，但願得俺興福離了天羅、脱了地網。（推丑下）（自坐科）

【六么令】（外、末、浄、丑上）官司遍榜，捕捉陀滿興福惡黨。正身拿住受官賞。尋蹤跡，問行藏，俺待見時休想輕輕饒放。俺待見時休想輕輕饒放。

（浄）你們見也不曾？（衆）見甚麽？（浄）攀脊梁不着，一個矮子。（衆）攀脊梁不着，是個長子。（浄）在這裏，在這裏。（衆）在那裏？（浄）你看這脚跡，不是陀滿興福的？（衆）怎麽曉得是陀滿興福的？（浄）陀滿興福是個雕青大漢，他人長脚也長。（衆）有多少長？（浄）待我量一量看，有一丈七八長。（衆）一丈七八長？且住，脚跡在這裏，怎麽就不見了？（浄）是跳過牆去了。（衆）這牆是誰家的？（外）是蔣舉人的花園。那個先進去？（浄）你們進去。（衆）還是你進去。（浄）也罷，我有個分曉，待我先把這棍子丢將進去看。（丢棍科）（末）這個是護身龍，怎麽丢了進去？（浄）如今不叫他是護身龍。（末）叫做什麽？（浄）叫做查實。（末）怎麽叫做查實？（浄）丢這棍子進去，倘若裏面有溝有河，有人有狗，也曉得個明白，故此叫做查實。（末）如今丢在那裏響？（浄）在平地上響。待我進去。（作跳牆科）呀！有個神像在此，牌上寫着是明朗神之位。且住，陀滿興福是個有本事的人，倘撞着了他，一拳打得稀爛。還出去叫他們一齊進來。（跳出科）（末）怎麽又出來了？可見甚麽？（浄）不見甚麽，只見一個神道坐在那裏，和你都跳去看。（末）我們奉上司拿人，和你推倒牆進去，怕他甚麽蔣舉人！牆倒衆人推。（衆）是如此。（衆推科）果然有個神道在此。（浄）列位哥哥，我和你在神道面前許下一個願心，保佑你我早拿得陀滿興福。你道如何？（衆）好好。（丑）我就許一隻鵝，（浄）我就許一隻雞。（末）我許一刀肉，（外）我許酒果紙燭，都在我身上。（衆）明朗神爺，我每都是土兵，奉上司明文捉拿陀滿興福，若拿得着，還你一個三牲。（丑）若拿不着，我那兒，你休怪。（外）神明怎麽去褻瀆他？（末）來和你在此嚷了半日，他就在此，也去了。和你還到牆外邊去追尋蹤跡。（浄）説得有理。快來，快來，走在這裏。（丑）在那裏？（浄）這不是陀滿興福的紅錦戰袍？想是見我們追得緊急，墜井而亡了。（丑窺井科）一個，一個。（外看科）（丑）兩個，兩個。（外）不是。是我和你的影子。（丑）怎麽有人在裏面説話？（外）是我和你的應聲。哥，被他使了計了。（浄）使甚麽計？（外）金蟬脱殼之計。他哄我和你在此打撈屍首，他不知去了多少田地了。不如拿這領衣服去請賞罷。（衆）説得有理。（衆）

【好花兒】恨不得掘地翻天，見樹邊一人端然。是個土地公公塑在花園。許金錢，望指點。（合）歹人歹人那裏見？

【前腔】尋不見連忙向前，搜索盡牆邊院邊。莫不是隱身法術似神仙。走如煙，眼尋穿。（合前）

【前腔】捉拿了三千六千，做公人十年五年。馬翰司公且休言。見着錢，最爲先。（合前）

（外）手眼快且饒巡院，（末）心機巧枉説周宣。（浄）有指爪鬭開地面，（丑）插翅翼飛上青天。（並下）

（小生弔場）你看這一起士兵倒在我跟前許下三牲去了。這回不走，更待何時？不免拜謝天地則個。

【金蕉葉】謝天！謝了天，怎麼不拜謝明朗神爺？謝神！避難來幸脱離了禍門。（欲下科）（生上）咄！是何人入我園中暗隱？（小生跪科）告少息雷霆怒嗔。

（生）漢子，這不是説話的去處，隨我到亭子上來。

【章臺柳】（生）情既緊，言又窘，我斟量非姦即盜賊。（小生）小人不是賊，逃軀潛地奔。（生）既不是賊呵，無故入人家，有何事因？（小生）小人也是好人家兒女。（生）你休得要逞花唇，稍虚詞送你到有司推問。

（小生）長者息怒且停嗔，聽我從頭説事因。興福本爲忠孝將，誰知翻作叛離人。長者若拿興福去，官上加官職不輕。正是得放手時須放手，可饒人處且饒人。

【前腔】我將冤苦陳，教君不忍聞。（生）你是何處人氏？姓甚名誰？（小生）念興福生來女直人。（生）做甚勾當？（小生）身充忠孝軍。（生）呀，既是忠孝軍，怎麽不去隨駕，倒在這裏？（小生）爲父直諫遷都阻佞臣，齠齔不留存。誅戮盡只留我苟活逃遁。

【醉娘兒】（生）我聽言此情，實爲可憫。漢子，擡起頭來我看。（小生擡頭科）（生）覰着他貌英雄出輩群。（背云科）結交在未遇之先，施恩在當厄之日。看此人一貌堂堂，後來必有好處。欲結義他爲兄弟，未知他意下何如？漢子請起，你不嫌秀士貧，和你弟兄相識認。（小生）小人該死之徒，得蒙長者饒恕，已出望外，焉敢與長者齊軀！（生）這也非在今日。他時須記取今危困。

【前腔】（小生）死重生，怎敢忘伊大恩。（生）你多少年紀了？（小生）小人二十八歲。（生）我今年三十歲，長你二歲，你稱我爲兄便了。（小生）既如此，哥哥請上，受兄弟幾拜。（生）不勞拜罷。（小生拜科）既爲兄休謙遜。（生）你拜我，受之不穩。（小生）休道是百拜受不穩，受兄弟千拜何勞頓。

除了仁兄呵，誰肯把我負屈銜冤問？

（生）兄弟，我本待要留你在此暫住幾時，只是一件，

【雁過南樓】（生）此間難容汝身，但人知彼此遭迍。兄弟，你衣帽那裏去了？（小生）衣帽多失落了。（生）叫院子，取我的衣帽並銀子十兩出來。（末上）衣帽銀子在此。（生）你且迴避。（末下）（生）無物贈君，些少鏒銀。不嫌少望留休哂。（小生）多謝哥哥。（生）兄弟，你此去呵，莫辭苦辛，暮行

朝隱。更名姓向外州他郡。

兄弟，你方纔打從那裏來的？（小生）後園牆上跳過來的。（生）我如今送你到前門出去。（別科）

【前腔】（小生）拜別拜別，方欲離門。且住，我陀滿興福聰明了一世，懵懂在一時，方纔跳入那秀士園中，他不拿我送官請賞，反助我銀兩，又結義我爲兄弟。我久後若得寸進，欲報恩義，未知他姓甚名誰？猛回身，猛回身，又還思忖。（生）呀，兄弟，你去了，怎麽又轉來？（小生）特有少稟，欲言又忍。（生）兄弟有甚話，但説不妨。（小生）哥哥姓和名，小兄弟敢問？（生）自家姓蔣，雙名世隆，中都路人氏。兄弟，你三回四次問我的姓名，莫非恐人拿住，要攀扯着我麽？（小生）無他效芹，略得進身，犬馬報怎敢忘半米兒星分。

（走科）（生）兄弟且慢去，我還有幾句言語囑付你。

【山麻稭】(一)（生）你去渡關津怕有人盤問，又没個官司文憑路引，此行何處能安頓？驀忽地怕有便人，寄取一封平安書信。

【前腔】（小生）兄長言極明論，遍行軍州、立賞明文。世没個男兒、有誰投奔？一片心後土皇天，表我忠直、不陷良人。

(一) 稭：原作『客』，據《幽閨怨佳人拜月亭記》改。

【尾聲】埋名避禍捱時運，滿望取皇家赦恩。罪大彌天其時許自新。
（生）古語積善逢善，（小生）常言知恩報恩。
（合）此去願逢吉地，前行莫撞凶門。

第八齣　少不知愁

【七娘子】（旦王瑞蘭上）生居畫閣蘭堂裏，正青春歲方及笄。家世簪纓，儀容嬌媚，那堪身處歡娛地。
〔踏莎行〕瑞蘭蘭蕙温柔，柔香肌體，體如玉潤宮腰細。細眉淡掃遠山横，横波滴溜嬌還媚。媚臉凝脂，脂匀粉膩，膩酥香雪天然美。美人妝罷更臨鸞，鸞釵斜插堆雲髻。
【錦纏道】髻雲堆，珠翠簇，蘭姿蕙質，香肌稱羅綺。黛眉長，盈盈照一泓秋水。鞋直上冠兒至底，諸餘没半星兒不美。針指暫閑時，花朝月夕，丫鬟侍妾隨。好景須歡會，四時不負佳致。
【朱奴兒】春名苑奇葩異卉，夏水閣浮瓜沉李。秋玩蟾光折桂枝，逢冬景賞雪觀梅。知他喚，喚愁是甚的？總不解愁滋味。
芳容魚沉雁落，美貌月閉花羞。

肌骨天然自好，不搽脂粉風流。

第九齣　緑林寄跡

【水底魚】（外、淨、丑、末嘍囉上）擊鼓鳴鑼，殺人並放火。倚山爲寨，號爲攔路虎。金銀財寶，劫來如糞土。無錢買路，霸王也難過。

（淨）山中壯士，全無救苦之心。寨内强人，盡有害民之意。不思昔日蕭何律，且效當年盜蹠能。衆兄弟，你我不是别人，虎頭山草寇是也。寨中有五百名嘍囉，你我却是頭領。昨夜巡哨各山，不知有事也没有？（外）我巡東山，一些事也没有。（淨）我巡西山，也没事。（丑）我巡南山，也没事。只有巡北山的頭領不見回來。（末上）歡來不似今日，喜來那勝今朝。（衆）哥回來了。（末）是回來了。你們巡哨如何？（衆）我們都没事。（末）我倒有事。（丑）你敢被人拿住了？（末）被人拿住還回來得？（丑）却怎麼説？（末）我一巡巡到山凹裏，只見霞光萬道，瑞氣千條，被我把刀尖掘將下去，只見一個石匣，石匣裏面一頂金盔，一把寶劍。（衆）在那裏？（末）是我藏在那裏。（衆）去拿來看一看。（末）我去拿來。（背云）我在那裏戴一戴，頭腦生疼起來，且把與他們戴戴看。哥，你看好東西。（淨）拿來我戴。（丑、外奪科）（末）不要争，我有個主張：我們虎頭山有五百名嘍囉，只少一個寨主，若是戴得這盔的，就拜他做寨主。（丑）這有甚麼難？拿來我戴起。（末）且住，要做寨主，還要通得些文墨才戴得。（丑）要弄文墨，這個不打緊。拿來我戴了説。（末）説了戴。（丑）也罷，我就説。怎麼樣説好？（末）要説得大些。（丑）混沌初分我出身。如何？（末）大便大了，且看下句。（丑）有麼：混沌初分我出身，伏義、神農是我後輩人。山中寨主無人做，五百名嘍囉我是尊。拿來我戴。（末）欽賜了你。不消謝恩。（外）好皇家氣象。（丑）好，你看耀日争光，這紅帽兒不用了，賜與你們罷。且住，還要早晨夜晚戴戴。拿那雌雄寶，插在我楊柳細邊。（末）這怎麼説？（丑）雌雄寶劍，楊柳細腰。（浄）皇帝也打歇後語，頒行天下，都要打歇後語哩！（丑反戴科）（末）反了。（丑）一日皇帝也不曾做，怎麼就反了？（末）盔反戴了。（丑）你那曉得，我是個没面目的大王，却要垂簾聽政哩！（歪戴科）（末）歪了。（丑）這叫做耳不聞。（作跌推末科）（末）怎麼推我一交？（丑）這叫做推位讓國。（摇科）（末）不要摇。（丑）是堯舜之道。（末）怎麼這等抖？（丑）劉備兒子叫做阿斗。（末）怎麼坐在地上？（丑）地主明王也要坐朝問道。阿呀，盔内有鬼！（末）無鬼不成魁。（丑）快備龍床，寡人要駕崩了。大家且來濟弱扶傾。（倒科）（衆扶科）怎麼？（丑）戴在頭上，漸漸似泰山壓頂一般，頭疼眼脹，成不得。這寨主不願做了，還是戴紅帽兒罷。（浄）我量你這等嘴臉，怎做得寨主？看我坐在這裏，就有樣子了。（末）也先要通文。（浄）有麼？混沌初分我出世，壽星老兒是我的徒弟。這些小賊莫多言，虎頭山中我即位。（末）好個即位！（浄）進上我戴。（末）把紅帽我拿了。（浄）且放在此，備而不用。我今日做了寨主，你每都要聽我令旨，遵我約束。如違，拿來就斬了。（衆）好欺心。寨主未做得成，就要殺兄弟。（浄）不是，先説過了，日後方見寡人言顧行。都走過一邊聽點，走過東來。（衆走科）（浄）走過西去。呀，不好了。（倒科）（衆扶科）（浄）戴不得，戴在頭上，就像一萬斤重。寨主要做，受不得這般疼痛。罷，還是這紅帽兒安穩。（末）不瞞哥們説，我在山凹裏時就戴，一戴頭上生疼。若是好戴呵，不到如今讓與你們戴。（丑）列位，以後有了得的客商經過，只把這盔與他戴，就壓倒了。不消費力，金銀財寶都是我每的。（末）不是這般説，天賜這頂盔，必有個做寨主的來戴。如今和你每下山去招軍買馬，積草聚糧，等候那人便了。（衆）説得是。

【節節高】（衆）强梁勇猛人會一家，殺人放火張威霸。行劫掠，聚草糧，屯人馬。慣戰武藝多瀟灑，從來賊膽天來大。蛟龍猛虎離山窩，聞風那個不驚怕。（下）

【醉羅歌】（小生上）那日那日離都下，流落流落在天涯。晝影圖形遍挨查，到處都張掛。草爲茵褥，橋爲住家。山花當飯，溪水當茶。陀滿興福這般苦楚呵，那些個一刻千金價。（内喊科）（小生）兵戈擾，道路賒，幾番回首望京華。

（外、末、浄、丑上）這厮往那裏走？（小生）你這夥是甚麽人？攔我去路？（衆）快留下買路錢去。（小生）我且問你，這路是你家的？我且是没錢在身邊，就有，你每也要我的不得。（丑）你是賊的老子，要你的不得？（浄）啐！賊的兒子！（小生）怎麽叫做買路錢？（浄）我每這個虎頭寨，但是打我這裏經過，要幾貫買路錢。若是没有，一刀兩段。（小生）你這夥元來是剪徑的毛賊。（浄）罷了，叫出表字道號來了。（小生）我行來路遠，肚中饑又饑，渴又渴，有酒飯拿來喫，有盤纏送些我，做個過路好看錢，饒你這夥毛賊的性命。（浄）倒要土地三陌紙。（丑）哥，但是過我這山的人，少不得大膽説幾句大話唬人。（浄）説得有理，待我去拿他過來。哇，你休得説大話，戰得我過，饒你性命。（小生）你來。（浄倒科）（丑）罷了，倒了虎頭山的架子，待我去拿他。你要活的就是活的，要死的就是死的。哇，這廝看刀。（小生）你來。（丑跪倒科）（浄）不是這等，和你衆人齊上去與他殺，叫他雙拳不敵四手。（丑）這個有理。和你齊上去。（小生）你每都來。（衆戰倒科）（丑）這個人果然有些本事，快拿那話兒來。（末）甚麽那話兒？（丑）戴在頭上生疼的。（浄取盔跪介）壯士爺。（丑）啐！怎麽跪了他又叫爺？（浄）再不要惹他，打了疼處。壯士爺。（末）又叫爺。（浄）哥，奉承他些罷。（小生）怎麽説？（浄）衆人没有什麽孝順，止有一頂嵌金盔在此，壯士爺若戴得，就奉送。（小生）拿上來。你這夥毛賊也有這頂好金盔？（浄）衆人也指望成些大事，特打在此的。（小生戴科）倒正好。（衆）可疼？（小生）甚麽疼？（浄）你不頭疼？（小生）我怎麽頭疼？（浄）你可眼花？（小生）我爲甚眼花？（丑）這却是真命强盗。（外）真命寨主。（衆）禀壯士，你來得去不得。（小生）我怎麽來得去不得？

【不漏水車子】（衆）告壯士休怒嗔，不嫌草寨貧。拜壯士爲山中頭領，掌管嘍囉五百名。

（小生）你每要留我麽？（衆）是。（小生）且退後。且自沉吟，謾自評論。畫影圖形，捕捉甚緊。

不如隱遁在埋名徑。也罷，我且住在這裏罷。（衆拜科）多蒙便應承，小的們悉遵鈞令。

請問寨主上姓？（小生）你問我姓名麽？（衆）是。（小生背云）雖然没人到此尋我，也未可把真名説與他每知道。衆嘍囉，我姓蔣雙名世昌，你衆人聽我號令。（衆應科）（小生）汝等下山，三不可殺。

（衆）那三様不可殺？（小生）中都路人不可殺，秀士不可殺，姓蔣的不可殺。其餘有買路錢的放他過去，没有的帶上山來。（衆）領鈞旨。

【紅繡鞋】（小生）本爲蓋世英雄，英雄。奸邪疾妒難容，難容。萬山深處隱其蹤。不是路，且相從。屯作蟻，聚成蜂。屯作蟻，聚成蜂。

【前腔】（衆）將軍凛凛威風，威風。戰袍繡虎雕龍，雕龍。山花斜插茜巾紅。新寨主，坐山中。商旅過，莫遭逢。商旅過，莫遭逢。

（小生）暫居山寨作生涯，（衆）喜得將軍肯上來。

（合）巍嶺峻峰通隱豹，野花芳草待時開。

第十齣　奉使臨番

【丞相賢】（外王尚書上）彎弓馳騎射雙雕，武勇超群膽氣豪，紫袍金帶非同小。見隨朝，兵部尚書官養老。

馬掛征鞍將掛袍，柳梢門外月兒高。男兒未掛封侯印，腰下常懸帶血刀。自家姓王名鎮，女直人也。官拜兵部尚書，家眷五十餘口，至親者三人。夫人張氏，小女瑞蘭，年方及笄，未曾許聘。今日私宅稱觴，怕有朝使到來，不當穩便。院子那裏？（末上）堂上呼雙字，階前應一聲。覆老爺：有何分付？

（外）我今日私宅稱觴，倘有朝使到來，即報與我知道。（末）理會得。

【梨花兒】（淨使臣上）使臣走馬傳敕旨，鋪陳香案疾穿執。萬歲山呼行禮畢，嗏，欽依宣諭躬身立。

聖旨已到，跪聽宣讀。朕當邦國阽危，邊疆多難，士庶洶洶，各不聊生。賊情叵測，難以遥度。爾兵部尚書王鎮，當朝良將，昭代名臣，可前往邊城，緝探詳細，便宜行事。軍情緊急，不可稽遲。謝恩。（外）萬歲，萬歲，萬萬歲！　朝使，不知朝廷敕旨爲何這等急促？

【番鼓兒】（淨）爲塞北，爲塞北，興兵臨邊鄙。但州城關津險隘，勢怎當敵？　待欲遷都迴避，不許稽遲，上京去緝探事實。（合）火速便馳驛，等回音星飛電急。

【前腔】（外）念老臣，念老臣，年登七十歲。今又奉朝廷敕旨，事屬安危。恨不得肋生雙翅，兩頭白日，多只行五里十里。（合前）

【前腔】（末）緊使人，緊使人，疾速催驛騎。便疾忙安排鞍轡，打點行李。這回須教仔細，先解韁繩，怕騎了没頭馬兒。（合前）

【前腔】（淨）兀剌赤，兀剌赤，門外等多時。（外）縱轡加鞭，心急馬遲。（末）伴宿女孩兒，羊酒須要關支。管取完備，休得誤了軍期。（合前）

【雙勸酒】（外）軍情緊急，國家責委，不敢有違滯。常言道養兵千日，今朝用人之際。（合）

火速便馳驛，等回音星飛電急。

（浄）老大人，此乃朝廷大事，即日就望回音，作急起程罷。眼望旌捷旗，耳聽好消息。（下）（外）身食天禄，命懸君手。驛馬俱已完備，只得就此前去。院子，後堂請老夫人、小姐出來，分付家事，即便起程。（末）老夫人、小姐有請。

【東風第一枝】（老旦上）宫日添長，壺冰結滿，仲冬天氣嚴寒。（旦上）繡工停却金針，紅爐畫閣人閑。金猊香裊，麗曲趁舞袖弓彎。（合）錦帳中褥隱芙蓉，怎教鸚鵡杯乾。

（老旦）相公萬福。（外）夫人少禮。（旦）爹爹萬福。（外）孩兒到來。（老旦）〔臨江仙〕相公，忽聽朝廷頒敕旨，傳宣未審何因？（外）使臣走馬到家門，教老夫急離龍鳳闕，緝探虎狼軍。（旦）爹爹，朝中多少文和武，緣何獨選家尊？（末）惟行君命豈私身，正是家貧顯孝子，國難見忠臣。（旦）爹爹遲些去也無妨。（外）孩兒説那裏話。我若遲延，是違忤了朝廷了。今日將家事交付與你母子，就此起程。（老旦）相公路上帶誰去伏侍？（外）六兒北邊慣熟，帶六兒去。（老旦）院子，叫六兒過來。（末）六叔，老爺叫。（丑上）聽得爹爹叫，即忙便來到。爹爹、奶奶、小姐，六兒叩頭！（外）六兒，我奉聖旨往北邊和番，帶你去伏侍，快去收拾行李。（丑）理會得。（叫科）媳婦，收拾我行李，我隨爹爹往北邊走一遭。（老旦）老身已分付安排杯酒，就與相公餞行。看酒來。（丑）酒在此。

【催拍】（外）受君恩身居從班，食君禄怎敢辭難？（老旦）此行非同小看，非同小看。緝探上京虛實，便往邊關。漠漠平沙，路遠天寒。（合）一別後涉水登山，今日去甚時還？

【前腔】（老旦）氣力衰行履尚難，怎驅馳揮鞭跨鞍？（旦）愁只愁路裏，愁只愁路裏，難禁冒雨蒙霜。此身勞煩，誰奉興居，暮宿朝餐？（合前）

【前腔】（旦）去難留愁擎鳳盞，愛情深重掩淚眼。（外）休憂慮放懷，休憂慮放懷。堂上母親叮嚀，小心相看。（老旦）娘女在家中，怎免愁煩？（合前）

【前腔】（丑、末）宣限緊休作等閑，報國家忠心似丹。（旦）稍遲延半晌，稍遲延半晌。尋思止得些時，面覷尊顏。子父隔絕，霧阻雲攔。（合前）

【一撮棹】（外）夫人，只得就此分別了。今日去，便馳驛離鄉關。朝廷命，疾登途怕遲晚。（老旦）兵南進，興戈甲取江山。（旦）遭離亂，家無主怎逃難？（外）雖士馬侵邊緊，兩三月便回還。（老旦）專心望，望佳音報平安。

軍情怎敢暫留停？疾速登程離帝京。
正是相逢不下馬，從今各自奔前程。

第十一齣　士女隨遷

【繚山月】（生上）守正處寒爐，勤苦誦詩書。盼春闈身進踐榮途。奈雙親服制，前程未遂，敢仰天呼。（小旦上）樂道安貧巨儒，嗟怨是何如。但孜孜有志效鴻鵠。似藏珍韞匱，韜光隱諱，待價沽諸。

哥哥萬福！（生）妹子到來，妹子請坐。（小旦）哥哥請。哥哥，妹子往常間見哥哥眉開眼笑，今日因甚眉頭不展，面帶憂容，却爲何來？（生）妹子你不知道，我有三件事在心，所以不樂。（小旦）那三件？（生）第一件父母靈柩在堂，未曾殯葬。第二件我服制在身，難以進取。第三件你我年紀長大，親事未諧。以此不樂。（小旦）〔玉樓春〕瑞蓮愚不將賢諫，安居温習何嗟歎？退藏山水作漁樵，進身皇闕爲官宦。（生）妹子，迅速光陰如轉眼，少年何事功名賺？蒼天未必誤儒冠，儒冠豈誤男兒漢！（小旦）哥哥，你平日攻書多少，諒必自知上達之意。

【玉芙蓉】（生）胸中書富五車，筆下句高千古。鎮朝經暮史，寐晚興夙。擬蟾宫折桂雲梯步，待求官奈何服制拘。教人怨，怨不沾寸禄。（合）望當今聖明天子詔賢書。

【前腔】（小旦）功名事本在天，何必心過慮。且從他得失，任取榮枯。爲人只恐身無藝，暫時間未從心所欲。金埋土，也須會離土。（合前）

【刷子序】（生）書齋數椽，良田儘可，隨分饘粥。世態紛紛，争如静守閑居。（小旦）勤劬。事業學成文武，掌王朝方展訏謨。（合）但有個抱藝懷才，那曾見滄海遺珠？

【前腔】（生）難服。晚進兒童，肥馬輕裘，污紫奪朱。磊落男兒，慚睹蠢爾之徒。（小旦）聽

語。萬事皆由天命，盡皆非者也之乎。（合前）

（末慌走上）災來怎躲？禍至難逃。官人、小姐不好了，快走。（生）怎麽説？（末）只見簇簇軍馬往南來，密密刀鎗從北至。勢不可遏，鋒不可當。奪關隘争履平川，攻城邑競登坦地。黎民逃難，街衢中似亂亂奔獐；官宦隨遷，途路裏若荒荒走鹿。百司解散，萬姓倉皇。明張榜示，今朝駕幸汴梁城；曉諭通知，即日要徙中都路。一來軍馬臨城，二者都堂法令。螻蟻尚且貪生，爲人豈不惜命？官人小姐聽原因，滿目干戈不太平。雙手劈開生死路，一身跳出是非門。各人自去逃生去了。（下）

【薄媚滚】（生、小旦）聽人報，軍馬近城，國主遷都汴。今晚庶民，不許一人、落後在京輦。生長昇平，誰曾慣遭離亂？苦怎言，膽顫心驚，如何可免？

【前腔】聽街坊巷陌，唯聞得炒炒哀聲遍。急去打疊，金共寶隨身帶做盤纏。田業家私，不能守、不能戀。兩淚漣。生死安危，只得靠天。

（生）父母家鄉甚日歸？（小旦）荒荒垂淚離京畿。

（合）避難一心忙似箭，逃生兩脚走如飛。

第十二齣　山寨巡羅

【賀聖朝】（小生上）斬龍誅虎威風，擒王捉將英雄。錦征袍相稱茜巾紅，鎮山北山東。

陀滿興福來到此間，所謂荒不擇路，飢不擇食。只得結集亡命，哨聚山林。靠高岡爲寨栅，依野澗作城濠。風高放火，無非劫掠莊農；月黑殺人，盡是傷殘民命。弓兵巡尉，聞知膽喪心驚；客旅經商，見説魂飛魄散。除非黄榜見招安，餘下官兵收不得。衆嘍囉那裏？（外、末應上）（小生）你每俱有差占，只有大小嘍囉没有什麽事委他，與我叫他來。（外、末下喚科）（浄、丑上）宋江三十六，回來十八雙。若還少一個，定是不還鄉。覆主帥，有何分付？（小生）大小嘍囉，别的都有差占，獨你兩個没有甚勾當與你管，今發下一個夥落更梆，一個巡山伏路。問你頭上戴的，腰間繫的，手中拏的，脚下穿的，少了一件，重打二十。（浄、丑）領鈞旨。大嘍囉巡山，小嘍囉打更。（諢科）（小生）聽我分付着。

【豹子令】聞説中都起戰塵，起戰塵。黎民逃難亂紛紛，亂紛紛。怕有推車擔擔人經過，劫掠財寶共金銀。（合）登山驀嶺用心巡。

【前腔】（浄）休避些兒苦共勤，苦共勤。提刀攜劍共成群，共成群。士農工商錢奪下，回來山寨醉醺醺。（合前）

【前腔】（丑）劫掠金珠不要分，不要分。肥羊美酒不霑唇，不霑唇。但願捉得個花嬌女，將來壓寨做夫人。（合前）

（小生）逢人買路要金珠，（浄）認得山中好漢無。

（丑）日後欲求生富貴，（合）眼前須下死工夫。

第十三齣　相泣路岐

【破陣子】（老旦上）況是君臣分散，那看母子臨危。（旦上）嚴父東行何日返？天子南遷甚日回？（合）家邦無所依。

〔望江南〕（老旦）身狼狽，慌急便奔馳。貼肉金珠揣得甚？隨身衣服着些兒，子母緊相隨。（旦）離帝輦，前路去投誰？風雨催人辭故國，鄉關回首暮雲迷，何日是歸期？（老旦）孩兒，管不得你鞋弓襪小，只得趲行幾步。（旦）母親，怎麼是好？

【漁家傲】（老旦）天不念去國愁人助慘悽，淋淋的雨若盆傾，風如箭急。（旦）侍妾從人皆星散，各逃生計。（合）身居處華屋高堂，但尋常珠繞翠圍，那曾經地覆天翻受苦時。

（老旦）孩兒，天雨淋漓，人跡稀走，兩條路不知往那一條去？

【剔銀燈】迢迢路不知是那裏？前途去安身何處？（旦）一點點雨間着一行行悽惶淚，一陣陣風對着一聲聲愁和氣。（合）雲低。天色傍晚，子母命存亡兀自尚未知。

【攤破地錦花】（旦）繡鞋兒，分不得幫和底。一步步提，百忙裏褪了跟兒。（老旦）冒雨蕩風，帶水拖泥。（合）步難移，全沒些氣和力。

【麻婆子】（老旦）路途路途行不慣，心驚膽顫摧。（旦）地冷地冷行不上，人慌語亂催。（老旦）年高力弱怎支持？（倒科）（旦扶科）（旦）泥滑跌倒在凍田地，款款扶將起。（合）心急步行遲。

（旦）最苦家尊去遠，（老旦）怎當軍馬臨城？

（合）正是福無雙至，果然禍不單行。

第十四齣　風雨間關

【薄倖】（生上）凛冽寒風，淋漓冷雨。送君臣南北，父子東西。（小旦上）心腸痛，不幸見刀兵冗冗。（合）望故國雲山遠濛濛。

〔浣溪沙〕（生）萬里飛沙咽鼓鼙，三軍殺氣傍旌旗，天涯兄妹兩相依。（小旦）前路未知何處是？故鄉猶恐不同歸，出關愁暮一沾衣。（生）妹子，管不得你的鞋弓襪小，只得趲行幾步。（小旦）是，哥哥。

【賽觀音】（生）雨兒催、風兒送，嘆一旦家邦盡空。（小旦）想富貴榮華如夢。（合）哽咽傷心，教我氣填胸。

【前腔】（小旦）意兒慌、脚兒痛，顫篤速如癡似懵。（生）苦捱着疾忙行動。（合）郊野看看，又早晚雲籠。

【人月圓】（生）途路裏奔走流民擁，膽喪魂飛心驚恐。（小旦）風吹雨濕衣襟重，止不住雙雙珠淚湧。（合）行不上，惟聞得戰鼓聲振蒼穹。

【前腔】（生）軍馬又來、四下如鐵桶，眼見得京師城壁空。（小旦）他每趕着無輕縱，人似豺狼馬似龍。（合）遭驅虜，親骨肉甚年何日重逢？

急前去汴梁路杳，慢停待中都亂擾。
烏鴉共喜鵲同巢，吉凶事全然未保。

第十五齣　番落回軍

（丑扮老漢上）天有不測風雲，人有旦夕禍福。只今番兵犯界，天子南遷，百官隨駕，盡離中都。萬姓逃生，交馳道路。正是：　相逢不下馬，各自奔前程。呀，前面煙塵擾攘，想又是番兵來了，不免在此石板橋下暫躲片時，再作區處。

【竹馬兒】（淨引衆上）喊殺漫山漫野，招颭着皂旗兒萬點寒鴉。見千户萬户每，領雄兵圍繞中都城下。見敵樓上無一個人披掛，都遷徙離京華。前驅奮武征伐，盡攬轡攀鞍、加鞭乘着駿馬。待逃生除非是插雙翅，直追趕到天涯。呀，金鞍玉轡，斜插着寶鐙菱花。

（淨）生長陰山燕水北，襖子渾金腰繫玉。彎弓沙塞射雙雕，躍馬圍場逐走鹿。展手齊齊弄舞腰，顛脚來來高唱曲。有時畫在小屏風，輾轉教人看不足。且喜已到中都地面，果然好花錦世界。彼國軍民，皆已隨駕遷都汴梁去了，不免與把都兒每閑玩一回。（衆）告主帥，前面石板橋下有一個老兒。（浄）拿過來。（衆拿丑見科）（浄）你是甚麽人？（丑）小人是本處耆老。（浄）㕸耐你大金天子，俺那裏三年一小進，五年一大進，十年一總進。今經一十五年，並無一絲兒回答，是何道理？（丑）本國前月差兵部王尚書，裝載寶物，從水路進至上國來了。（浄）我每從陸路徵發，想是錯過了也。你莫非説謊麽？（丑）小人怎敢？（浄）既然如此，把都兒每傳下號令，且自回兵。

（浄）加鞭哨馬走如龍，海角天涯要立功。

（合）假饒一國長空闊，盡在皇都掌握中。

第十六齣　違離兵火

【滿江紅】（老旦、旦上）身遭兵火，身遭兵火，母子逃生受奔波。怎禁得風雨摧殘，田地上坎坷，泥滑路生行未多。軍馬追急，教我怎奈何？彈珠顆。冒雨盪風，沿山轉坡。（衆上趕老旦）（旦下）（衆搶傘）（諢科下）

【前腔】（生、小旦上）身遭兵火，身遭兵火，兄妹逃生受奔波。怎禁得風雨摧殘，田地上坎坷，泥滑路生行未多。軍馬追急，教我怎奈何？彈珠顆。冒雨盪風，沿山轉坡。

（衆上）（趕生）（小旦下）（衆搶包諢科下）（老旦、旦、生、小旦同上）（各唱前曲科）（丑扮婦人）（浄扮和

尚）（外扮道士上諢科）（衆上趕散科）（並下）

【東甌令】（旦上）我那娘！　心如醉，淚交流，去遠家尊絶信久。途中母子生離别，這苦如何受？　一重愁翻做兩重愁，是我命合休。

我那娘！（下）（生上）瑞蓮！

【望梅花】叫得我不絶口，恰被喊殺聲流民四走。慌急便尋不知個所有。此間無處安身，想只在前頭後頭。

瑞蓮！（下）

【東甌令】（老旦上）瑞蘭！　尋思苦，路生疏。軍喊風傳行路促，娘兒挽手相回護。這苦難分訴。望天、天憐念老身孤，免使受奔波。

瑞蘭！（下）

【滿江紅尾】（小旦上）我那哥哥！　大喊一聲過，唬得人獐狂鼠竄。那裏去了哥哥，怎生撇下了我？　教我無處安身，無門路可躲。

我那哥哥！（下）

第十七齣　曠野奇逢

【金蓮子】（旦上）古今愁，古今愁，誰似我目下這樣愁？聽軍馬驟，聽軍馬驟，人亂語稠。向深林中逃難，恐有人搜。（下）

【前腔】（生上）百忙裏散失，差了路頭。尋妹子不見教我怎措手？瑞蓮！（旦内應科）（生）神天祐，神天祐。這荅兒是有親骨肉，見了向前走。瑞蓮，瑞蓮！

【菊花新】（旦應上）你是何人我是誰？（生）應了還應，呀，見又非。（旦）將咱小名提，進前去問他端的。我只道是我母親，元來是個秀才。（生）我只道是我妹子，元來是一位娘子。（旦）呀！你不是我母親，如何叫我？（生）我自叫我妹子瑞蓮，誰來叫你？

【古輪臺】（旦）自驚疑，相呼廝喚兩相回，瑞蘭和先輩不曾相識。（生）瑞蓮名兒本是卑人親妹，不知娘子因甚到此？（旦）妾因兵火急離鄉故。（生）娘子如何獨行？（旦）母子隨遷往南避，中途相失。秀才在何處不見了令妹？（生）喊殺聲各各逃生，電奔星馳。中路裏差池，因循尋至。應聲錯偶逢伊。娘子不見了母親，小生不見了妹子，正是俱錯意，一般煩惱兩心知。

【前腔】（生）名兒應錯了自先回。（旦）秀才那裏去？（生）急急便往跟尋，豈容遲滯。（旦）事到如今，事到頭來怎生惜得羞恥？（拜科）秀才，念苦憐孤，救奴殘喘，帶奴離此免災危，我也不忘你的恩義。（生）娘子，你方纔説不見了令堂，遠遠望見一位媽媽來了。（旦回頭科）在那裏？（生近看科）曠野間、曠野間見獨自一個佳人，生得千嬌百媚。況又無夫無婿，眼見得落便宜。且待我謊他一謊。娘子，如何是，天色昏慘暮雲迷。

（旦慌科）秀才，帶奴同行則個。（生）娘子差矣，我自家妹子尚且顧不得，怎帶得你？

【撲燈蛾】（生）自親妹不見影，自親妹不見影，他人怎相庇？（旦）秀才，你讀書也不曾？（生）秀才家何書不讀覽！（旦）書上説道，惻隱之心，人皆有之。既然讀詩書，惻隱心怎不周急也？（生）你只曉得有惻隱之心，那曉得有別嫌之禮？我是個孤男你是寡女，廝趕着教人猜疑。（旦）亂軍中、亂軍中有誰來問你？（生）緩急間語言須是要支持。

【前腔】（旦）路中不擋攔，（生）路中若擋攔？（旦）路中若擋攔，可憐奴做兄妹。（生）兄妹固好，只是面貌不同，語言各別。有人廝盤問，教咱把甚言抵對也？（旦）没個道理。（生）既没道理，小生自去。（旦）有一個道理。（生）怕問時却怎麽？（旦）奴家害羞，説不出來。（生）娘子，没人在此，便説有何害。（旦）怕問時權，（生）怎麽又不説了？『權』甚麽？（旦）權説是夫妻。（生）恁的説方纔可矣。便同行訪蹤窮跡去尋覓。

【尾】（旦）今日得君提掇起，免使一身在污泥。（生）久後常思受苦時。（生）半路兄尋妹，（旦）中途母失兒。（合）情知不是伴，事急且相隨。

第十八齣　彼此親依

【普天樂】（小旦上）我那哥哥，叫得我氣全無，哭得我聲難語。只教我兩頭來往到千百步。兄安在妾是何如？真個是逆旅窮途。哥哥，須念我、念我爹娘身故。須是一蒂一瓜兒和女，割得斷兄妹腸肚。將奴閃下在這裏，進無門、退也還又無所。

【山桃紅】大道上難前去，小路裏怎逃伏？遥望窩粱三兩間茅簷屋，轉彎環野徑休辭苦。暫安身少避些風和雨，多管是村野民居。（下）

【生查子】（老旦上）行尋行又尋，瑞蘭！（小旦内應科）（老旦）遠遠聞人應。瑞蘭！（小旦應上）呼喚瑞蓮名，聽了還重省。

【水仙子】（老旦）眼又昏、天將暝，趁聲兒向前厮認。（認科）我那兒，渾身上雨水淋漓，盡皆泥濘。生來這苦何曾慣經？（小旦）眼見錯、十分定，事無可奈，只得陪些下情。老娘，（合）你是高年人，怎生行得這山徑？瑞蓮款款扶着娘慢行。

【前腔】（老旦）觀模樣、聽語聲，呀，你是阿誰便應承？枉了許多時，教娘苦相等。（小旦）非許應，瑞蓮聽得名兒厮類，怕尋覓是我家兄。偶遇老娘如再生。（合前）

【刮地風】（老旦）看他舉止與我孩兒也不恁撑。小娘子，厮跟去你可心肯？（小旦）奴家不見了哥哥，望老娘帶奴同行則個。（老旦）事既如此，我就把你做女兒看承罷。（小旦）情願做小爲婢身，焉敢指望做兒稱。（老旦）若得干戈寧静，和你同往到神京。（小旦）謝深恩，感大恩，救取奴一命。（合）天昏地黑迷去路程，就此處權停。

（老旦）母爲尋兒錯認真，（小旦）不因親者强來親。

（合）愁人莫向愁人説，説與愁人愁殺人。

第十九齣　偷兒擋路

【高陽臺引】（生、旦上）（生）凛凛嚴寒，漫漫肅氣，依稀曉色將開。宿水餐風，去客塵埃。（旦）思今念往心自駭，受這苦誰想誰猜。（合）望家鄉，水遠山遥，霧鎖雲埋。

（生）亂亂隨遷客，紛紛避禍民。風傳軍喊急，雨送哭聲頻。（旦）子不能庇父，君無可保臣。（合）寧爲太平犬，莫作亂離人。（生）娘子，你看一路上風景，好生傷感人也呵！

【山坡羊】（生）翠巍巍雲山一帶，碧澄澄寒波幾派。深密密煙林數簇，滴溜溜黄葉都飄敗。

一兩陣風，三五聲過雁哀。（旦）傷心對景愁無奈，回首家鄉，珠淚滿腮。（合）情懷，急煎煎悶似海。形骸，骨巖巖瘦似柴。

【水紅花】（旦）憶昔歌舞宴樓臺，會金釵，歡娛難再。（生）思之詩酒看書齋，命多乖，風光難再。（旦）母親知他何處？尊父阻隔天涯。不能彀千里故人來也囉。

【梧桐葉】（生）徙黎民，遷臣宰，天子蒙塵尚遠邁，雕欄玉砌今何在？（旦）想畫閣蘭堂那樣安排，翻做了草舍茅簷這境界，怎教人償得盡悽惶債？

【水紅花】（旦）路滑霜重步難抬，小弓鞋，其實難捱。（生）家亡國破更時乖。這場災，冰消瓦解，否極何時生泰，苦盡更甜來？只除是枯樹上再花開也囉。（内鳴鑼喊科）（生、旦慌科）

【金錢花】（生、旦）聽得數聲鑼篩，鑼篩。好漢山前齊擺，齊擺。個個獰惡似狼豺。（外、末、淨、丑上）留買路，與錢財。不留與，便殺壞。你兩個是甚麼人？快留下買路錢去。

【念佛子】（生、旦）窮秀才夫和婦，爲士馬逃難登途。望相憐壯士略放一路。（衆）捉住。枉自説閑言語，買路錢留下金珠。稍遲延便教你身喪須臾。

【前腔】（生、旦）區區。山行路宿，粥食無覓處。有盤纏肯相推阻？（衆）窮酸餓儒，模樣須尋俗。隨行所有、疾忙分付。

【前腔】（生、旦）苦不苦，從頭至足，衣衫皆藍縷。難同他往來客旅。（衆）你不與我施威仗勇，輪動刀和斧，激得人忿心發怒。

【前腔】（生、旦）告饒恕，魂飛膽顫摧，神恐心驚懼。此身恁地，負屈死真實何辜。（衆押生、旦科）且執縛。管押前去，山寨裏聽從區處。（生、旦）到那里吉凶事全然未知。

（生）秀才身畔没行囊，（旦）逃避刀兵離故鄉。

（衆）且聽雷霆施號令，休言星斗焕文章。

第二十齣　虎頭遇舊

【粉蝶兒】（小生上）山寨鳴金，白鶴半空展翅。（衆押生、旦上）見擒獲過客夫妻。（生、旦）離天羅、入地網，逃生無計。（合）到麾下善惡區處。（衆）禀主帥，夜來巡哨，拿得一個漢子，一個婦人。（小生）帶過來。（衆帶見科）（小生）那漢子，俺這裏經年無客過，累月少人行。你明知山有虎，故作采樵人。

【尾犯序】山徑路幽僻，但尋常此間來往人稀。男女相隨，豈是良人行止？（生、旦）凶時。遭士馬流民散失，避干戈君臣遠徙。夫和婦，爲天摧地塌，逃難路途迷。

【前腔】（小生）無非買命與贖身，但隨行有何囊篋貲費？（生、旦）没有，將軍。（衆）快口强舌，休同兒戲。（生、旦）聽啓，亂慌慌行來數日，苦滴滴實没半鳌。（衆）你好不知禮。常言道打魚獵射怎空回？

【前腔】(小生)何必說甚的！衆嘍囉，便推轉斬首、更莫遲疑。(衆扯科)將他扯起，倒拽橫拖、橫拖倒拽、把軍令遵依。(生、旦)魂飛，纔逆旅窮途認妻，早背井離鄉做鬼。聽哀告，望雷霆暫息、略罷虎狼威。

【前腔】(小生)軍前令怎移？但一言既出、駟馬難追。(生、旦)將軍可憐饒命！(衆)枉自厚禮卑詞，休想饒你。(旦)傷悲，王瑞蘭遭刑枉死。(生)蔣世隆銜冤負屈。天和地，有誰人可憐，燒陌紙錢灰。

(小生)呀！像似那漢子說甚蔣世隆。衆嘍囉，

【梁州賺】且與我留人，押回來問取詳細。那漢子，你家居在那裏？農種工商學文藝？(生)通詩禮，鄉進士。州庠屢魁，中都路離城三里。(小生)因甚到此？(生)閑居止，因兵火棄家無所倚。(小生)聽說仔細。

漢子，擡起頭來我看！(生擡頭科)

【前腔】(小生)緊降階釋縛扶將起，是兄弟負恩忘義。這是何人？(生)是我渾家。(小生)尊嫂受禮，誰知此地能完聚。(旦)愁爲喜，深謝得賢叔盜蹠。(小生)哥哥行那些個尊卑？權休罪，適間冒瀆少拜識。(跪科)(生)恐君錯矣。

（小生）哥哥，你就不認得兄弟了？（生）一時間想不起。

【鮑老催】（小生）朝廷當時巡捕急，閃避在圍牆内。若非恩人救難危，險赴法雲陽市。（生）呀！元來是興福兄弟！相逢狹路難迴避，這言語古來提。（小生）衆嘍囉，連忙整備排筵席，歡來不似今日。

看酒過來。（净）酒在此。（小生把酒科）

【前腔】酒浮嫩醅，酒浮嫩醅，壓驚解煩休要推。嫂嫂請酒。（旦）奴家天性不飲。（小生）寒色告少飲半杯。（旦）非詐僞，量淺窄休央及。（小生）高歌暢飲展放眉，開懷醉了重還醉。酒待人無惡意。

【前腔】（旦）秀才，你儒業祖傳襲，文章幼攻習。我低低問、暗暗猜、心疑忌，叔伯遠房姑舅的？（生）不是。（旦）敢是兩姨一瓜蒂？（生）也不是。（旦）這不是，那不是，怎有這個賊兄弟？（净）告主帥，主帥好意勸那娘子飲酒，那娘子反罵主帥。（小生）哥哥，兄弟好意勸嫂嫂飲酒，如何反罵兄弟？（生）兄弟，你小校聽錯了。道這不是，那不是，怎有這個好兄弟。賽關張勝劉備。

（旦）秀才，去罷。

【前腔】（生）告辭去急。（小生）姑留待等寧静歸。（生）龍潭虎穴難住地。（小生）衆嘍囉，取白金百兩過來。（净）金子在此。（小生）哥哥既不肯住呵，金百兩，望領納，爲盤費。（生）多謝兄弟，就此告辭了。（合）懊恨人生東又西，難逢最苦別離易。歎此行何時會？遲速早晚干戈息，共約行朝訪蹤跡。

【尾】男兒志，心肯灰？一旦風雲際會，怎肯依舊中原一布衣。

（旦）秀才，去罷。

（生）相促相催行步緊，（旦）厮收厮拾去心頻。

（小生）他日劍誅無義漢，（衆）此時金贈有恩人。

第二十一齣　子母途窮

【天下樂】（老旦上）行盡長亭又短亭，窮途路，那曾經。（小旦上）飄零此身如萍梗，歎何日歸到神京？

（老旦）〔憶秦娥〕拋家業，人離財散如何説？如何説？這般愁悶，這般時節。（小旦）不幸裙釵遭此劫，一回追想添情切。添情切，心兒悒怏，眼兒流血。（老旦）孩兒，天色將暝，和你只得趲行幾步。（小旦）是。

【羽調排歌】（老旦）黯黯雲迷，寒天暮景，驅馳水涉山登。蕭蕭黄葉舞風輕，這樣愁煩不慣經。不忍聽，不美聽，聽得胡笳野外兩三聲。（合）風力勁，天氣冷，一程分作兩程行。

【前腔】（小旦）只見數點寒鴉，投林亂鳴，晚煙宿霧冥冥。迢迢古岸水澄澄，野渡無人舟自橫。不忍聽，不美聽，聽得孤鴻天外兩三聲。（合前）

【憶多嬌犯】（老旦）前路梗，行步生，那更天將暝。憂心戰兢兢，傷情淚盈盈。那些兒悽慘，那些個寂寞，清風明月最關情。無人來往冷清清，叫他不應天怎聞？不忍聽，不美聽，聽得疏鐘山外兩三聲。（合前）

【前腔】（老旦）忽地明，一盞燈，遥望茅簷近。不須意兒省，休得慢騰騰。休辭迢遞，望明前去，遠臨此地叩柴扃。今宵村舍暫消停，卧却山城長短更。不忍聽，不美聽，聽得寒砧林外兩三聲。（合前）

【尾】（合）得暫寧，天之幸，一夕安穩到天明，免使狼籍遑遑登路程。

前村燈火已黄昏，但願中途遇好人。
曾經路苦方知苦，始信家貧未是貧。

幽閨記下

第二十二齣　招商諧偶

〔臨江仙〕（末上）調和麯糵多加料，釀成上等香醪。籬邊風斾似相招。三杯傾竹葉，兩臉暈紅桃。不飲傍人應笑你，百錢斗酒非高。莫言村店客難邀。神仙留玉珮，卿相解金貂。且喜兵火已平，民安盜息，不免叫貨賣出來，分付他仍舊開張鋪面，迎接客商，多少是好。貨賣那裏？（丑上）忙把店門開，安排待客來，不將辛苦藝，難近世間財。家長老官兒有何分付？（末）貨賣，如今且喜兵火已平，民安盜息，你可與我開張鋪面，迎接客商。你在外面發賣，我在裏面會鈔記帳。（丑）説得是。我在外面發賣，你在裏面會鈔記帳。我一賣還他一賣，兩賣還他成雙。（末）説得是。奉饒加一二，自有客人來。（下）（丑）好招商店，前臨官道，後靠野溪。幾株楊柳綠陰濃，一架薔薇清影亂。古壁上繪劉伶裸卧，小窗前畫李白醉眠。知味停舟，果是開埕香十里；聞香駐馬，真個隔壁醉三家。但有南北二京、福建、江西、湖廣、襄陽、山東、山西、雲南、貴州、廣東、廣西客商，都來買好酒喫。自古道，牙關不開，利市不來。不免把酒來嘗一嘗。好酒！一生吃不慣悶酒，得個朋友來同酌一杯纔好。

【駐馬聽】（生、旦上）一路裏奔馳，多少艱辛來到這裏。且喜略時肅静，漸次平安，稍爾寧息。恨悠悠千里旅情悲，苦懨懨一片鄉心碎。感歎咨嗟，傷情滿眼關山淚。

【前腔】（丑）草舍茅簷，門面不裝酒味美。真個杯浮緑蟻，榨滴珍珠，甕潑新醅。（生、旦）酒旗斜掛小窗西，布帘兒招颭在疏籬際。和你共飲三杯，今朝有酒今朝醉。

（生）娘子，此間是廣陽鎮招商店。且沽一壺，少解旅況，再行何如？（旦）但憑秀才。（生叫酒保）（丑）官兒買酒喫的？（生）是買酒喫的。（丑）請坐。（生）還有渾家在外面。（丑）渾家請。（生）咄！你這酒保好野！（丑）我小人不野。（生）夫妻纔稱得渾家，你怎麽也叫渾家？（丑）官兒，我聞古人云，人之父母，就是我之父母。官兒的渾家，也就是我的渾家一般。大家渾一渾。（生）胡說！稱娘子纔是。（丑）便是娘子請，如何？（叫科）兩杯茶來。（生）酒保，你家有甚麽好酒？（丑）有好酒。（生）有甚麽好下飯？（丑）有好下飯。（生）只把好的拿來，喫了算帳。（丑叫科）那官兒脚上帶黄泥，必定遠來的。多着抛屍露，少着父娘皮。一賣當兩賣，不要少他的。（生）酒保，你説『多着抛屍露，少着父娘皮』，『父娘皮』是甚麽？（丑）『父娘皮』是骨。（生）『抛屍露』是骨。（丑）『抛屍露』是肉。（生）『父娘皮』是肉，你怎麽哄我？（丑叫科）這官兒是老江湖，不要哄他。『抛屍露』少放些，『畫眉青』多放些。（生）酒保，『畫眉青』是甚麽？（丑）『畫眉青』是肉。（生）『畫眉青』是菜。（丑叫科）不要哄他了，一賣肉，一賣雞，一賣燒鵝，一賣匾食。快着呵。（生）看酒過來。（丑）好酒在此。（生）這是新篘，可有窨下？（丑）我這裏來往人多，没有窨下，只是新篘。（生）也罷，酒保與我斟一斟。（丑）不要説一針，八針也會。（生）休閑説。娘子請酒。

【駐雲飛】（生）村釀新篘，要解愁腸須是酒。壺内馨香透，盞内清光溜。（旦作羞不飲科）（生）嗏，何必恁多羞！（旦）非是奴家害羞，天性不會飲。（生）但略沾口，勉意休推，莫把眉兒皺。一醉能消心上愁。

娘子不曾飲得一杯，爲何臉就紅了？

【前腔】（旦）盞落歸臺，却早兩朵桃花上臉來。酒保將酒過來，待我也回那秀才一杯。（丑背云）蹺蹊，待我問他。官兒，方纔娘子説：『酒保看酒過來，待我也回那秀才一杯。』『那』者是怎麽説？（生）這是我那裏鄉音，『那』者是好也。（丑背云）待我也打腔兒哄他。（叫科）夥計看『那』酒來，『那』下飯來。（生）酒保，甚麽『那』酒、『那』下飯？（丑）官兒就不記得了，我這裏也是『那』者好也。（生）休取笑。（旦把酒科）多感君相帶。（生）多謝心相愛。（旦）嗏，擎樽奉多才，（生）小生也不會飲。（旦）你量如滄海。（生）酒保減一減我喫。（丑）甚麽説話！喫一個滿面杯。（旦）滿飲一杯，暫把愁懷解，樂以忘憂須放懷。

（生）酒保，我與娘子一路來，因有幾句言語，不肯喫酒。你若勸得娘子喫一杯酒，我就與你一錢銀子。

（丑）官兒，我勸娘子喫一杯酒就是一錢銀子，若喫十杯？（生）就是一兩。（丑）若喫了一百杯，就是十兩！待我去奉娘子請酒。（作掩須科）

【前腔】（丑）瀲灩流霞，（生）酒保，你怎麽把臉兒遮了？（丑）小人臉兒不那個，恐娘子見了不肯喫酒。不比尋常賣酒家。娘子請一杯。（旦）我不會喫。（丑）小人跪了。（旦）請起，我喫。（丑）娘子出路人不要喫單杯，喫一個雙杯。（把酒科）村店多瀟灑，坐起極幽雅。（旦）我再喫不得了。（丑）没奈何，小人又跪下。（旦）也罷。起來，我再喫一杯。（丑）嗏，何必論杯斝，試嘗酬價。愛飲神仙，玉珮曾留下。今後逢人喫甚茶？

【前腔】（生）悶可消除，只怕醉倒黄公舊酒壚。（旦）秀才，天色晚了，去罷。（生）天晚催人去，（丑）好熱酒在此。（生）好酒留人住。嗏，香醪豈尋俗，味若醍醐。曾向江心點滴在波深處，慢櫓摇船捉醉魚。

（旦）秀才，我猜着你了。（生）你猜着我甚麽？（旦）你哄我喫醉了，要捉那醉魚。只怕你滿船空載月明歸。（生）娘子，這是唐明皇與楊貴妃在采石江邊飲宴的故事。（丑）着了，正是那唐明皇與楊貴妃在采石江邊飲宴的故事。我小人親眼見的，也是我斟酒勸他。（生）酒保，你多少年紀？（丑）我四十歲了。（生）唐明皇開元到今，有四百餘年，你怎麽説親眼見？（丑）自不曾説謊，略謊得一謊，就露出馬脚來。（旦）秀才，天色晚了，去罷。（生）酒保，天色晚了，會鈔罷。（丑叫科）官兒娘子不喫酒了，會鈔。(生)酒保，這裏到宿客館中，還有多少路？(丑)還有三十里。你問他怎麽？(生)我要去借宿。(丑)這等去不到了。官兒，我這裏廣陽鎮招商店，前面喫酒，後面宿客。這裏不歇，往那裏歇？(生)娘子，方纔酒保説，到旅館中還有三十里路，去不到了，就在此安歇了罷。(旦)但憑秀才。(生)酒保，一發明日會鈔罷。與我打掃一間房，鋪下一張床。(丑叫科)那官兒不去了，一發明日會鈔。打掃一間房，鋪下一張床，一個聯二枕頭，一個大馬子。(旦)酒保，那秀才與你説甚麽？(丑)那官兒叫我打掃一間房，鋪下一張床。(旦)不要依他，只依我。與我打掃兩間房，鋪下兩張床。(丑叫科)不依前頭了，打掃兩間房，鋪下兩張床，兩個短枕頭，一個馬子，一個尿鱉。(生)酒保，娘子叫你怎麽？(丑)叫我打掃兩間房，鋪下兩張床。(生)酒錢飯錢都是我還，你怎麽不聽我説？還只是打掃一間房，鋪下一張床。(丑)是。酒錢飯錢都是官兒還，只依官兒。(叫科)不依後頭了，照舊依前，打掃一間房，鋪下一張床，一個聯二枕頭，一個大馬子。(旦)酒保，那秀才又與你説甚麽？(丑)那官兒還教我打掃一間房，鋪下一張床。(旦)你這酒保，只依我就罷了，有這許多更變！(丑)你兩個只管咭力骨碌，骨碌咭力。(末上打丑科)狗才，成甚麽規矩！一張又是兩張，兩張又是一張，教我老人家端到東，端到西，費許多氣力。走出去，不用你了！(丑)咦，老官兒，我在此也是好的，畚灰刮鑊，擔柴挑水，門前招接。店中貨賣不用我，我住江西人餛飩店中去。(末指丑欲下)(丑)老不死！(末轉身上)你駡我老不死？(丑)我説你牛一般健，老了不死的。(末下)(丑)你兩個果來得蹺蹊，怪不得那老兒。如今也不依官兒，也不依娘子，依了我罷。(生)怎麽依你？(丑)依我便打掃一間房，依着官兒了。鋪下兩張床。

（生）一張。（丑）也依娘子一半。床却丁字鋪了。（生）怎麽丁字鋪？（丑）官兒的床鋪在這裏，娘子的床鋪在這裏，上了床，吹滅了燈，一個筋斗就過了。（生）休取笑。張燈來！（丑叫科）看燈來，看洗脚水來。（下）（生）娘子，請睡了罷。（旦）你自請睡。（生）請睡了罷。（旦）秀才，你自睡，我自睡，只管問我怎麽？

【絳都春】（生）擔煩受惱。豈容易、共伊得到今朝？有分憂愁，無緣恩愛何時了？（旦）長吁短歎我心自曉。（生）娘子，你曉得我甚麽？（旦）有甚的真情深奥。（生）正要娘子曉得。（旦）禮法所制，人非土木，待説也難道。

（生）尋蹤訪跡遇林中，（旦）受苦扶危出禍叢。（生）我和你有緣千里能相會，（旦）我只是無緣對面不相逢。（生）娘子，你怎麽把言語都説遠了，你敢是忘了？（旦）奴家不曾忘了甚麽。（生）既不曾忘，可記得林榔中的言語來？（旦）林榔中曾與秀才説兄妹同行。（生）這也有來。我説面貌不同，語言各别，娘子又怎麽説？（旦）奴家再不曾説甚麽。（生）正是貴人多忘事。娘子再想。（旦）奴家想起來了，説怕有人盤問，權説做夫妻。（生）却又來，别的便好權，做夫妻可是『權』得的！我也不問娘子别的，可曉得仁義禮智信？不要説仁義禮智，只説一個信字。（旦）信字怎麽説？（生）天若爽信，雲霧不生。地若爽信，草木不長。爲人可失得信麽？（旦）奴家也不曾失信與秀才。（生）既不失信，如何不依林榔中的言語？（旦）秀才，你送我回去，多多將些金銀謝你罷。（生）豈不聞書中自有黄金屋，要你那金銀何用？（旦）也罷。你送我回去，我與爹爹説，與你個官兒做罷。（生）呀！官是朝廷的，是你家的？我一路來倒不曾問得娘子，不知娘子是何等人家？（旦）秀才，你不問起也罷，若問我家中事情，不要説與你同行同坐，就是立站的去處，也没有你的去處。（生）韓景陽，大來頭，你却是何等人家？願聞。（旦）奴家祖公是王和，父親見任兵部王鎮尚書，母親是王太國夫人，奴家是守節操的千金小姐。（生）既是千金小姐，怎麽隨着個窮秀才走？（旦）不知你妹子隨着那個哩！（生）你自身顧不得，那管得别人！且住，不要與他硬，若硬兩下裏就硬開了，還要放軟些。娘子元來是宦家之女，我蔣世隆低眼覷畫堂，尚然消受不起，到與娘子同行同坐，望娘子高抬貴手，饒恕蔣世隆之罪。（跪科）（旦亦跪科）大恩人請起。（生）咳，你既知我是大恩人，

【降黄龍】（生）説甚麽宦室門楣，寒士尋常、望若雲霄。時移事遷，爲地覆天翻，君去民逃。多嬌。此時相遇，料應我和你姻緣非小。做夫妻相呼厮唤、怎生忘了？

【前腔换頭】（旦）秀才，何勞，獎譽過高。昔日榮華、眼前窮暴。身無所倚，幸然遇君家、危途相保。（拜科）英豪。念孤恤寡，再生之恩難報。久以後啣環結草、敢忘分毫？

【前腔换頭】（生）聽告，你身到行朝。與父母團圞、再同歡笑。那時節呵，你在深沉院宇，要見你除非是夢魂來到。（旦）我禀過父親，那時與你成親也未遲。（生）那時節你還要我？攀高，選擇佳婿，卑人呵，命蹇時乖、實是難招。（生）我與娘子一路同行到此，便是三歲孩童也説一對好夫妻。這虚名人言自説、聽着偏好。

【前腔換頭】（旦）休焦。所許前詞，侍枕之私，敢惜微眇？（生）既如此，却又推三阻四怎麽？（旦）怕仁人累德，娶而不告。朋友相嘲。（生）娘子，你曉得瓜田不納履，李下不整冠麽？（旦）瓜田不納履怎麽説？（生）假如人家一園瓜正熟，有人打從瓜園中經過，曲腰納其履，隔遠人望見，只説偷其瓜。（旦）李下不整冠怎麽説？（生）假如人家一園李子正熟，有人打從他李樹下過，欲待伸手整其冠，人見只説盜其李。從教。整冠李下，此嫌疑實亦難逃。（旦）秀才，你送我到行朝，與爹爹説知，教個媒人説合成親，却不全了奴家的節操！（生怒擊卓科）你前日在虎頭寨上，若没有蔣世隆呵，亂亂軍中遭驅被虜，怎全節操？

（浄内叫）老兒起來，盤兒碗兒都打碎了。（末、浄上）

【太平令】曲徑非遥，深夜柴門帶月敲。郵亭一宿姻緣好，又何故語叨叨？（生、旦見科）

【前腔】（生）旅邸蕭條，回首鄉關路轉遥。寒燈照影傷懷抱，因此上話通宵。

（末）官人、娘子，我兩口在隔壁聽得許久，頗知一二，你也不要瞞我了。（生）既如此，瞞不得公公婆婆了。（末）秀才官人，他是宦族名流，深閨處子，自非桑間之約，濮上之期，焉肯鑽穴相窺，逾牆相從？秀才官人，你是讀書之人，豈不聞柳下惠之事？（生）惶恐惶恐。（末）秀才官人莫怪，請到前樓去坐一坐，老夫别有話説。（生）是如此。（下）（末）小姐在上，老夫有一言相告：男女授受不親，禮也。嫂溺援之以手，權也。權者反經合禮之謂。且如小姐處於深閨，衣不見裏，言不及外，事之常也。今日奔馳道途，風餐水宿，事之變也。況急遽苟且之時，傾覆流離之際，失母從人二百餘里，雖小姐冰清玉潔，惟天可表，清白誰人肯信？是非誰人與辨？正所謂崑岡失火，玉石俱焚。今小姐堅執不從，那秀才被我道了幾句言語，兩下出門，各不相顧，倘遇不良之人、無賴之輩，强逼爲婚，非惟玷污了身己，抑且所配非人。不若反經行權，成就了好事罷。（旦）望公公、婆婆收留奴家在此。倘或父母有相見之日，那時重重相謝，決不虚言。（末）呀，收留人家迷失子女，律有明條。況小店中來往人多，不當穩便。既然不從，小姐請出去罷。（旦悲科）（浄）老兒，他只因無父母之命，又無媒妁之言，我兩人年紀高大，權做主婚之人，安排一樽薄酒，權爲合巹之杯。所謂禮由義起，不爲苟從。我兩老口主張不差，小姐依順了罷。（旦）我如今没奈何了，但憑公公、婆婆主張。（浄）老兒，小姐也是看上這秀才的，他也要拿些班兒。（末）你去看酒來，待我請那秀才官人來。秀才官人有請。（生上）（末）被老夫勸從了。（生揖科）多謝公公！（浄上）老兒，酒在此了。（末把酒科）

【撲燈蛾】（末、浄）才郎殊美好，佳人正年少。相逢邂逅間，姻緣會合非小也。天然湊巧，把招商店權做個藍橋。翠帷中風清月皎。算歡娱千金難買是今宵。

【前腔】（旦）禮儀謹化源，《關雎》始風教。一時見君子，匆匆遽成人道也。（生）我是山雞野鳥，配青鸞無福難消。仗冰人一言已定，此生此德、何以報瓊瑶？

（末、浄）官人娘子請穩便罷。夜深了，明日再取一樽酒與你暖房。姻緣本無意，天遣偶相逢。剩把銀釭照，猶疑是夢中。（末、浄下）

【衮遍】（旦）不肯賦情薄，不肯賦情薄，隨順教人笑。空使我意沉吟，眉留目亂羞難道。（生）看他喜時模樣，愁時容貌。燈兒下越看着越波俏。

【前腔】（旦）才郎意堅牢，才郎意堅牢，賤妾難推調。只恐容易間，把恩情心事都忘了。（生）蔣世隆若有此心，與你星前月下去罰下誓來。（旦）你自去罰。（生）蔣世隆若忘了小姐厚恩，永遠前程不吉。海誓山盟，神天須表。辦至誠圖久遠同諧老。

【尾聲】（旦）恩情豈比閑花草，（生）往常恨更長寂寥，今夜只愁天易曉。（生）野外芳葩並蒂開，（旦）村邊連理共枝栽。（合）百年夫婦途中合，一段姻緣天上來。

第二十三齣　和寇還朝

【三棒鼓】（外王尚書、丑六兒引衆上）（外）一鞭行色望南京，喜得兩國通和也，無戰爭。邊疆罷征，邊烽罷驚，不暫停。（合）如今海晏河清也，重逢太平，重樂太平。（外）六兒，這裏到磁州孟津驛還有多少路？（丑）爹，不多遠了。（外）分付人夫，趲行到孟津驛去安歇罷。（丑）人夫趲行到孟津驛安歇。

【前腔】（外）遠聞軍馬犯邊城，怎奈奉旨登途也，離鄉背井。這場戰爭，這場恐驚，誰慣經。

（合前）

玉帛交歡四海清，家無王事國無征。

太平元是將軍定，還許將軍見太平。

第二十四齣　會赦更新

【稱人心】（小生上）宵行晝伏，脱離虎口鯨牙。不得已截道打家。聚亡生集捨死，山間林下。逆天無道這榮華，成甚生涯。

〔減字木蘭花〕陀滿興福，父母妻兒都殺戮。逃命潛奔，哨聚山林暫隱身。心闌意卸，天幸遭逢頒大赦。改過從新，作個清平無事人。我陀滿興福受了無限苦楚，今日幸蒙恩赦，散却衆嘍囉，離了山寨。聞得行朝開科選士，招取文武全才。我如今一來上京應試，二來尋取哥哥消息，却不是好。天色將晚，不免趲行幾步。

【五韻美】休戈甲，罷征戍，區宇宣王化。惠及生靈，恩霑遐邇。如今日之際，海之涯。普天之下，再生重見太平，歡聲四洽。

仰謝天恩放赦歸，再生重睹太平時。

盡銷軍器爲農器，不掛征旗掛酒旗。

第二十五齣　抱恙離鸞

【三登樂】（旦扶生上）世亂人荒，幸脱離天羅地網。不隄防病染這場。事不寧、身未穩，天降災殃。淹留旅邸，望河南怎往？

（旦）官人，你今日病體如何？（生）十分沉重。（旦）待我央店主人去請個太醫來看一看。店主人有請。（末上）貧無達士將金贈，病有良醫説藥方。小姐拜揖。（旦）店主人萬福。（末）小姐，官人貴體若何？（旦）官人病體十分沉重，煩你請個太醫來看一看。（末）這個當得。不曾三五步，咫尺是他家。翁太醫在麽？（淨内問）是那個？（末）請你看病的。（淨）有幾個人在外面？（末）只我一個。（淨）得兩個拿扇板門來，擡我去方好。（末）爲甚麽？（淨）犯了些腰頭病。（末）你何不自醫？（淨）自古道，盧醫不自醫。（末）快些出來。（淨）不要慌，待我分付了着。（淨半上向内科）分付丁香奴、劉季奴，你每好生看着天門、麥門，我去探白頭翁、蔓荆子，趁些鬱金、水銀纔當歸。倘有使君子來看大麥、小麥，可回他説是張將軍、李國老家請去了。你蓯蓉把破故紙包那没藥與他去。前者因爲你每不細辛防風，却被那夥木賊爬過天花粉牆，上了金綫重樓，打開青箱，偷去珍珠、琥珀、金銀花子、丹砂裰子、茯苓裙子、昆布襪子、青皮靴子。那一個豆蔻又起狼毒之心，走入蓮房，摟定我的紅娘子，扯下裩襠，直弄得川芎血結。咳，苦腦子，苦腦子！如今可牽海馬到常山下吃些莽草，薄荷邊飲些無根水，傍晚看天南星出，即掛上馬兜鈴，將紅燈籠點着白蠟燭，往人中白家來接我。你若懶薏苡來遲了，叫我黑牽牛茴香，惹得我急性子起，將玄胡索吊你在甘松樹上，四十蒺藜棍，打斷你的狗脊骨，碎補屁孛孛出華撥，饒你半夏分附子了王不留行。

【水底魚】（淨上）三世行醫，四方人盡知。不論貴賤，請着的即便醫。盧醫扁鵲，料他直甚的。人人道我，道我是個催命鬼。

我做郎中真久慣，下藥且是不懶慢。熱病與他柴胡湯，冷病與他五靈散。醫得東邊纔出喪，醫得西邊已入殮。南邊買棺材，北邊打點又氣斷。祖宗三代做郎中，十個醫死九個半。你若有病請我醫，想你也是該死漢。小子姓翁，祖居山東。藥性醫書看過，《難經》《脈訣》未通。做土工的是我姐夫，賣棺材的是我外公。我若一日不醫死幾個，叫外婆、姐姐在家裏喝風。你是那個？（末）是我。我店中有個秀才得了病，請你去醫。（淨）他是甚麼病？（末）去看脈便知道，怎麼問我！（淨）你不曉得，明醫暗卜。問得明白了去，方纔看脈也對科，下藥也對病。（末）也説得有理。我説便説，你不要對那秀才説。（淨）你是好意，我怎麼就説。（末）那秀才因離亂不見了妹子，憂煩得病。（淨）這等便是憂疑驚恐上來的。不打緊，一貼藥就好。（末）先生略待，我進去説了來請你。小姐，太醫到了。（旦）公公，他是病虛的人，叫他悄悄的進來，不要驚唬了他。（末）先生，那秀才是病虛的，你可悄悄些進去。（淨）我曉得，我曉得。（淨進看）（擊卓大叫諢科）（生作驚科）（旦抱生科）（旦）這太醫好没分曉，病虛的人，爲何這般大驚小怪？（淨）這是我醫人的入門訣。（末）怎麼説？（淨）驚一驚，驚出他一身冷汗，病好了也不見得。（旦）倘或不好？（淨）驚死了也罷了，這個叫個活驚殺。（末）先生且看脈。（淨）伸出脚來待我看。（末）還是手，怎麽説脚？（浄）你不曉得，病從跟脚起。（浄看脈科）（旦）先生，用心看一看，是甚麽症候？（浄）這個病症是亂軍中不見了親人，憂疑驚恐，七情所傷的症候。（旦）好太醫，就如見的。（浄）我實不曾見，是王公纔方與我説的。（末）呀，我教你不要説！（浄）我不説不表你的好意思。（旦）煩太醫再看分曉。

【柰子花】（浄）他犯着産後驚風。（旦）不是。（浄）莫不是月數不通？

（旦）這太醫胡説。（末）他是男子漢，怎麽倒説了女人的病症？（浄）我手便拿着官人的，眼却看了這娘子，故此説到女科去了。待我再看。呀，不好了！

【駐馬聽】（浄）這脈息昏沉，兩手如冰駭死人。叫幾個尼姑和尚做些功果，送出南門，鬼門關上去招魂。叫些木匠，彐彐戶戶，早把棺材釘。（旦哭科）（浄）我的人兒連哭兩三聲。呀，你不曾動？（末）不曾動。（浄）這等不妨，是我差拿了手背，你荒則甚。

（旦）如今怎麽？（浄）如今下針。（旦）怎麽這等大針？（浄）待我換。（旦）一發大了。（浄）這等，我有藥在這裏。（末）甚麽藥？（浄）是飛龍奪命丹，拿去與秀才吃。（生吃吐科）（旦）怎麽吃了就吐？（浄）虚弱得緊，胃口倒了。老官兒，你也吃一服。（末）我没有甚麽病。（浄）你吃了髮白再黑，牙落再生。（末）這等好，拿來我吃。（作吐科）（浄）二三十兩銀子合的藥，都吐了！你們不會吃，待我吃與你看。（作吐科）（末）先生，這是甚麽藥？吃的都吐了。（浄作看科）阿呀，連我也拿差了，這是醫痔瘡的藥，上下不對科了。（末）翁太醫，你還要看症真仔細下藥。（浄）這等，待我再望聞問切。

【剔銀燈】（淨）他渾身上如湯似火燒？（旦）不熱。（淨）口兒裏常常乾燥？（旦）也不。（淨）終朝飯食都不要？（旦）也還喫些。（淨）[一]耳聞得蟬鳴聲噪？（旦）也不。（淨）心焦？（旦）也不。（淨）莫不是害勞？（旦）這先生説的一些也不是。（淨）都不是不醫便了。（下）

（末）這先生去了，小姐可勸官人且寧耐，老夫去去再來看。正是藥醫不死病，果然佛度有緣人。（下）

（生）娘子，太醫説我病體如何？（旦）官人，太醫説了没事，且自寧耐則個。（生）娘子。

【山坡羊】（生）娘子，我病體難醫難治，你這苦如何存濟？（旦）願流恩降福，降福災星退。

（生）勢漸危，料應我不久矣。若還我死，你必選個高門配。我便死向黄泉，一心只念你。

（旦）休提，不由人淚暗垂。傷悲，何時得歸故里？

【三棒鼓】（外、丑引衆上）（外）君臣遷徙去如星，只怕士産凋零也，人不見影。（衆）一程兩程，長亭短亭，不住行。如今海晏河清也，重逢太平，重樂太平。

（外）六兒，這是那裏了？（丑）是廣陽鎮了。（外）可有駐節的所在？（丑）這裏没有。（外）我要寫個報子，打到孟津驛去，那裏好暫歇。（丑）這裏有個招商客店，倒潔浄，好暫歇。（外）既如此，好潔浄房兒看一間，我進去。（丑）叫幾個皂隸隨我進來，有甚麽人在這裏？（末上）是誰呀？牌子，買飯吃

[一]（淨）：原闕，據《幽閨怨佳人拜月亭記》補。

的？（丑）這個㲋子孩兒，人也不識，買飯吃的！（衆）這是六爺。（末）是六爺，小人不識得。（丑）且饒你，你去打掃一間好房，我每老爺要進來。快些！（末）小店中窄小，住不得。（丑）不在此住，只要寫個報子就行。（末）請六爺去看，中意便請老爺進來。（丑看科）（末）這一間？（丑）不好。（末）那一間？（丑）不潔浄。（末）只有裏面一間，甚是潔浄，只是有個秀才染病在裏頭。（丑）教他出去一會兒，待老爺寫了報子，再進去。（旦）呀，倒像我家六兒。待我叫他一聲：六兒！（丑）誰教六兒？（旦）六兒！（丑）呀！姐姐。爹爹，爹爹，姐姐。爹爹，姐姐在此。姐姐，爹爹在此！（旦）爹爹在那裏？（外）女孩兒在那裏？（見科）

【五供養】（旦）別來久矣，自離朝尊體無恙。骨肉重再睹，喜非常。（外）孩兒，屈指數月，折倒盡昔時模樣。思故里念家鄉，多少鬢邊霜。

（旦）〔鷓鴣天〕爹爹，目斷魂消信息沉，沿途窮跡問蹤尋。（外）孩兒，親情再見誠無意，子父重逢豈有心。（丑）言往昔，話如今，店中權歇問家音。（合）正是着意種花花不發，等閑插柳柳成陰。（外）孩兒，你怎麽在這裏？說個備細與我知道。

【園林好】（旦）纔說起遷都汴梁，鬧炒炒哀聲四方。不忍訴淒涼情況。家所有盡撇漾。家使奴盡逃亡。

【嘉慶子】（外）你一雙子母何所傍？（旦）更雨緊風寒勢怎當？心急行程不上。人亂亂世慌慌，愁慽慽淚汪汪。

【尹令】那時又無倚仗，那時有親難傍，那時有家難向。他東我西，地亂天慌事怎防？

（外）你母親如今在那裏？

【品令】（旦）逃生士民在官道驛程傍。天色漸晚，陰雲黯穹蒼。匆匆正往，喊聲如雷響。各各奔走，都向樹林中抗。偷生苟免，瓦解星飛子離了娘。

【豆葉黄】（外）我兒，你一身見在誰行？（旦）我隨着個秀，（外）甚麽秀？（旦）我隨着個秀才棲身。（外）呀，他是甚麽人你隨着他？（旦）他是我的家長。（外怒科）誰爲媒妁？甚人主張？

（旦）爹爹，人在那亂、人在那亂離時節，怎選得高門廝對廝當？

（外）六兒，那秀才在那裏？（丑）在這裏，還不走過來！（生見科）

【月上海棠】（外）你自想，甚年發跡窮形狀。（生）怎凡人貌相，海水斗升量。（旦）非獎。陋巷十年黄卷苦，那時禹門三月桃花浪。一躍龍門，便把名揚。管取姓字標金榜。

（外）孩兒，隨我回去罷。

【五韻美】（旦）意兒裏想，眼兒裏望，望救取東君艷陽，與花柳增芳。（生）全没些可傷，身凛凛如雪上加霜。（外）孩兒，你快隨我去。（生、旦）更没些和氣一味莽。鐵膽銅心，打開鳳凰。

【二犯么令】（外）你是娘生父養，逆親言心向情郎。（生）我向地、我向地獄相救你到天堂，怎下得撇在没人的店房。（旦合）若是兩分張，管取拚殘生命亡。

（丑）去罷，去罷！（旦）官人，和你同去哀告。

【玉交枝】（生）哀告慈悲岳丈，（外）唗！誰是你岳丈！（生）可憐我伏枕在床。（外）就死，有誰來憐你！（生）我必定是死了。煎藥煮粥無人管，等待我三五日時光。（外）去，去，一時也等不得。（生）全没些好言劈面搶，惡狠狠怒氣三千丈。（外）六兒，扯上馬去。（生）只倚着官高勢强，只倚着官高勢强。（丑扯旦科）

【江兒水】（旦）眼見得今朝去直恁忙。相隨百步，尚且情悒怏。何况我夫妻月餘上，怎下得霎時間如天樣。（外、丑）若要成雙休指望。（生、旦）一對鴛鴦，生被跌天風浪。

（外）六兒，快扯上馬去。（丑扯科）

【川撥棹】（生）心相誑，更不將恩義想。（旦）無奈何事，無奈何事有參商。父逼女夫言婦傷。（合）苦別離愁斷腸。兩分離愁斷腸。

【前腔】（旦）男兒贖藥把衣衫典當償。我不能彀覷、我不能彀覷得你身體康。（生）我和你再、我和你再得成雙，怕死後一靈兒到你行。（合前）

【前腔】（旦）休爲我相思損天常。緊攻書臨選場。（生）我不道再、我不道再娶重婚，你焉肯終身守孀。（合）苦別離愁斷腸。兩分離愁斷腸。

（外）六兒，快扯上馬去。（丑扯科）

【哭相思】（生、旦）怎下得將人離別？愁萬縷腸千結。（丑扯旦科）（生奪旦外推倒生科）（外）咄！早知今日事如此，何不當初莫用心。（下）（生哭作不能起科）

【卜算子】（生）病弱身着地，（末上扶生科）（生）氣咽魂離體。拆散鴦鴛兩處飛。天那，多少啣冤氣。

店主人放手，我拚命去趕他轉來。（末勸科）已去遠了。

【金梧桐】（生）這廝忒倚官，忒挾勢。便死待何如，欺侮俺是窮儒輩。俺這裏病愈深，他那裏愁無際。旅店郵亭，兩下裏人應憔悴。我那妻，怎教我忍得住恓惶淚。

（末）秀才官人，休要短見，且自安息，保重貴體。

（生）天涯海角有窮時，（末）人豈終無相見日。

（合）但願病痊無個事，免教心下常憂鬱。

第二十六齣　皇華悲遇

【上馬踢】（老旦上）干戈動地來，車駕遷都汴。兒夫離帝京，路遥人又遠。軍馬臨城，無計將身免。這苦怎言？禍不單行，中路兒不見。

【月兒高】（小旦上）喊殺連天，骨肉怎相戀。自古常言道，人離鄉賤，得到今朝平安幸非淺。是則是我身狼狽，眼前受迍邅。

【蠻江令】（合）煩惱多歷遍，憂愁怎消遣？眼兒哭得破，脚兒行得倦。五里復十里，一日如同過一年。但願前途去，早早逢親眷。

【狼草生】（合）勁風寒四合，暮煙昏慘慘。彤雲布晚天變。只愁那長空雪舞絮綿綿，去心如箭。旅舍全無，何處安歇停眠？

（老旦）孩兒，天色已晚，無處安歇。這裏是館驛門首，只得和你權宿一宵，明日早行罷。（小旦）遠遠望見一位官長來了。

【前腔】（末上）孟津驛舍住，在黄河岸邊，乘船坐馬十分便。（老旦、小旦）子母忙向前，可憐窮面，暫借安身望周全。

（末）你這兩個婦人，日晚天寒過客無，遠臨傳舍意如何？（老旦、小旦）我今不對英雄説，更有何人念旅途。（末）我且問你，你是何等樣人家？何處人氏？爲何到此？

【羅帶兒】（老旦）妾身本宦族，京城久居。爲侵邊犯闕軍奮武，君臣遷徙離中都也。（小旦）散亂人逃避，奔程途。身無主去無所，慘可可地千生受萬辛苦。（合）今宵得借一宿，可憐見子母每天翻地覆。

【前腔】（末）兵戈起路程，人不慣經。早尋個旅邸休待等，怎容你行客寓郵亭也。（老旦）心下貪行路，望南京。不覺的暮雲平，遠涉涉地不知處人又生。（小旦）（合）今宵得少留停，可憐見子母每天寒地冷。

（末）非是我不肯留你，只是皇華駐節的所在，留你婦人不得。

【前腔】（小旦）不容奴在此間，千羞萬慚。開口告人難上難，傷情無語淚偷彈也。（末）這般恓惶事，恁愁煩。（末）罷罷罷，自古道與人方便，自己方便。看你這兩個婦人，也不是已下人家的，我這裏不留你，前途恐遇不良之人。留你在此，怕有官員每來往，不當穩便。千萬不可言語啼哭。（老旦、小旦）這個不敢。（末）不忍見你受摧殘，靜悄悄地留一夜來早散。（老旦、小旦）今宵得暫安眠，可憐見子母每天昏地暗。

（末）就在那回廊底下暫歇了罷。

【前腔】（老旦、小旦）娘和女深感激。蒙恩受德，幸然遇好人相愛惜。免風霜寒冷受勞役也。（末）隨我來。向這迴廊畔正廳側，借得些薦和席。凍款款地足彎跧坐，覓些飲食。（老旦、小旦）多謝官長，今宵得略休息，可憐見子母每天寬地窄。

（坐地科）（末）天上人間，方便第一。（下）

【灞陵橋】（外上）馬兒行又急，轉頭間五里復十里。此去河南，只隔這帶水。孟津驛，今夜權停止。嗏，知他這碾車兒恁行遲。

【前腔】（丑上）馬兒行較疾，疾上碾車兒。直恁的簪簪地。正是心急步行遲，晚相催。天冷彤雲密。嗏，迭得到孟津驛且安息。

【前腔】（旦）這苦說向誰？索性死別離，各自也着邊際。生把我鴛鴦分開兩下裏。一步一回頭，教我傷情意。嗏，衫兒上淚珠兒任淹濕。

（末上）驛丞接老爺。（外）叫驛丞，我一路上鞍馬辛苦，不免勞倦，毋許閑雜人打攪。（末）是。（下）

（外）孩兒，我與六兒書房裏安息，你往後堂睡罷。（旦）是。（外、丑下）

【新水令】（老旦）淒涼逆旅人千里。（旦）這縈牽怎生成寐？（小旦）萬苦橫心裏。（合）睡不着，是愁都做枕邊淚。

（老旦）夫阻關山隔遠邦，女因兵火散他鄉。（小旦）自己不知凶與吉，親兄未審在何方。（旦）千愁當日兒離母，萬苦今朝鳳拆凰。（合）枕邊不敢高聲哭，恐怕猿聞也斷腸。（老旦）呀，又早是黄昏時候了，怎生睡得着呵！

【銷金帳】（老旦）黄昏悄悄，助冷風兒起。想今朝思向日。曾對這般時節，這般天氣。羊羔美酒，美酒銷金帳裏。兵亂人慌，遠遠離鄉里。如今怎生，怎生街頭上睡。

（旦）呀，樵樓上一更鼓了。

【前腔】初更鼓打，哽咽寒角吹。滿懷愁，分付與誰？遭逢這般磨折，這般別離。鐵心腸打開，打開鸞孤鳳隻。我這裏恓惶，他那里難存濟。翻覆怎生，怎生獨自個睡。

（小旦）是二更鼓了。

【前腔】鼕鼕二鼓，敗葉敲窗紙。響撲簌聒悶耳。難禁這般蕭索，這般岑寂。骨肉到此，到此你東我西。去又無門，住又無依倚。傷心怎生，怎生街頭上睡。

（旦）夜闌人静月微明，恨殺孤眠睡不成。心上只因縈悶繫，萬愁千恨嘆離人。天那，又是三更了。

【前腔】三更漏轉，寒雁聲嘹嚦。半明滅燈火煤。尋思這般沉疾，這般狼狽。相別到今，到今凶吉未知。冷落空房，藥食誰調理？床兒上怎生，怎生獨自個睡？

【前腔】（老旦）樓頭四鼓，風捲簷鈴碎。略朦朧驚夢回。娘女這般相逢，這般重會。颯然覺來，覺來孩兒那裏？多少傷悲，多少縈牽繫？教人怎生，怎生街頭上睡？

【前腔】（小旦）五更又催，野外疏鐘急。算通宵幾嘆息。一似這般煩惱，這般孤恓。一身苟活，苟活成得甚的。（旦）俺這裏愁煩，那壁廂長吁氣。聽得怎生，怎生獨自個睡。

（外上）正做家鄉夢，忽聞啼哭聲。六兒那裏？（丑上）爹怎麽？（外）你這狗才，一夜不睡，啼哭怎麽？（丑）爹，六兒不曾，是驛丞啼哭。（外）驛丞爲何啼哭？（丑）昨日爹到得晚了，驛丞不曾准備得鋪陳，把自睡的鋪臥拿出來了，他兩口兒昨晚没有被蓋，所以啼哭這一夜。（外）胡説，叫那驛丞過來。（丑叫驛丞）（末上）有。（外）我已曾分付你，我路上鞍馬勞倦，欲得一覺好睡，不許閑雜人打攪。正睡之間，只聽得這壁廂啼哭，那壁廂哀怨，却怎麽説？（末）禀爺，昨晚爺未到的時節，有兩個婦人來此借宿。小驛丞不知爺到，見他身上寒冷，留他在迴廊底下權宿一宵。想必天寒凍哭之聲，驚恐了爺，是小驛丞有罪了。（外）這驛丞好打！這是皇華駐節的所在，敢容婦人在此歇宿？叫六兒，押了這驛丞，去唤那兩個婦人過來。（丑）婦人在那裏？（末）在這裏。你這兩個婦人，好不達時務！好意容你在此權宿一宵，教你不要啼哭，一夜五更，只管啼啼哭哭，驚恐了尚書老爺。如今拿你，你自去回話！（小旦）母親，如何是好？（老旦）呀，這是我家六兒！六兒！（丑）呀，是奶奶。爹爹，奶奶在這裏。（老旦）相公在那裏？（外）夫人在那裏？（見科）（旦）母親在那裏？（同拜哭科）呀，我的娘！

【思園春】久阻尊顔想念勤，（老旦）孩兒，此逢將謂是夢和魂。（外）這女兒是誰？（老旦）是我途中厮認的。（小旦）奴是不應親者，今日强來親。（合）子母夫妻苦分散，無心中完聚怎由人。

【粉孩兒】（老旦）相公匆匆地離皇朝，你心不穩。棄家私老小，去得安忍？（外）只知國難識大臣，不隄防萬馬千軍犯京城。君去民逃，常言道龍鬥魚損。

【福馬郎】（旦）那日裏風寒雨又緊，正行裏喊聲如雷震。無處藏隱，急向林榔中躲、道途上奔。（老旦）其時節亂紛紛。身難保命難存。

【紅芍藥】(外)兵擾攘阻隔關津，思量着役夢勞魂。(丑)眼見得家中受危困。望吾鄉有家難奔。(老旦)孩兒，歷盡了苦共辛，娘逢人見人尋問。只愁你舉目無親，子父每何處厮認？

【紅衫兒】(旦)我有一言說不盡。(老旦)有甚麼說話？(旦)向日招商店驀忽地撞着家尊。(哭科)(老旦)孩兒有甚事，説與我知道。不要啼哭。(旦)我尋思他眼盼盼人遠天涯近。(老旦)爲甚的那壁千般恨？(外怒科)夫人，你休只管叨叨問。

【會河陽】(老旦)相公，有甚事争差，且息怒嗔。閑言語總休論。(小旦)賤妾不懼責罰將片言語陳，難得見今朝分。(旦)甚時除得我心頭悶，甚日除得我心頭恨？

【縷縷金】(外)教准備，展芳樽。得團圞都喜慶，盡歡欣。(老旦)館驛中有雜人來往，其實不穩。到南京得見聖明君，那時節好會佳賓。

(外)夫人言之有理。六兒，叫驛丞催趲船隻，即日起程。(丑叫科)(内應科)

【越恁好】(外)辦集船隻，辦集船隻，指日達帝京。(小旦)漸行漸遠，親兄長不知死何存。(旦)愁人見說愁更新。(小旦)姐姐你爲甚啼哭？(旦)欲言又忍，心兒裏痛切切如刀刎，眼兒裏淚滴滴如珠搵。

【紅繡鞋】(丑)畫船已在河濱，河濱。不勞馬足車輪，車輪。(外)六兒，就此起程去罷。(衆)離孟津，望前進。風力順，水程緊。咫尺是，汴梁城。

【尾聲】別離會合皆緣分，受過憂危心自忖，從今暮樂朝歡還再整。

（外）軍馬紛紛路不通，（三旦）娘兒兄妹各西東。

（合）今宵賸把銀缸照，猶恐相逢是夢中。

第二十七齣　逆旅蕭條

【步蟾宫】（生上）龍潭虎穴愁難數，更染病眈疾羈旅。分别夫妻兩南北，誰念我無窮淒楚。

〔眼兒媚〕傾家蕩業任飄零，受盡苦和辛。雁行中斷，鸞儔生拆，無限傷情。窮途更多災病，囊底已無緡。恁般正是，福無雙至，禍不單行。我蔣世隆自從與娘子分别，忽已月餘。這幾日身子雖覺漸安，争奈舉目無親，蕭條旅館，好生感傷人也！

【五様錦】姻緣將謂、五百年眷屬，十生九死成歡聚。經艱歷險幸然無虞。也指望否極生泰，禍絶受福。未妥尚有如是苦。急浪狂風，風吹折並根連枝樹，浪驚散鴛鴦兩處孤。更全然不想我這病體疾軀，那肯放容他些兒個叮嚀囑付，將他倒拽横拖奔去途。回頭道不得聲將息，幾曾有這般慈父。跌得我氣絶再復，死絶再甦。一回價上心來，一回價痛哭。

暮雨朝雲去不還，强移棲息一枝安。

春蠶到老絲方盡，蠟燭成灰淚始乾。

第二十八齣　兄弟彈冠

【孤飛雁】（小生上）吾皇恩詔從天降，遍遐邇萬民欽仰。宥極刑身有重生望，散群輩與群黨。回凶就吉，轉禍爲祥。前臨帝輦絶却親黨。回首家鄉，没了父娘。感傷，尋思着兩淚千行。

〔行香子〕興福，舉眼無親，進退無門，聞知道、結義恩人。廣陽鎮上，旅館安身，幾番尋，幾番覔，幾番詢。此間正是廣陽鎮招商店了，不免叫一聲，店主人有麼？（末上）商賈紛紛，士庶群群，大門外、馬足車輪。主人招接，小二般勤。俺這裏客來多，客來便，客來頻。（小生）店主人拜揖。（末）客官何來？

【惜黄花】（小生）中都路是本鄉，車駕望南往。一程程來到廣陽，特來相訪。（末）小可敢覆尊丈，有何事厮問當？買貨請商量，要安下却無妨。（小生）小生也非爲買貨，也不要安下，特來尋人。（末）若是問尋人，道如何模樣？

【前腔】（小生）店名須號招商。（末）這是招商店。（小生）少俛勞尊長。（末）且説怎麼樣個人？姓甚麼？（小生）有個秀才身姓蔣。（末）多少年紀了？（小生）三十餘上。（末）有。住此兩月將傍。（小生）在那裏安下？（末）正東下轉那厢。（小生）第幾間房兒？（末）從外數第三房。（小生）他一向好麼？（末）染病纔無恙。（小生）他今在那裏？（末）贖藥便回來。（小生）藥鋪近遠？（末）想只在前街後巷。

（小生）既如此，我在這裏等。（末）裏面請坐，想就來也。

【惜奴引】（生上）禍不單行先自速，遭兵火，那堪更重重坎坷。（末）官人你回來了。（生）是，回來了。（末）有人到此相訪。（生）在那裏？（末）在裏面。（見科）（小生）呀，哥哥！ 久阻尊顏，幾曾忘却些兒個。（生）彼我，縱然有音書怎托？

〔鷓鴣天〕（小生）自別恩兄兩月餘，（生）重重坎坷更災危。（小生）哥哥，你有何坎坷災危事？（生）説起教人珠淚垂。（末）休嗟怨，慢悲哀，房中請坐且寬懷。（生）從前一一都分訴，萬恨千愁掃不開。

（末）二位官人請坐，看茶來喫。

【本序】（生）自與相別，風寒勞役，受盡奔波。那更憂愁思慮，在旅邸頓染沉痾。（小生）違和，天相吉人身痊可。却望節飲食，休勞碌。怎忘却，忘了問別來尊嫂貴體安樂？

【前腔】（生）提着。心腸慘悽，不由人忍不住淚珠流顆。但有死別生離，那煩惱似天來大。（小生）緣何？ 莫非他棄舊憐新，從了別個？（生）不是。（小生）多應是疾病亡遭非禍。（生）不是，你道爲甚麽？（小生）却爲甚麽？（生）倚勢挾權，將夫妻苦苦拆破。

【蝦蟆序】（生）摧挫。艱共險、愁和悶要躲怎躲？ 到如今尚有、平地風波。（小生）驚愕。焰騰騰心上火，是誰人道與我？（生）你道如何？ 愛富嫌貧、岳丈倚强凌弱。

【前腔】（小生）斟酌。尊共卑、親和戚順他受他，等些時宛轉、求人團諾。（生）參差，其中話更多，都只恨緣分薄。（小生、末）（合）事多磨。放心將息、休自損天和。

（小生）哥哥，即日朝廷降敕，宣詔天下文武賢良，盡赴行朝應舉，正是男兒得志之日。哥哥休爲夫妻恩愛，誤却前程。可收拾行李，與興福同往行朝，一來應舉求官，二來亦可打聽尊嫂消息，不知哥哥意下如何？（生）此言極是，只是少些房錢在此，未曾還得。（小生）兄弟帶得盡有，不煩哥哥費心。店主人，請算一算奉還。（末）不多了，且請安息，明日算罷。

（小生）離合悲歡不自由，（生）心懷縈悶幾時休？

（末）爭似不來還不往，（合）也無歡喜也無愁。

第二十九齣　太平家宴

【傳言玉女】（外上）得睹天顏，真爲主憂臣辱。（老旦上）皇恩深沐，享千鍾重禄。（旦、小旦上）如今幸得再整銀屏金屋。（合）皇朝重見，太平重睹。

（外）盡日笙歌按玉樓，（老旦）忽朝軍馬犯皇州。（旦、小旦）但知會取非常樂，（合）須是隄防不測憂。

（外）夫人，今日幸喜骨肉團圓，夫妻再合，早已分付安排酒肴慶賀，不知完備未曾？院子那裏？（末上）匈奴遥俯伏，漢相儼簪裾。覆老爺，有何分付？（外）分付你安排酒肴，可曾完備否？（末）完備多

時了。（老旦）看酒過來。（旦送酒科）

【玉漏遲序】（旦）得寵念辱，想其時駕遷民移前去。父母妻兒散離，值此天數。抵多少喫辛受苦，抵多少亡家失所。（合）今幸得在畫堂深處。

【前腔】（外）驛程去速，奈何被士馬攔截歸路。國敗家亡，怎知此日完聚。知幾遍宵行晝伏，知幾遍風餐露宿。（合前）

【前腔】（旦）轟雷戰鼓，喊殺聲散亡人盡奔逐。那時無他可憐，救我在危途。知何處作婢爲奴，知何處遭驅被虜。（合前）

【前腔】（小旦）兄南妹北，亂兵中怎知生死。須臾骨肉分別，此身去住無所。感謝得恤寡念孤，感謝得爲親做主。（合前）

【撲燈蛾】（老旦）到行朝汴梁，看山河壯帝居。四時有常開花木，論繁華不減中都也。（外）受恩深處，便爲家自來俗語。（合）休思故里，對良辰美景、宴樂且歡娛。

【前腔】（旦）依舊珠圍翠簇，依舊雕鞍繡轂。列侍妾丫鬟使女，送金杯聽歌觀舞也。（小旦）因災致福，愛惜奴似親生兒女。（合前）

【尾聲】從今休把光陰負，但暢飲高歌休阻，共醉樂神仙洞府。

（外）莫辭今日醉顏酡，（老旦）百歲光陰能幾何？

（合）遇飲酒時須飲酒，得高歌處且高歌。

第三十齣　對景含愁

【夜行船】（旦上）六曲欄杆和悶倚，不覺又媚景芳菲。（小旦上）微雨昨宵，新晴今日。（合）知道海棠開未？

〔蝶戀花〕（旦）春來分外傷懷抱，燕燕鶯鶯，空自啼春巧。（小旦）三月春光無限好，嬌花一夜都開了。（丑梅香上）忽聽院宇笙歌繞，笑語歡聲，花下金樽倒。二位小姐，你心中有甚閑煩惱？忍教辜負韶華老！（旦）我自有煩惱處，你那裏知道。

【本序】（旦）春思懨懨，此愁誰訴？此情誰知？心撩亂慵睹妝臺梳洗。（小旦）芳時。不暖不寒，秋千院宇、堪遊堪戲。（旦）空對，鶯花燕柳，悄忽地暗皺雙眉。

【前腔】（小旦）姐姐，因誰。牽惹芳心，媚容香褪，嫩臉桃衰。看看恁寬盡金縷羅衣。（旦）休疑。只爲傷春，知他怎生、年年如是。（丑）休對，晴天暖日，輕可地過了寒食。

二位小姐，這等好天氣，回到後花園閑步一回也好。

【風入松】（旦）甚心情閑步小園西。（小旦）姐姐爲甚不去？（旦背唱科）推一個身倦神疲。

（丑）趁春風桃李花開日，誰不待去尋芳拾翠。九十日光陰撚指，三分景二分歸。

【前腔】（小旦）那春光也應笑咱伊。（旦）笑甚的來？（小旦）笑你恁瘦減香肌。（旦）東君不管人憔悴，眼見得緑密紅稀。香閨掩珠簾鎮垂，不肯放燕雙飛。

【尾聲】衷心先自不如意，縱然間肯同隨喜，也做了興盡空回。

（旦）傷心情緒倦追遊，（小旦）好景如梭不肯留。

（丑）來朝更有新條在，（合）惱亂春風卒未休。

第三十一齣　英雄應辟

【望遠行】（生上）春風紫陌，又是天涯行客。（小生上）野草閑花，掩映水光山色。（末、净上）杏花朵朵欹紅，楊柳絲絲弄碧，沙岸遠漣漪初溢。

（生）攜書挾策赴天邦，（小生）那更風光直艷陽。（末）路上野花鑽地出，（净）村中美酒透瓶香。（見科）（净）動問此位老兄上姓？（生）學生姓蔣。（净）貴表？（生）雙名世隆。（净）此位？（小生）學生覆姓陀滿，雙名興福。（净）此位？（末）學生姓卞，雙名登科。（生）老兄尊姓貴表？（净）學生姓成，雙名何濟。我每都是科舉朋友，不期而逢。天色將晚，各請趲行幾步。

【望吾鄉】（生）降詔頒敕，搜賢赴帝域。文武遠投安邦策，星斗文章誰能及？下筆加神力。（合）一朝裹身顯跡，受賞加官職。

【前腔】（小生）萬里鵬翼，功名唾手得。英雄果是千人敵，正是男兒崢嶸日，豈敢辭勞役。（合前）

【感亭秋】（末）短亭長亭，程程去知幾驛。逆旅中過寒食。見點點殘紅飛絮白，夕陽影裏啼蜀魄。（合）家鄉遠心慢憶，回首雲煙隔。

【前腔】（淨）香醪待飲何處覓，牧童處問端的。遥望前村疏籬側，招颭酒旗林稍刺。（合前）

【紅繡鞋】（合）小徑迢迢狹窄，狹窄。野水潺潺湍激，湍激。飲數杯，解愁戚。那裏堪觀賞，可閑適。只愁他，天晚逼。

【尾聲】酒家眠權休息，韞櫝藏珠隱塵跡，萬里前程在咫尺。

過却長亭又短亭，看看相近汴梁城。
路上有花並有酒，一程分作兩程行。

第三十二齣　幽閨拜月

【齊天樂】（旦上）懨懨捱過殘春也，又是困人時節。景色供愁，天氣倦人，針指何曾拈刺。（小旦上）閑庭静悄，瑣窗蕭灑，小池澄澈。（合）疊青錢，泛水圓小嫩荷葉。

〔浣溪沙〕（小旦）階前萱草簇深黄，檻外榴花疊絳囊，清和天氣日初長。（旦）懶去梳妝臨寶鏡，慵拈針指向紗窗，晚來移步出蘭房。（小旦）姐姐，當此良辰美景，正好快樂，你反眉頭不展，面帶憂容，爲甚麽來？

【青納襖】（旦）我幾時得煩惱絶，幾時得離恨徹。本待散悶閑行到臺榭，傷情對景腸寸結。（小旦）姐姐，撇下些罷。（旦）悶懷些兒待撇下怎忍撇，待割捨難割捨。倚遍闌干萬感情切，都分付長嘆嗟。

【紅納襖】（小旦）姐姐，你繡裙兒寬褪了褶，爲傷春憔悴些。近日龐兒瘦成勞怯，莫不是又傷夏月。姊妹每休見撇，斟量着你非爲別。（旦）你量着我甚麽？（小旦）多應把姐夫來縈牽，別無些話說。

【青納襖】（旦怒科）你把濫名兒將咱引惹，直恁的情性乖心意劣。女孩兒家多口共饒舌。爹娘行快活要他做甚的？要妝衣滿篋，要食珍羞則盛設。和你寬打周折。（走科）（小旦）姐姐到那裏去？（旦）到父親行先去說。（小旦）說些甚麽？（旦）說你小鬼頭春心動也。

【紅納襖】（小旦）我特地錯賭別，（跪科）姐姐，望高擡貴手饒過些。一句話兒傷了俺賢姐姐。（旦）起來，且饒你這次，今後再不可如此。（小旦）若再如此呵，瑞蓮甘痛決，姐姐閑耍歇，小的每先去也。（旦）你那裏去？（小旦）只管在此閑行，忘收了針綫帖。

（旦）也罷，你先去。（小旦）推些緣故歸家早，花陰深處遮藏了。熱心閑管是非多，冷眼覷人煩惱少。

（下）（旦）這丫頭去了，天色已晚，只見半彎新月，斜掛柳梢；幾隊花陰，平鋪錦砌。不免安排香案，對月禱告一番。〔卜算子〕款把卓兒臺，輕揭香爐蓋。一炷心香訴怨懷，對月深深拜。（拜科）

【二郎神】（旦）拜新月，寶鼎中明香滿爇。（小旦潛上聽科）（旦）上蒼，這一炷香呵，願我拋閃下男兒疾較些，得再睹同歡同悦。（小旦）悄悄輕將衣袂拽，姐姐，却不道小鬼頭春心動也。（走科）（旦）妹子到那裏去？（小旦）我也到父親行去説。（旦扯科）（小旦）放手，我這回定要去。（旦跪科）妹子，饒過了姐姐。（小旦）姐姐請起，那喬怯。無言俯首，紅暈滿腮頰。

【鶯集御林春】（小旦）恰纔的亂掩胡遮，事到如今漏泄。姊妹每心腸休見別，夫妻每是有些周折？（旦）教我難推怎阻，罷罷，妹子，我一星星對伊仔細從頭説。（小旦）姐姐，他姓甚麼？（旦）姓蔣。（小旦）他也姓蔣？叫甚麼名字？（旦）世隆名。（小旦）呀，他家住在那裏？（旦）中都路是家。（小旦）姐姐，你怎麼認得他？他是甚麼樣人？（旦）是我男兒受儒業。

【前腔】（小旦悲介）聽説罷姓名家鄉，這情苦意切。悶海愁山將我心上撇，不由人不淚珠流血。（旦）我恓惶是正理，只合此愁休對愁人説。妹子，你啼哭爲何因？莫非是我男兒舊妻妾？

【前腔】（小旦）他須是瑞蓮親兄，（旦）呀，元來是令兄！爲何散失了？（小旦）爲軍馬犯闕。（旦）是，我曉得了。散失忙尋相應者，那時節只爭個字兒差迭。妹子，和你比先前又親，自今越更着疼熱。你休隨着我跟脚，久已後是我男兒那枝葉。

【前腔】（小旦）我須是你妹妹姑姑，你是我的嫂嫂又是姐姐。未審家兄和你因甚别？兩分離是何時節？（旦）正遇寒冬冷月，恨爹爹把奴拆散在招商舍。（小旦）如今還思量着我哥哥麽？（旦）思量起痛辛酸，那其間他染病耽疾。（小旦）那時怎割捨得他？（旦）是我男兒教我怎割捨？

【四犯黄鶯兒】（小旦）他直恁太情切，你十分忒軟怯，眼睁睁怎忍相拋撇？（旦）枉自怨嗟，無可計設，當不過他搶來推去望前扯。（合）意似虺蛇，性似蠍螫，一言如何訴説。

【前腔】（小旦）流水一似馬和車，傾刻間途路賒。他在窮途逆旅應難捨。（旦）那時節呵，囊篋又竭，藥餌又缺，他那裏悶懨懨難捱過如年夜。（合）寶鏡分破，玉簪跌折，甚日重圓再接？

【尾聲】自從别後音書絶，這些時魂驚夢怯，莫不是煩惱憂愁將人斷送也。

（旦）往時煩惱一人悲，（小旦）從此淒涼兩下知。

世上萬般哀苦事，無過死别共生離。

第三十三齣　照例開科

照例開科。

第三十四齣　姊妹論思

【秋蕊香】（旦上）半載縈牽方寸，何時不淚滴眉顰。（小旦上）欲語難言信難問，即漸漸裏懨懨瘦損。

〔玉樓春〕（旦）深沉院宇無人問，縱然有便難傳信。（小旦）這邊愁似那邊愁，伊的恨如奴的恨。（旦）心下慢然思又忖，口中枉自評和論。（合）有時欲向夢中尋，夢又不成燈又燼。（旦）妹子，這些時天下文武賢良都來赴選，不知你哥哥也曾來否？好悶人也。（小旦）哥哥料應在此。只怕他不得成名，就知道姐姐消息，也難來厮見。

【二犯孝順歌】（旦）從別後，渡孟津，思君盡日欲見君。鳳北鸞南，生生地鏡剖與釵分。鎮千思萬想，要見無門。（合）放不落，心上人。撇不下，心上人。

【前腔】（小旦）一回價，暗自忖，非親怎知却是親？你東咱西，荒荒地路途人亂奔。自一別半載，杳然無聞。（合前）

【前腔】（旦）恩和愛，苦共辛，衷腸告天天怎聞？妾後夫前，懨懨地幾曾忘半分？有三言兩語，寄也無因。（合前）

【前腔】（小旦）當時苦，值亂軍，離鄉背井兄妹分。做小服低，看看地過冬還過春。捱十生

九死，舉目無親。（合前）

（旦）天從人願最爲難，（小旦）再睹重逢豈等閑。

（合）從今許下千千拜，望月瞻星夜夜間。

第三十五齣　詔贅仙郎

【高陽臺】（外上）蓂莢更新，流光過隙，桑榆日近西山。有女無家，一心日夜憂煩。使命傳宣出建章，微臣深愧沐恩光。可憐年老身無子，特旨巍科擇婿郎。老夫親生一女，小字瑞蘭。向者兵戈擾攘之際，夫人途中帶回一女，小字瑞蓮，秀質賢能，就與我親生女孩兒一般看待。如今俱已及笄，蒙聖旨着俺招贅文武狀元爲婿，不免請夫人女孩兒出來，一同遣遞絲鞭便了。院子那裏？（末上）丹墀日月開金榜，市井駢闐擇婿車。覆老爺，有何鈞旨？（外）後堂請老夫人與二位小姐出來。（末）老夫人、二位小姐有請。

【前腔】（老旦上）蘭堂日永，湘簾捲，畫簷前燕鵲聲喧。（旦、小旦上）喜椿萱晚景安然，感謝蒼天。（老旦）老相公萬福。（外）夫人拜揖！（旦、小旦）爹爹、母親萬福！（外、老旦）孩兒到來。（外）夫人，老夫年紀高邁，女孩兒俱已及笄，昨蒙聖恩憐俺無嗣，着俺招贅文武狀元爲婿。今日請夫人與兩個孩兒出來，一同遣遞絲鞭，不知夫人意下如何？（老旦）相公，男大須婚，女大須嫁，此是門庭美事。況蒙聖旨，豈敢有違。（旦）上告爹爹、母親得知，孩兒已有丈夫，不敢從命。（外怒科）胡説，你丈夫在那裏？（旦）爹爹，容奴禀覆：向因兵戈擾亂，爹爹前往邊庭，孩兒與母親亂兵追逐，分散東西，逃生曠野。那時一身没靠，舉目無親，幸遇秀才蔣世隆惻隱存心，救提作伴。又被强梁拿縛山寨，幾至殺身，幸得寨主是他故人，情深意重，方得釋免。若無他救，不知生死何地。後來與他同到招商店中，盟山誓海，共結鸞凰。及爹爹來至，將奴拆散。今蒙嚴命，再選夫婿，豈敢故違。但爹爹高居相位，顯握朝綱，觀通書史，止有守貞守節之道，那有重婚重嫁之理！況他乃讀書才子，有日禹門三汲浪，一舉占鼇頭。孩兒寧甘守節操，斷難從命。離亂兵戈喊殺頻，娘兒驚散竄山林。危途不遇賢君子，相府那存有妾身。莫把恩人輕不顧，不應親者豈相親？世隆有日風雲會，須待團圞到底親。（外）這是朝廷恩命，誰敢有違！（小旦）爹爹，小女瑞蓮亦有少禀。（外）你也有甚麽話説？（小旦）自從向遭兵火，兄妹各奔逃生，失身曠野之中，藏形躲避。幸遇夫人唤聲，與奴名廝類，奴忙應答向前，當蒙夫人提挈妾身爲伴，脱離災厄。後來爹爹緝探回朝，驛中相遇，允留潭府。恩育同於嫡女，無可稱報。前日因同姐姐燒香祈祐，各表誠心禱告，方知姐姐與妾兄蔣世隆偶結良緣，已成夫婦。今蒙爹爹嚴命，將奴姊妹招贅文武狀元，但妾兄蔣世隆飽學多才，有日風雲際會，亦未可量。瑞蓮甘與姐姐一同守節。但得天從人願，妾兄一舉成名，那時夫貴妻榮，姻緣再合。妹承兄命，始配鸞凰，庶酬爹爹養育之恩。九烈三貞自古聞，從新棄舊枉爲人。如今縱有風流婿，休想佳人肯就親。（外）這是朝廷恩命，休得多言！院子，快與我唤官媒婆過來。（末）理會得。官媒婆走動。

【普賢歌】（丑上）媒婆終日脚奔波，成就人間好事多。這家也是我，那家也是我，也只爲家貧没奈何。

呀，大叔是王老爺府中的，唤老身有何使用？（末）俺老爺奉朝廷恩命，將二位小姐招贅文武狀元，唤你遞送絲鞭。（丑）就去。煩大叔通報。（末）禀老爺，官媒婆到了。（外）着他進來。（末）老爺着你進去。（丑）老爺、老夫人、二位小姐，官媒婆叩頭。（外）媒婆，我奉朝廷恩命，招贅文武狀元爲婿，你與我院子同去遞送絲鞭。聽我道：

【黄鶯兒】（外）二女正青年，相門高當遴選。乘龍未遂吾心願。幸朝廷命宣，配文武狀元。郎才女貌真堪羨。（老旦）（合）媒婆，你去遞絲鞭，一雙兩美，成就好姻緣。

【前腔】（旦）口誦《柏舟》篇，更何心續斷絃。（丑）小姐是深閨的處子，如何説起斷絃來？（旦）我洞房曾會招商店。爹爹錦旋，途中偶見，霎時間拆散了鴛鴦伴。媒婆，休要遞絲鞭，我甘心守節，誓不再移天。

（丑）小姐，這是父命君恩，一定還要諧個佳偶。（小旦）媒婆，你也聽我道：

【前腔】那日涉風煙，望關山路八千。亂軍中不見了哥哥面。幸夫人見憐，將奴身保全，勝似嫡親，相待恩非淺。今日遞絲鞭，我紅生羞臉，黄色上眉間。

(外)媒婆休要多言，疾忙遞絲鞭去！

【前腔】(丑)鈞命敢遲延，這姻緣非偶然。匪媒弗克成姻眷。調和兩邊，並無一言。人間第一要行方便。今日遞絲鞭，仙郎肯受，多贈貫頭錢。

(外)媒婆，還有一件。恐二位狀元不知小姐嬙姸，將這真容與他看去。(丑)理會得。

(外)憑媒選日遞絲鞭，(老旦)招贅新科兩狀元。

(末)時人莫訝登科早，(丑)只爲嫦娥愛少年。

第三十六齣　推就紅絲

【風入松】(生上)同聲相應氣相求，同占鼇頭。(小生上)追思往事皆成謬，傷情處不堪回首。

(合)幸喜聲名貴顯，相期黼黻皇猷。

(小生)哥哥，且喜雙桂聯芳，已遂凌雲之志。行看兩葵並秀，同傾向日之誠。(生)兄弟，所喜者志得意滿，身顯名揚。所悲者家園蕩廢，琴瑟淒涼。(小生)哥哥，這幾件都不打緊。兄弟一門良賤，三百餘口，盡被聶賈列無辜殺戮，止逃得兄弟一身。幸得恩兄搭救，戴天之讎未報，再生之恩未酬。哥哥，這些小事，何足掛念。

【勝葫蘆】(末、丑上)聖主憂虞及大臣，因無子繼家門。二女如花未曾諧秦晉。特來說合、兩兩仙郎共成親。

此間正是文武狀元寓所，不免徑入。二位老爺，官媒婆、院子叩頭。（生、小生）你兩個從何而來？有何説話？（末、丑）我兩人是王尚書府中差來的，一來奉天子洪恩，二來領尚書嚴命，特來遞送絲鞭，請二位老爺同諧佳偶。（小生收科）（末、丑）二位小姐真容在此，狀元請看。（生看沉吟悲科）（小生）哥哥，今日遞送絲鞭，是個喜事，爲何墮下淚來？（生）兄弟，你自受了絲鞭，我斷然不受。（小生）請問哥哥爲何不受？

【集賢賓】（生）那時挈家逃難走，正鬼哭神愁。喊殺聲如雷軍馬驟，亂荒荒過壑經丘。妹子瑞蓮呵，相失在後，尋討處不知所有。難措手，忽有人同聲相應同氣相求。

（小生）向日山寨中見的嫂嫂，想就是了？

【前腔】（生）途中見時雖厮守，猶覺滿面嬌羞。到得磁州廣陽鎮招商店中呵，直待媒妁之言成配偶。不意他父親王尚書，緝探虎狼軍回到招商店中，遇見是他女兒，竟自奪回去了。（小生）哥哥，你那時怎割捨得他去！（生）病懨懨無計相留。（小生）若是小弟，一定與他厮鬧一場。（生）他是尚書，我是窮儒，怎敢與他龍爭虎鬥。（小生）別後曾有音信麼？（生）分別後知他安否？（小生）如今聖旨議親，怎辭得他？（生）恩德厚，有何顔再配鸞儔？

【琥珀猫兒墜】（小生）聽哥説罷，方識此根由。這是王尚書，招商店也是王尚書，事有可疑。哥哥，破鏡重圓從古有，何須疑慮反生愁？（生）兄弟，斷無此事，不可錯疑了。（小生）不謬。重整備乘龍花燭風流。

（末、丑背科）好怪好怪！小姐又説招商店有了丈夫，不肯再嫁，狀元又説招商店有了妻室，不肯重婚。

【前腔】（末、丑）正是義夫節婦，語意兩相投。多應是有分姻緣當輳偶。狀元老爺，此情分付與東流。休休，把舊恨新愁一筆都勾。

（生）媒婆、院公，煩你多多拜上老爺，斷然不敢奉命。

（末）事跡相同説不差，（丑）這般異事實堪誇。

（小生）落花有意隨流水，（生）流水無情戀落花。

第三十七齣　官媒回話

【似娘兒】（外上）姻事未和諧，媒婆去不見回來。（老旦上）教人望眼懸懸待。（合）玉音已降，冰人已遣，汗簡何乖？

（外）夫人，昨遣官媒婆、院子到文武狀元寓所遞送絲鞭，爲何不見回報？（末、丑上）指望將心托明月，誰知明月照溝渠。個中一段姻緣事，對面相逢總不知。老爺、老夫人，官媒婆院子叩頭。（外）媒婆、院子，回來了。二位狀元受了絲鞭否？（末、丑）奉天子洪恩，領老爺嚴命，去到狀元寓所説親，那武狀元欣然領納，並不推辭，只有文狀元不肯應承。再三勸他，方把真情説出來。（外）他怎麼説？

【啄木兒】（末、丑）他説遭離亂值變遷，民庶逃生離故園。兄攜妹遠涉風煙，亂紛紛戈戟森然。喊殺中妹子忽不見，前村後陌都尋遍，聲喚多嬌蔣瑞蓮。

（外）那時尋見也未？

【前腔】（末、丑）兄尋妹涕淚漣，忽聽得悠悠聲應遠。只道是妹見哥哥，却元來錯認陶潛。那女子呵，他娘兒拆散中途畔，叫聲應聲隨呼喚，（外）那女子怎麼應他？（末、丑）那女子叫名瑞蘭，與瑞蓮聲音厮類，名韻相同事偶然。

（外）那女子失散了母親，在途路上單身不便了。

【三段子】（末、丑）欲隨向前，男女輩同行未便。欲落後邊，亂軍中污辱未免。説只得做兄妹同行呵，相隨同到招商店，主人翁作伐諧姻眷。那其間狀元染病，正仗那娘子扶持，不意他岳丈相逢拆散錦鴛。

（外）夫人，有這等奇事！

【前腔】（老旦）孩兒瑞蘭，與伊妻名兒一般。孩兒瑞蓮，與伊妹名非兩般。我中都路母子曾失散，你招商店父子重相見，事跡相同豈偶然。

老相公，事在如今，却怎生是好？

【滴溜子】（外）我有一個道理。明日裏，明日裏，小設酒筵。媒婆去，媒婆去，傳語狀元。既然他心中不願，如何强逼他諧繾綣？（老旦）既如此，你請他來怎麽？（外）請來飲酒之間呵，先教他妹子在堂前，隔簾認看。

（老旦）此計甚好。

【尾聲】（外）相逢到此緣非淺，真與假明朝便見。你二人傳語狀元，親事不敢相扳，只請枉臨一會，再無他意。望勿推辭，特請他來赴宴。

（外）明日宴佳賓，（老旦）須知假與真。

（末）殷勤藉紅葉，（丑）寄與有情人。

第三十八齣　請偕伉儷

（浄上）有福之人人伏事，無福之人伏事人。自家乃蔣狀元府中使用的便是。蒙狀元鈞旨，着俺打掃畫堂，整理琴書清玩，鋪設已完，不免在此伺候。

【玩仙燈】（生上）有事掛心懷，好一似和鉤吞綫。

憶自離家幾變更，此身須在亦堪驚。東邊日出西邊雨，道是無情却有情。昨爲王尚書遣官媒婆、院子來此説親，教我越加煩惱，不知甚日方得我嬌妻的消息。唉，不免將琴書消遣一番則個。

【懶朝天】一自瑶琴操離鸞，眼底知音少，不與彈。今朝拂拭錦囊，看雪寒。傷心一曲倚闌干，續《關雎》調難。

【懶畫眉】（末、丑上）空勞仙子下天台，何意劉郎事不諧？狀元老爺，官媒婆、院子叩頭。（生）二人因甚去還來？（末、丑）早成就了合歡帶。管取相逢笑口開。

（生）媒婆、院子，我昨日已煩你拜上老爺，這親事斷然不敢奉命。（末、丑）禀狀元老爺知道，家老爺多多拜上，姻緣之事不敢强扳；久仰狀元老爺才高貌美，只請枉臨一會，再無他意。（生）既如此，我少不得來參拜你老爺。你二人先去，我隨後就來也。（末、丑）回去禀復老爺，掃門拱候。

（生）相府玳筵開，（丑）珍饈百味排。

（末）掃門端拱立，專待狀元來。

第三十九齣　天湊姻緣

【卜算子】（外上）一段好姻緣，説起難抛下。今朝開宴特相邀，試問真和假。

昨日已遣官媒婆、院子去請狀元來此會宴，安排酒肴，不知完備未曾？院子那裏？（末上）堂上呼雙字，階前應一聲。覆老爺，有何分付？（外）筵席完備了未？（末）完備多時了。（外）快去請張都督老爺來陪宴。（末）小人已曾去請，説就來。（淨上）聞呼即至，有請當來。通報。（末）禀老爺，張老爺到了。（外）張大人請。（净）老司馬請。（外）寒舍。（净）請了，老司馬拜揖。（外）張大人拜揖。（净）老司馬今日相招，不知有何見教？（外）老夫今日小設，非爲別事，只因當初老夫緝探虎狼軍，正值遷都世亂之時，老妻帶領小女瑞蘭，前往京師躲避。行至中途，被軍馬趕散，母子分離。已後老夫回到磁州廣陽鎮招商店中，遇見小女隨着一個秀才爲伴，老夫一時氣忿，不曾問得詳細，撇了那秀才，領了女兒回京。如今蒙聖恩將小女招贅今科狀元爲婿，昨遣官媒婆、院子去遞絲鞭，那狀元説有了妻室，不肯領受。已後再三勸勉，始説出真情。這狀元就是招商店中那秀才。（净）有這等奇事？（外）還有一件，當初老妻途中失了小女時節，叫名尋問，忽有一個女兒，叫名瑞蓮，與小女名韻相同，向前答應。老妻見他是好人家兒女，帶回來就認他做女兒，此女又是狀元的妹子。（净）有這等事，一發奇了！（外）老夫疑信之間，未可就令小女與他厮見，今日聊設一個小筵，請狀元到此，着他妹子隔簾覷認，故此特屈張大人相陪。（净）這個當得。（外）院子，狀元來時，即便通報。（末）理會得。

【前腔】（生上）仙子宴瑶池，青鳥書傳送。道是無情却有情，既信猶疑夢。

（末）禀老爺，狀元到了。（外）快請。（末）有請。（外）狀元請。（生）老先生請。（净）還是大人先請。（生）不敢，還是老先生請。學士焉敢。（外）僭了。（生）老先生拜揖。（外）狀元拜揖。（净）狀元大人拜揖。（生）老先生拜揖。（外）狀元請坐。（生）學生侍坐。（外）豈有此禮。請。（生）告坐了。（净）狀元大人，老司馬小姐奉聖旨招閣下爲婿，爲何不肯應承？（生）二位老先生聽禀：

【山坡羊】那日因遭兵燹，兄妹移家遷汴。亂軍中拆散雁行，兩下裏追尋不見。叫瑞蓮，有個佳人忽偶然。(淨)那佳人怎麽就肯答應?(生)那佳人叫名瑞蘭,與瑞蓮聲音厮類,故應錯了。(淨)既如此,曾與他配合也不曾?(生)相隨同到招商店,合巹曾憑媒妁言。交歡,誰知一病纏。學生正染病間,被他父親也是王尚書偶然遇見,奪回去了。(淨)咳,這個天殺的老忘八!(生)堪憐,分開鳳與鸞。

(淨)那是一時的事,也抛撇得下了。今日相府議親,狀元大人如何再三不允?

【前腔】(生)佩德啣恩非淺,别後心常懷念。(外)今日之事,非是老夫强逼,只是聖意如此,不敢有違。(生)縱有湖陽公主,那宋弘呵,怎做得虧心漢。(淨)狀元大人,你如此説,終不然終身不娶不成!(生)石可轉,吾心到底堅。(淨)成就了此親,享榮華,受富貴,有何不可?(生)貪豪戀富,怎把人倫變?爲學須當慕聖賢。(淨)這是官裏與你説親,姻緣非淺。(生)姻緣,難把鸞膠續斷絃。(淨)狀元大人,請受了絲鞭罷。(生)絲鞭,辜負嫦娥愛少年。

(老旦、小旦上看科)(老旦)孩兒,這可是你哥哥?(小旦)呀,正是我的哥哥。(見科)

【哭相思】(生、小旦)兄妹當初兩分散,誰知此地重相見。

(淨)這個是誰?(外)這就是狀元的妹子。(淨)果有這等異事!老夫告回,即辦尺頭羊酒來作賀老司馬。(下)(生)妹子,你如何得到這裏?

【香柳娘】(小旦)想當初難中,想當初難中,與哥哥分散,孤身途路誰相盼?幸夫人見憐,幸夫人見憐，相挈在身邊，慈悲做方便。與親生女兒，與親生女兒，相看一般。喜今朝重見。

【前腔】（生）嘆兄南妹北，嘆兄南妹北，無由會面，你身有托吾無伴。繞山坡叫轉，繞山坡叫轉，驀地遇嬋娟，天教遂姻眷。奈時乖運蹇，奈時乖運蹇，一別數年。存亡未判。

（小旦）哥哥，嫂嫂也在這裏。（生）如今在那裏？

【五更轉】（小旦）你望故人，如天遠，相逢在目前。（生）妹子，你爲何認得嫂嫂？（小旦）閨中小姐，曾會你在招商店。拜月亭前，説出心願。（生）你莫非差了？（小旦）鄉貫同，名字真，非訛舛。爹爹母親望乞垂憐見。早使相逢、不索留戀。

待我請嫂嫂來。姐姐有請。

【似娘兒】（旦上）夢裏流鶯聲尚在，出蘭房風翻佩帶。

（小旦）姐姐，文狀元正是我的哥哥。（旦）呀，在那裏？（相見科）

【哭相思】（生）一別招商已數年，今朝重續舊姻緣。貞心一片如明月，映入清波到底圓。

【五更轉】（旦）你的病未痊，我却離身畔，心中常掛牽。（生）蒼天保祐，保祐身康健。與那結義兄弟呵，武舉文科，同登魁選。蒙聖恩，特議親，豈吾願？（合）相逢到此，到此真希罕。喜動離懷、笑生愁臉。

（外、老旦）孩兒、賢婿，不必説了。孩兒回歸香閣，重整新妝。狀元且到書院，换了服色，即同武狀元與瑞蓮孩兒成親便了。

（生、旦）天遣偶相逢，（小旦）渾疑是夢中。

（外）門蘭多喜氣，（老旦）女婿近乘龍。

第四十齣　洛珠雙合

（外、老旦吊場）院子，快去唤賓相過來。（末）賓相走動。（净上）全仗周孔禮樂，來成秦晉歡娱。大叔通報。（末）老爺着你進去。（净）老爺、老夫人，賓相叩頭。（外）起來，今日是黄道吉日，我與二位小姐招贅文武狀元，你與我贊禮成親，多説些利市言語，重重賞你。（净）理會得。（請科）

【戀芳春】（生、小生上）寶馬驕嘶，香車畢集，燈光如晝通明。（旦、小旦上）仿佛天台劉阮，仙子相迎。（合）夙世姻緣已定，昔離别今成歡慶。相隨美滿夫妻，强如鸞鳳和鳴。（净贊禮）

（拜）（撤帳科）（生、小生同把酒科）

【畫眉序】文武掇巍科，丹桂高攀近嫦娥。喜鶯遷喬木，鳳止高柯。十年探孔孟心傳，一旦試孫吴家學。（合）畫堂花燭光摇處，一派樂聲喧和。

【前腔】（旦、小旦）萍梗逐風波，豈料姻緣在卑末。似瓜纏葛藟，松附絲蘿。幾年間破鏡重

圓，今日裏斷釵重合。（合前）

【前腔】（外、老旦）兩國罷干戈，民庶安生絶烽火。幸陽春忽布，網羅消磨。昨朝羨錦奪標頭，今夜喜紅絲牽幕。（合前）

【滴溜子】（末捧詔上）一封的，一封的，傳達聖聰。天顔喜，天顔喜，滿門詔封。九重紅雲簇擁，龍章出鳳墀，蒙恩受寵。五拜山呼，稽首鞠躬。

奉天承運，皇帝詔曰：夫婦乃人倫所重，節義爲世教所關。邇者世際阽危，失之者衆矣。兹爾文科狀元蔣世隆，講婚禮於急遽之時，從容不苟；妻王瑞蘭，待媒妁於流離之際，貞節自持。夫不重婚，尚宋弘之高誼；婦不再嫁，邁令女之清風。使樂昌之破鏡重圓，致陶穀之斷絃再續。兵部尚書王鎮，保邦致治，有撥亂反正之才；解組歸閑，無貪位慕禄之行。陀滿興福出自忠良，實非反叛。父遭排擯，朕實悔傷。萌蘖尚存，天意有在。今爾榮魁武榜，互結姻緣。蔣世隆授開封府尹，妻王氏封懿德夫人。陀滿興福世襲昭勇將軍，妻蔣氏封順德夫人。尚書王鎮，歲支粟帛，與見任同。嗚呼！彝倫攸序，爾宜欽哉！謝恩。（衆）萬歲，萬歲，萬萬歲！

【望吾鄉】（衆）仰聖瞻天，恩光照綺筵。花枝掩映春風面，女貌郎才真堪羨。天遣爲姻眷。雙飛鳥，並蒂蓮，今朝得遂平生願。

【皂羅袍】向日鑾輿遷汴，正土崩瓦解、士庶紛然。人於顛沛節難全，堅金百煉終無變。娘兒兄妹，流離播遷。斷而還續，破而復圓。義夫節婦人間鮮。

【排歌】今日相逢，三生有緣。文兄武弟襟聯，喬公二女正芳年，孫策周瑜德並賢。夫榮耀，妻貴顯，宮花如錦酒如泉。風流事，著簡編，傳奇留與後人傳。

【前腔】（外、老旦）吾年老，雪滿顛。無子承家業，晨昏每憂煎。且喜東床中選，雀屏中目，一雙白璧種藍田。百歲夫妻今美滿。山中相，地上仙，人間諸事不縈牽。壚邊醉，甕底眠，從今不惜杖頭錢。

【金錢花】（衆）翰林史筆如椽，如椽。倒流三峽詞源，詞源。撮成離合與悲歡。千百載，永流傳。千百載，永流傳。

【前腔】鐵毬漾在江邊，江邊。終須到底團圓，團圓。戲文自古出梨園。今夜裏，且歡散。明日裏，再敷演。明日裏，再敷演。

自來好事最多磨，天與人違奈若何。
拜月亭前愁不淺，招商店内恨偏多。
樂極悲生從古有，分開復合豈今訛。
風流事載風流傳，太平人唱太平歌。

幽闺记曲谱

目録

幽閨記曲譜目録(一)

幽閨記曲譜上卷目録

(一) 原上卷、下卷目録分置各卷卷首,現統一改置書首。

幽閨記曲譜下卷目録

上卷

矯奏

（末上）（尺調）

【點絳唇】漸闢東方，星殘月漾。啓明顯，閃爍清光。點滴簷鈴響。

萬燭當天紫霧消，百花深處漏聲遥。宫門半闢天風起，吹落爐香滿繡袍。吾乃金朝一個小黄門是也。主司儀典，出納綸音。身穿獸錦袍，與賓客之言； 口含鷄舌香，傳天子令。如今早朝時分，官裏升殿，怕有奏事官到來，在此伺候。（浄上）掌燈。（六調）

【出隊子】番兵突至，禦敵無人爲出師，教人日夜苦憂思。事到臨危不可遲。奏議遷都，伏乞聖旨。

（末）來者何官？ 有何文表，就此披宣。（浄）臣聶賈列有事啓奏。（末）奏來。（浄）奏爲保國安民事。

誠惶誠恐，稽首頓首，冒奏天顔，恕臣萬死。臣聞番兵犯界，突入榆關，離俺中國只有一百二十里之地。況彼人强馬壯，本國將寡兵疲，難以當敵。不若遷都汴梁，上保社稷無危，下免生民塗炭。（内）聖旨道來，汴梁有何好處，可以遷都？（浄）汴梁者，東有秦關，西有兩隘，南有函谷，㈠北有巨海，地雄土厚，可以遷都。所謂王公設險，以守其國，願我王准奏。㈡（内）聖旨道來，可退在午門外，與衆官商議。即便遷都汴梁，免致兩國相爭，寔爲便益。（浄）萬萬歲！

（外上）（尺調）

【點絳唇】長樂鐘鳴，未央宮啓。千官至，頓首丹墀，遥拜紅雲裏。

（末）來者何官？（外）臣左丞相陀滿海牙，誠惶誠恐，稽首頓首。謹有諫章，冒奏天顔。（末）奏來。（外）臣聞番兵犯界，軍馬已到榆關，相去百里之地，所謂剥床以膚，切近災也。本合命將出師，剿滅夷寇，今被奸臣專權竊柄，奏令遷都，以避强勢，不惟天子蒙塵，抑且生民塗炭。於此不諫，非爲忠也。況君乃臣之元首，臣乃君之股肱。君有諍臣，㈢父有諍子。王事多難，民不堪命。若鉗口不言，是坐視其危也。即今番兵犯界，何不遣將禦敵，却乃遷都遠避？（内）聖旨道來，如今朝中缺少良將，着何人爲

㈠ 函：原作『亟』，據汲古閣刊本《繡刻幽閨記定本》改。
㈡ 願：原作『原』，據汲古閣刊本《繡刻幽閨記定本》改。
㈢ 諍：原作『諫』，據汲古閣刊本《繡刻幽閨記定本》改。下同改。

帥，統領三軍，與他對敵？（外）臣聞内舉不避親，臣舉薦一人，即臣子陀滿興福。此子六韜三略皆能，有萬夫不當之勇。手下現有三千忠孝軍，人人敢勇，個個當先，可退番兵。（淨）臣聶賈列奏聞陛下：陀滿海牙已有無君之心，又令其子出軍，如虎加翼，爲禍不淺，吾王不可准奏。（外）聶賈列，你何故妄奏遷都？（淨）陀滿海牙，你何故阻駕？（外）哆！奸賊吓！（尺調）

【新水令】九重天聽望垂慈，主君賢諫臣須直。事當言敢自欺，既爲官要盡臣職。（淨介）聖駕遷都，有何不可？你若是要遷都，(一)把社稷一時棄。

（内）聖上有旨，二人所奏不同，各退午門，與衆官議妥復旨。（外、淨）領旨。（外）聶賈列，你怎見得就該遷都？（淨）哪，（唱）

【步步嬌】蠢爾番兵須臾至，力寡難當禦。朝臣衆議之。你不見昔日呵，太王居邠，狄人侵地。事之以皮幣不得免，事之以犬馬不得免，事之以珠玉不得免。（唱）他也無計可施爲，只得遷都去。

（外接）

【折桂令】古人言自有權輿，能者遷之，否則存之。（淨介）説得好，聖上不如太王！怎忍見夫挈其妻，兄攜其弟，母抱其兒。城市中喧喧嚷嚷，村野間哭哭啼啼。可惜車駕奔馳，生民塗

(一) 若：原作『着』，據汲古閣刊本《繡刻幽閨記定本》改。

炭，宗廟丘墟。[一]（浄接）

【江兒水】臣道當卑順，秋毫敢犯之？你道能如太王則遷之，不能，謹守常法。（唱）這是不能堯舜欺君罪。那百姓呵，見説仁君遷都避，紛紛從者如歸市。你道效死而民勿去，這等拘守之言，怎及得遷國汴梁之計？

（外）你不見我，（唱）

【雁兒落】穿一領裹乾坤縫掖衣，要幹着儒家事。讀幾行論綱常聖賢書，要識着君臣義。呀！俺則是一心兒清白本無私。[二]（浄介）你觸動了聖上，就該萬死！言如鐵，死何辭，怎做得窨無氣？怎做得老無爲？今日任你就打落張巡齒，癡也麽癡，常自把嚴顔頭手内提。

（浄接）

【僥僥令】半空横劍戟，四面列旌旗，戰鼓如雷轟天地。你却唱太平歌，念孔聖書。（外接）

【收江南】呀！恰便似驕驄立仗，噤住口不容嘶。將焉用彼過誰欺？那知道越瘦與秦肥？你這般所爲，這般所爲，恨不得啖伊血肉寢伊皮。（浄接）

[一] 丘：原作『諱』，據汲古閣刊本《繡刻幽閨記定本》改。

[二] 白：原作『要』，據汲古閣刊本《繡刻幽閨記定本》改。

【園林好】朝廷上尊嚴去處，豈容你談論是非。全不識君臣之禮。憑何死，悔時遲。憑何死，悔時遲。（外接）

【沽美酒】你爲人何太詖？你爲人何太詖？腹中劍，口中蜜，㈠長脚憸人藍面鬼。㈡百般様，肆奸回，肆奸回，把聖聰蒙蔽。俺學的是段秀寔以笏擊賊，你臭名兒海波難洗，我好名兒史策留題。我呵，這件事你知我知，天知地知。呀！便死做鬼魂靈一心無愧。

（武士暗上介）（净）臣聶貫列啓奏：陀滿海牙故意阻駕，陀滿興福私聚精軍，父子圖謀不軌，伏乞陛下將他父子正法，以清朝野。（内）聖上有旨，陀滿海牙父子既有謀反之心，聖上大怒，即着武士將金瓜打死，纔出朕心之怒。（武）領旨！（外）咳！罷了吓罷了！我死爲忠，你死爲佞！（武押下）（内）聖上有旨，將陀滿海牙三百家口，不分良賤，盡行誅戮，齠齔不留。㈢就着聶貫列前去監斬回奏。（净）領旨。咳！老賊吓老賊！早朝奏罷離金階，戈戟森森列將台。會施天上無窮計，難免今朝目下災。

㈠ 蜜：原作『密』，據汲古閣刊本《繡刻幽閨記定本》改。
㈡ 長脚憸人：原作『長脚脚人』，據汲古閣刊本《繡刻幽閨記定本》改。
㈢ 齔：原作『齡』，據汲古閣刊本《繡刻幽閨記定本》改。下同改。

形捕

（丑上）

【趙皮鞋】我是個巡警官，日夜差科千萬端。俸錢些少幾曾關，怎得三年官債滿？

〔西江月〕當職身充巡檢，上司差遣常忙。捕賊違限最堪傷，罰俸別無指望。日裏送往迎來，夜間巡警關防，雖然鵝酒得些噇，事發納贓吃棒。今有當朝陀滿丞相阻駕遷都，朝廷大怒，將他滿門良賤盡皆誅戮，只是走了陀滿興福一個人。奉上司明文，遍張掛榜，畫影圖形，十家爲一甲，排門粉壁，各處挨捕。但有拿得着者，有官有賞；窩藏者與本犯同罪。不免叫左右出來，吩咐一番。左右們那裏？（末上）來了。訟簡公衙静，民安士庶稱。明如秋夜月，清似玉壺冰。老爹有何分咐？（丑）我且問你，這個地面是那個管？（末）是中都路坊正管的。（丑）與我唤來。（末）是。中都路坊正走動！〔一〕（净上）來了。

【大齋郎】狂秀才，命兒乖，身充坊正是官差。三隅兩巷民户災。若要無違礙，好生只把月錢來。

〔一〕坊：原作『方』，據汲古閣刊本《繡刻幽閨記定本》改。下同改。

身充坊正霸鄉都，財物鷄鵝那得無？物取小民窮骨髓，錢剥百姓苦皮膚。當權若不行方便，後代兒孫作馬驢。罰願滿門都吃素，年頭年尾只吃麩。（末）你到是佛口蛇心！（浄）呸是奢人？（末）我是公使人。（浄）公使人，乾熱亂。得文引，去勾喚。窮三千，富五貫。得了錢，解一半。這等之人如何判斷？押赴市曹，一刀兩斷。吾奉太上老君急急如律令敕！（末）你也不像個坊正！老爹叫你，快去。（浄）是哉，老爹見坊正。（丑）狗才，什麽老爹見坊正？（浄）勿曾，念斷文了。我説老爹見，小人是坊正。（丑）白鐵刀，轉口快。且聽我分付：今有當朝陀滿丞相阻駕遷都，朝廷大怒，將他滿門良賤盡行誅戮，只走了陀滿興福一人。奉上司明文，遍張掛榜，畫影圖形。十家爲一甲，排門粉壁，到處挨查。但有拿得着的，有官有賞；窩藏者與本犯同罪。（浄）我去分付。東西南北四隅裏，賣荳腐的王公聽者，但有人拿得陀滿興福者，有官有賞；窩藏者與本犯同罪。（丑）我把你這狗才！東西南北四隅裏豈没有姓張姓李的，偏偏只有賣荳腐的王公？（浄）有個緣故。小的老婆是吃素的，(一)問他賒一塊荳腐吃吃，他再也不肯。老婆説，今後倘有官事，就報他上去；故爾把他名字報上。（丑）狗才，我老爺到替你公報私仇？左右，扯下去打！（末）啓老爹，打多少？（丑）打十三。（末應，打三下）（丑）狗才，明明打了三下，就算十三，壞了我的法度。坊正起來，拿這狗才下去打！（浄）六月債，還得快。啓老爹，打多少？（丑）也打十三。（浄打三下）（丑）我明知如此，個個一般。打了三下，哄我打了十三，

(一) 吃：原作『乞』，據汲古閣刊本《繡刻幽閨記定本》改。

欺我老爺不識數？如今再扯坊正下去，打一下，我老爺記一根籤，難道也好哄我不成？打！（末應）（丑干念）

【恤刑兒】你十三，我十三。三個十三三十九，賽過東京白牡丹。（末）打完。（丑）聽我吩咐。（念）

【柳絮飛】[一]一軍人盡誅戮，走了陀滿興福。遍將文榜諸州掛，都用心跟捉囚徒。（合）鄰佐與窩主，停藏罪同誅。（仝下）

神　護

（生上）休趕吓休趕！拆碎玉籠飛彩鳳，頓開金鎖走蛟龍。俺陀滿興福本爲忠孝將，翻作叛離人。爲因番兵犯界，聖上遷都遠避，父親金階苦諫，聖上大怒，將俺家一門賜死，俺只得亡命逃出。害得俺上天無路，入地無門，好不傷感人也！（尺調）

【混江龍】想俺興福家九族遭殃，六親俱喪喞冤枉。怎教俺三百口無罪身亡？兀的是平地裏災從天降。信讒臣佞語，殺害俺們忠良。把俺忠孝軍都殺盡，俺一身難住家鄉。朝廷差

[一] 柳絮飛：原作『柳飛絮』，據汲古閣刊本《繡刻幽閨記定本》改。

使命前往他方，將俺興福圖形畫影，將文榜遍地裏開張。拿住了請功受賞，但人家不許窩藏。却教俺一步步回頭望，痛殺俺爹和娘。走得俺筋舒力乏，唬得俺魄散魂蕩。

（内喊殺介）（生）呀！後面又有軍馬趕來，俺和你們魚水無交，冤有頭，債有主，管教你一個來時一個死，兩個來時兩個亡。（唱）

【油葫蘆】只見那巡捕弓兵如虎狼，趕得俺慌上慌，忙上忙。天吓！這場災禍，無可不隄防。見那厮惡狠狠拿着的都是鎗和棒，諕得俺顫兢兢小鹿兒在心頭撞，這壁廂無處穩隱藏。後面緊緊趕來，這便怎麼處？這裏有堵高牆，牆邊有口八角琉璃井，記得兵書上有金蟬脱殼之計，不免將身上紅錦戰袍掛在這枯椿上，翻身跳過牆去。他們來時，見了這袍，只道俺墮井身亡，一定打撈屍首，那時我不知走了多少路了。好計！（唱）俺將這錦紅袍，脱放在枯椿上。衣錦便脱了，看那粉牆這等高峻，如何跳得？自古人急生計，不免攀住樹梢，跳過牆去。（唱）跳過這粉牆，恰便似失路英雄楚霸王，不覺的來到花影傍。

（風聲介）一霎時，起了大風，想必是天神過往，且在這花叢底下躲一躲，再作區處。（下）（末上）善哉善哉，苦事難挨。有難不救，等待誰來？吾乃太白金星是也。今有武曲星有難，特來庇護。花園土地何在？（丑）來了。花園土地老，並無犧牲咬。叵耐灌花奴，香爐都推倒。星君在上，有何吩咐？

（末）今有武曲星有難，避於此園，爾神當加保護，使他得遇文曲星，脱離此難，不得有違。（丑）領法旨。

（下）（末）湛湛青天不可欺，未曾舉意我先知。善惡到頭終有報，只争來早與來遲。（下）（四雜上）走吓！並你逃上焰摩天，足下騰雲須趕上。我等士兵是也。奉旨追捕陀滿興福，趕到這裏，霎時不見了。（又）那邊有脚跡，想必是他的。（衆）怎見得？（又）陀滿興福是個雕青大漢，他人長脚也長。（衆）有多少長？（又）待我來量一量看，有一丈七八尺。（衆）他的脚跡在此，怎麽人到不見了？（又）想是跳牆過去了。（衆）這牆是誰家的？（又）是蔣舉人的花園。（衆）如此你先進去。（又）我不進去！（衆）爲何？（又）我若進去，倘他躲在裏面，把我一拳打死了，怎麽處？（衆）如此一仝進去。呀！這等高牆，如何進去？（又）不妨，我們是奉上司明文，推牆進去，怕他則甚？（又）有理。牆倒衆人推。（衆）人影俱無，到有尊神靈在此，寫着明朗神位。（又）我們在神道面前許個願心，保佑我們早早拿住陀滿興福，三牲祭獻，如何？（衆）使得，我許一隻鷄。（又）我許一隻鵝。（又）我許一刀肉。（又）我許酒菓紙燭。（仝）明朗爺爺在上，我們都是土兵，奉上司明文，拿捉陀滿興福。若拿住了，還你一個三牲供獻。（又）若拿勿着，兒兒子吓，丢奈到屎坑裏去！（衆）神明不要褻瀆他！（又）我們在此嚷了半日，他也走了；還是到外邊去追尋。（又）在這裏了！（衆）在那裏？（又）這不是麽？他脱了紅錦戰袍，墜井而死了。（又）此乃金蟬脱殼之計！他哄我們在此打撈屍首，他不知去了多少路了，不如拿這衣服去請賞如何？（衆）説得有理。走吓！（仝念）

【好孩兒】恨不得掘地翻天，見樹邊一人端然。是個土地公公塑在花園。許金錢，望指點，歹人歹人那裏見？

（生）吖喲！好險也！看他們在神靈面前許了三牲去了。想是神靈庇護，不曾被他們看見。此時不走，等待何時？不免拜謝神靈則個。（唱）（小生暗上介）花園内什麽響？待我去看來。（六調）

【金蕉葉】謝神明，避難來，幸脱離禍門。（小生接）哆！是何人入我園中暗隱？（生接）告少息雷霆怒嗔。

（小生）漢子，這裏不是講話之所，隨我到亭子上來。（唱）

【章臺柳】情既緊，言又窘，我斟量非奸即盗賊。（生介）我不是賊，後有追兵來拿我，因此呵，逃軀潛他奔。（小生）你既不是賊，爲何在我園中呵？（唱）無故入人家，有何事因？休得要逞花唇，稍虚詞送你到有司推問。

（生）長者請息怒，聽我從頭説事因。興福本爲忠良將，誰知翻作叛離人。長者若拿興福去，官上加官職不輕。正是：得放手時須放手，可饒人處且饒人。

【前腔】我將寃苦陳，教君不忍聞。（小生介）你是何處人氏？姓甚名誰？念興福生來女直人，身充忠孝軍。（小生）你既是忠孝軍，怎麽不去隨駕，爲何倒在這裏？（生）有個緣故。（唱）爲父直諫遷都阻佞臣，齠齔不留存。誅戮盡，只留我苟活逃遁。

（小生接）咳！

【醉娘兒】我聽言，此情寔爲可憫。漢子，擡起頭來。呀！（唱）覷着他貌英雄，出超群。（背白）結交在未遇之先，施恩於當戹之日。看此人一貌堂堂，後來必有好處，亦未可知。欲與他結爲兄弟，不知他意下如何？漢子，我有話兒與你講。（唱）你不嫌秀士貧，和你弟兄相識認。（生）我是該死之徒，得蒙官人饒恕已出望外，焉敢與官人齊軀？（小生）不必推辭，這也非在今日。（唱）他時須記取今危困。

（生）阿呀呀！多謝恩人！（生唱）

【前腔】死重生，怎敢忘伊大恩？（小生）你多少年紀了？（生）小可二十八歲。（小生）我今年長你二年，你稱我爲兄便了。（生）如此哥哥請上，受兄弟拜見。（唱）既爲兄，休謙遜。（小生介）你拜我受之不當。休道是百拜受不穩，受兄弟千拜何勞頓？除了哥哥呵，誰肯把我負屈啣冤問？

（小生）兄弟，我本待要留你在此暫住幾時，只是你在此地呵，（唱）

【雁過南樓】此間難容汝身，但人知覺彼此遭迍。（生）是是是，兄弟去也！（小生）兄弟，你的衣帽那裏去了？（生）衣帽多失落了。（小生）院子，取我衣帽，並拿十兩銀子出來。（末）來了。相公，衣帽銀子有了。（小生）迴避。（末應下）（小生）吓兄弟，（唱）無物贈君，些少鏐銀。不嫌少，望留休哂。（生）多謝哥哥！（小生）兄弟，你此去呵，莫辭苦辛，暮行朝隱。更名姓，向外州他郡。

（生）是是是。（小生）兄弟，你方纔打從那裏來的？（生）在後園牆上跳過來的。（小生）也罷，我如今送你到前門出去罷。（生）哥哥請上，兄弟就此拜别。

【前腔】拜辭訪欲離門，猛迴身，（小生）此間已是前門，去罷。（生）我去了。且住，我興福聰明一世，懵懂一時。方纔跳進園來，他不拿我去送官請賞，反助我銀兩衣帽，又結義兄弟，久後若得寸進，欲報恩義，未知他姓甚名誰，如何報得？（唱）猛回身，又還思忖。哥哥請轉。（小生）你去了，怎麽又轉來？（生）哥哥吓！特有少稟，欲言又忍。（小生）有話但説何妨？（生）請問哥哥，姓和名，兄弟未敢問。（小生）吖，你要問我名姓？（生）正是。（小生）我姓蔣，雙名世隆，中都路人氏。（生）兄弟呵，無他效芹，略得進身，犬馬報，怎敢忘半米兒星分。（小生）兄弟，你此去若有安身之處，須要寄一書信與我。（生）這個自然。（小生）兄弟，（唱）

【尾】埋名避禍捱時運，望取朝廷赦恩。（仝）罪大彌天，其時許自新。（分下）

大話

（丑、末、付、老仝上）走吓！（念）

【水底魚】擊鼓鳴鑼，殺人並放火。倚山爲寨，號爲攔路虎。金銀財寶，劫來如糞土。無錢買路，霸王也難過，霸王也難過。

（丑）山中壯士，全無救苦之心。（衆）寨内强人，儘有害人之意。（丑）不遵昔日蕭何律，（衆）且效當年盜跖爲。（丑）我們乃虎頭山虎頭寨五百名攔路虎的便是。自種自吃，不納稅銀糧；挺胸疊肚，勿服王化。要吃勿怕死，賊介一班人拉裏，昨夜分巡東西南北四哨，倷阿有奢？〔一〕（末）我是没有。（丑）呸阿有奢？（付）我也没有，你呢？（丑）我是兩河兩岸火着，秀釘頭勿曾拾得一隻。（衆）且待中央大哥到來，必有好處。（丑）只怕不拉别人抓牢子，拉丢打背心拳哉。（外上）人無横財不富，馬無野草不肥。列位請了。（丑）吖喲，臉兒紅兜兜，必定有彩頭。（外）列位，我昨日去巡哨，來到山坳中，只見霞光萬道，瑞氣千條，被我將鐵鍬掘下去，只見一隻石匣。（丑）拿來吃酒。（外）什麽？（丑）呸說熟鴨没，拿來吃酒。（外）石頭之匣。（衆）可有什麽東西在内？（外）裏面有金盔一頂，寶劍一口。（丑）勿要去聽裏。（衆）爲何？（丑）來遲子了，拉丢說鬼話。（外）你們不信，待我去拿與你們看。（丑介）若是真個没，拿來分脱裏。（外）哪哪哪，這不是金盔？那不是寶劍？（丑）吖喲，虎頭山當滅了。（衆）當興了！（丑）當興當滅，纔拉我裏處拿戥子夾剪來分落裏。（外）成功不毁。（衆）將來何用？（外）列位，我們虎頭山五百名嘍囉，少個寨主。如有人戴得此盔者，拜他爲寨主。（衆）如此我們來擂鼓聚將。（丑）呸！擂奢鼓聚奢將？我裏五百個人拉裏，除子呸丢四百九十九個，内中議一個出來就是哉。（衆）除了我們，難道就是你？（丑）個拉勿是奢。（衆）寨主是難做的。（丑）有奢難做？（衆）逢

〔一〕倷：原作『奈』，據《崑劇傳世演出珍本全編拜月亭》改。下同改。

山開路。（丑）就開路。（衆）遇水疊橋。（丑）就疊橋。（衆）還要通些文墨。（丑）呸！通子文墨，勿做强盜哉！（衆）大話也要説幾句。（丑）若説大話没，一肚皮，兩脅肋，連搭脚指頭，(一)扭介扭，纔是大話拉裏。（衆）到要請教。（丑）㕶丢走開點。（衆）做什麼？（丑）説大話，要大場化説個，㕶丢聽明白？（衆）快些説！（丑）大話。拿來戴，拿來戴。（衆）『大話』兩字，人人會講，要成詩句的！（丑）吖，要成詩句？（衆）是吓！（丑）個没等我來步步踱踱。（衆）這却爲何？（丑）當初曹子建七步成章，步步踱踱没，個個大話及力咯六個滾出來哉。（衆）看你説出什麼來。（丑）混沌初開我在世，壽星老兒纔把胎髮剃。王母娘娘是我的親妹子，彭祖、陳摶是我的小兄弟。拿來戴，拿來戴。（衆）果然大話，可惜少了幾句。（丑）要幾哈？（衆）要二十四句。（丑）個是無得個多哈個。（衆）最少十六句。（丑）個没讓我來運籌運籌。（衆）什麼叫運籌？（丑）有所説個。（念）運籌帷幄之中，決勝千里之外吖。吖喲！我纔要伸腰，頭頂着三十三天。兩手舉起，日東月西。側身眠倒，星南斗北。兩脚跨開，早過了江北江南。（衆）果然大話！（丑連）眼睛一煞，頃刻雷光閃電。鼻涕一哼，霎時霧亂雲飛。哺，一口氣，吹開了青天白日；咘，一個屁，彈開了十七八層地獄鬼門關。阿是大話？（衆）好！（丑）拿來戴，拿來戴！（衆）不要奪！（丑）個是有出典個。(二)（衆）什麼典？（丑）就叫奪盔。吓

(一) 指：原作『跡』，據《崑劇傳世演出珍本全編拜月亭》改。

(二) 典：原作『點』，據下文改。

呵！吓呵！（衆）又是什麼？（丑）爲人須要吃些虧，呸也戴戴，傺也戴戴。（衆）這又是什麼？（丑）就叫虧衆不虧一。阿呀！（干唱）盔内有鬼吓！（衆）盔内那有鬼？（丑）無鬼不成盔。（衆）無斗不成盔。（丑）勿要琢白字。拿個你知我，插拉楊柳細裏來。（衆）這話不懂。㈠（丑）你知我没劍，楊柳細没腰。拿個劍，插拉我腰裏來。（衆）做了寨主，還要打歇後語。（丑）寡人登了大寶，要須行天下，一概多要打歇後語。如有不遵者，拿去毋化塌。（衆）又是什麼？（丑）殺哉那！（衆）是吓。（丑）哪，骨頂帽子，賞拉呸子罷。（衆）多謝寨主。（丑）慢來慢來，寨主還要防後。（衆）做了寨主，還是這等小氣！（丑）古之帝王，都是從小氣上來的。（衆白）反了。（丑）點兵剿捕。（衆）反了。（丑）御駕親征。（衆）反了！（丑）呸！皇帝姜做來，東也反哉，西也反哉。（衆）頭上的盔戴反了。（丑）個是有講究個，明日五更三點，坐朝個時節，我把珠簾捲起吓。（衆）冒。（丑）呸！皇帝搭呸丢摟個，我想當初韓信手無抓鷄之力，後來登臺拜將，㈡何況區區？拍汰，平空降下此盔，居然皇帝是我做，推我上去。（衆喝）（丑）就叫推位上國。（衆）勿要嘴薄超。（丑）個是皇帝。（衆）什麼皇？（丑）堯舜帝君。子曰吓。（衆）又是什麼？（丑）是文王。照打！（衆）這又是什麼？（丑）是武王。

㈠ 懂：原作『董』，據《崑劇傳世演出珍本全編拜月亭》改。
㈡ 臺：原作『檯』，據《崑劇傳世演出珍本全編拜月亭》改。下同改。

（抖介）（衆）爲奢魁星踢？（丑）也是皇帝，劉備個兒子，[一]阿斗。呸呸呸。（衆）這是什麽？（丑）小秦王三跳劍。（衆）溪澗之澗。（丑）音仝字勿仝，勿要捉白字。站立兩傍，寡人要封官了。（衆應）（外）寨主，我是有功之臣，要封大些。（丑）封呸叫化子併百汁。（外）做什麽？（丑）總督。（外）多謝寨主！（末）寨主，我呢？（丑）封呸六月裏着皮襖。（末）什麽？（丑）翰林。（付）寨主，我呢？（丑）封呸炒荳勿用鏟刀。（付）什麽？（丑）守備。（付謝）（老）寨主，我來了。（丑）封呸門角落裏毛屁眼。（老）是什麽？（丑）按察。（老謝）（丑）起過一邊，聽寡人曉諭。（衆應）（丑）寡人不學那堯舜之道，且學那盜跖之道。有道者無忘義也，慣用者胸藏信也。識事者智也，知事者禮也，能事者仁也。不道有此五也，方能成其大道也。（衆應）（丑）列位大臣，你們吃了我的大俸大禄，要替寡人幹幾莊大事。須要大磨金刀，大模大樣，[二]不可爲小而失大，欺大嚇小。倘有違例者，大有不便。（衆應）（丑）對呸丢説，下山去搶帽子，要逃走得快；偷子鷄，要脚裏明白。勿要不拉别人抓牢子，賊介雜跋雜跋，大打其背心拳，有失寡人之大體面。（衆）不像了。（丑）阿呀！列位大臣，寡人的頭有房子大，盔有千斤重。與我請些大香大燭、大錢糧、大元寶、大三牲、大猪頭、大鷄、大魚，到那大王廟裏去，大大許個願，不然要大廈將傾了。白虎殿可曾造完？快快扶太子登殿接位，寡人在位不久了。阿呀阿呀！（跌

[一] 兒：原作『尼』，據《崑劇傳世演出珍本全編拜月亭》改。
[二] 模：原作『馬』，據《崑劇傳世演出珍本全編拜月亭》改。

介)(衆)阿呀不好了！(丑)呸丢纔拉裏作奢？(衆)在此聽你説大話。(丑)吖喲！快點拿去！勿是戴個盔，直脚好像戴京東人事哉。只好飲湯淘飯，原歸舊職。(衆)你若戴得，我們也好戴了。(丑)世道還從古，只好舊職。(外)列位吓，我們將他做個難人法。(衆)什麽難人法？(外)但遇客商過來，有買路錢者放他過去，如無買路錢，將此盔與他戴，壓倒了他，東西都是我們的。(衆)説得有理，走吓！(干唱)

【節節高】强良勇猛人會伊家，殺人放火掌威霸。行劫掠，聚倉糧，屯人馬。能征慣戰多消洒，從來賊膽天樣大。猶如猛虎離山凹，聞風那個不驚怕。(下)

上山

(生上)(工調)

【醉羅歌】那日那日離都下，流落流落在天涯。畫影圖形遍挨查，到處都張掛。我把草爲裀褥，橋爲住家。山花當飯，溪流當茶。我陀滿興福呵，吖哈，那些個一刻值了千金價。(内喊殺介)(生)呀！(生唱)聽兵戈擾，道路賒，幾番回首望京華。

(衆上)呔！望京華，望京華，全憑劫掠做生涯。若無金銀來買路，管教一命喪黄沙。呔！留下買路錢來！(生)呔！你們都是些什麽樣人？(丑)呸！阿曾帶眼烏珠出來？呸看我裏頭上戴個奢個？身上着個奢個？手裏拿個奢個？青天白日，無非要點奢個？（生）原來是一班剪經的毛賊。（丑）多謝多謝！（衆）爲什麼謝他？（丑）題子我裏個綽號哉，叫奢剪經的毛賊。（衆）毛賊是罵我們！（丑）罵我裏？呔！留下買路錢來！（生）我行路辛苦，肚中饑餓，有酒飯拿來我吃，盤纏贈俺些，饒你們一班狗頭性命！（丑）那没碰着子説大話個拉裏哉，大家湊兩個盤纏錢出來，打發裏去子罷。（衆）他是走江湖的，慣説大話。（丑）吖，慣説大話？呔！留下買路錢來！（生）包裹内自取。（元場）倷來倷來，恐怕矗壞子自家個傘了，一樣勿敢哉。（生）快拿盤纏與我。（外）快去拿難人法來。（丑）呋哉，難人法，難人法。（抖介）（衆）不要抖。（丑）孫子没抖。看見子裏勿知那了，會得軟下來個。（衆）壯士，我這裏有金盔一頂，寶劍一口，請你戴一戴。（生）這寶劍正好防身，這金盔包裹内藏不下，待我揣碎了罷。（衆）成功不毁。（生）要怎麼樣？（衆）要你戴一戴。（生）就戴何妨？這帽兒賞與你。（衆）比你大氣。（丑）到底正明帝主滑。（衆）壯士戴了此盔，可頭疼？（生）不頭疼。（衆）可腦脹？（生）不腦脹。（衆）屁股裏阿有點縐來縐？（生）呧快拿盤纏來！（衆）隨我們山上去取。（生）就去何妨？（元場）（衆）壯士，你來得，去不得了！（生）嗄，俺要來自來，要去自去，誰敢攔阻？（丑）呸！裏來得落來個！噲！壯士，我這裏虎頭山虎頭寨，山前九洲，山後九洲，二九一十六洲。（衆）一十八洲！（丑）新來晚到，勿得知坑缸井灶，落裏兩洲，買點奢吃吃也是好個！（衆）二九都説出來了。（丑）個没壯士，我這裏虎頭山，山前九洲，山後九洲，二九一十八洲，有五百名嘍囉，少個寨主，要呧做個木頭。（衆）頭目！（丑）勿差，頭目。（生）吖，要我做個寨主？（衆）正是。（生）如此你們退後。（衆應）（丑打介）（一）（衆）做什麼？（丑）就叫背後興兵。（生連念）且住！如今朝廷畫影圖形，要來拿我，無處安身，莫如在此權住幾日，再作道理。你們既要我做寨主，須要聽我約束。（丑）勿對個，勿對個，前日子有人叫我阿伯也勿肯，故歇倒叫我阿叔。（衆）將令爲之約束。（生）你們下山去，有三不可殺。（衆）那三不可殺？（生）姓蔣的不可殺，秀士不可殺，中都路人不可殺。如遇客商經過，有買路錢，放他過去。（衆）如無呢？（生）拿上山來，聽我發落。（衆）請壯士留名。（生）我姓蔣，雙名世昌。（衆）打什麼旗號？（生）就打蔣大王旗號便了。（衆）請問壯士在家作何生理？（生）聽者，

（衆應）（生念）

【金錢花】我本蓋世英雄，（仝）英雄。（生）奸邪嫉妒難容，（仝）難容。（生）荒山深處隱其踪，不是路，且相從。屯作蟻，聚成蜂。（仝）屯作蟻，聚成蜂。（下）

走雨

（老上）（工調）

【破陣子引】況是君臣分散，那堪母女臨危。（旦上接唱）嚴父東行何日返？天子南遷甚日

（一）丑打介：原作『丑介打』，據文義改。

回？（仝）家鄉無所依。

（老）身狼狽，慌急便奔馳。貼肉金珠揣甚的，隨身衣服着些兒，母女緊相隨。（旦）離帝輦，前路去投誰？風雨催人辭故國，鄉關回首暮雲低，何日是歸期？娘吓，孩兒鞋弓襪小，怎生行走？（老）兒吓，我也顧不得你鞋弓襪小，只索趲行前去。（旦應）（仝唱）

【漁家傲】天不念去國愁人最慘凄，淋淋的雨似盆傾，風如箭急。侍妾從人皆星散，各逃生計。身居處華屋高堂，但尋常珠遶翠圍。那曾經地覆天翻受苦時。(一)（老接）

【剔銀燈】迢迢路不知是那裏？前途去未審安身在何處？（鑼邊應介）一點點雨間着一行行恓惶淚，一陣陣風對着一聲聲愁和氣。(二)（仝）雲低，天色傍晚，母女命存亡兀自尚未知。（旦接）

【攤破地錦花】繡鞋兒，分不出幫和底。一步步提，阿呀娘吓！百忙裏褪了跟兒。（仝）冒雨盪風，帶水拖泥。步難移，全没些氣和力。（老接）

【麻婆子】路途路途行不慣，心驚膽顫摧。（旦）地冷地冷行不上，人慌雨亂催。（老）年高力

(一) 經：原作『徑』，據汲古閣刊本《繡刻幽閨記定本》改。
(二) 和：原闕，據汲古閣刊本《繡刻幽閨記定本》補。

弱怎支持？泥滑跌倒在凍田地。（跌介）（旦扶）只得款款扶娘起。（仝）正是心急步行遲。

（旦）最苦家尊遠去，（老）怎當軍馬臨城？（旦）正是福無雙至，（老）果然禍不單行。兒吓，隨我來。

（旦應）（下）

冒雨

（小生上）（工調）

【薄倖引】凛冽寒風，淋漓冷雨。送君臣南北，父子東西。（貼上接唱）心腸痛，不幸見刀兵冗冗。（仝）望故鄉雲山遠濛濛。

（小生）萬里飛沙咽鼓鼙，三軍殺氣傍旌旗，天涯兄妹兩相依。（占）前路未知何處是？故鄉猶恐不同歸，出關愁暮共沾衣。（生）妹子，我也管不得你鞋弓襪小，只索趲行幾步。（占哭）是。（小生唱）

【賽觀音】雨兒催，風兒送，歎一旦家邦盡空。（占）嗟富貴榮華如夢。（合頭）哽咽傷心，教人氣填胸。（占）

【前腔】意兒慌，脚兒痛，顫篤速如癡似懵。[一]（小生）苦捱着疾忙行動。（合頭）郊野看看，又

[一] 懵：原作『夢』，據汲古閣刊本《繡刻幽閨記定本》改。

早晚雲籠。（小生）

【人月圓】途路裏，奔走流民擁，膽喪魂飛心驚恐。（占）風吹雨濕衣襟重，止不住雙雙珠淚湧。（合）行不上，惟聞得戰鼓聲振蒼穹。（小生）

【前腔】軍馬又來，四下如鐵桶，眼見得京師城壁空。（占）他們趕着無輕縱，人似豺狼馬似龍。（合）遭驅虜，親骨肉甚年何日重逢？

（小生）急前去汴梁路杳，（占）慢停行中都亂擾。（合）烏鴉共喜雀仝巢，吉凶事全然未保。（仝下）

沖散

（旦、老仝上唱）（凡調）

【滿江紅】身遭兵火，身遭兵火，母女逃生受奔波。怎禁得風雨摧殘，田地上坎坷，泥滑路生行來。〔一〕軍馬追急，教我怎奈何？ 彈珠顆，冒雨盪風，沿山轉坡。（衆上趕旦、老下）（小生、占上仝唱）

【前腔】身遭兵火，身遭兵火，兄妹逃生受奔波。怎禁得風雨催殘，田地上坎坷，泥滑路生行

〔一〕 路生：原作『生路』，據《崑劇傳世演出珍本全編拜月亭》改。下同改。

來。軍馬追急，教我怎奈何？彈珠顆，冒雨盪風，沿山轉坡。

（衆又上趕小生、占、老旦上沖下）（老旦、占、小生分下）（衆亦下）（旦上）母親在那裏？

【東甌令】心如醉，淚交流，去遠家尊絶信久。途中母女生離别，教我如何受？一重愁反做兩重愁，是我命合休。

阿呀娘吓！（下）（小生上白）瑞蓮妹子在那裏？（唱）

【望梅花】叫得我不絶口，恰被喊殺聲流民四走。慌急便走不知何所有。此間無處安身，想只在前頭後頭。

瑞蓮在那裏？（下）（老旦上白）瑞蘭在那裏？（唱）

【東甌令】尋思苦，路生疏。軍喊風傳行路促，娘兒挽手相回護，這苦難分訴。望天、天憐念老身孤，免使受奔波。

瑞蘭我兒在那裏？（下）（占上）阿呀哥哥在那裏？（唱）

【尾】大喊一聲荒郊過，唬得人獐狂鼠竄。哥哥吓，怎生撇下了我？教我無路可躲。

哥哥在那裏？阿呀苦吓！（下）

問嘍

（老、付、小軍喝上）（生）

【引】斬龍射虎逞威風，擒王捉將是英雄。

自古慌不擇路，饑不擇食。俺陀滿興福靠高崗爲寨柵，依野澗作城濠。風高放火，無非劫掠莊農；月黑殺人，盡是傷殘民命。正是：餘下官兵收不得，除非王榜可招安。衆嘍囉！（軍應）（生）你們都有了差使了。（軍）我們都有了，惟大小嘍囉没有差。（生）唤大小嘍囉進帳。（軍應）寨主有令，傳大小嘍囉進帳。（淨上）來了。出門三十六，回來十八雙。（丑上）若還少一個，定是不還鄉。（仝）大小嘍囉告進。（軍）進。（淨、丑）大小嘍囉見寨主！（生）衆嘍囉都有差，惟你二人没有。（淨、丑）寔是没有。（生）如此大嘍囉管門樓，小嘍囉管馬。（淨）謝寨主！（生）小心承值。（淨、丑應）（淨）哈哈哈！好快活！好快活！（丑）咳！有奢快活？我當初原説大家湊兩個盤纏錢不裏，讓裏滚子蛋没就是哉，纔是呸丢想奢心孔巧，叫裏做奢寨主。那間不裏朝南坐子，提子我裏個綽號，（一）叫奢嘍囉長，嘍囉短。再下去是銅鑼湯鑼，提鑼手鑼，連答脚鑼，纔要不裏叫出來得來。（淨）哈哈哈！兄弟，你在那裏惱，我在這裏快活。（丑）請教，呸奢個多哈快活？（淨）我如今管了這個門樓，拿把椅子，坐在門首，有

（一）綽：原作『出』，據《崑劇傳世演出珍本全編拜月亭》改。

那些投書送信的來，先要送一個門包與我，然後替他通報。這不是要發財了，怎麼不要快活？（丑）我裏是强盜，行出奢個門包來？（净）兄弟，你可知道賊有賊人情？（丑）想殺呸得來！我輩管馬没到可以發大財個。（净）你有什麼好處？（丑）對呸說，我吃過子夜飯，等月亮上個晨光，悄悄能到槽裏去，牽一隻老中生出來，丢到後山，只要揀個樣過路單客，我一馬掃上去，只要喊一聲。（净）喊什麼？（丑）『留下買路錢來！』個個單客看見子我，拿個包裹一甩，逃走纔來勿及。那時我拉馬上豁下來，拾子包裹，一馬回山，原到槽裏去。縛好子個隻老中生，個叫人不知，鬼不覺。個種安逸財餉，阿比呸個樣極累絲個門包好點？（净）好兄弟，咱們兩個人合着罷？（丑）勿替呸合。（净）爲什麼？（丑）有所説：寧可獨偷一隻狗，勿要合偷一條牛。（净）兄弟合着的好。（丑）有奢好？各人自掃門前雪。（净）吖，各人自掃門前雪？我進去得了賞，到了手，你個不要眼紅。（丑）我無奢眼紅。呸進去，賞兩記耳光没穩個。（净）你瞧着罷。（丑）我拉裏老等。（净）大嘍囉告進，大嘍囉啓事。（生）啓甚事來？（净）小的管那門樓，年深月久。那門樓被風雨打壞，求寨主發些價銀下來，買那個一寸釘、二寸板、三寸釘、四寸板，再買些大紅大緑，刷刮刷刮，裝釘裝釘。過往客商瞧見了，也是寨主的威風，嘍囉的體面。（生）好。大嘍囉能幹事，賞他二錠銀子。（軍應）（净）多謝寨主！哈哈哈！好快活！好快活！到了手了，哈哈哈！（丑）奢個多哈快活？看來着降子點奢哉。（净）不多幾句話，二錠銀子到了手了。哈哈哈！（丑）勿要騙我，銀子是只好想殺呸個哉。（净）哪，這個不是銀子？（丑）咦！直頭是銀子！拿得來，答呸分忒裏。（净）你方纔説各人自掃門前雪，我如今莫管他家瓦上霜。（丑）呸個個灣舌豆，奢能小氣，銀子呢勿要哉！我且問呸，那個幾句說話，騙到手個？說拉我聽聽。（浄）不多幾句話。我說大嘍囉啓禀寨主：『小的管那門樓，年深月久。那門樓被風雨打壞，求寨主發些價銀下來，買那個一寸釘、二寸板、三寸釘、四寸板，再買些大紅大緑，刷刮刷刮，裝釘裝釘。過往客商瞧見了，也是寨主的威風，嘍囉的體面。』寨主說：『好，大嘍囉能幹事，賞他二錠銀子。』可是不多幾句話？（丑）吖，就是賊個兩聲江湖決。（浄）照吓！（丑）個没呸等一等。（浄）做什麽？（丑）看我進去領賞。（浄）我在這裏看你。（丑）報：小嘍囉告進，小嘍囉啓事。（生）啓甚事來？（丑）小嘍囉管那馬，那馬年深月久，被風雨打壞，求寨主發些價銀下來，買那個一寸釘、二寸板、三寸釘、四寸板，再買些大紅大緑，刷刮刷刮，裝釘裝釘。過往客商看見了，也是寨主的威風，嘍囉的體面。求寨主賞。（生）胡說！那門樓可以裝釘，那馬怎能裝釘起來？（丑）呸勿曉得，只要揀個一隻尺巴長個子孫釘，照正子馬頭上，賊介彭彭彭釘兩隻下去就好哉。（生）呸，這一釘可不把馬要釘死了？（丑）馬没死哉，我個賞呷領哉。（生）呸，胡說！扯下去重砍二十！（軍應）（丑）阿呀！上子灣舌頭個當哉！（軍打介）一五、一十，十五、二十，打完。（生）趕他出去！（軍應）（丑）阿哇哇！勿好，勿要不裏看見子，倒要放得硬葬點個。（浄）咦哈哈哈！（丑）奢好笑？（浄）我想着了一句笑話。哈哈哈！（丑）笑話罷哉。（浄）兄弟，你也領了賞了？（丑）咳！領子賞哉。（浄）拿出來瞧瞧。（丑）勿不呸看，阿作興個？（浄）不拿出來，只怕不是銀子？（丑）勿是銀子，到是金子？（浄）只怕是錢？（丑）何以見得？（浄）我在外面聽得裏面一五、一十，在那裏數錢。（丑）吖，一五一十是拉丢打人。（浄）不是打狗？

（丑）打呸丢爺！（生）唤大小嘍囉進帳。（軍唤）（浄、丑應）報，大小嘍囉告進，大小嘍囉叩頭。（生）我如今將你二人更相調换。（浄、丑）何爲更相調轉？（生）大嘍囉管馬，小嘍囉管門樓，小心伺候。（浄、丑）多謝寨主！（丑）走開來，讓我來。（浄）兄弟，你發了財了。（丑）對呸説，瓦爿也有翻身日，太陽總要曬到醬缸上來個。（浄）我們兩個人合着罷？（丑）對呸説，個叫賊匆合。（浄）我再去領了賞，你又不要眼紅。（丑）孫子末眼紅！（浄）如此你瞧着。報：大嘍囉告進。（丑）個毬養個，到亦進去哉；且去聽聽壁脚看。（浄連）大嘍囉啓事。（生）啓甚事來？（浄）大嘍囉管那馬，一更無事，二更悄然，到了三更時分，那馬攛三攛，跳三跳，拍搭生下一個駒子來了。（生）什麽顔色？（浄）點子青。（生）好，我最喜是點子青。來。（軍應）（生）再賞他二錠銀子。（浄）多謝寨主！（丑）小嘍囉啓事。（生）啓甚事來？（丑）小嘍囉管那門樓，一更無事，二更悄然，到了三更天，那門樓踪三踪，跳三跳，拍搭養子一個小門樓出來哉。（生）那馬生得駒子，門樓如何生産？（丑）既匆生産，腰門、脚門、後門，六裏來個？（生）一派胡言！再打！（一）（衆）求寨主罪無二犯。（生）權且饒恕。（衆）多謝寨主！（生）你們下山去，有三不可殺。（衆）那三不可殺？（生）秀士不可殺，姓蔣的不可殺，中都路人不可殺。有買路錢，放他過去。（衆）若没有？（生）拿上山來見我，聽吾號令。（衆應）（生干念）

【包子令】聞説他邦起戰争，（衆）起戰争。（生）黎民逃散亂紛紛，（衆）亂紛紛。（生）倘惟有

（一）打：原作『到』，據《崑劇傳世演出珍本全編拜月亭》改。

舉子推車单擔來經過，劫掠財寶共金銀。用心巡，登山驀嶺去搜尋。

（生、軍下）（丑）吖喲，上足呸個當！（浄）兄弟吃了苦了，就拿這銀子和你暖臀去。（丑）咳！倒運！

（浄）不用說了，走罷，走罷。（丑）個是六裏說起？（下）

踏傘

（旦上吊場）（通行不用）母親在那裏？

【金蓮子】古今愁，古今愁，誰似我這樣愁？聽軍馬驟，聽軍馬驟，人亂語稠。向深林逃難，恐有人搜。

（通行小生上白）妹子在那裏？（干唱）

【金蓮子】百忙裏散失，差了路頭。尋妹子不見，教人怎措手？瑞蓮！（旦内）吠。（小生白）阿呀好了！（干唱）謝神天佑，這答兒自有。親骨肉見了，尋路向前走。瑞蓮！（旦）吠！

（唱）（小生介）好了，如今尋着了！（旦唱）（凡調）

【菊花新】你是何人我是誰？（小生）咦！應了還應，恐見又非。瑞蓮！（旦内唱）原何將咱小名提，進前去問端的。

（上白）母親在那裏？（小生）妹子在那裏？（旦）我只道是母親。（小生）我道是妹子。（旦）元来是

位秀才。（小生）元来是位小娘子。吓！小娘子，敢是驚疑了？（旦）咳！（唱）

【古輪臺】自驚疑，相呼廝喚兩三回。瑞蘭小字，和先輩我也不曾相識。（小生接）瑞蓮名兒，本是卑人親妹。不知小娘子因何到此？(一)（旦接）妾因兵火急，離鄉故。（小生介）與何人同行？母女隨遷往南避。（小生介）在何處失散了令堂？在中途相失。（小生接）聽喊殺聲，各各逃生，電奔星馳。（旦介）秀才何處不見了令妹？在中路裏差遲，因循尋至。應聲錯了，偶逢伊。（仝白）吖，秀才不見了令妹。（小生）小娘子不見了令堂。咳！（唱）正是俱錯意，一般煩惱兩心知。

（小生）

【前腔】名兒應錯了，我自先回。（旦介）秀才那裏去？我急、急急便往跟尋，豈容遲滯。（旦）咳！（接）事到如今，怎生惜得羞恥？秀才，念苦憐寡，救奴殘喘。帶奴離此免災危，我也不忘你的恩義。（小生）且住，但見他的身才甚美，不知他面貌如何？吖，待我來哄他一哄。吓！小娘子，你方纔説不見了令堂，那邊有位媽媽來了。（旦）在那裏？（小生）哪哪哪，在那邊。（旦）母親在那裏？（小生）在這裏。（旦）啐！（小生）阿呀妙！（唱）在曠野間見獨自一個佳人，生得來千姣百媚。況又無夫無婿，眼見得落便宜。不好了噓！如何是天色昏慘暮雲迷？

(一) 不知小娘子：原闕，據《崑劇傳世演出珍本全編拜月亭》補。

卑人去了。(旦)秀才，帶了奴家同行。(小生)小娘子差矣。我自己妹子尚且顧不來，怎生帶得你行？

【撲燈蛾】我自親妹不見影，[一]自親妹不見影，他人怎週庇？(旦)秀才可曾讀書？(小生)秀才家何書不讀，那書不覽？怎説可曾讀書？豈有此理！(旦)可又來！(唱)既然讀詩書，惻隱心怎不周急也？(小生)小娘子但知有惻隱之心，那曉得有别嫌之禮？(唱)我是孤男，你是寡女，厮趕着教人便猜疑。(旦接)亂軍中有誰來問你？(小生接)緩急間，語言須是要支持。(旦)

【前腔】路中途不擋攔。(小生)路中途若擋攔？(旦接)可憐做兄妹。(小生)兄妹雖好，只是面貌不同，語言各别。倘有人厮盤問，教咱把甚言去抵對也？説吓！(旦接)没個道理。(小生介)既没個道理，卑人去了。有一個道理。(小生介)有什麽道理？快些説。怕問時，權，(小生介)權什麽？權什麽？權説是夫，(小生介)夫什麽？妻。(小生接)妙！恁般説方纔可以。便同行，求踪訪跡去尋覓。(仝)

【尾】今日得吾(君)提掇起，免使一身在污泥。(小生)久後常思受苦時。

(旦)半路兄尋妹，(旦)中途母失兒。(小生)情知不是伴，(旦)事急且相隨。(小生)不知妹子在那裏？(旦)秀才！(小生)吖，來了。(下)

[一] 妹：原闕，據下文補。

路　蛉

（占上）阿呀苦吓！哥哥在那裏？（唱）（凡調）

【普天樂】叫得我氣全無，哭得我聲難訴，兩頭來萬千百步，真個是困旅窮途。阿呀天吓！念我爹娘故，兄妹是如何一蒂一瓜，割斷無所。

我與哥哥仝行，被軍馬沖散，不知哥哥在于何處？看天色已晚，路又難行，如何是好？也罷，只得趲行前去。（唱）

【小桃紅】大道上，行向前途。小路裏，怎逃伏也？遥望兩間茅簷破壁椽屋。去多路，休辭苦。暫安身，少避些風和雨也，多管是村野民居。

阿呀苦吓！（下）（老上）瑞蘭女兒在那裏？吓！瑞蘭。（占内應）（老）阿呀好了！

【下山虎】行尋又尋，遠聞人應。瑞蘭在那裏？（占上白）來了。（唱）呼喚瑞蓮名，聽了重省。

（老接）呀！眼又昏，天將暝，趁聲母女向前來厮認。阿呀兒吓，吃了苦了！（占介）阿呀不是哥哥，是一位老娘娘。（老唱）阿呀兒吓！渾身雨水淋，盡皆泥濘。生這苦，何曾慣經？（占接）噯！眼見得錯，十分定，事無可奈，只得陪些下情。

吓！老娘娘，你是年高之人，怎生行得這般路徑？待我扶着你走，如何？（老）呀！不是我女兒，元

來一位小娘子。苦吓！（唱）

【山麻稭】觀模樣，聽語聲，你是阿誰便來應承？阿呀！枉了教我，多時相待等。（占）我麼，非詐應，瑞蓮是我名。尋不見家兄，偶遇娘娘，身如再生。

（老）元來小娘子不見了令兄，故爾誤應，如今待要怎麼？（占）奴家不見了哥哥，不能獨自行走，望老娘娘帶奴仝行，感恩非淺。（老）事已如此，我也失了個女兒，無人陪伴，我就把你當做我女兒看承便了。（占）都謝老娘娘。（老）吓！小娘子！

【蠻牌令】看你舉止不甚爭，你跟去可心肯？（占白）老娘娘，説哪裏話來？（唱）情願做奴婢身，多如此，幸敢望你女兒來稱。（老）干戈靜，同往神京。（占）感謝你恩重深，救取奴命，暫時權停。

（老）母爲尋兒錯認真，（占）不因親者强來親。（老）愁人莫與愁人説，（占）説與愁人愁殺人。（老）隨我來。（占）是。（下）

捉獲

（旦上唱）（凡調）

【山坡羊】翠巍巍雲山一帶，（小生上接）碧沉沉寒波幾派，（仝）深密密煙林數簇，滴溜溜黃葉多飄敗。一兩陣風，三五聲過雁哀。傷心對景，對景愁無奈。回首望家鄉，珠淚滿腮。情懷，急煎煎悶似海。形骸，骨捱捱瘦似柴。（小生）

【水紅花】憶昔歌舞宴樓臺，[一]會金釵，歡娛何在？思之，詩酒看書齋，命多乖，風光難再。（旦）母親知他在何處？嚴父隔天涯。不能勾千里故人來也囉。（内喊殺）

（小生、旦）呀！（唱）

【金錢花】聽得數聲鑼篩，鑼篩。好漢山前齊擺，齊擺。個個猙獰似狼豺。（衆上）呔！留買路，與錢財。不與我，便殺害。

買路錢來！（小生、旦）阿呀！大王爺爺吓！（唱）

【念佛子】我是窮秀才，夫和婦，爲士馬逃難登途。望壯士相憐，略放一路。（衆接）哆！捉住，枉自說閑言語，[二]買路錢留下些金珠。稍遲延，便叫你身喪須臾。（小生、旦）

【前腔】區區，山行路宿，粥食無覓處。有盤纏肯相推阻？（衆接）哆！不與我，施威仗勇，輪動刀和斧，激得人忿心發怒。（小生、旦）告饒恕，魂飛膽戰摧。神恐魄散，心驚懼，此身屈死

[一] 昔：原作『惜』，據汲古閣刊本《繡刻幽閨記定本》改。

[二] 說：原作『把』，據汲古閣刊本《繡刻幽閨記定本》改。

無辜。（衆）

【尾】且將他，押前去，山寨裏聽從區處。（小生、旦白）阿呀！罷！（唱）到那裏，吉凶全然尚未知。

虎寨

（淨上）（工調）

【粉蝶兒】山寨鳴金，似白鶴半空展翅。（衆白）啓上大頭目。（唱）現擒獲過往夫妻。（淨）抓過來！（衆應）（小生、旦上）罹天羅，入地網，逃生無計。

（衆）漢子、婦人當面。（小生、旦）阿呀大王爺爺饒命噓！（淨）哆！漢子，俺這裏經年無過客，累月少人行。明知山有虎，故作採樵人。（小生、旦哭介）（淨唱）

【尾犯序】山徑路幽僻，（衆仝）但尋常此間來往人稀。男女相隨，豈是良人行止？（小生、旦）凶時，遭士馬流民散失，避干戈君臣遠涉。（淨介）什麽樣人？爲何到此？我是夫和婦，爲天摧地塌，逃難路途迷。（衆）

【其二】無非買命與贖身，但隨身有何囊篋資費？（小生、旦介）大王饒命噓！快口强舌，休得要如同兒戲。（小生、旦）聽啓，亂荒荒行來數日，苦滴滴寔没半釐。（衆接）你好不知禮。常

言道打魚獵射怎空回?(浄接)

【其三】何必與他説甚的!衆嘍囉,快推出斬首,更莫遲疑。將他倒拽横拖,(衆應)(拖介)横拖倒拽,把軍令遵依。(小生、旦)魂飛,纔逆旅窮途認妻,遭背井離鄉做鬼。聽哀告,望雷霆暫息,略罷虎狼威。

(衆)哆!

【其四】軍前令怎違?但一言既出,駟馬難追。枉自厚禮卑詞,休想饒伊。(浄介)婦人叫什麽名字?(小生、旦)傷悲,(旦)王瑞蘭,(衆介)婦人叫王瑞蘭。遭刑枉死。(衆介)漢子叫何名字?(小生)蔣世隆,(衆介)叫蔣世隆。啣冤負屈。(小生、旦)天和地,有誰人可憐,燒陌紙錢灰。

(衆)開刀!(浄)刀下留人!記得寨主有令,三不可殺:秀士不可殺,中都路人不可殺,姓蔣的不可殺。待俺禀過寨主,再行定奪。(衆應)(浄)大頭目啓事。(生内)啓甚事來?(浄)嘍囉們擄得個姓蔣的秀士夫婦,嘍囉們不敢自專,請寨主發落。(生)大頭目。(浄應)(生唱)(六調)

【賺】且與我留人,押回來問他詳細。(浄)帶過一傍。(下)(吹打)(衆引生上)(衆)漢子、婦人當面。(生)漢子,(唱)家住那裏?農種工商學何藝?(小生)通詩禮,鄉進士,州庠屢魁。(生介)住在那裏?中都路離城數里。閑居住,(生介)因何到此?爲兵火,棄家無所依。(生接)呀!聽説詳細。

漢子抬頭！（小生）阿呀大王爺饒命噓！（生）阿呀！原來是哥哥，快些放綁！（淨）快些放綁！快些放綁！（生唱）

【前腔】謹降階，釋縛忙扶起。（通行此句不念）哥哥吓！是兄弟負恩忘義。此位何人？（小生）吖吖吖，是渾家。（生）元來是尊嫂。受禮，誰知此地能完聚。（旦）愁爲喜，深謝得賢叔盜跖。（生）哥哥吓！那些個尊卑？[一]權休罪，適間冒瀆少拜識。（小生）阿呀請起！（唱）恐君錯矣。（生）哥哥難道不認得小弟了？（小生）驚魂不定，一時想不起。（生）哥哥聽禀。（小生）願聞。（生唱）（凡調）

【滴滴金】朝廷當時巡捕急，避難在圍牆内。若非恩人救難危，險赴法雲陽市。（小生）吖，你莫非與福兄弟麽？（生）正是。（小生）兄弟！（生）哥哥！（仝笑介）吓哈哈哈！（小冒子旦）（仝唱）相逢狹路難迴避，這言語古來提。（生）過來。（衆介）有！與我疾忙整備排筵席，（衆介）吓！歡來不似今日。[二]

【鮑老催】酒泛嫩醅，壓驚解煩休要推。（小生）含巵告少飲半杯。（旦）非詐僞，量淺窄，休央

[一] 卑：原作『輩』，據汲古閣刊本《繡刻幽閨記定本》改。

[二] 似：原作『是』，據汲古閣刊本《繡刻幽閨記定本》改。

及。（生接）高歌暢飲展放眉，開懷醉了重還醉。酒待人無惡意。

（旦接）秀才。

【滴滴金犯鮑老】秀才儒業祖傳襲，你文章幼攻習。我低低問，暗暗猜，心疑忌，叔伯遠房姑舅的？（小生介）不是。敢是兩姨一瓜蒂？〔一〕（小生介）也不是。這不是，那不是，怎有這個賊兄弟？（衆喝）（小生接）

【鮑老催】告辭去急。（生接）〔二〕姑留待等寧靜歸。（小生接）〔三〕龍潭虎穴難居住。（生介）取金子過來。（浄應）（生接）有金百兩，望領納爲盤費。（小生）多謝兄弟。（仝唱）懊恨人生東又西，相逢最苦別離易，歎此行何日會？

（旦）秀才，去罷。（小生）告辭。（生）哥哥爲何去得能促？（小生）只爲相從相催行步緊，（旦）廝收廝放去心頻。（生）他日劍誅無義漢，（合）果然金贈有恩人。（生）衆嘍囉！（衆）有！（生）擺齊隊伍，送大爺下山。（衆應）（吹打住）（生）哥哥請轉。（小生）賢弟怎麽説？（生）此行去向何方？小弟若遇天恩大赦，好來相訪。（小生）愚兄此去，只在廣陽鎮招商店中。（生）招商店？（小生）賢弟，此山

〔一〕瓜：原作『派』，據汲古閣刊本《繡刻幽閨記定本》改。

〔二〕（生接）：原闕，據《崑劇傳世演出珍本全編拜月亭》補。

〔三〕（小生接）：原闕，據《崑劇傳世演出珍本全編拜月亭》改。

只宜早棄，不可久居！（生）小弟不過暫居而已。（旦）秀才。（小生）吖，來了。請了。（小生下）（生）就此回山。（衆喊殺）

【尾】遲疾早晚干戈息，共約行期訪踪跡，怎肯依舊中原一布衣。（接吹打下）

下卷

招串

（丑嗽上）

【金錢花】我家開個酒鋪，主顧門前走過，停車下馬飲三壺。也有葷，亦有素，炒煎煤聚魚，菠菜滾荳腐。

自家乃廣陽鎮上，招商店中，一個貨賣的便是。我這裏前臨官道，後靠野溪，幾枝楊柳緑陰濃，一架薔薇青影亂。粉壁上寫着劉伶仰卧，小窗前掛的李白醉眠。知味停車，真個開壇香十里；聞香駐馬，果然隔壁醉三家。清晨忙把店門開，煮酒烹茶待客來。不將辛苦易，難近世間財。閑話少説，且到門前去招接招接看。噲！各處客商，都來買我的好酒吃吓！（小生内）娘子，走吓！（旦上仝唱）（工調）

【駐馬聽】一路裏奔馳，多少艱辛，到這裏。且喜略時寧静，漸次平安，稍爾寧息。（丑介）有所説個：牙關勿開，利市勿來。讓我先來拔一壺看。（吃介）酒旗兒斜掛小窗前，布帘兒招颭疏籬際。（小生）娘子，和你共飲三杯，今朝有酒今朝沉醉。

吓，酒保。（丑）來哉，來哉。元來是位官人，阿是吃酒？（小生）正是。（丑）個没裏向請坐。（小生）還有渾家在外。（丑）是哉。渾家請吓！（小生）胡説！我們是夫妻，該稱渾家，你怎麽也稱起渾家來？（丑）蓋個，官人，有所説個：四海之内皆兄弟。你之父母，即我之父母；你的渾家，就是我的渾家。個樣亂離時世，大家渾得過没，就罷哉。（小生）胡説！該稱一聲大娘子纔是。（丑）是哉。個没大娘子請吓！（小生進介）這便纔是。（丑）噲！夥計，官人脚上有黄泥，必定遠來的。多着壞屁露，少着父娘皮。一賣當兩賣，足足不要少他的吓。（小生）酒保。（丑）那。（小生）我是老江湖，那些言語多聽得出的，不要來哄我。（丑）是哉。噲！夥計，官人是老江湖，哄他不得。少着壞屁露，多着父娘皮。一賣當一賣，足足原要少他的吓。（小生）酒保。（丑）來哉來哉，官人那説？（小生）可有好下飯？（丑）有吓。肉絲鷄兒湯麵餃，東坡蹄兒天下少。官人不惜杖頭錢，吃到天明，嘖丢，不覺曉。（小生）可有好酒？（丑）也有。蘇州酒，秀州酒，蘇秀兩州真好酒。吃得官人個肚皮像掃箕，娘子個屁股賊個咯落落。（小生）做什麽？（丑）好像漏斗。（小生）酒斗！（丑）勿差，酒斗。（小生）快去取來。（丑）是哉。夥計，拿一壺好酒得來吓。官人，酒拉裏。（小生）這是什麽酒？（丑）窨下的新蒭酒。（小生）妙！（唱）

【駐雲飛】村釀新蒭，（丑介）酒能遣興又消愁。要解愁煩須是酒。（丑介）開子蓋噴香個。壺内馨香透，（丑介）篩出來碧波生清。盞内清光溜。嗏，娘子請一杯。（旦）奴家天性不會飲酒。（小生）喲。（唱）（丑介）夫妻淘裏吃勿吃，奢勿曉得個？邪氣。（小生唱）何必恁多羞，但略沾口，勉意休推，莫把眉兒皺。一醉能消心上愁。

（旦）酒保。（丑）奢個？（旦）取酒過來，待我回敬那官人一杯。（丑）是哉。真真蹊而蹺之，古而怪之。官人來。（小生）做什麼？（丑）個位娘子，落裏搭龍頭柱招摇撞得來個？（小生）不懂吓。（丑）咦！老江湖，歇後語纔勿懂個？（小生）不懂吓！（丑）龍頭柱没，拐；招摇撞没，騙。阿是拐騙來個？（小生）人家夫妻，怎説拐騙？（丑）個位娘子説『酒保，取酒過來，待我回敬那官人一杯』。我想《百家姓》上，無得奢姓『那』個滑。（小生）我與娘子是好夫妻，在人面前，不便稱『好』字，故爾稱『那』字。那者，是好也。（丑）那者是好也？（小生）呸。（丑）領教，領教。官人請坐，讓我再去吩咐。噲！夥計，取那酒，那下飯，與那官人、那娘子，吃在那肚子裏去吓。（小生）酒保。（丑）那那那。（小生）怎麽有許多『那』字？（丑）官人説個，那者是好也。小店裏個物事，樣樣纔是那個丢！（小生）這是我那裏的鄉語。（丑）香芋？還有一個帶柄茨菇。（小生）胡説！（旦）斟酒。（丑）是哉。娘子，酒拉裏。（旦唱）

【前腔】盞落歸臺，[一]（小生）却早兩朵桃花上臉來。（旦）多感君相帶。（小生）深謝卿相愛。

（一）臺：原作『擡』，據汲古閣刊本《繡刻幽閨記定本》改。

(旦)嗏，擎樽奉多才，(丑)夫妻淘裏能個客氣。你的量如滄海。(小生)酒保。(丑)那哼？(小生)娘子說我量如滄海，待我減半杯，吃半杯罷。(丑)娘子說官人量如滄海，官人要減半杯，吃半杯。娘子若說我酒保量如滄海，我就吃。(小生)吃多少？(丑)三馬桶，七尿鱉。(小生)七酒鱉！(丑)勿差，酒鱉。(旦)斟酒。(唱)滿飲一杯，暫把愁懷解，樂矣忘憂，須放下懷。(小生)酒保，我與娘子一路而來，有了幾句言語，所以不肯飲酒。你若勸得娘子飲一杯，我就賞。(丑)官人，呸且拿個『賞』字收子起來。倘然勸得娘子飲一杯，賞我幾哈？(小生)賞你一錢銀子。(丑)少來。(小生)二錢。(丑)本錢也勿到！(小生)竟是三錢？(丑)慢點慢點，讓我來算算看。一鐘没三錢，十鐘没三兩，一百鐘三十兩。(小生)吓吓吓！那裏吃得這許多？(丑白)我看娘子倒鐘得幾鐘個丢。(小生)胡說！快勸！(丑)是哉，個没勸酒哉。官人、娘子在上，我這裏廣陽鎮招商店，因一向爲兵戈擾亂，不曾開張店面。如今干戈寧靜，仍舊開張店面，就遇着一位官人，一位娘子，好像招財利市進子大門，須要你一杯，我一盞，吃得臉兒紅斗斗，好像猢猻屁眼頭。(小生)狗才！(丑)外頭個星人看見子，說招商店裏有好酒。我裏纔去買來吃，賊介咯碌碌一淘進，咯碌碌一淘出。個没好滑，那間官人勿吃，娘子勿飲，開店個曉得子，認道我酒保勿會消貨哉，阿是勿差？官人來來來，呸且先干一杯下來。(小生)待我先吃一杯。干！(丑)干哉！(小生)干了。(丑)噲！夥計，拿戥子、夾剪出來，秤銀子。(小生)我吃的不算吓！(丑)囉個吃個没算介？(小生)要娘子吃了纔算。(丑)少說子一聲。一鐘酒，倒丢子狗肚皮裏去哉！(小生)胡說！快勸！(丑)是哉。個没娘子吃介一鐘，挑我酒保賺個三錢頭，贖枝小當頭。娘子吃噓，吃噓。呸阿吃，勿吃没，我就，（小生）做什麽？（丑）我就，（小生）你就怎麽？（丑）我就磕頭。（小生）哈哈哈哈！娘子飲一杯。（丑連）磕碎骷顱頭，磕得血流流，青布扎子頭。(一)（旦吃介）（小生）酒保，娘子干了。（丑）那是三錢頭來哉！（小生）還要勸。（丑）還要勸？個個銀子那哼？（小生）一總與你。（丑）一淘算？娘子，呸是後生家，勿要吃單杯，吃個成雙到老。我答呸越老越好。（小生）胡説！（丑）勿勿勿，呸丢兩家頭越老越好，我酒保無分拉哈。娘子，吃噓，吃噓。吓！奢鐘鐘擱住個介？吖，有理哉，我有一個勸酒個詩勿倒拉丢，去拿出來，轉裏一轉，面孔對子囉個，囉個吃。（小生）快去取來。（丑）噲！夥計。（應）拿個勸酒詩勿倒出來。（内）爛落個哉！（丑）那説爛落哉介？咳！無法，只好權當詩勿倒。詩勿倒來了，詩勿倒來了。（小生）在那裏？（丑）就是我。（小生）怎麽樣轉法？（丑）有一個轉法個，賊介疾利、疾利、疾利。咦！面孔朝子娘子哉，娘子吃，娘子吃。（旦吃）（小生）哈哈哈！酒保，娘子又干了。（丑）亦干哉？那是六錢哉！（小生）還要勸。（丑）還要勸？吖喲！今朝勿是一個銅錢輸贏拉哈。個没娘子，索性吃個三杯和萬事，吃醉丢磚頭。（小生）解千愁！（丑）勿差，解千愁。我酒保吃醉子，直頭要丢磚頭個。個没娘子，吃噓，吃噓。吓！吃噓！吖，覺搭了，明白了，知道了，曉得了。（小生）曉得什麽？（丑）個位娘子，吃勿慣悶酒個，讓我來刮。（小生）刮什麽？（丑）刮者，乃唱也。（小生）你這樣人，也會唱？（丑）非但會唱，而且會串。（小生）串的什麽戲？（丑）我串個是《賴哉呆米坊雖會》。（小生）不懂

(一)　扎：原作『札』，據《崑劇傳世演出珍本全編拜月亭》改。

吓。(丑)直話没，《劉智遠磨房相會》。打子官話没《賴哉呆米坊雖會》。(小生)只是没有行頭。(丑)有一副别脚京班，欠子房飯錢了，押兩件破行頭拉裏，阿要串拉官人看看？(小生)好，快串來我看。(丑)串戲個銀子是要加點個丢。(小生)這個自然。(丑)噲！夥計，拿個行頭丢出來，銅杓鐵鏟敲起來，串戲個銀子答呃分没哉吓！(鑼住抖介)(小生)做什麽？做什麽？(丑)番道得個串客個毛病，上場就要抖個。過子個惡時辰，就會好個。再來，再來。(鑼住嗽介)(小生)又是什麽？(丑)曲屁。(小生)曲意！(丑)勿差，曲意。(丑唱)抛離數暗哉，呷哈哈，呷呷哈哈哈，呷呷呷呷哈，景致的依然在，哈呷哈，呷哈，依然在。我見門前、門前桃柳槐，盡是我劉高栽，劉高親手栽，噯喲噯噯喲噯噯。(吹介轉前)官人吃介一盅。來此已是磨坊。三娘開門，娘子上場哉。(小生)做什麽？做什麽？(丑)少一個李三娘拉裏。(小生)也是你。(丑)也是我？官人，串小旦是阿明白？(小生)自然加你。(丑)個没要串小旦哉，且拿個李三娘扮起來。官人，我個包頭風如何？(小生)好。(丑)『哥哥嫂嫂，打不起了。』亦要换哉，亦要换哉。『我不是你哥哥嫂嫂，是你丈夫劉智遠回來了。』亦要换哉，亦要换哉。(吹住)阿呀冤家吓！(丑唱)可曉得，幾般的受苦，呷哈呷哈呷哈呷哈，幾般的災？緣何你一去哉，(二)哈呷哈，一去不見你來？可見你男子漢，哈呷哈呷哈，心腸忒歹，噯喲噯噯喲噯噯。

(二) 緣：原作『元』，據《崑劇傳世演出珍本全編拜月亭》改。

劉智遠接唱哉。(一)(摇板)非是我心腸忒歹喈，我只爲官司有差，拘緊身軀，我也勿得回來。勿得回來了喈。我今日回來，喜得三娘還在。三娘還在了喈。三娘，你若不在，我把李家莊團團圍住，平陽一揣。平陽一揣喈。三娘，你把憂愁放下懷，臨風户半開，歡歡喜喜倚門相待。我把冤仇必殺害，冤仇必殺害喈。三娘，你個不開門，我就一拳打進門來！阿呀我的妻吓！(小生)狗才！(丑)勿勿勿，串昏子了。(内應)會鈔。(丑)官人，算賬哉。(小生)酒保，這裏到夢津旅館，還有多少路了？(丑)五十里之程。(小生)娘子，去不及了，怎麽處？(丑)官人，我這裏前邊飲酒，後邊宿人。(小生)娘子，前途去不及了，就在此安歇罷。(旦)但憑秀才。(小生)酒保。(丑)那？(小生)與我打掃一間房，鋪下一張床，房飯錢明日一總算。(丑)官人尊姓？(小生)我姓蔣。(丑)是哉。噲！夥計，官人、娘子不去了，吩咐打掃一間房，鋪下一張床。官人姓蔣，上子帳吓。(内應)(旦)酒保。(丑)奢個？(旦)與我打掃兩間房，鋪下兩張床，房飯錢與我算。(丑)是哉。阿是？我曉得哑做勿動主個。噲！夥計，不要依前邊官人，要依後邊娘子，打掃兩間房，鋪下兩張床，馬桶尿鱉兩邊放，草紙要一百張吓。(小生)吓！酒保。(丑)那哼？(小生)我怎樣吩咐你的？(丑)娘子賊介説滑。(小生)勸酒的銀子還在我處。(丑)勿差，勸酒個銀子，拉丢官人處來。讓我再去吩咐。噲！夥計，不要依後邊娘子，原要依前邊官人：打掃一間房，鋪下一張床，多點兩根安息香，明朝起來吃荳腐漿。(末上打介)狗才，狗才！

(一) 接唱：原作『摘毛』，據《崑劇傳世演出珍本全編拜月亭》改。

（丑）六裏打人嚮？（末）狗才！（丑）元來是王先生。（末）什麽一間房一張床，兩間房兩張床，把我兩個老人家，搬到東，搬到西，是何道理？（丑）奢我要賊介了，官人答娘子要賊介了。（末）狗才！（丑）我且問呸，招牌上寫個奢個？（末）順從客便。（丑）我認道『順從主便』了。（末）我這裏用你不着，與我走出去。（丑）要去子長遠哉。捨勿得呸丟個老，（末）老什麽？老什麽？（丑）勿勿勿，老伯伯，老有趣，呸個老風臀！（末）白鐵刀，轉口快。（下）（小生）酒保。（丑）呸！飯保也勿見，奢個酒保？纔是呸丟兩家頭。官人没要一張，娘子没要兩張。（小生）胡説！（丑）故歇也勿依官人，亦勿依娘子，倒依子我酒保罷。（小生）依你怎樣鋪法？（丑）拿一束稻柴，打個浪倘鋪，我裏三家頭掰緊子困一夜罷。（小生）胡説！（丑）勿要着急，纔端正丟哉。跟我來，轉個灣，看門檻，小心絆，就是骨一間。（小生）好。（丑）房没依子官人，床没依子娘子。（小生）怎樣鋪法？（丑）有個鋪法個：娘子個張朝外攤開子，(一)官人個張頂上去。（小生）爲何踢我一脚？（丑）頂字没，有個踢脚個。那其間，等我酒保出去子，呸丟關其門而閉其户，吹其燈而息其火。娘子没，解其裙而脱其褲，上其床而點其窩。困到半夜巴，一個觔斗遷到娘子個頭去，好像雄鵓鴿見子雌鵓鴿，賊介彭彭彭得得哥，彭彭彭得得哥。（小生介）走出去。（丑連）娘子説，我也話勿得個苦，得得哥，關店落鎖吓。（下）（通行小生、旦唱【尾聲】下）（小生）尋踪訪跡在林中，（旦）受苦扶危出禍叢。（小生）有緣千里來相會，（旦）無緣對面不相逢。（小生）娘子怎麽把話兒説遠了？可記得

(一) 攤：原作『灘』，據《崑劇傳世演出珍本全編拜月亭》改。

林榔中的言語？〔一〕（旦）林榔中不曾説什麼。（小生）我説有人盤問，娘子如何説？（旦）兄妹相稱。（小生）這句是有的。我説面貌不仝，語言各别，那時娘子又如何説？（旦）怕有人盤問，權説是夫妻。（小生）别樣事可以權得，夫妻豈是權得的？也罷，今晚在旅店中暫且權一權罷。（旦）秀才，不可如此。好好送奴回去，多將些金銀來謝你。（小生）豈不聞書中自有黄金屋，要那金銀何用？（旦）既不要金銀，對爹爹説，討個官兒與你做罷。（小生）官是朝廷的，難道是你家的？我一路而來，不曾問得娘子是何等樣人家？（旦）你不問起猶可，若問起，莫説仝行仝坐，就是站立之所，你也没有。（小生）如此到要請教。（旦）我祖公公，黄河主；祖婆婆，王太真。父親兵部尚書，母親誥封一品夫人；奴家守節操的一位千金小姐。（小生）元來是韓景陽大來頭。我蔣世隆冷眼覷華堂，尚然消受不起，倒與娘子仝行仝坐。望高擡貴手，饒恕我蔣世隆之罪。（旦）大恩人請起。（小生）嗳！你既知我是大恩人呵，（唱）

【降黄龍】説什麼宦室門楣，寒士尋常，望着雲霄。〔二〕奈時移事遷，〔三〕爲地覆天翻，君去民逃。（旦接）英豪，念孤恤寡，再生之恩難報。久以後啣環結草，敢忘分毫？

（末）媽媽走吓！（付應接唱）

〔一〕榔：原作『郎』，據汲古閣刊本《繡刻幽閨記定本》改。下同改。
〔二〕霄：原作『宵』，據汲古閣刊本《繡刻幽閨記定本》改。
〔三〕事：原作『變』，據汲古閣刊本《繡刻幽閨記定本》改。

【太平令】曲徑迢遥，深夜柴門帶月敲。（付）開門，開門！（小生）來了。好事不成，又被人聽見了。元來是公公媽媽。（末、付）蔣官人，（唱）郵亭一宿姻緣好，又何必語叨叨？（小生）

【前腔】旅邸蕭條，回首鄉關路轉杳。寒燈照影傷懷抱，因此上話通宵。

（末）説通宵，話通宵，被我們聽見了。（小生）瞞不過公公媽媽。（末）蔣官人，請外厢少坐，待我們説成了，然後相見。（付）蔣官人，拿子火去。（小生應下）（末）媽媽，你先去説一聲，老漢要見。（付）是哉。小姐拉丢六裏？（旦）媽媽。（付）小姐，我茶纔勿曾泡。（旦）好説。（付）小姐，我裏粗老老要見，阿使得？（旦）老人家不妨，請進來。（付）吠哉。老老，小姐請㕶進去。（末應）（付）走得來。（末）怎麼？（付）勿要眼光忒忒介。（末）什麼説話！（付）小姐，我裏粗老老來哉。（末）小姐拜揖。（旦）公公萬福。（付）小姐請坐子。（末）小姐在上，老漢有言奉告。（旦）請教。（末）自古男女，授受不親，禮也。（付）禮也。（末）嫂溺，授之以手，權也。（付）權也。（末）權者，反經合禮之謂。假如小姐處于深閨，衣不見裏，(一)言不及外，事之常也。（付）就是長短個『長』字耶。（末連）今小姐奔走道途，風飡水宿，事之變也。（付）天變個『變』字哉耶。（末連）況急遽苟且之時，顛覆流離之際，失母從人二百餘里，雖小姐冰清玉潔，惟天可表，清白誰人肯信？是非誰人與辯？正所謂昆岡失火，玉石俱焚。（付）阿呀小姐，烘缸裏失子火，連脚帶布纔要燒脱個。（末連）小姐堅執不從，那秀才被我道了幾

(一) 裏：原作『禮』，據汲古閣刊本《繡刻幽閨記定本》改。

句言語，兩下出門，各不相顧。倘遇不良之輩，强逼爲婚，非惟玷污小姐名節，而且所配匪人。不若行權，成就了美事罷。（付）勿差。（末）媽媽，我在外廂，你去問小姐的主意。（付）是哉。小姐，我裏老老纔是好説話，依子罷。（旦）媽媽，你去對公公説，收留奴家在此，日後父母相見之日，多將金銀來謝你們。（付）勿消個，讓我去説。老老，我裏要發財哉！（末）怎見得？（付）小姐説，收留子，日後父母相見之日，多將金銀來謝我裏。阿是要發財哉？（末）你曉得什麽？收留人家迷失女子，律有明條；況我店中來往人雜，不當穩便，從便從，（付）勿從介？（末）雙雙請出，連你都趕出去。㈠（付）呸！關我奢事？小姐。（旦）媽媽。（付）我裏老老説，收留人家迷失女子，律有明條；況我店中來往人雜，不當穩便，從便從，勿從没雙雙請出，連我老太婆纔要趕出個丢。（旦）媽媽，一無父母之命，二無媒妁之言。在店中苟合，決難從命。（付）小姐勿要哭，讓我再去説没哉。老老，呒没化落化落，小姐一團大道理。（末）怎麽説？（付）小姐説，一無父母之命，二無媒妁之言，在店中苟合，決難從命。（末）這又何難？你我一把年紀，㈡我便作了主婚，你權爲媒妁。禮由義起，㈢就不爲苟合了。（付）老老，奢叫苟合？（末）無媒無妁，爲之苟合。（付）老測死個，我一直上呒個當！（末）呒，没廉耻。

㈠ 都：原作「多」，據《崑劇傳世演出珍本全編拜月亭》改。
㈡ 把：原作「巴」，據《崑劇傳世演出珍本全編拜月亭》改。下同改。
㈢ 起：原作「氣」，據汲古閣刊本《繡刻幽閨記定本》改。

（付）小姐，我裏老老說，我裏兩個年紀一把哉，老老做子主婚，我做子媒人，禮由義起，不爲苟合了。小姐允子罷。噲！老老，小姐肯個哉！（末）怎見得？（付）拉丢笑哉。（末）既如此，蔣官人有請。（小生上）公公媽媽，怎麼樣了？（末、付）被我們說從了。（小生）多謝公公媽媽！（末）看酒來，先吃個合巹杯。（付）是哉。

【撲燈蛾】才郎殊美好，㈠佳人正年少。相逢邂逅間，姻緣會合非小也。天然湊巧，招商店權做藍橋，翠幃中風清月皎。（小生）羨歡娛，千金難買此良宵。

（旦）媽媽住在此，不要去。（付）阿呀好小姐，我老太婆是勿能替呸個！（末）媽媽快些來罷。（付）來哉，來哉，拉裏解裙哉！（下）（小生、旦）

【尾】恩情怎比閑花草，往常恨更長寂寥，今夜歡娛只愁天易曉。（下）

請醫

（末上）貧無達士將金贈，病有良醫說藥方。自家招商店中王公便是。我店中歇下一個秀才和一位娘子。因在途中，失了一個親人，得了一個佳人。憂鬱驚恐，七情傷感，染成一病。那娘子着我去請個先

㈠ 殊：原作『珠』，據汲古閣刊本《繡刻幽閨記定本》改。

生，不免就去走遭。不多三五步，咫尺是他家，這裏是了。先生在家麽？（付内）是囉個？（末）請先生去看病。（付）勿拉屋裏。（末）那裏去了？（付）醫殺子人了，縣前打官司去哉。（末）明明是先生的聲音，快些出來。（付）個没來哉。（上干念）

【水底魚】四代行醫。（末）先生，你家只有三代吓。（付）昨夜頭添子玄孫哉。（干念）三方人盡知。（末）四方吓。（付）有一方不我醫盡醫絶個哉。不論貴賤，請着即便醫。盧醫扁鵲，料他直恁的？人人道我，（末）道你什麽？（付干念）道我是催命鬼。

（末）休得取笑。（付）我做郎中真熟慣，下藥之時勿懶慢。熱病與他柴胡湯，冷病與他五苓散。醫得東邊都出喪，西邊又入殮。南邊買棺材，北邊氣又斷。若説我裏做郎中個，十個醫殺九個半。若來請我者，想必也是該死漢。（末）吓先生。（付）元來是位老者，裏向坐。（末）是。（進）（付）請坐，請坐。（末）有坐。先生你自言自語，説些什麽？（付）我來告訴倷，(一)學生本姓翁，家住在橋東。燒人壇，(二)是我丈人；做棺材個，是我外公。若勿醫殺兩個，叫丈人、外公喝風。（末）休得取笑。（付）請問老伯伯尊姓？（末）我就是招商店中王公。（付）吖，㕶就是招商店中王公？（末）正是。（付）阿呀有鬼吓，有鬼吓！（末）怎説有鬼？（付）我記得倷吃過歇我個藥哉説。（末）吃了先生的藥就好的。（付）

（一）倷：原作『哝』，據《崑劇傳世演出珍本全編拜月亭》改。下同改。
（二）壇：原作『檀』，據文義改。

吃子我個藥就好個？（末）就好的。（付）個是千中選一。（末）休得取笑。（付）今日來作奢？(一)（末）我店中有位秀才，染成一病，要請先生去看看。（付）小兒不在家，無人背藥箱。（末）老漢代背了罷。（付）個没得罪，權當小兒。（末）什麽説話？（付）讓我來吩咐聲看。噲！你們前日不細心，被木賊在苦瓜樓上盗了我的青箱子，勿曾獨活，以後須要防風。若再如此，我回來一道沿河索綁在黄連樹上，打你一頓柴胡棒；就是知母，休想叨饒半夏！（末）都是説的藥名。（付）個叫三句勿離本行。背子藥箱走罷。（末）我們從這條路走罷。（付）個條路走勿得。（末）爲何？（付白）簇簇鮮鮮個話巴拉上。（末）什麽話巴？（付）有一日出去看病，拉個答走過，只看多哈碎男呸拉丢踢球，偏偏滚子我脚跟頭來，我就一脚踢子裏棺材裏去。個星碎男呸一把拖牢子我，説還我球來。我説勿番道，等我來拾還呸丢。我就伸手到棺材裏去，囉裏曉得裏向個死者，拿我一把拖牢子，説道翁先生，我在生時，吃子呸一帖煎劑藥，送子我個終，那間再要拿滚痰丸是來勿得個哉。（末）如此大街走罷。（付）大街益發勿好走。（末）爲何？（付）也不我醫殺個人拉丢。（末）什麽病死的？（付）人家發瘧疾，(二)我認道傷寒症了。我説番道，只要一帖藥，包管就好。呸丢去買一擔艾草，替我打一條艾絨草薦，拿個病人放拉當中，各碌碌一卷，兩頭點起火來，竟燒、燒子《百家姓》上一句書出來哉。（末）那一句？（付）燒得烏焦

(一) 奢：原作『奔』，據文義改。
(二) 發：原作『罰』，據《崑劇傳世演出珍本全編拜月亭》改。

卜弓。（末）難道燒死了？（付）死是勿死，[一]動没勿動個哉。吖喲！勿好哉！一歇歇吵得亂縱横，説翁郎中醫殺子人哉，拿裏鎖拉死人脚上，亦要官司去告理。（末）這便怎麽處？（付）還好，虧得有一個老者説道：列位，醫家有割股之心，豈有醫殺人之理？讓裏買棺材入殮子罷。我是個窮郎中，六裏來銅錢買棺材？只得拿一隻藥櫃當子棺材，拿個死人放拉哈子，亦無人扛，只好親丁四人，（末）那四人？（付）我裏老伴、兒子、新婦。吖，路上冷静了，唱隻《蒿里歌》，伴伴鬧熱。我就第一個唱。（唱）

【蒿里歌】我做郎中手段底，蒿里里蒿里蒿里。我裏老伴説道，（付唱）你醫死了人，兒連累了妻，蒿里里蒿里蒿里。我裏個兒子，拿個扛棒一甩，（唱）説你醫死了胖的擡不動，蒿里里蒿里蒿里。我俚個新婦是孝順個，説公爹吓，（唱）你從今只揀瘦的醫，蒿里里蒿里蒿里。

（全笑）哈哈哈！（末）到了。（付）到子壇上哉。（末）到了門首了。（付）𠯿先進去説一聲，我拉外頭等傣。（末）曉得。吓，官人、娘子有請！（旦扶小生上）

【引】世亂人荒，幸脱天羅地網。

（末）娘子，先生來了。（旦）公公，官人是病虚之人，叫他悄悄進來。（末）是。吓，先生。（付醒介）是

[一] 勿：原作『分』，據文義改。

奢人？（末）你到在此瞌睡。㈠（付）我拉裏做夢。（末）夢見什麽？（付）夢見老壽星拖牢子我，要討藥吃。我説壽星没吃奢藥？裏説道：先生，我直豆活得匆耐煩哉，阿有奢藥不一帖我吃吃，讓我早登仙界。（末）休得取笑。娘子説，官人是病虚之人，有話悄悄的説。（付）我是老郎中哉，何消吩咐？（末）娘子，先生來了。（付私白）且不一嚇裏使使看。呔！（衆驚）（末）叫你底聲些，爲何這等大驚小怪？（付）個是郎中個法門，嚇出一身冷汗，病體要好一半。（末）見了娘子。（付）藥罐倡偌。（末）什麽藥罐！（付）既匆是藥罐，爲奢煎得官人精干？（末）什麽説話！（付）個位就是病者？讓我來摸摸看。阿呀！匆局！匆局！（末）爲何？（付）膀脚纔冷個哉。（末）先生，只是檯脚！（付）便介了無得膀肚腸子，提起脚來把脉。（末）脚上那有脉息？（付）有所説個，病從脚上起。（旦）官人伸出手來，與先生把脉。（小生應）（付）官人，（干唱）

【柰子花】莫不是産後驚風？莫不是月水不通？

（末）先生，官人是男子，怎麽説起女科來？（付）手没把子官人個脉，眼睛呷看個娘子。（末）尊重些。

（付）等我看准子介。㈡阿呀！匆局！（末）爲何？（付）咤異！邪氣！（干念）

【駐馬聽】脉息昏沉，兩手如冰唬殺人。請幾個和尚尼姑，做些功德送出南門。（旦、末介）這

㈠ 瞌：原作『磕』，據《崑劇傳世演出珍本全編拜月亭》改。

㈡ 准：原作『整』，據《崑劇傳世演出珍本全編拜月亭》改。

便怎麼處？鬼門關上去招魂。叫幾個木匠，乒乓乒乓，忙把棺材釘。（旦介）阿呀官人吓！連哭兩三聲，再哭兩三聲，哭哭哭哭。（末）先生，把錯了，這是手背！（付）夾忙頭裏殺出奢守備來介？（一）（末）手背吖！（付）慢點，官人個手阿曾動？（旦、末）没有動。（付）呀呸！（干念）錯把了手背，驚慌則甚？

話巴，話巴，做子一世個郎中，手背上竟無得脉息。（末）人都被你嚇死了！（付）我個脉案平常，（二）猜法甚妙，到勿如猜子罷。（末）使得。（付）等我來猜猜看。（干唱）

【剔銀燈】他渾身上如湯火燒？（旦）不燒。（付）阿冷？（旦）不冷。（付）勿冷勿熱，只怕是瘟病哉。（干唱）口兒裏常常乾燥？（三）（旦）也不乾燥。（付）個是濕重哉。（干唱）終朝飯食都不要？（旦）略略吃些。（付）只怕撞着子餓殺鬼哉。（唱）耳聞得蟬鳴鼓噪？（旦白）不聲噪。（付）（干唱）阿呀心焦？（旦）也不心焦。（付）猜勿着了。拉裏心焦，關伍奢事？（干唱）莫不是病癆？（旦介）都不是。都不是，不醫罷了。

阿！個樣也勿是，那樣也勿是，讓我來拿隻凳子，砧殺子伍罷。年紀輕輕，生出個樣病來，勿醫哉！

（一）守：原作「手」，據《崑劇傳世演出珍本全编拜月亭》改。

（二）案：原作「安」，據《崑劇傳世演出珍本全编拜月亭》改。

（三）燥：原作「噪」，據汲古閣刊本《繡刻幽閨記定本》改。下同改。

勿醫哉！(末)先生尊重些。(付)王伯伯走得來。(末)怎麽？(付)自古道明醫暗卜，我是黑漆提燈籠，囉裏曉得？傢且對我說，官人個病那個起個，我就好下藥哉。(末)如此我對你說了，你不要説我告訴你的。(付)個没阿肯説個？(末)官人麽，只因亂離時世，在路途中失了一個親人，得了一個佳人，憂鬱驚恐，七情傷感而起。(付)吖，爲因賊介了。阿呀！我投没投子出來。個歇王伯伯，傢要張羅我進去没好？(末)這個自然。(付)阿！勿醫哉！勿醫哉！(末)先生再來看一看，到底什麽病？(付)既然要我看，我有祖上傳個啣絲把脉之法。(末)何爲啣絲把脉法？(付)只要用腰裏個條絲絲，一頭没官人啣拉咮裏，一頭没放拉我耳朵上，聽介聽，就曉得哉。假如王后娘娘生子病，把起脉來，也叫裏伸手出來？阿是勿差？(末)如此，先生解下絲絲來。(付)拿去。(旦)官人，啣在口中。(小生啣，付聽介)呸呸呸，賊介了。曉得哉，曉得哉，放子絲絲下來。娘子，官人的病，在路上失了一個親人，得了一個佳人，憂鬱驚恐，七情傷感而起。阿是個？(旦)先生，真正神仙了。(付)孫子没神仙，王伯伯對我説個！(末)呸！怎麽説出我來？(付)我若勿説没，就滅人之德了。(末)不要説了，快些下藥。(付)是哉。(鼠叫)(付)哫哫哫，多時勿開，老鼠做子窠拉哈哉。啅！拿去吃，個叫做八寶飛龍絶命丹。吃了下去，不到黄昏，送上鬼門關。(末)敢是活命丹？(付)叫官人吐津咽下。(旦)官人，吐津咽下。(生吃吐介)(末)阿呀吐了。(付)虚弱得及，胃口纔到哉。娘子阿要吃介一服？(旦)我没有病吓。(付)吃子我個藥没，少勿得有病哉。(末)休得取笑。(旦吃亦吐)(付)姣寡得及，所以也要吐哉。伏侍官人進去罷。(旦應下)(付)王伯伯，傢阿要吃點？(末)我也没有病。(付)吃點個好。（末）有什麼好處？（付）齒落重生，髮白再黑，還要養兒子來。（末）如此多把些我吃吃。（付）説了養兒子没，多把些我吃吃。我翁先生是慷慨個，多拿點去，吐津咽下。（末吃吐介）（付）呀呸！費子多哈本錢。合拉丢個藥，那説倷也吐，裏也吐，安心要賴我個藥本。（末）吃了下去就要吐。（付）藥纔勿會吃，那哼要生病？走開點，讓我來吃拉倷看。（末）吃與我看。（付）有個吃法個。擺子坐馬勢，伸長子頭頸，張開子嘴，只要舌頭一撩没，咽子下去哉。（吃介）阿是勿吐？存點藥性吃完裏。(一)（吃介）阿是勿吐？阿是勿吐？（吐介）（末）怎麼你也吐起來了？（付）勿好，讓我來看看介。阿呀拿差哉！（末）拿了什麼藥？（付）拿子痔瘡藥拉裏哉！（末）阿呀！阿呀！這是那裏説起？可要寫個藥方？（付）勿消寫得，纔拉倷身上。（末）怎説在我身上？（付）哪，巴豆、圓眼、柴胡、龜板、(二)杜仲、(三)牛膝、川芎、(四)狗脚趾、(五)桔梗，還有兩個浪宕子。（末）又要取笑了。官人的病可就好？（付）勿就好來。（末）爲何？（付）有個妖怪拉屋裏，我拉茅山燒香，學一道捉妖怪個法術拉裏，阿要替倷捉脱裏？（末）這是及妙的了。（付）個没走開點，讓我來畫一道符。吾奉太上老君急急如律令敕！拉

(一) 藥：原作『又』，據文義改。
(二) 板：原作『版』，據《崑劇傳世演出珍本全編拜月亭》改。
(三) 杜：原作『肚』，據《崑劇傳世演出珍本全編拜月亭》改。
(四) 穹：原作『弓』，據《崑劇傳世演出珍本全編拜月亭》改。
(五) 趾：原作『跡』，據《崑劇傳世演出珍本全編拜月亭》改。

裏個哉，放拉㕯丢老娘房裏去罷。（末）使不得，放到外邊去。（付）要放拉外頭去？個没跟我來，倈説一聲放，我就放。（末）如此，放。（付）響點。（末）放！（付）再要響點來。（末響）放！（付）放㕯丢娘個屁！（末）阿呀阿呀！還要這樣的搗鬼！(一)（下）

離鸞

（二雜、外、丑）（工調）

【三棒鼓】一鞭行色望南京，喜得兩國通和也，無戰爭。邊疆罷征，邊烽罷驚，不暫停。（外）六兒，這裏是那裏了？（丑）是邯鄲驛了。（外）到孟津還有多少路？（丑）離此不遠了。（外）吩咐人伕，趕到孟津驛去安歇。（丑應）老爺吩咐，趕到孟津驛去安歇。（衆應）（仝唱）如今海晏河清也，重逢太平，重樂太平。

（丑）這裏是招商店了。（外）你去借房安歇。（丑）是哉。有人麼？（末上）來了。什麼人？（丑）我是王尚書府中嫡嫡親親過繼的六爺。(二)俺老爺要寫報單到孟津驛去，故爾要一間潔净的房子。（末）小房儘有，任憑揀選。（丑）如此快引路。（末）這間如何？（丑）不好。我要這間。（末）這間有個秀士

(一) 搗：原作『到』，據《崑劇傳世演出珍本全編拜月亭》改。

(二) 嫡嫡：原作『滴滴』，據文義改。下同改。

在那裏患病，還是别選罷。（丑）我偏要這間！待我自己打開來看。（末）這便怎麼處？且躲過一邊，看他如何？（下）（丑）勿要管俚，且打開來看。吓！個是我裏小姐滑！（旦）你是六兒吓！（丑）正是。老爺，小姐拉裏。噲！小姐，老爺拉裏！（旦）爹爹在那裏？（外）我兒在那裏？（仝）吓！阿呀爹爹（兒）吓！

【哭相思】别來久矣，自離朝尊體無恙。

（外）兒吓！你怎麼到這裏？你母親又不見，細細説與我知道。（旦白）爹爹聽禀。（唱）

【園林好】纔説起遷都汴梁，鬧吵吵哀聲四方。（净介）（丑介）老爺，小姐個眉毛纔散個哉。（外）胡説！不忍訴淒涼情況。（外介）家中所有呢？家所有，盡撇漾。（丑介）小姐個肚皮有點蹊蹺。（外）唔，胡説！家中的使人呢？家使人，盡逃亡。（外接）

【荳葉黄】你一身眼下，現在誰行？（旦接）隨着個秀，（外）什麼秀？（旦不語）（丑）小姐，唔説没哉。（外）快講！（旦）爹爹！（唱）隨着個秀士棲身，（外介）他是你什麼人？他是我夫主家長。（外）哆！誰爲媒妁，甚人主張？（旦）咳！人在那亂離時節，人在那亂離時節，（小生暗上）吖喲！你們在此做什麼？（丑介）呔！看我奢？入娘賊，好受用吓！怎選得高門廝配相當？

（外）六兒，那秀士在那裏？（丑）拉丢個答。（外）與我扯過來！（丑應）老爺拉丢叫唔。（小生）我是有病之人，爲何拿我？（丑）一個小姐，不唔弄壞丢哉，還要妝病？走快點！（旦）官人，這是我爹爹，

過來見了。（小生）是。岳父拜揖！（外）呀呀呀啞！（唱）

【月上海棠】你自想，甚年發積窮形狀。（丑介）我説勿局個哉！（小生）岳丈吓！（接唱）怎凡人逆相，海水斗量？非獎，陋巷十年黄卷苦，那時禹門三月桃花浪。一躍龍門把名揚，管叫姓字標金榜。

（外）不必多言，我兒快快隨我回去。（小生、旦仝）阿呀娘子（官人）吓！（唱）

【五韻美】意兒想，眼兒望，救取東君似艷陽。與花柳增芳，全没些可傷。身凜凜，似雪上加霜。（外）六兒，與我扯開他們。（丑）是哉。（扯介）（小生、旦）阿呀岳丈（爹爹）吓！（唱）更没些和氣一味莽。鐵膽銅心，打開鳳凰。

（丑）勿局，要脱子衣裳來扯開俚丢。（外）噯！（唱）

【二犯六么令】你是娘生父養，逆親言，心向情郎。（旦接）爹爹，我向地獄相救轉到天堂，怎捨得撇他在此没人店房？（外）哆！若不兩分張，管叫取殘生命亡。

（小生接）阿呀岳丈吓！（小生唱）

【玉交枝】哀告岳丈，（外介）誰是你岳丈！（丑）烏龜王八是呧丢丈人！可憐我伏病在床。（外介）你這樣人，何不死了？煎藥煮粥無人管，等待三五日時光。（外介）一時也等不得！全没些好言劈面搶，惡狠狠怒髮三千丈。（外）六兒，快些扯開他們。（丑）是哉。（小生、旦仝）只倚着官高勢强，只倚着官高勢强。

（丑介）放子開來罷！（小生、旦）阿呀！這便怎麼處？（唱）

【江兒水】眼見今朝去，直恁忙，相隨百步情悒怏。況我夫妻在月餘上，怎下得霎時如天樣。（外）噯！（接）若要成雙，休指望。（小生、旦接）一對鴛鴦，生被揭天風浪。

（外）快些扯開來！（丑）扯勿開個哉！（外）爲何？（丑）鑲子笋頭個哉。（外）胡説！快與我扯開來！（丑）是哉。快點放手！（小生、旦）阿呀娘子（官人）吓！（唱）

【川撥棹】(一)心相向，更不將恩義想，没奈何事出參商，没奈何事出參商。父逼女，夫哀婦傷。苦離別，愁斷腸。兩分離，愁斷腸。

（外）放手！（小生）娘子！（外）放手！（旦）官人！（丑）阿毪穿呱個花娘！（外）我兒隨我走！（小生跌介）（外下）（旦介）阿呀官人吓！（下）（小生起拿丑）（丑）阿呀！作奢作奢？（小生）還我小姐來！（末暗上白）還我們小姐來，不然就要打了！（丑）勿要打，饒子我罷！（小生）要饒你，叫我一聲嫡嫡親親的好姐夫，就饒你。（丑）個没放子我來叫。（小生、末）你不叫，我們要打了！（丑）個没讓我叫。（小生、末）快些叫！（丑）我個嫡嫡親親好姐夫。（小生）我也没有氣力，權且饒你。阿

(一)　棹：原作『掉』，據曲牌名改。

呀娘子吓！（下）（末）狗才！狗才！（丑）啞爲奢也要做作起來？（末）也要叫我一聲，纔饒你！（丑）要叫奢個？（末）要叫我一聲嫡嫡親親好爹爹。（丑）放子我來叫。（末）放了你，也不怕你不叫！（丑）我個嫡嫡親親老，（末）老什麼？（丑）老孫子。（末）呀呀呀呸！（下）（丑）個是六裏説起？我來時出林虎，打得六兒能。（下）

驛會

（老、占上）（工調）

【月兒高】喊殺連天，骨肉怎相戀。自古常言道，人離鄉賤，得到今朝平安幸非淺。是則是我身狼狽，眼前受迍邅。[一]（净接）

【臘梅花】孟津驛舍，在黄河岸邊，乘船走馬如飛電。（老、占接唱）母女忙向前，可憐窮面，暫借安身望週全。

（净）吠！你們兩個婦人，這裏官府來往之所，不是當耍的，快走！（老）可憐我們是好人家兒女，望乞方便。（净）既是好人家兒女，也罷，隨我來，就在此迴廊下權宿一宵，明日早行。（老）多謝！（下場角

[一] 邅：原作『迠』，據汲古閣刊本《繡刻幽閨記定本》改。

困)(浄白)正是:天上人間,方便第一。(下)(外上)

【引】馬兒行又急,(旦接,丑隨)轉回頭五里復十里。

(丑)驛丞拉丢囉裏?(浄)驛丞迎接大老爺。驛丞叩頭!(外)驛丞,我一路鞍馬勞頓,不許閑人攪擾。(浄)啓大老爺,還是打行糧呢坐糧?(外)五鼓就要起程,打行糧是了。(浄應下)(外)六兒,鎖上門兒。(下)(旦進正場臺)(丑白)真正賊出關門,屁出掩肫。(下)(起更)(老坐起)咳!(唱)(正調)

【銷金帳】黄昏悄悄,助冷風兒起。想今朝,思向日。曾經這般時節,這般天氣。羊羔美酒,美酒在銷金帳裏。世亂人慌,遠遠離鄉里。如今怎生,怎生在街頭上睡?(初更)(旦接)

【前腔】初更鼓打,哽咽寒角吹。滿懷愁,吩咐誰?遭逢這般磨折,這般離别。阿呀爹爹吓!你鐵心腸打開,打開鸞孤鳳隻。我這裏恓惶,他那裏難存濟。翻覆怎生,怎生獨自個睡?(二更)(占接)

【前腔】鼕鼕二鼓,敗葉敲窗紙。[一]響撲簌,聒聞耳。難禁這般蕭索,這般岑寂。骨肉到此,到此伊東我西。去又無門,住又無依倚。傷心怎生,怎生在街頭上睡?(三更介)(旦接)

[一] 葉:原作『業』,據《崑劇傳世演出珍本全編拜月亭》改。

【前腔】三更漏轉，寒雁聲嘹嚦。半明滅，燈焰煤。[一]尋思這般沉疾，這般狼狽。相别到今，到今凶吉未知。阿呀官人吓！你冷落在空房，藥食誰調理？床兒上怎生，怎生獨自個睡？（四更介）（老接）

【前腔】樓頭四鼓，風捲簷鈴碎。略朦朧，驚夢回。娘兒這般相逢，這般重會。霎時覺來，覺來孩兒在那裏？多少傷悲，多少縈牽繫？教人怎生，怎生在街頭上睡？（五更介）（占接）

【前腔】五更又催，野外疏鐘急。算通宵，幾歎息。一似這般煩惱，這般孤恓。一身苟活，苟活成得甚的？（旦接）我這裏愁煩，那壁廂長吁氣。聽得怎生，怎生獨自個睡？

（絶更介）（外上）正做家園夢，忽聞啼哭聲。（丑接）非關六兒事，必定是驛丞。（外）唤驛丞。（丑唤）（淨上）聽得唤驛丞，想是要起程。驛丞叩頭！（外）我怎樣吩咐你？鞍馬勞倦，正圖一覺好睡，聽得這壁廂哀怨，那壁廂啼哭，這怎麽説？（淨）昨晚大老爺未下馬時，[二]有兩個婦人來此借宿。驛丞見天氣寒冷，看他們是個好人家兒女一般，故爾留在迴廊下權住一宵。必定是天氣寒冷，凍哭之聲，驚動了大老爺，驛丞該死。（外）皇華乃駐驛之所，怎麽容留婦人借宿？六兒去看來。（丑）且領我去。（淨）這裏來。哪，就是這兩個，你們好不達時務！（丑）吓！個個是我裏奶奶！噲！奶奶，老爺拉裏。

[一] 煤：原作『黴』，據汲古閣刊本《繡刻幽閨記定本》改。
[二] 昨：原作『時時』，據《崑劇傳世演出珍本全編拜月亭》改。

(老)不信有這等事！(丑)噲！老爺，奶奶拉裏！(外)夫人在那裏？(老)相公在那裏？(旦)母親在那裏？吓！阿呀母親(兒)吓！

【哭相思】久阻尊顏想念勤，此逢相會夢和魂。(老)過來見了。(占應接)奴是不應親，今日强來親。

(外)這是那個？(老)途中認來的螟蛉女。(外)可喜吓可喜吓！(浄)驛丞叩賀老爺、夫人！(外)少間領賞。(浄謝下)(外)夫人，把别後事説與我知道。(老)相公，一言難盡！(唱)(工調)

【粉孩兒】匆匆的離皇朝，心不穩。棄家私老小，去得安寧？(外接)只爲國難識大臣，不隄防萬馬千軍。(老)犯京城，君去民逃，常言道龍斗魚損。(旦接)

【福馬郎】那日風狂雨又緊，正行時喊聲如雷震。無處藏隱，急向林榔中躲，道途上奔。其時節，亂紛紛。身難保，命難存。(外接)

【紅芍藥】兵擾攘，阻隔關津。思量起，役夢勞魂。(丑接)眼見得邦家受危困。望吾鄉，有家難奔。(老接)我的孩兒歷盡了苦共辛，娘逢人見人尋問。只愁你舉目無親，父女們何處斷認？(旦接)

【耍孩兒】我有一言説不盡，那日在招商店，(丑介)亦要説招商店哉。(外)呸。(老介)説與我知道。驀忽地遇着家尊。我尋思眼盼盼人遠天涯近。(老接)爲甚的那壁厢千般恨？(外接)

休只管叨叨問。（老接）

【會河陽】有甚争差，且息怒嗔。把閑言語，總休論。（占接）賤妾不懼責罰，把片言語陳，難得見今朝分。（旦接）甚時除得我心頭悶？（占接）甚時解得我眉尖恨？

（外白）過來。（丑應）（外接唱）

【縷縷金】教準備展芳樽，得團圓齊賀慶，盡歡欣。（老）館驛中有雜人來往，其寔不穩。到南京得見聖明君，那時節好會佳賓。

（外）唤驛丞。（丑唤）（浄上）來了。老爺有何吩咐？（外白）驛丞。（唱）

【越恁好】與我辦齊船隻，辦齊船隻，指日裏達帝京。（浄應下）（貼）漸行漸遠，親兄長不知死和存。（旦）愁人見説愁更深，欲言又忍，心兒裏痛切切如刀刎。（占）眼兒中淚滴滴如珠揾。

（浄上）啓爺。（接唱）

【紅繡鞋】划船已在河濱，河濱。不勞馬足車輪，車輪。（仝唱）離孟津，望前進。風力順，水程緊，咫尺是，汴梁城。

【尾】別離會合皆前定，受過憂危心自忖。從今後暮樂朝歡，把家園重再整。

（外）軍馬紛紛路不通，[一]（老）娘兒兄妹各西東。（旦）今宵賸把銀釭照，[二]（仝）猶恐相逢似夢中。（旦、占先下）（外）夫人，途中帶回的女子叫什麼名字？（老）叫瑞蓮。（外）好，一個叫瑞蘭，一個叫瑞蓮，今後叫他們姊妹相稱便了。（老應）（外）吩咐開船。（下）

雙拜

（旦上唱）（工調）

【齊天樂】懨懨捱過殘春也，猶是困人時節。（占）閑庭静悄，瑣窗瀟灑，小池澄徹。姐姐。（旦）妹子。階前萱草簇深黄，[三]檻外榴花疊絳囊，清和天氣日初長。（占）懶去梳妝臨寶鏡，慵拈針指向紗窗，晚來移步出蘭房。吓！姐姐，當此良辰美景，正好快樂，爲何反自眉頭不展，面帶憂容，却是爲何？（旦）妹子吓！（占）姐姐。（旦唱）（尺調）

【青納襖】我幾時得煩惱絶，幾時得離恨徹？（占）姐姐，和你往階下去閑步一回。（旦）如此妹子請。（占白）姐姐請。（旦）我不去了。（占）爲何欲行又止？（旦）妹子吓！（唱）本待要散悶閑行到

[一] 軍馬：原作『馬士』，據《崑劇傳世演出珍本全編拜月亭》改。
[二] 賸：原作『勝』，據汲古閣刊本《繡刻幽閨記定本》改。
[三] 深：原作『永』，據汲古閣刊本《繡刻幽閨記定本》改。

臺榭，傷情對景腸寸結。（占介）爲何傷情起來？ 悶懷些兒，（占介）姐姐把悶懷撇下些罷。待撇下怎忍撇，（占介）可割捨的麼？ 待割捨教我難割捨。沉吟，倚遍欄杆。奴有萬感情切，咳！多吩咐長歎嗟。

（占）姐姐吓！（接）

【前腔】你繡裙兒寬褪了褶，莫不爲傷春憔悴些？（旦）妹子，看我近日面龐兒，比前如何？（占）吖！（唱）近日龐兒瘦成勞怯，莫不爲傷夏月？ 姊妹們休見撇，（旦）你量我什麼？（占）哪。（唱）我斟量着你非爲別。話便有一句，只是不好説得。（旦）但説何妨？（占）我説來，恐怕姐姐要惱。（旦）我不惱，你説就是了。（占）如此我説了噓！（占唱）多應把姐夫來縈牽，（旦介）吓！ 別無些話説。

（旦）呸！（唱）

【紅納襖】你把那濫名兒將咱引惹，直恁的情性乖心意劣。女孩兒家多口共饒舌。爹娘行快活要他做甚的？ 要妝衣滿篋，要食珍羞則盛設。和你寬打週折。（貼白）姐姐往那裏去？（旦）我麼，（唱）到父親行先去説。（占）説我什麼？（旦）哪。（唱）説你那小鬼頭兒春心動也。

（占）阿呀！（唱）

【前腔】我特兀地錯賭別，姐姐吓，望高擡貴手饒過些。（旦）你小小年紀，曉得什麼姐夫縈牽？

(占)咳！我只爲一句話兒傷了俺賢姐姐。姐姐，做妹子的下次再不敢了！(旦)如此起來。(占應)(旦)下次不可吓不可！(占)今後若如此呵，瑞蓮甘痛決。姐姐在此閑耍歇，小妹們先去也。(旦)住了。我説了你幾句，敢是使性去麽？(占)這個怎敢介？(唱)我只管在此閑行，忘收了針綫帖。

(旦)也罷。你要去，先去罷。(占)我先去了。咳！推些緣故歸房早，花陰深處遮藏了。熱心閑管是非多，啐！冷眼覷人煩惱少。這是那裏説起？(下)(旦)到被這丫頭胡言亂語，猜着我的心事。呀！只見來一灣新月，斜掛柳稍；幾隊花陰，平鋪錦砌。不免安排香桌，對月禱告一番。款把桌兒擡，輕揭香爐蓋，一炷清香訴，對月深深拜。(旦唱)(六字調)

【二郎神】拜新月，寶鼎中明香滿爇。上蒼吓上蒼，這一炷香呵，(旦唱)願拋閃下男，吼，男兒疾較些，得再睹仝歡仝悦。(占暗上接唱)(此曲不上板)悄悄輕將衣袂拽。吓姐姐！(旦)是那個？(占)是我。燒得好香吓！(旦介)啐！(占唱)却不道小鬼頭兒春心動也。(走介)(旦)妹子往那裏去？(占)我如今也要到父親面前去説。(旦)妹子不要去！(占)放手放手！(旦)妹子，饒了做姐姐的罷！(占)姐姐請起，我是與你取笑耶！(旦哭)(占)呀！(唱)那喬怯，看他無言無語，紅暈滿腮頰。

(旦接)妹子，

【鶯集御林春】恰纔的似亂掩胡遮，（占接）姐姐吓！（唱）你事到如今多漏洩。和你姊妹們的心腸，你也休見別。夫妻們莫不爲有些週折？（旦接）教我也難推怎阻，妹子吓，我一星星對伊仔細從頭説。〔一〕（占介）他姓什麽？他姓蔣。（占）吖，姓蔣？叫什麽名字？世隆名。（占介）他家住在那裏？中都路住居。（占介）他是姐姐何人？他是我的男，（占）姐姐，爲何欲言又止？一發説與妹子知道。（旦）妹子，我便對你説了，只是爹娘面前，切不可提起。（占）這個自然。（旦）妹子，寔不瞞你説。（唱）他是我的男兒，（占介）他是何等樣人？受儒業。

（占）呀！（接）

【前腔】聽説罷姓名家鄉，這情苦意切。闊海愁山在我心上撇，不由人不淚珠流血。（旦接）我恓惶是正理，只此愁休對愁人説。（占介）姐姐。（旦）妹子，〔二〕你啼哭爲何因？莫非你也是我的男兒舊妻妾？

（占白）姐姐説哪裏話來？（唱）

【前腔】他須是瑞蓮親，（旦介）親什麽？兄。（旦）吖，元來是令兄，失敬了。（占）好説。（旦）爲何

〔一〕星星：原作『惺惺』，據汲古閣刊本《繡刻幽閨記定本》改。
〔二〕（旦）：原闕，據文義補。

失散了呢？（占）姐姐吓！（唱）爲軍馬犯闕，散失忙尋相應者，那其間只争一個字兒差迭。（旦接）比着先前又親，（占介）果然又親了。我如今越覺和你若疼熱。你休隨着我跟脚，久已後只當我的男兒那枝葉。

（占）姐姐請上，做妹子的有一拜。（旦）做姐姐的也有一拜。（占唱）

【前腔】我須是你的妹妹姑姑，你須是我的嫂嫂，（旦介）吓！怎説嫂嫂？就是姐姐。未審家兄和你因甚别？兩分離是何時節？（旦接）正遇寒冬冷月，被我爹把奴拆散在招商舍。我思量起痛心酸，那一日染病耽疾。（占介）怎生割捨他呢？他是我的男兒教我怎割捨？（貼接唱）

【四犯黄鶯簇御林】阿呀爹爹吓！你直恁太情切。姐姐吓，你十分忒軟怯，眼睁睁怎忍和他相抛撇？（旦）妹子吓！枉自歎嗟，無可計設。妹子，當時爹爹還猶可，只恨六兒這小狗才，（唱）吓，當不過他搶來推去望前扯。（同唱）【傍妝臺】意似虺蛇，性似蝎螫，一言如何訴説？

【八聲甘州】流水一似馬和車，頃刻間在途路賒。他在窮途逆旅應難捨。（旦）那時呵，囊篋又竭，藥食又缺，他那裏悶懨懨難捱過如年夜。（全唱）寶鏡分破，玉簪跌折，甚日得重圓再接？

【尾】自從别後信音絶，這些時魂驚夢怯，莫不爲煩惱憂愁將人斷送也！

（旦）往時煩惱一人悲，〔一〕（占）從此淒涼兩下知。（旦）世上萬般哀苦事，（占）無非遠別與生離。姐姐請。（旦）妹子請。（下）

訪兄

（生上）

【引】吾皇恩詔從天降，遍遐邇萬民欽仰。

俺陀滿興福，只爲朝廷追捕，蒙義兄救援，隱跡山林。今喜天恩大赦，又聞開科，選拔文武才能，爲此發散了衆嘍囉，棄了山林，一路而來，尋訪哥哥，要仝往京中應試。聞得哥哥在廣陽鎮招商店中，來此已是。吓店主人有麼？（末上）來了。忽聞人呼喚，隨即便趨迎。什麼人？（生）店主人。（末）客官何來？（生）請問店主人，這裏可有一位姓蔣的住下？（末）可是個秀才？（生）正是。（末）在這裏，現在不在店内。（生）那裏去了？（末）往街坊贖藥去了。（生）可就回來？（末）就回來的。客官要會他，何不到他房中坐坐，等他回來就是了。（生）如此相煩引領。（末）這裏來。（生）是。（末）這裏是了，裏面請坐，待老漢去取茶來。（生）不消。（小生上）

【引】禍不單行先自速，遭兵火，那更重重坎坷。

〔一〕往：原作『除』，據汲古閣刊本《繡刻幽閨記定本》改。

(末)蔣官人回來了。(小生)店主人。(末)有人到此訪問。(小生)在那裏？(末)在你房中。(小生)是那個呢？(生)呀！哥哥回來了！(接)

【引】久阻尊顏，幾曾忘那些兒個。(小生接)彼我，縱然有音書怎託？

(生)自別尊顔兩月餘，(小生)重重坎坷更災危。(生)哥哥，你有何坎坷事？(小生)説起教人珠淚垂。(末)休嗟怨，慢悲哀，房中請坐且寬懷。(小生)從頭一一都分訴，萬恨千愁掃不開。(末)二位請坐，我去取茶來。(下)(生)哥哥有甚怨恨，説與兄弟知道。(小生白)兄弟吓！

【惜奴姣】相別，風寒勞役，受盡奔波。那更憂愁思慮，在旅邸頓染沉疴。(生接)違和，天相吉人痊疴。却望節飲食，休勞碌。(一)怎忘問別來尊嫂貴體安樂？

(小生)

【前腔】提起，心腸慘悽，不由人忍不住淚珠流顆。死別生離，煩惱似天來大。(生接)莫非他棄舊憐新，從了別個？(小生介)不是。都應是疾病亡，遭非禍。(生)你道爲甚麽？(小生)却爲甚麽？(小生接)我那岳父他，(二)他倚勢挾權，將夫妻苦苦拆破。

(生)這也休怪哥哥怨恨。(小生)便是。兄弟你從那裏來？(生)即日朝廷降赦，詔天下文武賢良盡

(一)休：原闕，據汲古閣刊本《繡刻幽閨記定本》補。

(二)(小生接)我那岳父他：原闕，據《崑劇傳世演出珍本全編拜月亭》補。

赴行朝應舉。[一]正在男兒得志之日，休爲夫妻恩愛，誤却前程。可收拾行李，與兄弟仝往行朝。一則應舉求官，二來亦可打聽尊嫂消息，不知哥哥意下如何？（小生）兄弟此言極是；[二]只是少些房錢在此，未曾還得。（生）兄弟儘有，哥哥放心。（小生）離合悲歡不自由，心懷縈悶幾時休。（生）争似不來還不往，（仝）也無歡喜也無愁。（同下）

遣媒

（外上）

【引】蓂莢更新，流光過隙，桑榆日夜愁煩。

使命傳宣出建章，微臣深愧沐恩光。可憐年老身無子，特旨巍科擇婿郎。老夫親生一女，小字瑞蘭。向來兵戈擾攘之際，夫人途中帶回一女，小字瑞蓮，秀質賢能，就與我親生女兒一般看待，如今俱已及笄。蒙聖恩着俺招贅文武狀元爲婿，不免請夫人出來，一同遣遞絲鞭。院子。（末暗上應）（外）吩咐後堂，請夫人與二位小姐出來。（末應）夫人、二位小姐有請。（老上）

【引】蘭堂日永湘簾捲，簷前燕鵲聲喧。（旦、占接唱）喜椿萱晚景安然，感謝蒼天。

[一] 朝：原作『期』，據汲古閣刊本《繡刻幽閨記定本》改。下同改。

[二] 極：原作『及』，據汲古閣刊本《繡刻幽閨記定本》改。

(老)相公。(外)夫人。(二旦)爹爹、母親。(外、老)罷了。坐下。(二旦應)(外)老夫年紀高邁,二女俱已及笄。蒙聖恩憐我無嗣,着俺招贅文武狀元爲婿,爲此請夫人出來,一同遣遞絲鞭,不知夫人意下如何?(老)自古男大須婚,女大須嫁,此是門庭美事。㈠又蒙聖恩,豈敢有違?(旦)告爹爹、母親知道,孩兒已有丈夫,不敢從命。(外)胡説!你丈夫在那裏?(旦)容孩兒細禀:向因兵戈擾亂,爹爹前往邊界,孩兒仝母親被亂兵追逐,分散東西,逃生曠野。那時一身没靠,舉目無親,幸遇秀士蔣世隆,惻隱存心,救援作伴。又被强梁拿縛山寨,幾至殺身,幸得寨主是他故人,情深意重,纔得釋免。若無他救,不知生死何地。後來與他同到招商店中,盟山誓海,共結鸞凰。及遇爹爹到來,將奴拆散。今蒙嚴命,再選夫婿,豈敢有違?但爹爹高居相位,顯握朝綱,觀通書史,只有守貞守節之道,那有重婚重嫁之理?况他乃是讀書君子,有日禹門三級浪,一舉占鰲頭。孩兒寧甘守節操,斷難從命。離亂兵戈喊殺頻,娘兒驚散竄山林。危途不遇賢君子,相府那存有妾身?莫把恩人輕不顧,㈡不應親者豈相親?㈢世隆有日風雲會,須待團圓到底親。(外)這是朝廷恩命,誰敢有違?(占)爹爹,孩兒瑞蓮亦有少禀。(外)你也有甚説話?(占)自從向遭兵火,兄妹各奔逃生。身遭曠野之中,藏形躲避。幸遇夫

㈠ 是:原作『事』,據汲古閣刊本《繡刻幽閨記定本》改。
㈡ 把:原作『不』,據汲古閣刊本《繡刻幽閨記定本》改。
㈢ 不應親:原作『不應配』,據汲古閣刊本《繡刻幽閨記定本》改。

人唤聲，與奴名廝類，奴忙答應向前，當蒙夫人提攜妾身爲伴，脱離災厄。後來爹爹緝探回朝，驛中相遇，允留潭府，恩育同于嫡女，無可稱報。前日因仝姐姐燒香祈祐，各表誠心禱告，方知姐姐與妾兄蔣世隆偶結良緣，已成夫婦。今蒙爹爹嚴命，將我姊妹招贅文武狀元，但妾兄蔣世隆，飽學秀才，有日風雲際會，亦未可量。瑞蓮甘與姐姐一同守節。但能天從人願，妾兄一舉成名，那時夫貴妻榮，姻緣再合；妹承兄命，始配鸞凰，庶酬爹爹養育之恩。九貞三烈自古聞，從新棄舊枉爲人。如今縱有風流婿，休想佳人肯就親。（外）這是朝廷恩命，休得多言！院子，媒人可曾去唤？（末應）唤過了，即刻就來。（丑嗽上）

【普賢歌】媒婆終日脚奔波，成就人間好事多。這家也是我，那家也是我，只爲家貧没奈何。老爺、夫人在上，媒婆叩頭。（外、老）罷了。（丑）二位小姐，媒婆叩頭。（二旦）請起。（丑）老爺呼唤，有何吩咐？（外）奉旨招贅文武狀元爲婿，你同院子到狀元寓所，遞送絲鞭。聽我吩咐。（丑應）（外唱）（凡調）

【黄鶯兒】二女正青年，相門高當遴選。乘龍未遂吾心願。幸朝廷命宣，配文武狀元。郎才女貌真堪羡。[一]（老仝）你去遞絲鞭，一雙兩美，成就好姻緣。（旦接）

[一] 羡：原作『美』，據汲古閣刊本《繡刻幽閨記定本》改。

【前腔】口誦《柏舟》篇，更何心續斷弦。(一)（丑介）小姐是深閨處子，如何説起斷弦來？我洞房曾會招商店。爹爹錦旋，途中偶見，霎時拆散了鴛鴦伴。休要遞絲鞭，我甘心守節，誓不再移天。（占接）

【前腔】那日涉風煙，望關山路八千。亂軍中不見了哥哥面。幸夫人見憐，將奴身保全。勝似嫡親，相待恩非淺。今日遞絲鞭，我紅生羞臉，黄色上眉間。

（外）媒婆，休聽他們言語，快去遞送便了。（丑）是。（唱）

【前腔】鈞命敢遲延，這姻緣非偶然。匪媒弗克成姻眷。調和兩邊，並無一言。人間第一要行方便。今日遞絲鞭，仙郎肯受，多贈貫頭錢。

（外）媒婆，還有一件。恐二位狀元不知小姐孅妍，將這真容與他們看。（丑）遵老爺吩咐。（外）憑媒選日遞絲鞭，（老）招贅新科兩狀元。（末）時人莫訝登科早，（丑）只爲嫦娥愛少年。（外）快些送去，速來回話。（末、丑應，分下）

（一）續斷：原作『斷續』，據汲古閣刊本《繡刻幽閨記定本》改。

遞鞭

（小生上）（工調）

【風入松】同聲相應氣相求，弟兄同占鰲頭。（生接）追思往事皆成謬，傷情處不堪回首。

（仝）幸喜得聲名貴顯，相期黼黻皇猷。

（生）哥哥，且喜雙桂聯芳，(一)已遂凌雲之志。行看兩葵並秀，同傾向日之誠。（小生）兄弟，所喜者志得意滿，身顯名揚；所悲者家園蕩廢，琴瑟淒涼。（生）哥哥，這幾件都不打緊。兄弟一門良賤，三百餘口，盡被聶貫列無辜殺戮，只逃得兄弟一身。幸蒙恩兄搭救，戴天之仇未報，再生之恩未酬。這些小事，何足掛念？（末、丑上白）走吓！（同干唱）

【勝葫蘆】聖主憂慮及大臣，因無子繼家門。二女如花，未曾諧秦晉。特來説合，兩兩仙郎共成親。

此間已是文武狀元寓所，不免逕入。吓！二位老爺，院子、媒婆叩頭。（二生）你們從何而來？有何話説？（末、丑）我們是王尚書府中差來的，一奉天子洪恩，二來尚書鈞命，特來遞送絲鞭，請二位狀元

(一) 聯：原作『連』，據汲古閣刊本《繡刻幽閨記定本》改。

爺同諧佳偶。（生收、小生不收）（末、丑）二位小姐的真容在此，請看。（小生看悲介）（生）哥哥，今日遞送絲鞭，是個喜事，爲何掉下淚來？（小生）兄弟，你自受了絲鞭，我是斷斷不受！（生）爲何不受？（小生）愚兄呵。（六調）

【集賢賓】那時挈家逃難走，正鬼哭神愁。[一]喊殺聲如雷軍馬驟，亂荒荒過壑經丘。妹子瑞蓮呵，相失在後，尋討處不知所有。難措手，忽有人同聲相應相求。

（生）可就是向日山寨中見的這位嫂嫂？（小生）然也。（唱）

【前腔】途中見時雖厮守，猶覺滿面嬌羞。到了磁州廣陽鎮招商店中呵，（唱）直待媒妁之言成配偶。不意他父親王尚書，緝探虎狼軍，回到招商店中，遇見是他女兒，竟自奪回去了。（生）哥哥，你那時怎捨割得他去！（小生）彼時呵，（唱）我病懨懨無計相留。（生）噯，若是小弟在彼，定要與他厮鬧一場。（小生）他是尚書，我是窮儒，怎能與他厮鬧？（唱）怎敢龍争虎鬥，分别後知他安否？如今聖上議親，怎生辭得他？（唱）恩德厚，有何顔再配鸞儔？（生接）

【猫兒墜】聽兄説罷，方識此根由。如今的是王尚書，招商店中也是王尚書，哥哥，事有可疑。破鏡重圓從古有，何須疑慮反生愁？不謬，重整備乘龍，花燭風流。

[一] 哭：原作『弄』，據汲古閣刊本《繡刻幽閨記定本》改。

（末背）阿呀好奇怪！小姐説招商店中有了丈夫，不肯再嫁。我在此想，如今狀元又説招商店中有了妻室，不肯再娶，這也奇絶了。

【前腔】正是義夫節婦，語意兩相投。都應是姻緣當輳偶。狀元老爺，此情分付與東流。休休，(一)管教舊恨新愁，一筆都勾。

（小生）煩你們多多拜上你家老爺，説我斷然不敢奉命！（末、丑）既是狀元爺不允，我們只索回復老爺便了。（末）事跡相同説不差，（丑）這般異事寔堪誇。（生）落花有意隨流水，（小生）流水無情戀落花。

（分下）

回話

（外上）（工調）

【似娘兒引】姻事未和諧，媒婆去不見回來。（老接）教人望眼懸懸待。（仝）玉音已降，冰人已遣，汗簡何乖？

（外）夫人。（老）相公。（外）昨遣官媒婆、院子到文武狀元寓所送絲鞭，怎生不見回報？（老）想必就

(一) 休休：原作『你休』，據汲古閣刊本《繡刻幽閨記定本》改。

來了。(末、丑)指望將心托明月,誰知明月照溝渠。個中一段姻緣事,對面相逢總不知。老爺、夫人在上,媒婆、院子叩頭。(外)罷了。二位狀元,絲鞭可受了否?(末、丑)奉老爺鈞命,去到狀元寓所説親,那武狀元欣然領納,並不推辭;那文狀元不肯應承。再三勸他,纔把真情説出。(外)他有何話説?(末、丑)他説在亂離之際,途中失了一個妹子,遇着一位佳人。行到廣陽鎮招商店中,店主作伐,已成姻眷,後來被他父親看見,把女兒搶了回去,至今未有音信,故此不肯接受絲鞭。特來回復。(外)他妹子叫何名字?(末、丑)叫瑞蓮。(外)那女子呢?(末、丑)叫瑞蘭。(外)夫人,有這樣奇怪的事!(老)如今怎麼處?(外)不妨,我有道理在此。

【滴溜子】明日裏,明日裏,小設酒筵。媒婆去,媒婆去,傳語狀元。既然心中不願,如何强逼他諧繾綣?(老)既然如此,還要請他來則甚?(外)請來飲酒之間呵,(唱)先教他妹子在堂前,隔簾認看。

(老白)此計甚好。(唱)

【尾】相逢到此緣非淺,真與假來日便見。(外)你二人再去傳話,説狀元親事不敢相攀,只請枉臨一會,再無他意,定要過來。(唱)望勿推辭,特請他來赴宴。

（末、丑應）（外）明日宴佳賓，（老）須知假與真。（末）殷勤藉紅葉，(一)（丑）寄與有情人。（下）

請 宴

（小生上）（六調）

【玩仙燈引】有事掛心懷，好似和鈎吞却綫。

憶自離家幾變更，此身須在亦堪驚。東邊日出西邊雨，道是無情却有情。昨爲王尚書遣媒婆、院子到來説親，教我越加煩惱。不知何日方得我嬌妻的消息，不免將琴書消遣一番。

【懶朝天】一自瑶琴操離鸞，眼底知音少，不與彈。(二)今朝拂拭錦囊，看雪寒。傷心一曲倚闌杆，續弦《關雎》聲調難。（末、丑接）

【前腔】空勞仙子下天台，何意劉郎事不諧？狀元老爺，媒婆、院子叩頭。（小生）呀！（唱）你二人因甚去還來？（末、丑）早成就合歡帶，管取相逢笑口開。

（小生）我昨日已煩你們拜上你家老爺，這親事斷然不敢奉命，今日又來則甚？（末、丑）家爺拜上，這姻親不敢强攀，久仰狀元才高貌美，請枉臨一會，别無他意。（小生）如此你們先去，説我就來趣命便

(一) 藉：原作「籍」，據汲古閣刊本《繡刻幽閨記定本》改。

(二) 不：原闕，據汲古閣刊本《繡刻幽閨記定本》補。

了。（末、丑應）（小生）相府玳筵開，（丑）珍羞百味排。（末）掃門端拱立，專等狀元來。（分下）

雙逢

（外上）

【卜算子引】一段好姻緣，説起難拋下。今朝開宴特相邀，試問真和假。

昨日遣媒婆、院子，去請狀元來此會宴，安排酒餚，不知可曾完備？院子那裏？（末）堂上呼雙字，階前應一聲。老爺有何吩咐？（外）筵席可曾完備？（末）完備了。（外）張都督老爺可曾去請？（末）請下了，即刻就到。（淨嗽上白）聞呼即至，有請當來。（末）張爺到。（外）吓，大人。（淨）司馬。（外）請。（淨）不敢。（外白）舍下。（淨）占了。（進介）（外）請坐。（淨）有坐。蒙老司馬見招，有何台諭？（外）今日小宴，非爲別事。只因當初我緝探虎狼軍，正值遷都世亂之時，老妻帶領小女瑞蘭前往京師躲避。行至中途，被軍馬沖散，母女分離。已後老夫回到磁州廣陽鎮招商店中，遇見小女隨着一個秀才爲伴，老夫一時氣忿，不曾問得詳細，撇那秀才，領了女兒到京。如今蒙聖恩，將女兒招贅新狀元爲婿。昨遣媒婆、院子去遞送絲鞭，那狀元説有了妻室，不肯領受。以後再三勸勉，纔説出真情。這狀元就是招商店中這個秀才。（淨）如此説，到是一莊奇事。（外）還有一件更奇：當初老妻途中失了小女的時節，叫名尋問，忽有一女子，叫名瑞蓮，與我兒名韻相同，向前來答應。老妻見他是個好人家兒女，帶在身傍，就認他做個女兒。不道此女恰是狀元的嫡親妹子。你道奇也不奇？（淨）這事一發奇了！（外）老夫疑信之間，未便就令小女與他廝見。爲此今日聊設小筵，請狀元到來，着他妹子隔簾覷認，故爾特屈大人到來相陪。（淨）這個當得。（外）狀元到時，即忙通報。（末應）（小生上）

【前腔引】仙子宴瑶池，青鳥書傳送。道是無情却有情，既信猶疑夢。

（末）狀元爺到。（外）說我出迎。（末）家爺出迎。（外）吓，殿元。（小生）大人。（外）請。（小生）不敢。（外）殿元是客，自然先請。（小生）不敢，還是大人請。（外）如此占了。（進介）（小生）大人請上，待晚生參拜！（外）不敢，只行公禮。（小生）遵命。（淨）吓，殿元。（小生）老先生。（外）請坐。（小生）晚生只合侍立，焉敢妄坐？（外）相邀到此，有話談談，那有不坐之禮？（小生）如此告坐。（外）大人請坐。（淨）請。吓殿元，老司馬奉旨招閣下爲婿，爲何不肯應承？（小生）老先生聽禀。（唱）

（凡調）

【山坡羊】那日因遭兵燹，兄妹移家遷汴。亂軍中拆散雁行，兩下裏追尋不見。（淨介）令妹叫何名字？叫瑞蓮。有個佳人忽偶然。（淨）那位佳人，怎好就肯答應？（小生）那佳人名叫瑞蘭，與晚生妹子瑞蓮，聲音厮類，故此答應錯了。（淨）既如此，曾與他配合否？（小生）老先生吓，（唱）相隨同到招商店，合配曾憑媒妁言。交歡，誰知一病纏。晚生正在染病間，被他父親到來，也是王尚書，偶然遇見，就奪了去嘘！（淨介）竟搶去了？（小生唱）我堪憐，分開鳳與鸞。

（淨）那是一時的事，如今也拋撇得下了。目今相府議親，也該允從纔是。（小生）老先生吓！

【前腔】佩德啣恩非淺，别後心常懷念。（外介）今日之事，非是老夫强逼，乃是聖上旨意，怎敢有違？縱有胡陽公主，那宋弘呵，怎做得虧心漢。（净）殿元，你如此説，難道你終身不娶否？（小生）晚生呵，（唱）石可轉，吾心到底堅。（净介）成就了此姻，享榮華，受富貴，有何不可？貪豪戀富，怎把人倫變？爲學須當慕聖賢。（净介）官裏説親，姻緣非淺。姻緣，難把鸞膠續斷絃。（净介）受了絲鞭罷。絲鞭，辜負嫦娥愛少年。

（老上）兒吓，隨我到外邊來。（占應）（老）那邊這位，可是你的哥哥？（占）待我看來，呀！正是我哥哥！（小生）那位好似我妹子。妹子在那裏？（仝）吓！阿呀妹子（哥哥）吓！（唱）

【哭相思】[一]兄妹當初兩分散，誰知此地重相見。

（净）這是誰吓？（外）這就是狀元的妹子。（净）果有這奇事！如此没，老夫告回了，明日奉賀。（外）大人請。（净）請。（仝下）（小生）妹子，你如何得到這裏來？（占）哥哥，一言難盡嘘！（唱）

【香柳娘】想當初難中，想當初難中，與哥哥分散，孤身途路誰相盼？[二]幸夫人見憐，幸夫人見憐，相挈在身邊，慈悲做方便。與親女看承，與親女看承一般，所喜今朝重見。

[一] 相：原作『想』，據汲古閣刊本《繡刻幽閨記定本》改。
[二] 相：原作『想』，據汲古閣刊本《繡刻幽閨記定本》改。

哥哥，嫂嫂也在這裏。（小生）在那裏？（占）哪！（唱）

【五更轉】你望故人如天遠，相逢在目前。閨中小姐，會你在招商店。（小生介）你爲何認得嫂嫂？拜月在亭前，説出心頭願。鄉貫同，名字真，（小生介）莫非弄差了？非訛舛。爹爹母親望乞垂憐見，早使相逢，不索留戀。

（小生）不信有這等事！（占）待我請嫂嫂出來。嫂嫂有請。（旦上）

【似娘兒引】夢裏流鶯聲尚在，出蘭房風翻珮帶。

（占）姐姐，這文狀元正是我哥哥，快請相見。（小生、旦）娘子（官人）在那裏？吓！阿呀！娘子（官人）吓！（唱）

【哭相思】一別招商已數年，今朝重續舊姻緣。貞心一片如明月，映入清波到底圓。

（旦）[一]阿呀相公吓！（唱）

【五更轉】你的病未痊，我却離身畔，心中常掛牽。（小生）蒼天保祐身康健。與那結義兄弟呵，武舉文科，同登魁名選。蒙聖恩，特議親，豈我願？（仝唱）相逢到此真希罕，喜動離懷，笑生愁臉。

[一]（旦）：原闕，據《崑劇傳世演出珍本全編拜月亭》補。

(外上)吓，賢婿。(小生)岳丈，若非當日輕寒士，(旦)何致今朝敘別情。(外)老夫一時鹵莽，休得記懷。(老上)吓，我兒、賢婿，也不必説了。(外)我兒回歸香閣，重整新妝。狀元且到書院換了吉服，仝武狀元與瑞蓮一同成親便了。(小生、旦)天遣偶相逢，(占)渾疑似夢中。(外)門闌多喜氣，(一)(老)女婿近乘龍。(仝下)

雙圓

(付上)仝仗周孔禮樂，來成秦晉歡娛。(二)今日相府招贅新科文武狀元爲婿，特來伺候。列位可齊了？(衆)多齊了。(付)時辰已至，就請新人。伏以寶馬驕嘶香，事畢集燈光。明月如通晝，彷彿阮仙郎。(細吹，二生上，吹住)(付)伏以夙世姻緣定，離別今成歡。相隨夫妻美，强如鸞鳳鳴。(又吹，照常交拜，連定席坐，吹住)(付白)上宴。(衆唱)(凡調)

【畫眉序】文武掇巍科，丹桂高攀近嫦娥。喜鶯遷喬木，棲止高柯。十年探孔孟心傳，一旦試孫吴家學。(合)畫堂花燭光摇處，一派鼓樂聲喧和。(二旦接)

【前腔】萍梗逐風波，豈料姻緣在卑末。似瓜纏葛藟，松附絲蘿。幾年間破鏡重圓，今日裏

(一) 多喜氣：原作『喜氣多』，據汲古閣刊本《繡刻幽閨記定本》改。

(二) 來：原作『東』，據汲古閣刊本《繡刻幽閨記定本》改。

斷釵重合。（合）畫堂花燭光摇處，一派鼓樂聲喧和。（外、老接）

【前腔】兩國罷干戈，民庶安生絶烽火。幸陽春忽布，網羅消磨。昨朝羨錦奪標頭，[一]今夜喜紅絲牽幕。（合）畫堂花燭光摇處，一派鼓樂聲喧和。

（末上）聖旨下。（唱）

【滴溜子】一封的，一封的，傳達聖聰。天顔喜，天顔喜，滿門詔封。九重紅雲簇擁，龍章出鳳墀，蒙恩受寵。五拜山呼，稽首鞠躬。

聖旨到，跪。（衆）萬歲！（末）聽宣讀：奉天承運，皇帝詔曰：夫婦乃人倫所重，節義爲世教所關。[二]兹爾文科狀元蔣世隆，講婚禮於急遽之時，從容不苟；妻王瑞蘭，待媒妁於流離之際，[三]貞節自持。夫不重婚，[四]尚宋弘之高誼；婦不再嫁，邁令女之清風。使樂昌之破鏡重圓，致陶穀之斷弦再續。兵部尚書王鎮，保邦致治，有撥亂反正之才。解組歸閑，無貪位慕禄之行。陀滿興福，出自忠良，寔非反叛。父遭排擯情寔，朕實悔傷。[五]萌蘖尚存，天意有在。今爾榮魁武榜，蒂結姻緣。蔣世隆授開

[一] 標頭：原作『頭標』，據汲古閣刊本《繡刻幽閨記定本》改。
[二] 教所關：原闕，據汲古閣刊本《繡刻幽閨記定本》補。
[三] 離：原闕，據汲古閣刊本《繡刻幽閨記定本》補。
[四] 不：原作『婦』，據汲古閣刊本《繡刻幽閨記定本》改。
[五] 朕實：原闕，據汲古閣刊本《繡刻幽閨記定本》補。

封府尹，妻王氏封懿德夫人。陀満興福世襲昭勇將軍，妻蔣氏封順德夫人。(一)尚書王鎮，歲支粟帛，與現任同。嗚呼！彝倫攸序，爾宜欽哉！謝恩。（衆）萬萬歲！（末）請過聖旨。（外）香案供奉。（仝唱）

【望吾鄉】仰聖瞻天恩，光照綺筵，花枝掩映面。女貌郎才真堪羨，天遣爲姻眷。雙飛鳥，並蒂蓮，今朝得遂平生願。

【金錢花】翰林史筆如椽，如椽。倒流三峽詞源，詞源。撰成離合與悲歡。千百載，永流傳。千百載，永流傳。（下）

(一) 德：原闕，據汲古閣刊本《繡刻幽閨記定本》補。

崑劇傳世演出珍本全編拜月亭

目録

卷二……一〇〇八

拜月亭目録（一）

一卷

（一）原有總目，然不分卷，并各卷卷首均有本卷目録。經核，總目與各卷卷首目録文字無異。今據卷次補加『一卷』等，改『拜月亭總目』爲『拜月亭目録』，刪除各卷卷首目録。

二卷

一卷

矯奏

（末上）（尺字調）

【點絳唇】漸闢東方，星殘月淡，啓明顯。閃爍清光，點滴檐鈴響。

萬燭當天紫霧消，百花深處漏聲遥。宫門半闢天風起，吹落爐香滿繡袍。吾乃金朝一個小黄門是也。主司儀典，出納綸音。身穿獸錦袍，與賓客言；口含鷄舌香，傳天子令。如今早朝時分，官裏升殿，怕有奏事官到來，在此伺候。（浄上）掌燈。（六字調）

【出隊子】番兵突至，禦敵無人爲出師，教人日夜苦憂思。事到臨危不可遲。奏議遷都，伏乞聖旨。

（末）來者何官？有何文表，就此披宣。（浄）臣聶賈列，有事啓奏。（末）奏來。（浄）奏爲保國安民事，誠惶誠恐，稽首頓首，冒奏天顔，恕臣萬死。聞番兵犯界，突入榆關，離俺中國只有一百二十里之地。況彼人强馬壯，本國將寡兵疲，難以當敵。不若遷都汴梁，上保社稷無危，下免生民塗炭。（内）聖旨道來：汴梁有何好處，可以遷都？（净）汴梁者，東有秦關，西有兩隘，南有函谷，北有巨海，地雄土厚，可以遷都。所謂王公設險，以守其國，願我王准奏。（内）聖旨道來：可退在午門外，與衆官商議。即便遷都汴梁，免致兩國相争，實爲便益。（净）萬歲！（外上）（尺字調）

【點絳唇】長樂鐘鳴，未央宫啓，千官至。頓首丹墀，遥拜紅雲裏。

（末）來者何官？（外）臣左丞相陀滿海牙，誠惶誠恐，稽首頓首。謹有諫章，冒奏天顔。（末）奏來。（外）臣聞番兵犯界，軍馬已到榆關，相去百里之地，所謂剥床以膚，切近災者也。本合命將出師，剿滅夷寇，今被奸臣專權竊柄，奏令遷都，以避强勢，不惟天子蒙塵，抑且生民塗炭。於此不諫，非爲忠也。況君乃臣之元首，臣乃君之股肱。君有諍臣，父有諍子。王事多難，民不堪命。若鉗口不言，是坐視其危也。即今番兵犯界，何不遣將禦敵，却乃遷都遠避？（内）聖旨道來：如今朝中缺少良將，着何人爲帥，統領三軍，與他對敵？（外）臣聞内舉不避親，臣舉薦一人，即臣之子陀滿興福。此子六韜三略皆能，有萬夫不當之勇。手下現有三千忠孝軍，人人敢勇，個個當先，可退番兵。（净）臣聶賈列奏聞陛下：陀滿海牙已有無君之心，又令其子出軍，如虎加翼，爲禍不淺，吾王不可准奏。（外）聶賈列，你何故妄奏遷都？（净）陀滿海牙，你何故阻駕？（外）哆！奸賊吓！（尺字調）

【新水令】九重天聽望垂慈，主君賢諫臣須直。事當言敢自欺，既爲官要盡臣職。（净介）聖駕遷都，有何不可？你若是要遷都，把社稷一時棄。

（内）聖上有旨，二人所奏不同，各退午門，與衆官議妥復旨。（外、净）領旨！（外）聶貫列，你怎見得就該遷都？（净）喏。（唱）

【步步嬌】蠢爾番兵須臾至，力寡難當禦。朝臣衆議之。你不見昔日呵，太王居邠，狄人侵地。事之以皮幣不得免，事之以犬馬不得免，事之以珠玉不得免。（唱）他也無計可施爲，只得遷都去。

（外接）

【折桂令】古人言自有權輿，能者遷之，否則存之。（净介）説得好，聖上不如太王！怎忍見夫挈其妻，兄攜其弟，母抱其兒。城市中喧喧嚷嚷，村野間哭哭啼啼。可惜車駕奔馳，生民塗炭，宗廟丘墟。（净接）

【江兒水】臣道當卑順，秋毫敢犯之？你道能如太王則遷之，不能則謹守常法。（唱）這是不能堯舜欺君罪。那百姓呵，見説仁君遷都避，紛紛從者如歸市。你道效死而民勿去，這等拘守之言，怎及得遷國圖存之計？

（外）你不見我，（唱）

【雁兒落】穿一領裹乾坤縫掖衣，要幹着儒家事。讀幾行正綱常聖賢書，要識着君臣義。呀！俺則是一心兒清白本無私。（净介）你觸動了聖上，就該萬死！言如達，死何辭，怎做得窨無氣？怎做得老無爲？今日任你就打落張巡齒，癡也麽癡，常自把嚴顔頭手内提。

（净接）

【僥僥令】半空横劍戟，四面列旌旗，戰鼓如雷轟天地。你却唱太平歌，念孔聖書。（外接）

【收江南】呀！恰便是驕驄立仗，噤住口不容嘶。將焉用彼過誰歟？那知道越瘦與秦肥？你這般所爲，這般所爲，恨不得啖伊血肉寢伊皮。（净接）

【園林好】朝廷上尊嚴去處，豈容你談論是非。全不識君臣之禮。憑何死，悔時遲。憑何死，悔時遲。（外接）

【沽美酒】你爲人何太諛？你爲人何太諛？腹中劍，口中蜜，長脚憸人藍面鬼。百般樣，肆奸回。肆奸回，把聖聰蒙蔽。俺學的是段秀實以笏擊賊，你臭名兒海波難洗，我好名兒史策留題。我呵，這件事你知我知，天知地知。呀！便死做鬼魂靈，一心無愧。

（武士暗上介）（净）臣聶貫列啓奏：陀滿海牙故意阻駕，陀滿興福私聚精軍，父子圖謀不軌，伏乞陛下將他父子正法，以清朝野。（内）聖上有旨：陀滿海牙父子既有謀反之心，聖上大怒，即着武士將金瓜打死。(一)（武）領旨！（外）咳！罷了吓罷了！我死爲忠，你死爲佞！（武押下）（内）聖上有旨：將

(一) 瓜：原作『爪』，據文義改。

陀滿海牙三百家口，不分良賤，盡行誅戮，鷄犬不留。就着聶賈列前去監斬回奏。（淨）領旨。咳！老賊吓老賊！早朝奏罷離金階，戈戟森森列將臺。會施天上無窮計，難免今朝目下災。

形捕

（丑上）

【趙皮鞋】我是個巡警官，日夜差科千萬端。俸錢些少幾曾關，怎得三年官債滿？

〔西江月〕當職身充巡檢，上司差遣常忙。捕賊違限最堪傷，罰俸別無指望。日裏送往迎來，夜間巡警關防。雖然鵝酒得些噇，事發納贓吃棒。今有當朝陀滿丞相，阻駕遷都，朝廷大怒，將他滿門良賤，盡皆誅戮，只是走了陀滿興福一個人。奉上司明文，遍張文榜，畫影圖形，十家爲一甲，排門粉壁，各處挨捕。但有拿得着者，有官有賞；窩藏者，與本犯同罪。不免叫左右出來，吩咐一番。左右那裏？（末上）來了。訟簡公衙靜，民安士庶稱。明如秋夜月，清似玉壺冰。老爺，有何吩咐？（丑）我且問你，這個地面是那個管？（末）是中都路坊正管的。（丑）與我喚來。（末）是。中都路坊正走動！（淨上）來了。

【大齋郎】狂秀才，命兒乖，身充坊正是官差。三隅兩巷民户災。若要無違礙，好生只把月錢來。

身充坊正霸鄉都，財物鷄鵝那得無？ 物取小民窮骨髓，錢剥百姓苦皮膚。當權若不行方便，後代兒孫作馬驢。 罰願滿門都吃素，年頭年尾只吃麩。（末）你倒是佛口蛇心！（浄）呸是啥人？（末）我是公使人。（浄）公使人，乾熱亂。得文引，去勾唤。窮三千，富五貫。得了錢，解一半。這等之人如何判斷？ 押赴市曹，一刀兩斷。吾奉太上老君急急如律令敕！（末）你也不像個坊正！ 老爺叫你，快去。（浄）是哉，老爺見坊正。（丑）狗才，什麽老爺見坊正？（浄）勿曾，念斷文了。我説老爺見，小人是坊正。（丑）白鐵刀，轉口快。且聽我吩咐： 今有當朝陀滿丞相，阻駕遷都，朝廷大怒，將他滿門良賤，盡行誅戮，只走了陀滿興福一人。奉上司明文，遍張文榜，畫影圖形。十家爲一甲，排門粉壁，到處挨查。但有拿得着的，有官有賞； 窩藏者，與本犯同罪。（浄）我去吩咐。東西南北四隅裏，賣豆腐的王公聽者，但有人拿得陀滿興福者，有官有賞； 窩藏者，與本犯同罪。（丑）我把你這狗才！ 東西南北四隅裏豈没有姓張姓李的，偏偏只有賣荳腐的王公？（浄）有個緣故。小的老婆是吃素的，問他賒一塊豆腐吃吃，他再也不肯。 老婆説，今後倘有官事，就報他上去； 故爾把他名字報上。（丑）狗才，我老爺倒替你公報私仇？ 左右，扯下去打！（末）啓老爺，打多少？（丑）打十三。（末打科）（丑）狗才，你方纔打多少？（末）打十三。（丑）明明打了三下，就算十三，壞了我的法度。 坊正起來，拿這狗才下去打！（浄）六月債，還得快。 啓老爺，打多少？（丑）也打十三。（浄打三下）（丑）我曉得人人如此，個個一般。 打了三下，哄我打了十三，欺我老爺不識數？ 如今再扯坊正下去，打一下，我老爺記一根籤，難道也好哄我不成？ 打！（末打浄，浄打丑，諢科）（丑乾念）

【恤刑兒】你十三，我十三。三個十三三十九，賽過東京白牡丹。聽我吩咐。（念）

【柳絮飛】一軍人盡誅戮，走了陀滿興福。遍將文榜諸州掛，都用心跟捉囚徒。（合）鄰佑與窩主，停藏罪同誅。（同下）

神　護

（生上）休趕吓休趕！拆碎玉籠飛綵鳳，頓開金鎖走蛟龍。俺陀滿興福，本爲忠孝將，翻作叛離人。爲因番兵犯界，聖上遷都遠避，嚴父金階苦諫，聖上大怒，將俺家一門賜死，俺只得亡命逃出。害得俺上天無路，入地無門，好不傷感人也！（尺字調）

【混江龍】想俺興福家九族遭殃，六親俱喪唧冤枉。怎教俺三百口無罪身亡？兀的是平地裏災從天降。信讒臣佞語，殺害俺們忠良。把俺忠孝軍都殺盡，俺一身逃難離家鄉。朝廷差使命前往他方，將俺興福圖形畫影，將文榜遍地裏開張。拿住了請功受賞，但人家不許窩藏。却教俺一步步回頭望，痛殺俺爹和娘。走得俺筋舒力乏，唬得俺魄散魂蕩。

（内喊殺介）（生）呀！後面又有軍馬趕來，俺和你們魚水無交，冤有頭，債有主，管教你一個來時一個死，兩個來時兩個亡。（唱）

【油葫蘆】只見那巡捕弓兵如虎狼，趕得俺慌上慌，忙上忙。天吓！這場災禍，無可隄防。見那厮惡狠狠拿着的都是槍和棒，諕得俺顫兢兢小鹿兒在心頭撞，這壁厢無處穩隱藏。後面緊緊趕來，這便怎麼處？這裏有堵高牆，牆邊有口八角琉璃井，記得兵書上有金蟬脱殼之計，不免將身上紅錦戰袍，掛在這枯樁上，翻身跳過牆去。他們來時，見了這袍，只道俺墮井身亡，一定打撈屍首，那時我不知走了多少路了。好計！（唱）俺將這錦紅袍，脱放在枯樁上。衣服便脱了，看那粉牆這等高峻，如何跳得？自古人急生計，不免攀住樹梢，跳過牆去。（唱）跳過這粉牆，恰便似失路英雄楚霸王。不覺的來到花影傍。

（風聲介）一霎時起了大風，想必是天神過往，且在這花叢底下躲一躲，再作區處。（下）（末上）善哉善哉，苦事難挨。有難不救，等待誰來？吾乃太白金星是也。今有武曲星有難，特來庇護。花園土地何在？（丑上）來了。花園土地老，並無犧牲咬。叵耐灌花奴，香爐都推倒。星君在上，有何吩咐？（末）今有武曲星有難，避於此園，爾神當加保護，使他得遇文曲星，脱離此難，不得有違。（丑）領法旨。（下）（末）湛湛青天不可欺，未曾舉意我先知。善惡到頭終有報，只爭來早與來遲。（下）（四雜上）走吓！（甲）任你插翅逃上天，（乙）足下騰雲須趕上。（同）我等士兵是也。〔一〕奉旨追捕陀滿興福，趕到

〔一〕士：原作『土』，據汲古閣刊本《繡刻幽閨記定本》改。

這裏，霎時不見了。（甲）那邊有脚跡，想必是他的。（衆）怎見得？（甲）陀滿興福是個彪形大漢，他人長脚也長。（衆）有多少長？（甲）待我來量一量看，有一丈七八尺。（乙）他的脚迹在此，怎麽人倒不見了？（丙）想是跳牆過去了。（丁）這牆是誰家的？（甲）是蔣舉人的花園。（乙）如此你先進去。（甲）我不進去！（衆）爲何？（甲）我若進去，倘他躲在裏面，把我一拳打死了，怎麽處？（衆）如此一同進去。呀！這等高牆，如何進去？（甲）不妨，我們是奉上司明文，推牆進去，怕他則甚？（乙）有理。牆倒衆人推。（衆）是如此。（衆推倒牆介）有尊神靈在此，寫着明朗神位。（甲）我們在神道面前許個願心，保佑我們早早拿住陀滿興福，三牲祭獻，如何？（丙）使得，我許一隻鷄。（甲）我許一隻鵝。（乙）我許一刀肉。（丁）我許酒菓紙燭。（同）明朗爺爺在上，我們都是土兵，奉上司明文，拿捉陀滿興福。若拿住了，還你一個三牲供獻。（丙）若拿勿着，兒兒子吓，丢傜到屎坑裏去！（衆）神明不要褻瀆他！（乙）我們在此嚷了半日，他也走了；還是到牆外邊去追尋。（甲）在這裏了！（衆）在那裏？（净）這不是麽？他脱了紅錦戰袍，墜井而死了。（乙）此乃金蟬脱殼之計！他哄我們在此打撈屍首，他不知去了多少路了，不如拿這衣服去請賞如何？（衆）説得有理。走吓！（同念）

【好孩兒】恨不得掘地翻天，見樹邊一人端然。是個土地公公塑在花園。許金錢，望指點，歹人歹人那裏見？（同下）

義拯

（生）吖喲！好險也！看他們在神靈面前，許了三牲去了。想是神靈庇護，不曾被他們看見。此時不

走，等待何時？不免拜謝神靈則個。（唱）（小生暗上介）花園裏什麽響？待我去看來。（六字調）

【金蕉葉】謝神明，避難來，幸脱離禍門。（小生接）哆！是何人入我園中暗隱？（生接）告少息雷霆怒嗔。

（小生）漢子，這裏不是講話之所，隨我到亭子上來。（唱）

【章臺柳】情既緊，言又窘，我斟量非奸即盜賊。（生介）我不是賊，後有追兵來拿我，因此呵，逃軀潛地奔。（小生）你既不是賊，爲何在我園中呵？（唱）無故入人家，有何事因？休得要逞花唇，稍虚詞，送你到有司推問。

（生）長者請息怒，聽我從頭説事因。興福本爲忠良將，誰知翻作叛離人。長者若拿興福去，官上加官職不輕。正是：得放手時須放手，可饒人處且饒人。

【前腔】我將冤苦陳，教君不忍聞。（小生介）你是何處人氏？姓甚名誰？念興福生來女真人，身充忠孝軍。（小生）你既是忠孝軍，怎麽不去隨駕，爲何倒在這裏？（生）有個緣故。（唱）爲父直諫遷都阻佞臣，齠齔不留存。誅戮盡，只留我苟活逃遁。

（小生接）咳！

【醉娘兒】我聽言，此情實爲可憫。漢子，抬起頭來。呀！（唱）覷着他貌英雄，出超群。（背白）結交在未遇之先，施恩於當厄之日。看此人一貌堂堂，後來必有好處，亦未可知。欲與他結爲兄弟，不知他意下如何？漢子，我有話兒與你講。（唱）你不嫌秀士貧，和你弟兄相識認。（生）我是該死之徒，得蒙官人饒恕，已出望外，焉敢與官人齊軀？（小生）不必推辭，這也非在今日。（唱）他時須記取今危困。

（生）阿呀呀！多謝恩人！（生唱）

【前腔】死重生，怎敢忘伊大恩？（小生）你多少年紀了？（生）小可二十八歲。（小生）我今年長你二年，你稱我爲兄便了。（生）如此哥哥請上，受兄弟拜見。（唱）既爲兄，休謙遜。（小生介）你拜我受之不當。休道是百拜受不穩，受兄弟千拜何勞頓？除了哥哥呵，誰肯把我負屈啣冤問？

（小生）兄弟，我本待要留你在此，暫住幾時，只是你在此地呵。（唱）

【雁過南樓】此間難容汝身，但人知覺彼此遭迍。（生）是是是，兄弟去也！（小生）兄弟，你的衣帽那裏去了？（生）衣帽都失落了。（小生）院子，取我衣帽，並拿十兩銀子出來。（末）來了。相公，衣帽銀子有了。（小生）迴避。（末應下）（小生）吓，兄弟，（唱）無物贈君，些少鏒銀。不嫌少，望留休哂。（生）多謝哥哥！（小生）兄弟，你此去呵，莫辭苦辛，暮行朝隱。更名姓，向外州他郡。

（生）是是是。（小生）兄弟，你方纔打從那裏來的？（生）在後園牆上，跳過來的。（小生）也罷，我如今送你到前門出去罷。此間已是前門，去罷。（生）哥哥請上，兄弟就此拜別，我去了。且住。

【前腔】拜辭方欲離門。猛迴身，我興福，聰明一世，懵懂一時。方纔跳進園來，他不拿我去送官請賞，反助我銀兩衣帽，又結義兄弟，久後若得寸進，欲報恩義，未知他姓甚名誰，如何報得？（唱）猛回身，又還思忖。哥哥請轉。（小生）你去了，怎麽又轉來？（生）哥哥吓！特有少稟，欲言又忍。（小生）有話但説何妨？（生）請問哥哥，姓和名，兄弟敢問？（小生）吖，你要問我名姓？（生）正是。（小生）我姓蔣，雙名世隆，中都路人氏。（生）兄弟呵，無他獻芹，略得進身，犬馬報，怎敢忘半米兒星分。

（小生）兄弟，你此去若有安身之處，須要寄一書信與我。（生）這個自然。（小生）兄弟。（唱）

【尾】埋名避禍捱時運，望取朝廷赦恩。（同）罪大彌天，其時許自新。（分下）

大話

（丑、末、副、老同上）走吓！（念）

【水底魚】擊鼓鳴鑼，殺人並放火。倚山爲寨，號爲攔路虎。金銀財寶，劫來如糞土。無錢買路，霸王也難過，霸王也難過。

（丑）山中壯士，全無救苦之心。（衆）寨内强人，儘有害人之意。（丑）不遵昔日蕭何律。（衆）且效當年盜跖爲。（丑）我們乃虎頭山虎頭寨五百名攔路虎的便是。自種自吃，不納税銀税糧；挺胸疊肚，勿服王化。要吃要拿勿怕死，直介一班人拉裏。昨夜分巡東西南北四哨，倷，阿有啥？（末）我是没有。（丑）㕶，阿有啥？（副）我也没有，你呢？（丑）我是兩河兩岸火着，銹釘頭勿曾拾得一隻。（衆）且待中路大哥到來，必有好處。（丑）只怕撥拉别人抓牢子，拉篤打背心拳哉。（外上）人無横財不富，馬無野草不肥。列位請了。（丑）吖喲，臉兒紅兜兜，必定有彩頭。（外）列位，我昨日去巡哨，來到山坳中，只見霞光萬道，瑞氣千條，被我將鐵鍬，掘下去，只見一隻石匣。（丑）拿來吃酒。（外）什麽？（丑）㕶説熟鴨末，拿來吃酒。（外）石頭之匣。（衆）可有什麽東西在内？（外）裏面有金盔一頂，寶劍一口。（丑）勿要去聽俚。（衆）爲何？（丑）來遲子了，拉篤説鬼話。（外）你們不信，待我去拿與你們看。（丑介）若是真個末，拿來分脱俚。（外）喏喏喏，這不是金盔？那不是寶劍？（衆）將來何用？（外）列位，我們虎頭山五百名嘍囉，少個寨主。如有人戴得此盔者，拜他爲寨主。（衆）寨主是難做的。（丑）有啥難做？（衆）逢山開路。（丑）就開路。（衆）遇水疊橋。（丑）就疊橋。（衆）還要通些文墨。（丑）呸！通子文墨，勿做强盜哉！（衆）大話也要説幾句。（丑）若説大話末，一肚皮，兩脅肋，連搭脚指頭，扭介扭，全是大話拉裏。（衆）倒要請教。（丑）㕶篤走開點。（衆）做什麽？（丑）説大話，要大場化説個，㕶篤聽明白？（衆）快些説！（丑）大話。拿來戴，拿來戴。（衆）『大話』兩字，人人會講，要成詩句的！（丑）吖，要成詩句？（衆）是吓！（丑）個末等我來步步踱踱。（衆）這却爲何？（丑）當初曹子建七步成章。步步踱踱末，個個大話，及力咯六個滚出來哉。（衆）看你説出什麽來。（丑）混沌初開我在世，壽星老兒纔把胎髮剃。王母娘娘是我的親妹子，伏羲、神農是我的小兄弟。拿來戴，拿來戴。（衆）果然大話，可惜少了幾句。（丑）要幾化？（衆）要二十四句。（丑）個是無得個多化個。（衆）最少十六句。（丑）個末讓我來運籌運籌。（衆）什麽叫運籌？（丑）有所説個。（念）運籌帷幄之中，決勝千裏之外吖。吖喲！我纔要伸腰，頭頂着三十三天。兩手舉起，日東月西。側身眠倒，星南斗北。兩脚跨開，早過了江北江南。（衆）果然大話！（丑連）眼睛一煞，頃刻雷光閃電。鼻涕一哼，霎時霧亂雲飛。哺，一口氣，吹開了青天白日；啵，一個屁，彈開仔十七八層地獄鬼門關。阿是大話？（衆）好！（丑）拿來戴，拿來戴！（衆）不要奪！（丑）個是有出典個。（衆）什麽典？（丑）就叫奪盔。吓呵！吓呵！（衆）又是什麽？（丑）爲人須要吃些虧，呸也戴戴，倷也戴戴。（衆）這又是什麽？（丑）就叫虧衆不虧一。阿呀！（乾唱）盔内有鬼吓！（衆）盔内那有鬼？（丑）無鬼不成盔。（衆）無斗不成盔。（丑）勿要捉白字。拿個你知我，插拉楊柳細裏來。（衆）這話不懂。（丑）你知我末劍，楊柳細末腰。拿個劍，插拉我腰裏來。（衆）做了寨主，還要打歇後語。（丑）寡人登了大寶，要頒行天下，一概都要打歇後語。如有不遵者，拿去母化塌。（衆）又是什麽？（丑）殺哉那！（衆）是吓。（丑）喏，骨頂帽子，賞拉呸子罷。（衆）多謝寨主。（丑）慢來慢來，寨主還要防後。（衆）做了寨主，還是這等小氣！（丑）古之帝王，都是從小氣上來的。（衆）反了。（丑）點兵剿捕。（衆）反了。（丑）御駕親征。（衆）反了！（丑）呸！ 皇帝姜做來，東也反哉，西也反哉。（衆）頭上的盔戴反了。（丑）個是有講究個，明日五更三點，坐朝個時節，（乾唱）我把珠簾捲起吓。（衆）冒。（丑）呸！ 皇帝搭呸篤摟個，我想當初韓信手無抓鷄之力，後來登臺拜將，何況區區？ 拍汰，平空降下此盔，居然皇帝是我做，推我上去。（衆喝）（丑）就叫推位上國。（衆）勿要嘴薄超。（丑）個是皇帝。

（衆）什麼皇？（丑）堯舜帝君。（乾唱）子曰吓。（衆）又是什麼？（丑）是文王。照打！（衆）這又是什麼？（丑）是武王。（抖介）（衆）爲啥魁星踢？（丑）也是皇帝，劉備個兒子，阿斗。呸呸呸。（跳介）（衆）這是什麼？（丑）小秦王，三跳劍。（衆）溪澗之澗。（丑）音同字勿同，勿要捉白字。站立兩傍，寡人要封官了。（衆應）（外）寨主，我是有功之臣，要封大些。（丑）封呸叫化子併百汁。（外）做什麼？（丑）總督。（外）多謝寨主！（末）寨主，我呢？（丑）封呸六月裏着皮襖。（末）什麼？（丑）翰林。（副）寨主，我呢？（丑）封呸炒豆勿用鏟刀。（副）什麼？（丑）守備。（副謝）（老）寨主，我來了。（丑）封呸門角落裏乇屁眼。（老）是什麼？（丑）按察。（老謝）（丑）起過一邊，聽寡人曉諭。（衆應）（丑）寡人不學那堯舜之道，且學那盜跖之道。有道者，毋忘義也；慣用者，胸藏信也。識事者智也，知事者禮也，能事者仁也。不道有此五也，方能成其大道也。（衆應）（丑）列位大臣，你們吃了我的大俸大禄，要替寡人，幹幾樁大事。須要大磨金刀，大模大樣，不可爲小而失大，欺大嚇小。倘有違例者，大有不便。（衆應）（丑）對呸篤説，下山去搶帽子，要逃走得快；偷子鷄，要脚裏明白，勿要撥拉別人抓牢子，直介雜跋，雜跋。大打其背心拳，有失寡人之大體面。（衆）不像了。（丑）阿呀！列位大臣，寡人的頭，有房子大；盔，有千斤重。與我請些大香、大燭、大錢糧、大元寶、大三牲、大猪頭、大鷄、大魚，到那大王廟裏去，大大許個願，不然要大廈將傾了。白虎殿可曾造完？快快扶太子登殿、接位，寡人在位不久了。阿呀阿呀！（跌介）（衆）阿呀不好了！（丑）呸篤纔拉裏作啥？（衆）在此聽你説大話。（丑）吖喲！快點拿去！我戴子個頂盔，直脚好像京東人事，逐點逐點收攏來哉。只好飲湯淘飯，原歸舊職。（衆）你若戴得，我們也好戴了。（丑）世道還從古，只好舊職。（外）列位吓，我們將他做個難人法。（衆）什麽難人法？（外）但遇客商過來，有買路錢者，放他過去。如無買路錢，將此盔與他戴，壓倒了他，東西都是我們的。（衆）説得有理，走吓！（乾唱）

【節節高】强良勇猛人會一家，殺人放火張威霸。行劫掠，聚草糧，屯人馬。能征慣戰多瀟灑，從來賊膽天樣大。猶如猛虎離山窩，聞風那個不驚怕。（下）

上山

（生上）（小工調）

【醉羅歌】那日那日離都下，流落流落在天涯。畫影圖形遍挨查，到處都張掛。我把草爲裀褥，橋爲住家。山花當飯，溪流當茶。我陀滿興福呵，吖哈，那些個一刻值了千金價。（内喊殺介）（生）呀！（唱）聽兵戈擾，道路賒，幾番回首望京華。

（衆上）呔！望京華，望京華，全憑劫掠做生涯。若無金銀來買路，管教一命喪黄沙。呔！留下買路錢來！（生）呔！你們都是些什麽樣人？（丑）呸！阿曾帶眼烏珠出來？呸看我俚，頭上戴個啥個？身上着個啥個？手裹拿個啥個？青天白日，無非要點啥個。（生）原來是一班剪徑的毛賊。（丑）多謝多謝！（淨）爲什麽謝他？（丑）題子我俚個綽號哉，叫啥剪徑的毛賊。（淨）毛賊是罵我們！（丑）駡我俚？呔！留下買路錢來！（生）我行路辛苦，肚中饑餓，有酒飯拿來我吃，盤纏贈俺些，饒你們一班狗頭性命！（丑）那末碰着子説大話個拉裏哉，大家湊兩個盤纏錢出來，打發俚去罷。（淨）他是走江湖的，慣説大話。（丑）吖，慣説大話？（淨）呔！待我去拿他過來！你休得説大話，戰得過我饒你性命！（生）你來。（淨倒科）（丑）罷了，倒了虎頭山的架子，待我去拿他。你要活的就是活的，你要死的就是死的。呔！這廝看刀！（丑跪倒科）（淨）不是這等，和你衆人齊上去與他殺，教他雙拳不敵四手。（丑）這個有理，和你齊上去。（生）你們都來！（衆戰倒科）（丑）這個人果然有些本事，快拿那話兒來。（末）甚麼那話兒？（丑）戴在頭上生疼的。（淨取盔跪介）壯士爺。（丑）啐！怎麼跪了他還叫爺？（淨）哥，奉承他些罷。（生）怎麼説？（淨）衆人没有什麼孝敬，止有一頂嵌金盔在此，壯士爺若戴得就奉送壯士。（生）拿上來。你這夥毛賊也有這頂好金盔？（淨）衆人也指望成些大事，特打在此的。（衆）要你戴一戴。（生戴科）倒正好。（衆）壯士戴了此盔，可頭疼？（生）不頭疼。（衆）可眼花？（生）我爲甚眼花？（丑）這却是真命强盜。（外）真命寨主！（衆）禀壯士，你來得去不得了。（生）噯！俺要來自來，要去自去，誰敢攔阻？（丑）呸！俚來得落來個？禀壯士，我們這裏虎頭山，虎頭寨，山前九洲，山後九洲，二九一十八洲，有五百名嘍囉，少個寨主，要呧做個木頭。（衆）頭目！（丑）勿差，頭目。（生）吖，要我做個寨主？（衆）正是。（生）如此你們退後。（衆應）（丑打衆介）（衆）做什麼？（丑）就叫背後興兵。（生連念）且住！如今朝廷畫影圖形，要來拿我，無處安身，莫如在此權住幾日，再作道理。你們既要我做寨主，須要聽我約束。（丑）勿對個，勿對個。前日子有人叫我阿伯也勿肯，故歇倒叫我阿叔。（衆）將令爲之約束！（生）你們下山去，有三不可殺。（衆）那三不可殺？（生）姓蔣的不可殺，秀士不可殺，中都路人不可殺。如遇客商經過，有買路錢，放他過去。（衆）如無呢？（生）拿上山來聽我發落。（衆）請壯士留名。（生）我姓蔣，雙名世昌。（衆）打什麽旗號？（生）就打蔣大王旗號便了。（衆）請問壯士，在家作何生理？（生）聽者。（衆應）（生念）

【金錢花】我本蓋世英雄，（同）英雄。（生）奸邪嫉妒難容，（同）難容。（生）荒山深處隱其踪，不是路，且相從。屯作蟻，聚成蜂。（同）屯作蟻，聚成蜂。（下）

走雨

（老上）（小工調）

【破陣子引】況是君臣分散，那堪母女臨危。（旦上接唱）嚴父東行何日返？天子南遷甚日回？（同）家鄉無所依。

（老）身狼狽，慌急便奔馳。貼肉金珠揣甚的，隨身衣服着些兒。母女緊相隨。（旦）離帝輦，前路去投誰？風雨催人辭故國，鄉關回首暮雲低，何日是歸期？娘吓，孩兒鞋弓襪小，怎生行走？（老）兒吓，我也顧不得你鞋弓襪小，只索趲行前去。（旦應）（同唱）

【漁家傲】天不念去國愁人最慘悽，淋淋的雨似盆傾，風如箭急。侍妾從人皆星散，各逃生計。身居處華屋高堂，但尋常珠遶翠圍。那曾經地覆天翻受苦時。（老接）

【剔銀燈】迢迢路不知是那裏？前途去未審安身在何處？一點點雨間着一行行恓惶淚，一陣陣風對着一聲聲愁和氣。（同）雲低，天色傍晚，母女命存亡兀自尚未知。（旦接）

【攤破地錦花】繡鞋兒，分不出幫和底。一步步提，（老介）看仔細。阿呀娘吓！百忙裏褪了跟兒。（同）冒雨盪風，帶水拖泥。步難移，全沒些氣和力。（老接）

【麻婆子】路途路途行不慣，心驚膽顫摧。（旦）地冷地冷行不上，人慌語亂催。（老）年高力弱怎支持？泥滑跌倒在凍田地。（跌介）（旦扶）只得款款扶娘起。（同）正是心急步行遲。

（旦）最苦家尊遠去，（老）怎當軍馬臨城？（旦）正是福無雙至，（老）果然禍不單行。兒吓，隨我來。

（旦應）（下）

冒雨

（小生上唱）（小工調）

【薄倖引】凜冽寒風，淋漓冷雨。送君臣南北，父子東西。（貼上接唱）心腸痛，不幸見刀兵冗冗。（同）望故鄉雲山遠濛濛。

（小生）萬里飛沙咽鼓鼙，三軍殺氣傍旌旗，天涯兄妹兩相依。（貼）前路未知何處是？故鄉猶恐不同歸，出關愁暮共沾衣。（生）妹子，我也管不得你鞋弓襪小，只索趲行幾步。（貼哭）是。（小生唱）

【賽觀音】雨兒催，風兒送，嘆一旦家邦盡空。（貼）嗟富貴榮華如夢。（合頭）哽咽傷心，教人氣填胸。（貼）

【前腔】意兒慌，脚兒痛，顫篤速如癡似懵。（小生）苦捱着疾忙行動。（合頭）郊野看看，又早晚雲籠。（小生）

【人月圓】途路裏，奔走流民擁，膽喪魂飛心驚恐。（貼）風吹雨濕衣襟重，止不住雙雙珠淚湧。（合）行不上，惟聞得戰鼓聲振蒼穹。（小生）

【前腔】軍馬又來，四下如鐵桶，眼見得京師城壁空。（貼）他們趕着無輕縱，人似豺狼馬似龍。（合）遭驅虜，親骨肉甚年何日重逢？

（小生）急前去汴梁路杳，（貼）慢停行中都亂擾。（合）烏鴉共喜雀同巢，吉凶事全然未保。（同下）

沖散

（旦、老同上唱）（凡字調）

【滿江紅】身遭兵火，身遭兵火，母女逃生受奔波。怎禁得風雨摧殘，田地上坎坷。泥滑路

生行來，軍馬追急，教我怎奈何？　彈珠顆，冒雨盪風，沿山轉坡。（衆上趕旦、老下）（小生、貼上同唱）

【前腔】身遭兵火，身遭兵火，兄妹逃生受奔波。　怎禁得風雨摧殘，田地上坎坷。　泥滑路生行來，軍馬追急，教我怎奈何？　彈珠顆，冒雨盪風，沿山轉坡。

（衆又上趕小生、貼、老旦上沖下）（老旦、貼、小生分下）（衆亦下）（旦上）母親在那裏？

【東甌令】心如醉，淚交流，去遠家尊絕信久。　途中母女生離別，教我如何受？　一重愁翻做兩重愁，是我命合休。

阿呀娘吓！（下）（小生上白）瑞蓮妹子在那裏？（唱）

【望梅花】叫得我不絕口，恰被喊殺聲流民四走。　慌急便尋不知個所有。　此間無處安身，想只在前頭後頭。

瑞蓮在那裏？（下）（老旦上白）瑞蘭在那裏？（唱）

【東甌令】尋思苦，路生疏，軍喊風傳行路促。　娘兒挽手相回護，這苦難分訴。　望天、天憐念老身孤，免使受奔波。

瑞蘭我兒在那裏？（下）（貼上）阿呀哥哥在那裏？（唱）

【尾】大喊一聲荒郊過，唬得人獐狂鼠竄。　哥哥吓，怎生撇下了我？　教我無路可躲。

哥哥在那裏？阿呀苦吓！（下）

問嘍

（老、副、小軍喝上）（生）

【引】斬龍射虎逞威風，擒王捉將是英雄。

自古慌不擇路，饑不擇食。俺陀滿興福，靠高崗爲寨柵，倚野澗作城濠。風高放火，無非劫掠莊農；月黑殺人，盡是傷殘民命。正是：餘下官兵收不得，除非王榜可招安。衆嘍囉！（軍應）（生）你們都有了差使了。（軍）我們都有了，惟大小嘍囉没有差。（生）唤大小嘍囉進帳。（軍應）寨主有令，傳大小嘍囉進帳。（净上）來了。出門三十六，回來十八雙。（丑上）若還少一個，定是不還鄉。（同）大小嘍囉告進。（軍）進。（净、丑）大小嘍囉見寨主！（生）衆嘍囉都有差，惟你二人没有。（净、丑）實是没有。（生）如此大嘍囉管門樓，小嘍囉管馬。（净）謝寨主！（生）小心承值。（净、丑應）（净）哈哈哈！好快活！好快活！（丑）咳！有啥快活？我當初原説大家湊兩個盤纏錢撥俚，讓俚滾子蛋末就是哉，纔是⿰口五篤想啥新花竅，叫俚做啥寨主。那間撥俚朝南坐子，題子我俚個綽號，叫啥嘍囉長，嘍囉短。再下去是銅鑼湯鑼，提鑼手鑼，連答脚鑼，纔要撥俚叫出來得來。（净）哈哈哈！兄弟，你在那裏惱，我在這裏快活。（丑）請教，⿰口五啥個多哈快活？（净）我如今管了這個門樓，拿把椅子，坐在門首，有那些投書送信的來，先要送一個門包與我，然後替他通報。這不是要發財了，怎麼不要快活？（丑）

我俚是强盜，行出啥個門包來？（浄）兄弟，你可知道賊有賊人情？（丑）想殺呸得來！我輩管馬末，倒可以發大財個。（浄）你有什麽好處？（丑）對呸說，我吃過子夜飯，等月亮上個晨光，悄悄能到槽裏去，牽一隻老中生出來，蹬到後山，只要揀個把過路單客，我一馬掃上去，只要喊一聲。（浄）喊什麽？（丑）『留下買路錢來。』個個單客看見子我，拿個包裹一甩，逃走纔來勿及。那時我拉馬上豁下來，拾子包裹，一馬回山，原到槽裏去，縛好子個隻老中生。個叫人不知，鬼不覺。個種安逸財餉，阿比呸個門包好點？（浄）好兄弟，咱們兩個人合着罷？（丑）勿替呸合。（浄）爲什麽？（丑）有所說：寧可獨偷一隻狗，勿要合偷一條牛。（浄）兄弟合着的好。（丑）有啥好？各人自掃門前雪。（浄）吖，各人自掃門前雪？我進去得了賞，到了手，你不要眼紅。（丑）我無啥眼紅。呸進去，賞兩記耳光末穩個。（浄）你瞧着罷。（丑）我拉裏老等。（浄）大嘍囉告進，大嘍囉啓事。（生）啓甚事來？（浄）小的管那門樓，年深月久。那門樓被風雨打壞，求寨主發些價銀下來，買那個，一寸釘，二寸板；三寸釘，四寸板；再買些大紅大緑，刷刮刷刮，裝釘裝釘。過往客商瞧見了，也是寨主的威風，嘍囉的體面。（生）好。大嘍囉能幹事，賞他二錠銀子。（軍應）（浄）多謝寨主！哈哈哈！好快活！好快活！到了手了，哈哈哈！（丑）啥個多哈快活？看來着摃子點啥哉。（浄）不多幾句話，二錠銀子到手了。哈哈哈！（丑）勿要騙我，銀子是只好想殺呸個哉。（浄）喏，這個不是銀子？（丑）咦！直頭是銀子！拿得來，答呸分忒俚。（浄）你方纔說各人自掃門前雪，我如今莫管他家瓦上霜。（丑）呸個個彎舌頭，啥能小氣，銀子伲勿要哉！我且問呸，那個幾句說話騙到手個？說拉我聽聽。（浄）不多幾句話。我說：『大嘍囉啓稟寨主，小的管那門樓，年深月久。那門樓被風雨打壞，求寨主發些價銀下來，買那個，一寸釘，二寸板；三寸釘，四寸板；再買些大紅大緑，刷刮刷刮，裝釘裝釘。過往客商瞧見了，也是寨主的威風，嘍囉的體面。』寨主說：『好，大嘍囉能幹事，賞他二錠銀子。』可是不多幾句話？（丑）吖，就是直個兩聲江湖訣。（浄）照吓！（丑）個末呸等一等。（浄）做什麽？（丑）看我進去領賞。（浄）我在這裏看你。（丑）報，小嘍囉告進，小嘍囉啓事。（生）啓甚事來？（丑）小嘍囉管那馬，那馬年深月久，被風雨打壞，求寨主發些價銀下來，買那個，一寸釘，二寸板；三寸釘，四寸板；再買些大紅大緑，刷刮刷刮，裝釘裝釘。過往客商瞧見了，也是寨主的威風，嘍囉的體面。求寨主賞。（生）胡說！那門樓，可以裝釘；那馬，怎能裝釘起來？（丑）呸勿曉得，只要揀個一隻尺巴長個子孫釘，照正子馬頭上，直介㨃㨃㨃，釘兩隻下去，就好哉。（生）呸，這一釘，可不把馬要釘死了？（丑）馬末死哉，我個賞呷領哉。（生）呸胡說！扯下去，重砍二十！（軍應）（丑）阿呀！上子彎舌頭個當哉！（軍打介）一五、一十，十五、二十，打完。（生）趕他出去！（軍應）（丑）阿哇哇！勿好，勿要撥俚看見子，倒要放得硬壯點個。（浄）咦哈哈哈！（丑）啥好笑？（浄）我想着了一句笑話。哈哈哈！（丑）笑話罷哉。（浄）兄弟，你也領了賞了？（丑）咳！領子賞哉。（浄）拿出來瞧瞧。（丑）勿撥呸看，阿作興個？（浄）不拿出來，只怕不是銀子？（丑）勿是銀子，倒是金子？（浄）只怕是錢？（丑）何以見得？（浄）我在外面聽得裏面一五、一十，在那裏數錢。（丑）吖，一五一十是拉篤打人。（浄）不是打狗？（丑）打呸篤爺！（生）喚大小嘍囉進帳。（軍喚）（浄、丑應）報，大小嘍囉告進，大小嘍囉叩頭。（生）我如今將你二人更相調换。（浄、丑）何爲更相調换？（生）大嘍囉管馬，小嘍囉管門樓，小心伺候。（浄、丑）多謝寨主！（丑）走開來，讓我來。（浄）兄弟你發了財了。（丑）對呧説，瓦爿也有翻身日，太陽總要曬到醬缸上來個。（浄）我們兩個人合着罷？（丑）對呧説，個叫賊勿合。（浄）我再去領了賞，你又不要眼紅。（丑）孫子末眼紅！（浄）如此你瞧着。報，大嘍囉告進。（丑）個屄養個，倒亦進去哉；且去聽聽壁脚看。（浄連）大嘍囉啓事。（生）啓甚事來？（浄）大嘍囉管那馬，一更無事，二更悄然，到了三更時分，那馬攛三攛，跳三跳，拍搭，生下一個駒子來了。（生）什麼顔色？（浄）點子青。（生）好，我最喜是點子青。來。（軍應）（生）再賞他二錠銀子。（浄）多謝寨主！（丑）小嘍囉啓事。（生）啓甚事？（丑）小嘍囉管那門樓，一更無事，二更悄然，到三更天，那門樓縱三縱，跳三跳，拍搭，養子一個小門樓出來哉。（生）那馬生得駒子，門樓如何生産？（丑）既勿生産，腰門、脚門、後門，落裏來個？（生）一派胡言！再打！（衆）求寨主罪無二犯。（生）權且饒恕。（衆）多謝寨主！（生）你們下山去，有三不可殺。（衆）那三不可殺？（生）秀士不可殺，姓蔣的不可殺，中都路人不可殺。有買路錢，放他過去。（衆）若没有？（生）拿上山來見我，聽吾號令。（衆應）（生乾念）

【包子令】聞説他邦起戰争，（衆）起戰争。（生）黎民逃散亂紛紛，（衆）亂紛紛。（生）倘有推車單擔來經過，劫掠財寶共金銀。用心巡，登山驀嶺去搜尋。

（生、軍下）（丑）吖喲，上足呧個當！（浄）兄弟，吃了苦了。就拿這銀子，和你暖臀去。（丑）咳！倒運！（浄）不用説了，走罷，走罷。（丑）個是落裏説起？（下）

踏傘

（旦上吊場）（通行不用）母親在那裏？

【金蓮子】古今愁，古今愁，誰似我這様愁？聽軍馬驟，聽軍馬驟，人亂語稠。向深林逃難，恐有人搜。

（通行小生上白）妹子在那裏？（乾唱）

【金蓮子】百忙裏散失，差了路頭。尋妹子不見，教人怎措手？瑞蓮！（旦内）呟。（小生白）阿呀好了！（乾唱）謝神天佑，這答兒自有。親骨肉見了，尋路向前走。瑞蓮！（旦）呟！（唱）（小生介）好了，如今尋着了！（旦内唱）（凡字調）

【菊花新】你是何人我是誰？（小生）咦！應了還應，恐見又非。瑞蓮！（旦内唱）緣何將咱小名提，進前去問端的。

（上白）母親在那裏？（小生）妹子在那裏？（旦）我只道是母親。（小生）我道是妹子。（旦）原来是位秀才。（小生）原来是位小娘子。（旦）呀！你不是我母親，如何叫我？（生）我自叫我妹子瑞蓮，誰來叫你？（旦）咳！（唱）

【古輪臺】自驚疑，相呼厮唤兩三回。小字瑞蘭，（小生介）吖，他叫瑞蘭。和先輩不曾相識。

（小生接）瑞蓮名兒，本是卑人親妹。不知小娘子因何到此？（旦接）妾因兵火急，離鄉故。（小生介）與何人同行？母女隨遷往南避，（小生介）在何處失散了令堂？在中途相失。（小生接）聽喊殺聲，各各逃生，電奔星馳。（旦介）秀才，你何處不見了令妹？在中路裏差池，因循尋至。應聲錯了，偶逢伊。（同白）吖，秀才不見了令妹。（小生）小娘子不見了令堂。咳！（唱）正是俱錯意，一般煩惱兩心知。（小生）

【前腔】名兒應錯了，我自先回。（旦介）秀才那裏去？我急、急急便往跟尋，豈容遲滯。（旦）咳！（接）事到如今，怎生惜得羞恥？秀才，念苦憐孤，救奴殘喘。帶奴離此免災危，我也不忘你的恩義。（小生）且住，但見他的身材甚美，不知他面貌如何？吖，待我來哄他一哄。吓！小娘子，你方纔説不見了令堂，那邊有位媽媽來了。（旦）在那裏？（小生）喏喏喏，在那邊。（旦）母親在那裏？（小生）在這裏。（旦）啐！（小生）阿呀妙！（唱）在曠野間見獨自一個佳人，生得來千姣百媚。況又無夫無婿，眼見得落便宜。且待我唬他一唬。娘子，不好了嘘！如何是天色昏慘暮雲迷？

卑人去了。（旦）秀才，帶了奴家同行。（小生）小娘子差矣。我自己妹子尚且顧不來，怎生帶得你行？

【撲燈蛾】我自親妹不見影，自親妹不見影，他人怎週庇？（旦）秀才可曾讀書？（小生）秀才家何書不讀，那書不覽？怎説可曾讀書？豈有此理！（旦）可又來！（唱）既然讀詩書，惻隱心怎不周急也？（小生）小娘子，但知有惻隱之心，那曉得有别嫌之禮？（唱）我是孤男，你是寡女，厮趕着教人便猜疑。（旦接）亂軍中有誰來問你？（小生接）緩急間，語言須是要支持。（旦）

【前腔】路中不擋攔。（小生）路中若擋攔？（旦接）可憐做兄妹。（小生）兄妹雖好，只是面貌不同，語言各别。倘有人厮盤問，教咱把甚言去抵對也？説吓！（旦接）没個道理。（小生介）既没有個道理，卑人去了。有一個道理。（小生介）有什麽道理？快些説。怕問時，權，（小生介）權什麽？權什麽？權説是夫，（小生介）夫什麽？妻。（小生接）妙！恁般説方纔可矣。便同行，求踪訪迹去尋覓。（同）

【尾】今日得吾（君）提掇起，免使一身在污泥。（小生）久後常思受苦時。

半路兄尋妹，（旦）中途母失兒。（小生）情知不是伴，（旦）事急且相隨。（小生）不知妹子在那裏？（旦）秀才！（小生）吖，來了。（下）

路蛉

（貼上）阿呀苦吓！哥哥在那裏？（唱）（凡字調）

【普天樂】叫得我氣全無，哭得我聲難訴，兩頭來往萬千百步，真個是逆旅窮途。阿呀天吓！念我爹娘故，兄妹是如何一蒂一瓜，割斷無所。

我與哥哥同行，被軍馬沖散，不知哥哥在於何處？看天色已晚，路又難行，如何是好？也罷，只得趲行前去。（唱）

【小桃紅】大道上，行向前途。小路裏，怎逃伏也？遥望兩間茅檐破壁椽屋。去多路，休辭苦。暫安身，少避些風和雨，多管是村野民居。

阿呀苦吓！（下）（老上）瑞蘭女兒在那裏？吓！瑞蘭。（貼内應）（老）阿呀好了！

【下山虎】行尋又尋，遠聞人應。瑞蘭在那裏？（貼上白）來了。（唱）呼喚瑞蓮名，聽了重省。

（老接）呀！眼又昏，天將暝，趁聲母女向前來厮認。阿呀兒吓，吃了苦了！（貼介）阿呀不是哥哥，是一位老娘娘。（老唱）阿呀兒吓！渾身雨水淋，盡皆泥濘。生這苦，何曾慣經？（貼接）

噯！眼見得錯，十分定，事無可奈，只得陪些下情。

吓！老娘娘，你是年高之人，怎生行得這般路徑？待我扶着你走，如何？（老）呀！不是我女兒，原來一位小娘子。苦吓！（唱）

【山麻秸】觀模樣，聽語聲，你是阿誰便來應承？阿呀！枉了多時，教我相待等。（貼）我麼，非許應，瑞蓮是我名。尋不見家兄，偶遇娘娘，身如再生。

（老）原來小娘子不見了令兄，故爾誤應，如今待要怎麼？（貼）奴家不見了哥哥，不能獨自行走，望老娘娘帶奴同行，感恩非淺。（老）事已如此，我也失了個女兒，無人陪伴，我就把你當做我女兒看承便

了。（貼）多謝老娘娘。（老）吓，小娘子，

【蠻牌令】看你舉止不甚争，你跟去可心肯？（貼白）老娘娘，説哪裏話來？（唱）情願做小爲婢身，焉敢望你女兒來稱。（老）干戈静，同往神京。（貼）感謝你恩重深，救取奴命，暫時權停。

（老）母爲尋兒錯認真，（貼）不因親者强來親。（老）愁人莫與愁人説，（貼）説與愁人愁殺人。（老）隨我來。（貼）是。（下）

捉獲

（旦上唱）（凡字調）

【山坡羊】翠巍巍雲山一帶，（小生上接）碧澄澄寒波幾派，（同）深密密煙林數簇，滴溜溜黄葉多飄敗。一兩陣風，三五聲過雁哀。傷心對景，對景愁無奈。回首望家鄉，珠淚滿腮。情懷，急煎煎悶似海。形骸，骨捱捱瘦似柴。（小生）

【水紅花】憶昔歌舞宴樓臺，（一）會金釵，歡娱何在？思之，詩酒看書齋，命多乖，風光難再。

（一）昔：原作『惜』，據汲古閣刊本《繡刻幽閨記定本》改。

（旦）母親知他在何處？嚴父隔天涯。不能够千里故人來也囉。（内喊殺）

（小生、旦）呀！（唱）

【金錢花】聽得數聲鑼篩，鑼篩。好漢山前齊擺，齊擺。個個猙獰似狼豺。（衆上）呔！留買路，與錢財。不與我，便殺壞。

買路錢來！（小生、旦）阿呀！大王爺爺吓！（唱）

【念佛子】我是窮秀才，夫和婦，爲士馬逃難登途。望壯士相憐，略放一路。（衆接）哆！捉住，枉自説閑言語，買路錢留下些金珠。稍遲延，便叫你身喪須臾。（小生、旦）

【前腔】區區，山行路宿，粥食無覓處。有盤纏肯相推阻？（衆接）哆！不與我，施威仗勇，掄動刀和斧，激得人忿心發怒。（小生、旦）告饒恕，魂飛膽顫摧。神恐魄散，心驚懼，此身屈死無辜。（衆）

【尾】且將他，押前去，山寨裏聽從區處。（小生、旦白）阿呀！罷！（唱）到那裏，吉凶全然尚未知。（同下）

虎寨

（净上）（小工調）

【粉蝶兒】山寨鳴金，白鶴半空展翅。（衆白）啓上大頭目。（唱）現擒獲過往夫妻。（浄）抓過來！（衆應）（小生、旦上）離天羅，入地網，逃生無計。

（衆）漢子、婦人當面。（小生、旦）阿呀大王爺爺饒命嚧！（浄）哆！漢子，俺這裏經年無過客，累月少人行。明知山有虎，故作採樵人。（小生、旦哭介）（浄唱）

【尾犯序】山徑路幽僻，（衆同）但尋常此間來往人稀。男女相隨，豈是良人行止？（小生、旦）凶時，遭士馬流民散失，避干戈君臣遠涉。（浄介）什麽樣人？爲何到此？我是夫和婦，爲天摧地塌，逃難路途迷。（衆）

【前腔】無非買命與贖身，但隨身有何囊篋資費？（小生、旦介）大王饒命嚧！快口强舌，休得要如同兒戲。（小生、旦）聽啓，亂慌慌行來數日，苦滴滴實没半釐。（衆接）你好不知禮。常言道，打魚獵射怎空回？（浄接）

【前腔】何必與他説甚的！衆嘍囉，快推出斬首，更莫遲疑。將他倒拽横拖，（衆應）（拖介）横拖倒拽，把軍令遵依。（小生、旦）魂飛，纔逆旅窮途認妻，早背井離鄉做鬼。聽哀告，望雷霆暫息，略罷虎狼威。

（衆）哆！

【前腔】軍前令怎違？但一言既出，駟馬難追。枉自厚禮卑詞，休想饒伊。（浄介）婦人叫什麽名字？（小生、旦）傷悲，（旦）王瑞蘭，（衆介）婦人叫王瑞蘭。遭刑枉死。（衆介）漢子叫何名字？
（小生）蔣世隆，（衆介）叫蔣世隆。啣冤負屈。（小生、旦）天和地，有誰人可憐，燒陌紙錢灰。
（衆）開刀！（浄）刀下留人！記得寨主有令，三不可殺：秀才不可殺，中都路人不可殺，姓蔣的不可殺。待俺禀過寨主，再行定奪。（衆應）（浄）大頭目啓事。（生内）啓甚事來？（浄）嘍囉們擄得個姓蔣的秀士夫婦，嘍囉們不敢自專，請寨主發落。（生）大頭目。（浄應）（生唱）（六字調）
【賺】且與我留人，押回來問他詳細。（浄）帶過一傍。（下）（吹打）（衆引生上）（衆）漢子、婦人當面。（生）漢子。（唱）家住那裏？農種工商學何藝？（小生）通詩禮，鄉進士。州庠屢魁，（生介）住在那裏？中都路離城數里。閑居住，（生介）因何到此？爲兵火，棄家無所依。（生接）呀！聽説詳細。
漢子擡頭！（小生）阿呀大王爺饒命噓！（生）阿呀！原來是哥哥，快些放綁！（浄）快些放綁！
快些放綁！（生唱）
【前腔】謹降階，釋縛忙扶起。哥哥吓！是兄弟負恩忘義。此位何人？（小生）吖吖吖，是渾家。
（生）原來是尊嫂。受禮，誰知此地能完聚。（旦）愁爲喜，深謝得賢叔盜跖。（生）哥哥吓！那些個尊卑？⑴權休罪，適間冒瀆少拜識。（小生）阿呀請起！（唱）恐君錯矣。（生）哥哥，難道不認得小弟了？（小生）驚魂不定，一時想不起。（生）哥哥聽稟。（小生）願聞。（生唱）（凡字調）

【滴滴金】朝廷當時巡捕急，避難在圍牆内。若非恩人救難危，險赴法雲陽市。（小生）吖，你莫非興福兄弟麽？（生）正是。（小生）兄弟！（生）哥哥！（同笑介）吓哈哈哈！（小帽子頭）（同唱）相逢狹路難迴避，這言語古來提。（生）過來。（衆介）有！與我疾忙整備排筵席，（衆介）吓！歡來不似今日。

【鮑老催】酒泛嫩醅，壓驚解煩休要推。嫂嫂請酒。（旦）奴家天性不飲。（小生）含卮告少飲半杯。（旦）非詐僞，量淺窄，休央及。（生接）高歌暢飲展放眉，開懷醉了重還醉。酒待人無惡意。

（旦接）秀才。

【滴滴金犯鮑老】秀才儒業祖傳襲，你文章幼攻習。我低低問，暗暗猜，心疑忌，叔伯遠房姑舅的？（小生介）不是。敢是兩姨一瓜蒂？（小生介）也不是。這不是，那不是，怎有這個賊兄

⑴ 卑：原作『輩』，據汲古閣刊本《繡刻幽閨記定本》改。

弟？（衆唱）（小生接）

【鮑老催】告辭去急。（生接）姑留待等寧静歸。（小生接）龍潭虎穴難居住。（生介）取金子過來。（浄應）（生接）有金百兩，望領納爲盤費。（小生）多謝兄弟。（同唱）懊恨人生東又西，相逢最苦别離易，嘆此行何時會？

（旦）秀才，去罷。（小生）告辭。（生）哥哥，爲何去得能促？（小生）只爲相從相催行步緊，（旦）厮收厮放去心頻。（生）他日劍誅無義漢，（合）此時金贈有恩人。（生）衆嘍囉！（衆）有！（生）擺齊隊伍，送大爺下山。（衆應）（吹打住）（生）哥哥請轉。（小生）賢弟怎麼説？（生）此行去向何方？小弟若遇天恩大赦，好來相訪。（小生）愚兄此去，只在廣陽鎮招商店中。（生）招商店？（小生）賢弟，此山只宜早棄，不可久居！（生）小弟不過暫居而已。（旦）秀才。（小生）吖，來了。請了。（生）請了。

（小生下）（生）就此回山。（衆喊殺）

【尾】遲疾早晚干戈息，共約行期訪踪迹，怎肯依舊中原一布衣。（接吹打下）

二卷

招串

（丑嗽上念）

【金錢花】我家開個酒鋪，主顧門前走過，停車下馬飲三壺。也有葷，亦有素，炒煎梅聚魚，菠菜滚豆腐。

自家乃廣陽鎮上，招商店中，一個貨賣的便是。我這裏前臨官道，後靠野溪，幾枝楊柳綠陰濃，一架薔薇青影亂。粉壁上，寫着劉伶仰卧；小窗前，掛的李白醉眠。知味停車，真個開壇香十里；聞香駐馬，果然隔壁醉三家。清晨忙把店門開，煮酒烹茶待客來。不將辛苦易，難近世間財。閑話少説，且到門前去，招接招接看。噲！各處客商，都來買我的好酒吃吓！（小生内）娘子走吓！（旦上同唱）（小工調）

【駐馬聽】一路裏奔馳，多少艱辛，到這裏。且喜略時肅静，漸次平安，稍爾寧息。（丑介）有所説個：牙關勿開，利市勿來。讓我先來拔一壺看。（吃介）酒旗兒斜掛小窗西，布簾兒招颺疏籬際。（小生）娘子，和你共飲三杯，今朝有酒今朝沉醉。

吓，酒保。（丑）來哉，來哉。原來是位官人，阿是吃酒？（小生）正是。（丑）個末裏向請坐。（小生）還有渾家在外。（丑）是哉，渾家請吓！（小生）胡説！我們是夫妻，該稱渾家，你怎麽也稱起渾家來？（丑）該個，官人，有所説個：四海之内皆兄弟。你之父母，即我之父母；你的渾家，就是我的渾家。個樣亂離時世，大家渾得過末，就罷哉。（小生）胡説！該稱一聲大娘子纔是。（丑）是哉，個末大娘子請吓！（小生進介）這便纔是。（丑）噲！夥計，官人脚上有黄泥，必定遠來的。多着拋屍露，少着父娘皮。一責當兩責，足足不要少他的吓。（小生）酒保。（丑）那。（小生）父娘皮是什麽？（丑）父娘皮是骨。（生）拋屍露是骨，父娘皮是肉，你怎麽哄我？（丑）是哉。噲！夥計，官人是老江湖，哄他不得。少着拋屍露，多着父娘皮。一責當一責，足足原要少他的吓。（小生）酒保。（丑）來哉來哉，官人那説？（小生）可有好下飯？（丑）有吓。肉絲鷄兒湯麵餃，東坡蹄兒天下少。官人不惜杖頭錢，吃到天明，嘖篤，不覺曉。（小生）可有好酒？（丑）也有。蘇州酒，秀州酒，蘇秀兩州真好酒。吃得官人個肚皮，像掃箕；娘子個屁股，真個咯落落。（小生）做什麽？（丑）好像漏斗。（小生）酒斗！（丑）勿差，酒斗。（小生）快去取來。（丑）是哉。夥計，拿一壺好酒得來吓。官人，好酒拉裏。（小生）這是新篘，可有窨下？（丑）我這裏來往人多，没有窨下，只有新篘。（小生）也罷。酒保，與我

斟一斟。（丑）不要一針，八針也會。（小生）妙！（唱）

【駐雲飛】村釀新蒭，（丑介）酒能遣興又消愁。要解愁煩須是酒。（丑介）開子蓋噴香個。壺內馨香透，（丑介）篩出來碧波生清。盞內清光溜。嗏，娘子請一杯。（旦）奴家天性不會飲酒。（小生唱）何必恁多羞，（丑介）夫妻淘裏吃勿吃，啥勿曉得個？邪氣！但略沾口，勉意休推，莫把眉兒皺。一醉能消心上愁。

（旦）酒保。（丑）啥個？（旦）取酒過來，待我回敬那秀才一杯。（丑）是哉。真真蹊而蹺之，古而怪之。官人來。（小生）做什麽？（丑）個位娘子，落裏搭龍頭柱招摇撞得來個？（小生）不懂吓。（丑）咦！老江湖，歇後語纔勿懂個？（小生）不懂吓！（丑）龍頭柱末，拐；招摇撞末，騙。阿是拐騙來個？（小生）人家夫妻，怎説拐騙？（丑）個位娘子説『酒保，取酒過來，待我回敬那秀才一杯』。那者是怎麽説？（小生）這是我那裏鄉音。那者，是好也。（丑）那者是好也？（小生）呸。（丑）領教領教。官人請坐，讓我再去吩咐。噲！夥計，取那酒，那下飯，與那官人、那娘子，吃在那肚子裏去吓。（小生）酒保。（丑）那那那。（小生）怎麽有許多『那』字？（丑）官人説個，那者是好也。小店裏個物事，樣樣纔是那個篤！（小生）休取笑。（旦）斟酒。（丑）是哉。（旦唱）

【前腔】盞落歸臺，（小生）却早兩朵桃花上臉來。（旦）多感君相帶。（小生）深謝卿相愛。（旦）嗏，擎樽奉多才，（小生）小生也不會飲。（丑）夫妻淘裏，能個客氣。你的量如滄海。（小生）酒保。（丑）那哼？（小生）娘子説我量如滄海，待我減半杯，吃半杯罷。（丑）娘子説官人量如滄海，官人要減半杯，吃半杯。娘子若説我酒保量如滄海，我就吃。（小生）吃多少？（丑）三馬桶，七尿壺。（小生）七酒壺！（丑）勿差，酒壺。（旦）斟酒。（唱）滿飲一杯，暫把愁懷解，樂以忘憂須放下懷。（小生）酒保，我與娘子一路而來，有了幾句言語，所以不肯飲酒。你若勸得娘子飲一杯，我就賞。（丑）官人，呿且拿個『賞』字收子起來。倘然勸得娘子飲一杯，賞我幾哈？（小生）賞你一錢銀子。（丑）少來。（小生）二錢。（丑）本錢也勿到！（小生）竟是三錢？（丑）慢點慢點，讓我來算算看。一鍾末三錢，十鍾末三兩，一百鍾三十兩。（小生）吓吓吓！那裏吃得這許多？（丑白）我看娘子，倒鍾得幾鍾個篤。（小生）胡説！快勸！（丑）是哉，個末勸酒哉。官人、娘子在上，我這裏廣陽鎮，招商店，因一向爲兵戈繚亂，不曾開張店面。如今干戈寧静，仍舊開張店面，就遇着一位官人，一位娘子，好像招財利市進子大門，須要你一杯，我一盞，吃得臉兒紅兜兜，好像猢猻屁眼頭。（小生）狗才！（丑）外頭個星人看見子，説招商店裏有好酒。我俚纔去買來吃，直介咯碌碌一淘進，咯碌碌一淘出。個末好滑，那間官人勿吃，娘子勿飲，開店個曉得子，認道我酒保勿會消貨哉，阿是勿差？官人來來來，呿且先乾一杯下來。（小生）待我先吃一杯。乾！（丑）乾哉！（小生）乾了。（丑）噲！夥計，拿戥子、夾剪出來秤銀子。（小生）我吃的不算吓！（丑）落個吃個末算介？（小生）要娘子吃了纔算。（丑）少説子一聲。一鍾酒，倒孔子狗肚皮裏去哉！（小生）胡説！快勸！（丑）是哉。個末娘子，吃介一鍾，挑我酒保賺個三錢頭，贖枝小當頭。娘子吃噓，吃噓。呿阿吃，勿吃末，我就，（小生）做什麽？（丑）我就，（小生）你就怎麽？（丑）我就磕頭。

（小生）哈哈哈！　娘子飲一杯。（丑連）磕碎骷顱頭，磕得血流流，青布扎子頭。（旦吃介）（小生）酒保，娘子乾了。（丑）那是三錢頭來哉！（小生）還要勸。（丑）還要勸？　個個銀子那哼？（小生）一總與你。（丑）一淘算？　娘子，唔是後生家，勿要吃單杯，吃個成雙到老。我答唔越老越好。（小生）胡說！（丑）勿勿勿，唔篤兩家頭越老越好，我酒保無分拉哈。　娘子，吃嘘，吃嘘。　吓！　啥落擱住個介？　吖，有裏哉，我有一個勸酒個詩勿倒拉篤，去拿出來轉俚一轉，面孔對子囉個，囉個吃。（小生）快去取來。（丑）噲！　夥計。（應）拿個勸酒詩勿倒出來。（內）爛落個哉！（丑）那說爛落哉介？　咳！　無法，只好權當詩勿倒。　詩勿倒來了，詩勿倒來了。（小生）在那裏？（丑）就是我。（小生）怎麽樣轉法？（丑）有一個轉法個，直介疾利、疾利、疾利。　咦！　面孔朝子娘子哉，娘子吃，娘子吃。（旦吃）（小生）哈哈哈！　酒保，娘子又乾了。（丑）亦乾哉？　那是六錢哉！（小生）還要勸。（丑）還要勸？　吖喲！　今朝勿是一個銅錢輸贏拉哈。　個末娘子，索性吃個三杯和萬事，吃醉丟磚頭。（小生）解千愁！（丑）勿差，解千愁。　我酒保吃醉子，直頭要丟磚頭個。　個末娘子，吃嘘，吃嘘。　吓！　吃嘘！　吖，覺搭了，明白了，知道了，曉得了。（小生）曉得什麼？（丑）個位娘子，吃勿慣悶酒個，讓我來刮。（小生）刮什麼？（丑）刮者，乃唱也。（小生）你這樣人也會唱？（丑）非但會唱，而且會串。（小生）串的什麼戲？（丑）我串個是《賴哉呆米坊雖會》。（小生）不懂吓。（丑）直話末，《劉智遠磨房相會》。　打子官話末，《賴哉呆米坊雖會》。（小生）只是没有行頭。（丑）有一副別脚戲班，欠子房飯錢，押兩件破行頭拉裏，阿要串拉官人看看？（小生）好，快串來我看。（丑）串戲個銀子是要加點個篤。（小生）這個自然。（丑）噲！　夥計，拿個行頭丟出來，銅杓鐵鏟敲起來，串戲個銀子，答呸分末哉吓！（鑼住抖介）（小生）做什麼？ 做什麼？（丑）番道得個串客個毛病，上場就要抖個。 過子個惡時辰，就會好個。 再來，再來。（鑼住嗽介）（小生）又是什麼？（丑）曲屁。（小生）曲意！（丑）勿差，曲意。（丑唱）拋離數喑哉，呷哈哈，呷呷哈哈哈，呷呷呷呷哈，景致的依然在，哈呷哈呷哈，依然在。我見門前、門前桃柳槐，盡是我劉高栽，劉高親手栽，嗳喲嗳嗳喲嗳嗳。（吹介轉前）官人吃介一盅。 來此已是磨坊：『三娘開門，娘子上場哉。』（小生）做什麼？ 做什麼？（丑）少一個李三娘拉裏。（小生）也是你。（丑）也是我？ 官人，串小旦是阿明白？（小生）自然加你。（丑）個末要串小旦哉，且拿個李三娘扮起來。官人，我個包頭風如何？（小生）好。（丑）『哥哥嫂嫂，打不起了。』亦要換哉，亦要換哉。『我不是你哥哥嫂嫂，是你丈夫，劉智遠回來了。』亦要換哉，亦要換哉。（吹住）『阿呀冤家吓！』（丑唱）可曉得，幾般的受苦，呷哈呷哈呷哈呷哈，幾般的災？ 緣何你一去哉，哈呷哈，一去不見你來？ 可見你男子漢，哈呷哈呷哈，心腸忒歹，嗳喲嗳嗳喲嗳嗳。 劉智遠接唱哉。（搖板）非是我心腸忒歹喑，我只爲官司有差，拘緊身軀，我也勿得回來。 勿得回來了喑。 我今日回來，喜得三娘還在。 三娘還在了喑，三娘，你若不在，我把李家莊團團圍住，平陽一揣。 平陽一揣喑。 三娘，你把憂愁放下懷，臨風户半開，歡歡喜喜倚門相待。 我把冤仇必殺害，冤仇必殺害喑，三娘，你個不開門，我就一拳，打進門來！ 阿呀我的妻吓！（小生）狗才！（丑）勿勿勿，串昏子了。（内應）會鈔。（丑）官人，算賬哉。（小生）酒保，這裏到夢津旅館，還有多少路了？（丑）五十里之程。(一)（小生）娘子，去不及了，怎麼處？（丑）官人，我這裏前邊飲酒，後邊宿人。（小生）娘子，前途去不及了，就在此安歇罷。（旦）但憑秀才。（小生）酒保。（丑）那。（小生）與我打掃一間房，鋪下一張床，房飯錢明日一總算。（丑）官人尊姓？（小生）我姓蔣。（丑）是哉。噲！夥計，官人、娘子不去了，吩咐打掃一間房，鋪下一張床。官人姓蔣，上子賬吓。（內應）（旦）酒保。（丑）啥個？（旦）與我打掃兩間房，鋪下兩張床，房飯錢與我算。（丑）是哉。阿是？我曉得呸做勿動主個。噲！夥計，不要依前邊官人，要依後邊娘子，打掃兩間房，鋪下兩張床，馬桶尿壺兩邊放，草紙要一百張吓。（小生）吓！酒保。（丑）那哼？（小生）我怎樣吩咐你的？（丑）娘子直介說滑。（小生）勸酒的銀子，還在我處。（丑）勿差，勸酒個銀子，拉篤官人處來。讓我再去吩咐。噲！夥計，不要依後邊娘子，原要依前邊官人：打掃一間房，鋪下一張床，多點兩根安息香，明朝起來吃豆腐漿。（末上打介）狗才狗才！（丑）落裏打人嚮？（末）狗才！（丑）原來是王先生。（末）什麼一間房，一張床；兩間房，兩張床？把我兩個老人家，搬到東，搬到西，是何道理？（丑）啥我要直介了？官人荅娘子要直介了。（末）狗才！（丑）我且問呸，招牌上寫個啥個？（末）順從客便。（丑）我認道順從主便了。（末）我這裏用你不着，與我走出去。（丑）要去子長遠哉。捨勿得呸篤，個老，（末）老什麼？老什麼？（丑）勿勿勿，老伯伯，老有趣，呸個老風臀！（末）白鐵刀，轉口快。（下）（小生）酒保。（丑）呸！飯保

(一) 里：原闕，據《幽閨記曲譜》補。

也勿見，啥個酒保？纔是呡篤兩家頭。官人末要一張，娘子末要兩張。（小生）胡說！（丑）故歇也勿依官人，亦勿依娘子，倒依子我酒保罷。（小生）依你怎樣鋪法？（丑）拿一束稻柴，打個浪倘鋪，我俚三家頭掰緊子睏一夜罷。（小生）胡說！（丑）勿要着急，纔端正篤哉。跟我來，轉個灣，看門檻，小心絆，就是骨一間。（小生）好。（丑）房末依子官人，床末依子娘子。（小生）怎樣鋪法？（丑）有個鋪法個：娘子個張朝外攤開子，官人個張頂上去。（小生）爲何踢我一脚？（丑）頂字末，有個踢脚個。那其間，等我酒保出去子，呡篤關其門而閉其户，吹其燈而熄其火。娘子末，解其裙而脱其褲，上其床而點其窩。睏到半夜巴，一個筋斗，遷到娘子個頭去，好像雄鵓鴿，見子雌鵓鴿，直介彭彭彭得得哥，彭彭彭得得哥。（小生介）走出去。（丑連）娘子說，我也話勿得個苦，得得哥，關店落鎖吓。（下）（通行小生、旦唱【尾聲】下）

（小生）尋踪訪迹在林中，（旦）受苦扶危出禍叢。（小生）有緣千里來相會，（旦）無緣對面不相逢。（小生）娘子，怎麼把話兒說遠了？可記得林榔中的言語？（旦）林榔中不曾說什麼。（小生）我說有人盤問，娘子如何說？（旦）兄妹相稱。（小生）這句是有的。我說面貌不同，語言各別，那時娘子又如何說？（旦）怕有人盤問，權說是夫妻。（小生）別樣事可以權得，夫妻豈是權得的？也罷，今晚在旅店中，暫且權一權罷。（旦）秀才，不可如此。好好送奴回去，多將些金銀來謝你。（小生）豈不聞書中自有黄金屋，要那金銀何用？（旦）不要金銀，對爹爹說，討個官兒與你做罷。（小生）官是朝廷的，難道是你家的？我一路而來，不曾問得娘子是何等樣人家？（旦）你不問起猶可，若問起，莫說同行同坐，就是站立之所，你也没有。（小生）如此倒要請教。（旦）我祖公公，黄河主；祖婆婆，王太君。父親兵部尚書，母親誥封一品夫人；　奴家守節操的一位千金小姐。(小生)原來是韓景陽大來頭。　我蔣世隆，冷眼覷華堂，尚然消受不起，倒與娘子同行同坐。　望高擡貴手，饒恕我蔣世隆之罪。(旦)大恩人請起。(小生)嗳！　你既知我是大恩人呵，(唱)

【降黄龍】説什麽宦室門楣，寒士尋常，望着雲霄。(一)奈時移事遷，爲地覆天翻，君去民逃。(旦接)英豪，念孤恤寡，再生之恩難報。　久以後啣環結草，敢忘分毫？

(末)媽媽走吓！(副應接唱)

【太平令】曲徑迢遥，深夜柴門帶月敲。(副)開門開門！(小生)來了。　好事不成，又被人聽見了。原來是公公、媽媽。(末、副)蔣官人，(唱)郵亭一宿姻缘好，又何必語叨叨？(小生)

【前腔】旅邸蕭條，回首鄉關路轉杳。　寒燈照影傷懷抱，因此上話通宵。

(末)説通宵，話通宵，被我們聽見了。(小生)瞞不過公公媽媽。(末)蔣官人，請外廂少坐，待我們説成了，然後相見。(副)蔣官人，拿子火去。(小生應下)(末)媽媽，你先去説一聲，老漢要見。(副)是哉。　小姐拉篤落裏？(旦)媽媽。(副)小姐，我茶纔勿曾泡。(旦)好説。(副)小姐，我俚粗老老要見，阿使得？(旦)老人家不妨請進來。(副)吠哉。　老老，小姐請吅進去。(末應)(副)走得來。(末)

(一)霄：原作『宵』，據汲古閣刊本《繡刻幽閨記定本》改。

怎麽？（副）勿要眼光忒忒介。（末）什麽説話！（副）小姐，我俚粗老老來哉。（末）小姐拜揖。（旦）公公萬福。（副）小姐，請坐子。（末）小姐在上，老漢有言奉告。（旦）請教。（末）自古男女，授受不親，禮也。（副）禮也。（末）嫂溺援之以手，權也。（副）權也。（末）權者，反經合禮之謂。假如小姐處于深閨，衣不見裏，言不及外，事之常也。（副）就是長短個『長』字耶。（末連）今小姐奔走道途，風餐水宿，事之變也。（副）天變個『變』字哉耶。（末連）況急遽苟且之時，顛覆流離之際，失母從人二百餘里，雖小姐冰清玉潔，惟天可表，清白誰人肯信？是非誰人與辨？正所謂昆罔失火，玉石俱焚。（副）阿呀小姐，烘缸裏失子火，連脚帶布，纔要燒脱個。（末連）小姐堅執不從，那秀才被我道了幾句言語，兩下出門，各不相顧。倘遇不良之輩，强逼爲婚，非惟玷污小姐名節，而且所配非人。不若反經行權，成就了好事罷。（副）勿差。（末）媽媽，我在外廂，你去問小姐的主意。（副）是哉。小姐，我俚老老纔是好説話，依子罷。（旦）媽媽，你去對公公説，收留奴家在此，日後父母相見之日，多將金銀來謝你們。（副）勿消個，讓我去説。老老，我俚要發財哉！（末）怎見得？（副）小姐説，收留子，日後父母相見之日，多將金銀來謝我俚。阿是要發財哉？（末）你曉得什麽？收留人家迷失女子，律有明條；況我店中，來往人雜，不當穩便，從便從。（副）勿從介？（末）雙雙請出，連你都趕出去。（副）呸！關我啥事？小姐。（旦）媽媽。（副）我俚老老説，收留人家迷失女子，律有明條；況我店中，來往人雜，不當穩便，從便從。勿從末雙雙請出，連我老太婆，纔要趕出去個篤。（旦）媽媽，一無父母之命，二無媒妁之言。在店中苟合，決難從命。（副）小姐勿要哭，讓我再去説末哉。老老，呃末落化落化，小姐一團大道理。（末）怎麽説？（副）小姐説，一無父母之命，二無媒妁之言，在店中苟合，決難從命。（末）這又何難？你我一把年紀，我便作了主婚，你權爲媒妁。禮由義起，就不爲苟合了。（副）老老，啥叫苟合？（末）無媒無妁，爲之苟合。（副）老測死個，我一直上呸個當！（末）呸，没廉恥。（副）小姐，我俚老老説，我俚兩個年紀一把哉，老老做子主婚，我做子媒人，禮由義起，不爲苟合了。小姐，允子罷。喻！老老，小姐肯個哉！（末）怎見得？（副）拉篤笑哉。（末）既如此，蔣官人有請。（小生上）公公媽媽，怎麽樣了？（末、副）被我們説從了。（小生）多謝公公媽媽！（末）看酒來，先吃個合巹杯。（副）是哉。

【撲燈蛾】才郎殊美好，佳人正年少。相逢邂逅間，姻緣會合非小也。天然湊巧，招商店權做藍橋，翠幃中風清月皎。（小生）羡歡娱，千金難買此良宵。

（旦）媽媽住在此，不要去。（副）阿呀好小姐，我老太婆是勿能替呸個！（末）媽媽快些來罷。（副）來哉，來哉，拉裏解裙哉！（下）（小生、旦）

【尾】恩情怎比閑花草，往常恨更長寂寥，今夜歡娱只愁天易曉。（下）

請醫

（末上）貧無達士將金贈，病有良醫説藥方。自家招商店中，王公便是。我店中歇下一個秀才，和一位娘子。因在途中，失了一個親人，得了一個佳人。憂鬱驚恐，七情傷感，染成一病。那娘子着我去請個先生，不免就去走遭。不多三五步，咫尺是他家，這裏是了。先生在家麼？（副内）是落個？（末）請先生去看病。（副）勿拉屋裏。（末）那裏去了？（副）醫殺子人了，縣前打官司去哉。（末）明明是先生的聲音，快些出來。（副）個末來哉。（上乾念）

【水底魚】四代行醫。（末）先生，你家只有三代吓。（副）昨夜頭添子玄孫哉。（乾念）三方人盡知。（末）四方吓。（副）有一方撥我醫盡醫絶個哉。不論貴賤，請着即便醫。盧醫扁鵲，料他直恁的？人人道我，（末）道你什麼？（副乾念）道我是催命鬼。

（末）休得取笑。（副）我做郎中真久慣，下藥之時勿懶慢。熱病與他柴胡湯，冷病與他五靈散。醫得東邊都出喪，西邊又入殮。南邊買棺材，北邊氣又斷。若説我俚做郎中個，十個醫殺九個半。若來請我者，想必也是該死漢。（末）吓先生。（副）原來是位老者，裏向坐。（末）是。（進）（副）請坐，請坐。（末）有坐。先生你自言自語，説些什麼？（副）我來告訴倷，學生本姓翁，家住在橋東。做土工個，是我姐夫；賣棺材個，是我外公。若勿醫殺兩個，叫姐夫、外公喝風。（末）休得取笑。（副）請問老伯伯尊姓？（末）我就是招商店中王公。（副）吖，㕶就是招商店中王公？（末）正是。（副）阿呀有鬼吓有鬼吓！（末）怎説有鬼？（副）我記得倷吃過歇我一帖藥個吓。（末）吃了先生的藥，就好的。（副）吃子我個藥，就好個？（末）就好的。（副）個是千中選一。（末）休得取笑。（副）今日來作啥？（末）我店中有位秀才，染成一病，要請先生去看看。（副）小兒不在家，無人背藥箱。（末）老漢代背了罷。

(副)個末得罪,全當小兒。(末)什麽説話!(副)讓我來吩咐聲看。噲!丁香奴、劉季奴,你們好好生看着天門、麥門。你們前日不細辛,被木賊在苦瓜樓上盜了我的青箱,以後須要防風。若再如此,我回來,一道玄剖索,綁在黄連樹上,打你一頓柴胡棒;就是知母,休想叨饒你半夏分!(末)都是説的藥名。(副)叫個三句勿離本行。背子藥箱走罷。(末)我們從這條路走罷。(副)個條路走勿得。(末)爲何?(副白)簇簇鮮鮮個話巴拉上。(末)什麽話巴?(副)有一日出去看病,拉個答走過,只看多哈碎男伍拉篤踢球,偏偏滚子我脚跟頭來,我就一脚踢子俚棺材裏去。個星碎男伍,一把拖牢子我,説還我球來。我説勿番道,等我來拾還伍篤。我就抻手到棺材裏去,落裏曉得裏向個死者,拿我一把拖牢子,説道:翁先生,我在生時,吃子伍一帖煎劑藥,送子我個終,那間再要拿滚痰丸是來勿得個哉。(末)如此大街走罷。(副)大街益發勿好走。(末)爲何?(副)也撥我醫殺個人拉篤。(末)什麽病死的?(副)人家發瘧疾,我認道傷寒症了。我説:番道,只要一帖藥,包管就好。伍篤去買一擔艾草,替我打一條艾絨草薦,拿個病人放拉當中,骨碌碌一卷,兩頭點起火來,竟燒。(末)難道燒死了?(副)死是勖死,動末勿動個哉。吖喲!勿好哉!一歇歇吵得亂縱横,説翁郎中醫殺子人哉,拿俚鎖拉死人脚上,亦要官司去告理。(末)這便怎麽處?(副)還好,虧得有一個老者,説道:列位,醫家有割股之心,豈有醫殺人之理?讓俚買棺材,入殮子罷。我是個窮郎中,落裏來銅錢買棺材?只得拿一隻藥櫃當子棺材,拿個死人放拉哈子,亦無人扛,只好親丁四人。(末)那四人?(副)我俚老伴、兒子、媳婦。吖,路上冷静了,唱隻《蒿里歌》,伴伴鬧熱。我就第一個唱。(唱)

【蒿里歌】我做郎中手段低，蒿里里蒿里蒿里。我俚老伴説道，（副唱）你醫死了人兒連累了妻，蒿里里蒿里蒿里。我俚個兒子，拿個扛棒一甩。（唱）説你醫死了胖的擡不動，蒿里里蒿里蒿里。我俚個媳婦是孝順個，説公爹吓，（唱）你從今只揀瘦的醫，蒿里里蒿里蒿里。

（同笑）哈哈哈！（末）到了。（副）到子壇上哉。（末）到了門首了。（副）呸先進去説一聲，我拉外頭等倷。（末）曉得。吓官人、娘子有請。（旦扶小生上）

【引】世亂人荒，幸脱天羅地網。

（末）娘子，先生來了。（旦）公公，官人是病虚之人，叫他悄悄進來。（末）是。吓先生。（副醒介）是啥人？（末）你倒在此瞌睡。（副）我拉裏做夢。（末）夢見什麽？（副）夢見老壽星拖牢子我，要討藥吃。我説壽星末吃啥藥？俚説道：先生，我直頭活得勿耐煩哉，阿有啥藥撥一帖我吃吃，讓我早登仙界。（末）休得取笑。娘子説，官人是病虚之人，有話悄悄的説。（副）我是老郎中哉，何消吩咐？（末）娘子，先生來了。（副私白）且撥一嚇俚使使看。呔！（衆驚）（末）叫你低聲些，爲何這等大驚小怪？（副）個是郎中個法門，嚇出一身冷汗，病體要好一半。（末）見了娘子。（副）藥罐唱偌。（末）什麽藥罐？（副）既勿是藥罐，爲啥煎得官人精乾？（末）什麽説話！（副）個位就是病者？讓我來摸摸看。阿呀！勿局！勿局！（末）爲何？（副）膀脚纔冷個哉。（末）先生，這是擡脚！（副）便介了無得膀肚腸子，提起脚來把脉。（末）脚上那有脉息？（副）有所説個，病從脚上起。（旦）官人伸出手來與先生把脉。（小生應）（副）官人。（乾唱）

【柰子花】莫不是産後驚風？莫不是月水不通？

（末）先生，官人是男子，怎麼説起女科來？（副）手末把子官人個脉，眼睛呷看個娘子。（末）尊重些。（副）等我看准子介。阿呀！勿局！（末）爲何？（副）咤異！邪氣！（乾念）

【駐馬聽】脉息昏沉，兩手如冰唬殺人。請幾個和尚尼姑，做些功德送出南門。（旦、末介）這便怎麼處？鬼門關上去招魂。叫幾個木匠，乒乒乒乒，忙把棺材釘。（旦介）阿呀官人吓！連哭兩三聲，再哭兩三聲，哭哭哭哭。（末）先生把錯了，這是手背！（副）夾忙頭裏，殺出啥守備來介？（末）手背吖！（副）慢點，官人個手，阿曾動？（旦、末）没有動。（副）呀呸！（乾念）錯把了手背，驚慌則甚？

話巴，話巴，做子一世個郎中，手背上竟無得脉息。（末）人都被你嚇死了！（副）我個脉案平常，猜法甚妙，倒不如猜子罷。（末）使得。（副）等我來猜猜看。（乾唱）

【剔銀燈】他渾身上如湯火燒？（旦）不燒。（副）阿冷？（旦）不冷。（副）勿冷勿熱，只怕是瘟病哉。（乾唱）口兒裏常常乾燥？（旦）也不乾燥。（副）個是濕重哉。（乾唱）終朝飯食都不要？（旦）略略吃些。（副）只怕撞着子餓殺鬼哉。（唱）耳聞得蟬鳴鼓噪？（旦白）不聲噪。（副）（乾唱）阿呀心焦？（旦）也不心焦。（副）猜勿看了。拉裏心焦，關𠱂啥事？（乾唱）莫不是病癆？（旦介）都不是。都不是，不醫罷了。

阿！個樣也勿是，那樣也勿是，讓我來拿隻凳子，砧殺子呸罷。年紀輕輕，生出個樣病來，勿醫哉！勿醫哉！（末）先生尊重些。（副）王伯伯，走得來。（末）怎麽？（副）自古道：明醫暗卜。我是黑漆漆提燈籠，落裏曉得？倷且對我説，官人個病，那個起個，我就好下藥哉。（末）如此我對你説了，你不要説我告訴你的。（副）個末阿肯説個？（末）官人麽，只因亂離時世，在路途中，失了一個親人，得了一個佳人，憂鬱驚恐，七情傷感而起。（副）吖，爲因直介了。阿呀！我投末投子出來。個歇，王伯伯，倷要張羅我進去末好？（末）這個自然。（副）阿！勿醫哉！勿醫哉！（末）先生，再來看一看，到底什麽病？（副）既然要我看，我有祖上傳個啣絲把脉之法。（末）何爲啣絲把脉法？（副）只要用腰裏個條絲絲，一頭末官人啣拉嘴裏，一頭末放拉我耳朵上，聽介聽，就曉得哉。假如王后娘娘生子病，把起脉來，也叫俚伸手出來？阿是勿差？（末）如此先生，解下絲絲來。（副）拿去。（旦）官人，啣在口中。（小生啣，副聽介）呸呸呸，直介了。曉得哉，曉得哉，放子絲絲下來。娘子，官人的病，在路上，失了一個親人，得了一個佳人，憂愁驚恐，七情傷感而起。阿是個？（旦）先生，真正神仙了。（副）孫子末神仙，王伯伯對我説個！（末）呸！怎麽説出我來？（副）我若勿説末，就滅人之德了。（末）不要説了，快些下藥。（副）是哉。（鼠叫）（副）啶啶啶，多時勿開，老鼠做子窠拉哈哉。啅！拿去吃，個叫做八寶飛龍絶命丹。吃了下去，不到黄昏，送上鬼門關。（末）敢是活命丹？（副）叫官人吐津咽下。（旦）官人，吐津咽下。（生吃吐介）（末）阿呀吐了。（副）虚弱得及，胃口纔倒哉。娘子阿要吃介一服？（旦）我没有病吓。（副）吃子我個藥末，少勿得有病哉。（末）休得取笑。（旦吃亦吐）（副）姣寡得極，所以也要吐哉。服侍官人進去罷。（旦應下）（副）王伯伯，倷阿要吃點？（末）我也沒有病。（副）吃點個好。（末）有什麽好？（副）齒落重生，髮白再黑，還要養兒子來。（末）如此多把些我吃吃。（副）說了養兒子末，多把些我吃吃。我翁先生是慷慨個，多拿點去，吐津咽下。（末吃吐介）（副）呀呸！費子多哈本錢。合拉篤個藥，那說倷也吐，俚也吐，安心要賴我個藥本。（末）吃了下去就要吐。（副）藥纔勿會吃，哪哼要生病？走開點，讓我來吃拉倷看。（末）吃與我看。（副）有個吃法個。擺子坐馬勢，伸長子頭頸，張開子嘴，只要舌頭一撮末咽子下去哉。（吃介）阿是勿吐？剩點藥性吃完俚。(一)（吃介）阿是勿吐？阿是勿吐？（吐介）（末）怎麽你也吐起來了？（副）勿好，讓我來看看介。阿呀拿錯哉！（末）拿了什麽藥？（副）拿子痔瘡藥拉裏哉！（末）阿呀！阿呀！這是那裏說起？可要寫個藥方？（副）勿消寫得，纔拉倷身上。（末）怎說在我身上？（副）那，巴豆、圓眼、柴胡、龜板、杜仲、牛膝、川芎、狗脚趾、桔梗，還有兩個浪宕子。（末）又要取笑了。官人的病可就好？（副）勿就好來。（末）爲何？（副）有個妖怪拉屋裏，我拉茅山燒香，學一道捉妖怪個法術拉裏，阿要替倷捉脫俚？（末）這是極好的了。（副）個末走開點，讓我來畫一道符。吾奉太上老君急急如律令敕！拉裏個哉，放拉唔篤老娘房裏去罷？（末）使不得，放到外邊去。（副）要放拉外頭去？個末跟我來，倷說一聲放，我就放。（末）如此放。（副）響點。（末）放！（副）再要響點來。（末響）放！（副）放唔篤

(一) 藥：原作『又』，據文義改。

娘個屁！（末）阿呀阿呀！還要這樣的搗鬼！（下）

離鸞

（三雜、外、丑）（小工調）

【三棒鼓】一鞭行色望南京，喜得兩國通和也，無戰争。邊疆罷征，邊烽罷驚，不暫停。（外）六兒，這裏是那裏了？（丑）是邯鄲驛了。（外）到孟津還有多少路？（丑）離此不遠了。（外）吩咐人伕，趕到孟津驛去安歇。（丑應）老爺吩咐，趕到孟津驛去安歇。（衆應）（同唱）如今海晏河清也，重逢太平，重樂太平。

（丑）這裏是招商店了。（外）你去借房安歇。（丑）是哉。有人麽？（末上）來了。什麽人？（丑）我是王尚書府中嫡嫡親親過繼的六爺。俺老爺要寫報單到孟津驛去，故爾要一間潔凈的房子。（末）小房儘有，任憑揀選。（丑）如此快引路。（末）這間如何？（丑）不好，我要這間。（末）這間有個秀士在那裏患病，還是别選罷。（丑）我偏要這間！待我自己打開來看。（末）這便怎麽處？且躱過一邊，看他如何？（下）（丑）勿要管俚，且打開來看。吓！個是我俚小姐滑！（旦）你是六兒吓！（丑）正是。老爺，小姐拉裏。嗆！小姐，老爺拉裏！（旦）爹爹在那裏？（外）我兒在那裏？（同）吓！阿呀爹爹（兒）吓！（唱）

【哭相思】別來久矣，自離朝尊體無恙。

(外)兒吓！你怎麽到這裏？你母親又不見，細細説與我知道。(旦白)爹爹聽稟。(唱)

【園林好】纔説起遷都汴梁，鬧吵吵哀聲四方。(外)胡説！不忍訴淒涼情況。(外介)家中所有呢？家所有，盡撇漾。(外)家中的使人呢？家使奴，盡逃亡。(外接)

【豆葉黄】你一身眼下，現在誰行？(旦接)隨着個秀，(外)什麽秀？(旦不語)(丑)小姐，呸説末哉。(外)快講！(旦)爹爹！(唱)隨着個秀士棲身，(外介)他是你什麽人？他是我夫主家長。(外)哆！誰爲媒妁，甚人主張？(旦)咳！人在那亂離時節，(小生暗上)吖喲！你們在此做什麽？(丑介)呔！看我啥？入娘賊，好受用吓！人在那亂離時節，怎選得高門厮配相當？

(外)六兒，那秀士在哪裏？(丑)拉篤個答。(外)與我扯過來！(丑應)老爺拉篤叫呸。(小生)我是有病之人，爲何拿我？(丑)一個小姐，撥呸弄壞篤哉，還要裝病？走快點！(旦)官人，這是我爹爹，過來見了。(小生)是。岳父拜揖！(外)呀呀呀呸！(唱)

【月上海棠】你自想，甚年發跡窮形狀。(小生)岳丈吓！(接唱)怎凡人貌相，海水斗量？非獎，陋巷十年黄卷苦，那時禹門三月桃花浪。一躍龍門把名揚，管叫姓字標金榜。

(外)不必多言，我兒快快隨我回去。(小生、旦同)阿呀娘子(官人)吓！(唱)

【五韻美】意兒想，眼兒望，救取東君似艷陽。與花柳增芳，全没些可傷。身凛凛，似雪上加霜。(外)六兒，與我扯開他們。(丑)是哉。(扯介)(小生、旦)阿呀岳丈(爹爹)吓！(唱)更没些和氣一味莽。鐵膽銅心，打開鳳凰。

(丑)勿局，要脱子衣裳來扯開俚篤。(外)嗳！(唱)

【二犯六么令】你是娘生父養，逆親言，心向情郎。(旦接)爹爹，我向地獄相救轉到天堂，怎捨得撇他在此没人店房？(外接)哆！若不兩分張，管叫取殘生命亡。

(小生)阿呀岳丈吓！(接)

【玉交枝】哀告岳丈，(外介)誰是你岳丈！(丑)烏龜王八㕶篤丈人！可憐我伏病在床。(外介)你這樣人，何不死了？煎藥煮粥無人管，等待三五日時光。(外介)一時也等不得！全没些好言劈面搶，惡狠狠怒氣三千丈。(外)六兒，快些扯開他們。(丑)是哉。(小生、旦同)只倚着官高勢强，只倚着官高勢强。

(丑介)放子開來罷！(小生、旦)阿呀！這便怎麽處？(唱)

【江兒水】眼見今朝去，直恁忙，相隨百步情悒怏。況我夫妻在月餘上，怎下得霎時如天樣。

(外)嗳！(接)若要成雙，休指望。(小生、旦接)一對鴛鴦，生被揭天風浪。

(外)快些扯開來！(丑)扯勿開個哉！(外)爲何？(丑)鑲子榫頭個哉。(外)胡説！快與我扯開來！(丑)是哉。快點放手！(小生、旦)阿呀娘子(官人)吓！(唱)

【川撥棹】心相誑，更不將恩義想，没奈何事出參商，没奈何事出參商。父逼女，夫哀婦傷。苦離別，愁斷腸。兩分離，愁斷腸。

（外）放手！（小生）娘子！（外）放手！（旦）官人！（外）我兒隨我走！（小生跌介）（外下）（旦介）阿呀官人吓！（下）（小生起扯丑）（丑）阿呀！作啥作啥？（小生）還我小姐來！（末暗上白）還我們小姐來，不然就要打了！（丑）勿要打，饒子我罷！（小生）要饒你，叫我一聲嫡嫡親親的好姐夫，就饒你。（丑）個末放子我來叫。（小生、末）你不叫，我們要打了！（丑）個末讓我叫。（小生、末）快些叫！（丑）我個嫡嫡親親好姐夫。（小生）我也没有氣力，權且饒你。阿呀娘子吓！（下）（末）狗才！狗才！（丑）㕶爲啥也要做作起來？（末）也要叫我一聲，纔饒你！（丑）要叫啥個？（末）要叫我一聲嫡嫡親親好爹爹。（丑）放子我來叫。（末）放了你，也不怕你不叫！（丑）我個嫡嫡親親老，（末）老什麼？（丑）老孫子。（末）呀呀呀啞！（下）（丑）個是落裏説起？我來時出林虎，打得六兒能。（下）

驛　會

（老、貼上）（小工調）

【月兒高】喊殺連天，骨肉怎相戀。自古常言道，人離鄉賤，得到今朝平安幸非淺。是則是

我身狼狽，眼前受迍邅。（净上接）

【臘梅花】孟津驛舍，在黄河岸邊，行船走馬十分便。（老、貼接唱）母女忙向前，可憐窮面，暫借安身望週全。

（净）呔！ 你們兩個婦人，這裏官府來往之所，不是當耍的，快走！（老）可憐我們是好人家兒女，望乞方便。（净）既是好人家兒女，也罷，隨我來，就在此迴廊下，權宿一宵，明日早行。（老）多謝！（下場角睏）（净白）正是：與人方便，自己方便。（下）（外上）

【引】馬兒行又急，（旦接）轉頭間五里復十里。

（丑）驛丞拉篤落裏？（净）驛丞迎接大老爺。驛丞叩頭！（外）驛丞，我一路鞍馬勞頓，不許閑人攪擾。（净）啓大老爺，還是打行糧呢坐糧？（外）五鼓就要起程，打行糧是了。（净應下）（旦坐正場椅）（外）六兒，鎖上門兒。（下）（丑白）真正賊出關門，屁出掩肫。（下）（起更）（老坐起）咳！（唱）（正宫調）

【銷金帳】黄昏悄悄，助冷風兒起。想今朝，思向日。曾經這般時節，這般天氣。羊羔美酒，美酒在銷金帳裏。世亂人慌，遠遠離鄉里。如今怎生，怎生在街頭上睡？（初更介）（旦接）

【前腔】初更鼓打，哽咽寒角吹。滿懷愁，分付誰？遭逢這般磨折，這般離別。阿呀爹爹吓！ 你鐵心腸打開，打開鸞孤鳳隻。我這裏恓惶，他那裏難存濟。翻覆怎生，怎生獨自個

睡？（二更介）（貼接）

【前腔】鼕鼕二鼓，敗葉敲窗紙。響撲簌，聒悶耳。難禁這般蕭索，這般岑寂。骨肉到此，到此伊東我西。去又無門，住又無依倚。傷心怎生，怎生在街頭上睡？（三更介）（旦接）

【前腔】三更漏轉，寒雁聲嘹嚦。半明滅，燈焰煤。尋思這般沉疾，這般狼狽。相別到今，到今吉凶未知。阿呀官人吓！你冷落在空房，藥食誰調理？床兒上怎生，怎生獨自個睡？

（四更介）（老接）

【前腔】樓頭四鼓，風捲檐鈴碎。略朦朧，驚夢回。娘兒這般相逢，這般重會。霎時覺來，覺來孩兒在那裏？多少傷悲，多少縈牽繫？教人怎生，怎生在街頭上睡？（五更介）（貼接）

【前腔】五更又催，野外疏鐘急。算通宵，幾嘆息。一似這般煩惱，這般孤恓。一身苟活，苟活成得甚的？（旦接）我這裏愁煩，那壁廂長吁氣。聽得怎生，怎生獨自個睡？

（絶更介）（外上）正做家園夢，忽聞啼哭聲。（丑接）非關六兒事，必定是驛丞。（外）喚驛丞。（丑喚）（浄上）聽得喚驛丞，想是要起程。驛丞叩頭！（外）我怎樣吩咐你？鞍馬勞倦，正圖一覺好睡，聽得這壁廂哀怨，那壁廂啼哭，這怎麽説？（浄）昨晚大老爺未下馬時，有兩個婦人來此借宿。驛丞見天氣寒冷，看他們是個好人家兒女一般，故爾留在迴廊下權住一宵。必定是天氣寒冷，凍哭之聲，驚動了大老爺，驛丞該死。（外）這是皇華駐節之所，怎麽容留婦人借宿？六兒去看來。（丑）且領我去。（浄）

這裏來。喏，就是這兩個，你們好不達時務！（丑）吓！個個是我俚奶奶！噲！奶奶，老爺拉裏。（老）不信有這等事！（丑）噲！老爺，奶奶拉裏！（外）夫人在那裏？（老）相公在那裏？（旦）母親在那裏？吓！阿呀母親（兒）吓！

【哭相思】久阻尊顏想念勤，此逢將謂夢和魂。（老）過來，見了。（貼應接）奴是不應親，今日強來親。

（外）這是那個？（老）途中認來的螟蛉女。（外）可喜吓可喜！（净）驛丞叩賀老爺、夫人！（外）少間領賞。（净謝下）（外）夫人，把別後事說與我知道。（老）相公，一言難盡！（唱）（小工調）

【粉孩兒】匆匆的離皇朝，心不穩。棄家私老小，去得安忍？（外接）只知國難識大臣，不隄防萬馬千軍。（老）犯京城，君去民逃，常言道龍鬥魚損。（旦接）

【福馬郎】那日風狂雨又緊，正行時喊聲如雷震。無處藏隱，急向林榔中躲，道途上奔。其時節，亂紛紛。身難保，命難存。（外接）

【紅芍藥】兵擾攘，阻隔關津。思量起，役夢勞魂。（丑接）眼見得邦家受危困。望吾鄉，有家難奔。（老接）我的孩兒歷盡了苦共辛，娘逢人見人尋問。只愁你舉目無親，父女們何處廝認？（旦接）

【耍孩兒】我有一言說不盡。那日在招商店，（丑介）亦要說招商店哉。驀忽地遇着家尊。（外）

呧！（哭科）（老介）孩兒，有甚事説與我知道，不要啼哭。我尋思眼盼盼人遠天涯近。（老接）爲甚的那壁厢千般恨？（外怒科）夫人。（接）休只管叨叨問。（老接）

【會河陽】有甚争差，且息怒嗔。把閑言語，總休論。（貼接）賤妾不懼責罰，把片言語陳，難得見今朝分。（旦接）甚時除得我心頭悶？（貼接）甚時解得我眉尖恨？

（外白）過來。（丑應）（外接唱）

【縷縷金】教準備展芳樽，得團圓齊賀慶，盡歡欣。（老）館驛中有雜人來往，其實不穩。到南京得見聖明君，那時節好會佳賓。

（外）唤驛丞。（丑唤）（浄上）來了。老爺有何吩咐？（外）驛丞。（唱）

【越恁好】與我辦齊船隻，辦齊船隻，指日裏達帝京。（浄應下）（貼）漸行漸遠，親兄長不知死和存。（旦）愁人見説愁更深，欲言又忍，心兒裏痛切切如刀刎。（貼）眼兒中淚滴滴如珠揾。

（浄上）啓爺。（接唱）

【紅繡鞋】划船已在河濱，河濱。不勞馬足車輪，車輪。（同唱）離孟津，望前進。風力順，水程緊，咫尺是，汴梁城。

【尾】别離會合皆緣分，受過憂危心自忖。從今後暮樂朝歡，把家園重再整。

（外）軍馬紛紛路不通，（老）娘兒兄妹各西東。（旦）今宵賸把銀釭照，[一]（同）猶恐相逢似夢中。（旦、貼先下）（外）夫人，途中帶回的女子叫什麽名字？（老）叫瑞蓮。（外）好，一個叫瑞蘭，一個叫瑞蓮，今後叫他們姊妹相稱便了。（老應）（外）吩咐開船。（下）

雙　拜

（旦上唱）（小工調）

【齊天樂】懨懨捱過殘春也，猶是困人時節。（貼）閑庭静悄，瑣窗瀟灑，小池澄澈。姐姐。（旦）妹子。階前萱草簇深黄，檻外榴花疊絳囊，清和天氣日初長。（貼）懶去梳妝臨寶鏡，慵拈針黹向紗窗，晚來移步出蘭房。吓姐姐，當此良辰美景，正好快樂，你反眉頭不展，面帶憂容，爲什麽來？（旦）妹子吓！（貼）姐姐。（旦唱）（尺字調）

【青納襖】我幾時得煩惱絶？幾時得離恨徹？（貼）姐姐，和你往階下去，閑步一回。（旦）如此妹子請。（貼）姐姐請。（旦）我不去了。（貼）爲何欲行又止？（旦）妹子吓！（唱）本待要散悶閑行到臺榭，（貼介）爲何傷情起來？傷情對景腸寸結。（貼介）姐姐把悶懷撇下些罷。悶懷些兒待撇

[一] 賸：原作『勝』，據汲古閣刊本《繡刻幽閨記定本》改。

下怎忍撇，（貼）可割捨的麼？ 待割捨教我難割捨。沉吟，倚遍欄杆。奴有萬感情切。咳！多分付長嘆嗟。

（貼）姐姐吓！（接）

【前腔】你繡裙兒寬褪了褶，莫不爲傷春憔悴些。（旦）妹子，看我近日面龐兒，比前如何？（貼）吖！（唱）近日龐兒瘦成勞怯，莫不爲傷夏月？ 姊妹們休見撇，（旦）你量我什麼？（貼）喏。（唱）我斟量着你非爲別。話便有一句，只是不好説得。（旦）但説何妨？（貼）我説來，恐怕姐姐要惱。（旦）我不惱，你説就是了。（貼）如此我説了嘘！（貼唱）多應把姐夫來縈牽，（旦介）吓！ 別無些話説。

（旦）呢！（唱）

【紅納襖】你把那濫名兒將咱引惹，直恁的情性乖心意劣。女孩兒家多口共饒舌。爹娘行快活要他做甚的？ 要妝衣滿篋，要食珍饈則盛設。和你寬打週折。（貼白）姐姐往那裏去？（旦）我麼，（唱）到父親行先去説。（貼）説我什麼？（旦）喏。（唱）説你那小鬼頭兒春心動也。

（貼）阿呀！（唱）

【前腔】我特兀地錯睹別，（跪科）姐姐吓，望高擡貴手饒過些。（旦）你小小年紀，曉得什麼姐夫縈牽？（貼）咳！ 我只爲一句話兒傷了俺賢姐姐。姐姐，做妹子的下次再不敢了！（旦）如此起來。

（貼應）（旦）下次不可吓不可！（貼）今後若如此呵，瑞蓮甘痛決。姐姐在此閑要歇，小妹們先去也。（旦）住了。我説了你幾句，敢是使性去麽？（貼）這個怎敢介？（唱）我只管在此閑行，忘收了針綫帖。

（旦）也罷。你要去，先去罷。（貼）我先去了。咳！推些緣故歸房早，花陰深處遮藏了。熱心閑管是非多，啐！冷眼覷人煩惱少。這是那裏説起？（下）（旦）倒被這丫頭胡言亂語，猜着我的心事。呀！只見一彎新月，斜掛柳梢；幾隊花陰，平鋪錦砌。不免安排香桌，對月禱告一番。款把桌兒擡，輕揭香爐蓋，一炷清香訴，對月深深拜。（旦唱）（六字調）

【二郎神】拜新月，寶鼎中明香滿爇。上蒼吓上蒼，這一炷香呵，（旦唱）願抛閃下男，吼，男兒疾較些，得再睹同歡同悦。（貼暗上接唱）（此曲不上板）悄悄輕將衣袂拽。吓姐姐！（旦）是那個？（貼）是我。燒得好香吓！（旦介）啐！（貼唱）却不道小鬼頭兒春心動也。（走介）（旦）妹子往那裏去？（貼）我如今也要到父親面前去説。（旦）妹子不要去！（貼）放手放手！（旦）妹子，饒過了做姐姐的罷！（貼）姐姐請起，我是與你取笑耶！（旦哭）（貼）呀！（唱）那喬怯，看他無言俛首，紅暈滿腮頰。

（旦接）妹子，

【鶯集御林春】恰纔的亂掩胡遮，（貼接）姐姐吓！（唱）你事到如今多漏泄。和你姊妹們的心腸，你也休見別。莫不爲夫妻們有些週折？（旦接）教我也難推怎阻？妹子吓，我一星星對伊仔細從頭説。（貼介）他姓什麽？他姓蔣。（貼）吖，姓蔣？叫什麽名字？世隆名。（貼介）他家住在那裏？中都路住居。（貼介）他是姐姐何人？他是我的男，（貼）姐姐，爲何欲言又止？一發説與妹子知道。（旦）妹子，我便對你説了，只是爹娘面前，切不可提起。（貼）這個自然。（旦）妹子，實不瞞你説。（唱）他是我的男兒，（貼介）他是何等樣人？受儒業。

（貼）呀！（接）

【前腔】聽説罷姓名家鄉，這情苦意切。悶海愁山在我心上撇，不由人不淚珠流血。（旦接）我恓惶是正理，只此愁休對愁人説。（貼介）姐姐。（旦）[一]妹子，你啼哭爲何因？莫非你也是我的男兒舊妻妾？

（貼白）姐姐，説哪裏話來？（唱）

【前腔】他須是瑞蓮親，（旦介）親什麽？兄。（旦）吖，原來是令兄！爲何失散了呢？（貼）姐姐吓！（唱）爲軍馬犯闕，散失忙尋相應者，那其間只爭一個字兒差迭。（旦接）比着先前又親，（貼介）果然又親了。我如今越覺和你着疼熱。你休隨着我跟脚，久以後是我的男兒那枝葉。

(一)（旦）：原闕，據文義補。

（貼）姐姐請上，做妹子的有一拜。（旦）做姐姐的也有一拜。（貼唱）

【前腔】我須是你的妹妹姑姑，你須是我的嫂嫂，（旦介）吓！怎説嫂嫂？又是姐姐。未審家兒和你因甚别？兩分離是何時節？（旦接）正遇寒冬冷月，被我爹爹把奴拆散在招商舍。我思量起痛心酸，那一日染病耽疾。他是我的男兒，（貼介）怎生捨割他呢？教我怎割捨？

（貼接唱）

【四犯黄鶯簇御林】阿呀爹爹吓！你直恁太情切。姐姐吓！你十分忒軟怯，眼睜睜怎忍和他相拋撇？（旦）妹子吓！枉自嘆嗟，無可計設。妹子，當時爹爹還猶可，只恨六兒這小狗才，（唱）吓，當不過他搶來推去望前扯。（同唱）【傍妝臺】意似虺蛇，性似蝎螫，一言如何訴説？

【八聲甘州】流水一似馬和車，傾刻間在途路賒。他在窮途逆旅應難捨。（旦）那時呵，囊篋又竭，藥餌又缺，他那裏悶懨懨難捱過如年夜。（同唱）寶鏡分破，玉簪跌折，甚日得重圓再接？

【尾】自從别後信音絶，這些時魂驚夢怯，莫不爲煩惱憂愁將人斷送也！

（旦）往時煩惱一人悲，（貼）從此凄涼兩下知。（旦）世上萬般哀苦事，（貼）無過死别與生離。姐姐請。

（旦）妹子請。（下）

訪兄

（生上）

【引】吾皇恩詔從天降，遍遐邇萬民欽仰。

俺，陀滿興福。只爲朝廷追捕，蒙義兄救援，隱迹山林。今喜天恩大赦，又聞開科，選拔文武賢良，爲此發散了衆嘍囉，棄了山林，一路而來，尋訪哥哥，要同往京中應試。聞得哥哥在廣陽鎮招商店中，來此已是。吓，店主人有麽？（末上）來了。忽聞人呼唤，隨即便趨迎。什麽人？（生）店主人。（末）客官何來？（生）請問店主人，這裏可有一位姓蔣的住下？（末）可是個秀才？（生）正是。（末）在這裏，現在不在店内。（生）那裏去了？（末）往街坊贖藥去了。（生）可就回來？（末）就回來的。客官要會他，何不到他房中坐坐，等他回來就是了。（生）如此相煩引領。（末）這裏來。（生）是。（末）這裏是了，裏面請坐，待老漢去取茶來。（生）不消。（小生上）

【引】禍不單行先自速，遭兵火，那堪更重重坎坷。

（末）蔣官人回來了。（小生）店主人。（末）有人到此訪問。（小生）在那裏？（末）在你房中。（小生）是那個呢？（生）呀！哥哥回來了！（接）

【引】久阻尊顔，幾曾忘却些兒個。（小生接）彼我，縱然有音書怎託？

（生）自別尊顔兩月餘，（小生）重重坎坷更災危。（生）哥哥，你有何坎坷事？（小生）説起教人珠淚垂。（末）休嗟怨，慢悲哀，房中請坐且寬懷。（小生）從頭一一都分訴，萬恨千愁掃不開。（末）二位請坐，我去取茶來。（下）（生）哥哥，有甚怨恨，説與兄弟知道。（小生）兄弟吓！（唱）

【惜奴嬌】相別，風寒勞役，受盡奔波。那更憂愁思慮，在旅邸頓染沉疴。（生接）違和，天相吉人身痊疴。却望節飲食，休勞碌。怎忘問別來尊嫂貴體安樂？（小生）

【前腔】提起，心腸慘悽，不由人忍不住淚珠流顆。死別生離，煩惱似天來大。（生接）莫非他棄舊憐新，從了別個？（小生介）不是。都應是疾病亡，遭非禍？（小生介）不是。（生）你道爲甚麽？（小生）却爲甚麽？（小生接）我那岳父他，他倚勢挾權，將夫妻苦苦拆破。

（生）這也休怪哥哥怨恨。（小生）便是。兄弟你從那裏來？（生）即日朝廷將赦，詔天下文武賢良盡赴行朝應舉。正在男兒得志之日，休爲夫妻恩愛，誤却前程。可收拾行李與兄弟同往行朝。一則，應舉求官；二來，亦可打聽尊嫂消息，不知哥哥意下如何？（小生）兄弟此言極是；只是少些房錢在此，未曾還得。（生）兄弟儘有，哥哥放心。（小生）離合悲歡不自由，心懷縈悶幾時休。（生）争似不來還不往，（同）也無歡喜也無愁。（同下）

遣　媒

（外上）

【引】蓂莢更新，流光過隙，桑榆日夜愁煩。

使命傳宣出建章，微臣深愧沐恩光。可憐年老身無子，特旨巍科擇婿郎。老夫親生一女，小字瑞蘭。向來兵戈擾攘之際，夫人途中帶回一女，小字瑞蓮，秀質賢能，就與我親生女孩兒一般看待。如今俱已及笄，蒙聖恩，着俺招贅文武狀元爲婿，不免請夫人出來，一同遣遞絲鞭。院子。（末暗上應）（外）吩咐後堂，請夫人與二位小姐出來。（末應）夫人、二位小姐，有請。（老上）

【引】蘭堂日永湘簾捲，檐前燕鵲聲喧。（旦、貼接唱）喜椿萱晚景安然，感謝蒼天。

（老）相公。（外）夫人。（二旦）爹爹、母親。（外、老）罷了。坐下。（二旦應）（外）老夫年紀高邁，二女俱已及笄。蒙聖恩憐我無嗣，着俺招贅文武狀元爲婿，爲此請夫人出來，一同遣遞絲鞭，不知夫人意下如何？（老）自古男大須婚，女大須嫁，此是門庭美事。〔一〕又蒙聖恩，豈敢有違？（旦）告爹爹母親知道，孩兒已有丈夫，不敢從命。（外）胡説！你丈夫在那裏？（旦）容孩兒細禀：向因兵戈擾亂，爹爹前往邊界，孩兒同母親，被亂兵追逐，分散東西，逃生曠野。那時一身没靠，舉目無親，幸遇秀士蔣世隆，惻隱存心，救援作伴。又被强梁拿縛山寨，幾至殺身，幸得寨主是他故人，情深意重，纔得釋免。若無他救，不知生死何地。後來，與他同到招商店中，盟山誓海，共結鸞凰。及遇爹爹到來，將奴拆散。今蒙嚴命，再選夫婿，豈敢有違；但爹爹高居相位，顯握朝綱，觀通書史，只有守貞守節之道，那有重

〔一〕是：原作『事』，據汲古閣刊本《繡刻幽閨記定本》改。

婚重嫁之理？ 況他乃是讀書君子，有日禹門三級浪，一舉占鰲頭。孩兒寧甘守節操，斷難從命。離亂兵戈喊殺頻，娘兒驚散竄山林。危途不遇賢君子，相府那存有妾身？ 莫把恩人輕不顧，不應親者豈相親？ 世隆有日風雲會，須待團圓到底親。（外）這是朝廷恩命，誰敢有違？（貼）爹爹，孩兒瑞蓮，亦有少稟。（外）你也有甚説話？（貼）自從向遭兵火，兄妹各奔逃生。身陷曠野之中，藏形躲避。幸遇夫人喚聲，與奴名厮類，奴忙應答向前，當蒙夫人提攜，挈妾身爲伴，脱離災厄。後來爹爹緝探回朝，驛中相遇，允留潭府，恩育同于嫡女，無可稱報。前日因同姐姐燒香祈佑，各表誠心禱告，方知姐姐與妾兄蔣世隆，偶結良緣，已成夫婦。今蒙爹爹嚴命，將我姊妹招贅文武狀元，但妾兄蔣世隆，飽學秀才，有日風雲際會，亦未可量。瑞蓮甘與姐姐，一同守節。但能天從人願，妾兄一舉成名，那時夫貴妻榮，姻緣再合； 妹承兄命，始配鸞凰，庶酬爹爹養育之恩。九貞三烈自古聞，從新棄舊枉爲人。如今縱有風流婿，休想佳人肯就親。（外）這是朝廷恩命，休得多言！ 院子，媒人可曾去喚？。（末應）喚過了，即刻就來。（丑嗽上）（乾念）

【普賢歌】媒婆終日脚奔波，成就人間好事多。這家也是我，那家也是我，只爲家貧没奈何。老爺、夫人在上，媒婆叩頭。（外、老）罷了。（丑）二位小姐，媒婆叩頭。（二旦）請起。（丑）老爺呼喚，有何吩咐？（外）奉旨招贅文武狀元爲婿，你同院子，到狀元寓所，遞送絲鞭。聽我吩咐。（丑應）（外唱）（凡字調）

【黃鶯兒】二女正青年，相門高當遴選。乘龍未遂吾心願。幸朝廷命宣，配文武狀元。郎才

女貌真堪羨。（老同）你去遞絲鞭，一雙兩美，成就好姻緣。（旦接）

【前腔】口誦《柏舟》篇，更何心斷續弦。（丑介）小姐是深閨處子，如何説起斷弦來？我洞房曾會招商店。爹爹錦旋，途中偶見，霎時拆散了鴛鴦伴。休要遞絲鞭，我甘心守節，誓不再移天。（貼接）

【前腔】那日涉風煙，望關山路八千。亂軍中不見了哥哥面。幸夫人見憐，將奴身保全。勝似嫡親，相待恩非淺。今日遞絲鞭，我紅生羞臉，黄色上眉間。

（外）媒婆，休聽他們言語，快去遞送便了。（丑）是。（唱）

【前腔】鈞命敢遲延，這姻緣非偶然。匪媒弗克成姻眷。調和兩邊，並無一言。人間第一要行方便。今日遞絲鞭，仙郎肯受，多贈貫頭錢。

（外）媒婆，還有一件。恐二位狀元，不知小姐媸妍，將這真容，與他們看。（丑）遵老爺吩咐。（外）憑媒選日遞絲鞭，（老）招贅新科兩狀元。（末）時人莫訝登科早，（丑）只爲嫦娥愛少年。（外）快些送去，速來回話。（末、丑應，分下）

遞鞭

（小生上）（小工調）

【風入松】同聲相應氣相求，弟兄同占鰲頭。（生接）追思往事皆成謬，傷情處不堪回首。

（同）幸喜得聲名貴顯，相期黼黻皇猷。

（生）哥哥，且喜雙桂聯芳，已遂凌雲之志。行看兩葵並秀，同傾向日之誠。（小生）兄弟，所喜者，志得意滿，身顯名揚；所悲者，家園蕩廢，琴瑟淒涼。（生）哥哥，這幾件，都不打緊。兄弟一門良賤，三百餘口，盡被聶賈列無辜殺戮，只逃得兄弟一身。幸蒙恩兄搭救，戴天之仇未報，再生之恩未酬。這些小事，何足掛念？（末、丑上白）走吓！（同乾唱）

【勝葫蘆】聖主憂慮及大臣，因無子繼家門。二女如花，未曾諧秦晉。特來説合，兩兩仙郎共成親。

此間已是文武狀元寓所，不免逕入。吓！二位老爺，院子、媒婆叩頭。（二生）你們從何而來？有何話説？（末、丑）我們是王尚書府中差來的，一奉天子洪恩，二來尚書鈞命，特來遞送絲鞭，請二位狀元爺，同諧佳偶。（生收、小生不收）（末、丑）二位小姐的真容在此，請看。（小生看悲介）（生）哥哥，今日遞送絲鞭，是個喜事，爲何掉下淚來？（小生）兄弟，你自受了絲鞭，我是斷斷不受！（生）爲何不受？

（小生）愚兄呵，（六字調）

【集賢賓】那時挈家逃難走，正鬼哭神愁。喊殺聲如雷軍馬驟，亂荒荒過壑經丘。妹子瑞蓮呵，相失在後，尋討處不知所有。難措手，忽有人同聲相應相求。

（生）可就是向日山中見的，這位嫂嫂？（小生）然也。（唱）

【前腔】途中見時雖厮守，猶覺滿面嬌羞。到了磁州廣陽鎮招商店中呵，（唱）直待媒妁之言成配偶。不意他父親王尚書，緝探虎狼軍，回到招商店中，遇見是他女兒，竟自奪回去了。（生）哥哥，你那時怎捨割得他去？（小生）彼時呵，（唱）我病懨懨無計相留。（生）嗳，若是小弟在彼，定要與他厮鬧一場。（小生）他是尚書，我是窮儒，怎能與他厮鬧？（唱）怎敢龍争虎鬥，分别後知他安否？如今聖上議親，怎生辭得他？（小生唱）恩德厚，有何顔再配鸞儔？（生接）

【猫兒墜】聽兄説罷，方識此根由。如今的是王尚書，招商店中也是王尚書，哥哥，事有可疑。破鏡重圓從古有，（小生）兄弟，斷無此事。不可錯疑了。何須疑慮反生愁？不謬，重整備乘龍，花燭風流。

（末背）阿呀好奇怪！小姐説，招商店中，有了丈夫，不肯再嫁。我在此想，如今狀元又説招商店中，有了妻室，不肯再娶，這也奇絶了。

【前腔】正是義夫節婦，語意兩相投。都應是姻緣當輳偶。狀元老爺，此情分付與東流。休休，管教舊恨新愁，一筆都勾。

（小生）煩你們，多多拜上你家老爺，説我斷然不敢奉命！（末、丑）既是狀元爺不允，我們只索回覆老爺便了。（末）事迹相同説不差，（丑）這般異事實堪誇。（生）落花有意隨流水，（小生）流水無情戀落

花。（分下）

回話

（外上）（小工調）

【似娘兒引】姻事未和諧，媒婆去不見回來。（老接）教人望眼懸懸待。（同）玉音已降，冰人已遣，汗簡何乖？

（外）夫人。（老）相公。（外）昨遣官媒婆、院子，到文武狀元寓所送絲鞭，怎生不見回報？（老）想必就來了。（末、丑）指望將心托明月，誰知明月照溝渠。個中一段姻緣事，對面相逢總不知。老爺、夫人在上，媒婆、院子叩頭。（外）罷了。二位狀元，絲鞭可受了否？（末、丑）奉老爺鈞命，去到狀元寓所說親，那武狀元，欣然領納，並不推辭；那文狀元，不肯應承。再三勸他，纔把真情說出。（外）他有何話說？（末、丑）他說在亂離之際，途中失了一個妹子，遇着一位佳人。行到廣陽鎮招商店中，店主作伐，已成姻眷，後來被他父親看見，把女兒搶了回去。至今未有音信，故此不肯接受絲鞭。特來回覆。（外）他妹子叫何名字？（末、丑）叫瑞蓮。（外）那女子呢？（末、丑）叫瑞蘭。（外）夫人，有這樣奇怪的事！（老）如今怎麼處？（外）不妨，我有道理在此。

【滴溜子】明日裏，明日裏，小設酒筵。媒婆去，媒婆去，傳語狀元。既然心中不願，如何强逼他諧繾綣？（老）既然如此，還要請他來則甚？（外）請來飲酒之間呵，（唱）先教他妹子在堂前，隔簾認看。

（老白）此計甚好。（唱）

【尾】相逢到此緣非淺，真與假來日便見。（外）你二人再去傳話，説狀元親事，不敢相攀，只請枉臨一會，再無他意，定要過來。（唱）望勿推辭，特請他來赴宴。

（末、丑應）（外）明日宴佳賓，（老）須知假與真。（末）殷勤藉紅葉，（丑）寄與有情人。（下）

請　宴

（小生上）（六字調）

【玩仙燈引】有事掛心懷，好似和鈎吞却綫。

憶自離家幾變更，此身須在亦堪驚。東邊日出西邊雨，道是無情却有情。昨爲王尚書，遣媒婆、院子到來説親，教我越加煩惱。不知何日，方可得我嬌妻的消息，不免將琴書消遣一番。

【懶朝天】一自瑶琴操離鸞，眼底知音少，不與彈。今朝拂拭錦囊，看雪寒。傷心一曲倚闌杆，續弦《關雎》聲調難。（末、丑接）

【前腔】空勞仙子下天台，何意劉郎事不諧？狀元老爺，媒婆、院子叩頭。（小生）呀！（唱）你二人因甚去還來？（末、丑）早成就合歡帶，管取相逢笑口開。

（小生）我昨日已煩你們，拜上你家老爺，這親事，斷然不敢奉命，今日又來則甚？（末、丑）家爺拜上，這姻親，不敢强攀；久仰狀元才高貌美，請枉臨一會，別無他意。（小生）如此你們先去，説我就來趨命便了。（末、丑應）（小生）相府玳筵開，（丑）珍饈百味排。（末）掃門端拱立，專待狀元來。（分下）

雙逢

（外上）

【卜算子引】一段好姻緣，説起難拋下。今朝開宴特相邀，試問真和假。

昨日遣媒婆、院子，去請狀元來此會宴，安排酒餚，不知可曾完備？院子那裏？（末）堂上呼雙字，階前應一聲。老爺有何吩咐？（外）筵席可曾完備？（末）完備了。（外）張都督老爺，可曾去請？（末）請下了，即刻就到。（净嗽上白）聞呼即至，有請當來。（末）張爺到。（外）吓大人。（净）司馬。（外）請。（净）不敢。（外白）舍下。（净）占了。（進介）（外）請坐。（净）有坐。蒙老司馬見招，有何臺諭？（外）今日小宴，非爲別事。只因當初我緝探虎狼軍，正值遷都世亂之時，老妻帶領小女瑞蘭前往京師躲避。行至中途，被軍馬衝散，母女分離。以後老夫回到磁州廣陽鎮招商店中，遇見小女，隨着一個秀才爲伴，老夫一時氣忿，不曾問得詳細，撇那秀才，領了女兒到京。如今蒙聖恩，將女兒招贅新狀元爲婿。昨遣媒婆、院子去遞送絲鞭，那狀元説，有了妻室，不肯領受。以後再三勸勉，纔説出真情。

這狀元就是招商店中這個秀才。（浄）如此説，倒是一樁奇事。（外）還有一件更奇：當初老妻途中失了小女的時節，叫名尋問，忽有一女子，叫名瑞蓮，與我兒名字廝類，向前來答應。老妻見他是個好人家兒女，帶在身傍，就認他做個女兒。不道此女，恰是狀元的嫡親妹子。你道奇也不奇？（浄）這事一發奇了！（外）老夫疑信之間，未便就令小女與他廝見。爲此今日聊設小筵，請狀元到來，着他妹子隔簾覷認，故爾特屈大人到來相陪。（浄）這個當得。（外）狀元到時，即忙通報。（末應）（小生上）

【前腔】仙子宴瑶池，青鳥書傳送。道是無情却有情，既信猶疑夢。

（末）狀元爺到。（外）説我出迎。（末）家爺出迎。（外）吓殿元。（小生）大人。（外）請。（小生）不敢。（外）殿元是客，自然先請。（小生）不敢，還是大人請。（外）如此僭了。（進介）（小生）大人請上，待晚生參拜！（外）不敢，只行公禮。（小生）遵命。（浄）吓殿元。（小生）老先生。（外）請坐。（小生）晚生只合侍立，焉敢妄坐？（外）相邀到此，有話談談，哪有不坐之理？（小生）如此告坐。（外）大人請坐。（浄）請。吓殿元，老司馬奉旨招閣下爲婿，爲何不肯應承？（小生）老先生聽禀。（唱）

（凡字調）

【山坡羊】那日因遭兵燹，兄妹移家還汴。亂軍中拆散雁行，兩下裏追尋不見。（浄介）令妹叫何名字？叫瑞蓮，有個佳人忽偶然。（浄）那位佳人，怎麽就肯答應？（小生）那佳人名叫瑞蘭，與晚生妹子瑞蓮，聲音廝類，故此答應錯了。（浄）既如此，曾與他配合否？（小生）老先生吓，（唱）相隨同到招商店，合巹曾憑媒妁言。交歡，誰知一病纏。晚生正在染病間，被他父親到來，也是王尚書，偶然遇見，就奪了去嚧！（净介）竟搶去了？（小生唱）堪憐，分開鳳與鸞。

（净）那是一時的事，如今也抛撇得下了。目今相府議親，也該允從纔是。（小生）老先生吓！

【前腔】佩德啣恩非淺，別後心常懷念。（外介）今日之事，非是老夫强逼，乃是聖上旨意，怎敢有違？縱有胡陽公主，那宋弘呵，怎做得虧心漢。（净）殿元，你如此説，難道你終身不娶否？（小生）晚生呵，（唱）石可轉，吾心到底堅。（净介）成就了此姻，享榮華，受富貴，有何不可？貪豪戀富，怎把人倫變？爲學須當慕聖賢。（净介）官裏説親，姻緣非淺。姻緣，難把鸞膠續斷弦。（净介）受了絲鞭罷。絲鞭，辜負嫦娥愛少年。

（老上）兒吓，隨我到外邊來。（貼應）（老）那邊這位，可是你的哥哥？（貼）待我看來。呀！正是我哥哥！（小生）那位好似我妹子。妹子在那裏？（同）吓！阿呀妹子（哥哥）吓！（唱）

【哭相思】兄妹當初兩分散，誰知此地重相見。

（净）這是誰吓？（外）這就是狀元的妹子。（净）果有這奇事！如此末，老夫告回了，明日奉賀。

（外）大人請。（净）請。（同下）（小生）妹子，你如何得到這裏來？（貼）哥哥，一言難盡嚧！（唱）

【香柳娘】想當初難中，想當初難中，與哥哥分散，孤身途路誰相盼？幸夫人見憐，幸夫人見憐，相挈在身邊，慈悲做方便。與親女看承，與親女看承一般，所喜今朝重見。

哥哥，嫂嫂也在這裏。（小生）在那裏？（貼）喏！（唱）

【五更轉】你望故人如天遠，相逢在目前。閨中小姐，會你在招商店。（小生介）你爲何認得嫂嫂？拜月在亭前，説出心頭願。（小生介）莫非弄差了？鄉貫同，名字真，非訛舛。爹爹母親望乞垂憐見，早使相逢，不索留戀。

（小生）不信有這等事！（貼）待我請嫂嫂出來。嫂嫂有請。（旦上）（唱）

【似娘兒引】夢裏流鶯聲尚在，出蘭房風翻珮帶。

（貼）姐姐，這文狀元，正是我哥哥，快請相見。（小生、旦）娘子（官人）在那裏？吓！阿呀！娘子（官人）吓！（唱）

【哭相思】一别招商已數年，今朝重續舊姻緣。貞心一片如明月，映入清波到底圓。

（旦）阿呀相公吓！（唱）

【五更轉】你的病未痊，我却離身畔，心中常掛牽。（小生）蒼天保佑身康健。與那結義兄弟呵，武舉文科，同登魁名選。蒙聖恩，特議親，豈我願？（同唱）相逢到此真希罕，喜動離懷，笑生愁臉。

（外上）吓賢婿。（小生）岳丈，若非當日輕寒士，（旦）何致今朝敘别情。（外）老夫一時鹵莽，休得記懷。（老上）吓我兒、賢婿，也不必説了。（外）我兒回歸香閣，重整新妝。狀元且到書院，換了吉服，同

武狀元與瑞蓮，一同成親便了。（小生、旦）天遣偶相逢，（貼）渾疑似夢中。（外）門闌多喜氣，（老）女婿近乘龍。（同下）

雙圓

（副上）全仗周孔禮樂，來成秦晉歡娛。〔一〕今日相府，招贅新科文武狀元爲婿，特來伺候。列位可齊了？（衆）都齊了。（副）時辰已至，就請新人。伏以：寶馬驕嘶香，事畢集燈光。明月如通畫，彷彿阮仙郎。（細吹，二生上，吹住）（副）伏以：夙世姻緣定，離別今成歡。相隨夫妻美，强如鸞鳳鳴。（又吹，照常交拜，連定席坐，吹住）（副白）上宴。（衆唱）（凡字調）

【畫眉序】文武掇巍科，丹桂高攀近嫦娥。喜鶯遷喬木，鳳止高柯。十年探孔孟心傳，一旦試孫吴家學。（合頭）畫堂花燭光摇處，一派鼓樂聲喧和。（二旦接）

【前腔】萍梗逐風波，豈料姻緣在卑末。似瓜纏葛藟，松附絲蘿。幾年間破鏡重圓，今日裏斷釵重合。（合頭）畫堂花燭光摇處，一派鼓樂聲喧和。（外、老接）

【前腔】兩國罷干戈，民庶安生絶烽火。幸陽春忽布，網羅消磨。昨朝羨錦奪標頭，今夜喜

〔一〕來：原作『東』，據汲古閣刊本《繡刻幽閨記定本》改。

紅絲牽幕。（合頭）畫堂花燭光摇處，一派鼓樂聲喧和。

（末上）聖旨下。（唱）

【滴溜子】一封的，一封的，傳達聖聰。天顔喜，天顔喜，滿門詔封。九重紅雲簇擁，龍章出鳳墀，蒙恩受寵。五拜山呼，稽首鞠躬。

聖旨到，跪。（衆）萬歲！（末）聽宣讀：奉天承運，皇帝詔曰：夫婦乃人倫所重，節義爲世教所關。茲爾文科狀元蔣世隆，講婚禮於急遽之時，從容不苟；妻王瑞蘭，待媒妁於流離之際，貞節自持。夫不重婚，尚宋弘之高誼；婦不再嫁，邁令女之清風。使樂昌之破鏡重圓，致陶穀之斷弦再續。兵部尚書王鎮，保邦致治，有撥亂反正之才。解組歸閑，無貪位慕禄之行。陀滿興福，出自忠良，實非反叛。父遭排擯情實，朕實悔傷。萌蘖尚存，天意有在。今爾榮魁武榜，互結姻緣。蔣世隆，授開封府尹；妻王氏，封懿德夫人。陀滿興福，世襲昭勇將軍；妻蔣氏，封順德夫人。尚書王鎮，歲支粟帛，與見任同。嗚呼！彝倫攸序，爾宜欽哉！謝恩。（衆）萬萬歲！（末）請過聖旨。（外）香案供奉。（同唱）

【望吾鄉】仰聖瞻天恩，光照綺筵，花枝掩映春風面。女貌郎才真堪羡，天遣爲姻眷。雙飛鳥，並蒂蓮，今朝得遂平生願。

【金錢花】翰林史筆如椽，如椽。倒流三峽詞源，詞源。撮成離合與悲歡。千百載，永流傳。千百載，永流傳。（下）

附録一　散齣輯録

目録

樂府遏雲編

風月錦囊

《風月錦囊》（全名《新刊耀目冠場擢奇風月錦囊正雜兩科全集》，又名《全家錦囊》）收録《新刊摘匯奇妙戲式全家錦囊拜月亭》，相當於汲古閣本的《書幃自嘆》《文武同盟》《士女隨遷》《曠野奇逢》《偷兒擋路》《虎頭遇舊》《招商諧偶》《皇華悲遇》《幽閨拜月》《詔贅仙郎》等十齣，輯録如下。

書幃自嘆（一）

【真珠簾】（生）十年映雪囊螢，苦學干禄，幸首獲州庠鄉舉。继晷與焚膏，志謹習詩書。咳唾珠璣才燦錦，囊浩然春闈必取。一躍過龍門，當此青雲得路。

（一） 原不分齣，據汲古閣刊本《繡刻幽閨記定本》分齣並酌加齣名。

〔鷓鴣天〕錦繡胸中氣若虹，文章才學足三冬。循循善道馳庠校，〔一〕濟濟威風靄郡中。題雁塔，〔二〕步蟾宫，鵬程萬里付鳴環。〔三〕此時衣錦還鄉客，五百名中蔣世隆。

【月上海棠】君子儒，文章學業馳名譽。但一心憂道，豈爲憂貧居。十年捱冷飯黄虀，終身享鼎食重褥。前賢語，果謂書中自有黄金屋。

【前腔】且待時，皇天肯把男兒負？待風雷得迅，穩躍雲梯。〔四〕赴選場指日成名，擢高科换白更緑。鵬程遠、荣歸鄉里，顯赫門閭。

文武同盟

【北混江龍】（丑）興福家九族遭殃，六親俱喪啣冤枉。好交我三百家口無罪身亡，却交俺平地里災從天降。大金主上，大金主上，信奸讒佞語，杀害忠良。把俺忠孝义軍都殺盡，交俺一身逃難離了家鄉。朝廷忙傳聖旨，差使命前往他方。把興福圖形畫影，將文榜遍地開

〔一〕馳庠校：原作『弓牛告』，據汲古閣刊本《繡刻幽閨記定本》改。
〔二〕塔：原作『答』，據汲古閣刊本《繡刻幽閨記定本》改。
〔三〕鵬：原作『朋』，據《新刊重訂出相附釋標註月亭記》改。
〔四〕躍：原作『曜』，據文義改。

張。拿住的請功受賞，但人家不許窩藏。却交我走一步，一步回頭望，見俺爹和娘。走得我筋舒力乏，唬得俺魄散心荒。

【油葫蘆】(一)只見幾個巡捕弓兵如虎狼，趕得我荒上荒。這場災禍，無處隄防。見那厮怒吽吽手裏拿着的都是鎗和棒，諕得俺戰兢兢小鹿兒在心頭撞。這壁厢無處隱藏。將俺這衮龍袍脱放在枯樁上。今日跳過矮園牆，俺便是失路英雄楚霸王。叫俺興福荒也不荒。今日來到花影傍，只見一個太湖石，太湖石將身隱藏。興福拏土爲香，禱告上蒼。天，天，只願得俺興福脱離了天羅地網。

士女隨遷

【玉芙蓉】(生)胸中書富五車，筆下句高千古。鎮朝經暮史，寐晚興夙。擬蟾宮折桂雲梯步，特求官奈何服制拘？交人怨也，怨不沾寸禄。(合)望當今聖明天子詔賢書。

【前腔】(貼)功名事本在天，何必恁心過慮？且從他得失，任取荣枯。爲人只恐怕身無藝，暫時間未從心所欲。金埋土，也須會離土。(合前)

(一)【油葫蘆】：原闕，據汲古閣刊本《繡刻幽閨記定本》補。

曠野奇逢

【金蓮子】古今愁，誰似我目下這樣憂？聽馬驟人鬧語稠。㈠向深林中避身。（旦）只恐怕有人搜。

【前腔】（生）百忙裹散失，差了路頭。瑞蓮！尋覓竟不着怎措手？瑞蓮！（旦應）（生）神天庇祐，這答兒端的是有。（合）親骨肉見了，尋路向前走。

【菊花新】（旦）你是何人我是誰？（生）應了還應見又回。（旦）將咱小名提，進前去問他端的。

呀，你不是我的娘呵！（生）呀，你不是我妹子呵！（旦）又不是娘親呵！

【古輪臺】自驚疑，相呼厮喚兩三回，瑞蘭和先輩不曾相識。瑞蓮是你誰？（生）瑞蓮名兒，本是卑人親妹。不知娘子因甚到此？（旦）妾因兵火急，離鄉故。（生）娘子如何獨自？（旦）子母隨遷往南避，中途相失。不知令妹因甚相别？（生）那時喊殺聲各各逃生，電奔星飛。（旦）在那裹相别？（生）中途差池，因循尋至。應聲偶逢伊。（合）俱錯意，一般煩惱兩心知。

㈠ 稠：原作『調』，據汲古閣刊本《繡刻幽閨記定本》改。

【前腔】(生)名兒廝類，聽錯自先回。(旦)那裏去？(生)急便往跟尋，豈容遲滯？(旦)事到如今，怎生惜得羞恥？念苦憐孤，救取殘喘。帶奴離此免災危，不忘恩義。(生)娘子，你曾嫁人否？(旦)奴家不曾。(生)曠野裏獨自一個佳人，生得千嬌百媚。無夫無婿，眼見得落便宜。(合)如何是？天色昏慘暮雲迷。

(旦)官人帶奴家同去。

【撲燈蛾】自親不見影，他人怎相庇？(旦)官人讀書不曾？(生)秀才家何書不讀？那書不覽？(旦)你敢只讀《論語》《孟子》，不曾讀《毛詩》？(生)《毛詩》上如何道？(旦)道是『窈窕淑女，君子好逑』。(生)亂軍中誰和你盤今博古？(旦)既然讀詩書，惻隱怎生周急？(生)我是孤兒，你是寡女，廝趕着教人猜疑。(旦)亂軍中誰來問你？(生)緩急間語言須是要支持。

【前腔】(旦)官人，路中不攔當，可憐做兄妹。(生)兄妹却好，只是面貌不相同。有人廝盤問，教咱甚言抵對？(旦)奴有個道理。(生)婦人家有甚麽道理？(旦)怕問時權説夫妻。(生)夫妻便是夫妻，那有權説夫妻道理。恁的時方纔事已。(合)便同行訪蹤窮跡去尋覓。

【尾聲】得君今日提掇起，免使一身在污泥，久後當思憂苦日。

半路兄尋妹，中途母棄兒。

情知不是伴，事急且相隨。

偷兒擋路

【山坡羊】（生）翠巍巍雲山一帶，碧澄澄寒波幾派？[一]深密密煙林數簇，滴溜溜黃葉飄敗。一兩陣風，三兩聲過雁哀。（旦）傷心對景愁無奈。回首西風，珠淚滿腮。（合）情懷，急煎煎悶似海。形骸，骨睚睚瘦似柴。

虎頭遇舊

【梁州賺】（外）且與留人，將回來問取詳細。家居那裏？是工商農種學文藝？（生）通詩禮，鄉進士，州庠屢魁。中都路離三里。閑居止，因棄家無所依。（外）聽説仔細。

【前腔】緊降階釋縛扶起，是興福負恩忘義。尊嫂受禮。誰知此處令完備。（旦）愁爲喜，深謝得賢叔敬啓。（外）哥哥行這些尊卑。[二]權休罪，適問冒瀆少拜試。（生）恐君錯矣。

【鮑老催】（外）朝廷當時警捕急，降避在圍牆裏。若非恩人救難危，險赴法雲陽市。（生）相

[一] 幾：原作「己」，據汲古閣刊本《繡刻幽閨記定本》改。下同改。

[二] 哥哥：原作「歌歌」，據文義改。下同改。

逢峽路難回避，這言語古來提。（末）連忙准備排筵席，歡來不似今日。

【前腔】（外）酒浮嫩醅，壓驚解乏休要推。寒色告些飲半杯。非詐僞，量淺窄休央及。（末）高歌暢飲放眉，開懷醉了重還醉。酒待人無惡意。

【前腔】（旦）你儒業祖傳袭，文章幼攻習。我低低問，暗暗想，心猜疑。他是誰？叔伯遠房來的？姑表兩姨一派蒂？（生）不是。（旦）這不是，那不是，那有這般賊兄弟？

【前腔】（生）告辭去急。（外）姑留待等寧静歸。（旦）龍潭虎穴難住地。（外）嘍囉，與我取出百兩金子过來。金百兩，望領納爲盤費。（合）懊恨人生東又西，難逢最苦别離易。但此行何時會？（外）早晚干戈息，共約在行朝訪蹤跡。

【尾】男兒志，心肯時？一旦風雲濟日，怎肯依旧中原一布衣？
相促相催行步緊，〔一〕斯守斯拾去心頻。
他日劍誅無義漢，今朝金贈有恩人。

〔一〕促：原作『足』，據汲古閣刊本《繡刻幽閨記定本》改。

招商諧偶

【駐馬聽】(生)一路奔馳，多少艱辛行到這裏。且喜略而肅静。漸此平安、稍以寧息。(旦)恨悠悠千里旅情悲，苦懨懨一片鄉心碎。(合)感嘆咨嗟，傷情滿眼關山淚。

【前腔】草舍茅簷，門面不裝酒味美。真個杯浮醁醽，酢滴真珠，甕潑新醅。(生)見這草率兒斜插向小窗西。(旦)布帘兒招颭在疏籬外。(合)共飲三杯，正是今朝有酒今朝醉。

【駐雲飛】村釀新篘，要解愁腸須殢酒。(旦)官人，奴家不会飲酒。(生)壺内馨香透，盞閃清光溜。嗏！何必恁多羞？但略沾口，勉意休推，放開眉兒皺。(合)一醉能消心上愁。

【前腔】(旦)盞落歸臺，却早兩朵桃花上臉來。深感君相待，深謝心相愛。嗏！擎樽奉多才，量如滄海。滿飲一杯，暫把情寬解。(合)樂意忘憂須放懷。

【前腔】(末)瀲灩流霞，我這裏不比尋常賣酒家。村店多瀟灑，坐起極幽雅。嗏！何必論杯斝，試嘗酧價。愛飲神仙，玉珮曾留下。(合)今後逢人喫甚茶？

【前腔】(旦)悶可消除，只怕醉到黃公舊酒壚。[一]天晚催人去，好酒留人住。嗏！香醪豈尋

[一] 壚：原作『廬』，據汲古閣刊本《繡刻幽閨記定本》改。

俗，未若提壺。曾向江湖，點滴落在波深處。（合）慢櫓摇船捉醉魚。

【絳都春】（生）耽煩受惱，豈容易、共伊得見今朝。有分憂愁，無緣恩愛何時了？（旦）你長吁短嘆，我心中自曉。（生）正要娘子曉得。（旦）有甚的真情深奥？（合）禮法所制，人非土木，待説難道。

（生）娘子，當日尋踪訪跡在林中。（旦）官人，此際受苦扶危出禍叢。（生）有緣千里能相会。（旦）無緣對面不相逢。（旦）秀才，送奴家到行朝，叫爹爹討金子謝你。（生）書中自有黄金屋，要你金子何用？（旦）既不要金子，叫爹爹討官與你佐。（生）一路裏來，不曾動問得娘子，你爹爹是甚等色人？動不動討官與卑人佐。（旦）我爹爹是兵部王尚書，上馬管軍，下馬管民。緝探虎狼軍。（生）娘子是宦官之家，喬官爲勢。

【降黄龍】官勢門楣，寒士尋常，望若雲霄。時移事遷，爲地覆天番，君去民逃。多嬌。此時相見，料想我和你姻緣非小。做夫妻相呼相唤，怎生恁消？

【前腔】（旦）何勞？獎譽過多。昔日荣華，眼前窮暴。身無所倚，幸然遇着君家、危途相保。英豪。念孤恤寡，再生之恩容報。久日後啣環結草、敢忘分毫？

【前腔】（生）聽告。那時你身到行朝，父母團圓、再同歡笑。深沉院宇，要見伊除非是魂夢來到。攀高。選擇佳婿，我命蹇然是难招。這虚名人言自説、聽着偏好。

【前腔】(旦)都焦。所前言詞，待枕之私、敢惜微渺？怕人人累德，恐娶而不告，朋友相嘲。(生)從交。整冠李下，此嫌愚亦難逃。娘子，前日虎頭寨上，若不是無用蔣世隆，亂軍中遭驅被虜，怎守節操？

(丑)呀，更闌夜浄，㈠如何不睡，此擾撥？我想你夫婦不是從小結髮的。(生)婆婆請坐，聽我説來：

【皂羅袍】(生)婆婆聽生訴語：遭兵火出外兩分離。親生妹子各東西，娘行半路相逢會。只爲名兒厮類，苦浼相隨。小生不允，親許佳期。誰知今日忘恩義，忘恩義。

【前腔】(旦)婆婆，非是奴忘恩負義。蒙君家一路提携，衷腸事裏有誰知？非媒不娶從來語，送奴到行朝而去，告禀爹知。綵樓高結，招他爲婿。强如路上成婚配，成婚配。

【前腔】(丑)官人娘子聽啓：你兩人都是寡女孤兒，途中鎮日兩相隨，其中難辨真和僞。天和地利，人和最美。我今説合，明婚正娶。顛鸞倒鳳如魚戲，如魚戲。

【前腔】(生)承謝婆婆厚意，説我兩人諧老夫妻。那時一舉步雲梯，黃金榜上標名姓。千金不惜，夫人是你。有朝荣貴，重當謝你。讀書人自有凌雲志，凌雲志。

【衮遍】(生、旦)不肯負情薄，隨順交人笑，空使我沉吟没亂羞难道。(生)喜时模樣，愁時容

㈠　闌：原作『蘭』，據文義改。

貌，灯兒下越看着越俊俏。

【前腔】（旦）才郎意堅牢，賤妾難推調。只恐容易間，恩情心事休忘了。（生）我和你發誓，海盟山誓，神天須表。（合）辨志誠，圖久遠，同諧老。

【尾聲】歡娱怎似閑花草？往常間怕更長寂廖，今夜裏只愁天易曉。

皇華悲遇

野外黄花並蒂開，村中連里共枝栽。(一)

百年夫婦今宵合，一段姻緣天上來。

【銷金帳】（夫）黄昏悄悄，助冷風兒起。想今朝思向日，曾對這般時節，這般天氣。羊羔美酒，美酒銷金帳裏。兵亂人荒，遠遠離鄉里。如今怎生，怎生階頭上睡？

【前腔】（旦）初更鼓打，哽咽塞角吹。滿懷愁分付與誰？遭逢這般磨折，這般離别。鐵心腸打開，打開鸞孤鳳隻。我這裏恓惶，他那裏難存濟。番覆怎生，怎生獨自個睡？

【前腔】（占）鼕鼕二鼓，敗葉敲窗。響撲簌聒明耳，難禁這般消索，這般岑寂。骨肉到此，到

(一) 村：原作『付』，據汲古閣刊本《繡刻幽閨記定本》改。

此伊東我西。去又無門，住又無依倚。傷心怎生，怎生階頭上睡？

（旦）夜闌人静月微明，展轉孤眠睡不成。心上只因悶縈繫，萬愁千恨嘆離人。又三更了。

【前腔】三更漏轉，寒雁聲嘹嚦。半明滅灯火歸媒，尋思他這般沉疾，這般狼狽。相逢到今，到今吉凶未知。冷落空房，藥食難調理。床兒怎生，怎生獨自個睡？

（夫）又四更了。

【前腔】撲頭四鼓，風捲簷鈴碎。略朦朧驚回梦，娘女這般相逢，這般重會。颯然覺來，覺來孩兒那裏？多少傷情，多少悶縈。[一]交人怎生，怎生階頭上睡？

（占）又五更了。

【前腔】五更又催，野外疏鐘急。算通宵幾嘆息，一似這般煩惱，這般孤恓。一身苟活，苟活成他甚的？這般愁聲，那壁長吁氣。聽得怎生，怎生獨自個睡？

幽閨拜月

【齊天樂】（旦）懨懨捱過殘春也，[二]尤是瘦人時節。景色供愁，天氣倦人，針指何嘗曾拈？

[一] 縈：原作『榮』，據文義改。

[二] 捱：原作『睚』，據汲古閣刊本《繡刻幽閨記定本》改。

（占）閑亭静瑣窗消灑，小池澄徹。(一)（合）疊青錢，泛水圓小嫩荷葉。

〔浣溪沙〕（占）階前萱草簇深黄，徑外榴花疊絳囊，清和天氣日初長。（旦）懶去梳妝對鏡鸞，慵拈針綫向紗窗。（占）晚來閑步出蘭房，月上紗窗意可傷。（占）姐姐，這些時逢時遇景，愁眉不展，面帶憂容，長吁短歎，爲甚的？

【青衲襖】（旦）幾時得煩惱絶？幾時得離恨徹？本待散悶閑行到臺榭。傷情對景，交我腸千結。（占）姐姐，悶懷些兒待撇下争忍撇？待割捨難拚捨。沉吟倚遍闌干，萬感情切，因個甚底呵，都分付與長嘆嗟。

【紅衲襖】姐姐，你繡鞋兒寬褪了摺。姐姐，却道你爲傷春憔悴些，近日龐兒底瘦成勞怯。這些時又莫是你傷夏月？姊妹每非見邪，則量着爲别。（旦）你知我爲甚的？（占）你將姐夫來尋思，别無話説。

【青衲襖】（旦）你把濫名兒將咱引惹，直恁情性乖心意劣，女孩兒家多口共饒舌。爹娘行快活要他則甚迭？你要妝衣滿篋，要食珍味設，我與你寬打這遭兒。父親行先去説。（占）你説我甚的？（旦）説道你小鬼頭春心動也。

(一) 澄：原作『登』，據汲古閣刊本《繡刻幽閨記定本》改。

【紅衲襖】（占）姐姐，我特地錯賭鱉，望你高擡手饒過些。一句兒言語傷着賢姐。（旦）你再敢如此？（占）再如此瑞蓮甘痛決，姐姐，且閑耍歇，小的每先去也。（辭）任只管這裏則遽，忘收了針綫帖。

（旦）呀，小丫頭去了。天色漸晚，新月斜掛楊柳枝頭，待我安排香卓，對月燒香，禱告上蒼，保祐他人，爭些忘了。

【二郎神慢】拜星月，宝鼎中明香滿爇。這一炷香，只願得拋閃下男兒疾較些，再得睹同歡同悦。（占背聽介）悄悄輕將衣袂拽，姐姐，却不道小鬼頭春心動也？（旦）那喬怯，無言説，俛首至紅滿腮頰。

【集遇林春】（占）恰纔亂掩胡遮，事到如今漏泄。姊妹心腸休見別，夫妻莫是有些週摺？（旦）教你難推阻，一惺惺對伊仔細從頭説。（占）姐姐，他姓甚的？（旦）他姓蔣。（占）名叫甚的？（旦）世隆名。（占）他住在那裏？（旦）中都路是家，是我兒夫受儒業。

【前腔】（占）聽説罷姓名家鄉，那情苦意切，悶海愁山將我心上撇，不由人淚珠流血。（旦）妹妹，我恓惶是正理，只合此愁休向愁人説。你啼哭是何由？莫非是我男兒舊妻妾？

【前腔】（占）不是。他須是瑞蓮親兄。（旦）爲甚和你相別？（占）爲軍馬犯闕。（旦）在那裏分別？（占）散失忙尋相應者，那時只爭一個字兒差迭。（旦）比着他先前又親，我和你自今越更着疼熱。你休隨着我根脚，久已後但只做我兒夫那枝葉。

【前腔】（占）我須是姊妹姑姑，你須是我尊嫂姐姐。未審家兄和你因甚相别？兩分離是何時節？（旦）那時節正是寒冬冷月，只恨我爹爹把奴拆散在招商舍。（占）你還思量他麽？（旦）思量着他痛苦心酸。（占）那其間他如何？（旦）他染病眈疾。（占）你割捨得他？（旦）是我男兒怎生割捨？

【四犯黄鶯兒】（占）他直恁太情切，你十分忒軟怯，眼睁睁怎忍相抛撇？（旦）你枉自怨嗟，我無可計結。當不過搶來推去望前扯。（合）使意似虺蛇，性似蠍，交一言如何訴説？

【前腔】（旦）流水却似馬和車，頃刻間途路賖。他在窮途困旅交誰擡貼？（占）囊篋又竭，藥食又缺，他那裏悶懨懨難捱如年夜。（合）宝鏡分破，玉釵磨折，何日重會再接？

【尾聲】自從别後信音絶，這些時魂驚夢怯。莫不是煩惱憂愁將他送去也？

詔贅仙郎

文魁武舉都招贅，真乃門傳金紫貴。
馬前喝道狀元來，這回好個風流婿。

詞林一枝

《詞林一枝》（全名《新刻京板青陽時調詞林一枝》）卷一收録《拜月亭記》（劇名原題作《奇逢記》）之《蔣世隆曠野奇逢》一齣，輯録如下。

蔣世隆曠野奇逢

【金蓮子】（旦）古今愁，誰似我目下這般憂？ 聽馬驟人鬧語，急向深林中避，只怕有人搜。

【前腔】（生）忙迫裏散失差了路頭。尋妹不見怎措手？ 瑞連！ 瑞連！ （旦）有。（生）謝天謝地！ 謝神天庇佑，這答應端的是有。若見親骨肉，尋路向前走。

【菊花新】（旦）你是何人我是誰？ （生）瑞蓮應了見又非。（旦）緣何將咱小名提，近前去問取端的。

君子爲何叫我小名？ （生）你不是我妹子，爲何應着我？ 心慌步急路難行，娘行緣何不細聽。 不是卑人親妹子，如何連應兩三聲？（旦）君子聽奴説因依，非是奴家惹是非。母棄孩兒尋不見，使我心下自驚疑。

【古輪臺】（旦）自驚疑，相呼厮喚兩三回，瑞蘭和先輩不曾相識。敢问瑞蓮是你甚人？（生）瑞蓮名兒，本是卑人親妹。敢問娘子因甚到此？（旦）妾因兵火，急離鄉故。（生）娘子如何獨自？（旦）母子隨遷往南避。中途相失。不知令妹因甚相别？（生）那時節喊殺聲各自逃生，雹奔星飛。（旦）在那裏相别？（生）在中途裏差池，因尋至，應聲偶逢伊。他尋母親，我尋妹子，兩人相遇呵。正是愁人莫向愁人説，説起愁人愁殺人。俱錯意，一般煩惱嗳兩心知。他名瑞蘭，我妹瑞蓮。蓮、蘭二字，其音所争不遠。

【前腔】只爲名兒厮類，聽錯自先回。小娘子，請站開些，待我好走路。即便往跟尋，豈容遲滯。（旦扯傘介）（生）小娘子，怎麽扯住我雨傘，好不怕羞耻。（旦）事到如今，怎生惜得羞耻？念孤惜寡，救奴殘喘。帶奴離此免災危，久已後不忘恩義。（生）曠野裏獨自一個佳人，生得有千嬌百媚。小娘子可曾嫁人否？要知窈窕佳人意，盡在摇頭不語中。喜得他無夫無婿，這女子極是乖覺，須然與他相遇，只管遮了臉兒，未知生得何如，待我哄他一看。娘子，那邊一個婆婆來叫你，想是令堂麽？（旦）在那裏？（生）娘子，在這裏。眼見得落便宜。（合）如何是？天色昏慘暮雲迷。

（旦）君子，還要帶奴同去。

【撲燈蛾】（生）自親不見影，他人怎生相周庇？（旦）君子，你曾讀書否？（生）秀才家何書不讀？那書不曉？（旦）曾記得《毛詩》否？（生）《毛詩》那一篇？（旦）窈窕淑女，君子好逑。（生）小娘子言及于此，卑人豈不知之。奈干戈擾攘，實難從命。（旦）既然讀詩書，惻隱心怎不相周濟？（生）我是孤兒你是寡女，厮赶着教人猜疑。（旦）亂軍中、（又）誰來問你？（生）緩急間語言雖是要支持。

【前腔】（旦）路中若攔擋，可認做兄妹。（生）做兄妹到好，奈面貌不同。有人厮盤問，教咱把甚言抵對？（旦）没個道理。（生）你没道理，我也不管你。（旦）有一個道理。（生）有甚道理？（旦）怕問時權説做夫。（生）我秀才家肩不能挑，手不能提，怎麽做得夫？（旦）『夫』字下面還有一個字，（生）『夫』字下面敢怕是夫人，夫子？（旦）冤家，他明明知道，只是故意調戲奴家。怕問時權説是夫妻。（生）夫妻便是夫妻，那有權説之理。恁的説方纔可已。便同行、訪踪窮跡去尋覓。

【尾聲】（旦）今日得君提掇起，免教此身在污泥。久後常思憂苦時。

（生）小娘子，放大些膽，我讓你在前面行。

【皂羅袍】千般憂不自在，看他臉皮兒生得多人愛。見幾個在林中躲，咱兩個在途路挨。你將愁眉暫展開，憂愁放下懷。我有方羅帕，與你揾住了香腮。（合）你將紐扣兒鬆，羅帶兒解。歹也麽歹，咱和你商量取，一步步趲上來。（又）

【前腔】（旦）俺爹在朝奉欽差，母爲干戈兩下開。（生）小娘子，恐到關隘之所，有人盤詰，如何分辨？（旦）笑你是個癡秀才，關津隘口人盤問，只説道親哥哥帶着小妹來。脚兒疼，步難挨，想是前生欠了路途債。（生）還是前生欠了夫妻債。（合）你將紐扣兒鬆，羅帶兒解。歹也麽歹，咱和你商量取，一步步趲上來。（又）

樂府菁華

《樂府菁華》（全名《新鍥梨園摘錦樂府菁華》）卷五收録《拜月亭記》之《世隆曠野奇逢》一齣，輯録如下。

世隆曠野奇逢

【金蓮子】（旦）古今愁，誰似想我目下這般憂？聽得騷人鬧語，急向深林中避，只怕有人搜。

【前腔】（生）迫忙裏散失差了路頭。瑞蓮！尋妹不見怎措手？瑞蓮！瑞蓮！（旦應聲介）（生）謝天謝地，謝神天庇祐，這答應端的是有。若見親骨肉，尋路向前走。

【菊花新】（旦）你是何人我是誰？（生）瑞蓮，應了還應，見又非。（旦）原何將咱小名提，近前去問取端的。

呀！你不是我娘親，如何叫我小名？（生）你不是我妹子，如何應着我？（旦）是我差了。（生）心慌步急路難行，娘子緣何不細聽。非是卑人親妹子，如何連應兩三聲？（旦）君子聽我説因依，非是奴家惹是非。母棄孩兒尋不見，使我心下自驚疑。

【古輪臺】自驚疑，相呼廝喚兩三回，瑞蘭和先輩不曾相識。敢問瑞蓮是你誰人？（生）瑞蓮名兒，本是卑人親妹。敢問娘子因甚到此？（旦）妾因兵火，急離鄉故。（生）娘子如何獨自？（旦）子母隨遷往南避，中途相失。不知令妹因甚相别？（生）那時節喊殺聲各自逃生，電奔星飛。（旦）在那裏相别？（生）中途差池，因尋至，聲應偶逢伊。（旦）他尋妹子，我尋母親，兩人相遇。俱錯意，一般煩惱兩心知。

（生）我妹子名瑞蓮，他名瑞蘭。蓮、蘭二字其音所差不遠。

【前腔】只爲名兒廝類，聽錯自先回。（旦）君子，往那裏去？（生）即便往跟尋，豈容遲滯。（旦）姑帶奴家同去。（生）自家妹子不見，怎麽帶得你去？（旦）事到如今，怎生惜得廉恥？念奴孤寡，救奴殘喘。帶奴離此免災危，不忘恩義。（生）曠野裏獨自一個佳人，〔一〕生得千嬌百媚。娘子曾嫁人否？（旦摇頭介）（生）要知窈窕佳人意，盡在摇頭不語中。喜得他無夫無婿。

〔一〕曠：原作「擴」，據《新刊重訂出相附釋標註月亭記》改。

這女子極是乖巧，與他講了這一會，不曾看得他仔細，待我哄他一哄。娘子，你適纔説不見令堂，前面一個婆子來，想是令堂？（旦）在那裏？（生）娘子，在這裏。眼見落便宜。（合）如何是？天色昏慘晚雲迷。

（旦）君子，還要帶奴同去。

【撲燈蛾】[一]（生）小娘子，自親不見他影，他人怎生相周庇？君子曾記得《毛詩》否？（生）《毛詩》上如何道？（旦）窈窕淑女，君子好逑。（生）小娘子言及于此，卑人豈不知之。奈干戈擾攘，實難從命。（旦）既然你讀詩書，惻隱怎生周濟？（生）娘子，我是孤兒你是寡女，有人廝盤問，教咱猜疑。（旦）亂軍中有誰來問你？（生）緩急間語言須是要支持。

【前腔】（旦）路中不攔當，可憐做兄妹。（生）做兄妹到好，奈面貌不同。有人盤問着，教咱甚言抵當？（旦）有個道理。（生）有甚道理？（旦）怕問時權説做夫。（生）小娘子説話輕薄，小生是黌門中秀才，怎叫我去做夫？（旦）『夫』字下面還有一字。（生）『夫』字下面的，不知是夫子，是夫人？（旦）冤家，他明明知道，只是故意調戲我。怕問時權説做夫妻。（生）夫妻便是夫妻，那有權説之理。恁的是方纔事已。（合）便同行訪踪穷跡去尋覓。

[一] 蛾：原作『娥』，據曲牌名改。

（生）娘子，天色將晚，且趲行幾步。（旦）君子請行，妾當隨後。

【皂羅袍】（生）漸漸紅輪西下，見林稍數點昏鴉。前村燈火有人家，江山晚景堪描畫。我蔣世隆在家之時呵，錦堂富貴，玉帳榮華。誰知今日，遭逢兵火，勞碌波渣。小生須受此跋涉，幸遇此佳人。古云：不入虎穴，焉得虎子。正是危叢致取千金價。

【前腔】（旦）暗想溪山跋涉，不由人珠淚如絲。鞋弓襪小步難移。（生）小娘子，怎麽行不動？（旦）我嬌花不慣風搖洩。（生）既如此，待卑人扶你行幾步。（旦）君子，不勞如此。天將曛暝，欲進趦趄。那故園何在？極目慘悽。我王瑞蘭也知男女有別，豈宜同行。只是遭此兵火，出乎無奈。危途權作資身計。

【尾聲】得君今日提掇起，免奴此身在污泥，久後當思憂苦日。

半路兄尋妹，中途母失兒。

情知不是伴，事急且相隨。

樂府紅珊

《樂府紅珊》（全名《精刻繡像樂府紅珊》）卷十二收録《拜月亭記》之《蔣世隆曠野遇王瑞蘭》一齣，輯録如下。

蔣世隆曠野遇王瑞蘭

【金蓮子】（旦）古今愁，誰似我目下這般憂？聽馬驟人鬧語。急向深林中避，只怕有人搜。

【前腔】（生）百忙裏失散錯了路頭。瑞蓮！尋妹不見怎措手？瑞蓮！瑞蓮！（旦應介）（生）謝天謝地，望神天默庇，這答應端的是有。若見親骨肉，尋路向前走。

【菊花新】（旦）你是何人我是誰？（生）瑞蓮，應了還應見又非。（旦）緣何將咱小名題，近前去問取端的。

呀！你不是我娘親，原何叫我小名？（旦）你不是我妹子，如何應着我？（詩）心慌步急路難行，娘子原何不志誠。不是卑人親妹子，如是應我兩三聲？（旦）君子聽我説因依，非是奴家惹是非。母失孩兒尋不見，使我心下自驚疑。

【古輪臺】（旦）自驚疑，相呼廝喚兩三回，瑞蘭和先輩不曾相識。敢问瑞蓮是你誰人？（生）瑞蓮名兒，本是卑人親妹。敢問娘子因甚至此？（旦）妾因兵火，急離鄉故。（生）娘子如何獨自？（旦）子母隨遷往南避，中途相失。不知令妹因甚相别？（生）那時節喊殺聲各自逃生，雹奔星飛。（旦）在那裏相别？（生）中路差池，因尋至，應聲偶遇伊。（旦）他尋妹子，我尋母親，兩人相遇。俱錯意，一般煩惱兩心知。

（生）我妹子名唤瑞蓮，他唤瑞蘭。蘭蓮二字，所争不遠。

【前腔】只爲名兒廝類，聽錯自先回。（旦）君子，往那裏去？（生）即便往跟尋，豈容遲滯。（旦）姑帶奴家同去。（生）自己妹子不見，怎麽帶得你去？（旦）事到如今怎生惜得羞恥？念孤孀寡，救奴殘喘，帶奴離此免災危，不忘恩義。（生）曠野裏獨自一個佳人，生得千嬌百媚。娘子曾嫁人没有？（旦摇頭介）（生）要知窈窕心中意，盡在摇頭不語中。喜得他無夫無婿。這娘子極是乖巧，與他講了這一會，不曾看得他仔細，待我哄他一哄。娘子，纔説不見了令堂，前面一個婆子來了，想是你令堂？（旦）在那裏？（生）娘子，在這裏。眼見落便宜。（合）如何是？天色昏慘暮雲迷。

【撲燈蛾】（生）自親不見影，他人怎生相週庇？（旦）君子讀書不曾？（生）秀才家何書不讀？那書不見？（旦）你讀的是四書，不曾讀《毛詩》。（生）《毛詩》如何道？（旦）窈窕淑女，君子好逑。（生）亂軍中誰與你談今博古？（旦）既然讀詩書，惻隱怎生週濟？（生）娘子，我是孤兒你是寡女，有人厮盤問，教咱猜疑。（旦）亂軍中誰來問你？（生）緩急間語言須是要支持。

【前腔】（旦）路中不攔當，可憐做兄妹。（生）做兄妹到好，奈何面貌不同。有人厮盤問，教咱甚言抵對？（旦）有個道理。（生）有甚道理？（旦）怕問時權説做夫。（生）娘子説話好輕薄，小生是黌門中的秀才，怎麼叫我去做夫？（旦）不是做夫，却是『夫』字下面的。（生）『夫』字下面的不知是夫子，是夫人？（旦）冤家，他明明知道，故意詐騙奴家。怕問時權説做夫妻。（生）夫妻便是夫妻，那有權説的道理。恁的是方纔事已（合）便同行、訪踪窮跡去尋覓。

（生）娘子，天色將晚，且趲行幾步（旦）君子請先，妾身隨後。

【皂羅袍】（生）漸漸紅輪西下，見林稍數點昏鵶。前村燈火有人家，江山晚景堪描畫。天！我蔣世隆在家之時呵，錦堂富貴，玉帳榮華。誰知今日，遭逢兵火，勞碌波渣。小生須是受跋涉，幸喜得遇佳人。古人云：不入虎穴，焉得虎子。正是危叢致取千金價。

娘子，天晚了，快行些。

【前腔】（旦）暗想溪山跋涉，不由人淚珠如絲。（生）快請行。（旦）鞋弓襪小步難移。（生）怎的這等行不動？（旦）我嬌花不慣風摇拽。（生）待卑人相扶行幾步。（旦）君子，不勞如此。天將瞑，欲進趦趄。天！那故園何在？極目慘悽。我王瑞蘭故知男女不可同行也，因遭兵火，只是出乎無奈。危途權作資身計。

【尾聲】（旦）得君今日提掇起，免使一身在污泥，久後當思憂苦日。

半路兄尋妹，中途母棄兒。

情知不是伴，事急且相隨。

摘錦奇音

《摘錦奇音》（全名《新刊徽板合像樂府官腔摘錦奇音》）卷二收録《拜月亭記》（劇名原題作《幽閨記》）之《世隆曠野奇逢》《招商旅店成親》等二齣，輯録如下。

世隆曠野奇逢

【金蓮子】（旦）古今愁，誰似我目下這樣憂？聽馬驟人鬧語，急向深林中避，只怕有人搜。

【前腔】（生）迫切裹散失了路途。尋妹子不見怎生措手？瑞蓮！瑞蓮！（旦應介）神天庇祐，這答應端的是有。若見親骨肉，尋路向前走。

【菊花新】（旦）你是何人我是誰？（生）瑞蓮應了見又非。（旦）緣何將咱小名提，近前去問端的。

君子爲何叫我小名？（生）你不是我妹子，爲何應着我？心慌步急路難行，娘子緣何不細聽。非是卑人親妹子，如何連應兩三聲？（旦）君子聽我説因依，非是奴家惹是非。母親孩兒相失散，使奴心下自驚疑。（生）原來是小娘子自己驚疑了。

【古輪臺】（旦）自驚疑，相呼廝喚兩三回。（生）小娘子是甚麽名字？（旦）瑞蘭和先輩。（生）可曾見我的妹子瑞蓮否？（旦）不曾相識。（生）瑞蓮名兒，本是卑人親妹。敢問小娘子因何到此？（旦）妾因兵火，急離鄉故。（生）且問失了是甚麽人？（旦）子母隨遷往南避。（生）在那裏相别了？（旦）中途相失。不知令妹因甚的相失？（生）逃生電奔星飛。在半路差池，因尋至，應聲偶逢伊。他尋母親，我尋妹子，兩人相遇呵！正是愁人莫向愁人説，説起愁人愁殺人。俱錯意，一般煩惱分作兩心知。

我妹瑞蓮，他名瑞蘭。蓮、蘭二字，其實所争不遠。

【前腔】只爲名兒廝類，聽錯自先回。小娘子，請站開些，待我好走路。即便往跟尋，豈容遲滯。（旦扯傘介）小娘子，待我好走路。怎麽扯我的雨傘，好不怕羞恥。（旦）事到如今，教人怎生惜得羞恥？念孤恤寡，救奴殘喘。帶奴離此免災危，久已後不忘恩義。（生）這小娘子極乖巧。曠野裏獨自一個佳人。須然相遇了，他只管把扇子遮了臉，不知生得怎麽樣，不免哄他看一看。小娘子，那邊一個婆婆來叫你，想是你令堂？（旦）在那裏？（生撞見介）（生）生得有千嬌百媚。不知他曾有丈夫没有？小娘子你可曾嫁人否？（旦摇頭介）（生）【滚】要知窈窕佳人意，盡在摇頭不語中。喜得他無夫無婿，眼見落便宜。（合）如何是？天昏地慘暮雲迷。

娘子把雨傘還我，待我好去。（旦）煩君子帶奴家同去。

【撲燈蛾】（生）自親不見影，他人怎生相週庇？（旦）君子，你曾讀書否？（生）我秀才家何書不讀？那書不覽？（旦）曾記得《毛詩》麽？（生）《毛詩》是那一章？（旦）窈窕淑女，君子好逑。（生）這亂軍中那個與你盤今博古？既然讀詩書，惻隱怎不週濟？（生）我是孤兒你是寡女，廝趕着教人猜疑。（旦）亂軍中誰來問你？（生）緩急間語言須是要支持。

【前腔】（旦）路中若攔當，可憐做兄妹。（生）兄妹到好，奈面貌不同。有人廝盤問，教咱把甚言抵對？（旦）没個道理。（生）你没道理，卑人也不管你。（旦）有個道理。（生）有甚道理？（旦）怕問時權，（生）我怎麽會打拳？（旦）權説做夫。（生）我秀才家肩不能挑，手不能提，怎麽做得夫？敢是做夫人，做夫子？（旦）冤家，他明明知道，只是故意調戲我。權説做夫妻。（生）夫妻就是夫妻，那有權作的道理。恁的時方纔可已。便同行、訪踪穷跡去尋覓。

【尾聲】（旦）今日得君提掇起，免教一身在污泥，久後當思受苦時。

（生）小娘子，放大膽些，我讓你先行，我隨後。

【孝順哥帶皂羅袍】（生）千自喜，百自歡，看粉臉兒誰不愛？（旦）敢問君子家居那裏，姓甚名誰？（生）家住離城五里臺，蔣世隆黌門中一秀才。我將汗巾兒與你揾香腮，你把途路上憂愁且放懷。

動問小娘子家居那裏，姓甚名誰？

【前腔】（旦）家住汴梁城鼓樓街，我爹爹朝中奉欽差，却被干戈兩下開。争奈我脚兒疼痛步難捱，想是前生少欠了路途債。（生）勸娘行休憂慮免傷懷。你把纏脚帶兒且放開，待我把玉簪兒輕輕拆開一雙红繡鞋。怕只怕關津渡口人盤問。（旦）只説道親哥哥領帶一個小妹子來。君子你好歹，秀才你好呆。説甚麽纏脚帶兒且放開，説甚麽玉簪兒輕輕拆開一雙红繡鞋。那怕他關津渡口人盤問，也只是没奈何。權與你做夫妻你向前行，待奴家一步步兒趲上來。（又）

招商旅店成親

【駐馬聽】（生）一路奔馳，多少艱辛來到這裏。且喜路途悄静，漸次平安，稍尔寧息。（旦）恨悠悠千里旅情悲，苦懨懨一片鄉心碎。感嘆咨嗟，（又）傷情滿眼關山淚。（又）

來到此間，乃是廣陽鎮招商店。口渴唇乾，沽買三杯。小娘子意下何如？（旦）憑任君子就是。（生）酒保那裏？

【前腔】（净）草舍茅簷，門面不裝酒味美。真個是杯浮醁醿，酢滴珍珠，甕潑新醅。草刷兒斜插小窗西，招牌兒高掛門前外。共飲三杯，（又）今朝有酒今朝醉。

請問繡衣公，有幾位？（生）是兩人。（净）那一位是誰？（生）是我拙荆。（净）拙荆見禮。（旦）好死不死，錯過流年甲子。那個是你拙荆！（净）我説『拙荆見禮』，他就駡我。（生）酒保，怪他不駡你，我叫『拙荆』，你要叫『小娘子』纔是。（净）如此來過，小娘子拜揖。（旦）酒保恕罪。（净）只差一些就好了。（生）你店只所賣有幾樣酒？（净）酒有五樣。鵝兒黄、竹葉清、甕頭春、鴨頭緑、狀元紅。（生）既有此酒，待我問娘子。娘子，酒保家酒名甚多，還愛那一樣？（旦）君子乃讀書之人，沽買狀元紅好。（生）多承美意。酒保，我娘子説沽狀元紅好。（净）媽媽，打上幾壺狀元紅酒來。隔壁三家醉，開埕十里香。酒在此間。（生）酒保，我兩個人在此吃酒，不當甚麼雅相，請你老人家在此斟一斟酒。（净）那個東道？（生）都吃我的，明日總成算帳謝你。

【駐雲飛】（生）村釀新篘，要解愁腸須是酒。壺内馨香透，盞閃清光溜。嗏！娘子請酒。何必恁多羞。但略沾口，免意休推，放開雙眉皺。娘子飲了這杯酒，小生有句話対你説。（旦）不會飲。（生）自古酒能遣興又消愁，萬事無过一醉休。世上若無花共酒，三歲孩兒白了頭。一醉能消心上愁。（又）

來而不往，亦非禮也，怎麼把空盞來還我？

【前腔】（旦）盞落歸臺。（生）不是自古佳人奉酒，盞落歸臺。面赤非干酒，桃花色自紅。却不道兩朵桃花上臉來。（旦）深感君相帶。（生）多謝心相愛。嗏！（旦）擎樽奉多才。（生）小生也不會飲酒。（旦）量如滄海。滿飲一杯，暫把情懷解。君子飲了這杯酒，奴有一句話說。（生）娘子說了，卑人纔飲。（旦）勸君須忍耐，好事終須在。（生）酒保，娘子說得好，莫說一杯，就是十杯我也吃。說得我樂以忘憂須放懷。

酒保，我與你商議，你若今日奉得娘子一杯酒，與你一錢銀子。（浄）奉得兩杯？（生）兩杯二錢，十杯一兩。（浄）講定了。小娘子，秀才叫我來勸你酒。你飲一杯，與我一錢銀子，飲兩杯，二錢銀子。（旦）公公，自古道：『花有上下葉，竹有上下節。』先有官人後有妾，該勸官人。（浄）說得有理，該勸官人。官人酒到。（生）酒保，我自己買酒不會吃，要你勸怎的，還是勸娘子。（旦）還是勸官人。（浄）咳！

【前腔】（浄）瀲灩流霞，不比尋常賣酒家。（生）既不是賣酒家，爲何掛起招牌？（浄）村店多消灑，坐起真幽雅。嗏！（生）且問你這酒論杯還是論價？（浄）何必論杯斝，試嘗酬價？愛飲神仙，玉佩曾留下。你不曉得故事，昔李白好飲，每日在酒鋪中飲酒，那酒保見他是個文者。日日任他吃，不與他索錢。後來臨去時，將玉佩環留在盤饌下，以謝之酒保，價值百鎰之金。此乃是李白刘伶將玉佩環留下。（旦）公公，有茶借我一杯吃。（浄）討茶來。（生）你討茶何用？（浄）娘子討茶吃。（生）你老人家没有方法，但是人到你鋪中吃酒，不要把茶與他吃。吃了茶，止了渴，就不吃你酒了。（浄）承教。今後逢人吃甚茶。（又）（生睡介）

【前腔】（旦）悶可消除。敢問公公高姓？（净）高秤二十兩。（旦）名姓？（净）明秤十六兩。（旦）問你姓甚名誰？（净）我姓黄，時人稱我爲黄公酒店。（旦）只怕醉倒黄公舊酒壚，(一)天晚催人去。（生醒介）（生）好酒留人住。嗏！香醪豈尋俗，未若提壺。曾向江湖點滴落在波深處。酒保，我有事和你商議，討一個小小魚船，好酒沽上一埕，討些下送，醉倒那娘子。待我好慢慢的擺佈。做一個慢櫓摇船捉醉魚。（旦）奴家知道了。只怕你快櫓摇船捉不得奴醉魚。

（生）不是當初唐明皇與楊貴妃，在彩石江頭飲酒，醉後吐在江中。魚吃魚醉，蝦吃蝦醉，有詩爲證。『點點滴滴落江湖，慢櫓摇船捉醉魚。捉得醉魚街上賣，一人醉倒兩人扶。』酒保，且問你這裏到汴梁多少路？（净）此去有十里路，一水之程就到。（生）少時娘子問你，只説有五十里路，去不得。今晚在此歇，明早重謝你。（旦）酒保公公，今日要趕到汴梁城可到得麽？（净）去時去得到，去不到，會飛不能到得。（生）酒保，在此歇息。煩你打掃一間房，鋪着一張床，一枝蠟燭、一爐香、一個枕頭放在床，明早一兩細絲謝你。（旦）公公，打掃兩間房，開了兩鋪床，兩枝蠟燭、兩爐香、兩個枕頭放兩床，這一根金簪子謝你。（生）依我説。（旦）公公依我説，開了兩鋪。（生）捲起一鋪。（净）你兩人叫開一鋪，捲一鋪，把我兩領草薦捲得稀亂了。我也不依秀才説，不依娘子説。打掃一間房，開着兩鋪曲尺床，一枝蠟燭

(一) 壚：原作『爐』，據汲古閣刊本《繡刻幽閨記定本》改。

一爐香，兩個枕頭放兩床，與你自商量。秀才看書卷，娘子拈針綫。黄公進裏面，兩下自方便。（旦）君子點燈提亮，各自分明。（旦下）（生）娘子到去睡了也。説得好，點燈做飯，睡到天明。怎麽還在這裏面看書，明早就中狀元也不看他。開門。（旦）是誰？（生）是棍是槌，是我。蔣世隆是誰？（旦）半夜三更，不尋宿處，叫怎的？（生）娘子，你道點燈做飯，睡到天明。（旦）聽錯了，我説『点燈提亮，各自分明』。奴家睡了，不開門。（生）罷了。青竹蛇兒口，黄蜂尾上針。兩般猶未毒，最毒婦人心。

【稱人心】（生）眈煩受惱，豈容易、共伊得見今朝。有分憂愁，無緣恩愛何時了？（旦上）他那裏長吁短嘆我心自曉。有甚真情深奥？理法所制，人非土木、待説難道。

（生）當日尋蹤訪跡在林中，（旦）多謝扶危出禍叢。（生）有緣千里能相会，無緣對面不相逢。（旦）這兩句如何解。（生）娘子是大京，卑人是中都，偶然途中相遇，却不是『有緣千里能相會』？我和你今日在此對面説話，心隔千山，却不是『無緣對面不相逢』？（旦）也罷。送奴回去，討些金帛謝你。（生）書中自有黄金屋，何用你金帛？（旦）不要金帛，送奴回去，對爹爹説，討幾個丫鬟送你。（生）甚麽叫做丫鬟？（旦）歹子，婦人家也不曉得。（生）現鐘不打，又去尋銅。（旦）你都不要，苦苦戀着奴家也是閑。（生）只是蔣世隆是個君子，若是别人，多時插了。（旦）也罷。送奴回，在爹爹跟前討個官你做罷。（生）討官我做也好。只是一件，倘出入人問那個是甚麽官，便説那是老婆送的官。（旦）呸！誰是你老婆，還早。（生）娘子，我且問你，動不動講官，不知令尊甚等之人，在朝販官還是賣官？（旦）我爹爹做了兵部尚書，上馬管軍，下馬管民。深探虎狼穴，和番未回。（生）就是令尊上馬管軍，下馬管民，也管我秀才不着。（旦）天下官員管天下百姓。（生）令堂？（旦）真珠簾内老夫人。（生）妝前？（旦）千金小姐。（生）你既是千金小姐，我是窮秀才，你就不該跟着他走路。（旦）君子差矣。天子尚且跳下龍椅，百姓豈無逃難之時。我跟着你走，還是個秀才，不知令妹跟着那個野漢子去了？（生）君子不認話，認話反招非。你倚令尊官勢，欺壓卑人。

【降黄龍】（生）官勢豪門，寒士尋常、望若雲霄。（旦）縱步雲霄，趕我爹爹不上。（生）奈時移事遷，爲地覆天番，軍去民逃。本待撇下小娘子而去。多嬌。（旦）多嬌與你何干？（生）此時相見，料想姻緣非小。（旦）我不曉姻緣是甚麽子。做夫妻相呼廝唤、怎生恁俏？

【前腔】（旦）何勞？（生）今夜要勞娘子一勞。（旦）獎譽過高。昔日榮華、眼前窮暴。那時身無所倚，幸然遇着君家、危途相保。英豪。（生）多蒙娘子褒獎。（旦）念孤恤寡，再生之恩容報。（生）既説報恩，眼前爲何佐出這樣臉嘴？（旦）惟有感恩并積恨，千年萬載不生塵。久日後啣環結草、敢忘分毫？

【前腔】（生）聽告。身到行朝。父母團圓、再同歡笑。（旦）送奴回去，我和你自有區處。（生）娘子，那時你在潭潭相府，卑人在門外經過，不敢抬頭仰觀。你在深沉院宇，要見你則除非是夢魂中來到。（旦）秀才，奴若回去時，母親説高結彩樓，招你如何？（生）攀高。選擇佳婿，命蹇終難招。人人説道好一對夫妻，誰知半点無交。這虚名人言自説、聽着偏好。

【前腔】（旦）都焦。（生）娘子，你若都焦，小生心内似火燒了。（旦）聽着言辭，侍枕之私，敢惜微眇。怕仁人累德，娶而不告，傍人相嘲。（生）從教。瓜田李下。『瓜田不納履，李下不整冠。』和娘子一般。（旦）君子開口便説奴家。（生）娘子有解。但人走路在瓜田經过，不可低頭納履。隔遠人見，只説偷他瓜吃。若往李樹下經过，不可起手整冠。隔遠人看見，只説那漢子偷李吃。此嫌疑其實難逃。（旦）送奴回去，憑個官媒説合，强如店中苟合。（生）我且問你，前日在虎頭寨上，他若要成親，你也去尋個媒人來説麽？（旦）他是强盜，你也是强盜？（生）强盜不强盜，人心總一般。亂軍中遭驅被虜，[一]怎守節操？

（旦）荒荒逃難到京畿，此情惟有老天知。半路偶逢君問妹，隨行隨伴感提携。指望送奴歸故里，誰知逼我做夫妻。你是讀書君子行正道，休惹傍人説是非。（生）此言語説向誰？（旦）説與君，説向誰？（生）不記當初相會時，親口許我佐夫妻。今日佯羞推不肯，不記曠野念《毛詩》。（旦）我没有説甚麽。（生）『窈窕淑女，君子好逑。』不是你説？（旦）彼時當耍説。（生）你當耍，我當真。（丑）事不整衣毛，何須夜夜嘈。秀才娘子，不知因甚囉唣？

【皂羅袍】（生）婆婆聽生訴與：因遭兵火出外兩分離。親人妹子各東西，娘行半路相逢

（一）驅：原作『軀』，據汲古閣刊本《繡刻幽閨記定本》改。

遇。只爲名兒厮類，苦浼相隨。小生不允，親許佳期。誰知到此忘恩義？（又）

（丑）小娘子，秀才説你忘恩。

【前腔】（旦）上告婆婆：非是奴敢忘恩義。蒙君家一路提携，我衷腸事有誰知？娶而不告從來語，送奴行朝而去，禀告爹爹。把綵樓高結招他爲婿，强如路上成婚配。

【前腔】（丑）官人娘子聽啓：你兩人都是寡女孤兒。途中鎮日兩相隨，其中難辨真和僞。天時地利，人和最美。我今説合，明婚正娶。你夫妻一對如魚戲。

【前腔】（生）深謝婆婆厚意，説合我二人諧老夫妻。有朝一日步雲梯，黄金榜上標名姓。千金不惜，重當謝你。有朝榮貴，夫人是你。讀書人自有凌雲志。

（丑）娘子，你如今聽我説合，再不要推調。天上人間，方便第一。（丑下）（生）娘子，多謝店主婆説合，我和你去睡。

【滚遍】（旦）官人，你讀書萬卷通，龍門高一跳。到此遇紅樓，佳人謾自捱年少。（生）看你行來步步嬌，口中説話微微笑。娘子，你在路途曾許親，你今推調。

【前腔】夫妻既不諧，從今各分手。娘子往東行，卑人往西走。（旦）且暫停留各三省，休得要心焦燥。

【前腔】（生）娘子，不肯負情薄。（旦）隨順教人笑。空使我沉吟，没亂羞难道。（生）喜得模樣、愁時容貌。灯兒下越看着越俊俏。

【前腔】（旦）才郎意堅牢，賤妾難推調。只恐肯時容易間，今夕恩情心事休忘了。（旦打生面調情科）（生）這是甚麽掌？（旦）風流掌。（生）既是風流掌，這邊再打一下。小姐，我和你今日也是夙世姻緣。推開窗扇，對天盟誓，百年諧老。海誓山盟，神天須表。辨志誠圖久遠，做夫妻同諧到老。

【尾聲】（合）歡娱怎似閑花草，往常怕更長寂寥，今夜只愁天易曉。

詩曰：

野草閑花遍地開，村中連理共枝栽。
百年夫婦今宵合，這段姻緣天上來。

吳歈萃雅

《吳歈萃雅》利集、貞集分别收録《拜月亭記》之《泣岐》《悲遇》《奇逢》《途窮》《間闗》《拜月》《會敘》《行路》《悲遇》等九齣，輯録如下。

泣　岐

【漁家傲】天不念去國愁人最慘悽。淋淋的雨若盆傾，風如箭急。侍妾從人皆星散，各逃生計。身居處華屋高堂，但尋常珠繞翠圍。那曾經地覆天番受苦時。

【剔銀燈】迢迢路不知是那裏？前途未審安身在何地？一點雨間着一行悽惶淚，一陣風對着一聲聲愁氣。雲低。天色傍晚，母子命存亡兀自未知。

【攤破地錦花】繡鞋兒，分不得幫和底。一步步提，百忙裏褪了跟兒。冒雨蕩風，帶水拖泥。步難移，全没些氣和力。

【麻婆子】路途路途行不慣，心驚膽顫摧。地冷地冷行不上，人荒雨亂催。年高力弱怎支持？泥滑跌倒在凍田地。款款扶將起，正是心急步行遲。

悲　遇

【粉孩兒】匈匈地離皇朝，我心不穩。棄家私老小，去得安忍？只知國難識大臣，不隄防萬馬千軍犯京城。君去民逃，常言道龍鬬魚損。

【福馬郎】那日風寒雨又緊，正行裏喊聲如雷震。無處隱，急向林槲中躲、道途上奔。其時節亂紛紛。身難保命難存。

【紅芍藥】兵擾擾阻隔關津。思量着役夢勞魂。眼見得家中受危困，望吾鄉有家難奔。孩兒歷盡了苦共辛，娘逢人見人尋問。只愁你舉目無親，父子每何處廝認？

【耍孩兒】我有一言說不盡。向日招商店，驀忽地撞着家尊。我尋思他眼盼盼人遠天涯近。爲甚的那壁廂千般恨，休只管叨叨問。

【會河陽】有甚爭差，且息怒嗔。閑言閑語總休論。賤妾不懼責罰，將片言語陳。難得見今朝分。甚時除得我心頭悶？甚日除得我眉尖恨？

【縷縷金】教准備展芳尊，得團圞都喜慶，盡歡忻。館驛有雜人來往，其實不穩。到南京得見聖明君，那時節好會佳賓。

【越恁好】辦些船隻，辦些船隻，指日達帝京。漸行漸遠，親兄長不知死和存。愁人見說愁更新，欲言又忍。心兒裏痛切切如刀剜，眼兒裏淚滴滴如珠搵。

【紅繡鞋】畫船已在河濱，河濱。不勞馬足車輪，車輪。離孟津，望前進，風力順，水程緊。咫尺是，汴梁城。咫尺是，汴梁城。

【尾聲】別離會合皆緣分，受過憂危心自忖，從今暮樂朝歡還再整。

奇逢

【古輪臺】自驚疑，相呼廝喚兩三回。瑞蘭和先輩不曾相識。瑞蓮名兒，本是卑人親妹。妾因兵火急，離鄉故。母子隨遷往南避，在中途相失。喊殺聲各各逃生，電奔星馳。中路裏差池，因循尋知。應聲錯偶逢伊。正是俱錯意，一般煩惱兩心知。

【前腔】名兒應錯了自先回。急急便往跟尋，豈容遲滯。事到如今，事到頭來，怎生惜得羞恥？念苦憐孤，救奴殘喘。帶奴離此免災危，我也不忘你的恩義。曠野間，曠野間見獨自一個佳人，生得千嬌百媚。自幼無夫無婿，眼見得落便宜。如何是？天色昏慘暮雲迷。

【撲燈蛾】自親妹不見影，自親妹不見影，他人怎相庇？既然讀詩書，惻隱心怎不周急也？

我是個孤男，你是個寡女，厮趕着教人猜疑。亂軍中，亂亂軍中有誰來問你？緩急間語言須是要支持。

【前腔】路中不擋攔，路中若擋攔，可憐我做兄妹。有人厮盤問，教咱把甚言抵對也？没個道理。有一個道理，怕問時權説是夫妻。恁般説方纔可矣。便同行、訪踪窮跡去尋覓。

【尾聲】今日得君提掇起，免使一身在污泥。久後常思受苦時。

途窮

【羽調排歌】黯黯雲迷，江天暮景，驅馳水涉山登。蕭蕭黄葉舞風輕，這樣愁煩不慣經。不忍聽，不美聽，聽得胡笳野外兩三聲。（合）風力勁，天氣冷，一程分作兩程行。

【前腔】只見數點寒鴉，投林亂鳴。晚煙宿霧冥冥。迢迢古岸水澄澄，野渡無人舟自横。不忍聽，不美聽，聽得孤鴻天外兩三聲。（合前）

【三疊排歌】前路梗，行步生，那更天將暝。憂心戰兢兢，傷情淚盈盈。那些悽慘，那些兒個寂莫，清風明月最關情。無人來往冷清清，叫地不聞天怎應？不忍聽，不美聽，聽得疏鐘山外兩三聲。（合前）

【前腔】忽地明，一盞燈，遥望茅簷近。不須意兒省，休得謾騰騰。休辭迢遥，望明前去，遠

臨此地叩柴扃。今宵村舍暫消停，卧却山城長短更。不忍聽，不美聽，聽得寒砧林外兩三聲。（合前）

【尾聲】得暫寧，天之幸。一夕安穩到天明，免使狼籍登路程。

間關

【賽觀音】雨兒催、風兒送。嘆一旦家邦盡空，想富貴榮華如夢。哽咽傷心，教我氣填胸。

【前腔】意兒慌、脚兒痛。顫篤速如癡似懵。苦捱着疾忙行動。郊野看看又早晚雲籠。

【人月圓】途路裏奔走流民擁，膽喪魂飛心驚恐。風吹雨濕衣襟重，止不住雙雙珠淚湧。行不上，惟聞得戰鼓聲震蒼穹。

【前腔】軍馬來、四下如鐵桶，眼見得京師城壁空。他每趕着無輕縱，人似豺狼馬似龍。遭驅虜，親骨肉甚年何日重逢？

拜　月

【二郎神】拜新月，寶鼎中名香滿爇。願抛閃下男兒疾較些，得再睹同歡同悦。悄悄輕將衣袂拽，却不道小鬼頭春心動也。那喬怯，無言俛首、紅滿腮頰。

【鶯集御林春】恰纔的亂掩胡遮，事到如今漏泄。姊妹們心腸休見別，夫妻們莫不是有些周折。我也難推怎阻，一星星對伊仔細從頭説。他姓蔣世隆名，中都路住居。是我的男兒受儒業。

【前腔】聽説罷姓名家鄉，這情苦意切。悶海愁山將我心上撇，不由人不淚珠流血。我恓惶是正理，只此愁休對愁人説。你啼哭爲何因？莫非你也是我的男兒舊妻妾？

【前腔】他須是瑞蓮的親兄，爲軍馬犯闕。散失忙尋相應者，那其間只争一個字兒差迭。比着先前又親，我如今越覺和你着疼熱。休隨着我跟脚，此已後只當我的男兒那枝葉。

【前腔】我須是你妹妹姑姑，你須是我嫂嫂又是姐姐。未審家兒和你因甚別？兩分離是何時節？正遇寒冬冷月，恨我爹拆散在招商舍。思量起痛心酸，那一月染病擔疾。是我的男兒教我怎割捨？

【四犯黄鶯兒】他直恁的太情切，你十分忒軟怯。眼睜睜怎忍和他相抛撇。枉自嘆嗟，無可計設，當不過他搶來推去望前扯。意似虺蛇，性似蝎螯，一言如何訴説？

【前腔】流水也似馬和車，頃刻間途路賒。他在窮途逆旅應難捨。囊篋又竭，藥食又缺，他那裏悶懨懨難捱過如年夜。寶鏡分破，玉簪跌折，何日重圓再接？

【尾聲】自從別後信音絶，這些時魂驚夢怯，莫不爲煩惱憂愁將他來斷送也。

會敘

【園林好】纔説起遷都汴梁，鬧炒炒哀聲四方，不忍訴淒涼情況。家使奴盡逃亡，家所有盡㩮漾。

【嘉慶子】你一雙母子何所傍？更雨緊風寒勢怎當？心急行程不上。人亂亂世荒荒，愁慽慽淚汪汪。

【尹令】那時又無倚仗，當時有親難傍，其時有家難向。他東我西，地亂天荒事怎防？

【品令】逃生士民在官道驛程傍。天色漸晚，陰雲黯穹蒼。匈匈正往，喊聲如雷響。各各奔走，都向樹林遮障。苟免偷生，瓦解星飛子離了娘。

【豆葉黄】你一身眼下見在誰行？我隨着個秀才棲身，他是我的家長。誰爲媒妁？甚人主張？人在那亂離時節，人在那亂離時節，怎選得高門厮對相當？

【三月海棠】你自想，甚年發跡窮形狀？怎凡人貌相，海水升量。非獎。陋巷十年黄卷苦，那時禹門三月桃花浪。一躍龍門，便把名揚。管取姓字標金榜。

【五韻美】意兒裏想，眼兒裏望。望救取東君艷陽，與花柳增芳。全没些可傷，一身凛凛如雪上加霜。更没些和氣一味莽。鐵膽銅心，打開鳳皇。

【六幺令】安心整舊妝，你且莫思蕭史行藏。父言母訓不尋常，休迷戀那東床。料他已傚魚離綱，料他已傚魚離綱。

【玉交枝】哀告慈悲岳丈，可憐我伏枕在床。煎藥煮粥無人管，等待我三五日時光。全無些好言劈面搶，惡狠狠怒氣三千丈。只倚着官高勢强，只倚着官高勢强。

【江兒水】眼見得今朝去直恁忙。相隨百步，尚且情悒怏。何況我夫妻月餘上，怎下得霎時間如天樣？若要成雙休指望。一對鴛鴦，生被跌天風浪。

【川撥棹】心想誑，更不將恩義想。無奈何事有參商，無奈何事有參商。父逼女夫言婦傷。（合）苦别離愁斷腸。兩分離愁斷腸。

【前腔】男女贖藥把衣衫典償。不能彀覷得你身體康。料今生再不得成雙，料今生再不得成雙，除死後一靈兒到你行。（合前）

【前腔】休爲我相思損天常。緊攻書待選場。我不道再娶重婚，我不道再娶重婚，你焉肯終身守孀？（合前）

行　路

【山坡羊】翠巍巍雲山一帶，碧澄澄寒波幾派。深密密煙林數簇，滴溜溜黄葉都飄敗。一兩陣風，三五聲過雁哀。傷心對景愁無奈。回首望家鄉，淚滿腮。情懷，急煎煎悶似海。形骸，骨巖巖瘦似柴。

【水紅花】憶昔歌舞宴樓臺，會金釵，歡娱難再。思之詩酒看書齋，命多乖，風光難再。母親知他何處？尊父阻天涯。不能彀千里故人來也囉。

【梧桐花】徙黎民，遷臣宰，天子蒙塵盡遠邁。雕闌玉砌今何在？想畫閣蘭堂那樣安排？翻做草舍茅簷這境界。怎教人儅得盡恓惶債？

【水紅花】路滑霜重步難擡，小弓鞋，其實難挨。家亡國破更時乖，這場災，冰消瓦解，否極何時生泰？苦盡更甜來，只除是枯樹上再花開也囉。

【金錢花】聽得數聲鑼篩，鑼篩。好漢山前齊擺，齊擺。個個獰惡似狼豺。留買路，與錢財。不留與，定殺害。

【念佛子】窮秀才夫和婦，爲士馬逃難登途。望相憐壯士略放一路。捉住，枉説閑言語，買路錢留下金珠。稍遲延便教你身死須臾。

【前腔】區區。山行露宿，粥食無覓處。有盤纏肯相推阻？敢廝侮，窮酸餓儒，模樣須尋俗。應隨行所有疾早分付。

【前腔】你不與，我施威仗勇，輪動刀和斧。激得人忿心發怒。告饒恕，魂飛膽戰摧，神恐心驚懼。此身恁地無屈死，真實何辜？

【尾聲】且把縛管押前去，山寨裏聽從區處。到那裏吉凶事全然未知。

悲遇

【銷金帳】黄昏悄悄，助冷風兒起。想今朝思向日，曾對這般時節，這般天氣。羊羔美酒，銷金帳里。世亂人荒，遠遠離鄉裏。如今怎生、怎生街頭上睡？

【前腔】初更鼓打，哽咽寒角吹。滿懷愁分付與誰？遭逢這般磨折，這般別離。鐵心腸打開，打開鸞孤鳳隻。俺這裏恓惶，他那裏難存濟。翻覆怎生，怎生獨自個睡？

【前腔】鼕鼕二鼓，敗葉敲窗紙。嚮撲簌聒悶耳。難禁這般蕭索，這般岑寂。骨肉到此，到此你東我西。去又無門，住又無依倚。傷心怎生，怎生街頭上睡？

【前腔】三更漏轉，寒雁聲嘹嚦。半明滅燈火煤。尋思這般沉疾，這般狼狽。相別到今，到今吉凶未知。冷落空房，藥食誰調理？床兒上怎生，怎生獨自個睡？

【前腔】樓頭四鼓，風捲簷鈴碎。略朦朧驚夢回。娘女這般相逢，這般重會。颯然覺來，覺來孩兒那裏？多少傷悲，多少縈牽繫。教人怎生，怎生街頭上睡？

【前腔】五更又催，野外疏鐘急。算通宵幾嘆息。一似這般煩惱，這般孤恓。一身苟活，苟活成得甚的？俺這裏愁煩，那壁厢長吁氣。聽得怎生，怎生獨自個睡？

大明春

《大明春》（全名《新鍥徽池雅調官腔海鹽青陽點板萬曲明春》）卷二收録《拜月亭記》（劇名原題作《天緣記》）之《曠野奇逢》一齣，輯録如下。

曠野奇逢

【金蓮子】（旦）古今愁，誰似我目下這般憂？聽馬驟人鬧語，急向深林中避，只怕有人搜。

【前腔】（生）迫忙裏散失差了路頭。瑞蓮！尋妹不見怎措手？瑞蓮！瑞蓮！（旦應聲介）（生）謝天謝地，謝神天庇佑，這答應的是有。若見親骨肉，尋路向前走。

【菊花新】（旦）你是何人我是誰？（生）瑞蓮，應了還應，見又非。（旦）原何將咱小名提，近前去問取端的。呀！你不是我娘親，如何唤我小名？（生）你不是我妹子，如何應着我？心慌步急路難行，娘子原何不細聽。非是卑人親妹子，如何連應兩三聲？（旦）君子聽我説因依，非是奴家惹是非。母棄孩兒尋不見，使人心下自驚疑。

【古輪臺】（旦）自驚疑，相呼廝喚兩三回。瑞蘭和先輩不相識。敢問瑞蓮是你何人？（生）瑞蓮名兒，本是卑人親妹。敢問娘子因甚到此？（旦）妾因兵火急離鄉故。（生）娘子如何孤身獨自？（旦）子母隨遷往南避，中途相失。不知令妹因何散失？（生）那時節喊殺聲各自逃生，電奔星飛。（旦）在那裏相别？（生）中途差池，因尋至。聲應偶逢伊。（旦）他尋妹子，我尋母親，兩人相遇。俱錯意，一般煩惱兩心知。

（生）我妹子名瑞蓮，他名瑞蘭。蘭、蓮二字，其音不甚相遠。

【前腔】只爲名兒廝類，聽錯自先回。（旦）君子往那裏去？（生）即便往跟尋，豈容遲滯？（旦）君子帶奴家同去。（生）自家妹子不見，如何帶得你去？（旦）事到如今，怎生惜得羞恥？念孤恤寡，救奴殘喘。帶奴離此免災危，不忘恩義。（生）曠野裏獨自一個佳人，生得千嬌百媚。娘人曾嫁人否？（旦摇頭介）（生）要知窈窕心中事，盡在摇頭不語中。喜得他又無夫婿，這女子乖巧，與他講一會，不曾看得他仔細，待我哄他一哄。小娘子，你這纔説不見令堂，前面一個婆子來，想必是你的令堂了？（旦）在那裏？（生）在這裏。眼見落便宜。（合）如何是？天色昏慘暮雲迷。

（旦）君子，希帶奴家同去。

【撲燈蛾】（生）小娘子，自親不見影，他人怎生相週庇？君子曾讀《毛詩》否？（生）《毛詩》上如何道？（旦）窈窕淑女，君子好逑。（生）小娘子言及至此，卑人豈不知之。奈干戈擾攘，實難從命。（旦）既然讀詩書，惻隱怎生週濟？（生）娘子，我是孤兒你是寡女，有人厮盤問，教咱猜疑。（旦）亂軍中誰來問你？（生）緩急問語言須是要支持。

【前腔】（旦）路中不攔當，可憐做兄妹。（生）做兄妹到好，只是面貌不相同。有人盤問着，教咱甚言抵對？（旦）有個道理。（生）有甚道理？（旦）怕問時權説做夫。（生）小娘子説話輕薄，小生是黌門中秀才，怎教我做夫？（旦）『夫』字下還有一字。（生）是夫人，夫子？（旦）冤家，他明明晓得，只是故調戲我。怕問時權説做夫妻。（生）夫妻便是夫妻，那有權説之理。恁的是方纔事已。（合）便同行、訪踪窮跡去尋覓。

（生）小娘子，天色將晚，且趲行幾步。（旦）君子請先，妾當隨後。

【皂羅袍】（生）漸漸紅輪西下，見林稍數隊昏鴉。前村燈火有人家，江山晚景堪描畫。我蔣世隆在家之時，錦堂富貴，玉帳榮華。誰知今日，遭逢兵火，勞頓波渣。小生雖受此跋涉，幸遇此佳人。古云：不入虎穴，焉得虎子呵。正是危叢致取千金價。

【前腔】（旦）暗想溪山跋涉，不由人珠淚如絲。鞋弓襪小步難移。（生）小娘子，你怎麽這等行不動？（旦）我嬌花不慣風摇拽。（生）既如此，待卑人扶你行幾步。（旦）君子，不勞如此。天將曛瞑，欲進趦趄。那故園何在？極目慘悽。我王瑞蘭也知男女有別，豈宜同行，只是遭此兵火，出乎無奈。危途權作資身計。

【餘文】得君今日提掇起，免使將身在污泥，久後長思患難時。

半路兄抛妹，中途母失兒。

情知不是伴，事急且相隨。

大明天下春

《大明天下春》（全稱《精刻彙編新聲雅雜樂府大明天下春》）卷八收録《拜月亭記》之《世隆曠野奇逢》一齣，輯録如下。

世隆曠野奇逢

【金蓮子】（旦）古今愁，誰似我目下這般憂？聽馬驟人鬧語，急向深林中避，只怕有人搜。

【前腔】（生）迫忙裏散失差了路頭。瑞蓮！尋妹不見怎措手？瑞蓮！瑞蓮！（旦應聲介）（生）謝天謝地，謝神天庇佑，這答應端的是有。若見親骨肉，尋路向前走。

【菊花新】（旦）你是何人我是誰？（生）瑞蓮，應了還應見又非。（旦）原何將咱小名提，近前去問取端的。

呀！你不是我娘親，如何叫我小名？（生）你不是我妹子，如何應着我？心慌步急路難行，娘子原何不細聽。非是卑人親妹子，如何連應兩三聲？（旦）君子聽我説因依，非是奴家惹是非。母棄孩兒尋不見，使我心下自驚疑。

【古輪臺】自驚疑，相呼厮唤兩三回。瑞蘭和先輩不曾相識。敢問瑞蓮是你誰人？（生）瑞蓮名兒，本是卑人親妹。敢問娘子因甚到此？（旦）妾因兵火，急離鄉故。（生）娘子如何孤身獨自？（旦）子母隨遷往南避，中途相失。不知令妹因甚失散？（生）那時節喊殺聲各自逃生，電奔星飛。（旦）在那裏相别？（生）中途差池，因尋至，聲應偶逢伊。（旦）他尋妹子，我尋母親，兩人相遇。俱錯意，一般煩惱兩心知。

（生）我妹子名瑞蓮，他名瑞蘭。蓮、蘭二字，其音不甚相遠。

【前腔】只爲名兒厮類，聽錯自先回。（旦）君子，往那裏去？（生）即便往跟尋，豈容遲滯。

（旦）君子帶奴同去。（生）自己妹子不見，如何帶得你去？（旦）事到如今，怎生惜得羞恥？念孤憐寡，救奴殘喘。帶奴離此免災危，不忘恩義。（生）曠野裏獨自一個佳人，生得千嬌百媚。娘子曾嫁人否？（旦摇頭介）（生）要知窈窕心中事，盡在摇頭不語中。喜得他無夫無婿。這女子極是乖巧，與他講了這一會，不曾看得他仔細，待我哄他一哄。小娘子，你適纔説不見令堂，前面一個婆子來，想是你令堂？（旦）在那裏？（生）娘子，在這裏。眼見落便宜。（合）如何是？天色昏慘暮雲迷。

（旦）君子，還要帶奴同去。

【撲燈蛾】（生）小娘子，自親不見影，他人怎生相周庇？君子曾記得《毛詩》否？（生）《毛詩》上如何道？（旦）窈窕淑女，君子好逑。（生）小娘子言及于此，卑人非不知之。奈干戈擾攘，實難從命。（旦）既然讀詩書，惻隱怎生週濟？（生）娘子，我是孤兒你是寡女，有人厮盤問，教咱猜疑。（旦）亂軍中誰來問你？（生）緩急間語言須是要支持。

【前腔】（旦）路中不攔當，可憐做兄妹。（生）做兄妹到好，奈面貌太不相同。有人盤問着，教咱甚言抵對？（旦）有個道理。（生）有甚道理？（旦）怕問時權説做夫。（生）小娘子説話輕薄，小生是黌門中秀才，怎叫我去做夫？（旦）『夫』字下面還有一字。（生）『夫』字下面的，不知是夫子，是夫人？（旦）冤家，他明明知道，只是故意調戲我。怕問時權説做夫妻。（生）夫妻便是夫妻，那有權説之理。恁的是方纔事已。（合）便同行、訪踪窮跡去尋覓。

（生）娘子，天色將晚，且趲行幾步。（旦）君子請先，妾當隨後。

【皂羅袍】（生）漸漸紅輪西下，見林梢數點昏鴉。前村燈火有人家，江山晚景堪描畫。我蔣世隆在家之時呵，錦堂富貴，玉帳荣華。誰知今日，遭逢兵火，勞碌波渣。小生須受此跋涉，幸遇此佳人。古云：不入虎穴，焉得虎子。正是危叢致取千金價。

【前腔】（旦）暗想溪山跋涉，不由人珠淚如絲。鞋弓襪小步難移。（生）小娘子，你怎麽這等行不動？（旦）我嬌花不慣風摇拽。（生）既如此，待卑人扶着你行幾步。（旦）君子，不勞如此。天將曛暝，欲進趦趄。那故園何在？極目慘悽。我王瑞蘭也知男女有别，豈宜同行。只是遭此兵火，出乎無奈。危途權作資身計。

【尾聲】得君今日提掇起，免奴此身在污泥。久後當思憂苦日。

半路兄尋妹，中途母失兒。

情知不是伴，事急且相隨。

徽歌集

《徽歌集》收録《拜月亭記》（劇名原題作《幽閨記》）之《違離兵火》《曠野奇逢》《虎頭遇舊》《幽閨拜月》等四齣，輯録如下。

違離兵火

【破陣子】（老旦扮王夫人上）況是君臣分散，那看母子臨危。（旦扮王瑞蘭上）嚴父東行何日返？天子南遷甚日回？（合）家邦無所依。

（老）〔望江南〕身狼狽，慌急便奔馳。貼肉金珠揣得甚，隨身衣服着些兒。子母緊相隨。（旦）離帝輦，前路去投誰？風雨催人辭故國，鄉關回首暮雲迷。何日是歸期？（老）孩兒，管不得你鞋弓襪小，只得趲行幾步。（旦）是，母親。

【漁家傲】（老）天不念去國愁人助慘悽，淋淋的雨若盆傾，風如箭急。（旦）侍妾從人皆星散，各逃生計。（合）身居處華屋高堂，但尋常珠遶翠圍，那曾經地覆天翻，天翻来受苦時。

（老）孩兒，兩條路不知往那一條去？

【剔銀燈】（老）迢迢路不知是那裏，前途去，安身在何處？（旦）一點點雨間着一行行恓惶淚，一陣陣風對着一聲聲愁和氣。（合）雲低，天色傍晚，子母命存亡兀自尚未知。

【攤破地錦花】（旦）繡鞋兒，分不得幫和底。一步步提，百忙裏褪了跟兒。（老）冒雨盪風，帶水拖泥。（合）步遲遲，全没些氣和力。

【麻婆子】（老）路途路途行不慣，心驚膽顫摧。（旦）地冷地冷行不上，人慌亂語催。（老）年高力弱怎支持？（老倒科）（旦扶科）（旦唱）泥滑跌倒在凍田地，款款扶將起。（合）心急步行遲。

最苦家君去遠，怎當軍馬臨城。
正是福無雙至，果然禍不單行。

【薄倖】（生扮蔣世隆上）凛冽寒風，淋漓冷雨。送君臣南北，父子東西。（小旦扮瑞蓮上）心腸痛，不幸見刀兵兀兀。（合）望故國雲山遠濛濛。

（生）〔浣溪沙〕萬里飛沙咽鼓鼙，三軍殺氣傍旌旗。天涯兄妹兩相依。（小旦）前去未知何處是？故鄉猶恐不同歸。出關愁暮一霑衣。（生）妹子，管不得你鞋弓襪小，只得趲行幾步。（小旦）是，哥哥。

【賽觀音】（生）雨兒催，風兒送，嘆一旦家邦盡空。（小旦）想富貴榮華如夢。（合）哽咽傷心，教我氣填胸。

【前腔】（小旦）意兒慌，脚兒痛，顫篤速如癡似懵。（生）苦挨着疾忙行動。（合）郊野看看，又早晚煙籠。

【人月圓】（生）途路裏，奔走流民擁，膽喪魂飛心驚恐。（小旦）風吹雨濕衣襟重，止不住雙雙珠淚湧。（合）行不上，惟聞得戰鼓聲振蒼穹。

【前腔】（生）軍馬又來，四下如鐵桶，眼見得京師城壁空。（小旦）他每趕着無輕縱，人似豺狼馬似龍。（合）遭驅虜，親骨肉甚年何日重逢？

急前去汴梁路杳，慢停待中都亂擾。
烏鴉共喜鵲同巢，吉凶事全然未保。

曠野奇逢

【金蓮子】（旦）古今愁，古今愁，誰似我目下這樣愁？　聽軍馬驟，聽軍馬驟，人亂語稠。向深林中逃難，恐有人搜。（虛下）

【前腔】（生）百忙裏散去，差了路頭。尋妹子不見，教我怎措手？瑞蓮。（旦內應科）（生）神

天祐，神天祐，這荅兒是有親骨肉，見了向前走。（又叫科）

【菊花新】（旦應上）你是何人我是誰？（生）應了還應，訝！見又非。（旦）將咱小名提，進前去問他端的。我只道是我母親，元來是個秀才。（生）我只道是我妹子，元來是一位娘子。（旦）呀！你不是我母親，如何叫我？（生）我自叫瑞蓮，誰來叫你？

【古輪臺】（旦）自驚疑，相呼廝喚兩相回，瑞蘭和先輩不曾相識。（生）瑞蓮名兒本是卑人親妹。不知娘子因甚到此？（旦）妾因兵火急，離鄉故。（生）娘子如何獨行？（旦）母子隨遷往南避，中途相失。秀才在何處不見了令妹？（生）喊殺聲，各各逃生。電奔星馳，中路裏差池，因循尋至。應聲錯，偶逢伊。娘子不見了母親，小生不見了妹子。正是俱錯意，一般煩惱兩心知。

【前腔】（生）名兒應錯了自先回。（旦）秀才那裏去？（生）急急便往跟尋，豈容遲滯？（旦）事到如今，事到頭來，怎生惜得羞恥？（拜科）秀才，念苦憐孤，救奴殘喘，帶奴離此免災危，我也不忘你的恩義。（生）娘子，你方纔說不見了令堂，遠遠望見一位媽媽來了。（旦回頭科）在那裏？（生近前看科）曠野間，曠野間，見獨自一個佳人，生得千嬌百媚。他又無夫無婿，眼見得落便宜。且待我謊他一謊。娘子，如何是，天色昏慘暮雲迷。（旦慌科）秀才，帶奴同行則個。（生）娘子差矣，我自家妹子尚且顧不得，那帶得你？

【撲燈蛾】（生）自親妹不見影，自親妹不見影，他人怎相庇？（旦）秀才，你讀書也不曾？（生）秀才家何書不讀？（旦）書上説道：惻隱之心，人皆有之。既然讀詩書，惻隱心怎不周急也？（生）你只曉得有惻隱之心，那曉得有别嫌之禮？我是個孤男，你是寡女，厮趕着，厮趕着，教人猜疑。（旦）亂軍中，亂軍中，有誰來問你？（生）緩急間，語言須是要支持。

【前腔】（旦）路中不擋攔，（生）路中若擋攔？（旦）路中若擋攔，可憐奴做兄妹。（生）兄妹固好，只是面貌不同，語言各别。有人厮盤問，教咱把甚言抵對也？（旦）没個道理。（生）既没道理，小生自去。（旦）有一個道理。（生）有甚麽道理？（旦）怕問時，（生）怕問時却怎麽？（旦）奴家害羞，説不出來。（生）娘子，没人在此，便説也何害？（旦）怕問時，權，（生）怎麽又不説了？權甚麽？（旦）權説是夫妻。（生）恁的説方纔可矣。便同行，訪蹤窮跡去尋覓。

【尾聲】（旦）今日得君提掇起，免使一身在污泥。（生）久後常思受苦時。

（生）半路兄尋妹，（旦）中途母喪兒。

（合）情知不是伴，事急且相隨。

虎頭遇舊

【粉蝶兒】（小生扮興福上）山寨鳴金，白鶴半空展翅。（衆押生、旦上）見擒獲過客夫妻。（生、旦）離天羅，入地網，逃生無計。（合）到麾下善惡區處。

（衆）禀主帥，夜來巡哨，拏得一個漢子，一個婦人。（小生）帶過來。（衆帶生、旦見科）（小生）那漢子，俺這裏經年無客過，累月少人行。你明知山有虎，故作採樵人。

【尾犯序】山徑路幽僻，但尋常此間來往人稀。男女相隨，豈是良人行止？（生、旦）凶時，遭士馬流民散失，避干戈君臣遠徙。夫和婦，爲天摧地塌，逃難路途迷。

【前腔】（小生）無非買命與贖身，但隨行有何囊篋貲費？（生、旦）没有，將軍。（衆）快口强舌，休同兒戲。（生、旦）聽啓，亂慌慌行來數日，苦滴滴實没半鼇。（衆）你好不知禮。常言道，打魚獵射怎空回？

【前腔】（小生）何必説甚的？衆嘍羅，便推轉斬首，更莫遲疑。（衆扯科）將他扯起，倒拽橫拖，倒拖橫拽，把軍令遵依。（生、旦）魂飛，纔逆旅窮途認妻，早背井離鄉做鬼。聽哀告，望雷霆暫息，略罷虎狼威。

【前腔】（小生）軍前令怎移？但一言既出，駟馬難追。（生、旦）將軍可憐饒命。（衆）枉自厚禮卑詞，休想饒你。（旦）傷悲，王瑞蘭遭刑枉死。（生）蔣世隆銜冤負屈。天和地，有誰人可憐，燒陌紙錢灰。

（小生）呀！像似那漢子説甚蔣世隆一般。衆嘍羅，

【梁州賺】(小生)且與我留人，押回來問取詳細。那漢子，你家居在那裏？農種工商學文藝？(生)通詩禮，鄉進士。州庠屢魁，中都路離城三里。(小生)因甚到此？(生)閑居止，因兵火，棄家無所倚。(小生)聽説仔細。漢子，擡起頭來我看。(生擡頭科)(小生)緊降階，釋縛扶將起。是兄弟負恩忘義。這是何人？(生)是我渾家。(小生)尊嫂受禮，誰知此地能完聚？(旦)愁爲喜，深謝得賢叔盜跖。(小生)哥哥行那些個尊卑？權休罪，適間冒瀆少拜識。

(生)恐君錯矣。

(小生)哥哥，你就不認得兄弟了？(生)一時間想不起。

【鮑老催】(小生)朝廷當時巡捕急，閃避在圍牆内。若非恩人救難危，險赴法雲陽市。(生)呀！原來是興福兄弟。相逢狹路難迴避，這言語古來提。(小生)衆嘍囉，連忙整備排筵席，歡來不似今日。

看酒過來。(净)酒在此。

【前腔】(小生)酒浮嫩醅，壓驚解煩休要推。嫂嫂請酒。(旦)奴家天性不飲。(小生)寒色告少飲半杯。(旦)非詐僞，量淺窄，休央及。(小生)高歌暢飲展放眉，開懷醉了重還醉。酒待人，無惡意。

【前腔】(旦)秀才，你儒業祖傳襲，文章幼攻習。我低低問，暗暗猜，心疑忌。叔伯遠房姑舅的？（生）不是。（旦）敢是兩姨一派蒂？（生）也不是。（旦）這不是，那不是，怎有這個賊兄弟？（淨）告主帥，主帥好意勸那娘子飲酒，那娘子反罵主帥。（小生）哥哥，兄弟好意勸嫂嫂飲酒，如何反罵兄弟？（生）兄弟，你小校聽錯了，不是罵。道這不是，那不是，怎有這個好兄弟。賽關張，勝劉備。

（旦）秀才去罷。

【前腔】（生）告辭去急。（小生）姑留待等寧静歸。（生）龍潭虎穴難住地。（小生）衆嘍羅，取一百兩金子過來。（淨）金子在此。（小生）哥哥既不肯住呵，金百兩，望領納爲盤費。（生）多謝兄弟，就此告別了。（合）懊恨人生東又西，難逢最苦别離易。嘆此行何時會，遲疾早晚干戈息，共約行朝訪蹤跡。

【尾聲】（生）男兒志，心肯灰？　一旦風雲際會日，怎肯依舊中原一布衣。

（旦）秀才去罷。

（生）相促相催行步緊，（旦）廝收廝拾去心煩。

（小生）他日劍誅無義漢，（衆）此時金贈有恩人。

幽閨拜月

【齊天樂】(旦)懨懨挨過殘春也，猶是困人時節。景色供愁，天氣倦人，針指何曾拈刺。(小旦上)閑庭静悄，瑣窗蕭灑，小池澄澈。(合)疊青錢，泛水圓小嫩荷葉。

(小旦)〔浣溪沙〕階前萱草簇深黄，檻外榴花疊絳囊。清和天氣日初長。(旦)懶去梳妝臨寶鏡，慵拈針指向紗窗。(合)晚來閑步出蘭房。(小旦)姐姐，當此良辰美景，正好快樂，你反眉頭不展，面帶憂容。爲甚麼來？

【青衲襖】(旦)我幾時得煩惱絶？幾時得離恨徹？本待散悶閑行到臺榭，傷情對景腸寸結。(小旦)姐姐撇下些罷。(旦)悶懷些兒待撇下怎忍撇，待割捨難割捨。倚遍闌干萬感情切，都分付長嘆嗟。

【紅衲襖】(小旦)姐姐，你繡裙兒寬褪了褶，爲傷春憔悴些。近日龐兒瘦成勞怯，莫不是又傷夏月。姊妹每休見别，斟量着你非爲别。(旦)你量着我甚麼？(小旦)多應把姐夫來縈牽，别無些話説。(旦怒)

【青衲襖】(旦)你把濫名兒將咱引惹，直恁的情性乖心意劣。女孩兒家多口共饒舌。爹娘行快活，要他做甚的？要粧衣滿篋，要食珍羞則盛設。和你寬打周折。(走科)(小旦)姐姐到那裏去？（旦）到爹行先去説，（小旦）説些甚麼？（旦）説你小鬼頭春心動也。

【紅衲襖】（小旦）我特地錯賭別，㈠（跪科）姐姐，望高擡貴手饒過些。一句話兒傷了俺賢姐姐。（旦）起來，且饒你這次，今後再不可如此。（小旦）若再如此呵，瑞蓮甘痛決。姐姐閑耍歇，小的每先去也。（旦）那裏去？（小旦）只管在此閑行，忘收了針綫帖。

（旦）也罷，你自去。（小旦）推些緣故歸家早，花陰深處遮藏了。熱心閑管是非多，冷眼覷人煩惱少。

（虚下）（旦）呀！這丫頭去了，天色已晚，只見半彎新月，斜掛柳梢，不免安排香案，對月禱告一番。

〔卜算子〕款把卓兒擡，輕揭香爐蓋。一炷心香訴怨懷，對月深深拜。（拜科）

【二郎神】（旦）拜新月，寶鼎中明香滿爇。（小旦潛上聽科）（旦）上蒼，這一炷香呵，願我抛閃下男兒疾效些，得再覩同歡同悦。（小旦）悄悄輕將衣袂拽。姐姐，却不道小鬼頭春心動也？

（走科）（旦）妹子，到那裏去？（小旦）我也到父親行去説。（旦扯科）（小旦）放手，我這回定要去。

（旦跪科）妹子，饒過了姐姐罷。（小旦）姐姐請起。那喬怯，無言俛首，紅暈滿腮頰。

【鶯集御林春】（小旦）恰纔的亂掩胡遮，事到如今漏泄。姊妹每心腸休見別，夫妻每是有些周折。（旦）教我難推怎阻，罷，妹子，我一星星對伊仔細從頭説。（小旦）姐姐，他姓甚麼？（旦）

㈠ 特：原作『待』，據汲古閣刊本《繡刻幽閨記定本》改。

姓蔣，（小旦）他也姓蔣，叫甚麼名字？（旦）世隆名。（小旦）呀！他家住在那裏？（旦）中都路是家。（小旦）姐姐，你怎麼認得他？他是甚麼樣人？（旦）是我男兒受儒業。（小旦悲科）

【前腔】（小旦）聽説罷姓名家鄉，這情苦意切。悶海愁山將我心上撇，不由人不淚珠流血。（旦）我恓惶是正理，只合此愁休對愁人説。妹子，你啼哭爲何因？莫非是我男兒舊妻妾？

【前腔】（小旦）他須是瑞蓮親兄，（旦）呀！元來是令兄，爲何散失了？（小旦）爲軍馬犯闕。（旦）是，我曉得了。散失忙尋相應者，那時節只争個字兒差迭。妹子，和你比先前又親，自今越更着疼熱。你休隨着我跟脚，久已後是我男兒那枝葉。

【前腔】（小旦）我須是你妹妹姑姑，你是我的嫂嫂，又是姐姐。未審家兄和你因甚别，兩分離是何時節？（旦）正遇寒冬冷月，恨爹爹把奴拆散在招商舍。（小旦）你如今還思量着他麼？（旦）思量起痛辛酸，那其間他染病耽疾。（小旦）那時怎割捨得撇了？（旦）是我男兒教我怎割捨？

【四犯黄鶯兒】（小旦）他直恁太情切，你十分忒軟怯，眼睁睁怎忍相拋撇。（旦）枉自怨嗟，無可計設，當不過他搶來推去望前扯。（合）意似虺蛇，性似蝎螫，一言如何訴説。

【前腔】（小旦）流水也似馬和車，頃刻間途路賒，他在窮途逆旅應難捨。（旦）那時節呵，囊篋又竭，藥餌又缺，他那裏悶懨懨難捱如年夜。（合）寶鏡分破，玉簪斷折，甚日重圓再接？

【尾聲】（旦）自從別後音書絶，這些時魂驚夢怯，莫不是煩惱憂愁將人斷送也。往時煩惱一人悲，從此淒涼兩下知。世上萬般哀苦事，無過死別共生離。

賽徵歌集

《賽徵歌集》卷三收録《拜月亭記》(劇名原題作《奇逢記》)之《兵火違離》《曠野奇逢》《幽閨拜月》等三齣，輯録如下。

兵火違離

【破陣子】(老旦扮王夫人上)況是君臣分散。那看母子臨危。(旦扮王瑞蘭上)嚴父東行何日返？天子南遷甚日回？(合)家邦無所依。

(老)【望江南】身狼狽，慌急便奔馳。貼肉金珠揣得甚，隨身衣服着些兒。子母緊相隨。(旦)離帝輦，前路去投誰？風雨催人辭故國，鄉關回首暮雲迷。何日是歸期？(老旦)孩兒，顧不得你鞋弓襪小，(一)只得趲行幾步。(旦)是，母親。

【漁家傲】(老)天不念去國愁人助慘悽。淋淋的雨若盆傾，風如箭急。(旦)侍妾從人皆星散，各逃生計。(合)身居處華屋高堂，但尋常珠繞翠圍。那曾經地覆天翻，天翻來受苦時。(老)孩兒，兩條路不知往那一條去？

【剔銀燈】(旦)迢迢路不知是那裏？前途去未審安身在何處？(老)一點點雨間着一行行恓惶淚，一陣陣風對着一聲聲愁和氣。(合)雲低。天色傍晚，子母命存亡兀自尚未知。

【攤破地錦花】(旦)繡鞋兒，分不得幫和底。一步步提，百忙裏褪了跟兒。(老)冒雨盪風，帶水拖泥。(合)步遲遲，全没些氣和力。

【麻婆子】(老)路途路途行不慣，心驚膽顫摧。(旦)地冷地冷行不上，人慌語亂催。(老旦上)年高力弱怎技持？泥滑跌倒在凍田地，只得款款扶娘起。(合)只爲心急步行遲。

最苦家君去遠，怎當軍馬臨城？

正是福無雙至，果然禍不單行。

【薄倖】(生扮蔣世隆上)凛冽寒風，淋漓冷雨，送君臣南北，父子西東。(小旦扮瑞蓮上)心腸

(一) 得：原闕，據《幽閨怨佳人拜月亭記》補。

痛，不幸見刀兵冗冗。（合）望故國雲山遠濛濛。

（生）〔浣溪沙〕萬里飛沙咽鼓鼙，三軍殺氣傍旌旗。天涯兄妹兩相依。（小旦）前去未知何處是，故鄉猶恐不同歸。出關愁淚一霑衣。（生）妹子，顧不得你的鞋弓襪小，只得趲行幾步。（小旦）是，哥哥。

【賽觀音】（生）雨兒催，風兒送。嘆一旦家邦盡空。（小旦）想富貴榮華如夢。（合）哽咽傷心教我氣填胸。

【前腔】（小旦）意兒慌，脚兒痛。顛篤速如癡似懵。（生）苦捱着疾忙行動。（合）郊野看看又早晚雲寵。

【人月圓】（生）途路裏，奔走流民擁，膽喪魂飛心驚恐。（小旦）風吹雨濕衣襟重，止不住雙雙珠淚湧。（合）行不上，惟聞得戰鼓聲振蒼穹。

【前腔】（生）軍馬又來，軍馬又來，四下如鐵桶。眼見得京師城中空。（小旦）他每趕着無輕縱，似虎賁英雄馬似龍。（合）遭驅虜，遭驅被虜，親骨肉甚年何日重逢？

急前去汴梁路杳，慢停待中都亂擾。

烏鴉共喜鵲同巢，吉凶事全然未保。

曠野奇逢

【金蓮子】（旦）古今愁，古今愁，誰似我目下這樣愁？聽軍馬驟，聽軍馬驟，人亂語稠。向深林中逃難，恐有人搜。（虚下）

【前腔】（生）百忙裏散去差了路頭。尋妹子不見，教我怎措手？瑞蓮！（旦内應科）（生）神天祐，神天祐，這荅應兒是有。親骨肉見了向前走。（又叫科）

【菊花新】（旦應上）你是何人我是誰？（生）應了還應，呀，見又非。（旦）將咱小名提，進前去問他端的。

我只道是我母親，原來是個秀才。（生）我只道是我妹子，元來是一位娘子。（旦）呀，你不是我母親，如何叫我？（生）我自叫瑞蓮，誰來叫你？

【古輪臺】（旦）自驚疑，相呼厮喚兩相回，瑞蘭和先輩不曾相識。（生）瑞蓮名兒，本是卑人親妹。不知娘子因甚到此？（旦）妾因兵火，急離鄉故。（生）娘子如何獨行？（旦）母子隨遷往南避，中途相失。秀才在何處不見了令妹？（生）喊殺聲各各逃生，雹奔星馳。中途裏差池，因循尋至。應聲錯偶逢伊。娘子不見了母親，小生不見了妹子。正是兩人俱錯意，一般煩惱兩心知。

【前腔】(生)名兒應錯了自先回。(旦)秀才那裏去?(生)急急便往跟尋,豈容遲滯。(旦)事到如今,事到頭來,怎生惜得羞恥?(拜科)秀才,念苦憐孤,救奴殘喘,帶奴離此免災危。我也不忘你的恩義。(生)娘子,你方纔説不見了令堂,遠遠望見一位媽媽來了。(旦回頭科)在那裏?(生近看科)曠野間,曠野間見獨自一個佳人,生得千嬌百媚。他又無夫無婿,眼見得落便宜。且待我謊他一謊。娘子,如何是?天色昏慘暮雲迷。

(旦慌科)秀才,帶奴同行則個。(生)娘子差矣。我自家的妹子尚且顧不得,那帶得你?

【撲燈蛾】(生)自親妹不見影,自親妹不見影,他人怎相庇?(旦)秀才,你讀書也不曾?(生)秀才家何書不讀?(旦)書上説道惻隱之心,人皆有之。既然讀詩書,惻隱心怎不周急也?(生)你只曉得有惻隱之心,那曉得有別嫌之禮?我是孤男,你是寡女,厮趕着,厮趕着教人猜疑。(旦)亂軍中,亂軍中有誰來問你?(生)緩急間語言須是要支持。

【前腔】(旦)路中不擋攔。(生)路中若擋攔?(旦)路中若擋攔,可憐奴做兄妹。(生)兄妹固好,只是面貌不同,語言各別。有人厮盤問,教咱把甚言抵對也?(旦)没個道理。(生)既没道理,小生自去。(旦)有一個道理。(生)有甚麼道理?(旦)怕問時。(生)怕問時却怎麼?(旦)奴家害羞,説不出來。(生)娘子,没人在此,便説也何害?(旦)怕問時權。(生)怎麼又不説了?權甚麼?(旦)權説是夫妻。(生)恁般説方纔可矣。便同行,訪蹤窮跡去尋覓。

【尾聲】（旦）今日得君提掇起，免使一身在污泥。（生）久後常思受苦時。（生）半路兄尋妹，（旦）中途母棄兒。（合）情知不是伴，事急且相隨。

幽閨拜月

【齊天樂】（旦）懨懨捱過殘春也，猶是困人時節。景色供愁，天氣倦人，針指何曾拈刺。（小旦上）閑庭静悄，瑣窗瀟灑，小池澄徹。（合）疊青錢，泛水圓小嫩荷葉。

（小旦）〔浣沙溪〕階前萱草簇深黄，檻外榴花疊絳囊。清和天氣日初長。（旦）懶去梳妝臨寶鏡，慵拈針指向紗窗。晚來閑步出蘭房。（小旦）姐姐，當此良辰美景，正好快樂。你反眉頭不展，面帶憂容，爲甚麽來？

【青納襖】（旦）我幾時得煩惱絶？幾時得離恨徹？本待散悶，閑行到臺榭。傷情對景腸寸結。（小旦）姐姐，撇下些罷。（旦）悶懷兒待撇下怎忍撇？待割捨難割捨。倚遍闌干，萬感情切，都分付長嘆嗟。

【紅納襖】（小旦）姐姐，你繡裙兒寬褪了褶。爲傷春憔悴些，近日龐兒瘦成勞怯。莫不是又傷夏月？姊妹每休見别，斟量着你非爲别。（旦）你量着我甚麽？（小旦）多應把姐夫來縈

牽，別無些話說。（旦怒）

【青納襖】（旦）你把濫名兒將咱引惹，直恁的情性乖心意劣，女孩兒家多口共饒舌。爹娘行快活要他做甚的？要粧衣滿篋，要食珍羞則盛設。和你寬打周折。（走科）（小旦）姐姐，到那裏去？（旦）到爹行先去說。（小旦）說些甚麽？（旦）說你小鬼頭兒春心動也。

【紅納襖】（小旦）我特地錯賭別。（跪科）姐姐，望高擡貴手饒過些。一句話兒傷了俺賢姐姐。（旦）起來，且饒你這次，今後再不可如此。（小旦）若再如此呵，瑞蓮甘痛決。姐姐閑耍歇，小的每去也。（旦）那裏去？（小旦）只管在此閑行，忘收了針綫帖。（旦）也罷，你先自去。（小旦）推些緣故歸家早，花陰深處遮藏了。熱心閑管是非多，冷眼覷人煩惱少。（下）（旦）這丫頭去了。天色已晚，只見半彎新月，斜掛柳梢。不免安排香案，對月禱告一番。〔卜算子〕款把卓兒擡，輕揭香爐蓋。一炷心香訴怨懷，對月深深拜。（拜科）

【二郎神慢】（旦）拜新月，寶鼎中把明香滿爇。（小旦潛上聽科）（旦）上蒼，這一炷呵！願拋閃下男兒疾較些，得再睹同歡同悦。（小旦）悄悄輕將衣袂拽。姐姐，却不道小鬼頭兒春心動也。那喬怯。無言俛首，紅暈滿腮頰。

【鶯集御林春】（小旦）恰纔的亂掩胡遮，事到如今漏泄。姊妹每心腸休見別，夫妻每是有些周折？（旦）我也難推怎阻。罷罷，妹子，我一星星對伊仔細從頭說。（小旦）不知姐夫姓甚麽？

（旦）他姓蔣。（小旦）他也姓蔣，叫甚麽名字？ 世隆名。（小旦）呀！ 他家住在那裏？（旦）中都路是家。 他是甚麽樣人？（旦）是我男兒受儒業。（小旦悲介）

【前腔】（小旦）聽説罷姓名家鄉，這情苦意切。悶海愁山將我心上撇，不由人不淚珠流血。（旦）我恓惶是正理，只合此愁休對愁人説。 妹子，你啼哭爲何因，莫非是我男兒舊妻妾？

【前腔】（小旦）他須是瑞蓮的親兄。（旦）呀！ 原來是令兄，爲何散失了？（小旦）爲軍馬犯闕。散失忙尋相應者，那時節只争個字兒差迭。（旦）妹子，和你比先前又親，自今越更着疼熱。你休隨我跟脚，久已後是我男兒那枝葉。

【前腔】（小旦）奴須是妹妹姑姑，你是我嫂嫂又是姐姐。 未審家兄和你因甚别？ 兩分離是何時節？（旦）正遇寒冬冷月，恨爹爹把奴拆散在招商舍。（小旦）你如今還思量着他麽？（旦）思量起痛苦辛酸，那其間他染病眈疾。（小旦）那時怎割捨得撇了？（旦）是我男兒教我怎割捨？

【四犯黄鶯兒】（小旦）他直恁太情切，你十分忒軟怯，眼睜睜怎忍相抛撇？（旦）枉自怨嗟，無可計設，當不過他搶來推去望前扯。（合）意似虺蛇，性似蝎螫，一言如何訴説。

【前腔】（小旦）流水也似馬和車，頃刻間途路賒。 他在窮途逆旅應難捨。（旦）那時節呵！ 囊篋又竭，藥餌又缺，他那裏悶懨懨難捱過如年夜。（合）寶鏡分破，玉釵跌折，甚日重圓再接。

【尾聲】（旦）自從別後信音絶，這些時魂驚夢怯，莫不是煩惱憂愁將人斷送也。

往時煩惱一人悲，從此淒涼兩下知。

世上萬般哀苦事，無過死別共生離。

樂府珊珊集

《樂府珊珊集》（全名《新刻出像點板增訂樂府珊珊集》）卷四『信集』收録《拜月亭記》之《曠野奇逢》《兵火違離》《母子間關》《拜月》等四齣，輯録如下。

曠野奇逢

【古輪臺】自驚疑，相呼厮喚兩三回。瑞蘭和先輩不曾相識。瑞蓮名兒，本是卑人親妹。妾因兵火急，離鄉故。母子隨遷往南避，在中途相失。喊殺聲各各逃生，電奔星馳。中路裏差池，因循尋至。應聲錯偶逢伊。正是俱錯意，一般煩惱兩心知。

【前腔】名兒應錯了，自先回。急急便往跟尋，豈容遲滯。事到如今，事到頭來怎生惜得羞恥？念苦憐孤，救奴殘喘。帶奴離此免災危，我也不忘你的恩義。曠野間、曠野間見獨自一個佳人，生得千嬌百媚。他又無夫無婿，眼見得落便宜。如何是？天色昏慘暮雲迷。

【撲燈蛾】自親妹不見影，自親妹不見影，他人怎相庇？既然讀詩書，惻隱心怎不周急也？我是個孤男，你是個寡女，廝趕着教人猜疑。亂軍中、亂亂軍中有誰來問你？緩急間語言須是要支持。

【前腔】路中不擋攔，路中若擋攔，可憐我做兄妹。有人廝盤問，教咱把甚言抵對也？没個道理。有一個道理，怕問時權説是夫妻。恁般説方纔可矣。便同行、訪踪窮跡去尋覓。

【尾聲】今日得君提掇起，免使一身在污泥。久後常思受苦時。

兵火違離

【破陣子】況是君臣分散，那看母子臨危。嚴父東行何日返？天子南遷甚日回？家邦無所依。

〔望江南〕身狼狽，荒急便奔馳。貼肉金珠揣得甚，隨身衣服着些兒。子母緊相隨。離帝輦，前路去投誰？風雨催人辭故國，鄉關回首暮雲迷。何日是歸期？孩兒，管不得你鞋弓襪小，只得趲行幾步。

【漁家傲】天不念去國愁人助慘悽。淋淋的雨若盆傾，風如箭急。侍妾從人皆星散，各逃生計。身居處華屋高堂，但尋常珠繞翠圍。那曾經地覆天番，天番來受苦時。

【剔銀燈】迢迢路不知是那裏？前途去未知安身在何處？一點點雨間着一行行恓惶淚，

一陣陣風對着一聲聲愁和氣。雲低。天色傍晚，母女命存亡兀自尚未知。

【攤破地錦花】繡鞋兒，分不得幫和底。一步步提，百忙裏褪了跟兒。冒雨盪風，帶水拖泥。步難移，全没些氣和力。

【麻婆子】路途路途行不慣，心驚膽顫催。地冷地冷行不上，人慌雨亂催。年高力弱怎支持？泥滑跌倒凍田地。只得款款、款款扶娘起，心急步行遲。

母子間關

【薄倖】凛冽寒風，淋漓冷雨。送君臣南北，父子西東。心腸痛，不幸見刀兵冗冗。望故國雲山遠濛濛。

〔浣溪紗〕萬里飛沙咽鼓鼙，三軍殺氣傍旌旗。天涯兄妹兩相依。前去未知何處是，故鄉猶恐不同歸。出關愁暮一霑衣。妹子，管不得你的鞋弓襪小，只得趲行幾步。

【賽觀音】雨兒催、風兒送。嘆一旦家邦盡空。想富貴榮華如夢。哽咽傷心，教我氣填胸。

【前腔】意兒慌、脚兒痛。顫篤速如癡似懵。苦捱着疾忙行動。郊野看看又早晚雲籠。

【人月圓】途路裏奔走流民擁，膽喪魂飛心驚恐。風吹雨濕衣襟重，止不住雙雙珠淚湧。行不上，惟聞得戰鼓聲振蒼穹。

【前腔】軍馬來四下如鐵桶，眼見得京師城壁空。他每趕着無輕縱，人似豺狼馬似龍。遭驅虜，親骨肉甚年何日重逢？

拜月

【二郎神謾】拜新月，寶鼎中名香滿爇。願拋閃下男兒疾效些，再得睹同歡同悦。悄悄輕將衣袂拽，却不道小鬼頭兒春心動也。那喬怯，無言俛首、紅暈滿腮頰。

【鶯集御林春】恰纔的亂掩胡遮，事到如今漏泄。姊妹每心腸休見別，夫妻們莫不是有些周折？我也難推怎阻，一星星對伊仔細從頭説。他姓蔣世隆名，中都路住居。是我的男兒受儒業。

【前腔】聽説罷姓名家鄉，這情苦意切。悶海愁山心上撇，不由人不淚珠流血。我恓惶是正理，只合你愁休對愁人説。你啼哭爲何由？莫非是我的男兒舊妻妾？

【前腔】他須是瑞蓮的親兄，爲軍馬犯闕。散失忙尋相應者，那其間只爭個字兒差迭。比着先前又親，我如今越覺和你着疼熱。休提着我跟脚，久已後是我男兒那枝葉。

【前腔】我須是妹妹姑姑，你須是嫂嫂又是姐姐。未審家兄和你因甚別？兩分離是何時節？正遇寒冬冷月，被我爹拆散在招商舍。思量起痛心酸，那一日染病耽疾。是我男兒教我怎割捨？

【四犯黄鶯兒】他直恁太情切，你十分忒軟怯，眼睁睁怎忍和他相抛撇。枉自嘆嗟，無可計設，當不過搶來推去望前扯。意似虺蛇，性似蝎螫，一言如何訴説。

【前腔】流水一似馬和車，頃刻間途路賒。他在窮途逆旅應難捨。囊篋又竭，藥餌又缺，悶懨懨難捱過如年夜。寶鏡分破，玉簪跌折，甚日重圓再接。

【尾聲】自從别後音信絶，這些時魂驚夢怯，莫不是煩惱憂愁將人斷送也。

徽池雅調

《徽池雅調》（全名《新鍥天下時尚南北徽池雅調》）卷一收録《拜月亭記》之《誤接絲鞭》一齣，輯録如下。

誤接絲鞭

【月兒高】（旦）文官狀元郎，武官狀元郎，兩下皆歡暢。既讀孔聖書，必達周公禮。怎的不思想一二？喜得是奴家絲鞭，若是妹妹絲鞭，你也受了不成？（生）不記得曠野奇逢，招商旅店，我道蔣世隆誓不重婚，王瑞蘭情願終身守節。（旦）你的話兒偏偏記得，我的話兒今在那裏？看將來你是負心人，歹心偏，奴意堅。你若不肯信，有甚話兒，（又）可問你家妹妹瑞蓮。自從那日分别後，奴爲你晝忘餐，夜無眠。情切切，淚漣漣。今日相逢，（又）三生有緣。文兄武弟雙桂聯，喬公二女正芳年，孫策周瑜深整絃。夫榮耀，妻貴顯，宫花斜插帽簷邊。風流婿，職並肩，夫妻諧老到百年。

樂府南音

《樂府南音》（全名《新刻點板樂府南音》）『日集』收録《拜月亭記》之《曠野奇逢》《兵火違離》《母子問關》《拜月》等四齣，輯録如下。

曠野奇逢

【古輪臺】自驚疑，相呼厮喚兩三回。瑞蘭和先輩不曾相識。瑞蓮名兒，本是卑人親妹。妾因兵火急，離鄉故。母子隨遷往南避，在中途相失。喊殺聲各各逃生，電奔星馳。中路裏差池，因循尋至。應聲錯偶逢伊。正是俱錯意，一般煩惱兩心知。

【前腔】名兒應錯了自先回。急急便往跟尋，豈容遲滯。事到如今，事到頭來怎生惜得羞恥？念苦憐孤，救奴殘喘。帶奴離此免災危，我也不忘你的恩義。曠野間、曠野間見獨自一個佳人，生得千嬌百媚。他又無夫無婿，眼見得落便宜。如何是？天色昏慘暮雲迷。

【撲燈蛾】自親妹不見影，自親妹不見影，他人怎相庇？既然讀詩書，惻隱心怎不周急也？我是個孤男，你是個寡女，厮提着教人猜疑。亂軍中、亂亂軍中有誰來問你？緩急問語言須是要支持。

【前腔】路中不擋攔，路中若擋攔，可憐我做兄妹。有人厮盤問，教咱把甚言抵對也？没個道理，有一個道理。怕問時權説是夫妻。恁般説方纔可矣。便同行、訪踪窮跡去尋覓。

【尾聲】今日得君提掇起，免使一身在污泥。久後常思受苦時。

兵火違離（一）

【破陣子】況是君臣分散，那看母子臨危。嚴父東行何日返？天子南遷甚日回？家邦無所依。

〔望江南〕身狼狽，荒急便奔馳。貼肉金珠揣得甚，隨身衣服着些兒。子母緊相隨。離帝輦，前路去投誰？風雨催人辭故國，鄉關回首暮雲迷。何日是歸期？孩兒，管不得你鞋弓襪小，只得趲行幾步。

【漁家傲】天不念去國愁人助慘悽。淋漓的雨若盆傾，風如箭急。侍妾從人皆星散，各逃生

（一）違：原作『逢』，據汲古閣刊本《繡刻幽閨記定本》改。

計。身居處華屋高堂，但尋常珠繞翠圍。那曾經地覆天番，天番來受苦時。

【剔銀燈】迢迢路不知是那裏？前途去未知安身在何處？一點點雨間着一行行恓惶淚，一陣陣風對着一聲聲愁和氣。雲低。天色傍晚，母女命存亡兀自尚未知。

【攤破地錦花】繡鞋兒分不得幫和底。一步步提，百忙裏褪了跟兒。冒雨盪風，帶水拖泥。步難移，全没些氣和力。

【麻婆子】路途路途行不慣，心驚膽戰催。地冷地冷行不上，人慌雨亂催。年高力弱怎支持？泥滑跌倒凍田地。只得款款、款款扶娘起，心急步行遲。

母子間關

【薄倖】凛冽寒風，淋漓冷雨。送君臣南北，父子西東。心腸痛，不幸見刀兵冗冗。望故國雲山遠濛濛。

〔浣溪紗〕萬里飛沙咽鼓鼙，三軍殺氣傍旌旗。天涯兄妹兩相依。前去未知何處是，故鄉猶恐不同歸。出關愁暮一霑衣。妹子，管不得你鞋弓襪小，只得趲行幾步。

【賽觀音】雨兒催、風兒送。嘆一旦家邦盡空。想富貴榮華如夢。便咽傷心，教我氣填胸。

【前腔】意兒慌、脚兒痛。顫篤速如癡似懵。苦捱着疾忙行動。郊野看看，又早晚雲籠。

【人月圓】途路裏奔走流民擁，膽喪魂飛心驚恐。風吹雨濕衣襟重，止不住雙雙珠淚湧。行不上，惟聞得戰鼓聲振蒼穹。

【前腔】車馬來四下如鐵桶，眼見得京師城壁空。他每趕着無輕縱，人似豺狼馬似龍。遭驅虜，親骨肉甚年何日重逢？

拜月

【二郎神謾】拜新月，寶鼎中名香滿爇。願我抛閃下男兒疾較些，再得睹同歡同悦。悄悄輕將衣袂拽，却不道小鬼頭兒春心動也。那喬怯，無言俛首、紅暈滿腮頰。

【鶯集御林春】恰纔的亂掩胡遮，事到如今漏泄。姊妹每心腸休見别，夫妻們莫不是有些周折。我也難推怎阻，一星星對伊仔細從頭説。他姓蔣世隆名，中都路住居。是我的男兒受儒業。

【前腔】聽説罷姓名家鄉，這情苦意切。悶海愁山心上撇，不由人不淚珠流血。我恓惶是正理，只合你愁休對愁人説。你啼哭爲何由，莫非是我的男兒舊妻妾？

【前腔】他須是瑞蓮的親兄，爲軍馬犯闕。散失忙尋相應者，那其間只争個字兒差迭。比着先前又親，我如今越覺和你着疼熱。休提着我跟脚，久已後是我男兒那枝葉。

【前腔】我須是妹妹姑姑，你須是嫂嫂又是姐姐。未審家兄和你因甚別？兩分離是何時節？正遇寒冬冷月，被我爹拆散在招商舍。思量起痛心酸，那一他日染病耽疾。是我男兒教我怎割捨？

【四犯黄鶯兒】他直恁太情切，你十分忒軟怯，眼睁睁怎忍和他相抛撇。枉自嘆嗟，無可計設，當不過搶來推去望前扯。意似虺蛇，性似蝎螫，一言如何訴説。

【前腔】流水一似馬和車，頃刻間途路賒。他在窮途逆旅應難捨。囊篋又竭，藥餌又缺，悶懨懨難捱過如年夜。寶鏡分破，玉簪跌折，甚日重圓再接。

【尾聲】自從别後音信絶，這些時魂驚夢怯，莫不是煩惱憂愁將人斷送也。

堯天樂

《堯天樂》（全名《新鍥天下時尚南北新調堯天樂》）卷二收録《拜月亭記》之《蔣世隆曠野奇逢》一齣，輯録如下。

蔣世隆曠野奇逢〔一〕

【金蓮子】（旦）古今愁，誰似我目下這般憂？聽馬驟人鬧語，急向林中避，恐怕有人搜。

【前腔】（生）迫忙裏散失差了路頭。尋妹不見怎措手？瑞蓮！瑞蓮！（旦）有。（生）謝天謝地，謝天地庇佑，這答應端的是有。若見親骨肉，尋路向前走。瑞蓮！（旦）有。

〔一〕奇：原作「期」，據汲古閣刊本《繡刻幽閨記定本》改。

【菊花新】你是何人我是誰？（生）瑞蓮應了，呀！見又非。（旦）緣何將咱小名提，近前去問取端的。

君子爲何叫我小名？（生）你不是我瑞蓮妹子，緣何應着我？心慌走急路難行，娘行緣何不細聽。不是卑人親妹子，如何連應兩三聲？（旦）君子聲奴説因依，非是奴家惹是非。母棄孩兒尋不見，使我心下自驚疑。

【古輪臺】（旦）自驚疑，相呼厮喚兩三回。瑞蓮和先輩不曾相識。敢問瑞蓮是你甚人？（生）瑞蓮名兒，本是卑人親妹。敢問娘子因甚到此？（旦）妾因兵火，急離鄉故。（生）娘子爲何獨自？（旦）母子隨遷往南避。（生）在那裏相别？（旦）中途相失。不知令妹因甚相别？（生）喊殺聲各自逃生，電奔星馳。（旦）在那裏相别？（生）在中途裏差池，因循尋至。應聲錯偶逢伊。他尋母親，我尋妹子，兩人相遇呵。正是愁人莫向愁人説，説起愁人愁殺人。俱錯意，一般煩惱，嗳！兩心知。

他名瑞蘭，我妹瑞蓮。蓮、蘭二字，其音所争不遠。

【前腔】只爲名兒厮類，聽錯了自先回。小娘子，請站開些，待我好走路。即便往跟尋，豈容遲滯。（旦扯傘介）（生）小娘子，怎麽扯住我雨傘，好不惜羞恥。（旦）事到如今，怎生惜得羞恥？秀才，念孤惜寡，救奴殘喘。帶奴離此免災危，久已後不忘恩義。（生）曠野裏獨自一個佳人，生得有千嬌百媚。小娘子可曾嫁人否?(旦摇頭介)(生)要知窈窕佳人意,盡在摇頭不語中。喜得他無夫無婦。這女子極是乖覺,雖然相遇,只管遮了臉兒,未知生得如何,待我哄他一看。娘子,方纔説不見令堂,那邊一個婆婆叫來,想是你令堂麽?(旦)在那裏?(生)娘子,在這裏。眼見得落便宜。待我慌他一慌。娘子,如何是?天色昏慘暮雲迷。

(旦)君子,還要帶奴同去。

【撲燈蛾】(生)自親不見影,他人怎生相周庇?(旦)君子,你曾讀書否?(生)秀才家何書不讀?那書不曉?(旦)曾記得《毛詩》否?(生)《毛詩》那一篇?(旦)窈窕淑女,君子好逑。(生)小娘子言及于此,卑人豈不知之。奈干戈擾亂,實難從命。(旦)既然讀詩書,惻隱心怎不相周濟?(生)小娘子,你只曉惻隱之心,那知別嫌之禮。我是孤兒你是寡女,廝趕着教人猜疑。(旦)亂軍中有誰來問你?(生)緩急問語言須是要支持。

【前腔】(旦)路中若攔擋,可認做兄妹。(生)做兄妹到好,只是面貌不同。有人廝問時,教咱把甚言抵對?(旦)没個道理。(生)你没道理,我也不管你。(旦)有一個道理。(生)有甚道理?(旦)怕問時權説做夫。(生)我秀才家肩不能挑,手不能提,你叫我怎麽去做得夫?(旦)『夫』字下面還有一個字。(生)『夫』字下面敢怕是夫人,夫子?(旦)冤家,他明明知道,只是故意調戲奴家。怕問時權説是夫妻。(生)夫妻便是夫妻,那有權説之理。恁的説方纔可已。便同行、訪踪窮跡去尋覓。

【尾聲】（旦）今日得君提掇起，免教一身在污泥。久後常思受苦時。

（生）小娘子放大些膽，我蔣世隆是個忠厚的，只管放心前行。

【皂羅袍】千般憂不自在，看他臉皮兒生得多人愛。見幾個在林中躲，咱兩個在途路挨。你將愁眉暫展開，憂愁放下懷。我有方羅帕，與你揾住了香腮。（合）你將紐扣兒鬆，羅帶兒解。歹也麽歹，咱和你商量取，一步步趲上來。

【前腔】（旦）俺爹在朝奏欽差，母爲干戈兩下開。（生）小娘子，恐到關隘之所，有人盤詰，如何是好？（旦）笑你是個癡秀才，關津隘口人盤問，只説道親哥哥帶着小妹來。脚兒疼，步怎捱，想是前生欠了路頭債。（生）還是前生欠了夫妻債。

月露音

《月露音》卷二『騷集』收録《拜月亭記》(劇名原題作《幽閨記》)之《拜月》一齣,卷三『憤集』收録《行路》《途窮》《悲遇》等三齣,輯録如下。

拜月

【青衲襖】我幾時得煩惱絶?幾時得離恨徹?本待散悶閑行到臺榭,傷情對景腸寸結。悶懷些兒待撇下怎忍撇?待割捨難割捨。倚遍闌干萬感情切,都分付長嘆嗟。

【紅衲襖】你繡裙兒寬褪了褶,爲傷春憔悴些。近日龐兒瘦成勞怯。莫不是又傷夏月?姊妹每休見撇,斟量着你非爲别。多應把姐夫來縈牽,别無些話説。

【青衲襖】你把濫名兒將咱引惹,直恁的情性乖心意劣。女孩兒家多口共饒舌。爹娘行快活要他做甚的?要妝衣滿篋,要食珍羞則盛設。和你寬打周折,到父親行先去説。説道小鬼頭春心動也。

【紅衲襖】我特地錯賭别，望高擡貴手饒過些。一句話兒傷了俺賢姐姐，瑞蓮甘痛決，姐姐閑耍歇，小的妹先去也。只管在此閑行，忘收了針綫帖。

【二郎神慢】拜新月，寶鼎中把明香滿爇。願我抛閃下男兒疾效些，得再睹同歡同悦。悄悄輕將衣袂拽，却不道小鬼頭春心動也？我也到父親行去説。那喬怯，無言俛首紅暈滿腮頰。

【鶯集御林春】恰纔的亂掩胡遮，事到如今漏泄。姊妹每心腸休見别，夫妻每是有些周折？教我難推怎阻，我一星星對伊仔細從頭説。姓蔣世隆名，中都路是家，是我男兒受儒業。

【前腔】聽説罷姓名家鄉，這情苦意切。悶海愁山將我心上聲，不由人不淚珠流血。我恓惶是正理，只合此愁休對愁人説。你啼哭爲何因，莫非是我男兒舊妻妾？

【前腔】他須是瑞蓮親兄。爲軍馬犯闕。散失忙尋相應者，那時節只争個字兒差迭。和你比先前又親，自今越更着疼熱。你休隨着我跟脚，久已後是我男兒那枝葉。

【前腔】我須是你妹妹姑姑，你是我的嫂嫂又是姐姐。未審家兄和你因甚别？兩分離是何時節？正遇寒冬冷月，恨爹爹把奴拆散在招商舍。思量起痛辛酸，那其間他染病耽疾，是我男兒教我怎割捨？

【四犯黄鶯兒】他直恁太情切，你十分忒軟怯。眼睁睁怎忍相抛撇？枉自怨嗟，無可計設。當不過他搶來推去望前扯。意似虺蛇，性似蝎螫，一言如何訴説？

【前腔】流水也似馬和車，頃刻間途路賒。他在窮途逆旅應難捨。囊篋又竭，藥餌又缺，他那裏悶懨懨難捱過如年夜。寶鏡分破，玉釵斷折，甚日重圓再接？

【尾聲】自從别後信音絶，這些時魂驚夢怯，莫不是煩惱憂愁將人斷送也。

行路

【山坡羊】翠巍巍雲山一帶，碧澄澄寒波幾派。深密密煙林數簇，滴溜溜黄葉都飄敗。一兩陣風，三五聲過雁哀。傷心對景，對景愁無奈。回首家鄉，珠淚滿腮。情懷，急煎煎悶似海。形骸，骨巖巖瘦似柴。

【水紅花】憶昔歌舞宴樓臺，會金釵，歡娱難再。思之詩酒看書齋，命多乖，風光難再。母親知他何處，尊父阻天涯，不能彀千里故人來也囉。

【梧桐葉】徙黎民，遷臣宰，天子蒙塵盡遠邁。雕闌玉砌今何在？想畫閣蘭堂那樣安排，翻做草舍茅簷這境界。怎教人償得盡恓惶債？

【水紅花】路滑霜重步難擡，小弓鞋，其實難捱。家亡國破更時乖。這場災，冰消瓦解，否極何時生泰？苦盡更甜來，只除是枯樹上再花開也囉。

途窮

【排歌】黯黯雲迷，寒天暮景，驅馳水涉山登。蕭蕭黄葉舞風輕，這樣愁煩不慣經。不忍聽，不美聽，聽得胡笳野外兩三聲。風力勁，天氣冷，一程分作兩程行。

【前腔】只見數點寒鴉，投林亂鳴。晚煙宿霧冥冥。迢迢古岸水澄澄，野渡無人舟自横。不忍聽，不美聽，聽得孤鴻天外兩三聲。風力勁，天氣冷，一程分作兩程行。

【憶多嬌犯】前路梗，行步生，那更天將暝。憂心戰兢兢，傷情淚盈盈。那些兒悽慘，那些個寂寞，清風明月最關情。無人來往冷清清，叫地不應天怎聞？不忍聽，不美聽，聽得疏鐘山外兩三聲。風力勁，天氣冷，一程分作兩程行。

【前腔】忽地明，一盞燈，遥望茅簷近。不須意兒省，休得慢騰騰。休辭迢遞，望明前去，遠臨此地叩柴扃。今宵村舍暫消停，卧却山城長短更。不忍聽。不美聽，聽得寒砧林外兩三聲。風力勁，天氣冷。一程分作兩程行。

【尾】得暫寧，天之幸。一夕安穩到天明，免使狼藉登路程。

悲遇

【銷金帳】黄昏悄悄，助冷風兒起。想今朝思向日，曾對這般時節，這般天氣。羊羔美酒，美酒銷金帳裏。兵亂人荒，遠遠離鄉里。如今怎生，怎生街頭上睡？

【前腔】初更鼓打，哽咽寒角吹。滿懷愁分付與誰？遭逢這般磨折，這般别離。铁心腸打開，打開鸞孤鳳隻。我這裏恓惶，他那裏難存濟。翻覆怎生，怎生獨自個睡？

【前腔】鼕鼕二鼓，敗葉敲窗紙。響撲簌聒悶耳。難禁這般蕭索，這般岑寂。骨肉到此，到此你東我西。去又無門，住又無依倚。傷心怎生，怎生街頭上睡？

【前腔】三更漏轉，寒雁聲嘹嚦。半明滅燈火煤。尋思這般沉疾，這般狼狽。相别到今，到今吉凶未知。冷落空房，藥食誰調理。床兒上怎生，怎生獨自個睡？

【前腔】樓頭四鼓，風捲簷鈴碎。略朦朧驚夢回。娘女這般相逢，這般重會。颯然覺來，覺來孩兒那裏？多少傷悲，多少縈牽繫。教人怎生，怎生街頭上睡？

【前腔】五更又催，野外疏鐘急。算通宵幾嘆息。一似這般煩惱，這般孤恓。一身苟活，苟活成得甚的？俺這裏愁煩，那壁厢長吁氣。聽得怎生，怎生獨自個睡？

【思園春】久阻尊顔想念勤，此逢將謂是夢和魂。奴是不應親者，今日强來親。子母夫妻苦分散，無心中完聚怎由人？

【好孩兒】匆匆地離皇朝我心不穩。棄家私老小去得安忍？只知國難識大臣，不隄防萬馬千軍犯京城。君去民逃，常言道龍鬥魚損。

【福馬郎】那日裏風寒雨又緊，正行裏喊聲如雷震。無處藏隱，急向林梛中躲、道途上奔。其時節亂紛紛。身難保命難存。

【紅芍藥】兵擾攘阻隔關津，思量着役夢勞魂。眼見得家中受危困，望吾鄉有家難奔。歷盡了苦共辛，娘逢人見人尋問。只愁你舉目無親，子父每何處廝認？

【紅衫兒】我有一言說不盡。向日招商店驀忽地撞着家尊。我尋思他眼盼盼人遠天涯近。爲甚的來那壁千般恨，你休只管叨叨問。

【會河陽】有甚事爭差、且息怒嗔，閑言語總休論。賤妾不懼責罰，將片言語陳。難得見今朝分。甚時除得我心頭悶？甚日除得我心頭恨？

【縷縷金】教准備，展芳樽，得團圞都喜慶，盡歡欣。館驛中有雜人來往，其實不穩。到南京得見聖明君，那時節好會佳賓。

【越恁好】辦集船隻，辦集船隻，指日達帝京。漸行漸遠，親兄長不知死何存。愁人見說愁更新。欲言又忍，心兒裏痛切切如刀剜，眼兒裏淚滴滴如珠揾。

【紅繡鞋】畫船已在河濱，河濱。不勞馬足車輪，車輪。離孟津，望前進。風力順，水程緊。咫尺是，汴梁城。

【尾聲】別離會合皆緣分，受過憂危心自忖。暮樂朝歡還再整。

樂府萬象新

《樂府萬象新》（全名《梨園會選古今傳奇滚調新詞樂府萬象新》）前集卷二收録《拜月亭記》之《世隆曠野奇逢》一齣，輯録如下。

世隆曠野奇逢

【金蓮子】（旦）古今愁，誰似我目下這般憂？聽馬驟人鬧語，急向深林中避，只怕有人搜。

【前腔】（生）迫忙裏散失差了路頭。瑞蓮！尋妹不見怎措手？瑞蓮！瑞蓮！（旦應聲介）（生）謝天謝地！謝神天庇佑，這答應端的是有。若見親骨肉，尋路向前走。

【菊花新】（旦）你是何人我是誰？（生）瑞蓮，應了還應見又非。（旦）緣何將咱小名提，近前去問取端的。

呀！你不是我娘親，如何叫我小名？（生）你不是我妹子，如何應着我？（旦）是我差了。（生）心荒步急路難行，娘子緣何不細聽。非是卑人親妹子，如何連應兩三聲？（旦）君子聽我聽因依，非是奴家惹是非。母棄孩兒尋不見，使我心下自驚疑。

【古輪臺】自驚疑，相呼厮唤兩三回，瑞蘭和先輩不曾相識。敢問瑞蓮是你誰人？（生）瑞蓮名兒，本是卑人親妹。敢問娘子是個婦人，不出閨門，因甚到此？（旦）妾因兵火，急離鄉故。（生）娘子如何獨自？（旦）子母隨遷往南避，中途相失。不知令妹因甚相别？（生）那時節喊殺聲各自逃生，電奔星飛。（旦）在那裏相别？（生）中途差池，因尋至，聲應偶逢伊。（旦）他尋妹子，我尋母親，兩人相遇。俱錯意，一般煩惱兩心知。

（生）我妹子名瑞蓮，他名瑞蘭。蓮、蘭二字不同，其音所争不遠。

【前腔】只爲名兒厮類，聽錯自先回。（旦）君子往那裏去？（生）即便往跟尋，豈容遲滯。（旦）姑帶奴家同去。（生）自己妹子不見，怎麽帶得你去？（旦）事到如今，怎生惜得羞恥？念孤憐寡，救奴殘喘。帶奴離此免災危，不忘恩義。（生）曠野裏獨自一個佳人，生得千嬌百媚。娘子曾嫁人否？（旦摇頭介）（生）要知窈窕佳人意，盡在摇頭不語中。喜得他無夫無婿。這女子極是乖巧，與他講了這一會，不曾看得他仔細。待我哄他一哄。娘子，你適纔説不見令堂，前面一個婆子來，想是令堂？（旦）在那裏？（生）娘子，在這裏。眼見落便宜。（合）如何是？天色昏慘暮雲迷。

（旦）君子，還要帶奴同去。

【撲燈蛾】（生）小娘子，自親不見影，他人怎生相周庇？（旦）君子曾記得《毛詩》否？（生）《毛詩》上如何道？（旦）窈窕淑女，君子好逑。（生）小娘子，非卑人不曉。奈干戈擾攘，實難從命。（旦）既然讀書詩，惻隱怎生周濟？（生）娘子，我是孤兒你是寡女，有人厮盤問，教咱猜疑。（旦）亂軍中誰來問你？（生）緩急間語言須是要支持。

【前腔】（旦）路中不攔當，可憐做兄妹。㈠（生）做兄妹到好，奈面貌不同。有人盤問着，教咱甚言抵對？（旦）有個道理。（生）有甚道理？（旦）怕問時權説做夫。（生）小娘子説話輕薄，小生是黌門中一秀才，怎叫我去做夫？（旦）『夫』字下面還有一字。（生）『夫』字下面的，不知是夫子，是夫人？（旦）寃家，他明明知道，只要故意調戲我。怕問時權説做夫妻。（生）夫妻便是夫妻，那有權説之理。恁的是方纔事已。（合）便同行訪踪窮跡去尋覓。

（生）娘子，天色將晚，且趲行幾步。（旦）君子請先，妾當隨後。

【皂羅袍】（生）漸漸紅輪西下，見林稍數點昏鴉。前村燈火有人家，江山晚景堪描畫。我蔣世隆在家之時呵，錦堂富貴，玉帳榮華。誰知今日呵，遭逢兵火，勞碌波渣。小生須受此跋涉，幸遇此佳人。古云：不入虎穴，焉得虎子。正是危叢致取千金價。

㈠ 妹：原作『弟』，據《李卓吾先生批評幽閨記》改。

【前腔】（旦）暗想溪山跋涉，不由人珠淚如絲。鞋弓襪小步難移。（生）小娘子，怎麼行不動？（旦）我嬌花不慣風摇拽。（生）既如此，待卑人扶你行幾步。（旦）君子不勞如此。天將暝暝，欲進趦趄。那故園何在？極目慘悽。我王瑞蘭也知男女有別，豈宜同行。只是遭此兵火，出乎無奈。危途權作資身計。

【尾聲】得君今日提掇起，免奴此身在污泥，久後當思憂苦時。

半路兄尋妹，中途母失兒。（一）

情知不是伴，事急且相隨。

（一）失：原作『迭』，據汲古閣刊本《繡刻幽閨記定本》改。

南音三籟

《南音三籟》『戲曲』卷摘録《拜月亭記》之《皇華悲遇》《途窮》《自嘆》《少不知愁》《間闗》《遇舊》《走雨》《奇逢》《相逢》《旅婚》《團圓》《拜月》《行路》《對景含愁》《拆散》《驛遇》等十六齣的部分曲文，輯録如下。

皇華悲遇[一]

【上馬踢】干戈動地來，車駕遷都汴。兒夫離帝京，路遥人又遠。軍馬臨城，無計將身免。這苦怎言？禍不單行，中路兒不見。

【月兒高】喊殺連天，骨肉怎相戀？自古常言道，人離鄉賤，到得今朝平安幸非淺。是則是

[一] 皇華悲遇：原闕，據汲古閣刊本《繡刻幽閨記定本》補。

身狼狽，眼前受迍邅。

【鑾江令】煩惱多歷遍，憂愁怎脱免？　眼兒哭得損，脚兒行得倦。　五里十里，一日如同過一年。　但願前途去，早早逢親眷。

【涼草虫】勁風寒四合，暮煙昏慘慘，同雲布晚天變。　只愁那長空舞絮綿，去心如箭。　旅舍全無，今宵何處安眠？

【臘梅花】孟津驛舍，住在黄河岸邊，乘船坐馬十分便。　子母每忙向前。　可憐窮面，暫假安身望週全。

途　窮

【羽調排歌】黯黯雲迷，江天暮景，驅馳水涉山登。　蕭蕭黄葉舞風輕，這樣愁煩不慣經。　不忍聽，不美聽，聽得胡笳野外兩三聲。（合）風力勁，天氣冷。　一程分作兩程行。

【前腔】只見數點寒鴉，投林亂鳴，晚煙宿霧冥冥。　迢迢古岸水澄澄，野渡無人舟自横。　不忍聽，不美聽，聽得孤鴻天外兩三聲。（合前）

【三疊排歌】前路梗，行步生，那更天將暝。　憂心戰兢兢，傷情淚盈盈。　那些兒悽慘，那些兒寂寞，清風明月最關情。　無人來往冷清清，叫地不聞天怎應？　不忍聽，不美聽，聽得疏鐘山

外兩三聲。（合前）

【前腔】忽地明，一盞燈，遥望茅簷近。不須意兒省，休得謾騰騰。休辭迢遞，望明前去，遠臨此地叩柴扃。今宵村舍暫消停，卧却山城長短更。不忍聽，不美聽，聽得寒砧林外兩三聲。（合前）

自嘆

【玉芙蓉】胸中書富五車，筆下句高千古。鎮朝經暮史，寐晚興夙。擬蟾宫折桂雲梯步，待求官奈何服制拘？教人怨，怨不沾寸禄。（合）望當今聖明天子詔賢書。

【前腔】功名事本在天，何必心過慮？且從他得失，任取榮枯。爲人只恐身無藝，暫時間未從心所欲。金埋土，也須會離土。

【刷子序】書齋數椽，良田儘可、隨分饘粥。世態紛紛，争如静守閑居。勤劬。事業學成文武，掌皇朝方展訏謨。（合）但有個抱藝懷才，那曾見滄海遺珠？

【前腔】難服。晚進兒童，肥馬輕裘，惡紫奪朱。磊落男兒，慚睹蠢爾之徒。聽語。萬事皆由天命，盡皆非者也之乎。（合前）

少不知愁

【錦纏道】髻雲堆，珠翠簇，蘭姿蕙質。香肌稱羅綺。黛眉長，盈盈照一泓秋水。鞋直上冠兒至底，諸餘没半星兒不美。針指暫閑時，花朝月夕，丫鬟侍妾隨。好景須歡會，四時端不負佳致。

【朱奴兒】春名苑奇葩異卉，夏水閣浮瓜沉李。秋玩蟾光折桂枝，逢冬景賞雪觀梅。從他喚，愁是甚的？總不解愁滋味。

間關

【賽觀音】雨兒催、風兒送。嘆一旦家邦盡空。想富貴榮華如夢。哽咽傷心教我氣填胸。

【前腔】意兒慌、脚兒痛。顫篤速如癡似懵。苦捱着疾忙行動。郊野看看又早晚雲籠。

【人月圓】途路裏奔走流民擁，膽喪魂飛心驚恐。風吹雨濕衣襟重，止不住雙雙珠淚湧。行不上，惟聞得戰鼓聲震蒼穹。

【前腔】軍馬來四下如鐵桶，眼見得京師城壁空。那每趕着無輕縱，如虎般英雄馬似龍。遭驅虜，親骨肉甚年何日重逢？

遇舊

【尾犯序】山徑路幽僻，尋常此間來往人稀。男女相隨，豈是良人行止？凶時。遭士馬流民散失，避干戈君臣遠徙。夫和婦，爲天催地塌逃難路途迷。

【前腔】無非買命與贖身，但隨行有何囊篋貲費？快口强舌，休同兒戲。聽咨。亂荒荒行來數日，苦滴滴實没半釐。你好不知禮。常言道打魚獵射怎空回？

【前腔】何必説甚的，便推轉斬首、更莫遲疑。將他倒拽横拖，把軍令遵依。魂飛。纔逆旅窮途認妻，早背井離鄉做鬼。聽哀告，望雷霆暫息略罷虎狼威。

【前腔】軍前令怎移，但一言既出、駟馬難追。枉自厚禮卑詞，休想饒你。傷悲。王瑞蘭遭刑枉死，蔣世隆啣冤負屈。天和地，有誰人可憐燒陌紙錢灰。

【梁州賺】且與我留人，押回來問取詳細。家居那裏？工商農種學文藝？通詩禮，鄉進士州庠屢魁。中都路離城三里。閑居止，因兵棄家無所倚。聽説仔細。

【前腔】緊降階釋縛扶將起，是兄弟負恩忘義。尊嫂受禮，誰知此地能完聚。愁爲喜，深謝得賢叔盗跖。哥哥行那些個尊卑？權休罪，適間冒瀆少拜識。恐君錯矣。

【耍鮑老】朝廷當時巡捕急，閃避在圍牆内。若非恩人救難危，險赴法雲陽市。相逢狹路難迴避，這言語古來提。連忙準備排筵席。歡來不似今日。

【前腔】酒浮嫩醅，壓驚解煩休要推。寒色告少飲半杯。非詐僞，量淺窄休央及。高歌暢飲展放眉，開懷醉了重還醉。酒待人無惡意。

【前腔】秀才儒業祖傳襲，你文章幼攻習。我低低問、暗暗猜、心疑忌。叔伯遠房姑舅的？敢是兩姨一瓜蒂？怎有這個賊兄弟？怎有這個好兄弟？賽關張、勝劉備。

【前腔】告辭去急，姑留待等寧静歸。龍潭虎穴難住地。金百兩，望領納爲盤費。懊恨人生東又西，難逢最苦别離易。嘆此行何時會？

【尾】遲疾早晚兵戈息，共約行朝訪踪跡。怎肯依舊中原一布衣？

走雨

【漁家傲】天不念去國愁人最慘悽。淋淋地雨若盆傾，風如箭急。侍妾從人皆星散，各逃生計。身居處華屋高堂，但尋常珠繞翠圍。那曾經地覆天番受苦時。

【剔銀燈】迢迢路不知是那裏？前途去未審安身在何地？一點雨間着一行恓惶淚，一陣風對着一聲聲愁氣。雲低。天色傍晚，母子命存亡兀自未知。

【攤破地錦花】繡鞋兒，分不得幫和底。一步步提，百忙裏褪了跟兒。冒雨湯風，帶水拖泥。

步難移，全没些氣和力。

【麻婆子】路途路途行不慣，心驚胆顫摧。地冷地冷行不上，人荒語亂催。年高力弱怎支持？泥滑跌倒在凍田地。款款扶將起，正是心急步行遲。

奇逢

【古輪臺】自驚疑，相呼厮唤兩三回。瑞蘭和先輩不曾相識。瑞蓮名兒，本是卑人親妹。妾因兵火急，離鄉故。母子隨遷往南避，在中途相失。喊殺聲各各逃生，電奔星馳。中路裏差池，因循尋至。應聲錯偶逢伊。正是俱錯意，一般煩惱兩心知。

【前腔】名兒應錯了自先回。急急便往跟尋，豈容遲滯。事到如今，怎生惜得羞恥。念苦憐孤，救奴殘喘，帶奴離此免災危。我也不忘你的恩義。曠野間見獨自一個佳人，生得千嬌百媚。他又無夫無婿，眼見得落便宜。如何是？天色昏慘暮雲迷。

【撲燈蛾】自親妹不見影，自親妹不見影，他人怎相庇？既然讀詩書，惻隱心怎不周急也。我是個孤男，你是個寡女，厮趕着教人猜疑。亂軍中有誰來問你？緩急間語言須是要支持。

【前腔】路中不擋攔。路中若擋攔，可憐我做兄妹。有人厮盤問，教咱把甚言抵對也？没個道理。有一個道理，怕問時權説是夫妻。恁般説方纔可矣。便同行、訪踪窮跡去尋覓。

【尾聲】今日得君提掇起，免使一身在污泥。久後常思受苦時。

相逢

【粉孩兒】匈匈地離皇朝我心不穩。棄家私老小去得安忍？只知國難識大臣，不隄防萬馬千軍犯京城。君去民逃，常言道龍鬭魚損。

【福馬郎】那日風寒雨又緊，正行裏喊聲如雷震。無處隱，急向林槨中躲，道途上奔。其時亂紛紛。身難保命難存。

【紅芍藥】兵擾攘阻隔關津，思量着役夢勞魂。眼見得家中受危困，望吾鄉有家難奔。孩兒歷盡苦共辛，娘逢人見人尋問。只愁你舉目無親，父子每何處厮認？

【耍孩兒】我有一言説不盡。向日招商店，肯分地撞着家尊。我尋思他眼盼盼人遠天涯近。爲甚的那壁千般恨，休只管叨叨問。

【會河陽】有甚争差，且息怒嗔，閑言閑語總休論。賤妾，不避責罰，將片言語陳。難得見今朝分。甚時除得我心間悶？甚日除得我眉間恨？

【縷縷金】教准備，展芳尊。得團圓都喜慶，盡歡忻。館驛有雜人來往，其實不穩。到南京得見聖明君。那時好會佳賓，那時好會佳賓。

【越恁好】辦集船隻，辦集船隻，指日達國門。漸行漸遠，親兄長不知死和存。愁人見說愁更新。欲言又忍。心兒裏痛點點如剜刃，眼兒裏淚滴滴如珠搵。

【紅繡鞋】畫船已在河濱，河濱。不勞馬足車輪，車輪。離孟津，望前進，風力順，水程緊。咫尺是，汴梁城，咫尺是，汴梁城。

【尾聲】別離會合皆緣分，受過憂危心自忖。從今暮樂朝歡還正了本。

旅婚

【降黄龍】宦室門楣，寒士尋常、望若雲霄。爲時移事遷，地覆天翻，君去民逃。多嬌。此時相見，料應我和你姻緣非小。做夫妻相呼厮喚、怎生恁消？

【前腔】何勞。獎譽過高。昔日榮華、眼前窮暴。身無所倚，幸然遇君家、危途相保。英豪。念孤恤寡，再生之恩難報。久以後銜環結草，敢忘分毫？

【前腔】聽告。你身到行朝。與父母團圓、再同歡笑。你在深沉院宇，要見你除非是夢魂來到。攀高。選擇佳婿，命蹇時乖其實難招。這虛名人言自説，聽着偏好。

【前腔】休焦。所許前詞，侍枕之私、敢惜微眇。怕仁人累德，娶而不告。朋友相嘲。從教。整冠李下，此嫌疑實亦難逃。亂軍中遭驅被虜、怎全節操？

團圓

【小桃紅】狀元執盞與嬋娟，滿捧着金杯勸也。厚意殷勤，到此身邊，何異遇神仙。輕輕將袖兒掀，露春纖。盞兒拈，低嬌面也。真個似柳如花，柳和花鬬爭妍。

【下山虎】大人家體面，委實多般。有眼何曾見。懶能向前。他那裏弄盞傳杯，恁般腼腆。我這裏新人忒煞虔，待推怎地展。争奈主婚人不見憐。配合夫妻事，事非偶然。好惡姻緣都在天。

【二犯排歌】文官狀元，武官狀元，兩姨處相回勸。不想這搭兒裏重會再見。久别你前夫是誰過愆？早忘了當初囑付言。偏我意堅，方纔及第，如何便接了絲鞭？有的話兒但只問你妹子瑞蓮。

【五般宜】他爲你晝忘餐夜無眠，他爲你悽慘慘淚漣漣。天教你重完聚、續斷絃。這夫妻非同偶然。尊嫂别來康健，夫妻每再圓。伏望相公夫人作個週全，這佳期争不遠。

【本宮賺】若説武人，前程萬里功名遠。儒人秀才，一個個窮似范丹和原憲。看奴面，不肯嫁人怎趁錢？壞人道業心不善。福分淺，棄嫌我怎與他成姻眷？事成生變。

【鬬哈嘛】古質漢村情性、事有萬千。説的話没些兒、委曲宛轉。只好再等三年後，一個風流俏的狀元。休記先，休記冤。欲配姻親，未敢自專。

【五韻美】兄妹間，苦難勸。媒人議説須再三，説教他事體完善。你好隨機應變，看待我十分輕鮮。看我虎符金牌向腰内懸。没一個因由，告人勸勉。

【江頭送別】天台路，當日裏，降臨二仙。桃花岸，武陵溪，賺入劉阮。不争再把程途踐，仙凡自此隔遠。

余曾于白下會江右龍仲房，出所得沈伯英抄《拜月亭》不全舊本，皆錯訛零落，至不能讀。大約後數折與時本絶異，猶可讀者，惟《遞絲鞭》一折及此套耳，爾時惜不録之，幸此套爲譜中所收，故得復表出之。其曲中應答情節，蓋因遞鞭時，二人皆受。而《團圓》折，王反怒蔣之違盟受鞭，故復有如許宛委。惜無白填之，不可施之演場耳。末折生波，所謂至尾回頭一掉也。元戲皆然，不可不曉。其二引子附于後。

【正宮引子・喜遷鶯】紗窗清曉，睡覺起傷心，有恨無言。淚眼空懸，愁眉難展。還又度日如年。他那裏相思無限，我這裏煩惱無邊。是怎生。夢魂中欲見，無由得見。

【越調引子・杏花天】曲江賜罷瓊林宴，稱藍袍宮花帽偏。玉鞭裊裊如龍騎，簇擁着傳呼狀元。

拜月

【二郎神】拜星月，寶鼎中名香滿爇。願抛閃下男兒疾較些，得再睹同歡同悦。悄悄輕將衣袂拽。却不道小鬼頭兒春心動也。那喬怯。無言俛首，紅滿腮頰。

【鶯集御林春】【鶯啼序】恰纔的亂掩胡遮，【集賢賓】事到如今漏泄。姊妹們心腸休見別，夫妻們莫不是有些周折？我也難推怎阻，【簇御林】一星星對伊仔細從頭説。【三春柳】他姓蔣世隆名，中都路住居。是我男兒受儒業。

【前腔】聽説罷姓名家鄉，這情苦意切。悶海愁山將我心上撇，不由人不淚珠流血。我恓惶是正理，只合此愁休對愁人説。你啼哭爲何因？莫非你也是我的男兒舊妻妾？

【前腔】他須是瑞蓮的親兄，爲軍馬犯闕。散失忙尋相應者，那其間只争一個字兒差迭。比着先前又親，我如今越覺和你着疼熱。休隨着我跟脚，久已後只當我的男兒那枝葉。

【前腔】我須是你妹妹姑姑，你須是我嫂嫂又是姐姐。未審家兄和你因甚別？兩分離是何時節？正遇寒冬冷月，恨我爹折散在招商舍。思量起痛心酸，那其間染病擔疾。是我的男兒教我怎割捨？

【四犯黄鶯兒】他直恁太情切，你十分忒軟怯，眼睜睜怎忍相抛撇。枉自嘆嗟，無可計設。當不過搶來推去望前扯。意似虺蛇，性似蝎螫，一言如何訴説。

【前腔】流水也似馬和車，頃刻間途路賒。他在窮途逆旅應難捨。囊篋又竭，藥食又缺，他那裏悶懨懨難捱過如年夜。寶鏡分破，玉簪跌折，甚日重圓再接？

【尾聲】自從別後信音絶，這些時魂驚夢怯，莫不爲煩惱憂愁將他來斷送也。

行路

【山坡羊】翠巍巍雲山一帶，碧澄澄寒波幾派。深密密煙林數簇，滴溜溜黄葉都飄敗。一兩陣風，三五聲過雁哀。傷心對景愁無奈。回首家鄉，珠淚滿腮。情懷，急煎煎悶似海。形骸，骨巖巖瘦似柴。

【水紅花】憶昔歌舞宴樓臺，會金釵，歡娱難再。(一)思之詩酒看書齋，命多乖，風光難再。母親知他何處？尊父阻天涯。不能勾千里故人來也囉。

【梧桐葉】徙黎民，遷臣宰，天子蒙塵盡遠邁。雕闌玉砌今何在？想畫閣蘭堂那樣安排，翻做草舍茅簷這境界。怎教人償得盡恓惶債。

【水紅花】路滑霜重步難擡，小弓鞋，其實難挨。家亡國破更時乖，這場災，冰消瓦解。否極何時生泰？苦盡更甜來。只除是枯樹上再花開也囉。

【金錢花】聽得數聲鑼篩，鑼篩。好漢山前齊擺，齊擺。個個獰惡似狼豺。留買路，與錢財。

(一) 娱：原作『誤』，據汲古閣刊本《繡刻幽閨記定本》改。

不留與，定殺害。

【念佛子】窮秀才夫和婦，爲士馬逃難登途。望相憐壯士略放一路。捉住，枉説閑言語，買路錢且留下金珠。稍遲延便教身死須臾。

【前腔換頭】區區。山行露宿，粥食無覓處。有盤纏肯相推阻？敢厮侮，窮酸餓儒，模樣須尋俗。應隨行所有疾忙分付。

【前腔】苦不苦。從頭至足，衣衫皆藍縷。難同他往來客旅。你不與，施威仗勇，輪動刀和斧。激得人忿心發怒。

【前腔】告饒恕。魂飛膽戰，神恐心驚懼。此身恁屈死真實何辜。且執縛，管押前去，山寨裏聽區處。到那裏吉凶事全然未知。

又見《雍熙樂府》『憶昔歌舞』一曲後又有【仙呂・皂羅袍】，乃時本所無者，姑録于後。

【皂羅袍】對景遊人堪愛，喜今朝得會，共賞開懷。母親不見淚盈腮，多蒙你個秀才相耽待。雙雙厮共，兩情意諧。今生相聚，前生命該。合伊少欠風流債。

對景含愁[一]

【夜行船序】春思懨懨，此愁誰訴，此情誰知？心撩亂慵睹妝臺梳洗。芳時。不暖不寒，鞦韆院宇、堪遊堪戲。空對。鶯花燕柳，悄忽地暗皺雙眉。

【前腔换頭】因誰。牽惹芳心，媚容香褪，嫩臉桃衰。看看恁寬盡金縷羅衣。休疑。只爲傷春，知他怎生、年年如是。休對。晴天暖日，輕可地過了寒食。

【風入松】甚心情閑步小園西，推一個身倦神疲。趁春風桃李花開日，誰不待去尋芳拾翠？九十日光陰撚指，三分景二分歸。

【前腔】那春光也應笑咱伊，笑你恁瘦減香肌。東君不管人憔悴，眼見得緑密紅稀。香閨掩珠簾鎮垂，不肯放燕雙飛。

【尾聲】中心先自不如意，縱然間旨同隨喜，也做了興盡空回。

[一] 對景含愁：原闕，據汲古閣刊本《繡刻幽閨記定本》補。

拆散

【園林好】纔説起遷都汴梁，鬧炒炒哀聲四方。不忍訴淒涼情況。家所有盡撇漾。家使奴盡逃亡。

【嘉慶子】你一雙母子何所傍？更雨緊風寒勢怎當？心急行程不上。人亂亂世荒荒，愁慽慽淚汪汪。

【尹令】那時又無倚仗，當時有親難傍。其時有家難向。他東我西，地亂天荒事怎防？

【品令】逃生士民在官道驛程傍。天色漸晚，陰雲黯穹蒼。匈匈正往，喊聲如雷響。各各奔走，都向樹林遮障。苟免偷生，瓦解星飛子離了娘。

【豆葉黄】你一身眼下，見在誰行？我隨着個秀才棲身。他是我的家長。誰爲媒妁？甚人主張？人在那亂離時節，人在那亂離時節，怎選得高門厮對厮當？

【三月海棠】你自想，甚年發跡窮形狀？怎凡人貌相，海水升量。非獎。陋巷十年黄卷苦，那時禹門三月桃花浪。一躍龍門，便把名揚。管教姓字標金榜。

【五韻美】意兒裏想，眼兒裏望。望救取東君艷陽，與花柳增芳。全没些可傷，身凛凛如雪上加霜。更没些和氣一味莽。鐵膽銅心，打開鳳凰。

【二犯六么令】你是娘生父養，故逆親言心向情郎。我向地獄相救轉到天堂，怎下得撇在没人的店房。若是兩分張，管取潑殘生命亡。

【玉交枝】哀告慈悲岳丈，可憐我伏枕在床。煎藥煮粥無人管，等待我三五日時光。全無些好言劈面搶，惡狠狠怒氣三千丈。只倚着官高勢强，只倚着官高勢强。

【江兒水】眼見得今朝去直恁忙。相隨百步，尚且情悒怏。何況我夫妻月餘上，怎下得霎時間如天樣？若要成雙休指望。一對鴛鴦，生被跌天風浪。

【川撥棹】心相誑，更不將恩義想。無奈何事有參商，無奈何事有參商。父逼女夫言婦傷。（合）苦别離愁斷腸。兩分離愁斷腸。

【前腔换頭】男兒贖藥把衣衫典當償。不能彀覷得你身體康。我和你再得成雙，我和你再得成雙。除死後一靈兒到你行。（合前）

【前腔】休爲我相思損天常，緊攻書臨選場。我不道再娶重婚，我不道再娶重婚。你焉肯終身守孀？（合前）

驛遇

【銷金帳】黄昏悄悄，助冷風兒起。想今朝思向日，一似這般時節，這般天氣。羊羔美酒，美酒銷金帳裏。世亂人荒，遠遠離鄉里。如今怎生，怎生街頭上睡？

【前腔】初更鼓打，哽咽寒角吹。滿懷愁分付與誰？遭逢這般磨折，這般別離。鐵心腸打開，打開鸞孤鳳隻。俺這裏恓惶，他那裏難存濟。翻覆怎生，怎生獨自個睡？

【前腔】鼕鼕二鼓，敗葉敲窗紙。響撲簌聒悶耳。難禁這般蕭索，這般岑寂。骨肉到此，到此伊東我西。去又無門，住又無依倚。傷心怎生，怎生街頭上睡？

【前腔】三更漏轉，寒雁聲嘹嚦。半明滅燈火煤。尋思這般沉疾，這般狼狽。相別到今，到今吉凶未知。冷落空房，藥食誰調理？床兒上怎生，怎生獨自個睡？

【前腔】樓頭四鼓，風捲簷鈴碎。略朦朧驚夢回。娘女這般相逢，這般重會。颯然覺來，覺來孩兒那裏？多少傷悲，多少縈牽繫。教人怎生，怎生街頭上睡？

【前腔】五更又催，野外疏鐘急。算通宵幾嘆息，一似這般煩惱，這般孤恓。一身苟活，苟活成得甚的？俺這裏愁煩，那壁廂長吁氣。聽得怎生，怎生獨自個睡？

樂府遏雲編

《樂府遏雲編》（全名《彩雲乘新鐫樂府遏雲編》）收録《拜月亭記》（劇名原題作《幽閨記》）之《奇逢》《走雨》《立寨》《拜月》等四齣，輯録如下。

奇逢

【金蓮子】古今愁，古今愁，誰似我目下這樣愁？聽軍馬驟，聽軍馬驟，人亂語稠。向深林中逃難，只恐有人搜。

【前腔】百忙裹散失差了路頭。尋妹子不見，教我怎措手？神天祐，神天祐。這搭兒是有親骨肉，見了向前走。

【菊花新】你是何人我是誰？應了還應，見又非。將咱小名提，進前去問他端的。

【古輪臺】自驚疑，相呼廝喚兩相回，瑞蘭和先輩不曾相識。瑞蓮名兒，本是卑人親妹。妾因兵火急，離鄉故。母子隨遷往南避，中途相失。喊殺聲各各逃生，電奔星馳。中路裏差池，因循尋至。應聲錯偶逢伊。正是俱錯意，一般煩惱兩心知。

【前腔】名兒應錯了自先回。急急便往跟尋，豈容遲滯。事到如今，事到頭來，怎生惜得羞恥？念苦憐孤，救奴殘喘。帶奴罷此免災危，我也不忘你的恩義。曠野間，曠野間見獨自一個佳人，生得千嬌百媚。他又無夫無婿，眼見得落便宜。如何是？天色昏慘暮雲迷。

【撲燈蛾】自親妹不見影，自親妹不見影，他人怎相庇？既然讀詩書，惻隱心怎不周急也？我是個孤男，你是寡女。厮趕着，厮趕着教人猜疑。亂軍中，亂軍中有誰來問你？緩急間語言須是要支持。

【前腔】路中不擋攔，路中若擋攔，可憐奴做兄妹。有人厮盤問，教咱把甚言抵對也？没個道理。有一個道理。怕問時，怕問時權說是夫妻。恁的說方纔可矣，便同行、訪踪窮跡去尋覓。

【尾】今日得君提掇起，免使一身在污泥，久後常思憂苦時。

走　雨

【漁家傲】天不念去國愁人助慘悽。淋漓的雨若盆傾，風如箭急。侍妾從人皆星散，各逃生計。身居處華屋高堂，但尋常珠繞翠圍。那曾經地覆天翻，天翻來受苦時。

【剔銀燈】迢迢路不知是那裏？前途去未知安身在何處？一點點雨間着一行行恓惶淚，一陣陣風對着一聲聲愁和氣。雲低，天色傍晚，母女命存亡兀自尚未知。

【擲破地錦花】繡鞋兒，分不得幫和底。一步步提，百忙裏褪了跟兒。冒雨盪風，帶水拖泥。步難移，全没些氣和力。

【麻婆子】路途路途行不慣，心驚胆戰催。地冷地冷行不上，人慌雨亂催。年高力弱怎支持，泥滑跌倒凍田地。只得款款扶娘起。正是心急步行遲。

立寨

【粉蝶兒】山寨鳴金，白鶴半空展翅。見擒獲過客夫妻。離天羅，入地綱，逃生無計。到麾下善惡區處。

【尾犯序】山徑路幽僻，但尋常此間來往人稀。男女相隨，豈是良人行止？凶時。遭士馬流民散失，避干戈君臣遠徙。夫和婦，爲天摧地塌逃難路途迷。

【前腔】無非買命與贖身，但隨行有何囊篋貲費？快口强舌，休同兒戲。聽啓。亂荒荒行來數日，苦滴滴寔没半鳌。你好不知禮，常言道打魚射獵怎空回？

【前腔】何必説甚的，便推轉斬首更莫遲疑。將他扯起，倒拽橫拖，倒拖橫拽，把軍令遵依。魂飛。纔逆旅窮途認妻，早背井離鄉做鬼。聽哀告，望雷霆暫息略罷虎狼威。

【前腔】軍前令怎移，但一言既出駟馬難追。枉自厚禮卑詞，休想饒你。傷悲。王瑞蘭遭刑枉死，蔣世隆銜冤負屈。天和地，有誰人可憐、燒陌紙錢灰？

【梁州賺】且與我留人，押回來問取詳細。你家居那裏？農種工商學文藝？通詩禮，鄉進士州庠屢魁。中都路離城三里。閑居止，因兵火棄家無所依。聽説仔細。

【前腔】緊降階釋縛扶將起，是兄弟負恩忘義。愁爲喜，深謝得賢叔盗跖。哥哥行那些個尊卑？權休罪，適間冒瀆少拜識。恐君錯矣。

【鮑老催】朝廷當時巡捕急，閃避在圍牆内。若非恩人救難危，險赴法雲陽市。相逢狹路難迴避，這言語古來提。連忙準備排筵席，歡來不似今日。

【前腔】酒浮嫩醅，酒浮嫩醅，壓驚解煩休要推。寒色告少飲半杯。非詐僞，量淺窄休央及。高歌暢飲展放眉，開懷醉了重還醉。酒待人無惡意。

【前腔】你儒業祖傳習，文章幼攻習。我低低問、暗暗猜、心疑忌。叔伯遠房姑舅的？敢是兩姨一泒蒂？這不是，那不是，那有這般賊兄弟。道這不是，那不是，怎有這個好兄弟。賽關張勝劉備。

【前腔】告辭去急，姑留待等寧靜歸。龍潭虎穴難住地。金百兩，望領納爲盤費。懊恨人生東又西，難逢最苦别離易。嘆此行何時會？遲疾早晚干戈息，共約行朝訪踪跡。

【尾】男兒志，心肯灰？一旦風雲際會，怎肯依舊中原一布衣。

拜月

【二郎神謾】拜新月，寶鼎中名香滿爇。願拋閃下男兒疾較些，再得睹同歡同悦。悄悄輕將衣袂拽，却不道小鬼頭兒春心動也。那喬怯。無言俛首，紅暈滿腮頰。

【鶯集御林春】恰纔的亂掩胡遮，事到如今漏泄。姊妹每心腸休見别，夫妻們莫不是有些周折？我也難推怎阻，一星星對伊仔細從頭説。他姓蔣世隆名，中都路住居。是我的男兒受儒業。

【前腔】聽説罷姓名家鄉，這情苦意切。悶海愁山心上撇，不由人不淚珠流血。我恓惶是正理，只合你愁休對愁人説。你啼哭爲何由，莫非是我的男兒舊妻妾？

【前腔】他須是瑞蓮的親兄，爲軍馬犯闕。散失忙尋相應者，那其間只争個字兒差迭。比着先前又親，我如今越覺和你着疼熱。休隨着我跟脚，久已後是我男兒那枝葉。

【前腔】我須是妹妹姑姑，你須是嫂嫂又是姐姐。未審家兄和你因甚别，兩分離是何時節？

正遇寒冬冷月，被我爹拆散在招商舍。思量起痛心酸，那一日染病耽疾，是我男兒教我怎割捨？

【四犯黄鶯兒】他直恁太情切，你十分忒軟怯。眼睁睁怎忍和他相抛撇。枉自嘆嗟，無可計設，當不顧搶來推去望前扯。意似虺蛇，性似蝎螫，一言如何訴説。

【前腔】流水一似馬和車，頃刻間途路賒，他在窮途逆旅應難捨。囊篋又竭，藥餌又缺。悶懨懨難捱過如年夜。寶鏡分破，玉簪跌折，甚日重圓再接？

【尾聲】自從别後音信絶，這些時魂驚夢怯，莫不是煩惱憂愁將人斷送也。

詞林逸響

《詞林逸響》雪卷收録《拜月亭記》（劇名原題作《幽閨記》）之《間關》《閨情》《泣岐》《行路》《拜月》等五齣，輯録如下。

間關

【觀音賽】雨兒催，風兒送。歎一旦家邦盡空。想富貴榮華如夢。哽咽傷心，教我氣填胸。

【前腔】意兒荒，脚兒痛。顫篤速如癡似懵。苦捱着疾忙行動。郊野看看，又早晚雲籠。

【人月圓】途路裹奔走流民擁，膽喪魂飛心驚恐。風吹雨濕衣襟重，止不住雙雙珠淚湧。行不上，惟聞得戰鼓聲震蒼穹。

【前腔】軍馬又來四下裹如鐵桶，眼見京師城内空。他每趕着無輕縱，人似豺狼馬似龍。遭驅虜，親骨肉甚年何日重逢？

閨情

【錦纏道】髻雲堆，珠翠簇，蘭姿蕙質。香肌稱羅綺。黛眉長，盈盈照一泓秋水。鞋直上冠兒至底，諸餘没半星兒不美。針指暫閑時，花朝月夕，丫鬟侍妾隨。好景須歡會，四時不負佳致。

【朱奴兒】春名苑奇葩異卉，夏水閣浮瓜沉李。秋玩蟾宫折桂枝，逢冬景賞雪觀梅。從他唤，唤愁是甚的？總不解愁滋味。

泣岐

【漁家傲】天不念去國愁人助慘悽。淋淋的雨若盆傾，風如箭急。侍妾從人皆星散，各逃生計。身居處華屋高堂，但尋常珠繞翠圍。那曾經地覆天番，受苦時。

【剔銀燈】迢迢路不知是那裏？前途去未審安身在何處？一點點雨間着一行行恓惶淚，一陣陣風對着一聲聲愁和氣。雲低。天色傍晚，母子命存亡兀自尚未知。

【攤破地錦花】繡鞋兒，分不得幫和底。一步步提，百忙裏褪了跟兒。冒雨蕩風，帶水拖泥。步難移，全没些氣和力。

【麻婆子】路途路途行不慣，心驚膽顫摧。地冷地冷行不上，人荒雨亂催。年高力弱怎支持？泥滑跌倒在凍田地。款款扶將起，正是心急步行遲。

行路

【山坡羊】翠巍巍雲山一帶，碧澄澄寒波幾派。深密密煙林數簇，滴溜溜黄葉都飄敗。一兩陣風，三五聲過雁哀。傷心對景愁無奈。回首望家鄉淚滿腮。情懷，急煎煎悶似海。形骸，骨巖巖瘦似柴。

【水紅花】憶昔歌舞宴樓臺，會金釵，歡娱難再。思之詩酒看書齋，命多乖，風光難再。母親知他何處，尊父阻隔天涯。不能彀千里故人來也囉。

【梧桐花】徙黎民，遷臣宰，天子蒙塵盡遠邁。雕闌玉砌今何在。想畫閣蘭堂那樣安排。翻做草舍茅簷這境界。怎教人償得盡恓惶債。

【水紅花】路滑霜重步難擡，小弓鞋，其實難挨。家亡國破更時乖。這場災，水消瓦解。否極何時生泰，苦盡更甜來。只除是枯樹上再开花也囉。

【金錢花】聽得數聲鑼篩，鑼篩。好漢山前齊擺，齊擺。個個凶惡似狼豺。留買路，與錢財。不留與，便殺壞。

【念佛子】我是窮秀才夫和婦，爲士馬迍難登途。望相憐壯士略放一路。枉自説閑言語。買路錢留下金珠。稍遲延，便教你身死須臾。

【前腔】區區，山行露宿，粥食無覓處。有盤纏肯相推阻？敢厮侮，窮酸餓儒，模樣須尋俗。應隨行所有疾早分付。

【前腔】你不與，我施威仗勇，輪動刀和斧。激得人忿心發怒。告饒恕，魂飛膽戰摧，神恐心驚懼。此身恁地無屈死，真實何辜？

【尾聲】且把縛，管押前去，山寨裏，聽從區處。到那裏，吉凶事全然未知。

拜月

【二郎神】拜新月，寶鼎中名香滿爇。願拋閃下男兒疾較些，得再睹同歡同悦。悄悄輕將衣袂拽，却不道小鬼頭兒春心動也。那喬怯。無言俛首，紅暈滿腮頰。

【鶯集御林春】恰纔的亂掩胡遮，事到如今漏泄。姊妹們心腸休見別，夫妻們莫不是有些周折？我也難推怎阻，一星星對伊仔細從頭説。他姓蔣世隆名，中都路住居。是我男兒的受儒業。

【前腔】聽説罷姓名家鄉，這情苦意切。悶海愁山將我心上撇，不由人不淚珠流血。我恓惶是正理，只此愁休對愁人説。你啼哭爲何因，莫非你也是我的男兒舊妻妾？

【前腔】他須是瑞蓮的親兄，爲軍馬犯闕。散失忙尋相應者，那其間只争一個字兒差迭。比着先前又親，如今越覺和你着疼熱。休隨着我跟脚，久已後只當我的男兒那枝葉。

【前腔】我須是你妹妹姑姑，你須是我嫂嫂又是姐姐。未審家兄和你因甚别？兩分離是何時節？正遇寒冬冷月，被我爹拆散在招商舍。思量起痛心酸，那一月染病擔疾。是我的男兒教我怎割捨？

【四犯黄鶯兒】他直恁太情切，你十分忒軟怯。眼睁睁怎忍和他相抛撇？枉自歎嗟，無可計設。當不過他搶來推去望前扯。意似虺蛇，性似蝎螫，一言如何訴説。

【前腔】流水似馬和車，頃刻間途路賒。他在窮途逆旅應難捨。囊篋又竭，藥食又缺，他那裏悶懨懨難捱過如年夜。寶鏡分破，玉簪跌折，何日重圓再接？

【尾聲】自從别後信音絶，這些時魂驚夢怯，莫不爲煩惱憂愁將他來斷送也。

怡春錦

《怡春錦》(全名《新鐫出像點板怡春錦》)南音獨步樂集收録《拜月亭記》之《分凰》一齣,輯録如下。

分凰

【三登樂】(旦扶生上)世亂人荒,幸脱離天羅地網。不隄防病染這場。事不寧,身未穩,天降災殃。淹留旅邸,望河南怎往?

(旦)官人,你今日病體如何?(生)娘子,十分沉重。(旦)待我叫店主人出來,請個太醫,看你一看。店主人有請。(末上)貧無達士將金贈,病有良醫説藥方。小姐拜揖。(旦)店主人萬福。(末)小姐,官人貴體若何?(旦)官人病體,十分沉重。我要煩你,請個太醫來,看一看。(末)這個當得,我就去。不争三五步,咫尺是他家。太醫先生在家麽?(浄)是那個?(末)請你看病的。(浄)幾個在外面?

（末）只我一個。（浄）得兩個。拿扇板門來，擡了去纔好。（末）爲甚麼要擡？（浄）生一身天疱瘡，走不動。（末）何不自醫好他？（浄）自古盧醫不自醫。（末）不要閑説，拿了藥包，快些而來。（浄）你請先步，我分付就來。我家裏老媽，分付丁香奴、劉寄奴，好生與我牢看着家裏，我去採人參、官桂、梗茴香，倘有蘆參取藥，你把香白芷包與他去。前者有個浪蕩子，上山去採柴胡，也當歸去了也，都是薄杏仁。前春因你不細辛，被木賊上我金綫重樓，盜去丹砂襖子、粟砂帽子、桂皮靴子。今又起不良姜之心，可牽我海馬到常山坳口内，喫些草菓，宿砂灘上，飲些水銀。至晚看天南星起，將紅紗燈籠，到芍藥欄邊荳蔻家來接我。你若來遲，我將玄胡索，吊你在桑白皮樹上，打你四十甘草棒，打得你屁孛孛出，不饒你半夏。

【水底魚】（浄）三世行醫，四方人盡知。不論貴賤，請着的即便醫。盧醫扁鵲，料他直甚的？人人道我，道我是個催命鬼。

我做郎中真久慣，下藥且是不懶慢。熱病與他柴胡湯，冷病與他五靈散。醫得東邊纔出喪，醫得西邊已入斂。醫得南邊買棺材，北邊打點又氣斷。若論我每做郎中，十個醫死九個半。你若今日請我醫，想來也是該死漢。小子姓翁，祖居山東，藥性醫書看過，（一）《難經》《脈訣》未通。（二）燒人的是我娘舅，賣

（一）藥性：原作『染病』，據汲古閣刊本《繡刻幽閨記定本》改。

（二）未：原作『皆』，據汲古閣刊本《繡刻幽閨記定本》改。

棺材的是我外公。我若不醫死了些人，叫我外婆妗母，都在家裏嗑北風。你先前來我家中請我，是你這裏？（末）便是我這裏。（净）尊處何人得病？（末）小店中有個秀才，得了些病，請你看視何如？（净）他是甚麼病？（末）你去看脉便知，怎麽問我？（净）你不曉得，明醫暗卜，問得明白，去把脉方纔對科，那時下藥也對病症。（末）也説得有理。我説便説，你不要對那秀才説。（净）你是好意幫襯我趁錢，我怎麽就説。（未）那秀才離亂時世得的病，勞碌上成的。（净）這等，便是憂疑驚恐上來的。不打緊，一帖藥就好。（末）先生略等着，待我進去説了，來請你進去。大娘子，醫人到了。（旦）公公，他是個病虚之人，叫他悄悄的進來，不要驚嚇了病人，不當穩便。（末出）先生，那秀才是病虚的人，你可悄悄哩進去。（净）我曉得，醫人自有方法。（净進看將桌大打響一聲諢介）（旦）這個先生，他病虚的人，教你悄悄的，爲何倒反大驚小怪？（净）娘子，你不曉得，這是我醫人的入門訣。（末）怎麽説？（净）驚一驚，驚出他一身冷汗，或者好了也不定。（旦）倘或不好？（净）驚死了也罷了，這個叫道活驚殺。（末）先生且看脉。（净）阿訝！這等一個病人，放這一貼補藥在身邊，怎麽得好？（末）又取笑。（净）伸出脚来，待我看脉。（末）脉在手上，怎麼伸出脚來？（净）你不曉得，病從跟脚起。（净看脉介）（旦）先生，用心看一看，這是甚麽症候？（净）這個病症，是亂軍中不見了親人，憂疑驚恐，七情所傷，得成這症候。（旦）好，這先生就如神見。（净）我自不曾見，是王公公方纔説與我知道。（末）呀！我教你不要説。（净）我不説，不表你的好意思。（旦）先生，你替我仔細斟酌，診其根源起發，方好下藥。

【柰子花】（浄）他犯着産後驚風？（旦）不是。（浄）莫不是月數不通？

（旦）這太醫胡説。（末）他是男子漢，怎麽到説了女人的病症？（浄）你一發不明白，我手便拿着官人的脉，眼却看着娘子，心却想他，故此説到女科上去。待我再看，呀，不好了！

【駐馬聽】這脉息昏沉，兩手如冰駭死人。教幾個尼姑和尚，做些功果，出南門。教些木匠，冃冃戶戶，把這棺材釘。（末）你怎麽打我？（浄）打你這腦蓋骨。（旦哭介）（浄）這個大娘子，我的人兒呵，連哭兩三聲。呀！你不曾動。（旦）他不曾動。（浄）這等不妨，還有救。是我差拿了手背，你慌則甚？

（末、旦）如今怎麽？（浄）如今要下針。（旦）怎麽這等大針？（浄）待我换一個。（旦）一發大了。（浄）這等，我有藥在此。（末）甚麽藥？（浄）是飛龍奪命丹，拿去與秀才喫。（生喫吐介）（旦）怎麽喫了又吐？（浄）虚弱得緊，胃口倒了。娘子也喫一服。（旦）我没有病，喫他則甚？（浄）你伏侍他喫些，夜間好睡，不遺精，不白濁。（旦喫作吐介）（末）這個先生，女人家説這個話。（浄）老官兒，你也喫一服。（末）我没有甚麽病。不要他喫。（浄）你喫，發白再黑，牙落重生。（末）有這様妙處，拿來我喫。（作吐介）（浄）二三十兩銀子合的藥，都吐了。待我喫看。（吐介）（末）是甚藥？喫的便吐。（浄看介）連我也差了。這是醫痔瘡的藥。（末）怎麽好？（浄）不打緊事。

【剔銀燈】待我猜一猜，他渾身上如湯似火燒？（旦）他身子不熱。（浄）頭猜就猜不着，再猜一猜。

口兒裏常常乾燥？（旦）也不乾燥。（浄）終朝飯食都不要？（旦）也喫得些粥湯。（浄）耳聞得蟬鳴聲噪？（旦）也不響。（浄）心焦？（旦）也不。（浄）莫不是害勞？（旦）這先生口裏一些也不是。（浄）都不是，不醫便了。（下）

（末）小姐，這先生去了，勸官人且寧耐些，老夫去了又來看。正是藥醫不死病，果然佛度有緣人。（下）

（生）娘子，太醫説我病體如何？（旦）官人，太醫説没事，小心寧耐就好。

【山坡羊】（生）娘子，我病體難醫難治，你這苦如何存濟？（旦）願流恩降福，降福災星退。（生）勢漸危，料應我不久矣！若還我死，必選個高門配。我便死向黄泉，一心只念你。（旦）休提，不由人淚暗垂。傷悲，何時得歸故里？

【三棒鼓】（外、丑上）君臣遷徙去如星。只怕土産雕零也。人不見影。一程兩程，長亭短亭，不住行。如今海晏河清也，重逢太平，重樂太平。

（外）六兒，這是那裏？（丑）是廣陽鎮了。（外）可有駐節的所在？（丑）這裏没有。（外）我要寫個報子，打到孟津驛去，那裏好暫歇。（丑）這裏有個招商客店，到潔浄，好暫歇。（外）好潔浄房兒，看一間，我進去坐。（丑）叫一個皂隸，隨我進來。咄！有甚麽人在這裏？（末上）是誰？呀！牌子買飯喫的？（丑）這個彘子孩兒，人也不識，買飯喫的！（衆）這是六爺。（末）是。六爺，小人不曉得。（丑）你去打掃一間乾浄店房，我每老爺要進來。快些！（末）小店中窄狭，住不得。（丑）不要在此住，只要暫時間寫個報子就行。（末）既如此，請六爺去看，中意便請老爺進來。（丑）也罷。去看。（末）這一間？（丑）不好。（末）那一間？（丑）不潔浄。（末）只有裏面一間，且是潔浄。一個秀才，染病在裏頭。（丑）教他出去一會兒，待老爺寫了報，再進去。（旦）呀！到像我家六兒，待我叫他一聲。六兒。（丑）誰叫六兒？（旦）六兒。（丑）呀！姐姐。爹爹，爹爹，姐姐。爹爹，姐姐在此！姐姐，爹爹在此！（旦）爹爹在那裏？（外）女孩兒在那裏？（見介）

【五供養】（旦）呀！爹爹，別來久矣，自離朝尊體無恙。骨肉重再睹，喜非常。（外）孩兒，屈指數月，折倒盡昔時模樣。思故里念家鄉，多少鬢邊霜。

（旦）〔鷓鴣天〕爹爹，目斷魂消信息沉，沿途窮跡問蹤尋。（外）孩兒，親情再見誠無意，子父重逢豈有心。（丑）言往昔，話如今，店中歡歇問家音。（合）正是：着意種花花不發，等閑插柳柳成陰。（外）孩兒，你怎麽在這裏，快説備細與我知。

【園林好】（旦）纔説起遷都汴梁，鬧炒炒哀聲四方，不忍訴淒涼情況。（外）家中所有産業？（旦）家所有，盡撇漾。（外）家使奴僕等，都在那裏去，不來伏侍你？（旦）家使奴，盡逃亡。

【嘉慶子】（外）你一雙子母何所傍？（旦）更雨緊風寒勢怎當？心急行程不上。人亂亂世荒荒，愁慽慽淚汪汪。

【尹令】（旦）那時又無倚仗，當時有親難傍，其時有家難向。他東我西，地亂天荒事怎防？

（外）各自逃生，你母親不知何處？

【品令】（旦）逃生士民，在官道驛程傍。天色漸晚，陰雲黯穹蒼。匆匆正往，喊聲如雷響。各各奔走，都向樹林中伉。偷生苟免，瓦解星飛子離了娘。

【豆葉黄】（外）我兒，你一身見在誰行？（旦）我隨着個秀。（外）我兒，你怎麽半吞不吐話不説全，説什麽秀？（旦）我隨着個秀才棲身。（外）呀，他是甚麽人？可跟隨着他？（旦）他是我的家長。（外發怒介）誰爲媒妁？甚人主張？（旦）爹爹，亂軍中逃命不及，那個爲媒主張？人在那亂，人在那亂離時節，怎選得高門厮對厮當？

（外）六兒，那秀才在那裏？（旦）在這裏。還不走過來見老爺。（生見介）（外）這個就是。（旦）爹爹，他身染病，故是這般形狀。

【月上海棠】（外）你自想，甚年發跡窮形狀？（生）南山大豹，東海巨鰲。怎把人輕逆相，海水斗升量。（旦）爹爹，非獎。陋巷十年黄卷苦，那時禹門三月桃花浪。一躍龍門便把名揚，管取姓字標金榜。

（外）孩兒不必多言，我爲父的不見你，也只得罷了。今既在此見了你，難道肯放你在這裏，與他同受苦楚不成？

【五韻美】（旦）意兒裏想，眼兒裏望。望救取東君艷陽，與花柳增芳。（外）他是何人我是誰，怎麽救他？（生）全没些可傷，身凛凛如雪上加霜。（外）孩兒，休得閑説，快隨我去。（生）更没些和氣一味莽。（旦）鐵膽銅心，打開鳳凰。

【二犯幺令】（外怒介）你是娘生父養，逆親言心向情郎。（生）我向地，我向地獄相救你到天堂。娘子，怎下得撇我在没人的店房。（旦合）若是兩分張，管取潑殘生命亡。

（外）作急去，作急去。（旦）官人，和你同去告禀一聲。

【玉交枝】（生）哀告慈悲岳丈。（外）咗！誰是你的岳丈？（生）你令愛在亂軍中，因尋妹子，我爲名兒廝類，苦浼相隨至此。今者小生染病在身，舉目無親，只靠令愛看顧。老先生若要他回去，也須念此人病患之際，豈可置之于死地。是可忍也，孰不可忍也。可憐我伏枕在床。（外）我的女兒伏侍你，就死也得。（生）煎藥煮粥無人管，等待我三五日時光。（外）去，去，去！一時也等不得。（生）全没些好言劈面搶，惡狠狠怒發三千丈。（外）六兒，把小姐扯上馬去！（生）只倚着官高勢强，只倚着官高勢强。（丑扯介）

【江兒水】（旦）眼見得今朝去直恁忙。相隨百步，尚且情悒怏。何況我夫妻月餘上，怎下得霎時間如天樣？（外、丑）若要成雙休指望。（生、旦）一對鴛鴦，生被趺天風浪。

（外）六兒，快扯去。

【川撥棹】（生）心相詿，更不將恩義想。他全無惻隱之心。（旦）無奈何事，無奈何事有參商。

父逼女夫言婦傷。（合）苦别離愁斷腸。兩分離愁斷腸。

【前腔】（旦）男兒贖藥，把衣衫典當償。我不能勾覷，我不能勾覷得你身體康。（生）娘子，我和你再，我和你再得成雙。怕死後一靈兒到你行。（合前）

【前腔】（旦）休爲我相思損天常，緊攻書臨選場。（生）我不道再，我不道再娶重婚。你焉肯終身守孀？（合前）

（外）六兒，快扯小姐上馬去。（丑扯介）

【哭相思】（生、旦）怎下得將人生離别，愁萬縷腸千結。

（丑扯旦下）（生奪旦，外推倒生介）（外）早知今日事如此，何不當初莫用心？（下）（生）世間有這等狠毒惡心的人呵！

【卜算子】病弱身着地。（末上扶起生介）（生）氣咽魂離體，拆散鴛鴦兩處飛。天那！多少含冤氣！

店主人，待我趕他轉來。

【金梧桐】（生）這厮忒倚官，忒挾勢。（末勸介）（生）便死待何如？欺侮俺是窮儒輩。俺這裏病愈深，他那裏愁無際。旅店郵亭，兩下裏人應憔悴。我那妻，怎教我忍得住恓惶淚？

(末)秀才官人，休要短見，且自將息。身體好了，奮志功名要緊。
(生)天涯海角有窮時，人豈終無相見日？
(末)但願身安病患除，免教心下常憂鬱。

纏頭百練二集

《纏頭百練二集》（全名《新鐫出像點板纏頭百練二集》）之『相思譜禮卷』收録《拜月亭記》（劇名原題作《幽閨記》）之《旅合》一齣，『漢官儀樂卷』收録《走雨》《避虜》《盜阻》三齣，輯録如下。

旅合

（末上）〔臨江仙〕調和麯糵多加料，釀成上等香醪。籬邊風旆似相招。三杯傾竹葉，兩臉暈桃花。不飲傍人應笑你，百錢斗酒非高。莫言村店客難邀。神仙留玉珮，卿相解金貂。且喜天下稍平，民安盜息，不免叫貨賣出來，分付他開張鋪面，迎接客商，多少是好。貨賣那裏？（淨上）忙把店門開，安排待客來。不將辛苦藝，難近世間財。家長老官兒，有何分付？（末）貨賣，如今且喜天下稍平，民安盜息，你與我開張鋪面，迎接客商。你在外面發賣，我在裏面會鈔記帳。（淨）説得是，我在外面發賣，你在裏面會鈔記帳。

我一賣還他一賣，兩賣還他成雙。（末）説得是，奉饒加一二，自有客人來。（下）（浄）前臨官道，後靠野溪。幾株楊柳緑陰濃，一架薔薇清影亂。古壁上列劉伶仰卧，小窗前畫李白醉眠。知味停舟，果是開缸香十里；聞香駐馬，管教隔壁醉三家。但有南北二京、福建江西、湖廣襄陽、山東山西、雲南貴州、廣東廣西客商，都來買好酒喫。自古道：牙關不開，利市不來。不免把酒來嘗一嘗。好酒！一生喫不慣悶酒，得一個朋友來，同酌一杯便好。

【駐馬聽】（生、旦上）一路裏奔馳，多少艱辛，來到這裏。且喜略時肅静，漸次平安，稍爾寧息。恨悠悠千里旅情悲，苦懨懨一片鄉心碎。感嘆傷悲，離情滿眼關山淚。

【前腔】（浄）草舍茅簷，門面不妝酒味美。真個杯浮緑蟻，榨滴珍珠，甕潑新醅。（生、旦）酒旗斜掛小窗西，布帘兒招颭在疏籬際。和你共飲三杯，今朝有酒今朝醉。

娘子，此間是廣陽鎮招商店。且沽一壺，少解旅途情況，再行何如？（旦）但憑秀才。（生叫酒保）（浄）官兒，買酒喫的？（生）是，買酒喫的。（浄）請坐。（生）還有渾家在外面。（浄）渾家請。（生）咄！你這酒保好野。（丑）我小人不野。（生）我與娘子夫妻，便稱得渾家，你怎麽也叫渾家？（浄）官兒，人之父母，就是我之父母。官兒的渾家，就是我的渾家一般，和你大家渾一渾。（生）胡説！稱娘子纔是。（浄）娘子請，如何？（叫介）兩杯茶來，有客來了。（生）酒保，你家有甚麽好酒？（浄）有好酒。（生）有甚麽嗄飯？（浄）有好嗄飯。（生）只把好的拿來，喫了算帳。（浄叫介）那官兒脚上帶黄泥，必是遠來的。多着懷屍露，少着父娘皮。一賣做兩賣，不要少他的。（生）酒保，你説多着懷屍露，少着父娘皮。父娘皮是甚麼？（净）父娘皮是骨。（生）懷屍露便是骨。（净）懷屍露是肉。（生）父娘皮是肉，懷屍露是骨，你怎麼哄我？（净叫介）這官兒是老江湖，不要哄他。懷屍露少放些，畫眉青多放些。（生）酒保，畫眉青是甚麼？（净）畫眉青是肉。（生）畫眉青是菜。（净叫介）不要哄他了，一責肉，一責鷄，一責燒鵝，一責匾食，快着。（生）看酒過來。（净）好酒在此。（生）這是新篘，可有窨下？（净）我這裏來往人多，没有窨下，只是新篘。（生）也喫得過了。酒保，與我斟一斟。（净）不要説一針，兩針也會針在此。（生）休閑説。（把酒介）

【駐雲飛】村釀新篘，要解愁腸須是酒。壺内馨香透，盞内清光溜。（旦不飲介）（生）嗏，何必恁多羞？（旦）非是奴家害羞，天性不會飲。（生）但略霑口，勉意休推，莫把眉兒皺。一醉能消心上愁。

娘子不曾飲得幾杯，爲何臉又紅了？

【前腔】（旦）盞落歸臺，却早兩朵桃花上臉來。酒保，將酒過來，待我也回那秀才一杯。（净背介）蹺蹊，待我問他。官兒，方纔娘子説：『酒保，看酒過來，待我也回那秀才一杯。』那者，是怎麼説？（生）這是我那裏鄉音。那者，是好也。（净背介）待我也打腔兒哄他。（叫介）夥計，看那酒來，那下飯來。（生）酒保，甚麼那酒、那下飯？（净）官兒就不曉得了，我這裏也是那者，好也。好的拿來與官兒、娘子喫。（生）休取笑。（旦把酒介）秀才，多感君相帶，（生）多謝心相愛。（旦）嗏，挈樽奉多才，（生）

小生也不會飲。(旦)你量如滄海。(生)酒保，拿來減一減，我喫。(淨)甚麼説話？喫一個滿杯。

(旦)滿飲一杯，暫把愁懷解，樂以忘憂須放下懷。

(生)酒保你來，我與娘子，一路來有幾句言語，不肯喫。你若勸得娘子喫一杯酒，我就與你一錢銀子。(淨)官兒，我勸娘子喫一杯酒，就是一錢銀子，若喫十杯？(生)就是一兩。(淨)若喫了一百杯，就是十兩。(生)那喫得許多？(淨)待我去奉。(遮面把酒介)娘子請酒。

【前腔】瀲艷流霞，(生)酒保，你怎麼把臉兒遮了？(淨)小人臉兒不那，恐娘子見了，不肯喫酒，故意遮了。不比尋常賣酒家。娘子請一杯。(旦)我不會喫。(淨)小人跪了。(旦)也罷，起來我喫。(淨)娘子，出路人，不要喫單杯，喫一個雙杯。(把酒介)村店多瀟洒，坐起極幽雅。(旦)不喫了。(淨)没奈何，小人拜了。(旦)也罷，起來，我再喫一杯。(淨)嗏，何必論杯斝，試嘗酬價。愛飲神仙，玉珮曾留下。今後逢人喫甚麼茶？

【前腔】(生)悶可消除，只怕醉倒黄公舊酒壚。(旦)秀才，天色晚了，去罷。(生)天晚催人去，(淨)新旋的酒在此。(生)好酒留人住。嗏，香醪豈尋俗，味若醍醐。曾向江心，點滴在波深處，慢櫓摇船捉醉魚。

(旦)秀才，我猜着你了。(生)你猜我甚麼？(旦)你哄我喫醉了呵，要捉那醉魚。意有在矣，只怕你滿船空載明月。(生)娘子，這個是昔年唐明皇與楊貴妃，在采石江邊飲宴的故事。(淨)娘子，正是那唐明皇與楊貴妃，在采石江邊飲宴的故事，我小人親眼見的。（生）酒保，你多少年紀了？（浄）我小人三十歲了。（生）唐明皇與楊貴妃，在采石江邊飲宴，到今四百餘年了，怎麽親眼見？（浄）自不曾説謊，略謊得一遭，就露出馬脚來。（旦）秀才，天色晚了，去罷。（生）酒保，天色晚了，酒不喫了，會鈔罷。（浄叫介）官兒、娘子不喫酒了，會鈔。（生）酒保，這裏到旅館中，還有多少路？（浄）還有三十里，你問他怎麽？（生）我要去借宿。（浄）去不到了。官兒，我這裏廣陽鎮招商店，前面喫酒，後面宿人。這裏不歇，那裏去歇？（生）娘子，方纔酒保説，到旅館中，還有三十里路，去不到了，就在此安歇了罷？（旦）但憑秀才。（生）酒保，一發明日會鈔。與我打掃一間房，鋪下一張床。（浄叫介）那官兒不去了，一發明日會鈔。打掃一間房，鋪下一張床。一個聯二枕頭，一個馬子，一個尿鱉。（旦）酒保，那秀才與你説甚麽？（浄）那官兒，教我打掃一間房，鋪下一張床。（旦）不要依他，只依我，與我打掃兩間房，鋪下兩張床。（浄叫介）不依前頭了，打掃兩間房，鋪下兩張床，兩個枕頭，兩個馬子，兩個尿鱉。（生）酒保，娘子叫你怎麽？（浄）叫我打掃兩間房，鋪下兩張床。（生）酒錢、飯錢，都是我還，你怎麽不依我説？還只是打掃一間房，鋪下一張床。（浄）是。酒錢、飯錢，都是官兒還，只依官兒。（叫介）不依後頭了，照舊依前。打掃一間房，鋪下一張床，一個聯二枕頭，一個馬子，一個尿鱉。（旦）酒保，那秀才又與你説甚麽？（浄）那官兒，還教我打掃一間房，鋪下一張床。（旦）你這酒保，只依我罷了，有這許多改變？（浄）你兩個只管咭力骨碌，骨碌咭力！（生）酒保，你怎麽惱將起來？（浄）不是我惱，官兒又是打掃一間房，鋪下一張床；娘子又是打掃兩間房，鋪下兩張床。依了官兒，不依娘子，娘子又狗頭狗起來。(生)甚麼狗頭狗?(浄)惱。(生)只依我就罷了。(浄)也不依官兒,也不依娘子,依我。(生)怎麼依你?(浄)依我,便打掃一間房;依着官兒了,鋪下兩張床。(生)只鋪一張床。(浄)也依娘子一半兒,鋪床,便把來丁字鋪了。(生)怎麼樣丁字鋪?(浄)官兒的床,鋪在這裏,娘子的床,鋪在這裏。上了床,吹滅了燈,一個筋斗,打將過去。(生)又取笑!張燈來。(浄叫介)看燈來,看洗脚水來。(下)(生)娘子,請睡了罷。(旦)你自請睡。(生)請睡了罷。(旦)秀才,你自睡,我自睡,你管我怎麼?

【絳都春】(生)擔煩受惱,豈容易共伊得到。今朝有分憂愁,無緣恩愛何時了?(旦)長吁短嘆我心自曉。(生)娘子,你曉得我甚麼?(旦)有甚的真情深奥?(生)正要娘子曉得。(旦)禮法所制,人非土木,待説也難道。

(生)尋蹤訪跡在林中。(旦)受苦扶危出禍叢。(生)娘子,我和你有緣千里能相會。(旦)我與你無緣對面不相逢。(生)娘子,你怎麼把言語來説遠了。你敢忘了?(旦)奴家不曾忘了甚麼。(生)不曾忘,你記得林榔中的言語來?(旦)林榔中,曾與秀才説兄妹同行。(生)這也有來。我説面貌不同,語言各别,娘子又怎麼説來?(旦)奴家不曾再説甚麼。(生)正是貴人多忘事,娘子再想。(旦)奴家想起來了,説怕有人盤問,權做夫妻。(生)却又來,别的便好權做,夫妻可是權做得的?我也不問娘子别的,你可曉得仁義禮智信?不要説仁義禮智,只説一個信字。(旦)信字怎麼説?(生)天若爽信,雲霧不生;地若爽信,草木不長。爲人豈可失信?(旦)奴家也不曾失信與秀才。(生)既不失信,如何忘了林槲中的言語？（旦）秀才，你送我回去，多多將些金銀謝你罷。（生）豈不聞書中自有黄金屋，要你那金銀何用？（旦）也罷，你送我回去，我與爹爹説，與你個官兒做罷。（生）呀！這官是朝廷的，是你家的？我一路來，倒不曾問得，娘子不知是何等人家？（旦）秀才，你不問起也罷，若問我家中事情，不要説與你同行同坐，就是立站的去處，也没有你的。（生）韓景陽，大來頭。你却是何等人家？願聞。（旦）奴家祖公是王和玉，祖婆是王太真，父親是兵部王尚書，母親是王太國夫人，奴家是守節操的千金小姐。（生）既是千金小姐，怎麽隨着個窮秀才走？（旦）不知你妹子，隨着那個哩！（生）你自身顧不得，那顧得别人？且住，不要與他硬。若硬，兩下裏就硬開了，不若放軟些。娘子原來是宦家之女，我蔣世隆，冷眼覷畫堂，尚然消受不起，倒與娘子同行同坐。望娘子高擡貴手，饒恕蔣世隆之罪。（跪介）（旦亦跪介）（旦）恩人請起。

【降黄龍】（生）你是宦世門楣，寒士尋常，望若雲霄。時移事遷，時移事遷，爲地覆天翻，君去民逃。多嬌，此時相遇，料應我和你姻緣非小。做夫妻相呼厮唤，怎生忘了？

【前腔】（旦）秀才，何勞，獎譽過高。昔日榮華，眼前窮暴。身無所倚，身無所倚，幸然遇君家，危途相保。（拜介）英豪，念孤恤寡，再生之恩難報。久以後啣環結草，敢忘分毫？

【前腔】（生）聽告，娘子，你身到行朝，與父團圞，再同歡笑。那時節呵，你在深沉院宇，深沉院宇，要見你除非是夢魂來到。（旦）那時與你成親也未遲。（生）還要我？你去攀高，選擇佳婿。

卑人呵，命蹇時乖，其實難招。我與娘子，一路同行到此，便是三歲孩童，也説一對好夫妻。正是羊肉饅頭不喫得，空教惹却一身羶。這虚名人言自説，聽着偏好。

【前腔】（旦）休焦，所許前詞，侍枕之私，敢惜微渺？（生）既如此，却又推三阻四怎麽？（旦）怕仁人累德，仁人累德，娶而不告，朋友相嘲。（生）娘子，你曉得瓜田不納履，李下不整冠麽？（旦）瓜田不納履，怎麽説？（生）假如人家一園瓜正熟，打從瓜園中經過，曲腰整其鞋履，隔遠人見，只説偷其瓜否。（旦）李下不整冠，怎麽説？（生）假如人家一園李子正熟，有人打從他李樹下過，欲待伸手整其巾幘，遠人觀見，只説盜其李否。從教，整冠李下，此嫌疑實亦難逃。（旦）秀才，你送我到行朝，與爹爹説知，叫個媒人説合成親，却不全了奴家的節操。（生怒介）你前日在虎頭寨上，若没有蔣世隆呵，亂、亂軍中，亂軍中，遭驅被虜，怎全節操？

（丑内叫）老兒起來，盤兒碗兒都打碎了。

【太平令】（末、丑上）曲徑迢遥，深夜柴門帶月敲。郵亭一宿姻緣好，又何故語叨叨？

【前腔】（生、旦）旅邸蕭條，回首鄉關路轉遥。寒燈照影傷懷抱，因此上話通宵。

（末）官人、娘子，我兩口兒在隔壁聽得言語許久，頗知一二，你也不要瞞我了。（生）既如此，瞞不得公公婆婆了。（末）秀才官人，他是宦族名流，深閨處子，自非桑間之約，濮上之期，焉肯鑽穴隙相窺，踰牆相從？秀才官人，你是讀書之人，豈不聞柳下惠之事乎？（生）惶恐，惶恐。（末）秀才官人莫怪，請到前樓去坐一坐，老夫别有話説。（生）是，如此。（下）（末）小姐在上，老夫有一言相告：小姐，男女授受不親，禮也；嫂溺援之以手，權也。權者，反經合禮之謂。且如小姐處於深閨，衣不見裏，言不及外，事之常也。今日衝出道途，風飡水宿，事之變也。況急遽苟且之時，傾覆流離之際，失母從人二百餘里，雖小姐冰清玉潔，惟天可表，清白誰人肯信？是非誰人與辨？正所謂崑岡失火，玉石俱焚。今小姐堅執不從，那秀才被我道了幾句言語，兩下出門，各不相顧。倘遇不良之人，無賴之輩，强逼成婚，非惟玷污了身己，抑且所配非人。不若反經行權，成就了好事罷。（旦）望公公、婆婆，收留奴家在此，倘我父母有相見之日，那時重重相謝，決不虚言。（末）呀！收留人家迷失子女，律有明條；況小店中來往人多，不當穩便。既然不從，小姐請出去罷。（旦悲介）（丑）老兒，他既無父母之命，又無媒妁之言，我兩人年紀高大，權做主婚之人，安排一樽薄酒，權爲合巹之杯。所謂禮由義起，不爲苟從。我老兩口主張不差，小姐依順了罷。（旦）既如此，没奈何了，但憑公公、婆婆主意。（丑）老兒，小姐也是看得這秀才上眼的，他也要拿個班兒。（末）你去看酒來，待我請那秀才官人來。秀才官人有請。（生上）（末）被老夫勸從了。（生揖介）多謝公公！（末）不要謝。（丑上）老兒，酒在此了。（末）將酒過來。

（把酒介）

【撲燈蛾】才郎殊美好，才郎殊美好，佳人正年少。相逢邂逅間，姻緣會合非小也。天然輳巧，把招商店權做個藍橋。翠帷中風清月皎。算歡娛，千金難買是今宵。

【前腔】（旦）禮儀謹化源，禮儀謹化源，《關雎》始風教。一時見君子，匆匆遽成人道也。

（生）我是山鷄野鳥，配青鸞無福難消。仗冰人一言已定，此生此德，何以報瓊瑶？（丑、末）官人、娘子，請穩便罷。夜深了，明日再取一樽，與你餪房。姻緣本無意，天遣偶相逢。賸把銀釭照，猶疑是夢中。（下）

【滚遍】（旦）不肯賦情薄，不肯賦情薄，隨順教人笑。空使我意沉吟，眉留目亂羞難道。（生）看他喜時模樣，愁時容貌。燈兒下，燈兒下，越看着越波俏。

【前腔】（旦）才郎意堅牢，才郎意堅牢，賤妾難推調。只恐容易間，把恩情心事都忘了。（生）蔣世隆若有此心，與你星前月下去罰誓。（旦）你自去罰。（生）蔣世隆若忘恩，永遠前程不吉。（旦）不是這等罰。（生）怎麽樣罰？（旦）跪了罰。（生）也罷，和你同去罰。海盟山誓，神天須表。

辨至誠，辨至誠，圖久遠同諧老。

【尾聲】恩情豈比閑花草，往常恨更長寂寥，今夜只愁天易曉。

野外芳葩并蒂開，村邊連理共枝栽。
百年夫婦途中合，一段姻緣天上來。

走雨

【破陣子】（老旦上）況是君臣分散，那看母子臨危。（旦上）嚴父東行何日返？天子南遷甚日回？（合）家邦無所依。

〔望江南〕（老旦）身狼狽，慌急便奔馳。貼肉金珠揣得甚，隨身衣服着些兒。子母緊相隨。（旦）離帝輦，前路去投誰？風雨催人辭故國，鄉關回首暮雲迷。何日是歸期？（老旦）孩兒，管不得你鞋弓襪小，只得趲行幾步。（旦）是，母親。

【漁家傲】（老旦）天不念去國愁人助慘悽，淋淋的雨若盆傾，風如箭急。（旦）侍妾從人皆星散，各逃生計。（合）身居處華屋高堂，但尋常珠遶翠圍，那曾經地覆天翻，天翻来受苦時。

（老旦）孩兒，兩條路，不知往那一條去？

【剔銀燈】迢迢路不知是那裏，前途去，安身在何處？（旦）一點點雨間着一行行悽惶淚，一陣陣風對着一聲聲愁和氣。（合）雲低，天色傍晚，母子命存亡兀自尚未知。

【攤破地錦花】（旦）繡鞋兒，分不得幫和底。一步步提，百忙裏褪了跟兒。（老旦）冒雨盪風，帶水拖泥。（合）步難移，全没些氣和力。

【麻婆子】（老旦）路途路途行不慣，心驚膽顫摧。（旦）（一）地冷地冷行不上，人慌亂雨催。（老旦）年高力弱怎支持？（跌倒、旦扶介）泥滑跌倒在凍田地，欵欵扶將起。（合）心急步行遲。

（一）（旦）：原闕，據文義補。

最苦君尊去遠，怎當軍馬臨城。
正是福無雙至，果然禍不單行。

避虜

【薄倖】（生上）凜冽寒風，淋漓冷雨。送君臣南北，父子西東。（小旦上）心腸痛，不幸見刀兵冗冗。（合）望故國雲山遠濛濛。

〔浣溪沙〕（生）萬里飛沙咽鼓鼙，三軍殺氣傍旌旗。天涯兄妹兩相依。（小旦）前去不知何處是？故鄉猶恐不同歸。出關愁暮一霑衣。（生）妹子，管不得你鞋弓襪小，只得趲行幾步。（小旦）是，哥哥。

【賽觀音】（生）雨兒催，風兒送，嘆一旦家邦盡空。（小旦）想富貴榮華如夢。（合）哽咽傷心，教我氣填胸。

【前腔】（小旦）意兒慌，脚兒痛，顫篤速如癡似懵。（生）苦捱着疾忙行動。（合）郊野看看，又早晚雲籠。

【人月圓】（生）途路裏，奔走流民擁，膽喪魂飛心驚恐。（小旦）風吹雨濕衣襟重，止不住雙雙珠淚湧。（合）行不上，惟聞得戰鼓聲振蒼穹。

【前腔】（生）軍馬又來，四下如鐵桶，眼見得京師城壁空。（小旦）他每趕着無輕縱，人似豺狼馬似龍。（合）遭驅虜，親骨肉甚年何日重逢？

急前去汴梁路杳，慢停待中都亂擾。

烏鴉共喜鵲同巢，吉凶事全然未保。

盜阻

【高陽臺】（生上）凜凜嚴寒，漫漫肅氣，依稀曉色將開。宿水飡風，去客塵埃。（旦上）思今念往心自駭，受這苦誰想誰猜。（合）望家鄉水遠山遥，霧鎖雲埋。

（生）亂亂隨遷客，紛紛避禍民。風傳軍喊急，雨送哭聲頻。（旦）子不能庇父，君無可保臣。（合）寧爲太平犬，莫作離亂人。（生）娘子，你看一路上風景，好生傷感人也呵！

【山坡羊】翠巍巍雲山一帶，碧澄澄寒波幾派。深密密煙林數簇，滴溜溜黄葉都飄敗。一兩陣風，三五聲過雁哀。（旦）傷心對景，對景愁無奈。回首家鄉，珠淚滿腮。（合）情懷，急煎煎悶似海。形骸，骨巖巖瘦似柴。

【水紅花】（旦）憶昔歌舞宴樓臺，會金釵，歡娱難再。（生）思之詩酒看書齋，命多乖，風光難再。（旦）母親知他何處？尊父阻天涯，不能彀千里故人來也囉。

【梧桐葉】（生）徙黎民，遷臣宰，天子蒙塵盡遠邁。雕欄玉砌今何在？（旦）想畫閣蘭堂那樣安排，翻做了草舍茅簷。這境界，怎教人償得盡恓惶債？

【水紅花】路滑霜重步難擡，小弓鞋，其實難捱。（生）家亡國破更時乖。這場災，冰消瓦解，否極何時生泰？苦盡更甜來，只除是枯樹上再花開也囉。（内鳴鑼喊介）（生、旦慌介）

【金錢花】（生、旦）聽得數聲鑼篩，鑼篩。好漢山前齊擺，齊擺。個個獰惡似狼豺。（外、末、淨、丑上）留買路，與錢財。不留與，便殺壞。

你兩個是甚麼人？留下買路錢去。

【念佛子】（生、旦）窮秀才，夫和婦，爲士馬逃難登途。望相憐，壯士略放一路。（衆）枉自説閑言語，買路錢留下金珠。稍遲延，便教你身喪須臾。（生、旦）區區，山行路宿。粥食無覓處，有盤纏肯相推阻？（衆）窮酸餓儒模樣，須將那隨行所有，疾忙分付。（生、旦）苦不苦，從頭至足，衣衫皆襤褸。難同他往來客旅。（衆）你不與我，施威仗勇，輪動刀和斧。激得人忿心發怒。（生、旦）告饒恕，魂飛膽顫摧，神恐心驚懼。此身恁地含屈死，真實何辜？（衆綁生、旦介）

【尾聲】（衆）且執縛，管押前去山寨裏，聽從區處。（生、旦）到那裏，吉凶事全然未知。

（生）秀才身畔没行囊，（旦）逃避刀兵離故鄉。
（衆）且聽雷霆施號令，休言星斗焕文章。

玄雪譜

《玄雪譜》（全名《新鐫繡像評點玄雪譜》）卷一收録《拜月亭記》（劇名原題作《幽閨記》）之《野逢》《拜月》等二齣，輯録如下。

野逢

【金蓮子】（旦）古今愁，古今愁，誰似我目下這樣愁？聽軍馬驟，聽軍馬驟，人亂語稠。向深林中逃難，恐有人搜。（虚下）

【前腔】（生）百忙裏散去，差了路頭。尋妹子不見，教我怎措手？瑞蓮！（旦内應科）（生）神天祐，神天祐，這荅兒是有。親骨肉見了向前走。（又叫介）（旦應上）

【菊花新】你是何人我是誰？（生）應了還應，呀，見又非。（旦）將咱小名提，進前去問他端的。

我只道是我母親，原來是個秀才。（生）我只道是我妹子，原來是位娘子。（旦）呀，你不是我母親，如何叫我？（生）我自叫瑞蓮，誰叫你？

【古輪臺】（旦）自驚疑，相呼厮喚兩相回。瑞蘭和先輩不曾相識。（生）瑞蓮名兒，本是卑人親妹。不知娘子因甚到此？（旦）妾因兵火急，離鄉故。（生）娘子如何獨行？（旦）母子隨遷往南避，中途相失。秀才何處不見了令妹？（生）喊殺聲各各逃生，電奔星馳。中途裏差池，因循尋至。應聲錯了偶逢伊。娘子不見了母親，小生不見了妹子。正是俱錯意，一般煩惱兩心知。

【前腔】（生）名兒應錯了自先回。（旦）秀才那裏去？（生）急急便往跟尋，豈容遲滯。（旦）事到如今，事到頭來，怎生惜得羞恥？（拜科）秀才，念苦憐孤，救奴殘喘。帶奴離此免災危，我也不忘你的恩義。（生）娘子，你方纔説不見了令堂，遠遠望見一位媽媽來了。（旦回頭介）在那裏？（生近前看介）曠野間，曠野間見獨自一個佳人，生得千嬌百媚。他又無夫無婿，眼見得落便宜。且待我謊他一謊。娘子，如何是？天色昏慘暮雲迷。

（旦慌介）秀才，帶奴同行則個。（生）娘子差矣，我自家妹子尚且顧不得，那帶得你？

【撲燈蛾】（生）自親妹不見影，自親妹不見影，他人怎相庇？（旦）秀才，你讀書也不曾？（生）秀才家何書不讀？（旦）書上道惻隱之心，人皆有之。既然讀詩書，惻隱心怎不周急也？（生）你只曉得有惻隱之心，那知有别嫌之禮？我是個孤男，你是寡女，厮趕着，厮趕着教人猜疑。（旦）亂軍中，亂軍中有誰來問你？（生）緩急問語言須是要支持。

【前腔】（旦）路中不擋攔。（生）路中若擋攔？（旦）路中若擋攔，可憐奴做兄妹。（生）兄妹固好，只是面貌不同，語言各别。有人厮盤問，教咱把共言抵對也？（旦）没個道理。（生）既没道理，小生自去。（旦）有一個道理。（生）有甚麽道理？（旦）怕問時，（生）怕問時却怎麽？（旦）奴家害羞，説不出來。（生）娘子，没人在此，便説有何害。（旦）怕問時權，（生）怎麽又不説了？權甚麽？

（旦）權説是夫妻。（生）恁般説方纔可矣。便同行，訪踪窮跡去尋覓。

【尾聲】（旦）今日得君提掇起，免使一身在污泥。（生）久後常思受苦時。

（生）半路兄尋妹，（旦）中途母喪兒。

（合）情知不是伴，事急且相隨。

拜月

【齊天樂】（旦）懨懨捱過殘春也，猶是困人時節。景色供愁，天氣倦人，針指何曾拈刺。（小旦）閑庭静悄，瑣窗蕭灑，小池澄徹。（合）疊青錢，泛水圓小嫩荷葉。

〔浣溪沙〕（小旦）階前萱草簇深黄，檻外榴花疊絳囊。清和天氣日初長。（旦）懶去梳妝臨寶鏡，慵拈針指向紗窗。(合)晚來閑步出蘭房。(小旦)姐姐，當此良辰美景，正好快樂，你反眉頭不展，面帶憂容，爲甚麼來？

【青衲襖】(旦)我幾時得煩惱絶？幾時得離恨徹？本待散悶閑行到臺榭，傷情對景腸寸結。(小旦)姐姐，撇下些罷。(旦)悶懷些兒待撇下怎忍撇？待割捨難割捨。倚遍欄杆，萬感情切，都分付長嘆嗟。

【紅衲襖】(小旦)你繡裙兒寬褪了褶。爲傷春憔悴些，近日龐兒瘦成勞怯。莫不是又傷夏月？姊妹每休見別，斟量着你非爲別。(旦)你量着我甚麼？(小旦)多應把姐夫來縈牽，别無些話說。(旦怒介)

【青衲襖】你把濫名兒將咱引惹，直恁的情性乖，心意劣，女孩兒家多口共饒舌。爹娘行快活要他做甚的？要妝衣滿篋，要食珍羞則盛設，和你寬打周折。(走介)(小旦)姐姐，到那裏去？(旦)到爹行先去說。(小旦)說些甚麼？(旦)說你小鬼頭春心動也。

【紅衲襖】(小旦)我特地錯暗別。(跪介)姐姐，望高擡貴手饒過些。一句話兒傷了俺賢姐姐。(旦)起來，且饒你這次，今後再不可如此。(小旦)若再如此呵，瑞蓮甘痛決。姐姐閑耍歇，小妹子先去也。(旦)那裏去？(小旦)只管在此閑行，忘收了針綫帖。

(旦)也罷，你自去。(小旦)推些緣故歸家早，花陰深處遮藏了。熱心閑管是非多，冷眼覷人煩惱少。

（下）（旦）這丫頭果然去了。天色已晚，只見半彎新月，斜掛柳稍。不免安排香案，對月禱告一番。款把卓兒擡，輕揭香爐蓋。一炷心香訴怨懷，對月深深拜。（拜介）。

【二郎神慢】（旦）拜新月，寶鼎中把名香滿爇。（小旦潛上聽介）（旦）上蒼，這一炷香呵！願抛閃下男，（作回覷介）男兒疾較些，再得睹同歡同悦。（小旦）悄悄輕將衣袂拽。姐姐，却不道小鬼頭春心動也。（走介）（旦）妹子到那裏去？（小旦）我也到父親行去説。（旦扯科）（小旦）放手，我這回定要去。（旦跪介）妹子，饒過了姐姐罷！（小旦攙介）姐姐請起。那喬怯，無言俛首，紅暈滿腮頰。

【鶯集御林春】（小旦）恰纔的亂掩胡遮，事到如今漏泄。姊妹每心腸休見别，夫妻每莫不是是有些周折？（旦）我也難推怎阻，一星星對伊仔細從頭説。（小旦）姐姐，他姓甚麽？（旦）他姓蔣。（小旦）他也姓蔣，叫甚麽名字？（旦）世隆名。（小旦）呀！他家住在那裏？（旦）中都路是家。（小旦）姐姐，你怎麽認得他，他是甚麽樣人？（旦）是我的男兒受儒業。（小旦悲介）

【前腔】（小旦）聽説罷姓名家鄉，這情苦意切。閟海愁山心上撇，不由人不淚珠流血。（旦）我恓惶是正理，只合此愁休對愁人説。妹子，你啼哭爲何因？莫非是我男兒舊妻妾？

【前腔】（小旦）他須是瑞蓮親兄。（旦）呀！原來是令兄。爲何失散了？（小旦）爲軍馬犯闕。（旦）是，我曉得了。散失忙尋相應者，那時節只争個字兒差迭。妹子，和你比先前又親，自今越更着疼熱。你休隨着我跟脚，久已後是我男兒那枝葉。

【前腔】（小旦）我須是妹妹姑姑，你是我的嫂嫂又是姐姐。未審家兄和你因甚別？兩分離是何時節？（旦）正遇寒冬冷月，被我爹拆散在招商舍。（小旦）你如今還思量着他麽？（旦）思量起痛心酸，那其間他染病耽疾。（小旦）那時怎割捨得撇下？（旦）是我男兒教我怎割捨？

【四犯黄鶯兒】（小旦）他直恁太情切，你十分忒軟怯。眼睁睁怎忍和他相抛撇？（旦）枉自怨嗟，無可計設，當不過搶來推去望前扯。（合）意似虺蛇，性似蝎螫，一言如何訴説。

【前腔】（旦）流水也似馬和車，頃刻間途路賒，他在窮途逆旅應難捨。（旦）那時節呵！囊篋又竭，藥餌又缺，悶懨懨難過如年夜。（合）寶鏡分破，玉簪跌折，(一)甚日重圓再接？

【尾聲】（旦）自從别後音信絶，這些時魂驚夢怯，莫不是煩惱憂愁將人斷送也。

往時煩惱一人悲，從此淒涼兩下知。

世上萬般哀苦事，無過死别共生離。

(一) 折：原作『拆』，據汲古閣刊本《繡刻幽閨記定本》改。

醉怡情

《醉怡情》（全名《新刻出像點板時尚崑腔雜出醉怡情》）卷八收録《拜月亭記》（劇名原題作《幽閨記》）之《錯認》《旅婚》《拜月》《重圓》等四齣，輯録如下。

錯認

【金蓮子】（生）百忙裏散失差了路途。尋妹子不見，教我怎措手？瑞蓮！（旦應介）（生）神天祐，這搭兒是有。親骨肉見了向前走。瑞蓮！（旦應上）母親在那裏？（生）妹子那裏？

【菊花新】（旦）你是何人我是誰？（生）我只道是我妹子。他應了還應見又非。（旦）你又不是我母親，爲何將咱小名提，進前去問他端的。（見生介）

【古輪臺】（旦）自驚疑，相呼厮唤兩三回。瑞蘭和先輩我也不曾相識。（生）瑞蓮名兒，本是卑人親妹。不知娘子因甚到此？（旦）妾因兵火急，離鄉故。母子隨遷往南避，中途相失。秀才在何處不見了令妹？（生）喊殺聲各各逃生，電奔星馳。中途裏差池，因循尋至。應聲錯偶逢伊。小娘子不見了母親，別人不見了妹子。正是俱錯意，一般煩惱兩心知。

【前腔】（生）名兒應錯了自先回。（旦）秀才那裏去？（生）急急便往跟尋，豈容遲滯。（旦）事到如今，事到頭來，怎生惜得羞恥？秀才，念苦憐孤，救奴殘喘。帶奴離此免災危，我也不忘你恩義。（生）曠野間見獨自個佳人，生得千嬌百媚。況又無夫婿，眼見得落便宜。待我且唬他一唬。小娘子，如何是？天色昏慘暮雲迷。

（旦）秀才官人，帶奴同行則個。（生）小娘子，我，

【撲燈蛾】自親不見影，自親不見影，他人怎周庇？（旦）秀才，你可曾讀書麼？（生）秀才家何書不讀，那書不覽？（旦）既然讀詩書，惻隱心怎不周急也？（生）小娘子，你但知惻隱之心，那曉別嫌之禮？我是孤男，你是寡女，廝趕着教人猜疑。（旦）亂軍中有誰來問你？（生）緩急間語言須是要支持。

【前腔】（旦）路中不擋攔，（生）路中若擋攔？（旦）可憐奴做兄妹。（生）兄妹固好，只是面貌不同，語言各別。有人廝盤問，教咱把甚言抵對也？（旦）沒個道理。（生）既沒道理，小生告別了。（旦）秀才且慢，有道理在。（生）有甚道理？（旦）怕問時權說做夫妻。（生）恁般說方纔可矣。

便同行，訪蹤窮跡去尋覓。

【尾聲】（旦）今日得君提掇起，免使一身在污泥。（生）久後常思受苦時。（生）半路兄尋妹，（生）中途母失兒。（生）情知不是伴，（生）事急且相隨。

（旦）秀才快來。（生）小生有。

旅婚

【水底魚】（丑）造酒奇方，劉伶與杜康。李太白留當，賀知章脱錦囊。自家非别，乃是廣陽鎮招商店貨賣的便是。且喜天下稍平，民安盜息，不免把鋪面開張，迎接客商，有何不可？俺這裏前臨官道，後靠野溪。幾株楊柳緑陰濃，一架薔薇清影亂。古壁上列劉伶仰卧，小窗前畫李白醉眠。知味停舟，果是開埕香十里；聞香駐馬，管教隔壁醉三家。正是牙關不開，利市不來。不免把酒來嘗一嘗。侵晨忙把店門開，煮酒烹茶待客來。正是不將辛苦藝，果然難近世間財。

（生、旦唱上）

【駐馬聽】一路裏奔馳，多少艱辛到這裏。且喜略時肅静，漸次平安，稍爾寧息。恨悠悠千里旅情悲，苦懨懨一片鄉心碎。感嘆咨嗟，傷情滿眼關山珠淚。

【前腔】(丑)草舍茅簷，門面不妝酒味美。真個杯浮緑蟻，榨滴真珠，甕潑新醅。(生)酒旗兒斜挂小窗西，布帘兒招颭在疏籬際。小娘子，和你共飲三杯，今朝有酒今朝沉醉。

(旦)但憑便了。(丑見生介)官人是飲酒的？(生)正是。(丑)裏面請坐。(生)我還有渾家在外面。(丑)渾家請。(生)哇！我夫妻稱渾家，你怎麽也叫渾家？(丑)是這樣不得的，娘子請。何如？(生)這樣纔是。(進坐介)(生)有什麽好酒？(丑)有好酒。蘇州酒，秀州酒，蘇、秀二州真好酒。官人吃得肚皮像簸箕，娘子吃得屁股像漏斗。(生)胡說，有什麽好哽飯？(丑)有好哽飯。手摠雞湯面飯，東坡蹄兒天下少。官人不惜杖頭錢，吃到天明不覺曉。(生)拿好酒來。(丑)官人說便是這樣說。亂離時世，不曾造得具。有新篘的好白酒。(生)就是新篘的罷了，就煩你斟一斟。(丑)這個自然，不要說是官人，若是娘子要斟，也只得奉承。(生)胡說！

【駐雲飛】村釀新篘。(丑)酒能遣興又消愁。要解愁腸須是酒。(丑)(向酒壺開介)噴鼻馨香。(生)壺内馨香透。(丑)篩在盞内碧波清。(生)盞内清光溜。娘子請一杯。(旦)奴家不會飲。(生)嗏！何必恁多羞。但略沾口，免意休推，莫把眉兒皺。一醉能消心上愁。

【前腔】(旦)盞落歸臺，(丑)娘子不會飲酒。却早兩朵桃花上臉來。(旦)酒保過來，斟一杯酒敬那官人。(丑)奇怪。那官人？(向生介)官人，這娘子敢不是你的？(生)爲何？(丑)他說將酒來敬那官人。百家姓上没有什麽姓那的。(生)這是我那裏鄉語，那者，好也。稱我爲好官人，這般說。(丑)

原來如此。樓下的，拿酒那嗄飯來。（生）酒保過來，爲何有這許多那？（丑）那者，好也。（生）胡說！（旦）多感君相帶。（生）多謝心相愛。（旦）嗏！擎樽奉多才。（生）小生也不會飲酒。（旦）你量如蒼海，滿飲一杯，暫把愁懷解。樂以忘憂須放下懷。

（生）酒保過來，我一路上與娘子有幾句說話，所以不肯飲酒。酒保，你與我勸得一杯，與你三錢銀子。（丑）官人要我勸娘子吃酒，這有何難？勸得一杯三錢銀子，勸得十杯？（生）三兩。（丑）一百杯呢？（生）三十兩。（丑）一千杯呢？（生）那裏吃得這許多？（丑）却不是酒逢知己千鍾少。（生坐介）（丑轉向生、旦介）官人、娘子在上，酒保有一言奉告，投這廣陽鎮招商店□□，新開好酒好嗄飯。官人、娘子，進店來半晌，不曾吃得幾杯酒。少間會鈔，我們店官道我不會賣。今奉勸官人、娘子吃幾杯，臉兒紅走出去。外面人說道果然招商店好酒，替我這店中妝一妝門面。官人請一杯。（生）這酒保到也會得講話，待我吃。（丑）官人吃了，待我勸娘子。娘子請。

【前腔】瀲艷流霞。不比尋常賣酒家。我這招商店呵，娘子請。（旦介）娘子不肯吃是了，想是道我酒保臉兒生得醜。我有道理，待我掇將轉來。（轉身介）又道是君子不辭後杯，我在這裏奉敬。（旦吃介）（丑）乾了。（向生）一杯三錢。（生）是了。（丑）稱稱？（生）少間總稱。（丑）官人、娘子出路人，不要吃單杯，吃個成雙到老。（生）好。好一個成雙到老！（丑）娘子飲。（旦不飲介）娘子，道是酒冷人頭水，火爐盪得飛滚。（將酒杯頂頭上介）娘子請。（旦吃介）（丑轉向生介）官人，兩杯稱稱？（生）講過總稱。（丑）又要總稱。村店多瀟灑，坐起極幽雅。娘子請吃三杯，和萬事一醉打跟頭。（生）一醉解千愁。

（丑）正是解千愁，娘子請。我曉得娘子道是寡酒，待我酒保殺一隻犂雞。（作喚下殺雞介）還有一隻煙燻火腿脚爪，娘子如何？（旦吃介）（丑向生介）三杯九錢。（生）是了，有這許多瑣碎。（丑）你要記帳明白，省得歇歇兒忘了。（向旦介）娘子再請一杯，吃個四方平穩。（旦）呸！胡説！（丑）不吃就罷休，不過要與我湊兩分兒□。嗏！何必論杯斝，試嘗酬價。愛飲神仙，玉珮曾留下。今後逢人吃甚麽茶？

（生）酒保過來，我要到旅館中去安歇，可去得及麽？（丑）此去旅館有三十里路，天色將晚，去不及了。我這裏前邊吃酒，後面宿人，有潔浄鋪蓋。官人、娘子，何不就在此安歇，何如？（生）娘子意下如何？（旦）但憑秀才便了。（生）酒保過來，我不去了，就在此安歇。與我打掃一間房，鋪下一張床，俱要潔浄些。（丑）曉得。樓下的，官人、娘子去不及了，就在此安歇。分付打掃一間房，鋪下一張床，一個馬桶，一個尿鱉，一枝安息香。（旦）酒保過來。（丑）娘子有何話説？（旦）與我打掃兩間房，鋪下兩張床。（丑）曉得。樓下的，不要依前邊官人，依後邊的娘子。打掃兩間房，鋪下兩張床，兩個馬桶，一個尿鱉，兩枝安息香。（生）酒保過來。（丑）官人爲何？（生）方纔酒錢是那一個還？（丑）自然是官人。（生）却原來依舊與我打掃一間房，鋪下一張床便了。（丑）曉得。樓下的，不要依後邊娘子，仍依前邊官人。打掃一間房，鋪下一張床，一個馬桶，一個尿鱉，一枝安息香。（末上打丑介）狗才，這等不中用！一坐客也伏侍不來，又是什麽一間房又是兩張，叫我兩老口□搬到東、搬到西，成什麽？（丑）順從客便，干我甚事？（末）我這裏用你這樣人不着，快些出去。（丑）要出去就去，在你家裏起早睡夜，一日忙到夜，幾曾偷吃你一塊肉、一鍾酒，拼得是這等辛苦，那裏不去吃碗飯。（末下介）（丑）老。（末轉介）老什麽？（丑）老店官，老阿爹。（末下）（生）酒保。（丑）飯保，你兩個路上商量個妥帖來，一個什麽一間房，一個又是兩張床。叫我店官兩老口搬到東、搬到西，如今到依我酒保，三個打個混沌鋪罷了。（生）胡説。（丑）如今也不要依官人，也不要依娘子，隨我來，持燈。（生、旦轉介）（丑）這裏來。（坐介）（丑）一間房依了官人。（旦）兩間房纔是。（丑）兩張床依了娘子。（生）一張床。（丑）不要慌，有個鋪法，把來丁字樣鋪。少間吹其燈而滅其火，關其門而閉其户，解其裙而脱其褲。題目出了，文章你自去做。（丑下）（生）尋蹤訪跡在林中。（旦）受苦扶危出禍叢。（生）娘子，我與你有緣千里能同會。（旦）與你無緣對面不相逢。（生）娘子，爲何把這話兒，看看説遠了，可記得林榔中言語麽？（旦）林榔中説是兄妹同行。（生）這是有的。那時小生説兄妹固好，只是面貌不同，語言各别，那時娘子還説些什麽？（旦）並沒有什麽説話？（生）正是貴人多忘事，請再想一想。（旦）説怕有人盤問，權説做夫妻。（生）却又來，别的可以權得，夫妻怎樣一個權法？今日招商店中没人在此，且權一權。（旦）秀才休得如此，送奴回去，多將些金謝你。（生）豈不聞書中自有黄金屋，要這金銀何用？（旦）秀才既不要金銀，待我對爹爹説，討一個官與你做。（生）好笑！官乃朝廷的，怎麽你爹爹就討得一路來？到不曾動問得娘子是何等人家？（旦）你不問起也罷，若問起我家，不要説你的坐處，就是你的站處都是没有的。（生）韓景楊大來頭，願聞。（旦）我公公王和玉，父親兵部王尚書，母親太國夫人，奴家是守節操千金小姐。（生）原來如此。我蔣世隆冷眼覷畫堂，尚然消受不起，怎敢與娘子同行同坐，

望娘子高擡貴手，饒恕蔣世隆罷。（旦）大恩人請起。（生）你既曉得是大恩人，

【降黄龍】説什麽宦世門楣，寒士尋常，望若云霄。時移事遷，爲地覆天翻，君去民逃。多嬌。此時相遇，料應我和你姻緣非小。做夫妻相呼厮唤，怎生忘了？

【前腔】（旦）休焦。所許前詞，侍枕之私，敢惜微渺。（生）既如此，却又推三阻四怎麽？（旦）怕仁人累德，娶而不告，朋友相嘲。（生）娘子，你曉得瓜田不納履，李下不整冠麽？（旦）瓜田不納履怎麽説？（生）假如人家一園瓜正熟，打從瓜園中經過，曲腰納其鞋履，恐隔遠人見，只説偷其瓜。（旦）李下不整冠怎麽説？（生）假如人家一園李子正熟，打從他李樹下過，欲待伸手整其巾幘，恐遠人觀見，只道盗其李。從教。整冠李下，此嫌疑我實亦難逃。（旦）你送我回去，與爹爹説知。教媒説合成親，却不全了奴家節操？（生怒介）你前日在虎頭寨上，若没有我蔣世隆呵，亂軍中遭驅被虜，怎全節操？（末、丑上）

【太平令】曲徑迢遥，深夜柴門帶月敲。郵亭一宿姻緣好，又何故語叨叨？

【前腔】（生、旦）旅邸蕭條，回首鄉關路轉遥。寒燈照影傷懷抱，因此上話通宵。

（末、丑）話通宵，話通宵，被我兩老口兒聽見了。（末）秀才，請到前面去坐一坐，老夫别有話説。（生下）（末）小姐在上，老夫有一言相告：男女授受不親，禮也。嫂溺授之以手，權也。權者，反經合禮之謂。且如小姐處于深閨，衣不見裏，言不及外，事之常也。今日衝出道途，風餐水宿，事之變也。况急

遽苟且之時，顛沛流離之際，失母從人二百餘里。雖小姐冰清玉潔，惟天可表。清白誰人肯信，是非誰人與辨？正所謂昆岡失火，玉石俱焚。今小姐堅執不從，那秀才被我道了幾句言語，兩下出門，各不相顧。倘遇不良之人，無賴之輩，强逼爲婚。非惟玷污了身己，抑且所配非人。不若反經行權，成就了好事罷。（旦）望公公、婆婆收留奴家在此，倘我父母有相見之日，那時重重相謝，決不虛言。（末）收留人家迷失子女，律有明條。況小店中來往人多，不當穩便。既然不從，小姐請出去罷。（旦悲介）（丑）老兒，他既無父母之命，又無媒妁之言，我兩人年紀高大，權做主婚。安排一樽薄酒，權爲合卺之杯。所謂：禮由義起，不爲苟從。我兩老口兒主張不差，小姐依從了罷。（旦）既如此，沒奈何了。但憑公公、婆婆主意。（末、丑）這等纔是。秀才官人有請。（生上）（末）被老夫勸從了。（生揖介）多謝公公。（末）將酒過來。（把酒介）

【撲燈蛾】才郎殊美好，佳人正年少。相逢邂逅間，姻緣會合非小也。天然湊巧，把招商店權做藍橋。翠帷中風清月皎，算歡娛千金難買是今宵。

（丑、末）官人、娘子，請穩便罷。夜深了，明日再取尊與你煖房。姻緣本無意，天遣此相逢。（下）（旦）

【衮遍】不肯賦情薄，不肯賦情薄，隨順教人笑。空使我意沉吟，眉留目亂羞難道。（生）看他喜時模樣，愁時容貌。燈兒下越看着越波俏。

【前腔】（旦）才郎意堅牢，才郎意堅牢，賤妾難推調。只恐容易間，把恩情心事都忘了。

（生）蔣世隆若有此心，與你星前月下去罰誓。（旦）你自去罷。（生扯旦介）海誓山盟，惟天可表。辦至誠，圖久遠同諧老。

【尾聲】恩情豈比閑花草，往常恨更長寂寥，今夜只愁天易曉。

拜月

【齊天樂】（旦）懨懨捱過殘春也，猶是困人時節。（小旦上）閑庭靜悄，瑣窗瀟灑，小池澄徹。

（小旦）〔浣溪沙〕階前萱草簇深黄，檻外榴花疊絳囊。清和天氣日初長。（旦）懶去梳妝臨寶鏡，慵拈針指向紗窗。晚來閑步出蘭房。（小旦）姐姐，當此良辰美景，正好快樂，你反眉頭不展，面帶憂容，爲甚麼來？（旦）

【青衲襖】我幾時得煩惱絶？幾時得離恨徹？本待散悶閑行到臺榭，傷情對景腸寸結。

（小旦）姐姐，撇下些罷。（旦）悶懷些兒待撇下怎忍撇？待割捨難割捨。沉吟倚遍闌干，萬感情切，都分付長嘆嗟。

（小旦）姐姐，

【紅衲襖】你繡裙兒寬褪了褶。莫不是爲傷春憔悴些，近日龐兒瘦成勞怯。莫不是傷夏月？姐妹每休見別，斟量着你非爲別。（旦）你量着我甚麼？（小旦）多應把姐夫來縈牽，別

無些話説。（旦怒）

【青衲襖】你把濫名兒將咱引惹，直恁的情性乖心意劣。女孩兒家多口共饒舌。爹娘行快活要他做甚的？要妝衣滿篋，要食則珍味設，和你寬打周折。（走介）（小旦）姐姐那裏去？（旦）到父親行先去説。（小旦）説些甚麽？（旦）説你小鬼頭兒春心動也。（小旦）

【紅衲襖】我特地錯賭别。（跪介）姐姐，望高擡貴手饒過些。〔一〕一句話兒傷了俺賢姐。（旦）起來，且饒你這次，今後再不可如此。（小旦）若再如此呵，瑞蓮甘痛決。姐姐閑耍歇，小妹每先去也。（旦）那裏去？（小旦）只管在此閑行，忘收了針綫帖。

（旦）也罷，你自去。（小旦）推些緣故歸家早，花陰深處遮藏了。熱心閑管是非多，冷眼覷人煩惱少。（虚下）（旦）這丫頭去了。天色已晚，只見半灣新月，斜掛柳梢下。不免安排香案，對月禱告一番。〔卜算子〕款把桌兒擡，輕揭香爐蓋。一炷心香訴怨懷，對月深深拜。（拜介）

【二郎神】拜星月，寶鼎中明香滿爇。（小旦潛上聽介）（旦）上蒼，這一炷香呵，願我抛閃下男兒疾效些，得再睹同歡同悦。（小旦）悄悄輕將衣袂拽。姐姐，却不道小鬼頭兒春心動也。（走介）（旦）妹子到裏去？（小旦）我也到父親行先去説。（旦扯介）（小旦）放手，我這回定要去。（旦跪介）

〔一〕擡：原作『臺』，據汲古閣刊本《繡刻幽閨記定本》改。

妹子，饒過了姐姐罷。（小旦）姐姐請起。那喬怯，無言俛首，紅暈滿腮頰。（小旦）

【鶯集御林春】恰纔的亂掩胡遮，事到如今漏泄。姊妹每心腸休見別，夫妻每莫非有些周折。（旦）教我難推怎阻。罷。妹子，我一星星對伊仔細從頭說。（小旦）姐姐，他姓甚麽？（旦）姓蔣。（小旦）呀，他也姓蔣，叫做甚麽名字？（旦）世隆名。（小旦）呀！他家住在那裏？（旦）中都路是家。（小旦）訝！他家你怎麽認得他，他是什麽樣人？（旦）是我男兒受儒業。（小旦悲介）

【前腔】聽説罷姓名家鄉，這情苦意切。悶海愁山將我心上撇，不由人不淚珠流血。（旦）我恓惶是正理，只此愁休對愁人説。妹子，你啼哭爲何因？莫非是我男兒舊妻妾？（小旦）

【前腔】他須是瑞蓮親兄。（旦）訝！原家是令兄，爲何散失了？（小旦）爲軍馬犯闕。（旦）是，我曉得了。散失忙尋相應者，那時節只争個字兒差迭。妹子，和你比先前又親，自今越更着疼熱。你休隨着我跟脚，久已後是我男兒那枝葉。（小旦）

【前腔】我須是你妹妹姑姑，你是我的嫂嫂又是姐姐。未審家兄和你因甚别，兩分離是何時節？（旦）正遇寒冬冷月，恨爹爹把奴折散在招商舍。（小旦）如今還思量着他麽？（旦）思量起痛辛酸，那一月他染病耽疾。（小旦）那時怎割捨得撇了？（旦）是我男兒教我怎割捨？

【四犯黃鶯兒】（小旦）他直恁太情切，你十分忒軟怯，眼睜睜怎忍和他相抛撇？（旦）枉自怨嗟，無可計設，當不過他搶來推去望前扯。（合）意似虺蛇，性似蝎螫，一言如何訴説。

【前腔】（小旦）流水似馬和車，頃刻間途路賒，他在窮途逆旅應難捨。（旦）那時節呵！囊篋又竭，藥餌又缺，他那裏悶懨懨難捱過如年夜。（合）寶鏡分破，玉釵斷折，甚日重圓再接？

【尾聲】自從别後音書絶，這些時魂驚夢怯，莫不是煩惱憂愁將人斷送也。

（旦）往時煩惱一人悲，（小）從此淒涼兩下知。

（合）世上萬般哀苦事，無過死别與生離。

重圓

【卜算子】（外）一段好姻緣，説起難拋下。今朝開宴特相邀，試問真和假。

昨日已曾差人去請張大人到此相陪，狀元怎麼還不見到來？（浄）

【前腔】相府開筵宴，相招意非淺。

（末）張老爺到了。（外）張大人請。（浄）司馬大人請。司馬大人今日見招，不知有何見諭？（外）老夫今日之宴，非爲别事。老夫向年緝探虎狼軍去了，不想老荆遇亂，帶領小女瑞蘭前往京師避亂。行至中途，被亂軍趕散，失却瑞蘭小女。途中尋覓，有一個女子答應，那女子叫名瑞蓮。因蓮、蘭二字相訛，隨了老荆，收爲義女。親女失去無覓，老夫回到磁州廣陽鎮招商店中，遇見小女，隨着一個秀才爲伴。老夫一時忿怒，不曾問得明白，竟把小女奪了回來。（浄）奪了回來？有見識！有見識！（外）

如今蒙聖恩，命我着兩個小女，招贅今科文武狀元爲婿。昨遣官媒婆同院子，前去遞送絲鞭。文狀元再三推却，武狀元欣然允從。説起來這文狀元就是招商店中秀才，二小女就是文狀元的妹子。爲此今日設宴請他到來，席間講起，望大人攛掇攛掇。（净）這個當得，再着人去請請狀元。（生上）

【前引】仙子宴瑶池，青鳥書傳送。

（末）狀元到了。（外）狀元請。（净）狀元。（外）狀元請坐。（净）狀元，老司馬有兩位多嬌小姐，今蒙聖恩，大小姐招文狀元，二小姐招武狀元。昨遣官媒遞送絲鞭，武狀元欣然允從，爲何狀元再三推阻？其中必有緣故。（生）老先生聽禀。

【山坡羊】那日因遭兵燹，兄妹移家還汴。[一]亂軍中失散雁行，兩下裏追尋不見。舍妹阿，叫瑞蓮，有個佳人忽偶然。那佳人叫名瑞蓮，只因蓮、蘭二字訛了。相隨同到招商店。（净）他就隨了狀元到招商店，有見識！有見識！就要合巹了。（生）合巹曾勞媒妁言。（净）就要交歡？（生）交歡，誰知一病纏。（净）殿元病起來？後生家不耐殺。（生）晚生正病之間，不好説得。（净）就説何妨？（生）遇着也是兵部王尚書。（净）同名姓的多。（生）認得是他女兒，奪了回去。（净）奪了去？這個老忘八！老殺才！（外）不要背後駡人。（净）我當面還要駡他。咦，戲文不曾完，又在那裏做影戲？

[一] 汴：原作『水』，據汲古閣刊本《繡刻幽閨記定本》改。

（生）堪憐，分開鳳與鸞。

（外）狀元不須如此，令妹已在敝衙。請二小姐出來。（小旦上）

【哭相思】哥哥在那裏？兄妹當初兩分散，誰知此地重逢。姐姐快來！（旦上）一别招商已數年，誰知重續舊姻緣。

（淨）有這等奇事！老夫告回，備盒禮來奉賀。不因漁父引，怎得見波濤。（下。外）院子，快喚掌禮人來。（副淨上）全仗周公禮樂，來成秦晉歡娛。賓相叩頭。（外）今日與二位小姐畢姻，官家禮數講些，重重有賞。（副）一枝花插滿庭芳，燭影摇紅晝錦堂。滴滴金杯雙勸酒，聲聲慢唱賀新郎。請新人那移尊步，脚下請行。（小生）

【戀芳春】寶馬嬌嘶，香車畢集，（一）燈光如晝通明。

（副）伏以郎又憍女又嬌，郎才女貌兩妖嬈。不用方印來蓋面，兩人元是舊相交。踏上拜土。（小旦）

【前腔】彷佛天台劉阮，仙子相迎。

（副）典拜。（拜堂介）

（一）集：原作『笈』，據汲古閣刊本《繡刻幽閨記定本》改。

【畫眉序】文武掇巍科，丹桂高攀近嫦娥。[一]喜鶯遷喬木，鳳起高柯。十年探孔孟心傳，一旦試孫吴家學。畫堂花燭摇處，一派樂聲喧和。撇衮漾在江心裏，從此團圓直到底。

[一] 攀：原作『板』，據汲古閣刊本《繡刻幽閨記定本》改。

歌林拾翠

《歌林拾翠》（全名《新鐫樂府清音歌林拾翠》）初集收録《拜月亭記》（劇名原題作《幽閨記》）之《風雨間關》《違離兵火》《曠野奇逢》《虎頭遇舊》《招商諧偶》《幽閨拜月》《姊妹論思》《天湊姻緣》《洛珠雙合》等九齣，輯録如下。

風雨間關

【薄倖】（生）凛冽寒風，淋漓冷雨。送君臣南北，父子西東。（小旦）心腸痛，不幸見刀兵冗冗。（合）望故國雲山遠濛濛。

（生）〔浣溪沙〕萬里飛沙咽鼓鼙，三軍殺氣傍旌旗。天涯兄妹兩相依。（小旦）前路未知何處是？故鄉猶恐不同歸。出關愁暮雨霑衣。（生）妹子，管不得你的鞋弓襪小，只得趲行幾步。（小旦）是，哥哥。

【賽觀音】（生）雨兒催，風兒送。嘆一旦家邦盡空。（小旦）想富貴榮華如夢。（合）哽咽傷心教我氣填胸。

【前腔】（小旦）意兒慌，脚兒痛。顫篤速如癡似懵。（生）苦捱着疾忙行動。（合）郊野看看又早晚煙籠。

【人月員】（生）途路裏奔走流民擁。膽喪魂飛心驚恐。（小旦）風吹雨濕衣襟重，止不住雙雙珠淚湧。（合）行不上，唯聞戰鼓聲振蒼穹。

【前腔】（生）軍馬又來四下如鐵桶。眼見得京師城壁空。（小旦）他每趕着無輕縱，人似豺狼馬似龍。（合）遭驅虜，親骨肉甚年何日重逢？

急前去汴梁路杳，慢停待中都亂擾。
烏鴉共喜鵲同巢，吉凶事全然未保。

違離兵火

【滿江紅】（夫、旦上）身遭兵火，身遭兵火，母子逃生受奔波。怎禁得風雨摧殘。田地上坎坷。泥滑路生行未多，軍馬追急教我怎奈何？彈珠顆。冒雨盪風，沿山轉坡。（衆番上趕夫旦下）（番搶傘諢介下）

【前腔】（生、小旦上）身遭兵火，身遭兵火，兄妹逃生受奔波。怎禁得風雨摧殘，田地上坎坷。

泥滑路生行未多，軍馬追急教我怎奈何？彈珠顆。冒雨蕩風，沿山轉坡。（衆番上趕生、小旦下）（番搶包諢介下）（夫、旦、生、小旦同上各唱前曲介）（丑扮婦人、浄扮和尚、外扮道士上諢介）（衆番上趕散介）（並下）

【東甌令】（旦上）我那娘！心如醉，淚交流，去遠家尊絕信久。途中母子生離別，這苦如何受？一重愁翻做兩重愁，是我命合休。

我那娘！（下）

【望梅花】（生上）瑞蓮！叫得我不絕口，恰被喊聲流民四走。慌急便尋不知個所有。此間無處安身，想只在前頭後頭。

瑞蓮！（下）

【東甌令】（夫上）瑞蘭！尋思苦，路生疏，軍喊風傳行路促。娘兒挽手相回護，這苦難分訴。望天、天憐念老身孤，免使受奔波。

瑞蘭！（下）

【滿江紅尾】（小旦）我那哥哥！大喊一聲過，唬得人獐狂鼠竄。那裏去了哥哥，怎生撇下了我？教我無處安身，無門路可躲。

我那哥哥！（下）

曠野奇逢

【金蓮子】(旦)古今愁，古今愁，誰似我目下這樣愁？　聽軍馬驟，聽軍馬驟，人亂語稠。向深林中逃難，恐有人搜。(下)

【前腔】(生上)百忙裏散失，差了路頭。尋妹子不見，教我怎措手？　瑞蓮！(旦内應介)(生)神天祐，神天祐，這荅兒是有。親骨肉見了向前走。

瑞蓮，瑞蓮！

【菊花新】(旦應上)你是何人我是誰？(生)應了還應，訝！　見又非。(旦)將咱小名提，進前去問他端的。

我只道是我母親，元來是個秀才。(生)我只道是我妹子，元來是一位娘子。(旦)呀，你不是我母親，如何叫我？(生)我自叫我妹子瑞蓮，誰來叫你？

【古輪臺】(旦)自驚疑，相呼厮喚兩相回。瑞蘭和先輩不曾相識。(生)瑞蓮名兒，本是卑人親妹。不知娘子因甚到此？(旦)妾因兵火急，離鄉故。(生)娘子如何獨行？(旦)母子隨遷往南避，中途相失。秀才在何處不見了令妹？(生)喊殺聲各各逃生，電奔星馳。中途裏差池，因循尋至。應聲錯偶逢伊。娘子不見了母親，小生不見了妹子。正是俱錯意，一般煩惱兩心知。

【前腔】(生)名兒應錯了自先回。(旦)秀才那裏去？(生)急急便往跟尋，豈容遲滯。(旦)事到如今，事到頭來，怎生惜得羞恥？(拜介)秀才，念苦憐孤，救奴殘喘，帶奴離此免災危，我也不忘你的恩義。(生)娘子，你方纔說不見了令堂，遠遠望見一位媽媽來了。(旦回頭介)在那裏？(生近看介)曠野間，曠野間見獨自一個佳人，生得千嬌百媚。他也無夫無婿，眼見得落便宜。且待我謊他一謊。娘子，如何是？天色昏慘暮雲迷。

(旦慌介)秀才，帶奴同行則個。(生)娘子差矣，我自家妹子尚且顧不得，怎帶得你？

【撲燈蛾】(生)自親妹不見影，自親妹不見影，他人怎相庇？(旦)秀才，你讀書也不曾？(生)秀才家何書不讀覽？(旦)書上說道『惻隱之心，人皆有之』。既然讀詩書，惻隱心怎不周急也？(生)你只曉得有惻隱之心，那曉得有別嫌之禮？我是個孤男，你是寡女，廝趕着，廝趕着教人猜疑。(旦)亂軍中，亂軍中有誰來問你？(生)緩急間語言須是要支持。

【前腔】(旦)路中不擋攔，(生)路中若擋攔？(旦)路中若擋攔，可憐做兄妹。(生)兄妹雖好，只是面貌不同，語言各別。有人廝盤問，教咱把甚言抵對也。(旦)沒個道理。(生)既沒道理，小生自去。(旦)有一個道理。(生)有甚麼道理？(旦)怕問時，(生)怕問時却怎麼？(旦)奴家害羞，說不出來。(生)娘子，沒人在此，便說有何害？(旦)怕問時權，(生)怎麼又不說了？權甚麼？(旦)權說是夫妻。(生)恁的說方纔可矣。便同行，訪蹤窮跡去尋覓。

【尾聲】（旦）今日得君提掇起，免使一身在污泥。（生）久後常思受苦時。

小娘子，放心前去。小生是忠厚的，可趲行幾步。

【皂羅袍】千般憂不自在，看他粉臉兒生得多人愛。見幾個在林中躲，咱兩個在路途挨。你將愁眉暫展開，憂愁且放懷。我有方羅帕，與你揾香腮。你將紐扣兒鬆，羅襪兒解。歹也麼歹，咱和你做商量一步步趲上來。

小娘子，令尊大人做何事業？（旦）秀才，你聽我道來。

【前腔】俺爹爹在朝内奉欽差，母子干戈兩下拆開。（生）小娘子，只恐關隘之所，有人盤問，如何分辯？（旦）笑你是個呆秀才，倘若是關津隘口人盤問，只説道親哥哥帶着小妹子來。脚兒疼，步難捱，想是前生欠了路途債。（生）還是前生欠了夫妻債。

半路兒尋妹，途中母失兒。

情知不是伴，事急且相隨。

虎頭遇舊

【粉蝶兒】（小生上）山寨鳴金，白鶴半空展翅。（衆押生、旦上）見擒獲過客夫妻。（生、旦）離天羅，入地網，逃生無計。（合）到麾下善惡區處。

（衆）禀主帥，夜來巡哨，拿得一個漢子，一個婦人。（小生）帶過來。（衆帶見介）（小生）那漢子，俺這裏經年無客過，累月少人行。你明知山有虎，故作採樵人。

【尾犯序】（小生）山徑路幽僻，但尋常此間來往人稀。男女相隨，豈是良人行止？（生、旦）凶時。遭士馬流民散失，避干戈君臣遠徙。夫和婦，爲天摧地塌，逃難路途迷。

【前腔】（小生）無非買命與贖身，但隨行有何囊篋貲費？（生、旦）没有，將軍。（衆）快口强舌，休同兒戲。（生、旦）聽咨。亂慌慌行來數日，苦滴滴實没半釐。（衆）你好不知禮，常言道打魚獵射怎空回？

【前腔】（小生）何必説甚的，衆嘍囉，便推轉斬首更莫遲疑。（衆扯介）將他扯起。倒拽横拖，横倒拖拽，把軍令遵依。（生、旦）魂飛。纔逆旅窮途認妻，早背井離鄉做鬼。聽哀告，望雷霆暫息，略罷虎狼威。

【前腔】（小生）軍前令怎移，但一言既出駟馬難追。（生、旦）將軍可憐饒命。（衆）枉自厚禮卑詞，休想饒你。（旦）傷悲。王瑞蘭遭刑枉死，（生）蔣世隆銜冤負屈。天和地，有誰人可憐，燒陌紙錢灰。

（小生）呀！適聽那漢子説甚蔣世隆一般。（一）衆嘍囉，

【梁州賺】（小生）且與我留人，押回來問取詳細。那漢子，你家居在那裏？農種工商學文藝？（生）通詩禮，鄉進士州庠屢魁。中都路離城三里。（小生）因甚到此？（生）閑居止，因兵火棄家無所倚。（小生）聽説仔細。

漢子，擡起頭來我看。（生擡頭介）

【前腔】（小生）緊降階釋縛扶將起，是兄弟負恩忘義。這是何人？（生）是我渾家。（小生）尊嫂受禮。誰知此地能完聚。（旦）愁爲喜，深謝得賢叔盜跖。（小生）哥哥行那些個尊卑？權休罪，適間冒瀆少拜識。（跪介）（生）恐君錯矣。

（小生）哥哥，你就不認得兄弟了？（生）一時間想不起。

【鮑老催】（小生）朝廷當時巡捕急，閃避在圍牆内。若非恩人救難危，險赴法雲陽市。（生）呀，元來是興福兄弟。相逢狹路難迴避，這言語古來提。（小生）衆嘍囉，連忙整備排筵席，歡來不似今日。

看酒過來。（净）酒在此。（小生把酒介）

（一）般：原作『班』，據《李卓吾先生批評幽閨記》改。

【前腔】(小生)酒浮嫩醅，酒浮嫩醅，壓驚解煩休要推。(小生)嫂嫂請酒。(旦)奴家天性不飲。(小生)寒色告少飲半杯。(旦)非詐僞，量淺窄休央及。(小生)高歌暢飲展放眉，開懷醉了重還醉。酒待人無惡意。

【前腔】(旦)秀才，你儒業祖傳襲，文章幼攻習。我低低問、暗暗猜、心疑忌。叔伯遠房姑舅的？(生)不是。(旦)敢是兩姨一派蒂？(生)也不是。(旦)這不是，那不是，怎有這個賊兄弟？(淨)告主帥，主帥好意，勸那娘子飲酒，娘子反罵主帥。(小生)哥哥，兄弟好意，勸嫂嫂飲酒，如何反罵兄弟？(生)兄弟，你小校聽錯了。道這不是，那不是，怎有這個好兄弟？賽關張勝劉備。

【前腔】(旦)秀才，去罷。(生)告辭去急。(小生)姑留待等寧静歸。(生)龍潭虎穴難住地。(小生)衆嘍囉，取一百兩金子過來。(淨)金子在此。(小生)哥哥既不肯住呵，金百兩，望領納爲盤費。(生)多謝兄弟，就此告辭了。懊恨人生東又西，難逢最苦别離易。嘆此行何時會？遲疾早晚干戈息，共約行朝訪蹤跡。

【尾】男兒志，心肯灰？一旦風雲際會日，怎肯依舊中原一布衣。

(旦)秀才，去罷。

(生)相促相催行步緊，(旦)厮收厮拾去心頻。

(小)他日劍誅無義漢，(衆)此時金贈有恩人。

招商諧偶

（末）〔臨江仙〕調和麯櫱多加料，釀成上等香醪。籬邊風旆似相招。三杯傾竹葉，兩臉暈桃花。不飲傍人應笑你，百錢斗酒非高。莫言村店客難邀。神仙留玉珮，卿相解金貂。且喜兵火已平，民安盜息。不免叫貨賣出來，分付他仍舊開鋪面，迎接客商，多少是好。貨賣那裏？（浄上）忙把店門開，安排待客來。不將辛苦意，難近世間財。家長老官兒，有何分付？（末）貨賣，如今且喜兵火已平，民安盜息，你可與我開張鋪面，迎接客商。你在外面發賣，我在裏面會鈔記帳。（浄）説得是。我在外面發賣，你在裏面會鈔記帳。我一賣還他一賣，兩賣還他成雙。（末）説得是。奉饒加一二，自有客人來。（下）

（浄）好招商店，前臨官道，後靠野溪。幾株楊柳緑陰濃，一架薔薇清影亂。古壁上繪劉伶裸卧，小窗前畫李白醉眠。知味停舟，果是開壇香十里；聞香駐馬，真個隔壁醉三家。但有南北二京、福建、江西、湖廣、襄陽、山東、山西、雲南、貴州、廣東、廣西客商，都來買好酒吃。自古道：『牙關不開，利市不來。』不免把酒來嘗一嘗。好酒！一生吃不慣悶酒，得個朋友來同酌一杯纔好。

【駐馬聽】（生、旦上）一路裏奔馳，多少艱辛，來到這裏。且喜略時肅静，漸次平安，稍爾寧息。恨悠悠千里旅情悲，苦懨懨一片鄉心碎。感嘆咨嗟，傷情滿眼關山淚。

【前腔】（浄）草舍茅簷，門面不妝酒味美。真個杯浮緑蟻，榨滴珍珠，甕潑新醅。（生）酒旗斜掛小窗西，布帘兒招颭在疏籬際。和你共飲三杯，今朝有酒今朝醉。

（生）娘子，此間是廣陽鎮招商店，且沽一壺，少解旅況，再行何如？（旦）但憑秀才。（生）酒保。（浄）官兒，買酒吃的？（生）是買酒吃的。（浄）請坐。（生）還有渾家在外面。（浄）渾家請。（生）咄！你這酒保好野。（浄）我小人不野。（生）夫妻纔稱得渾家，你怎麼也叫渾家？（浄）官兒，我曾聞：『人之父母，就是我之父母。』官兒的渾家，也就是我的渾家，合該大家渾一渾。（生）胡說，稱娘子纔是。（浄）便是。娘子請，如何？（叫介）兩杯茶來。（生）酒保，你家有甚麼好酒？（浄）有好酒。（生）有甚麼好下飯？（浄）有好下飯。（生）只把好的拿來，吃了算帳。（浄叫介）那官兒脚上帶黄泥，必定遠來的。多着抛屍露，少着父娘皮。一賣當兩賣，不要少他的。（生）酒保，你説『多着抛屍露，少着父娘皮』，父娘皮是甚麼？（浄）父娘皮是骨。（生）抛屍露是骨。（浄）抛屍露是肉。（生）父娘皮是肉，你怎麼哄我？（浄叫介）這官兒是老江湖，不要哄他。抛屍露少放些，畫眉青多放些。（生）酒保，畫眉青是甚麼？（浄）畫眉青是肉。（生）畫眉青是菜。（浄叫介）不要哄他了。一賣肉，一賣雞，一賣燒鵝，一賣匾食，快着呵！（生）看酒過來。（浄）酒在此。（生）這是新篘，可有窨下？（浄）我這裏來往人多，没有窨下，只是新篘。（生）也罷。酒保與我斟一斟。（浄）不要説一斟，八斟也會。（生）休閑説。娘子請酒。

【駐雲飛】（生）村釀新篘，要解愁腸須是酒。壺内馨香透，盞内清光溜。（旦作羞不飲介）（生）嗏！何必恁多羞。（旦）非是奴家害羞，天性不會飲。（生）但略沾口，勉意休推，放開眉兒皺。

一醉能消心上愁。

娘子不曾飲得一杯，爲何臉就紅了。

【前腔】（旦）盞落歸臺，却早兩朵桃花上臉來。酒保將酒過來，待我也回那秀才一杯。（浄背）蹺蹊，待我問他。官兒，方纔娘子説：『酒保看酒過來，待我也回那秀才一杯。』『那』者是怎麽説？（生）這是我那里鄉音，『那』者是好也。（浄背）待我也打腔兒哄他。（叫介）夥家，看那酒來，那下飯來。（生）酒保，甚麽『那酒』『那下飯』？（浄）官兒就不記得了，我這裏也是『那』者好也。（生）休取笑。（旦把酒介）多感君相帶。（生）多謝心相愛。（旦）嗏！擎樽奉多才。（生）小生也不會飲。（旦）你量如滄海。（生）酒保，減一減我吃。（浄）甚麽説話，吃一個滿面杯。（旦）滿飲一杯，暫把愁懷解，樂以忘憂須放懷。

（生）酒保，我與娘子一路來，因有幾句言語，不肯吃酒。你若勸得娘子吃一杯酒，我就與你一錢銀子。（浄）官兒，我勸娘子吃一杯酒，就是一錢銀子。若吃十杯？（生）就是一兩。（浄）若吃了一百杯，就是十兩。待我去勸娘子請酒。（作掩鬚介）

【前腔】（浄）瀲灩流霞。（生）酒保，你怎麽把臉兒遮了？（浄）小人臉兒不那個，恐娘子見了不肯吃酒。不比尋常賣酒家。娘子請一杯。（旦）我不會吃。（浄）小人跪了。（旦）請起，我吃。（浄）娘子，出路人不要吃單杯，吃一個雙杯。（把酒介）村店多瀟灑，坐起極幽雅。（旦）我再吃不得了。（浄）没奈何，小人又跪下。（旦）也罷。起來，我再吃一杯。請問酒保，這杯酒值價多少？（浄）嗏！何必論杯價？愛飲神仙，玉珮曾留下。（旦）有茶與我一杯。今後逢人吃甚麽茶？

【前腔】（旦）悶可消除，只怕醉倒黄公舊酒壚。（旦）秀才，天色晚了，去罷。（生）天晚催人去。（浄）好熱酒在此。（生）好酒留人住。嗏！香醪豈尋俗，味若醍醐。曾向江心，點滴在波深處。慢櫓摇船捉醉魚。

（旦）秀才，我猜着你了。（生）你猜着我甚麽？（旦）你哄我吃醉了，要捉那醉魚，只怕你滿船空載月明歸。（生）娘子，這是唐明皇與楊貴妃，在采石江邊飲宴的故事。（浄）着了，正是那唐明皇與楊貴妃，在采石江邊飲宴的故事。我小人親眼見的，也是我斟酒勸他。（生）酒保，你多少年紀？（浄）我四十歲了。（生）唐明皇開元到今，有四百餘年，你怎麽説親眼見？（浄）自不曾説謊，略謊得一謊，就露出驴脚來了。（旦）秀才，天色晚了，去罷。（生）酒保，天色晚了，會鈔罷。（浄叫介）官兒娘子，不吃酒了，會鈔。（生）酒保，這裏到宿客館中，還有多少路？（浄）還有三十里，你問他怎麽？（生）我要去借宿。（浄）這等去不到了。官兒，我這裏廣陽鎮招商店，前面吃酒，後面宿客。這裏不歇，往那裏歇？（生）娘子，方纔酒保説道，旅館中還有三十里路，去不到了，就在此安歇了罷。（旦）但憑秀才。（生）酒保，一發明日會鈔罷。與我打掃一間房，鋪下一張床。（浄叫介）那官兒不去了，一發明日會鈔。打掃一間房，鋪下一張床，一個聯兒枕頭，一個大馬子。（旦）酒保，那秀才與你説甚麽？（浄）那官兒叫我打掃一間房，鋪下一張床。（旦）不要依他，只依我。與我打掃兩間房，鋪下兩張床。（淨叫介）不依前頭了。打掃兩間房，鋪下兩張床，兩個短枕頭，一個小馬子，一個小尿鱉。（生）酒保，娘子叫你怎麽？（淨）叫我打掃兩間房，鋪了兩張床。（生）酒錢、飯錢都是我還，你怎麽不聽我説？還只是打掃一間房，鋪下一張床。（淨）是。酒錢、飯錢都是官兒還，只依官兒。（叫介）不依後頭了，照舊依前。打掃一間房，鋪下一張床，一個聯兒枕頭，一個大馬子。（旦）酒保，那秀才又與你説甚麽？（淨）那官兒還叫我打掃一間房，鋪下一張床。（旦）你這酒保，只依我就罷了，有這許多更變！（淨）你兩個只管咭力骨碌，骨碌咭力，也不像出路人。（生）酒保，你怎么惱將起來。（淨）不是我惱，官兒又是打掃一間房，鋪下一張床。娘子又是打掃兩間房，鋪下兩張床。依了官兒不依娘子，娘子也狗頭狗起來。（生）甚麽狗頭狗？（淨）惱。（生）只依我説罷了。（淨）如今也不依官兒，也不依娘子，依我。（生）怎麽依你？（淨）依我，便打掃一間房，依着官兒了鋪下兩張床。（生）只鋪一張床。（淨）也依娘子，一半床，却丁字鋪了。（生）怎麽丁字鋪？（淨）官兒的床鋪在這裏，娘子的床鋪在這裏。上了床，吹滅了燈，一個筋斗就過了。（生）休取笑，張燈來。（淨叫介）看燈來，看洗脚水來。（下）（生）娘子，請睡了罷。（旦）你且請睡。（生）請睡了罷。（旦）秀才，你自睡，我自睡，只管問我怎麽？

【絳都春】（生）擔煩受惱，豈容易，共伊得到今朝？有分憂愁，無緣恩愛何時了？（旦）長吁短嘆，我心自曉。（生）娘子，你曉得我甚麽？（旦）有甚的真情深奥？（生）正要娘子曉得。（旦）禮法所制，人非土木，待説也難道。

（生）尋蹤訪跡遇林中，（旦）受苦扶危出禍叢。（上）我和你有緣千里能相會，（旦）我只是無緣對面不相逢。（生）娘子，你怎麽把言語都説遠了，你敢是忘了？（旦）奴家不曾忘了甚麽。（生）既不曾忘，可記得林榔中的言語來？（旦）林榔中曾與秀才説兄妹同行。（生）這也有來，我説面貌不同，語言各別，娘子又怎麽説？（旦）奴家再不曾説甚麽？（生）正是貴人多忘事。娘子再想。（旦）奴家想起來了，説怕有人盤問，權説做夫妻。（生）却又來，別的便好權，做夫妻可是權得的？我也不問娘子別的，可曉得仁義禮智信？不要説仁義禮智，只説一個『信』字。（旦）『信』字怎麽説？（生）天若爽信，雲霧不生；地若爽信，草木不長。爲人可得失信麽？（旦）奴家也不曾失信與秀才。（生）既不失信，如何不依林榔中的言語？（旦）秀才，你送我回去，多多將些金謝你罷。（生）豈不聞書中自有黄金屋，要你那金銀何用？（旦）也罷。你送我回去，我與爹爹説，與你個官兒做罷。（生）呀！官是朝廷的，是你家的？我一路來，到不曾問得娘子，不知娘子是何等人家？（旦）秀才，你不問起也罷，若問我家中事情，不要説與你同行同坐，就是立站的去處，也没有你的。（生）韓景陽，大來頭，你却是何等人家？願聞。（旦）奴家祖公是王和，祖婆是王太真，父親現任兵部尚書王鎮，母親是王太國夫人，奴家是守節操的千金小姐。（生）既是千金小姐，怎麽隨着個窮秀才走？（旦）不知你妹子隨着那個哩？（生）你自身顧不得，那笑得别人？且住，不要與他硬。若硬，兩下裏就硬開了，還要放軟些。娘子元來是宦家之女，我蔣世隆低眼覷畫堂，尚然消受不起。到與娘子同行同坐，望娘子高擡貴手，饒恕蔣世隆之罪。（跪介）（旦亦跪介）大恩人請起。（生）咳，你既知我是大恩人。

【降黄龍】（生）説甚麽宦世門楣，寒士尋常，望若雲霄。時移事遷，爲地覆天翻，君去民逃。多嬌。此時相遇，料應我和你姻緣非小。做夫妻相呼廝喚，怎生忘了？

【前腔換頭】（旦）秀才，何勞。獎譽過高。昔日榮華，眼前窮暴。身無所倚，身無所倚，幸然遇君家，危途相保。（拜介）英豪。念孤恤寡，再生之恩難報。久以後銜環結草，敢忘分毫？

【前腔換頭】（生）聽告。娘子，你身到行朝，與父母團圞，再同歡笑。那時節呵！你在深沉院宇，要見你除非是夢魂來到。（旦）我禀過父親，那時與你成親也未遲。（生）那時節你還要我？攀高。選擇佳婿，卑人呵！命蹇乖實是難招。我與娘子一路同行到此，便是三歲孩童，也説一對好夫妻。這虚名人言自説，聽着偏好。

【前腔換頭】（旦）休焦。所許前詞，侍枕之私，敢惜微眇。（生）既如此，却又推三阻四怎麽？（旦）怕仁人累德，娶而不告，朋友相嘲。（生）娘子，你曉得瓜田不納履，李下不整冠麽？（旦）瓜田不納履怎麽説？（生）假如人家一園瓜正熟，有人打從瓜園中經過，曲腰納其履，隔遠人見，只説偷其瓜。（旦）李下不整冠怎麽説？（生）假如人家一園李子正熟，有人打從他李樹下過，欲待伸手整其冠，人見只説盜其李。從教。整冠李下，此嫌疑實亦難逃。（旦）秀才，你送我到行朝，與爹爹説知。教個媒人説合成親，却不全了奴家的節操？（生怒擊棹介）你前日在虎頭寨上，若没有蔣世隆呵，亂亂軍中，亂軍中遭驅被虜，怎全節操？

（丑内叫）老兒起來，盤兒、碗兒都打碎。

【太平令】（末、丑上）曲徑迢遥，深夜柴門帶月敲。郵亭一宿姻緣好，又何故語叨叨？（生、旦見科）

【前腔】（生）旅邸蕭條，回首鄉關路轉遥。寒燈照影傷懷抱，因此上話通宵。

（末）官人、娘子，我兩老口在隔壁聽得許久。頗知一二，你也不要瞞我了。（生）既如此。瞞不得公公、婆婆了。（末）秀才官人，他是宦族名流，深閨處子，自非桑間之約，濮上之期。焉有鑽穴相窺，踰牆相從。秀才官人，你是讀書之人，豈不聞柳下惠之事？（生）惶恐，惶恐。（末）秀才官人莫怪，請到前樓去坐一坐，老夫别有話説。（生）是如此。（下）（末）小姐在上，老夫有一言相告：男女授受不親，禮也。嫂溺援之以手，權也。權者反經合禮之謂。且如小姐處于深閨，衣不見裏，言不及外，事之常也。今日奔馳道途，風餐水宿，事之變也。况急遽苟且之時，傾覆流離之際，失母從人二百餘里，雖小姐冰清玉潔，惟天可表。清白誰人肯信，是非誰人與辨？正所謂崑岡失火，玉石俱焚。今小姐堅執不從，那秀才被我道了幾句言語，兩下出門，各不相顧。倘遇不良之人，無賴之輩，强逼爲婚，非惟玷污了身己，抑且所配非人。不若反經行權，成就了好事罷。（旦）望公公、婆婆收留奴家在此，倘或父母有相見之日，那時重重相謝，决不虚言。（末）呀！收留人家迷失子女，律有明條。况小店中來往人多，不當穩便。既然不從，小姐請出去罷。（旦悲介）（丑）老兒，他只因無父母之命，又無媒妁之言，我兩人年紀高大，權做主婚之人，安排一樽薄酒，權爲合巹之杯。所謂：禮由義起，不爲苟從。我兩老口主張不差，小姐依順了罷。（旦）我如今没奈何了，但憑公公、婆婆主張。（末）你去看酒來，待我請那秀才官人來。秀才官人有請。（生上）（末）被老夫勸從了。（生揖介）多謝公公，多謝公公。（丑上）老兒，酒在此了。（末把酒介）

【撲燈蛾】（末、丑）才郎殊美好，佳人正年少。相逢邂逅間，姻緣會合非小也。天然湊巧，把招商店權做藍橋。翠帷中風清月皎，算歡娛千金難買是今宵。

【前腔】（旦）禮義謹化源，關雎始風教。一時見君子，匆匆遽成人道也。（生）我是山雞野鳥，配青鸞無福難消。仗冰人一言已定，此生此德，何以報瓊瑶？

（丑、末）官人、娘子，請穩便罷。夜深了，明日再取一樽酒，與你暖房。姻緣本無意，天遣偶相逢。賸把銀釭照，猶疑是夢中。（丑、末下介）

【衮遍】（旦）不肯賦情薄，不肯賦情薄，隨順教人笑。空使我意沉吟，眉留目亂羞難道。（生）看他喜時模樣、愁時容貌。燈兒下、越看着越俊俏。

【前腔】（旦）才郎意堅牢，才郎意堅牢，賤妾難推調。只恐容易間，把恩情心事都忘了。（生）蔣世隆若有此心，與你星前月下，去罰下誓來。（旦）你自去罷。（生）蔣世隆若忘了小姐厚恩，水中喪身不吉。（旦）不是這等罰。（生）怎麽樣罰？（旦）跪了罰。（生）也罷，和你同去罰。海誓山盟，神天須表。辦至誠，辦至誠圖遠久同諧老。

【尾聲】（旦）恩情豈比閑花草？（生）往常恨更長寂寥，今夜只愁天易曉。

野外芳葩並蒂開，村邊連理共枝栽。
百年夫婦途中合，一段姻緣天上來。

幽閨拜月

【齊天樂】（旦）懨懨捱過殘春也，又是困人時節。景色供愁，天氣倦人，針指何曾拈刺？（小旦）閑庭静悄，瑣窗瀟灑，小池澄徹。（合）疊青錢，泛水圞小嫩荷葉。

〔浣溪沙〕（小旦）階前萱草簇深黄，檻外榴花疊絳囊。清和天氣日初長。（旦）懶去梳妝臨寶鏡，慵拈針指向紗窗。晚來移步出閨房。（小旦）姐姐，當此良辰美景，正好快樂，你反眉頭不展，面帶憂容，爲甚麼來？

【青衲襖】（旦）我幾時得煩惱絶，幾時得離恨徹。本待散悶閑行到臺榭，傷情對景腸寸結。（小旦）姐姐，撇下些罷。（旦）悶懷些兒待撇下怎忍撇，待割捨難割捨。倚遍闌干，萬感情切，都分付長嘆嗟。

【紅衲襖】（小旦）姐姐，你繡裙兒寬褪了褶。爲傷春憔悴些，近日龐兒瘦成勞怯。莫不是又傷夏月？姊妹每休見撇，斟量着你非爲别。（旦）你量着我甚麼？（小旦）多應把姐夫來縈牽，別無些話說。

【青衲襖】（旦怒介）你把濫名兒將咱引惹，直恁的情性乖心意劣，女孩兒家多口共饒舌。爹娘行快活要他做甚的？要妝衣滿篋，要食珍羞則盛設。和你寬打周折。（走介）（小旦）姐姐，那裏去？（旦）到父親行先去說。（小旦）說些甚麽？（旦）說你小鬼頭春心動也。

【紅衲襖】（小旦）我特地錯睹別。（跪介）姐姐，望高擡貴手饒過些。一句話兒傷了俺賢姐姐。（旦）起來，且饒你這次，今後再不可如此。（小旦）若再如此呵，瑞蓮甘痛決。姐姐閑耍歇，小的每先去也。（旦）你那裏去？（小旦）只管在此閑行，忘收了針綫帖。

（旦）也罷，你先去。（小旦）推些緣故歸家早，花陰深處遮藏了。熱心閑管是非多，冷眼覷人煩惱少。（下）（旦）這丫頭果然去了。天色將晚，只見半彎新月，斜掛柳梢；幾隊花陰，平鋪錦砌。不免安排香案，對月禱告一番。〔卜算子〕款把桌兒擡，輕揭香爐蓋。一炷心香訴怨懷，對月深深拜。（拜介）

【二郎神】（旦）拜新月，寶鼎中明香滿爇。（小旦潛上聽介）（旦）上蒼，這一炷香呵，願我抛閃下男兒疾效些，得再睹同歡同悦。（小旦）悄悄輕將衣袂拽。姐姐，却不道小鬼頭春心動也。（走介）（旦）妹子到那裏去了？（小旦）我也到父親行去說。（旦扯介）（小旦）放手，我這回定要去。（旦跪介）妹子，饒過了姐姐罷。（小旦）姐姐請起。那喬怯。無言俛首，紅暈滿腮頰。

【鶯集御林春】（小旦）恰纔的亂掩胡遮，事到如今漏泄。姊妹每心腸休見別，夫妻每是有些周折？（旦）教我難推怎阻，罷罷。妹子，我一星星對伊仔細從頭説。（小旦）姐姐，他姓甚麽？（旦）姓蔣。（小旦）他也姓蔣，叫甚麽名字？（旦）世隆名。（小旦）呀！他家住在那裏？（旦）中都路是他家。（小旦）姐姐，你怎麽認得他？他是甚麽樣人？（旦）是我男兒受儒業。

【前腔】（小旦悲介）聽説罷姓名家鄉，這情苦意切。悶海愁山將我心上暼，不由人不淚珠流血。（旦）我恓惶是正理，只合此愁休對愁人説。妹子，你啼哭爲何因？莫非是我男兒舊妻妾？

【前腔】（小旦）他須是瑞蓮親兄。（旦）呀！原來是令兄，爲何失散了？（小旦）爲軍馬犯闕。（旦）是，我曉得了。散失忙尋相應者，那時節只争個字兒差迭。妹子，和你比先前又親，自今越更着疼熱。你休隨着我跟脚，久已後是我男兒那枝葉。

【前腔】（小旦）我須是你妹妹姑姑，你是我的嫂嫂又是姐姐。未審家兄和你因甚别？兩分離是何時節？（旦）正遇寒冬冷月，恨爹爹把奴折散在招商舍。（小旦）如今還思量着我哥哥麽？（旦）思量起痛辛酸，那其間他染病耽疾。（小旦）那時怎割捨得撇了？（旦）是我男兒教我怎割捨？

【四犯黄鶯兒】（小旦）他直恁太情切，你十分忒軟怯，眼睜睜怎忍相抛撇。（旦）枉自怨嗟，無可計設。當不過他搶來推去望前扯。（合）意似虺蛇，性似蝎螫，一言如何訴説。

【前腔】（小旦）流水也似馬和車，頃刻間途路賒，他在窮途逆旅應難捨。（旦）那時節呵，囊篋又竭，藥餌又缺，他那裏悶懨懨難捱過如年夜。（合）寶鏡分破，玉釵斷折，甚日重圓再會？

【尾聲】自從別後音書絶，這些時魂驚夢怯，莫不是煩惱憂愁將人斷送也。

（旦）往時煩惱一人悲，（小）從此淒涼兩下知。

世上萬般哀苦事，無過死別共生離。

姊妹論思

【秋蕊香】（旦）半載縈牽方寸，何時不淚滴眉顰。（小旦）欲語難言信難問，即漸漸裏懨懨瘦損。

〔玉樓春〕（旦）深沉院宇無人問，縱然有便難傳信。（小旦）這邊愁似那邊愁，伊的恨如奴的恨。（旦）心下慢然思又忖，口中枉自評和論。（合）有時欲向夢中訴，夢又不成燈又燼。（旦）妹子，這些時天下文武賢良，都來赴選，不知你哥哥也曾來否？好悶人也！（小旦）哥哥料應在此，只怕他不得成名，就知道姐姐消息，也難來廝見。

【二犯孝順歌】（旦）從別後，渡孟津，思君盡日欲見君。鳳北鸞南，生生地鏡剖與釵分。鎮千思萬想，要見無門。（合）放不落，心上人。撇不下，心上人。

【前腔】（小旦）一回價，暗自忖，非親怎知却是親？你東咱西，荒荒地路途人亂奔。自一别半載，杳然無聞。（合前）

【前腔】（旦）恩和愛，苦和辛，衷腸告天天怎聞？妾後夫前，懨懨地幾曾忘半分。有三言兩語，寄也無因。（合前）

【前腔】（小旦）當時苦，值亂軍，離鄉背井兄妹分。做小服低，看看地過冬還過春。捱十生九死，舉目無親。（合前）

（旦）天從人願最爲難，（小）再睹重逢豈等閑。

（合）從今許下千千拜，望月瞻星夜夜間。

天湊姻緣

【卜算子】（外）一段好姻緣，説起難拋下。今朝開宴特相邀，試問真和假。

昨日已遣官媒婆、院子，去請狀元來此會宴。安排酒殽，不知完備未曾？院子那裏？（末上）堂上呼雙字，階前應一聲。覆老爺，有何分付？（外）筵席完備了未？（末）完備多時了。（外）快去請張都督老爺來陪宴。（末）小人已曾去請，就來。（净上）聞呼即至，有請當來。通報。（末）禀老爺，張老爺到了。（外）張大人請。（净）老司馬請。（外）寒舍。（净）請了。老司馬拜揖。（外）張大人拜揖。

（浄）老司馬今日相招，不知有何見教？（外）老夫今日小設，非爲别事，只因當初老夫緝探虎狼軍，正值遷都世亂之時，老妻帶領小女瑞蘭，同往京師躲避，行至中途，被軍馬趕散，母子分離。已後老夫回到磁州廣陽鎮招商店中，遇見小女，隨着一個秀才爲伴。老夫一時氣忿，不曾問得詳細，撇了那秀才，領了女兒回京。如今蒙聖恩將小女招贅今科狀元爲婿，昨遣官媒婆、院子去遞絲鞭，那狀元説有了妻室，不肯領受。官媒再三勸勉，始説出真情。這狀元像是招商店中那秀才。（浄）有這等奇事？（外）還有一件，當初老妻途中失了小女時節，叫名尋問，忽有一個女兒叫名瑞蓮，與小女名韻相同，向前答應。老妻見他是好人家兒女，帶回來就認他做女兒，此女又是狀元的妹子。（浄）有這等事，一發奇了。（外）老夫疑信之間，未可就令小女與他厮見，今日聊設一個小筵，請狀元到此，着他妹子隔簾覷認，故此特屈張大人相陪。（浄）這個當得。（外）院子，狀元來時，即便通報。（末）理會得。

【前腔】（生上）仙子宴瑤池，青鳥書傳送。道是無情却有情，既信猶疑夢。

（末）禀老爺，狀元到了。（外）快請。（末）有請。（外）狀元請。（生）老先生請。（浄）還是大人先請。（生）不敢，還是老先生請，學生焉敢。（外）僭了。（生）老先生拜揖。（浄）狀元大人拜揖。（外）狀元請坐。（生）學生侍坐。（外）豈有此禮！請。（生）告坐了。（浄）狀元大人，老司馬小姐奉聖旨招閣下爲婿，爲何不肯應承？（生）二位老先生聽禀。

【山坡羊】（生）那日因遭兵燹，兄妹移家遷汴。亂軍中折散雁行，兩下裏追尋不見。叫瑞蓮，有個佳人忽偶然。（浄）那佳人怎麽就肯答應？（生）那佳人叫名瑞蘭，與瑞蓮聲音厮類，故應錯了。（淨）既如此，曾與他配合也不曾？（生）相隨同到招商店，合巹曾憑媒妁言。交歡，誰知一病纏？學生正染病間，被他父親也是王尚書偶然遇見，奪回去了。（淨）咳！這個天殺的老忘八！（生）堪憐，分開鳳與鸞。

（淨）那是一時的事，也拋撇得下了。今日相府議親，狀元如何不允？

【前腔】（生）佩德銜恩非淺，別後心常懷念。（外）今日之事，非是老夫强逼，只是聖意如此，不敢有違。（生）縱有湖陽公主，那宋弘呵，怎做得虧心漢。（淨）狀元大人，你如此説，終不然終身不娶不成？（生）石可轉，吾心到底堅。（淨）成就了此親事，享榮華，受富貴，有何不可？（生）貪豪戀富，怎把人倫變？爲學須當慕聖賢。（淨）這是官裏與你説親，姻緣非淺。（生）姻緣，難把鸞膠續斷絃。（淨）狀元大人，請受了絲鞭罷。（生）絲鞭，辜負嫦娥愛少年。

（夫、小旦上看介）（夫）孩兒，這可是你哥哥？（小旦）呀！正是我的哥哥。（見介）

【哭相思】（生、小旦）兄妹當初兩分散，誰知此地重相見。

（淨）這個是誰？（外）這就是狀元的妹子。（淨）果有這等異事！老天告回，即辦尺頭羊酒來作賀老司馬。（下）（生）妹子，你如何得到這裏？

【香柳娘】（小旦）想當初難中，想當初難中，與哥哥分散。孤身途路誰相盼。幸夫人見憐，幸夫人見憐，相挈在身邊。慈悲做方便。與親生女兒，與親生女兒，相看一般。喜今朝重見。

【前腔】(生)嘆兄南妹北，嘆兄南妹北，無由會面。你身有托吾無伴。繞山坡叫轉，繞山坡叫轉，驀地遇蟬娟。天教遂姻眷。奈時乖運蹇，奈時乖運蹇，一别數年。存亡未判。

(小旦)哥哥，嫂嫂也在這裏。(生)如今在那裏？

【五更轉】(小旦)你望故人，如天遠，相逢在目前。(生)妹子，你爲何認得嫂嫂？(小旦)閨中小姐，曾會你在招商店。拜月亭前説出心願。(生)你莫非差了麽？(小旦)鄉貫同，名字真，非訛舛。爹爹、母親望乞垂憐見。早使相逢，不索留戀。

待我請嫂嫂來。姐姐有請。

【似娘兒】(旦)夢裏流鶯聲尚在，出蘭房風翻珮帶。

(小旦)姐姐，文狀元正是我的哥哥。(旦)呀！在那裏？(見介)

【哭相思】(生)一别招商已數年，今朝重續舊姻緣。貞心一片如明月，映入清波到底圓。

【五更轉】(旦)你的病未痊，我却離身畔。心中常掛牽。(生)蒼天保祐，保祐身康健。與那結義兄弟呵，武舉文科，同登魁選。蒙聖恩，特議親，豈吾願。(合)相逢到此，到此真希罕。喜動離懷，笑生愁臉。

(外、夫)孩兒、賢婿，不必説了。孩兒回歸香房，重整新妝。狀元且到書院，換了服色，即同武狀元與瑞蓮孩兒成親便了。

（生、旦）天遣偶相逢，（小旦）渾疑是夢中。

（外）門欄多喜氣，（夫）女婿近乘龍。

洛珠雙合

（外、夫弔場）院子，快去喚賓相過來。（末）賓相走動。（净上）全仗周孔禮樂，來成秦晉歡娱。大叔通報。（末）老爺着你進去。（净）老爺、老夫人，賓相叩頭。（外）起來，今日是黄道吉日，我與二位小姐招贅文武狀元，你與我贊禮成親，多説些利市言語，重重賞你。（净）理會得。（請介）

【戀芳春】（生、小生上）寶馬驕嘶，香車畢集，燈光如畫通明。（旦、小旦上）仿佛天台劉阮，仙子相迎。（合）夙世姻緣已定，昔離别今成歡慶。相隨美滿夫妻，强如鸞鳳和鳴。（净贊禮拜撒帳介）（生、小生同把酒介）

【畫眉序】（生、小生上）文武掇巍科，丹桂高攀近嫦娥。喜鶯遷喬木，鳳止高柯。十年探孔孟心傳，一旦試孫吴家學。（合）畫堂花燭光摇處，一派樂聲喧和。

【前腔】（旦、小旦）萍梗逐風波，豈料姻緣在卑末。似瓜纏葛藟，松附絲蘿。幾年間破鏡重圓，今日裹斷釵重合。（合前）

【前腔】(外、夫)兩國罷干戈，民庶安生絶烽火。幸陽春忽布，網羅消磨。昨朝羡錦奪標頭，今夜喜紅絲牽幕。(合前)

【滴溜子】(末捧詔上)一封的，一封的，傳達聖聰。天顔喜，天顔喜，滿門詔封。九重紅雲簇擁。龍章出鳳墀，蒙恩受寵。五拜山呼，稽首鞠躬。

奉天承運，皇帝詔曰：夫婦乃人倫所重，節義爲世教所關。邇者世際阽危，失之者衆矣。茲爾文科狀元蔣世隆，講婚禮于急遽之時，從容不苟；妻王瑞蘭，待媒妁于流離之際，貞節自持。夫不重婚，尚宋弘之高誼；婦不再嫁，邁令女之清風。使樂昌之破鏡連圓，致陶穀之斷絃再續。兵部尚書王鎮，保邦致治，有撥亂反正之才；解組歸閑，無貪位慕禄之行。陀滿興福出自忠良，實非反叛。父遭排擯，朕實悔傷。萌孽尚存，天意有在。今爾榮魁武榜，互結姻緣。蔣世隆授開封府尹，妻王氏封懿德夫人。陀滿興福世襲昭勇將軍，妻蔣氏封順德夫人。尚書王鎮，歲支粟帛，與見任同。嗚呼！彝倫攸敘，爾宜欽哉。謝恩！(衆)萬歲，萬歲，萬萬歲！

【望吾鄉】(衆)仰聖瞻天，恩光照綺筵。花枝掩映春風面，女貌郎才真堪羡。天遣爲姻眷。雙飛鳥，並蒂蓮。今朝得遂平生願。

【皂羅袍】向日鑾輿遷汴，正土崩瓦解、士庶紛然。人於顛沛節難全，堅金百煉終無變。娘兒兄妹，流離播遷。斷而還續，破而復圓。義夫節婦人間鮮。

【排歌】今日相逢，三生有緣。文兄武弟襟聯，喬公二女正芳年，孫策周瑜德並賢。夫榮耀，妻貴顯，宫花如錦酒如泉。風流事，著簡編，傳奇留與後人傳。

【前腔】（外、夫）吾年老，雪滿顛。無子承家業，晨昏每憂煎。且喜東床中選，雀屏中目。一雙白璧種藍田，百歲夫妻今美滿。山中相，地上仙，人間諸事不縈牽。壚邊醉，甕底眠，從今不惜杖頭錢。

【金錢花】（衆）翰林史筆如椽，如椽。倒流三峽詞源，詞源。撰成離合與悲歡。千百載，永流傳。千百載，永流傳。

來鳳館精選古今傳奇

《來鳳館精選古今傳奇》（又名《最娱情》）之『風集』收録《拜月亭記》（劇名原題作《幽閨記》）之《世隆成婚》一齣，『雪集』收録《曠野奇逢》一齣，『花集』收録《瑞蘭走雨》《心香拜月》二齣，輯録如下。

世隆成婚

【望吾鄉】（旦）文武狀元郎，兩下皆歡忭。你既讀孔聖之書，必達周公之禮，怎不去思想一二？喜得是我家絲鞭，若是别人家絲鞭，你也受了不成？那日在曠野奇逢，招商旅店，你道蔣世隆，誓不重婚再娶，我道是王瑞蘭，情願終身守節。你的話兒，我偏偏記得；我的話兒，今在那裏？有將來，你是個負心人，歹意偏。不記得招商店，别離言。你今纔及第，又受了絲鞭。你心偏，奴意懸。你若不肯信，我有甚麽話兒，可問你家妹妹瑞蓮。自從那日分別後，我爲你晝忘飡，夜無眠。情切切，淚漣漣。今日相逢，三生有緣。文武兄弟共襟聯，喬公二女正芳年，孫策周瑜得正絃。夫榮耀，妻貴顯，宮花斜插帽簷邊。風流婿，齊並肩。傳奇留與後傳，夫婦諧老到百年，夫婦諧老到百年。（下）

曠野奇逢

【金蓮子】（旦）古今愁，誰似我目下這樣憂？聽馬驟，人鬧語。急向林中避，只怕有人搜。（生）迫忙裏失散了，差路頭。尋妹不見，怎措手？瑞蓮，瑞蓮。（旦）有。（生）謝天謝地！謝神天庇祐，這答應端的是有。若見親骨肉，尋路向前走。瑞蓮。（旦）有。你是何人我是誰？（生）瑞蓮應了，呀！見又非。（旦）緣何將咱小名提，向前去問取端的。

君子爲何叫我小名？（生）你不是我瑞蓮妹子，緣何應着我？心慌意急步難行，娘子因何不細聽。不是卑人親妹子，緣何連應兩三聲？（旦）君子聽奴説因依，非是奴家惹是非。母棄孩兒尋不見，使我心下自驚疑。

【古輪臺】（旦）自驚疑，相呼厮喚兩相回，瑞蘭和先輩不曾相識。（一）敢問瑞蓮是你甚人？（生）

（一）蘭：原作『蓮』，據文義改。

瑞蓮名本是卑人親妹。敢問小娘子因何到此？（旦）妾因兵火急，離鄉故。（生）小娘子爲何獨自？（旦）母子隨遷往南避，（生）在那裏相別？（旦）中途相失。不知令妹因甚相別？（生）喊殺聲，各自逃生。電奔星馳，（旦）在那裏別？（生）在中途裏差迭，因循尋至。應聲錯，偶逢伊。他尋母親，我尋妹子，兩下相遇呵。正是愁人莫向愁人説，説起愁來愁殺人。我和你俱錯意，一般煩惱，嗳，兩心知。他名瑞蘭，我妹瑞蓮，瑞、蘭二字，其音所争不遠。只因名兒廝類，聽錯了自先回。小娘子，請站開些，待我好走路。即便往跟尋，豈容遲滯？（旦扯生介）（生）小娘子怎麽扯住我的傘？好不識羞！（旦）事到於今，怎麽惜得羞恥？秀才，你念孤惜寡，救奴殘喘，帶奴離此免禍危。久已後不忘恩義。（生）曠野裏，獨自一個佳人，生得有千嬌百媚。小娘子可曾嫁人否？（旦摇頭介）（生）要知窈窕佳人意，盡在摇頭不語中。且喜他無夫我無媳。你看這小娘子，極是乖覺。雖則與他相遇，只管遮了臉兒，未知生得何如，待我哄他看看。小娘子，你説不見令堂，那邊一個婆婆來了，想是你的令堂麽？（旦）在那裏？（生）在這裏。（科）謾説做夫妻，眼見得落便宜。小娘子，如何是天色昏慘暮雲迷。

（旦）君子，還要帶奴同去。

【撲燈蛾】（生）自親不見影，他人怎肯相周庇？（旦）君子，你可曾讀書否？（生）秀才家何書不讀？那書不曉？（旦）曾讀過《毛詩》否？（生）《毛詩》那一篇？（旦）關關雎鳩，在河之洲。窈窕淑女，君子好逑。（生）小娘子言及於此，卑人豈不曉得？奈干戈擾攘，實難從命。（旦）你既然讀詩書，惻隱之心怎不相周濟？（生）小娘子只曉得惻隱之心，那知別嫌之禮？我是孤兒，你是寡女，廝趕着，教人猜疑。（旦）亂軍中，誰來問你？（生）急緩間，語言須是要支持。（旦）路中若攔擋，可認做兄妹。（生）做兄妹到好，奈相貌不同。有人廝問，教我把甚言抵對？（旦）這等說没個道理。（生）你若没道理，我也不管你。（科）（旦）君子轉來，我有個道理。（生）有甚道理？（旦）怕問時，權說做夫，（生）秀才家，肩不能挑，手不能提，怎麽做得夫？（旦）夫字下面還有一個字。（生）有甚麽字？夫子？夫人？（旦）冤家，他明明曉得，他故意調戲奴家。怕問時，權說做夫妻。（生）夫妻就是夫妻，那有權說之禮？恁般說方纔可矣。便同行，訪踪窮跡去尋覓。（旦）今日得君提掇起，免教一身在污泥。久後常思受苦時。（生）半路兄尋妹，（旦）中途母棄兒。明知不是伴，事急且相隨。（生）好個事急且相隨。小娘子請行。

【孝順歌】（生）路途裏獨自來，覷着他粉臉兒誰不愛。見幾個在林中躲，咱兩個在途路上捱。小娘子，你家住那裏？（旦）家住在汴梁城鼓樓街。（生）姓甚名誰？（旦）姓王名瑞蘭，本是閨中一女孩。（生）令尊那裏去了？（旦）爹在朝中奉欽差，母被干戈兩拆開。敢問君子，家住那裏？姓甚名誰？（生）家住在離城五里排，姓蔣名世隆。我本是黌門中一秀才。兩人心事一般猜，萬苦千愁積在懷。小娘子，要過這嶺去。（旦）怎奈我脚兒疼痛步難挨，嗳，天，想是前生少欠了路途債。（生）小娘子，你休憂慮免傷懷，你把纏脚帶兒一抹開，玉簪兒撥開紅繡鞋。只恐怕關津隘口人盤問，則説道親丈夫帶領着嬌滴滴妻子來。（旦）君子你好癡，秀才你好呆，説甚麽纏脚帶兒一抹開，玉簪兒撥開奴家紅繡鞋。關津隘口人盤問，我也没奈何，權説做夫妻。秀才，你且前行，待奴家一步步趲上來，待奴家一步步趲上來。（下）

瑞蘭走雨

【破陣子】（老旦扮王夫人上）況是君臣分散，那看母子臨危。（旦扮王瑞蘭上）嚴父東行何日返？天子南遷甚日回？（合）家鄉無所依。

〔望江南〕（老旦）身狼狽，荒急便奔馳。貼肉金珠揣得甚，隨身衣服着些兒。子母緊相隨。（旦）離帝輦，前途去投誰？風雨催人辭故國，鄉關回首暮雲迷。何日是歸期？（老旦）孩兒，管不得你鞋弓襪小，只得趲行幾步。（旦）是，母親請。（老旦）

【漁家傲】天不念去國愁人助慘悽，淋淋的雨若盆傾，風如箭急。（旦）侍妾從人皆星散，各逃生計。（合）身居處華屋高堂，但尋常珠遶翠圍，那曾經地覆天翻，天翻来受苦時。

（老旦）孩兒，兩條路，不知往那一條去？

【剔銀燈】迢迢路不知是那裏，前途去，未審安身在何處？（旦）一點點雨間着一行行恓惶淚，一陣陣風對着一聲聲愁和氣。（合）雲低，天色傍晚，母子命存亡兀自尚未知。

【攤破地錦花】（旦）繡鞋兒，分不得幫和底。一步步提，百忙裏褪了跟兒。（老旦）冒雨盪風，帶水拖泥。（合）步遲遲，全没些氣和力。

【麻婆子】（老旦）路途路途行不慣，心驚膽顫摧。（旦）地冷地冷行不上，人荒語亂催。（老旦）年高力弱怎支持？（倒介）（旦扶介）泥滑跌倒在凍田地，款款扶將起。（合）心急步行遲。（旦）最苦家尊去遠，（老旦）怎當軍馬臨城。（合）正是福無雙至，果然禍不單行。

心香拜月

【齊天樂】（旦）懨懨捱過殘春也，猶是困人時節。景色供愁，天氣倦人，針指何曾拈刺？（小旦）閑庭静悄，瑣窗瀟灑，小池澄徹。（合）疊青錢，泛水圓小嫩荷葉。

〔浣溪沙〕（小旦）階前萱草簇深黄，檻外榴花疊絳囊。清和天氣日初長。（旦）懶去梳妝臨寶鏡，慵拈針指向紗窗。（合）晚來移步出蘭房。（小旦）姐姐，當此良辰美景，正好快樂，你反眉頭不展，面帶憂容，爲甚麼來？

【青衲襖】（旦）我幾時得煩惱絶？幾時得離恨徹？本待散悶閑行到臺榭，傷情對景腸寸結。（小旦）姐姐撇下些罷。（旦）悶懷些兒待撇下怎忍撇？ 待割捨難割捨。倚遍闌干，萬感情切，都分付長嘆嗟。

【紅衲襖】（小旦）姐姐，你繡裙兒寬褪了褶，爲傷春憔悴些。近日龐兒瘦成勞怯，莫不是又傷夏月？ 姊妹每休見撇，斟量着你非爲別。（旦）你量着我甚麽？（小旦）多應把姐夫來縈牽，別無些話說。

【青衲襖】（旦怒科）哇！ 你把濫名兒將咱引惹，直恁的情性乖心意劣。女孩兒家多口共饒舌。爹娘行快活要他做甚的？ 要妝衣滿篋，要食珍饈則盛設。和你寬打周折。（走介）（小旦）姐姐，到那裏去？（旦）到父親行先去説，（小旦）説些甚麽？（旦）説你小鬼頭春心動也。

【紅衲襖】（小旦）我特地錯賭別，（跪介）姐姐，望高擡貴手饒過些。一句話兒傷了俺賢姐。（旦）起來，且饒你這次，今後再不可如此。（小旦）若如此呵，瑞蓮甘痛決。姐姐閑耍歇，小妹子先去也。（旦）那裏去？（小旦）只管在此閑行，忘收了針綫帖。

（旦）也罷，你先去。（小旦）推些緣故歸家早，花陰深處遮藏了。熱心閑管是非多，冷眼覰人煩惱少。（下）（旦做看介）呀！ 這丫頭果然去了。天色已晚，只見一彎新月，斜掛柳梢；幾隊花陰，平鋪錦砌。不免安排香案，對月禱告一番，多少是好？〔卜算子〕款把卓兒擡，輕揭香爐蓋。一炷心香訴怨懷，對月深深拜。（拜介）

【二郎神】拜星月，寶鼎中明香滿爇。（小旦潛上聽介）（旦）上蒼，這一炷香呵，願我拋閃下男兒疾效些，得再覩同歡同悦。（小旦）悄悄輕將衣袂拽，姐姐，却不道小鬼頭春心動也？（走介）（旦）妹子到那裏去？（小旦）我也到父親行去説。（旦扯介）（小旦）放手，我這回定要去。（旦跪科）妹子，饒過了姐姐罷。（小旦）姐姐請起，（背科）那喬怯，無言俛首，紅暈滿腮頰。

【鶯集御林春】【鶯啼序】（小旦）恰纔的亂掩胡遮，事到如今漏洩。【集賢賓】姊妹們心腸休見别，夫妻每是有些周折。（旦）教我難推怎阻，罷罷，妹子，【簇御林】我一星星對伊仔細從頭説。（小旦）姐姐，他姓甚麽？（旦）【三春柳】他姓蔣，（小旦）呀！他也姓蔣！叫做什麽名字？（旦）世隆名。（小旦）呀！他家住在那裏？（旦）中都路住居。（小旦）姐姐，你怎麽認得他？他是甚麽樣人？（旦）是我男兒受儒業。

【前腔】（小旦悲介）聽説罷姓名家鄉，這情苦意切。悶海愁山將我心上撇，不由人不淚珠流血。（旦）我恓惶是正理，只合此愁休對愁人説。妹子，你啼哭爲何因？莫非是我男兒舊妻妾？

【前腔】（小旦）他須是瑞蓮親兄，（旦）呀！原來是令兄，爲何散失了？（小旦）爲軍馬犯闕。（旦）是，我曉得了。散失忙尋相應者，那時節只争個字兒差迭。妹子，和你比先前又親，自今後越覺着疼熱。你休隨着我跟脚，久已後是我男兒那枝葉。

【前腔】(小旦)我須是你妹妹姑姑，你須是我的嫂嫂又是姐姐。未審家兄和你因甚別，兩分離是何時節？(旦)正遇寒冬冷月，被我爹把奴拆散在招商舍。(小旦)姐姐，你如今還思量着我哥哥麽？(旦)思量起痛心酸，那其間他染病耽疾。(小旦)那時怎割捨得撇了？(旦)是我的男兒，教我怎割捨？

【四犯黄鶯兒】【簇御林】(小旦)他直恁太情切，你十分忒軟怯，眼睁睁怎忍相抛撇？【黄鶯兒】(旦)枉自怨嗟，無可計設。那六兒，小□□，當不過他搶來推去望前扯。【傍妝臺】(合)意似虺蛇，性似蝎螫，【八聲甘州】一言如何訴説？

【前腔】(小旦)流水也似馬和車，頃刻間途路賒，他在窮途逆旅應難捨。(旦)那時節呵，囊篋又竭，藥餌又缺，他那裏悶懨懨難捱過如年夜。(合)寶鏡分破，玉釵斷折，甚日重圓再接？

【尾聲】自從別後信音絶，這些時魂驚夢怯，莫不是煩惱憂愁將人斷送也。

(旦)往時煩惱一人悲，(小旦)從此淒涼兩下知。

(合)世上萬般哀苦事，無過死別共生離。

樂府名詞

《樂府名詞》(全名《新鐫彙選辨真崑山點板樂府名詞》)收録《拜月亭記》之《王瑞蘭走雨》《蔣世隆走雨》《曠野相逢》《遇難逢恩》《驛中相會》等五齣，輯録如下。

王瑞蘭走雨

【漁家傲】天不念去國愁人助慘悽，霖漓的雨若盆傾，風如箭急。侍妾從人皆星散，各逃生計。身居處華屋高堂，但尋常珠遶翠圍，(合)那曾見地覆天翻，天翻来受苦時。

【剔銀燈】迢迢路不知是那裏，前途去，安身在何處？一點點雨間着一行行恓惶淚，一陣陣風對着一聲聲愁和氣。雲低，天色傍晚，母女命存亡兀自尚未知。

【攤破地錦花】繡鞋兒，分不得幫和底。一步步提，迫忙裏褪了跟兒。冒雨盪風，帶水拖泥。(合)步難移，全没些氣和力。

【麻婆子】路途路途行不慣，心驚膽戰摧。地冷地冷行不上，人慌語亂催。年高力弱怎支持？泥滑跌倒在凍田地，款款扶將起。只爲心急步行遲。

蔣世隆走雨

【賽觀音】雨兒催，風兒送，嘆一旦家邦盡空。想富貴榮華如夢。（合）哽咽傷心，教我氣填胸。

【前腔】意兒荒，脚兒痛，鷓鴬速如癡似懵。苦捱着疾忙行動。（合）郊野看看，又早晚雲籠。

【人月員】途路裏，奔走流民擁，膽喪魂飛心驚恐。風吹雨濕衣襟重，止不住雙雙珠淚湧。（合）行不上，惟聞得戰鼓聲振蒼穹。

【前腔】軍馬又來，聽軍馬又來，四下如鐵桶，眼見得京師城内空。他每趕着無輕縱，人似豺狼馬似龍。（合）遭驅虜，親骨肉甚年何日重逢？

曠野相逢

【金蓮子】古今愁，古今愁，誰似我目下這樣愁？聽軍馬驟，聽軍馬驟，人亂語稠。向深林中逃難，恐有人搜。

【前腔】百忙裏散失，差了路頭。尋妹子不見，教我怎措手？神天祐，神天祐，這搭兒是有親骨肉，見了向前走。

【菊花新】你是何人我是誰？應了還應，訝！見又非。將咱小名提，進前去問他端的。

【古輪臺】自驚疑，相呼厮唤兩三回，瑞蘭和先輩不曾相識。瑞蓮名兒本是卑人親妹。妾因兵火急，離鄉故。母子隨遷往南避，中途相失。喊殺聲，各各逃生。電奔星馳，中路裏差池，因循尋至。應聲錯，偶逢伊。正是俱錯意，（一）一般煩惱兩心知。

【前腔】名兒應錯了自先回，急急便往跟尋，豈容遲滯？事到如今，事到頭來，怎生惜得羞恥？念苦憐孤，救奴殘喘，帶奴離此免災危，我也不忘你的恩義。曠野間，曠野間，見獨自一個佳人，生得千嬌百媚。況又無夫無婿，眼見得落便宜。如何是，天色昏慘暮雲迷。

【撲燈蛾】自親妹不見影，自親妹不見影，他人怎週庇？既然讀詩書，惻隱心怎不周急也？我是個孤男，你是寡女，厮趕着，厮趕着，教人猜疑。亂軍中，亂軍中，有誰來問你？緩急間，語言須是要支持。

【前腔】路中不當攔，路中若當攔，可憐奴做兄妹。有人厮盤問，教咱把甚言抵對也？沒個

（一）正：原作「工」，據《李卓吾先生批評幽閨記》改。

道理。有一個道理。怕問時，怕問時，權，權説是夫妻。恁的説方纔可矣。便同行，訪蹤窮跡去尋覓。

【尾聲】今日得君提掇起，免使一身在污泥。久後常思受苦時。

遇難逢恩

【尾犯序】山徑路幽僻，尋常此間來往人稀。男女相隨，豈是良人行止？凶時，遭士馬流民散失，避干戈君臣遠徙。夫和婦，爲天摧地塌，逃難路途迷。

【前腔】無非買命與贖身，但隨行有何囊篋貲費？快口强舌，休同兒戲。聽咨，亂慌慌行來數日，苦滴滴實没半釐。你好不知禮。常言道，打魚獵射怎空回？

【前腔】何必説甚的？便推轉斬首，更莫遲疑。將他扯起，倒拽橫拖，倒拖横拽，把軍令遵依。魂飛，纔逆旅窮途認妻，早背井離鄉做鬼。聽哀告，望雷霆暫息，略罷虎狼威。

【前腔】軍前令怎移？但一言既出，駟馬難追。枉自厚禮卑詞，休想饒你。傷悲，王瑞蘭遭刑枉死，蔣世隆銜冤負屈。天和地，有誰人可憐，燒陌紙錢灰。

【梁州賺】且與我留人，押回來問取詳細。你家居在那裏？農種工商學文藝？通詩禮，鄉進士。州庠屢魁，中都路離城三里。閑居止，因兵火棄家無所倚。聽説仔細，緊降階，釋縛扶將起。是兄弟負恩忘義。尊嫂受禮，誰知此地能完聚？愁爲喜，深謝得賢叔盜跖。哥哥行那些個尊卑？(二)權休罪，適間冒瀆少拜識。恐君錯矣。

【鮑老催】朝廷當時巡捕急，閃避在圍牆内。若非恩人救難危，險赴法雲陽市。相逢狹路難迴避，這言語古來提。連忙准備排筵席，歡來不似今日。

【前腔】酒浮嫩醅，酒浮嫩醅，壓驚解煩休要推。寒色告少飲半杯。非詐僞，量淺窄，休央及。高歌暢飲展放眉，開懷醉了重還醉，酒待人無惡意。

【前腔】你儒業祖傳襲，文章幼攻習。我低低問，暗暗猜，心疑忌。叔伯遠房姑舅的？敢是兩姨一派蒂？這不是，那不是，怎有這個賊兄弟？道這不是，那不是，怎有這個好兄弟。賽關張，勝劉備。

【前腔】告辭去急。姑留待等寧静歸。龍潭虎穴難住地。金百兩，望領納爲盤費。懊恨人生東又西，難逢最苦别離易。嘆此行何時會，遲疾早晚干戈息，共約行朝訪蹤跡。

【尾聲】男兒志，心肯灰？一旦風雲際會日，怎肯依舊中原一布衣？

(二) 哥哥：原作『歌歌』，據汲古閣刊本《繡刻幽閨記定本》改。

驛中相會

【新水令】淒涼逆旅人千里，這縈牽怎生成寐。萬苦橫心裏。睡不着，是愁都在枕邊淚。

【銷金帳】黄昏悄悄，助冷風兒起。想今朝，思向日。曾對這般時節，這般天氣。羊羔美酒，美酒銷金帳裏。兵亂人荒，遠遠離鄉里。如今怎生，怎生街頭上睡？

【前腔】初更鼓打，哽咽寒角吹。滿懷愁，分付與誰？遭逢這般磨折，這般別離。心腸打開，打開鸞孤鳳隻。我這裏恓惶，他那裏難存濟。翻覆怎生，怎生獨自個睡。

【前腔】鼕鼕二鼓，敗葉敲窗紙。響撲簌，聒悶耳，難禁這般蕭索，這般岑寂。骨肉到此，到此伊東我西。去又無門，住又無依倚。傷心怎生，怎生街頭上睡？

【前腔】三更漏轉，寒雁聲嘹嚦。半明滅，燈火煤。尋思這般沉疾。這般狼狽，相別到今，到今凶吉未知。冷落空房，藥食誰調理？床兒上怎生，怎生獨自個睡？

【前腔】樓頭四鼓，風捲簷鈴碎。略朦朧，驚夢回。娘女這般相逢，這般重會。颯然覺來，覺來孩兒那裏？多少傷悲，多少縈牽繫。教人怎生，怎生街頭上睡？

【前腔】五更又催，野外疏鍾急。算通宵，幾嘆息。一似這般煩惱，這般孤恓。一身苟活，苟活成得甚的？俺這裏愁煩，那壁廂長吁氣。聽得怎生，怎生獨自個睡？

【思園春】久阻尊顔想念勤，此逢將謂是夢和魂。奴是不應親者，今日强來親。（合）子母夫妻苦分散，無心中完聚怎由人。

【好孩兒】匆匆地離皇朝，你心不穩。棄家私，老小去得安忍？只知國難識大臣，不隄防萬馬千軍，犯京城。君去民逃，常言道龍鬭魚損。

【福馬郎】那日裏風寒雨又緊，正行裏喊聲如雷震。無處藏隱，急向林樾中躲，道途上奔。那時節，亂紛紛。身難保，命難存。

【紅芍藥】兵擾攘，阻隔關津。思量着，役夢勞魂。眼見得家中受危困。望吾鄉，有家難奔。我的嬌兒歷盡苦共辛，娘逢人見人尋趁。只愁你舉目無親，子父每何處廝認？

【紅衫兒】我有一言説不盡。向日招商店，驀忽地撞着家尊。我思他眼盼盼人遠天涯近。爲甚的來那壁廂千般恨？休只管叨叨問。

【會河陽】有甚事争差，且息怒嗔。閑言閑語總休論。賤妾不懼責罰，將片言語陳。難得見今朝分，甚時除得我心頭悶？甚日除得我心頭恨？

【縷縷金】教准備展芳樽，得團圞都喜慶，盡歡欣。館驛中有雜人來往，其實不穩。到南京得見聖明君，那時好會佳賓。

【越恁好】辦集船隻，辦集船隻，指日達帝京。漸行漸遠，親兄長死何存。愁人見説愁更新。

欲言又忍，心兒裏痛切切如刀劄，眼兒裏淚滴滴如珠搵。

【紅繡鞋】畫船已在河濱，河濱。不勞馬足車輪，車輪。離孟津，望前進。風力順，水程緊，咫尺是汴梁城。

【尾聲】別離會合皆緣分，受過憂危心自忖，從今暮樂朝歡還再整。

新鐫歌林拾翠

《新鐫歌林拾翠》（全名《精繪出像點評新鐫彙選崑調歌林拾翠》）卷六收録《拜月亭記》之《野逢》《拜月》二齣，輯録如下。

野逢

【金蓮子】（旦）古今愁，古今愁，誰似我目下這樣愁？聽軍馬驟，聽軍馬驟，人亂語稠。向深林中逃難，恐有人搜。（虚下）

【前腔】（生）百忙裏散失，差了路頭。尋妹子不見，教我怎措手？瑞蓮！（旦内應介）（生）神天祐，神天祐，這荅兒是有親骨肉，見了向前走。（又叫介）（旦應上）

【菊花新】你是何人我是誰？（生）應了還重應。呀！見又非。（旦）將咱小名提，進前去問他端的。

我只道是我母親，原來是個秀才。（生）我只道是我妹子，原來是位娘子。（旦）呀！你不是我母親，如何叫我？（生）我自叫瑞蓮，誰叫你？

【古輪臺】（旦）自驚疑，相呼厮唤兩相回，瑞蘭和先輩不曾相識。（生）瑞蓮名兒本是卑人親妹。不知娘子，因甚到此？（旦）妾因兵火急，離鄉故。（生）娘子如何獨行？（旦）母子隨遷往南避，中途相失。秀才，何處不見了令妹？（生）喊殺聲，各各逃生，電奔星馳。中路裏差池，因循尋至。應聲錯了，偶逢伊。娘子不見了母親，小生不見了妹子。正是俱錯意，一般煩惱兩心知。

【前腔】（生）名兒，應錯了自先回。（旦）秀才那裏去？（生）急急便往跟尋，豈容遲滯？（旦）事到如今，事到頭來，怎生惜得羞恥。（拜介）秀才，念苦憐孤，救奴殘喘，帶奴離此免災危。我也不忘你的恩義。（生）娘子，你方纔説，不見了令堂；遠遠望見一位媽媽來了。（旦回頭介）在那裏？（生近前看介）曠野間，曠野間，見獨自一個佳人，生得千嬌百媚。他又無夫無婿，眼見得落便宜。且待我謊他一謊。娘子，如何是，天色昏慘暮雲迷。

（旦慌介）秀才，帶奴同行則個！（生）娘子差矣。我自家妹子，尚且顧不得，那帶得你？

【撲燈蛾】自親妹不見影，自親妹不見影，他人怎相庇？（旦）秀才，你讀書也不曾？（生）秀才家何書不讀？（旦）書上道，惻隱之心，人皆有之。既然讀詩書，惻隱心怎不周急也？（生）你只曉得有惻隱之心，那知有别嫌之禮？我是個孤男，你是寡女。厮趕着，厮趕着，教人猜疑。（旦）亂軍中，亂軍中，有誰來問你？（生）緩急間，語言須是要支持。

【前腔】（旦）路中不擋攔。（生）路中若擋攔？（旦）路中若擋攔，可憐奴做兄妹。（生）兄妹固好，只是面貌不同，語言各别。（生）既沒道理，小生自去。（旦）有一個道理。有人廝盤問，教咱把甚言抵對也？（旦）沒個道理。（生）有甚麼道理？（旦）怕問時，（生）怕問時却怎麼？（旦）奴家害羞，說不出來。（生）娘子，沒人在此，便說有何害？（旦）怕問時，權，（生）怎麼又不說了？權甚麼？（旦）權說是夫妻。（生）恁般說，方纔可矣。便同行，訪蹤窮跡去尋覓。

【尾聲】（旦）今日得君提掇起，免使一身在污泥。（生）久後常思受苦時。

（生）半路兄尋妹，（旦）中途母喪兒。

（合）情知不是伴，事急且相隨。

拜　月

【齊天樂】（旦）懨懨捱過殘春也，猶是困人時節。景色供愁，天氣倦人，針指何曾拈刺。（小旦）閑庭靜悄，瑣窗蕭洒，小池澄徹。（合）疊青錢，泛水圓小嫩荷葉。

〔浣溪沙〕（小旦）階前萱草簇深黄，檻外榴花疊絳囊。清和天氣日初長。（旦）懶去梳妝臨寶鏡，慵拈針指向紗窗。（合）晚來閑步出蘭房。（小旦）姐姐，當此良辰美景，正好快樂，你反眉頭不展，面帶憂容，爲甚麽來？

【青衲襖】（旦）我幾時得煩惱絶？ 幾時得離恨徹？ 本待散悶閑行到臺榭，傷情對景腸寸結。（小旦）姐姐撇下些罷。（旦）悶懷些兒，待撇下怎忍撇？ 待割捨難割捨。 倚遍欄干，萬感情切，都分付長嘆嗟。

【紅衲襖】（小旦）你繡裙兒寬褪了褶，爲傷春憔悴些。 近日龐兒瘦成勞怯，莫不是又傷夏月？ 姊妹每休見别，斟量着你非爲别。（旦）你量着我甚麽？（小旦）多應把姐夫來縈牽，别無些話説。（旦怒介）

【青衲襖】你把濫名兒將咱引惹，直恁的情性乖，心意劣。 女孩兒家多口共饒舌。 爹娘行快活，要他做甚的？ 要妝衣滿篋，要食珍羞則盛設。 和你寬打周折。（走介）（小旦）姐姐到那裏去？（旦）到爹行先去説。（小旦）説些甚麽？（旦）説你小鬼頭春心動也。

【紅衲襖】（小旦）我特地錯睹别，（跪介）姐姐，望高擡貴手饒過些。 一句話兒傷了俺賢姐姐。（旦）起來，且饒你這次，今後再不可如此。（小旦）若再如此呵，瑞蓮甘痛決。 姐姐閑耍歇，小妹子先去也。（旦）那裏去？（小旦）只管在此閑行，忘收了針綫帖。

（旦）也罷，你自去。（小旦）推些緣故歸家早，花陰深處遮藏了。 熱心閑管是非多，冷眼覷人煩惱少。（下）（旦）這丫頭果然去了。 天色已晚，只見半彎新月，斜掛柳稍，不免安排香案，對月禱告一番。 款把

卓兒擡，輕揭香爐蓋。一炷心香訴怨懷，對月深深拜。（拜介）

【二郎神慢】（旦）拜新月，寶鼎中名香滿爇。（小旦潛上聽介）（旦）上蒼，這一炷香呵，願抛閃下男，（作回覷介）男兒疾較些，再得覩同歡同悦。（小旦）悄悄輕將衣袂拽，姐姐，却不道小鬼頭春心動也。（走介）（旦）妹子到那裏去？（小旦）我也到父親行去説。（旦扯科）（小旦）放手，我這回定要去！（旦跪介）妹子，饒過了姐姐罷。（小旦攙介）姐姐請起！那喬怯，無言俛首，紅暈滿腮頰。（一）

【鶯集御林春】恰纔的亂掩胡遮，事到如今漏泄。姊妹每心腸休見別，夫妻每莫不是有些周折？（旦）我也難推怎阻，一星星對伊仔細從頭説。（小旦）姐姐，他姓甚麽？（旦）他姓蔣。（小旦）他也姓蔣？叫甚麽名字？（旦）世隆名。（小旦）呀！他家住在那裏？（旦）中都路是家。（小旦）姐姐，你怎麽認得他？他是甚麽樣人？（旦）是我男兒受儒業。（小旦悲介）

【前腔】（小旦）聽説罷姓名家鄉，這情苦意切。悶海愁山心上撇，不由人不淚珠流血。（旦）我恓惶是正理，只合此愁休對愁人説。妹子，你啼哭爲何因？莫非是我男兒舊妻妾？

【前腔】（小旦）他須是瑞蓮親兄。（旦）呀！原來是令兄！爲何散失了？（小旦）爲軍馬犯闕。

（一）眉批：嫵媚撩人。

（旦）是，我曉得了。散失忙尋相應者，那時節只争個字兒差迭。妹子，和你比先前又親，自今越更着疼熱。你休隨着我跟脚，久已後是我男兒那枝葉。

【前腔】（小旦）我須是你妹妹姑姑，你是我的嫂嫂又是姐姐。未審家兒和你因甚别？兩分離是何時節？（旦）正遇寒冬冷月，被我爹折散在招商舍。（小旦）你如今還思量着他麽？（旦）思量起痛心酸，那其間他染病耽疾。（小旦）那時怎割捨得撇下？（旦）是我男兒，教我怎割捨？

【四犯黄鶯兒】（小旦）他直恁太情切，你十分忒軟怯，眼睁睁怎忍和他相拋撇？（旦）枉自怨嗟，無可計設，當不過搶來推去望前扯。（合）意似虺蛇，性似蝎螫，一言如何訴説？

【前腔】（旦）流水也似馬和車，頃刻間途路賒，他在窮途逆旅應難捨。那時節呵，囊篋又竭，藥餌又缺，悶懨懨難捱過如年夜。（合）寶鏡分破，玉簪跌折，甚日重圓再接？

【尾聲】（旦）自從别後音信絶，這些時魂驚夢怯，莫不是煩惱憂愁將人斷送也。

往時煩惱一人悲，從此淒凉兩下知。

世上萬般哀苦事，無過死别共生離。

綴白裘

《綴白裘》六集、十集、十二集分别收録《拜月亭記》（劇名原題作《幽閨記》）之《拜月》《走雨》《踏傘》《大話》《上山》《請醫》等六齣，輯録如下。

拜月

【齊天樂】（旦上）懨懨捱過殘春也，又是困人時節。景色供愁，天氣倦人，針指何曾拈刺？（貼上）閑庭静悄，瑣窗蕭灑，小池澄澈。（合）疊青錢，泛水圓小嫩荷葉。

（相見介）（貼）階前萱草簇深黄，檻外榴花疊絳囊。清和天氣日初長。（旦）懶去梳妝臨寶鏡，慵拈針指向紗窗。晚來移步出蘭房。（貼）姐姐，當此良辰美景，正好及時尋樂。〔一〕你反眉頭不展，面帶憂容，

〔一〕及：原作『極』，據文義改。

却是爲何？（旦）妹子吓。（貼）姐姐。（旦）

【青衲襖】我幾時得煩惱絕？幾時得離恨徹？（貼）姐姐，我和你到階下閑步一回，何如？（旦）如此，妹子請。（貼）姐姐請。（旦走住介）咳！（貼）姐姐爲何欲行又止？（旦）妹子吓，我本待要散悶，閑行到臺榭，（貼）爲何傷情起來？（旦）傷情對景腸寸結。（貼）姐姐，把悶懷撇下些罷。（旦）悶懷些兒，待撇下怎忍撇？（貼）可割捨得麽？（旦）待割捨教我也難割捨。倚遍欄杆，萬感情切，都吩咐與長嘆嗟。

【紅衲襖】（貼）姐姐，你繡裙兒寬褪了褶，莫不爲傷春憔悴些。（旦）妹子，看我近日龐兒比舊日如何了？（貼）姐姐，你近日龐兒瘦成勞怯。莫不是又傷夏月？姊妹每休見撇，我斟量着你非爲別。（旦）你量我什麽？（貼）話便有一句，不好說得。（旦）但說何妨。（貼）我說來，姐姐不要惱吓。（旦）你說，我不惱。（貼）如此我說了嘘。（旦）你說，我不惱。（貼）姐姐，你多應把姐夫來縈牽，（旦怒介）（貼）别無些話說。

【青衲襖】（旦）呀，你把那濫名兒將咱引惹，直恁的情性乖心意劣。（貼）說過不惱的吓。女孩兒家多口共饒舌。在爹娘行快活要他做甚的？要妝衣滿篋，要食珍羞則盛設，和你寬打周折。（走介）（貼）姐姐，到那裏去？（旦）我麽到父親行先去說。（貼）說我什麽來？（旦）說你什麽來麽？我說，說你小鬼頭兒，（貼）好罵吓！（旦）春心動也。

【前腔】（貼）呀，我兀特地錯睹別。姐姐，望高擡貴手饒過些，（福介）（旦）你小小年紀，曉得什麽姐夫縈牽。（貼）呀，只爲一句話兒傷了俺賢姐姐。（跪介）姐姐，再不敢了。（旦）如此起來，下次不可吓。（貼）今後若再如此呵，瑞蓮甘痛決。姐姐閑耍歇，小妹每先去也。（旦）住了吓，敢是我説了幾句，使性要去麽？（貼）这個怎敢，不是吓。只管在此閑行，忘收了針綫帖。（旦）也罷，你要去先去罷。（貼）我去了嚧。（旦）去罷。（貼）咳！推些緣故歸家早，花陰深處遮藏了。熱心閑管事非多，啐！冷眼覷人煩惱少。那裏説起受这等閑氣。（下）（旦）呀，到被这丫頭胡猜亂猜，猜着我的心事。呀，只見半灣新月，斜掛柳稍；幾隊花陰，平鋪錦砌。不免安排香桌，對月禱告一番。款把桌兒擡，(一)輕揭香炉蓋。一炷心香訴怨懷，對月深深拜。

【二郎神】拜新月，寶鼎中明香滿爇。（貼暗上聽介）（旦）上蒼，上蒼，这一炷香呵！願抛閃男兒，（貼聽下介）（旦）疾忙較些，得再睹同歡同悦。（貼上）悄悄輕將衣袂拽。姐姐，（旦）是那個？（貼）是我。（旦）呀，啐。（貼）燒得好香吓。你却不道小鬼頭兒春心動也。（走介）（旦）妹子到那裏去？（貼）我如今也到父親行去説。（旦扯貼）（貼）放手，待我去。（旦跪介）妹子，饒過了做姐姐的罷。（貼）姐姐請起，我是取笑。那嬌怯，看他無言俛首，紅暈滿腮頰。

(一) 擡：原作『臺』，據《重校拜月亭記》改。

（旦）妹子吓，

【鶯集御林春】我恰纔的是亂掩胡遮，（貼）姐姐，你事到如今都漏泄。和你姊妹們心腸休見別，夫妻每莫不是有些周折？（旦）教我也難推怎阻，妹子，我一星星對伊仔細從頭説。（貼）姐姐，他姓什麽？（旦）他姓蔣。（貼）他姓蔣，叫什麽名字？（旦）世隆名。（貼）他家住在那裏？（旦）中都路住居。（貼）他是姐姐什麽人？（旦）他是我男，（住介）（貼）姐姐，你話説到舌尖上，爲何不説了，一發説與妹子知道。（旦）妹子，我便對你説，只是爹娘面前切不可提起。（貼）这個妹子怎敢？（旦）妹子吓，他是我的男兒。（貼）做什麽的？（貼）受儒業。

（貼悲介）呀！

【前腔】聽説罷姓名家鄉，这情苦意切。悶海愁山在我心上撇，不由人不淚珠流血！（旦）我悽惶是正理，只合此愁休對愁人説。妹子吓，你啼哭爲何因？你莫非也是我的男兒舊妻妾？

（貼）姐姐説那裏話。

【前腔】他須是瑞蓮的親，（旦）親什麽？（貼）兄。（旦）吓！元來是令兄，失敬了。（貼）豈敢。（旦）爲何失散了？（貼）爲軍馬犯闕。散失忙尋相應者，那時節只爭一個字兒差迭。（旦）妹子，和你比着先前又親，（貼）果然又親了。（旦）我如今越覺和你着疼熱。妹妹呀，你休隨我跟脚，久已後只當我的男兒那枝葉。

（貼）姐姐請上，妹子有一拜。（旦）做姐姐的也有一拜。

【前腔】我須是你妹妹姑姑。（貼）你須是我的嫂嫂。（旦）怎么就是嫂嫂？（貼）又是姐姐。（旦）這便纔是。（貼）未審家兄和你因甚別，兩分離是何時節？（旦）正遇寒冬冷月，恨我爹爹把我拆散在招商舍。（貼）如今還思想他麼？（旦）思量起痛心酸，那其間他染病耽疾。（貼）怎生割捨得他？（旦）是我的男兒叫我怎割捨？

【四犯鶯兒】（貼）爹爹吓，你直恁太情切。姐姐，你十分忒軟怯。眼睜睜怎忍和他相拋撇？（旦）妹妹吓，枉自怨嗟，無計設。妹子，其時爹還猶可，咊！只恨這六兒小畜生，當不過他搶來推去望前扯。（合）意似虺蛇，性似蝎螫，教我如何訴説。

【前腔】（貼）流水一似馬和車，傾刻間途路賒。他在窮途逆旅應難捨。（旦）那時呵！囊篋又竭，藥食又缺，他那裏悶懨懨難捱過如年夜。（合）寶鏡分破，玉簪跌折，甚日重圓再接？

【尾聲】自從別後音信絶，這些時魂驚夢怯，莫不爲煩惱憂愁將人斷送也。

（旦）往時煩惱一人悲，（貼）從此淒涼兩下知。

（旦）世上萬般哀苦事，（貼）無非遠別與生離。

姐姐請。（旦）妹妹請。（仝下）

走雨

【破陣子引】（老旦上）況是君臣分散，那堪母女臨危。（旦上）嚴父東行何日返？天子南遷甚日回？（合）家邦無所依。

（老旦）身狼狽，慌急便奔馳。貼肉金珠揣得甚，隨身衣服着些兒。母女緊相隨。（旦）離帝輦，前路去投誰？風雨催人辭故國，鄉關回首暮雲低，何日是歸期。吓！母親，孩兒鞋弓襪小，怎生行走，如何是好？（老旦）阿呀！兒吓，也顧不得你鞋弓襪小，待我打起傘來，趲行前去。（旦哭介）（合）

【漁家傲】天不念去國愁人最慘凄。淋淋的雨似盆傾，風如箭急。侍妾從人皆居散，各逃生計。身居處華屋高堂，但尋常珠圍翠繞。那曾經地覆天翻受苦時。

【剔銀燈】（老旦）迢迢路不知是那裏？前途去未審安身在何地？（旦）一點點雨間着一行行恓惶淚，一陣陣風對着一聲聲愁和氣。（合）雲低。天色傍晚，母女命存亡兀自尚未知。

【攤破地錦花】（旦）繡鞋兒，分不出幫和底。一步步提，百忙裏褪了跟兒。（老旦）冒雨盪風，帶水拖泥。（合）步難移，全没些氣和力。

【麻婆子】（老旦）路途路途行不慣，心驚膽戰催。（旦）地冷地冷行不上，人慌語亂催。（老旦）年高力弱怎支持？泥滑跌倒在凍田地。（老跌介）（旦扶老起介）只得款款扶娘起。（合）

正是心慌步行遲。

（旦）最苦家尊遠去，（老旦）怎當軍馬臨城？

（合）正是福無雙至，（老旦）果然禍不單行。

見吓，看仔細，這裏來。（旦）阿呀，苦吓！（同下）

踏傘

【金蓮子】（小生上）百忙裏散失差了路頭。尋妹子不見，叫人怎措手？瑞蓮！瑞蓮！（旦內應介）（小生）好了，謝神天佑，這答兒自有。親骨肉見了，尋路向前走。吓，瑞蓮！（旦內應介）（小生）妙吓，如今是尋着了吓。瑞蓮！（旦內）你是何人我是誰？（小生）應了還應，見又非。（旦內）原何將我小名提，向前去問他詳細。

（旦上）吓，母親在那裏？（小生）吓，妹子在那裏？（旦）呀，我只道是母親，原来是一位秀才。（小生）我只道是妹子，原来是一位小娘子。敢是驚疑了。（旦）

【古輪臺】自驚疑，相呼廝喚兩三回。瑞蘭小字，和先輩我也不曾相識。（小生）瑞蓮名兒，本是卑人親妹。不知小娘子因甚到此？（旦）吓，秀才。妾因兵火急，離鄉井。母女隨遷往南避。（小生）在何處失散了令堂？（旦）在中途相失。吓，秀才在何處不見了令妹？在喊殺聲各各逃生，電奔星馳。中途路裹差遲，因循尋至。應聲錯了偶逢伊。吓，小娘子，你不見了令堂，卑人不見了舍妹。正是俱錯意，一般煩惱兩心知。

【前腔】名兒應聲錯了我自先回。（旦）阿呀，秀才那裏去？（小生）急急便往跟尋，豈容遲滯。（旦）事到如今，怎生惜得羞恥？吓，秀才，念孤惜寡，救奴殘喘，帶奴離此免災危。久以後不忘你的恩義。（小生）且住，但見他身才甚美，未知他面龐如何吓，待我來哄他一哄吓。小娘子，你方纔説不見了令堂，你看，遠遠望見一位媽媽來了。（旦）在那裏？（小生）在這裏。（旦）吓，母親在那裏？（小生）吓。（旦）吓。（小生）阿呀，妙吓！（旦）啐。（小生）曠野間獨自一個佳人，生得千姣百媚。他也無夫無婿，眼見得落便宜。待我謊他一謊。小娘子，不好了。天色昏迷暮雲低。（小生）是去了。（旦）秀才帶奴同行則個。（小生）吓，小娘子差矣。我自家妹子尚且顧不來，怎帶得你？

【撲燈蛾】自親妹不見影，自親妹不見影，他人怎周庇？（旦）吓！秀才可曾讀過書麼？（小生）吓，吓，秀才家何書不讀，那書不覽？倒説我可曾讀書，豈豈有此理吓。（旦）既然讀詩書，惻隱之心怎不周急也？（小生）吓，小娘子，你但知有惻隱之心，那曉得有别嫌之禮？我是孤男，你是寡女，斷趕着教人做猜疑。（旦）亂軍中有誰來問你？（小生）你道是亂軍有誰來問我？緩急間有語言須是要支持。

【前腔】（旦）路中不擋攔。（小生）路中若擋攔？（旦）可憐做兄妹。（小生）吓，兄妹雖好，只是面龐不同，語言各别。有人厮盤問，教咱把甚言抵對也？（旦）没個道理。（小生）既没道理，小生去也。（旦）阿呀，秀才，有個道理。（小生）有什麽道理？（旦）怕問時，（小生）怎麽説呢？（貼）吓。（小生）吓。（旦）吓。（小生）説嘘，説嘘。（旦）權，（小生）權什麽呢？（旦）吓，（小生）權什麽？（旦）權説做夫妻。（小生）妙吓，恁般説方纔可以。便同行，訪踪窮迹去尋覓。

【尾】（旦）今日得君提拔起，免使一身在污泥。（小生）久後常思受苦時。

半路兄尋妹，（旦）中途母失兒。

（小生）情知不是伴，（旦）事急且相隨。

（小生）吓，不知妹子在那裏吓？妹子！（旦）吓，秀才！（小生）吓！在吓，來了來了。（同下）

大話

【水底魚】（丑、副、外净上）擊鼓鳴鑼，殺人併放火。倚山爲寨，號爲攔路虎。金銀財寶，劫來如糞土。無錢買路，霸王也難過，霸王也難過。

山中壯士，全無救苦之心；寨内强人，儘有害民之意。不思昔日蕭何律，且效當年盜跖心。（净）衆兄弟，你我不是别人，（丑）是僚等人了？（净）乃虎頭山草寇是也。虎頭寨中共有五百名嘍囉，你我東西南北四哨都在這裏，還有中央大哥，不見我們，一些生意没有。待他來時必有意思。（末上）人無橫財不富，馬無野草不肥。列位請了。（衆）中央大哥回來了，手中明晃晃的是什麽東西？（末）列位，我昨夜巡山到山坳裏，只見霞光萬道，瑞氣千條。被我把刀尖掘下去，只見一個石匣，石匣裏面一頂金盔，一把寶劍，我拿來與衆兄弟看看。（丑）好吓，虎頭山當滅了。（衆）啐，當興了。（丑）拿來與我們衆人分了罷。（末）成功不毁。列位，不是這等的，我們虎頭山五百名嘍囉，只少一個寨主。如有人戴得此盔者，拜他爲寨主。（丑）這等說，拿來我戴。（末）你就要戴，通些文墨，作些詩句。不然說幾句大話纔好戴。（丑）要說大話，走子我窠門裏來哉。拿來我帶子說。（衆）要說了戴。（丑）喂！大話是那亨說？（衆）是你說大話，倒問起我每來。五吓拉裏哉。日月未分我在先。（衆）好吓。（丑）拿來我戴。（衆）再說。（丑）還要說來吓，再說嘘。□要伸腰頭撞子天，一天星斗未完全。（衆）好。（丑）日月未分我出世，壽星老兒纔把胎頭剃。王母娘娘是我親妹子，彭祖公公是我小兄弟。五湖四海做硯臺水，日月拿來做我的網巾圈。洋子江裏金山是我屁眼裏個痔，北寺塔是我勾氣通簪。左脚一跨踏遍子滿蘇州，滿城旗杆即算脚裏踏，介點木廢屑一厾眼淚，淹殺子千萬條勾觷栗鰍。（衆）好！果然大話。（丑）拿來我戴，盔内有鬼！（衆）盔内那有鬼？（丑）無鬼不成盔。（歪帶介）（衆）歪帶了。（丑）這是有出典的，叫做耳不聞。（反帶介）（衆）反了。（丑）點兵剿捕。（衆）不是，頭上的盔反了。（丑）那說一日皇帝弗曾做，就反哉。（衆）戴好了。（丑）個囊是有出典的勾，衆朝臣來見我，把珠簾捲起唱。（衆）這是怎么？（丑）一個皇帝一個律法，你拿個你知我。（衆）什麽你知我？（丑）劍哉耶，插在我楊柳細。（衆）又是什麽楊柳細？（丑）腰吓。（衆）單打歇後語句。（丑）寡人做了皇帝，須行天下，都要打歇後語。（科介）阿喲。（衆）不要抖。（丑）這是劉備的兒子。（衆）怎麽説吓？（丑）叫做阿斗，你乭推我去坐子。（衆）什麽呢？（丑）推位讓國。（衆）不要摇。（丑）這是堯舜皇帝。（衆）怎麽坐在椅角上？（丑）這是吊角將軍。（跳介）（衆）這是怎麽？（丑）小秦王三跳澗，走過去走過來。（衆）這是怎麽？（丑）這是武王亂點兵，白虎殿可曾造完？（衆）還未。（丑）快些擡到白虎殿去罷，孤家要駕崩了。（跌介）（浄）我看你這個嘴臉，怎做得寨主？呸乭看我來就有樣子哉。（末）也要通文。（浄）容易。混沌初分我出身，伏羲、神農是我的後輩人。山中寨主無人做，五百名嘍囉獨我尊。拿盔進上來我戴。（末）拿紅帽來，我拿了。（浄）且放，拉個褡，備而不用。我今日做了寨主，你們都要聽我的號令。如違了旨意，就要梟首示衆。（末）好欺心，寨主尚未做得成，就要殺兄弟。（浄）不是先説過了，日後方見得寡人言顧行。都走過一邊聽點。走拉個手去。（衆走介）（浄）走拉西邊去。阿呀，弗好哉。（抖倒介）（衆扶介）（浄）戴不得，戴不得，戴在頭上，就有一萬斤重。寨主好做，熬不得這般疼痛。還帶我的紅帽子安穩。（末笑介）若戴得此盔，我也先戴了。（丑）阿呀，列位哥，方纔我戴子個頂盔，好像東京人事，逐點逐點收攏來哉。（末）列位，我們將他做個難人法兒，但遇客商過去，有買路錢的放他過去。如無買路錢就與他戴了，壓倒了，他東西就是我們的了。（衆）説得有理。

【節節高】强梁勇猛人，會一家。殺人放火張威霸。行劫掠，聚草粮，屯人馬。慣戰武藝都瀟灑，從來賊膽天來大。猶如猛虎離山窩，聞風那個不驚怕？（同下）

上山

【醉羅哥】（生上）那日那日離都下，流落流落在天涯。畫影圖形遍挨查，到處都張掛。我把草爲裀褥、橋爲住家。山花當飯，溪水當茶。我陀滿興福今日至於此耶？那些個一刻千金價。（内吶喊介）（生）呀！兵戈擾，道路賒，幾番回首望京華。

（衆嘍囉上）望京華，望京華，全憑劫掠作生涯。若無金銀來買路，一刀兩段掩黄沙。（生）你每這夥是什麽人？（丑）呔，青天白日不帶眼珠子出來。我們麽杭州人，説話無非要丢兒的。（生）原來你們這一夥，都是剪徑的毛賊麽？（丑）見籃裏勾表號，纔不俚題子出來哉。（生）我行路辛苦，肚中飢餓，有好酒飯拏來與我吃，有銀錢送些與我做盤纏。（丑）壞哉，壞哉，倒替土地討起三牲紙陌來哉。個是那説？（末）他是説大話的，叫他殺得過我們，與你東西。（丑）吓！呔，你若要東西，殺得我們過，不點儈拉呸。（生）那個敢來？（净與生殺介）（倒介）（丑）完了，完了。倒了虎頭山的架子。待我去拿他，要活的就是活的，要死的就是死的。呔，看刀。（與生殺丑跪倒介）（衆）不是這樣，我們一齊上，叫他雙拳不敵四手。（衆）説得有理。（生）你每都來。（衆戰俱倒介）（丑）阿呀，殺他不過。拿難人法來。（衆）拿便拿去，你不要怕他。（丑作抖介）（衆）不要抖。（丑）不抖如何？（衆）好。（丑又作抖跪介）（生）盤纏來。（丑）請壯士戴一戴。（衆）怎麽跪他？（丑）弗知那亨軟子下來哉。（生）吓！這夥毛賊那裏來的這頂金盔，包裹内放他不下，待我踹碎了罷。（衆）請壯士戴一戴。（生）你們要我戴麽？（衆）正是。（丑）一發拿勾劍拉，俚拿子便如法起來哉耶。（丑將劍與生介）太上老君，急急如令敕。阿有點頭痛？（生）爲什麽頭痛？（衆）阿有點眼花？（生）也不眼花。（丑）阿呀，個是真命强盜哉。（衆）真命寨主。（生）盤纏來。（衆）要盤纏，隨我進山去便有。（生）就隨你去。（衆作轉介）壯士，你來得去不得了。（生）哇！我要來自來，要去自去。誰敢攔阻？（丑）我這裏虎頭山，山前有九州，山後有九州，二九一十六州。（衆）一十八州。（丑）啐，俚新來晚到，弗知坑缸井灶，落個兩州拉珄，换點荳腐白酒吃吃，也是好個。（衆）壯士，我每虎頭山上一十八州自種自吃，不納稅粮。有五百名嘍囉，少個寨主。留壯士在此，做個寨主如何？（生）你們要我在此做個寨主麽？（衆）正是。（生）你衆人且退後。（衆）吓。（生）且住，如今朝廷畫影圖形拿我，無處安身，莫若在此權住幾時，再作道理。叫衆嘍囉，既要我在此做寨主，須要聽我約束。（丑）弗對個。（衆）怎麽呢？（丑）前日子有一個人叫我阿伯，我弗肯，我倒要叫你阿叔。（衆）號令爲之約束。請壯士留名。（生）我姓蔣，雙名世昌。（衆）如此，我每就扯蔣大王旗號便了。（生）叫衆嘍囉。（衆）有。（生）

【紅繡鞋】本爲蓋世英雄，英雄。奸邪疾妒難容，難容。萬山深處隱其踪。不是路，且相從。屯作蟻，聚威風。屯作蟻，聚威風。（衆同下）

請　醫

（末上）貧無達士將金贈，病有良醫説藥方。自家乃招商店中王公便是。前日我店中歇下個秀才和一位娘子，因在途中失了一個親人，得了一個佳人。憂鬱驚恐，七情感傷，竟染成一病。那娘子着我請個先生看看，不免就去走遭。不多三五步，咫尺是他家。來此已是。先生在家麽？（浄内）囉個？（末）請先生去看病的。（浄）弗拉屋裏。（末）那里去了？（浄）医□□人了，到縣前去出官哉。（末）什麽説話？（浄）呧虱有幾個人虱。（末）只有老漢一人。（浄）少來，再叫兩個來，好扛我去。（末）爲何？（浄）脚浪生子天泡瘡了，走弗動。（末）怎麽自己不医好了？（浄）呧，阿曉得盧医不自医。（末）休得取笑，快些出來。（浄）上來哉。

【水底魚犯】（浄）四代行醫。（末）先生只有三代吓。（浄）弗瞞呧説，昨夜頭添子一個阿孫哉。三方人盡知。（末）四方吓。（浄）個一方不我医絶子種哉。不論貴賤。請着即便醫。盧醫扁鵲，料他直恁的？人人道我催命鬼。

我做郎中真熟慣，下藥之時不懶慢。熱病與他柴胡湯，冷病與他五苓散。医得東邊纔出喪，西邊又入斂。南邊買棺材，北邊又氣斷。若論我里做郎中，十個醫殺九個半。（末）先生。（浄）你是何人來請我，想必也是該死漢。囉個嘘？（開門介）阿呀，老伯伯裏面請坐。（末）先生請了。（浄）老伯伯唱喏，請坐。（末）有坐。先生，你在那裏自言自語説些什麽？（浄）學生姓翁，家住橋東。燒人個是我隔壁鄰舍，做棺材個是我丈人搭子。伯公，我若弗送殺介兩個，叫我裏丈人、鄰舍只好喝西風。（末）休得取笑。（浄）請問老伯伯尊姓？（末）老漢乃招商店中王公。（浄）吓，呧是個人吓是鬼介？（末）我是人吓。（浄）我記得呧吃歇我一貼藥個吓。（末）吃了先生的藥就好了。（浄）好哉，個是千中選一虱噓。（末）什麽説話？（净）囉個有病了？（末）我店中有個秀才染病，特請先生去看看。（净）介没吃子茶勒去。（末）不消了。（净）介先有慢。（末）好説。（净）阿二，背子藥箱去看病。（内）弗拉屋裏。（净）阿呀，故嘿那處，小兒不在家，無人背藥箱嘿那。（末）老漢背了去罷。（净）那哼好，得罪㕶介。（末）何妨？（净）介没權當小兒哉噓。（末）説什麽話，快些拿出來。（净）吠，是哉。介嘿背好子，喂，阿聽得看好子屋裏？我去看個病就來。個有人來請我看病，上子水牌嘿是哉。（内）是哉。（净走出門介）（末）先生打這條路走了罷。（净）走弗得，走弗得。（末）爲何？（净）幾里医殺子人個哉，打壇上走子罷。（末）使得。（净）王伯伯，此地嚍做一出話靶拉裏。（末）什麽話靶？（净）個一日出去看病，打幾里走過，只看見多哈男兒拉㐴踢球，一個球偏偏滚拉我脚跟頭，我就隨手一脚踢子破棺材裏去哉。個個男兒拿我一把吊牢子，説要還我個球來，還我個球來。我説：弗翻道，等我來拾還子，嘿是哉。姜姜伸個手拉棺材裏去，個個死人一把扯牢子我。（末）阿唷唷！這便怎麽處？（净）我對㕶噓説道：先生，我在生時吃子㕶個煎劑藥殺子我，那間個一丸滚痰丸，再來弗得個哉。（末）如此，打大街上走了罷。（净）大街上益發去弗得。（末）爲什麽？（净）嚍醫殺子人拉㐴個。（末）什麽病死的？（净）一家人家請我看病，個個人拉㐴罰瘧，我認子俚是傷寒症了，説：弗翻道，個吃子我一帖藥就好。㕶㐴去買一擔艾得來，替我打子一大條艾絨草薦，拿個病人放拉當中子，谷碌碌一捲，兩頭點起火來一燒，竟燒子百家姓上一句書出來哉。（末）那一句呢？（净）燒得他烏焦巴弓。（末）如此説，是燒死了？（净）嗨，也弗是活個哉。阿呀呀，一掀掀炒得亂縱横，説：個個瘟郎中醫殺子人哉，捉俚得來鎖拉死人脚浪，告俚當官去。（末）這便怎麽處？（浄）還虧内中一個老者走得出來，説道：列位醫家有割股之心，難道是俚要醫殺了？介没斷俚買棺材入殮，燒化子便罷。呸曉得。我囉裏來個銅錢銀子買棺材？只得拿大門前個一隻藥櫃，得來放個死人，來哈當子棺材，亦要叫人來扛。叫弗起人，就是我俚親丁四人。（末）那四人？（浄）是我家主婆、小兒、兒媳哉扛子棺材，我俚老家主婆説道：喂，老個，我俚又心好哉，唱介隻蒿里歌接接力罷。我説道：使得個。我就第一個來哉，説道：（唱）我做郎中命運低，蒿里又蒿里。（白）我俚老家主婆來哉，説道：（唱）你醫死了人兒連累着妻，蒿里又蒿里。（白）呸猜我俚個强種，拿個扛棒得來，對子地下一甩，説道：（唱）呸醫殺子胖個扛不動，蒿里又蒿里。（白）我俚兒媳好孝順得極。走得來，對子我深深裏介一福倒，説道：公爹，（唱）從今只揀瘦人醫，蒿里又蒿里。（末）休得取笑，這裏是了。（浄）吓，介没呸先進去説一聲，拿個藥箱得來，等我來打個磕銃哩介。（坐藥箱上介）（末）官人、娘子有請。（旦扶小生上）

【引】世亂人荒，幸脱離天羅地網。

（小生坐介）（末）娘子，醫生請到了。（旦）公公，官人病虚之人，叫他悄悄進來。（末）曉得吓。先生。（浄）阿呀，啐啐！囉個？（末）先生爲什麽打起睡來？（浄）弗要説起。我正拉裏做夢，不呸喊醒哉。（末）夢見什麽？（浄）夢見老壽星拖牢子我，要討藥吃。我説：『呸老壽星没吃僐藥？』俚説道：『我活得弗耐煩哉了，藥殺子我罷。』（末）休得取笑。先生，娘子説官人是病虚之人，有話悄悄的説。（浄）我在行麽。（末）娘子，先生來了。（浄）王伯伯，官人個病弗好個哉。（末）爲何？（浄）有個催死鬼弎門前了。（末）這就是娘子。（浄）個位就是娘子偖？（末）正是。（浄）介嘿藥罐唱喏。（末）什麼藥罐？（浄）既弗是藥罐，爲偖了官人煎藥得希乾？（末）什麼説話？（浄）王伯伯，個個就是病人麼？（末）正是。（浄）測測能，他是病虚之人嘘。（喊介）呔！（末）先生，叫你悄悄的，爲什麼嚷將起來？（浄）那故是我俚做郎中個法門，是介一拍一喊，一身冷汗先出，好子一半哉。（末）有如此妙法？（浄）提起脚來把脈。（末）脚上那有脈息？（浄）有素説個，病從根脚起哟。（末）是吓。（浄）啊唷！個雙靴囃該吃貼藥。（末）靴怎麼吃起藥來？（浄）阿曉得我是醫皮郎中了。（末）先生，快些看脈。（旦）官人伸出手來，與先生看脈。（浄）阿呀，無用個哉。（末）爲何？（浄）小膀冷個哉。（末）這是手。（浄）便介了，無得膀肚腸子個，等我來把脈哉。（坐介）喂，王伯伯：

【柰子花】他犯着産後驚風，莫不是月數不通？

（末）先生來。（浄）那哼？（末）他是男人，怎麼倒説了女科上去了？（浄）話靶，話靶。我手呢把子官人個脈，眼睛看子娘子了，説子女科浪去哉。（末）用心些。（浄）那間等我看子手浪嘿是哉。（末）這便纔是。（浄）阿呀！咤異，弗好哉！（末、旦）爲什麼？（浄）哪！

【駐馬聽】脈息昏沉，兩手如冰謊死人！（末、旦）這便怎麼處？（浄）無用個哉。叫幾個尼姑和尚，叮叮咚咚，做些功德送出南門。再叫幾個道士，拉鬼門關上去招魂。叫幾個木匠，乒乒乓乓，忙把棺材釘。釘呸個腦蓋骨。哭嘘！（旦哭介）官人吓！（浄）連哭兩三聲。快點叫！

（末、旦）官人吓，官人！（净）再叫兩三聲。住乩，住乩。娘子，官人個隻手阿曾動？（旦）没有動。（净）王伯伯，官人個隻手阿曾動？（末）不曾動。（净笑介）介没弗要慌。是我差拿了手背，你慌則甚？

話靶，話靶。我做子一生一世個郎中，再弗曉得手背浪，竟無得脈息個。（末）阿唷，阿唷！人都被你嚇死了！（净）把脈是把弗着個哉，倒弗如猜子罷。（末）須要仔細些。（净）

【剔銀燈】他滿身上如湯似火燒？（旦）不熱。（净）阿冷介？（旦）也不冷。（净）弗冷弗熱，只怕是瘟病哉？口兒裏常常乾燥？（旦）也不乾燥。（净）終朝飯食都不要？（旦）略吃些。（净）介嘿撞着子餓殺鬼哉。耳聽得蟬鳴聲噪？（旦）不聲噪吓。（净）咳！心焦？（旦）也不心焦吓。（净）啐！出來，我是猜弗着了。心焦耶關得㕶乩倷事？莫不是病癆？（旦、末）都不是。（净）都不是，不醫便了。

（走介）（末扯介）先生，藥也没有下，怎麽要去了？（净）㕶一定要我醫倷？（末）正是。（净）介没走開點，倷開㕶個屁股圈，來看看㕶生倷個病吓？（旦）官人看仔細。（末）先生，還是仔細看一看。（净）脈也把弗着，猜也猜弗着，弗如等我打殺子俚，一命抵一命罷。（末）先生，還請尊重些。（净）弗是喲。王伯伯，自古道：明醫暗卜。㕶對我説子官人個病那哼起個，我嘿就好下藥哉。嚜只是要叫我猜，就猜到開年介日脚，也猜弗着喂。（末）如此。先生，我對你説了，你不要説我告訴你的。（净）是哉，弗説出來嘿是哉。（末）那秀才呢，只因亂離時世，在中途失了一個親人，得了一個佳人，憂鬱驚恐、七情感傷上去病症。（浄）是介個道理拉哈吓。喂，王伯伯，我有個啣絲把脈拉裏。（末）怎麼叫做啣絲把脈呢？（浄）個是我俚祖上傳留下來個。假如到宮裏去看王后娘娘，把脈也拿個隻手刺上去個，就弗雅相哉。（末）不然怎麼樣？（浄）哪，只要用腰裏個條絲縧，一頭官人啣拉咮裏子，我聽介，聽没就曉得官人個病原哉。（末）如此，先生解下來，官人人在口中。（浄）叫官人啣牢子，咬緊子繩頭，好把脈。㕶㕶，㕶是介個原故了，曉得哉，放子罷。娘子，官人個病體在亂離時世，路途中失了一個親人，得了一個佳人，憂愁驚恐，七情感傷起的病麼？（旦）先生，真正是神仙了。（浄）㕶虱孫子没神仙，王伯伯對我説個。（末）啐！怎麼説出我來吓？（浄）我若弗説㕶出來，就是個没人之德哉耶。（末）先生，不要取笑了，快些下藥罷。（浄）是哉，等我來下藥哉。咤咤咤，多時弗開藥箱，老蟲做子窠哈哉。啤！拿得去，個叫做八寶飛龍奪命丹，九千三百四十七兩三錢五分二釐六毫半銀子合虱個，不拉官人放拉舌頭上，唾津咽下去。（末）官人，唾津咽下去。（小生吃吐介）（末、旦）阿呀，吐了。（浄）虛弱得極哉，所以胃口纔倒哉。娘子也吃個一服。（旦）没有病，吃他怎麼？（浄）吃子個藥，再弗遺精白濁個。（末）休得取笑。（旦吃吐介）（末）娘子也吐了。（浄）姣寡了，伏侍官人辛苦，所以也吐哉。王伯伯㕶嚷吃點。（末）老漢没有病，吃他怎麼？（浄）㕶吃子我個藥没，少弗得有病個哟。（末）不要吃，不要吃。（浄）介個老老弗在行，虱來吃子個個藥，齒落重生，髮白再黑虱來。（末）這樣好的。如此，先生多把些，多把些。（浄）乍方纔没弗要，聽見説得好子。先生多把些，多把些！來，大大能個撮一把得去，放拉舌頭上，唾津咽下去。（末吃吐介）阿呀呀！吃不得的！（淨）啐！出來，費子幾哈銅錢銀子合厾個藥，那説呧也吐，我也吐！個個意思，要賴我個藥錢傍？（末）吃了下去，就吐了嘿。（淨）啐！藥阿弗會吃，那哼好生病？走開點，等我來吃拉呧厾看。（末）吃與我每看看。（淨）吃藥嘿有個吃法個哪，伸長子個頭頸，張開子咮，大大能介撮一把，放拉舌頭浪，唾津咽下去。（作鬼臉吃介）如何阿？是弗吐？（又吃介）（末）果然不吐。（淨惡心介）（末）先生敢是要吐了？（淨）弗吐，弗吐。就要吐，還要歇介掀厾來。（吐介）（末）先生也吐了。（淨）纔是呧催得慌子了，拿差哉，拿子我俚家主婆個勃脚礬哉。（末）休得取笑。先生，如今再寫個藥方。（淨）弗要寫得個喲，纔拉呧身上記子去罷。（末）怎麽在我身上？（淨）巴頭柴胡，吹口氣。（末吹介）（淨）馬屁勃、杜仲、桔梗、浪宕子、牛膝、狗脚跡、牽牛、貝母、川芎。（末）阿唷，可有什麽子？（淨）没有了，阿是纔記得個哉。娘子，扶子官人進去罷。（末）便是，扶了官人進去罷。（旦扶介）官人，看仔細。（小生、旦下）（淨）喂，王伯伯，便介了。官人個病弗好，有介個妖怪拉屋裏了。我拉茅山去燒香，學得個捉鬼法拉裏，阿要替你厾捉子出去。（末）極好的了。（淨）介嘿呧厾走開點吓。我是用菖蒲劍個噓。（畫符介）等我畫道符，捉子出去没是哉。我奉太上老君急急如律令敕！（將扇打介）拉裏哉，放拉呧厾老親娘房裏子罷。（末）使不得。先生，放在外邊去。（淨）要我放拉外頭去傍？（末）正是。（淨）介嘿跟我來，走，走，走。王伯伯，呧説聲放没，我就放哉。（末）吓，放！（淨）響點。（末）放！（淨）再響點。（末）放！（淨）放呧厾娘個狗臭屁！（下）（末）嗨！這樣人也要做什麽醫生吓！（下）

續綴白裘

《續綴白裘》（又名《綴白裘續集》）之『崑腔拾錦』月集收録《拜月亭記》（劇名原題作《幽閨記》）之《曠野奇逢》一齣，輯録如下。

曠野奇逢

【金蓮子】（旦）古今愁，古今愁，誰似我目下這樣愁？聽軍馬驟，聽軍馬驟，人亂語稠。向深林中逃難，恐有人搜。〔一〕（旦下）

【前腔】（生）百忙裏散去，差了路頭。尋妹子不見，教我怎措手？瑞蓮！（旦内應科）（生）神天祐，神天祐。這答應兒是有親骨肉，見了向前走。（又叫科）

〔一〕搜：原作『搜』，據《李卓吾先生批評幽閨記》改。

【菊花新】（旦應上）你是何人我是誰？（生）應了還應，呀！見又非。（旦）將咱小名提，進前去問他端的。

我只道是我母親，原來是個秀才。（生）我只道是我妹子，元來是一位娘子。（旦）呀！你不是我母親，如何叫我？（生）我自叫我瑞蓮，誰來叫你？

【古輪臺】（旦）自驚疑，相呼廝喚兩三回，瑞蘭和先輩不曾相識。（生）瑞蓮名兒本是卑人親妹。不知娘子因甚到此？（旦）妾因兵火急，離鄉故。（生）娘子如何獨行？（旦）母子隨遷往南避，中途相失。秀才在何處不見了令妹？（生）喊殺聲，各各逃生，電奔星馳。中途裏差池，因循尋至。應聲錯，偶逢伊。娘子不見了母親，小生不見了妹子。正是俱錯意，一般煩惱兩心知。

【前腔】（旦）名兒應錯了自先回。秀才那裏去？（生）急急便往跟尋，豈容遲滯？（旦）事到如今，事到頭來，怎生惜得羞恥？（拜科）念苦憐孤，救奴殘喘，帶奴離此免災危。我也不忘你的恩義。（生）如了你方纔説不見了令堂，遠遠望見一位媽媽來了。（旦回頭科）在那裏？（生近前看科）曠野間，曠野間，見獨自一個佳人，生得千嬌百媚。他又無夫無婿，眼見得落便宜。且待我詭他一詭，娘子，如何是，天色昏慘暮雲迷。

（旦慌科）〔一〕秀才，帶奴同行則個。（生）娘子差矣，我自家的妹子尚且顧不得，那帶得你？

【撲燈蛾】（生）自親妹不見影，自親妹不見影，他人怎相庇？（旦）秀才，你讀書也不曾？（生）秀才家何書不讀？（旦）書上説道，惻隱之心，人皆有之。既然讀詩書，惻隱心怎不周急也？（生）你只曉得有惻隱之心，那曉得有别嫌之禮？我是孤男，你是寡女，厮提着，厮提着，教人猜疑。（旦）亂軍中，亂軍中，有誰來問你？（生）緩急間，語言須是要支持。

【前腔】（旦）路中不擋攔，（生）路中若擋攔？（旦）路中若擋攔，可憐奴做兄妹。（生）兄妹固好，只是面貌不同，語言各别。有人厮盤問，教咱把甚言抵對也？（旦）没個道理。（生）既没道理，小生自去。（旦）有一個道理。（生）有甚麽道理？（旦）怕問時，（生）怕問時却怎麽？（旦）奴家害羞，説不出來。（生）娘子，没人在此，便説也何害？（旦）怕問時，權，（生）怎麽又不説了？權甚麽？（旦）權説是夫妻。（生）恁般説方纔可矣。便同行，訪踪窮跡去尋覓。

【尾聲】（旦）今日得君提掇起，免使一身在污泥。（生）久後常思受苦時。（生）半路兄尋妹，中途母棄兒。（合）情知不是伴，事急且相隨。

〔一〕慌：原作「惜」，據《李卓吾先生批評幽閨記》改。

附録二　隻曲輯録

目録

舊編南九宫譜

《舊編南九宫譜》所收《拜月亭記》隻曲，輯録如下。

【卜算子】病染身着地，氣咽魂離體。拆散鴛鴦兩處飛，多少銜寃意。

【羽調排歌】黯黯雲迷，寒天暮景，區區水涉山登。瀟瀟黄葉舞風輕，這樣愁煩不慣經。不忍聽，不美聽，聽得胡笳野外兩三聲。（和）風力勁，天氣冷，一程分作兩程行。

【三疊排歌】前路梗，行步生，那更天將暝。憂心戰兢兢，傷情淚盈盈。那些兒悽慘，那些兒寂寞，清風明月最關情。無人來往冷清清，叫地不聞天不應。不忍聽，不美聽，聽的疏鐘山外兩三聲。（和）風力勁，天氣冷，一程分作兩程行。

【望梅花】瑞蘭，叫的我不絶口，喊殺聲流民四走。荒急便尋，不知個所有。此間無，多應是在前頭。

【撼亭秋】短亭長亭，去知幾。在旅邸過寒食，只見點點殘紅飛絮白。夕陽影裏啼蜀魄。家鄉遠心謾憶，回首雲煙隔。

【上馬踢】干戈動地來，車駕遷都汴。兒夫往上京，路遥人又遠。軍馬臨城，無計將身免。這苦怎言？禍不單行，中路上兒不見。

【攤破月兒高】喊殺連天，骨肉怎相戀？自古常言道，人離鄉賤。到得今朝平安幸非淺。是則是我身狼狽，眼前遭迍邅。

【鑾江令】煩惱多歷遍，憂愁怎脱免？眼兒哭得損，脚兒行得倦。五里十里，一日過如年。但願前途去，早早得達親眷。

【涼草虫】勁風寒四合，暮煙昏慘慘，彤雲布晚天變。只愁向長空舞絮綿，去心中如箭。旅舍全無，今宵何處安眠？

【臘梅花】孟津駐舍黄河岸邊，乘船走馬十分便。子母忙向前。可憐見窮面。望借安泊與周全。

【惜黄花】中都路是本鄉，車駕遷南往。一程程到廣陽，特來相訪。小可勞覆尊長，有何事厮問賞？買貨物請商量，要安下却又何妨。若是問行人，道是如何模樣？

【綵山月】守正處寒廬，勤苦誦詩書。盼春闈身進踐榮途。奈雙親服制，功名未遂，敢仰天呼。

【喜遷鶯】紗窗清曉。睡覺起傷心，有恨無言。淚眼星睛，愁眉難展，還又度日如年。他那裏相思無限，我這裏煩惱無邊。是怎生，夢魂中欲見無由得見。

【七娘兒】生居畫閣蘭堂裏，正青春歲方及笄。家世簪纓，儀容嬌媚，那堪身在歡娛地。

【玉芙蓉】胸中書富五車，筆下句高千古。鎮朝經暮史，寐晚興夙。擬蟾宫折桂重梯步，得求官奈何服制拘？教人怨，怨不沾寸禄。望當今聖明天子詔賢書。

【刷子序】書齋數椽，良田儘可，隨分饘粥。世態紛紛，争如静守閑居。勤劬。事業學成文武，事皇朝方展天都。但有個抱藝懷才，那得他滄海遺珠？

【錦纏道】髻雲堆，珠翠簇，蘭姿蕙質。香肌襯羅衣。黛眉長，盈盈眼横秋水。鞋至上冠兒至底，諸餘没半星兒不美。針指暫閑時，向花朝月夕，丫環侍婢隨。好景須歡會，四時不負佳致。

【朱奴兒】春名園奇葩異卉，夏冰館浮瓜沉李。秋玩蟾光折桂枝，逢冬景賞雪觀梅。知他是愁，唤做甚末的？總不解愁滋味。

【普天樂】叫得我氣全無，哭得我聲難語。兩頭來往走到千百步，兄安在妾是何如？真所謂困旅窮途，須念我，須念我爹娘身故。我須是你一蒂一瓜親骨肉，你好割得斷兄妹腸肚。

將奴家閃在這裏。進也無門，退又無所。

【小桃紅】大道上難前去，小路裏權揣伏。遥望窩梁三兩間茅簷屋。轉彎環野徑休辭苦。暫安身稍避風和雨，多管是村野民居。

【滿江紅急】身遭兵火，兄妹逃生受奔波。怎禁他風雨摧殘，田地上坎坷。泥滑路生行未多，軍馬追及怎奈何。教我彈淚顆，冒雨衝風，沿山轉坡。

【么篇】大喊一聲過，唬得我獐狂鼠竄。那裏去了也，哥哥怎生撇下我？此身無處安存，無門可躲。

【思園春】久阻尊顔想念勤，此逢將謂是夢和魂。我是那不因親者女，今日個强來親。子母夫妻若散雲，無心中完聚怎由人。

【古輪臺】自驚疑，相呼厮喚兩三回。瑞蘭和先輩不曾相識。瑞蓮名兒，本是卑人親妹。妾因兵火急，離鄉里。子母隨遷往南避，中途相失。喊殺聲各各逃生，電奔星馳。中路差遲，因循尋至，應聲偶逢伊。俱錯意，一般煩惱兩心知。

【撲燈蛾】自親不見影，他人怎周庇？既然讀詩書，惻隱心怎不周急也？我是個孤兒，你是個寡女，厮趕着教人猜疑。亂軍中誰人來問你？緩急間語言須是要支持。

【念佛子】窮秀才夫和婦，爲士馬逃難登途。望相憐壯士略放一路。捉住，自枉説閑言語，買路錢留下金珠。稍遲延便教身死在須臾。

【好孩兒】恨不得掘地討天，見樹邊人端然。土地公公塑在花園。許金錢，指去鞭。歹人那裏見，那裏見？

【粉孩兒】匆匆的離皇朝，心不穩。棄家私老小，去得安忍？情知國難見大臣，不隄防萬馬千軍犯連城。人去民逃生，常言道龍鬬魚損。

【耍孩兒】我一言説不盡。向招商店，肯分的遇着家尊。我尋思眼巴巴人遠天涯近。他那裏千般恨。休只管叨叨問。

【會陽河】有甚争差，且息怒嗔。閑言閑語總休論。賤妾不避責罰，片言語陳。難得見今朝分。甚時除了我心中恨？甚時除了我心間悶？

【漁家傲】全不念去國愁人受慘悽。淋淋的雨若盆傾，風如箭急。侍妾從人皆星散，各逃一個生計。身居在華屋高堂，但尋常遇着珠繞翠圍。那曾經地冷天寒受苦時。

【剔銀燈】迢迢路不知是那裏？前途去安身在何處？一點雨間着一行恓惶淚，一陣風助着我一聲聲愁氣。雲低。天色漸晚，子母命尤兀自未知。

【攤破地錦花】繡鞋兒，分不得幫和底。一步步提，百忙裏褪了根兒。冒雪盪風，帶水拖泥。步難移，全然無些氣和力。

【麻婆子】路途路途行不慣，心驚胆顫催。地冷地冷行不上，人荒亂語催。年高力弱怎支持？泥滑跌倒凍田地。款款扶將起，心急步行遲。

【鮑老兒】朝廷當時警捕急，閃避在圍牆裏。若非恩人救難危，險赴法雲陽市。相逢狹路難回避，這言語古來提。連忙准備排筵席，歡來不似今日。酒浮嫩醅，壓驚解乏休要推。寒色告些飲半杯。非詐僞，量淺窄休央及。

【三登樂】世亂人荒，幸脱離天羅地網。不隄防病染這場。事不寧，身未穩，天降餘殃。淹留旅邸，望河南怎往？

【步蟾宫】龍潭虎窟愁難數，更染病耽疾羈旅。分別夫婦兩南北，誰念我無窮淒楚？

【梁州賺】且與我留人，押回來問他個詳細。你家住在那裏？工商農種學文藝？通詩禮，鄉進士州庠屢魁。中都路離城三里。閑居，因兵棄家無所倚。聽説仔細。

【紅衲襖】繡裙兒寬褪了摺。爲傷春憔悴了些。近日龐兒瘦成勞怯。這些時又不曾傷着夏月。姊妹門非見邪，斟量着不爲別，不爲別。你則多應爲那姐夫尋思，別無甚話兒説。

【孤雁飛】聖恩詔旨從天降，遍遐邇萬民欽仰。宥極刑身有重生望，散群寇與群黨。回凶就吉，轉禍爲祥。前臨帝輦，絶却親黨。回首家鄉，無父娘。感傷，尋思着雨涙千行。

【薄媚衮】聽人報軍馬近城，只得遷都汴。今晚士民，不許一人落後在京輦。生長昇平，誰曾慣遭離亂。苦怎言？膽戰心驚，如何可免？
【番竹馬】喊聲漫山漫野，招颭皂旗萬點寒鴉。千户萬户每領雄兵，圍繞中都城下。見敵樓上無個人披掛，都還移離京華。前驅奮武征伐，盡攬轡扳鞍，加鞭催馬。要逃生除是翅雙插，直追到海角天涯。馬兒呀，金鞍玉勒，斜踏着寶鐙菱花。
【金蓮子】古今愁，誰似我目下這般樣憂？聽軍馬驟，人鬧語稠。向深林中躲避，只恐怕有人搜。
【么篇】百忙裏散失，差了路頭。尋不見覓不着，怎措手？謝神天祐，這荅兒是有。親骨肉見了，只得向前走。
【五様錦】（【臘梅花】【香羅帶】【刮古令】【梧葉兒】【好姐姐】）因緣將謂五百年眷屬，十生九死成歡聚。經艱歷險，幸然無虞也。止望否極生泰，禍絶受福。末後尚有如是苦。急浪狂風，風吹折並根連枝樹，浪打散鴛鴦兩處孤。
【羅帶兒】（【香羅帶】頭、【梧葉兒】尾）妾身本宦族，京城久居。爲侵邊犯闕軍奮武，君臣遷徙離中都也。散亂人逃避，奔程途。家無主，去無所。磣可可千生受萬辛苦。今宵得暫安宿，可憐見子母每天寒在這路途。
【青衲襖】幾時得煩惱絶？幾時得離恨徹？本待要去散悶，閑行到臺榭。傷情對景腸寸結。待撇來怎忍撇？待割捨難割捨。沉吟教我倚遍欄干，萬感情切，都做了那長吁嘆嗟。

【絳都春】擔煩受惱。豈容易，共伊得到今朝。有分憂愁，無緣歡笑何時了？他那裏長吁短嘆，我也心自曉。有甚真情深奥？則爲這禮法所制，人非土木，待説來難道。

【水仙子】眼又昏，天將瞑。趁聲兒向前打認。渾身上雨水淋漓，盡皆泥濘。生來這苦何曾慣經？

【么篇】眼見是錯十分定。事無可奈，只得向前陪些下情。年高人，怎生行得山徑？瑞蓮款款扶着娘娘慢行。

【刮地風】舉止與我孩兒不恁爭，厮跟去你心肯？情愿做奴爲婢身多幸，怎敢指望做兒稱？干戈寧静，同往神京。謝深恩，感深恩，救取奴命。天昏地慘迷去程，就此處權停。

【降黄龍】宦勢門楣，寒士尋常，望若雲霄。時移事遷，地覆天翻，君去民逃。多嬌。此時相見，料想我和你姻緣非小。做夫妻相呼厮唤，怎生任消？

【黄龍衮】不肯負情薄，隨順教人笑。空使我沉吟，迷留没亂羞难道。喜时模樣，愁時容貌。燈兒下越看着越俏俏。

【玉漏遲】得寵思辱，想其時駕遷民移前去。父母妻兒，散離值此天時。是多少吃辛受苦，是多少亡家失所，今日幸得畫堂深處。

【杏花天】曲江賜罷瓊林宴，稱藍袍宮花帽偏。玉鞭裊裊如龍騎，簇擁着傳呼狀元。

【小桃紅】狀元執盞與嬋娟，滿捧着金杯勸也。厚意慇懃，到此身邊，何異遇神仙？輕輕將袖兒掀，露春纖，盞兒拈，低嬌面也。真個似柳如花，柳和花鬬争妍。

【下山虎】大人家體面，委實多般。有眼何曾見？懶能向前。他那裏弄盞傳杯，恁般靦覥。我這裏新人忒煞乾，待推怎地展？争奈這主婚人不見憐。配合夫妻事，事非偶然。好惡姻緣都在天。

【二犯排歌】文官狀元，武官狀元。兩姨處相回勸，不想這搭兒裏重會再見。久别你先夫是誰過愆？早忘了當初囑付言。偏我意堅，方纔及第，如何便接了絲鞭？有的話兒，但只問你妹子瑞蓮。

【五般宜】他爲你晝忘餐夜無眠，他爲你悽慘慘淚漣漣。天教你重完聚續斷絃。這夫妻非同偶然。尊嫂别來康健，夫妻每再圓。伏望相公夫人作個周全。

【本宫賺】若説武人，前程萬里功名遠。儒人秀才，一個個窮似范丹和原憲。看奴面，不肯嫁人怎趁錢？壞人道業心不善。福分淺，棄嫌我怎與他成姻眷？事成生變。

【鬬蛤蟆】古質漢村情性，事有萬千。説的話没些兒款曲宛轉。只好再等三年後，嫁一個風流俏的狀元。休記先，休記寃。欲配新親，未敢自專。

【五韻美】兄妹間，苦難勸。媒人議説須再三，説教他事體重完。你好隨機應變，看待我十分輕鮮。看我虎符金牌向腰内懸。没一個因由，告人勸免。

【羅帳裏坐】徉呆着盡教他惟我展。教文武兩全，將相雙權。不依從事，抗敕遠宣。少年夫婦兩團圓，拜月亭前謝天。

【江頭送別】天台路，當日降臨二仙。桃花岸，武陵溪賺入劉阮。不争再把程途踐，仙凡自此隔遠。

【章臺柳】情既緊，言又窘。我斟量非奸即是盜賊，逃身潛地奔。無故入人家，有甚事因？休得要湜花唇。稍虚詞，告有司推訊。

【醉娘子】聽其言，此情實爲可憫。看他貌英雄出輩群。休嫌俺秀士貧，我和你弟兄兩個相識認。他日須記取今危困。

【雁過南樓】此間難容汝身，但人知彼此遭迍。無物贈君，有些〻小鋑銀，休嫌少望留休哂。莫辭苦辛，朝行暮隱，更名姓向外州他郡。

【丞相賢】彎弓馳騎射雙雕，武勇超群膽氣高。紫袍金帶非同小。我如今見隨朝，兵部尚書官養老。

【趙皮鞋】我是一個巡警官，日夜差使千萬般。俸錢些〻小甚曾寬，怎熬的三年官債滿？

【二郎神】拜新月，寶鼎中名香滿爇。只願我抛閃下男兒疾較些，得再睹同歡共悦。我這裏悄悄輕將衣袂扯。却不道小鬼頭春心動也。那喬怯，無言俛首，紅滿腮頰。

【山坡羊】翠巍巍雲山一帶，碧澄澄寒波幾派。深密密煙林數簇，滴溜溜的黄葉飄敗。一兩陣風，聽得三五聲過雁哀。傷心對景愁無奈。回首望家鄉，珠淚滿腮。情懷，急煎煎悶似海。形骸，骨岩岩瘦似柴。

【水紅花】憶昔歌舞宴樓臺，會金釵，歡娱難再。思之詩酒看書齋，命多災，風光難再。母親知他何處，尊父阻隔天涯。不能勾千里故人來也囉。

【梧桐花】徙黎民，遷臣宰，天子蒙塵盡遠邁。雕欄玉砌今何在？想着那畫閣蘭堂巧安排，都做了草舍茅簷這境界。怎教人還得盡悽惶債？

【金梧桐】這廝忒倚官，這廝忒挾勢。便死後如何，欺負我是窮儒。我這裏病轉增，他那裏愁無際。旅店郵亭，兩下裏人憔悴。怎教我忍的住悽惶淚？

【鶯集御林春】（【鶯啼序】【集賢賓】【簇御林】【春三柳】）恰纔亂掩胡遮，事到如今漏泄。姊妹心腸休間別，夫妻上莫不有些周摺？教我難推怎阻，我一星星對伊仔細從頭説。姓蔣名世隆，中都路是家。是我兒夫受儒業。

【四犯黄鶯兒】他直恁太情切，你十分忒軟怯。眼睁睁怎忍相抛撇。你枉自怨嗟，我無計可設。當不過搶來推去望前扯。意似虺蛇，性侶蝎螫，一言如何訴説。

【東風第一枝】宫日添長，壺冰結滿，仲冬天氣嚴寒。繡工閑却金針，紅爐畫閣人閑。金爐香裊，麗曲趁舞袖弓彎。錦帳中褥隱芙蓉，肯教鸚鵡杯乾？

【摧拍】受君恩身居總斑。食君禄争敢避難。此行非同小看。緝探上京虚實，便往邊關。漠漠平沙，路遠天寒。一别後涉水登山，今日去甚時還？

【賽觀音】雨兒催，風兒送。一旦裏家邦盡空。想富貴榮華如夢。哽咽傷心氣填胸。

【人月圓】途路裏奔走流民擁，膽戰魂飛心驚恐。風吹雨濕衣襟重，止不住雙雙珠淚湧。行不上，惟聞得戰鼓聲振蒼穹。

【新水令】淒涼逆旅人千里，這是縈牽怎生成寐？萬苦横心裏。睡不着，都做了枕邊淚。

【秋蕊香】半載縈牽方寸，何曾不淚滴眉顰。欲語難言信難問，即漸裏懨懨瘦損。

【銷金帳】黄昏悄悄，助冷風兒起。想今朝思向日，一似這般時節，這般天氣。羊羔美酒，銷金帳裏。世亂人荒，急急的離鄉里。如今怎生，怎生街頭上睡？

【嘉慶子】你一雙子母無所傍。更雨緊風寒怎當？心急也行程不上。人亂亂世荒荒，愁戚戚淚汪汪。

【尹令】那時又無倚仗，當時節又誰倚仗。其實有家難向，其實有親難傍。他東我西，地冷天寒事怎防？

【品令】逃生士民，在官道驛程傍。天色漸晚，陰雲黯穹蒼。匆匆正往，喊聲如雷響。各各奔走，都向這樹林坑。偷生苟免，瓦解星飛子離娘。

【豆葉黄】你一身眼下，見在誰行？隨着個秀才栖身。他是我的家長。誰是你的媒人？甚人主張？人在亂離時節，怎選的高門厮對相當？

【五供養】定省多半晌，聽的人言喧閙驚荒。遥觀巡捕軍，他都是棒和鎗。東西看了，更無處將身遮炕。見一所村莊舍矮圍牆，暫時權向此中藏。

【六么序】宮司遍榜，捕拿陀滿興福惡黨。正身拿住受官賞，一路裏尋踪跡、問形狀。見了休想我輕輕放。

【絮蝦蟆】摧挫。這艱共險、愁和悶要躲怎躲？到今日當有平地風波。驚惡。焰騰騰心上火。是誰人道與我？是如何愛富嫌貧，岳丈倚强凌弱。

【月上海棠】君子儒，文章學業馳名譽。但一心憂道，豈爲憂貧居？十年挨淡飯黄虀，終身享鼎食重裀。先賢語，果謂書中自有金玉。

【三棒鼓】一鞭行色望東京，兩國通和，無戰争。邊疆罷兵，邊烽罷警，不暫停。如今海晏河清也，重逢太平。

【金破歌】青包巾上野花兒插，白布衫肩綿套壓。山間路中若撞見咱，客商家，買路金珠多留下。

【柳絮飛】一干人盡誅戮，走了陀滿興福，興福。遍張文榜行諸處，多用心捉拿囚徒。鄰佑與窩主，停藏的罪同誅。

【二犯六么令】你是娘生父養，逆親言心向情郎。我向地獄相扶到得天堂，怎下得將他撇在没人客房。若是兩分張，放着個殘生命亡。

增定南九宫曲譜

《增定南九宫曲譜》(全名《增定查補南九宫十三調曲譜》,又名《南曲全譜》)所收《拜月亭記》隻曲,輯録如下。

【望梅花】叫的我不絶口,却被喊殺聲流民四走。荒急便尋,不知個所有。此間無,多應只在前頭。

【上馬踢】干戈動地來,車駕遷都汴。兒夫離帝京,路遥人又遠。軍馬臨城,無計將身免。這苦怎言?禍不單行,中路兒不見。

【月兒高】喊殺連天,骨肉怎相戀?自古常言道,人離鄉賤。到得今朝平安幸非淺。是則是我身狼狽,眼前受迍邅。

【蠻江令】煩惱都歷遍,憂愁怎脱免?眼兒哭得損,脚兒行得倦。五里十里,一日過如年。

但願前途去，早早逢親眷。
【涼草虫】勁風寒四合，暮煙昏慘慘，同雲布晚天變。只愁那長空舞絮綿，去心如箭。旅舍全無，今宵何處安眠？
【感亭秋】短長亭，去去知幾驛。逆旅中過寒食，見點點殘紅飛絮白。夕陽影裏啼蜀魄。（合）家鄉遠心漫憶，回首雲煙隔。
【羽調排歌】黯黯雲迷，寒天暮景，區區水涉山登。蕭蕭黄葉舞風輕，這樣愁煩不慣經。不忍聽，不美聽，聽得胡笳野外兩三聲。（合）風力勁，天氣冷，一程分做兩程行。
【三疊排歌】前路梗，行步生，那更天將暝。憂心戰兢兢，傷情淚盈盈。那些兒悽慘，那些兒寂寞，清風明月最關情。無人來往冷清清，叫地不聞天怎應？不忍聽，不美聽，聽得疏鐘山外兩三聲。（合）風力勁，天氣冷，一程分做兩程行。
【番鼓兒】老小人，老小人，年已七十歲。奉朝廷宣行敕旨，事屬安危。恨不肋生雙翅。兩頭白日，多只行三里五里。火速火速便馳驛，等回音星飛電急。
【惜黄花】中都路是本鄉，車駕遷南往。一程程到廣陽，特來相訪。小可敢覆尊丈，有何事厮問當？買物貨請商量，要安下却無妨。若是問尋人，道如何模樣？
【七娘子】生居畫閣蘭堂裏，正青春歲方及笄。家世簪纓，儀容嬌媚，那堪身處歡娛地。

【喜遷鶯】紗窗清曉，睡覺起傷心，有恨無言。淚眼空懸，愁眉難展，還又度日如年。他那裏相思無限，我這裏煩惱無邊。是怎生，夢魂中欲見無由得見。

【繚山月】守正處寒爐，勤苦誦詩書。盼春闈身進踐榮途。奈雙親服制，前程未遂，敢仰天呼。

【換頭】樂道安貧巨儒，嗟怨是何如？但孜孜有志倣鴻鵠。似藏珍韞匵，韜光隱跡，待價時沽。

【玉芙蓉】胸中書富五車，筆下句高千古。鎮朝經暮史，寐晚興夙。擬蟾宫折桂雲梯步，待求官奈何服制拘。教人怨、怨不沾寸禄。望當今聖明天子詔賢書。

【刷子序】書齋數椽，良田儘可，隨分饘粥。世態紛紛，争如静守閑居。勤劬。事業學成文武，事皇朝方展訏謨。但有個抱藝懷才，那得他滄海遺珠？

【錦纏道】髻雲堆，珠翠簇，蘭姿蕙質。香肌稱羅綺。黛眉長，盈盈照一泓秋水。鞋直上冠兒至底，諸餘没半星兒不美。針指暫閑時，花朝月夕，丫鬟侍婢隨。好景須歡會，四時端不負佳致。

【普天樂】叫得我氣全無，哭得我聲難語。兩頭來往到千百步，兄安在妾是何如？真所謂困旅窮途，須念我爹娘故。我須是一蒂一瓜親兒女，你好割得斷兄妹腸肚。閃下奴家在這裏。

進無門，退時還又無所。

【福馬郎】那時風寒雨又緊，正行裏喊聲如雷震。無處隱，急向林榔中走，道途上奔。其時亂紛紛。身難保，命難存。

【滿江紅急】身遭兵火，兄妹逃生受奔波。怎禁他風雨摧殘，田地坎坷。泥滑路生行未多，軍馬追急怎奈何？彈珠顆。冒雨衝風，沿山轉坡。大喊一聲過，唬得人獐狂鼠竄。那裏去也哥哥，怎生撇下了我？此身無處安存，無門可躲。

【東風第一枝】宮日添長，壺冰結滿，仲冬天氣嚴寒。繡工閑却金針，紅爐畫閣人閑。金爐香裊，麗曲趁舞袖弓彎。錦帳中褥隱芙蓉，肯教鸚鵡杯乾。

【催拍】受君恩身居從班。食君禄争敢避難。此行非同小看。緝探上京虛實，便往邊關。漠漠平沙，路遠天寒。一别後涉水登山，今日去甚時還？

【賽觀音】雨兒催，風兒送。嘆一旦家邦盡空。想富貴榮華如夢。哽咽傷心氣填胸。

【人月圓】途路裏奔走流民擁，膽喪魂飛心驚恐。風吹雨濕衣襟重，止不住雙雙珠淚湧。行不上，唯聞得戰鼓聲震蒼穹。

【四園春】久阻尊顏想念勤，此逢將謂是夢和魂。我是不應親者今日個强來親。子母夫妻若散雲，無心中完聚怎由人。

【駐雲飛】村釀新篘，要解愁腸須是酒。壺内馨香透，盞内清光溜。嗏！何必恁多羞？但略沾口，勉意休推，莫把眉兒皺。一醉能消心上愁。

【撲燈蛾】自親不見影，他人怎相庇？既然讀詩書，惻隱心怎不周急也？我是孤男你是寡女，廝趕着教人猜疑。亂軍中誰來問你？緩急間語言須是要支持。

【念佛子】窮秀才夫和婦，爲士馬逃避登途。望相憐壯士略放一路。捉住，枉説言語。買路錢且留下金珠。稍遲延，便教身死須臾。

【前腔換頭】區區。山行露宿，粥食無覓處。有盤纏肯相推阻？敢廝侮，窮酸餓儒，模樣須尋俗。應隨行，所有疾早分付。

【好孩兒】尋不見疾忙向前，搜索盡院邊牆邊。莫不是隱身法術是神仙？我走如煙，眼欲穿。（合）歹人恰是那裏見，歹人恰是那裏見。

【粉孩兒】匆匆的離皇朝心不穩。棄家私老小，去得安忍？只因國難識大臣，不隄防萬馬千軍犯都城。君去民逃，常言道龍鬬魚損。

【紅芍藥】兵擾攘阻隔關津。思量着役夢勞魂。眼見得家中受危困，望吾鄉有家難奔。孩兒歷盡苦共辛，娘逢人見人尋問。只愁伊舉目無親，父子每何處廝認？

【耍孩兒】我有一言説不盡。向日招商店，肯分地撞着家尊。我尋思他眼盼盼人遠天涯近。

爲甚的那壁千般恨，休只管叨叨問。

【會河陽】有甚争差，且息怒嗔，閑言語總休論。賤妾不避責罰，將片言語陳。難得見今朝分。甚日除得我心間悶？甚時除得我心間恨？

【越恁好】辦集船隻，辦集船隻，指日達國門。漸行漸遠，親兄長知他死和存？愁人見説愁更新。欲言又忍，心兒裏痛點點如剜刃，眼兒裏淚滴滴如珠搵。

【漁家傲】天不念去國愁人最慘悽。淋淋地雨一似盆傾，風如箭急。侍妾從人皆星散，各逃生計。身居處華屋高堂，但尋常珠繞翠圍。那曾經地覆天番受苦時。

【剔銀燈】迢迢路不知是那裏？前途去未審安身在何地？一點雨間着一行恓惶淚，一陣風對着一聲聲愁氣。雲低。天色傍晚，母子命存亡兀自未知。

【攤破地錦花】繡鞋兒，分不得幫和底。一步步提，百忙裏褪了跟兒。冒雨盪風，帶水拖泥。步難移，全没些氣和力。

【麻婆子】路途路途行不慣，心驚胆顫摧。地冷地冷行不上，人荒語亂催。年高力弱怎支持？泥滑跌倒在凍田地。款款扶將起，正是心急步行遲。

【太平令】曲逕迢遥，深夜柴門帶月敲。郵亭一宿風光好，又何故語叨叨？

【三登樂】世亂人荒，幸脱離天羅地網。不隄防病染這場。事不寧，身未穩，天降災殃。淹留旅邸，望河南怎往？

【青衲襖】幾時得煩惱絶？幾時得離恨徹？本待散悶閑行到臺榭，傷情對景教我腸寸結。悶懷些兒，待撇下争忍撇？待割捨難割捨。沉吟倚遍欄杆，萬感情切，都分付長嘆嗟。

【孤雁飛】聖恩詔旨從天降，遍遐邇萬民欽仰。宥極刑身有重生望，散群輩與群黨。回凶就吉，轉禍爲祥。前臨帝輦，絶却親黨。回首家鄉，無了父娘。感傷，尋思着淚雨千行。

【薄媚衮】聽人報軍馬近城，國主遷都汴。今晚庶民，不許一人落後在京輦。生長昇平，誰曾慣遭離亂。苦怎言？膽顫心驚，如何可免？

【番竹馬】喊聲漫山漫野，招颭皂旗萬點寒鴉。千户萬户每領雄兵，圍繞中都城下。見敵樓上無個人披掛，都遷徙離京華。前去奮武征伐。盡攬轡攀鞍，加鞭催駿馬。待逃生除是翅雙插，直追趕到海角天涯。金鞍玉轡，斜踏着寶鐙萎花。

【金蓮子】古今愁，誰似我目下這樣憂？聽軍馬驟，人鬧語稠。向深林中躲避，只恐有人搜。

【前腔换頭】百忙裏散失，差了路頭。尋覓竟不見怎措手？謝神天祐，這搭兒是有。親骨肉見了，尋路向前走。

【羅帶兒】【香羅帶】妾身本宦族，京城久居。爲侵邊犯闕軍奮武，君臣遷徙離中都也。散亂人逃避，奔程途。【梧葉兒】身無主去無所，磣可可地千生受萬辛苦。今宵得借歇宿，可憐見子母每天翻地覆。

【五樣錦】【臘梅花】因緣將謂是五百年眷屬，十生九死成歡聚。【香羅帶】經艱歷險，幸無虞也。指望否極生泰，禍絶受福。【刮鼓令】誰知尚有如是苦。【梧葉兒】急浪狂風。【好姐姐】風吹折並根連枝樹，浪打散鴛鴦兩處孤。

【梁州賺】且與我留人，押回來問取詳細。家居那裏？是工商農種學文藝？通詩禮，鄉進士州庠屢魁。中都路離城三里。閑居止，因兵棄家無所依。聽說子細。

【絳都春】擔煩受惱。豈容易，共伊得到今朝。有分憂愁，無緣恩愛何時了？他那裏長吁短嘆，我也心自曉。你有甚真情深奧？只爲這禮法所制，人非土木，待說來難道。

【水仙子】眼又昏，天將暝。趁聲兒向前打認。渾身上雨水淋漓，盡皆泥濘。生來這苦何曾慣經？

【前腔】眼見是錯十分定。事無可奈，只得陪些下情。年高人怎生行得山徑？瑞蓮款款扶着娘娘慢行。

【刮地風】舉止與孩兒不甚爭，厮跟去你心肯？情願做奴爲婢身多幸，如何敢望做兒稱？干戈若寧靜，同往神京。謝深恩，感深恩，救取奴命。天昏地黑，迷路程，就此處權停。

【降黄龍】宦室門楣，寒士尋常，望若雲霄。爲時移事遷，地覆天翻，君去民逃。多嬌。此時相見，料應我和你因緣非小。做夫妻相呼厮唤、怎生恁消？

【前腔换頭】何勞。獎譽過多。昔日榮華、眼前窮暴。身無所倚，幸然遇君家、危途相保。英豪。念孤恤寡，再生之恩容報。久以後銜環結草、敢忘分毫？

【黄龍衮】才郎意堅牢，才郎意堅牢，賤妾難推調。只恐容易間，把恩情心事都忘了。海誓山盟，神天須表。辦志誠，圖久遠同偕老。

【玉漏遲序】得寵念辱，想其時駕遷民移前去。父母妻兒，散離值此天數。是多少喫辛受苦，是多少亡家失所。（合）今日裏、幸得在畫堂深處。

【玉绛畫眉序】【玉漏遲序】尊姑去遠，知他是甚日能歸鄉曲。懊恨兒夫。【绛都春序】萬里親顔何處睹？漸年衰無嗣續。【畫眉序】因伊個捨死忘生，因伊個擔辛喫苦。謝天果得從人願，今日在故園完聚。

【杏花天】曲江賜罷瓊林宴，稱藍袍宫花帽偏。玉鞭裊裊如龍騎，簇擁着傳呼狀元。

【小桃紅】狀元執盞與嬋娟，滿捧着金杯勸也。厚意殷勤，到此身邊，何異遇神仙？輕輕將袖兒掀，露春纖，盞兒拈，低嬌面也。真個似柳如花，柳和花鬬争妍。

【下山虎】大人家體面，委實多般。有眼何曾見？懶能向前。他那裏弄盞傳杯，恁般腼䩄。我這裏新人忒煞虔，待推怎地展？争奈主婚人不見憐。配合夫妻事，事非偶然。好惡因緣都在天。

【二犯排歌】文官狀元，武官狀元，兩姨處相回勸。不想這搭兒裏重會再見。久别你前夫是誰過愆？早忘了當初囑付言。偏我意堅，方纔及第，如何便接了絲鞭？有的話兒，但只問你妹子瑞蓮。

【五般宜】他爲你晝忘餐夜無眠，他爲你悽慘慘淚漣漣。天教你重完聚續斷絃。這夫妻非同偶然。尊嫂别來康健，夫妻每再圓。伏望相公夫人作個周全，這佳期争不遠。

【本宫賺】若説武人，前程萬里功名遠。儒人秀才，一個個窮似范丹和原憲。看奴面，不肯嫁人怎趁錢？壞人道業心不善。福分淺，棄嫌我怎與他成姻眷？事成生變。

【鬭蛤蟆】古質漢村情性，事有萬千。説的話没些兒，委曲宛轉。只好再等三年後，嫁一個風流俏的狀元。休記先，休記寃。欲配姻親，未敢自專。

【五韻美】兄妹間，苦難勸。媒人議説須再三，説教他事體完善。你好隨機應變，看待我十分輕鮮。看我虎符金牌向腰内懸。没一個因由告人勸勉。

【五韻美】意兒裏想，眼兒裏望。望救取東君艷陽，與花柳增芳。全没些可傷饗，凜凜如雪上加霜。更没些和氣一味莽。鐵膽銅心，打開鳳凰。

【江頭送别】天台路，當日裏降臨二仙。桃花岸，武陵溪賺入劉阮。不争再把程途踐，仙凡自此隔遠。

【章臺柳】我將冤苦陳，教君不忍聞。念興福生來女直人，身充忠孝軍。爲父直諫遷都阻佞臣，齠齔的不留存。誅戮盡，只餘我苟活逃遁。

【醉娘子】我聽言，此情實爲可憫。看他貌英雄出輩群。你不嫌秀士貧，和你弟兄相識認。他時須記取今危困。

【雁過南樓】此間難容汝身，但人知彼此遭迍。無物贈君，些少鏒銀。休嫌少望留休哂。莫辭苦辛，暮行朝隱。更名姓向外州他郡。

【山麻稭換頭】你渡關津怕人盤問。又沒個官司、文憑脚引，此行何處能安頓？驀忽地怕有便人，寄取一封平安書信。

【丞相賢】彎弓馳騎射雙雕，武勇超群膽氣豪，紫袍金帶非同小。見隨朝，兵部尚書官養老。

【趙皮鞋】我是巡警官，日夜差使千萬般。俸錢些少甚曾寬，怎得我三年官債滿？

【二郎神慢】拜星月，寶鼎中名香滿爇。願拋閃下男兒疾較些，得再睹同歡同悅。悄悄輕將衣袂拽，却不道小鬼頭春心動也。那喬怯，只見他無言俛首，紅暈滿腮頰。

【水紅花】憶昔歌舞宴樓臺，會金釵，歡娛難再。思之詩酒看書齋，命多災，風光難再。母親知他何處？尊父阻隔天涯。不能彀千里故人來也囉。

【梧桐花】徙黎民，遷臣宰，國主蒙塵尚遠邁。雕闌玉砌今何在？想畫閣蘭堂那樣安排，都做了草舍茅簷這境界。怎教人還得盡恓惶債。

【金梧桐】這廝忒倚官，這廝忒挾勢。便死待何如？欺侮俺是窮儒輩。俺這裏病愈深，他那裏愁無際。旅店郵亭，兩下裏人憔悴。怎教人忍得住恓惶淚？

【四犯黄鶯兒】流水也似馬和車，頃刻間途路賒。他在窮途困旅應難捨。囊篋又竭，藥食又缺，他那裏悶懨懨難捱如年夜。寶鏡分破，玉簪跌折，甚日重圓再接？

【鶯集御林春】【鶯啼序】聽説罷姓名家鄉，那情苦意切。【集賢賓】悶海愁山將我心上撇，不由人淚珠流血！我恓惶是正理。【簇御林】只合此愁休對愁人説。【三春柳】你啼哭爲何因？莫非是我男兒舊妻妾？

【新水令】淒涼逆旅人千里，這縈牽怎生成寐？萬苦横心裏。睡不着，是愁都做了枕前淚。

【秋蕊香】半載縈牽方寸，何曾不淚滴眉顰。欲語難言信難問，積漸裏懨懨瘦損。

【二犯孝順歌】從別後，渡孟津，思君盡日欲見君。鳳北鸞南，生生地鏡剖釵又分。鎮千思萬想，要見無門。【鎖南枝】放不落，心上人。漾不落，心上人。

【月上海棠】君子儒，文章學業馳名譽。但一心憂道，豈爲貧居？十年捱淡飯黄虀，終身享鼎食重褥。前賢語，果謂書中自有金玉。

【三月海棠】你自想，甚年發跡窮形狀？怎凡人貌相，海水升量。非獎。陋巷十年黃卷苦，那時禹門三月桃花浪。一躍龍門便把名揚，管教姓字標金榜。

【銷金帳】黃昏悄悄，助冷風兒起。想今朝思向日，一似這般時節，這般天氣。羊羔美酒，美酒銷金帳裏。世亂人荒，遠遠離鄉里。如今怎生，怎生街頭上睡？

【灞陵橋】這苦説向誰，索性死離别，各自也着邊際。生把我鴛鴦分開兩下裏，一步一回頭，教我傷情意。嗏，衫兒上淚淹濕。

【嘉慶子】你一雙母子無所傍。更雨緊風寒勢怎當？心急行程不上。人亂亂世荒荒，愁慽慽淚汪汪。

【尹令】那時又無倚仗，當時有親難傍，其時有家難向。他東我西，地亂天荒事怎防？

【品令】逃生士民，在官道驛程傍。天色漸晚，陰雲黯穹蒼。匆匆正往，喊聲如雷響。各各奔走，都向樹林遮障。苟免偷生，瓦解星飛子離了娘。

【豆葉黄】你一身眼下，見在誰行？我隨着個秀才棲身。他是我的家長。誰爲媒妁？甚人主張？人在那亂離時節，人在那亂離時節，怎選得高門厮對相當？

【二犯六幺令】你是娘生父養，故逆親言心向情郎。我向地獄相救轉到天堂，怎下得撇在没人的店房。若是兩分張，管取潑殘生命亡。

【三棒鼓】一鞭行色望南京，喜得兩國通和也，無戰争。邊疆罷征，邊烽罷警，不暫停。（合）如今海晏河清也，重逢太平，重樂太平。

【破金歌】青包巾上野花兒插，白布衫肩綿套壓，山間路中若遇咱。客商家，買路金珠多留下。

【柳絮飛】一干人盡誅戮，誅戮。走了陀滿興福，興福。遍張文榜諸處，多用心根捉囚徒。（合）鄰右與窩主，停藏的罪同誅。

【五供養】定睛半晌，聽得人言喧鬧驚慌。遥觀巡捕卒，都是棒和鎗。東西看了，更無處將身遮障。見一所村莊舍，矮圍牆，暫時權向此中藏。

南詞新譜

《南詞新譜》（全名《廣輯詞隱先生南九宫十三調詞譜》，又名《重定南九宫詞譜》）所收《拜月亭記》隻曲，輯録如下。

【望梅花】叫的我不絶口，却被喊殺聲流民四走。荒急便尋，不知個所有。此間無，多應只在前頭。

【上馬踢】干戈動地來，車駕遷都汴。兒夫離帝京，路遥人又遠。軍馬臨城，無計將身免。這苦怎言？禍不單行，中路兒不見。

【月兒高】喊殺連天，骨肉怎相戀？自古常言道，人離鄉賤。到得今朝平安幸非淺。是則是身狼狽，眼前受迍邅。

【蠻江令】煩惱都歷遍，憂愁怎脱免？眼兒哭得損，脚兒行得倦。五里十里，一日過如年。

但願前途去，早早逢親眷。

【涼草虫】勁風寒四合，暮煙昏慘慘。同雲布晚天變。只愁那長空舞絮綿，去心如箭。旅舍全無，今宵何處安眠？

【感亭秋】短長亭去去知幾驛。逆旅中過寒食，見點點殘紅飛絮白。夕陽影裏啼蜀魄。（合）家鄉遠心漫憶，回首雲煙隔。

【羽調排歌】黯黯雲迷，寒天暮景，區區水涉山登。蕭蕭黄葉舞風輕，這樣愁煩不慣經。不忍聽，不美聽，聽得胡笳野外兩三聲。（合）風力勁，寒氣冷，一程分做兩程行。

【三疊排歌】前路梗，行步生，那更天將暝。憂心戰兢兢，傷情淚盈盈。那些兒悽慘，那些兒寂寞，清風明月最關情。無人來往冷清清，叫地不聞天怎應。不忍聽，不美聽，聽得疏鐘山外兩三聲。（合）風力勁，天氣冷，一程分做兩程行。

【番鼓兒】老小人，老小人，年已七十歲。奉朝廷宣行敕旨，事屬安危。恨不肋生雙翅。兩頭白日，多只行三里五里。火速火速便馳驛，等回音星飛電急。

【惜黄花】中都路是本鄉，車駕遷南往。一程程到廣陽，特來相訪。小可敢覆尊丈，有何事斷問當？買物貨請商量，要安下却無妨。若是問尋人，道如何模樣。

【七娘子】生居畫閣蘭堂裏，正青春歲方及笄。家世簪纓，儀容嬌媚，那堪身處歡娱地？

【喜遷鶯】紗窗清曉。睡覺起傷心，有恨無言。淚眼空懸，愁眉難展，還又度日如年。他那裏相思無限，我這裏煩惱無邊。是怎生，夢魂中欲見無由得見。

【緱山月】守正處寒爐，勤苦誦詩書。盼春闈身進踐榮途。奈雙親服制，前程未遂，敢仰天呼。

【换頭】樂道安貧巨儒，嗟怨是何如？但孜孜有志效鴻鵠，似藏珍韞匵。韜光隱跡，待價時沽。

【玉芙蓉】胸中書富五車，筆下句高千古。鎮朝經暮史，寐晚興夙。擬蟾宫折桂雲梯步，待求官奈何服制拘。教人怨，怨不沾寸禄。望當今聖明天子詔賢書。

【刷子序】書齋數椽，良田儘可、隨分饘粥。世態紛紛，争如静守閑居。勤劬。看藝業學成文武，事皇朝方展訏謨。但有個抱藝懷才，那得他滄海遺珠？

【錦纏道】髻雲堆，珠翠簇，蘭姿蕙質。香肌稱羅綺。黛眉長，盈盈照一泓秋水。鞋直上冠兒至底，諸餘没半星兒不美。針指暫閑時，花朝月夕，丫鬟侍妾隨。好景須歡會，四時端不負佳致。

【普天樂】叫得我氣全無，哭得我聲難語。兩頭來往到千百步，兄安在妾是何如？真所謂困旅窮途，須念我爹娘故。我須是一蒂一瓜親兒女，你好割得斷兄妹腸肚。閃下奴家在這裏。

進無門、退時還又無所。

【福馬郎】那時風寒雨又緊，正行裏喊聲如雷震。無處隱，急向林榔中走，道途上奔。其時亂紛紛。身難保命難存。

【滿江紅急】身遭兵火，兄妹逃生受奔波。怎禁他風雨摧殘，田地坎坷。泥滑路生行未多，軍馬追急怎奈何？彈珠顆。冒雨衝風，沿山轉坡。大喊一聲過，唬得人獐狂鼠竄。那裏去也哥哥，怎生撇下了我？此身無處安存，無門可躲。

【東風第一枝】宮日添長，壺冰結滿，仲冬天氣嚴寒。繡工閑却金針，紅爐畫閣人閑。金爐香裊，麗曲趁舞袖弓彎。錦帳中褥隱芙蓉，肯教鸚鵡杯乾？

【催拍】受君恩身居從班。食君禄争敢避難。此行非同小看。緝探上京虛實，便往邊關。漠漠平沙，路遠天寒。一別後涉水登山，今日去甚時還？

【賽觀音】雨兒催，風兒送。歎一旦家邦盡空。想富貴榮華如夢。哽咽傷心氣填胸。

【人月圓】途路裏奔走流民擁，膽喪魂飛心驚恐。風吹雨濕衣襟重，止不住雙雙珠淚湧。行不上，惟聞得戰鼓聲震蒼穹。

【思園春】久阻尊顏想念勤，此逢將謂是夢和魂。我是不應親者，今日個强來親。子母夫妻若散雲，無心中完聚怎由人。

【駐雲飛】村醲新篘，要解愁腸須是酒。壺内馨香透，盞内清光溜。嗏！何必恁多羞？但略沾口，勉意休推，莫把眉兒皺。一醉能消心上愁。

【撲燈蛾】自親妹不見影，他人怎相庇？既然讀詩書，惻隱心怎不周急也？我是孤男你是寡女，廝趕着教人猜疑。亂軍中誰來問你？緩急間語言須是要支持。

【念佛子】窮秀才夫和婦，爲士馬逃避登途。望相憐壯士，略放一路。捉住，枉説言語，買路錢且留下金珠。稍遲延，便教身死須臾。

【其二换頭】區區。山行露宿，粥食無覓處。有盤纏肯相推阻？敢廝侮，窮酸餓儒，模樣須尋俗。應隨行所有，疾早分付。

【好花兒】尋不見疾忙向前，搜索盡院邊牆邊。莫不隱身法術是神仙？我走如煙，眼欲穿。

（合）歹人恰是那裏見，歹人恰是那裏見。

【粉孩兒】匆匆的離皇朝心不穩。棄家私老小，去得安忍？只因國難識大臣，不隄防萬馬千軍犯都城。君去民逃，常言道龍鬬魚損。

【紅芍藥】兵擾攘阻隔關津。思量着役夢勞魂。眼見得家中受危困，望吾鄉有家難進。孩兒歷盡苦共辛，娘逢人見人尋問。只愁伊舉目無親，父子每何處廝認？

【要孩兒】我有一言説不盡。向日招商店，肯分地撞着家尊。我尋思他眼盼盼人遠天涯近。

爲甚的那壁千般恨，休只管叨叨問。
【會河陽】有甚争差，且息怒嗔，閑言閑語總休論。賤妾不避責罰，將片言語陳。難得見今朝分。甚日除得我心間悶？甚時除得我心間恨？
【越恁好】辦集船隻，辦集船隻，指日達國門。漸行漸遠，親兄長知他死和存。愁人見説愁更新。欲言又忍，心兒裏痛點點如剜刃，眼兒裏淚滴滴如珠搵。
【漁家傲】天不念去國愁人最慘悽。淋淋地雨一似盆傾，風如箭急。侍妾從人皆星散，各逃生計。身居處華屋高堂，但尋常珠繞翠圍。那曾經地覆天番受苦時。
【剔銀燈】迢迢路不知是那裏？前途去未審安身在何地。一點雨間着一行悽惶淚，一陣風對着一聲聲愁氣。雲低。天色傍晚，母女命存亡兀自未知。
【攤破地錦花】繡鞋兒，分不得幫和底。一步步提，百忙裏褪了跟兒。冒雨盪風，帶水拖泥。步難移，全没些氣和力。
【麻婆子】路途路途行不慣，心驚胆顫摧。地冷地冷行不上，人荒語亂催。年高力弱怎支持？泥滑跌倒在凍田地。款款扶將起，正是心急步行遲。
【太平令】曲逕迢遥，深夜柴門帶月敲。郵亭一宿風光好，又何故語叨叨？
【三登樂】世亂人荒，幸脱離天羅地網。不隄防病染這場。事不寧，身未穩，天降災殃。淹留旅邸，望河南怎往？

【青衲襖】幾時得煩惱絶？ 幾時得離恨徹？ 本待散悶閑行到臺榭，傷情對景教我腸寸結。悶懷些兒，待撇下争忍撇？ 待割捨難割捨。 沉吟倚遍欄杆，萬感情切，都分付長嘆嗟。

【孤雁飛】聖恩詔旨從天降，遍遐邇萬民欽仰。 宥極刑身有重生望，散群輩與群黨。 回凶就吉，轉禍爲祥。 前臨帝輦，絶却親黨。 回首家鄉，無了父娘。 感傷，尋思着淚雨千行。

【薄媚衮】聽人報軍馬近城，國主遷都汴。 今晚庶民，不許一人落後在京輦。 生長昇平，誰曾慣遭離亂。 苦怎言？ 膽顫心驚，如何可免？

【番竹馬】喊聲漫山漫野，招颭着皂旗兒萬點寒鴉。 千户萬户每領雄兵，圍繞中都城下。 見敵樓上無個人披掛，都遷徙離京華。 前去奮武征伐，盡攬轡攀鞍，加鞭催駿馬。 待逃生除是翅雙插，直追到海角天涯。 金鞍玉轡，斜踏着寶鐙菱花。

【金蓮子】古今愁，誰似我目下這樣憂？ 聽軍馬驟，人鬧語稠。 向深林中躲避，只恐有人搜。

【其二换頭】百忙裏散失，差了路頭。 尋覓竟不見，怎措手？ 謝神天祐。 這搭兒是有。 親骨肉見了，尋路向前走。

【羅帶兒】【香羅帶】妾身本宦族，京城久居。 爲侵邊犯闕軍奮武，君臣遷徙離中都也。 散亂人逃避迸程途。 【梧葉兒】身無主，去無所。 磣可可地千生受萬苦辛。 今宵得借歇宿，可憐見子母每天翻地覆。

【五様錦】【臘梅花】因緣將謂是五百年眷屬，十生九死成歡聚。【香羅帶】經艱歷險，幸無虞也。指望否極生泰，禍絶受福。【刮鼓令】誰知尚有如是苦。【梧葉兒】急浪狂風。【好姐姐】風吹拆並根連枝樹，浪打散鴛鴦兩處孤。

【五様錦】【五韻美】名韁利鎖，先自將人催挫。【臘梅花】鸞拘鳳束，甚日得到家。我也休怨他，這其間只是我不合來長安看花。【梧葉兒】閃殺我爹娘也，淚珠空暗墮。（合）這段姻緣也只是無如之奈何。

【梁州賺】且與我留人，押回來問取詳細。家居那裏？是工商農種學文藝？通詩禮，鄉進士州庠屢魁。中都路離城三里。閑居止，因兵棄家無所依。聽説子細。

【絳都春】擔煩受惱，豈容易、共伊得到今朝？有分憂愁，無緣恩愛何時了？他那裏長吁短嘆我也心自曉。你有甚真情深奥？只爲這禮法所制，人非土木，待説來難道。

【水仙子】眼又昏，天將暝。趁聲兒向前打認。渾身上雨水淋漓，盡皆泥濘。生來這苦何曾慣經？

【其二換頭】眼見是錯，十分定。事無可奈，只得陪些下情。年高人，怎生行得山徑？瑞蓮款款扶着娘娘慢行。

【刮地風】舉止與孩兒不甚爭，廝跟去你心肯？情願做奴爲婢身多幸，如何敢望做兒稱？干戈若寧靜，同往神京。謝深恩，感深恩，救取奴命。天昏地黑迷去程，就此處權停。

【降黃龍】宦室門楣，寒士尋常，望若雲霄。爲時移事遷，地覆天翻，君去民逃。多嬌。此時相見，料應我和你因緣非小。做夫妻相呼廝喚，怎生惁俏？

【其二換頭】何勞。獎譽過多。昔日榮華，眼前窮暴。身無所倚，幸然遇君家，危途相保。英豪。念孤恤寡，再生之恩容報，久以後銜環結草，敢忘分毫？

【黃龍衮】才郎意堅牢，才郎意堅牢，賤妾難推調。只恐容易間，把恩情心事都忘了。海誓山盟，神天須表。辦志誠，圖久遠同偕老。

【玉漏遲序】得寵念辱，想其時駕還民移前去。父母妻兒，散離值此天數。是多少喫辛受苦。是多少亡家失所。（合）今日裏幸得在畫堂深處。

【漏春眉】【玉漏遲序】尊姑去遠，知他是甚日能歸鄉曲。懊恨兒夫。【絳都春序】萬里親顏何處睹？漸年衰無嗣續。【畫眉序】因伊個捨死忘生，因伊個擔辛喫苦。謝天果得從人願，今日在故園完聚。

【杏花天】曲江賜罷瓊林宴，稱藍袍宮花帽偏。玉鞭裊裊如龍騎，簇擁着傳呼狀元。

【小桃紅】狀元執盞與嬋娟，滿捧着金杯勸也。厚意殷勤，到此身邊，何異遇神仙。輕輕將袖兒掀，露春纖，盞兒拈，低嬌面也。真個似柳如花，柳和花鬭争妍。

【下山虎】大人家體面，委實多般。有眼何曾見？懶能向前。他那裏弄盞傳杯，恁般腼覥。我這裏新人忒煞虔，待推怎地展？争奈主婚人不見憐。配合夫妻事，事非偶然。好惡因緣都在天。

【二犯排歌】文官狀元，武官狀元。兩姨處相回勸，不想這搭兒裏重會再見。久別你前夫是誰過愆？早忘了當初囑付言。偏我意堅，方纔及第，如何便接了絲鞭？有的話兒、但只問你妹子瑞蓮。

【五般宜】他爲你晝忘餐夜無眠，他爲你悽慘慘淚漣漣。天教你重完聚，續斷絃。這夫妻非同偶然。尊嫂別來康健，夫妻每再圓。伏望相公夫人作個周全，這佳期争不遠。

【本宫賺】若説武人，前程萬里功名遠。儒人秀才，一個個窮似范丹和原憲。看奴面，不肯嫁人怎趁錢？壞人道業心不善。福分淺，棄嫌我怎與他成姻眷？事成生變。

【鬭蛤蟆】古質漢村情性，事有萬千。説的話没些兒，委曲宛轉。只好再等三年後，一個風流俏的狀元。休記先，休記冤。欲配姻親，未敢自專。

【五韻美】兄妹間，苦難勸。媒人議説須再三，説教他事體重完善。你好隨機應變，看待我十分輕鮮。看我虎符金牌向腰内懸。没一個因由，告人勸勉。

【五韻美】意兒裏想，眼兒裏望。望救取東君艷陽，與花柳增芳。全没些可傷身，凛凛如雪上加霜。更没些和氣一味莽。鐵膽銅心，打開鳳凰。

【江頭送别】天台路，當日裏降臨二仙。桃花岸，武陵溪賺入劉阮。不争再把程途踐，仙凡自此隔遠。

【章臺柳】我將冤苦陳，教君不忍聞。念興福生來女直人，身充忠孝軍。爲父直諫遷都阻佞臣，齠齔的不留存。誅戮盡，只餘我苟活逃遁。

【醉娘子】我聽言，此情實爲可憫。看他貌英雄出輩群。你不嫌秀士貧，和你弟兄相識認。他時須記取今危困。

【雁過南樓】此間難容汝身，但人知彼此遭迍。無物贈君，些少鏒銀，休嫌少望留休哂。莫辭苦辛，暮行朝隱，更名姓向外州他郡。

【山麻稭換頭】你渡關津怕人盤問。又没個官司文憑脚引。此行何處能安頓？驀忽地怕有便人，寄取一封平安書信。

【丞相賢】彎弓馳騎射雙雕，武勇超群膽氣豪，紫袍金帶非同小。見隨朝，兵部尚書官養老。

【趙皮鞋】我是巡警官，日夜差使千萬般。俸錢些少甚曾寬，怎得我三年官債滿？

【二郎神慢】拜星月，寶鼎中名香滿爇。願拋閃下男兒疾較些，得再睹同歡同悦。悄悄輕將衣袂拽，却不道小鬼頭春心動也。那喬怯，只見他無言俛首，紅滿腮頰。

【水紅花】憶昔歌舞宴樓臺，會金釵，歡娛難再。思之詩酒看書齋，命多災，風光難再。母親知他何處？尊父阻隔天涯。不能彀千里故人來也囉。

【梧桐花】徙黎民，遷臣宰，國主蒙塵尚遠邁。雕闌玉砌今何在？想畫閣蘭堂那樣安排，都做了草舍茅簷這境界。怎教人還得盡恓惶債。

【四犯黄鶯兒】流水也似馬和車，頃刻間途路賒，他在窮途困旅應難捨。囊篋又竭，藥食又缺，他那裏悶懨懨難捱如年夜。寶鏡分破，玉簪跌折，甚日重圓再接？

【鶯集御林春】【鶯啼序】聽説罷姓名家鄉，那情苦意切。【集賢賓】悶海愁山將我心上撇，不由人淚珠流血！我恓惶是正理。【簇御林】只合此愁休對愁人説。【三春柳】你啼哭爲何因？莫非是我男兒舊妻妾？

【新水令】淒涼逆旅人千里，這縈牽怎生成寐？萬苦横心裏。睡不着，是愁都做了枕前淚。

【秋蕊香】半載縈牽方寸，何時不淚滴眉顰。欲語難言信難問，積漸裏懨懨瘦損。

【二犯孝順歌】【孝順歌】從别後，渡孟津，思君盡日欲見君。【五馬江兒水】鳳北鸞南，生生地鏡剖釵又分。鎮千思萬想，要見無門。【鎖南枝】放不落，心上人。漾不落，心上人。

【月上海棠】君子儒，文章學業馳名譽。但一心憂道，豈爲貧居？十年捱淡飯黄虀，終身享鼎食重褥。前賢語，果謂書中自有金玉。

【三月海棠】你自想，甚年發跡窮形狀？怎凡人貌相，海水升量。非獎。陋巷十年黄卷苦，那時禹門三月桃花浪。一躍龍門便把名揚，管取姓字標金榜。

【銷金帳】黄昏悄悄，助冷風兒起。想今朝思向日，一似這般時節，這般天氣。羊羔美酒，美酒銷金帳裏。世亂人荒，遠遠離鄉里。如今怎生，怎生街頭上睡？

【灞陵橋】這苦説向誰，索性死離别，各自己着邊際。生把我鴛鴦分開兩下裏，一步一回頭，教我傷情意。嗏，衫兒上淚淹濕。

【嘉慶子】你一雙母子無所傍。更雨緊風寒勢怎當？心急行程不上。人亂亂世荒荒，愁慽慽淚汪汪。

【尹令】那時又無倚仗，那時有親難傍，其時有家難向。他東我西，地亂天荒事怎防。

【品令】逃生士民，在官道驛程傍。天色漸晚，陰雲黯穹蒼。匆匆正往，喊聲如雷響。各各奔走，都向樹林遮障。苟免偷生，瓦解星飛子離了娘。

【豆葉黄】你一身眼下，見在誰行？我隨着個秀才棲身，他是我的家長。誰爲媒妁？甚人主張？人在那亂離時節，人在那亂離時節，怎選得高門厮對相當？

【二犯六幺令】你是娘生父養，故逆親言心向情郎。我向地獄相救轉到天堂，怎下得撇在没人的店房。若是兩分張，管取潑殘生命亡。

【三棒鼓】一鞭行色望南京，喜得兩國通和也，無戰争。邊疆罷征，邊烽罷警，不暫停。（合）如今海晏河清也，重逢太平，重樂太平。

【柳絮飛】一干人盡誅戮，誅戮。走了陀滿興福，興福。遍張文榜行諸處，多用心根捉囚徒。（合）鄰右與窩主，停藏的罪同誅。

【五供養】定睛半晌，聽得人言喧鬧驚慌。遥觀巡捕卒，都是棒和鎗。東西看了，更無處將身遮障。見一所村莊舍矮圍牆，暫時權向此中藏。

寒山曲譜

《寒山曲譜》所收《拜月亭記》隻曲，輯録如下。

【梁州賺】與我留人，押回來問取詳細。家居那裏？工商農種學文藝？通詩禮，鄉進士州庠屢魁。中都路離城三里。閑居止，遭兵棄家無所倚。聽説仔細。

【其二】降階釋縛扶將起，是兄弟負恩忘義。尊嫂施禮。誰知此地能相會。愁爲喜，深謝得賢叔盜跖。哥哥行那些個尊卑？權休罪，適間冒瀆少拜識。恐君錯矣，恐君錯矣。

【金蓮子】古今愁，誰似我目下這樣憂？聽軍馬驟，人鬧語稠。向深林中躲避，只恐有人搜。

【其二】百忙裏散失，差了路頭。尋妹不見，怎措手？謝神天祐。這搭兒是有。親骨肉見了，只得向前走。

【番竹馬】喊殺漫山漫野，招展皂旗，萬點寒鴉。千户萬户每，領雄兵圍繞中都城下。見敵樓没個人披掛，都迁徙離京華。前去奮勇征伐，盡攬轡攀鞍，加鞭催着駿馬。待逃生除是雙插翅，直追到海角天涯。金鞍玉轡，斜踏着寶鐙菱花。

【女冠子】聖恩詔旨從天降，(一)遍遐爾萬民欽仰。宥極刑身有重生望，散群輩與群黨。回凶就吉，轉禍爲祥。前臨帝輦，絶却親黨。回首家鄉，没了父娘。悲傷，尋思起兩淚千行。

【柳絮飛】一軍人盡誅戮，誅戮。走了陀滿興福，興福。遍張文榜行諸處，多用心根捉囚徒。鄰佑與窩主，停藏的罪仝誅。

【羅帶兒】【番羅帶】妾身本宦族，京城久居。爲侵邊犯闕軍奮武，君臣遷徙離中都也。散亂人逃避，奔程途。一身無主去無所。【梧葉兒】磣可可千生受萬辛苦。今宵得借歇宿，可憐見子母每天翻地覆。

【粉孩兒】匆匆的離皇朝，心不穩。棄家私老小，去得安忍？只因國難識大臣，不隄防萬馬千軍犯都城。君去民逃，常言道龍鬭魚損。

【漁家傲】天不念去國愁人最慘悽，淋淋地雨似盆傾，風如箭急。侍妾從人皆星散，各逃生計。身居處華屋高堂，但尋常珠繞翠圍。那曾經地覆天番受苦時。

(一)　詔：原作『照』，據《新刊重訂出相附釋標註月亭記》改。

【其二】萬種相思，只爲一紙書。從別後絶斷歡娱。除非夢兒内呵見他，好與將情訴。但説着不比當初，香消玉碎，愁多病多。覺來時枕上衾邊淚似珠。

【駐雲飛】村釀新篘，要解愁腸須是酒。壺内馨香透，盞内清光溜。嗏！何必恁多羞？但略沾口，勉意休推，莫把眉兒皺。㈠一醉能消心上愁，一醉能消心上愁。

【古輪台】自驚疑，相唤廝呼三兩回。瑞蘭和先輩也不曾相識。瑞蓮名兒，本是卑人親妹。妾因兵火急，離鄉故。母女隨遷往南避，在中途相失。喊殺聲各各逃生，電奔星馳。中路裏差池，因循尋至。應聲錯了偶逢伊。正是俱錯意，一般煩惱兩心知。

【念佛子】窮秀才夫和婦，爲士馬逃難登途。望壯士相憐，略放一路。捉住。枉説言語，買路錢且留下金珠。稍遲延，便教你身死須臾。

【其二】區區。山行路宿，粥食無覓處。有盤纏肯相推阻？敢廝侮，窮酸餓儒，模樣須尋俗。應隨行所有，疾早分付。

【撲燈蛾】到行朝汴梁，看山河壯帝居。四時有常開花木，論繁華不減中都也。受恩深處，便爲家自來古語。（合）休思故里，對良辰媚景，宴樂且歡娱。

㈠ 皺：原作『縐』，據《新刊重訂出相附釋標註月亭記》改。

【其二】依舊珠圍翠簇，依舊雕鞍繡轂。列侍妾丫環使女，送金杯聽歌觀舞也。因災致福，愛惜奴似親生兒女。（合前）

【撲燈蛾】自親不見影，他人怎相庇？既然讀詩書，惻隱心怎不周急也？我是孤男你是寡女，厮趕着教人猜疑。亂軍中有誰來問你？緩急間語言須是要支持。

【好孩兒】尋不見，連忙向前，搜索盡院邊牆邊。莫不是隱身法術是神仙？我走如煙，眼欲穿。（合）歹人恰是那裏見，歹人恰是那裏見？

【不漏水車子】告壯士休怒嗔，不嫌我草寨貧。拜壯士爲山中頭領，掌管嘍囉五百名。且自沉吟，謾自評論。畫影圖形，捕捉甚緊，不如隱遁在此埋名徑。多蒙便應承，小的每悉遵鈞令。

【縷縷金】教整備展芳樽，得團圓齊賀喜，盡歡欣。館驛中有雜人來往，其實不穩。到南京得見聖明君，那時節好會佳賓。

【越恁好】辨集船隻，辨集船隻，指日達國門。漸行漸遠，親兄長知他死和存。愁人見説愁更新。欲言又忍，心兒裏痛點點如剜刃，眼兒裏淚滴滴如珠搵。

【攤破地錦花】繡鞋兒，分不出幫和底。一步步提，百忙裏褪了跟兒。冒雨盪風，帶水拖泥。步難移，全没些二氣和力。

【福馬郎】那日風寒雨又緊，喊聲如雷震。無處藏隱，急向琳瑯走，道途奔。其時節亂紛紛，身難保命難存。

【紅芍藥】兵擾攘阻隔關津，思量着役夢勞魂。眼見得家中受危困，望吾鄉有家難奔。孩兒歷盡了苦共辛，娘逢人見人尋問。只愁伊舉目無親，父子每在何處廝認？

【會河陽】有甚争差，且息怒嗔，把閑言閑語總休論。賤妾不避責罰，將片言語陳。難得見今朝分。甚時除得我心頭悶？甚時解却我眉頭恨？

【太平令】曲徑迢遥，深夜柴門帶月敲。郵亭一宿姻緣好，又何故語叨叨？

【耍孩兒】我有一言説不盡。向日招商店，肯分地撞着家尊。我尋思他眼盼盼人遠天涯近。爲甚的那壁廂千般恨，休只管叨叨問。

【玉漏遲】得寵念辱，想其時駕遷民移前去。父母妻兒散離，值此天數。是多少吃辛受苦。是多少亡家失所。（合）今日裏幸得在畫堂深處。

【水仙子】眼又昏，天将暝。趁聲兒向前打認。渾身上雨水淋漓，盡皆泥濘。生來這苦何曾慣經？

【其二】眼見是錯十分定。事無可奈，只得陪些下情。你是個年高人，怎生行得過這山徑？待瑞蓮款款扶着娘娘謾行。

【其三】觀模樣聽語聲，你是阿誰便應承？　枉了我許多時，教娘苦相等。　非詐應，瑞蓮聽得名兒厮類，怕尋覓是我家兄。　偶遇娘娘如再生。

【耍鮑老】朝廷當時巡捕急，避難在圍牆内。　若非恩人救難危，險赴法雲陽市。　相逢狹路難迴避，這言語古來提。　連忙整備排筵席，歡來不似今日。

【鮑老催】酒浮嫩醅，壓驚解煩休要推。　寒色告少飲半杯。　非詐僞，量淺窄休央及。　高歌暢飲轉放眉，開懷醉了重還醉。　酒待人無惡意。

【其二】儒業祖傳習，文章幼攻襲。　低低問，暗暗猜，心疑忌。　叔伯遠房結義的？　姑表兩姨一派的？　這不是，那不是，怎有這個賊兄弟？　賽關張勝刘備。

【歸朝歡】朝廷旨，朝廷旨愛咱，感皇恩即當領納。　這姻眷，這姻眷寵加，愧此心無能上答。狀元請接絲鞭把，展開美人真容畫。　是後易先難成就麽？

【刮地風】看他舉止與孩兒不恁争，厮跟去你心肯？　情願做奴爲婢身多幸，焉敢指望做兒稱？　干戈若寧静，同往南京。　謝深恩，感大恩，救取奴命。　天昏地黑迷去程，就此處權停。

【玉絳畫眉】【玉漏遲序】尊姑去遠，知他是甚日能歸鄉曲。　懊恨兒夫。【絳都春】萬里親顔何處睹？　漸漸年衰無嗣續。【畫眉序】伊因個捨死忘生，因伊個擔辛吃苦。　謝天果得從人願，今日在故園完聚。

【刷子序】書齋數椽，良田儘可、隨分饘粥。世態紛紛，争如静守閑居。(一)勤劬。藝業學成文武，事皇朝方展訏謨。(合)但有個抱藝懷才，那得他滄海遺珠。

【其二】難服。晚進兒童，肥馬輕裘，污紫奪朱。(二)磊落男兒，愧睹蠢爾之徒。聽語。萬事皆由天命，盡皆非者也之乎。(合前)

【玉芙蓉】胸中書富五車，筆下句高千古。鎮朝經暮史，寐晚興夙。擬蟾宫折桂雲梯步，待求官奈何服制拘。教人怨，怨不沾寸禄。望當今聖明天子詔賢書。

【其二】功名事本在天，何必恁心過慮？且從他得失，任取荣枯。爲人只怕身無藝，暫時未從心所欲。金埋土，也須會離土。望當今聖明天子詔賢書。

【滿江紅急】身遭兵火，身遭兵火，兄妹逃生受奔波。怎禁他風雨摧殘，田地上坎坷。泥滑路生行未多，軍馬追來怎奈何？彈淚珠顆。冒雨盪風，沿山轉坡。

【滿江紅尾】大喊一聲過，唬得人獐狂鼠竄。那裏去了哥哥，怎生撇下了我？此身無處安身，無門可躲。

(一) 争：原作『浄』，據汲古閣刊本《繡刻幽閨記定本》改。

(二) 朱：原作『珠』，據汲古閣刊本《繡刻幽閨記定本》改。

【小桃紅】大道上難前去，小路裏權埋伏。遥望窩梁兩三間茅簷屋，灣環野輕休辭苦。暫安身稍避風和雨，多管是野店民居。

【賽觀音】雨兒催，風兒送。嘆一旦家邦盡空。想富貴榮華如夢。哽咽傷心教我氣填胸。

【其二】意兒慌，脚兒痛。顫篤速如癡似蒙。苦捱着疾忙行動。郊野看看又早晚雲籠。

【摧拍】受君恩身居從班。食天禄怎敢辭難？此行非同小看，非同小看。緝探上京虚實，便往邊關。漠漠平沙，路遠天寒。一别後涉水登山，今日去未知甚時還？

【人月圓】途路裏奔走流民擁，膽喪魂飛身驚恐。風吹雨濕衣襟重，止不住雙雙珠淚湧。行不上，惟聞得戰鼓聲震蒼穹。

【月兒高】喊殺連天，骨肉怎相戀？自古常言道，人離鄉賤。到得今朝平安幸非淺。是則是身狼狽，眼前受迍邅。

【蠻江令】煩惱都歷遍，憂愁怎消遣？眼兒哭得破，脚兒行得倦。五里十里，一日過如年。但願前途去，早早逢親眷。

【涼草虫】勁風寒四合，暮雲昏慘慘。彤雲布晚天變，只愁那長空舞絮綿。去心如箭。旅舍全無，今宵何處安眠？

【臘梅花】孟津驛舍，在黄河岸邊，乘船坐馬十分便。母女忙向前，可憐窮面。幸借安身望周全。

【五樣錦】【臘梅花】因緣將謂，是五百年眷屬。十生九死成歡聚。【香羅帶】經艱歷險，幸無虞也。指望否極生泰，禍絶受福。【刮古令】誰知尚有如是苦。【梧葉兒】急浪狂風。【好姐姐】風吹折並蒂連枝樹，浪打散鴛鴦兩處孤。

【鮑老催】只爲弱体病軀。豈肯容他些兒個。【集賢賓】叮嚀囑咐。【啄木兒】將他倒拽横拖奔去途。【鶯啼序】回頭道不得一聲將息，幾曾見這般惡父！【沉醉東風】怪得我氣絶再復，(一)死絶再甦。一回價上心，一回價痛哭。

【番鼓兒】老小人，老小人，年以七十岁。奉朝廷宣行敕旨，事屬安危。恨不肋生雙翅。兩頭白日，多只行五里十里。火速火速便馳驛，等回音星飛電急。

【惜黄花】中都路是本鄉，車駕遷南往。一程程到廣陽，特來相訪。小可敢覆尊丈，有何事厮問當？賣物貨請商量，要安下却無妨。若是問尋人，道如何模樣？

【望梅花】叫的我不絶口，却被喊殺聲流民四走。荒急便尋，不知個所有。此間無，多應只在前頭。

(一) 再：原闕，據汲古閣刊本《繡刻幽閨記定本》改。

【大齋郎】狂秀才，命兒乖。身充方正是官差，三隅兩巷民户災。要無違礙，好生只把月錢來。

【薄媚衮】聽人報軍馬近城，國主迁都汴。今晚庶民，今晚庶民，不許一人流落在京輦。生長昇平，生長昇平，嗟離亂誰曾慣。苦怎言？膽顫心驚，如何可免？

【其二】聽街坊巷陌，街坊巷陌，惟聞得炒炒哀聲遍。急去打疊，急去打疊，金共宝隨身帶做盤纏。田業家私，田業家私，不能守不能戀。兩淚漣，生死共危，只得靠天。

南曲九宫正始

《南曲九宫正始》（全名《彙纂元譜南曲九宫正始》）所收《拜月亭記》隻曲，輯録如下。

【歸朝歡】不須恁，不須恁見差，到此際非因爲酒茶。我承朝命，承朝命判合，肯不肯回奏禁闈。故違帝敕非作耍，絲鞭早早收留下。便意轉心回成就麽。

【尚繞梁煞】謝鱗鴻來方便，今宵寬意且安眠，好事須教夢裏圓。

【尚繞梁煞】嬌容才俊兩堪誇，不枉了姻緣配合。早赴佳期，仙郎等甚麽？

【玉漏遲】得寵思辱，想其時鸞遷民移去。父母妻兒，散離值此天時。是多少喫辛受苦，是多少亡家失所。（合）今日幸得在畫堂深處。

【降黄龍】宦勢門楣，寒士尋常，望若雲霄。時移事遷，爲地覆天翻，君去民逃。多嬌。此時相見，料想我姻緣非小。做夫妻相呼厮唤，怎生任消？

【前腔換頭】何勞。獎譽過多。昔日榮華，眼前窮暴。身無所倚，幸然遇君家，危途相保。英豪。念孤惜寡，再生之恩容報。久已後啣環結草，敢忘分毫？

【黄龍衮】才郎意堅牢，賤妾難推調。只恐容易間，恩情心事休忘了。海誓山盟，神天須表。辦志誠，圖久遠同偕老。

【水仙子】眼又昏，天將暝。趁聲兒向前打認。渾身上雨水淋漓，盡皆泥濘。生來這苦何曾慣經？

【前腔第二換頭】眼前是錯十分定。是無可奈，只得陪些下情。年高人怎生行得山徑？款款扶着娘娘慢行。

【前腔第三換頭】觀模樣，聽語聲。你是阿誰便應承？枉了許多時，教娘苦相等。非詐應。瑞蓮聽得名兒厮類。怕尋覓是我家兒，偶遇娘娘如再生。

【刮地風】舉止與孩兒不恁爭，厮跟去你心肯？情願做奴爲婢身多幸，怎敢指望做兒稱？干戈寧靜，同往神京。謝深恩，感深恩，救取奴命。天昏地慘迷去程，就此處權停。

【破陣子】况是君臣遭難，那堪子母臨危。尊父東行何日見？天子南遷甚日回？家邦無所依。

【七娘子】生居畫閣蘭堂裏，正青春歲方及笄。家世簪纓，儀容嬌媚，那堪身在歡娛地。

【滿江紅】身遭兵火，兄妹逃生受奔波。怎禁他風雨摧殘，田地上坎坷。泥滑路生行未多，軍馬追急怎奈何？教我彈珠顆。冒雨衝風，沿山轉坡。大喊一聲過，諕得我獐狂鼠竄。那裏去了也哥哥，哥哥怎生撇下我？此身無處安存，無門可躲。

【四邊静】今朝豈比尋常日，華筵動清引。仙子轉桃源，佳期共歡宴。不須俄遲，既傳與知。轉却絲鞭，夫妻兩隨。

【福馬郎】那時風寒雨又緊，正行裏喊聲如雷震。無處隱，急向林槨中躲，道途上奔。其時亂紛紛。身難保，命難存。

【二紅郎】【福馬郎】一自瑤琴操離鸞，眼底知音少，不與彈。【水紅花】今朝拂拭錦囊看雪窗寒。【南吕宫·紅芍藥】傷心一曲倚闌干，續《關雎》一調難。

【刷子序】書齋數椽，良田儘可、隨分饘粥。世態紛紛，争如静守閑居。勤劬。事業學成文武，事皇朝方展天都。（合）但有個抱藝懷才，那得滄海遺珠？

【前腔换頭】難伏。晚進兒童，奪朱惡紫，肥馬輕車。磊落男兒，漸觀蠹爾之徒。聽語。萬事皆由天命，盡皆非者也之乎。（合前）

【玉芙蓉】胸中書富五車，筆下句高千古。鎮朝經暮史，寐晚興夙。擬蟾宫折桂重梯步，待求官奈何服制拘？教人怨，怨不沾寸禄。望當今聖明天子詔賢書。

【普天樂】叫得我氣全無，哭得我聲難語。兩頭來往走到千百步，兄安在妾是何如？真所謂逆旅窮途，須念我爹娘身故。我須是你一蒂一瓜親骨肉，你好割得斷兄妹腸肚。將奴家閃在這裏，進也無門，退又無所。

【錦纏道】髻雲堆，珠翠簇。蘭姿蕙質，香肌襯羅衣。黛眉長，盈盈眼横秋水。鞋至上冠兒至底，諸餘没半星兒不美。針指暫閑時，向花朝月夕，丫鬟侍婢隨。好景須歡會，四時不負佳致。

【薄媚衮】聽人報軍馬近城，天子遷都汴。今晚庶民，不許一人落後在京輦。生長昇平，身誰慣遭離亂。苦怎言？膽顫心驚，如何可免？

【東風第一枝】宫日添長，壺冰結滿，仲冬天氣嚴寒。繡工閑却金針，紅爐畫閣人閑。金爐香裊，麗曲趁舞袖弓彎。錦帳中褥隱芙蓉，肯教鸂鶒杯乾？

【催拍】受君恩身居從班。食君禄争敢避難？此行非同小看。緝探上京虚實，便往邊關。漠漠平沙，路遠天寒。一别後涉水登山，今日去甚時還？

【賽觀音】雨兒催，風兒送。一旦裏家邦盡空。想富貴榮華如夢。哽咽傷心氣填胸。

【人月圓】途路裏奔走流民擁，膽喪魂飛心驚恐。風吹雨濕衣襟重，止不住雙雙珠淚湧。行不上，惟聞得戰鼓聲震蒼穹。

【卜算子】病弱身着地，氣咽魂離體。折散鴛鴦兩處飛，多少啣冤意。

【紫蘇丸】俟門宴飲來催赴，跨青驄徑臨庭宇。蒙君不棄到蝸居，森森光彩生門户。

【大齋郎】狂秀才，命兒乖。身充方正是官差，三隅兩巷民户災。要無違礙，好生只把月錢來。

【番鼓兒】老小人，年已七十歲，七十歲。奉朝廷宣行敕旨，事屬安危。恨不得肋生雙翅。兩頭白日，多只行三里五里。火速便馳驛，等回音星飛電急。

【衮衮令】兀剌赤，門外等多時。縱轡加鞭，心急馬遲。伴宿女孩兒，羊酒關支。都管取完備，休誤了軍期。

【臘梅花】孟津驛舍，黄河岸邊。乘船走馬十分便。子母忙向前。可憐見窮面，望借安泊與周全。

【鑾江令】煩惱多歷遍，憂愁怎脱免？眼兒哭得損，脚兒行得倦。五里十里，一日過如年。但願前途去，早早得逢親眷。

【涼草虫】勁風寒四合，暮煙昏慘慘，彤雲篩晚天變。只愁那長空舞絮棉，去心如箭。旅舍全無，何處安歇停眠？

【撼亭秋】短亭長亭程程去知幾驛。逆旅中過寒食，見點點殘紅飛絮白。夕陽影裏啼蜀魄。

家鄉遠，心漫憶，回首雲煙隔。
【望吾鄉】降詔頒折，搜賢赴帝域。文武遠投安邦策，正是男兒崢嶸日。豈辭多勞役。一朝裏身顯跡，受賞加官職。
【上馬踢】干戈動地來，車駕遷都汴。兒夫離帝京，路遥人又遠。軍馬臨城，無計將身免。這苦怎言？禍不單行，中路兒不見。
【誤佳期】淚染胸襟濺，家尊去程遠。默想何時見，萬苦千辛念。曾記分離，祝付去時言。天翻地覆，黎民遭賤。自離家鄉，千般受勞倦。天！何時再團圓？脱離災危，問到穹蒼。
【羽調排歌】黯黯雲迷，寒天暮景，區區水涉山登。瀟瀟黄葉舞風輕，這樣愁煩不慣曾。不忍聽，不美聽，聽得胡笳野外兩三聲。風力勁，天氣冷，一程分做兩程行。
【思園春】久阻尊顔想念勤，此逢將謂是夢和魂。我是那不因親者女，今日個强來親。子母夫妻若散雲，無心中完聚怎由人。
【縷縷金】教準備展芳樽，得團圓都喜慶，盡歡忻。館驛中雜人來往，其實不便。到點點得見聖明君。那時好會佳賓，那時好會佳賓。
【好孩兒】尋不見連忙向前，搜索盡牆邊院邊。莫不是隱身法術是神仙？我走如煙，眼尋穿。（合）歹人恰是那裏見，歹人恰是那裏見。

【撲燈蛾】自親不見影，他人怎相庇？既然讀詩書，惻隱怎生周急？我是孤兒，你是寡女，厮趕着教人猜疑。亂軍中誰來問你？緩急間，語言須是要支持。

【撲燈蛾】到行朝汴梁，看山河壯帝居。四時常開花木，論繁華不識中都。蒙恩深處，便爲家自來俗語。休思故里，對良辰好景，宴樂且歡娱。

【念佛子】窮秀才，夫和婦，爲士馬逃難登途。望相憐，壯士略放一路。枉自説閑言語，買路錢留下金珠。稍遲延，便教身死須臾。

【前腔第二换頭】區區。山行露宿，粥食無覓處。有盤纏肯相推阻？敢厮侮。窮酸餓儒，模樣須尋俗。應隨行所有，疾忙早分付。

【前腔第三换頭】苦不苦。從頭至足，衣衫皆藍褸。難同他往來客旅。你不與，施威仗勇，輪動刀和斧。激得人忿心發怒。

【前腔第四换頭】告饒恕。魂飛膽顫摧，神恐心驚懼。此身恁地無屈死，真實何辜？且執縛，管押前去山寨裏，聽從區處。到這裏，吉和凶未保，生死同途。

【尾犯序】山徑路幽僻，尋常此間來往人稀。男女相隨，豈是良人行止？

【漁家傲】不念去國愁人最慘悽。淋淋的雨一似盆傾，風如箭急。侍妾從人皆星散，各逃生計。身居處華屋高堂，珠繞翠圍。那曾經地覆天翻受苦時。

【剔銀燈】迢迢路不知是那裏？前程去安身何處？一點雨間一行悽惶淚，一陣風對一聲愁氣。雲低。天色傍晚，子母命存亡兀自尚未知。

【地錦花】繡鞋兒，分不得幫和底。一步步提，百忙裏褪了跟兒。冒雨盪風，帶水拖泥。步難移，全没些氣和力。

【麻婆子】路途路途行不慣，心驚膽顫摧。地冷地冷行不上，人慌語亂催。年高力弱怎支持？泥滑跌倒在凍田地。款款扶將起，心急步行遲。

【粉孩兒】匆匆地離皇朝，心不穩。棄家私老小，去得安忍？只知國難識大臣，(一)不隄防萬馬千軍犯京城。君去民逃，常言道龍鬥魚損。

【紅芍藥】兵擾攘阻隔關津。思量着役夢勞魂。眼見得家中受危困，望吾鄉有家難奔。孩兒歷盡苦共辛，娘逢人見人詢問。只愁你舉目無親，子母何處厮認？

【耍孩兒】我一言説不盡。況説招商店，肯分地撞着家尊。我尋思他眼盼盼人遠天涯近，爲甚的來那壁千般恨。休休休只管叨叨問。

【會河陽】有甚爭差且息嗔，閑言閑語總休論。賤妾不避責罰，將片言語陳。難得見今日之

(一) 識：原作『失』，據汲古閣刊本《繡刻幽閨記定本》改。

分。甚時除得我心間悶？甚時除得我心間悶？

【駐雲飛】村釀新篘，要解愁腸須是酒。壺内馨香透，盞内清光溜。嗏！何必恁多羞？但略沾口，勉意休推，展却眉兒皺。一醉能消心上愁。

【駐馬聽】一路裏奔馳，多少艱辛，行到這裏。且喜略時肅静，漸次平安，稍爾寧息。恨悠悠千里旅情悲，苦懨懨一片鄉心碎。感嘆咨嗟，傷情滿眼關山淚。

【古輪臺】自驚疑，相呼厮唤兩三回，瑞蘭和先輩，不曾相識。瑞蓮名兒，本是卑人親妹。妾因兵火急，離鄉故。子母隨遷往南避，中途相失。喊殺聲各各逃生，電奔星馳。中路差池，因循尋至，應聲偶逢伊。俱錯意，一般煩惱兩心知。

【前腔換頭】名兒厮類，聽錯自先回。急便往根尋，豈容遲滯。事到如今，怎生惜得羞恥？念苦憐孤，救取殘喘，帶奴離此免災危。不忘恩義。曠野裏獨自一個佳人，生得千嬌百媚。喜得他無夫無婿，眼見得落便宜。如何是？天色昏慘暮雲迷。

【本宫賺】且與我留人，押回來問他個詳細。家居在那裏？農種工商學文藝？通詩禮，鄉進士州庠屢魁。中都路離城三里。閑居，因兵棄家無所倚。聽説仔細。

【前腔換頭】緊降階釋縛扶將起，是兄弟負恩忘義。尊嫂受禮。誰知此地能完聚？愁爲喜，深謝得賢叔盜跖。哥哥行那些個尊卑？權休罪，適間冒瀆少拜識。恐君錯矣。

【薄倖】凜冽寒風，淋漓冷雨。送君臣南北，父子西東。心腸痛，不幸見刀兵冗冗。望故國雲漢遠濛濛。

【三登樂】世亂人荒，幸脱離天羅地網。不隄防病染這場。事不寧，身未穩，天降災殃。淹留旅邸，望河南怎往？

【步蟾宫】龍潭虎窟愁難數，更染病擔疾羈旅。分别夫婦兩南北，誰念我無窮淒楚？

【番竹馬】喊聲漫山漫野，招颭皂旗，萬點寒鴉。千户萬户，每領雄兵圍繞中都城下。見敵樓無個人披掛，都遷徙離京華。（合）前去奮武征伐，盡攬轡攀鞍，加鞭催駿馬。待逃生除是翅雙插，直追到海角天涯。金鞍玉轡，斜踏寶鐙菱花。

【青衲襖】幾時得煩惱絶？幾時得離恨徹？本待散悶閑行到臺榭，傷情對景教我腸寸結。悶懷些兒，待撇下争忍撇？待割捨難割捨。沉吟倚遍闌杆，萬感情切，都分付與長嘆嗟。

【前腔】你把濫名兒將咱引惹，直恁的情性乖心意劣，女孩兒家多口共饒舌，爺娘行快活要他則甚迭？要裝衣滿篋，要食珍味設，我與你寬打周折。父親行先説。説道小鬼頭春心動也。

【紅衲襖】往常時繡裙兒寬褪了褶，推道爲傷春憔悴些。近日龐兒瘦成勞怯，這些時又莫是你傷夏月？姊妹每非見邪，斟量着非爲别。將姐夫來尋思，别無話説。

【羅帶兒】【香羅帶】妾身本宦族，京城久居。爲侵邊犯闕軍奮武，君臣遷徙離中都也。散亂人逃避，奔程途。【梧葉兒】家無主去無所，磣可可千生受，萬辛苦。今宵得暫安宿，可憐見子母每天寒在這路途。

【金蓮子】古今愁，誰似我目下這般憂？聽軍馬驟，人鬧語稠。向深林中躲避，只恐怕有人搜。

【前腔換頭】百忙裏散失差了路頭。尋覓竟不着怎措手？謝神天祐，這搭兒端的是有。親骨肉見了，尋路向前走。

【太師引】路在側坡前後，往來尋心不自由。更也無些踪跡，真個叫破咽喉。年老力乏身倦，便死也無人搭救。停怎住欲去怎走？好教我去住難留。

【孤飛雁】聖恩詔旨從天降，遍遐邇萬民欽仰。宥極刑身有重生望，散群寇與群黨。回凶就吉，轉禍爲祥。前臨帝輦絶却親黨。回首家鄉無了父娘。感傷，尋思着雨淚千行。

【二郎神慢】拜新月，寶鼎中名香滿爇。只願我抛閃下男兒疾較些，得再睹同歡同悦。我這裏悄悄輕將衣袂扯，却不道小鬼頭春心動也。那嬌却，無言俛首，熖熖紅滿腮頰。

【梧桐花】徙黎民，遷臣宰，國主蒙塵尚遠邁。雕闌玉砌今何在？想畫閣蘭堂那安排，變做草舍茅簷這境界。怎教我還得盡恓惶債。

【金梧桐】這廝忒倚官，這廝忒挾勢。便死待何如？欺侮俺窮儒輩。我這裏病又深，他那裏愁無際。旅店郵亭，兩下裏人憔悴。怎教我忍得住恓惶淚？

【水紅花】憶昔歌舞宴樓臺，會金釵，風光還在。思之對酒看書齋，命多乖，歡娛難再。母親知他何處？尊父阻隔天涯，不能彀千里故人來也囉。

【山坡羊】翠巍巍雲山一帶，碧澄澄寒波幾派。深密密煙林數簇，滴溜溜黄葉飄敗。一兩陣風，三五聲過雁哀。傷心對景愁無奈。回首西風，珠淚滿腮。情懷，急煎煎悶似海。形骸，骨崖崖瘦似柴。

【四犯黄鶯兒】【黄鶯兒】他直恁太情切，你十分忒軟怯，眼睜睜怎忍相抛撇。你枉自怨嗟，我無計可設。當不過搶來推去望前扯。【四邊静】意似虺蛇，性似蝎螫，【黄鐘兒】一言如何訴説。

【鶯集御林春】【鶯啼序】恰纔的亂掩胡遮，【集賢賓】事到如今漏洩。姊妹每心腸休見別，夫妻每是有些周折？教他難推怎阻，【簇御林】一星星對伊仔細從頭説。【三春柳】他姓蔣世隆名，中都路是家。是我男兒受儒業。

【杏花天】曲江賜罷瓊林宴，稱藍田宮花帽偏。玉鞭裊裊如龍騎，簇擁着傳呼狀元。

【水底魚】三世行醫，四方人盡知。不論貧賤，請着的即便醫。盧醫扁鵲，料他直甚的？人人道我，道我是個催命鬼。

【趙皮鞋】我是一個巡警官，日夜差使千萬般。俸錢些小甚曾寬，怎熬得三年官債滿？

【江頭送別】天台路，當日曾，降臨二仙。桃花岸，武陵溪，賺入劉阮。不争再把程途踐，仙凡自此隔遠。

【五韻美】意兒想，眼兒望。望救你東君艷陽，與花柳增芳。全無這可傷，身凜凜如雪加霜。更沒些和氣一味莽。鐵膽銅心，打開鳳凰。

【五韻美】兄妹間，苦難勸。媒人議説須再三，説教他事體重完。你好隨機應變，看待我十分輕鮮。看我虎符金牌向腰内懸。沒一個因由，告人勸勉。

【山麻稭】(一)你渡關津，怕人盤問。又沒官司，文憑脚引。此行何處能安頓？驀忽地怕有人，便寄取一個平安書信。

【山麻稭】兄長言，極明論。遍行軍攔，立賞明文。世沒男子，有誰投奔。一片心后土皇天，表我忠直，不陷吉人。

【五般宜】他爲你晝忘餐、夜無眠，他爲你悽慘慘、淚漣漣。天教你重完聚、續斷絃。這夫妻非同偶然。尊嫂別來康健，夫妻每俱再圓。伏望相公夫人、作個周全。

【小桃紅】狀元執盞與嬋娟，滿捧着金杯勸也。厚意慇懃，到此身邊，何異遇神仙？輕輕將

(一) 稭：原作『客』，據《幽閨怨佳人拜月亭記》改。下同改。

袖兒掀，露春纖，琖兒拈，低嬌面也。真個似柳如花，柳和花鬬争妍。

【下山虎】大人家體面，委實多般。有眼何曾見？懶能向前。他那裏弄盞傳杯，恁般面靦。我這裏新人忒煞虔，待推怎地展？争奈主婚人不見憐。配合夫妻事，事非偶然。好惡姻緣都在天。

【二犯排歌】【越調排歌】文官狀元，武官狀元。【江神子】兩姨處相回勸。不想這搭兒裏重會再見。久別你先夫是誰過愆？早忘了當初囑付言。【園林杵歌】你言偏，我意堅，方纔及第如何便接了絲鞭？有的話兒但只問你、妹子瑞蓮。

【鬬蛤蟆】古質漢、村情性，事有萬千。説的話没些兒，款曲宛轉。只好再等三年後，嫁一個風流俏的狀元。休記先，休記冤。欲配新親，未敢自專。

【章臺柳】冤苦陳，不忍聞。念興福生來女直人，身充忠孝軍。直諫遷都阻儘臣，齠齔不留存。誅戮盡，我苟活逃遁。

【醉娘子】聽其言，此情實爲可憫。看他貌英雄出輩群。休嫌俺秀士貧，我和你弟兄相識認。他日須記取今危困。

【雁過南樓】此間難容汝身，但人知彼此遭迍。無物贈君，些少鏒銀。休嫌少，望留休哂。莫辭苦辛，朝行暮隱，更名姓向外州他郡。

【本宮賺】若説武人，前程萬里功名遠。儒人秀才，一個個窮似范丹和原憲。看奴面，不肯嫁人怎趁錢？壞人道業心不善。福分淺，棄嫌我怎與他成姻眷？事成生變。

【旋風子】祥雲縹緲，飛昇體探人間。

【賀聖朝】斬龍誅虎威風，拿人捉將英雄。錦征袍相稱茜巾紅，鎮山北山東。

【秋蕊香】半載縈牽方寸，何曾不淚滴眉顰。欲語難言信難問，即漸裏懨懨瘦損。

【真珠簾】十年映雪囊螢，苦學干禄。幸首獲州庠鄉舉。繼晷與焚膏，志勤習詩書。咳唾珠璣才燦錦，養浩然春闈必取。一躍過龍門，當此青雲得路。

【夜行船】六曲闌干和悶倚，不覺又媚景芳菲。微雨昨宵，新晴今日。知道海棠開未。

【新水令】淒涼逆旅人千里，這縈牽怎生成寐？萬苦横心裏。睡不着，是愁都做了枕前淚。

【南枝映水清】【鎖南枝】從別後，渡孟津，思君盡日欲見君。【五馬江兒水】鳳北鸞南，生生地鏡剖釵又分。鎮千思萬想，要見無門。【鎖南枝】放不落心上人，漾不下心上人。

【破金歌】青包巾上野花兒插，白布衫肩綿套壓，山間路中若撞見咱。客商家，買路金珠多留下。

【柳絮飛】一軍人盡誅戮，誅戮。走了陀滿興福，興福。遍張文榜行諸處，多用心根捉囚徒。鄰佑與窩主，停藏的罪同誅。

【三棒鼓】一鞭行色望東京，如今兩國通和也，無戰争。邊疆罷兵，邊烽罷警，不暫停。（合）今日恰海宴河清也，重逢太平，重樂太平。

【前腔】遠聞軍馬犯京城，争奈奉旨登途也，離鄉背井。這場戰争，這場恐驚，誰慣經？（合前）

【灞陵橋】這苦説向誰，索性死離别各自也着邊際。生把我鴛鴦、分開兩下裏，一步一回頭，教我傷情意。嗏，衫兒上淚珠兒任淹濕。

【二犯六么令】【六么令】娘生父養，逆親言心向情郎。【玉抱肚】我向地獄相救到這天堂。【玉枝歌】怎下得將他撇在没人的店房。若是兩分張，放着個殘生命亡。

【五供養】定睛多半晌，聽得人言喧鬧驚慌。遥觀巡捕卒，他都是棒和鎗。東西看了，更無處將身遮坑。見一所村莊舍，矮園牆，暫時權向此中藏。

【嘉慶子】你一雙子母無所傍。況雨緊風寒怎當？心急也行程不上。人亂亂世荒荒，愁慽慽淚汪汪。

【尹令】那時又無倚仗，當時有誰倚仗。其時有家難向，其時有親難向。他東我西，地亂天荒事怎防？

【品令】逃生士民，在官道驛程傍。天色漸晚，陰雲黯窮蒼。匆匆正往，喊聲如雷響。各各奔走，都向樹林中伉。偷生苟免，瓦解星飛子離了娘。

【豆葉黄】你一身眼下，見在誰行？我隨着個秀才棲身。他是我的家長。誰爲媒妁？甚人主張？人在那亂離時節，怎選得高門厮對相當？

【銷金帳】黄昏悄悄，助冷風兒起。想今朝思向日，曾對這般時節，這般天氣。羊羔美酒，銷金帳裏。世亂人荒，遠遠離鄉里。如今怎生，怎生街頭上睡？

【夜行船序】春思懨懨，此愁誰訴，此情誰知。心撩亂，慵睹妝臺梳洗。芳時，不煖不寒，鞦韆院宇，堪遊堪戲。（合）空對鶯花燕柳時，悄地暗皺雙眉。

【前腔换頭】因誰。縈惹芳心，媚容香褪，嫩臉桃衰。看看恁、寬盡金縷羅衣。休疑。只爲傷春，知他怎生，年年如是。（合）休對。晴天暖日，輕可地過了寒食。

【團圓旋】謝皇恩，念小臣，陋室變貴門。親至尊，殿墀試，文武狀元及第，驟受開封府尹。惟憑英勇，講武朝君見紫宸。中大魁，虎符掌軍。奉旨成親招贅，將爲秦晉。五花誥駟馬高車，享榮華夫人封郡。拜官頒賞，聖德吾王敬舊勳。盡意欣，美滿夫妻厮稱，來往媒勞頓。且如今，都轉意諸心順。令酬謝皆交無吝。

【前腔】燕爾婚，值令辰，配合美眷姻。記那時店中受窘，鳳拆鸞分，怎想今朝之分。英雄萬里，受盡苦辛。遇赦恩，幸得進身。地亂天翻，散失逃亡誰問。經離合事事休論，玳筵開幸得識認。才子佳人成對，兩兩筵前捧壽樽，謝玉傾金休吝。少年青春，萬歲永綰同心，雙雙共喜欣。

【青歌】我是媒婆媒婆，兩隻脚疾走如梭。生得來不矮又不矬。我子要男多，子要銀多。折莫男醜似閻羅，女老似桃婆。把臂來拖，借手多多。管要諧和，便教成合。若是輕我，欺我，罵我，唤我。口若懸河，舌若風荷，便做男賽潘安女姮娥，教獨自過！

【太平令】曲徑迢遥，深夜柴門帶月敲。郵亭一宿風光好，又何故語叨叨。

【望梅花】叫的我不絕口，却被喊殺聲流民四走。荒急便尋，不知個所有。此間無，多只他在前頭。

【雙煞】【喜無窮煞】遲疾早晚兵戈息，共約在行朝訪踪跡。【情未斷煞】男兒志，心肯灰。一旦風雲際會日，怎肯依舊中原一布衣。

【五樣錦】【字字錦】因緣將謂、五百年眷屬，十生九死成歡聚。【錦法經】經艱歷險幸然無虞也。【錦衣香】指望否極生泰，禍變受福。末後尚有如是苦。【錦添花】急浪狂風。【西地錦】風吹折並根連枝樹，浪打散鴛鴦兩處飛。

【前腔】【字字錦】更全然不想、我這病體疾軀，那肯放容他些兒個。【錦法經】叮嚀囑付，將他倒拽横拖奔去途。【錦纏道】回頭道不得聲將息。【錦添花】幾曾有這般慈父，跌得我氣絕再復。

【錦衣香】死絶再甦，一回價上心，一回價痛哭。

【回回舞】東裏東來東裏東，東邊諸處水朝宗。扶桑日出海波紅，東夷歸化仰皇風。仰皇風，萬國同。聖人德化先海東，先海東。

【排歌】休戈甲，罷征戍，區宇宣王化。惠及生靈，恩沾遐邇。如今日之際，海之涯，普天之下。再生重見太平，欣聲四洽。

新編南詞定律

《新編南詞定律》所收《拜月亭記》隻曲，輯録如下。

【傳言玉女】得睹天顔，真爲主憂臣辱。皇恩深沐，享千鍾重禄。如今幸得，再整銀屏金屋。皇朝重見，太平重睹。

【耍鮑老】朝廷當時巡捕急，閃避在圍牆内。若非恩人救難危，險赴法雲陽市。相逢狹路難迴避，這言語古來提。連忙整備排筵席。（合）歡來不似今日。

【前腔】你儒業祖傳襲，文章幼攻習。我低低問暗暗猜，心疑忌。叔伯遠房姑舅的？敢是兩姨一瓜蒂？怎有這個賊兄弟？（合）賽關張勝劉備。

【鮑老催】酒浮嫩醅，壓驚解煩休要推。寒色告少飲半杯。非詐僞，量淺窄休央及。高歌暢飲展放眉，開懷醉了重還醉。（合）酒待人無惡意。

【鮑老催】告辭去急，姑留待等寧静歸。龍潭虎穴難住地。金百兩，望領去爲盤費。懊恨人生東又西，難逢最苦别離易。嘆此行何時會？遲速早晚干戈息。（合）共約行朝訪踪迹。

【歸朝歌】朝廷旨，朝廷旨愛咱。感皇恩，即當領納。這姻眷，這姻眷寵加。愧此心無能上答。狀元請接絲鞭罷，展開美人真容畫。（合）是後易先難成就麽。

【降黄龍】宦室門楣，寒士尋常，望若雲霄。爲時移事遷，地覆天翻，君去民逃。多嬌。此時相見，料應我和你姻緣非小。（合）做夫妻相呼厮唤，怎生忘了？

【黄龍滚】才郎意堅牢，才郎意堅牢，賤妾難推調。只恐容易間，把恩情心事都忘了。海誓山盟，神天須表。（合）辦至誠，圖久遠同諧老。

【水仙子】眼又昏，天將暝。趁聲兒向前厮認。渾身上雨水淋漓，盡皆泥濘。（合）生來這苦何曾慣經？

【前腔】眼見錯，十分定。事無可奈，只得陪些下情。你是高年人，怎生行得這山徑？（合）瑞蓮款款扶着娘慢行。

【刮地風】看他舉止與孩兒不恁撑，厮跟去你可心肯？情願做奴爲婢身多幸，如何敢望做兒稱？干戈若寧静，和你同往到神京。謝深恩，感大恩，救取奴一命。（合）天昏地黑迷去路程，就此處權停。

【玉漏遲序】得寵念辱，想其時駕還民移前去。父母妻兒，散離值此天數。抵多少喫辛受苦，抵多少亡家失所。（合）今幸得在畫堂深處。

【前腔换頭】轟雷戰鼓，喊殺聲散亡人盡奔逐。那時無他，可憐救我在危途。知何處作婢爲奴，知何處遭驅被虜。（合）今幸得在畫堂深處。

【團圓旋】謝皇恩，念小臣，陋室變貴門。親至尊，殿墀試，文武狀元及第。驟受開封府尹。惟憑英勇，講武朝君。見紫宸，中大魁，虎符掌軍。奉旨成親招贅，將爲秦晉。五花誥，駟馬高車，享榮華夫人封郡。拜官頒賞，聖德吾王敬舊勳。盡意欣，美滿夫妻廝稱，來往媒勞頓。（合）且如今，都轉意，諸心順。令酬謝皆交無吝。

【梁州賺】與我留人，押回來問取詳細。家居那裏？農種工商學何藝？通詩禮，鄉進士州庠屢魁。中都路離城三里。閑居止，遭兵棄家無所倚。聽説仔細。

【前腔换頭】降階釋縛扶將起，是兄弟負恩忘義。尊嫂施禮。誰知此地能相會。愁爲喜，深謝得賢叔盜跖。哥哥行那些個尊卑？權休罪，適間冒瀆少拜識。恐君錯矣，恐君錯矣。

【緱山月】守正處寒廬，勤苦誦詩書。盼春闈身進踐榮途。奈雙親服制，前程未遂，敢仰天呼。樂道安貧巨儒，嗟怨是何如？但孜孜有志傚鴻鵠。似藏珠韞匱，韜光斂跡，價待時沽。

【七娘子】生居畫閣蘭堂裏，正青春歲方及笄。家世簪纓，儀容嬌媚，那堪身處歡娛地。

【刷子序】書齋數椽，良田儘可、隨分饘粥。世態紛紛，争如静守閑居。勤劬。看藝業學成文武，事皇朝方展訏謨。（合）但有個抱藝懷才，那得他滄海遺珠？

【前腔换頭】難服。晚進兒童，肥馬輕裘，惡紫奪朱。磊落男兒，慚睹蠢爾之徒。聽語。萬事皆由天命，盡皆非者也之乎。（合）但有個抱藝懷才，那得他滄海遺珠？

【錦纏道】髻雲堆，珠翠簇，蘭姿蕙質。香肌稱羅綺。黛眉長，盈盈照一泓秋水。鞋直上冠兒至底，諸餘没半星兒不美。針指暫閑時，花朝月夕，丫鬟侍妾隨。（合）好景須歡會，四時端不負佳致。

【普天樂】叫得我氣全無，哭得我聲難語。兩頭來往倒千百步，兄安在妾是何如？真所謂困旅窮途，須念我爹娘身故。我須是一蒂一瓜親兒女，你好割得斷兄妹腸肚。閃下奴家在這裏？（合）進無門，退時還又無所。

【小桃紅】大道上難前去，小路裏怎逃伏？遥望寫梁三兩間茅簷屋，轉彎環野徑休辭苦。（合）暫安身少避些風和雨，多管是村野民居。

【滿江紅急】身遭兵火，兄妹逃生受奔波。怎禁他風雨摧殘，田地上坎坷。泥滑路生行未多，軍馬追急怎奈何？（合）教我彈珠顆，冒雨衝風，沿山轉坡。

【滿江紅尾】大喊一聲過，諕得我獐狂鼠竄。那裏失了哥哥，哥哥怎生撇下了我？（合）此身無處安存，無門可躲。

【福馬郎】那時風寒雨又緊，正行裏喊聲如雷震。無處隱，急向林梛中走、道塗上奔。其時亂紛紛。（合）身難保命難存。

【望吾鄉】降詔頒敕，搜賢赴帝域。文武遠投安邦策，正是男兒崢嶸日。豈辭多勞役！（合）一朝裏身顯跡，受賞加官職。

【前腔換頭】喊殺連天，骨肉怎相戀？自古常言道：人離鄉賤。到得今朝平安幸非淺。（合）是則是身狼狽，眼前受迍邅。

【蠻江令】煩惱都歷遍，憂愁怎脱免？眼兒哭得損，脚兒行得倦。五里十里，一日過一年。（合）但願前途去，早早逢親眷。

【涼草虫】勁風寒四合，暮煙昏慘慘，彤雲布晚天變。只愁那長空舞絮綿，去心如箭。（合）旅舍全無，今宵何處安眠？

【臘梅花】孟津驛舍，住在黄河岸邊，乘船坐馬十分便。子母忙向前。（合）可憐窮面，暫借安身望周全。

【大齋郎】我是狂秀才，命兒乖。身充坊正是官差，三隅兩巷民户災。（合）要無違礙，好生只把月錢來。
【望梅花】教的我不絶口，却被喊殺聲流民四走。荒急便尋，不知個所有。（合）此間無，多應只在前頭。
【上馬踢】干戈動地來，車駕遷都汴。兒夫離帝京，路遥人又遠。軍馬臨城，無計將身免。（合）這苦怎言？禍不單行，中路兒不見。
【番鼓兒】爲塞北，爲塞北，興兵臨邊鄙。但州城關津險隘，勢怎當敵？待欲遷都迴避。不許稽遲，上京去緝探事實。（合）火速火速便馳驛，等回音星飛電急。
【番鼓兒】兀剌赤，兀剌赤，門外等多時。縱轡加鞭，心急馬遲。伴宿女孩兒，羊酒須要關支。管取完備，休得誤了軍期。（合）火速火速便馳驛，等回音星飛電急。
【惜黄花】中都路是本鄉，車駕遷南往。一程程到廣陽，特來相訪。小可敢覆尊丈，有何事厮問當？買物貨請商量，要安下却無妨。（合）若是問尋人，道如何模樣？
【誤佳期】淚染胸襟濺，家尊去程遠。默想何時見，萬苦千辛念。曾記分離，囑咐去時言。天翻地覆黎民遭賤，自離家鄉受千般勞倦。天！何時再團圓？（合）脱離災危，問道穹蒼肯方便。
【灞陵橋】這苦説向誰，索性死離别，各自也着邊際。生把我鴛鴦分開兩下裏，一步一回頭，教我傷情意。嗏，（合）衫兒上淚淹濕。

【五韻美】意兒裏想，眼兒裏望。望救取東君艷陽，與花柳争芳。全没些可傷，身凛凛如雪上加霜。更没些和氣一味莽。（合）鐵膽銅心，打開鳳凰。

【醉羅歌】（【醉扶歸】首至合）那日那日離都下，流落流落在天涯。畫影圖形遍挨查，到處都張掛。（【皂羅袍】合至末）草爲茵褥，橋爲住家。山花當飯，溪水當茶。那些個一刻千金價。

（【排歌】八至末）兵戈擾，道路賒，幾番回首望京華。

【一片錦】（【疊字錦】首至二）姻緣將謂，是五百年眷屬，十生九死成歡聚。（【錦上花】六句）經艱歷險，幸無虞也。（【錦法經】五至六）指望否極生泰，禍絶受福。（【一機錦】四句）誰知尚有如是苦？（【錦海棠】二句）急浪狂風。（【晝錦堂】七至合）風吹折並根連枝樹，浪打散鴛鴦兩處孤。（【字字錦】六至九）爲病體疾軀。那肯放容他些兒個。叮嚀囑咐，將他倒拽横拖奔去途。（【錦纏道】四至五）回頭道不得聲將息，幾曾有這般慈父。（【攤破地錦花】五句）惱得我氣絶再復。死絶再甦。（【錦衣香】末）一回價上心來，一回價痛哭。

【賽觀音】雨兒催，風兒送。歎一旦家邦盡空。想富貴榮華如夢。（合）哽咽傷心氣填胸。

【攤拍】受君恩身居從班。食君禄争敢避難？此行非同小看，此行非同小看。緝探上京虚實，便往邊關。漠漠平沙，路遠天寒。（合）一别後涉水登山，今日去甚時還？

【思園春】久阻尊顔想念勤，此逢將謂是夢和魂。我是個不應親者，今日個强來親。子母夫妻若散雲，無心中完聚怎由人。

【粉孩兒】匆匆的離皇朝，心不穩。棄家私老小，去得安忍？只因國難識大臣，不隄防萬馬千軍。（合）犯都城。君去民逃，常言道龍鬬魚損。

【攤破地錦花】繡鞋兒，分不得幫和底。一步步提，百忙裏褪了跟兒。冒雨盪風，帶水拖泥。（合）步難移，全没些氣和力。

【麻婆子】路途路途行不慣，心驚胆顫摧。地冷地冷行不上，人慌語亂催。年高力弱怎支持？泥滑跌倒在凍田地。（合）款款扶將起，正是心急步行遲。

【撲燈蛾】自親不見影，自親不見影，他人怎相庇？既然讀詩書，惻隱心怎不周急也？我是孤男，你是寡女，厮趕着教人猜疑。亂軍中誰來問你？（合）緩急間語言須是要支持。

【撲燈蛾】到行朝汴梁，看山河壯帝居。四時有常開花木，論繁華不減中都也。受恩深處，便爲家自來俗語。休思故里。（合）對良辰媚景，宴樂且歡娱。

【前腔換頭】依舊珠圍翠簇，依舊雕鞍繡轂。列侍妾丫鬟使女，送金杯聽歌觀舞也。因災致福，愛惜奴似親生兒女。休思故里。（合）對良辰媚景，宴樂且歡娱。

【念佛子】窮秀才夫和婦，爲士馬逃避登途。望相憐壯士，略放一路。（合）捉住，枉説言語。

買路錢且留下金珠。稍遲延，便教身喪須臾。

【前腔换頭】區區。山行路宿，粥食無覓處。有盤纏肯相推阻？（合）敢厮侮，窮酸餓儒，模樣須尋俗。应隨行所有，疾忙分付。

【恤刑兒】你十三，我十三，三個十三三十九。（合）賽過東京白牡丹。

【好花兒】尋不見，疾忙向前。搜索盡，牆邊院邊。莫不隱身法術是神仙？走如煙，眼欲穿。（合）歹人歹人那裏見？

【太平令】曲徑迢遥，深夜柴門帶月敲。（合）郵亭一宿風光好，又何故語叨叨？

【不漏水車子】告壯士休怒嗔，不嫌我草寨貧。拜壯士爲山中頭領，掌管嘍囉五百名。且自沉吟，漫自評論。畫影圖形，捕捉甚緊，不如隱遁在此埋名徑。（合）多蒙便應承，小的每悉遵鈞令。

【步蟾宮】龍潭虎穴愁難數，更染病耽疾羈旅。分別夫妻兩南北，誰念我無窮淒楚？

【金蓮子】古今愁，誰似我目下這樣憂？聽軍馬驟，人亂語稠。（合）向深林中躲避，只恐有人搜。

【前腔换頭】百忙裏散失，差了路頭。尋覓竟不見，怎措手？謝神天祐，這荅兒是有。（合）親骨肉見了，尋路向前走。

【孤飛雁】聖恩詔旨從天降，遍遐邇萬民欽仰。宥極刑身有重生望，散群輩與群黨。回凶就吉，轉禍爲祥。前臨帝輦，絶却親黨。回首家鄉，無了父娘。（合）感傷，尋思着淚雨千行。

【番竹馬】喊聲漫山漫野，招颭皂旗，萬點寒鴉。千户萬户每，領雄兵圍繞中都城下。見敵樓無個人披掛，都遷徙離京華。前去奮武征伐，盡攬轡攀鞍，加鞭催駿馬。待逃生除是翅雙插，直追到海角天涯。（合）金鞍玉轡，斜插寶鐙菱花。

【薄媚滚】聽人報軍馬近城，天子遷都汴。今晚庶民，今晚庶民，不許一人落後在京輦。生長昇平，生長昇平，誰曾慣遭離亂。苦怎言？（合）膽顫心驚，如何可免？

【青衲襖】繡裙兒寬褪了摺。爲傷春憔悴些。近日龐兒瘦成勞怯，莫不是又傷夏月？姊妹每休見撇，斟量着你非爲别。多應把你姐夫來縈牽，别無些話説。

【紅衲襖】我幾時得煩惱絶？幾時得離恨徹？本待散悶閑行到臺榭，傷情對景腸寸結。悶懷些兒，待撇下怎忍撇？待割捨難割捨。倚遍欄杆，萬感情切，都分付長歎嗟。

【羅帶兒】（【香羅帶】首至六）妾身本宦族，京城久居。爲侵邊犯闕軍奮武，君臣遷徙離中都也。散亂人逃避，奔程途。（【梧葉兒】三至末）身無主去無所，磣可可地千生受萬苦辛。（合）今宵得借歇宿，可憐見子母每天翻地覆。

【秋蕊香】半載縈牽方寸，何曾不淚滴眉顰。欲語難言信難問，即漸裏懨懨瘦損。

【旋風子】祥雲縹緲，飛昇體探人間。

【漿水令】過深山林鳥囀音，步平沙滾滾泥塵。退番兵依然罷征，且回去免教喫驚。頗學烏龜頸縮伸。今朝可喜，且息蹄輪。民樂業，官已寧。金國帝主休憂悶。（合）寃可恕，趕去程，傳示諸軍。通關隘，來貢禮，免些戰争。

【沉醉東風】向招颭黄旗影裏，選文星武宿爲魁。天香惹荷衣，遊街三日，男兒漢此時得意。（合）車馬往來馳，市井人民窺。都看狀元接鞭盛禮。

【五供養】定睛半晌，聽得人言喧閙驚慌。遥觀巡捕卒，都是棒和鎗。東西看了，更無處將身遮障。（合）見一所村莊舍，矮圍牆，暫時權向此中藏。

【嘉慶子】你一雙母子無所傍。況雨緊風寒勢怎當？心急也行程不上。（合）人亂亂世荒荒，愁慽慽淚汪汪。

【豆葉黄】你一身眼下，見在誰行？我隨着個秀士棲身，他是我的家長。誰爲媒妁？甚人主張？人在那亂離時節，人在那亂離時節。（合）怎選得高門厮對相當？

【月上海棠】君子儒，文章學業馳名譽。但一心憂道，豈爲貧居？十年捱淡飯黄虀，終身享鼎食重褥。（合）前賢語，果謂書中自有金玉。

【前腔】你自想，甚年發跡窮形狀？怎凡人貌相，海水升量。非奬。陋巷十年黄卷苦，那時禹門三月桃花浪。(合)一躍龍門，便把名揚。管教姓字標金榜。

【銷金帳】黃昏悄悄，助冷風兒起。想今朝思向日，一似這般時節，這般天氣。羊羔美酒，美酒銷金帳裏。世亂人荒，遠遠離鄉里。(合)如今怎生，怎生街頭上睡？

【三棒鼓】一鞭行色望南京，喜得兩國通和也，無戰争。邊疆罷征，邊烽罷警，不暫停。(合)如今海晏河清也，重逢太平，重樂太平。

【柳絮飛】一軍人盡行誅戮，誅戮。走了陀滿興福，興福。遍張文榜行諸處，都用心狠捉囚徒。(合)鄰佑與窩主，停藏的罪同誅。

【南枝映水清】(【鎖南枝】首至合)從別後，渡孟津，思君盡日欲見君。鳳北鸞南，生生地鏡剖釵又分。(【五馬江兒水】三至四)鎮千思萬想，要見無門。(【鎖南枝】合至末)放不落心上人，漾不下心上人。

【二郎神慢】拜新月，寶鼎中明香滿爇。願我抛閃下男兒疾較些，得再睹同歡同悦。悄悄輕將衣袂拽，却不道小鬼頭春心動也。(合)那喬怯，無言俛首，紅暈滿腮頰。

【水紅花】憶昔歌舞宴樓臺，會金釵，歡娱難再。思之詩酒看書齋，命多災，風光難再。母親知他何處？尊父阻隔天涯。(合)不能彀千里故人來也囉。

【梧桐葉】徙黎民，遷臣宰，天子蒙塵尚遠邁。雕欄玉砌今何在？想畫閣蘭堂那樣安排，都做了草舍茅簷這境界。(合)怎教人還得盡悽惶債。

【金梧桐】這廝忒倚官，這廝忒挾勢。便死待何如？欺侮俺窮儒輩。我這裏病又深，他那里愁無際。旅店郵亭，兩下裏人憔悴。(合)怎教我忍得住悽惶淚？

【鶯集御林春】(【鶯啼序】首至二)聽説罷姓名家鄉，那情苦意切。(【集賢賓】三至五)悶海愁山將我心上撇，不由人淚珠流血。我悽惶是正理。(【簇御林】五句)此愁休對愁人説。(【三春柳】合至末)你啼哭爲甚因？莫非是我的男兒舊妻妾？

【道和】吾年老，雪滿顛。無子承家業，晨昏每憂煎。且喜東床中選，雀屏中目，一雙白璧種藍田。(合)百歲夫妻今美滿。

【道和】荷相憐，護老萱。得遂留殘喘，不使陷深淵。今日再團圓。想晨昏朝暮，疾疴痛癢，憂愁風雨慰寒暄。(合)重生父母感恩遍，欲豎穹碑把德鐫。

【排歌】黯黯雲迷，寒天暮景，區區水涉山登。蕭蕭黄葉舞風輕，這樣愁煩不慣經。(合)不忍聽，不美聽，聽得胡笳野外兩三聲。風力勁，寒氣冷，一程分做兩程行。

【慶豐鄉】(【慶時豐】全)短亭長亭，去知幾。在旅邸過寒食，只見點點殘紅飛絮白。(合)夕陽影裏啼蜀魄。(【望吾鄉】合至末)家鄉遠心漫憶，回首雲煙隔。

【道和排歌】(【道和】全)前路梗，行步生，那更天將暝。憂心戰兢兢，傷情淚盈盈。那些兒悽慘，那些兒寂寞，清風明月最關情。（合）無人來往冷清清，叫地不聞天怎應？（【排歌】合至末）不忍聽，不美聽，聽得疏鐘山外兩三聲。風力勁，天氣冷，一程分作兩程行。

【二犯排歌】（【排歌】首句）文官狀元，武官狀元。（【山神子】首至合）兩姨處相回勸，不想這答兒裏重會再見。久別你前夫是誰過愆？早忘了當初囑咐言。（【園林杵歌】合至末）偏我意堅，方纔及第，如何便接了絲鞭？有的話兒，但只問你妹子瑞蓮。

【杏花天】曲江賜罷瓊林宴，稱藍袍宮花帽偏。玉鞭裊裊如龍騎，簇擁着傳呼狀元。

【小桃紅】狀元執盞與嬋娟，滿捧着金杯勸也。厚意慇懃，到此身邊，何異遇神仙？輕輕將袖兒掀，露春纖，盞兒拈，低嬌面也。（合）真個似柳如花，柳和花鬬争妍。

【五般宜】他爲你晝忘餐夜無眠，他爲你悽慘慘淚漣漣。天教你重完聚，續斷絃。這夫妻非同偶然。尊嫂別來康健，夫妻每再圓。（合）伏望相公夫人作個周全，這佳期争不遠。

【五韻美】兄妹間，苦難勸。媒人議説須再三，説教他事體重完善。你好隨機應變，看待我十分輕鮮。看我虎符金牌向腰内懸。（合）没一個因由，告人勸勉。

【五韻美】休戈甲，罷征戍，區宇宣王化。惠及生靈，恩沐遐邇。如今日之際，海之涯，普天之下。（合）再生重見太平，歡聲四洽。

【山麻稭】你渡關津，怕人盤問。又没個官司、文憑路引。此行何處能安頓？驀忽地怕有便人。（合）寄取一封平安書信。

【江頭送别】天台路，當日曾，降臨二仙。桃花岸，武陵溪，賺入劉阮。不争再把程途踐，仙凡自此隔遠。

【章臺柳】情既緊，言又窘，我斟量非姦即盜賊。逃軀潛地奔。無故入人家，有何事因？你休得要逞花唇。（合）稍虚詞送你到有司推問。

【醉娘子】我聽言，此情實爲可憫。看他貌英雄出輩群。你不嫌秀才貧，和你弟兄相識認。（合）他時須記取今危困。

【雁過南樓】此間難容汝身，但人知彼此遭迍。無物贈君，些少鏒銀，休嫌少望留休哂。（合）莫辭苦辛，暮行朝隱，更名姓向外州他郡。

【豹子令】點起番家百萬兵，百萬兵。紛紛快馬似騰雲，似騰雲。叵耐大金無道理，與他交戰定輸贏。（合）安排器械便登程，殺教片甲不留存。

【丞相賢】彎弓馳騎射雙雕，武藝超群膽氣高。紫袍金帶非同小。（合）見隨朝，兵部尚書官養老。

【前腔】青包巾上野花兒插，白布衫肩綿套壓，山間路中若遇咱。（合）客商家，買路金珠多留下。

【趙皮鞋】我是巡警官，日夜差使千萬般。俸錢些少甚曾寬。（合）怎得我三年官債滿？

【江頭帶蠻牌】（【江頭送別】全）古質漢，村情性，事有萬千。說的話没些兒，委曲宛轉。只好再等三年後。（合）嫁一個風流俏的狀元。（【蠻牌令】合至末）休記先，休記寃。欲配姻親，未敢自專。

九宮大成南北詞宮譜

《九宮大成南北詞宮譜》（又名《新定九宮大成南北詞宮譜》）所收《拜月亭記》隻曲，輯録如下。

【紫蘇丸】侯門宴飲來催赴，跨青驄徑臨庭宇。蒙君不棄到蝸居，森森光彩生門户。

【五供養】别來久矣，自離朝尊體無恙。骨肉重再睹，喜非常。屈指數月，折倒盡昔時模樣。思故里念家鄉，多少鬢邊霜。

【月上海棠】君子儒，文章學業馳名譽。但一心憂道，豈爲貧居？十年捱淡飯黄虀，終身享鼎食重褥。前賢語，果謂書中自有金玉。

【三月海棠】你自想，甚年發跡窮形狀？怎凡人貌相，海水升量。非獎。陋巷十年黄卷苦，那時禹門三月桃花浪。一躍龍門便把名揚，管教姓字標金榜。

【五韻美】意兒裏想，眼兒裏望。望救取東君豔陽，與花柳争芳。全没些可傷，身凛凛如雪上加霜。更没些和氣一味莽。（合）鐵膽銅心，打開鳳凰。

【大齋郎】我是狂秀才，命兒乖。身充坊正是官差，三隅兩巷民户災。（合）要無違礙，好生只把月錢來。

【蠻江令】煩惱都歷遍，憂愁怎消遣？眼兒哭得損，脚兒行得倦。五里十里，一日過一年。但願前途去，早早逢親眷。

【涼草虫】勁風寒四合，暮煙昏慘慘，彤雲布晚天變。只愁那長空舞絮綿，去心如箭。（合）旅舍全無，今宵何處安眠？

【番鼓兒】爲塞北，爲塞北。興兵臨邊鄙。但州城關津險隘，勢怎當敵？待欲遷都迴避。不許稽遲，上京去緝探事實。（合）火速火速便馳驛，等回音星飛電急。

【漿水令】過深山林鳥囀音，步平沙滚滚泥塵。退番兵依然罷征，且回去免教喫驚，頗學烏龜頸縮伸。今朝可喜，且息蹄輪。民樂業，官已寧。金國帝主休憂悶。（合）冤可恕，趕去程，傳示諸軍。通關隘，來貢禮，免些戰争。

【豆葉黄】你一身眼下，見在誰行？我隨着個秀才棲身。他是我的家長。誰爲媒妁？甚人主張？人在那亂離時節，人在那亂離時節。（合）怎選得高門厮對相當？

【幺令】你是娘生父養，逆親言心向情郎。我向地獄相救你到天堂，怎下得撇在没人的店房。（合）若是兩分張，管取潑殘生命亡。

【誤佳期】淚染胸襟濺，家尊去程遠。默想何時見，萬苦千辛念。曾記分離，囑咐去時言。天翻地覆黎民遭賤，自離家鄉受千般勞倦。天！何時再團圓？（合）脱離災危，問道穹蒼肯方便。

【沉醉東風】向招颭黄旗影裏，選文星武宿爲魁。天香惹荷衣，遊街三日，男兒漢此時得意。（合）車馬往來馳，市井人民窺。都看狀元接鞭盛禮。

【尹令】那時又無倚仗，當時有親難傍，其時有家難向。（合）他東我西，地亂天荒事怎防？

【望梅花】叫的我不絶口，却被喊殺聲流民四走。荒急便尋，不知個所有。（合）此間無，多應只在前頭。

【惜黄花】中都路是本鄉，車駕遷南往。一程程到廣陽，特來相訪。小可敢覆尊丈，有何事厮問當？買物貨請商量，要安下却無妨。（合）若是問尋人，道如何模樣？

【感亭秋】短亭長亭，程程去知幾驛。逆旅中過寒食，見點點殘紅飛絮白。夕陽影裏啼蜀魄。（合）家鄉遠心漫憶，回首雲煙隔。

【醉羅歌】（【醉扶歸】首至合）那日那日離都下，流落流落在天涯。畫影圖形遍挨查，到處都張掛。(【皂羅袍】五至八)草爲茵褥，橋爲住家。山花當飯，溪水當茶。(【排歌】七至末句)那些個一刻千金價。兵戈擾，道路賒，幾番回首望京華。

【十様錦】(【疊字錦】首至二)姻緣將謂、是五百年眷屬，十生九死成歡聚。(【窣地錦襠】第三句)經艱歷險，幸無虞也。(【錦法經】五至六)指望否極生泰，禍絶受福。(【錦衣香】七至八)誰知尚有如是苦。急浪狂風。(【晝錦堂】七至八)風吹折並根連枝樹，浪打散鴛鴦兩處孤。(【字字錦】六至九)我這病體疾軀，那肯放容他些兒個叮嚀囑咐。將他倒拽横拖，奔去途。(【錦上花】第六句)回頭道不得聲將息。(【一機錦】第六句)幾曾有這般慈父。(【攤破地錦花】五至六)惱得我氣絶再復，死絶再甦。(【錦腰兒】末一句)一回價上心來，一回價痛哭。

【思園春】久阻尊顔想念勤，此逢將謂是夢和魂。我是不應親者，今日强來親。子母夫妻若散雲，無心中完聚怎由人。

【越恁好】辦集船隻，辦集船隻，指日達國門。漸行漸遠，親兄長知他死和存。愁人見説愁更新，欲言又忍。(合)心兒裏痛切切如刀刎，眼兒裏淚滴滴如珠揾。

【撲燈蛾】自親妹不見影，自親妹不見影，他人怎相庇？既然讀詩書，惻隱心怎不周急也？我是孤男你是寡女，斷提着教人猜疑。亂軍中誰來問你？(合)緩急間語言須是要支持。

【撲燈蛾】到行朝汴梁，看山河壯帝居。四時有常開花木，論繁華不減中都也。受恩深處，便爲家自來古語。休思故里。（合）對良辰美景，宴樂且歡娛。

【漁家傲】天不念去國愁人最慘悽。淋淋的雨若盆傾，風如箭急。侍妾從人皆星散，各逃生計。身居處華屋高堂，但尋常珠繞翠圍。那曾經地覆天番受苦時。

【攤破地錦花】繡鞋兒，分不得幫和底。一步步提，百忙裏褪了跟兒。冒雨盪風，帶水拖泥。（合）步難移，全没些氣和力。

【麻婆子】路途路途行不慣，心驚膽顫摧。地冷地冷行不上，人慌語亂催。年高力弱怎支持？泥滑跌倒在凍田地。款款扶將起，正是心急步行遲。

【念佛子】窮秀才夫和婦，爲士馬逃難登途。望壯士相憐，略放一路。（合）捉住。枉説言語，買路錢留下金珠。稍遲延，便教身喪須臾。

【念佛子】區區。山行路宿，粥食無覓處。有盤纏肯相推阻？（合）敢厮侮，窮酸餓儒，模樣須尋俗。隨行所有，疾忙分付。

【念佛子】苦不苦。從頭至尾，衣衫皆藍縷。難同他往來客旅。（合）你不與我施威仗勇，輪動刀和斧。激得人忿心發怒。

【念佛子】告饒恕。魂飛膽顫摧，神恐心驚懼。此身恁地，負屈死真實何辜？（合）且執縛，管押前去，山寨裏聽從區處。到那裏吉凶事，全然未知。

【恤刑兒】你十三，我十三，三個十三三十九。（合）賽過東京白牡丹。
【好花兒】尋不見疾忙上前，搜索盡牆邊院邊。莫不隱身法術似神仙？走如煙，眼欲穿。（合）歹人歹人那裏見？
【福馬郎】那日風寒雨又緊，正行裏喊聲如雷震。無處藏隱，急向林榔中躲，道途上奔。其時亂紛紛。（合）身難保，命難存。
【太平令】曲逕迢遥，深夜柴門帶月敲。（合）郵亭一宿姻緣好，又何故語叨叨？
【不漏水車子】告壯士休怒嗔，不嫌我草寨貧。拜壯士爲山中頭領，掌管嘍囉五百名。且自沉吟，漫自評論。畫影圖形，捕捉甚緊，不如隱遁在此埋名姓。（合）多蒙便應承，小的每悉遵鈞令。
【東風第一枝】宫日添長，壺冰結滿，仲冬天氣嚴寒。繡工停却金針，紅爐畫閣人閑。金猊香裊，麗曲趁舞袖弓彎。錦帳中褥隱芙蓉，怎教鸚鵡杯乾？
【人月圓】途路裏，奔走流民擁，膽喪魂飛心驚恐。風吹雨濕衣襟重，止不住雙雙珠淚湧。行不上，惟聞得戰鼓聲振蒼穹。
【催拍】受君恩身居從班。食君禄争敢辭難？此行非同小看，非同小看。緝探上京虚實，便往邊關。漠漠平沙，路遠天寒。（合）一別後涉水登山，今日去甚時還？

【番竹馬】喊殺漫山漫野，招颭皂旗兒，萬點寒鴉。千户萬户每，領雄兵、圍繞中都城下。見敵樓無個人披掛，都還徙離京華。前去奮武征伐，盡攬轡攀鞍，加鞭催駿馬。待逃生、除是翅雙插，直追到海角天涯。（合）呀！金鞍玉轡，斜插寶鐙菱花。

【杏花天】曲江賜罷瓊林宴，稱藍袍宫花帽偏。玉鞭裊裊如龍騎，簇擁着傳呼狀元。

【五般宜】他爲你晝忘餐夜無眠，他爲你悽慘慘淚漣漣。天教你重完聚，續斷絃。這夫妻非同偶然。尊嫂別來康健，夫妻每再圓。（合）伏望相公夫人作個周全，這佳期争不遠。

【山麻稭】你去渡關津，怕有人盤問。又没個官司、文憑路引，此行何處能安頓？（合）驀忽地怕有便人，寄取一封平安書信。

【山麻稭】兄長言，極明論。遍行軍州，立賞明文。世没個男兒，有誰投奔？（合）一片心后土皇天，表我忠直不陷良人。

【江頭送別】天台路，當日裏，降臨二仙。桃花岸，武陵溪，賺入劉阮。不争再把程途踐。（合）仙凡自此隔遠。

【章臺柳】我將寃苦陳，教君不忍聞。念興福生來女直人，身充忠孝軍。爲父直諫遷都阻佞臣，齠齔的不留存。（合）誅戮盡，只留我苟活逃遁。

【醉娘子】我聽言，此情實爲可憫。覷着他貌英雄出輩群。你不嫌秀士貧，和你弟兄相識認。

（合）他時須記取今危困。

【醉娘子】死重生，怎敢忘伊大恩？既爲兄休謙遜。休道是百拜受不穩，受兄弟千拜何勞頓？（合）誰肯把我負屈銜冤問？

【雁過南樓】此間難容汝身，但人知彼此遭迍。無物贈君，些少鏒銀，休嫌少望留休哂。（合）莫辭苦辛，暮行朝隱，更名姓向外州他郡。

【鬬黑麻】古質漢村情性，事有萬千。説的話没些兒，委曲宛轉。只好再等三年後，嫁一個風流俏的狀元。（合）休記先，休記冤。欲配姻親，欲配姻親，未敢自專。

【排歌】休戈甲，罷征戍，區宇宣王化。惠及生靈，恩沾遐邇。如今日之際，海之涯，普天之下。（合）再生重見太平，歡聲四洽。

【丞相賢】彎弓馳騎射雙雕，武勇超群膽氣豪，紫袍金帶非同小。（合）見隨朝，兵部尚書官養老。

【丞相賢】青包衣上野花兒插，白布衫肩綿套壓，山間路中若遇咱。（合）客商家，買路金珠多留下。

【趙皮鞋】我是巡警官。日夜差科千萬端。俸錢些少甚曾闕。（合）怎得我三年官債滿？

【薄媚衮】聽人報，軍馬近城、國主遷都汴。今晚庶民，今晚庶民，不許一人、落後在京輦。

生長昇平，生長昇平，誰曾慣遭離亂。苦怎言？（合）膽戰心驚，如何可免？

【薄媚衮】惟聞得，聽街坊巷陌、炒炒哀聲遍。急去打疊，金共寶隨身帶、做盘纏。田業家私，不能守不能戀。兩淚漣。（合）生死安危，只得靠天。

【本調賺】若說武人，前程萬里功名遠。儒人秀才，一個個窮似范丹和原憲。看奴面，不肯嫁人怎趁錢？壞人道業心不善。福分淺，棄嫌我怎與他成姻眷？事成生變，事成生變。

【二集排歌】（【排歌】首至六句）文官狀元，武官狀元。兩姨處相回勸，不想這搭兒裏重會再見。久別你前夫是誰過愆？早忘了當初囑付言。（【雁過南樓】三至五句）偏我意堅，方纔及第，如何便接了絲鞭？（【憶多嬌】末二句）有的話兒，只問你妹子瑞蓮。

【緱山月】守正處寒爐，勤苦誦詩書。盼春闈身進踐榮途。奈雙親服制，前程未遂，敢仰天呼。樂道安貧巨儒，嗟怨是何如？但孜孜有志傚鴻鵠，似藏珠韞匵。韜光隱晦，待價沽諸。

【玉芙蓉】胸中書富五車，筆下句高千古。鎮朝經暮史，寐晚興夙。擬蟾宮折桂雲梯步，待求官奈何服制拘？（合）教人怨，怨不沾寸禄。望當今聖明天子詔賢書。

【普天樂】叫得我氣全無，哭得我聲難語。兩頭來往到千百步，兄安在妾是何如？真個是困旅窮途，須念我爹娘身故。我須是一蒂一瓜親兒女，你好割得斷兄妹腸肚。閃下奴家在這裏？進無門、退時還又無所。
【錦纏道】髻雲堆，珠翠簇，蘭姿蕙質。香肌稱羅綺。黛眉長，盈盈照一泓秋水。鞋直上冠兒至底，諸餘没半星兒不美。針指暫閑時，花朝月夕，丫鬟侍妾隨。（合）好景須歡會，四時端不負佳致。
【朱奴兒】春名苑奇葩異卉，夏水閣浮瓜沉李。秋玩蟾光折桂枝，逢冬景賞雪觀梅。（合）知他喚，愁是甚的？總不解愁滋味。
【刷子序】書齋數椽，良田儘可、隨分饘粥。世態紛紛，争如静守閑居。勤劬。看藝業學成文武，事皇朝方展訏謨。（合）但有個抱藝懷才，那得他滄海遺珠？
【刷子序】難服。晚進兒童，肥馬輕裘，惡紫奪朱。磊落男兒，慚睹蠢爾之徒。聽語。萬事皆由天命，盡皆非者也之乎。（合）但有個抱藝懷才，那得他滄海遺珠？
【滿江紅】身遭兵火，兄妹逃生受奔波。怎禁他風雨摧殘，田地上坎坷。泥滑路生行未多，軍馬追及怎奈何？（合）教我彈珠顆。冒雨衝風，沿山轉坡。
【滿江紅】大喊一聲過，諕得人獐狂鼠竄。那裏失了哥哥，怎生撇下了我？（合）此身無處安存，無門可躲。
【小桃紅】大道上難前去，小路裏怎逃伏？遥望窩梁三兩間茅簷屋，轉彎環野徑休辭苦。

（合）暫安身少避些風和雨，多管是村野民居。

【雙鼓兒】（【雙勸酒】首至四）軍情緊急，國家責委。不敢有違滯，常言道養兵千日。（【番鼓兒】尾三句）今朝用人之際。火速火速便馳驛，等回音星飛電急。

【戀芳春】寶馬驕嘶，香車畢集，燈光如晝通明。髣髴天台劉阮，仙子相迎。夙世姻緣已定。昔離別今成歡慶。相隨美滿夫妻，强如鸞鳳和鳴。

【三登樂】世亂人荒，幸脱離天羅地網。不隄防病染這場。事不寧，身未穩，天降災殃。淹留旅邸，望河南怎往？

【金蓮子】古今愁，誰似我目下這樣憂？聽軍馬驟，人鬧語稠。（合）向深林中躲避，只恐有人搜。

【東甌令】心如醉，淚交流，去遠家尊絶信久。途中母子生離别，這苦如何受？（合）一重愁翻做兩重愁，是我命合休。

【金錢花】翰林史筆如椽，如椽。倒流三峽詞源，詞源。撰成離合與悲歡。（合）千百載，永流傳，千百載，永流傳。

【孤飛雁】聖恩詔旨從天降，遍遐邇萬民欽仰。宥極刑身有重生望，散群輩與群黨。回凶就吉，轉禍爲祥。前臨帝輦，絶却親黨。回首家鄉，無了父娘。感傷，尋思着淚雨千行。

【五更轉】你望故人，如天遠，相逢在目前。閨中小姐，曾會你在招商店，拜月亭前說出心願。鄉貫同，名字真，非訛舛。（合）爹爹母親望乞垂憐見，早使相逢不索留戀。

【羅帶兒】（【香羅帶】首至六）妾身本宦族，京城久居。爲侵邊犯闕軍奮武，君臣遷徙離中都也。散亂人逃避，奔程途。（【梧葉兒】三至末）身無主，去無所。慘可可地千生受萬辛苦。（合）今宵得借歇宿，可憐見子母每天翻地覆。

【二郎神慢】拜新月，寶鼎中明香滿爇。願抛閃下男兒疾效些，得再睹同歡同悅。悄悄輕將衣袂拽，却不道小鬼頭春心動也。（合）那喬怯，無言俯首，紅暈滿腮頰。

【集賢賓】途中見時雖厮守，猶覺滿面嬌羞。直待媒妁之言成配偶，病懨懨無計相留。怎敢與龍爭虎鬥，分別後知他安否？（合）恩德厚，有何顏再配鸞儔。

【山坡裏羊】那日因遭兵燹，兄妹移家還汴。亂軍中拆散雁行，兩下裏追尋不見。叫瑞蓮，有個佳人忽偶然。相隨同到招商店，合巹曾憑媒妁言。（合）交歡，誰知一病纏？堪憐，分開鳳與鸞。

【山坡裏羊】佩德銜恩非淺，别後心常懷念。縱有湖陽公主，那宋洪怎做得虧心漢。石可轉，吾心到底堅。貪豪戀富怎把人倫變？爲學須當慕聖賢。（合）姻緣，難把鸞膠續斷絃。絲鞭，辜負嫦娥愛少年。

【山坡羊】翠巍巍雲山一帶，碧澄澄寒波幾派。深密密煙林數簇，滴溜溜黄葉都飄敗。一兩陣風，三五聲過雁哀。傷心對景愁無奈。回首家鄉，珠淚滿腮。（合）情懷，急煎煎悶似海。形骸，骨巖巖瘦似柴。

【水紅花】憶昔歌舞宴樓臺，會金釵，歡娛難再。思之詩酒看書齋，命多乖，風光難再。母親知他何處？尊父阻隔大涯。（合）不能彀千里故人來也囉。

【梧桐葉】徙黎民，遷臣宰，天子蒙塵尚遠邁。雕欄玉砌今何在？想畫閣蘭堂那樣安排，都做了草舍茅簷這境界。（合）怎教人還得盡悽惶債。

【金梧桐】這廝忒倚官，這廝忒挾勢。便死待何如？欺侮俺是窮儒輩。俺這裏病愈深，他那裏愁無際。旅店郵亭，兩下裏人憔悴。（合）怎教我忍得住悽惶淚？

【本調賺】自從別後音書絶，這些時魂驚夢怯。煩惱憂愁將人斷送也。

【鶯集御林囀】（【鶯啼序】首至二）聽説罷姓名家鄉，那情苦意切。（【集賢賓】三至五）悶海愁山將我心上撇，不由人淚珠流血。我悽惶是正理。（【簇御林】第五句）此愁休對愁人説。（【囀林鶯】合至末）你啼哭爲何因，莫非是我的男兒舊妻妾？

【秋蕊香】半載縈牽方寸，何時不淚滴眉顰。欲語難言信難問，即漸裏懨懨瘦損。

【旋風子】祥雲縹緲，飛昇體探人間。

【灞陵橋】馬兒行又急，轉頭間、五里復十里。此去河南，只隔這帶水。孟津驛，今夜權停止。唻！（合）知他這、碾車兒恁行遲！

【灞陵橋】馬兒行較疾，疾上碾車兒，直恁的簪簪地。正是心急步行遲。晚相催，天冷彤雲密。唻！（合）迭得到、孟津驛且安息。

【銷金帳】黄昏悄悄，助冷風兒起。想今朝思向日，曾對這般時節，這般天氣。羊羔美酒，美酒銷金帳裏。世亂人荒，遠遠離鄉里。（合）如今怎生，怎生街頭上睡？

【銷金帳】五更又催，野外疏鐘急。算通宵幾歎息，一似這般煩惱，這般孤悽。一身苟活，苟活成得甚的？俺這裏愁煩，那壁廂長吁氣。（合）聽得怎生，怎生獨自個睡？

【三棒鼓】一鞭行色望南京，喜得兩國通和也，無戰争。邊疆罷征，邊烽罷警，不暫停。（合）如今海晏河清也，重逢太平，重樂太平。

【三棒鼓】遠聞軍馬犯邊城，怎奈奉旨登途也，離鄉背井。這場戰争，這場恐驚，誰慣經？（合）如今海晏河清也，重逢太平，重樂太平。

【南枝映水清】（【鎖南枝】首至合）從別後，渡孟津，思君盡日欲見君。鳳北鸞南，生生地鏡剖與釵分。（【五馬江兒水】三至四）鎮千思萬想，要見無門。（【鎖南枝】合至末）放不落心上人，撇不下心上人。

【又一體】（【鎖南枝】首至合）一回價，暗自忖，非親怎知却是親。你東咱西，荒荒地路途人亂奔。（【五馬江兒水】三至四）自一別半載，杳然無聞。（【鎖南枝】合至末）放不落心上人，撇不下心上人。

【傳言玉女】得睹天顔，真爲主憂臣辱。皇恩深沐，享千鍾重禄。如今幸得，再整銀屏金屋。皇朝重見，太平重睹。

【歸朝歡】朝廷旨，朝廷旨，愛咱。感皇恩即當領納。這姻眷，這姻眷，寵加。愧此心、無能上答。狀元請接絲鞭罷，展開美人真容畫。（合）是後易先難成就麽？

【鮑老催】酒浮嫩醅，壓驚解煩休要推。寒色告少飲半杯。非詐僞，量淺窄休央及。高歌暢飲展放眉，開懷醉了重還醉。（合）酒待人無惡意。

【鮑老催】告辭去急，姑留待等寧静歸。龍潭虎穴難住地。金百兩，望領納，爲盤費。懊恨人生東又西，難逢最苦别離易。嘆此行何時會？遲速早晚干戈息。（合）共約行朝訪踪跡。

【耍鮑老】朝廷當時巡捕急，閃避在圍牆内。若非恩人救難危，險赴法雲陽市。相逢狹路難迴避，這言語古來提。連忙整備排筵席。（合）歡來不似今日。

【耍鮑老】你儒業祖傳襲，文章幼攻習。我低低問，暗暗猜，心疑忌。叔伯遠房姑舅的？敢是兩姨一瓜蒂？這不是，那不是，怎有這個好兄弟。賽關張滕劉備。

【水仙子】眼又昏、天将暝。趁聲兒向前厮認。渾身上雨水淋漓，盡皆泥濘。生來這苦、何曾慣經？眼見錯、十分定。事無可奈、只得陪些下情。年高人，怎生行得山徑？（合）瑞蓮，款款扶着娘娘慢行。

【水仙子】觀模樣、聽語聲。却不是我的孩兒，你是阿誰便來應承。枉了多時，教娘相等。瑞蘭名，與瑞蓮名兒厮類。怕尋覓是我家兒。（合）偶遇娘娘、身如再生。

【刮地風】舉止與孩兒不甚争，厮跟去你心肯？情願做奴爲婢身多幸，如何敢望做兒稱？干戈若寧静，同往神京。謝深恩，感深恩，救取奴命。（合）天昏地黑迷去程，就此處權停。

【降黄龍】宦室門楣，寒士尋常、望若雲霄。爲時移事遷，地覆天翻、君去民逃。多嬌。此時相見，料應我和你姻緣非小。（合）做夫妻相呼厮唤、怎生忘了？

【降黄龍】何勞。獎譽過高。昔日榮華、眼前窮暴。身無所倚，幸然遇君家、危途相保。英豪。念孤恤寡，再生之恩容報。久以後銜環結草，敢忘分毫？

【玉漏遲序】得寵念辱，想其時鸞遷、民移前去。父母妻兒，散離值此天數。抵多少喫辛受苦，抵多少亡家失所。（合）今日裏，幸得在畫堂深處。

【玉漏遲序】轟雷戰鼓，喊殺聲散亡、人盡奔逐。那時無他，可憐救我在危途。知何處作婢爲奴，知何處遭驅被虜。（合）今日裏，幸得在畫堂深處。

【團圓旋】謝皇恩，念小臣，陋室變貴門。親至尊，殿墀試、文武狀元及第。驟受開封府尹。惟憑英勇，講武朝君。見紫宸，中大魁，虎符掌軍。奉旨成親招贅，將爲秦晉。五花誥，駟馬高車，享榮華夫人封郡。拜官頒賞，聖德吾王敬舊勳。盡意欣，美滿夫妻厮稱，來往媒勞頓。（合）且如今，都轉意，諸心順。令酬謝皆交無吝。

【梁州賺】與我留人，押回來問取詳細。家居那裏？農種工商學何藝？通詩禮，鄉進士州庠屢魁。中都路離城三里。閑居止，遭兵棄家無所倚。聽説仔細。

【梁州賺】降階釋縛扶將起，是兄弟負恩忘義。尊嫂施禮。誰知此地能相會。愁爲喜，深謝得賢叔盗跖。哥哥行那些個尊卑？權休罪，適間冒瀆少拜識。恐君錯矣，恐君錯矣。

【三句兒煞】恩情怎比閑花草，往常恨更長寂寥，今夜只愁天易曉。

【三疊排歌】前路梗，行步生，那更天將暝。憂心戰兢兢，傷情淚盈盈。那些兒凄慘，那些兒寂寞，清風明月最關情。無人來往冷清清，叫地不聞天不應。（合）不忍聽，不美聽，聽得疏鐘山外兩三聲。風力勁，天氣冷，一程分作兩程行。

【道和排歌】（【道和】首至七句）吾年老，雪滿顛。無子承家業，晨昏每憂煎。且喜東床中選，雀屏中目，一雙白璧種藍田。（【排歌】四句至末）百歲夫妻今美滿。（合）山中相，地上仙，人間諸事不縈牽。鑪邊醉，甕底眠，從今不惜杖頭錢。

新定十二律京腔譜

《新定十二律京腔譜》所收《拜月亭記》隻曲，輯録如下。

【望梅花】叫的我不絶口，喊殺聲流民四走。荒急便尋，不知個所有。此間無，多應只在前頭。

【涼草虫】勁風寒四舍，暮煙昏慘慘。彤雲布晚天變。只愁那長空舞絮綿。去心如箭。旅舍全無，今宵何處安歇。

【七娘子】生居畫閣蘭堂裏，正青春歲方及笄。家世簪纓，儀容嬌媚，那堪身處歡娱地？

【燕歸梁】十載圜扉信未通，今日裏望恩隆。若蒙哀念賜寬容，當結草報無窮。

【排歌】黯黯雲迷，寒天暮景，區區水涉山登。蕭蕭黄葉舞風輕，這樣愁煩不慣經。不忍聽，不美聽，胡笳野外兩三聲。（合）風力勁，寒氣冷，一程分做兩程行。

【三疊排歌】前路梗，行步生，那更天將暝。憂心戰兢兢，傷情淚盈盈。那些悽慘，那些寂寞，清風明月最關情。無人來往冷清清，叫地不聞天怎應？不忍聽，不美聽，疏鐘山外兩三聲。（合）風力勁，天氣冷，一程分做兩程行。

【孤雁飛】皇恩詔旨從天降，偏遐邇萬民欽仰。宥極刑身有重生望，散群輩與群黨。回凶就吉，轉禍爲祥。前臨帝輦，絶却親黨。回首家鄉，無了父娘。感傷，尋思着淚雨千行。

【絳都春】擔煩受惱。豈容易，得到今朝？有分憂愁，無緣恩愛，何時了？長吁短嘆，心自曉。你有甚真情深奧？禮法所制，人非土木，待説來難道。

【玉漏遲序】得寵念辱，想其時駕遷、民移前去。父母妻兒，散離值此天數。是多少吃辛受苦，是多少亡家失所。今日裏，幸得晝堂深處，晝堂深處。

【番鼓兒】老小人，老小人，年已七十歲。奉朝廷宣行敕旨，事屬安危。恨不肋生雙翅。兩頭白日，多只行三里五里。火速便馳驛，等回音星飛電急。

【惜黄花】中都路是本鄉，車駕遷南往。一程程到廣陽，特來相訪。小可敢覆尊丈，有何事厮問當？買物貨請商量，要安下却無妨。若是問尋人，道如何模樣？

【思園春】久阻尊顔想念勤，此逢將謂是夢和魂。我是不應親者，今日强來親。子母夫妻若散雲，無心中完聚怎由人。

【三登樂】世亂人荒，幸脱離天羅地網。不隄防病染這場。事不寧，身未穩，天降災殃。淹留旅邸，望河南怎往？

【太平令】曲徑迢遥，深夜柴門帶月敲。郵亭一宿風光好，又何故語叨叨，又何故語叨叨？

【杏花天】曲江賜罷瓊林宴，稱藍袍宫花帽偏。玉鞭裊裊如龍騎，簇擁着傳呼狀元。

【東風第一枝】宫日添長，壺冰結滿，仲冬天氣嚴寒。繡工閑却金針，紅爐畫閣人閑。金爐香裊，麗曲趁舞袖弓彎。錦帳中褥隱芙蓉，肯教鸚鵡杯乾？

【漁家傲】不念去國愁人助慘悽。淋淋雨似盆傾，風如箭急。侍妾從人皆星散，各逃生計。身居處華屋高堂，但尋常珠繞翠圍。地覆天翻受苦時。

【攤破地錦花】繡鞋兒，分不得幫和底。一步步提，百忙裏褪了跟兒。冒雨盪風，帶水拖泥。步難移，全没些氣和力，全没些氣和力。

【麻婆子】路途路途行不慣，心驚胆顫催。地冷地冷行不上，人荒語亂催。年高力弱怎支持？泥滑跌倒凍田地。款款扶將起，心急步行遲。心急步行遲。

【剔銀燈】迢迢路不知那裏？前途去安身何地？一點雨一行恓惶淚，一陣風一聲愁氣。雲低。天色傍晚，母子命存亡未知。

【刷子序】書齋有數椽，良田儘可、隨分饘粥。世態紛紛，争如静守閑居。勤劬。看藝業學成文武，事皇朝方展訏謨。但有個抱藝懷才，那曾見滄海遺珠？
【好花兒】尋不見，連忙向前，搜索盡牆邊院邊。隱身法術似神仙？走如煙，眼尋穿。（合）歹人歹人那裏見？
【新水令】淒涼逆旅人千里，這縈牽怎生成寐？萬苦橫心裏。睡不着，是愁都做了枕前淚。
【念佛子】窮秀才夫和婦，爲士馬逃避登途。望相憐壯士，略放一路。捉住。枉說言語，且留下金珠。稍遲延，便教身死須臾。
【秋蕊香】半載縈牽方寸，何曾不淚滴眉顰。欲語難言信難問，積漸裏懨懨瘦損。
【尹令】那時又無倚仗，當時有親難傍。其時有家難向。他東我西，地亂天荒事怎防，地亂天荒事怎防？
【品令】逃生士民，官道驛程傍。天色漸晚，陰雲黯窮蒼。匆匆正往，喊聲如雷響。各各奔走，都向樹林遮障。苟免偷生，瓦解星飛子離娘。瓦解星飛子離娘。
【川撥棹】心相誑，更不將恩義想。無奈何事有參商，無奈何事有參商。父逼女夫言婦傷。
（合）苦別離，愁斷腸。兩分離，愁斷腸。
【嘉慶子】你一雙母子無所傍。更雨緊風寒勢怎當？心急行程不上。（合）人亂亂世荒荒，愁慽慽淚汪汪。愁慽慽淚汪汪。

【豆葉黄】你一身眼下，見在誰行？我隨着個秀才棲身。他是我的家長。誰爲媒妁？甚人主張？人在那亂離時節，人在那亂離時節，怎選得高門厮對相當？

【五供養】定睛半晌，聽得人言喧鬧驚慌。遥觀巡捕卒，都是棒和鎗。東西看了，更無處將身遮障。(合)見一所村莊舍，矮圍牆，暫時權向此中藏。

【月上海棠】君子儒，君子儒，文章學業馳名譽。但一心憂道，豈爲貧居？十年捱淡飯黄虀，終身享鼎食重褥。前賢語，果謂書中自有金玉。

【三月海棠】你自想，甚年發跡窮形狀？怎凡人貌相，海水升量。非獎。陋巷十年黄卷苦，禹門三月桃花浪。一躍龍門，便把名揚，管教姓字標金榜。

【上馬踢】干戈動地來，車駕遷都汴。兒夫離帝京，路遥人又遠。軍馬臨城，無計將身免。這苦怎言？禍不單行，中路兒不見，中路兒不見。

【五美韻】意兒裏想，眼兒裏望。望救取東君艷陽，與花柳争芳。全没些可傷，威凜凜雪上加霜。更没些和氣一味莽。鐵膽銅心，打開鳳凰。

【水紅花】憶昔歌舞宴樓臺，憶昔歌舞宴樓臺，會金釵，歡娱難再。思之詩酒看書齋，命多災，風光難再。母親知他何處？尊父阻隔天涯。千里故人來也囉，故人來也囉。

【灞陵橋】這苦説向誰，索性死别離，各自着邊際。生把鴛鴦分開兩下裏，一步一回頭，教我傷情意。嗏，衫兒上淚淹濕，衫兒上淚淹濕。

【三棒鼓】一鞭行色望南京，喜得兩國通和也，無戰争。邊疆罷征，邊烽罷警，不暫停。（合）如今海晏河清也，重逢太平，重樂太平。

【江頭送别】天台路，天台路，當日裏降臨二仙。桃花岸，桃花岸，武陵溪賺入劉阮。不争再把程途踐，仙凡自此隔遠。自此隔遠。

【章臺柳】我將冤苦陳，不忍聞。興福生來女直人，身充忠孝軍。直諫遷都阻佞臣，齠齔不留存。誅戮盡，只留我苟活逃遁。

【醉娘子】我聽言，此情實爲可憫。看他貌英雄出輩群。不嫌秀才貧，和你弟兄相識認。他時須記取今危困。

【雁過南樓】此間難容汝身，但人知彼此遭迍。無物贈君，些少鏒銀，休嫌少望留休哂。莫辭苦辛，暮行朝隱，更名姓向外州他郡。

【蠻江令】煩惱都歷遍，憂愁怎脱免？眼兒哭得損，脚兒行得倦。五里十里，一日過如年。但願前途去，早早逢親眷。

【丞相賢】彎弓馳騎射雙雕，武勇超群膽氣豪。紫袍金帶非同小。見隨朝，兵部尚書官養老。

【趙皮鞋】我是巡警官，日夜差科千萬端。俸錢些少幾曾關，怎得我三年官債滿？

【降黄龍】宦室門楣，寒士尋常，望若雲霄。時移事遷，地覆天翻，君去民逃。多嬌。此時相遇，我和你姻緣非小。做夫妻相呼厮唤，怎生忘了？

【梧桐花】徙黎民，遷臣宰，天子蒙塵尚遠邁。雕闌玉砌今何在？想畫閣蘭堂那樣安排，翻做了草舍茅簷這境界，教人償盡恓惶債，教人償盡恓惶債。

【金梧桐】這厮忒倚官，這厮忒挾勢。便死待何如？欺侮俺是窮儒輩。我這裏病愈深，他那裏愁無際。旅店郵亭，兩下裏人因憔悴。怎教我忍得住恓惶淚？

【駐馬聽】一路奔馳，多少艱辛到這裏。且喜略時肅静，漸次平安，稍爾寧息。悠悠千里旅情悲，慽慽一片鄉心碎。感嘆咨嗟，咨嗟傷情滿眼關山淚。

【撲燈蛾】自親不見影，自親不見影，他人怎相庇？既然讀詩書，惻隱心怎不周急也？孤男寡女，厮趕着教人猜疑。亂軍中誰來問你？緩急間、語言須是要支持。

【柳絮飛】一軍人盡行誅戮，誅戮。走了陀滿興福，興福。將文榜諸州掛，都用心跟捉囚徒。

（合）鄰佑與窩主，停藏的罪同誅。

【綵山月】守正處寒廬，勤苦誦詩書。盼春闈身進踐榮途。奈雙親服制，前程未遂，敢仰天呼。

【月兒高】喊殺連天，骨肉怎相戀？自古常言道，人離鄉賤。到得今朝平安幸非淺。是則是身狼狽，眼前受迍邅。眼前受迍邅。

【滿江紅急】身遭兵火，兄妹逃生受奔波。怎禁他風雨摧殘，田地坎坷。泥滑路生行來多，軍馬追急怎奈何？彈珠顆。冒雨衝風，沿山轉坡。大喊一聲過，唬得人獐狂鼠竄。那裏去也，哥哥怎生撇下我？此身無處安存，無門可躲。

【水仙子】眼又昏，天將暝。趁聲兒向前打認。渾身上雨水淋漓，盡皆泥濘。生來這苦何曾慣經？

【刮地風】舉止孩兒不甚爭，廝跟去你心肯？做奴爲婢身多幸，如何敢望做兒稱？干戈若寧靜，同往到神京。謝深恩，感深恩，救取奴命。天昏地黑迷去程，此處權停。

【五樣錦】（【臘梅花】首至二）因緣將謂百年眷屬，十生九死成歡聚。（【香羅帶】第四句）經艱歷險，幸無虞也。（【皂羅袍】八至終）否極生泰，禍絶受福。誰知，尚有如斯苦？（【梧葉兒】第六句）急浪狂風。（【好姐姐】末二句）吹折並根連枝樹，浪打鴛鴦兩處飛。浪打鴛鴦兩處飛。

【二犯孝順歌】（【孝順歌】首至三）從別後，渡孟津，思君盡日欲見君。（【五馬江兒水】四至七）鳳北鸞南，鏡剖時釵又分。鎮千思萬想，要見無門。（合）（【鎖南枝】六至終）放不落心上珍，漾不落心上人。漾不落心上人。

【玉絳畫眉序】(【玉漏遲序】首至三)尊姑去遠，知他是甚日能歸鄉曲。懊恨兒夫。(【絳都春序】四至五)萬里親顔何處睹？漸漸年衰無嗣續。(【畫眉序】四至終)因伊個捨死忘生，因伊個擔辛喫苦。謝天果得從人願，今在故園完聚，今在故園完聚。

【鶯袍嬌】(【黄鶯兒】首至六)流水馬和車，頃刻間途路賒。窮途困旅應難捨。囊篋又竭，藥食又缺，懨懨難捱如年夜。(【皂羅袍】五至七)寶鏡分破，玉簪跌折。(【憶多嬌】末句)甚日重圓再接，甚日重圓再接？

【二犯六么令】(【六么令】首至四)娘生父養，逆親言心向情郎。地獄相救到天堂。(【好姐姐】第三句)下得撇在没人的店房。(【桃紅菊】末句)兩分張殘生命亡。

圖書在版編目（CIP）數據

拜月亭記 / 俞爲民主編 ; 劉水雲整理. -- 杭州 : 浙江大學出版社, 2025. 3. --（南戲文獻全編）.
ISBN 978-7-308-25125-9

Ⅰ. I237.1

中國國家版本館 CIP 數據核字第 2024YL7435 號

南戲文獻全編·劇本編·拜月亭記

俞爲民 主編　劉水雲 整理

策　　劃　陳　潔　宋旭華
責任編輯　周挺啓　方涵藝
責任校對　蔡　帆
封面設計　周　靈
出版發行　浙江大學出版社
（杭州市天目山路 148 號　郵政編碼 310007）
（網址：http://www.zjupress.com）
排　　版　杭州朝曦圖文設計有限公司
印　　刷　杭州宏雅印刷有限公司
开　　本　880mm × 1230mm　1/32
印　　張　45.125
字　　數　958 千
版 印 次　2025 年 3 月第 1 版　2025 年 3 月第 1 次印刷
書　　號　ISBN 978-7-308-25125-9
定　　價　880.00 元(上下册)

國家古籍整理出版專項經費資助項目
國家社科基金重大招標項目

○南戲文獻全編　劇本編○

俞爲民　主編

拜月亭記

上册

劉水雲　整理

ZHEJIANG UNIVERSITY PRESS
浙江大學出版社
·杭州·

前言

《拜月亭記》，又名《幽閨記》。其作者，前人多謂是元代人施惠，如明代王世貞《藝苑卮言》云：『《琵琶記》之下，《拜月亭》是元人施君美撰，亦佳。』明代何良俊《四友齋叢説》也謂：『《拜月亭》是元人施君美所撰，《太和正音譜》「樂府群英姓氏」亦載此人。』但元代鍾嗣成的《録鬼簿》與明初朱權的《太和正音譜》在施惠的名下，並無有關他撰《拜月亭記》及劇目的記載，如曹楝亭本《録鬼簿》『施惠』條載：『一云姓沈。惠字君美，杭州人。居吴山城隍廟前，以坐賈爲業。……詩酒之暇，惟以填詞和曲爲事。有《古今砌話》，亦成一集，其好事也如此。』《太和正音譜》『古今群英樂府格勢』條下雖載有『施均美』一名，但其名下也無《拜月亭記》劇目。因此，有人對《拜月亭記》的作者是施惠一説提出了懷疑，如明代吕天成《曲品》在評論《拜月亭記》時指出：『云此記出施君美筆，亦無的據。』王國維《曲録》卷四『《幽閨記》』條也云：『此本自明王世貞、何良俊、臧懋循等，均以爲君美作。然《録鬼簿》但謂均美「詩酒之暇，惟以填詞和曲爲事」，而不言其有是本。不知何、臧之言，何所據也？』明末清初張彝宣以爲《拜月亭記》的作者施惠不是杭州坐賈，而是吴門（蘇州）的醫生，其所輯《寒山堂新定九宫十三攝南曲譜》卷首《蔣世隆拜月亭記》劇目下注云：『吴門醫隱施惠字君美著。』對《拜月亭記》的作者雖有不同的説法，尚無定論，但從劇作本身提供的一些材料來看，《拜月亭記》的作者當是元代杭州的書會才人。如世德堂本第一折副末開場時所念誦的【滿江紅】詞云：『自古錢塘物華盛，地靈人傑。昔日化魚龍之所，勢分兩浙。』南戲副末開場所念誦第一首詞一般都是介紹作者的創作意圖，作者在介紹創作意圖時，多誇耀自己的才能，藉以抬高劇作的聲譽，吸引觀衆。《拜月亭記》這首【滿江紅】詞也是作者誇耀自己的才能，意謂錢塘這個地方歷來是『物華盛，地靈人傑』，『化魚龍之所』，而作者也正生活在這一形勝之地，故所作的戲文也同樣是不凡之作。錢塘是古代杭州的别稱，因此，根據這首【滿江紅】詞文，可以推斷作者必定是杭州人。另外，世德堂本第四十三折的【尾聲】所説的『書府番謄燕都舊本』，書府，即書會，故由此可見，《拜月亭記》的作者是書會才人。

《拜月亭記》最早的版本當是元刻本，但元刻本今已不存，明清時期所刻全本留存的僅有明刻本。本編收録明刻本六種附民國時期二種：

1. 明金陵唐氏世德堂刻本，題作《新刊重訂出相附釋標註月亭記》，凡二卷。
2. 明虎林容與堂刻本，題作《李卓吾先生批評幽閨記》，凡二卷。
3. 明書林蕭騰鴻師儉堂刻本，題作《鼎鐫陳眉公先生批評幽閨記》，凡二卷。
4. 明德壽堂刻本，題作《重校拜月亭記》，凡二卷。
5. 明吴興淩氏刻朱墨本，題作《幽閨怨佳人拜月亭記》，凡四卷。
6. 明毛晉汲古閣刻本，題作《繡刻幽閨記定本》，凡二卷。
7. 民國十年（1921）上海朝記書莊印行本，題作《幽閨記曲譜》，凡二卷。
8. 蘇州昆劇傳習所（1921 年秋創辦於蘇州）編，題作《昆劇傳世演出珍本全編拜月亭》，凡二卷。

在這六種明刻本中，若按其與元本的關係及故事情節來劃分，可以將它們分爲兩類，一類是世德堂本，接近元本，其餘各本爲另一類，去元本較遠。

明清戲曲選集對《拜月亭記》的散齣和隻曲多有收録。本編附録一輯録《風月錦囊》等二十九種戲曲選集中收録的《拜月亭記》散齣，附録二輯録《舊編南九宫譜》等八種戲曲選集中收録的《拜月亭記》隻曲。

總目録

新刊重訂出相附釋標註月亭記

目録

新刊重訂出相附釋標註月亭記卷之二

新刊重訂出相附釋標註月亭記目録

卷之一

卷之二

星源游氏興賢堂重訂
繡谷唐氏世德堂校梓
海陽程氏敦倫堂參録

新刊重訂出相附釋標註月亭記卷之一

第一折　末上開場

（末上）

【滿江紅】自古錢塘物華盛，地靈人傑。昔日化魚龍之所，勢分兩浙。十萬人家富豪奢，處士風流文章穴。占鰲頭虎榜，(一)蘊心胸，題風月。詩書具，閑披閱。風化事，堪編集。彙珠璣錦繡，傳成奇説。雖然瑣碎不堪觀，新詞頓殊絶。比之他記是何如，全然别。

今日未知搬演那家奇傳？（内應云）幽閨怨拜月亭。（末）

【西江月】金主遷都汴地，大軍北犯邊庭。英雄緝探虎狼軍，子母妹兄逐散。曠野凰求鳳

(一) 夾批：鰲：大魚。

侶，招商拆散恩情。一朝文武並名成，夫婦重圓歡慶。

王尚書緝探虎狼軍，蔣秀才拆散鳳鸞群。
文武舉雙第黃金榜，幽閨怨佳人拜月亭。

第二折　世隆自敘

【真珠簾】（生）十年映雪囊螢，(一)苦學干祿，幸首獲州庠鄉學。(二)繼晷與焚膏，(三)志謹習詩書。咳唾珠璣才燦錦，(四)養浩然春闈必取。一躍過龍門，(五)當此青雲得路。

〔鷓鴣天〕錦繡胸中氣若虹，文章才學足三冬。循循善道宣尼訓，濟濟儒風播海中。題雁塔，步蟾宮，鵬程萬里志扳龍。那時衣錦還鄉日，五百名中蔣世隆。

【月上海棠】君子儒，文章學業馳名譽。但一心憂道，豈爲憂貧居。十年挨冷飯黃虀，終身

(一) 眉批：映雪：孫康家貧，映雪讀書。囊螢：車徹家貧，以紗囊盛螢照讀。
(二) 夾批：庠：學名。
(三) 眉批：繼晷：韓愈苦志讀書，夜則焚膏繼晷。夾批：晷：音『鬼』，日影。
(四) 咳唾：原作『唾手』，據汲古閣刊本《繡刻幽閨記定本》改。
(五) 眉批：龍門：《禹貢》：『至於龍門、西河。』山在馮翊夏陽縣。

享鼎食重裀。(一)前賢語，果謂書中自有黄金屋。

【前腔】且待時，皇天肯把男兒負？ 候風雷得迅，(二)穩步雲梯。赴選場指日成名，擢高科换白更緑。 鵬程遠，榮歸鄉里顯赫名閭。(三)

琢磨成器赴春闈，萬里前程唾手期。
十年窗下無人問，一舉成名天下知。

第三折　番王起兵

（净扮番王上）

【普賢歌】番家又是錦乾坤，(四)渺漠平沙滿路奔。 北方雄嶽鎮，豈有伊自尊？ 眼日睁睁體態温。(五)（丑扮番兵）

(一) 眉批：重裀而坐，列鼎而食。（《家語》） 夾批：裀：音『因』。
(二) 夾批：迅：音『信』。
(三) 夾批：閭：音『盧』。
(四) 夾批：番：音『飜』。
(五) 夾批：睁：音『争』。

【回回彈】東裏東來裏東，東邊諸水盡朝宗。扶桑日出海波紅，(一)東夷歸化仰皇風。仰皇風，萬國同。聖人德化先海東，先海東。（生扮番兵上）

【前腔】西裏西來西裏西，西邊山水有高低。崦嵫日落路淒迷，(二)西戎歸化畏天威。畏天威，萬里馳。聖人德化通海西，通海西。（小生扮兵）

【前腔】南裏南來南裏南，南邊風俗語間關。(三)鵝毛禦獵天炎炎，南蠻歸化荷皇覃。(四)荷皇覃，樂且耽。聖人德化周海南，周海南。（末扮番兵）

【前腔】北裏北來北裏北，北邊風景真殊別。陰山六月雪漫漫，北狄歸化朝天闕。朝天闕，群夷悅。聖人德化沾海北，沾海北。

（衆見介）叵耐南朝好生無禮，欺負咱每。往時三年一度小進貢，五年一度大進貢，如今不來進貢，是何道理？（末）臣啓我主得知，火速點起番兵，打過南朝，奪取江山，却不好也。（淨）依卿所奏，即時點起軍馬，不得有違。

(一) 眉批：扶桑：日出處。
(二) 眉批：崦嵫：日入處。　夾批：崦嵫：音『焉茲』，山倒景。
(三) 眉批：間關：南蠻語聲。
(四) 夾批：覃：音『潭』，大恩也。

點起番家百萬兵，紛紛人馬似飛塵。
渾煙黑霧乾坤怒，惱亂春風不太平。

第四折　金主設朝

（旦、貼扮金瓜武士）大金天子登龍位，文武公卿列兩邊。閶闔門開宮殿廣，(一)拜朝金闕九重天。（末扮黃門上）

【北點絳唇】漸闢東方，星殘月淡，蒼明猶顯，(二)平閃清光。點滴滴簷鈴振。

【混江龍】珠簾纔捲，(三)禁令出丹墀。每日侍龍顔，反覆問朝廷傳命。畢竟邦畿順令，遂達楓宸。(四)金鐘纔罷，華鼓初鳴，(五)擺列着卿班齊品位，準備着朝衣將相展山呼。(六)山呼萬歲，有道國王忠孝顯，太平齊賀各安寧。

(一) 闔：原作『閤』，據文義改。
(二) 夾批：蒼明：東方曰蒼明。
(三) 夾批：纔：音『才』。
(四) 眉批：楓宸：漢殿前多植楓，故云。
(五) 夾批：華：音『畫』。
(六) 眉批：山呼：漢武帝登嵩山，群臣從者聞若山呼萬歲者三。

吾乃金國一個小黄門是也。往來金闕，侍奉宸宫，傳領百官之奏章，欽承一人之命令。正是國有明君治道益，家無逆子孝心生。而今天色昧爽之際，東方漸白，正當早朝時分。恐有官員奏事，只得在此等候。怎見得早朝？但見月落參横，星移斗轉。金爐香靄氤氲，寶殿燈光燦爛。銅壺漏滴千聲盡，樵鼓頻獻五點終。近聞鷄聲咿喔，遥觀星影沉昏。寒鴉擁樹鳴初起，旭日升空影乍明。午門外車馬駢闐，九宫裏管絃聲亮。丹墀間擺列金瓜武士，宸禁裏拱立羽扇宫人。百官專聽浄鞭三下響，文武低首拜丹墀。兀的君王登龍位，奏事官員早進。（外扮軍下書）下戰書，下戰書！（末）呀，番使雖下戰書，不得入朝。（浄扮聶古丞相）聖帝須納諫，忠臣樂進前。早朝天闕道，朝惹御爐煙。吾乃聶古丞相便是。聞知番兵犯界，(一)不免奏與官裏知道。

【北端正好】莫不是語有虚真？臣直章奏，畢竟是那一個讒佞臣，透引北番犯界何忍。當朝須戒警，俺這裏一封奏達九重霄，見祥雲蔽掩龍顔，極目的他邦繞隘。微臣奏，揚塵舞蹈金階下。（奏介）

誠惶誠恐，頓首頓首。臣有短章，冒奏天顔：近日聽聞，大朝軍馬犯侵本國邊界。軍馬已到榆關上，離俺中都只有三百二十里地。況他那裏人强馬壯，俺這裏將老兵衰，難爲抵敵。願我王遷都汴梁，上保國家無危，下免生靈塗炭。夫汴梁者，東有秦關堅固，西有鐵隘難攻。南有潼關，北有巨海。地廣土厚，可

(一) 界：原作『介』，據汲古閣刊本《繡刻幽閨記定本》改。下同改。

以遷都。（内應介）官裏道來，(一)准臣所奏。可與衆文武商議，即便遷都汴梁，免使兩國相爭。（浄）謝皇恩！不施萬丈深潭計，怎得驪龍頷下珠？(二)（下）（外扮海牙丞相）（外）

【破陣子】出王庭班居列品，畏甚番兵臨境城？迅漂賊卒遠他方，典立朝綱當輔弼，(三)執掌山河循萬春。(四)

兩朵金花按日月，一雙袍袖捧乾坤。天下雖是皇王管，(五)半由天子半由臣。自家不是別人，乃是大金國左丞相陀滿海牙便是。功同休戚，累世忠良。身居左丞之職，有事不可不諫。近聞大朝軍馬侵患本國邊界，軍馬已到榆關，止離俺中都三百二十里田地。今被佞臣弄權，妄奏天子遷都汴梁。此事不諫，是不忠也。只得冒死進諫。（奏介）臣海牙誠惶誠惶，頓首頓首！臣有短章，冒奏天顔。君乃臣之主，臣乃君之僕。君無臣諫，不成其國；臣無君言，不成其令。君君、臣臣、父父、子子，君臣所以相同，乃爲萬世之基。今聞大臣軍馬犯吾邊界，我主聽信讒佞，欲待遷都汴梁。願我主納臣之諫，休得遷都。

(一) 道：原作『到』，據汲古閣刊本《繡刻幽閨記定本》改。

(二) 眉批：驪龍：河上翁家貧，恃緯蕭而食。其子没川，得千金之珠。翁曰：『此珠在驪龍頷下，子遭其睡也。使其寤，子當爲齏粉。』

(三) 眉批：古者左輔右弼，前丞後疑（應作『前疑後丞』）。夾批：弼：音『畢』。

(四) 夾批：循：至也。

(五) 是：原闕，據文義補。

可遣將興兵，與他拒敵。若勝，免得遷都；如不勝，那時遷都未遲。（内應介）左丞所奏有理，奈緣朝中缺少良將，難與抵敵。卿可舉薦何人，統領三軍辦前去？（外）臣舉一人，乃臣之子陀滿興福。此子六韜三略件件皆能，(一)有萬夫不當之勇。手下又有三千忠孝軍，人人勇猛，個個英雄，可退大朝軍馬。我主休要遷都汴梁，納臣之諫。（淨怒介）那一個敢奏不要遷都？（外）是俺奏。（淨）

【點絳唇】大國欺淩，幼弱當畏。遷都地，不知是那一個文武公卿，敢止上扶危困？舉領三軍，保家邦社稷。（外）

【混江龍】(二)若論俺英雄無比，能施立國安邦之志。（淨）丞相，那大朝軍馬勇猛，真好怕人呵！（外）讒臣！俺覷那大朝軍馬，只是如兒戲。(三)（淨怒介）丞相，他那裏有百萬虎狼，只怕難爲抵敵呵。（外做打淨介）佞臣！縱他有百萬雄兵難抵，俺這裏有三千忠孝軍，可以相迎敵。

（淨）打得好！你如今逆阻鑾駕，不得遷都汴梁，(四)倚着你孩兒陀滿興福勇猛，因而起此造反之心，待俺奏與我主得知。（奏介）誠惶誠惶，頓首頓首。臣奏我主：今有陀滿海牙，阻住鑾駕，恃他孩兒興福

(一) 眉批：六韜：太公望所著。文、武、龍、虎、犬、豹，六韜也。三略：黄石公所遺。
(二) 【混江龍】：原闕，據《風月錦囊》補。
(三) 眉批：兒戲：文帝曰：『向者，霸上、棘門只兒戲。』
(四) 汴：原作『卞』，據文義改。

胸藏六韜三略，又有萬夫不當之勇，故意苦諫，實有反叛之心，望我主參詳此事。（内應介）官裏道來，既陀滿海牙有反叛之心，無效忠之意，就令金瓜武士，即時打死，勿得再奏。（做打死外介）（浄）臣奏我主，既將陀滿海牙逆賊打死，他有孩兒興福，見掌三千忠孝軍。恐削草不除根，萌芽依舊發。（内應介）聖旨到來，就着五百名羽林軍，將陀滿興福三百家口，盡行誅戮，老幼不留。再着聶賈列前去監斬，不得容情。（浄）謝皇恩。萬萬歲！

早朝奏准退金階，畫戟層層列將臺。
不使天上無窮計，難免今朝目下災。

第五折　興福操兵

（外扮興福）

【紅衲襖引】將門庭非小輕，掌貔貅百萬兵。(一)威權勇猛千般計，勢顯英雄一派徵。官宦族名譽稱，姓名豪傑徹帝京。

氣膽曾經百戰場，指揮勇猛走群羊。胸中豪氣通天地，訓練三軍悉智强。自家覆姓陀滿，興福是也。

(一)　眉批：　貔貅：　猛獸。杜詩『江頭花發醉貔貅』，則惜言兵也。　夾批：　貔貅：　音『皮休』。

爹爹海牙丞相，今日早朝未回，不免點起部下三軍，操練一番。手下那裏？（丑扮軍士）

【綿地錦】總兵今日命傳揚，整備戎衣手脚忙。軍營管取整刀鎗，須防他國起禍殃。

（軍士叩頭）（外）手下，點起部下三軍，操一會。（丑應介）（末報介）不好，不好！（外）咄！爲何説出不利之語？（末）告將軍得知，即今北番起軍，兵馬犯闕，君王意欲遷都汴梁。老相公諫奏不可遷都，反被佞臣聶古列丞相，奏害老相公不合諫阻鑾駕，舉保親子，透引番兵謀反，合當死罪。天子聽信讒言，將老相公金瓜打死丹墀。就差聶古列爲監斬，將將軍三百家口，一門良賤，盡皆誅戮。軍兵已到門首。快走，快走！正是：雙手撥開生死路，番身跳出是非門。（下）（外哭介）怎生是好？中了讒賊之計，興福無計奈何，只得殺開一條血路，那時節又作計較。（淨）軍士每，好好把守，不得放一人走了。（外）讒臣無故害我一家，叫你一個來一個死，兩個來湊成雙。（走介）（淨）興福走了，衆軍都要趕上。任你走上焰摩天，脚下騰雲須趕上。（並下）

（外）得脱今朝這禍危，任憑兩脚走如飛。
踏破鐵鞋須趕上，教伊粉骨碎如泥。

第六折　軍捕興福

【皂皮鞋】（淨）我是巡警官，日夜差使千萬般。俸錢些少甚曾寬，怎得三年官債滿？

〔西江月〕卑職官充巡警，上司差使當忙。捕拏違限最堪傷，日日無些所望。日裏迎官接送，夜間巡警隄防。雖然鵝酒得些嘗，事發遭官吃棒。左右那裏？（末）法正公庭静，官清民自安。心如秋夜月，胸似五湖寬。相公有何差遣？（末叫介）（丑扮坊正上）（丑）

【大齋郎】我是張秀才，性兒乖。身充坊正是官差，三隅兩巷民受災。(一)要無違礙，好生只把月錢來。

身充坊正壓鄉閭，錢物鷄鵝豈得無？刮取小民窮骨髓，削剥百姓苦皮膚。當權正好行方便，莫使兒孫作馬驢。（見介）（浄）坊正，今奉大金天子敕旨，爲番兵犯闕，朝廷擬定遷都汴梁，有陀滿海牙丞相，不合阻住鑾駕，以致朝廷將海牙一家良賤三百餘口，盡皆誅戮，只走兒子它滿興福。聖旨道，有人拿住者，高官任取，駿馬任騎。着俺排門粉壁，不許窩藏。你領弓兵前去緝捕，用心着意。此係朝廷急事，不可有違。

【柳絮飛】一家人盡誅戮，盡誅戮。走了陀滿興福，興福。遍張文榜行諸處，多用心跟捉逃

(一) 夾批：隅：音『于』。

徒。(一)（合）鄰佑與窩主，(二)停藏抵罪同誅。(三)（末）

【前腔】聖旨非比尋俗，(四)尋俗。明立官賞條具，條具。反叛朝廷非小事，市曹中形畫形圖。

（合前）（丑）

【前腔】排門粉壁明書，明書。擾擾攘攘中都，中都。坊正干係天來大，承君命不比差夫。

（合前）

粉壁排門已具，用心捕捉逃徒。
任是人心似鐵，須知官法如爐。

第七折　興福遇隆

【金瓏璁】（外）鑾輿遷汴梁，(五)聽信奸讒殺害忠良。忠孝軍盡誅亡。(六)慌慌逃命走，此身前

(一) 夾批：跟：音『根』。
(二) 夾批：窩主：窩藏。
(三) 眉批：《史記》：『傷人及盜者抵罪。』謂至其罪也。
(四) 夾批：比：上聲。
(五) 眉批：鑾輿：車有鈴，行止則鈴音節奏，故云。　夾批：汴梁：地名。
(六) 夾批：忠孝軍：軍名『忠孝』。

往何方？天，可表我衷腸。

〔水調歌頭〕陀滿興福，大金人氏。本爲忠孝將，反作離族人。犯邊軍馬，遷都阻駕蒙塵。迢遞金階苦諫，聖怒一睜賜死亡，今且逃身。如上天應無路，入地又無門。（又走介）

【北混江龍】興福家九族遭誅，(一)六親俱喪唧冤枉。好交我三百口無罪身亡，却交我平地裏災從天降。想着大金主上，聽奸讒佞語，殺害忠良。把我忠孝義軍都殺盡，交我一身逃難離了家鄉。朝廷忙傳聖旨，差使命前往他方。把興福圖形畫影，將文榜遍地裏開張。拏住的請功受賞，但人家不許窩藏。却交我走一步，步步回頭望。（望介）望不見爹和娘。走得我筋舒力乏，諕得俺魄散心慌。（內嗽介）

【油葫蘆】(二)只見幾個巡捕弓兵如虎狼，趕得我慌上慌。（哭介）這場災禍，無處抵藏。只見那廝手裏拿着都是鎗和棒，諕得我戰兢兢，小鹿兒在心頭撞，(三)這壁厢無處隱藏。呀，元來這裏有一口古井，興福不免投井身亡。差矣！我若是投井死了，三百口冤枉，誰人與我報？罷，罷，罷。曾記得兵書上有個金蟬脱殼之計。將俺這錦戰袍脱放在枯椿上。此間好高粉牆，怎能勾跳得過去？

(一) 眉批：九族：高祖至玄孫；又曰父黨、母黨、妻黨，各三族而九。

(二) 【油葫蘆】：原闕，據汲古閣刊本《繡刻幽閨記定本》補。

(三) 鹿：原作『轆』，據汲古閣刊本《繡刻幽閨記定本》改。

自古道，河狹水緊，人急計生。不免跳將過去，多少是好。呀，差了。跳過去，那邊若是旱地便好，若是魚池，可不淹死了？不免把一石丢將過去。呀，原來是旱地。左手扳住杏花梢，將身跳過矮圍牆。今日跳過矮圍牆，俺便是失路英雄楚霸王。㈠叫俺慌也不慌。今日來到花影傍，只見一個太湖石將身隱藏。興福捏土爲香，禱告上蒼。天，只願得俺興福脱了天羅地網。

（丑扮土地坐介）（外）呀，此處有土地公公在此。土地公公，興福是個冤枉之人，今日逃難到此，不免將臺座借我一坐，後頭軍馬趕得來了，萬望尊神庇祐，脱離了災危，我把廟堂重整過，神像使金裝。（推土地下，坐介）（末、浄、丑扮弓兵上）

【六么令】官司遍榜，捕捉陀滿興福惡黨，正身拏住受千賞。一路尋踪跡，問形狀。㈡見了休想輕輕放，輕輕放。（浄）

【好孩兒】恨不得掘地番天，㈢見樹邊一人端然，是個土地公公塑在花園。我許下金錢，望指去鞭。（合）反人却是那裏見，那裏見。（丑）

【前腔】他尋不見連忙向前，搜索盡院邊牆邊。分明見走在這裏來。莫不是隱身法術是神

㈠ 眉批：項羽立爲『楚伯王』。
㈡ 狀：原作『壯』，據文義改。
㈢ 夾批：掘：音『決』。

仙？我走如煙，眼尋穿。（合前）（末）

【前腔】捉拿了三千六千，做公人五年六年。（拜土地介）馬翰司公且休言，你見錢，最爲先。

（合前）

手眼快且饒巡院，心機巧枉説周宣。

有指爪劈開地面，插翅翼飛上青天。

（外弔場）

【金蕉葉】謝天謝地，幸脱離了天羅地網。（走介）（生上攔介）是何人園内暗隱？（外跪介）告少息雷霆怒嗔。

（生）漢子，隨我到亭子上問你則個。（生）

【章臺柳】情既緊，言又窮，我斟酌非奸即盜戎。（外）小人不是賊。（生）既不是賊呵，無故入人家，有甚因？（外）小人雖然進你園中，不曾偷你甚麽東西。（生）漢子，你還强口！小厮，拿鐵煉子過來。漢子，休得逞花唇。（二）稍虚詞，告有司推訊。（外跪介）

（二）夾批：逞：音「騁」。

【前腔】冤枉陳，説來不忍聞。念興福生來女直人，(一)身充忠孝軍。(生)你是忠孝軍，如何不隨朝，來此何幹？(外)直諫遷都被佞臣，齠齔不留存。(二)誅戮盡，只留我苟活逃遁。(生)

【醉娘兒】且聽言，此情實爲可憫。漢子，擡起頭我看。(外)小人有罪，不敢擡頭。(生)恕你罪，擡頭不妨。(外起頭介)(生扶起介)汝貌英雄，出輩群，你不嫌秀士貧，兄弟相識認。他時須記取今危困。

(外)小人該死之徒，豈敢與君子結拜？(生)漢子，我到不棄嫌你，你到棄嫌我？(外)不敢。(生)你今年紀多少？(外)今年二十八歲。(生)我長你二歲，你認我爲兄便了。(外)請上，受一禮。

【前腔】死重生，怎敢忘大恩？(生)免拜。(外)既爲兄，休謙遜。百拜受穩，便做千拜何勞頓？仁兄，誰似仁兄，把我負屈啣冤問。

(生)兄弟，

【雁過南樓】此間難容汝身，但人知彼此遭迍。兄弟，你如今還有幾多盤費？(外)不敢瞞着仁兄，此今囊已空矣。(生)既然没有，小厮，你去取過白銀十兩、雨傘、帽子來。無物贈君，些少鏒銀。休

(一) 眉批：女直：金本號。夾批：直：音『真』。

(二) 夾批：齠齔：小兒未脱齒。

嫌少望留休哂。莫辭辛苦，朝行暮隱。更名姓向外州他郡。（外）

【前腔】拜别方欲離門。呀，猛回身又還思忖。（生）兄弟，你去了，如何又回來？（外）特有少稟，欲言又忍。（生）有甚事？但説不妨。（外）哥哥姓和名，小人敢問？（生）呀，這漢子好歹！你問我名姓，前面有人拿着你，你要扳扯我。（外）哥哥見錯矣。興福逃災避難，來到這裏，多蒙君子結拜爲兄弟，又賜白金十兩，這恩德山高海深，誓死以報。不問哥哥名姓，久後興福若得片雲蓋頂之日，此恩德報與何人？（生）原來如此。我家住中都路，蔣家莊。姓蔣，名世隆。家有妹子瑞蓮，至親者止有二人。（外）兄弟牢牢記在心。無他效芹，(一)略得進身。犬馬之報，不做半米兒生分。

（生扯介）兄弟且慢去，聽我分付。

【山麻稭】(二)你渡關津怕人盤問，又没個官司文憑却引。此身何處能安頓？陌地裏有便人，稍帶一封平安書信。（外）

【前腔】兄長言極明論。遍行軍攔、立賞明文。世没男兒、有誰投奔？一片心后土皇天，表我忠直、不陷吉人。

(一) 眉批：效芹：宋田父暴日，曰：『負日之暄，以獻君。』其妻曰：『昔有美芹莖萍子者，對鄉豪稱之。鄉豪嘗之，蜇于口，慘于腹。』嵇叔夜曰：『野人有快暴背、美芹子者，獻之至尊，雖有區區之意，亦已疏矣。』

(二) 稭：原作『家』，據《幽閨怨佳人拜月亭記》改。

【尾聲】埋名避禍捱時運，只望取皇家赦恩。罪大彌天、其時許自新。

自古積善逢善，常言知恩報恩。

此去願逢吉地，從今莫撞凶門。

第八折　瑞蘭自敘

【七娘子】（旦）生居畫閣蘭裏，正青春方及笄。(一)家世簪纓，儀容嬌媚，那堪身處歡娛地。

〔南鄉子〕曉日壓重簷，斗帳春寒起去掀。(二)天氣困人梳洗懶。眉尖，淡畫春山不喜添。奴家乃是見任兵部王尚書之女，小名瑞蘭。今日幸遇閑暇，來此庭院遊玩一時，多少是好。

【錦纏道】髻雲堆，(三)珠翠簇，蘭姿蕙質，香肌稱羅綺。(四)黛眉長，(五)盈盈照泓秋水。鞋直上冠兒至底，諸餘沒半毫兒不美。針指暫閑時，花朝月夕，丫環侍婢隨。(六)好景須歡會，四時

(一)眉批：笄：冠也。禮：女人二十而笄。

(二)眉批：斗帳：其製如斗。

(三)夾批：髻：音『吉』。

(四)夾批：綺：音『倚』。

(五)夾批：黛：音『代』。

(六)夾批：丫環：女奴。婢：音『背』。

不負佳致。
【朱奴兒】春名苑奇葩異草，(一)夏水馆浮瓜沉李。秋玩蟾宫折桂枝，逢冬景賞雪觀梅。呼呼喚喚，愁是甚的？總不解愁滋味。

巧容魚沉雁落，美貌月閉花羞。
肌骨天然自好，不搽紅粉風流。

第九折　興福遇强

（外走上）俺興福事出無奈，一家老少，盡行誅夷，況朝廷出榜捕捉甚嚴，不免改名更姓，前往他州逃難。正是：六親本是同林鳥，大限來時各自飛。只得趲行幾步，多少是好。（行介）
【皂羅袍】滿目青山如畫，歎家邦不覺心緒如麻。(二)傷情珠淚亂交加，途中難訴衷腸話。那時一朝通泰，聖主恩加。宥回故里，(三)林木再花。冤仇必報方纔罷，方纔罷。（淨、丑扮强人上）
【金錢花】前途有個經商，經商。流星趕上何妨，何妨。猶如狼虎捕猪羊。拿着的，莫商量。

(一) 夾批：葩：音『巴』。
(二) 夾批：緒：音『序』。
(三) 夾批：宥：音『右』。

劫掠盡，叫他命殂亡。

（外）朋友，你二人要往那裏？去得這等緊。（丑、浄）你道我是朋友，你説我是甚麽人？（外）我却不曉得你。（丑、浄）我是虎頭寨上有名打劫的大王，來此與你討買路錢，纔放你過去。（外）你這狗骨頭好無禮！敢來開大口，説大話。自家正爲讒賊無故害我三百家口，惟我逃命在此，怨氣沖天。我不騙你也好，你到來騙我。你若説得好，放你回去。説得不好，一刀兩斷，性命難逃。（丑、浄）我二人也不是怕你的。（外）口説無憑，抵敵便見。（敵介）（丑、浄）將軍饒命。（外）我且饒你，且問你山寨上還有何人？（丑、浄）不瞞將軍，山寨上還有五百名嘍囉。（外）何人本事高强？（丑、浄）惟我二人第一。（外）那個爲寨主？（丑、浄）正少一個寨主。若是將軍肯爲寨主，我每情願聽從指揮。（外）你肯順我麽？（丑、浄）情願伏事將軍。（外）你二人起來。（背云）若還同他作寨主，爲萬代駡名；若還不同他去，眼下又無安身之處。權且得一日過一日，得一年過一年。等待皇恩大赦，那時又做個主張。你山寨在那裏？同你前去。（丑、浄）山寨就在前面，將軍請行。

權居山寨作生涯，喜得將軍肯上來。
嵬嶺崔峰堪隱豹，野花芳草待時開。

第十折　奉命和番

（末）三十年前學六韜，英名常得遇時髦。曾經國難披金甲，不爲家貧貨寶刀。臂硬常嫌弓力軟，眼明

尤識陣雲高。庭前昨夜西風起，羞見蟠花舊戰袍。自家伏事王尚書的院子便是。我公相次出來，不免在此伺候則個。（外扮王尚書上）

【丞相賢】彎弓馳騎射雙雕，（一）武勇超群膽氣高。紫袍金帶非同小，見隨朝，兵部尚書官養老。

馬掛征鞍將掛袍，柳梢門外月兒高。男兒未帶封侯印，階下猶磨帶血刀。老夫姓王，女直人也。官至兵部尚書，家眷三十餘口，至親者三人而已。小女瑞蘭，年方及笄，未曾許聘他人。如今自家閑居，怕有朝廷官員來往，不當穩便。不免叫左右過來。（末）伏相公，有何分付？（外）吾乃私家閑居於此，但有朝廷官員到此，必須通報，不得止謁。（末）理會得。（丑扮使臣上）（丑）

【梨花兒】使臣走馬傳敕旨，鋪陳香案疾忙接。萬歲山呼行禮畢。（合）欽依宣諭躬身立。

聖旨已到，跪聽宣讀：朕掌邦國，獲衛邊疆。近日逢危，士庶逃生。爲因番兵犯界，以致百姓倉惶。念汝宿舊老臣，力練良將，前往邊鄙緝探虛實。軍情急切，不許遲留。叩頭謝恩。（外）萬歲，萬歲，萬萬歲！（相見介）（丑）王大人，

【番鼓兒】爲塞北興兵臨邊鄙，臨邊鄙。州城關隘勢怎當抵？待欲遷都迴避。不許稽遲，

（一）眉批：雙雕：後魏秦王幹從太宗出遊，一箭下雙雕。號『射雕都尉』。

上京去緝探事實。（合）火速便馳驛。等回音、星飛電急。（外）使臣，

【前腔】念老拙年已七十歲，七十歲。奉朝廷宣行敕旨，事屬安危。恨不得肋生雙翅，敢挨日，只行三里五里。（合前）

【前腔】（末）緊使人疾忙催驛騎，催驛騎。(一)便疾忙安排鞍轡，整頓行李。(二)這回須教仔細。(三)先解韁繩，怕騎了没頭馬兒。（合前）（丑）

【僥僥令】兀剌赤門外等多時。(四)（末）縱轡加鞭，心急馬遲。（外）伴宿女孩兒，羊酒須要關支。都管取完備。（衆）休誤了軍期。（丑）王大人，

【雙勸酒】軍情緊急，國家摘委，不得違滯。（末）常言道養兵千日，今朝用人之際。

（丑）下官拜別回朝，大人可即前去。正是：眼望捷旌起，耳聽好消息。（下介）（外）身食君祿，豈可不奉君命？車馬俱在門首，不免請出夫人及女孩兒瑞蘭出來，分付家事，多少是好。左右，請出夫人、小姐。（貼扮夫人上）

(一) 夾批：驛：音『亦』。騎：音『伎』。
(二) 眉批：行李：《左傳》：『行李之往來。』
(三) 夾批：仔：音『子』。
(四) 夾批：兀剌：音『勿辣』。

【東風第一枝】宮日添長，(一)壺冰結滿，仲冬天氣嚴寒。(旦)繡工閑却金針，紅爐煖閣人閑。(貼)金爐香裊，(二)麗曲趁舞袖弓彎。(旦)錦帳中褥隱芙蓉，(三)應交鸚鵡杯乾。(四)

(相見介)(貼)〔臨江仙〕忽聽朝廷頒敕旨，傳宣未審有何因？(外)使臣走馬到私門，教急離龍鳳闕，緝探虎狼軍。(旦)朝中多少文共武，緣何獨選我家尊？(末)奉行君命豈私身。(合)正是家貧顯孝子，國難見忠臣。(旦)爹爹，不去也不妨。(外)孩兒說那裏話。朝廷之命，豈敢有違。

【催拍】受君恩身居從班，(五)食君禄怎敢避難？此行非同小看。緝探上京虛實，便往邊關。(旦)漠漠平沙，路遠天寒。(合)一別後涉水登山，今日去甚時還？(貼)相公，

【前腔】氣力衰行履尚難，怎驅馳揮鞭跨鞍？(旦)爹爹，愁只愁路裏，難禁冒雨蒙霜，(六)此身

(一) 眉批：日添長：冬至日長一綫。

(二) 夾批：裊：音『鳥』。

(三) 夾批：褥：音『入』。

(四) 眉批：鸚鵡杯乾：梁宴魏使，魏肇師舉勸鸚鵡杯，徐君房飲不盡。肇師曰：『海蠡蜿蜒，尾翅皆張，非以爲玩，亦以爲罰。今日不得辭。』海蠡刻鸚鵡形。 夾批：乾：音『干』。

(五) 夾批：從：去聲。

(六) 禁：原作『襟』，據《李卓吾先生批評幽閨記》改。

勞憚。(一)誰奉興居，(二)暮宿朝餐？（合前）（外）夫人，

【前腔】宣限委休作等閑，報國家中心似丹。（旦）稍遲延半晌，尋思止得些，面取尊顏。子父隔，路阻雲攔。（合前）（旦把酒介）

【前腔】去難留愁驚鳳盞，愛情深重掩淚眼。（外）孩兒，休憂慮放懷，堂上母親叮嚀小心相看。（貼）娘女家中，怎免愁煩。（合前）（外）

【一撮棹】(三)今日去，便馳驛離鄉關。（末）相公，朝廷命，疾登途怕遲晚。（貼）兵難進，興戈甲取江山。（旦）遭離亂，家無主怎逃難？（合）士馬侵邊緊，一旬中便回還。專心望，佳音報平安。

軍情怎敢暫留停，即便馳驅往上京。
正是相逢不下馬，從今各自奔前程。

(一) 夾批：憚：音『旦』。
(二) 眉批：興居：猶起居。
(三) 棹：原作『揮』，據曲牌名改。

第十一折　兄妹自敘

【緱山月】（生）守正處寒窗，勤苦誦詩書。盼春圍身進踐榮途。㈠奈雙親服制，㈡前程未遂，㈢感偃仰天呼。㈣（貼）

【前腔】樂道安貧大儒，㈤嗟怨是何如？但孜孜有志效鷓鴣，㈥可藏珍韞匵。韜光陰，㈦善價待時沽。㈧

（貼）哥哥萬福。（生）妹子到來。（貼）小妹往常見哥哥眉開眼笑，今日見哥哥眉頭不展，臉待憂容，有何煩惱？（生）賢妹，你不知，我心下有三件事煩惱。（貼）哥哥爲着那三件事來？（生）一件事，父母靈席

㈠ 夾批：圍：當作『闈』。

㈡ 爲：原闕，據汲古閣刊本《繡刻幽閨記定本》補。

㈢ 遂：原闕，據汲古閣刊本《繡刻幽閨記定本》補。

㈣ 夾批：偃：音『掩』。

㈤ 夾批：樂：音『洛』。

㈥ 夾批：孜：音『茲』。　眉批：鷓鴣出南越，自呼鉤斬格傑，當南飛不北。

㈦ 夾批：韜：音『滔』。

㈧ 眉批：韞匵：子貢曰：『有美玉於斯，韞匵而藏諸，求善價而沽諸？』子曰：『沽之哉，沽之哉。』

未除。(貼)第二件?(生)二件事,兄不曾娶,妹不曾嫁。(貼)第三件?(生)三件,奈何功名未遂。以此三件事煩惱。(貼)〔玉樓春〕功名姻緣俱有分,安居温習何嗟歎。退藏山水作漁樵,進則皇家爲顯宦。(生)賢妹,迅速光陰如轉眼,少年不爲功名顯。(貼)哥哥,蒼天未必負儒冠,儒冠豈負男兒漢。(生)

【玉芙蓉】胸中書富五車,(一)筆下句高千古。鎮朝經暮史,寐晚興夙。擬蟾宫折桂雲梯步,(二)待求官奈何服制拘。交人怨,也怨不沾寸禄。(合)望當今天子詔賢書。

【前腔】(貼)功名事本在天,何必恁心過慮。且從他得失,任取榮辱。爲人只怕身無藝,暫時間未從心所欲。金埋土,也須會離土。(合前)

【刷子序】(貼)書齋數椽,良田儘可、隨分饘粥。(三)世態紛紛,怎如静守閑居屋。(生)勤劬。事業學成文武,事皇朝方展天都。(合)但有個抱藝懷才,那得滄海遺珠。(生)

【前腔換頭】誰伏?晚進兒童,奪朱紫袍,肥馬輕裘。磊落男兒,(四)慚睹蠢爾之徒。(貼)聽語。萬事皆由天命,餘盡是者也之乎。(合前)

(一) 眉批:五車:惠子其書五車。　夾批:車:音『居』。

(二) 眉批:月中有桂樹,高數百丈,仙人吴剛有過,謫此砍樹,其樹隨砍隨合。

(三) 眉批:饘粥:顏子曰:『回有郭外之田數頃,足以供饘粥。』　夾批:饘:音『沾』。

(四) 夾批:磊:音『壘』。

（末扮報軍情介）啓覆官人，災來怎躲，禍至難逃。簇簇軍馬從北至，密密刀鎗望南來。勢不可敵，鋒不可當。奪關隘争履平川，攻城寨競登坦地。黎民逃難，沿途中似亂亂奔兔；官宦隨遷，滿路裏如慌慌走鹿。百司解散，萬姓倉皇。明張榜示，金朝駕到汴梁城；曉諭通知，近處人移中都地。一來士馬臨城，二是朝廷法令。螻蟻尚且貪生，爲人豈不惜命？（末下）（貼）哥哥，既是如此，怎生是好？（生）

【薄遍衮】聽人報軍馬近城，天子遷都汴梁。今曉庶民，不許一人、落後在京輦。（貼）生長昇平，身誰曾、遭離亂？苦怎言？膽戰心驚，如何可免？（生）

【前腔換頭】街坊巷口，惟聽得、鬧炒炒哀聲遍。（貼）哥哥，急打疊，金共寶隨身將帶、做盤纏。（生）妹子，田業家資，不能守、不能戀。兩淚漣。生死安危，只得靠天。（内喊介）（合前）

父母家鄉甚日歸，慌慌逃竄各東西。

避禍一心忙似箭，逃生兩脚走如飛。

第十二折　興福劫掠

【賀聖朝】（外）斬龍誅虎威風，拿人捉將英雄。錦征袍相稱茜巾紅，㈠鎮山北山東。

㈠　夾批：茜：音『灑』。

陀滿興福來到此間，所謂慌不擇路，饑不擇食。只得結集亡命，哨聚山林。集高岡爲營壘，依澗壑作城濠。風高放火，無非劫掠農工；月黑殺人，盡是傷殘性命。來往行人，聽説魂飛魄散；家居富者，聞知膽碎心驚。除非黄榜可招安，餘外官軍收不得。小嘍囉只在寨中閑坐，不免叫出來分付則個。嘍囉那裏？（末）山中將士，俱無救苦之心；寨裏强人，盡有害人之意。不思昔日肖何律，且放當年盜跖能。(一)大王有何命令？（外）前日嘍囉近山伏路，至今還未見回音。（末）復大王得知，嘍囉今已回到寨了。（丑、净）宋江三十六，回來十八雙。若還少一個，定是不還鄉。大王喏。（外）小嘍囉，如今都要舞習軍器。

【包子令】聞説中都吹戰塵，吹戰塵。庶民逃難亂紛紛，亂紛紛。怕有推車挑擔客，劫了財寶共金銀。（合）用心巡，登山越嶺用心巡。（末）

【前腔】休避些兒辛與勤，辛與勤。持刀執斧聚成群，聚成群。士農工商錢奪下，回來山寨醉醺醺。（合前）（净）

【前腔】劫掠金銀不要分，不要分。猪羊醪酒莫沾唇，(二)莫沾唇。但願得個多嬌女，將來押寨做夫人。（合前）（丑）

(一) 眉批：盜跖：秦大盜，莊子以爲柳下季弟者，附會之言也。

(二) 夾批：醪：音『勞』。

【前腔】我是慈悲極善人，極善人。隨他入夥害良民，害良民。捉住一個遊街棍，把來生吃衆人分。（合前）

逢人買路要金珠，他日回來不可無。
身後欲求生富貴，眼前須下死工夫。

第十三折　瑞蘭逃軍

【破陣子】（夫）況是君臣分散，那堪子母臨危。（旦）尊父東行何日見？天子南遷甚日回？歎家邦無所倚。

〔望江南〕（夫）身狼狽，（一）慌急便奔馳。家内金珠端的有，隨身衣服着些兒。子母急相隨。（旦）離帝京，前途去投誰？風雨拂人辭故園，回首翠山迷。（夫）何日是歸期？

【漁家傲】不念去國愁人助慘悽，（二）零零的雨若盆，（三）風如箭急。（旦）侍妾從人皆星散，各

（一）眉批：狼狽：狽屬狼類，無前足，附狼以行，失狼則不能動。

（二）慘悽：原作『悽慘』，據汲古閣刊本《繡刻幽閨記定本》改。

（三）夾批：零：音『鈴』。

逃生計。（夫）身居處華屋高堂，〔一〕但尋常珠繞翠圍。（合）那曾經地覆與天翻受苦。

【剔銀燈】（夫）迢迢路不知是那裏，〔二〕前程去安身何處。（旦）天，那一點雨間一行恓惶淚，一陣風對一聲聲愁氣。（合）雲低。天色傍晚，子母命存亡兀自未知。

（旦）娘，

【攤破地錦花】〔三〕繡鞋兒，分不得挷和底。一步步提，迫忙裏腿兒脚兒。（夫）我兒冒雨傷風，帶水拖泥。（合）步難移，全没些氣力。（夫）

【麻婆子】〔四〕路途路途行不慣，心驚膽戰摧。（旦）地冷地冷行不上，人慌亂語催。（夫跌倒介）年高力弱怎支持？（旦扶母介）泥滑跌倒在凍田地，款款扶將起。（合）只爲心急步行遲。

最苦尊君去遠，怎當軍馬臨城。

正是福無雙至，果然禍不單行。

〔一〕夾批：華：音『畫』。

〔二〕夾批：迢：音『桃』。

〔三〕攤：原作『擲』，據曲牌名改。

〔四〕婆：原作『波』，據曲牌名改。

第十四折　兄妹逃軍

【薄倖引】（生）凜冽寒風，(一)霖漓冷雨，(二)送君臣南北，父子東西。(三)（貼）心傷痛，不幸見刀兵冗冗。（生）望故國，雲漢遠濛濛。(四)

（生）邊疆一旦動征鼙，伐朽摧枯不可遲。（貼）馬到逡巡侵隘險，軍臨談笑克城池。（生）絶没忠臣朝北死，盡隨天子望南馳。（貼）文武三千軍十萬，更無一個是男兒。（生）妹子，前面雨來了，待我把雨傘撐起。（生）

【賽觀音】(五)雨兒催，風兒送，一旦家邦盡是空。（貼）想富貴榮華如春夢。（合）更咽傷心氣填胸。（貼）

【前腔】意兒慌，脚兒痛，顫篤速如癡似懵。(六)（生）苦捱着即忙行動。（合）郊野者者晚雲籠。

(一) 夾批：凜冽：寒氣。
(二) 夾批：漓：音『離』。
(三) 夾批：傷心語。
(四) 夾批：濛：音『蒙』。
(五) 賽：原作『寨』，據曲牌名改。
(六) 夾批：顫：音『戰』。

（生）

【人月圓】途路裏奔走流民擁，膽喪魂飛心驚恐。（貼）風吹雨濕衣襟重，止不住雙雙淚珠湧。（合）行不上，惟聞戰鼓聲振蒼穹。（貼）

【前腔】軍馬來時四下裏如鐵桶，眼見得京師城内空。（生）那們提着無輕縱，如虎般英雄馬似龍。（合）若是遭驅擄，親骨肉甚年何日，再得重逢。

急前去汴梁路杳，慢停待中都城擾。

烏鴉共喜鵲同枝，吉凶事全然未保。

第十五折　番兵北返

（丑扮鄉民）天有不測風雲，人有旦夕禍福。如今天子遷都汴梁，人人離了中都。番兵來犯邊疆，個個皆逃性命。正是：相逢不下馬，各自奔前程。呀，前面軍馬星飛而來，怎生是好？不免在此石橋下躲一躲，看他是那裏軍馬。（凈）

【竹馬兒】喊聲漫山野，招颭皂旗，萬點寒鴉。千户萬户们，領征兵、圍繞中都城下。見接敵、無人披掛，都遷徙離京華。（末扮回回上）驅奮武征伐，盡攬轡據鞍、(一)加鞭催駿馬。(二)倚逃舟、除是翅雙插，直追到海角天涯。斜曛寶燈葵花。(三)

（淨）生在陰山北，沙漠是吾鄉。雕弓常架箭，馬上過時光。左右，叵耐南朝不來進貢，俺國軍馬已到中都，彼國軍民盡遷楚汴梁去了。只得催起人馬，趕上便了。呀，前面石橋下有人在那裏，拿過來問他消息。（捉丑介）（淨）你是甚人？（丑）小的是本處鄉民。（淨）怎奈你南朝無理，該一年小進貢，三年大進貢。而今五次不來進貢，我們起兵前來，奪取江山，你知道麼？（丑）小的已知道，但本國前日已差兵部王尚書裝載金寶，從小路前來講和去了。（淨）已差王尚書到俺國裏講和去了？（丑）是是。

（淨）呀，俺們空走一遭。那老兒起去罷。

加鞭骨馬走如龍，海角天涯要立功。

假繞一國長空去，盡在皇都掌握中。

(一) 夾批：轡：音『沛』。

(二) 夾批：駿：音『俊』。

(三) 夾批：曛：日落。

第十六折　蘭母驚散

【誤佳期】(夫)淚染胸襟濺。(一)(旦)家尊去程遠。默想何時見？萬苦千辛念。(夫)曾記分離，祝付去時言。(旦)天翻地覆，黎民遭賤。自離家鄉，千般受勞倦。天！何時再團圓。脱離災危，問穹蒼肯方便？

【前腔】(旦)兩眼流珠淚，窮途受煩惱。(夫)宿水餐風味，(二)峻嶺高峰路。(旦)娘，這時高嶺慢慢行。(内喊介)(夫驚介)船被風波，屋漏更遭雨。(旦)娘，遥聞鬧攘，交人驚懼。(内又喊介)(旦驚投井)便向清泉，落得芳名萬古。(夫救旦介)孩兒，休得要這等。(夫)何時脱災危，祝告窮蒼，但願前途好平步。(净、丑追介)(夫先下)(旦躲介)(净、丑

【蠻牌令】不顯干戈患，怎得路途沿。(三)便把金城如席捲。早還邦，退番兵，鼕鼕鼓打駝轡

(一) 夾批：濺：音『賤』。
(二) 夾批：宿：音『俗』。
(三) 夾批：沿：音『言』。

引。(一)路迢迢，匆匆的歡會鶺鶵，款款踧踖，(二)平步高蹀。

(丑)呀，分明見兩個婦人在此行走，如今都不見了。罷罷罷，紛紛人馬離京城。(淨)息却干戈又太平。(三)(丑)得放手時須放手。(淨)得饒處且饒人。(旦出尋母介)娘！那裏去了？快來，娘！(哭介)

【東甌令】我心如醉，(四)淚交流。去遠家尊絶信久。娘，中途子母生離别，這苦如何受。一重愁分作兩重愁，(五)子母命合休。正是：子母東西去，來朝願再逢。(下)

第十七折　兄妹失散

【滿江紅】(生)身遭兵火，兄妹逃生受奔波。(貼)怎禁風雨摧殘，身遭坎坷。(生)妹子，泥滑路上行未多，軍馬追急怎奈何。(合)交我彈淚顆，(六)冒雨沖風，沿山轉坡。(番兵末、淨、丑喊

(一)　夾批：　鼕鼕：　鼓聲。
(二)　眉批：　踧踖：《鄉黨》：『足踧踖如有徇。』
(三)　干：　原作『午』，據文義改。
(四)　眉批：《詩》：『憂心如醉。』
(五)　夾批：　重：　平聲。
(六)　夾批：　顆：　音『科』。

介）（生驚散介）（旦躲介）（末）

【漿水令】過深山林鳥囀音，步平沙滚滚泥塵。（净）抽番兵依然罷征，且回去免交受驚。（丑）頗學烏龜頸縮伸。今番可喜，且息其嗔。民樂業，官已寧静，金國帝王免恐驚。寃可恕，且回程，早傳示諸邦關隘，通貢禮免此戰争。（净）方纔分明見一個漢子在此，就不見了。罷罷罷。干戈休息莫相争。（丑）點起三軍返故營。（末）休把萬民驚擾害。（合）大家齊做太平人。（下）（貼尋兄介）

【清江引】大喊一聲過，諕得我獐狂鼠竄，那裏去也哥哥？怎生撇下了我？此身無處安存，無處可躲。（下）

第十八折　夫人尋蘭

（夫）瑞蘭，瑞蘭。

【望梅花】叫得我不絶口，只被喊聲流民亂走。荒急使尋各分剖。不知瑞蘭何處否，多想他在前頭。（叫介）

【太師引】望路坡前後。瑞蘭，我的兒！往來尋，心不自由。更也無些踪跡，我兒，真個叫破咽喉。我年老力乏身倦，便死有誰搭救？瑞蘭，我兒！叫我停怎生，欲去怎走？我兒，好交

我去住難留。（走下）

第十九折　隆遇瑞蘭

【金蓮子】（旦）古今愁，誰似我目下這般憂？ 聽马骤，人闹语，急向深林中避，只怕有人搜。（生）

【前腔換頭】百忙裏散失，差了路頭。瑞蘭，尋妹不見怎措手？瑞蓮，瑞蓮！（旦應介）（生）謝天謝地！（拜介）望神天庇祐，(一)聽答應端的是有。(二)若見親骨肉，尋路向前走。（旦）

【菊花新】你是何人我是誰？（生）瑞蓮，應了還應，(三)見又非。（旦）緣何將咱小名提？進前去問他端的。

呀，你不是我娘親，如何叫我小名？（生）你不是我的妹子，如何應我兩三聲？ 多應是你驚疑不定。（旦）

(一) 夾批：庇：音『被』。

(二) 夾批：應：去聲。

(三) 夾批：應：平聲。應：平聲。

【古輪臺】自驚疑，相呼廝喚兩三回，(一)瑞蘭和先輩不曾相識。敢問瑞蓮是你誰？（生）瑞蓮名兒，本是卑人親妹。敢問娘子每因甚到此？（旦）妾因兵火急，離鄉故。（生）娘子如何獨自？（旦）子母隨遷往南避，中途相失。不知令妹因甚事相別？（生）(二)那時節喊殺聲，各各逃生，電奔星飛。（旦）在那裏相別？（生）中途差遲，因尋至，應聲偶逢伊。（旦）他尋妹子，我尋母親，兩人相遇。俱錯意，一般煩惱兩心知。

（生）我妹子喚瑞蓮，他喚瑞蘭。蘭、蓮二字，所争不遠。

【前腔換頭】只爲名兒廝類，聽錯自先回。（旦）君子往那裏去？（生）即便往跟尋，豈容遲滯。（旦）姑帶奴家同去。（生）自己妹子尋不見，怎麽帶得你去？（旦）事到如今，怎生惜得羞恥？念孤憐寡，救奴殘喘。帶奴離此免災危，不忘恩義。（生）曠野裏獨自一個佳人，生得千嬌百媚。娘子曾嫁人否？（旦搖頭介）（生）要知窈窕心中意，(三)盡在搖頭不語中。喜得他無夫無婿。這娘子極是乖巧，與他講了這一會，不曾看得他仔細，待我哄他一哄。娘子纔説不見了令堂，前面一個婆子來，想是你令

(一) 夾批：廝：音『私』。

(二) （生）：原闕，據文義補。

(三) 眉批：窈窕：《詩》：『窈窕淑女，君子好求。』

堂。（旦看介）在那裏？（生）娘子，在這裏。眼見落便宜。㈠（合）如何是，天色昏慘暮雲迷。

（旦）君子帶奴同去。（生）娘子差矣，自家妹子不見，如何帶得你去？

【撲燈蛾】自親不見影，他人怎生相週庇。（旦）君子讀書不曾？（生）秀才家何書不讀，那書不覽？（旦）你敢是讀《論語》《孟子》，不曾讀《毛詩》？㈡（生）《毛詩》如何道？（旦）窈窕淑女，君子好求。㈢（生）娘子言及至此，豈是卑人不知。奈干戈擾攘，實難從命。（旦）既然讀詩書，惻隱怎生周濟？㈣（生）娘子，我是孤兒，你是寡女，厮趕着教人猜疑。（旦）亂軍中誰來問你？（生）緩急間語言，須是要支持。（旦）

【前腔】路中不攔當，可憐作兄妹。（生）做兄妹到好，只奈面貌不同。有人盤問着，交咱甚言抵對？（旦）有個道理。（生）有甚道理？（旦）怕問時權說做夫。（生）娘子說話好輕薄，小生是黌門中秀才，怎的去叫我做夫？（旦）不是做夫，夫字下面的。（生）夫字下面的不是夫子，是夫人。（旦）寃家，他明明知道，故意詐騙奴家。怕問時權說做夫妻。（生）夫妻便是夫妻，那有權說的道理？恁的

㈠ 夾批：便：平聲。

㈡ 眉批：《毛詩》，毛萇所注，故云。如《禮》曰《戴禮》也。

㈢ 眉批：好逑：逑，配也。

㈣ 夾批：惻：音『策』。

是方纔是已。（合）便同行，訪踪窮跡去尋覓。

（生）娘子，天色漸晚，趲行几步。（旦）君子请先，妾身随後。（生）

【皂羅袍】漸漸紅輪西下，見林梢數點昏鴉。前村燈火有人家，江山晚景堪描畫。天，我蔣世隆在家之時呵，錦堂富貴，玉帳榮華。誰知今日，遭逢兵火，勞碌波渣。小生雖受跋涉，幸遇佳人。古人云：『不入虎穴，焉得虎子。』正是危叢致取千金價。娘子，天晚了，不行又坐是怎的？（旦）

【前腔】暗想溪山跋涉，不由人珠淚如絲。（生）快行。（旦）鞋弓襪小步難移。（生）怎的這等行不動？（旦）我嬌花不慣風摇拽。（生）待卑人相扶行幾步到好。（旦）不勞如此。天將曛暝，欲進趦趄。(一)天，那故園何在？極目慘悽。我王瑞蘭是千金之體，因遭兵火，流落在此。固知男女不可同行也，只是出乎無奈。危途權做資身計。

【尾聲】得君今日提掇起，免使一身在污泥，久後當思憂苦日。

（生）半路兄尋妹，（旦）中途母棄兒。

（生）情知不是伴，（旦）事急且相隨。

(一)　夾批：趦趄：音『咨祖』。

第二十折　蓮遇夫人

（貼）哥哥，

【普天樂】叫得我氣全無，哭得我聲難語。只交我兩頭來往，到有千百步。兄安在？妾是何如？真所謂困旅窮途，有誰人来念我。念我爹媽身故，乃是一蒂一派兒和女，怎割得妹兄腸肚。哥哥，將奴閃下在這裏，進無門，退又無依倚。

【小桃紅】大道上難前去，小路裏怎揣步。遥望窩梁三兩間茅簷屋，轉彎環野徑休辭苦。暫安身少避些風和雨，多管是村野民居。

【生查子】（夫）行尋行又行。瑞蘭我兒！（貼應介）（夫）遠遠聞人應。〔一〕（貼）呀，是甚人叫？聽喚瑞蓮名，聽了宜重省。（夫）

【水仙子】眼又昏，天將暝。〔二〕瑞蘭我兒！（貼應介）（夫）趁聲兒向前。〔三〕（見介）孩兒，渾身上雨

〔一〕夾批：應：去聲。
〔二〕夾批：暝：上聲。
〔三〕夾批：趁：去聲。

水淋漓，盡皆泥，論生來這苦何曾是恁？（貼）

【前腔換頭】眼見是錯十分定。事無可奈，只得陪些下情。娘，你是年高人，怎生行得這山徑？瑞蓮款款扶着娘慢行。（夫認占介）

【前腔】觀模樣，聽語聲，是何誰便應承？交我一回假暗自惊，枉了这多时苦相尋。（貼）非詐應，瑞蓮聽得名兒廝類。怕叫奴尋覓是家兄，偶逢娘行如再生。

（夫認介）小娘子，

【刮地風】看你舉止與我孩兒也不甚爭，廝跟去你心肯？（貼拜夫介）情願做女爲婢身。（夫）既然肯同去，我把你做孩兒一般看承。（貼）今幸怎敢指望兒稱。（夫）我兒，干戈靜，同往南京。（貼拜夫介）拜謝深恩，感謝深恩救取奴一命。

【尾聲】天昏地黑迷去程，就在此處權停。

母爲尋兒錯認真，不因親者幸相親。

愁人莫向愁人説，説起愁人愁殺人。

第二十一折(一)　隆蘭遇强

【高陽臺】(生)凜凜嚴寒，漫漫肅氣，(二)依稀曉色將開。宿水餐風，去客塵埃。(旦)思今念往心自駭，(三)受這苦誰想誰猜。(合)望家鄉，水遠山遥，霧雲埋。

(生)亂亂隨逐客，紛紛避禍民。(旦)家山何處是？甚日見雙親？(合)寧爲太平犬，莫作離亂人。

(生)娘子，路途遥遠，不免趲行幾步。(生)

【山坡羊】翠嵬嵬雲山一帶，(四)碧澄澄寒波幾派。深密密煙林數簇，亂飄飄黃葉都零敗。一兩陣風，三五聲過雁哀。(旦)傷心對景愁無奈。回首西风也，回首西风淚滿腮。(合)情懷，急煎煎悶似海。形骸，骨挨挨瘦似柴。(旦)

【水紅花】憶昔歌舞宴樓臺，插金釵，歡娱難再。(生)思之詩酒看書齋，多災，風光何再？(旦)母親知他何處？家尊阻隔天涯。不能勾千里故人來也囉。(生)

(一) 第：原闕，據目録補。下同補。
(二) 夾批：漫：音『曼』。
(三) 夾批：駭：驚諤。
(四) 夾批：嵬：音『偎』。

【梧桐樹】徙黎民，遷臣宰。天子蒙塵盡遠埋，(一)雕闌玉砌今何在？（旦）想畫閣蘭堂那安排，變作草舍茅廬這境界。（合）怎交我還得悽惶債。（旦）

【水紅花】路滑霜重步難擡。（跌介）（生扶介）小小弓鞋，其實難捱。（生）家亡國破更時乖，這場災，冰消瓦解。(二)否極何時生泰？苦盡甚日甘來？除是枯木再花開。也囉。（内喊介）

（生、旦躲介）（浄、丑）

【金錢花】聽得數聲鑼篩，鑼篩。好漢林前齊擺，齊擺。個個獰惡似狼豺。(三)討買路，與錢財。不與我，便殺壞。便殺壞。

（生、旦）

（捉生、旦跪介）（浄、丑）你這漢子，好好送買路錢來，萬事皆休。若無買路錢，我交你二人一刀兩斷。

【念佛子】窮秀才，夫和婦，爲士馬逃避登途。望相憐，壯士略放一路。（浄、丑）枉自説閑言語，買路錢留下金珠。漢子，稍遲延，便交你身死須臾。

（生、旦）將軍，

(一) 眉批：蒙塵：見《左傳》，不欲直言播遷。

(二) 眉批：瓦解：見《漢書》：『天下之勢，患在土崩，不在瓦解。』

(三) 眉批：獰：惡獸。

【前腔】區區山行路宿，粥飯無覓處，有盤纏肯相推阻？（淨、丑打介）這厮每窮酸餓儒，模樣須尋俗。應隨行所有，疾早交付。

（又打介）（生）將軍，委實没有。

【前腔】苦不苦，從頭至足，衣衫更襤褸。難同他往來客旅。（淨、丑）你若没有買路錢，只把你殺了，留這個婦人，到我山寨中去。（舉刀介）你不與示威仗勇，論動刀鎗，激得人忿心發怒。（生、旦哭介）

【前腔】告饒恕，魂飛膽顫催，神散心驚苦。沿身恁甚無，屈死真實何辜。（淨、丑）且休纏，管押前去山寨裏，聽從區處。（縛介）（生、旦）

【尾聲】到這裏吉和凶未保，生死同途。

秀才身畔没行囊，因避刀鎗遇不良。

且聽雷霆宣號令，休言星斗焕文章。

第二十二折　興福釋隆

【正宫·粉蝶兒】（外）山寨鳴鑼，白鶴半天展翅。（淨）靠高山寨作因由，損害良民義不週。客旅經商從此過，幾多驚恐幾多憂。伏大王喏。（外）嘍囉回了，奪得多少財寶？（淨）告大王得知，這遭空去，全没些兒。（外）委實没有？（淨）真没有。（外怒介）既是没有，把這嘍囉殺了。（淨唬介）有，有，有。（外）有甚的？（淨）拿得一個漢子。（外）要那漢子作何用？（淨）同一個花嬌女。（外笑介）既有花嬌女，賞你黄金五十兩。叫他進來。（淨）把那漢子和婦人押上山寨來。見擒復過客夫。（生、旦）離天羅，入地網，逃生無計，到麾下盡實抵對。㈠

（丑）告大王，拿得這漢子與婦人在這裏。（生、旦跪）（外）

【尾犯序】山徑路幽僻，尋常此間，來往人稀。男女相隨，豈良人行止。（生）凶時，遭士馬流民散失。避干戈君臣遠徙。（外）這個婦人，是你甚人？（生）夫和婦，爲天摧地湧，逃難路途迷。

（外）呀，你明知山有虎，偏向虎山行。好好丢下財寶，饒你性命。

【前腔】聽啓。荒亂亂行來數日，㈡苦滴滴實没半鳌。（淨、丑）不知機，常言道打漁獵射，㈢怎肯空回？（外怒介）手下，

【前腔】他没有推轉過，何必説甚的。便把他斬首，更莫遲疑。（淨、丑扯生、旦介）將他扯起，

㈠ 夾批：麾：音『灰』。
㈡ 夾批：數：去聲。
㈢ 夾批：射：去聲。

倒拽横拖，把軍令遵依。（生抱旦哭）魂飛，逆旅窮途遭遇，[一]早背井離鄉做鬼。聽哀告，望雷霆暫息，略罷虎狼威。（外）

【前腔】從爾令怎移。但一言既出，駟馬難追。[二]枉自厚禮卑詞，便休想饒你。（生）今日來到

這裏，死不敢辭。但寬片時，以盡夫婦之别。（外）嘍囉，且鬆這漢子一時。（生）娘子，我一心要同你回

去，豈知今日死在虎頭寨上。（悶地介）傷悲，王瑞蘭遭刑枉死。（生）苦！蔣世隆啣冤負屈。蔣

家祖宗，今日蔣世隆不幸死在虎頭寨上，望你收留魂魄回去呵。（拜天地介）天和地，有誰人可憐，燒

陌紙錢灰？

（外聽見回身介）手下，拿下去斬了。（净、丑拿下介）（外）聽得這漢子道出蔣世隆的名字，蔣世隆是我

一個恩人，怎麽别處也有一個蔣世隆？不免唤轉來，問他一個明白。（外）嘍囉，

【梁州序】且與留人，將回來問取詳細。漢子，家居那裏？是工商農種學文藝？（生）通詩

書，鄉進士，[三]州庠屢魁。中都路離城三里。閑居止，因兵棄家無所依。（外）聽説仔細。

（扶起生介）

[一] 夾批：逆旅：客舍。眉批：窮途：阮籍率意獨駕，不由徑路，車跡所窮，輒（原作『徹』）痛哭而返。

[二] 眉批：一言既出，駟馬難追：《論語》：『駟不及舌。』

[三] 眉批：鄉進士：今舉人爲鄉進士。

【前腔】急降階釋縛忙扶起。嘍囉，揭起中軍寶帳，請大哥尊坐。（拜生介）是興福忘恩負義。大哥，此位小娘子是誰？（生）就是你嫂嫂。（外）尊嫂受禮，誰知此處令完備。（旦）愁爲喜，深謝得賢叔盜跖。（外）哥哥行那些尊卑？權休罪，適間冒瀆少拜識。（生）恐君錯矣。

（外）嘍囉，這個是我的恩人，快去宰殺猪羊，擺佈筵席。

【鮑老催】（外）朝廷當時警捕急，逃災避難，躲在園牆里。若非恩人救難危，險些赴法雲陽市。(一)（生）兄弟，相逢狹路難迴避，這言語古來提。（外）嘍囉，連忙准備排筵席，歡來不似今日。

（净、丑）酒在此。（外）哥哥，酒到。

【前腔】酒浮嫩醅，(二)壓驚解乏酒休要推。嫂嫂，酒到。（旦）叔叔，奴家不會飲酒，免勞下禮。（外）嫂嫂，寒色告些飲半杯。嫂嫂不飲，莫非是詐也？（旦）非詐僞，量淺窄休勞及。(三)（外）嘍囉，過來舞唱，要勸嫂嫂一杯酒。（净、丑舞介）高歌唱飲展放眉，開懷醉了還重醉。

（生）兄弟，嫂嫂委實不飲。（外）哥哥，酒待人無惡意。（旦背語生介）

(一) 眉批：雲陽市：古者刑人于市，與衆棄之。夾批：雲陽：地名。

(二) 醅：原闕，據汲古閣刊本《繡刻幽閨記定本》補。

(三) 夾批：窄：音『則』。

【前腔】你儒業祖傳，文章幼攻習。我低低問，暗暗想，心猜忌。官人，他叔伯遠方結義的？（生）不是。（净、丑背聽介）（旦）姑表兩姨一派蒂？（生）也不是。（旦）這不是，那不是，山寨中怎有這般賊兄弟？（净、丑報介）大王，那婦人駡你説，這不是，那不是，山寨中結交一個賊兄弟。（生）兄弟，嫂不是這般説。道這也是，那也是，危途中有這好兄弟。兄弟，

【前腔】我告辭急去。（外）哥哥，姑留待等寧静歸。（旦）叔叔，龍潭虎窟難住地。（外）既然如此，小弟不敢强留。嘍囉，取過百兩金子來。（净）金子在此。（外）哥哥，金百兩，望收納爲盤費。（合）惱恨人生東又西，難逢最苦別離易，歎此行何時會。（生）兄弟，勸君疾把兵戈息，共約在行朝訪踪跡。

【尾聲】男兒志待時，指望風雲際，（一）怎肯終身作布衣。

（生）相促相催行步急，（旦）難離難捨去心誠。

（外）他日劍誅無義漢，（净）今朝金贈有恩人。

（一）眉批：風雲際：《易》曰：『雲從龍，風從虎。』故曰『風雲際』。

第二十三折　夫蓮同行

【天下樂】（夫）行盡長亭又短亭，窮途路甚曾經。（貼）飄零此身如萍梗。〔一〕（合）算何日臨汴京城。

〔憶秦娥〕〔二〕（夫）拋家業，人離財散如何説？如何説？這般愁對，這般時日。（貼）不幸爲人遭此劫，一回追思情慘切。情慘切，心兒裏悒怏，眼兒流血。（夫）兒不免慢慢走行幾步。（夫）

【排歌】黯黯雲迷，寒天暮景，區區水涉山登。（貼）蕭蕭黄葉舞風輕，這樣愁頓不慣曾經。（夫）不忍聽，不美聽，聽得胡笳野外兩三聲。〔三〕（合）風力勁，天氣冷，一程分作兩程行。（貼）

【前腔】數點昏鴉，〔四〕投林亂鳴，宿霧晚煙冥冥。（夫）迢迢古岸水澄澄，野渡無人舟自横。（貼）不忍聽，不美聽，聽得孤鴻天外兩三聲。（合前）（夫）

〔一〕夾批：萍梗：音『平耿』。

〔二〕娥：原作『蛾』，據汲古閣刊本《繡刻幽閨記定本》改。

〔三〕眉批：胡笳：胡人器。以蘆葉吹之。李陵與蘇武書曰：『涼秋九月，塞外草衰，夜不能寐。側耳遠聽，胡笳互動，牧馬悲鳴。辰坐聽之，不覺淚下。』

〔四〕夾批：數：去聲。

【前腔】前路梗，(一)行怎生。那更天將暝，(二)憂心戰兢兢，傷情淚盈盈。（貼）娘，那些兒悽慘，那些兒寂寞，清風明月最關情。（夫）我兒，無人來往冷清清，叫地不聞天不應。（貼）不忍聽，不美聽，聽得疏鍾山外兩三聲。（合前）（貼）

【前腔】忽地明，一點燈。遥望茅簷，認不真意兒着，休得慢騰騰。（夫）孩兒，休辭迢遞，望明前去，遠臨北地叩柴扃。(三)（貼）娘，今宵村舍暫稍停，却卧山城長短更。（夫）不忍聽，不美聽，聽得秋砧月下兩三聲。(四)

【尾聲】何時遇得安寧？幸一夕安眠到天明，免使狼藉在路程。(五)

茅簷燈火照黄昏，但願前途遇好人。
曾經路苦方爲苦，慢説家貧未是貧。

(一) 梗：原作『便』，據汲古閣刊本《繡刻幽閨記定本》改。
(二) 夾批：暝：上聲。
(三) 夾批：扃：明扇。
(四) 眉批：秋砧：搗衣石也。嵩山頂上有玉女搗帛石。立秋，人聞杵聲。
(五) 夾批：狼藉：音『郎疾』。

第二十四折　黄公賣酒

【臨江仙】（浄）果爲宿水多加米，釀成上等香醪。(一)籬邊風旆似相招，(二)三杯傾竹葉，(三)兩臉暈紅桃。(四)不飲傍人應笑，百錢斗酒非交。莫言村店客難邀。神仙留玉佩，卿相解金貂。(五)這裏不裝門面看，須知一醉解千愁。

第二十五折　世隆成親

【駐馬聽】（生）一路奔馳，(六)多少艱辛，到這裏。且喜路途肅静，漸次平安，稍爾寧息。（旦）

(一) 夾批：釀：上聲。醪：音『勞』。
(二) 夾批：旆：音『沛』。
(三) 眉批：竹葉：酒名。杜詩：『竹葉於今無我分。』
(四) 夾批：暈：音『運』。
(五) 眉批：解貂：阮孚解金貂換酒。　夾批：貂：音『凋』。
(六) 夾批：馳：音『池』。

恨悠悠千里旅情悲，苦懨懨一片鄉心碎。(一)(合)感歎咨嗟，(二)感歎咨嗟，傷情滿眼關山淚。

(生)娘子，來此乃是廣王鎮招商店。聞有好酒，沽一壺消愁則個。(旦)憑君子便是。(生)酒保那裏？(浄)

【前腔】草舍茅簷，門面不裝酒味美。真個杯浮醁醿，(三)酢滴珍珠，(四)甕潑新醅。(五)草刷兒斜插小窗西，布帘兒招掛疏籬外。(六)(合)共飲三杯，今朝有酒今朝醉。

(生)酒保，你酒只是一樣的麽？(浄)有三等，上等狀元紅，中等葡萄緑，下等竹葉清。(生)娘子，沽那一樣酒好？(旦)君子乃讀書之人，沽狀元紅好。(浄)隔壁三家醉，開罎十里香。一壺新篘好酒在此。(生)

【駐雲飛】村釀新篘。娘子，酒能遣興又消愁，一醉無過萬事休。要解愁腸須𥕛酒。(七)壺内馨香

(一) 夾批：懨：平聲。碎：去聲。
(二) 夾批：咨：音『兹』。
(三) 夾批：醁醿：音『录蟻』。
(四) 眉批：珍珠：李詩：『小槽酒滴珍珠紅。』
(五) 夾批：醅：音『陪』。
(六) 眉批：帘：酒旗。
(七) 夾批：𥕛：音『帶』。

透，盞内清光溜。嗏，何必恁多羞。(一)（旦）不是怕羞，真個不會飲酒。（生）但略沾口，勉意休推。放展雙眉皺，(二)一醉能消心上愁。

娘子，自古道：逢花插兩朵，遇酒飲三杯。（旦）奴家一杯也吃不下，如何又叫我吃得兩杯。（旦）

【前腔】盞落歸臺。（生）酒保，你看我娘子委實不會飲酒，纔飲一杯，臉就紅了。（浄）面赤非干酒，桃花色自紅。（生）却似兩朵桃花上臉來。（旦）一路來此，多蒙提攜。謝敬君子一杯。深感君相待。（生）多謝心相愛。（旦）嗏，擎樽奉多才。（生）卑人也不會飲酒。（旦）你量如滄海，滿飲一杯，暫把情寬解。勸君且寧忍，好事終須在。（生）酒保，娘子説得好，莫説一杯酒，就十杯我也吃。説得我樂意忘憂，須放懷。

酒保，我娘子行路辛苦，央你勸他一杯，我重重謝你。（浄）

【前腔】瀲灩流霞，(三)我這裏不比尋常賣酒家。村店多瀟灑，坐起極幽雅。（生）酒保，此酒還是論壺賣，是論杯賣？（浄）嗏，何必論杯斝。(四)秀才，神仙留玉佩，卿相解金貂。試嘗酹價，愛飲神

(一) 夾批：恁：音『任』。

(二) 夾批：皺：音『驟』。

(三) 夾批：瀲灩：音『臉艶』。

(四) 眉批：斝：亦酒器，受六升。　夾批：斝：音『賈』。

仙，玉佩曾留下。（旦）酒保公公，有茶借一杯。（浄）媽媽，討茶來。（生）酒保，你賣酒不要把茶與人吃，彼如人吃了茶，便不買酒。（浄）承教。今後逢人吃甚茶？

（生）娘子，我吃幾杯酒，自覺昏倦，不免卓上睡一回。（旦）

【前腔】悶可消除。敢問公公高姓？（浄）我姓黄，時人稱爲黄公酒店。（旦）我只恐怕醉倒黄公舊酒廬。(一)官人，起來趕路。天晚催人去。（生）好酒留人住。嗏，香醪豈尋俗，未若提壺。傾向江湖，點滴落在波深處。酒保，我娘子在店中不肯飲酒，你討一隻小船，好酒打上兩壺，把他哄上船，賺他吃醉了。緩櫓摇船捉醉魚。(二)（旦）君子，你對酒保説奴家在此不肯飲酒，把我哄上船去，賺醉了奴家，只怕你快櫓摇船捉不得醉魚。

（生）娘子，這個有解。昔日唐明皇與楊貴妃采石頭遊宴，楊貴妃醉了，嘔下御食在江中，衆魚拾食，把魚都醉了。有詩爲證，詩云：點點滴滴落江湖，緩櫓摇船捉醉魚。捉得醉魚街頭賣，滿街醉倒没人扶。酒保，我問你，今日往汴梁城敢到得麼？（浄）秀才，此一水之便，去得到。（生）酒保，設若我娘子問你，只説不得到。（旦）敢問公公，今日趕汴梁城去，可得到麼？（浄）會飛不能得到也。（生）酒保，

(一) 眉批：黄公壚：王戎爲尚書令，過黄公壚曰：『吾昔與嵇叔夜、阮嗣宗酣暢此壚。自嵇、阮亡，便爲時所羈紲，今視此雖近，貌若山河。』 夾批：『廬』當作『壚』。

(二) 夾批：櫓：音『努』。

你打掃一間房，鋪着一張床，一個枕頭二尺長。（旦）公公，你打掃兩間房，開了兩鋪床，兩個枕頭放兩床。（生）依我說。（旦）公公，依我說。（淨）我不依娘子說，也不依秀才說。打掃一間房，開着兩鋪曲尺床，兩個枕頭放兩傍，與你自商量。秀才看書卷，娘子拈針綫。黄公進裏面，兩個自方便。（下）（旦）君子點燈提亮，各自分明。（生）娘子說得好，點燈做飯，睡到天明。就是明日中狀元，也不看書，且去睡罷。娘子開門。（旦）是誰？（生）是蔣世隆。（旦）君子半夜三更，不去尋宿處，叫怎的？（生）娘子纔說點燈做飯，和我睡到天明。（旦）君子聽錯了，我說點燈提亮，各自分明。奴家睡了，不開門。

（生）青竹蛇兒口，黄蜂尾上針。兩般猶未毒，最毒婦人心。

【絳都春】耽煩受惱，豈容易，共伊得見今朝。有分憂愁，無緣恩愛，何時了？（旦）他那長吁短歎，我心自曉。（生）正要娘子曉得。（旦）有甚真情深奥。禮法所制，人非土木，待說也難道。

（生）當日尋踪訪跡在林中。（旦）多謝扶危出禍叢。（生）有緣千里來相會，無緣對面不相逢。（旦）這兩句如何解？（生）娘子在香閨繡閣，卑人在中途曠野，偶逢娘子，這不是有緣千里能相會？（旦）後一句？（生）一路來人人說道，一對好夫妻，誰知和你半點無交，却不是無緣對面不相逢？（旦）也罷。送奴家回去，對爹爹說，討金子謝你。（生）書中自有黄金屋，要金子何用？（旦）不要金子，對爹爹討十四駿馬送你。（生）書中車馬多如簇，要他何用？（旦）既不要駿馬，討幾個丫環謝你。（生）丫鬟是甚麼子？（旦）是婦人家。（生）既是婦人家，我現鐘不打，又去煉銅？（旦）既不要丫鬟，苦苦戀着奴家，也是閑。（生）千羊之皮，難比一狐之腋。（旦）也罷。送奴家回去，對爹爹討個官你做。（生）討官我做也好。只是一件，倘出入人問，那個是甚等樣的官員？便説是老婆送的官。（旦）呸！誰是你老婆，還早。（生）娘子，半夜正是時，我且問娘子，開口便説討官我做，不知令尊是甚等樣人？（旦）我爹爹作了兵部尚書，上馬管軍，下馬管民。今去緝探虎狼穴，和番未回。（生）就是上馬管軍，下馬管民，管我蔣世隆不着。（旦）天下官管得天下百姓。（生）令堂？（旦）是太老夫人。（生）妝前？（旦）千金小姐。（生）你既是千金小姐，何不在潭潭相府、香閨繡户，如何跟着窮秀才走？（旦）秀才差矣。天子尚離龍椅，百姓豈無逃難之時？我跟隨你還是個秀才，不知令妹跟着那個野漢子走了？（生）君子不認話，認話反招非。你倚令尊官勢，欺压卑人。

【降黄龍】官勢門楣，(一)寒士尋常，望若雲霄。（旦）秀才，縱雲霄也趕我爹爹不上。（生）奈時移事遷，爲地覆天翻，君去民逃。本要撇下小娘子而去。多嬌，（旦）我多嬌與君子何干？（生）此時相見，料想姻緣非小。（旦）不曉姻缘是甚子？（生）做夫妻相呼厮唤，怎生恁俏。（旦）

【前腔换頭】何勞？（生）今夜要勞娘子一勞。（旦）奬譽過多，昔日榮華，眼前窮暴。那時節身無所倚，幸然遇着君家，危途相保。英豪，（生）多蒙娘子褒奖了。（旦）念孤恤寡，再生之恩難

(一) 眉批：門楣：門上横梁。《楊妃傳》：『男不封侯女作妃，君看女却作門楣。』

報。（生）既要報恩，爲何眼前做出這般嘴臉？（旦）惟有感恩並積恨，千年萬載不生塵。久日後啣環結草，㈡敢忘分毫。（生）

【前腔換頭】聽告。身到行朝，父母團圓，再同歡笑。娘子，你那時在潭潭相府，卑人在門外經過，不敢擡頭仰視。你在深沉院宇，要見伊、除非魂夢來到。（旦）秀才，也罷。送奴回去，對俺爹爹説，高結綵樓，招你爲婿，却不好也？（生）扳高。選擇佳婿，俺蔣世隆豈敢當此福分。命蹇，終是難招。這虛名人言自説，聽着偏好。（旦）

【前腔換頭】都焦。（生）娘子，你若都焦，小生心内似火燒了。所前言詞，侍枕之私，敢惜微眇。怕仁人累德，娶而不告，朋友相嘲。（生）從交。整冠李下。瓜田不納履，㈢李下不整冠。和娘子一般般。（旦）君子開口就説着奴家。（生）娘子有解，卑人往李樹下經過，擡手整冠，隔遠人望我，説盜他李吃；卑人从瓜田经过，低頭納履，隔遠人望見，説我盜他瓜吃。正是納履整冠，和娘子一般。此嫌疑

㈡　眉批：　啣環：　楊寶收一被瘡雀，放之，後雀化一黄衣年少，啣白玉環一雙報之。結草：　魏顆，欒之孫也，欒有嬖妾，無子。欒疾，命顆必嫁是。疾革，曰『必以爲殉』。及卒，顆乃嫁之。宣十五年，秦與趙戰於輔氏，獲杜回。乃秦之有力人也。初，顆見老人結草以亢杜回，回蹢而顛，故獲之。夜夢老曰：『余，而所嫁婦人父也。汝用先人之治命，故以是報。』趙賞顆以狄臣千里。

㈢　履：　原作『李』，據文義改。　眉批：　『瓜田不納履』二句，見《戴禮》。

其實難逃。（旦）也罷。送奴回去，憑個媒人説合，强如店中苟合夫妻。（生）我且問你，前日在虎頭寨上，他若要成親，你也去尋個媒人來説合？（旦）他是强盜，你也是强盜？（生）强盜不强盜，人心總一般。亂軍中遭驅被擄，怎守節操？

（旦）荒荒逃難離京畿，此情惟有老天知。半路偶逢君問妹，中途一路得提攜。指望送奴歸故里，誰知逼我做夫妻。你是讀書君子行正道，休惹傍人説是非。（生）此等言語誰向説？(一)不記當初相會時，同行親許我佳期。今日佯羞推不肯，不記曠野念《毛詩》。（旦）我没有説甚麽。（生）『窈窕淑女，君子好逑。』不是你説？（旦）彼時當耍説的。（生）你當耍，我當真。（丑）事不整衣毛，何須夜嘈嘈。官人、娘子，因甚囉唣？（生）

【皂羅袍】婆婆聽生訴與，因遭兵火出外兩分離。親生妹子各東西，娘行半路相逢會。只爲名兒厮類，苦浼相隨。(二)小生不允，親許佳期。誰知今日忘恩義。

（丑）小娘子，秀才説你忘恩負義。（旦）婆婆，

【前腔】非是奴忘恩負義，蒙君家一路提攜。我衷腸事裏有誰知？非媒不娶從來語，送奴行朝而去，稟告爹知。把綵樓高結，招他爲婿，强如路上成婚配。（丑）

(一)『説』下原衍一『生』字，删。
(二)夾批：浼：音『每』。

【前腔】官人娘子聽啓，你兩個都是寡女孤兒。途中鎮日兩相隨，其中難辨真和僞。天時地利，人和最美。(一)我今説合，明婚正娶，你夫妻一對如魚戲。(生)

【前腔】深謝婆婆厚意，説合我二人諧老夫妻。(二)有朝一日步雲梯，黄金榜上標名姓。千金不惜，重留謝你。有朝榮貴，夫人是你，讀書人自有凌雲志。(三)

(丑)娘子，你聽我説合，再不要推調。天上人間，方便第一。(下)(生)娘子，多謝王婆説合，我和娘子去睡罷。(旦)官人，

【衮遍】你詩書萬卷通，龍門高一跳。(四)到此遇紅樓佳人，慢自推年少。(生)看你行來步步嬌，口中説話微微笑。娘子，你在路途曾許親，你今推調。(五)

【前腔】夫妻既不諧，從今各分手。娘子往東行，卑人往西走。(旦)且暫停留各三省，休得要焦燥。

(一) 眉批：天時、地利、人和：見《孟子》。
(二) 眉批：諧老：《毛詩》：『與子諧老。』夾批：諧：言『偕』。
(三) 眉批：凌雲志：漢武帝讀相如《子虚賦》，便有凌雲之志。
(四) 眉批：龍門：大鯉過龍門，變成龍。
(五) 夾批：調：去聲。

（生）娘子，

【前腔】不肯負情薄。（旦）隨便交人笑。空使我沉吟，没亂羞難道。（生）喜時模樣，愁時容貌。燈兒下越看着越俊俏。（旦）

【前腔】才郎意堅牢，賤妾難推調。肯時容易間，只恐心事休忘了。（生）娘子，我和你當天發下誓來。海盟山誓，神天須表。辦志誠圖久遠，做夫妻同偕到老。

【尾聲】歡娱怎似閑花草，往常間怕更長寂寞，今夜裏只怨天易曉。

野外黄花遍地開，村中連理共枝栽。

百年夫婦今宵合，這段姻緣天上來。

月亭記 一卷終

新刊重訂出相附釋標註月亭記卷之二[一]

第二十六折　和番回朝

【出隊子】（外）干戈息矣，[二]喜慶咸寧。人事興，兩民樂業整家庭。（末扮六兒）今日裏還鄉程，遠近轉眼回朝行步侵。

（外）六兒，左右那裏？（丑見介）（外）喜得干戈寧静，即便收拾行李，回朝便了。（末）收拾已完，即便起程。（外）

【三棒鼓】一鞭行色望南京，如今兩國通和，無戰征。邊疆罷兵，邊封罷驚。不暫停，不暫

[一] 『二』下原衍一『下』字，删。

[二] 眉批：《尚書》：『稱爾戈，比爾干。』戈，戟；干，楯。

停。今日裏，海宴河清也，重逢太平。（末）

【前腔】遠聞軍馬犯京城，争奈奉旨登途，離鄉背井。這場戰争，這場恐驚。誰慣曾？誰慣曾？（合前）（丑）

【前腔】玉帛納彩喜休兵，(一)天幸萬里黎民，俱得再生。南北已寧，客旅盡行。歸騎整，歸騎整。今日裏海晏河清也，重逢太平。（外）

【前腔】君臣遷徙去如星，只怕土産凋零。人不見影，一程兩程，長亭短亭。不住行，不住行。今日裏海宴河清也，重逢太平。

南北修和四海寧，家無王事國無征。
太平俱是將軍致，也許將軍見太平。

(一) 眉批：玉帛：禹會塗山，執玉帛者萬國。

第二十七折　興福離寨

【稱人心】(外)宵行晝伏，脱離虎口鯨牙。(一)不得已截道打家，(二)却忘生，集舍死，山間林下。逆天無道久榮華，成甚生涯？

〔木蘭花〕陀滿興福，父母妻兒俱殺戮。逃命潛奔，走聚山林暫隱身。心悶意歡，天幸逢明主放赦。改過從新，作個昇平無事人。今遇皇恩赦宥，不免棄了山寨，回到京師，以應武舉，多少是好。

【排歌】(外)干戈甲，罷征戍，(三)區宇宣王化。惠及生靈，恩臨遐邇。如今日之際，海之涇。普天之下，再生重見太平，四海歡聲。

仰謝天恩放赦歸，此回重睹太平時。
盡銷軍器爲農器，不掛征旗掛酒旗。

(一) 夾批：鯨：大魚。
(二) 夾批：截：音『接』。
(三) 戍：原闕，據汲古閣刊本《繡刻幽閨記定本》補。

第二十八折　隆蘭拆散

【賞宮花】（净）客店濟楚，往來的商賈。居此間極穩便，是通衢。不妨子父家小居，事事俱備皆濟楚。

廣王鎮上招商店，南北官員真方便。四方經商客旅，日日來千去萬。近日一個秀才蔣世隆，夫妻兩口，在俺店中居住。那秀才身染一病，至今未痊。不免與他小娘商量，尋個醫人，討些藥吃，多少是好。

（生、旦）

【三登樂】世亂人荒，幸脱離天羅地網。不隄防病染這場，事不寧身藏隱，天災降殃。淹留旅邸，㈠望河南怎往。

（净）秀才，今日身體若何？（生）今日覺來愈加沉重。（净）秀才，蒙你夫妻兩口在我店中居住，不擬秀才身沾疾病，却要請個醫人來看一看，討些藥吃方好。（旦）正要如此，托煩公公與我主張則個。（净）我這裏有一個李醫士，家世名醫，待我與你請來。（旦）如此多謝。（净叫介）李先生在家不在家？（丑）我做郎中是慣，一街醫了一半，説盧醫從來不曉，㈡講扁鵲只是胡亂。我的藥方祖傳，一年

㈠　夾批：淹：音『焉』。眉批：旅邸：客舍。夾批：邸：音『底』。

㈡　眉批：盧醫：即爲扁鵲。得異人術，能見人腸胃，但託以診脈爲名。故後世之言診脈者，皆祖扁鵲也。

醫死千萬。東邊一個方纔合棺，西邊一個又將氣斷。南邊一個買棺材，北邊一個不曾吃飯。不知何人叫我，這個又是死漢。（浄）先生有請。（丑）是你老人家，我看你没有甚麽病，請我怎的？（浄）不是我，是我店中有一位秀才相請。（丑）如此就去。（浄）小娘子，郎中來了。（旦）請進來看。（丑見介）

（旦）我家官人身體不快，央先生一看。（丑診脈介）（旦）先生，脈性何如？（生伏介）（丑

【蠻葫蘆】看他多因是産後風寒。（旦）不是。（丑）敢只是患崩血不痊？（旦羞介）也不是。

（丑）我曉得了。想是胎墮孕攻心。（旦）這郎中如何這等胡説呵。（丑）他只是妊娠月數未真。

（浄）你做個郎中看甚麽脈？一個男子病症，如何只管説在女人身上去？（丑）元來不是女人，待我仔細看來。（復看介）我今知道了。秀才，你只因花酒後，胃傷着那些個風寒，染此病端的是定。

（旦）既是如此，煩先生討些好藥來吃。（丑）藥有好的，只要開箱發市錢。（旦）就將這一股釵子與你開箱。（丑）不敢接受這釵了。（旦）只要我官人安樂，你只管收下。（丑）如此多謝。（送藥介）（生吃藥吐介）（旦）先生，如何吃了就吐？（丑）不妨事，待我加減些。（復合藥介）小娘子，我如今另合藥在此，吃了就好。只是一件，分付他休勞力，休勞神，早晚須交飲食匀。正是藥醫不死病，（浄）須知佛化有緣人。（同下）（生）

【北後庭花】病淹留豈敢焦，誰知災危不稱容。（旦）夫，真乃苦痛恓惶淚，動傷着滿懷。百萬悲。不由人，不由人。（生）若近家鄉，家鄉境界，莫做個他鄉臨病身。（合）得平安，得吉

泰，得再整。

（末上，行介）（旦）官人，那廊下一個行動的，相似我家六兒一般模樣。（叫介）六兒，六兒。（末）甚人叫我六兒、六兒？溜在你家來。（見介）呀，姐姐，元來是你。你如何在這裏？（旦）自爹爹別後，軍馬離亂，逃避兵火，來到此間。我且問你，如今爹爹在那裏？（末）爹爹就在後面，你與那一個來在此？（旦）與這個秀才同來。（末）害了，害了！爹爹不在家，你到自嫁一個姐夫，做出這等醜事。爹爹快來！（外）孩兒瑞蘭，你如何在這裏？（旦）爹爹，

【五供養】(一)別來久矣。自離朝尊體無恙。（合）骨重再睹，喜非常。（外）屈指數月，折倒盡昔時模樣。（合）思鄉里，念家鄉，多少鬢邊霜。

〔鷓鴣天〕（旦）目斷行雲杳信音，沿途窘跡意沉吟。（外）親情再見誠無約，父子重逢豈有心？（末）言往昔，話如今，店中權且問佳音。（旦）正是有意栽花花不發，無心插柳柳成陰。（外）孩兒，你把遷都的事情說與我聽。（旦）

【園林好】纔說起遷都汴梁，鬧炒炒哀聲四方。不忍訴淒涼情況。（外）家中產業？（旦）盡撇樣。（外）家中奴婢？（旦）盡逃亡。（外）

(一)【五供養】：原闕，據汲古閣刊本《繡刻幽閨記定本》補。

【嘉慶子】你一雙子母無所傍。（旦）更雨緊風寒怎當？心急行程不上。（合）人亂亂，世荒荒。愁戚戚，淚汪汪。

（外）孩兒，那時軍馬擾亂，你子母倚仗何人？（旦）爹爹，

【東尹令】那時有誰倚仗？其實有家難向。（外）母親今在那裏？（旦）他東我西，地覆天翻事怎防？

（外）你與母親在那裏分散？

【華品令】逃生士民，〔一〕在官道驛程傍。天色漸晚，陰雲黯窮蒼。匆匆正往，喊聲如雷響。〔二〕各各奔走，樹林中藏。偷生苟免，〔三〕瓦解星飛，子離了娘。（外悲介）

【豆葉黄】你一身眼下現在誰行？〔四〕（旦指生介）隨着這秀才棲藏。（外怒介）呀，他是你甚人？

〔一〕逃生士：底本漫漶，據汲古閣刊本《繡刻幽閨記定本》補。
〔二〕往喊：底本漫漶，據汲古閣刊本《繡刻幽閨記定本》補。
〔三〕眉批：李陵書：『足下視陵，豈偷生苟免之人哉？』
〔四〕夾批：行：音『杭』。

（旦）他是奴家長。（一）（外怒介）誰爲媒妁？（二）甚人主張？（旦）人在那亂離時節，怎選高門厮對相當。（外怒生介）

【三月海棠】你自詳，甚年發跡窮形狀。（生起介）公相，怎把凡人逆相，海水難將升斗量。（三）（旦）爹爹，非獎。陋巷十年黄卷，（四）那時禹門三月桃花浪。（五）官人，你一躍龍門，便把名揚。管取名姓掛金榜。

（外）孩兒，怏怏棄了這人，即時隨我回去。（旦抱生介）官人，

【五韻美】意兒想，眼兒望，望奴你東君艷陽，與花木增芳。（外）六儿，扯去。（末介）（生）全無些可傷。妻，威凜如雪如霜。（末又扯旦行介）没些和氣一味莽。銅鐵心肠，打開鳳凰。（外）你這妮子，

【二犯么令】你是娘生父養，爲何逆親言，心向情郎？（生）公相，小姐虽然是你的女儿，我向地

（一）夾批：長：上聲。

（二）眉批：媒妁：《孟子》：『不用父母之命，媒妁之言，鑽穴隙相窺，踰牆相從。則父母國人皆賤之矣。』夾批：妁：音『勺』。

（三）夾批：量：平聲。

（四）眉批：陋巷：《論語》：『在陋巷。』黄卷：古者書用黄紙，有誤則以雄黄塗之，故云黄卷。

（五）眉批：禹門即龍門。

獄相救，到這天堂。（旦）怎下得將他撇在没人店房？ 爹爹，若是兩分張，交着他殘生命亡。

（外）他就死與我何干？（旦）官人，你再對爹爹説一説。（生）

【玉交枝】(一)告你慈悲岳丈。(二)（外）呸！ 那個是你岳丈？（生跪）可憐我伏枕在床。（外）你伏枕在床却怎的？（生）煎藥煮粥無人管，待等三五日時光。（外）他是我千金女子，到與你煎藥煮粥？（生）全無好言匹面搶，(三)惡狠狠怒發三千丈。(四)妻！ 你父親呵，他只倚着官高勢强。

（外）快去，我要起程了。（旦）爹爹，

【江兒水】眼見得今朝去直恁忙，(五)相隨百步尚且情悒怏。（生）相公，何況我夫妻月餘上，怎下得霎時間如天樣。(六)（外）你這漢子，若要成雙休指望。（合）一對鴛鴦，(七)生被掀天風浪。

（外）六兒，扯開去。（生扯旦介）妻，

(一)【玉交枝】：原闕，據汲古閣刊本《繡刻幽閨記定本》補。

(二)眉批：岳丈：謂妻父曰『岳丈』。

(三)夾批：搶：音『鎗』。

(四)夾批：狼：音『郎』。

(五)夾批：恁：音『任』。

(六)夾批：霎：音『灑』。

(七)眉批：鴛鴦：匹鳥，不相離。人取其一，則悲鳴以死。

【川撥棹】你心相誑，更不將恩義想。（旦）夫，無奈事有參商。[一]父逼女，夫苦婦傷。（合）苦別離，愁斷腸，愁斷腸。（丑扯開生介）（旦悲介）

【前腔】夫，男兒贖藥把衣典當償。[二]夫，我不能勾覷得身體康。（生）妻，我和你再得相逢，怕身死一靈兒到你行。（合前）

（末扯旦介）（旦）夫，

【前腔】你休爲我相思損顔。夫，當緊攻詩書赴選場。（生）妻，我不道再娶重婚，你怎肯終身守孀。[三]（合前）

（末扯介）（旦與生扯介）

【哭相思】怎割捨，交人生離別，憂愁萬縷愁千結。[四]

（末扯旦下）（外推倒生介）正是：尋思渾似一場夢，你是何人我是誰？（下）（淨扶生介）這個小娘子

[一] 眉批：參商：杜詩：『人生不相見，動如參與商。』按：高辛氏二子，閼伯、實沈不相能也，日相征討。後帝遷閼伯於商丘，主辰；遷實沈于大夏，主參也。

[二] 夾批：贖：音『述』。

[三] 眉批：孀：婦寡曰孀。　夾批：孀：音『雙』。

[四] 夾批：縷：音『屢』。

好殺心，他就去了。秀才，你且起來，不要煩惱。（生）

【金梧桐】這廝忒倚官，這廝忒挾勢。妻，便死後如何，欺負俺窮儒輩。我這裏病又深，妻，你那裏愁無際。旅店郵亭，[一]兩下裏人應憔悴。妻，怎教我忍得住栖惶淚。

（淨）秀才，休要惱，且進裏面。保養自己身子，多少是好。

天涯海角有窮時，人豈終無相見期。
但願病痊無個事，免勞心下再憂疑。

第二十九折　驛中相會

【上馬嬌】（夫）干戈動地來，車駕遷都汴梁。兒夫離上京，路遙人又遠。（貼）軍馬臨城，無計將身免。這苦怎言？禍不單行，中都路兒不見。（貼）

【月兒高】喊殺連天，骨肉怎相戀。常言道人離鄉賤。（夫）我得到今朝平安幸非淺。則是身狼狽，眼前受屯邅。[二]

[一] 眉批：郵亭，邑也。

[二] 眉批：《易》屯爻曰：『屯如，邅如。』不進之貌也。　夾批：邅：音『占』。

（貼）母親，天色又將晚矣。我和你着速再行上幾步，尋個歇宿處所纔好。（夫）

【蠻牌令】煩惱多歷盡，憂愁怎經遍。（貼）眼兒哭得破，脚兒又行得倦。（夫）五里十里，一日過如年。（貼）但願前途去，早早逢親眷。（貼）

【寄生草】勁風寒四合，暮煙昏慘慘。彤雲篩脱天變。(一)（夫）只愁長空雪舞絮綿，去心中如箭。（貼）旅舍全無，何處安宿停眠？

天色已晚，如何是好？（夫）前面有個館驛，只得進去借宿一宵。（貼）如此却好。（夫叫介）（净扮驛丞上）

【前腔】孟津驛舍，(二)在這黄河岸邊，(三)行船坐馬十分便。（净見介）（夫、貼）子母忙向前，可憐窮迫，暫假安泊望周全。

（净）日晚天寒過客無，遠臨驛舍意何如。（夫、貼）此情不對英豪説，更有何人念旅途。（净）婆婆、娘子二人，何方人氏？因甚到此？（夫）

【羅帶兒】妾身本宦族，京城久居。爲侵邊犯闕軍奮武，君臣遷徙，離中都地。（貼）散亂人

(一) 夾批：彤：音『同』。

(二) 眉批：孟津：《禹貢》：『又東至於孟津。』孟，地名；津，渡處也。

(三) 眉批：黄河水出燉煌塞外，崑崙山發源。一云水出積石。

逃避，奔程途。慘呵地千生受萬辛苦。（合）今宵得借一宿，可憐見子母們，天番地覆。（淨）我這裏乃是館驛之中，上司往來之處。怎肯容行客寓郵亭。㈠（夫）驛官，心下貪行路，望南京，不覺日暮雲平。遠涉涉地不知處人又生。（合）今宵得少停留，可憐見子母們，天寒地冷。

【前腔】兵戈起路程，人不願經。婆婆，早尋個旅邸休待等。（夫）望足下借宿一宵。（淨）婆婆，（貼）母親，

【前腔】不容在此間，千羞萬慚。開口告人難上難，傷情無語淚珠彈。（淨背唱）這般恓惶事，和我恁愁煩。婆婆，不忍見你受摧殘，悄悄的留一夜來早行。（合）今宵得此身安，可憐見子母們，天昏地晚。（夫）

【前腔】娘和女甚感激，蒙恩受德。（貼）幸然遇好人相愛惜，免風霜寒冷受勞役。（夫）我兒，向他廊下正堂側，借得些薦枕席。（淨）凍凝凝地略坐，與些飲食。（合）今朝得暫安跡，可憐見子母每，天寬地窄。

（淨）正廳上不敢相留，向那回廊下暫宿一宵。（夫、貼）如此多謝。（外、旦、末上）（淨接介）驛丞迎接老爹。（外）起去。（外）

㈠ 夾批：郵：音『尤』。

【灞陵橋】馬兒行又轉急，頭間一里復十里。此去河南只隔這水。孟津驛，今夜權停止。嗏！知他這輾車兒恁行遲。（末）

【前腔】馬兒行較簇簇，上輾車兒直恁地簪簪滯。正是心急步行遲。晚相催，天冷彤雲密。(一)嗏！送得到孟津驛。（旦）

【前腔】這苦向誰説？索性死離各自也着逐際。生把我鴛鴦分開兩下裏。一步一步，交我傷情意。嗏！衫襟上淚珠淹濕。

（外）驛丞，我連途中辛苦，不曾得好安歇。今日來你驛中，不許人等鬧炒。（净）老爹，驛丞不敢。

【新水令】（夫）淒涼逆旅八千里。(二)（貼）這縈牽怎生得寐。(三)（夫）交我萬苦横心裏。（貼）睡不着，是愁都在枕前淚。

（夫）夫阻關山隔遠鄉，只因兵亂在他邦。（貼）自己不知凶與吉，家兄難問死存亡。（旦）千愁當日兒

(一) 眉批：彤雲：《詩》：『上天同雲。』言將雪也。

(二) 眉批：逆旅：客舍。

(三) 夾批：縈：音『容』。

離母，萬苦今朝鳳失凰。(一)（合）枕邊不敢高聲哭，只怕猿聞也斷腸。(二)

【銷金帳】（夫）黄昏悄悄，助冷風兒起。想今朝，思向日，曾對這般時節，這般天氣。羊羔美酒，美酒銷金帳裏。(三)兵亂人荒，遠遠離鄉里。如今怎生，怎生階頭上睡。

（旦）初更起了。

【前腔】初更鼓打，哽咽譙角吹。滿懷愁分付與誰？遭這般磨折，這般離別。鐵心腸打開，打開鸞孤鳳隻。我這裏恓惶，他那裏難存濟。反復怎生，怎生獨自個睡。

（貼）如今是二更了。

【前腔】鼕鼕二鼓，敗葉敲窗紙。響撲簌聒明耳，(四)誰禁這般蕭索，這般岑寂。骨肉到此，到此伊東我西。去又無門，住又無依。傷心怎生，怎生階頭上睡。

（旦）夜闌人静月微明，眼轉孤眠睡不成。心上只因關係伴，萬愁千恨歎離人。這又是三更時候了。

(一) 眉批：鳳雄凰雌。

(二) 眉批：猿斷腸：桓温下蜀，從者得一猿于舟中，其母沿岸號啼數十里，比跳至舟中，則已絶矣。舟人剖視，腸寸寸皆斷。温聞之，貶其人。

(三) 眉批：羊羔、銷金帳：陶穀學士得党太尉姬，取雪水煎茶，曰：『党家應不識此。』姬曰：『彼粗人，但能於銷金帳下飲羊羔兒酒爾。』陶慚之。

(四) 夾批：簌：音『速』。

【前腔】三更漏轉，寒雁聲嘹嚦。半明滅燈火归昧，尋思他這般沉疾，這般狼狽。相逢今朝，今朝吉凶未知。冷落空房，藥食誰調理。（一）床兒怎生，怎生獨自個睡？

（夫）譙樓打四更了。

【前腔】樓頭四鼓，風捲簷鈴動。略朦朧都是夢，娘女這般相逢，這般重會。霎然覺來，覺來孩兒那裏。多少傷情，多少縈繫。交人怎生，怎生階頭上睡。

（貼）譙鼓已五更矣。

【前腔】五更又催，野外鐘聲急。算通宵幾嘆息。那似這般煩惱，這般孤恓。一身苟活，苟活成也甚地？（旦）這厢煩那壁長吁氣，聽得怎生，怎生獨自個睡？

（内鷄鳴介）（外）六兒，那驛子過來。（末）驛子，驛子，相公唤你。（净）告老爹，有何分付？（外）我昨夜分付你，不許閑人在此囉唣。你全然慢我，不知你容甚麽人在這裏哭了一夜？左右，拏下打他二十。（打介）（外）帶在本縣問罪。（净）告老爹得知，那婦人不是以下人，昨晚没去宿處，他説是官宦之家，以此小驛丞不敢慢他，留在廊下歇宿一宵。望老爹饒罪。（外）既是官宦人家婦女，你去叫他出來，待我小姐問他下落。（净叫介）我好意留你宿一夜，只管哭到天曉。今有上司大人，説麽人啼哭，把我

（一）藥食誰調理：原作『飲食推調理』，據汲古閣刊本《繡刻幽閨記定本》改。

打了二十，你快出來與他小姐相見，好好分訴便了。（夫、旦相認介）（旦）娘，

【思園春】久阻尊顔相念勤。（夫）孩兒，此逢將謂是夢和魂。（旦）娘，這個是誰？（貼）小姐呵，奴是不因親者的，今日强來親。（外合）子母夫妻若散雲，無心中完聚怎由人。（夫）相公，

【好孩兒】（一）匆匆地離皇朝，你心下忍棄家私老小，去得安穩。（外）夫人説那裏話。我只知國難用忠臣，不隄防千馬萬軍。（末）犯京城。君去民逃，常言道龍鬬魚損。

（外）孩兒，你爲因甚别了母親？

【福馬郎】（旦）爹爹，那时風寒雨又緊，正行时喊聲如雷震，無處隱。（二）（貼）急向林榔中躲，道路上奔。（旦）彼時亂紛紛，身難保，命難存。

【紅芍藥】（外）兵擾攘，阻隔關津，思量着役體勞魂。（末）母親，眼見得家中受危困，望吾鄉有家難奔。（夫）孩兒，歷盡苦共辛，我逢人見人尋趁。只是舉目無親，子母每何處厮認？

我瑞蘭兒，你一向在那裏？（旦）娘，

【要孩兒】我一言説未盡，況日在招商店。（外）孩兒，不要説那招商的事。（旦）偶然地遇尊親。

（一）孩：原作『性』，據《李卓吾先生批評幽閨記》改。

（二）隱：原作『穩』，據《幽閨怨佳人拜月亭記》改。

（旦淚介）（夫）爲甚的弔淚？ 我兒。（旦）我尋思昔日時，人遠天涯近。（夫）我兒，爲甚的來那壁千般恨？（外）夫人，你休只管叨叨問。（夫）

【會河陽】有甚争差且息嗔，閑言語總休論。（貼）小姐，賤妾不懼途中镇日相随，何期得免今朝忿。（旦）你怎的知道？ 甚時除得我心間悶，甚時除得我心間恨。

（外）六兒，

【縷縷金】交准備芳樽，得團圓都喜慶，盡歡欣。（夫）館驛中雜人來往，其實不便。起行罷。（外）到南京，得見聖明君，那時好會佳賓。（外、末）

【越恁好】辦集船隻，指日達帝京。（貼）娘漸行漸遠，我親兄長是死生和存。（旦）愁人見説愁更深。（貼）小姐，如何欲言又忍？（旦）心兒裏痛煞煞如剜刀，眼兒裏淚滴滴如珠浸。

（外）驛子，討船來。（浄）船已現在。（外）請夫人、小姐一齊登舟。

士馬紛紛路不通，娘兒兄妹各西東。

今朝賸把銀釭照，（一）尤恐相逢是夢中。

（一）賸：原作『勝』，據汲古閣刊本《繡刻幽閨記定本》改。

第三十折　世隆憶妻

【步蟾宫】（生）龍潭虎窟愁難數，更染病耽疾羈旅。㈠分别夫妻兩東西，誰念我無窮淒楚？

招商獨自病淹留，憶别鸞凰意怎休。心懷四海三江悶，眉帶乾坤大地愁。

【一樣錦】姻緣將謂，五百年眷屬，十生九死得歡聚。經艱歷險，幸然無危也。指望否極生泰，禍消福授。那知尚有如是苦。急被狂風吹折，爲病體疾纏，豈肯放容他些兒個，叮嚀囑付。將他倒拽横拖奔去途，回頭道不得一聲將息，㈡幾曾有這般惡父。惱得氣絶再復，死絶再甦。急回價上心來，一回價痛哭。

不忍尋思苦别離，傷心流淚落沾衣。
夫妻本是同林鳥，大限來時各自飛。

㈠ 夾批：羈：音『幾』。
㈡ 眉批：『回頭道不得一聲將息』，遠想令人情蕩。

第三十一折　興福尋隆

【孤飛雁】（外）聖恩詔旨從天降，遍遐邇萬民欽仰。宥極刑身有重生望，散群輩而不黨。㈠回凶就吉，轉禍爲祥。臨帝輦絶却親黨。回首家鄉，無了父娘。感傷，尋思着兩淚千行。興福舉目無親，進退無門。聞知結義恩人，在廣王鎮上旅館安身，不免去尋他同往，求取功名。來此便是招商店内，酒保那裏？（淨）誰人叫？（外）主人拜揖。（淨）官人那裏來的？（外）

【惜黄花】中都路是本鄉，車駕南征遷往。一程程到廣王，特來相訪。（淨）小可敢復尊丈，有何事斷問？當買物貨請商量，要安下却無妨。（外）不是，我只要尋問一個人。（淨）若是尋問人，道如何模樣？

【前腔】（外）此處是招商？（淨）正是，正是。（外）特問勞尊長。（淨）有事便説。（外）有個秀才郎，身姓蔣，三十其上。（淨）住此一月將半。（外）如今在那裏？（淨）在正東下，轉那厢。（外）是第幾間房子？（淨）從外數第三間房。只是一件，官人，他患時病纔無恙。（外）如今那門鎖上，他在那裏去了呵？（淨）贖藥出外往。（外）藥店遠近何如？（淨）便只在前巷。

㈠　眉批：《論語》：『君子矜而不争，群而不黨。』

（外行介）（淨）官人不要去了，秀才回來了。

【惜奴嬌】（生）禍不單行，先自來遭兵火，那堪重重坎坷。(一)（外見介）久阻尊顔，甚曾忘了此兒個。（合）彼此縱然有音書難托。

（外）哥哥因甚得此病症？（生）兄弟，

【本序】自與相别，風寒勞役，受盡奔波。那更憂愁思慮，在旅邸頓染沉痾。（外）哥哥，違和。天相吉人痊可。(二)却望飲食節，休勞情，怎忘却了。間别來尊嫂貴體安樂？（生）

【前腔】提着心中慘悽，不由人忍不住淚流珠顆。(三)但有死别生離，他煩惱天來大。（外）哥哥，緣何他棄舊憐新，從何别個？（生）不是。（外）莫因是疾病亡，遭非禍？（生）不是。（外）你道是爲甚的倚勢挾權，將夫妻苦拆破？（生）

【題真序】摧挫。這艱共險，愁和悶，要躲怎躲？到今日尚有平地風波。（外）驚愕。(四)焰騰騰心上火。哥哥，是誰人道與我。（生）兄弟，道與你如何，愛富嫌貧，岳丈倚强凌弱。（外）

(一) 夾批：坷：音『柯』。

(二) 夾批：痊：音『全』。

(三) 夾批：顆：音『科』。

(四) 夾批：愕：音『惡』。

【前腔】斟酌。尊和卑，親和戚，順他受他，等些時宛轉求人圓啱。（生）參差，其中話更多，都只恨我命薄。[一]（外）事多磨。放心將息，休得自損天和。[二]

哥哥，如今兄弟蒙朝廷聖意大赦，詔取天下文武進士，盡赴行朝應選。正是奮志之秋，兄弟聞知哥哥在此，敬來尋取同立行朝。一來應舉求官，二來亦可打聽尊嫂消息，不知意下何如？（生）我亦有此意，只是孤身不能前去。今日幸然兄弟到此，即使同行。待我辭了主人而去。（生辭介）

離合悲歡豈自由，繫却人心甚日休。

曾是當初不相識，亦無煩惱亦無愁。

第三十二折　汴城聚會

【傳言玉女】（外、夫）得睹天顔，[三]真爲主憂臣辱。皇恩深沐，千鐘重禄。（旦、貼、末上）如今幸得止，再整銀屏金屋。[四]（合）皇朝重見，太平重睹。

[一] 眉批：不肯説明，體貼人情的當處。

[二] 眉批：天和：《莊子·知北遊》篇：『正汝形，一汝視，天和將至。』

[三] 眉批：《左傳》：『天威不違顔咫尺。』

[四] 眉批：金屋：漢武帝爲太子時言：『若得阿嬌作婦，當以金屋貯之。』

（外）盡日笙歌繞地遊，（夫）忽聞軍馬犯皇州。（旦、貼）應知曾取非常樂，（丑）須是隄防不測憂。（夫）

【玉漏遲序】得寵念辱。相公，想其時駕遷民移前去。父母妻兒散離，值此天時。幾多少喫辛受苦，是多少無家失所。（合）今幸得又在畫堂深處。（旦）爹爹，

【前腔】那如雷戰鼓，喊殺聲，散亡人盡奔逐。娘，那時若不遇蔣秀才呵，無地可憐，救我在危途。知何處作婢作奴，知何地爲驅遭擄。（合）今幸得又在畫堂深處。（貼）

【前腔】兄南妹北，亂軍中怎知生死？須臾骨肉分別，此身去住無所。娘，感謝恤寡念孤。（合）今幸得又在畫堂深處。（外）夫人，

【前腔】驛程去遠，奈何被上馬攔截歸路。那時爲國忘家，怎知今日完聚？（末）娘，那知幾遍宵行晝伏，知幾遍風餐霜宿。（合）今幸得又在畫堂深處。

（夫）六兒，將酒過來。（把酒介）（外）夫人，

【撲燈蛾】到行朝汴梁，看山河帝居。四時長開花木，論繁華不減中都。（夫）相公，蒙恩深處便爲家，自來古語，休懷故土。（合）對良辰美景，宴樂歡娛。（末）

【前腔】依舊珠圍翠繞，依舊雕欄玉磊。（旦）列侍妾丫頭數，送金杯高歌歡舞。（貼）因災致福，愛惜雙親生兒女。（合）對良辰美景，宴樂歡娛。

【尾聲】從今休把光陰負，但暢飲高歌休阻，共醉樂神仙洞府。

莫辭今日醉顔酡，百歲人生能幾何。
遇飲酒時須飲酒，得高歌處且高歌。

第三十三折　蘭蓮自敘

【落作胞】（旦）六曲欄杆和悶倚，不覺又媚景芳菲。（貼）微雨昨宵，新晴今日。（合）知是海棠開未？[一]

〔蝶戀花〕（旦）春來分外傷懷抱，到處喃喃，忍聞鶯燕鳥。（貼）三月春光無限好，野花岸柳都開了。（旦）忽聞庭宇歌聲巧，歡聲花下金樽倒。（貼）葵心有意向陽開，[二]忍交辜負韶光老。（旦）妹子，當此春光明媚，同去後園中遊賞一時，以解愁悶，多少是好。（貼）姐姐請行，奴家當得陪侍。（旦）

【本序】春思懨懨，此愁誰訴，此情誰知？　心撩亂，慵睹妝臺梳洗。（貼）芳時不煖不寒，春來院宇，堪遊堪賞。（合）空對鶯花燕柳，特悄地暗皺雙眉。（貼）

【前腔】因誰索惹惹芳心，媚容香褪，杏臉桃腮。（合）看看恁寬盡金縷羅衣。（貼）姐姐，只爲

[一] 眉批：　古詞：『試問海棠花，昨夜開多少。』
[二] 眉批：　葵向日以庇其根。曹植表：『葵藿之傾葉太陽，雖不回光，然向之者，誠也。』

傷春，知他怎生年年如是。（合）休對晴天煖日，輕可地過了寒食。㈠

（貼）姐姐，向那園林内去行一行。（旦）妹子，

【風入松】㈡甚心情閑步小園西。（貼）爲甚不去？（旦）因一個身倦神疲。（貼）姐姐，值春風桃李花開日，誰不待去尋芳拾翠。（合）九十光陰撚指將歸去。（貼）

【前腔】那春光應也笑咱伊。（旦）笑我怎的？（貼）笑你恁消減香肌。（旦）東君不管我這人憔悴，㈢惟聞緑密紅稀。（合）香閨掩，珠簾鎮垂，不肯放燕雙飛。

【尾聲】衷心先自不如意，縱然間肯同隨喜，也做了興盡空回。

傷心情緒倦追遊，好景如梭不肯留。

來朝更有新柳在，惱亂春風卒未休。

第三十四折　隆福途行

【望遠行】（生）春風紫陌，又是天涯行客。（外）野草閑花，掩映水光山色。（末）杏花朵朵，柳

㈠　眉批：寒食：冬至後百四日、五日、六日，有疾風暴雨，爲寒食。介子推三月初一爲火所焚。人哀之，爲焚煙。

㈡　【風入松】：原闕，據汲古閣刊本《繡刻幽閨記定本》補。

㈢　眉批：東君：春三月皆東皇主事。

綫絲絲弄碧。（合）沙岸歡蓮池初溢。

（生）擔書挾策赴大邦，（外）那更風光值艷陽。（末）路上野花如錦繡，（合）店中有酒透瓶香。（末）天色將晚，請行便了。（生）

【望吾鄉】降詔期，折桂日。學業成文武，遠投安身策。（外）正是男兒峥嶸日，豈辭勞役。（末）一朝裹身顯跡，受賞加官職。（外）

【前腔】萬里鵬翼，〔一〕功名唾手得。英雄果有千人敵。（生）我星斗文章誰能及，下筆如神力。〔二〕（末）

【撼亭秋】〔三〕短亭長亭，程程去知幾驛，逆旅過寒食。〔四〕（生）見點點殘紅飛絮白，夕陽影啼蜀魄。〔五〕（外）家鄉遠心謾憶，回首雲煙隔。（末）

〔一〕眉批：鵬翼：《莊子》：『北溟有魚，其名爲鯤，鯤之大，不知其幾千里也。化而爲鳥，其名爲鵬，鵬之背，不知其幾千里也。怒而飛，其翼若垂天之雲。』

〔二〕眉批：杜詩：『讀書破萬卷，下筆如有神。』

〔三〕撼：原作『誠』，據曲牌名改。

〔四〕逆：原作『送』，據汲古閣刊本《繡刻幽閨記定本》改。

〔五〕眉批：蜀魄：杜鵑也，杜鵑爲蜀望帝所化。

【前腔】香醪待飲何處覓？(一)牧童處問端的。（生）遥望前村疏籬側，招颭酒簇林稍刺。（合）

【紅繡鞋】小徑香車狹窄，野水潺發湍激。飲數杯，解愁慽。那裏堪觀賞，可閑適。只愁他天晚逼。

【尾聲】酒家眠權保息，韞匵藏諸隱塵跡，萬里前程在咫尺。

過却長亭又短亭，看看將近汴梁城。
路上有花並有酒，一程分作兩程行。

第三十五折　瑞蘭拜月

【齊天樂】（旦）懨懨捱過殘春也，猶是瘦人時節。（貼）景色供愁，天氣倦人，針綫何曾拈刺。(二)（旦）閑亭静，瑣窗消洒，小池澄徹。（合）疊青錢，泛水圓，嫩緑荷葉。

［浣溪沙］（貼）階前萱草葉將黄，徑外榴花疊錦囊，清和天氣日初長。（旦）懶去梳妝對鏡鸞，慵拈針綫向紗窗。（貼）晚來閑步出蘭房，(三)月照紗窗意可傷。（旦）

(一) 夾批：醪：音『老』。

(二) 夾批：刺：音『次』。

(三) 晚：原作『曉』，據汲古閣刊本《繡刻幽閨記定本》改。

【青衲襖】幾時得煩惱絶？幾時得離恨徹？妹子，和你到百花亭閑行一會。(貼)姐姐請先行，妹當隨後。(旦行又退介)(貼)姐姐爲何不去怎的？(旦)妹子，非我不去。本待散悶，閑時到臺榭。我見他花紅柳緑，粉蝶雙雙。傷情對景，教我腸寸結。(貼)姐姐，悶懷兒待撇下怎忍撇，待割捨難割捨。沉吟倚遍欄杆也，萬感情切。姐姐，因個甚的呵，都分付長嘆嗟。

(貼)姐姐，

【紅衲襖】(一)你繡裙兒寬褪褶，(二)爲傷春憔悴些。近日龐兒瘦成勞怯，这些时又不是傷夏月。(旦)妹子，只有傷春，那有傷夏？(貼)姊妹每非見邪，則量着非爲別。(旦)你知我为甚的？

(貼)你將姐夫來尋思也，別無閑話説。

(旦)走！

【青衲襖】(三)你把這濫名兒將咱引惹，直恁的情性乖，心意劣。古人云：言發如箭，不可亂發；言入人耳，有力難拔。丫頭，女孩兒多口共饒舌，爹娘行快活，要他則甚迭？丫頭，好大胆。吃得是美味，穿得是綾羅，少你那一件？你要妝衣滿篋，要餐珍味設。丫頭，跪下。(貼)我就跪下怎

(一)【紅衲襖】：原闕，據汲古閣刊本《繡刻幽閨記定本》補。下同補。

(二)夾批：褶：音『折』。

(三)【青衲襖】：原闕，據汲古閣刊本《繡刻幽閨記定本》補。

的？（旦打貼介）（貼叫娘介）（旦背云）我不曾舉手，就叫起娘來。設若打他幾下，他哭到我母親跟前，我母親道人家或有三兄四弟，你只是一個妹子。孝順無親疏，那時我將何言抵對？我與你寬打陪週折。我不打你了，待我稟過爹娘，發落你這丫頭。父親行先去說。（一）（貼跪扯介）姐姐，說我甚的？（旦）哇！說道你小鬼頭春心動也。

【紅衲襖】（貼）我特地當耍說。姐姐，你是個大，奴是個小，打也打得，罵也罵得。望高擡手饒過些，一句言語，傷着姐姐。（旦）今後再敢如此？（貼）再如此，瑞蓮甘痛決。（旦）既如此，起來。（貼起介）姐姐，你在此閑耍歇。怨妹子不得相陪，小妹每先去也。（旦）妹子，你怎的就要去？（貼）適纔姐姐叫得忙，小妹子來得慌，繡房中忘收了針綫帖。

（旦）你去是還來，還不來？（貼詐應介）去時我不來了。（背云）推些緣故歸家早，花陰深處遮藏了。熱心閑管是非多，冷眼看人煩惱少。（虛下）（旦）這丫頭去了，天色漸晚，新月斜掛柳梢。待我安排香桌，對月燒炷夜香，禱告上蒼，保祐着他，多少是好。謾把桌兒擡，輕揭香爐蓋。一炷心香訴怨懷，且自對月深深拜。（旦）

【二郎神】拜新月，寶鼎中明香滿爇。（拜介）（貼上，背聽介）（旦見影轉身看介）（貼躲介）（旦）恰

（一）夾批：行：音『杭』。

纔奴家拜倒，自覺有人影相照。正是疑心生暗鬼，眼亂見虚空。這一炷香呵，只願得拋閃下男兒疾效些，再得睹同歡同悦。（貼扯旦介）悄悄輕將衣袂拽。（旦驚介）（貼）姐姐，那衫袖煙起，是甚麼子？不要燒壞了衣服，拿出來看取。（旦）妹子，是個香爐。（貼）姐姐，你拿這香爐怎的？（旦）妹子，當此星明月朗，在此燒炷夜香，保祐爹娘眉壽康健。（貼）姐姐，你燒香保祐爹娘，小妹子不曾與你一同上香，恕妹子不孝之罪。姐姐，你放下香爐。請坐下，妹子有句話説。（旦）待我放下。（貼）姐姐請坐，你在前説個甚麽男兒？（旦）妹子，我講男兒時你在這裏。如此，你來多久了？（貼）多久不多久，我的足也站疼了。姐姐，『男兒』二字怎麽解？（旦）妹子，你『男兒』二字也不曉得，爹爹是男，我和你兩個不是兒？（貼）又聽見你講甚『同歡同悦』？（旦）保祐爹娘雙全，却不是『同歡同悦』？（貼）姐姐，『男兒』二字到講得去，『同歡同悦』講不明白。我和你同到爹爹跟前，説個明白。手捧香爐先去説。（旦扯介）妹子，你去説我甚的？（貼）我説你甚的？你先前説我春心動，我如今到爹爹、母親跟前，只道你小鬼頭春心動也。（旦）那嬌怯，無言可説。俛首低聲，紅滿腮頰。㈠

（貼）姐妹之情，有甚羞辱？明白説來無妨。（旦）妹子且坐着，聽我道來。（詩）父承皇命跨征鞍，調兵戈甲起漫漫。子母隨遷往南避，倉皇失路再尋難。㈡（貼）姐姐，中途失路，怎得逃身？（旦）覓路偶

㈠ 夾批：頰：音『夾』。

㈡ 難：原作『雖』，據文義改。

逢一君子，朝朝暮暮爲伴侶。（貼）姐姐，男女爲伴，豈不交小妹子動卓文君、[一]柳下惠之疑乎？[二]（旦）閑説，我身非比卓文君，那生何異柳下惠。（貼）姐姐，日間同行，倘若人問，怎生回他？（旦）兄妹相呼。（貼）晚間歇卧怎的？（旦）晚間借宿，他在一間，我在一間。（貼）姐姐，倘止有一間房子怎的？（旦）他與店主公睡，我與店主婆睡。（貼）設若有店主公，没有店主婆是怎的？（旦）他與店主公睡，我一人睡。（貼）設若有店主婆，没有店主公是怎的？（旦）我與店主婆，他就一人睡。（貼）假若店主公、店主婆皆不讓你睡怎的？（旦）既然如此，與他同睡無妨。（貼）姐姐，我看你花殘應是遭蜂蝶，梅開想必曾經雪。莫道是與女共寢不相調，姊妹同床也摩攝。（旦）妹子休是胡説。我與他朝餐暮食，經了數月，夙興夜寐，並無他説。（貼）姐姐，既不與他朝雲暮雨兩和諧，[三]纔説甚麼與他同歡悦。（貼）

【鶯集遇林春】恰纔道亂掩胡遮，事到如今漏泄。姊妹心腸休見別，夫妻每莫不有些週折？[四]（旦）教我難推難阻，一星星對伊從頭説。[五]（貼）他姓甚麼？（旦）他姓蔣。（貼）他名甚

（一）眉批：卓文君新寡，司馬相如以琴心挑之，文君夜奔相如。

（二）眉批：柳下惠：有婦暮夜托宿，寒甚，惠恐凍死，抱懷終夜，不亂。

（三）眉批：朝雲暮雨：楚王遊于高唐，怠而晝寢，夢一婦人曰：『妾巫山神女，于高唐爲客，聞君遊于高唐，願薦枕席。』王因幸之。既而辭去。曰：『妾朝爲行雲，暮爲行雨。朝朝暮暮，陽臺之下。』

（四）夾批：每：音『們』。

（五）星星：原作『惺惺』，據汲古閣刊本《繡刻幽閨記定本》改。

的？（旦）世隆名。（貼）家住那裏？　中都路是他家鄉。（貼）他是你誰？（旦）是我兒夫受儒業。（貼）

【前腔】聽説罷姓名家鄉，教我情苦意切。　悶海愁山心上撇，不由人不淚珠流血。（旦）妹子，我恓惶是正理，（貼）此愁休向愁人説。（旦）妹子呵，你啼哭爲何由？　妹子，我知道了，莫非我的男兒，你是他舊妻妾？

（貼）姐姐且住口。

【前腔】他須是瑞蓮親兄。（旦）爲甚和你相别？（貼）爲軍馬犯闕。（旦）在那裏分别？（貼）散失忙尋相應者。（旦）人有個名字，怎麽胡應不成？（貼）姐姐，那時節你名瑞蘭，我名瑞蓮，只争個蓮、蘭二字相差迭。（旦）好了，比着他先前又親，目今越更加疼熱。　妹子，你到爹爹跟前呵，你休隨我跟脚，久日後但做我兒夫那枝葉。（貼）

【前腔】我須是妹妹姑姑，你又是尊嫂姐姐。　未審家兄因甚和你别？　兩分離是何時節？（旦）那時寒冬冷月，只恨我爹爹把奴拆散在招商舍。（貼）姐姐，你還思量他麽？　思量他痛苦心酸，他染病耽疾，是我男兒怎生割捨？（貼）

【四犯黃鶯兒】他直恁太無情，你十分忒軟怯。(一)眼睁睁怎忍相抛別。(旦)你枉自怨嗟，我無可計策，當不過搶來推去望前扯。他意似虺蛇，(二)性如蝎螫，(三)教我一言如何訴説？(旦)

【前腔】流水似馬和車，(四)頃刻間途路賒。他在窮途困旅誰擡帖。(貼)囊篋又竭，藥食又缺，他那裏悶懨懨難捱如年夜。(合)寶鏡分破，(五)玉簪分折，(六)未知何日重會再接。

【尾聲】自從別後信音絶，莫不是煩惱憂愁將他送去也。

往常煩惱一人悲，今日淒涼兩下知。

世上萬般哀苦事，無非死別共生離。

(一) 夾批：忒：音『特』。

(二) 夾批：虺：音『灰』。

(三) 眉批：蛇、蝎、螫皆毒。

(四) 眉批：詞：『車如流水馬如龍。』

(五) 眉批：鏡破：徐德言尚叔寶妹樂昌公主。陳政衰，謂妻曰：『國破必入權豪家，尚冀相見。』乃破鏡，人分其半。陳亡，妻果爲楊越公所得。爲詩云：『鏡與人俱去，鏡歸人不歸。』樂昌得詩，悲泣不已。越公愴然，召德言還之。

(六) 眉批：玉簪折：白樂天詩：『井底引銀瓶，欲上絲繩絶。石上磨玉簪，欲成終缺折。』

第三十六折　試官考選

（浄扮試官）

【探春令】棘圍開試，[一]舉目招選賢良，就中選兵機，兼文武，設試院，呈試驗。

槐秋已及正當時，舉子紛紛赴試期。志氣顯揚從此里，折枝扳桂步雲梯。下官奉命朝廷委命，來此考試。如今大比之年，賓興之日，務要嚴毅，各官不得通透。左右在那裏？（末）廳上一呼，階下百諾。（見介）[二]（浄）把貢院門打開，但有求官舉子，放他進來。（末開門介）貢院門一開，舉子早進。（丑）

【窣地錦襠】文章肚裏攪擾擾，想是書精要離包。算來別人都不濟，惟有咱每第一高。

（末）不要胡説，來此何幹？（丑）特來求官。（末稟介）（丑見介）（浄）秀才何名？（丑）學生名唤老羊公。（浄）那裏有一個這等名姓？（丑）大人有所不知，今日家有人生日，親戚將羊酒去賀，那人家不受，牽來牽去。世人見學生下科不中，走來走去，以此叫學生做個老羊公。（浄）胡説！東廊下伺候。（生）

【前腔】十年勤苦向鷄窗，今日館懷入試場。黄金榜上姓名揚，須知才哲志氣昂。（外）

[一] 眉批：棘圍：唐禮部閲試之日，設守備，薦棘圍之，以防奸詐。曰『棘圍』。

[二] 見：原作『凡』，據《鼎鐫陳眉公先生批評幽閨記》改。

【前腔】英雄猛勇勢標揚，須信宏才膽智强。胸襟六韜陣圖藏，㈠同臨鏖戰試演場。（生、外進見介）（浄）秀才各報鄉貫花名。（生、外報介）（浄）西廊下伺候。只是先來先考，後來後考。但今年考試不比往年，如今文字要吟得詩、作得對、破得題，三場俱好纔中。武略要藏得機、布得陣、試得計，智勇兼全方取。若是無才無能，打出貢院門。（丑）學生先來，請賜題。（浄）三女成姦，二女皆因頭女起。（丑）兩口爲吕，上口不如下口寬。（浄）胡説！蔣世隆對來。（生）五人共傘，四人全仗大人遮。（浄）好秀才！陀滿興福過來。（外）有。（浄）將軍出陣，金章紫綬照麒麟。（外）御史行臺，白簡皂冠明獬豸。（浄）再出一對與你對。八陣四圍分五隊。（外）六韜三略變千機。（浄）好武舉！（丑）學生請詩題。（浄）就把天上日爲題。（丑）日出東山上，照見西邊壁。六月去耘田，曬人的背脊。（浄）胡説！全然不通。左右，打出貢院去。（丑下）（浄）蔣世隆吟詩來。（生）五色祥雲開宇宙，一輪儀曉定乾坤。朝辰滾滾扶桑起，晚暮沉沉細柳昏。升降周律流九道，循環通達遍群芬。大明顯耀無私照，垂影清波甕錦文。（浄）好才！好才！陀滿興福講兵機。（外）胸中豪氣定遷都，寨上軍謀定萬夫。萬馬不嘶聽號令，全營禁命一聲呼。（浄）好兵機戰策！來朝奏上朝廷，舉保你二人文武才能第一。（生、外）多感舉薦。（生）

【石榴花】喜幸書中，得立身顯名姓，表以諸邦遍。處雲梯步程，月中扳桂，高扳第一正枝，

㈠ 夾批：韜：音「叨」。

准備滿家喜慶。正心樂事修成，琢磨爭羨。(一)(合)如今當此之際，福惠無邊。(外)

【前腔】體貌英標，國法兼謹，忠義宏才，仗倆營生汴。圖計深傳令，真豪健。顯揚富貴，領鎮遠方肅静。縱然德量功勳，得逢薦典。(合前)

來日封書奏九天，勞煩恩澤掃雲煙。

琢磨已得方成器，不誤辛勤到帝邊。

第三十七折　蘭蓮思憶

【秋蕊香】(旦)半載縈牽方寸，(二)何曾不淚滴眉顰。(貼)欲語難言信難問。(合)即漸漸衰，懨懨瘦損。

〔玉樓春〕(旦)深沉院宇無人問，縱然有信，又難傳信。(貼)姐姐，這邊愁似那邊愁，伊的恨如奴的恨。(旦)心下忽然思其才，口中任有平和命。(貼)昔時欲向夢中訴，夢又不成燈又盡。(旦)

【二犯孝順歌】從別後，渡孟津，思君盡日欲見君。鳳北鸞南，交奴鏡剖釵分。鎮日千思萬

(一) 眉批：琢磨：《詩》：『如琢如磨。』 夾批：琢磨：音『卓磨』，平聲。

(二) 夾批：縈：音『榮』。

想，要見無門。（合）放不落心上人，撇不下心上人。（貼）

【前腔】一回家，暗自忖，非親怎知却是親。哥哥，你東咱西，荒荒地路途人亂奔。自一別半載，悄然無聞。（合）放不落親上人，撇不下親上人。（旦）

【前腔】恩和愛，苦共辛，衷腸告天天怎聞。妾後夫前，處處地甚曾忘半分。有三言兩語，寄也無因。（合）放不落心上人，撇不下心上人。

（貼）姐姐，

【前腔】當時苦，值亂軍，離鄉背井兄妹分。小服低，看看地過冬還過春。捱十生九死，舉目無親。（合）放不落親上人，撇不下親上人。

目斷關山萬里雲，思兄不見夢消魂。
從今許下千千拜，望月瞻星夜夜聞。

第三十八折　王府選婿

【花心動】（外）君寵良臣，許文科武選，狀元招賢。鵬路俊才，[一]虎將英雄，還是唱名乃是。

（一）眉批：鵬路：『鵬之徙於南溟也，水擊者三千里，摶扶搖而上者九萬里。』

（夫）是則若眷成婚禮，接鞭事須憑媒氏。(一)（合）旦夕裏，門闌真謂，頭生多喜。(二)（外）使臣傳宣出建章，微臣深愧謝恩光。（夫）可憐年老身無子，特旨寵科擇婿郎。（外）便是君爲臣立後，果然父業子傳揚。（夫）文選擎天碧玉柱，武取跨海紫金梁。（外）夫人，今蒙聖旨，憐我年老無子，令今科文武頭名，許招爲婿。將唱名，須用官媒前去。（夫）正是須要官媒。（外）堂後官那裏？（末）伏公相、夫人，有何分付？（外）今奉聖旨，將俺兩個小姐，要招文武狀元爲婿。今日東華門外，將次唱名。你去喚過官媒前來，將這絲鞭送去。（末）領台旨。（叫介）（丑）我做媒婆各別，忤逆婚姻說得。若是男家慢我，說個鬼婆與他同歇；若是他來敬我，尋個姮娥與他歡悅。只是說媒的十家九貧，也因他弄口嘖舌。（見介）是你官人叫我？（末）王尚書老爹喚你，說合他的小姐親事。（丑）既是如此，待我進去。相公、夫人萬福。（夫）媒婆，

【忒忒令】開選場科闈試畢，又看看唱名丹墀。(三)狀元文武，招贅爲婿。(四)媒婆，欽奉帝王宣，成姻契。你媒氏講接鞭盛禮。

(一) 眉批：媒氏：《周禮》有媒氏，凡嫁娶必以告。

(二) 眉批：杜詩：『門闌多喜色，女婿近乘龍。』

(三) 眉批：丹墀：尚書省以丹朱漆地，曰『丹墀』『赤墀』。

(四) 眉批：贅：招婿曰『贅』。言本非所有，亦若疣贅然。

（夫）媒婆，

【前腔】我與國家多出力，爲我則無繼業男兒。二女長大，十分嬌媚。媒婆，（合）欽奉帝王宣，成姻契。你媒氏講接鞭盛禮。（丑）

【沉醉東風】做媒人屈指是幾，非媳婦逞能誇會。都解貴顯錢，花紅利市。算來世事般般皆會。相公、夫人，（合）車馬往來馳，市井士民窺，都看狀元接鞭盛禮。（末）

【前腔】向招颭黄旗影裏，選文星武宿爲魁。天香惹荷衣，（一）遊街三日，男兒漢此時得志。媒婆，（合）車馬往來馳，市井士民窺，都看狀元接鞭盛禮。

憑媒擬引遇絲鞭，招贅文科武狀元。

時人莫訝登科早，只爲姮娥愛少年。

第三十九折　官媒送鞭

【出隊子】（丑）東華門外，狀元來人看多。（净）媒人是你和着我，手把絲鞭送與他。（丑）都道是兩個婆娘，説話有下落。

（一）眉批：荷衣：《楚辭》：『製芰荷以爲衣兮。』

(浄)我和你領了王尚書嚴命，將絲鞭去招新科文武狀元爲婿，不免西華門外伺候便了。(丑)張媽，你一生真説得好親。(浄)李大嫂，莫説我老奴誇口，真是多。(丑)你且説來。(浄)我做媒婆一世，試説城外城裏，第一往來脚勤，第二言語精細。多少朝士官員，無限高門子弟，我今從頭至尾，且説富家貴戚。張侍御、李尚書，大官小姐，一説便成一對。剛剛過了三朝，一旦命歸泉世。李員外令郎説張夫人女兒，未七日無常來至。張夫人令郎説李官人女兒，方滿月棄魂離體。李相公招張總管舍人，筵席散便買冥器。如今狀元接了絲鞭，明日怎的。媒錢打發稍遲，交他死無葬身之地。(丑)休得閑説。狀元將次來到，早去伺候。(生)

【鳳凰閣】藍袍初試，整整金鞍駿馬，宫花低插帽簷壓。(外)届此崇文尚武，巍科高甲。(合)攸困虎蟄龍奮日。(末)

【前腔】狀元來到，後擁前遮。(浄、丑)御筵纔罷離東華。十里紅樓，盡把珠簾高掛。(合)看選擇風流婿家。

從人少住，請文武狀元接受絲鞭。(浄與生介)(生)

【啄木兒】承媒氏，禮甚嘉，始進身登科方顯達。未曾得補報微分，豈可安享榮華？(丑)武狀元受了罷。(外)議親未審是誰姻婭，絲鞭怎敢轻容納。(合)問女貌郎才相稱麽？(浄、丑)

【前腔】容咨啓，聽禀答，不比尋常百姓家。(生、外)是甚麽人家？(浄、丑)是勳臣領職兵權，姓王名顯京華。（末）將門相府多迎迓。狀元，那堪二女嬌姹。（合）招武舉文科相稱麼？

（生）

【三段子】我自詳自察，他那裏知咱怨咱。（絲鞭還淨介）（淨）狀元，你不接呵，我怎應答？忍下得辜他負他？（生沉吟介）（末）媒婆，他據鞍俛首無回話，沉吟着有些牽掛。（合）儘算後思前因甚麼？

（淨）狀元，

【前腔】是真是假，向馬前立殺等殺。（丑）咱做冤做家，他恁麼村沙勢沙。㈠（外）呀，你做媒豈不知高下，先從外觀須不雅。（合）恁故阻佯推因甚麼？（淨、丑）

【雙勸酒】不須恁，不須恁見差，料此事無甚推得。承朝命，承朝命判合，允不允回奏禁闥。㈡（末）故違敕旨非作耍，絲鞭早早收留下。（合）便意心回成就麼？

（生）兄弟，

【前腔】朝廷旨，朝廷旨愛咱。感皇恩即當領納。（外）這姻眷，這姻眷寵加，愧此心無能上

㈠　眉批：村沙勢沙：方言，倚强仗勢也。

㈡　眉批：禁闥：汲黯願出入禁闥，拾遺補過。宮中小門曰『闥』。　夾批：闥：音『塔』。

答。（净、丑）狀元，請接絲鞭罷，把展開美人真容畫。（開圖看介）事後易先難成就麽？

【尾聲】嬌容才俊兩堪誇，不枉了姻緣配合。早赴佳期，仙郎等甚麽？

（净、丑）尚書，相公乃是兵權之官。大的小姐招贅武狀元，[一]小的小姐招贅文狀元。請即便早赴華筵，以成佳偶。（生、外）媒婆，既是朝廷寵加宣命，不敢有違，强從來意。你可先回通報。

文科武舉都招贅，真乃一門朱紫貴。
馬前喝道狀元來，這回好個風流婿。

第四十折　姊妹聞信

【喜遷鶯】（旦）紗窗晴曉，睡覺起傷情，有恨無言。恨眼惺惺，愁眉難展，又度日如年。（貼）他那裏相思無限，我這裏煩惱亂無邊。是怎生，夢兒中欲見，無由得見。

姐姐萬福。（旦）妹子到來。〔西江月〕（旦）没信鵲兒亂噪，無憑燈蕊連宵。（貼）萬恨千愁不能消，傷損害先來報。（丑）歡來不似今日，喜來勝比明朝。（旦）有甚事喜？（丑）二位小姐，快去穿着衣服，迎接姐夫來了。（旦怒介）這妮子全不穩重，没些體面。禀與爹爹得知，定不饒過你這個賤人。（丑）不

[一] 元：原闕，據文義補。

干梅香事。相公、夫人在堂上，道文、武狀元接了絲鞭，定赴佳期。安排筵席，梅香方來報與小姐知道。（旦、貼）梅香，是真是假説？（丑）是真。（旦）妹子，這事怎生是好？（貼）姐姐，你自己却要立個主張。（旦）

【雁過沙】忽聽得此言語，交我悶添愁，不由腸斷淚滿腮。汪洋悶海無邊岸，從別來憂心似醉。（合）自相別發怒怨積，未審何日再識？未審何日再識？（貼）

【前腔】思想我家兄，功名事怎的？説來話兒難忖度，(一)長江後浪催前浪，天涯海角家萬里。（合前）（丑）

【前腔】小姐聽咨啓，不須憂煩惱，那相公與夫人道，（旦）道甚的來？（丑）(二)道把文科武舉狀元招。（旦）妹子，爹娘主意不就理。（合）也須是我命薄，故有今日坎坷，有今日坎坷。

（貼）姐姐，不免和你同到爹爹處訴告一番，看是如何？（旦）正是如此。

稟過爹爹老相公，盡將心事訴伊胸。

歲寒偏見梅開秀，不惹閑非入耳中。

(一)　夾批：度：入聲。

(二)　（丑）：原闕，據文義補。

第四十一折　姊妹辭贅

【金蕉葉】（外）盡忠事君，感皇王相憐俯佑。（夫）把百歲光陰互囉。（合）這風光終須還我。

（外）夫人，來日招贅文武狀元，不免叫過女孩出來，分付他則個。（夫）正是如此。（叫介）

【花臺月影】（旦、貼）欲將心事從頭訴，又聽得尊親嚴命報。

爹娘萬福。（外、夫）孩兒到來。（旦、貼）不知爹娘唤出孩兒，有甚分付？（外）孩兒，青春易去，佳景難逢。又且男大須婚，女長須嫁，此人倫之大事。今蒙聖上有旨，憐老臣無繼業男兒，命我將你姐妹二人，招贅新科文武狀元爲婿。已遣官媒去了，擇取明日完親。（旦跪介）爹娘在上，容奴拜禀：爹爹乃紫閣名公，孩兒是香閨艷質。只因兵火離亂，父往邊城，子父不能相雇，娘女分散西東。躲避山林，逃生曠野。幸遇秀才蔣世隆，存仁惻隱，救奴百端，脱此災危。又被强人拿住，險死山寨。幸得是他故人山寨，若無他救，未知生死何方。及後孩兒同到招商店内，共結誓盟，永爲鸞鳳。不期爹爹來至，將奴拆散鴛鴦。今承嚴命，再選夫婿，豈敢有違。但爹身居相位，坐理朝綱。曾觀書史，止有守貞守節之道，却無重夫重嫁之條。世隆乃讀書才子，有日禹門三汲浪，一舉占鼇頭，未可料也。今蒙訓誨，孩兒甘守節操。重招夫婿，實難從命。道是離亂干戈喊殺聲，母兒驚散各山林。危途不遇賢君子，貴府何曾有安身。莫把故人恩損却，目前親者不爲親。世隆有日風雲會，依舊團圓到底真。懊恨姻緣太無情，抛别之時病染身。不知存亡猶可在，争誇名利假何真。或相阻滯悶無心，幾番染病暗消魂。早晚焚香多祝願，再交夫婦得團圓。（外）孩兒説那裏話。這是君王主意，誰敢有違聖旨？（貼）小女瑞蓮，亦敢少稟爹爹得知。自從妾遭兵火喊聲驚，兄妹各奔逃生所。撇奴身在曠野之中，藏形隱跡。幸蒙夫人叫唤奴名，我慌忙應答，及蒙夫人提起妾身爲伴同行，脱離災危。不想爹爹回朝，館驛相逢，又收留相府。恩育妾如嫡女，食衣豐足。因同姐姐燒夜香，各表寸心，祝告上天，方知姐姐與妾兄蔣世隆偶結姻緣。夫婦之情，其實難忘。今蒙爹爹訓命，特將姐姐並妾配與文武狀元，不得不從。伏望爹爹高擡明鏡，仔細推詳。瑞蓮甘當守節，姐姐實意難從。倘若天從人願，妾兄一旦風雲際會，未可量也。那時姐姐重整姻緣，小女兄妹相逢，酧謝爹爹養育之恩，管取團圓到老。道是九烈三貞自古今，從新棄舊枉爲人。如今縱有風流婿，休想佳人肯就親。（旦）禀過爹爹囑良媒，謾把姻緣便可諧。待等打聽真消息，是此姻緣到底來。守貞節，無怨埋，芳心愁戀掛情懷。若是姐妹重新嫁，只恐相逢夢裏來。（外怒介）（外）

【雙鸂鶒】(一)聽伊説着怒起，這小妮好没道理。奉聖旨憐取無男繼續，(二)招贅狀元爲婿。那秀才知他是存亡壽夭，那姻緣我兒休憶。（旦）

【玉抱肚】千愁萬恨，把鴛鴦拆散兩處。如今又別選佳婿，一弓一箭誓無他志。（合）思量到

(一) 鸂：原作『鷄』，據曲牌名改。

(二) 夾批：續：音『速』。

此，枉交人不珠淚流，正是不是冤家不到頭。（貼）

【前腔】教人煩惱，想家兄知他在那裏。終不然把他撇了，没下落雁斷衡陽邸。（合前）（夫）

【前腔】孩兒休淚，你爹爹心性凶暴。待我款款少禀。姻緣暫停，又作區處。（合前）

（外沉吟介）孩兒，不須煩惱，我却纔聞得文狀元姓蔣，中都人也。武狀元姓陀滿，京城人也。只恐天下同名姓者多，未審端的。（旦）爹爹千萬仔細，莫要將錯就錯。那時若不是故人，姻緣莫説，孩兒辱没了爹爹府門。寧可一命喪泉世，實難從命也。（外）夫人、孩兒且退簾後，自有主張。（夫）正是：船兒緊攬休輕放，（旦）莫與狂風吹别灘。（貼）江中自有攔江石，（合）須待稍人着眼看。（並下）（外）左右那裏？（末）伏相公，有何鈞旨？（外）你與我唤過張千户來。（末）領鈞旨。（叫介）（丑）甚人相叫？立地通報。（末）是小人。（丑）如此，且等我來。（丑扮跛脚千户上）

【引】臨登蹭蹬要人扶，免得興兵上陣圖。脚兒又害風，鎮日床上輪，那個相呼休要哄。

（末）是兵部王相公請大人説話。（丑）如此，通報。（末禀介）（丑）不知大人唤千户有何鈞旨？（外）今科文武狀元聞知是你仙鄉？（丑）告禀大人得知，文武狀元姓蔣名世隆，中都人。正是千户鄰佑，又是表弟。（外）那武舉狀元是誰？（丑）那武舉狀元，千户與他面生。不知大人問其名姓，有何緣故？（外）吾因往邊緝探未回，不覺家中兵火，夫人、女兒驚散深林。那時夫人遇一女子，一路相隨，今留相府爲女。道他兄姓名蔣世隆，如今狀元也名蔣世隆，是你鄉人。只恐天下同名姓者，故此動問。（丑）千户離鄉久矣。世人新人替舊人，未審向後來歷。霎時狀元就到寒舍相望，千户備杯淡茶，請夫人、小姐在紗窗裏面窺看，便見真否。（外）如此却好。今日便見明白。（丑）疾忙安排轎馬，千户先去分付家小，迎接夫人、小姐。（外）多蒙厚意。（丑）無此説。正是：荷花水面亭亭立，（外）未審根原何處集。（丑）掘起地中藕試看，（末）那時方見真端的。（外）夫人、孩兒出來，聽我分付。（夫、旦、貼）休把楊花作雪飛。（外）夫人，且依張千户説，你和孩兒到千户家走一遭，打探虚實，又做道理。

（外）菱花照水在須臾，（夫）你是何人我是誰。

（旦）混濁不分鰱共鯉，㈠（占）水清方見兩般魚。

第四十二折　夫妻相會

（浄扮千户夫人）

【傳言玉女】鄰里和同，真個勝如親眷，且在吾門迎伺候。我相公分付老妾迎接王夫人和小姐，怎的還不來？（夫）孩兒往孟鄰，㈡特來前進。（旦、貼）天教從願，故人重相會。

（夫）昔年兵火鬧匆匆，争奈家邦一旦空。（旦）他日雲兼煙黯黯，其時天值雨濛濛。（貼）隨流野徑兒共母，奔竄林窩妹與兄。（合）方睹復蘇閭里治，萬民歡樂太平府。（浄）秋蘭將酒過來。（丑）琉璃盞

㈠　鰱共鯉：　原作『連共理』，據文義改。

㈡　眉批：　孟母卜鄰，故曰『孟鄰』。

内清光現，玳瑁筵中美味香。（把盞介）（浄）

【清江引】天之美禄滋味雅，(一)舉斝通歡意。香醪醑流霞，(二)瓮潑銀瓶瀉，滿金樽捧將來相勸也。（合）新醅酒醬香味美，(三)滿飲醺醺醉。歡樂太平風，未可空歸去。老夫人小娘子酒柰已。（夫）

【前腔】心中有些閑氣蠱，(四)你且從人意。誰不愛風流，自有肝腸繫。訪佳音與孩兒來造府。（合前）（旦）

【前腔】初晴滿園花醮眼，雨洗青山見。靈鵲噪簷前，弄語聲相近。老天公顯清明方便也。（合前）（貼）

【前腔】山川根源何處起，早早回頭顧。人不到天涯，杳魚沉渚。(五)轉西風傳信音家萬里。（合前）

(一) 眉批：酒爲天禄。

(二) 夾批：醑：音『胥』。

(三) 夾批：醅：音『陪』。

(四) 夾批：蠱：音『古』。

(五) 眉批：雁杳魚沉：《莊子》：『毛嬙、麗姬，人之所美也。魚見之而深入，鳥見之而高飛，麋鹿見之而色驟。四者孰知天下之正色哉？』 夾批：渚：音『楮』。

（末内喝道介）（夫）狀元來至。（旦、貼）將眼詳細。（浄）夫人、小姐，合各請迴避。（夫、旦等下）（生、外）

【似娘儿】访友造门庭，敬拜探千里相亲。（丑）多年别久重相见，风流佳会可当拥篲。㈠

（合）歡喜欣忻。

（生、外）尊兄拜揖。（丑）二位狀元拜揖。此位閣下？（生）是小弟契交。（外）陀滿興福，便是在下。

（丑）久聞盛名，無由獲見。（外）便道參聞返倒屣。（生）久别尊兄，請受小弟一禮。（丑）蒙承下顧，免

勞施禮。常切懷賢之想，今日得沐照臨，光映衡門，㈡不勝感激。（生）阻隔文席，方今得於潭府。（丑）

二位清風明月，未嘗不思丰度也。（生、外）感蒙恩洽，獲申久别之懷。（丑）窮居可以拾薪煮茗，少具淡

酒論文，以延清話。（生）反勞厚款，何以當此。（丑）如此説，左右將酒來。（末）能使懦夫成壯膽，解

交狂客展愁眉。酒在此。（丑斟酒上）（旦、貼背看介）（丑把盞介）

【泣顔回】千里故人來，喜遇英賢相訪。高堂坐列，歡娱喜樂嘉會。㈢高才貴顯，占魁名市井

遊街遍。（生、外）感良友粹語佳意，一樹好花開艷。

（末）三杯酒罷，盞落歸臺。（下）（旦背吟詩云）干戈離亂竟忙然，子母相隨曠野邊。忽聽喊聲來趕散，

㈠ 眉批：擁篲：《史記》：『太公見高帝來，爲擁篲先驅。』擁篲，躬下謙敬如擁篲。

㈡ 眉批：衡門：横木爲門。小人之家。《詩》：『衡門之下，可以棲遲。』

㈢ 夾批：娱：音『于』。樂：音『洛』。

偶聆呼喚暫相連。招商店内鴛鴦别，旅館驛前鸞鳳慳。㈠鴻雁遠傳疑暗想，兔蟾光皎暫窺簷。（生沉吟介）動問尊兄，後堂吟詩妙音是誰人？（丑）鄰居小丫頭作耍。（生沉吟，忽下淚介）

【泣顔回】尋思詩裏意雙關，其中多有來由。情話鴛鴦，拆散招商店中，分剖相思就裏。

（外）想吾兄有所因失淚。（合）倦遊覽感傷懷怨，㈡畢竟有些差池。

（貼背吟操唱）往年兵火恁離披，㈢兄妹逃生實可悲。（旦）憶昔怨嗟拋子母，至今懷恨别夫妻。（貼）風吹柳絮何方泊，露潤靈芝彼處依。（旦）今日世隆榮貴顯，瑞蘭傷意有誰知。（生側耳沉吟，淚介）

（丑）不知狀元有何煩惱下淚？（生）不瞞尊兄説，適來聽堂後兩個吟詩婦人，一個相似我的妻子，一個相似我的妹子。聲氣無差，且詩中有意雙關。央煩尊兄請出相見。（丑）狀元好蹊蹺！那是鄰居王尚書小姐，我夫人請他來吃酒，怎敢起動他？（生）既是不敢起動，待小弟看覷端的。（丑攔住介）兄弟，你怎麽這等？人家各有内外，你怎擅進看人家子女？怎麽這般没分曉？（生）

【清江引】這其間有些差池，也枉把人調戲。㈣人不到陽臺，便往巫山地。㈤（旦、貼出接介）把

㈠ 夾批：慳：音『牽』。

㈡ 眉批：倦遊：《史記》：『相如倦遊過我。』

㈢ 眉批：離披：《詩》：『有女離披。』

㈣ 夾批：調：平聲。

㈤ 眉批：陽臺、巫山：已見『朝雲暮雨』。

劉郎引歸桃源裏。[一]（與生相見介）（旦悶倒介）（生、貼扶起旦介）（旦）

【五更轉】只爲伊，離别苦，懊恨兩情痛感傷。默思近想凭欄望。黽勉修妝，頻來相訪。（貼）撇了奴，在陌路，無由見。（合）如今謝得蒼天憐念，若把我浮生一世週遍。

（丑）元來如此，這事理當禀過王大人。（合）正是如此。（丑）天上人間，方便第一。（下）（生）

【前腔】事到頭，不由己，逃難各自飛。（外）吉人自有神天保庇。[二]欲使我英雄，名標金榜。（旦）不可忘，店内的，盟山誓。（合前）

（丑扮媒婆上介）

【四邊静】今朝豈比尋常日，華筵動清引。仙子轉桃源，佳期共歡宴，不須恁遲。既轉與知，轉却絲鞭，夫妻兩隨。

相公傳台旨，請狀元即便赴宴，莫誤良辰。（外）告禀哥哥得知，兄妹之輩，何可相娶？（生）契友無妨。你且隨侍我去，自有主張。（丑）親上加親，有何不可？管取團圓到底。團員到底。

昔日鴛鴦失，今朝重會集。

[一] 眉批：劉郎、桃源：漢明帝時，劉晨、阮肇入山採藥，食盡，見桃，食之，身輕。見一杯流出胡麻飯屑，溪邊二女子笑曰：『劉、阮二郎來矣。』便迎歸，成夫婦禮。

[二] 夾批：庇：音『被』。

大家葫蘆提，耳聽好消息。

第四十三折　成親團圓

【西地錦破子】(外)年老家無子嗣，(一)荷吾皇念憐孤。(二)朝廷試選魁文武，今朝贅顯門閭。(三)

(夫)備禮憑媒成婚娶，爲絲鞭萬事和。(合)華筵大展，佳期空傳，榮耀滿皇都。

(外)羅幃繡幕佈春風，(夫)吉日良時聘禮通。(外)鬱鬱門闌多喜色，(夫)雙雙女婿近乘龍。(外)左右那裏？(末)階下笙歌徹，堂前笑語聲。正是：洞房花燭夜，金榜掛名時。(外)今日招請文武狀元爲婿，筵席須交齊整。(末)領台旨。筵席安排已了，看那綵樓高結，孔雀屏開，(四)帳簇流蘇，(五)簾垂翡翠。寶鴨中煙焚瑞腦，瓊巵內光溢香醪。果列時新，食烹珍味。綺羅朱翠，列兩行紅粉新妝；鼓樂簫韶，奏一派清聲雅韻。遍地氈裀鋪蜀錦，當筵歌板按宮商。正是：歡娛醉樂神仙府，快樂朝中宰相

(一)夾批：嗣：音『似』。

(二)夾批：憐：音『零』。

(三)夾批：贅：音『墜』。

(四)眉批：孔雀屏：竇融知其女不凡，不欲輕許人，乃畫二孔雀于屏，約求婚者射，中其目乃與。唐高祖最後往射，中二目，卒與之。是爲竇太后也。

(五)眉批：流蘇帳：即百子帳。

家。道猶未了，狀元已來。（生）

【杏花天】曲江賜罷瓊林宴，稱藍袍宮花帽偏。（換小生扮興福）玉鞭裊裊如龍騎。(一)（合）簇擁傳呼狀元。（旦）

【前腔】蘭堂笑語競喧，福至庭歡臨玳筵。(二)（外）瑞蓮孩兒怎的不來？（丑叫介）相公說你怎的不來？（丑）告相公，他說不來。（外）怎的不來？（丑）想着小姐嫌這武舉狀元生得英雄猛勇，賊頭一般，以此不來。（外）說起武官前程萬里，功名綿遠。雖是契交兄妹，進我府來，又是一家風。這個也無妨，又不是同宗共族，有何不可？（貼）爹爹，若要奴家許嫁人，再待三年可說親。（夫）孩兒，你是宰相府裏一個小姐，怎的不遵父母之命？恁的饒舌推調，只管絮叨叨的。有誤良時，不必固辭，急早赴佳期。（貼）嬌羞粉面遮花扇。（合）天府姝仙離閬苑。(三)（丑喝拜科）（生）

【畫眉序】高誼列華堂，到此相逢渾家。親共嬋娟，(四)千里會集團圓。那日鸞侶驚飛，我也

(一) 夾批：騎：去聲。

(二) 夾批：玳：音『代』。

(三) 眉批：姝：美女也。　夾批：閬：音『浪』。　眉批：閬苑：在崑崙山。西王母所居閬風之苑。

(四) 眉批：嬋娟：美人。

非顯達，何方可望？（合）蓋已進蓬萊苑，〔一〕猶如遇仙臨降。（外、夫）

【小桃紅】與嬋娟，滿酌金樽勸也。（生）厚意殷勤，到此身近，何異遇神仙？（貼）輕輕地袖兒揎，露春纖。盞兒拈，低嬌面也。（合）真個似柳如花，人議論須再三，說交事體還元。（丑）小姐已許允了。（小生）好隨機應變。（外）看待我十分輕鮮，見虎符金牌，〔二〕向窗上懸。（合）没一個因由，告人勸勉。（小生）

【滴溜子】朝廷命，朝廷命，召來試標。今日裏，今日裏，又蒙此套。畫堂笙歌盈耳，奏清聲韻引調。恩光貴府，恩德相承，款愛命邀。（旦）

【神仗兒】招商旅店，招商旅店。可憐恩情分剖，奈風雷閃電。（外、夫）且莫從頭分辨。當初事，不須再說，即日欣喜。（合）耽快樂，展風流，展風流。（貼）

【大聖鼓】含羞臨玳筵，不由人意，付與絲鞭。未審宿緣隔近遠，降姮娥今日向人前。玩賞人間，就裏意堅。（外、夫）

【前腔】親承朝命，恩賜吾家招贅。累代流年，謝恩憐念從人願。（合）正是滿目雙全，備武

〔一〕眉批：蓬萊：三山之一，在海中。

〔二〕眉批：虎符：即兵符。

文俊顯，風流就裏意堅。

【尾聲】扳龍付鳳人堪羨，(一)各辦着心堅意堅。夫貴婦榮，教人作話傳。

(末)君爲賢臣無子繼，狀元文武郎招贅。適授王命賜高官，回朝奏對生歡喜。聖旨已到，跪聽宣讀。皇帝詔曰：朕以洪基，賢良輔弼。臣膺顯職，維順遵依。大臣王某，存心報國之功，鋭志安邦之烈。念汝年高貴爵，致仕自由。凛凛高風，下情欽仰。招贅乘龍女婿，嗣續繁昌。文科狀元，才智兼全，賜開封府尹；武舉狀元，神用良圖，賜殿前都指揮。其婦各賜五花官誥，隨夫顯榮。女貌郎才奏帝前，天顔大悦降恩宣。敕賜内帑金百兩，助與卿家作喜筵。各叩頭謝恩。(衆合)萬歲，萬歲，萬萬歲！

(外、夫)

【團圓旋】謝皇恩，念小臣，陋室變貴門。(生)親至尊，殿墀試，(二)文武狀元及第，驟受開封府尹。(小生)惟憑英勇，講武朝君。見紫宸，中大魁，虎符掌軍。(合)奉旨成親招贅，將爲秦晉。(三)(旦、貼)五花誥，駟馬高車，享榮華夫人封郡。(四)(末)拜官頒賞，聖德吾王敬舊勳。(丑)盡

(一)　眉批：　扳龍付鳳：　耿純曰：『天下士大夫捐親戚、棄土壤，從大王矢石之間者，其計固望攀龍鱗，付鳳翼，以成其志耳。』

(二)　夾批：　墀：　音『池』。

(三)　眉批：　秦晉：　秦晉二國，世有婚姻。

(四)　眉批：　封郡：　唐宋時，女人皆封郡主。

意欣，美滿夫妻厮稱，來往媒勞頓。（合）且如今，都轉意，俱心順，令酧謝任交無語。（外）

【前腔】燕爾新婚，值令辰，配合美眷姻。（生、旦）記那時，店中受窘，鳳拆鸞分，怎想今朝之分。（小生）落奸雄，别家鄉。受苦辛，遇赦恩，幸得進身。（貼）地亂天番，散失逃亡誰問。經離合，事事休論。玳筵開喜得識認。（合）才子佳人成對，兩兩筵前捧壽樽。瀉玉傾金，休吝少年青春。萬里來綰同心，雙雙共喜欣。

【尾聲】亭前拜月佳人恨，醖釀就全新戲文，書府番謄燕都舊本。

（生）常言好事有多磨，（旦）天與人違怎奈何。

（占）拜月亭前情分淺，（夫、丑）招商店内恨應多。

（小生）樂極生悲應是有，（外）離而復合未能過。

（末）千古戲文新正傳，（合）太平人唱太平歌。

李卓吾先生批評幽閨記

目録

李卓吾先生批評幽閨記卷之下

拜月亭序

此記關目極好，説得好，曲亦好，真元人手筆也。首似散漫，終致奇絶，以配《西厢》，不妨相追逐也。自當與天地相終始，有此世界，即離不得此傳奇。肯以爲然否？縱不以爲然，吾當自然其然。詳試讀之，當使人有兄兄妹妹、義夫節婦之思焉。蘭比崔重名，猶爲閑雅，事出無奈，猶必對天盟誓，願終始不相背負，可謂貞正之極矣。興福投竄林莽，知恩報恩，自是常理。而卒結以良緣，許之歸妹，興福爲妹丈，世隆爲妻兄，無德不酬，無恩不答。天地之報施善人，又何其巧與。

温陵卓吾李贄撰。

李卓吾先生批評幽閨記卷上目録

李卓吾先生批評幽閨記卷下目録(一)

(一) 卷上、卷下目録原分置於卷首，現合并於此。

李卓吾先生批評幽閨記卷之上

虎林容與堂梓

第一齣　開場始末

【西江月】（末）輕薄人情似紙，遷移世事如棋。今來古往不勝悲，何用虛名虛利。遇景且須行樂，當場謾共啣杯。莫教花落子規啼，(一)懊恨春光去矣。

【沁園春】蔣氏世隆，中都貢士，妹子瑞蓮。遇興福逃生，結爲兄弟。瑞蘭王女，失母爲隨遷。荒村尋妹，頻呼小字，音韻相同事偶然。應聲處，佳人才子，旅館就良緣。岳翁瞥見生嗔怒，拆散鴛鴦最可憐。歎幽閨寂寞，亭前拜月，幾多心事，分付與嬋娟。兄中文科，弟登武舉，恩賜尚書贅狀元。當此際，夫妻重會，百歲永團圓。

(一) 花：原作『化』，據汲古閣刊本《繡刻幽閨記定本》改。

老尚書緝探虎狼軍，窮秀才拆散鳳鸞群。
文武舉雙第黄金榜，幽閨怨佳人拜月亭。

第二齣　兄妹籌咨

【珍珠簾】（生扮蔣世隆上）十年映雪囊螢，苦學干禄。幸首獲州庠鄉舉。繼晷與焚膏，衹勤習詩書。咳唾珠璣才燦錦，養浩然春闈必取。一躍過龍門，當此青雲得路。

中都風物景全佳，街市駢闐鬬麗華。煙鎖樓臺浮錦色，月籠花影映林斜。禮樂流芳忝儒裔，雙親不幸俱傾逝。止存一妹在閨中，真乃家傳多富貴。自家姓蔣，雙名世隆，中都路人氏。雖叨鄉薦，未赴春闈，只因服制在身，難以進取。家中别無親人，止有一妹，叫名瑞蓮，年已及笄，未曾許聘。〔鷓鴣天〕正是錦繡胸襟氣若虹，文章才學足三冬。循循善道馳庠校，濟濟儒風藹郡中。題雁塔，步蟾宫，前程萬里附溟鴻。此時衣錦還鄉客，五百名中讓世隆。道猶未了，妹子早到。

【緱山月】（小旦扮瑞蓮上）樂道安貧巨儒，嗟怨是何如。但孜孜有志效鴻鵠。似藏珍韞櫝，韜光隱鋭，待價沽諸。

哥哥萬福。（生）妹子到來，妹子請坐。（小旦）哥哥請。哥哥，妹子往常間見哥哥眉開眼笑，今日見哥哥眉頭不展，面帶憂容，却爲些甚麽來？（生）妹子，你不知道，我有三件事在心，所以不樂。（小旦）那三件事？（生）第一件，父母靈柩在堂，未曾殯葬。第二件，我服制在身，難以進取。第三件，你我年紀長大，親事未諧。(一)以此不樂。（小旦）〔玉樓春〕瑞蓮愚不將賢諫，安居温習何嗟歎。退藏山水作漁樵，進身皇闕爲官宦。(二)（生）妹子，迅速光陰如轉眼，少年何事功名賺。蒼天未必誤儒冠，儒冠多誤男兒漢。（小旦）哥哥，你平日攻書多少？

【玉芙蓉】（生）胸中書富五車，筆下句高千古。鎮朝經暮史，寐夜興夙。擬蟾宫折桂雲梯步，待求官奈何服制拘。教人怨，怨不沾寸禄。（合）望當今聖明天子詔賢書。

【前腔】（小旦）功名事本在天，何必恁心過慮。且縱他得失，任取榮枯。爲人只恐身無藝，暫時間未從心所欲。金埋土，也須會離土。（合）望當今聖明天子詔賢書。

【刷子序】（生）書齋數椽，良田儘可、隨分饘粥。世態紛紛，争如静守閑居。（小旦）勤劬。事業學成文武，掌王朝方霑天禄。（合）但有個抱藝懷才，那曾見滄海遺珠。

【前腔换頭】（生）難服。晚進兒童，奪朱污紫、肥馬輕裘。磊落男兒，慚睹蠢爾之徒。（小旦）聽語。萬事皆由天命，盡皆非者也之乎？（合）但有個抱藝懷才，那曾見滄海遺珠。

(一) 眉批：令妹少不得嫁個强盜，阿兄亦自拾得個美妻，不必掛懷。
(二) 夾批：詩句可厭。

(生)琢磨成器待春闈,(小旦)萬里前程唾手期。
(合)一舉首登龍虎榜,十年身到鳳凰池。

第三齣　虎狼擾亂

【點絳唇】(净扮番將上)勢壓中華,仁將夷化。威風大。一曲琵琶,醉後驅鷹馬。

你看邊塞上好光景。只見萬里寒沙,一天秋草。馬嘶平野呼鷹地,犬吠低坡射雁人。草叢中無非是赤兔黄獐,天際表有些兒皂雕白鷂。夜夜月爲青塚鏡,年年雪作黑山花。俺這裏吃的是馬酪羊羔,説甚麽龍肝鳳髓;穿的是狐裘貂帽,要甚麽錦衣繡裳。比着他諸夏無君,争似俺蠻夷有主。漢家雖盛,曾與和親;唐國稱隆,結爲兄弟。國號附金,而威風凛凛;中華臣宋,而氣宇巍巍。遠觀着幾層瑞彩罩金城,遥望見一派祥雲籠鐵柱。自家北番一個虎狼軍將是也。只因大金天子,俺這裏三年一小進,五年一大進,十年一總進。今經一十五年,並無一絲兒回答。俺主大怒,着俺起兵前去打奪州城,占據糧草。不免叫把都兒每出來,與他商議。把都兒那裏?

【水底魚】(小生、外、丑、末上)白草黄沙,氈房爲住家。胡兒胡女,慣能騎戰馬。因貪財寳到中華。閑戲耍。被他拿住,鐵里温都哈喇。

主帥呼唤,上前參見。(净)把都兒每,只因大金天子,俺這裏三年一小進,五年一大進,十年一總進。

今經一十五年，並無一絲兒回答。主上大怒，着俺起兵前去打奪州城，占據糧草。衆把都兒每聽吾號令，不可有違。

【豹子令】點起番家百萬兵，百萬兵。紛紛快馬似騰雲，似騰雲。叵耐大金無道理，與他交戰定輸贏。（合）安排器械便登程，殺教片甲不留存。

【金字經】唱都兒哪應咖哩，者麽打麽撒嘛呢。哧嘛打麽呢，咭囉也赤吉哩。撒麽呢撒哩，吉麽赤南無應咖哩。

頭戴金盔挽玉鞭，驅兵領將幾千員。
金朝那解番狼將，血濺東南半壁天。

第四齣　罔害皤良

（小生、丑扮金瓜武士上）蓬萊正殿起金鰲，紅日初生碧海濤。開着午門遥北望，赭黄新帕御床高。

【點絳唇】（末扮黄門上）漸闢東方，星殘月淡，蒼明猶顯，(一)平閃清光。點滴簷鈴響。萬燭當天紫霧消，百花深處漏聲遥。宫門半闢天風起，吹落爐香滿繡袍。自家金朝一個小黄門是也。

(一) 星殘月淡蒼明猶顯：原作「殘月淡啓猶伺顯」，據《新刊重訂出相附釋標註月亭記》改。

主司儀典，出納綸音。身穿獸錦袍，與賓客言；口含鷄舌香，傳天子令。如今早朝時分，官裏升殿。怕有奏事官到來，不免在此伺候。怎見得早朝？但見銀河耿耿，玉露瀼瀼。似有似無，一天香霧；半明半滅，幾點殘星。銅壺水冷，數聲蓮漏出花遲；寶鴨香消，三唱金鷄明曙早。人過御溝橋，燈影裏衣冠濟楚；馬嘶官巷柳，月明中環珮鏗鏘。鐘聲響大殿門開，五音合内宫樂奏。只見那奉天殿、武英殿、披香殿、太乙殿、謹身殿，巍巍峨峨，日色乍臨仙掌動；奉天門、承天門、大明門、朝陽門、乾明門，隱隱約約，香煙欲傍衮龍浮。其時有御用監官、尚膳監官、尚衣監官，各司其事，備其所用；鴻臚寺官、光禄寺官、太常寺官，各守乃職，聽其所需。周旋中規，折旋中矩，降者降而升者升；過位色勃，執圭鞠躬，跪者跪而拜者拜。文官有稷契伊傅之才，武將有起翦頗牧之勇。(一)正是：日月光天德，山河壯帝居。太平無以報，願上萬年書。道猶未了，奏事官早到。

【出隊子】(净扮聶賈列上)番兵突至，番兵突至，禦敵無人爲出師。教人日夜苦憂思。事到臨危不可遲。奏議遷都，伏乞聖旨。

(末)來者何官？(净)臣聶賈列奏聞陛下。(末)所奏何事？(净)奏爲保國安民事。誠惶誠恐，稽首頓首。冒奏天顔，恕臣萬死萬死。臣聞番兵犯界，突入榆關，離俺中國只有百二十里之地。況彼人强馬壯，本國將寡兵疲，難以當敵。不若遷都汴梁，上保社稷無危，下免生民塗炭。(末)官裏道來，汴梁

(一) 眉批：删。

有何好處，可以遷都？（淨）夫汴梁者，東有秦關，西有兩隘。南有函谷，北有巨海。地雄土厚，可以遷都。所謂『王公設險，以守其國』。願我王准臣所奏，不必遲回。（末）官裏道來，可退在午門外，與衆官商議，即便遷都汴梁，免致兩國相争，實爲便益。（淨）萬歲，萬歲，萬萬歲！（退科）

【點絳唇】（外扮陀滿海牙上）長樂鐘鳴，未央宫啓。千官至，頓首丹墀，遥拜着紅雲裏。

（末）來者何官？（外）臣陀滿海牙，累世忠良，官居左丞之職，有事不容不諫。（末）所諫何事？（外）臣聞番兵犯界，軍馬已到榆關，相去百二十里之地。所謂『剥床以膚，切近災者也』。本合命將出師，今被奸臣竊柄，奏令遷都。不惟天子蒙塵，抑且生民塗炭。於此不諫，不爲忠也。誠惶誠恐，稽首頓首。君乃臣之元首，臣乃君之股肱。君有諍臣，父有諍子。王事多艱，民不堪命。若鉗口不言，是坐視其危也。即今番兵犯界，何不遣將出師，却乃遷都遠避。（末）官裏道來，如今朝中缺少良將，着何人爲帥，(一)統領三軍，與他對敵？（外）臣聞内舉不避親，臣舉一人，即臣之子陀滿興福。此子六韜三略皆能，有萬夫不當之勇。手下見有三千忠孝軍，人人敢勇，個個當先，可退番兵。（淨）臣聶賈列奏聞陛下：陀滿海牙已有無君之心，又令其子出軍，如虎加翼，爲禍不淺。我王不可准奏。（外）咄！聶賈列，你何故妄奏遷都？（淨）咄！(二)陀滿海牙，你何故阻駕？（外怒奏科）

(一) 帥：原作『師』，據汲古閣刊本《繡刻幽閨記定本》改。
(二) 眉批：君父前無此理。

【新水令】(外)九重天聽望垂慈，九重天聽望垂慈，主君賢諫臣須直。事當言敢自欺？既爲官要盡臣職。(浄)如今聖駕遷都，有何不可？(外)你若是要遷移，把社稷一時棄。(末)官裏道來：二人所奏不同，還退在午門外，與衆官商議。(外、浄)萬歲，萬歲，萬萬歲！(退科)(外)聶貫列，你怎見得就該遷都？

【步步嬌】(浄)蠢爾番兵須臾至，力寡難當禦。朝臣衆議之。你不見昔日呵，太王居邠，狄人侵地。事之以皮幣不得免，事之以犬馬不得免，事之以珠玉不得免。他也無計可施爲，只得遷都去。

【折桂令】(外)古人言自有權輿，能者遷之，否則存之。(浄)説得好，説得好，你説聖上不如太王？(外)怎忍見夫挈其妻，兄攜其弟，母抱其兒。(一)城市中喧喧嚷嚷，村野間哭哭啼啼。可惜車駕奔馳，生民塗炭，宗廟丘墟。

【江兒水】(浄)臣道當卑順，毫欺敢犯之？(二)你道能如太王則遷之，不能謹守常法。這是不能堯舜欺君罪。那百姓每呵，見説仁君遷都避，紛紛從者如歸市。你道效死而民勿去，這等拘守

(一) 眉批：仁人之言。
(二) 眉批：説来也是。

之言，怎及得還國圖存之計？

【雁兒落】（外）俺穿一領裹乾坤縫掖衣，要幹着儒家事。讀幾行正綱常賢聖書，要識着君臣義。(一)俺則是一心兒清白本無私。（净）你觸犯了聖上，就該萬死。（外）言如道，死可辭。（净）常言道：『閉口深藏舌，安身處處牢。』（外）怎做得瘖無氣？（净）你許多年紀了，還要管這等閑事怎麽？(二)（外）怎做得老無爲？今日任你就打落張巡齒，癡也麽癡，常自把嚴顔頭手内提。(三)

【僥僥令】（净）半空横劍戟，四面列旌旗。戰鼓如雷轟天地。你却唱太平歌，念孔聖書。(四)

【收江南】（外）呀！恰便是驕驄立仗，噤住口不容嘶。將焉用彼過誰歟？那知越瘦與秦肥？你這般所爲，你這般所爲，恨不得啗伊血肉寢伊皮。(五)

【園林好】（净）朝廷上尊嚴去處，豈容你談論是非。全不識君臣之體。憑河死，悔時遲。憑

(一) 眉批：腐甚，宜及祸也。
(二) 夾批：胡説！
(三) 眉批：丈夫，丈夫。
(四) 眉批：也是。
(五) 眉批：莽。

河死，悔時遲。（外笏擊浄怒科）㈠

【沽美酒】（外）你爲人何太訣，你爲人何太訣。腹中劍，口中蜜。長脚憸人藍面鬼。百般様，肆奸回，肆奸回，把聖聰蒙蔽。俺學的是段秀實以笏擊賊，你那臭名兒海波難洗。我好名兒史策留題。㈡我呵，這件事你知我知，天知地知。呀！便死做鬼魂靈一心無愧。

（浄）聶賈列奏聞陛下，陀滿海牙故意阻駕，陀滿興福造意出軍，父子將謀爲不軌。（末）官裏道來，陀滿海牙父子既有反叛之心，着金瓜武士打死。（外）聖上，讒言不可聽信。（小生、丑扯外下）（末）官裏道來，陀滿海牙三百家口，不分良賤，盡行誅戮，齠齔不留。㈢就差聶賈列前去監斬，不得有違。（浄）奉聖旨。

（末）早朝奏罷離金階，（浄）戈戟森森列將臺。

（合）會施天上無窮計，難免今朝目下災。

總批：

從來君子不能用小人，故小人亦復不能容君子，所以君子每每取禍。若令陀滿海牙從容商議，委曲調停，

㈠　眉批：　也是。

㈡　眉批：　只爲史册留題，便不是。

㈢　眉批：　亦自取也。

何至此也？奈何口口自家賢聖，他人奸佞。何獨爲君子一至於此哉？所以僨天下事也。可歎，可歎！

第五齣　亡命全忠

【紅納襖】（小生扮陀滿興福上）將門庭，非小輕。掌貔貅，百萬兵。威權勇猛千般計，勢顯英雄一派鉦。官宦族，名譽稱，聲聞徹帝京。好笑番魔也，怎當俺三千忠孝軍。

膽略曾經百戰場，勢如猛虎走群羊。胸中豪氣沖天日，訓練三軍悉智强。自家陀滿興福。爹爹海牙丞相，今早入朝未回。目下番奴侵亂，不免把軍士每訓練一番，多少是好。軍吏那裏？（丑上）朝中天子宣，閫外將軍令。覆將軍，有何鈞旨？（小生）取軍册上來。（丑取册小生看科）（末上）有事不敢不報，無事不敢亂傳。將軍，不好了！（小生）怎麽説？（末）即今番兵犯界，聶賈列奏令遷都，聖意欲從。老相公極言苦諫，那聶賈列輒生惡意，妄奏聖上，説老相公故意阻駕，謀爲不軌。聖上聽信讒言，將老相公金瓜打死了。（小生哭科）（末）還有一件。（小生）又怎麽？（末）聖上就差聶賈列爲監斬官，把將軍三百家口，不分良賤，盡行誅戮。如今聶賈列那廝，帶領人馬將到了也。（小生）這苦怎生是了？（末）將軍不妨。將軍手下見有三千忠孝軍，人人敢勇，個個當先。待那奸臣來時，把他一刀殺了，上報老相公屈死之讎，下免三百口屠戮之苦，有何難處？（小生）我若殺了那廝，怎全得我老相公的忠義？無計可奈，只得逃難他方，再作計處。

雙手擘開生死路，一身跳出是非門。

第六齣　圖形追捕

【趙皮鞋】（丑上）我是個巡警官，日夜差科千萬端。俸錢些少幾曾關，怎得三年官債滿？〔西江月〕當職身充巡檢，上司差遣常忙。捕賊違限最堪傷，罰俸別無指望。日裏迎來送往，夜間巡警關防。雖然鵝酒得些嘡，事發納贓吃棒。今有當朝陀滿丞相，阻當鑾駕，朝廷大怒，將他滿門良賤，盡皆誅戮，只走了陀滿興福一人。奉上司明文，遍張文榜，畫影圖形，十家爲甲，排門粉壁，各處挨捕。但有拿得着者，有官有賞；窩藏者，與本犯同罪。不免叫左右的出來分付，左右那裏？（末上）訟簡公衙静，民安士庶稱。明如秋夜月，清似玉壺冰。覆老爺，有何分付？（丑）我且問你，這個地方誰管？（末）這是中都路坊正管的。（丑）這等與我叫中都路坊正來。（末）領鈞旨，中都路坊正走動。

【大齋郎】（浄上）狂秀才，命兒乖，身充坊正是官差。三隅兩巷民户災。要無違礙，好生只把月錢來。

身充坊正霸鄉都，財物雞鵝那得無。物取小民窮骨髓，錢剥百姓苦皮膚。當權若不行方便，後代兒孫作馬驢。罰願滿門都吃素，年頭年尾只吃麩。(一)（末）你倒佛口蛇心。（浄）你是甚麼人？（末）我是公使人。（浄）公使人，乾熱亂。得文引，去勾唤。窮三千，富五貫。得了錢，解一半。這等之人，如何判斷？押赴市曹，一刀兩段。吾奉太上老君，急急如律令敕。(二)（末）你也不象個坊正，到是個掌法司巡警。老爹叫你半日了，且不要閑説。（浄）既如此，待我去見。老爹見坊正。（丑）我把你這狗骨頭！我在此半日，你纔來見我，到説老爹見坊正。我倒來見你麽？（浄）不是這等説，不曾分得句讀。我説老爹見，小人是坊正，只少『小人是』三個字。（丑）這狗骨頭，白鐵刀，轉口快。且不打你，聽我分付，今有當朝陀滿丞相阻當鑾駕，朝廷大怒，將他滿門良賤，盡皆誅戮，只走了陀滿興福一人。奉上司明文，遍張文榜，畫影圖形，十家爲甲，排門粉壁，各處挨捕。但有拿得着者，有官有賞；窩藏者，與本犯同罪。（浄叫科）東西南北四隅裏，賣豆腐的王公聽着，但有人拿得陀滿興福者，有官有賞；窩藏者，與本犯同罪。（丑）拿過來，我把你這狗骨頭，東南西北四隅裏，豈没有個姓張姓李的，偏只有這個賣荳腐的王公。(三)（浄）老爹，有個緣故，小的老婆喫齋。賣荳腐的王公，每日挑了荳腐，在小的門首經過。小的老婆問他賒一塊兒喫，他再不肯。老婆説家長老官兒，今後有甚麽官府事，報他一名。故此只報他

(一) 眉批：佛。
(二) 眉批：佛。
(三) 眉批：亦見情弊。

的名字。（丑）這狗骨頭，我倒替你官報私讎。叫左右拿下去打。（末）稟老爹，打多少？（丑）打十三。[一]（末打科）（丑）你方纔打多少？（末）打十三。（丑）狗骨頭，明明打得他三板，就説打了十三，壞了我的法度。坊正起來，拿這狗骨頭下去打。（净）六月債，還得快。稟老爹，打多少？（丑）也打十三。[二]（净打科）（丑）我曉得人人如此，個個一般。你打得他三板，也就哄我説打了十三，你每欺我老爺不識數。左右的，如今拿坊正下去打，打一下我老爺記一根籌。難道也哄得我不成？（末打净、净打丑諢科）

【恤刑兒】（丑）你十三，我十三。三個十三三十九，賽過東京白牡丹。

【柳絮飛】（丑）聽我分付：一軍人盡誅戮，誅戮。走了陀滿興福，興福。遍將文榜諸州掛，都用心跟捉囚徒，囚徒。（合）鄰佑與窩主，停藏的罪同誅。

【前腔】（末）聖旨非比尋俗，尋俗。明立官賞條局，條局。反叛朝廷非小可，市曹中影畫形圖。（合）鄰佑與窩主，停藏的罪同誅。

【前腔】（净）排門粉壁明書，明書。擾擾攘攘中都，中都。坊正干繫天來大，没錢撰不比差夫，差夫。（合）鄰佑與窩主，停藏的罪同誅。

[一] 眉批：删。
[二] 眉批：删。

（丑）排門粉壁刷拘，（浄）各分干係公徒。
（末）假饒人心似鐵，（合）怎當官法如爐。

第七齣　文武同盟

（小生走上）休趕，休趕。折碎玉籠飛彩鳳，斷開金鎖走蛟龍。

【金瓏璁】鑾輿遷汴梁。朝廷，你信讒言殺害忠良。忠孝軍盡誅亡。慌慌逃命走，此身前往何方？天可表我衷腸。

俺陀滿興福，〔水調歌頭〕本爲忠孝將，翻作奔離人。番兵犯界，遷都遠避駕蒙塵。嚴父金階苦諫，聖怒一門賜死，亡命且逃生。上天天無路，入地地無門。

【北絳都春】興福家九族遭殃，六親俱喪銜冤枉。怎教俺三百口無罪身亡？兀的是平地裏災從天降。

【混江龍】大金主上，怨着大金主上。信讒言佞語，殺害我忠良。把俺忠孝軍都殺盡，教俺一身逃難，離了家鄉。朝廷忙傳聖旨，差使命前往他方。把興福圖形畫影，將文榜遍地裏開張。拏住的請功受賞，但人家不許窩藏。却教俺走一步、一步回頭望，痛殺俺爹和娘。走得俺筋舒力乏，諕得俺魄散魂揚。

（内喊科）呀！後面軍馬越趕得緊急了。休趕休趕，俺和你魚水無交，冤有頭，債有主，教你一個來時一個死，兩個來時兩個亡。

【油葫蘆】(一)則見幾個巡捕弓兵如虎狼，趕得俺慌上慌、忙上忙。天那！這場災禍，無可隄防。見那厮惡吽吽手裏拏着的都是鎗和棒，諕得俺戰兢兢，小鹿兒在心頭撞。這壁厢無處隱藏。且住，這裏有一堵高牆，牆邊有口八角琉璃井，曾記得兵書上有個金蟬脱殼之計，不免將身上紅錦戰袍掛在這枯椿上，翻身跳過牆去。待那土兵來時，見了這袍，則道俺墜井身亡，一定打撈屍首。那時陀滿興福在牆那邊，不知去了多少路了。好計，好計。將俺這錦紅袍，錦紅袍脱放在枯椿上。呀！衣服脱了，粉牆這等高峻，如何跳得過？自古道人急計生，不免攀住這杏花梢，跳將過去。跳過這粉牆，恰便似失路英雄楚霸王。教俺興福慌也不慌，不覺來到花影傍。呀！好大風，想必是天神過往。且在這花叢底下，暫躲一躲，再作區處。（下）（末扮太白星上）

【旋風子】祥雲縹緲，飛昇體探人間。湛湛清天不可欺，未曾舉意早先知。善惡到頭終有報，只争來早與來遲。

【北雁兒落帶過得勝令】（末）總乾坤一轉丸，睹日月雙飛箭。浮生夢一場，世事雲千變。萬

(一)【油葫蘆】：原闕，據汲古閣刊本《繡刻幽閨記定本》補。

里玉門關，七里釣魚灘。曉日長安近，秋風蜀道難。險些兒誤殺了個英雄漢。凄凄冷冷埋冤世間。

善哉，善哉。苦事難挨，有難不救，等待誰來？花園的土地那裏？（丑上）花園土地老，並無犧牲咬。㕶耐灌花奴，香爐都推倒。覆仙主，有何分付？（末）今有本國忠孝將陀滿興福，他家三百餘口，盡被昏奸誅戮，只脱得一身到此。此人去後，當有顯榮。如今被軍馬追趕緊急，汝可隱形全庇此人這場大難，不可有違。（丑）領鈞旨。便將此人變其形像爲小神，與他躲過便了。（末）降身臨凡世，起步到天宫。（下）（丑坐科）（小生上）風已息了，不免尋個走路。呀！這裏太湖石傍，有個神像在此，牌上寫着明朗神之位。明朗神爺，陀滿興福是冤枉之人，逃難到此，若得片雲蓋頂，救了小將之難，他日重修廟宇，再整金身。

【混江龍後】（小生）望神聖將身隱藏，興福撮土爲香，禱告上蒼。但願得俺興福離了天羅、脱了地網。（推丑下，自坐科）

【六么令】（外、末、丑、淨上）官司遍榜，捕捉陀滿興福惡黨。正身拿住受官賞。尋踪跡，問行藏。俺待見了休想輕輕饒放。俺待見了休想輕輕饒放。

（淨）你們見也不曾？（衆）見甚麽？（淨）攀脊梁不着，一個矮子。（衆）攀脊梁不着，是個長子。

（淨）在這裏，在這裏。（衆）在那裏？（淨）你看這脚跡，不是陀滿興福的？（衆）怎麽曉得是陀滿興福的？（浄）陀滿興福是個雕青大漢，他人長脚也長。（衆）有多少長？（浄）待我量一量看，有一丈二三長。(一)（衆）一尺二三。且住，脚跡在這裏，怎麽就不見了？（浄）是跳過牆去了。（衆）這牆是誰家的？（外）是蔣舉人的花園，那個先進去？（浄）你們進去。（衆）還是你進去。（浄）也罷，我有個分曉，待我先把這棍子丢將進去看。（丢棍科）（末）這個是護身龍，怎麽丢了進去？（浄）如今不叫他是護身龍。（末）叫做什麽？（浄）叫做查實。（末）怎麽叫做查實？（浄）丢這棍子進去，倘若裏面有溝有河，有人有狗，也曉得個明白，故此叫做查實。（末）如今丢在那裏響？（浄）在平地上響，待我進去。（作跳牆科）呀，有個神像在此，牌上寫着是明朗神之位。且住，陀滿興福是個有本事的人，倘撞着了他，一拳打得稀爛，還出去叫他們一齊進來。（跳出科）（末）怎麽又出來了，可見些甚麽？（浄）不見甚麽，只見一個神道坐在那裏，和你都跳去看。（末）我們奉上司拿人，和你推倒牆進去。（衆）是如此，推倒牆進去。（衆推科）果然有個神道在此。（浄）列位哥哥，我和你在神道面前許下一願心，保佑你我早拿得陀滿興福，你道如何？（衆）好好。（丑）我就許一隻鵝。（浄）我就許一隻雞。（末）我許一刀肉。（外）我許酒菓紙燭，都在我身上。（衆）明朗神爺，我每都是土兵，奉上司明文，捉拿陀滿興福，若拿得着，還你一個三牲。（丑）若拿不着，我那兒，你休怪。（外）神明怎麽去褻瀆他？（末）來和你在此嚷了半日，他就在此也去了。和你還到牆外邊去，追尋踪跡。（浄）説得有理。快來，快來，走在

(一) 眉批：一丈二尺長是個女人矣，安得是陀滿興福？

這裏。（丑）在那裏？（淨）這不是陀滿興福的紅錦戰袍？想是見我們追得緊急，墜井而亡了。（丑窺井科）一個，一個。（外看科）（丑）兩個，兩個。（外）不是，是我和你的影子。（丑）怎麼有人在裏面説話？（外）是我和你的應聲。哥，被他使了計了。（淨）使甚麼計？（外）金蟬脱殼之計。他哄我和你在此打撈尸首，他不知去了多少田地。不如拿這領衣服去請賞罷。（衆）説得有理。

【好花兒】（衆）恨不得掘地翻天，見樹邊一人端然。是個土地公公塑在花園。許金錢，望指點。（合）歹人歹人那裏見？

【前腔】（衆）尋不見連忙向前，搜索盡牆邊院邊。莫不是隱身法術似神仙。走如煙，眼尋穿。（合）歹人歹人那裏見？

【前腔】（衆）捉拿了三千六千，做公人十年五年。馬翰司公且休言。見着錢，最爲先。（合）歹人歹人那裏見？

（外）手眼快且鐃巡院，（末）心機巧枉説周宣。（淨）有指爪闢開地面，（丑）插翅翼飛上青天。（並下）

（小生吊場）你看這一起土兵，倒在我跟前許下三牲去了。這回不走，更待何時？不免拜謝天地則個。

【金蕉葉】（小生）謝天！謝了天，怎麼不拜謝明朗神爺？謝神！避難來幸脱離了禍門。（欲下科）（生上）咄！是何人入我園中暗隱？（小生跪科）告少息雷霆怒嗔。

（生）漢子，這不是説話的去處，隨我到亭子上來。

【章臺柳】(生)情既緊，言又窘，我斟量非奸即盜賊。(小生)小人不是賊，逃軀潛地奔。(生)既不是賊呵，無故入人家，有何事因？(小生)小人也是好人家兒女。(生)你休得要逞花唇，休得要逞精神。稍虛詞送你到有司推問。

(小生)長者息怒且停嗔，聽我從頭説事因。興福本爲忠孝將，誰知翻作奔離人。長者若拿興福去，官上加官職不輕。正是：得放手時須放手，可饒人處且饒人。

【前腔】(小生)我將冤苦陳，教君不忍聞。(生)你是何處人氏？姓甚名誰？(小生)念興福生來女直人。(生)做甚麼勾當？(小生)身充忠孝軍。(生)呀！既是忠孝軍，怎麼不去隨駕？倒在這裏。(小生)爲父直諫遷都阻佞臣，齠齔不留存。誅戮盡只留我苟活逃遁。

【醉娘兒】(生)且聽言此情，實爲可憫。漢子，擡起頭來我看。(小生擡頭科)(生)覰着他貌英雄出輩群。(背云)結交在未遇之先，施恩在貧窘之日。看此人一貌堂堂，後來必有好處。意欲結義他爲兄弟，未知他意下何如？漢子，請起。(一)你不嫌秀士貧窮，和你弟兄相識認。(小生)小人該死之徒，得蒙長者饒恕，已出望外，焉敢與長者齊軀？(生)這也非在今日，他時須記取今危困。(二)

(一) 眉批：具英雄眼自識英雄，開方便心亦得方便。
(二) 眉批：蔣生是個豪傑，難得，難得。

【前腔】（小生）死重生，怎敢忘伊大恩。（生）你多少年紀了？（小生）小人二十八歲。（生）我今年三十歲，長你二歲，你稱我爲兄便了。（小生）既如此，哥哥請上，受兄弟幾拜。（生）不要拜罷。（小生拜科）既爲兄休謙遜。（生）你拜我受之不穩。（小生）休道是百拜受不穩，受兄弟千拜何勞頓。除了仁兄呵，誰肯把我負屈銜冤問？

（生）兄弟，我本待要留你在此暫住幾時，只是一件。

【雁過南樓】（生）此間難容汝身，此間難容汝身。但人知彼此遭迍。兄弟，你衣帽那裏去了？（小生）衣帽多失落了。（生）叫院子，取我的衣帽并銀子十兩出來。（末上）衣帽、銀子在此。（生）你且迴避。（末下）（生）無物贈君，些少鏹銀。不嫌少望留休哂。（小生）多謝哥哥。（生）兄弟，你此去呵，莫辭苦辛，暮行朝隱。更名姓向外州他郡。

兄弟，你方纔打從那裏來的？（小生）後園牆上跳過來的。（生）我如今送你到前門出去。（別科）

【前腔】（小生）拜别拜别，方欲離門。且住，我陀滿興福聰明了一世，懵懂在一時。方纔跳入那秀士園中，他不拿我送官請賞，反助我銀兩，又結義我爲兄弟。我久後若得寸進，欲報恩義，未知他姓甚名誰。㈠猛回身，猛回身，幸還思忖。（生）呀！兄弟，你去了怎麼又轉來？（小生）特有少禀，欲言

㈠　眉批：好關目。

又忍。（生）兄弟有甚話？但說不妨。（小生）哥哥姓和名，小兄弟敢問？（生）自家姓蔣，雙名世隆，中都路人氏。兄弟，你三回四次問我的姓名，莫非恐人拿住，要攀扯着我麽？〔一〕（小生）無他效芹，略得進身，犬馬報怎敢忘半米星分。

（走科）（生）兄弟且慢去，我還有幾句言語囑付你。

【山麻稭】〔二〕（生）你去渡關津，怕有人盤問。又没個官司、文憑路引，此行何處能安頓？驀忽地怕有便人，寄取一封、平安書信。

【前腔】（小生）兄長言極明論，遍行軍州、立賞明文。世没個男兒、有誰投奔？一片心后土皇天，表我忠直、不陷良人。

【尾聲】埋名避禍挨時運，滿望取皇家赦恩。罪大彌天其時許自新。

（生）古語積善逢善，（小生）常言知恩報恩。

（合）此去願逢吉地，前行莫撞凶門。

〔一〕眉批：腐。

〔二〕稭：原作『客』，據《幽閨怨佳人拜月亭記》改。

第八齣　少不知愁(一)

【七娘子】(旦扮王瑞蘭上)生居畫閣蘭堂裏,正青春歲方及笄。家世簪纓,儀容嬌媚,那堪身處歡娱地。

〔踏莎行〕瑞蘭蘭蕙温柔,柔香肌體,體如玉潤宫腰細。細眉淡掃遠山横,横波滴溜嬌還媚。媚臉凝脂,脂匀粉膩。膩酥香雪天然美。美人妝罷更臨鸞,鸞釵斜插堆雲髻。

【錦纏道】(旦)髻雲堆,珠翠簇,蘭姿蕙質。香肌稱羅綺,黛眉長,盈盈照泓秋水。鞋直上冠兒至底,諸餘没半椿兒不美。針指暫閑時,花朝月夕,丫鬟侍妾隨。好景須歡會,四時不負佳致。

【朱奴兒】春名苑奇葩異卉,夏水閣浮瓜沉李。秋玩蟾光折桂枝,逢冬景賞雪觀梅。知他唤,唤愁是甚的? 總不解愁滋味。(二)

芳容魚沉雁落,美貌月閉花羞。

(一) 眉批: 此齣似淡,亦無關目,然亦自少不得。
(二) 眉批: 畫出嬌模樣。

肌骨天然自好，不搽脂粉風流。

第九齣　緑林寄跡

【水底魚】（外、淨、丑、末扮嘍囉上）擊鼓鳴鑼，殺人并放火。倚山爲寨，號爲攔路虎。金銀財寶，劫來如糞土。無錢買路，霸王也難過。

（淨）山中壯士，全無救苦之心；　寨内强人，儘有害民之意。不思昔日蕭何律，且效當年盜跖能。衆兄弟，你我不是别人，虎頭山草寇是也。寨中有五百名嘍囉，你我却是頭領。昨夜巡哨各山，不知有事也没有？（外）我巡東山，一些事也没有。（淨）我巡西山，也没事。（丑）我巡南山，也没事。只有巡北山的頭領不見回來，待他來時，便知分曉。（末上）歡來不似今日，喜來那勝今朝。（衆）哥回來了。（末）是回來了，你們巡哨如何？（衆）我們都没事。（末）我倒有事。（丑）你敢被人拿住了？（末）被人拿住，那得我來？（丑）却怎麼説？（末）我一巡巡到山凹裏，只見霞光萬道，瑞氣千條。被我把鏵鍬掘將下去，只見一個石匣。石匣裏面，一頂金盔，一把寶劍。（衆）在那裏？（末）是我藏在那裏。（衆）去拿來看一看。（末）我去拿來。（背云）我在那裏戴一戴，頭腦生疼起來。且把與他們戴戴看。哥，你看好東西。（淨）拿來我戴。（丑、外奪科）（末）不要争，我有個主張，我們虎頭山有五百名嘍囉，只少一個寨主。若是戴得這盔的，大家就拜他做寨主。（丑）這有甚麼難，拿來我戴起。（末）且住，要做寨主，還要通得些文墨纔戴得。（丑）要弄文墨，這個不打緊，拿來我戴了説。（末）説了戴。（丑）也罷，我就説，怎麽樣説好？（末）要説得大些。（丑）我平生會説大話。混沌初分我出身，如何？（末）大便大了，且看下句。（丑）有麽，混沌初分我出身，伏羲神農是我後輩人。山中寨主無人做，五百名嘍囉我是尊。拿來我戴。（末）欽賜了你，不消謝恩。（外）好皇家氣象。（丑）好，你看耀日争光，這紅帽兒不用了，賜與你們罷。且住，還要防後，拿那雌雄寶來。（末）甚麽雌雄寶？（丑）劍。插在我楊柳細邊。（末）甚麽楊柳細？（丑）腰。雌雄寶劍，楊柳細腰。（浄）皇帝也打歇後語，須行天下，都要打歇後語哩。（丑反戴科）（末）反了。（丑）一日皇帝也不曾做，怎麽就反了？（末）盔反戴了。（丑）你那曉得，我是個没面目的大王，却要垂簾聽政哩。（歪戴科）（末）歪了。（丑）這叫做耳不聞。（作跌推末科）（末）怎麽推我一交？（丑）這叫做推位讓國。（摇科）（末）不要摇。（丑）是堯舜，有虞陶唐。（末）怎麽這等抖？（丑）劉備兒子叫做阿斗，他就失了帝位。我只得臨深履薄，悚懼恐惶。（末）怎麽坐在地上？㈠（丑）地主明王也要坐朝問道。阿呀，盔内有鬼。（末）無鬼不成魁。（丑）快備龍床，寡人要駕崩了。大家且來濟弱扶傾。（倒科）（衆扶科）怎麽？（丑）戴在頭上，漸漸似泰山壓頂一般。頭疼眼脹，成不得。這寨主不願做了，還是戴紅帽兒罷。（浄）我量你這等嘴臉，怎做得寨主？看我坐在這裏，就有樣子了。（末）也先要通文。（浄）有麽，混沌初分我出世，壽星老兒是我的徒弟。這些小

㈠ 上：原作『土』，據汲古閣刊本《繡刻幽閨記定本》改。

賊莫多言，虎頭山中我即位。（末）好個即位。（浄）進上我戴。（末）把紅帽我拿了。（浄）且放在此，備而不用，我今日做了寨主，你每都要聽我令旨，遵我約束，如違拿來就斬了。（衆）好欺心，寨主未做得成，就要殺兄弟。（浄）不是，先説過了，日後方見寡人言顧行。都走過一邊，聽點走過東來。（衆走科）（浄）走過西去。呀！不好了。（倒科）（衆扶科）（浄）戴不得！戴在頭上，就像一萬斤重。寨主要做，受不得這般疼痛。罷，還是這紅帽兒安穩。（末）不瞞哥們説，我在山凹裏時，就戴一戴，頭上生疼。若是好戴呵，不到如今讓與你們戴。（丑）列位，以後有了得的客商經過，只把這盔與他戴，就壓倒了，不消費力，金銀財寶都是我每的。（末）不是這般説，天賜這頂盔，必有個做寨主的來戴。如今和你每下山去，招軍買馬，積草聚糧，等候那人便了。（衆）説得是，説得是。

【節節高】（衆）强梁勇猛人會一家，殺人放火張威霸。行劫掠，聚草糧，屯人馬。慣戰武藝多瀟灑，從來賊膽天來大。蛟龍猛虎離山窩，聞風那個不驚怕，聞風那個不驚怕。（下）

【醉羅歌】（小生上）那日那日離都下，流落流落在天涯。畫影圖形遍挨查，到處都張掛。草爲茵褥，橋爲住家。山花當飯，溪水當茶。陀滿興福這般苦楚呵，那些個一刻千金價。（内喊科）（小生）兵戈擾，道路賒，幾番回首望京華。

（外、末、浄、丑上）這厮往那裏走？（小生）你這夥是甚麽人？攔我去路。（衆）快留下買路錢去。（小生）我且問你，這路是你家的？我且是没錢在身邊，就有，你每也要我的不得。（丑）你是賊的老子？要你的不得。（净）哇！賊的兒子。（小生）怎麽叫做買路錢？（净）我每這個虎頭山虎頭寨，但是打我這裏經過，要幾貫買路錢，若是没有，一刀兩段。（小生）你這夥元來是剪徑的毛賊。（净）罷了，叫出表字道號來了。（小生）我行來路遠，肚中飢又飢，渴又渴，有酒飯拿來我喫，有盤纏送我做過山錢，饒你這夥毛賊的性命。（净）倒要土地三陌紙。（丑）哥，但是過這山的人，少不得大膽説幾句大話唬人。（一）（净）説得有理，待我去拿他過來。哇！你休得説大話，戰得我過，饒你性命。（小生）你來。（净倒科）（丑）罷了，倒了虎頭山的架子，待我去拿他。你要活的就是活的，要死的就是死的。哇！這厮看刀。（小生）你來。（丑跪倒科）（净）不是這等，和你衆人齊上去與他殺，叫他雙拳不敵四手。（丑）這個有理，和你齊上去。（小生）你每都來。（衆戰倒科）（丑）這個人果然有些本事，快拿那話兒來。（末）甚麽那話兒？（丑）戴在頭上生疼的。（净取盔跪介）壯士爺。（丑）啐，怎麽跪了他又叫爺？（净）再不要惹他打了疼處，壯士爺。（末）又叫爺？（净）哥，奉承他些罷。（小生）怎麽説？（净）衆人没有什麽孝順，止有一頂嵌金盔在此，壯士爺若戴得，就奉送。（小生）拿上來，你這夥毛賊也有這頂好金盔。（净）衆人也指望成些大事，特打在此的。（小生戴科）倒正好。（衆）可疼？（小生）甚麽疼？（净）你不頭疼？（小生）我怎麽頭疼？（净）你可眼花？（小生）我爲甚眼花？（丑）這却是真命强盜。（外）真命寨主。（衆）禀壯士，你來得去不得。（小生）我怎麽來得去不得？

（一）　眉批：却是個大强盗。

【不漏水車子】（衆）告壯士休怒嗔，不嫌草寨貧。拜壯士爲山中頭領，掌管嘍囉五百名。（小生）你每要留我麼？（衆）是。（小生）且退後。且自沉吟，謾自評論。畫影圖形，捕捉甚緊。不如隱遁在埋名徑。也罷，我權且住在這裏罷。（衆拜科）多蒙便應承，小的們悉遵鈞令。請問寨主上姓？（小生）你問我姓名麼？（衆）是。（小生背云）雖然没人到此尋我，也未可把真名説與他每知道。衆嘍囉，我姓蔣雙名世昌，你衆人聽我號令。（衆應科）（小生）汝等下山，三不可殺。（衆）那三樣不可殺？（小生）中都路人不可殺，秀士不可殺，姓蔣的不可殺。其餘有買路錢的放他過去，没有的帶上山來。（衆）領鈞旨。

【紅繡鞋】（小生）本爲蓋世英雄，英雄。奸邪疾妬難容，難容。萬山深處隱其踪。不是路，且相從。屯作蟻，聚成蜂。屯作蟻，聚成蜂。

【前腔】（衆）將軍凛凛威風，威風。戰袍繡虎雕龍，雕龍。山花斜插茜巾紅。新寨主，坐山中。商旅過，莫遭逢。商旅過，莫遭逢。

（小生）暫居山寨作生涯，（衆）喜得將軍肯上來。

（合）巍嶺峻峰通隱豹，野花芳草待時開。

第十齣　奉使臨番

【丞相賢】（外扮王鎮上）彎弓馳騎射雙雕，武勇超群膽氣高。紫袍金帶非同小。見隨朝，兵部尚書官養老。

馬掛征鞍將掛袍，柳梢門外月兒高。男兒未掛封侯印，腰下常懸帶血刀。自家姓王名鎮，女直人也，官拜兵部尚書。家眷五十餘口，至親者三人。夫人張氏，生女瑞蘭，年方及笄，未曾許聘。今日私宅稱觴，怕有朝使到來，不當穩便。院子那裏？（末上）堂上呼雙字，階前應一聲。覆老爺，有何分付？（外）我今日私宅稱觴，倘有朝使到來，即報與我知道。（末）理會得。

【梨花兒】（淨扮使臣上）使臣走馬傳敕旨，鋪陳香案疾穿執。萬歲山呼行禮畢，嗏！欽依宣諭躬身立。

聖旨已到，跪聽宣讀：朕當邦國阽危，邊疆多難。士庶洶洶，各不聊生。賊情叵測，難以遥度。爾兵部尚書王鎮，當朝良將，昭代名臣，可前往邊城，緝探詳細，便宜行事。軍情緊急，不可稽遲。謝恩。

（外）萬歲，萬歲，萬萬歲。朝使，不知朝廷敕旨爲何這等急促？

【番鼓兒】（淨）爲塞北，興兵臨邊鄙，臨邊鄙。但州城關津險隘，勢怎當敵？待欲遷都迴避，不許稽遲，上京去緝探事實。（合）火速便馳驛，等回音星飛電急。

【前腔】(外)念老臣,年登七十歲,七十歲。今又奉朝廷敕旨,事屬安危。恨不得肋生雙翅,兩頭白日,多只行五里十里。(合)火速便馳驛,等回音星飛電急。

【前腔】(末)緊使人,疾速催驛騎,催驛騎。便疾忙安排鞍轡,打點行李。這回須教仔細,先解韁繩,怕騎了没頭馬兒。(合)火速便馳驛,等回音星飛電急。

【前腔】(浄)兀刺赤,兀刺赤,門外等多時。(外)縱轡加鞭,心急馬遲。(末)伴宿女孩兒,羊酒要關支。管取完備,休得誤了軍期。(合)火速便馳驛,等回音星飛電急。

【雙勸酒】(外)軍情緊急,國家責委,不敢有違滯。常言道養兵千日,今朝用人之際。(合)火速便馳驛,等回音星飛電急。

(浄)老大人,此乃朝廷大事,即目就望回音,作急起程罷。眼望旌捷旗,耳聽好消息。(下)(外)身食天禄,命懸君手。驛馬俱已完備,只得就此前去。院子,後堂請老夫人、小姐出來,分付家事,即便起程。(末)老夫人、小姐有請。

【東風第一枝】(老旦)宫日添長,壺冰結滿,仲冬天氣嚴寒。(旦)繡工停却金針,紅爐畫閣人閑。金猊香裊,麗曲趁舞袖弓彎。(合)錦帳中褥隱芙蓉,怎教鸚鵡杯乾?

(老旦)相公萬福。(外)夫人少禮。(旦)爹爹萬福。(外)孩兒到來。(老旦)〔臨江仙〕相公,忽聽朝廷頒敕旨傳宣,未審何因?(外)使臣走馬到家門,教老夫急離龍鳳闕,緝探虎狼軍。(旦)爹爹,朝中多少文和武，緣何獨勞家尊？(一)（末）惟行君命豈私身。正是：家貧顯孝子，國難見忠臣。（旦）爹爹，遲些去也無妨。（外）孩兒説那裏話。我若遲延，是違忤了朝廷了。今日將家事交付與你母子，就此起程。（老旦）相公，路上帶誰去伏侍？（外）六兒北邊慣熟，帶六兒去。（老旦）院子，叫六兒過來。（末）六叔，老爺叫。（丑上）聽得爹爹叫，即忙便來到。爹爹、奶奶、小姐，六兒叩頭。（外）六兒，我奉聖旨往北邊，帶你去伏侍，快去收拾行李。（丑）理會得。（叫科）媳婦收拾我行李，我隨爹爹往北邊走一遭。（老旦）老身已分付安排杯酒，就與相公餞行。看酒來。（丑）酒在此。

【催拍】（外）受君恩身居從班，食君禄怎敢辭難。（老旦）此行非同小看，非同小看。緝探上京虛實，便往邊關。漠漠平沙，路遠天寒。（合）一別後涉水登山。今日去甚時還？

【前腔】（老旦）氣力衰行履尚難，怎驅馳揮鞭跨鞍。（旦）愁只愁路裏，愁只愁路裏，難禁冒雨蒙霜，此身勞煩。誰奉興居，暮宿朝餐。（合）一別後涉水登山。今日去甚時還？

【前腔】（旦）去難留愁擊鳳盞，愛情深重掩淚眼。（外）休憂慮放懷，休憂慮放懷。堂上母親，叮嚀小心相看。（老旦）娘女在家中，怎免愁煩。（合）一別後涉水登山。今日去甚時還？

(一) 眉批：兩三語，畫出嬌態如見。

【前腔】（丑、末）宣限緊休作等閑，報國家忠心似丹。（旦）稍遲延半晌，稍遲延半晌。尋思止得些時，面覷尊顏。子父隔絶，霧阻雲攔。（合）一别後涉水登山。今日去甚時還？

【一撮棹】（外）夫人，只得就此分别了。今日去，便馳驛離鄉關。朝廷命，疾登途怕遲晚。（老旦）兵南進，興戈甲取江山。（旦）遭離亂，家無主怎逃難？（外）雖士馬侵邊緊，兩三月便回還。（老旦）專心望，望佳音報平安。

（外）軍情怎敢暫留停，（老旦）疾速登程離帝京。

（合）正是相逢不下馬，從今各自奔前程。

第十一齣　士女隨遷

（末走上）災來怎躲，禍至難逃。官人、小姐，不好了，快走快走！（生、小旦上）忽聞人喚語，未審有何因？（末）官人、小姐，不好了！（生）怎麽説？（末）只見簇簇軍馬往南來，密密鎗刀從北至。勢不能解，鋒不能當。奪關隘争履平川，攻城邑競登坦地。黎民逃難街衢中，似亂亂奔獐。官宦隨遷途路裏，若慌慌走鹿。百司解散，萬姓倉皇。明張榜示，今朝駕幸汴梁城；曉諭通知，即時要徙中都路。一來軍馬臨城，二者都堂法令。螻蟻尚且貪生，爲人豈不惜命。官人、小姐聽緣因，滿目干戈失太平。雙手擘開生死路，一身跳出是非門。（下）

【薄媚滚】（生、小旦）聽人報，軍馬近城、天子遷都汴。今晚庶民，今晚庶民，不許一人、流落後在京城。生長昇平，遭離亂，苦怎言？膽顫心驚，如何可免？

【前腔】聽街坊巷陌，聽街坊巷陌，唯聞得炒炒哀聲遍。急去打疊，急去打疊，金共寶隨身帶做盤纏。田業家私，田業家私，不能守、不能戀。兩淚漣。生死安危，只是靠天。

父母家鄉甚日歸，慌慌垂淚離京畿。

避難一心忙似箭，逃生兩脚走如飛。

第十二齣　山寨巡羅

【賀聖朝】（小生上）斬龍射虎威風，擒王捉將英雄。錦征袍相稱茜巾紅，鎮山北山東。

陀滿興福來在此間，正所謂『窮猿奔林，無暇擇木』。只得依附亡命，哨聚山林。靠高岡爲栅寨，依野澗作城濠。風高放火，無非劫掠莊農；夜黑殺人，盡是傷殘民命。弓兵巡尉，聞知胆喪心驚；客旅經商，見説魂飛魄散。除非黄榜可招安，餘下官兵收不得。衆嘍囉那裏？（外、末應上）（小生）你每俱有差點，只有大小嘍囉没有，與我唤來。（外、末唤科）（净、丑應上）宋江三十六，回來十八雙。若還少一個，定是不還鄉。覆主帥，有何分付？（小生）大小嘍囉，别的都有差點，只你兩個没有，如今發下一個夥落更梆，一個巡山伏路。頭上戴的，身上穿的，腰間繫的，手中拿的，脚下踹的，如少了一件，捆打二十。（淨、丑）領鈞旨。（巡山打更諢科）（小生）大小嘍囉，且聽我分付：

【豹子令】（小生）聞説中都起戰塵，起戰塵。黎民逃難亂紛紛，亂紛紛。怕有推車儋擔人經過，劫掠財寶共金銀。（合）用心巡，登山驀嶺用心巡。

【前腔】（淨）休避些兒苦共勤，苦共勤。提刀攜劍聚成群，聚成群。士農工商錢奪下，回來山寨醉醺醺。（合）用心巡，登山驀嶺用心巡。

【前腔】（丑）劫掠金珠不要分，不要分。肥羊美酒不沾唇，不沾唇。但願捉得個多嬌女，將來壓寨做夫人。（合）用心巡，登山驀嶺用心巡。

（小生）逢人買路要金珠，（淨）認得山中好漢無。
（丑）日後欲求生富貴，（合）眼前須下死工夫。[一]

第十三齣　相泣路岐

【破陣子】（老旦上）況是君臣分散，那看母子臨危。（旦上）嚴父東行何日返？天子南遷甚日回？（合）家邦無所依。

[一] 眉批：做强盗也用死工夫，不用工夫併强盗亦不如矣。

（老旦）〔望江南〕身狼狽，慌急便奔馳。貼肉金珠揣得甚，隨身衣服着些兒。子母緊相隨。（旦）離帝輦，前路去投誰？風雨催人辭故國，鄉關回首暮雲迷。何日是歸期？（老旦）孩兒，管不得你鞋弓襪小，只得趲行幾步。（旦）母親，怎麽是好？（一）

【漁家傲】（老旦）天不念去國愁人最慘悽，淋淋的雨若盆傾，風如箭急。（旦）侍妾從人皆星散，各逃生計。（合）身居處華屋高堂，但尋常珠繞翠圍，那曾經地覆天翻，天翻来受苦時。

【剔銀燈】（老旦）孩兒，兩條路不知往那一條去？迢迢路不知是那裏，前途去安身在何處？（旦）一點點雨間着一行行悽惶淚，一陣陣風對着一聲聲愁和氣。（合）雲低。天色傍晚，子母命存亡兀自尚未知。

【攤破地錦花】（旦）繡鞋兒，分不得幫和底。一步步提，百忙裏褪了跟兒。（二）（老旦）冒雨盪風，帶水拖泥。（合）步難移，全没些氣和力。

【麻婆子】（老旦）路途路途行不慣，心驚膽顫摧。（旦）地冷地冷行不上，人慌語亂催。（老旦）年高力弱怎支持？（倒科）（旦扶科）（旦）泥滑跌倒在凍田地，欹欹扶將起。（合）心急步

（一）眉批：像。

（二）眉批：畫，畫。畫出一個嬌態。

行遲。

（旦）最苦家尊去遠，（老旦）怎當軍馬臨城。

（合）正是福無雙至，果然禍不單行。

第十四齣　風雨間關

【薄倖】（生上）凛冽寒風，淋漓泠雨。送君臣南北，父子東西。（小旦）心腸痛，不幸見刀兵冗冗。（合）望故國雲山遠濛濛。

（生）〔浣溪沙〕萬里飛沙咽鼓鼙，三軍殺氣傍旌旗。天涯兄妹兩相依。（小旦）前路未知何處是？故鄉猶恐不同歸。出關愁暮一霑衣。（生）妹子，管不得你的鞋弓襪小，只得趲行幾步。（小旦）是，哥哥。

【賽觀音】（生）雨兒催、風兒送，嘆一旦家邦盡空。（小旦）想富貴榮華如夢。（合）哽咽傷心，教我氣填胸。

【前腔】（小旦）意兒慌、脚兒痛，顫篤速如癡似懵。（生）苦挨着疾忙行動。（合）郊野看看，又早晚煙籠。（一）

（一）眉批：曲好。

【人月員】（生）途路裏、奔走流民擁，膽喪魂飛心驚恐。（小旦）風吹雨濕衣襟重，止不住雙雙珠淚湧。（合）行不上，惟聞得戰鼓聲振蒼穹。

【前腔】（生）軍馬又來、四下如鐵桶，眼見得京師城壁空。（小旦）他每趕着無輕縱，人似豺狼馬似龍。（合）遭驅虜，親骨肉甚年何日重逢？

急前去汴梁路杳，慢停待中都亂擾。

烏鴉共喜鵲同巢，吉凶事全然未保。

第十五齣　番落回軍（一）

（丑扮老漢上）天有不測風雲，人有旦夕禍福。只今番兵犯界，天子南遷。百官隨駕，盡離中都。萬姓逃生，交馳道路。正是：相逢不下馬，各自奔前程。呀！前面煙塵擾攘，想又是番兵來了。不免在此石板橋下，暫躲片時，再作區處。

【竹馬兒】（淨引衆上）喊殺漫山漫野，招颭着皂旗兒萬點寒鴉。見千户萬户每領雄兵，圍繞中都城下。見敵樓上無一個人披掛，都遷徙離京華。前驅奮武征伐，盡攬轡攀鞍加鞭乘着

（一）　眉批：此齣亦自少不得，點出王尚書來，妙。

駿馬。[一]待逃生除非是插雙翅，直追趕到天涯。馬呀，金鞍玉轡斜插着寶凳葵花。

（浄）生長陰山燕水北，襖子渾金腰繫玉。彎弓沙塞射雙雕，躍馬圍場逐走鹿。展手齊齊弄舞腰，顛脚來來高唱曲。有時畫在小屏風，展轉教人看不足。且喜已到中都地面，果然好花錦世界。彼國軍民，皆已隨駕遷都汴梁去了，不免與把都兒每閑玩一回。（衆）告主帥，前面石板橋下有一個老兒。（浄）拿過來。（衆拿丑見科）（浄）你是甚麼人？（丑）小人是本處耆老。（浄）叵耐你大金天子，俺那裏三年一小進，五年一大進，十年一總進。今經一十五年，並無一絲兒回答，是何道理？（丑）本國前月差兵部王尚書，裝載寶物，從水路進至上國來了。（浄）我每從陸路征發，想是錯過了也。你莫非説謊麽？（丑）小人怎敢？（浄）既然如此，把都兒每，傳下號令，且自回兵。

（浄）加鞭哨馬走如龍，海角天涯要立功。

（合）假饒一國長空闊，盡在皇都掌握中。

第十六齣　違離兵火

【滿江紅】（老旦、旦上）身遭兵火，身遭兵火，母子逃生受奔波。怎禁得風雨摧殘，田地上坎

[一] 乘：原闕，據汲古閣刊本《繡刻幽閨記定本》補。

坷，泥滑路生行未多。軍馬追急，教我怎奈何？彈珠顆。冒雨盪風，沿山轉坡。(一)（衆番上趕老旦、旦下）（番搶傘諢科下）

【前腔】（生、小旦上）身遭兵火，身遭兵火，兄妹逃生受奔波。怎禁得風雨摧殘，田地上坎坷，泥滑路生行未多。軍馬追急，教我怎奈何？彈珠顆。冒雨盪風，沿山轉坡。(二)（衆番上趕生、小旦下）（番搶包諢科下）（老旦、旦、生、小旦同上各唱前曲科）（丑扮婦人、淨扮和尚、外扮道士上諢科）（衆番上趕散科並下）

【東甌令】（旦上）我那娘，心如醉，淚交流，去遠家尊絶信久。途中母子生離別，這苦如何受？一重愁翻做兩重愁，是我命合休。

我那娘。（下）（生上）瑞蓮！

【望梅花】叫得我不絶口，恰被喊殺聲流民四走。慌急便尋不知個所有。此間無處安身，想只在前頭後頭。

瑞蓮。（下）

(一) 眉批：此等曲都如家常説話，妙，妙！

(二) 眉批：妙在一字不改。

【東甌令】（老旦上）瑞蘭，尋思苦，路生疏。軍喊風傳行路促，娘兒挽手相回護。這苦難分訴。望天、天憐念老身孤，免使受奔波。瑞蘭。（下）

【滿江紅尾】（小旦上）我那哥哥，大喊一聲過，唬得人獐狂鼠竄。那裏去了哥哥，怎生撇下了我？教我無處安身，無門路可躲。我那哥哥。（下）

第十七齣　曠野奇逢

【金蓮子】（旦上）古今愁，古今愁，誰似我目下這樣愁？聽軍馬驟，聽軍馬驟，人亂語稠。向深林中逃難、恐有人搜。〔一〕（下）

【前腔】（生上）百忙裏散失差了路頭，尋妹子不見教我怎措手？〔二〕瑞蓮。（旦内應科）（生）神天祐，神天祐。這荅兒是有親骨肉、見了向前走。〔三〕

〔一〕眉批：曲好。
〔二〕眉批：『措手』二字不通。
〔三〕夾批：未必也是。

瑞蓮，瑞蓮。

【菊花新】（旦應上）你是何人我是誰？（生）應了還應，訝！見又非。（旦）將咱小名提，進前去問他端的。(一)我只道是我母親，元來是個秀才。（生）我只道是我妹子，元來是一位娘子。（旦）呀！你不是我母親，如何叫我？（生）我自叫我妹子瑞蓮，誰來叫你？

【古輪臺】（旦）自驚疑，相呼廝喚兩相回，瑞蘭和先輩不曾相識。（生）瑞蓮名兒本是卑人親妹。(二)不知娘子因甚到此？（旦）妾因兵火急，離鄉故。（生）娘子如何獨行？（旦）母子隨遷往南避，中途相失。秀才在何處不見了令妹？（生）喊殺聲各各逃生。電奔星馳，中路裏差池，因循尋至。應聲錯偶逢伊。(三)娘子不見了母親，小生不見了妹子。正是俱錯意，一般煩惱兩心知。

【前腔】（生）名兒應錯了自先回。（旦）秀才那裏去？（生）急急便往跟尋，豈容遲滯？（旦）事到如今，事到頭來，怎生惜得羞恥？(四)（拜科）秀才，念苦憐孤，救奴殘喘，帶奴離此免災危，

(一) 眉批：問他端的，恁關目好。
(二) 夾批：癡。
(三) 夾批：不錯。
(四) 眉批：真，真！

我也不忘你的恩義。（生）娘子，你方纔説不見了令堂，遠遠望見一位媽媽來了。（旦回頭科）在那裏？（生近看科）曠野間、曠野間見獨自一個佳人，生得千嬌百媚。他也無夫無婿，眼見得落便宜。(一)且待我謊他一謊，娘子，如何是，天色昏慘暮雲迷。

（旦慌科）秀才，帶奴同行則個。（生）娘子差矣，我自家妹子尚且顧不得，怎帶得你？

【撲燈蛾】（生）自親妹不見影，自親妹不見影，他人怎相庇？（旦）秀才，你讀書也不曾？（生）秀才家何書不讀覽？（旦）書上説道：『惻隱之心，人皆有之。』既然讀詩書，惻隱心怎不周急也？（生）你只曉得有惻隱之心，那曉得有别嫌之禮。我是個孤男你是寡女，廝趕着、廝趕着教人猜疑。（旦）亂軍中、亂軍中有誰來問你？(二)（生）緩急間語言須是要支持。

【前腔】（旦）路中不擋攔，（生）路中若擋攔。（旦）路中若擋攔，可憐做兄妹。（生）兄妹固好，只是面貌不同，語言各别。(三)有人廝盤問，教咱把甚言抵對也？（旦）没個道理。（生）既没道理，小生自去。（旦）有一個道理。（生）有甚麽道理？（旦）怕問時，（生）怕問時却怎麽？（旦）奴家害羞，

(一) 夾批：要想令妹。

(二) 眉批：大是。

(三) 眉批：蔣生腐甚。

説不出來。（生）娘子，没人在此，便説有何害？（旦）怕問時，權（生）怎麽又不説了？權甚麽？（旦）權説是夫妻。(一)（生）恁的説方纔可矣。便同行訪踪窮跡去尋覓。

【尾】（旦）今日得君提掇起，免使一身在污泥。（生）久後常思受苦時。

（生）半路兄尋妹，（旦）中途母喪兒。

（合）情知不是伴，事急且相隨。

第十八齣　彼此親依

【普天樂】（小旦上）我那哥哥，叫得我氣全無，哭得我聲難語。只教我兩頭來往到千百步，兄安在妾是何如？真個是逆旅窮途。哥哥，須念我、念我爹娘身故。須是一蒂一派兒和女，割得斷弟兄腸肚。將奴閃下在這裏，進無門、退也還又無所。

【山桃紅】大道上難前去，小路裏怎逃伏。遥望窩梁三兩間茅簷屋。轉彎環野徑休辭苦。暫安身少避些風和雨，多管是村野民居。（下）

【生查子】（老旦上）行尋行又尋。瑞蘭。（小旦内應科）（老旦）遠遠聞人應。瑞蘭。（小旦應，上）

(一) 眉批：數轉甚妙。

呼喚瑞蓮名，聽了還重省。

【水仙子】（老旦）眼又昏、天將暝。趁聲兒向前廝認。（認科）我那兒，渾身上雨水淋漓，盡皆泥濘。生來這苦何曾慣經。[一]（小旦）眼見錯、十分定。事無可奈，只得陪些下情。老娘，你是高年人，怎生行得這山徑？瑞蓮欸欸、扶着娘慢行。

【前腔】（老旦）觀模樣、聽語聲。呀！你是阿誰便應承？枉了許多時，教娘苦相等。[二]（小旦）非許應，瑞蓮聽得名兒廝類，怕尋覓是我家兒。偶遇娘娘如再生。（合）你是高年人，怎生行得這山徑？瑞蓮欸欸、扶着娘慢行。

【刮地風】（老旦）看他舉止與我孩兒也不恁撑。小娘子，廝跟去你可心肯？（小旦）奴家不見了哥哥，望老娘帶奴同行則個。（老旦）事既如此，我就把你做女兒看承罷。（小旦）情願做小爲婢身，焉敢指望兒稱？（老旦）若得干戈寧静，和你同往到南京。（小旦）謝深恩，感大恩救取奴一命。（合）天昏地黑迷去路程，就此處權停。

（老旦）母爲尋兒錯認真，（小旦）不因親者强來親。

[一] 眉批：好關目！

[二] 眉批：憐他迷路人，到底有夫人相者。

（合）愁人莫向愁人説，説與愁人愁殺人。

第十九齣　偷兒擋路

【高陽臺引】（生上）凛凛嚴寒，漫漫肅氣，依稀曉色將開。宿水餐風，去客塵埃。（旦上）思今念往心自駭，受這苦誰想誰猜。（合）望家鄉，水遠山遥，霧鎖雲埋。

（生）亂亂隨遷客，紛紛避禍民。風傳軍喊急，雨送哭聲頻。（旦）子不能庇父，君無可保臣。（合）寧爲太平犬，莫作亂離人。（生）娘子，你看一路上風景，好生傷感人也呵。

【山坡羊】（生）翠巍巍雲山一帶，碧澄澄寒波幾派。深密密煙林數簇，滴溜溜黄葉都飄敗。一兩陣風，三五聲過雁哀。（旦）傷心對景，對景愁無奈。回首家鄉，珠淚滿腮。（合）情懷，急煎煎悶似海。形骸，骨巖巖瘦似柴。（一）

【水紅花】（旦）憶昔歌舞宴樓臺，會金釵，歡娱難再。（生）思之詩酒看書齋，命多乖，風光難再。（旦）母親知他何處？尊父阻天涯，不能彀千里故人來。也囉。

【梧桐葉】（生）徙黎民，遷臣宰，天子蒙塵盡遠邁。雕欄玉砌今何在？（旦）想畫閣蘭堂那

（一）　眉批：曲好。

樣安排，翻做了草舍茅簷這境界，怎教人償得盡恓惶債？

【水紅花】（旦）路滑霜重步難擡，小弓鞋，其實難挨。（生）家亡國破更時乖。這場災，冰消瓦解，否極何時生泰？苦盡更甘來，只除是枯樹上再花開。也囉。㈠（内鳴鑼喊科）（生、旦慌科）

【金錢花】（生、旦）聽得數聲鑼篩，鑼篩。好漢山前齊擺，齊擺。個個獰惡似狼豺。（外、末、净、丑上）留買路，與錢財。不留與，便殺壞。

你兩個是甚麽人？留下買路錢去。

【念佛子】（生、旦）窮秀才夫和婦，爲士馬逃難登途。望相憐壯士略放一路。（衆）枉自説閑言語。買路錢留下金珠。稍遲延、便教你身喪須臾。

【前腔】（生、旦）區區，山行路宿。粥食無覓處，有盤纏肯相推阻？（衆）窮酸餓儒，模樣須尋俗。隨行所有、疾忙分付。

【前腔】（生、旦）苦不苦從頭至足，衣衫皆藍縷。難同他往來客旅。（衆）你不與我施威仗勇，輪動刀和斧。激得人忿心發怒。

㈠　眉批：曲好。

【前腔】（生、旦）告饒恕，魂飛膽顫摧，神恐心驚懼。此身恁地，負屈死真實何辜？[一]（衆掤生旦科）

【尾】且執縛，管押前去山寨裏，聽從區處。（生、旦）到那里吉凶事全然未知。

（生）秀才身畔没行囊，（旦）逃避刀兵離故鄉。

（衆）且聽雷霆施號令，休言星斗焕文章。

第二十齣　虎頭遇舊

【粉蝶兒】（小生上）山寨鳴金，白鶴半空展翅。（衆押生、旦上）見擒獲過客夫妻。（生、旦）離天羅、入地網，逃生無計。（合）到麾下善惡區處。

（衆）禀主帥，夜來巡哨，拿得一個漢子，一個婦人。（小生）帶過來。（衆帶見科）（小生）那漢子，俺這裏經年無客過，累月少人行。你明知山有虎，故作採樵人。

【尾犯序】山徑路幽僻，但尋常此間來往人稀。男女相隨，豈是良人行止？（生、旦）凶時。遭士馬流民散失，避干戈君臣遠徙。夫和婦，爲天摧地塌，逃難路途迷。

[一] 負：原作『無』，據汲古閣刊本《繡刻幽閨記定本》補。

【前腔】(小生)無非買命與贖身，但隨行有何囊篋貲費？(生、旦)没有，將軍。(衆)快口强舌，休同兒戲。(生、旦)聽啓，亂慌慌行來數日，苦滴滴實没半鳌。(衆)你好不知禮。常言道打魚獵射怎空回？

【前腔】(小生)何必説甚的？衆嘍囉，便推轉斬首、更莫遲疑。(衆扯科)將他扯起，倒拽横拖，倒拖横拽，把軍令遵依。(生、旦)魂飛，纔逆旅窮途認妻，早背井離鄉做鬼。聽哀告，望雷霆暫息、略罷虎狼威。

【前腔】(小生)軍前令怎移？但一言既出、駟馬難追。(生、旦)將軍可憐饒命。(衆)枉自厚禮卑詞，休想饒你。(旦)傷悲，王瑞蘭遭刑枉死。(生)蔣世隆銜冤負屈。天和地，有誰人可憐，燒陌紙錢灰。

(小生)呀！像似那漢子説甚蔣世隆一般。衆嘍囉，(一)

【梁州賺】且與我留人，押回來問取詳細。那漢子，你家居在那裏？農種工商學文藝？(生)通詩禮，鄉進士。州庠屢魁，中都路離城三里。(小生)因甚到此？(生)閑居止，因兵火棄家無所倚。(小生)聽説仔細。漢子，擡起頭來我看。(生擡頭科)(小生)

(一)　眉批：事亦奇。

【前腔】緊降階釋縛扶將起。是兄弟負恩忘義。這是何人？（生）是我渾家。（小生）尊嫂受禮，誰知此地能完聚？（旦）愁爲喜，深謝得賢叔盜跖。（小生）哥哥行那些個尊卑？權休罪，適間冒瀆少拜識。（跪科）（生）恐君錯矣。

（小生）哥哥，你就不認得兄弟了？（生）一時間想不起。

【鮑老催】（小生）朝廷當時巡捕急，閃避在圍牆内。若非恩人救難危，險赴法雲陽市。（生）呀！原來是興福兄弟。相逢狹路難迴避，這言語古來提。（小生）衆嘍囉，連忙整備排筵席，歡來不似今日。

看酒過來。（净）酒在此。（小生把酒科）

【前腔】酒浮嫩醅，酒浮嫩醅，壓驚解煩休要推。嫂嫂請酒。（旦）奴家天性不飲。（小生）寒色告少飲半杯。（旦）非詐僞。量淺窄休央及。（小生）高歌暢飲展放眉，開懷醉了重還醉。酒待人無惡意。

【前腔】（旦）秀才，你儒業祖傳襲，文章幼攻習。我低低問、暗暗猜、心疑忌。叔伯遠房姑舅的？（一）（生）不是。（旦）敢是兩姨一派蒂？（生）也不是。（旦）這不是，那不是，怎有這個賊兄

（一）眉批：曲好甚。

弟？（净）告主帥，主帥好意勸那娘子飲酒，那娘子反駡主帥。（小生）哥哥，兄弟好意勸嫂嫂飲酒，如何反駡兄弟？（生）兄弟，你小校聽錯了。道這不是，那不是，怎有這個好兄弟。賽閽張勝劉備。

【前腔】（旦）秀才，去罷。（生）告辭去急。（小生）姑留待等寧静歸。（生）龍潭虎穴難住地。（小生）衆嘍囉，取一百兩金子過來。（净）金子在此。（小生）哥哥既不肯住呵，金百兩，望領納，爲盤費。（生）多謝兄弟，就此告辭了。（合）懊恨人生東又西，難逢最苦别離易。嘆此行何時會，遲速早晚干戈息，共約行朝訪踪跡。

【尾】男兒志，心肯灰？一旦風雲際會日，怎肯依舊中原一布衣。

（旦）秀才，去罷。

（生）相促相催行步緊，（旦）厮收厮拾去心頻。

（小生）他日劍誅無義漢，（衆）此時金贈有恩人。

第二十一齣　子母途窮(一)

【天下樂】（老旦）行盡長亭又短亭。窮途路，那曾經。（小旦）飄零此身如萍梗，歎何日歸到

(一)　眉批：此齣景色都真。

汴京。

（老旦）〔憶秦娥〕拋家業，人離財散如何說？如何說？這般愁悶，這般時節。（小旦）不幸裙釵遭此劫，一回追想添情切。添情切，(一)心兒悒怏，眼兒流血。（老旦）孩兒，天色將暝，和你只得趲行幾步。（小旦）是，母親。

【羽調排歌】（老旦）黯黯雲迷，寒天暮景，驅馳水涉山登。蕭蕭黄葉舞風輕，這樣愁煩不慣經。不忍聽，不美聽，聽得胡笳野外兩三聲。（合）風力勁，天氣冷，一程分作兩程行。

【前腔】（小旦）只見數點寒鴉，投林亂鳴，晚煙宿霧冥冥。迢迢古岸水澄澄，野渡無人舟自横。不忍聽，不美聽，聽得孤鴻天外兩三聲。（合）風力勁，天氣冷，一程分作兩程行。(二)

【憶多嬌犯】（老旦）前路梗，行步生，那更天將暝。憂心戰兢兢，傷情淚盈盈。那些兒淒慘，那些個寂寞，清風明月最關情。無人來往冷清清，叫地不應天怎聞。不忍聽，不美聽，聽得疏鐘山外兩三聲。（合）風力勁，天氣冷，一程分作兩程行。

【前腔】（老旦）忽地明，一盞燈。遥望茅簷近，不須意兒省。休得慢騰騰，休辭迢遞，望明前

(一) 添情切：原不疊，據汲古閣刊本《繡刻幽閨記定本》補。

(二) 眉批：如此等曲都似畫矣。

去，遠臨此地叩柴扃。今宵村舍暫消停，卧却山城長短更。不忍聽，不美聽，聽得寒砧林外兩三聲。（合）風力勁，天氣冷，一程分作兩程行。

【尾】（合）得暫寧，天之幸。一夕安穩到天明，免使狼籍登路程。

前村燈火已黄昏，但願中途遇好人。
曾經路苦方知苦，始信家貧未是貧。

李卓吾先生批評幽閨記卷之上終

李卓吾先生批評幽閨記卷之下

第二十二齣　招商諧偶

（末）〔臨江仙〕調和麯櫱多加料，釀成上等香醪。籬邊風旆似相招。三杯傾竹葉，兩臉暈桃花。不飲傍人應笑你，百錢斗酒非高。莫言村店客難邀。神仙留玉珮，卿相解金貂。且喜兵火已平，民安盜息，不免叫貨賣出來。分付他仍舊開張鋪面，迎接客商，多少是好？貨賣那裏？（浄上）忙把店門開，安排待客來。不將辛苦易，難近世間財。家長老官兒，有何分付？（末）貨賣，如今且喜兵火已平，民安盜息，你可與我開張鋪面，迎接客商。你在外面發賣，我在裏面會鈔記帳。（浄）説得是，我在外面發賣，你在裏面會鈔記帳。我一賣還他一賣，兩賣還他成雙。（末）説得是，奉饒加一二，自有客人來。（下）

（浄）好招商店！前臨官道，後靠野溪。幾株楊柳緑陰濃，一架薔薇清影亂。古壁上繪劉伶裸卧，小窗前畫李白醉眠。知味停舟，果是開埕香十里；聞香駐馬，真個隔壁醉三家。但有南北二京、福建江西、湖廣襄陽、山東山西、雲南貴州、廣東廣西客商，都來買好酒喫。自古道：『牙關不開，利市不來。』不免把酒來嘗一嘗。好酒，一生喫不慣悶酒，得個朋友來同酌一杯纔好。

【駐馬聽】（生、旦上）一路裹奔馳，多少艱辛來到這裏。且喜略時肅静，漸次平安，稍爾寧息。恨悠悠千里旅情悲，苦懨懨一片鄉心碎。感歎咨嗟，傷情滿眼關山淚。

【前腔】（净）草舍茅簷，門面不妝酒味美。真個杯浮緑蟻，榨滴珍珠，甕潑新醅。（生）酒旗斜掛小窗西，布帘兒招颭在疏籬際。和你共飲三杯，今朝有酒今朝醉。

（生）娘子，此間是廣陽鎮招商店。且沽一壺，少解旅況，再行何如？（旦）但憑秀才。（生叫酒保）（净）官兒買酒喫的？（生）是買酒喫的。（净）請坐。（生）還有渾家在外面。（净）渾家請。（生）咄！你這酒保好野。（净）我小人不野。（生）夫妻纔稱得渾家，你怎麽也叫渾家？（净）官兒，我曾聞人之父母，就是我之父母。官兒的渾家，也就是我的渾家。合該大家渾一渾。（生）胡說，稱娘子纔是。（净）便是。娘子請，如何？（叫科）兩杯茶來。（生）酒保，你家有甚麽好酒？（净）有好酒。（生）有甚麽好下飯？（净）有好下飯。（生）只把好的拿來，喫了算帳。（净叫科）那官兒脚上帶黃泥，必定遠來的。多着抛屍露，少着父娘皮，一賣當兩賣，不要少他的。（生）酒保，你說多着抛屍露，少着父娘皮。父娘皮是甚麽？（净）父娘皮是骨。（生）抛屍露是骨。（净）抛屍露是肉。（生）父娘皮是肉，你怎麽哄我？（净叫科）這官兒是老江湖，不要哄他。抛屍露少放些，畫眉青多放些。（生）酒保，畫眉青是甚麽？（净）畫眉青是肉。（生）畫眉青是菜。（净叫科）不要哄他了，一賣肉，一賣雞，一賣燒鵝，一賫匾食。快着呵。（生）看酒過來。（净）好酒在此。（生）這是新篘，可有窨下？（净）我這裏來往人多，没有窨下，只是新篘。（生）也罷。酒保，與我斟一斟。（净）不要説一針，八針也會。（生）休閑説，娘子請酒。

【駐雲飛】（生）村釀新篘，要解愁腸須是酒。壺内馨香透，盞内清光溜。（旦作羞不飲科）（生）嗏，何必恁多羞。（旦）非是奴家害羞，天性不會飲。（生）但略沾口，勉意休推，放開眉兒皺。一醉能消心上愁。

娘子不曾飲得一杯，爲何臉就紅了？

【前腔】（旦）盞落歸臺，却早兩朵桃花上臉來。酒保，將酒過來，待我也回那秀才一杯。（净背云）蹺蹊，待我問他。官兒，方纔娘子説：『酒保，看酒過來，待我也回那秀才一杯。』那者是怎麽説？（生）這是我那裏鄉音，那者是好也。（净背云）待我也打腔兒哄他。（叫科）夥家看那酒來，那下飯來。（生）酒保，甚麽那酒？那下飯？（净）官兒就不記得了，我這裏也是那者好也。（生）休取笑。（旦把酒科）多感君相帶，（生）多謝心相愛。（旦）嗏，擎樽奉多才，（生）小生也不會飲。（旦）你量如滄海。（生）酒保減一減我喫。（净）甚麽説話？喫一個滿面杯。（旦）滿飲一杯，暫把愁懷解，樂以忘憂須放懷。

（生）酒保，我與娘子一路來，因有幾句言語，不肯喫酒。你若勸得娘子喫一杯酒，我就與你一錢銀子。

（净）官兒，我勸娘子喫一杯酒，就是一錢銀子。若喫十杯？（生）就是一兩。（净）若喫了一百杯就是十兩，待我去奉娘子請酒。（作掩鬚科）

【前腔】（净）瀲灧流霞，（生）酒保，你怎麽把臉兒遮了？（净）小人臉兒不那個，恐娘子見了不肯喫酒。不比尋常賣酒家。娘子請一杯。（旦）我不會喫。（净）小人跪了。（旦）請起，我喫。（净）娘子出路人，不要喫單杯，喫一個雙杯。（把酒科）村店多瀟灑，坐起極幽雅。（旦）我再喫不得了。（净）没奈何，小人又跪下。（旦）也罷，起來，我再喫一杯。請問酒保，這杯酒值價多少？（净）嗏，何必論杯價，愛飲神仙，玉珮曾留下。（旦）有茶與我一杯。（净）今後逢人喫甚麽茶？（一）

【前腔】（旦）悶可消除，只怕醉倒黄公舊酒壚。（旦）秀才，天色晚了，去罷。（生）天晚催人去，（净）好熱酒在此。（生）好酒留人住。嗏，香醪豈尋俗，味若醍醐。曾向江心點滴在波深處，慢櫓摇船捉醉魚。

（旦）秀才，我猜着你了。（生）你猜着我甚麽？（旦）你哄我喫醉了，要捉那醉魚。只怕你滿船空載月明歸。（生）娘子，這是唐明皇與楊貴妃，在采石江邊飲宴的故事。（净）着了，正是那唐明皇與楊貴妃，在采石江邊飲宴的故事。我小人親眼見的，也是我斟酒勸他。（生）酒保，你多少年紀？（净）我四十

（一）眉批：還是吃茶。

歲了。(生)唐明皇開元到今,有四百餘年,你怎麽説親眼見?(净)自不曾説謊,略謊得一謊,就露出驢脚來了。(旦)秀才,天色晚了,去罷。(生)酒保,天色晚了,會鈔罷。(净叫科)官兒、娘子不喫酒了,會鈔。(生)酒保,這裏到宿客館中,還有多少路?(净)還有三十里,你問他怎麽?(生)我要去借宿。(净)這等去不到了。官兒,我這裏廣陽鎮招商店,前面喫酒,後面宿客。這裏不歇,往那裏歇?(生)娘子,方纔酒保説,到旅館中還有三十里路,去不到了,就在此安歇了罷?(旦)但憑秀才。(生)酒保,一發明日會鈔罷。與我打掃一間房,鋪下一張床。(净叫科)那官兒不去了,一發明日會鈔。打掃一間房,鋪下一張床。一個聯二枕頭,一個大馬子。(旦)酒保,那秀才與你説甚麽?(净)那官兒叫我打掃一間房,鋪下一張床。(旦)不要依他,只依我,與我打掃兩間房,鋪下兩張床。(净叫科)不依前頭了,打掃兩間房,鋪下兩張床,兩個短枕頭,一個小馬子,一個小尿鱉。(生)酒保,娘子叫你怎麽?(净)叫我打掃兩間房,鋪下兩張床。(生)酒錢、飯錢都是我還,你怎麽不聽我説?還只是打掃一間房,鋪下一張床。(净)是。酒錢、飯錢都是官兒還,只依官兒。(叫科)不依後頭了,照舊依前。打掃一間房,鋪下一張床,一個聯二枕頭,一個大馬子。(旦)酒保,那秀才又與你説甚麽?(净)那官兒還叫我打掃一間房,鋪下一張床。(旦)你這酒保只依我就罷了,有這許多更變?(净)你兩個只管咕力骨碌,骨碌咕力,也不像出路人。(生)酒保,你怎麽惱將起來?(净)不是我惱,官兒又是打掃一間房,鋪下一張床。娘子又是打掃兩間房,鋪下兩張床。依了官兒不依娘子,娘子也狗頭狗起來。(生)甚麽狗頭狗?(净)惱。(生)只依了我説罷了。(净)如今也不依官兒,也不依娘子,依我。(生)怎麽依你?

（浄）依我便打掃一間房，依着官兒了，鋪下兩張床。（生）只鋪一張床。（浄）也依娘子一半，床却丁字鋪了。（生）怎麽丁字鋪？（浄）官兒的床鋪在這裏，娘子的床鋪在這裏。上了床，吹滅了燈，一個筋斗就過了。（生）休取笑，張燈來。（浄叫科）看燈來，看洗脚水來。（下）（生）娘子，請睡了罷。（旦）你自請睡。（生）請睡了罷。（旦）秀才，你自睡，我自睡，只管問我怎麽？

【絳都春】（生）擔煩受惱，豈容易、共伊得到今朝。有分憂愁，無縁恩愛何時了？（旦）長吁短嘆我心自曉。（生）娘子，你曉得我甚麽？（旦）有甚的真情深奥？（生）正要娘子曉得。（旦）禮法所制，人非土木，待説也難道。

（生）尋踪訪跡遇林中，（旦）受苦扶危出禍叢。（生）我和你有縁千里能相會，（旦）我只是無縁對面不相逢。（生）娘子，你怎麽把言語都説遠了。你敢是忘了？（旦）奴家不曾忘了甚麽。（生）既不曾忘，可記得林榔中的言語來？（旦）林榔中曾與秀才説兄妹同行。（生）這也有來，我説面貌不同，語言各别，娘子又怎麽説？（旦）奴家再不曾説甚麽。（生）正是貴人多忘事，娘子再想。（旦）奴家想起來了，説怕有人盤問，權説做夫妻。（生）却又來，别的便好權，做夫妻可是權得的？我也不問娘子别的，可曉得仁義禮智信？不要説仁義禮智，只説一個信字。（旦）信字怎麽説？（生）天若爽信，雲霧不生；地若爽信，草木不長。爲人可失得信麽？（旦）奴家也不曾失信與秀才。（生）既不失信，如何不依林榔中的言語？（旦）秀才，你送我回去，多多將些金銀謝你罷。（生）豈不聞書中自有黄金屋，要你那金銀何用？（旦）也罷，你送我回去，我與爹爹説與你個官兒做罷。（生）呀！官是朝廷的，是你家的？我一路來，倒不曾問得娘子，不知娘子是何等人家？（旦）秀才，你不問起也罷，若問我家中事情，不要説與你同行同坐，就是立站的去處，也没有你的。（生）韓景陽，大來頭，你却是何等人家？願聞。（旦）奴家祖公是王和玉，父親見任兵部王鎮尚書，母親是王太國夫人。是何等人家？奴家是守節操的千金小姐。（生）既是千金小姐，怎麽隨着個窮秀才走？（旦）不知你妹子隨着那個哩？（生）你自身顧不得，那笑得别人？且住，不要與他硬。若硬，兩下裏就硬開了，還要放軟些。娘子元來是宦家之女，我蔣世隆低眼覷畫堂，尚然消受不起，倒與娘子同行同坐。望娘子高擡貴手，饒恕蔣世隆之罪。（跪科）（旦亦跪科）大恩人請起。（生）咳，你既知我是大恩人。

【降黄龍】（生）説甚麽宦世門楣，寒士尋常，望若雲霄。時移事遷，爲地覆天翻、君去民逃。多嬌。此時相遇，料應我和你姻緣非小。做夫妻相呼厮唤，怎生忘了？

【前腔】（旦）秀才，何勞，獎譽過高。昔日榮華，眼前窮暴。身無所倚，幸然遇君家，危途相保。（拜科）英豪。念孤恤寡，再生之恩難報。久以後啣環結草，敢忘分毫？

【前腔】（生）聽告，娘子，你身到行朝。與父母團圞，再同歡笑。那時節呵，你在深沉院宇，要見你除非是夢魂來到。（旦）我稟過父親，那時與你成親也未遲。（生）那時節你還要我？攀高。選擇佳婿，卑人呵，命蹇乖、實是難招。（生）我與娘子一路同行到此，便是三歲孩童，也説一對好夫妻。這虚名人言自説，聽着偏好。

【前腔】（旦）休焦。所許前詞，侍枕之私，敢惜微眇？（生）既如此，却又推三阻四怎麽？（旦）怕仁人累德，娶而不告，朋友相嘲。（生）娘子，你曉得『瓜田不納履，李下不整冠』麽？（旦）『瓜田不納履』怎麽説？（生）假如人家一園瓜正熟，有人打從瓜園中經過，曲腰整其履，隔遠人望見，只説偷其瓜。（旦）『李下不整冠』怎麽説？（生）假如人家一園李子正熟，有人打從他李樹下過，欲待伸手整其冠，人見只説盜其李。從教。整冠李下，此嫌疑實亦難逃。（旦）秀才，你送我到行朝，與爹爹説知。教個媒人説合成親，却不全了奴家的節操。(一)（生怒擊棹科）你前日在虎頭寨上，若没有蔣世隆呵，亂亂軍中遭驅被虜，怎全節操？

（丑内叫）老兒起來，盤兒碗兒都打碎了。（末、丑上）

【太平令】曲徑非遥，深夜柴門帶月敲。郵亭一宿姻緣好，又何故語叨叨？（生、旦見科）

【前腔】（生）旅邸蕭條，回首鄉關路轉遥。寒燈照影傷懷抱，因此上話通宵。

（末）官人，娘子，我兩口在隔壁聽得許久，頗知一二，你也不要瞞我了。（生）既如此，瞞不得公公婆婆了。（末）秀才官人，他是宦族名流，深閨處子，自非桑間之約，濮上之期，焉肯鑽穴相窺，踰牆相從？秀才官人，你是讀書之人，豈不聞柳下惠之事。（生）惶恐，惶恐。（末）秀才官人莫怪，請到前樓去坐一

(一)　眉批：難得如此貞節女子，即患難亦不苟也。

坐，老夫别有話説。（生）是如此。（下）（末）小姐在上，老夫有一言相告：男女授受不親，禮也。嫂溺援之以手，權也。權者，反經合禮之謂。且如小姐處於深閨，衣不見裏，言不及外，事之常也。今日奔馳道途，風餐水宿，事之變也。況急遽苟且之時，傾覆流離之際，失母從人二百餘里，雖小姐冰清玉潔，惟天可表，清白誰人肯信？是非誰人與辨？正所謂崑岡失火，玉石俱焚。(一)今小姐堅執不從，那秀才被我道了幾句言語，兩下出門，各不相顧。倘遇不良之人，無賴之輩，强逼爲婚，非惟玷污了身己，抑且所配非人。(二)不若反經行權，成就了好事罷。(三)（旦）望公公、婆婆收留奴家在此，倘或父母有相見之日，那時重重相謝，決不虛言。（末）呀！收留人家迷失子女，律有明條。況小店中來往人多，不當穩便。既然不從，小姐請出去罷。（旦悲科）（丑）老兒，他只因無父母之命，又無媒妁之言，我兩人年紀高大，權做主婚之人，安排一樽薄酒，權爲合巹之杯。所謂『禮由義起，不爲苟從』，我兩老口主張不差，小姐依順了罷。（旦）我如今没奈何了，但憑公公、婆婆主張。（丑）老兒，小姐也是看上這秀才的，他也要拿些班兒。（末）你去看酒來，待我請那秀才官人來。秀才官人有請。（生上）（末）被老夫勸從了。（生揖科）多謝公公，多謝公公。（丑上）老兒，酒在此了。（末把酒科）

(一) 眉批：是！
(二) 眉批：大是！
(三) 眉批：妙！

【撲燈蛾】（末、丑）才郎殊美好，佳人正年少。相逢邂逅間，姻緣會合非小也。天然湊巧，把招商店權做個藍橋。翠帷中風清月皎。算歡娱千金難買是今宵。

【前腔】（旦）禮儀謹化源，《關雎》始風教。一時見君子，匆匆遽成人道也。（生）我是山雞野鳥，配青鸞無福難消。仗冰人一言已定，此生此德、何以報瓊瑶？

（末、丑）官人、娘子，請穩便罷。夜深了，明日再取一罇酒，與你暖房。姻緣本無意，天遣偶相逢。賸把銀釭照，猶疑是夢中。（丑、末下）

【衮遍】（旦）不肯賦情薄，不肯賦情薄，隨順教人笑。空使我意沉吟，眉留目亂羞難道。

（生）看他喜時模樣，愁時容貌。燈兒下、燈兒下越看着越俊俏。

【前腔】（旦）才郎意堅牢，才郎意堅牢，賤妾難推調。只恐容易間，把恩情心事都忘了。

（生）蔣世隆若有此心，與你星前月下去罰下誓來。（旦）你自去罰。（生）蔣世隆若忘了小姐厚恩，永遠前程不吉。海誓山盟，神天須表。辦至誠圖久遠同諧老。

【尾聲】（旦）恩情豈比閑花草。（生）往常恨更長寂寥，今夜只愁天易曉。

（生）野外芳葩並蒂開，（旦）村邊連理共枝栽。

（合）百年夫婦途中合，一段姻緣天上來。

總批：

如此女子，難得難得。居常而失節者，不知何如？

第二十三齣　和寇還朝

（外扮王尚書、丑扮六兒引衆上）

【三棒鼓】（外）一鞭行色望南京，喜得兩國通和也，無戰爭。邊疆罷征，邊烽罷驚，不暫停。

（合）如今海晏河清也，重逢太平，重樂太平。

（外）六兒，這裏到磁州孟津驛，還有多少路？（丑）爹，不多遠了。（外）分付人夫趲行，到孟津驛去安歇罷。（丑）人夫趲行，到孟津驛安歇。

【前腔】（外）遠聞軍馬犯邊城，争奈奉旨登途也，離鄉背井。這場戰争，這場恐驚，誰慣經？

（合）如今海晏河清也，重逢太平，重樂太平。

玉帛交歡四海清，家無王事國無征。

太平元是將軍定，還許將軍見太平。

總批：

妙在不煩。

第二十四齣　會赦更新

【稱人心】（小生上）宵行晝伏，脱離虎口鯨牙。不得已截道打家。聚亡生集捨死，山間林下。逆天無道這榮華，成甚生涯？

〔減字木蘭花〕陀滿興福，父母妻兒都殺戮。逃命潛奔，哨聚山林暫隱身。心闌意卸，天幸遭逢頒大赦。改過從新，作個清平無事人。我陀滿興福，受了無限苦楚，今日幸蒙恩赦，散却衆嘍囉，離了山寨。聞得行朝開科選士，招取文武全才。我如今一來上京應試，二來尋取哥哥消息，却不是好。天色將晚，不免趲行幾步。

【五韻美】休戈甲，罷征戍，區宇宣王化。惠及生靈，恩霑遐邇。如今日之際，海之涯。普天之下，再生重見太平，歡聲四洽。

仰謝天恩放赦歸，再生重睹太平時。
盡銷軍器爲農器，不掛征旗掛酒旗。

第二十五齣　抱恙離鸞

【三登樂】（旦扶生上）世亂人荒，幸脱離天羅地網。不隄防病染這場。事不寧、身未穩，天降災殃。淹留旅邸，望河南怎往？

（旦）官人，你今日病體如何？（生）十分沉重。（旦）待我央店主人，去請個太醫來看一看。店主人有請。（末上）貧無達士將金贈，病有良醫説藥方。小姐拜揖。（旦）店主人萬福。（末）小姐，官人貴體若何？（旦）官人病體十分沉重，煩你請個太醫來看一看。（末）這個當得。不曾三五步，咫尺是他家。翁太醫在麽？（净内問）是那個？（末）請你看病的。（净）有幾個人在外面？（末）只我一個。（净）得兩個拿扇板門來，擡我去方好。（末）爲甚麽？（净）生了一個癱瘡，走不動。〔一〕（末）你何不自醫好了？（净）自古道：『盧醫不自醫。』（末）快些來去罷。（净）不要慌，待我分付了着。（净半上向内科）分付丁香奴、劉季奴，你每好生看着天門麥門，我去採白頭翁、蔓荆子，趁些鬱金水銀纔當歸。倘有使君子來看大麥、小麥，可回他説是張將軍、李國老家請去了，你蓯蓉把破故紙包那没藥與他去。前者因爲你每不細萆防風，却被那夥木賊爬過天花粉牆。上了金綫重樓，打開青箱，偷去珍珠、琥珀。金銀花子、丹砂裰子、茯苓裙子、昆布襪子、青皮靴子。那一個豆蔻又起狼毒之心，走入蓮房，摟定我的紅娘子，扯下裩襠，直弄得川芎血結。咳！苦腦子，苦腦子。如今可牽海馬，到常山下喫些莽草，薄荷邊飲些無根水。傍晚看天南星出，即掛上馬兜鈴，將紅燈籠點着白蠟燭，往人中白家來接我。你若懶薏苡來遲了，叫我黑牽牛茴香，惹得我急性子起，將玄胡索吊你在甘松樹上，四十蒺藜棍，打斷你的狗脊骨，

〔一〕眉批：謔亦雅。

碎補屁孛孛出華撥，饒你半夏分附子了，王不留行。㈠

【水底魚】（凈上）三世行醫，四方人盡知。不論貴賤，請着的即便醫。盧醫扁鵲，料他直甚的。人人道我，道我是個催命鬼。㈡

我做郎中真慣熟，下藥且是不懶慢。熱病與他柴胡湯，冷病與他五靈散。醫得東邊纔出喪，醫得西邊已入斂。南邊流水買棺材，北邊打點又氣斷。祖宗三代做郎中，十個醫死九個半。你若有病請我醫，想你也是該死漢。小子姓翁，祖居山東。藥性醫書看過，《難經》《脈訣》未通。做土工是我姐夫，賣棺材的是我外公。我若一日不醫死幾個，叫外婆、姐姐在家裏喝風。你是那個？（末）是我，我店中有個秀才得了病，請你去醫。（凈）他是甚麽病？（末）去看脈便知道，怎麽問我？（凈）你不曉得，明醫暗卜。問得明白了去，方纔看脈也對科，下藥也對病。（末）也説得有理。我説便説，你不要對那秀才説。（凈）你是好意，我怎麽就説？（末）那秀才因離亂不見了妹子，憂煩得病。（凈）這等便是憂疑驚恐上來的，不打緊，一貼藥就好。（末）先生略待，我進去説了來請你。小姐，太醫到了。（旦）公公，他是病虛的人，叫他悄悄的進來，不要驚唬了他。㈢（末）先生，那秀才是病虛的，你可悄悄些進去。（凈）我曉

㈠　眉批：　可厭，删！　作者極苦，看者又不樂，今日文人多犯此病。

㈡　眉批：　學書紙廢，學醫人廢。可憐，可憐，言之酸鼻。如此等處真實，有關于民命，非戲言也。若作戲看，却不枉了性命。

㈢　眉批：　點綴得好。

得，我曉得。（浄進看擊桌大叫諢科）（生作驚科）（旦抱生科）（旦）這太醫好没分曉，病虚的人，爲何這般大驚小怪？（浄）這是我醫人的入門訣。（末）怎麽説？（浄）驚一驚，驚出他一身冷汗，病好了也不見得。（旦）倘或驚壞了，怎麽了？（浄）這是他禁不起，不干我太醫事。（末）先生且看脈。（浄）伸出脚來待我看。（末）還是手，怎麽説脚？（浄）你不曉得，病從跟脚起。（浄看脈科）（旦）先生用心看一看，是甚麽症候？（浄）這個病症，是亂軍中不見了親人，憂疑驚恐，七情所傷的症候。（旦）好太醫，就如見的。（浄）我實不曾見，是王公纔方與我説的。（末）呀！我教你不要説。（浄）我不説，不表你的好意思。（旦）煩太醫再看分曉。

【柰子花】（浄）他犯着産後驚風？（旦）不是。（浄）莫不是月數不通？㈠

（旦）這太醫胡説。（末）他是男子漢，怎麽倒説了女人的病症？（浄）我手便拿着官人的，眼却看了這娘子，故此説到女科去了。㈡待我再看，呀！不好了。

【駐馬聽】（浄）這脈息昏沉，兩手如冰駭死人。叫幾個尼姑和尚做些功果，送出南門，鬼門關上去招魂。叫些木匠𨳇𨳇𨳇，早把棺材釘。㈢（旦哭科）（浄）我的人兒連哭兩三聲。呀！

㈠ 眉批：畫出庸醫模樣。
㈡ 眉批：也妙。
㈢ 眉批：雖是太煩，亦覺曲盡。

你不曾動？（末）不曾動。（浄）這等不妨。是我差拿了手背，你謊則甚？㈠（旦）如今怎麼？（浄）如今下針。（旦）怎麼這等大針？（浄）待我换。（旦）一發大了。（浄）這等我有藥在這裏。（末）甚麼藥？（浄）是飛龍奪命丹，拿去與秀才吃。（生吃吐科）（旦）怎麼吃了就吐？（浄）虚弱得緊，胃口倒了。老官兒，你也吃一服。（末）我没有甚麼病？（浄）你吃了髮白再黑，牙落再生。（末）這等好，拿來我吃。（作吐科）（浄）二三十兩銀子合的藥，都吐了。你們不會吃，待我吃與你看。（作吐科）（末）先生，這是甚麼藥？吃的都吐了。（浄作看科）阿呀！連我也拿差了，這是醫痔瘡的藥，怪道上下不對科了。（末）翁太醫，你還要看症真仔細下藥。（浄）這等，待我再望聞問切。

【剔銀燈】（浄）他渾身上如湯似火燒？（旦）不熱。（浄）口兒裏常常乾燥？（旦）也不。（浄）終朝飯食都不要？（旦）也還喫些。（浄）㈡耳聞得蟬鳴聲噪？（旦）也不。（浄）心焦？（旦）也不。（浄）莫不是害勞？（旦）這先生説的一些也不是。（浄）都不是不醫便了。（下）

（末）這先生去了，小姐可勸官人且寧耐，老夫去去再來看。正是藥醫不死病，果然佛度有緣人。（下）

（生）娘子，太醫説我病體如何？（旦）官人，太醫説你没事，且自寧耐則個。㈢

㈠ 眉批：到此則太煩，可厭，删。
㈡ （浄）：原闕，據《幽閨怨佳人拜月亭記》補。
㈢ 眉批：妙，是個伶俐女子。

【山坡羊】（生）娘子，我病體難醫難治，你這苦如何存濟？（旦）願流恩降福，降福災星退。（生）勢漸危，料應我不久矣。若還我死，你必選個高門配。我便死向黄泉，一心只念你。(一)（旦）休提，不由人淚暗垂。傷悲，何時得歸故里？

【三棒鼓】（外、丑引衆上）（外）君臣遷徙去如星，只怕土産凋零也，人不見影。（衆）一程兩程，長亭短亭，不住行。如今海晏河清也，重逢太平，重樂太平。

（外）六兒，這是那裏了？（丑）是廣陽鎮了。（外）可有駐節的所在？（丑）這裏没有。（外）我要寫個報子，打到孟津驛去。那裏好暫歇？（丑）這裏有個招商客店到潔净，好暫歇。（外）既如此，好潔净房兒看一間，我進去。（丑）叫幾個皂隷隨我進來，有甚麼人在這裏？（末上）是誰呀？牌子買飯吃的？（丑）這個弟子孩兒，人也不識，買飯吃的？（衆）這是兵部王爺家的六爺。（末）是六爺，小人不識得。(二)（丑）且饒你，你去打掃一間好房，我每老爺要進來，快些。（末）小店中窄小，住不得。（丑）不在此住，只要寫個報子就行。（末）請六爺去看，中意便請老爺進來。（丑看科）（末）這一間？（丑）不好。（末）那一間？（丑）不潔净。（末）只有裏面一間，甚是潔净，只是有個秀才染病在裏頭。（丑）教他出去一會兒，待老爺寫了報子，再進去。（旦）呀！倒像我家六兒，待我叫他一聲。六兒。（丑）誰教

(一) 眉批：滯貨，纔做親便病，纔病便想死。

(二) 眉批：六爺是這樣大的。

六兒？（旦）六兒。（丑）呀！姐姐，爹爹。爹爹，姐姐。爹爹，姐姐在此。姐姐，爹爹在此。（旦）爹爹在那裏？（外）女孩兒在那裏？（見科）(一)

【五供養】（旦）別來久矣，自離朝尊體無恙。骨肉重再睹，喜非常。（外）孩兒，屈指數月，折倒盡昔時模樣。思故里念家鄉，多少鬢邊霜？

（旦）〔鷓鴣天〕爹爹，目斷魂消信息沉。沿途窮跡問踪尋。（外）孩兒，親情再見誠無意，子父重逢豈有心！(二)（丑）言往昔，話如今，店中權歇問家音。（合）正是：着意種花花不發，等閑插柳柳成陰。

（外）孩兒，你怎麽在這裏？說個備細，與我知道。

【園林好】（旦）纔說起遷都汴梁，鬧炒炒哀聲四方。不忍訴淒涼情況。家所有盡撇漾。家使奴盡逃亡。

【嘉慶子】（外）你一雙子母何所傍？（旦）更雨緊風寒勢怎當？心急行程不上。人亂亂世慌慌。愁慼慼淚汪汪。

【尹令】那時又無倚仗，那時有親難傍，那時有家難向。他東我西，地亂天荒事怎防？

（外）你母親如今在那里？

(一) 眉批：光景像。

(二) 眉批：詩句可厭。

【品令】（旦）逃生士民在官道驛程傍。天色漸晚，陰雲黯穹蒼。匆匆正往，喊聲如雷響。各各奔走，都向樹林中伉。偷生苟免，瓦解星飛子離了娘。

【豆葉黃】（外）我兒，你一身見在誰行？（旦）我隨着個秀，（一）（外）甚麼秀？（旦）我隨着個秀才棲身。（二）（外）呀！他是甚麼人你隨着他？（三）（旦）他是我的家長。（外怒科）誰爲媒妁？甚人主張？（四）（旦）爹爹，人在那亂、人在那亂離時節，怎選得高門厮對厮當？（五）

（外）六兒，那秀才在那裏？（旦）在這裏，還不走過來。（生見科）

【月上海棠】（外）你自想，甚年發跡窮形狀？（生）怎凡人逆相、海水斗升量。（六）（旦）非獎。陋巷十年黃卷苦，那時禹門三月桃花浪，一躍龍門，便把名揚。管取姓字標金榜。

（外）孩兒，隨我回去罷。

【五韻美】（旦）意兒裏想，眼兒裏望。望救取東君艷陽，與花柳增芳。（生）全沒些可傷，身

（一）夾批：妙！妙！

（二）眉批：如畫。

（三）夾批：癡，是令婿。

（四）眉批：蠢老兒，不要説秀才，便是和尚也罷了。

（五）夾批：是，大是。

（六）眉批：倒是具眼。

凛凛如雪上加霜。(外)孩兒，你快隨我去。(生、旦)更没些和氣一味莽。鐵膽銅心，打開鳳凰。

【二犯么令】(外)你是娘生父養，逆親言心向情郎。(生)我向地、我向地獄相救你到天堂。怎下得撇在没人的店房。(一)(旦合)若是兩分張，管取拚殘生命亡。

(丑)去罷，去罷。(旦)官人，和你同去哀告。

【玉交枝】(生)哀告慈悲岳丈，(外)咗！誰是你岳丈？(生)可憐我伏枕在床。(外)就死有誰來憐你？(生)我必定是死了，煎藥煑粥無人管，等待我三五日時光。(外)去去，一時也等不得。(生)全没些好言劈面搶，惡狠狠怒氣三千丈。(外)六兒，扯上馬去。(生)只倚着官高勢强，只倚着官高勢强。(丑扯旦科)

【江兒水】(旦)眼見得今朝去直恁忙。相隨百步，尚且情悒怏。何况我夫妻月餘上，怎下得霎時間如天樣？(外、丑)若要成雙休指望。(生、旦)一對鴛鴦，生被跌天風浪。

(外)六兒，快扯上馬去。(丑扯科)

【川撥棹】(生)心相誑，更不將恩義想。(旦)無奈何事，無奈何事有參商。父逼女夫言婦傷。(合)苦别離愁斷腸。兩分離愁斷腸。

(一)　眉批：每上句不完，下疊一句方完，的是傳神。

【前腔】（旦）男兒贖藥把衣衫典當償。我不能彀覷、我不能彀覷得你身體康。（生）我和你再、我和你再得成雙。怕死後一靈兒到你行。（合）苦别離愁斷腸。兩分離愁斷腸。（一）

【前腔】（旦）休爲我相思損天常。緊攻書臨選場。（生）我不道再、我不道再娶重婚，你焉肯終身守孀？（合）苦别離愁斷腸。兩分離愁斷腸。

（外）六兒，快扯上馬去。（丑扯科）

【哭相思】（生、旦）怎下得將人離别？愁萬縷腸千結。

（丑扯旦下）（生奪旦、外推倒生科）（外）咄！早知今日事如此，何不當初莫用心？（下）（生哭作不能起科）

【卜算子】（生）病弱身着地，（末上扶生科）（生）氣咽魂離體。拆散鴛鴦兩處飛，天那！多少啣寃氣。

店主人放手，我拚命去趕他轉來。（末勸科）已去遠了。

【金梧桐】（生）這厮忒倚官，忒挾勢。便死待何如，欺侮俺是窮儒輩。俺這裏病愈深，他那裏愁無際。旅店郵亭，兩下裏人應憔悴。我那妻，怎教我忍得住恓惶淚。

（一） 眉批：妙，妙！如畫！

（末）秀才官人，休要短見。且自安息，保重貴體。

（生）天涯海角有窮時，（末）人豈終無相見日。

（合）但願病痊無個事，免教心下常憂鬱。

總批：

如此離别，想頭最奇。

第二十六齣　皇華悲遇

【上馬踢】（老旦）干戈動地來，車駕遷都汴。兒夫離帝京，路遥人又遠。軍馬臨城，無計將身免。這苦怎言？禍不單行，中路兒不見。

【月兒高】（小旦）喊殺連天，骨肉怎相戀？自古常言道，人離鄉賤，得到今朝平安幸非淺。是則是我身狼狽，眼前受迍邅。

【鑾江令】（合）煩惱多歷遍，憂愁怎消遣？眼兒哭得破，脚兒行得倦。五里復十里，一日如同過一年。但願前途去，早早逢親眷。（一）

（一）眉批：曲妙，曲至此聖矣。

【狼草生】(合)勁風寒四合，暮煙昏慘慘。彤雲布晚天變。〔一〕只愁那長空雪舞絮綿綿，去心如箭。旅舍全無，何處安歇停眠？

(老旦)孩兒，天色已晚，無處安歇，這裏是館驛門首，只得和你權宿一宵，明日早行罷。(小旦)遠遠望見一位官長來了。

【前腔】(末上)孟津驛舍住，在黄河岸邊。乘船坐馬十分便。(老旦、小旦)子母忙向前，可憐窮面。暫借安身望週全。

(末)你這兩個婦人，日晚天寒過客無，遠臨傳舍意如何？(老旦、小旦)此情不對英雄説，更有何人念旅途？(末)我且問你，你是何等樣人家，何處人氏？爲何到此？

【羅帶兒】(老旦)妾身本宦族，京城久居。爲侵邊犯闕軍奮武，君臣遷徙離中都也。(小旦)散亂人逃避，奔程途。身無主去無所，慘可可地千生受，萬苦辛。(小旦)(合)今宵得借一宿，可憐見子母每天翻地覆。

【前腔】(末)兵戈起路程，人不慣經。早尋個旅邸休待等，怎容你行客寓郵亭也？(老旦)心下貪行路，望南京。不覺的暮雲平，遠涉涉地不知處人又生。(小旦)(合)今宵得少留停，可

〔一〕布晚：原作『餙脱』，據汲古閣刊本《繡刻幽閨記定本》改。

憐見子母每天寒地冷。

（末）非是我不肯留你，只是皇華駐節的所在，留你婦人不得。

【前腔】（小旦）不容奴在此間，千羞萬慚。開口告人難上難，傷情無語淚偷彈也。（末）這般恓惶事，恁愁煩。（末）罷罷罷。自古道：『與人方便，自己方便。』看你這兩個婦人，也不是已下人家的，我這裏不留你，前途恐遇不良之人。留你在此，怕有官員每來往，不當穩便。千萬不可言語啼哭。（老旦、小旦）這個不敢。（末）不忍見你受摧殘，靜悄悄地留一夜來早散。（老旦、小旦）今宵得暫安眠，可憐見子母每天昏地暗。

（末）就在那迴廊底下，暫歇了罷。

【前腔】（老旦、小旦）娘和女深感激。蒙恩受德，幸然遇好人相愛惜，免風霜寒冷受勞役也。〔一〕（末）隨我來，向這迴廊畔正廳側，借得些薦和席。凍欽欽地彎跧坐，覓些飲食。（老旦、小旦）多謝官長。今宵得略休息，可憐見子母每天寬地窄。

（坐地科）（末）天上人間，方便第一。（下）

【灞陵橋】（外上）馬兒行又急。轉頭間，五里復十里。此去河南，只隔這帶水。孟津驛，今

〔一〕　眉批：曲好。

夜權停止。嗏，知他這碾車兒恁行遲。

【前腔】（丑上）馬兒行較疾，疾上碾車兒。直恁的簪簪地。正是心急步行遲，晚相催。天冷彤雲密。嗏，迭得到孟津驛且安息。

【前腔】（旦）這苦説向誰，這苦説向誰，索性死別離，各自也着邊際。生把我鴛鴦分開兩下裏。一步一回頭，教我傷情意。嗏，衫兒上淚珠兒任淹濕。

（末上）驛丞接老爺。（外）叫驛丞，我一路上鞍馬辛苦，不免勞倦，毋許閑雜人打攪。（末）是。（下）

（外）孩兒，我與六兒書房裏安息，你往後堂睡罷。（旦）是如此。（外、丑下）㈠

【新水令】（老旦）凄涼逆旅人千里，（旦）這縈牽怎生成寐。（小旦）萬苦横心裏。（合）睡不着，是愁都做枕邊淚。㈡

（老旦）夫阻關山隔遠邦，女因兵火散他鄉。（小旦）自己不知凶與吉，親兄未審在何方。（旦）千愁當日兒離母，萬苦今朝鳳拆凰。（合）枕邊不敢高聲哭，恐怕猿聞也斷腸。（老旦）呀！又早是黄昏時候了，怎生睡得着呵？

㈠ 眉批：關目好甚。

㈡ 眉批：好。

【銷金帳】(老旦)黄昏悄悄，助冷風兒起。想今朝思向日。曾對這般時節，這般天氣。羊羔美酒，美酒銷金帳裏。兵亂人慌，遠遠離鄉里。如今怎生，怎生街頭上睡。(一)

【前腔】(旦)呀！樵樓上一更鼓了。初更鼓打，哽咽寒角吹。滿懷愁，分付與誰。遭逢這般磨折，這般別離。鐵心腸打開，打開鸞孤鳳隻。我這裏恓惶，他那裏難存濟。翻覆怎生，怎生獨自個睡！

【前腔】(小旦)是二更鼓了。鼕鼕二鼓，敗葉敲窗紙。響撲簌聒悶耳。難禁這般蕭索，這般岑寂。骨肉到此，到此你東我西。去又無門，住又無依倚。傷心怎生，怎生街頭上睡。

(旦)夜闌人静月微明，(二)恨殺孤眠睡不成。心上只因縈悶繫，萬愁千恨嘆離人。天那！又是三更了。

【前腔】(旦)三更漏轉，寒雁聲嘹嚦。半明滅燈火煤。尋思這般沉疾。這般狼狽，相别到今，到今凶吉未知。冷落空房，藥食誰調理。床兒上怎生，怎生獨自個睡！

【前腔】(老旦)樓頭四鼓，風捲簷鈴碎。略朦朧驚夢回。娘女這般相逢，這般重會。颯然覺

(一) 眉批：好。

(二) 闌：原作『蘭』，據汲古閣刊本《繡刻幽閨記定本》改。

來，覺來孩兒那裏？多少傷悲，多少縈牽繫。教人怎生，怎生街頭上睡。[一]

【前腔】（小旦）五更又催，野外疏鐘急。算通宵幾嘆息。一似這般煩惱，這般孤恓。一身苟活，苟活成得甚的？（旦）俺這裏愁煩，那壁厢長吁氣。聽得怎生，怎生獨自個睡？

（外上）正做家鄉夢，忽聞啼哭聲。六兒那裏？[二]（丑上）爹怎麽？（外）你這狗才，一夜不睡，啼哭怎麽？（丑）爹，六兒不曾，是驛丞啼哭。（外）驛丞爲何啼哭？（丑）昨日爹到得晚了，驛丞不曾准備得鋪陳，把自睡的鋪卧拿出來了，他兩口兒昨晚没有被蓋，所以啼哭這一夜。（外）胡説！叫那驛丞過來。（丑叫驛丞）（末上）有。（外）我已曾分付你，我路上鞍馬勞倦，欲得一覺好睡，不許閑雜人打攪。正睡之間，只聽得這壁厢啼哭，那壁厢哀怨，却怎麽説？（末）禀爺，昨晚爺未到的時節，有兩個婦人來此借宿。小驛丞不知爺到，見他身上寒冷，留他在迴廊底下，權宿一宵。想必天寒凍哭之聲，驚恐了爺，是小驛丞有罪了。（外）這驛丞好打，這是皇華駐節的所在，敢容婦人在此歇宿？叫六兒，押了這驛丞去，唤那兩個婦人過來。（丑）婦人在那裏？（末）在這裏。你這兩個婦人好不達時務，好意容你在此，權宿一宵。教你不要啼哭，一夜五更，只管啼啼哭哭，驚恐了尚書老爺，如今拿你，你自去回

[一] 眉批：不説早是四更五更了，妙！妙！若再説便俗極。

[二] 眉批：關目好！

話。(一)(小旦)母親，如何是好？(老旦)呀！這是我家六兒。六兒！(丑)呀！是奶奶。爹爹，奶奶在這裏。(老旦)相公在那裏？(外)夫人在那裏？(見科)(旦)母親在那裏？(同拜哭科)

呀！娘！

【思園春】久阻尊顔想念勤，(老旦)孩兒，此逢將謂是夢和魂。(外)這女兒是誰？(老旦)是我途中厮認来的。(小旦)奴是不應親者，今日强來親。(合)子母夫妻苦分散，無心中完聚怎由人。

【好孩兒】(老旦)相公匆匆地離皇朝，我心不穩。棄家私老小，去得安忍？(外)只知國難識大臣，不隄防萬馬千軍犯京城。君去民逃，常言道龍鬬魚損。

【福馬郎】(旦)那日裏風寒雨又緊，正行裏喊聲如雷震。無處藏隱，急向林榔中躲、道途上奔。(老旦)其時節亂紛紛。身難保命難存。

【紅芍藥】(外)兵擾攘阻隔關津，思量着役夢勞魂。(丑)眼見得家中受危困。望吾鄉有家難奔。(老旦)孩兒歷盡了苦共辛，娘逢人見人尋問。只愁你舉目無親，子父每何處厮認？(二)

(一) 眉批：關目都好！

(二) 眉批：好。

【紅衫兒】（旦）我有一言説不盡。(一)（老旦）有甚麽説話？（旦）向日招商店驀忽地撞着家尊。（哭科）（老旦）孩兒有甚事，説與我知道。不要啼哭。（旦）我尋思他眼盼盼人遠天涯近。（老旦）爲甚的來那壁千般恨？（外怒科）夫人，你休只管叨叨問。(二)

【會河陽】（老旦）相公，有甚事争差，且息怒嗔。閑言語總休論。（小旦）賤妾不懼責罰將片言語陳。難得見今朝分。（旦）甚時除得我心頭悶？甚日除得我心頭恨？(三)

【縷縷金】（外）教准備，展芳樽。得團圞都喜慶，盡歡欣。（老旦）館驛中有雜人來往，其實不穩。到南京得見聖明君，那時節好會佳賓。

（外）夫人言之有理。六兒，叫驛丞催趲船隻，即日起程。（丑叫科）（内應科）

【越恁好】（外）辦集船隻，辦集船隻，指日達帝京。（小旦）漸行漸遠，親兄長不知死何存。（旦）愁人見説愁更新。（小旦）姐姐你爲甚啼哭？（旦）欲言又忍，心兒裏痛切切如刀刎，眼兒裏淚滴滴如珠搵。

(一) 眉批：妙！妙！

(二) 眉批：關目妙絶。妙！妙！

(三) 眉批：妙！妙！

【紅繡鞋】（丑）畫船已在河濱，河濱。不勞馬足車輪，車輪。（外）六兒，就此起程去罷。（衆）離孟津，望前進。風力順，水程緊，咫尺是，汴梁城。

【尾聲】别離會合皆緣分，受過憂危心自忖，從今暮樂朝歡還再整。

（外）軍馬紛紛路不通，（三旦）娘兒兄妹各西東。

（合）今宵賸把銀缸照，猶恐相逢是夢中。

總批：

此齣關目妙極，全在不説出。

第二十七齣　逆旅蕭條[一]

【步蟾宮】（生）龍潭虎穴愁難數，更染病眈疾羈旅。分别夫妻兩南北，誰念我無窮淒楚。

〔眼兒媚〕傾家蕩業任飄零，受盡苦和辛。雁行中斷，鸞儔生折，無限傷情。窮途那更多災病，囊底已無緡。恁般正是：福無雙至，禍不單行。我蔣世隆自從與娘子分别月餘，這幾日身子雖覺漸安，争奈舉目無依。蕭條旅館，好生感傷人也！

[一] 蕭：原作『瀟』，據目録改。

【五樣錦】姻緣將謂、五百年眷屬，十生九死成歡聚。經艱歷險、幸然無虞。也指望否極生泰，禍絶受福。未妥尚有如是苦。急浪狂風，風吹折並根連枝樹，浪驚散鴛鴦兩處孤。〔一〕更全然不想我這病體疾軀，那肯放容他些兒個叮嚀囑付，將他倒拽横拖奔去途。回頭道不得聲將息，幾曾有這般慈父。跌得我氣絶再復，死絶再甦。一回價上心來、一回價痛哭。

暮雨朝雲去不還，强移棲息一枝安。
春蠶到老絲方盡，蠟燭成灰淚始乾。

第二十八齣　兄弟彈冠

【孤飛雁】（小生上）吾皇恩詔從天降，遍遐邇萬民欽仰。宥極刑身有重生望，散群輩與群黨。回凶就吉，轉禍爲祥。前臨帝輦絶親祊。回首家鄉，没了父娘。感傷，尋思着雨淚千行。

〔行香子〕興福舉眼進退無門。聞知道、結義恩人，廣陽鎮上，旅館安身。幾番尋，幾番覓，幾番詢。此

〔一〕孤：原作「飛」，據汲古閣刊本《繡刻幽閨記定本》改。

間正是廣陽鎮招商店了。(一)不免叫一聲：店主人有麼？(末上云)商賈紛紛，士庶群群，大門外、馬足車輪。主人招接，小二慇懃，俺這裏客來多，客來便，客來頻。(小生)店主人拜揖。(末)客官何來？

【惜黄花】(小生)中都路是本鄉，車駕望南往。一程程來到廣陽，特來相訪。(末)小可敢覆尊丈，有何事厮問當？買貨請商量，要安下却無妨。(小生)小生也非爲買貨，也不要安下，特來尋人。(末)若是問尋人，道如何模樣？(二)

【前腔】(小生)店名須號招商？(末)是，這裏是招商店。(小生)少浼勞尊長。(末)且説怎麼樣個人？姓甚麼？(小生)有個秀才身姓蔣，(末)多少年紀了？(小生)三十餘上。(末)有，住此兩月將傍，(小生)在那裏安下？(末)正東下轉那廂。(小生)第幾間房兒？(末)從外數第三房。(小生)他一向好麼？(末)染病纔無恙。(小生)他今在那裏？(末)贖藥便回來，(小生)藥鋪近遠？(末)想只在前街後巷。(三)(小生)既如此，我在這裏等他。(末)裏面請坐，想就來也。

【惜奴引】(生)禍不單行先自速，遭兵火，那堪更重重坎坷。(末)官人，你回來了？(生)是，回

(一) 眉批：有情景。
(二) 眉批：曲好。
(三) 眉批：曲好，白好。

來了。（末）有人到此相訪。（生）在那裏？（末）在裏面。（見科）（小生）呀！哥哥，久阻尊顔，幾曾忘却些兒個。（生）彼我，縱然有音書怎托？

〔鷓鴣天〕（小生）自别恩兄兩月餘。（生）重重坎坷更災危。（小生）哥哥，你有何坎坷災危事？（生）説起教人珠淚垂。（末）休嗟怨，慢悲哀，房中請坐且寬懷。（生）從前一一都分訴，萬恨千愁掃不開。

（末）二位官人請坐，看茶來喫。

【本序】（生）自與相别，風寒勞役，受盡奔波。那更憂愁思慮，在旅邸頓染沉痾。（小生）違和，天相吉人身痊可。却望節飲食、休勞碌。怎忘却，忘了問别來尊嫂貴體安樂？㈠

【前腔】（生）提着，心腸慘悽，不由人忍不住淚珠流顆。但有死别生離，那煩惱似天來大。（小生）莫非他棄舊憐新，從了别個？（生）不是。（小生）多應是疾病亡遭非禍。（生）不是。你道爲甚麼？（小生）却爲甚麼？（生）倚勢挾權，將夫妻苦苦拆破。

【蝦蟆序】（生）摧挫。艱共險愁和悶、要躲怎躲？到如今尚有、平地風波。（小生）驚愕。焰騰騰心上火，是誰人道與我？（生）你道如何？愛富嫌貧、岳丈倚强凌弱。㈡

㈠ 眉批：曲好，關目亦好。

㈡ 眉批：曲好，關目好。

【前腔】（小生）斟酌。尊共卑親和戚，順他受他，等些時宛轉，求人團掿。（生）參差，其中語更多。都只恨緣分淺（小生、末合）事多磨。放心將息，休自損天和。（一）

（小生）哥哥，即日朝廷降敕，宣詔天下文武賢良，盡赴行朝應舉，正是男兒得志之日。哥哥，休爲夫妻恩愛，誤却前程。可收拾行李，與興福同往行朝。一來應舉求官，二來亦可打聽尊嫂消息。不知哥哥意下如何？（生）此言極是，只是少些房錢在此，未曾還得。（小生）兄弟帶得儘有，不煩哥哥費心。店主人，請算一算奉還。（末）不多了，且請安息，明日算罷。

（小生）離合悲歡不自由，（生）心懷縈悶幾時休。

（末）争似不來還不往，（合）也無歡喜也無愁。

總批：

曲與關目之妙，全在不費力氣，妙至此乎！

第二十九齣　太平家宴

【傳言玉女】（外）得睹天顔，真爲主憂臣辱。（老旦）皇恩深沐，享千鍾重禄。（旦、小旦）如今

（一）眉批：關目、曲都妙。

幸得再睹銀屏金屋。（合）皇朝重見，太平重睹。

（外）盡日笙歌按玉樓。（老旦）忽朝軍馬犯皇州。（旦、小旦）但知會賞非常樂。（合）須是隄防不測憂。（外）夫人，今日幸喜骨肉團圓，夫妻再合。早已分付安排酒餚慶賀，不知完備未曾？院子那裏？（末上）匈奴遥俯伏，漢相儼簪裾。覆老爺，有何分付？（外）分付你安排酒餚，可曾完備否？（末）完備多時了。（老旦）看酒過來。（旦送酒科）

【玉漏遲序】[一]（旦）得寵念辱，想其時駕遷民移前去。父母妻兒散離，值此天時。抵多少喫辛受苦，抵多少無家失所。（合）今幸得在畫堂深處。

【前腔】（外）驛程去速，奈何被士馬攔截歸路。國敗家亡，怎知此日完聚。知幾遍宵行晝伏，知幾遍風餐露宿。（合）今幸得在畫堂深處。

【前腔】（旦）轟雷戰鼓，喊殺聲散亡人盡奔逐。那時無他可憐，救我在危途。知何處作婢爲奴，知何處遭驅被虜。（合）今幸得在畫堂深處。

【前腔】（小旦）兄南妹北，亂兵中怎知生死。須臾骨肉分別，此身去住無所。感謝得恤寡念孤，感謝得爲親做主。（合）今幸得在畫堂深處。

[一] 序：原作『亭』，據汲古閣刊本《繡刻幽閨記定本》改。

【撲燈蛾】（老旦）到行朝汴梁，看山河壯帝居。四時有常開花木，論繁華不減中都也。（外）受恩深處，便爲家自來俗語。（合）休思故里，對良辰美景宴樂且歡娛。

【前腔】（旦）依舊珠圍翠簇，依舊雕鞍繡轂。列侍妾丫鬟使女，送金杯聽歌觀舞也。（小旦）因災致福，愛惜奴似親生兒女。（合）休思故里，對良辰美景宴樂且歡娛。

【尾聲】從今休把光陰負，但暢飲高歌休阻，共醉樂神仙洞府。

（外）莫辭今日醉顏酡，（老旦）百歲光陰能幾何。

（合）遇飲酒時須飲酒，得高歌處且高歌。

第三十齣　對景含愁

【夜行船】（旦上）六曲欄杆和悶倚，不覺又媚景芳菲。（小旦）微雨昨宵，新晴今日。（合）知道海棠開未？

（旦）〔蝶戀花〕春來分外傷懷抱。燕燕鶯鶯，空自啼春巧。（小旦）三月春光無限好，嬌花一夜都開了。（丑扮梅香上）忽聽院宇笙歌繞。笑語歡聲，花下金樽倒。二位小姐，你心中有甚閑煩惱？忍教辜負韶華老？（旦）我自有煩惱處，你那裏知道。

【本序】（旦）春思懨懨，此愁誰訴？此情誰知？心撩亂慵睹妝臺梳洗。（小旦）芳時。不暖不寒，鞦韆院宇、堪遊堪戲。（旦）空對，鶯花燕柳，悄忽地暗皺雙眉。

【前腔】（小旦）姐姐，因誰。牽惹芳心，媚容香褪，嫩臉桃衰。看看恁寬盡金縷羅衣。（旦）休疑。只爲傷春，知他怎生、年年如是。（丑）休對，晴天暖日，輕可地過了寒食。

二位小姐，這等好天氣，同到後花園閑步一回也好。

【風入松】（旦）甚心情閑步小園西，（小旦）姐姐爲甚不去？（旦背唱科）推一個身倦神疲。（丑）趁春風桃李花開日，誰不待去尋芳拾翠。九十日光陰撚指，三分景二分歸。

【前腔】（小旦）那春光也應笑咱伊，（旦）笑甚的來？（小旦）笑你恁瘦減香肌。（旦）東君不管人憔悴，恨見得綠密紅稀。香閨掩珠簾鎮垂，不肯放燕雙飛。

【尾聲】（小旦）衷心先自不如意，縱然間肯同隨喜，也做了興盡空回。

（旦）傷心情緒倦追遊，（小旦）好景如梭不肯留。

（丑）來朝更有新條在，（合）惱亂春風卒未休。

第三十一齣　英雄應辟

【望遠行】（生）春風紫陌，又是天涯行客。（小生）野草閑花，掩映水光山色。（末、淨）杏花朵朵欹紅，楊柳絲絲弄碧，沙岸遠漣漪初溢。

（生）攜書挾策赴天邦，（小生）那更風光直艷陽。（末）路上野花鑽地出，（浄）村中美酒透瓶香。（見科）（浄）動問此位老兄上姓？（生）學生姓蔣。（浄）貴表？（生）雙名世隆。（浄）此位？（小生）學生覆姓陀滿，雙名興福。（浄）此位？（末）學生姓卞，雙名登科。（生）老兄尊姓貴表？（浄）學生姓成，雙名何濟。我每都是科舉朋友，不期而逢。天色將晚，各請趲行幾步。

【望吾鄉】（生）降詔頒敕，搜賢赴帝域。文武遠投安邦策，星斗文章誰能及？下筆如神力。

（合）一朝裏身顯跡，受賞加官職。

【前腔】（小生）萬里鵬翼，功名唾手得。英雄果是千人敵，正是男兒崢嶸日，豈敢辭勞役。

（合）一朝裏身顯跡，受賞加官職。

【感亭秋】（末）短亭長亭，程程去知幾驛，逆旅中過寒食。見點點殘紅飛絮白，夕陽影裏啼蜀魄。（合）家鄉遠心慢憶，回首雲煙隔。

【前腔】（浄）香醪待飲何處覓，牧童處問端的。遥望前村疏籬側，招颭酒旗林梢刺。（合）家鄉遠心慢憶，回首雲煙隔。

【紅繡鞋】（合）小徑迢迢狹窄，狹窄。野水潺潺湍激，湍激。飲數杯，解愁慽。那裏堪觀賞，可閑適。只愁他，天晚逼。

【尾聲】酒家眠權休息，韞匵藏珠隱塵跡，萬里前程在咫尺。

過却長亭又短亭，看看相近汴梁城。
路上有花並有酒，一程分作兩程行。

第三十二齣　幽閨拜月

【齊天樂】（旦）懨懨挨過殘春也，又是困人時節。景色供愁，天氣倦人，針指何曾拈刺。（小旦）閑庭静悄，瑣窗蕭灑，小池澄徹。（合）疊青錢，泛水圓小嫩荷葉。

〔浣溪沙〕（小旦）階前萱草簇深黄，檻外榴花疊絳囊。清和天氣日初長。（旦）懶去梳妝臨寶鏡，慵拈針指向紗窗。晚來移步出蘭房。（小旦）姐姐，當此良辰美景，正好快樂，你反眉頭不展，面帶憂容。爲甚麽來？

【青衲襖】（旦）我幾時得煩惱絶，幾時得離恨徹。本待散悶閑行到臺榭，傷情對景腸寸結。（小旦）姐姐撇下些罷。（旦）悶懷些兒待撇下怎忍撇，待割捨難割捨。倚遍闌干萬感情切，都分付長嘆嗟。㈠

【紅衲襖】（小旦）姐姐，你繡裙兒寬褪了褶，爲傷春憔悴些。近日龐兒瘦成勞怯，莫不是又傷

㈠　眉批：曲妙！

夏月。姊妹每休見撇，斟量着你非爲別。(一)(旦)你量着我甚麽？(小旦)多應把姐夫來縈牽，別無些話説。(二)

【青衲襖】(旦怒科)你把濫名兒將咱引惹，直恁的情性乖心意劣。女孩兒家多口共饒舌。爹娘行快活要他做甚的？(三)要妝衣滿篋，要食珍羞則盛設。和你寬打周折。(走科)(小旦)姐姐到那裏去？(旦)到父親行先去説，(四)(小旦)説些甚麽？(旦)説你小鬼頭春心動也。(五)

【紅衲襖】(小旦)我特地錯賭別，(跪科)姐姐，望高擡貴手饒過些。一句話兒傷了俺賢姐姐。(旦)起來，且饒你這次，今後再不可如此。(六)(小旦)若再如此呵，瑞蓮甘痛決。姐姐閑耍歇，小的妹先去也。(旦)你那裏去？(小旦)只管在此閑行，忘收了針綫帖。(七)

(旦)也罷，你先去。(小旦)推些緣故歸家早，花陰深處遮藏了。熱心閑管是非多，冷眼覷人煩惱少。

(一) 眉批：關目好。
(二) 眉批：這妹子也倒在行。
(三) 夾批：難道。
(四) 夾批：妝腔。
(五) 眉批：好關目！道是他説着了，怪他也奇。
(六) 眉批：關目好！
(七) 眉批：這女子也乖巧。

（下）（旦）這丫頭果然去了，天色已晚，只見半彎新月，斜掛柳稍，幾隊花陰，平鋪錦砌。不免安排香案，
對月禱告一番。〔卜算子〕款把桌兒擡，(一)輕揭香爐蓋。一炷新香訴怨懷，對月深深拜。（拜科）(二)

【二郎神】（旦）拜新月，寶鼎中明香滿爇。（小旦潛上聽科）（旦）上蒼，這一炷香呵，願我拋閃下男兒疾效些，得再睹同歡同悦。（小旦）悄悄輕將衣袂拽。姐姐，却不道小鬼頭春心動也？(三)（走科）（旦）妹子到那裏去？（小旦）我也到父親行去説。（旦扯科）（小旦）放手，我這回定要去。（旦跪科）妹子，饒過了姐姐罷。（小旦）姐姐請起，那喬怯。無言俛首、紅暈滿腮頰。(四)

【鶯集御林春】（小旦）恰纔的亂掩胡遮，事到如今漏泄。姊妹每心腸休見別，夫妻每是有些周折？（旦）教我難推怎阻，罷罷，妹子，我一星星對伊仔細從頭説。（小旦）姐姐，他姓甚麽？（旦）姓蔣，（小旦）他也姓蔣，叫甚麽名字？（旦）世隆名。（小旦）呀！他家住在那裏？（旦）中都路是家。（小旦）姐姐，你怎麽認得他？他是甚麽樣人？(五)（旦）是我男兒受儒業。(六)

(一) 擡：原作『臺』，據《重校拜月亭記》改。
(二) 眉批：白好。
(三) 夾批：妙！妙！
(四) 眉批：關目好甚！
(五) 夾批：癡。
(六) 眉批：曲好，關目好！

【前腔】（小旦悲介）聽説罷姓名家鄉，這情苦意切。悶海愁山將我心上瞥，不由人不淚珠流血。（旦）我恓惶是正理，只合此愁休對愁人説。妹子，你啼哭爲何因？莫非是我男兒舊妻妾？㈠

【前腔】（小旦）他須是瑞蓮親兄，（旦）呀！原來是令兄，爲何散失了？㈡（小旦）爲軍馬犯闕。（旦）是，我曉得了，散失忙尋相應者，那時節只爭個字兒差迭。妹子，和你比先前又親，自今越更着疼熱。㈢你休隨着我跟脚，久已後是我男兒那枝葉。

【前腔】（小旦）我須是你妹妹姑姑，你是我的嫂嫂又是姐姐。未審家兄和你因甚別，兩分離是何時節？（旦）正遇寒冬冷月，恨爹爹把奴拆散在招商舍。（小旦）如今還思量着我哥哥麽？（旦）思量起痛辛酸，那其間他染病耽疾。（小旦）那時怎割捨得撇了？（旦）是我男兒教我怎割捨？

【四犯黄鶯兒】（小旦）他直恁太情切，你十分忒軟怯，眼睜睜怎忍相抛撇。（旦）枉是怨嗟，無

㈠ 眉批：又吃醋了。
㈡ 夾批：請問自家。
㈢ 眉批：此意應知不合又説，更着疼熱也只爲老公面上，且到底是疼熱老公，不是疼熱妹子。妙，妙。

可計設，當不過他搶來推去望前扯。（合）意似虺蛇，性似蝎螫，一言如何訴説。[一]

【前腔】（小旦）流水也似馬和車，傾刻間途路賒，他在窮途逆旅應難捨。（旦）那時節呵，囊篋又竭，藥餌又缺，他那里悶懨懨難挨過如年夜。（合）寶鏡分破，玉釵斷折，甚日重圓再接。[二]

【尾聲】自從別後音書絶，這些時魂驚夢怯，莫不是煩惱憂愁將人斷送也。

（旦）往時煩惱一人悲，（小旦）從此淒涼兩下知。

世上萬般哀苦事，無過死別共生離。

總批：

此齣關目妙絶，曲亦妙。

第三十三齣　照例開科

[一] 眉批：　世上女子只是老公好是父親。

[二] 眉批：　意味光景都妙。

第三十四齣　姊妹論思

【秋蕊香】（旦）半載縈牽方寸，何時不淚滴眉顰。（小旦）欲語難言信難問，即漸漸裏懨懨瘦損。

〔玉樓春〕（旦）深沉院宇無人問，縱然有便難傳信。（小旦）這邊愁似那邊愁，伊的恨如奴的恨。（旦）心下慢然思又忖，口中枉自評和論。（合）有時欲向夢中訴，夢又不成燈又燼。（旦）妹子，這些時天下文武賢良，都來赴選，不知你哥哥也曾來否？好悶人也！（小旦）哥哥料應在此，只怕他不得成名，就知道姐姐消息，也難來廝見。

【二犯孝順歌】（旦）從別後，渡孟津，思君盡日欲見君。鳳北鸞南，生生地鏡剖與釵分。鎮千思萬想，要見無門。（合）放不落，心上人。撇不下，心上人。

【前腔】（小旦）一回價，暗自忖，非親怎知却是親？你東咱西，荒荒地路途人亂奔。自一別半載，杳然無聞。（合）放不落，心上人。撇不下，心上人。

【前腔】（旦）恩和愛，苦共辛，衷腸告天天怎聞。妾後夫前，懨懨地幾曾忘半分。有三言兩語，寄也無因。（合）放不落，心上人。撇不下，心上人。

【前腔】（小旦）當時苦，值亂軍，離鄉背井兄妹分。做小服低，看看地過冬還過春。挨十生九死，舉目無親。（合）放不落，心上人。撇不下，心上人。

（旦）天從人願最爲難，（小旦）再睹重逢豈等閑。

（合）從今許下千千拜，望月瞻星夜夜間。

第三十五齣　詔贅仙郎

【高陽臺】（外）蓂莢更新，流光過隙，桑榆日近西山。有女無家，一心日夜憂煩。〔一〕

使命傳宣出建章，微臣深愧沐恩光。可憐年老身無子，特錫巍科擇婿郎。老夫親生一女，小字瑞蘭。向者兵戈擾攘之際，夫人途中帶回一女，小字瑞蓮。就與我親生女孩兒一般看待，如今俱已及笄，蒙聖旨着俺招贅文武狀元爲婿。不免請夫人、女孩兒出來，一同遣遞絲鞭便了。院子那裏？（末上）丹墀日月開金榜，市井駢闐擇婿車。覆老爺，有何鈞旨？（外）後堂請老夫人與二位小姐出來。（末）老夫人、二位小姐有請。

【前腔】（老旦上）蘭堂日永，湘簾捲畫簷前燕鵲聲喧。（旦、小旦上）喜椿萱晚景安然，感謝蒼

〔一〕眉批：曲好。

天。(一)

(老旦)老相公萬福。(外)夫人拜揖。(旦、小旦)爹爹、母親萬福。(外、老)孩兒到來。(外)夫人,老夫年紀高邁,女孩兒俱已及笄。昨蒙聖恩,憐俺無嗣,着俺招贅文武狀元爲婿。今日請夫人與兩個孩兒出來,一同遣遞絲鞭,不知夫人意下如何?(老旦)相公,男大須婚,女大須嫁,此是門庭美事。况兼聖旨,有何敢違。(旦)上告爹爹、母親得知,孩兒已有丈夫,不敢從命。(二)(外怒科)胡説,你丈夫在那裏?(旦)爹爹,容奴禀覆:　向因兵戈擾亂,爹爹前往邊庭,孩兒與母親分散東西,逃生曠野。那時一身没靠,舉目無親。幸遇秀才蔣世隆,惻隱存心,救提作伴。又被强梁拿縛山寨,幾至殺身。幸得寨主是他故人,情深義重,方得釋免。若無他救,不知生死何地。後來與他同到招商店中,盟山誓海,共結鸞凰。及爹爹來至,將奴拆散。今蒙嚴命,再選夫婿,豈敢故違?但爹爹高居相位,顯握朝綱,觀通書史,止有守貞守節之道,那有重婚重嫁之理?况他乃讀書才子,有日禹門三汲浪,一舉占鰲頭。孩兒寧甘守節操,斷難從命。離亂兵戈喊殺頻,娘兒驚散竄山林。危途不遇賢君子,相府那存賤妾身。莫把故人輕不顧,不應親者豈相親。世隆有日風雲會,須待團圞到底貞。(外)這是朝廷恩命,誰敢有違?(小旦)爹爹,小女瑞蓮,亦有少禀。(外)你也有甚麽話説?(小旦)自從向遭兵火,兄妹各奔逃生。失身曠野之中。藏形躲避,幸遇夫人唤

(一)眉批:曲好。
(二)眉批:是個貞烈女子。

聲，與奴名廝類，奴忙應答向前，當蒙夫人提挈妾身爲伴，脱離災厄。後來爹爹緝探回朝，驛中相遇，允留潭府，恩育同於嫡女，無可稱報。前日因同姐姐燒香祈祐，各表誠心禱告，方知姐姐與妾兄蔣世隆偶結良緣，已成夫婦。今蒙爹爹嚴命，將奴姊妹招贅文武狀元。但妾兄蔣世隆，飽學多才，有日風雲際會，亦未可量。瑞蓮甘與姐姐一同守節，但得天從人願，妾兄一舉成名，那時夫貴妻榮，姻緣再合。妹承兄命，始配鸞凰，庶酬爹爹養育之恩。九烈三貞自古今，從新棄舊枉爲人。如今縱有風流婿，休想幽人肯就親。（外）這是朝廷恩命，休得多言。院子，快與我唤官媒婆過來。（末）理會得，官媒婆走動。

【普賢歌】（丑）媒婆終日脚奔波，成就人間好事多。這家也是我，那家也是我。也只爲家貧沒奈何。㈠

呀！大叔是王老爺府中的，唤老身有何使用？（末）俺老爺奉朝廷恩命，將二位小姐招贅文武狀元，唤你遞送絲鞭。（丑）就去，煩大叔通報。（末）禀老爺，官媒婆到了。（外）着他進來。（末）老爺着你進去。（丑）老爺、老夫人、二位小姐，官媒婆叩頭。（外）媒婆，我奉朝廷恩命，招贅文武狀元爲婿，你與我院子同去遞送絲鞭，聽我道。

【黄鶯兒】（外）二女正青年，相門高當遴選。乘龍未遂吾心願。幸朝廷命宣，配文武狀元，郎才女貌真堪羡。（老旦）（合）媒婆，你去遞絲鞭，一雙兩美，成就好姻緣。

㈠ 眉批：曲好。

【前腔】(旦)口誦《柏舟》篇，更何心續斷絃。(丑)小姐是深閨的處子，如何説起斷絃來？(一)(旦)我洞房曾會招商店，爹爹錦旋。途中偶見，霎時間拆散了鴛鴦伴。媒婆，休要遞絲鞭，我甘心守節，誓不再移天。

(丑)小姐，這是父命君恩，一定還要諧個佳偶。

【前腔】(小旦)媒婆，你也聽我道，那日涉風煙，望關山路八千。亂軍中不見了哥哥面。幸夫人見憐，將奴身保全。勝似嫡親，相待恩非淺。今日遞絲鞭，我紅生羞臉，黄色上眉間。(二)

(外)媒婆休要採他，可疾忙遞絲鞭去。

【前腔】(丑)鈞命敢遲延，這姻緣非偶然。匪媒弗克成姻眷。調和兩邊，並無一言。人間第一要行方便。今日遞絲鞭，仙郎肯受，多贈貫頭錢。(三)

(外)媒婆，還有一件，恐二位狀元不知小姐媸妍，將這真容與他看去。(丑)理會得。

(外)憑媒選日遞絲鞭，(老旦)招贅新科兩狀元。

(末)時人莫訝登科早，(丑)只爲嫦娥愛少年。

(一)眉批：不是處子了，難得難得。在媒婆身上無所不可。
(二)眉批：曲好。
(三)眉批：曲好。

總批：

如此等曲，都到見成田地。聖品，聖品。

第三十六齣　推就紅絲

【風入松】（生）同聲相應氣相求，同占鰲頭。（小生）追思往事皆成謬，傷情處不堪回首。（合）幸喜聲名貴顯，相期黼黻皇猷。

（小生）哥哥，且喜雙桂聯芳，已遂凌雲之志。行看兩葵並秀，同傾向日之誠。（生）兄弟，所喜者志得意滿，身顯名揚；所悲者家園蕩廢，琴瑟淒凉。（小生）哥哥，這幾件都不打緊，兄弟一門良賤，三百餘口，盡被聶賈列無辜殺戮，止逃得兄弟一身，幸得恩兄搭救，戴天之讎未報，再生之恩未酬。哥哥這些小事，何足掛念？

【勝葫蘆】（末、丑）聖主憂虞及大臣，因無子繼家門。二女如花未曾諧秦晉。特來説合，兩兩仙郎共成親。

此間正是文武狀元寓所，不免徑入。二位老爺、官媒婆，院子叩頭。（生、小生）你兩個從何而來？有何説話？（末、丑）我兩人是王尚書府中院子、官媒，一來奉天子洪恩，二來領尚書嚴命，特來遞送絲鞭，請二位老爺同諧佳偶。（小生收科）（末、丑）二位小姐真容在此，狀元請看。（生看沉吟悲科）（小生）哥哥，今日遞送絲鞭，是個喜日，爲何墮下淚來？（生）兄弟，你自受了絲鞭，我斷然不受。（小生）請問哥哥，爲何不受？（一）

【集賢賓】（生）那時挈家逃難走，正鬼哭神愁。喊殺聲如雷軍馬驟，亂荒荒過壑經丘。妹子瑞蓮呵，相失在後，尋討處不知所有。難措手，忽有人同聲相應同氣相求。（小生）向日山寨中見的嫂嫂，想就是了。（二）

【前腔】（生）途中見時雖厮守，猶覺滿面嬌羞，到得磁州廣陽鎮招商店中呵，直待媒妁之言成配偶。不意他父親王尚書，緝探虎狼軍，回到招商店中。遇見是他女兒，竟自奪回去了。（小生）哥哥，你那時怎割捨得他去？（生）病懨懨無計相留，（小生）若是小弟，一定與他厮鬧一場。（生）他是尚書，我是窮儒，怎敢與他龍争虎鬭。（小生）别後曾有音信麽？（生）分别後知他安否？（小生）如今聖旨議親，怎辭得去？（生）恩德厚，有何顔再配鸞儔？

【琥珀猫兒墜】（小生）聽哥説罷，方識此根由。這是王尚書，招商店也是王尚書，事有可疑。哥哥，破鏡重圓從古有，何須疑慮反生愁？（生）兄弟，斷無此事，不可錯疑了。（小生）不謬。重整備

（一）眉批：難道你也不知？

（二）眉批：他已知又何必再説。不象，不象。

乘龍花燭風流。(一)

(末、丑背科)好怪好怪,小姐又説招商店有了丈夫,不肯再嫁,狀元又説招商店有了妻室,不肯重婚。(二)

【前腔】(末、丑)正是義夫節婦,語意兩相投,多應是有分姻緣當輳偶。狀元老爺,此情分付與東流。休休,把舊恨新愁一筆都勾。

(生)媒婆、院公,煩你多多拜上老爺,斷然不敢奉命。

(末)事跡相同説不差,(丑)這般異事實堪誇。

(小生)落花有意隨流水,(生)流水無情戀落花。

總批:

此齣大少關目。

第三十七齣　官媒回話

【似娘兒】(外)姻事未和諧,媒婆去不見回來。(老旦)教人望眼懸懸待。(合)玉音已降,冰

(一) 眉批: 怎麽見得?

(二) 眉批: 此處説明,後來赴宴處便少趣味。

人已遣，汗簡何乖。

（外）夫人，昨遣官媒婆、院子，到文武狀元寓所，遞送絲鞭，爲何不見回報？（末、丑上）指望將心托明月，誰知明月照溝渠。個中一段姻緣事，對面相逢總不知。老爺、老夫人，官媒婆、院子叩頭。（外）媒婆、院子回來了，二位狀元受了絲鞭否？（末、丑）奉天子洪恩，領老爺嚴命，去到狀元寓所説親，那武狀元欣然領納，並不推辭，只有文狀元不肯應承。再三勸他，方把真情説出來。（外）他怎麼説？

【啄木兒】（末、丑）他説遭離亂值變遷，民庶逃生離故園。兄攜妹遠涉風煙，亂紛紛戈戟森然。喊殺中妹子忽不見，前村後陌都尋遍，聲喚多嬌蔣瑞蓮。

（外）那時尋見也未？

【前腔】（末、丑）兄尋妹涕淚漣，忽聽得悠悠聲應遠。只道是妹見哥哥，却原來錯認陶潛。那女子呵，他娘兒拆散中途畔，叫聲應聲隨呼唤，（外）那女子怎麼應他？（末、丑）那女子叫名瑞蘭，與瑞蓮聲音厮類。名韻相同事偶然。

（外）那女子失散了母親，在途路上單身不便了。

【三段子】（末、丑）欲隨向前，男女輩同行未便。欲落後邊，亂軍中污辱未免。説只得做兄妹同行呵，相隨同到招商店，主人翁作伐諧姻眷，那其間狀元染病，正仗那娘子扶持，不意他岳丈相逢拆散錦鴛。

（外）夫人，有這等奇事？

【前腔】（老旦）孩兒瑞蘭，與伊妻名兒一般。孩兒瑞蓮，與伊妹名非兩般。我中都路母子曾拆散，你招商店父子重相見，事跡相同豈偶然？(一)

（老旦）老相公，如今却怎生是好？

【滴溜子】（外）我有一個道理，明日裏，明日裏，小設酒筵。媒婆去，媒婆去，傳語狀元。既然他心中不願，如何强逼他偕繾綣？(二)（老旦）既如此，你請他來怎麼？（外）請來飲酒之間呵，先教他妹子在堂前，隔簾認看。(三)

（老旦）此計甚好。

【尾聲】（外）相逢到此緣非淺，真與假明朝便見。(四)你二人傳語狀元，親事不敢相扳。只請枉臨一會，再無他意。望勿推辭，特請他來赴宴。

（外）明日宴佳賓，（老旦）須知假與真。

(一) 眉批：癡子，還疑心甚麼來？

(二) 夾批：不象。

(三) 眉批：此時只合驚喜，着不得一些疑惑。若疑惑，便太癡了。

(四) 夾批：有恁假。

（末）殷勤藉紅葉，（丑）寄與有情人。

總批：

曲至此聖矣！

第三十八齣　請偕伉儷

（浄上）有福之人人伏事，無福之人伏事人。自家乃蔣狀元府中使用的便是。蒙狀元鈞旨，着俺打掃畫堂，整理琴書、清玩。鋪設已完，不免在此伺候。

【玩仙燈】（生）有事掛心懷，好一似和鉤吞綫。

憶自離家幾變更，此身須在亦堪驚。東邊日出西邊雨，道是無情却有情。（一）昨爲王尚書遣官媒婆、院子來此説親，教我越加煩惱，不知甚日方得我嬌妻的音耗。唉！不免將琴書消遣一番則個。（二）

【懶朝天】一自瑶琴操離鸞，眼底知音少，不與彈。今朝拂拭錦囊看，雪窗寒。傷心一曲倚闌干，續《關雎》調難。（三）

（一）夾批：無謂。
（二）眉批：緣何便忘了妹子。
（三）眉批：可憐。

【懶畫眉】（末、丑）空勞仙子下天台，何意劉郎事不諧。狀元老爺，官媒婆、院子叩頭。（生）二人因甚去還來？（末、丑）早成就了合歡帶。管取相逢笑口開。

（生）媒婆、院子，我昨日已煩你拜上老爺，這親事斷然不敢奉命。（末、丑）稟狀元老爺知道，家老爺多多拜上，姻緣之事，不敢强扳。久仰狀元老爺才高貌美，只請枉臨一會，再無他意。（生）既如此，我少不得來參拜你老爺。你二人先去，我隨後就來也。（末、丑）回去稟復老爺，掃門拱候。

（生）相府玳筵開，（丑）珍羞百味排。

（末）掃門端拱立，專待狀元來。

總批：

妙處在煩簡。

第三十九齣　天湊姻緣

【卜算子】（外）一段好姻緣，説起難拋下。今朝開宴特相邀，試問真和假。

昨日已遣官媒婆、院子，去請狀元來此會宴。安排酒餚，不知完備未曾？院子那裏？（末上）堂上呼雙字，階前應一聲。覆老爺，有何分付？（外）筵席完備了未？（末）完備多時了。（外）快去請張都督老爺來陪宴。（末）小人已曾去請，説就來。（淨上）聞呼即至，有請當來。通報。㈠（末）禀老爺，張老爺到了。（外）張大人請。（淨）老司馬請。（外）寒舍。（淨）請了，老司馬拜揖。（外）張大人拜揖。（淨）老司馬今日相招，不知有何見教？（外）老夫今日小設，非爲别事。只因當初老夫緝探虎狼軍，正值遷都世亂之時，老妻帶領小女瑞蘭，前往京師躲避。行至中途，被軍馬趕散，母子分離。已後老夫回到磁州廣陽鎮招商店中，遇見小女隨着一個秀才爲伴。老夫一時氣忿，不曾問得詳細，撇了那秀才，領了女兒回京。如今蒙聖恩將小女招贅今科狀元爲婿，昨遣官媒婆、院子去遞絲鞭，那狀元説有了妻室，不肯領受。官媒再三勸勉，始説出真情。這狀元像是招商店中那秀才。（淨）有這等奇事？（外）還有一件，當初老妻途中失了小女時節，叫名尋問，忽有一個女兒，叫名瑞蓮，與小女名韻相同，向前答應。老妻見他是好人家兒女，帶回來，就認他做女兒。此女又是狀元的妹子。（淨）有這等事，一發奇了。（外）老夫疑信之間，未可就令小女與他厮見。今日聊設一個小筵，請狀元到此。着他妹子隔簾覷認，故此特屈張大人相陪。（淨）這個當得。（外）院子，狀元來時，即便通報。（末）理會得。

【前腔】（生）仙子宴瑶池，青鳥書傳送。道是無情却有情，既信猶疑夢。㈡

（末）禀老爺，狀元到了。（外）快請。（末）有請。（外）狀元請。（生）老先生請。（淨）還是大人先請。

㈠　夾批：老面皮。
㈡　眉批：露了，却少光景。

（生）不敢，還是老先生請，學生焉敢。（外）僭了。（生）老先生拜揖。（外）狀元拜揖。（淨）狀元大人拜揖。（生）老先生拜揖。（外）狀元請坐。（生）學生侍坐。（外）豈有此禮，請。（生）告坐了。（淨）狀元大人，老司馬小姐奉聖旨招閣下爲婿，爲何不肯應承？（生）二位老先生聽稟：

【山坡羊】那日因遭兵燹，兄妹移家遷汴。亂軍中拆散雁行，兩下裏追尋不見。叫瑞蓮，有個佳人忽偶然。（淨）那佳人怎麼就肯答應。（生）那佳人叫名瑞蘭，與瑞蓮聲音厮類，故應錯了。㈠（淨）既如此，曾與他配合也不曾？（生）相隨同到招商店，合巹曾憑媒妁言。交歡，誰知一病纏。學生正染病間，被他父親也是王尚書偶然遇見，奪回去了。（淨）咳，這個天殺的老忘八。（生）堪憐，分開鳳與鸞。

（淨）那是一時的事，也拋撇得下了。今日相府議親，狀元大人如何再三不允？

【前腔】（生）佩德啣恩非淺，别後心常懷念。（外）今日之事，非是老夫强逼。只是聖意如此，不敢有違。（生）縱有湖陽公主，那宋弘呵，怎做得虧心漢？㈡（淨）狀元大人，你如此説，終不然終身不娶不成？（生）石可轉，吾心到底堅。㈢（淨）成了此親，享榮華，受富貴，有何不可？（生）貪豪戀

㈠　眉批：虧此一錯。
㈡　眉批：好人。
㈢　眉批：道學先生。

富，怎把人倫變？爲學須當慕聖賢。（淨）這是官裏與你説親，姻緣非淺。（生）姻緣，難把鸞膠續斷絃。（淨）狀元大人，請受了絲鞭罷。（生）絲鞭，辜負嫦娥愛少年。

（老旦、小旦上看科）（老旦）孩兒，這可是你哥哥？（小旦）呀！正是我的哥哥。（見科）

【哭相思】（生、小旦）兄妹當初兩分散，誰知此地重相見。

（淨）這個是誰？（外）這就是狀元的妹子。（淨）果有這等異事，老夫告回，即辦尺頭羊酒來作賀老司馬。（下）（生）妹子，你如何得到這裏？（一）

【香柳娘】（小旦）想當初難中，想當初難中，與哥哥分散，孤身途路誰相盼。幸夫人見憐，幸夫人見憐，相挈在身邊，慈悲做方便。與親生女兒，與親生女兒，相看一般。喜今朝重見。

【前腔】（生）嘆兄南妹北，嘆兄南妹北，無由會面，你身有托吾無伴。繞山坡叫轉，繞山坡叫轉，驀地遇嬋娟，天教遂姻眷。奈時乖運蹇，奈時乖運蹇，一別數年，存亡未判。

（小旦）哥哥，嫂嫂也在這裏。（生）如今在那裏？

【五更轉】（小旦）你望故人，如天遠，相逢在目前。（生）妹子，你爲何認得嫂嫂？（小旦）閨中小姐，曾會你在招商店。拜月亭前，説出心願。（生）你莫非差了麽？（小旦）鄉貫同，名字真，非

（一）眉批：關目好！

訛舛。爹爹母親望乞垂憐見。早使相逢、不索留戀。

待我請嫂嫂來，姐姐有請。

【似娘兒】（旦）夢裏流鶯聲尚在，出蘭房風翻珮帶。

（小旦）姐姐，文狀元正是我的哥哥。（旦）呀！在那裏？（見科）

【哭相思】（生）一別招商已數年，今朝重續舊姻緣。貞心一片如明月，映入清波到底圓。

【五更轉】（旦）你的病未痊，我却離身畔，心中常掛牽。（生）蒼天保祐，保祐身康健。與那結義兄弟呵，武舉文科，同登魁選。蒙聖恩，特議親，豈吾願？（合）相逢到此，到此真希罕。喜動離懷、笑生愁臉。

（外、老旦）孩兒、賢婿，不必說了。孩兒回歸香閣，重整新妝。狀元且到書院，換了服色，即同武狀元與瑞蓮孩兒成親便了。

（生、旦）天遣偶相逢，（小旦）渾疑是夢中。

（外）門蘭多喜氣，（老旦）女婿近乘龍。

總批：

敘事不煩，填詞潔淨。

第四十齣　洛珠雙合

（外、老旦弔場）院子，快去唤賓相過來。（末）賓相走動。（净）全仗周孔禮樂，來成秦晉歡娱。大叔通報。（末）老爺着你進去。（净）老爺、老夫人，賓相叩頭。（外）起來，今日是黄道吉日，我與二位小姐招贅文武狀元，你與我贊禮成親，多説些利市言語，重重賞你。（净）理會得。（請科）（一）

【戀芳春】（生、小生上）寶馬驕嘶，香車畢集，燈光如晝通明。（旦、小旦上）彷佛天台劉阮仙子相迎。（合）夙世姻緣已定，昔離别今成歡慶。相隨美滿夫妻，强如鸞鳳和鳴。（净贊禮拜撒帳科）（生、小生同把酒科）

【畫眉序】（生、小生）文武掇巍科，丹桂高攀近嫦娥。喜鶯遷喬木、鳳止高柯。十年探孔孟心傳，一旦試孫吴家學。（合）畫堂花燭光摇處，一派樂聲喧和。

【前腔】（旦、小旦）萍梗逐風波，豈料姻緣在卑末。似瓜纏葛藟、松附絲蘿。幾年間破鏡重圓，今日裏斷釵重合。（合）畫堂花燭光摇處，一派樂聲喧和。

【前腔】（外、老旦）兩國罷干戈，民庶安生絶烽火。幸陽春忽布、網羅消磨。昨朝羡錦奪標

（一）眉批：千古奇事！

頭，今夜喜紅絲牽幕。（合）畫堂花燭光摇處，一派樂聲宣和。

【滴溜子】（末捧詔上）一封的，一封的，傳達聖聰。天顔喜，天顔喜，滿門詔封。九重紅雲簇擁。龍章出鳳墀，蒙恩受寵。五拜山呼，稽首鞠躬。

奉天承運，皇帝詔曰：夫婦乃人倫所重，節義爲世教所關。邇者世際阽危，失之者衆矣。㈠兹爾文科狀元蔣世隆，講婚禮於急遽之時，從容不苟。妻王瑞蘭待媒妁於流離之際，貞節自持。夫不重婚，尚宋弘之高誼；婦不再嫁，邁令女之清風。使樂昌之破鏡重圓，致陶穀之斷絃再續。兵部尚書王鎮，保邦致治，有撥亂反正之才；解組歸閑，無貪位慕禄之行。陀滿興福出自忠良，實非反叛。父遭排擯，朕實悔傷。㈡萌蘖尚存，天意有在。今爾榮魁武榜，互結姻緣。蔣世隆授開封府尹，妻王氏封懿德夫人。陀滿興福世襲昭勇將軍，妻蔣氏封順德夫人。尚書王鎮，歲支粟帛，與見任同。嗚呼！彝倫攸序，爾宜欽哉！謝恩！（衆）萬歲，萬歲，萬萬歲！

【望吾鄉】（衆）仰聖瞻天，恩光照綺筵。花枝掩映春風面，女貌郎才真堪羡。天遣爲姻眷。雙飛鳥，並蒂蓮，今朝得遂平生願。

【皂羅袍】向日鑾輿遷汴，正土崩瓦解、士庶紛然。人於顛沛節難全，堅金百鍊終無變。娘

㈠ 眉批：各人自思之。
㈡ 眉批：真可憫傷。

兒兄妹，流離播遷。斷而還續，破而復圓。義夫節婦人間鮮。

【排歌】今日相逢，三生有緣。文兄武弟襟聯，喬公二女正芳年，孫策周瑜德並賢。夫榮耀，妻貴顯，宮花如錦酒如泉。風流事，著簡編，傳奇留與後人傳。

【前腔】（外、老旦）吾年老，雪滿顛。無子承家業，晨昏每憂煎。且喜東床中選，雀屏中目，一雙白璧種藍田。百歲夫妻今美滿。山中相，地上仙，人間諸事不縈牽。壚邊醉，甕底眠，從今不惜杖頭錢。

【金錢花】（衆）翰林史筆如椽，如椽，倒流三峽詞源，詞源。撰成離合與悲歡，千百載，永流傳。千百載，永流傳。

【前腔】鐵毬漾在江邊，江邊，終須到底團圓，團圓。戲文自古出梨園。今夜裏，且歡散。明日裏，再敷演。明日裏，再敷演。

詩曰：

自來好事最多磨，天與人違奈若何。
拜月亭前愁不淺，招商店内恨偏多。
樂極悲生從古有，分開復合豈今訛。
風流事載風流傳，太平人唱太平歌。

總批：

《拜月》曲白都近自然，委疑天造，豈曰人工？

李卓吾先生批評幽閨記卷之下終

鼎鐫陳眉公先生批評幽閨記

目録

新鐫陳眉公先生釋義幽閨記卷之上……三二七

鼎鐫陳眉公先生批評幽閨記卷之下……三四六

新鐫陳眉公先生釋義幽閨記卷之下……四一四

拜月亭序

蔣生因遭兵火，偕妹逃生，傍徨途次，以瑞蓮、瑞蘭一字之誤，遂獲好逑之託。招商店裏雲雨正濃，無奈其父識面，强迫歸寧。丢蔣生于半途，至悽切于愁楚矣。詎意瑞蘭流移黄府，獲與瑞蓮爲姊妹。興福及第同榜，得與瑞蓮結絲蘿，使世隆琴瑟和鳴，塤篪協奏，亦天地間勝事哉！拜月亭中訴盡衷曲，千載流傳，共作一場勝話。余因品藻及之，有盡華舌，不盡情趣。

雲間陳繼儒題。

陳眉公先生批評幽閨記卷上目録

陳眉公先生批評幽閨記卷下目録

幽閨記卷下目録終

鼎鐫陳眉公先生批評幽閨記卷之上

雲間眉公　陳繼儒　評
潭陽儆韋　蕭鳴盛　校
一齋敬止　余文熙　閱
書林慶雲　蕭騰鴻　梓

第一齣　開場始末

【西江月】（末唱）輕薄人情似紙，遷移世事如棋。今來古往不勝悲，何用虚名虚利。遇景且須行樂，當場謾共啣杯。莫教花落子規啼，懊恨春光去矣。

【沁園春】蔣氏世隆，中都貢士。妹子瑞蓮，遇興福逃生，結爲兄弟。瑞蘭王女，失母爲隨遷。荒村尋妹，頻呼小字，音韻相同事偶然。應聲處，佳人才子，旅館就良緣。岳翁瞥見生嗔怒，拆散鴛鴦最可憐。嘆幽閨寂寞，亭前拜月，幾多心事，分付與嬋娟。兄中文科，弟登武舉，恩賜尚書贅狀元。當此際，夫妻重會，百歲永團圓。㈠

㈠　眉批：入韻。

老尚書緝探虎狼軍，窮秀才拆散鳳鸞群。
文武舉雙第黃金榜，幽閨怨佳人拜月亭。

第二齣　兄妹籌咨

（生扮蔣世隆上）

【珍珠簾】（生唱）十年映雪囊螢，苦學干禄，幸首獲州庠鄉舉。繼晷與焚膏，祇勤習詩書。咳唾珠璣才燦錦，養浩然春闈必取。一躍過龍門，當此青雲得路。

中都風物景全佳，街市駢闐鬬麗華。煙鎖樓臺浮錦色，月籠花影映林斜。禮樂流芳忝儒裔，雙親不幸俱傾逝。止存一妹在閨中，真乃家傳多富貴。自家姓蔣，雙名世隆，中都路人氏。雖叨鄉薦，未赴春闈，只因服制在身，難以進取。家中別無親人，止有一妹，叫名瑞蓮，年已及笄，未曾許聘。〔鷓鴣天〕正是錦繡胸襟氣若虹，文章才學足三冬。循循善道馳庠校，濟濟儒風靄郡中。題雁塔，步蟾宫。前程萬里附溟鴻。此時衣錦還鄉客，五百名中讓世隆。㈠道猶未了，妹子早到。（小旦扮瑞蓮上）

【緱山月】（小旦）樂道安貧巨儒，嗟怨是何如？但孜孜有志效鴻鵠，似藏珍韞匵。韜光隱

㈠　眉批：語言太壯。

鋭，待價沽諸。

哥哥萬福。（生云）妹子到來，妹子請坐。（旦云）哥哥請坐。哥哥，妹子往常間見哥哥眉開眼笑，今日見哥哥眉頭不展，面帶憂容，却爲些甚麽來？（生云）妹子，你不知道，我有三件事在心，所以不樂。（旦云）那三件事？（生云）第一件，父母靈柩在堂，未曾殯葬。第二件，我服制在身，難以進取。第三件，你我年紀長大，親事未諧。以此不樂。（旦云）〔玉樓春〕瑞蓮愚不將賢諫。安居温習何嗟嘆。（一）退藏山水作漁樵，進身皇闕爲官宦。（生云）妹子，迅速光陰如轉眼。少年何事功名賺。蒼天未必誤儒冠，儒冠多誤男兒漢。（旦云）哥哥，你平日攻書多少？

【玉芙蓉】（生唱）胸中書富五車，筆下句高千古。鎮朝經暮史，寐夜興夙。擬蟾宫折桂雲梯步，待求官奈何服制拘。教人怨，怨不霑寸禄。（合）望當今聖明天子詔賢書。

【前腔】（旦唱）功名事本在天，何必恁心過慮。且從他得失，任取榮枯。爲人只恐身無藝，暫時間未從心所欲。金埋土，也須會離土。（二）（合前）

【刷子序】（生唱）書齋數椽，良田儘可、隨分饘粥。世態紛紛，争如静守閑居。（旦唱）勤劬。

（一）夾批：詩句可厭。

（二）眉批：哥不如也。

事業學成文武。掌王朝方霑天禄。(一)(合)但有個抱藝懷才，那曾見滄海遺珠。

【前腔】(生唱)難服。晚進兒童，奪朱污紫、肥馬輕裘。磊落男兒，慚睹蠢爾之徒。(旦唱)聽語。萬事皆由天命，盡皆非者也之乎。(二)(合前)

(生)琢磨成器待春闈，(旦)萬里前程唾手期。

(合)一舉首登龍虎榜，十年身到鳳凰池。

第三齣　虎狼擾亂

(净番將上)

【點絳唇】(净)勢壓中華，仁將夷化。威風大。一曲琵琶，醉後驅鷹馬。

你看邊塞上好光景。只見萬里寒沙，一天秋草。馬嘶平野呼鷹地，犬吠低坡射雁人。草叢中無非是赤兔黄獐，天際表有些兒皂雕白鵰。夜夜月爲青鸞鏡，年年雪作黑山花。俺這裏吃的是馬酪羊羔，説甚麼龍肝鳳髓；穿的是狐裘貂帽，要甚麼錦衣繡裳。比着他諸夏無君，争似俺蠻夷有主。漢家雖盛，曾

(一)　眉批：纔是。

(二)　眉批：何緣得此達語？

與和親；唐國稱隆，結爲兄弟。國號附金，(一)而威風凛凛；中華臣宋，而氣宇巍巍。遠觀着幾層瑞彩罩金城，近望見一派祥雲籠鐵柱。自家北番一個虎狼軍將是也。(二)只因大金天子，俺這裏三年一小進，五年一大進，十年一總進。今經一十五年，並無一絲兒回答。俺主大怒，着俺起兵前去打奪州城，占據糧草。不免叫把都兒每出來，與他商議。把都兒那裏？（小生、外、丑、末上）

【水底魚】白草黄沙，氈房爲住家。胡兒胡女，慣能騎戰馬。因貪財寶到中華。閑戲耍，被他拿住，鐵里温都哈喇。(三)

主帥呼唤，上前參見。（浄云）把都兒每，只因大金天子，俺這裏三年一小進，五年一大進，十年一總進。今經一十五年，並無一絲兒回答。主上大怒，着俺起兵前去，打奪州城，占據糧草。衆把都兒每，聽吾號令，不可有違！

【豹子令】（浄唱）點起番家百萬兵，百萬兵。紛紛快馬似騰雲，似騰雲。叵耐大金無道理，與他交戰定輸贏。（合）安排器械便登程，殺教片甲不留存。

【金字經】（浄唱）啃都兒哪應咖哩，者麽打麽撒嘛呢。哧嘛打麽呢。咭囉也赤吉哩，撒麽呢

(一) 金：原作『全』，據汲古閣刊本《繡刻幽閨記定本》改。

(二) 眉批：無毫腥羶氣。

(三) 眉批：曲合拍。

撒哩，吉麽赤南無應咖哩。(一)

頭戴金盔挽玉鞭，驅兵領將幾千員。(二)

金朝拿解番狼將，血濺東南半壁天。

齣末總批：

簡而文，回回曲之傑出者。

第四齣　罔害皤良

(小生、丑扮金瓜武士上)蓬萊正殿起金鰲，紅日初昇碧海濤。開着午門遥北望，赭黄新帕御床高。(末扮黄門上)

【點絳唇】(末唱)漸闢東方。殘月淡啓，猶伺顯，平閃清光。點滴簷鈴響。

萬燭當天紫霧消，百花深處漏聲遥。宫門半闢天風起，吹落爐香滿繡袍。自家金朝一個小黄門是也。主司儀典，出納綸音。身穿獸錦袍，與賓客言；口含雞舌香，傳天子令。如今早朝時分，官裏升殿，怕有奏事官到來，不免在此伺候。怎見得早朝？但見銀河耿耿，玉露瀼瀼。似有似無，一天香霧；半

(一)　眉批：最上一乘。

(二)　眉批：雄。

明半滅，幾點殘星。銅壺水冷，數聲蓮漏出花遲；寶鴨香消，三唱金雞明曙早。人過御溝橋，燈影裏衣冠濟楚；馬嘶官巷柳，月明中環珮鏗鏘。鐘聲響大殿門開，五音合内宫樂奏。只見那奉天殿、武英殿、披香殿、太乙殿、謹身殿巍巍峨峨，日色乍臨仙掌動；奉天門、承天門、大明門、朝陽門、乾明門隱隱約約，香煙欲傍衮龍浮。其時有御用監官、尚膳監官、尚衣監官，各司其事，備其所用；鴻臚寺官、光禄寺官、太常寺官，各守乃職，聽其所需。周旋中規，折旋中矩，降者降而升者升；過位色勃，執圭鞠躬，跪者跪而拜者拜。文官有稷、契、伊、傅之才，武將有起、翦、頗、牧之勇。正是：日月光天德，山河壯帝居。太平無以報，願上萬言書。道猶未了，奏事官早到。（净扮聶貫列上）

【出隊子】（净唱）番兵突至，番兵突至。禦敵無人爲出師，教人日夜苦憂思。事到臨危不可遲。奏議遷都，伏乞聖旨。

（末云）來者何官？（净云）臣聶貫列奏聞陛下。（末云）所奏何事？（净云）奏爲保國安民事。誠惶誠恐，稽首頓首。冒奏天顔，恕臣萬死萬死。臣聞番兵犯界，突入榆關，離俺中國只有百二十里之地。况彼人强馬壯，本國將寡兵疲，難以當敵。不若遷都汴梁，上保社稷無危，下免生民塗炭。（末云）官裏道來，汴梁有何好處，可以遷都？（净云）夫汴梁者，東有秦關，西有兩隘，南有函谷，北有巨海，地雄土厚，可以遷都。所謂『王公設險以守其國』，願我王准臣所奏，不必遲疑。[一]（末云）官裏道來，可退在午

[一] 眉批：不是解。

門外與衆官商議。即便遷都汴梁，免致兩國相爭，實爲便益。（浄）萬歲，萬歲，萬萬歲！（退科）（外扮陀滿海牙上）（外唱）

【點絳唇】長樂鐘鳴，未央宫啓。千官至，頓首丹墀。遥拜着紅雲裏。

（末云）來者何官？（外云）臣陀滿海牙。累世忠良，官居左丞之職。有事不容不諫。（末云）所諫何事？（外云）臣聞番兵犯界，軍馬已到榆關，相去百二十里之地，所謂『剥床以膚，切近災』者也。(一)本合命將出師，今被奸臣竊柄，奏令遷都，不惟天子蒙塵，抑且生民塗炭。於此不諫，不爲忠也。誠惶誠恐，稽首頓首。君乃臣之元首，臣乃君之股肱。君有諍臣，父有諍子。王事多艱，民不堪命。若鉗口不言，是坐視其危也。即今番兵犯界，何不遣帥出師，却乃遷都遠避？（末云）官裏道來，如今朝中缺少良將，着何人爲帥，統領三軍，與他對敵？（外云）臣聞内舉不避親，臣舉一人，即臣之子陀滿興福。此子六韜三略皆能，有萬夫不當之勇。手下見有三千忠孝軍，人人敢勇，個個當先，可退番兵。（浄云）臣聶貫列奏聞陛下：陀滿海牙已有無君之心，又令其子出軍，如虎加翼，爲禍不淺。我王不可准奏。(二)（外云）咄！聶貫列，你何故妄奏遷都？（浄云）咄！陀滿海牙，你何故阻駕？（外怒科）

【新水令】（外唱）九重天聽望垂慈，九重天聽望垂慈，主君賢諫臣須直。事當言敢自欺，既

(一) 眉批：那來二卿俱通《易經》？

(二) 眉批：君父前無是理。

爲官要盡臣職。（浄云）如今聖駕遷都，有何不可？（外唱）你若是要遷移，把社稷一時棄。（末云）官裏道來，二人所奏不同，還退在午門外與衆官商議。（外、浄云）萬歲，萬歲，萬萬歲！（退科）（外云）聶貫列，你怎見得就該遷都？

【步步嬌】（浄唱）蠢爾番兵須臾至，力寡難當禦。朝臣衆議之，你不見昔日呵，太王居邠，狄人侵地。㈠事之以皮幣不得免，事之以犬馬不得免，事之以珠玉不得免。他也無計可施爲，只得遷都去。

【折桂令】（外唱）古人言自有權輿，能者遷之，否則存之。（浄云）説得好，説得好，你説聖上不如太王！（外唱）怎忍見夫挈其妻，兄攜其弟，母抱其兒？城市中喧喧攘攘，村野間哭哭啼啼，可惜車駕奔馳，生民塗炭，宗廟丘墟。㈡

【江兒水】（浄唱）臣道當卑順，毫欺敢犯之？你道能如太王則遷之，不能則謹守常法。這是不能堯舜欺君罪。那百姓每呵，見説仁君遷都避，紛紛從者如歸市。你道效死而民勿去，這等拘守之言，怎及得遷國圖存之計。㈢

㈠ 眉批：此妙策有根據耶？

㈡ 眉批：離亂滿目。

㈢ 眉批：滿口書句。

【雁兒落】（外唱）俺穿一領裹乾坤縫掖衣，要幹着儒家事。讀幾行正綱常賢聖書，要識着君臣義。俺則是一心兒清白本無私。㈠（浄云）你觸犯了聖上，就該萬死。（外唱）言如道，死可辭。（浄云）常言道：『閉口深藏舌，安身處處牢。』（外唱）怎做得窨無氣！（浄云）你許多年紀了，還要管這等閑事怎麼？（外唱）怎做得老無爲！今日任你就打落張巡齒，癡也麼癡，常自把嚴顔頭手内提。㈡

【僥僥令】（浄唱）半空横劍戟，四面列旌旗，戰鼓如雷轟天地。你却唱太平歌，念孔聖書。㈢

【收江南】（外唱）呀，恰便是驕驄立仗，噤住口不容嘶。將焉用彼過誰歟？那知越瘦與秦肥？你這般所爲，你這般所爲，恨不得啖伊血肉寢伊皮。

【園林好】（浄唱）朝廷上尊嚴去處，豈容你談論是非？全不識君臣之體。憑河死，悔時遲。憑河死，悔時遲。（外將笏擊浄）（怒科）

【沽美酒】（外唱）你爲人何太諛，你爲人何太諛。腹中劍口中蜜，長脚憸人藍面鬼。百般樣

㈠　眉批：何得譏其腐。
㈡　眉批：大丈夫不可無此氣概。
㈢　眉批：過在那一個。

肆奸回，肆奸回把聖聰蒙蔽。俺學的是段秀實以笏擊賊，你那臭名兒海波難洗。我好名兒史策留題。[一]我呵，這件事你知我知、天知地知。呀，便死做鬼魂靈一心無愧。

（净云）聶貫列奏聞陛下：陀滿海牙故意阻駕，陀滿興福造意出軍，父子將謀爲不軌。（末云）官裏道來，陀滿海牙父子既有反叛之心，着金瓜武士打死。（外云）聖上，讒言不可聽信。（小生、丑扯外下）（末云）官裏道來，陀滿海牙三百家口，不分良賤，盡行誅戮，齠齔不留。[二]就差聶貫列前去監斬，不得有違。（净云）奉聖旨。

（末）早期奏罷離金階，（净）戈戟森森列將臺。

（合）會施天上無窮計，難免今朝目下災。

齣末總批：

從來忠烈多如此，何勞千古謾唏噓。

第五齣　亡命全忠

（小生扮陀滿興福上）

[一] 眉批：只爲史策留題便不是。

[二] 眉批：這多冤業，痛哉如何。

【紅衲襖】（小生）將門庭，非小輕。掌貔貅，百萬兵。威權勇猛千般計，勢顯英雄一派鉦。官宦族，名譽稱，聲聞徹帝京。好笑番魔也，怎當俺三千忠孝軍。

膽略曾經百戰場，勢如猛虎走群羊。胸中豪氣沖天日，訓練三軍悉智强。自家陀滿興福。爹爹海牙丞相今早入朝未回，目下番奴侵亂，不免把軍士每訓練一番，多少是好。軍吏那裏？（丑上云）朝中天子宣，閫外將軍令。覆將軍，有何鈞旨？（小生云）取軍册上來。（丑取册）（小生看科）（末上云）有事不敢不報，無事不敢亂傳。將軍，不好了！（小生云）怎麽説？（末云）即今番兵犯界，聶賈列奏令遷都，聖意欲從，老相公極言苦諫，那聶賈列輒生惡意，妄奏聖上，説老相公故意阻駕，謀爲不軌。聖上聽信讒言，將老相公金瓜打死了！（小生哭科）（末云）還有一件。（小生云）又怎麽？（末云）聖上就差聶賈列爲監斬官，把將軍三百家口，不分良賤，盡行誅戮。如今聶賈列那廝，帶領人馬將到了也。（小生云）這苦怎生是了！（末云）將軍不妨。將軍手下見有三千忠孝軍，人人敢勇，個個當先，待那奸臣來時，把他一刀殺了。上報老相公屈死之讎，下免三百口屠戮之苦，有何難處。（小生云）我若殺了那廝，怎全得我老相公的忠義！無計可奈，只得逃難他方，再作區處。（一）

雙手擘開生死路，一身跳出是非門。（二）

（一）眉批：欠慌惶之景。

（二）眉批：怎麽跳出？

第六齣　圖形追捕

【趙皮鞋】（丑唱）我是個巡警官，日夜差科千萬端。俸錢些少幾曾關，怎得三年官債滿？〔西江月〕當職身充巡檢，上司差遣常忙。捕賊違限最堪傷，罰俸别無指望。日裏迎來送往，夜間巡警關防，雖然鵝酒得些噇，事發納贜吃棒。今有當朝陀滿丞相阻當鑾駕，朝廷大怒，將他滿門良賤，盡皆誅戮，只走了陀滿興福一人。奉上司明文，遍張文榜，畫影圖形，十家爲甲，排門粉壁，各處挨捕。但有拿得着者，有官有賞。窩藏者與本犯同罪。不免叫左右的出來分付。左右那裏？（末上云）訟簡公衙靜，民安士庶稱。明如秋夜月，清似玉壺冰。覆老爹，有何分付？（丑云）我且問你，這個地方誰管？（末云）這是中都路坊正管的。（丑云）這等與我叫中都路坊正來。（末云）領鈞旨。中都路坊正走動。

【大齋郎】（浄上）狂秀才，命兒乖，身充坊正是官差。三隅兩巷民户災，要無違礙，好生只把月錢來。

身充坊正霸鄉都，財物雞鵝那得無？物取小民窮骨髓，錢剥百姓苦皮膚。當權若不行方便，後代兒孫作馬驢。罰願滿門都喫素，年頭年尾只喫麩。（末云）你倒佛口蛇心。（浄云）你是甚麽人？（末云）我是公使人。（浄云）公使人，乾熱亂，得文引，去勾喚。窮三千，富五貫。得了錢，解一半。這等之人，如何判斷？押赴市曹，一刀兩段。吾奉太上老君急急如律令敕！（末云）你也不象個坊正，到是個掌法司巡警老爹。叫你半日了，且不要閑説。（浄云）既如此，待我去見。老爹見坊正。（丑云）我把你這狗骨頭！我在此半日，你纔來見我，到説『老爹見坊正』。我到來見你麽？（浄云）不是這等説。不曾分得句讀。我説『老爹見』，小人是『坊正』。只少了『小人是』三個字。（丑云）這狗骨頭。白鐵刀，轉口快。且不打你，聽我分付：今有當朝陀滿丞相，阻當鑾駕，朝廷大怒，將他滿門良賤，盡皆誅戮，只走了陀滿興福一人。奉上司明文，遍張文榜，畫影圖形。十家爲甲，排門粉壁，各處挨捕。但有拿得着者，有官有賞。窩藏者與本犯同罪。（浄叫科）東西南北四隅裏，賣豆腐的王公聽着，但有人拿得陀滿興福者，有官有賞。窩藏者與本犯同罪。（丑云）拿過來！我把你這狗骨頭。東西南北四隅裏，豈没有個姓張姓李的？偏只有這個賣豆腐的王公？（浄云）老爹，有個緣故。小的老婆吃齋，賣豆腐的王公每日挑了豆腐在小的門首經過，小的老婆問他賒一塊兒吃，他再不肯。老婆説，家長老官兒，今後有甚麽官府事，報他一名。故此只報他的名字。(一)（丑云）這狗骨頭，我倒替你官報私讎！叫左右，拿下去打。（末云）稟老爹，打多少？（丑云）打十三。（末打科）（丑云）你方纔打多少？（末云）打十三。（丑云）狗骨頭，明明打得他三板，就説打了十三。壞了我的法度！坊正起來，拿這狗骨頭下去打！（浄云）六月債，還得快。稟老爹，打多少？（丑云）也打十三。（浄打科）（丑云）我曉得，人人如此，個個一般，你打得他三板，也就哄我説打了十三。你每欺我老爹不識數？左右的，如今拿坊正下去打，

(一) 眉批：固多此輩。

打一下，我老爹記一根籌，難道也哄得我不成？（末打淨）（淨打丑）（諢科）

【恤刑兒】（丑唱）你十三，我十三，三個十三三十九，賽過東京白牡丹。(一)

【柳絮飛】（丑唱）聽我分付：一軍人盡誅戮，誅戮。走了陀滿興福，興福。遍將文榜諸州掛，都用心跟捉囚徒。（合）鄰佑與窩主，停藏的罪同誅。

【前腔】（末唱）聖旨非比尋俗，尋俗。明立官賞條局，條局。反叛朝廷非小可，市曹中影畫形圖，形圖。（合前）

【前腔】（淨唱）排門粉壁明書，明書。擾擾攘攘中都，中都。坊正干繫天來大，没錢賺不比差夫，差夫。（合前）

（丑）排門粉壁刷拘，（淨）各分干係公徒。

（末）假饒人心似鐵，（合）怎當官法如爐。

第七齣　文武同盟

（小生走上）休趕，休趕。折碎玉龍飛彩鳳，斷開金鎖走蛟龍。

(一)　眉批：妙。

【金瓏璁】鑾輿遷汴梁，朝廷，你信讒言殺害忠良，忠孝軍盡誅亡。慌慌逃命走，此身前往何方？天可表我衷腸。(一)

陀滿興福，〔水調歌頭〕本爲忠孝將，翻作叛離人。番兵犯界，遷都遠避鸞蒙塵。嚴父金階苦諫，聖怒一門賜死，亡命且逃生。上天天無路，入地地無門。

【北絳都春】興福家九族遭殃，六親俱喪唧冤枉。怎教俺三百口無罪身亡，兀的是平地裏災從天降。(二)

【混江龍】大金主上，怨着大金主上。信讒言佞語，殺害我忠良。把俺忠孝軍都殺盡，教俺一身逃難，離了家鄉。朝廷忙傳聖旨，差使命前往他方。把興福圖形畫影，將文榜遍地裏開張。拿住的請功受賞，但人家不許窩藏。却教俺走一步一步回頭望，痛殺俺爹和娘。走得俺筋舒力乏，諕得俺魄散魂揚。(内喊科)呀！後面軍馬越趕得緊急了。休趕，休趕，俺和你魚水無交。冤有頭債有主，教你一個來時一個死，兩個來時兩個亡。則見幾個巡捕弓兵如虎狼，趕得俺慌上慌、忙上忙。天那！這場災禍無可隄防。見那廝惡吽吽手裏拿着的都是鎗和棒，諕得

(一) 眉批：奔離乃忠孝。
(二) 眉批：太俗。

俺戰兢兢小鹿兒在心頭撞，這壁廂無處隱藏。且住，這裏有一堵高牆，牆邊有口八角琉璃井，曾記得兵書上有個金蟬脱殼之計，㈠不免將身上紅錦戰袍掛在這枯椿上，翻身跳過牆去，待那士兵來時見了這袍，則道俺墜井身亡，一定打撈屍首，那時陀滿興福在牆那邊不知去了多少路了。好計，好計！將俺這錦紅袍，錦紅袍脱放在枯椿上。呀！衣服脱了，粉牆這等高峻，如何跳得過？自古道，人急計生，不免攀住這杏花梢跳將過去。跳過這粉牆，恰便似失路英雄楚霸王。教俺興福慌也不慌，不覺來到花影傍。㈡

呀，好大風！想必是天神過往，且在這花叢底下暫躲一躲，再作區處。（下）（末扮太白星上）

【旋風子】（末唱）祥雲縹緲，飛升體探人間。

湛湛清天不可欺，未曾舉意早先知。善惡到頭終有報，只争來早與來遲。

【北雁兒落帶過得勝令】（末唱）總乾坤一轉丸，睹日月雙飛箭。浮生夢一場，世事雲千變。萬里玉門關，七里釣魚灘。曉日長安近，秋風蜀道難。險些兒誤殺了個英雄漢。淒淒冷冷埋冤世間。㈢

㈠ 眉批：曾用得似。
㈡ 眉批：何以知之？
㈢ 眉批：過文不得，每用神仙，文家多如此。

善哉善哉，苦事難捱。有難不救，等待誰來？花園的土地那裏？（丑上云）花園土地老，並無犧牲咬。
㕷耐灌花奴，香爐都推倒。覆仙主，有何分付？（末云）今有本國忠孝將陀滿興福，(一)他家三百餘口，盡被昏奸誅戮，只脱得一身到此。此人去後當有顯榮。如今被軍馬追趕緊急，汝可隱形全庇此人這場大難，不可有違。（丑云）領鈞旨。便將此人變其形像爲小神，與他躲過便了。（末云）降身臨凡世，起步到天宮。（下）（丑坐科）（小生上云）風已息了，不免尋個走路。呀，這裏太湖石傍有個神像在此，牌上寫着明朗神之位。明朗神爺，陀滿興福是冤枉之人，逃難到此，若得片雲蓋頂，救了小將之難，他日重修廟宇，再整金身。

【混江龍後】（小生）望神聖將身隱藏，興福撮土爲香，禱告上蒼，但願得俺興福離了天羅、脱了地網。(二)（推丑下）（自坐科）

【六么令】（外、末、丑、浄上）（唱）官司遍榜，捕捉陀滿興福惡黨。正身拿住受官賞，尋蹤跡，問行藏，俺待見了休想輕輕饒放。俺待見了休想輕輕饒放。

（浄云）你們見也不曾？（衆云）見甚麼？（浄云）攀脊梁不着，一個矮子。（衆云）攀脊梁不着，是個長子。（浄云）在這裏，在這裏。（衆云）在那裏？（浄云）你看這脚跡，不是陀滿興福的？（衆云）怎

(一) 眉批：忠魂感神。
(二) 眉批：恐不及如此。

麼曉得是陀滿興福的？（净云）陀滿興福是個雕青大漢，他人長脚也長。（衆云）有多少長？（净云）待我量一量，有一丈二三長。（衆云）一尺二三。且住，脚跡在這裏，怎麼就不見了？（净云）是跳過牆去了。[一]（衆云）這牆是誰家的？（外云）是蔣舉人的花園。那個先進去？（净云）你們進去。（衆云）還是你進去。（净云）也罷，我有個分曉，待我先把這棍子丢將進去看。（丢棍科）（末云）這個是護身龍，怎麼丢了進去？（净云）如今不叫他是護身龍。（末云）叫做甚麼？（净云）叫做查實。（末云）怎麼叫做查實？（净云）丢這棍子進去，倘若裏面有溝有河，有人有狗，也曉得個明白，故此叫做查實。[二]（末云）如今丢在那里響？（净云）在平地上響。待我進去。（作跳牆科）呀！有個神像在此，牌上寫着是明朗神之位。且住，陀滿興福是個有本事的人，倘撞着了他，一拳打得稀爛。還出去叫他們一齊進來。（跳出科）（末云）怎麼又出來了？可見些甚麼？（净云）不見甚麼，只見一個神道坐在那裏，和你都跳去看。（末云）我們奉上司拿人，和你推倒牆進去。（衆云）是如此，推倒牆進去。（衆推科）果然有個神道在此。（净云）列位哥哥，我和你在神道面前許下一願，必保佑你我早拿得陀滿興福。你道如何？（衆云）好好。（丑云）我就許一隻鵝。（净云）我就許一隻雞。（末云）我許一刀肉。（外云）我許酒果紙燭都在我身上。（衆云）明朗神爹，我每都是土兵，奉上司明文捉拿陀滿興福，若拿得着，還

[一] 眉批：不是一丈二尺脚，安跳過生死牆？

[二] 眉批：正是一條光棍。

你一個三牲。（丑云）若拿不着，我那兒，你休怪。（外云）神明怎麽去褻瀆他？（末云）來，和你在此嚷了半日，他就在此，也去了。和你還到牆外邊去追尋蹤跡。（淨云）説得有理。快來，快來，走在這裏。㈠（丑云）在那裏？（淨云）這不是陀滿興福的紅錦戰袍？想是見我們追得緊急，墜井而亡了。（丑窺井科）一個，一個。（外看科）（丑云）兩個，兩個。（外云）不是。是我和你的影子。（丑云）怎麽有人在裏面説話？（外云）是我和你的應聲。哥，被他使了計了。（淨云）使甚麽計？（外云）金蟬脱殼之計。㈡他哄我和你在此打撈屍首，他不知去了多少田地了。不如拿這領衣服去領賞罷。（衆云）説得有理。（衆唱）

【好花兒】恨不得掘地翻天，見樹邊一人端然，是個土地公公塑在花園。許金錢，望指點。（合）万人万人那裏見？（衆唱）

【前腔】尋不見連忙向前，搜索盡牆邊院邊。莫不是隱身法術似神仙？走如煙，眼尋穿。（合前）（衆唱）

【前腔】捉拿了三千六千，做公人十年五年。馬翰司公且休言。見着錢，最爲先。（合前）

（外云）手眼快且饒巡院，（末云）心機巧枉説周宣。（淨云）有指爪擘開地面，（丑云）插翅翼飛上青天。

㈠　眉批：有理。
㈡　眉批：也識得這計。

（並下）（小生弔場）這一起士兵倒在跟前許下三牲去了。這回不走，更待何時？不免拜謝天地則個。

【金蕉葉】（小生）謝天，謝了天，怎麼不拜謝明朗神爺？謝神，避難來幸脱離了禍門。（欲下科）

（生上云）咄！是何人入我園中暗隱？（小生跪科）告少息雷霆怒嗔。

（生云）漢子，這不是説話的去處，隨我到亭子上來。

【章臺柳】（生唱）情既緊，言又窘，我斟量非姦即盜賊。（小生云）小生不是賊。逃軀潛地奔。（生云）既不是賊呵，無故入人家，有何事因？（小生云）小人也是好人家兒女。（生唱）你休得要逞花唇，休得要逞精神，稍虚詞送你到有司推問。(一)

（小生云）長者息怒且停嗔，聽我從頭説事因。興福本爲忠孝將，誰知翻作奔離人。長者若拿興福去，官上加官職不輕。正是得放手時須放手，可饒人處且饒人。

【前腔】我將冤苦陳，教君不忍聞。（生云）你是何處人氏？姓甚名誰？（小生唱）念興福生來女直人。（生云）做甚麼勾當？（小生唱）身充忠孝軍。（生云）呀，既是忠孝軍，怎麼不去隨駕，倒在這裏？（小生唱）爲父直諫遷都阻佞臣，齠齔不留存，誅戮盡只留我苟活逃遁。

【醉娘兒】（生唱）聽言此情，實爲可憫。漢子，擡起頭來我看。（小生擡頭科）（生唱）覷着他貌英

(一) 眉批：道則却是，只是太早些。

雄出輩群。〔一〕（背云科）結交在未遇之先，施恩在貧窘之日，看此人一貌堂堂，後來必有好處。欲結義他爲兄弟，未知他意下何如？漢子請起，你不嫌秀士貧，和你弟兄相識認。（小生云）小人該死之徒，得蒙長者饒恕，已出望外，焉敢與長者齊軀！（生云）這也非在今日，他時須記取今危困。

【前腔】（小生）死重生，怎敢忘伊大恩。（生云）你多少年紀了？（小生云）小人二十八歲。（生云）我今年三十歲，長你二歲，你稱我爲兄便了。（小生云）既如此，哥哥請上，受兄弟幾拜。（生）不要拜罷。（小生拜科）既爲兄休謙遜。（生云）你拜我，受之不穩。（小生唱）休道是百拜受不穩，受兄弟千拜何勞頓。若非仁兄呵，誰肯把我負屈啣冤問？

（生云）兄弟，我本待要留你在此暫住幾時，只是一件，

【雁過南樓】（生唱）此間難容汝身，此間難容汝身，但人知彼此遭迍。兄弟，你衣帽那裏去了？（小生云）衣帽都失落了。（生云）叫院子，取我的衣帽並銀子十兩出來。（末上云）衣帽、銀子在此。（生云）你且回避。（末下）（生云）無物贈君，些少鏒銀，不嫌少望留休哂。（小生云）多謝哥哥。（生云）兄弟，你此去呵，莫辭苦辛，暮行朝隱，更名姓向外州他郡。

兄弟，你方纔打從那裏來的？（小生云）後園牆上跳過來的。（生云）我如今送你到前門出去。（別科）

〔一〕眉批：只審奸盜，不逆詐僞。眼裏有珠，胸中有鏡。

【前腔】(小生)拜别拜别,方欲離門。且住,我陀滿興福聰明了一世,懵懂在一時,方纔跳入那秀士園中,他不拿我送官請賞,反助我銀兩,又結義我爲兄弟。我久後若得寸進,欲報恩義,未知他姓甚名誰?猛回身,猛回身,幸還思忖。(生云)呀,兄弟你去了,怎麼又轉來?(小生唱)特有少稟,欲言又忍。(生云)兄弟有甚話,但説不妨。(小生唱)哥哥姓和名,小兄弟敢問。(一)(生云)自家姓蔣,雙名世隆,中都路人氏。兄弟,你三回四次問我的姓名,莫非恐人拿住要攀扯我麽?(小生唱)無他效芹,略得進身,犬馬報怎敢忘半米兒生分。

(走科)(生云)兄弟慢去,我還有幾句言囑付你。

【山麻稭】(二)(生唱)你去渡關津怕有人盤問,又没個官司文憑路引,此行何處能安頓?驀忽地怕有便人,寄取一封平安書信。

【前腔】(小生)兄長言極明論,遍行軍州、立賞明文。世没個男兒、有誰投奔?一片心后土皇天,表我忠直、不陷良人。

【尾聲】埋名避禍捱時運,滿望取皇家赦恩。罪大彌天其時許自新。

(一) 眉批:呆。

(二) 稭:原作『客』,據《幽閨怨佳人拜月亭記》改。

（生）古語積善逢善，（小生）常言知恩報恩。

（合）此去願逢吉地，前行莫撞凶門。(一)

第八齣　少不知愁(二)

（旦扮王瑞蘭上）

【七娘子】（旦唱）生居畫閣蘭堂裏，正青春歲方及笄。家世簪纓，儀容嬌媚，那堪身處歡娛地。

〔踏莎行〕瑞蘭蘭蕙温柔，柔香肌體，體如玉潤宫腰細。細眉淡掃遠山横，横波滴溜嬌還媚。媚臉凝脂，脂匀粉膩，膩酥香雪天然美。美人妝罷更臨鸞，鸞釵斜插堆雲髻。（旦唱）

【錦纏道】髻雲堆，珠翠簇，蘭姿蕙質，香肌稱羅綺。黛眉長，盈盈照泓秋水。鞋直上冠兒至底，諸餘没半樁兒不美。針指暫閑時，花朝月夕，丫鬟侍妾隨。好景須歡會，四時不負佳致。

(一)　眉批：一篇提挈綱領，妙在此折。

(二)　眉批：亦少不得此一齣。

【朱奴兒】春名苑奇葩異卉，夏水閣浮瓜沉李。秋玩蟾光折桂枝，逢冬景賞雪觀梅。知他喚、喚愁是甚的？總不解愁滋味。

芳容魚沉雁落，美貌月閉花羞。

肌骨天然自好，不搽脂粉風流。

第九齣　綠林寄跡

【水底魚】（外、淨、丑、末扮嘍囉上）擊鼓鳴鑼，殺人並放火。倚山爲寨，號爲攔路虎。金銀財寶，劫來如糞土。無錢買路，霸王也難過。

（淨云）山中壯士，全無救苦之心；寨内强人，儘有害民之意。不思昔日蕭何律，且效當年盜蹠能。衆兄弟，你我不是别人，虎頭山草寇是也。寨中有五百名嘍囉，你我却是頭領。昨夜巡哨各山，不知有事也没有？（外云）我巡東山，一些事也没有。（淨云）我巡西山，也没事。（丑云）我巡南山，也没事。只有巡北山的頭領不見回來。待他來時，便知分曉。（末上云）歡來不似今日，喜來那勝今朝。（衆云）哥回來了。（末云）是回來了。你們巡哨如何？（衆云）我們都没事。（末云）我倒有事。（丑云）你敢被人拿住了？（末云）被人拿住那得我來？（丑云）却怎麽説？（末云）我一巡巡到山凹裏，只見霞光萬道，瑞氣千條，被我把鏵鍬掘將下去，只見一個石匣，石匣裏面一頂金盔，一把寶劍。（衆云）在那裏？（末云）是我藏在那裏。（衆云）去拿來看一看。（末云）我去拿來。（背云）我在那裏戴一戴，頭腦生起疼來，且把與你們戴戴看。哥，你看好東西。（浄云）拿來與我戴。（丑、外奪科）（末云）不要争，我有個主張：我們虎頭山有五百名嘍囉，只少一個寨主，若是戴得這盔的，大家就拜他做寨主。（丑云）這有甚麽難？拿來我戴戴。（末云）且住，要做寨主，還要通得些文墨纔戴得。（丑云）要弄文墨，這個不打緊。拿來，我戴了説。（末云）説了戴。（丑云）也罷，我就説。怎麽様説好？（末云）要説得大些。（丑云）我平生會説大話。混沌初分我出身。如何？（末云）大便大了，且看下句。（丑云）有麽：混沌初分我出身，伏羲、神農是我後輩人。山中寨主無人做，五百名嘍囉我是尊。拿來我戴。㈠（末云）欽賜了你。不消謝恩。（外云）好皇家氣象。（丑云）好，你看耀日争光，這紅帽兒不用了，賜與你們罷。且住，還要防後，拿那雌雄寶來。（末云）甚麽雌雄寶？（丑云）劍。插在我楊柳細邊。（末云）甚麽楊柳細？（丑云）腰。雌雄寶劍，楊柳細腰。（浄云）皇帝也打歇後語，須行天下，都要打歇後語哩！㈡（丑反戴科）（末云）反了。（丑云）一日皇帝也不曾做，怎麽就反了？（末云）盔反戴了。（丑云）你那曉得我是個没面目的大王，却要垂簾聽政哩！（歪戴科）（末云）歪了。（丑云）這叫做耳不聞。（作跌推末科）（末云）怎麽推我一交？（丑云）這叫做推位讓國。（摇科）（末云）不要

㈠ 眉批：賊頭也要會講道學。

㈡ 眉批：賊又會禪。

搖。（丑云）是堯舜。有虞陶唐。（末云）怎麽這等説？（丑云）劉備兒子叫做阿斗，他就失了帝位。我只得臨深履薄，悚懼恐惶。（末云）怎麽坐在地上？（丑云）地主明王，也要坐朝問道。呀，盔内有鬼！（末云）無鬼不成魁。（丑云）快備龍床，寡人要駕崩了。大家且來濟弱扶危。（倒科）（衆扶科）怎麽説？（丑）戴在頭上，漸漸似泰山壓頂一般，頭疼眼脹，成不得。這寨主不願做了，還是戴紅帽兒罷。（淨云）我量你這等嘴臉，怎做得寨主？看我坐在這裏，就有樣子了。（末云）也先要通文。（淨云）有麽？混沌初分我出世，壽星老兒是我的徒弟。這些小賊莫多言，虎頭山中我即位。（末云）好個即位！（淨云）進上我戴。（末云）把紅帽我拿了。（淨云）且放在此，備而不用。我今日做了寨主，你每都要聽我令旨，遵我約束。如違，拿來就斬了。（衆云）好欺心。寨主未做得成，就要殺兄弟。（淨云）不是先説過了，日後方見寡人言顧行。都走過一邊聽點，走過東來。（衆走科）（淨云）走過西去。呀，不好了。（倒科）（衆扶科）（淨云）戴不得，戴在頭上，就像一萬斤重。寨主要做，受不得這般疼痛。罷，還是這紅帽兒安穩。（末云）不瞞哥們説，我在山凹裏時就戴，一戴頭上生疼。若是好戴呵，不到如今讓與你們戴。（丑云）列位，以後有了得的客商經過，只把這盔與他戴，就壓倒了。不消費力，金銀財寶都是我們的。（末云）不是這般説，天賜這頂盔，必有個做寨主的來戴。[一]如今和你每下山去招軍買馬，積草聚糧，等候那人便了。（衆）説得是。

[一] 眉批：這個明白。

【節節高】(衆唱)强梁勇猛人會一家。殺人放火張威霸。行劫掠，聚草糧，屯人馬。慣戰武藝多瀟灑。從來賊膽天來大。蛟龍猛虎離山窩，聞風那個不驚怕！聞風那個不驚怕。

(下)(小生上)

【醉羅歌】(小生)那日那日離都下，流落流落在天涯。畫影圖形遍挨查，到處都張掛。草爲茵褥，橋爲住家。山花當飯，溪水當茶，陀滿興福這般苦楚呵，那些個一刻千金價？(内喊科)(小生唱)兵戈擾，道路賒，幾番回首望京華。(一)

(外、末、浄、丑上云)這厮往那裏走？(小生云)你這夥是甚麽人？攔我去路？(衆云)快留下買路錢去。(小生云)我且問你，這路是你家的？我且是没錢在身邊，就有，你每也要我的不得。(丑云)你是賊的老子，要你的不得？(浄云)哇！賊的兒子！(小生云)怎麽叫做買路錢？(浄云)我每這個虎頭寨，但是打我這裏經過，要幾貫買路錢。若是没有，一刀兩段。(小生云)你這夥元來是剪徑的毛賊。(浄云)罷了，叫出表字道號來了。(二)(小生云)我行來路遠，肚中饑又饑，渴又渴，有酒飯拿來我喫，有盤纏送些我，做過山錢，饒你這夥毛賊的性命。(浄云)倒要土地三陌紙。(丑云)哥，但是過這山的人，少不得大膽説幾句大話唬人。(浄云)説得有理，待我去拿他過來。哇，你休得説大話，戰得我過，

(一) 眉批：妙。
(二) 眉批：趣。

饒你性命。（小生云）你來。（浄倒科）（丑云）罷了，倒了虎頭山的架子，待我去拿他。你要活的就是活的，要死的就是死的。哇，這廝看刀。（小生云）你來。（丑跪倒科）（浄云）不是這等，和你衆人齊上去與他殺，叫他雙拳不敵四手。（丑云）這個有理。和你齊上去。[一]（小生云）你每都來。（衆戰倒科）（丑云）這個人果然有些本事，快拿那話兒來。（末云）甚麽那話兒？（丑云）戴在頭上生疼的。（浄取盔跪科）壯士爺。（丑云）啐！怎麽跪了他又叫爺？（浄云）再不要惹他，打了疼處。壯士爺。（末云）又叫爺。（浄云）哥，奉承他些罷。（小生云）怎麽説？（浄云）衆人没有什麽孝順，只有一頂嵌金盔在此，壯士爺若戴得就奉送。（小生云）拿上來。你這夥毛賊也有這頂好金盔？（浄云）衆人也指望成些大事，特打在此的。（小生戴科）倒正好。（衆云）可疼麽？（小生云）甚麽疼？（浄云）你不頭疼？（小生云）我怎麽頭疼？（浄云）你可眼花？（小生云）我爲甚眼花？（浄云）這却是真命强盜。（外云）真命寨主。（衆云）禀壯士，你來得去不得了。（小生云）我怎麽來得去不得？[二]

【不漏水車子】（衆唱）告壯士休怒嗔。不嫌草寨貧。拜壯士爲山中頭領，掌管嘍囉五百名。（小生云）你每要留我麽？（衆云）是。（小生云）且退後。且自沉吟，謾自評論。畫影圖形，捕捉甚緊，不如隱遁在埋名徑。也罷，我權且住在這裏罷。（衆拜科）多蒙便應承，小的們悉遵鈞令。

[一] 眉批：趣。
[二] 眉批：趣。

請問寨主上姓？（小生云）你問我姓名麽？（衆云）是。（小生背云）雖然没人到此尋我，也未可把真名説與他每知道。衆嘍囉，我姓蔣雙名世昌，你衆人聽我號令。（衆應科）（小生云）汝等下山，三不可殺。（衆云）那三樣不可殺？（小生云）中都路人不可殺，秀士不可殺，姓蔣的不可殺。(一)其餘有買路錢的放他過去，没有的帶上山來。（衆云）領鈞旨。

【紅繡鞋】（小生）本爲蓋世英雄，英雄。奸邪疾妒難容，難容。萬山深處隱其蹤。不是路，且相從。屯作蟻，聚成蜂。屯作蟻，聚成蜂。

【前腔】（衆唱）將軍凛凛威風，威風。戰袍繡虎雕龍，雕龍。山花斜插茜巾紅。新寨主，坐山中。商旅過，莫遭逢。商旅過，莫遭逢。

（小生）暫居山寨作生涯，（衆）喜得將軍肯上來。

（合）巍嶺峻峰通隱豹，野花芳草待時開。

齣末總批：

無謔不成戲，無趣不成文。遊戲三昧，此篇有焉。

(一)　眉批：賊也約法三章。

第十齣　奉使臨番

（外扮王鎮上）

【丞相賢】（外唱）彎弓馳騎射雙雕，武勇超群膽氣高，紫袍金帶非同小，見隨朝，兵部尚書官養老。

馬掛征鞍將掛袍，柳梢門外月兒高。男兒未掛封侯印，腰下常懸帶血刀。自家姓王名鎮，女直人也。官拜兵部尚書，家眷五十餘口，至親者二人。夫人張氏，生女瑞蘭，年方及笄，未曾許聘。今日私宅稱觴，怕有朝使到來，不當穩便。院子那裏？（末云）堂上呼雙字，階前應一聲。覆老爺，有何分付？（外）我今日私宅稱觴，倘有朝使到來，即報與我知道。（末）理會得。

【梨花兒】（淨扮使臣上唱）使臣走馬傳敕旨，鋪陳香案疾穿執。萬歲山呼行禮畢，嗏，欽依宣諭躬身立。

聖旨已到，跪聽宣讀。朕當邦國阽危，邊疆多難，士庶洶洶，各不聊生。賊情叵測，難以遥度。爾兵部尚書王鎮，當朝良將，昭代名臣，可前往邊城緝探詳細，便宜行事。軍情緊急，不可稽遲。謝恩。（外云）萬歲！萬歲！萬萬歲！朝使，不知朝廷敕旨爲何這等急促？

【番鼓兒】（淨唱）爲塞北，興兵臨邊鄙，臨邊鄙。但州城關津險隘，勢怎當敵？待欲遷都回避。不許稽遲，上京去緝探事實。（合）火速便馳驛，等回音星飛電急。

【前腔】（外唱）念老臣，年登七十歲，七十歲。今又奉朝廷敕旨，事屬安危。恨不得肋生雙翅，兩頭白日，多只行五里十里。（合前）

【前腔】（末唱）緊使人，疾速催驛騎，催驛騎。便疾忙安排鞍轡，打點行李。這回須教仔細，先解韁繩，怕騎了没頭馬兒。（合前）

【前腔】（净唱）兀剌赤，兀剌赤，門外等多時。（外唱）縱轡加鞭，心急馬遲。（末唱）伴宿女孩兒，羊酒要關支。管取完備，休得誤了軍期。（合前）

【雙勸酒】（外唱）軍情緊急，國家責委，不敢有違滯。常言道養兵千日，今朝用人之際。（合）火速便馳驛，等回音星飛電急。

（净云）老大人，此乃朝廷大事，即目就望回音，作急起程罷。眼望旌捷旗，耳聽好消息。（下）（外云）身食天禄，命懸君手。驛馬俱已完備，只得就此前去。院子，後堂請老夫人、小姐出來，分付家事，即便起程。（末云）老夫人、小姐有請。

【東風第一枝】（夫唱）宫日添長，壺冰結滿，仲冬天氣嚴寒。（旦唱）繡工停却金針，紅爐畫閣人閑，金猊香裊，麗曲趁舞袖弓彎。（合）錦帳中褥隱芙蓉，怎教鸚鵡杯乾。

（夫云）相公萬福。（外云）夫人少禮。（旦云）爹爹萬福。（外）孩兒到來。（夫云）〔臨江仙〕相公，忽聽朝廷頒敕旨，傳宣未審何因？（外云）使臣走馬到家門，教老夫急離龍鳳闕，緝探虎狼軍。（旦云）爹爹，朝中多少文和武，緣何獨勞家尊？[一]（末云）惟行君命豈私身，正是家貧顯孝子，國難見忠臣。（旦云）爹爹遲些去也無妨。（外云）孩兒説那裏話。我若遲延，是違忤了朝廷了。今日將家事交付與你母子，就此起程。（夫云）相公路上帶誰去伏侍？（外云）六兒北邊慣熟，帶六兒去。（夫云）院子，叫六兒過來。（末云）六叔，老爺叫。（丑上云）聽得爹爹叫，即忙便來到。爹爹、奶奶、小姐，六兒叩頭！（外云）六兒，我奉聖旨往北邊，帶你去伏侍，快去收拾行李。（丑云）理會得。（叫科）媳婦，收拾我行李，我隨爹爹往北邊走一遭。（夫云）老身已分付安排杯酒，就與相公餞行。看酒來。（丑云）酒在此。

【催拍】（外唱）受君恩身居從班，食君禄怎敢辭難？（夫唱）此行非同小看，非同小看。緝探上京虛實，便往邊關。漠漠平沙、路遠天寒。（合）一別後涉水登山，今日去甚時還？

【前腔】（夫唱）氣力衰行履尚難，怎驅馳揮鞭跨鞍？（旦唱）愁只愁路裏，愁只愁路裏，難禁冒雨蒙霜、此身勞煩，誰奉興居、暮宿朝餐？（合前）

【前腔】（旦唱）去難留愁擊鳳盞，愛情深重掩淚眼。[二]（外唱）休憂慮放懷，休憂慮放懷，堂上母親叮嚀，小心相看。（夫唱）娘女在家中，怎免愁煩？（合前）

[一] 眉批：語自嬌姿。

[二] 眉批：嬌嬌。

【前腔】（丑、末）宣限緊休作等閑，報國家忠心似丹。（旦唱）稍遲延半晌，稍遲延半晌，尋思止得些時，面覷尊顔。子父隔絶，霧阻雲攔。（合前）

【一撮棹】（外云）夫人，只得就此分别了。今日去，便馳驛離鄉關。朝廷命，疾登途怕遲晚。（夫唱）兵南進，興戈甲取江山。（旦唱）遭離亂，家無主怎逃難？（外唱）雖士馬侵邊緊，兩三月便回還。（夫唱）專心望，望佳音報平安。

（外）軍情怎敢暫留停？（夫）疾速登程離帝京。

（合）正是相逢不下馬，從今各自奔前程。

第十一齣　士女隨遷

（末走上云）災來怎躲？禍至難逃。官人、小姐不好了，快走。快走。（生、小旦上云）忽聞人唤語，未審有何因？（末云）官人、小姐，不好了！（生云）怎麼説？（末云）只見簇簇軍馬往南來，密密鎗刀從北至。勢不可解，鋒不可當。奪關隘争履平川，攻城邑競登坦地。黎民逃難，街衢中似亂亂奔獐；官宦隨遷，途路裏若慌慌走鹿。百司解散，萬姓倉皇。明張榜示，今朝駕幸汴梁城；曉諭通知，即時要徙中都路。一來軍馬臨城，二者都堂法令。螻蟻尚且貪生，爲人豈不惜命？官人、小姐聽緣因，滿目干戈失太平。雙手擘開生死路，一身跳出是非門。（下）

【薄媚滚】（生、小旦唱）聽人報軍馬近城，天子遷都汴梁。今晚庶民，今晚庶民，不許一人流落後在京城。生長升平，遭離亂苦怎言，膽顫心驚，如何可免？

【前腔】聽街坊巷陌，聽街坊巷陌，唯聞得炒炒哀聲遍。急去打疊，急去打疊，金共寶隨身帶做盤纏。田業家私，田業家私，不能守、不能戀。兩淚漣。生死安危，只是靠天。

父母家鄉甚日歸？慌慌垂淚離京畿。

避難一心忙似箭，逃生兩脚走如飛。（一）

第十二齣　山寨巡羅

【賀聖朝】（小生）斬龍射虎威風，擒王捉將英雄。錦征袍相稱茜巾紅，鎮山北山東。

陀滿興福來在此間，正所謂窮猿奔林，無暇擇木。只得依附亡命，哨聚山林。靠高岡爲栅寨，依野澗作城濠。風高放火，無非劫掠莊農；月黑殺人，盡是傷殘民命。弓兵巡尉，聞知膽喪心驚；客旅經商，見説魂飛魄散。除非黄榜可招安，餘下官兵收不得。衆嘍囉那裏？（外、末應上）（小生云）你每俱有差點，只有大小嘍囉没有，與我唤來。（外、末唤科）（淨、丑應上云）宋江三十六，回來十八雙。若還少

（一）　眉批：短兵勁切，酷肖個中題目。

一個，定是不還鄉。覆主帥，有何分付？（小生云）大小嘍囉，别的都有差點，只你兩個没有，如今發下。一個夥落更梆，一個巡山伏路。頭上戴的、身上穿的、腰間繫的、手中拿的、脚下踹的，如少了一件，捆打二十。（浄、丑云）領鈞旨。（巡山打更諢科）（小生云）大小嘍囉，且聽我分付。

【豹子令】（小生）聞説中都起戰塵，起戰塵。黎民逃難亂紛紛，亂紛紛。怕有推車擔擔人經過，劫掠財寶共金銀。(一)（合）用心巡，登山驀嶺用心巡。

【前腔】（浄唱）休避些兒苦共勤，苦共勤。提刀攜劍聚成群，聚成群。士農工商錢奪下，回來山寨醉醺醺。(二)（合前）

【前腔】（丑唱）劫掠金珠不要分，不要分。肥羊美酒不沾唇，不沾唇。但願捉得個多嬌女，將來壓寨做夫人。(三)（合前）

（生）逢人買路要金珠，（浄）認得山中好漢無。
（丑）日後欲求生富貴，（合）眼下須用死工夫。

總批：

(一) 眉批：財賊。
(二) 眉批：酒賊。
(三) 眉批：色賊。

穿起賊衣衫，做起賊威勢。故術不可不慎也。《孟子》曰：『居移氣。』

第十三齣　相泣路岐

【破陣子】（夫唱）況是君臣分散，那看母子臨危。（旦唱）嚴父東行何日返？天子南遷甚日回？（合）家邦無所依。

（夫云）〔望江南〕身狼狽，慌急便奔馳。貼肉金珠揣得甚？隨身衣服着些兒，子母緊相隨。（旦云）離帝輦，前路去投誰？風雨催人辭故國，鄉關回首暮雲迷，何日是歸期？（夫云）孩兒，管不得你鞋弓襪小，只得趲行幾步。（旦云）母親，怎麽是好？

【漁家傲】（夫唱）天不念去國愁人助慘悽，淋淋的雨若盆傾、風如箭急。（旦唱）侍妾從人皆星散，各逃生計。（合）身居處華屋高堂，但尋常珠繞翠圍，那曾經地覆天翻天翻來受苦時？

（夫云）孩兒，兩條路不知往那一條去？

【剔銀燈】迢迢路不知是那裏？前途去安身在何處？（旦唱）一點點雨間着一行行恓惶

淚，一陣陣風對着一聲聲愁和氣。（合）雲低，天色傍晚，子母命存亡兀自尚未知。〔一〕

【攤破地錦花】（旦唱）繡鞋兒，分不得幫和底。一步步提，百忙裏褪了跟兒。（夫唱）冒雨蕩風，帶水拖泥。（合）步難移，全没些力和氣。〔二〕

【麻婆子】（夫唱）路途路途行不慣，心驚膽顫摧。（旦唱）地冷地冷行不上，人慌語亂催。（夫唱）年高力弱怎支持？（倒科）（旦扶科）（旦唱）泥滑跌倒在凍田地，款款扶將起。（合）心急步行遲。

（旦）最苦家尊去遠，（夫）怎當軍馬臨城？〔三〕
（合）正是福無雙至，果然禍不單行。

第十四齣　風雨間關

【薄倖】（生唱）凛冽寒風，淋漓冷雨，送君臣南北，父子西東。（小旦）心腸痛，不幸見刀兵冗

〔一〕眉批：肖。
〔二〕眉批：肖。
〔三〕眉批：妙在斬截處。

冗，（合）望故國雲山遠濛濛。

（生云）〔浣溪沙〕萬里飛沙咽鼓鼙，三軍殺氣傍旌旗，天涯兄妹兩相依。（小旦云）前路未知何處是？故鄉猶恐不同歸，出關愁暮雨霑衣。（生云）妹子，管不得你的鞋弓襪小，只得趲行幾步。（小旦）是，哥哥。

【賽觀音】（生唱）雨兒催、風兒送，歎一旦家邦盡空。（小旦）想富貴榮華如夢。(一)（合）哽咽傷心，教我氣填胸。

【前腔】（小旦）意兒慌、脚兒痛，顫篤速如癡似懵。（生唱）苦捱着疾忙行動。（合）郊野看看，又早晚雲籠。(二)

【人月圓】（生唱）途路裏奔走流民擁，膽喪魂飛心驚恐。（小旦）風吹雨濕衣襟重，止不住雙雙珠淚湧。（合）行不上，惟聞得戰鼓聲振蒼穹。

【前腔】（生唱）軍馬又來、四下如鐵桶，眼見得京師城壁空。（小旦）他每趕着無輕縱，人似豺狼馬似龍。（合）遭驅虜，親骨肉甚年何日重逢？

(一) 眉批：恐無心想到此。

(二) 眉批：乃肖。

急前去汴梁路杳，慢停待中都亂擾。
烏鴉共喜鵲同巢，吉凶事全然未保。

第十五齣　番落回軍

（丑扮老漢上云）天有不測風雲，人有旦夕禍福。只今番兵犯界，天子南遷，百官隨駕，盡離中都；萬姓逃生，交馳道路。正是相逢不下馬，各自奔前程。呀，前面煙塵擾攘，想又是番兵來了，不免在此石板橋下暫躲片時，再作區處。

【竹馬兒】（淨引衆上）喊殺漫山漫野，招颭着皂旗兒萬點寒鴉。見千户萬户每領雄兵、圍繞中都城下。見敵樓上無一個人披掛，都遷徙離京華。前驅奮武征伐，盡攬轡攀鞍、加鞭乘着駿馬。待逃生除非是插雙翅，直追趕到天涯。馬呀，金鞍玉轡，斜插着寶凳葵花。

（淨云）生長陰山燕水北，襖子渾金腰繫玉。彎弓沙塞射雙雕，躍馬圍場逐走鹿。展手齊齊弄舞腰，顛脚來來高唱曲。有時畫在小屏風，展轉教人看不足。且喜已到中都地面，果然好花錦世界。彼國軍民，皆已隨駕遷都汴梁去了，不免與把都兒每閑玩一回。（衆云）告主帥，前面石板橋下有一個老兒。（淨云）拿過來。（衆拿丑見科）（淨云）你是甚麽人？（丑云）小人是本處耆老。（淨云）叵耐你大金天子，俺那裏三年一小進，五年一大進，十年一總進。今經一十五年，並無一絲兒回答，是何道理？（丑云）本國前月差兵部王尚書，裝載寶物，從水路進去上國來了。（净云）我每從陸路征發，想是錯過了也。你莫非説謊麽？（丑）小人怎敢？（净云）既然如此，把都兒每傳下號令，且自回兵。

（净）加鞭哨馬走如龍，海角天涯要立功。

（合）假饒一國長空闊，盡在皇都掌握中。

第十六齣　違離兵火

【滿江紅】（夫、旦上唱）身遭兵火，身遭兵火，母子逃生受奔波。怎禁得風雨摧殘，田地上坎坷。泥滑路生行未多。軍馬追急，教我怎奈何？　彈珠顆。冒雨蕩風，沿山轉坡。〔一〕（衆番上趕夫、旦下）（番搶傘諢科，下）

【前腔】（生、小旦上）身遭兵火，身遭兵火，兄妹逃生受奔波。怎禁得風雨摧殘，田地上坎坷。泥滑路生行未多。軍馬追急，教我怎奈何？　彈珠顆。冒雨蕩風，沿山轉坡。〔二〕

（衆番上，趕生、小旦下）（番搶包諢科，下）（夫、旦、生、小旦同上，各唱前曲科）（丑扮婦人、净扮和尚、

〔一〕　眉批：　妙在一字不改。

〔二〕　眉批：　脱胎换骨處全在此。

外扮道士上諢科）（衆番上趕散科）（並下）

【東甌令】（旦上）我那娘！ 心如醉，淚交流，去遠家尊絕信久。途中母子生離別，這苦如何受？ 一重愁翻做兩重愁，是我命合休。我那娘！（下）

【望梅花】（生上）瑞蓮！ 叫得我不絕口，恰被喊殺聲流民四走。慌急便尋不知個所有。此間無處安身，想只在前頭後頭。

瑞蓮！（下）

【東甌令】（夫上）瑞蘭！ 尋思苦，路生疏。軍喊風傳行路促，娘兒挽手相回護，這苦難分訴。望天、天憐念老身孤，免使受奔波。

瑞蘭！（下）

【滿江紅尾】（小旦）我那哥哥！ 大喊一聲過，唬得人獐狂鼠竄，那裏去了哥哥，怎生撇下了我。教我無處安身，無門路可躲。

我那哥哥！（下）（一）

（一）　眉批：無下臺詩是其檢點處，倘有，便拙矣。

第十七齣　曠野奇逢

【金蓮子】（旦唱）古今愁，古今愁，誰似我目下這樣愁。聽軍馬驟，聽軍馬驟，人亂語稠。向深林中逃難、恐有人搜。[一]（下）

【前腔】（生上）百忙裏散失差了路頭。尋妹子不見教我怎措手？[二]瑞蓮！（旦內應科）（生唱）神天祐，神天祐，這荅兒是有親骨肉、見了向前走。

瑞蓮，瑞蓮！

【菊花新】（旦應上唱）你是何人我是誰？（生唱）應了還應。呀，見又非。（旦唱）將咱小名提，進前去問他端的。[三]

我只道是我母親，元來是個秀才。（生云）我只道是我妹子，元來是一位娘子。（旦云）呀！你不是我母親，如何叫我？（生云）我自叫我妹子瑞蓮，誰來叫你？

【古輪臺】（旦唱）自驚疑，相呼廝喚兩相回，瑞蘭和先輩不曾相識。（生唱）瑞蓮名兒，本是卑

[一] 眉批：但恐搜別人。
[二] 眉批：『措手』二字不通。
[三] 眉批：總是一家人，何曾錯認？

人親妹。(一)不知娘子因甚到此？（旦唱）妾因兵火急，離鄉故。（生云）娘子如何獨行？（旦唱）母子隨遷往南避，中途相失。秀才在何處不見了令妹？（生唱）喊殺聲各各逃生，電奔星馳。中路裏差池，因循尋至，應聲錯偶逢伊。娘子不見了母親，小生不見了妹子，正是俱錯意，一般煩惱兩心知。(二)

【前腔】（生唱）名兒應錯了自先回。（旦云）秀才那裏去？（生唱）急急便往跟尋，豈容遲滯。（旦唱）事到如今，事到頭來怎生惜得羞恥。（拜科）秀才，念苦憐孤，救奴殘喘，帶奴離此免災危，我也不忘你的恩義。（生云）娘子，你方纔說不見了令堂，遠遠望見一位媽媽來了。（旦回頭科）在那裏？（生近看科）曠野間、曠野間見獨自一個佳人，生得千嬌百媚。他也無夫無婿，眼見得落便宜。(三)且待我謊他一謊。娘子，如何是？天色昏慘暮雲迷。

（旦慌科云）秀才，帶奴同行則個。（生云）娘子差矣，我自家妹子尚且顧不得，怎帶得你？

【撲燈蛾】（生唱）自親妹不見影，自親妹不見影，他人怎相庇？（旦云）秀才，你讀書也不曾？

(一) 眉批：腐。
(二) 眉批：將錯就錯。好。
(三) 眉批：失一妹而得一妻，帶也何妨。

（生云）秀才家何書不讀覽！（旦云）書上説道：『惻隱之心，人皆有之。』既然讀詩書，惻隱心怎不周急也？(一)（生云）你只曉得有惻隱之心，那曉得有别嫌之禮？我是個孤男你是寡女，廝趕着、廝趕着教人猜疑。(二)（旦唱）亂軍中、亂軍中有誰來問你？（生唱）緩急間語言須是要支持。(三)

【前腔】（旦唱）路中不擋攔。（生云）路中若擋攔？（旦唱）路中若擋攔，可憐奴做兄妹。(四)（生云）兄妹雖好，只是面貌不同，語言各别。有人廝盤問，教咱把甚言抵對也？(五)（旦唱）没個道理。（生云）既没道理，小生自去。（旦唱）有一個道理。（生云）有甚麼道理？（旦唱）怕問時，（生云）怕問時却怎麽？（旦云）奴家害羞，説不出來。（生云）娘子，没人在此，便説有何害？（旦唱）怕問時權，（生云）怎麽又不説了？『權』甚麽？（旦唱）權説是夫妻。(六)（生唱）恁的説方纔可矣。便同行訪蹤窮跡去尋覓。

(一) 眉批：『周急』，甚有趣。
(二) 眉批：大是。
(三) 夾批：老實書生難得。
(四) 眉批：兄妹則是同氣連枝。
(五) 眉批：賊追無恁急。
(六) 眉批：夫妻可權乎？

【尾】（旦唱）今日得君提掇起，免使一身在污泥。（生唱）久後常思受苦時。（一）
（生）半路兄尋妹，（旦）中途母失兒。
（合）情知不是伴，事急且相隨。

齣末總批：
曲好，白又好，關目大得趣。

第十八齣　彼此相依（二）

【普天樂】（小旦上）我那哥哥！叫得我氣全無，哭得我聲難語，只教我兩頭來往到千百步。（三）兄安在妾是何如。真個是逆旅窮途。哥哥，須念我、念我爹媽身故。須是一蒂一派兒和女，割得斷弟兄腸肚。將奴閃下在這裏。進無門、退也還又無所。
【山桃紅】大道上難前去，小路裏怎逃伏？遥望窩梁三兩間茅簷屋，轉彎環野徑休辭苦。

（一）眉批：早是污了也。
（二）相：目録中作『親』。
（三）眉批：肖極。

暫安身少避些風和雨。多管是村野民居。（下）

【生查子】（夫上）行尋行又尋，瑞蘭！（小旦内應科）（夫唱）遠遠聞人應。瑞蘭！（小旦應上）呼喚瑞蓮名，聽了還重省。

【水仙子】（夫唱）眼又昏、天將暝，趁聲兒向前厮認。（認科）我兒，渾身上雨水淋漓，盡皆泥濘。生來這苦何曾慣經？（小旦）眼見錯、十分定，事無可奈，只得陪些下情。（合）老娘，你是高年人，怎生行得這山徑？瑞蓮款款扶着娘慢行。㊀

【前腔】（夫唱）覷模樣、聽語聲，呀，原來又不是我孩兒。你是阿誰便應承？枉了許多時，教娘苦相等。㊁（小旦）非許應，瑞蓮聽得名兒厮類，怕尋覓是我家兄。偶遇娘娘如再生。（合前）

【刮地風】（夫唱）看他舉止與我孩兒也不恁撐。小娘子，厮跟去你可心肯？（小旦云）奴家不見了哥哥，望老娘帶奴同行則個。（老旦云）事既如此，我就把你做女兒看承罷。（小旦唱）情願做小爲婢身，焉敢指望兒稱。（夫唱）若得干戈寧静，和你同往到南京。（小旦）謝深恩，感大恩救取奴一命。（合）天昏地黑迷去路程，就此處權停。

㊀ 眉批：好關目。

㊁ 眉批：憐他迷路人，到應有失人相者。

（夫）母爲尋兒錯認真，（小旦）不因親者强來親。

（合）愁人莫向愁人説，説與愁人愁殺人。

總批：

失女而得女，非親却是親。

第十九齣　偷兒擋路

【高陽臺引】（生上）凛凛嚴寒，漫漫肅氣，依稀曉色將開。宿水餐風，去客塵埃。（旦上）思今念往心自駭，受這苦誰想誰猜。（合）望家鄉，水遠山遥，霧鎖雲埋。[一]

（生云）亂亂隨遷客，紛紛避禍民。風傳軍喊急，雨送哭聲頻。（旦云）子不能庇父，君無可保臣。（合云）寧爲太平犬，莫作離亂人。（生云）娘子，你看一路上風景，好生傷感人也呵！

【山坡羊】（生唱）翠巍巍雲山一帶，碧澄澄寒波幾派。深密密煙林數簇，滴溜溜黄葉都飄敗。一兩陣風，三五聲過雁哀。[二]（旦唱）傷心對景，對景愁無奈。回首家鄉，珠淚滿腮。

[一] 眉批：妙絶。他人能保否？

[二] 眉批：畫。

（合）情懷，急煎煎悶似海。形骸，骨巖巖瘦似柴。（一）

【水紅花】（旦唱）憶昔歌舞宴樓臺，會金釵，歡娛難再。（生唱）思之詩酒看書齋，命多乖，風光難再。（旦唱）母親知他何處？尊父阻天涯。不能彀千里故人來也囉。（二）

【梧桐葉】（生唱）徙黎民，遷臣宰，天子蒙塵盡遠邁。雕蘭玉砌今何在？（旦唱）想畫閣蘭堂那樣安排，翻做草舍茅簷這境界，怎教人償得盡悽惶債！（三）

【水紅花】（旦唱）路滑霜重步難擡，小弓鞋，其實難捱。（生唱）家亡國破更時乖。這場災，冰消瓦解。否極何時生泰，苦盡更甜來。只除是枯樹上再花開也囉！（内鳴鑼喊科）（生、旦慌科）

【金錢花】（生、旦）聽得數聲鑼篩，鑼篩。好漢山前齊擺，齊擺。個個獰惡似狼豺。（外、末、淨、丑上唱）留買路，與錢財。不留與，便殺壞。

你兩個是甚麼人？留下買路錢去。（四）

【念佛子】（生、旦）窮秀才夫和婦，爲士馬逃難登途。望相憐壯士略放一路。（衆唱）枉自説

（一）眉批：妙。
（二）眉批：不好也。
（三）眉批：如今不悽惶了。
（四）眉批：先前十兩子，不是買路錢？

閑言語，買路錢留下金珠。稍遲延便教你身喪須臾。

【前腔】（生、旦）區區。山行路宿，粥食無覓處。有盤纏肯相推阻？（衆唱）敢厮侮，窮酸餓儒，模樣須尋俗。隨行所有、疾忙分付。

【前腔】（生、旦）苦不苦，從頭至足，衣衫皆襤褸，難同他往來客旅。（衆唱）你不與我施威仗勇，輪動刀和斧，激得人忿心發怒。

【前腔】（生、旦）告饒恕，魂飛膽顫摧，（一）神恐心驚懼。此身恁地，負屈死真實何辜。（衆綁生科）

【尾】且執縛管押前去，山寨裏聽從區處。（生、旦）到那裏吉凶事全然未知。

（生）秀才身畔無行囊，（旦）逃避刀兵離故鄉。

（衆）且聽雷霆施號令，休言星斗焕文章。

第二十齣　虎頭遇舊

【粉蝶兒】（小生上唱）山寨鳴金，白鶴半空展翅。（衆押生、旦上）見擒獲過客夫妻。（生、旦）離天羅、入地網，逃生無計。（合）到麾下善惡區處。

（一）摧：原作「推」，據汲古閣刊本《繡刻幽閨記定本》改。

(衆云)稟主帥，夜來巡哨，拿得一個漢子，一個婦人。(小生云)帶過來。(衆帶見科)(小生云)那漢子，俺這裏經年無客過，累月少人行。你明知山有虎，故作採樵人。

【尾犯序】(小生)山徑路幽僻，但尋常此間來往人稀。男女相隨，豈是良人行止？(生、旦)凶時，遭士馬流民散失，避干戈君臣遠徙。夫和婦，爲天摧地塌、逃難路途迷。

【前腔】(小生)無非買命與贖身，但隨行有何囊篋貲費？(生、旦云)没有，將軍。(衆唱)快口强舌，休同兒戲。(生、旦)聽啓，亂慌慌行來數日，苦滴滴實没半釐。(衆唱)你好不知禮。常言道打魚獵射怎空回。(一)

【前腔】(小生)何必説甚的。衆嘍囉，便推轉斬首、更莫遲疑。(衆扯科)將他扯起，倒拽横拖，倒拽横拖，把軍令遵依。(生、旦)魂飛，纔逆旅窮途認妻，早背井離鄉做鬼。聽哀告，望雷霆暫息、略罷虎狼威。(二)

【前腔】(小生)軍前令怎移？但一言既出、駟馬難追。(生、旦)將軍可憐，饒命！(衆唱)枉自厚禮卑詞，休想饒你。(旦唱)傷悲，王瑞蘭遭刑枉死。(生唱)蔣世隆銜冤負屈。天和地，有

(一) 眉批：這賊甚貪臟。

(二) 眉批：賊甚狠。

誰人可憐、燒陌紙錢灰。(一)

（小生云）呀！適聽那漢子説甚蔣世隆一般。(二)衆嘍囉，

【梁州賺】（小生）且與我留人，押回來問取詳細。那漢子，你家居在那裏？農種工商學文藝？（生唱）通詩禮，鄉進士。州庠屢魁，中都路離城三里。（小生云）因甚到此？（生唱）閑居止，因兵火棄家無所倚。（小生）聽説仔細。

漢子，擡起頭來我看。（生擡頭科）

【前腔】（小生）緊降階釋縛扶將起，是兄弟負恩忘義。這是何人？（生云）是我渾家。（小生唱）尊嫂受禮，誰知此地能完聚。（旦唱）愁爲喜，深謝得賢叔盜蹠。（小生）哥哥行那些個尊卑？權休罪，適間冒瀆少拜識。（跪科）（生唱）恐君錯矣。(三)

（小生云）哥哥，你就不認得兄弟了？（生）一時間想不起。

【鮑老催】（小生）朝廷當時巡捕急，閃避在圍牆内。若非恩人救難危，險赴法雲陽市。（生

(一) 眉批：險又險。

(二) 般：原作『班』，據《李卓吾先生批評幽閨記》改。

(三) 眉批：好謔，甚趣。

云）呀，元來是興福兄弟！(一)相逢狹路難回避，這言語古來提。（小生云）衆嘍囉，連忙整備排筵席，歡來不似今日。

看酒過來。（淨云）酒在此。（小生把酒科）

【前腔】（小生）酒浮嫩醅，酒浮嫩醅，壓驚解煩休要推。嫂嫂請酒。（旦云）奴家天性不飲。（小生唱）寒色告少飲半杯。（旦唱）非詐僞，量淺窄休央及。(二)（小生）高歌暢飲展放眉，開懷醉了重還醉。酒待人無惡意。(三)

【前腔】（旦唱）秀才，你儒業祖傳襲，文章幼攻習。我低低問、暗暗猜、心疑忌，叔伯遠房姑舅的？（生云）不是。（旦唱）敢是兩姨一派蒂？（生云）也不是。（旦唱）這不是，那不是，怎有這個賊兄弟？（淨云）告主帥，主帥好意勸那娘子飲酒，那娘子反罵主帥。（小生云）哥哥，兄弟好意勸嫂嫂飲酒，如何反罵兄弟？（生云）兄弟，你小校聽錯了。道這不是，那不是，怎有這個好兄弟。賽關張勝劉備。(四)

(一) 眉批：非也。蔣世昌耳。

(二) 淺：原作『賤』，據汲古閣刊本《繡刻幽閨記定本》改。

(三) 眉批：雖無惡意，賊酒令人從耳。

(四) 眉批：秀才不失柳下惠，何必叨叨。

（旦）秀才，去罷。

【前腔】（生唱）告辭去急。（小生）姑留待等寧静歸。（生唱）龍潭虎穴難住地。（小生云）衆嘍囉，取一百兩金子過來。（浄云）金子在此。（小生云）哥哥既不肯住呵，金百兩，望領納，爲盤費。（生云）多謝兄弟，就此告辭了。　懊恨人生東又西，難逢最苦别離易。　歎此行何時會遲，疾早晚干戈息，共約行朝訪蹤跡。(一)

【尾】男兒志，心肯灰？　一旦風雲際會日，怎肯依舊中原一布衣。

（旦云）秀才，去罷。

（生）相促相催行步緊，（旦）厮收厮拾去心頻。

（小生）他日劍誅無義漢，（衆）此時金贈有恩人。

齣末總批：

三譏兩促，婦其畏盜也哉。

(一)　眉批：利錢大還，要放賊債。

第二十一齣　子母途窮

【天下樂】（夫唱）行盡長亭又短亭，窮途路，那曾經。（小旦）飄零此身如萍梗，嘆何日歸到汴京？

（夫云）〔憶秦娥〕拋家業，人離財散如何說？如何說？這般愁悶，這般時節。（小旦云）不幸裙釵遭此劫，一回追想添情切。添情切，㈠心兒悒怏，眼兒流血。（夫云）孩兒，天色將暝，和你只得趲行幾步。（小旦云）是。母親請。

【羽調排歌】（夫唱）黯黯雲迷，寒天暮景，驅馳水涉山登。蕭蕭黄葉舞風輕，這樣愁煩不慣經。不忍聽，不美聽，聽得胡笳野外兩三聲。（合）風力勁，天氣冷，一程分作兩程行。

【前腔】（小旦）只見數點寒鴉，投林亂鳴，晚煙宿霧冥冥。迢迢古岸水澄澄，野渡無人舟自横。不忍聽，不美聽，聽得孤鴻天外兩三聲。（合前）㈡

【憶多嬌犯】（夫唱）前路梗，行步生，那更天將暝。憂心戰兢兢，傷情淚盈盈。那些兒悽慘，

㈠　添情切：原不疊，據汲古閣刊本《繡刻幽閨記定本》補。
㈡　眉批：一軸畫。

那些兒寂寞，清風明月最關情。無人來往冷清清，叫他不應天怎聞？不忍聽，不美聽，聽得疏鐘山外兩三聲。（合前）

【前腔】（夫唱）忽地明，一盞燈。遥望茅簷近。不須意兒省，休得慢騰騰。休辭迢遞，望明前去，遠臨此地叩柴扃。今宵村舍暫消停，卧却山城長短更。不忍聽，不美聽，聽得寒砧林外兩三聲。（合前）

【尾】（合）得暫寧，天之幸，一夕安穩到天明，免使狼藉登路程。

前村燈火已黄昏，但願中途遇好人。

曾經路苦方知苦，始信家貧未是貧。

齣末總批：

阿婆、阿女有此相逢，儘是前生定。

新鐫陳眉公先生釋義幽閨記卷之上

第一齣

釋義：人情似紙：古樂府詞：『世事短如春夢，人情薄似秋雲。』又云：『人情似紙張張薄。』世事如棋：古詩：『誰將百歲人間事，只換山中一局棋。』虛名虛利：出《莊子》。有蝸角之國，左角曰蠻氏，右角曰觸氏，争地而戰，伏屍數里，逐北，徇五日而後返。班固曰：『青蠅嗜肉汁而忌溺死，人貪世利而陷罪，如蠅頭虛利。』啣杯：唐玄宗有舞象啣杯之樂，後安禄山反於漁陽，聖駕遷蜀，禄山至京師，載之樂陽而歸。子規：《寰宇記》：荆人鱉靈死，其屍隨水上至汶山下，復活，見望帝，望帝立爲相。自以爲德不如鱉靈，(一)禪位鱉靈，遂自亡去，化爲子規。蜀人聽其鳴，曰：『我望帝也。』又名杜鵑。常五更

(一) 如：原作『以』，據《太平寰宇記》改。

徹夜早叫，後人有詩云：『杜宇曾爲蜀帝王，化禽飛去舊城荒。年年來叫桃花月，似向東風訴國亡。』岳翁：稱丈人曰岳翁。歐陽永叔嘗云：『今人呼妻父爲岳翁，以泰山有丈人峰，故以岳爲號焉。』鴛鴦：水鳥，生有定偶，而不相亂，常並遊而不相狎，其性然也。故以比夫婦。嬋娟：美好貌，指姮娥也。古詩：『青女素娥俱耐冷，月中霜裏鬥嬋娟。』金榜：登科謂金榜題名。《西京雜記》：『崔紹暴卒復甦，見冥間列榜書人姓名，將相金榜，其次銀榜，州縣小官並足鐵榜。』

音字：樂：洛。甦：蘇。

第二齣

釋義：映雪：孫康家貧，無油，臘月映雪讀書。後官至御史大夫。囊螢：車胤家貧，無油。夏月囊螢照讀。後及第。干祿：出《論語》。干，求也。祿，仕者之俸也。子張學干祿。繼晷焚膏：晷，日影也。古文：『焚膏油以繼晷。』咳唾珠璣：李白詩：『咳唾落九天，隨風生珠璣。』又言胸中學問之富者，謂之珠璣。春闈：禮闈。國家以禮進賢，故試士禮部掌之。一躍龍門：出《三秦記》。《水經》云：『鱣鯉出蛩穴，三月上渡龍門，得渡爲龍，否則點額而還。』故唐人稱士子登第者，如跳龍門。青雲：王元之《觀聖上親試士子歌》有云：『屈指方今五六載，如今身上青雲梯。』鄉薦：唐《選舉志》：唐制取士之科多因隋舊，其大要有三，由學館曰生徒，由州縣曰鄉貢，皆升於有司而進退之。錦繡胸襟：唐李白《送弟序》曰：『弟心肝五臟皆錦繡耶？不然，何開口成文，揮毫霧散也。』三冬：十月、十一月、十二月，謂之三冬。雁塔：《古今詩話》：唐韋肇及第，偶於慈恩寺雁塔題名，後人效之，遂成故事。杏園宴後於慈恩寺雁塔下題名，同年中推善著者記之，他時有將相，則朱書之。蟾宫：及第之榮比步蟾宫。古詞：『姮娥剪就緑羅衣，待來步蟾宫與換。』冥鴻：《楊子》：『鴻飛冥冥，弋者何慕焉。』衣錦還鄉：《南史》：劉之遴除南郡太守。帝謂曰：『卿母年德並高，令卿衣錦還鄉，盡榮養之禮。』鴻鵠志：漢陳勝少時，與人傭耕，一日，同人耕於壟上，悵然久之。曰：『苟富貴，無忘此時。』傭者笑曰：『若爲佣耕，安可富貴乎？』勝嘆息曰：『嗟呼！燕雀安知鴻鵠之志哉。』秦二世時與吴廣起兵於蘄，時發閭左漁陽，以勝、廣爲屯長。秦王暴，勝自立爲將軍，秦崩仕漢，其大志可知。儒冠多誤：即章甫之冠也。古詩云：『莫道儒冠誤。』五車：《莊子》：『惠施多方，其書五車。』古詩：『富貴必從勤苦得，男兒須讀五車書。』雲梯步：宋莆田鄭僑乾道間中式，未廷試，夢空中一梯雲氣圍繞，俄至梯側，僑舉步登之，次日殿試果第一。書齋：出《詩苑叢珠》。馬融絳帳、仲舒下帷、孫敬閉户、鵝湖書院、南陽諸葛廬、西蜀子雲亭者，讀書之所也。齋者，肅敬之義也。饘粥：饘，糜也。出《家語》。顔淵曰：『回有負郭之田五十畝，可以供饘粥。』劬勞：《詩》：『哀哀父母，生我劬勞。欲報深恩，昊天罔極。』滄海遺珠：唐《狄仁傑傳》：仁傑調汴州参軍，爲吏誣訴。上司閻立本召訊，異其才，謝曰：『仲尼稱觀過知仁，君可謂滄海遺珠矣。』蠢爾：《詩》：『蠢爾蠻荆，大邦爲仇。』唾手：《褚遂良傳》：『唾手可取。』龍虎榜：唐陸贄主試事，得韓愈、歐陽詹、賈棲、陳羽、李絳等，皆天下儁偉之士，時稱榜登龍虎。鳳凰池：中書省也。自魏及晉，中書監、令掌贊詔命，記會時事，典作文書。以地在禁近，秉鈞持衡，多承寵任，是以人固其位。晉荀勖，武帝朝爲中書監，除尚書令，人賀之。勖曰：『奪我鳳凰池，諸君何賀也？』

音字：舉：舉。虹：紅。蟾：蟬。饘：羶。肇：兆。傭：庸。閻：炎。

第三齣

釋義：一曲琵琶：白居易左遷江州，秋夜送客潯陽江頭，聞舟中琵琶聲響，問其人，本長安娼女，善琵琶，服於善才，花落色衰，委身爲賈人婦。命再彈一曲，爲作《琵琶行》。射雁：蘇武使匈奴，義不屈，徙北海上牧羊。後漢使至，詭語匈奴曰：『吾天子射上林中得雁，足有繫帛書，云武陷大窖中。』匈奴以爲實然，遂放歸。武陷匈奴十九年，歸時鬚眉盡白，拜爲典屬國之職。青塚：漢元帝時，匈奴求結親，帝以良家子王嬙字昭君下嫁單于，生二子，單于死，昭君謂二子曰：『汝涅漢，汝涅胡？』曰：『屬胡。』昭君遂自縊，合葬單于墓側。胡人之塚皆白草，惟昭君塚上生青草。狐裘：秦囚孟嘗君，欲殺之。孟嘗君使人求解於秦王之姬，姬曰：『願得君狐白裘。』時狐白裘已獻之秦王，無以應。客有善爲狗盜者，入秦藏中盜裘以獻之，姬乃爲之言於王，而遣之歸。王後悔，遣使追之。孟嘗夜半至函谷關。關法，雞鳴而出客。時尚早，追者將至，客有善爲雞鳴者，衆雞聞之，盡鳴，乃得脱而歸焉。貂帽：宋王斌將軍伐蜀，京師大雪，太祖設氈帷於講武殿，衣紫貂裘帽以視事。謂左右曰：『我被服如此，尚覺体寒，況西征將士乎？』即解裘帽，遣使以賜全斌，斌受賜感泣。漢家曾與和親：漢高時匈奴數苦北邊，上患之，劉敬曰：『天下初定，士卒罷於兵，未可以武服。冒頓殺父妻母以力爲威，未可以仁義説也。誠説以長公主妻之，彼必慕以爲閼氏，生子必爲太子，冒頓在，固爲子婿，死則外孫爲單于，豈嘗聞外孫敢與太公抗禮哉？』上曰：『善！』乃取家人子名爲長公主以妻單于，遣劉敬使匈奴，結和親約。氈房：夷狄所居，皆以氈爲帷，故曰氈房。百萬兵：宋范仲淹領延安，閲兵選將，日夕馴練，又戒諸將養兵蓄鋭，毋輕動，夏人聞之，戒曰：『毋以延州爲意，今小范老子胸中自有百萬兵，不比大范老子可欺也。』戎人呼州縣官爲老子。半壁天：宋爲金人所據，止得天下之半，謂之半壁天下。

音字：鷹：陰。酪：洛。氈：毡。叵：頗。嬙：墻。斌：彬。

第四齣

釋義：蓬萊：山名，仙人所居，在東海中，高一千丈，方三千里，海水甚黑。赭黄：赭，赤黄色。天子之服。簷鈴響：以鈴繫於簷屋之角，風吹則有聲而響。綸音：《禮記·緇衣》篇：『子曰：「王言如絲，其出如綸。王言如綸，其出如綍。」』獸錦袍：《春秋》：『獸錦奪袍新。』雞舌香：《拾遺記》：『漢尚書郎每進朝時，懷香握蘭，口含雞舌香以對事。』寶鴨：古詩：『寶鴨焚蘭燼，金猊噴麝香。』五音：謂宫、商、角、徵、羽也。披香殿：唐蘇世長嘗侍宴於此。仙掌：漢武帝起柏梁臺，用香柏爲殿梁，香聞十里。中作承露盤，高三十丈，以銅爲之，以仙人掌以承露。起翦頗牧：此言四將之善用兵也。起是白起，翦是王翦，皆秦國之將。頗是廉頗，牧是李牧，皆趙國之將。此四人者，於軍旅之用極其精熟者也。白起大破趙軍，王翦大破荆軍，廉頗大破燕軍，李牧大破匈奴，蓋精於兵車戰陣之法，而得分合奇正之宜，故能戰必勝，攻必取，守必固，而擅良將之名於今古也。秦關函谷：古詩：『秦關二百里。』徐廣云：『東函關，南武關，西散關，北蕭關，皆遠萬里。』長樂鐘鳴：漢武帝未央宫前銅鐘無故自鳴三晝夜，帝召東方朔問之，朔言銅者山之子，以類言之，子母感而相應，恐山有崩，故其鐘先鳴三日，後蜀郡太守上言山崩，帝大笑。未央：漢高帝七年，命蕭何治未央宫，内有東闕、北闕，前殿武庫、太倉。名未央者，取詩『夜未央』勤政之義也。丹墀：殿階也。以丹朱漆地，故曰丹墀。午門：鄭玄云：『天有九重，故天子之門亦九，一縱横門曰午門，以其嚮明出治，正南方午位。』三軍：《春秋》：閔公元年，晉獻公作三軍，始復大國三軍之禮。六韜：姜公吕尚有兵書曰《六韜》，文韜、武韜、龍韜、虎韜、豹韜、犬韜，是謂六韜。三略：黄石公授張良兵法，有上略、中略、下略。如虎加翼：《楊子》：『或問酷吏。楊子曰：「虎哉，虎哉，角而翼者也。」』《韓詩外傳》：『無爲虎傅翼，將飛入邑，擇人而食。』九重：天子之室，其制九重，九卿四相，各有位次，寢殿以後，謂之禁門，非女官、閹宦之流，不得入。蠹爾：義見第二齣。權輿：權，秤錘也；輿，車也。《詩經》：『吁嗟乎，不承權輿。』宗廟丘墟：謂國滅君亡，則社稷更移，而爲丘墟之地矣。縫掖衣：《禮記》：『哀公問於孔子，曰：「夫子之服，其儒服歟？」孔子對曰：「丘少居魯，衣縫掖之衣。」』清白：楊震性公廉，子孫蔬食步行，或欲令開産業，震曰：『使後世稱爲清白吏子孫，不亦可乎！』打落張巡齒：唐玄宗時，安禄山反，尹子奇圍睢陽，救兵不至。羅雀掘鼠，烹愛妾，至城陷，駡賊不休，賊爲之抉其齒。嚴顔頭：後漢諸葛亮留關羽守荆州，與張飛、趙雲將兵泝流克巴東，破巴郡，獲太守嚴顔。飛呵顔曰：『何以不降？』顔曰：『卿等無狀，侵奪我州，我州但有斷頭將軍，無降將軍也。』飛壯而釋之，引爲賓客。驕驄立仗噤住嘶：唐玄宗時，宰相李林甫欲蔽塞人主視聽，明召諫官謂曰：『諸君不見立仗馬乎？食三品料，一鳴輒斥去，悔之何及。』啗血寢皮：《左傳》：『譬之禽獸，吾已食其肉而寢處其皮矣。』腹中劍口中蜜：唐李林甫爲相，凡才望文學出己上者，必百計去之。或陽與之喜，啗以甘言，而陰陷之，世謂其『口有蜜，腹有劍』云。藍面鬼：唐盧杞爲相，爲人奸險，性忌刻。又面藍，時謂之藍面鬼。段秀實以笏擊賊：唐德宗時，朱泚反，召段秀實等議立帝事，秀實勃然起，唾泚面大駡曰：『狂賊！吾恨不斬汝萬段，豈從汝反耶？』因以笏擊泚，中其額，濺血灑地，遂遇害。泚乃稱大秦皇帝。

音字：赭：者。曙：署。中：去聲，下同。聶：逆。樂：洛。愉：逾。韜：滔。邠：冰。墟：虛。裹：果。與：歟。憸：險。齠齔：迢髫。倪：兒。掖：亦。噤：禁。

第五齣

釋義：貔貅：貔貅，二獸名，喻將士之勇猛，有如二獸也。英雄：才過千人曰英，力壓萬人曰雄。閫外：漢馮唐曰：『王者命將，跪而推轂。閫以内，寡人制之；閫以外，將軍制之。』軍功賞罰，皆决于外也。將軍令：前漢文帝六年冬，匈奴三萬騎入上都，以周亞夫爲將軍，次細柳營；劉禮爲將軍，次霸上；徐厲爲將軍，次棘門，以備胡。上自勞軍，至霸上、棘門軍，直馳入，以下騎迎送。已而之細柳營，營中軍士被甲鋭兵，弓弩持滿。天子先驅至，不得入。先驅曰：『天子且至。』軍門都尉曰：『將軍令曰：「軍中只聞將軍令，不聞天子召。」』居無何，上至，又不得入。於是上使使持節詔將軍：『吾欲入營勞軍。』亞夫乃傳言開壁門，壁門軍士請車騎曰：『將軍約，軍中不得馳驅。』於是天子乃按轡徐行至營軍中。亞夫持兵揖曰：『介胄之士不拜，請以軍禮見。』天子改容式車，使人稱謝：『皇恩敬勞將軍。』成禮而去。既出軍門，群臣皆驚。上曰：『嗟夫！此真將軍也。曩者霸上、棘門軍，若兒戲耳。其將固可襲而虜也。至于亞夫，可得而犯耶？』鯫生：《後漢書》：沛公曰：『鯫生説我：「拒關中，毋納諸侯。」』

音字：貔貅：皮休。軌：舉。難：去聲。

第六齣

釋義：明如秋夜月：東坡詩：『平分秋色一輪滿，長伴雲衢萬里明。』清似玉壺冰：杜詩：『冰壺玉鑑懸清秋。』姚元崇作《冰壺誡》：『冰壺者，清潔之主也。夫洞徹無瑕，澄空見底，當官明白者有類乎是。』《唐書》。打十三：漢時極輕之笞刑也。

音字：倖：奉。賍：敉。牡：畝。攘：嚷。

第七齣

釋義：小鹿兒心頭撞：《南史》：梁武帝相貌威嚴，臣下雖燕見，率或失措。太清中，侯景逼之於靈臺，因入見而退，謂人曰：『武帝迫困於斯，而吾見之，汗沾衣襟，猛然若小鹿兒觸吾心耳。』失路英雄楚霸王：《史記》：漢兵圍項羽於垓下，羽夜聞四面皆楚歌，懼曰：『漢已得楚乎？是何楚人之多也。』以騎八百餘人潰圍馳走，漢軍追至陰陵，羽陷大澤中，惟有一十八騎，漢軍追者數千。羽曰：『吾起兵八歲，屢戰七十餘陣，所當者破，所擊者服，今困於此，是天亡我，非戰之罪也。』乃東至烏江，烏江亭長艤舟以俟，謂羽曰：『江東雖小，地方千里，衆士十萬，亦足王也。願大王急渡。今獨臣有船，漢軍至，無以渡。』羽笑曰：『天將亡我，何以渡爲？且籍與江東子弟八千人渡江而西，今無一人還。縱江東父老憐而王我，我何面目見之。縱彼不言，籍獨無愧于心乎？』遂自亡。**轉丸**：漢梅福上書：『昔高帝納善若不及，從諫若轉丸。』**玉門關**：前漢班超久在西域，年老思歸，上書曰：『臣不敢望酒泉郡，但願生入玉門關。』**釣魚灘**：後漢嚴光字子陵，與光武同遊學，及光武即位，乃變姓名隱身不見。帝思其賢，乃令以物色訪之。後齊國上書，有一男子披羊裘，釣澤中，帝疑其光，備安車玄纁聘之，三反而後至，車駕幸其館。光卧未起，帝即卧所撫其腹良久，光張目熟視。曰：『昔唐堯著德，巢父洗耳，士固有志，何相逼乎？』帝嘆息而去。後復引入論道，故舊相對累日，因共偃卧，光以足加帝腹。明日，太史奏客星犯帝座甚急。帝笑曰：『朕與故人子陵共卧耳。』帝欲除諫議大夫，不屈，乃耕於富春山。後人名其釣處爲嚴陵灘。**曉日長安近**：晋明帝幼聰敏，元帝愛之。長安使來，元帝問曰：『日與長安孰近？』對曰：『長安近，不聞人從日邊來。』明日宴群臣，又問之。對曰：『日近。』帝失色。又對曰：『舉頭見日，不見長安。』帝益奇之。**蜀道難**：李詩《蜀道難》：『劍閣崢嶸而崔嵬，一夫當關，萬夫莫開。所守或非親，化爲狼與豺。』**雷霆怒嗔**：上天妙子無言，雷霆以彰其怒，故迅雷風烈必變者，亦聖人敬天之怒也。**女直**：宋之番國名。**效芹**：《列子》：宋田父曝日，曰：『負日之暄，以獻吾君，必有重賞。』其妻曰：『昔有美芹莖萍子者，對鄉豪稱之，鄉豪嘗，蜇於口，慘於腹，衆皆哂之。』**犬馬報**：晋太和中，楊生養一犬，甚愛之。一日，生被酒劇醉，夜行墜落空井，狗繞井呻吟徹曉。有人過，怪之，往視，見生，生曰：『君可救我，當厚報。』人曰：『以此犬相與，方可救爾。』生曰：『此犬活我，不得相與，餘無所惜。』人曰：

『若爾，便不顧也。』狗下頭向井中作聲，生知其意，乃許之。人於是出生，繫狗而去。後五日，犬夜走歸，此犬之報也。唐初，韋皋爲西川節度使，時得大宛名馬一匹，皋極愛之。後吐番以四十萬入寇，皋率兵禦之，敗績，走至青城山下，失足陷於壑中，四圍壁立，賊追，不能上，馬四足伏地，垂韁以迎之，皋乃得上，還營，此馬之報漢高祖事例。平安書：宋胡瑗字翼之，布衣時與孫明復、蔡守道讀書太山，攻苦食淡，終夜不寢。十年不歸，得家書見上有『平安』二字，即投之澗中，不復展讀。明經講學，其心不外馳矣。杜甫詩：『可憐懷抱向人盡，爲問平安無使來。』

音字：鑾：欒。銜：啣。窩：窠。堵：睹。灘：探。戮：陸。禱：到。脊：即。

稀：希。翻：番。芹：勤。驀：默。觸：勺。曝：坡。

第八齣

釋義：香肌：唐元載寵姬薛瓊英，其母幼時以香屑糝果啖英，至長，故肌肉皆香云。宮腰細細：『楚王愛腰細者，皆得寵幸。宮中有腰大者，緊縛不食，使腰亦細，欲得寵，故多餓死。漢《馬廖傳》：『楚王好細腰，宮中多餓死。』眉淡掃：『平明上馬入宮門，五百人人走馬看。却嫌脂粉污顔色，淡掃蛾眉朝至尊。』遠山横：漢《趙飛燕傳》：飛燕妹合德爲卷髮，號新興髻；爲薄眉，號遠山眉；施小朱粉，號慵來妝。堆雲髻：杜鴻漸詩：『高髻雲鬟宮樣妝，春風一曲杜韋娘。司空見慣渾閑事，惱亂蘇州刺史腸。』蘭姿蕙質：東坡詞：『蘭蕙之質，自是生香。』

音字：泓：橫。薛：息。

第九齣

釋義：盜跖：戰國時人，柳下惠之弟也。以九千人橫行天下，侵暴諸侯。寶劍：晉張華問雷煥曰：『斗牛之間，常有紫氣。』煥曰：『寶劍之精，上徹於天，在豫章豐城縣。』華即補煥爲豐城令，掘嶽得二劍。一名龍泉，送與華；一名太阿，自佩。後華子持劍過延平津，劍躍入水，但見二龍各長數丈而去。垂簾聽政：宋哲宗沖年嗣位，年號元祐，宣仁高太后以聖德臨朝，垂簾聽政。首擢司馬光爲相，請悉更安石所變之法如舊。太后從之，天下鼓舞若更生。强梁：《山海經》：『有神銜蛇，(一)其狀虎首人身，四蹄長，時名曰强梁。』天涯：古詩：『行行重行行，與君生別離。相去萬餘里，各在天一涯。』(二)一刻千金價：古詩：『春宵一刻值千金。』

音字：劫：吉。盔：恢。陶：桃。窩：屋。褥：弱。嗔：稱。茜：西。跖：只。

(一) 神銜：原作『禪銜』，據《山海經》改。

(二) 在天：原作『天在』，據古詩改。

第十齣

釋義：射雙雕：克用李晉王出獵，遇紅袍將周德威，王欲降之。適空中有雙雕飛來，威曰：『汝能一箭射中此雕，則請降。』王一箭而貫雙雕，威乃下馬拜服。封侯印：後漢班超字仲升，有大志，家貧，爲官家傭書，久勞苦，投筆嘆曰：『大丈夫志略，須當效傅介子、張騫立功異域，取印封侯，安能久事毛錐子乎？』後出使西域，果封定遠侯。山呼：漢武帝用事華山，至中嶽，親登崇山，御史乘屬在廟傍，聞呼萬歲者三，即今臣民呼萬歲曰『山呼』。難以遥度：先零與諸羌皆叛，時趙充國年七十餘，上老之，使丙吉問誰可將者。充國對曰：『無踰於老臣者矣。』復問將軍度羌虜何如，當用幾人，充國曰：『百聞不如一見，兵難遥度，愿至金城，圖上方略。』充國至金城，常以遠斥堠爲務。行必爲戰備，止必堅營壘，尤能持重愛士卒。先計而後戰，虜數挑戰，充國頻以威信招降罕开及劫略者，解散虜謀，徼其疲劇，乃擊之，時寇降者萬餘人。邊鄙：邊方鄙野之地，如東西夷之類。行李：言人遠行者，有行囊。《左傳·襄公八年》有曰：『何不使一介行李告於寡君？』宮日添長：[一]《歲時記》：『晉魏間宮中以紅綫量日影，冬至後日長一綫。』杜詩：『刺繡五紋添弱綫。』壺冰：義見第六齣。金猊香裊：古詩：『寶鴨焚蘭

[一] 長：原作『綿』，據正文改。

燼，金猊噴射香。』錦帳：宋陶穀學士得党家姬，遇雪，穀取雪烹茶，謂姬曰：『党家有此風味否？』姬曰：『彼武人，安有此？但能於錦帳中飲羊羔美酒。』穀默然。鸚鵡：唐駱賓王詩：『鳳凰樓上怕吹簫，鸚鵡杯中休勸酒。』

音字：雕：彫。洶：凶。轡：閉。滯：治。梟：鳥。慣：貫。軀：區。晌：享。堠：勾。

第十一齣

音字：簇：坐。擘：匹。畿：几。

第十二齣

釋義：射虎：文帝時，李廣有力，從軍擊胡，廣善射，殺虜甚衆。匈奴謂之飛將軍。常居藍田，於南山草中見石以爲虎，射數矢，入没羽，下觀，乃石，却而復射，矢躍無跡。黄魯直詩云：『奪得胡兒馬便休，可嗟李廣不封侯。當時射殺南山虎，仔細看來是石頭。』窮猿奔林，豈暇擇木：晉李充家貧，求出外，除剡令。語人曰：『窮猿奔林，豈暇擇木？』宋江：宋欽宗時，以三千人横行州郡。推車：閔損，字子騫，早喪母，父娶後妻，生二子，衣以綿絮；妬損，衣以蘆花。令閔損御車，閔損體寒失靷。父察之，知其故，欲出後母。損曰：『母在子寒，母去三子單。』母聞悔改。

音字：栅：惻。驀：默。

第十三齣

釋義：狼狽：俱獸名，狼前足短後足長，狽前足長後足短，二物相依附。狼無狽不立，狽無狼不行。一失則無所倚也。（一）

音字：趲：斬。幫：邦。

第十四齣

釋義：故鄉：漢高祖過沛，置酒，悉召故人父老飲，酒酣，上擊筑自歌曰：『大風起兮雲飛揚，威加海内兮歸故鄉。安得猛士兮守四方。』於是起舞，上慷慨傷懷，因泣謂沛父老曰：『遊子悲故鄉。朕自沛以誅暴逆，遂有天下，其以沛爲朕湯沐邑。』豺狼：後漢張綱字文紀，和帝時遣八使循行風俗，綱獨理車輪於洛陽都亭。曰：『豺狼當道，安問狐狸？』遂奏梁冀等無君之心十五事。

（一）失：原作『所』，據文義改。

音字：哽：耿。

第十五齣

釋義：攬轡：漢范滂字孟博，汝南人，少勵清節，爲州里所服。乃以滂爲清詔使，按察冀州。滂登車攬轡，慨然有澄清天下之志。及至州境，守令自知污贓者，望風解印綬而去。逐走鹿：秦失其鹿，天下共逐之。細腰：古詞：『曾向章臺舞細腰，人人愛折嫩枝條。』(一)掌握中：言其秉國柄，操生殺之權，即作威作福之意。

音字：轡：閉。汴：便。

第十六齣

釋義：坎坷：皆地中陷也，喻牴牾不遂之意。彈珠顆：以隋侯之珠而彈千仞之雀，貴不當一。心如醉：後漢劉寬見帝，帝令講經，寬於座間被酒睡伏。帝問：『太尉醉耶？』寬對曰：『不敢醉，任大責重，憂心如醉。』生離：見十四齣下。

(一)　愛：原作『受』，據文義改。

音字：滑：活。坷：可。促：雀。顆：科，上聲。

第十七齣

釋義：周急：出《論語》『君子周急不繼富』。

第十八齣

釋義：逆旅：逆，迎也；旅，客旅。謂迎客之店舍也。唐李白《春夜宴桃李園序》云：『夫天地者，萬物之逆旅；光陰者，百代之過客。』窮途：晉阮籍時率易獨駕，不由徑，車跡所窮，輒痛哭而返。《滕王閣序》：『阮籍猖狂，豈效窮途之哭。』

音字：窩：屋。恁：佞。

第十九齣

釋義：宿水餐風：柴榮詩：『風餐水宿走他鄉。』珠淚：《博物志》：『鮫人水底居，出，向人家寄住，積日賣綃。從主人索器，泣而出珠，以與主人。』左思賦云：『泉室潛織而卷綃，淵客慷慨而泣珠。』

黄葉：漢武帝《秋風辭》：『秋風起兮白雲飛，草木黄落兮雁南飛。』金釵：出杜牧之詩集。唐張祜客淮南，日暮赴宴，杜紫微爲中書舍人，南坐，見妓女，無由見手，故索骰子賭酒，妓以袖包手而拈骰子，又不得見。紫微吟曰：『骰子巡巡手裏拈，無因得見玉纖纖。但應報道金釵墜，彷彿還應露指尖。』玉纖，美手之謂。千里故人來：范式少遊太學，與張邵爲友，並告歸。式曰：『後二年某日過訪。』邵曰：『然。』及至期，邵白母殺雞炊黍待之。母曰：『二年之約千里，戲言何相信之甚。』邵曰：『式，信士，必不失期。』至是日，果至。式謂邵曰：『自别後連年遘疾，至是始痊，今得會子，真所謂有緣而會矣。』二人盡歡而别。草舍茅簷：古詩：『竹籬茅舍風光好。』又宋韓侂胄因嬖妾之寵，得位專權，造一花園，周圍三十里内有酒肆、客店，竹離茅舍，儼同民居，與趙師𢿱遊其處，嘆曰：『真城市山林，但少黄犬迎人而吠。』俄有犬吠，覓之，乃師𢿱假爲之。豺狼：義見十四齣。故鄉：義見十四齣。

音字：簇：坐。囉：羅。顫：善。縛：狀。

第二十齣

釋義：紙錢灰：杜詩：『紙灰化作粉蝴蝶，血淚染成紅杜鵑。』(一)虎穴：吴吕蒙謂孫權曰：『不入虎穴，安得虎子。』心肯灰：《莊子》：『身若槁木之枝，心若死灰然。』風雲際會：《易》曰：『雲

(一) 淚：原作『唳』，據文義改。

從龍，風從虎。』明良相遇，若龍虎之會合風雲也。

音字：贖：孰。陌：默。醅：焙。

第二十一齣

釋義：萍梗：言人生蹤跡之不定也。許慎《説文》：『萍無根，浮水而生，有青、紫二種，葉皆細，對生。梗長二寸許。』毛伯温征安南，以詩探之云：『隨田逐出冒秧針，到底原來種不深。空有根苗空有蒂，敢生枝葉敢生心。寧知聚處焉知散，但識浮時不識沉。(一)大抵漢唐風色惡，一歸湖海竟難尋。』又，古詩：『人生無根蒂，猶如水上萍。』流血：昔有一商，美姿容，泊舟於西河下，岸上高樓中一美女，相視月餘，兩情已契，弗遂所願。商貨盡而去，女思成疾而亡。父遂焚之，獨心中一物不化如鐵。磨出，照見中有舟樓相對，隱隱而有人形。其父以爲奇，藏之。後商復來，訪其女，得所由，獻金求觀，不覺淚下成血。滴心上，即成灰。胡笳：北方之人，卷蘆葉爲首，以竹爲管，似觱篥，但無竅耳，邊上吹之，名曰胡笳。漢張騫使西域，得其制。寒砧：杜詩：『酒醒寒砧切，悲怨無休歇。』

音字：澄：沉。砧：貞。

(一) 浮：原闕，據文義補。

鼎鐫陳眉公先生批評幽閨記卷之下

雲間眉公　陳繼儒　評
潭陽儆韋　蕭鳴盛　校
一齋敬止　余文熙　閲
書林慶雲　蕭騰鴻　梓

第二十二齣　招商諧偶

〔臨江仙〕（末云）調和麯蘗多加料，釀成上等香醪。籬邊風旆似相招。三杯傾竹葉，兩臉暈桃花。不飲傍人應笑你，百錢鬥酒非高。莫言村店客難邀。神仙留玉珮，卿相解金貂。且喜兵火已平，民安盜息，不免叫貨賣出來，分付他仍舊開鋪面迎接客商，多少是好。貨賣那裏？（净上云）忙把店門開，安排待客來。不將辛苦藝，難近世間財。家長老官兒有何分付？（末云）貨賣，如今且喜兵火已平，民安盜息，你可與我開張鋪面，迎接客商。你在外面發賣，我在裏面會鈔記帳。（净云）説得是。我在外面發賣，你在裏面會鈔記帳。我一賣還他一賣，兩賣還他成雙。（末云）説得是。奉饒加一二，自有客人來。（下）（净云）好招商店，前臨官道，後靠野溪，幾株楊柳緑陰濃，一架薔薇清影亂。古壁上繪劉伶裸卧，小窗前畫李白醉眠。知味停舟，果是開埕香十里；聞香駐馬，真個隔壁醉三家。但有南北二京、福建、江西、湖廣、襄陽、山東、山西、雲南、貴州、廣東、廣西客商，都來買好酒吃。自古道：牙關不開，利市不來。不免把酒來嘗一嘗。好酒！一生喫不慣悶酒，得個朋友來同酌一杯纔好。

【駐馬聽】（生、旦上唱）一路裹奔馳，多少艱辛來到這裏。且喜略時肅静，漸次平安、稍爾寧息。恨悠悠千里旅情悲，苦懨懨一片鄉心碎。感嘆咨嗟，傷情滿眼關山淚。

【前腔】（浄唱）草舍茅簷，門面不裝酒味美。真個杯浮緑蟻，榨滴珍珠，甕潑新醅。（生唱）酒旗斜掛小窗西，布帘兒招颭在疏籬際。和你共飲三杯，今朝飲酒今朝醉。

（生云）娘子，此間是廣陽鎮招商店。且沽一壺，少解旅況，再行何如。（旦云）但憑秀才。（生叫酒保）（浄云）官兒買酒喫的？（生云）是買酒喫的。（浄云）請坐。（生云）還有渾家在外面。（浄云）渾家請。（生云）咄！你這酒保好野！（浄云）我小人不野。（生云）夫妻纔稱得渾家，你怎麽也叫渾家？（浄云）官兒，我曾聞人之父母就是我之父母，官兒的渾家也就是我的渾家，合該大家渾一渾。（生云）胡説！稱娘子纔是。（浄云）便是娘子請，如何？（叫科）兩杯茶來。（生云）酒保，你家有甚麽好酒？（浄云）有好酒。（生云）有甚麽好下飯？（浄云）有好下飯。（生云）只把好的拿來，吃了算帳。（浄叫科）那官兒脚上帶黄泥，必定遠來的。多着抛屍露，少着父娘皮。一賣當兩賣，不要少他的。（生云）酒保，你説『多着抛屍露，少着父娘皮』，『父娘皮』是甚麽？（浄云）父娘皮是骨。（生云）『抛屍露』是骨。（浄云）『抛屍露』是肉。（生云）『父娘皮』是肉，你怎麽哄我？（浄叫科）這官兒是老江湖，不要哄他。『抛屍露』少放些，『畫眉青』多放些。（生云）酒保，『畫眉青』是甚麽？（浄云）『畫眉青』

是肉。(生云)『畫眉青』是菜。(淨叫科)不要哄他了。一賣肉，一賣雞，一賣燒鵝，一賣匾食。快着呵。(生云)看酒過來。(淨云)酒在此。(生云)這是新蒭，可有窨下？(淨云)我這裏來往人多，没有窨下，只是新蒭。(生云)也罷，酒保與我斟一斟。(淨云)不要說一斟，八斟也會。(生云)休閑說。娘子請酒。

【駐雲飛】(生唱)村釀新蒭，要解愁腸須是酒。壺内馨香透，盞内清光溜，(旦作羞不飲科)(生唱)嗏，何必恁多羞。(旦云)非是奴家害羞，天性不會飲。(生)但略沾口，勉意休推，放開眉兒皺。一醉能消心上愁。

娘子不曾飲得一杯，爲何臉就紅了？

【前腔】(旦唱)盞落歸臺，却早兩朵桃花上臉來。(一)酒保將酒過來，待我也回那秀才一杯。(淨背云)蹺蹊，待我問他。官兒，方纔娘子說：『酒保看酒過來，待我也回那秀才一杯。』『那』者是怎麽說？(生云)這是我那裏鄉音，『那』者是『好』也。(淨背云)待我也打腔兒哄他。(叫科)夥家看『那』酒來，『那』下飯來。(生云)酒保，甚麽『那』酒『那』下飯？(淨云)官兒就不記得了，我這裏也是『那』者好也。(二)(生云)休取笑。(旦把酒科)多感君相帶。(生唱)多謝心相愛。(旦唱)嗏，擎樽奉多才。

(一) 眉批：桃之夭夭。

(二) 眉批：『那』字雖好，但文理欠通。

（生云）小生也不會飲。（旦唱）你量如滄海。（生云）酒保減一減我喫。（浄云）甚麼説話！喫一個滿面杯。（旦唱）滿飲一杯，暫把愁懷解，樂以忘憂須放懷。

（生云）酒保，我與娘子一路來，因有幾句言語，不肯喫酒。你若勸得娘子喫一杯酒，我就與你一錢銀子。（浄云）官兒，我勸娘子喫一杯酒就是一錢銀子，若喫十杯？（生云）就是一兩。（浄云）若喫了一百杯，就是十兩！待我去勸娘子。請酒。（作掩鬚科）〔一〕

【前腔】（浄唱）瀲灩流霞，（生云）酒保，你怎麽把臉兒遮了？（浄云）小人臉兒不那個，恐娘子見了不肯喫酒。不比尋常賣酒家。娘子請一杯。（旦云）我不會喫。（浄云）小人跪了。（旦云）請起，我喫。（浄云）娘子，出路人不要喫單杯，喫一個雙杯。（把酒科）村店多瀟灑，坐起極幽雅。（旦云）我再喫不得了。（浄云）没奈何，小人又跪下。（旦云）也罷。起來，我再喫一杯。請問酒保，這一杯酒值多少？（浄唱）嗏，何必論杯價，愛飲神仙，玉珮曾留下。（旦云）有茶與我一杯。（浄唱）今後逢人吃甚麽茶。〔二〕

【前腔】（旦唱）悶可消除，只怕醉倒黄公舊酒壚。（旦云）秀才，天色晚了，去罷。（生唱）天晚催

〔一〕眉批：娘子若是李太白，酒保便是石崇了。
〔二〕眉批：寒夜客來茶當酒。

人去。（净云）好熱酒在此。（生唱）好酒留人住。嗏，香醪豈尋俗。味若醍醐。曾向江心，點滴在波深處，慢櫓摇船捉醉魚。(一)

（旦云）秀才，我猜着你了。（生云）你猜着我甚麼？（旦云）你哄我喫醉了，要捉那醉魚。只怕你滿船空載月明歸。（生云）娘子，這是唐明皇與楊貴妃在采石江邊飲宴的故事。（净云）着了，正是那唐明皇與楊貴妃在采石江邊飲宴的故事。我小人親眼見的，也是我斟酒勸他。（生云）酒保，你多少年紀？（净云）我四十歲了。（生云）唐明皇開元到今，有四百餘年，你怎麽説親眼見？（净云）自不曾説謊，略謊得一謊，就露出驢脚來了。（旦云）秀才，天色晚了，去罷。（生云）酒保，天色晚了，會鈔罷。（净叫科）官兒，娘子不喫酒了，會鈔。（生云）酒保，這裏到宿客館中，還有多少路？（净云）還有三十里。你問他怎麽？（生云）我要去借宿。（净云）這等去不到了。官兒，我這里廣陽鎮招商店，前面喫酒，後面宿客。這裏不歇，往那裏歇？(二)（生云）娘子，方纔酒保説，到旅館中還有三十里路，去不到了，就在此安歇了罷。（旦云）但憑秀才。（生云）酒保，一發明日會鈔罷。與我打掃一間房，鋪下一張床。（净叫科）那官兒不去了，一發明日會鈔。打掃一間房，鋪下一張床，一個聯兒枕頭，一個大馬子。（旦云）酒保，那秀才與你説甚麽？（净云）那官兒叫我打掃一間房，鋪下一張床。（旦云）不要依他，只依我。與

(一)　眉批：妙！妙！

(二)　眉批：又説得好。

我打掃兩間房，鋪下兩張床。(一)（淨叫科）不依前頭了，打掃兩間房，鋪下兩張床，兩個短枕頭，一個小馬子，一個小尿鱉。（生云）酒保，娘子叫你怎麼？（淨云）叫我打掃兩間房，鋪下兩張床。（生云）酒錢飯錢都是我還，你怎麼不聽我說？還只是打掃一間房，鋪下一張床。（淨云）是。酒錢、飯錢都是官兒還，只依官兒。（叫科）不依後頭了，照舊依前。打掃一間房，鋪下一張床，一個聯兒枕頭，一個大馬子。（旦云）酒保，那秀才又與你說甚麼？（淨云）那官兒還教我打掃一間房，鋪下一張床。（旦云）你這酒保，只依我就罷了，有這許多更變！（淨云）你兩個只管咭力骨碌，骨碌咭力。也不像出路人。（生云）酒保，你怎麼惱將起來？（淨云）不是我惱。官兒又是打掃一間房，鋪下一張床。娘子又是打掃兩間房，鋪下兩張床。依了官兒，不依娘子。娘子也狗頭狗起來。（生云）甚麼狗頭狗？（淨云）惱。（生云）只依我說罷了。（淨云）如今也不依官兒，也不依娘子，依我。（生云）怎麼依你？（淨云）依我便打掃一間房，依着官兒了鋪下兩張床。（生云）只鋪一張床。（淨云）也依娘子一半。床却丁字鋪了。（生云）怎麼丁字鋪？（淨云）官兒的床鋪在這裏，娘子的床鋪在這裏。上了床，吹滅了燈，一個筋斗就過了。(二)（生云）休取笑。張燈來！（淨叫科）看燈來，看洗脚水來。（下）（生云）娘子，請睡了罷。（旦云）你且請睡。（生云）請睡了罷。（旦云）秀才，你自睡，我自睡，只管問我怎麼？

(一) 眉批：就兩張床，也無曠野到店這裏遠。

(二) 眉批：丁字床，可字睡。

【絳都春】（生唱）擔煩受惱。豈容易、共伊得到今朝。有分憂愁，無緣恩愛何時了？（旦唱）長吁短嘆我心自曉。（生云）娘子，你曉得我甚麽？（旦唱）有甚的真情深奥。（一）（生云）正要娘子曉得。（旦唱）禮法所制，人非土木，待説也難道。（二）

（生云）尋蹤訪跡遇林中，（旦云）受苦扶危出禍叢。（生云）我和你有緣千里能相會，（旦云）我只是無緣對面不相逢。（生云）娘子，你怎麽把言語都説遠了，你敢是忘了？（旦云）奴家不曾忘了甚麽。（生云）既不曾忘，可記得林榔中的言語來？（旦云）林榔中曾與秀才説兄妹同行。（生云）這也有來。我説面貌不同，語言各别，娘子又怎麽説？（旦云）奴家再不曾説甚麽。（生云）正是貴人多忘事。娘子再想。（旦云）奴家想起來了，説怕有人盤問，權説做夫妻。（生云）却又來，别的便好權做，夫妻可是『權』得的！我也不問娘子别的，可曉得仁義禮智信？不要説仁義禮智，只説一個信字。（三）（旦云）信字怎麽説？（生云）天若爽信，雲霧不生。地若爽信，草木不長。爲人可得失信麽？（旦云）奴家也不曾失信與秀才。（生云）既不失信，如何不依林榔中的言語？（旦云）秀才，你送我回去，多多將些金謝你罷。（生云）豈不聞書中自有黄金屋，要你那金銀何用？（旦云）也罷，你送我回去，我與爹爹説，與

（一）眉批：堪憐。

（二）眉批：前日説仁，今日講禮。

（三）眉批：好道學秀才，認得『信』字，真。

你個官兒做罷。（生云）呀！官是朝廷的，是你家的？我一路來到不曾問得娘子，不知娘子是何等人家？（旦云）秀才，你不問起也罷，若問我家中事情，不要説與你同行同坐，就是立站的去處，也没有你的。㈠（生云）韓景陽，大來頭！你却是何等人家？願聞。（旦云）奴家祖公是王和，祖婆是王太真。父親現任兵部尚書王鎮，母親是王太國夫人。奴家是守節操的千金小姐。（生云）既是千金小姐，怎麽隨着個窮秀才走？（旦云）不知你妹子隨着那個哩！（生云）你自身顧不得，那笑得别人！且住。不要與他硬，若硬兩下裏就硬開了，還要放軟些。娘子元來是宦家之女，我蔣世隆低眼覰畫堂，尚然消受不起，到與娘子同行同坐，望娘子高擡貴手，饒恕蔣世隆之罪。㈡（跪科）（旦亦跪科）大恩人請起。（生云）咳，你既知我是大恩人。㈢

【降黄龍】（生唱）説甚麽宦世門楣，寒士尋常，望若雲霄。時移事遷，爲地覆天翻，君去民逃。多嬌。此時相遇，料應我和你姻緣非小。做夫妻相呼厮唤，怎生忘了？

【前腔】（旦唱）秀才，何勞。奬譽過高。昔日榮華，眼前窮暴。身無所倚，身無所倚，幸然遇

㈠ 眉批：睡則何如？

㈡ 眉批：無言可答。

㈢ 眉批：妙處。

君家、危途相保。(一)（拜科）英豪。念孤恤寡，再生之恩難報。久以後啣環結草、敢忘分毫。

【前腔】（生唱）聽告。娘子，你身到行朝。與父母團圞、再同歡笑。那時節呵，你在深沉院宇，要見你除非是夢魂來到。（旦云）我稟過父親，那時與你成親也未遲。（生云）那時節你還要我？攀高。選擇佳婿，卑人呵，命蹇乖實是難招。(二)我與娘子一路同行到此，便是三歲孩童也説一對好夫妻。這虛名人言自説、聽着偏好。

【前腔】（旦唱）休焦。所許前詞，侍枕之私、敢惜微眇。（生云）既如此，却又推三阻四怎麽？（旦唱）怕仁人累德，娶而不告。朋友相嘲。(三)（生云）娘子，你曉得瓜田不納履，李下不整冠麽？（旦云）瓜田不納履怎麽説？（生云）假如人家一園瓜正熟，有人打從瓜園中經過，曲腰納其履，隔遠人見只説偷其瓜。（旦云）李下不整冠怎麽説？（生云）假如人家一園李子正熟，有人打從他李樹下過，欲待伸手整其冠，人見只説盜其李。(四)從教。整冠李下，此嫌疑實亦難逃。(五)（旦云）秀才，你送我到行朝，

(一) 眉批：止在今日。
(二) 眉批：難道。
(三) 眉批：逃難論不得。
(四) 眉批：吾豈匏瓜也哉，焉能繫而不食。
(五) 眉批：足見。

與爹爹說知，教個媒人說合成親，却不全了奴家的節操。（生怒擊棹科）你前日在虎頭寨上，若没有我蔣世隆呵，亂亂軍中遭驅被虜，怎全節操。

（丑内叫）老兒起來，盤兒碗兒都打碎了。（末、丑上唱）

【太平令】曲徑迢遥，深夜柴門帶月敲。郵亭一宿姻緣好，又何故語叨叨？㈠（生、旦見科）

【前腔】（生唱）旅邸蕭條，回首鄉關路轉遥。寒燈照影傷懷抱，因此上話通宵。㈡

（末云）官人、娘子，我兩口在隔壁聽得許久，頗知一二，你也不要瞞我了。（生云）既如此，瞞不得公公、婆婆了。（末云）秀才官人，他是宦族名流，深閨處子，自非桑間之約，濮上之期，焉有鑽穴相窺，逾牆相從？秀才官人，你是讀書之人，豈不聞柳下惠之事？（生云）惶恐惶恐。（末云）秀才官人莫怪，請到前樓去坐一坐，老夫别有話説。（生云）是如此。（下）（末云）小姐在上，老夫有一言相告：男女授受不親，禮也；嫂溺援之以手，權也。權者，反經合禮之謂。且如小姐處於深閨，衣不見裏，言不及外，事之常也。今日奔馳道途，風餐水宿，事之變也。況急遽苟且之時，傾覆流離之際，失母從人二百餘里，雖小姐冰清玉潔，惟天可表，清白誰人肯信？是非誰人與辨？正所謂昆岡失火，玉石俱焚。今小姐堅執不從，那秀才被我道了幾句言語，兩下出門，各不相顧，倘遇不良之人，無賴之輩，强逼爲婚，非

㈠ 眉批：更有緊似虜者。

㈡ 眉批：又道學起來。

惟玷污了身己，抑且所配非人。不若反經行權，成就了好事罷。(一)(旦云)望公公、婆婆收留奴家在此。倘或父母有相見之日，那時重重相謝，決不虛言。(末云)呀，收留人家迷失子女，律有明條。況小店中來往人多，不當穩便。既然不從，小姐請出去罷。(旦悲科)(丑云)老兒，他只因無父母之命，又無媒妁之言，我兩人年紀高大，權做主婚之人，安排一樽薄酒，權爲合巹之杯。所謂禮由義起，不爲苟從。我兩老口主張不差，小姐依順了罷。(二)(旦云)我如今没奈何了，但憑公公、婆婆主張。(末云)你去看酒來，待我請那秀才官人來。秀才官人有請。(生上)(末云)被老夫勸從了。(生揖科)多謝公公！(丑上云)老兒，酒在此了。(末把酒科)

【撲燈蛾】(末、丑)才郎殊美好，佳人正年少。相逢邂逅間，姻緣會合非小也。天然湊巧，把招商店權做藍橋。翠帷中風清月皎。算歡娱千金難買是今宵。

【前腔】(旦唱)禮儀謹化源，《關雎》始風教。一時見君子，匆匆遽成人道也。(生唱)我是山雞野鳥，配青鸞無福難消。仗冰人一言已定，此生此德，何以報瓊瑤？(三)

(丑、末云)官人、娘子請穩便罷。夜深了，明日再取一樽酒與你暖房。姻緣本無意，天遣偶相逢。剩把

(一)　眉批：蘇張媒人。
(二)　眉批：周急記得來。
(三)　眉批：知趣。

銀缸照，猶疑是夢中。（丑、末下科）

【衮遍】（旦唱）不肯賦情薄，不肯賦情薄，隨順教人笑。空使我意沉吟，眉留目亂羞難道。

（生唱）看他喜時模樣，愁時容貌，燈兒下、燈兒下越看着越俊俏。(一)

【前腔】（旦唱）才郎意堅牢，才郎意堅牢，賤妾難推調。只恐容易間，把恩情心事都忘了。(二)

（生云）蔣世隆若有此心，與你星前月下去罰下誓來。（旦云）你自去罷。（生云）蔣世隆若忘了小姐厚恩，永遠前程不吉。（旦云）不是這等罰。（生云）怎麼樣罰？（旦云）跪了罰。（生云）也罷。和你同去罰。

海誓山盟，神天須表。辦至誠、辦至誠圖久遠同諧老。(三)

【尾聲】（旦唱）恩情豈比閑花草。（生唱）往常恨更長寂寥，今夜只愁天易曉。

（生）野外芳葩並蒂開，（旦）村邊連理共枝栽。

（合）百年夫婦途中合，一段姻緣天上來。

齣末總批：

曲曲出奇，折折呈趣，諸情調都無此風流。

(一) 眉批：不消說。

(二) 眉批：怎敢。

(三) 眉批：咒得毒。

第二十三齣　和寇回朝(一)

（外扮王尚書、丑扮六兒引衆上）

【三棒鼓】（外唱）一鞭行色望南京，喜得兩國通和也，無戰爭。邊疆罷征，邊烽罷驚，不暫停。（合）如今海晏河清也，重逢太平，重樂太平。

（外云）六兒，這里到磁州孟津驛還有多少路？（丑云）爹爹，不多遠了。（外云）分付人夫，趲行到孟津驛去安歇罷。（丑云）人夫趲行到孟津驛安歇。

【前腔】（外唱）遠聞軍馬犯邊城，争奈奉旨登途也，離鄉背井。這場戰争，這場恐驚，誰慣經。（合前）

玉帛交歡四海清，家無王事國無征。
太平元是將軍定，還許將軍見太平。(二)

(一) 回：目録中作『還』。
(二) 眉批：古簡而盡。

第二十四齣　會赦更新

【稱人心】（小生上唱）宵行晝伏，脱離虎口鯨牙。不得已截道打家，聚忘生集捨死，山間林下。逆天無道這榮華，成甚生涯。

〔減字木蘭花〕陀滿興福，父母妻兒都殺戮。逃命潛奔，哨聚山林暫隱身。心闌意卸，天幸遭逢頒大赦。改過從新，作個清平無事人。我陀滿興福受了無限苦楚，今日幸蒙恩赦，散却衆嘍囉，離了山寨。聞得行朝開科選士，招取文武全才。我如今一來上京應試，二來尋取哥哥消息，却不是好。天色將晚，不免趲行幾步。〔一〕

【五韻美】休戈甲，罷征戍，區宇宣王化。惠及生靈，恩沾遐邇。如今日之際，海之涯，普天之下，再生重見太平，歡聲四洽。

仰謝天恩放赦歸，再生重睹太平時。
盡銷軍器爲農器，不掛征旗掛酒旗。

〔一〕　眉批：　賊露本來面目。

第二十五齣　抱恙離鸞

【三登樂】（旦扶生上）世亂人荒，幸脱離天羅地網。不隄防病染這場。事不寧、身未穩，天降災殃。淹留旅邸，望河南怎往？

（旦云）官人，你今日病體如何？（生云）十分沉重。（旦云）待我央店主人去請個太醫來看一看。店主人有請。（末上云）貧無達士將金贈，病有良醫説藥方。小姐拜揖。（旦云）店主人萬福。（末云）小姐，官人貴體若何？（旦云）官人病體十分沉重，煩你請個太醫來看一看。（末云）這個當得。不争三五步，咫尺是他家。翁太醫在麽？（浄内問）是那個？（末云）請你看病的。（浄云）有幾個人在外面？（末云）只我一個。（浄云）得兩個拿扇板門來，擡我去方好。（末云）爲甚麽？（浄云）生了一個癩瘡，走不動。（末云）你何不自醫好了？（浄云）自古道，盧醫不自醫。(一)（末云）快些來去罷。（浄云）不要慌，待我分付了着。（浄半上向内科）分付丁香奴、劉季奴，你每好生看着天門、麥門，我去探白頭翁、蔓荆子，趁些小金、水銀纔當歸。倘有使君子來看大麥、小麥，可回他説是張將軍、李國老家請去了。你蓯蓉把破故紙包那没藥與他去。前者因爲你每不細辛防風，却被那夥木賊爬過天花粉牆，上了金綫重樓，打開青箱，偷去珍珠、琥珀、金銀花子、丹砂裰子、茯苓裙子、昆布襪子、青皮靴子。那一個豆

(一)　眉批：趣談。

蔻又起狠毒之心，走入蓮房，摟定我的紅娘子，扯下襪襠，直弄得川芎血結。咳，苦腦子，苦腦子！如今可牽海馬到常山下吃些莽草，薄荷邊飲些無根水，傍晚看天南星出，即掛上馬兜鈴，將紅燈籠點着白蠟燭，往人中白家來接我。你若懶薏苡來遲了，叫我黑牽牛茴香，惹得我急性子起，將玄胡索吊你在甘松樹上，四十蒺藜棍，打斷你的狗脊骨，碎補屁孛孛出華撥，不饒你半夏分附子了王不留行。(一)

【水底魚】(净上)三世行醫，四方人盡知。不論貴賤，請着的即便醫。盧醫扁鵲，料他直甚的。人人道我，道我是個催命鬼。

我做郎中實慣熟，下藥且是不懶慢。熱病與他柴胡湯，冷病與他五靈散。醫得東邊纔出喪，醫得西邊已入殮。南邊流水買棺材，北邊打點又氣斷。祖宗三代做郎中，十個醫死九個半。你若有病請我醫，想你也是該死漢。小子姓翁，祖居山東。藥性醫書看過，《難經》《脈訣》未通。做土工是我姐丈，賣棺材的是我外公。我若一日不醫死幾個，叫外婆姐姐在家裏喝風。你是那個？(末云)是我。我店中有個秀才得了病，請你去醫。(净云)他是甚麽病？(末云)去看脈便知道，怎麽問我！(净云)你不曉得，明醫暗卜。問得明白了去，方纔看脈也對科，下藥也對病。(末云)也説得有理。我説便説，你不要對那秀才説。(净云)你是好意，我怎麽就説。(末云)那秀才因離亂不見了妹子，憂煩得病。(净云)

(一) 眉批：未脱俗。

這等便是憂疑驚恐上來的。不打緊，一貼藥就好。(一)（末云）先生略待。我進去説了，來請你。小姐，太醫到了。（旦云）公公，他是病虚的人，叫他悄悄的進來，不要驚唬了他。（末云）先生，那秀才是病虚的，你可悄悄些進去。（浄云）我曉得，我曉得。（浄進看）（擊棹大叫諢科）（生作驚科）（旦抱生科）（旦云）這太醫好没分曉。病虚的人，爲何這般大驚小怪？（浄云）這是我醫人的入門訣。（末云）怎麽説？（浄云）驚一驚，驚出他一身冷汗，病好了也不見得。（旦云）倘或驚壞了怎麽了？（浄云）這是他驚不起，不干我太醫事。(二)（末云）先生且看脈。（浄云）伸出脚來待我看。（末云）還是手，怎麽説脚？（浄云）你不曉得，病從跟脚起。（浄看脈科）（旦云）先生用心看一看，是甚麽症候？（浄云）這個病症是亂軍中不見了親人，憂疑驚恐，七情所傷的症候。(三)（旦云）好個太醫！就如見的。（浄云）我實不曾見，是王公纔方與我説的。（末云）呀，我教你不要説！（浄云）我不説，不表你的好意思。(四)

（旦云）煩太醫再看分曉。

【柰子花】（浄唱）他犯着産後驚風。（旦云）不是。（浄唱）莫不是月數不通？

（旦云）這太醫胡説。（末云）他是男子漢，怎麽倒説了女人的病症？（浄云）我手便拿着官人的，眼却

(一) 眉批：差些。
(二) 眉批：明醫趣。
(三) 眉批：差些。
(四) 眉批：妙。

看了這娘子，故此説到女科去了。(一)待我再看。呀，不好了！

【駐馬聽】（浄唱）這脈息昏沉，兩手如冰駭死人。叫幾個尼姑和尚做些功果，送出南門。鬼門關上去招魂。叫些木匠，𠁥𠁥𠁣𠁣，早把棺材釘。(二)（旦哭科）（浄唱）我的人兒連哭兩三聲。呀，你不曾動？（末云）不曾動。（浄云）這等不妨，是我差拿了手背，你慌則甚。

（旦云）如今怎麽？（浄云）如今下針。（旦云）怎麽這等大針？（浄云）待我换。（旦云）一發大了。（浄云）這等，我有藥在這裏。（末云）甚麽藥？（浄云）是飛龍奪命丹，拿去與秀才吃。（生吃吐科）（旦云）怎麽吃了就吐？（浄云）虚弱得緊，胃口倒了。老官兒，你也吃一服。（末云）我没有甚麽病。（浄云）你吃了髮白再黑，牙落再生。（末云）這等好，拿來我吃。（作吐科）（浄云）二三十兩銀子合的藥，都吐了！你們不會吃，(三)待我吃與你看。（作吐科）（末云）先生，這是甚麽藥？吃的都吐了。（浄作看科）阿呀，連我也拿差了，這是醫痔瘡的藥，怪道上下不對科了。（末云）翁太醫，你還要看症真，仔細下藥。（浄云）這等待我再望聞問切。

【剔銀燈】（浄唱）他渾身上如湯似火燒？（旦云）不熱。（浄唱）口兒裏常常乾燥？（旦云）也

(一) 眉批：郎中家數。

(二) 眉批：這番更虚驚。

(三) 會：原作『曾』，據汲古閣刊本《繡刻幽閨記定本》改。

不。（净唱）終朝飯食都不要？（旦云）也還吃些兒。（净唱）耳聞得蟬鳴聲噪？（旦唱）也不。（净唱）心焦？（旦云）也不。（净唱）莫否害勞？（旦云）這先生説的一些也不是。（净唱）都不是不醫便了。㈠（下）

（末云）這先生去了，小姐可勸官人且寧耐，老夫去去再來看。正是：藥醫不死病，佛化有緣人。（下）（生云）娘子，太醫説我病體如何？（旦云）官人，太醫説你没事，且自寧耐則個。㈡

【山坡羊】（生唱）娘子，我病體難醫難治，你這苦如何存濟？（旦唱）願流恩降福，降福災星退。（生唱）勢漸危，料應我不久矣。若還我死，你必選個高門配。我便死向黄泉，一心只念你。（旦唱）休提，不由人淚暗垂。傷悲，何時同歸故里？㈢

【三棒鼓】（外唱）君臣遷徙去如星，只怕土産凋零也，人不見影。（衆唱）一程兩程，長亭短亭，不住行。如今海晏河清也，重逢太平，重樂太平。

（外）六兒，這是那裏了？（丑云）是廣陽鎮了。（外云）可有駐節的所在？（丑云）這裏没有。（外云）我要寫個報子，打到孟津驛去，那裏好暫歇。（丑云）這裏有個招商店倒潔净，好暫歇。（外云）既如此，

㈠ 眉批：正是。
㈡ 眉批：妙人。
㈢ 眉批：酸心。

好潔浄房兒看一間，我進去。（丑云）叫幾個皂隷隨我進來，有甚麽人在這裏？（末上云）是誰呀？牌子，買飯吃的？（丑云）這個弟子孩兒，人也不識，買飯吃的！（衆云）這是兵部王爺家的六爺。（末云）是六爺，小人不識得。（丑云）且饒你，你去打掃一間好房，我每老爺要進來。快些！（末云）小店中窄小，住不得。（丑云）不在此住，只要寫個報子就行。（末云）請六爺去看，中意便請老爺進來。（丑看科）（末云）這一間？（丑云）不好。（末云）那一間？（丑云）不潔浄。（末云）只有裏面一間，甚是潔浄，只是有個秀才染病在裏頭。（丑云）教他出去一會兒，待老爺寫了報子再進去。（旦）呀，倒像我家六兒。待我叫他一聲。六兒！（丑云）誰教六兒？（旦云）六兒！（丑云）呀，姐姐！爹爹，爹爹，姐姐！爹爹，姐姐在此！姐姐，爹爹在此！（一）（旦云）爹爹在那裏？（外云）女孩兒在那裏？（見科）

【五供養】（旦唱）別來久矣，自離朝尊體無恙。骨肉重再睹，喜非常。（外唱）孩兒，屈指數月，折倒盡昔時模樣。思故里念家鄉，多少鬢邊霜。

（旦云）〔鷓鴣天〕爹爹，目斷魂消信息沉，沿途窮跡問蹤尋。（外云）孩兒，親情再見誠無意，子父重逢豈有心。（丑云）言往昔，話如今，店中權歇問家音。（合）正是着意種花花不發，等閑插柳柳成陰。（外云）孩兒，你怎麽在這裏？說個備細與我知道。

（一）　眉批：　肖光景。

【園林好】（旦唱）纔説起遷都汴梁，鬧炒炒哀聲四方，不忍訴淒涼情況。家所有盡撇漾。家使奴盡逃亡。

【嘉慶子】（外唱）你一雙子母何所傍？（旦唱）更雨緊風寒勢怎當。心急行程不上。人亂亂世慌慌。愁戚戚淚汪汪。

【尹令】那時又無倚仗，那時有親難傍，那時有家難向。他東我西，地亂天慌，事怎防？

（外云）你母親如今在那里？

【品令】（旦唱）逃生士民在官道驛程傍。天色漸晚，陰雲黯穹蒼。匆匆正往，喊聲如雷響。各各奔走，都向樹林中伉。偷生苟免，瓦解星飛子離了娘。

【豆葉黄】（外唱）我兒，你一身見在誰行？（旦唱）我隨着個秀，(一)（外云）甚麽秀？（旦唱）我隨着個秀才棲身。（外云）呀，他是甚麽人你隨着他？（旦唱）他是我的家長。（外怒科唱）誰爲媒妁？甚人主張？(二)（旦唱）爹爹，人在那亂、人在那亂離時節，怎選得高門厮對厮當。(三)

（外云）六兒，那秀才在那裏？（丑云）在這裏，還不走過來！（生見科）

(一) 夾批：趣，妙。

(二) 夾批：腐極。眉批：蠢老兒不要説秀才，便是和尚也罷了，強爲賊婆。

(三) 夾批：言得極是。

【月上海棠】(外唱)你自想,甚年發跡窮形狀。(生唱)怎凡人逆相、海水斗升量。(旦唱)非獎。陋巷十年黃卷苦,那時禹門三月桃花浪。一躍龍門,便把名揚,管取姓字標金榜。

(外云)孩兒,隨我回去罷。

【五韻美】(旦唱)意兒裏想,眼兒裏望。望救取東君艷陽,與花柳增芳。(生唱)全没些可傷,身凛凛如雪上加霜。(外云)孩兒,你快隨我去。(生、旦唱)更没些和氣一味莽,鐵膽銅心,打開鳳凰。

【二犯么令】(外唱)你是娘生父養,逆親言心向情郎。(一)(生唱)我向地、我向地獄相救你到天堂,怎下得撇在没人的店房。(旦合)若是兩分張,管取拚殘生命亡。

(丑云)去罷,去罷!(旦云)官人,和你同去哀告。

【玉交枝】(生唱)哀告慈悲岳丈。(外云)哇!誰是你岳丈!(生唱)可憐我伏枕在床。(外云)就死,有誰來憐你!(生云)我必定是死了。煎藥煮粥無人管,等待我三五日時光。(外云)去,去,一時也等不得。(生唱)全没些好言劈面搶,惡狠狠怒氣三千丈。(外云)六兒,扯上馬去。(生唱)

(一) 眉批:胡説。

只倚着官高勢强，只倚着官高勢强。（丑扯旦科）（一）

【江兒水】（旦唱）眼見得今朝去直恁忙。相隨百步，尚且情悒怏。何況我夫妻月餘上，怎下得霎時間如天樣。（外、丑）若要成雙休指望。（生、旦）一對鴛鴦，生被跌天風浪。

（外云）六兒，快扯上馬去。（丑扯科）

【川撥棹】（生唱）心相誑，更不將恩義想。（旦唱）無奈何事，無奈何事有參商。父逼女夫言婦傷。（合）苦別離愁斷腸。兩分離愁斷腸。（二）

【前腔】（旦唱）男兒贖藥把衣衫典當償。我不能夠覷、我不能夠覷得你身體康。（生唱）我和你再、我和你再得成雙。怕死後一靈兒到你行。（合前）

【前腔】（旦唱）休爲我相思損天常。緊攻書緊選場。（生唱）我不道再、我不道再娶重婚，你焉肯終身守孀。（合前）

（外云）六兒，快扯上馬去。（丑扯科）

【哭相思】（生、旦）怎下得將人離別。愁萬縷腸千結。

（一）眉批：不錯。

（二）眉批：鐵石心腸。

（丑扯旦下）（生奪旦）（外推倒生科）（外云）咄！早知今日事如此，何不當初莫用心。（下）（生哭作不能起科）

【卜算子】（生唱）病弱身着地。（末上扶生科）（生唱）氣咽魂離體。拆散鴦鴛兩處飛。天那，多少銜冤氣。(一)

店主人放手，我拚命去扯他轉來。（末勸科）已去遠了。

【金梧桐】（生唱）這廝忒倚官，忒挾勢。便死待何如，欺侮俺是窮儒輩。俺這裏病愈深，他那裏愁無際。旅店郵亭，兩下裏人應憔悴。我那妻，怎教我忍得住恓惶淚。

（末云）秀才官人，休要短見。且自安息，保重貴體。

（末）天涯海角有窮時，人豈終無相見日。

（合）但願病痊無個事，免教心下常憂鬱。(二)

第二十六齣　皇華悲遇

【上馬踢】（夫旦）干戈動地來，車駕遷都汴。兒夫離帝京，路遥人又遠。軍馬臨城，無計將

(一) 眉批：鬼去了，病好了。

(二) 眉批：別離出當家，文思不凡。

身免，這苦怎言？禍不單行，中路兒不見。

【月兒高】（小旦）喊殺連天，骨肉怎相戀。自古常言道，人離鄉賤，得到今朝平安幸非淺。是則是我身狼狽，眼前受迍邅。

【鑾江令】（合）煩惱多歷遍，憂愁怎消遣？眼兒哭得破，脚兒行得倦。五里復十里，一日如同過一年。但願前途去，早早逢親眷。

【狼草生】（合）勁風寒四合，暮煙昏慘慘。彤雲篩脱天變。只愁那長空雪舞絮綿綿，去心如箭。旅舍全無，何處安歇停眠？

（夫云）孩兒，天色已晚，無處安歇。這裏是館驛門首，只得和你權宿一宵，明日早行罷。（小旦云）遠遠望見一位官長來了。

【前腔】（末唱）孟津驛舍住，在黄河岸邊，乘船坐馬十分便。（夫旦、小旦）子母忙向前，可憐窮面，暫借安身望週全。

（末云）你這兩個婦人，日晚天寒過客無，遠臨傳舍意如何？（夫旦、小旦）此情不對英雄説，更有何人念旅途。（末云）我且問你，你是何等樣人家？何處人氏？爲何到此？

【羅帶兒】（夫唱）妾身本宦族，京城久居。爲侵邊犯闕軍奮武，君臣遷徙離中都也。（小旦）散亂人逃避，奔程途。身無主去無所，慘可可地千生受萬辛苦。（小旦）（合）今宵得借一宿，可憐見子母每天翻地覆。

【前腔】（末唱）兵戈起路程，人不慣經。早尋個旅邸休待等，怎容你行客寓郵亭也。（夫唱）心下貪行路，望南京。不覺的暮雲平，遠涉涉地不知處人又生。（小旦）（合）今宵得少留停，可憐見子母每天寒地冷。（一）

（末云）非是我不肯留你，只是皇華駐節的所在，留你婦人不得。

【前腔】（小旦）不容奴在此間，千羞萬慚。開口告人難上難，傷情無語淚偷彈也。（末唱）這般恓惶事，恁愁煩。（二）（末云）罷罷罷，自古道：『與人方便，自己方便。』看你這兩個婦人，也不是已下人家的，我這裏不留你，前途恐遇不良之人。留你在此，怕有官員每來往，不當穩便。千萬不可言語啼哭。（夫旦、小旦云）這個不敢。（末唱）不忍見你受摧殘，靜悄悄地留一夜來早散。（夫旦、小旦）今宵得暫安眠，可憐見子母每天昏地暗。

（末云）就在那回廊底下暫歇了罷。

【前腔】（夫旦、小旦唱）娘和女深感激。蒙恩受德，幸然遇好人相愛惜。免風霜寒冷受勞役

（一） 眉批：是理。

（二） 眉批：又是理。

也。（末云）隨我來。向這回廊畔正廳側，借得些薦和席。凍款款地彎跧坐，覓些飲食。（夫旦、小旦云）多謝官長。（唱）今宵得略休息，可憐見子母每天寬地窄。

（坐地科）（末云）天上人間，方便第一。（下）

【灞陵橋】（外唱）馬兒行又急，轉頭間五里復十里。此去河南，只隔這帶水。孟津驛，今夜權停止。嗏，知他這碾車兒恁行遲。

【前腔】（丑唱）馬兒行較疾，疾上碾車兒。直恁的䁖䁖地。正是心急步行遲，晚相催。天冷彤雲密。嗏，迭得到孟津驛且安息。

【前腔】（旦唱）這苦説向誰？這苦説向誰？索性死別離，各自也着邊際。生把我鴛鴦分開兩下裏。一步一回頭，教我傷情意。嗏，衫兒上淚珠兒任淹濕。㈠

（末上）驛丞接老爺。（外云）叫驛丞，我一路上鞍馬辛苦，不免勞倦，毋許閑雜人打攪。（末云）是。

（下）（外云）孩兒，我與六兒書房裏安息，你往後堂睡罷。（旦云）是如此。（外、丑下）

【新水令】（夫旦）淒涼逆旅人千里。（旦唱）這縈牽怎生成寐？（小旦）萬苦横心裏。（合）睡不着，是愁都做枕邊淚。

㈠ 眉批：關目好甚。

（夫云）夫阻關山隔遠邦，女因兵火散他鄉。（小旦云）自己不知凶與吉，親兄未審在何方。（旦云）千愁當日兒離母，萬苦今朝鳳拆凰。（合）枕邊不敢高聲哭，恐怕猿聞也斷腸。（夫云）呀，又早是黄昏時候了，怎生睡得着呵！

【銷金帳】（夫唱）黄昏悄悄，助冷風兒起。想今朝思向日，曾對這般時節，這般天氣。羊羔美酒，美酒銷金帳裹。兵亂人慌，遠遠離鄉里。如今怎生，怎生街頭上睡。

（旦云）呀，樵樓上一更鼓了。

【前腔】（唱）初更鼓打，哽咽寒角吹。滿懷愁分付與誰？遭逢這般磨折，這般别離。鐵心腸打開，打開鸞孤鳳隻。我這裹恓惶，他那裹難存濟。翻覆怎生，怎生獨自個睡。

【前腔】（小旦）是二更鼓了。鼕鼕二鼓，敗葉敲窗紙。響撲簌聒悶耳，難禁這般蕭索，這般岑寂。骨肉到此，到此你東我西。去又無門，住又無依倚。傷心怎生，怎生街頭上睡。(一)

（旦云）夜闌人静月微明，恨殺孤眠睡不成。心上只因縈悶繫，萬愁千恨歎離人。天那，又是三更了。

【前腔】（旦唱）三更漏轉，寒雁聲嘹嚦。半明滅燈火煤，尋思這般沉疾，這般狼狽。相别到今，到今凶吉未知。冷落空房，藥食誰調理？床兒上怎生，怎生獨自個睡？

(一) 眉批：此店中光景何如？

【前腔】（夫旦）樓頭四鼓，風簷鈴鈴碎，略朦朧驚夢回。娘女這般相逢，這般重會。颯然覺來，覺來孩兒那裏？多少傷悲，多少縈牽繫。教人怎生，怎生街頭上睡？〔一〕

【前腔】（小旦）五更又催，野外疏鐘急。算通宵幾歎息，一似這般煩惱，這般孤恓。一身苟活，苟活成得甚的。（旦唱）俺這裏愁煩，那壁廂長吁氣。聽得怎生，怎生獨自個睡。〔二〕

（外上云）正做家鄉夢，忽聞啼哭聲。六兒那裏？（丑上）爹怎麼？（外云）你這狗才，一夜不睡，啼哭怎麼？（丑云）爹，六兒不曾，是驛丞啼哭。（外云）驛丞爲何啼哭？（丑云）昨日爹到得晚了，驛丞不曾準備得鋪陳，把自睡的鋪臥拿出來了也。兩口兒昨晚没有被蓋，所以啼哭這一夜。（外云）胡說！叫那驛丞過來。（丑叫驛丞）（末上云）有。（外云）我已曾分付你，我路上鞍馬勞倦，欲得一覺好睡，不許閑雜人打攪。正睡之間，只聽得這壁廂啼哭，那壁廂哀怨，却怎麼説？（末云）禀爺，昨晚爺未到的時節，有兩個婦人來此借宿。小驛丞不知爺到，見他身上寒冷，留他在回廊底下權宿一宵。想必天寒凍哭之聲，驚恐了爺，是小驛丞有罪了。（外云）這驛丞好打！這是皇華駐節的所在，敢容婦人在此歇宿？叫六兒，押了這驛丞，去唤那兩個婦人過來。（丑云）婦人在那裏？（末云）在這裏。你這兩個婦人，好不達時務！好意容你在此權宿一宵，教你不要啼哭。一夜五更，只管是啼啼哭哭，驚恐了尚書

〔一〕眉批：不説早是四更、五更者，妙甚。若再説，便俗了。
〔二〕眉批：關目好。

老爺。如今拿你，你自去回話！（小旦云）母親，如何是好？（夫云）呀，這是我家六兒。六兒！（丑云）呀，是奶奶。爹爹，奶奶在這裏！（夫云）相公在那裏？（外云）夫人在那裏？（見科）（旦云）母親在那裏？（同拜哭科）呀，娘！

【思園春】（旦唱）久阻尊顔想念勤。（夫唱）孩兒，此逢將謂是夢和魂。（外云）這女兒是誰？（夫云）是我途中廝認來的。（小旦唱）奴是不應親者强來親。（合）子母夫妻苦分散，無心中完聚怎由人。(一)

【好孩兒】（夫唱）相公匆匆地離皇朝，我心不穩。棄家私老小，去得安忍？（外唱）只知國難識大臣，不隄防萬馬千軍犯京城。君去民逃，常言道龍鬥魚損。(二)

【福馬郎】（旦唱）那日裏風寒雨又緊，正行裏喊聲如雷震。無處藏隱，急向林榔中躲、道途上奔。（夫唱）其時節亂紛紛。身難保命難存。

【紅芍藥】（外唱）兵擾攘阻隔關津，思量着役夢勞魂。（丑唱）眼見得家中受危困，望吾鄉有家難奔。（夫唱）孩兒，歷盡了苦共辛，娘逢人見人尋問。只愁你舉目無親，子父每何處廝

(一) 眉批：開眼夢耳。也親。
(二) 眉批：是。

認?(一)

【紅衫兒】(旦唱)我有一言説不盡。(夫云)有甚麽説話?(旦唱)向日招商店驀忽地撞着家尊。(哭科)(夫云)孩兒有甚事,説與我知道。不要啼哭。(旦唱)我尋思他眼盼盼人遠天涯近。(夫唱)爲甚的來那壁千般恨?(外怒科)夫人,你休只管叨叨問。(二)

【會河陽】(夫唱)相公,有甚事争差、且息怒嗔。閑言語總休論。(小旦)賤妾不懼責罰、將片言語陳,難得見今朝分。(旦唱)甚時除得我心頭悶,甚日除得我心頭恨!

【縷縷金】(外唱)教準備展芳樽,得團圞都喜慶,盡歡欣。(夫唱)館驛中有雜人來往,其實不穩。到南京得見聖明君,那時節好會佳賓。

(外云)夫人言之有理。六兒,叫驛丞催趲船隻,即日起程。(丑叫科)(内應科)

【越恁好】(外唱)辦集船隻,辦集船隻,指日達帝京。(小旦)漸行漸遠,親兄長不知死和存。(旦唱)愁人見説愁更新。(小旦云)姐姐你爲甚啼哭?(旦唱)欲言又忍,心兒裏痛切切如刀刎,眼兒裏淚滴滴如珠揾。

(一) 眉批:好。妙不容言。
(二) 眉批:曲好,關目好。情到,光景真。

【紅繡鞋】(丑唱)畫船已在河濱,河濱。不勞馬足車輪,車輪。(外云)六兒,就此起程去罷。(衆唱)離孟津,望前進。風力順,水程緊,咫尺是,汴梁城。

【尾聲】别離會合皆緣分,受過憂危心自忖,從今暮樂朝歡還再整。

(外)軍馬紛紛路不通,(三旦)娘兒兄妹各西東。

(合)今宵賸把銀缸照,猶恐相逢是夢中。

齣末總批:

此齣關目極妙,全在不説出。

第二十七齣 逆旅蕭條

【步蟾宫】(生唱)龍潭虎穴愁難數,更染病耽疾羈旅。分别夫妻兩南北,誰念我無窮悽楚。

〔眼兒媚〕傾家蕩業任飄零,受盡苦和辛。雁行中斷,鸞儔生折,無限傷情。窮途那更多災病,囊底已無緡。恁般正是,福無雙至,禍不單行。我蔣世隆自從與娘子分别月餘,這幾日身子雖覺漸安,争奈舉目無依,蕭條旅館,好生感傷人也!

【五樣錦】姻緣將謂五百年眷屬,十生九死成歡聚。經艱歷險幸然無虞。也指望否極生泰,禍絶受福。未妥尚有如是苦,急浪狂風,風吹折並根連枝樹,浪驚散鴛鴦兩處飛。更全然不想我這病體疾軀，那肯放容他些兒個叮嚀囑付，將他倒拽横拖奔去途。回頭道不得聲將息，幾曾有這般慈父。跌得我氣絶再復，死絶再甦。一回價上心來，一回價痛哭。

暮雨朝雲去不還，强移棲息一枝安。
春蠶到老絲方盡，蠟燭成灰淚始乾。

第二十八齣　兄弟彈冠

【孤飛雁】（小生）吾皇恩詔從天降，遍遐邇萬民欽仰。宥極刑身有重生望，散群輩與群黨，回凶就吉，轉禍爲祥。前臨帝輦絶却親黨。回首家鄉，没了父娘。感傷，尋思着雨淚千行。

〔行香子〕興福，舉眼進退無門，聞知道結義恩人。在廣陽鎮上，旅館安身，幾番尋，幾番覓，幾番詢。此間正是廣陽鎮招商店了，不免叫一聲，店主人有麽？（末上云）商賈紛紛，士庶群群，大門外、馬足車輪。主人招接，小二殷勤。俺這里客來多，客來便，客來頻。（小生云）店主人拜揖。（末云）客官何來？

【惜黄花】（小生）中都路是本鄉，車駕望南往。一程程來到廣陽，特來相訪。（末唱）小可敢覆尊丈，有何事厮問當？買貨請商量，要安下却無妨。（小生云）小生也非爲買貨，也不要安下，特來尋人。（末唱）若是問尋人，道如何模樣？

【前腔】（小生）店名須號招商。（末云）是。這裏是招商店。（小生唱）少涴勞尊長。（末云）且説怎麽樣個人？姓甚麽？（小生唱）有個秀才身姓蔣。（末云）多少年紀了？（小生唱）三十餘上。（末唱）有。住此兩月將傍。（小生云）在那裏安下？（末唱）正東下，轉那廂。（小生云）第幾間房兒？（末唱）從外數，第三房。（小生云）他一向好麽？（末唱）染病纔無恙。（小生云）他今在那裏？（末唱）贖藥便回來。（小生云）藥鋪近遠？（末唱）想只在前街後巷。㈠

（小生云）既如此，我在這裏等他。（末云）裏面請坐，想就來也。

【惜奴引】（生上）禍不單行，先自速遭兵火，那堪更重重坎坷。（末云）官人，你回來了。（生云）是回來了。（末云）有人到此相訪。（生云）在那裏？（末云）在裏面。（見科）（小生云）呀，哥哥！久阻尊顔，幾曾忘却些兒個。（生唱）彼我，縱然有音書怎托？㈡

〔鷓鴣天〕（小生云）自别恩兄兩月餘。（生云）重重坎坷更災危。（小生云）哥哥，你有何坎坷災危事？（生云）説起教人珠淚垂。（末云）休嗟怨，慢悲哀，房中請坐且寬懷。（生云）從前一一都分訴，萬恨千愁掃不開。（末云）二位官人請坐，看茶來吃。

㈠ 眉批：光景便是當場。

㈡ 眉批：向失妹而得妻，今離妻而遇弟。天乎？人乎？

【本序】（生唱）自與相別，風寒勞役，受盡奔波。那更憂愁思慮，在旅邸頓染沉疴。（小生）違和。天相吉人身痊可。却望節飲食，休勞碌。怎忘却、忘了問別來尊嫂貴體安樂？

【前腔】（生唱）提着。心腸慘淒，不由人忍不住淚珠流顆。但有死別生離，那煩惱似天來大。（小生）莫非他棄舊迎新，從了別個？（生云）不是。（小生唱）多應是疾病亡遭非禍？（生云）不是。你道爲甚麽？（小生云）却爲甚麽？（生唱）倚勢挾權，將夫妻苦苦拆破。㈠

【蝦蟆序】（生唱）摧挫。艱共險、愁和悶要躲怎躲？到如今尚有平地風波。（小生）驚愕。焰騰騰心上火，是誰人道與我？（生唱）你道如何？愛富嫌貧、岳丈倚强淩弱。

【前腔】（小生）斟酌。尊共卑、親和戚順他受他，等些時宛轉、求人團捁。（生唱）參差，其中話更多。都只恨緣分淺，（小生、末合）事多磨。放心將息、休自損天和。㈡

（小生云）哥哥，即日朝廷降敕，宣詔天下文武賢良，盡赴行朝應舉，正是男兒得志之日。哥哥休爲夫妻恩愛，誤却前程。可收拾行李，與興福同往行朝，一來應舉求官，二來亦可打聽尊嫂消息，不知哥哥意下如何？（生云）此言極是，只是少些房錢在此，未曾還得。（小生云）兄弟帶得儘有，不煩哥哥費心。

㈠　眉批：含吐妙絶。

㈡　眉批：關目、曲都妙。

店主人，請算一算奉還。（末云）不多了，且請安息，明日算罷。[一]

（小生）離合悲歡不自由，（生）心懷縈悶幾時休。

（末）争似不來還不往，（合）也無歡喜也無愁。

第二十九齣　太平家宴

【傳言玉女】（外唱）得睹天顔，真爲主憂臣辱。（夫唱）皇恩深沐，享千鍾重禄。（旦、小旦唱）如今幸得再睹銀屏金屋。（合）皇朝重見，太平重睹。

（外云）盡日笙歌按玉樓，（夫云）忽朝軍馬犯皇州。（旦、小旦云）但知會賞非常樂，（合）須是隄防不測憂。（外云）夫人，今日幸喜骨肉團圓，夫妻再合，早已分付安排酒肴慶賀，不知完備未曾？院子那裏？（末上云）勾奴遥俯伏，漢相儼簪裾。覆老爺，有何分付？（外云）分付你安排酒肴，可曾完備否？（末云）完備多時了。（夫云）看酒過來。（旦送酒科）

【玉漏遲序】[二]（旦唱）得寵念辱，想其時駕遷、民移前去。父母妻兒，散離值此天時。抵多

[一] 眉批：閑雲流水，体勢自如。

[二] 序：原作『亭』，據汲古閣刊本《繡刻幽閨記定本》改。

少喫辛受苦，抵多少亡家失所。（合）今幸得在畫堂深處。

【前腔】（外唱）驛程去速，奈何被士馬攔截歸路。國敗家亡，怎知此日完聚。知幾遍宵行晝伏，知幾遍風餐露宿。（合前）

【前腔】（旦唱）轟雷戰鼓，喊殺聲散亡人盡奔逐。那時無他可憐，救我在危途。知何處作婢爲奴，知何處遭驅被虜。（合前）（一）

【前腔】（小旦）兄南妹北，亂兵中怎知生死。須臾骨肉分別，此身去住無所。感謝得恤寡念孤，感謝得爲親做主。（合前）

【撲燈蛾】（夫唱）到行朝汴梁，看山河壯帝居。四時有常開花木，論繁華不減中都也。（外唱）受恩深處，便爲家自來俗語。（合）休思故里，對良辰美景、宴樂且歡娛。

【前腔】（旦唱）依舊珠圍翠簇，依舊雕鞍繡轂。列侍妾丫鬟使女，送金杯聽歌觀舞也。（小旦唱）因災致福，愛惜奴似親生兒女。（合前）

【尾聲】從今休把光陰負，但暢飲高歌休阻，共醉樂神仙洞府。

（外）莫辭今日醉顏酡，（夫）百歲光陰能幾何。

（一）眉批：喜不曾壞。

（合）遇飲酒時須飲酒，得高歌處且高歌。

齣末總批：

吞吐風雲之妙。

第三十齣　對景含愁

【夜行船】（旦唱）六曲欄杆和悶倚，不覺又媚景芳菲。（小旦）微雨昨宵，新晴今日。（合）知道海棠開未？[一]

〔蝶戀花〕（旦云）春來分外傷懷抱，燕燕鶯鶯，空自啼春巧。（小旦云）三月春光無限好，嬌花一夜都開了。（丑扮梅香上云）忽聽院宇笙歌繞，笑語歡聲，花下金樽倒。二位小姐，你心中有甚閑煩惱？忍教辜負韶華老。（旦云）我自有煩惱處，你那裏知道。

【本序】（旦唱）春思懨懨，此愁誰訴？此情誰知？心撩亂慵睹妝臺梳洗。（小旦）芳時。不暖不寒，鞦韆院宇、堪遊堪戲。（旦唱）空對。鶯花燕柳，悄忽地暗皺雙眉。

【前腔】（小旦）姐姐，因誰。牽惹芳心，媚容香褪，嫩臉桃衰。看看恁寬盡金縷羅衣。（旦唱）

[一] 眉批：韻甚，秀甚。

休疑。只爲傷春，知他怎生、年年如是。（丑唱）休對。晴天暖日，輕可地過了寒食。

二位小姐，這等好天氣，同到後花園閑步一回也好。

【風入松】（旦唱）甚心情閑步小園西。（小旦云）姐姐爲甚不去？（旦背唱科）推一個身倦神疲。（丑唱）趁春風桃李花開日，誰不待去尋芳拾翠。九十日光陰撚指，三分景二分歸。

【前腔】（小旦）那春光也應笑咱伊。（旦云）笑甚的來？（小旦唱）笑你恁瘦減香肌。（旦唱）東君不管人憔悴，恨見得緑密紅稀。香閨掩珠簾鎮垂，不肯放燕雙飛。

【尾聲】（小旦）衷心先自不如意，縱然間肯同隨喜，也做了興盡空回。

（旦）傷心情緒倦追遊，（小旦）好景如梭不肯留。

（丑）來朝更有新條在，（合）惱亂春風卒未休。

第三十一齣　英雄應辟

【望遠行】（生唱）春風紫陌，又是天涯行客。（小生）野草閑花，掩映水光山色。（末、淨）杏花朵朵欹紅，楊柳絲絲弄碧，沙岸遠漣漪初溢。

（生云）擕書挾策赴天邦，（小生云）那更風光直艷陽。（末云）路上野花鑽地出，（淨云）村中美酒透瓶香。（見科）（淨云）動問此位老兄上姓？（生云）學生姓蔣。（淨云）貴表？（生云）雙名世隆。（淨云）此位？（小生云）學生覆姓陀滿，雙名興福。（淨云）此位？（末云）學生姓卞，雙名登科。（生云）老兄尊姓貴表？（淨云）學生姓成，雙名何濟。我每都是科舉朋友，不期而逢。天色將晚，各請趲行幾步。(一)

【望吾鄉】（生唱）降詔頒敕，搜賢赴帝域。文武遠投安邦策，星斗文章誰能及？下筆如神力。（合）一朝裏身顯跡，受賞加官職。

【前腔】（小生）萬里鵬翼，功名唾手得。英雄果是千人敵，正是男兒崢嶸日，豈敢辭勞役。（合前）

【感亭秋】（末唱）短亭長亭，程程去知幾驛，逆旅中過寒食。見點點殘紅飛絮白，夕陽影裏啼蜀魄。（合）家鄉遠心慢憶，回首雲煙隔。

【前腔】（淨唱）香醪待飲何處覓？牧童處問端的。遥望前村疏籬側，招颭酒旗林稍刺。（合前）

【紅繡鞋】（合）小徑迢迢狹窄，狹窄。野水潺潺湍激，湍激。飲數杯，解愁戚。那里堪觀賞，可閑適。只愁他，天晚逼。

(一) 眉批：套，可删，可厭。

【尾聲】酒家眠權休息，韞櫝藏珠隱塵跡，萬里前程在咫尺。

過却長亭又短亭，看看相近汴梁城。

路上有花並有酒，一程分作兩程行。

第三十二齣　幽閨拜月

【齊天樂】（旦唱）懨懨捱過殘春也，又是困人時節。景色供愁，天氣倦人，針指何曾拈刺。（小旦）閑庭靜悄，瑣窗蕭灑，小池澄澈。（合）疊青錢，泛水圞小嫩荷葉。（一）

〔浣溪沙〕（小旦云）階前萱草簇深黄，檻外榴花疊絳囊，清和天氣日初長。（旦云）懶去梳妝臨寶鏡，慵拈針指向紗窗，晚來移步出蘭房。（小旦云）姐姐，當此良辰美景，正好快樂，你反眉頭不展，面帶憂容，爲甚麼來？

【青納襖】（旦唱）我幾時得煩惱絶，幾時得離恨徹。本待散悶閑行到臺榭，傷情對景腸寸結。（小旦云）姐姐，撇下些罷。（旦唱）悶懷些兒待撇下怎忍撇，待割捨難割捨。倚遍闌干萬感情切，都分付長嘆嗟。

（一）　眉批：客人心事。

【紅納襖】（小旦）姐姐，你繡裙兒寬褪了褶，爲傷春憔悴些。近日龐兒瘦成勞怯，莫不是又傷夏月。姊妹每休見撇，斟量着你非爲別。（旦云）你量着我甚麼？（小旦）多應把姐夫來縈牽，別無些話説。（一）

【青納襖】（旦怒科）（唱）你把濫名兒將咱引惹，直恁的情性乖心意劣。女孩兒家多口共饒舌。爹娘行快活要他做甚的？要妝衣滿篋，要食珍羞則盛設，和你寬打周折。（走科）（小旦云）姐姐到那裏去？（旦唱）到父親行先去説。（小旦云）説些甚麼？（旦唱）説你小鬼頭春心動也。（二）

【紅納襖】（小旦）我特地錯睹別，（跪科）姐姐，望高擡貴手饒過些，一句話兒傷了俺賢姐姐。（旦云）起來，且饒你這次，今後再不可如此。（小旦云）若再如此呵，瑞蓮甘痛決，姐姐閑耍歇，小的每先去也。（三）（旦云）你那裏去？（小旦唱）只管在此閑行，忘收了針綫帖。（四）

（旦云）也罷，你先去。（小旦云）推些緣故歸家早，花陰深處遮藏了。熱心閑管是非多，冷眼覷人煩惱

（一）眉批：這妹子到也在行。

（二）眉批：誰知其動。

（三）眉批：關目好。

（四）眉批：弄巧，真是小鬼頭。

少。(下)(旦云)這丫頭果然去了。天色將晚，只見半彎新月，斜掛柳梢；幾隊花陰，平鋪錦砌。不免安排香案，對月禱告一番。〔卜算子〕款把棹兒臺，輕揭香爐蓋。一炷心香訴怨懷，對月深深拜。(拜科)

【二郎神】(一)(旦唱)拜新月，寶鼎中把明香滿爇。(小旦潛上聽科)(旦云)上蒼，這一炷香呵，願我拋閃下男兒疾效些，得再睹同歡同悦。(小旦)悄悄輕將衣袂拽，姐姐，却不道小鬼頭春心動也。(走科)(旦云)妹子到那裏去？(小旦唱)我也到父親行去説。(二)(旦扯科)(小旦云)放手，我這回定要去。(旦跪科)妹子饒過了姐姐！(小旦云)姐姐請起，那喬怯。無言俯首、紅暈滿腮頰。(三)

【鶯集御林春】(小旦)恰纔的亂掩胡遮，事到如今漏泄。姊妹每心腸休見別，夫妻每是有些周折？(旦唱)教我難推怎阻，罷罷，妹子，我一星星對伊仔細從頭説。(四)(小旦云)姐姐，他姓甚麽？(旦唱)姓蔣。(小旦云)他也姓蔣？叫甚麽名字？(旦)世隆名。(小旦云)呀，他家住在那裏？(旦唱)中都路是他家。(小旦云)姐姐，你怎麽認得他？他是甚麽樣人？(旦唱)是我男兒受

(一) 眉批：好關目。
(二) 眉批：轉妙，轉妙。
(三) 眉批：還□太速。
(四) 眉批：曲好，關目好。

儒業。(一)

【前腔】(小旦悲介)聽説罷姓名家鄉，這情苦意切。悶海愁山將我心上瞥，不由人不淚珠流血。(二)(旦唱)我恓惶是正理，只合此愁休對愁人説。妹子，你啼哭爲何因？莫非是我男兒舊妻妾？(三)

【前腔】(小旦)他須是瑞蓮親兄。(旦云)呀，元來是令兄！爲何散失了？(四)(小旦唱)爲軍馬犯闕。(旦云)是，我曉得了。散失忙尋相應者，那時節只争個字兒差迭。妹子，和你比先前又親，自今越更着疼熱。你休隨着我跟脚，久已後是我男兒那枝葉。

【前腔】(小旦)我須是你妹妹姑姑，你是我的嫂嫂又是姐姐。(五)未審家兄和你因甚别？兩分離是何時節？(旦唱)正遇寒冬冷月，恨爹爹把奴拆散在招商舍。(小旦云)如今還思量着我哥哥麽？(旦唱)思量起痛辛酸，那其間他染病耽疾。(小旦云)那時怎割捨得撇了？(旦唱)是

(一) 眉批：癡。
(二) 眉批：讀書夫婿。
(三) 眉批：便吃醋了。
(四) 夾批：請問自家。
(五) 眉批：親上加親。

我男兒教我怎割捨。(一)

【四犯黄鶯兒】(小旦)他直恁太情切，你十分忒軟怯，眼睁睁怎忍相拋撇？(旦唱)枉自怨嗟，無可計設，當不過他搶來推去望前扯。(合)意似虺蛇，性似蠍螫，一言如何訴説。(二)

【前腔】(小旦)流水也似馬和車，頃刻間途路賖。他在窮途逆旅應難捨。(旦云)那時節呵，囊篋又竭，藥餌又缺，他那裏悶懨懨難捱過如年夜。(合)寶鏡分破，玉釵斷折，甚日重圓再接？

【尾聲】自從别後音書絶，這些時魂驚夢怯，莫不是煩惱憂愁將人斷送也。(三)

(旦)往時煩惱一人悲，(小旦)從此淒涼兩下知。

世上萬般哀苦事，無過死别共生離。

齣末總批：

傳奇中多有拜月，只它處拜月冷落，無此關目奇妙耳。

(一) 眉批：又消説。

(二) 眉批：妙死，還是令兄要緊。

(三) 眉批：有便信一封寄酒保來，未到。

第三十三齣　照例開科

（浄扮試官上）

【探春令】（浄唱）棘闈開試舉目，招選賢良。就中選兵機兼文武，設試院呈試驗。槐秋已及正常時，舉子紛紛赴試期。志氣顯揚從此里，折枝攀桂步雲梯。下官奉命朝廷，委命來此考試，如今大比之年，賓興之日，務要嚴覈，各官不得通透。左右那裏？（末上云）廳上一呼，階下百諾。（見科）（浄云）把貢院門打開，但有求官舉子，放他進來。（末開門云）貢院門一開，舉子早進。

【窣地錦襠】（丑上）文章肚裏攪擾擾，想是書精要離包。算來別人都不濟，惟有咱每第一高。

（末云）不要胡説，來此何幹？（丑云）特來求官。（末禀科）（丑進見科）（浄云）秀才何名？（丑云）學生名唤老羊公。（浄云）那裏有一個這等名姓？（丑云）大人有所不知，昨日家有人生日，親戚將羊酒去賀，那人家不受，牽來牽去。世人見學生下科不中，走來走去，以此叫學生做個老羊公。(一)（浄云）胡説。東廊下伺候。

(一)　眉批：走來走去，不似頭髮，鬍鬚到似。

【前腔】(生上)十年勤苦向雞窗，今日管懷入試場。黄金榜上姓名揚，須知才哲志氣昂。

【前腔】(小生)英雄猛勇勢標揚，須信宏才膽智强。胸襟六韜陣圖藏，同臨鏖戰試演場。

(生、小生進見科)(浄云)秀才各報鄉貫花名。(生、小生報科)(浄云)西廊下伺候，只是先來先考，後來後考。但今年考試不比往年，如今文字要吟得詩，作得對，破得題，三場俱好，纔中。武略要藏得機，布得陣，識得計，智勇兼全，方取。(一)若是無才無能，打出貢院門。(丑云)學生先來，請賜題。(浄云)三女成奸，二女皆因頭女起。(丑云)兩口爲吕，上口不如下口寬。(浄云)胡説。蔣世隆對來。(生云)五人共傘，四人全仗大人遮。(二)(浄云)好秀才！陀滿興福過來。(小生云)有。(浄云)將軍出陣，金章紫綬照麒麟。(小生云)御史行臺，白簡皂冠明獬豸。(浄云)再出一對與你對。八陣四圍分五隊，(小生云)六韜三略變千機。(浄云)好武舉。(丑云)學生請詩題。(浄云)就把天上日爲題。(丑云)日出東山上，照見西邊壁。六月去耘田，曬人的背脊。(浄云)胡説，全然不通。左右，打出貢院去。(丑下)(浄云)蔣世隆吟詩來。(生云)五色祥雲開宇宙，一輪儀曉定乾坤。朝辰滚滚扶桑起，晚暮沉沉細柳昏。升降周律流九道，循環通達遍群芬。大明顯耀無私照，垂影清波蘸錦文。(浄云)好才，好才！陀滿興福講兵機。(小生云)胸中豪氣定遷都，塞上軍謀定萬夫。萬馬不嘶聽號令，全營禁命一

(一) 眉批：非体。
(二) 眉批：豈是打姦情，要他遮蓋。

聲呼。（净云）好兵機戰策來。朝奏上朝廷，舉保你二人文武才能第一。（生、小生云）多感舉薦。

【石榴花】（生唱）喜幸書中得閲身，顯名姓表以諸邦遍。處雲梯步程月中扳桂，高扳第一正枝，準備滿家喜慶。正心樂事修成，琢磨争羡。（合）如今當此之際，福惠無邊。

【前腔】（小生唱）体貌英標國法兼，謹忠義宏才仗倆。營生汴圖計深，傳令真豪健。顯揚富貴，領鎮遠方肅静。縱然德量功勛，得逢薦典。（合前）

來日封書奏九天，勞煩恩澤掃雲煙。

琢磨已得方成器，不誤辛勤到帝邊。

第三十四齣　姊妹論思

【秋蕊香】（旦唱）半載縈牽方寸，何時不淚滴眉顰？（小旦）欲語難言信難問，即漸漸裹懨懨瘦損。

〔玉樓春〕（旦云）深沉院宇無人問，縱然有便難傳信。（小旦云）這邊愁似那邊愁，伊的恨如奴的恨。（旦云）心下慢然思又忖，口中枉自評和論。（合）有時欲向夢中訴，夢又不成燈又燼。（旦云）妹子，這些時天下文武賢良都來赴選，不知你哥哥也曾來否？好悶人也！（小旦云）哥哥料應在此。只怕他

不得成名，就知道姐姐消息也難來厮見。（一）

【二犯孝順歌】（旦唱）從别後，渡孟津，思君盡日欲見君。鳳北鸞南，生生地鏡剖與釵分。鎮千思萬想，要見無門。（合）放不落，心上人。撇不下，心上人。

【前腔】（小旦）一回價，暗自忖，非親怎知却是親？你東咱西，荒荒地路途人亂奔。自一别半載，杳然無聞。（合前）

【前腔】（旦唱）恩和愛，苦共辛，衷腸告天天怎聞？妾後夫前，懨懨地幾曾忘半分？有三言兩語，寄也無因。（合前）

【前腔】（小旦）當時苦，值亂軍，離鄉背井兄妹分。做小服低，看看地過冬還過春。捱十生九死，舉目無親。（合前）

（旦）天從人願最爲難，（小旦）再睹重逢豈等閑。

（合）從今許下千千拜，（二）望月瞻星夜夜間。

（一）眉批：亦來了，亦成名了，見亦易了。

（二）眉批：已拜了千千。

第三十五齣　詔贅仙郎

【高陽臺】（外唱）蓂莢更新，流光過隙，桑榆日近西山。有女無家，一心日夜憂煩。使命傳宣出建章，微臣深愧沐恩光。自憐年老身無子，特錫巍科擇婿郎。老夫親生一女，小字瑞蘭。向者兵戈擾攘之際，夫人途中帶回一女，小字瑞蓮，就與我親生女孩兒一般看待。如今俱已及笄，蒙聖旨着俺招贅文武狀元爲婿，不免請夫人女孩兒出來，一同遣遞絲鞭便了。院子那裏？（末上云）丹墀日月開金榜，市井駢闐擇婿車。覆老爺，有何鈞旨？（外云）後堂請老夫人與二位小姐出來。（末云）老夫人、二位小姐有請。

【前腔】（夫上）蘭堂日永，湘簾捲，畫簷前燕鵲聲喧。（旦、小旦上）喜椿萱晚景安然，感謝蒼天。

（夫云）老相公萬福。（外云）夫人拜揖。（旦、小旦云）爹爹、母親萬福。（外、夫云）孩兒到來。（外云）夫人，老夫年紀高邁，女孩兒俱已及笄，昨蒙聖恩憐俺無嗣，着俺招贅文武狀元爲婿。今日請夫人與兩個孩兒出來，一同遣遞絲鞭，不知夫人意下如何？（夫云）相公，男大須婚，女大須嫁，此是門庭美事。

況兼聖旨，有何敢違。(一)(旦云)上告爹爹、母親得知，孩兒已有丈夫，不敢從命。(外怒科)胡説，你丈夫在那裏？(旦云)爹爹，容奴稟覆：向因兵戈擾亂，爹爹前往邊庭，孩兒與母親分散東西，逃生曠野。那時一身没靠，舉目無親，幸遇秀才蔣世隆惻隱存心，救提作伴。又被强梁拿縛山寨，幾至殺身，幸得寨主是他故人，情深義重，方得釋免。若無他救，不知生死何地。後來與他同到招商店中，盟山誓海，共結鸞凰。及爹爹來至，將奴拆散。今蒙嚴命，再選夫婿，豈敢故違。但爹爹高居相位，顯握朝綱，觀通書史，止有守貞守節之道，那有重婚重嫁之理。況他乃讀書才子，有日禹門三汲浪，一舉占鼇頭。孩兒寧甘守節操，斷難從命。(二)離亂兵戈喊殺頻，娘兒驚散竄山林。危途不遇賢君子，相府那存賤妾身。莫把故人輕不顧，不應親者豈相親？世隆有日風雲會，須待團圓到底貞。(外云)這是朝廷恩命，誰敢有違！(小旦云)爹爹，小女瑞蓮亦有少稟。(外云)你也有甚麼話説？(小旦云)自從向遭兵火，兄妹各奔逃生，失身曠野之中，藏形躲避。幸遇夫人喚聲，與奴名厮類，奴忙應答向前，多蒙夫人提挈妾身爲伴，脱離災厄。後來爹爹緝探回朝，驛中相遇，允留潭府，恩育同於嫡女，無可稱報。前日因同姐姐燒香祈祐，各表誠心禱告，方知姐姐與妾兄蔣世隆偶結良緣，已成夫婦。今蒙爹爹嚴命，將奴姊妹招贅文武狀元，但妾兄蔣世隆飽學多才，有日風雲際會，亦未可量。瑞蓮甘與姐姐一同守節。但得天從

(一) 眉批：老氣，老氣，真有《柏舟》之風。
(二) 眉批：豈有中狀元而不識其名？即女不識，爺豈不識？當别换關目則可。

人願，妾兄一舉成名，那時夫貴妻榮，姻緣再合； 妹承兄命，始配鸞凰，庶酬爹爹養育之恩。九烈三貞自古今，從新棄舊枉爲人。如今縱有風流婿，休想佳人肯就親。（外云）這是朝廷恩命，休得多言！院子，你快與我喚官媒婆過來。（末云）理會得。官媒婆走動。

【普賢歌】（丑唱）媒婆終日脚奔波，成就人間好事多。這家也是我，那家也是我，也只爲家貧没奈何。

呀，大叔是王老爺府中的，喚老身有何使用？（末云）俺老爺奉朝廷恩命，將二位小姐招贅文武狀元，喚你遞送絲鞭。（丑云）就去。煩大叔通報。（末云）禀老爺，官媒婆到了。（外云）着他進來。（末云）老爺着你進去。（丑云）老爺、老夫人、二位小姐，官媒婆叩頭。（外云）媒婆，我奉朝廷恩命，招贅文武狀元爲婿，你與我院子同去遞送絲鞭。聽我道：

【黄鶯兒】（外唱）二女正青年，相門高當遴選。乘龍未遂吾心願，幸朝廷命宣，配文武狀元。郎才女貌真堪羨。（夫唱）（合）媒婆，你去遞絲鞭，一雙兩美，成就好姻緣。

【前腔】（旦唱）口誦《柏舟》篇，更何心續斷絃。（丑云）小姐是深閨的處子，如何説起斷絃來？（旦唱）我洞房曾會招商店。爹爹錦旋，途中偶見，霎時間拆散了鴛鴦伴。媒婆，休要遞絲鞭，我

甘心守節，誓不再移天。(一)

(丑云)小姐，這是父命君恩，一定還要諧個佳偶。(小旦云)媒婆，你也聽我道：

【前腔】那日涉風煙，望關山路八千，亂軍中不見了哥哥面。幸夫人見憐，將奴身保全，勝似嫡親相待恩非淺。今日遞絲鞭，我紅生羞臉，黄色上眉間。(二)

(外云)媒婆休要保他，可疾忙遞絲鞭去！

【前腔】(丑唱)鈞命敢遲延。這姻緣非偶然。匪媒弗克成姻眷。調和兩邊，並無一言，人間第一要行方便。今日遞絲鞭，仙郎肯受，多贈貫頭錢。

(外云)媒婆，還有一件。恐二位狀元不知小姐媸妍，將這真容與他看去。(丑云)理會得。

(外)憑媒選日遞絲鞭，(夫)招贅新科兩狀元。

(末)時人莫訝登科早，(丑)只爲嫦娥愛少年。

齣末總批：

貧窮則羞以爲婚，富貴即納他爲婿。冷暖之極，世情皆然，何笑此公？

(一)　眉批：　太老氣，非體。

(二)　眉批：　好得力妹子。

第三十六齣　推就紅絲

【風入松】（生唱）同聲相應氣相求，同占鼇頭。（小生）追思往事皆成謬，傷情處不堪回首。（合）幸喜聲名貴顯，相期黼黻皇猷。

（小生云）哥哥，且喜雙桂聯芳，已遂凌雲之志。行看兩葵並秀，同傾向日之誠。（生云）兄弟，所喜者志得意滿，身顯名揚。所悲者家園蕩廢，琴瑟淒涼。（小生云）哥哥，這幾件都不打緊。兄弟一門良賤，三百餘口，盡被聶賈列無辜殺戮，止逃得兄弟一身。幸得恩兄搭救，戴天之仇未報，再生之恩未酬。哥哥，這些小事，何足掛念。（一）

【勝葫蘆】（末、丑）聖主憂虞及大臣，因無子繼家門。二女如花未曾諧秦晉，特來説合，兩兩仙郎共成親。

此間正是文武狀元寓所，不免徑入。二位老爺，官媒婆、院子叩頭。（生、小生云）你兩個從何而來？有何説話？（末、丑云）我兩人是王尚書府中院子、官媒，一來奉天子洪恩，二來領尚書嚴命，特來遞送絲鞭，請二位老爺同諧佳偶。（小生取科）（末、丑云）二位小姐真容在此，狀元請看。（生看沉吟悲科）

（一）　眉批：　各有所懷。

（小生云）哥哥，今日遞送絲鞭，是個喜日，爲何墮下淚來？（生云）兄弟，你自受了絲鞭，我斷然不受。（小生云）請問哥哥爲何不受？

【集賢賓】（生唱）那時挈家逃難走，正鬼哭神愁。喊殺聲如雷軍馬驟，亂荒荒過壑經丘。妹子瑞蓮呵，相失在後，尋討處不知所有。難措手，忽有人同聲相應、同氣相求。（小生云）向日山寨中見的嫂嫂，想就是了？

【前腔】（生唱）途中見時雖廝守，猶覺滿面嬌羞。到得磁州廣陽鎮招商店中呵，㈠直待媒妁之言成配偶。不意他父親王尚書，緝探虎狼軍回到招商店中，遇見是他女兒，竟自奪回去了。（小生云）哥哥，你那時怎割捨得他去！（生）病懨懨無計相留。（小生云）若是小弟，一定與他廝鬧一場。（生云）他是尚書，我是窮儒，怎敢與他龍争虎鬥。（小生云）別後曾有音信麼？（生唱）分別後知他安否？（小生云）如今聖旨議親，怎辭得去？（生唱）恩德厚，有何顔再配鸞儔。㈡

【琥珀猫兒墜】（小生）聽哥説罷，方識此根由。這是王尚書，招商店也是王尚書，事有可疑。哥哥，破鏡重圓從古有，何須疑慮反生愁。（生云）兄弟，斷無此事，不可錯疑了。（小生唱）不謬，重整

㈠　呵：原作『老』，據汲古閣刊本《繡刻幽閨記定本》改。

㈡　眉批：招你者甚麼人？豈有做秀才不識《尚書》，中狀元又不識王尚書，拐人女兒，又被面逐，今又招婿而不識那個王尚書？

備乘龍花燭風流。

（末、丑背科）好怪，好怪！小姐又説招商店有了丈夫，不肯再嫁。狀元又説招商店有了妻室，不肯重婚。

【前腔】（末、丑）正是義夫節婦，語意兩相投。多應是有分姻緣當輳偶。狀元老爺，此情分付與東流。休休，把舊恨新愁一筆都勾。

（生云）媒婆、院公，煩你多多拜上呵，爹斷然不敢奉命。

事蹟相同説不差，這般異事實堪誇。

落花有意隨流水，流水無情戀落花。

齣末總批：

雖然，此處若説出，後段赴宴便無味。

第三十七齣　官媒回話

【似娘兒】（外唱）姻事未和諧，媒婆去不見回來。（夫上）教人望眼懸懸待。（合）玉音已降，冰人已遣，汗簡何乖？

（外云）夫人，昨遣官媒婆、院子到文武狀元寓所遞送絲鞭，爲何不見回報？（末、丑上云）指望將心托明月，誰知明月照溝渠。個中一段姻緣事，對面相逢總不知。老爺、老夫人，官媒婆、院子叩頭。（外云）媒婆、院子，回來了。二位狀元受了絲鞭否？（末、丑云）奉天子洪恩，領老爺嚴命，去到狀元寓所說親，那武狀元欣然領納，並不推辭。只有文狀元不肯應承。再三勸他，方把真情說出來。（外云）他怎麽說？

【啄木兒】（末、丑）他說遭離亂值變遷，民庶逃生離故園。兄攜妹遠涉風煙，亂紛紛戈戟森然。喊殺中妹子忽不見，前村後陌都尋遍，聲喚多嬌蔣瑞蓮。(一)

（外云）那時尋見也未？

【前腔】（末、丑）兄尋妹涕淚漣，忽聽得悠悠聲應遠，只道是妹見哥哥，却元來錯認陶潛。那女子呵，他娘兒拆散中途畔，叫聲應聲隨呼唤。（外云）那女子怎麽應他？（末、丑云）那女子叫名瑞蘭，與瑞蓮聲音廝類，名韻相同事偶然。

（外）那女子失散了母親，在途路上單身不便了。

【三段子】（末、丑）欲隨向前，男女輩同行未便。欲落後邊，亂軍中污辱未免。說只得做兄妹同行呵，相隨同到招商店，主人翁作伐諧姻眷。那其間狀元染病，正仗那娘子扶持，不意他岳丈

(一) 眉批：作媒難得道出真情者。

相逢拆散錦鴛。

（外云）夫人，有這等奇事！

【前腔】（夫唱）孩兒瑞蘭，與伊妻名兒一般。孩兒瑞蓮，與伊妹兒非兩般。我中都路母子曾拆散，你招商店父子重相見。事蹟相同豈偶然。〔一〕

（夫云）老相公，如今却怎生是好？

【滴溜子】（外云）我有一個道理。明日裏，明日裏，小設酒筵。媒婆去，媒婆去，傳語狀元。既然他心中不願，如何强逼他諧繾綣？（夫云）既如此，你請他來怎麽？（外云）請來飲酒之間呵，先教他妹子在堂前，隔簾認看。

（夫云）此計甚好。

【尾聲】（外唱）相逢到此緣非淺，真與假明朝便見。你二人傳語狀元，親事不敢相扳。只請枉臨一會，再無他意。望勿推辭，特請他來赴宴。

（外）明日宴佳賓，（夫）須知假與真。

（末）殷勤藉紅葉，（丑）寄與有情人。

〔一〕 眉批：癡子，還疑心甚麽來。

齣末總批：

所幸者二女未曾嫁，所喜者二人未曾婚。

第三十八齣　請偕伉儷(一)

（浄上云）有福之人人伏事，無福之人伏事人。自家乃蔣狀元府中使用的便是。蒙狀元鈞旨，着俺打掃畫堂，整理琴書清玩，鋪設已完，不免在此伺候。

【玩仙燈】（生唱）有事掛心懷，好一似和鉤吞綫。

憶自離家幾變更，此身須在亦堪驚。東邊日出西邊雨，道是無情却有情。昨爲王尚書遣官媒婆、院子來此説親，教我越加煩惱，不知甚日方得我嬌妻音耗。唉！不免將琴書消遣一番則個。

【懶朝天】一自瑶琴操離鸞，眼底知音少，不與彈。今朝拂拭錦囊看，雪窗寒。傷心一曲倚欄杆，續《關雎》調難。

【懶畫眉】（末、丑）空勞仙子下天台，何意劉郎事不諧？狀元老爺，官媒婆、院子叩頭。（生唱）二人因甚去還來？（末、丑）早成就了合歡帶，管取相逢笑口開。

(一)　請偕伉儷：目録中作『請諧伉麗』。

（生云）媒婆、院子，我昨日已煩你拜上老爺，這親事斷然不敢奉命。（末、丑云）稟狀元老爺知道，我家老爺多多拜上，姻緣之事不敢强扳。久仰狀元老爺才高貌美，只請枉臨一會，再無他意。（生云）既如此，我也只得來參拜你老爺。你二人先去，我隨後就來也。（末、丑云）回去稟復老爺，掃門拱候。

（生）相府玳筵開，（丑）珍羞百味排。

（末）掃門端拱立，專待狀元來。

第三十九齣　天湊姻緣

【卜算子】（外唱）一段好姻緣，説起難拋下。今朝開宴特相邀，試問真和假。

昨日已遣官媒婆、院子去請狀元來此會宴，安排酒肴，不知完備未曾？院子那裏？（末上云）堂上呼雙字，階前應一聲。覆老爺，有何分付？（外云）筵席完備了未？（末云）完備多時了。（外云）快去請張都督老爺來陪宴。[一]（末云）小人已曾去請，就來。（净上）聞呼即至，有請當來。通報。（末云）稟老爺，張老爺到了。（外云）張大人請。（净云）老司馬請。（外云）寒舍。（净云）請了。老司馬拜揖。（外云）張大人拜揖。（净云）老司馬今日相招，不知有何見教？（外云）老夫今日小設，非爲别事，只

[一] 眉批：含武意。

因當初老夫緝探虎狼軍，正值遷都世亂之時，老妻帶領小女瑞蘭，同往京師躲避。行至中途，被軍馬趕散，母子分離。已後老夫回到磁州廣陽鎮招商店中，遇見小女隨着一個秀才爲伴，老夫一時氣忿，不曾問得詳細，撇了那秀才，領了女兒回京。如今蒙聖恩將小女招贅今科狀元爲婿。昨遣官媒婆、院子去遞絲鞭，那狀元説有了妻室，不肯領受。官媒再三勸勉，始説出真情。這狀元像是招商店中那秀才。㈠（净云）有這等奇事？（外云）還有一件，當初老妻途中失了小女時節，叫名尋問，忽有一個女兒，叫名瑞蓮，與小女名韻相同，向前答應。老妻見他是好人家兒女，帶回來就認他做女兒，此女又是狀元的妹子。（净云）有這等事，一發奇了！（外云）老夫疑信之間，未可就令小女與他廝見。今日聊設一個小筵，請狀元到此，着他妹子隔簾覷認，故此特屈張大人相陪。（净云）這個當得。（外云）院子，狀元來時，即便通報。（末云）理會得。

【前腔】（生唱）仙子宴瑶池，青鳥書傳送。道是無情却有情，既信猶疑夢。

（末云）禀老爺，狀元到了。（外云）快請。（末云）有請。（外云）狀元請。（生云）老先生請。（净云）還是大人先請。（生云）不敢，還是老先生請。學士焉敢。（外云）僭了。（生云）老先生拜揖！（净云）狀元大人拜揖。（外云）狀元請坐。（生云）學生侍坐。（外云）豈有此禮。請。（生云）告坐了。（净云）狀元大人，老司馬小姐奉聖旨招閣下爲婿，爲何不肯應承？（生云）二位老先生聽禀：

㈠　眉批：不爲不奇。

【山坡羊】（生唱）那日因遭兵燹，兄妹移家遷汴。亂軍中拆散雁行，兩下裏追尋不見。叫瑞蓮，有個佳人忽偶然。(一)（浄云）那佳人怎麽就肯答應？（生云）那佳人叫名瑞蘭，與瑞蓮聲音廝類，故應錯了。（浄云）既如此，曾與他配合也不曾？（生唱）相隨同到招商店，合卺曾憑媒妁言。交歡，誰知一病纏。學生正染病間，被他父親也是王尚書偶然遇見，奪回去了。（浄云）咳，這個天殺的老忘八！（生唱）堪憐，分開鳳與鸞。(二)

（浄云）那是一時的事，也抛撇得下了。今日相府議親，狀元大人如何再三不允？

【前腔】（生唱）佩德啣恩非淺，别後心常懷念。（外云）今日之事，非是老夫强逼，只是聖意如此，不敢有違。（生唱）縱有湖陽公主，那宋弘呵，怎做得虧心漢。(三)（浄云）狀元大人，你如此説，終不然終身不娶不成？（生唱）石可轉，吾心到底堅。（浄云）成就了此親事，享榮華，受富貴，有何不可？（生唱）貪豪戀富怎把人倫變？爲學須當慕聖賢。(四)（浄云）這是官裏與你説親，姻緣非淺。（生唱）姻緣，難把鸞膠續斷絃。（浄云）狀元大人，請受了絲鞭罷。（生唱）絲鞭，辜負嫦娥愛少年。

(一) 眉批：也用了許多心緒。虧此一錯。

(二) 眉批：當面罵他。

(三) 眉批：虧心事却在店裏做了。

(四) 眉批：店中何不學聖賢。

（夫、小旦上看科）（夫云）孩兒，這可是你哥哥？（小旦云）呀，正是我的哥哥。（見科）

【哭相思】（生、小旦唱）兄妹當初兩分散，誰知此地重相見。㈠

（浄云）這個是誰？（外云）這就是狀元的妹子。（浄云）果有這等異事！老夫告回，即辦尺頭羊酒來作賀老司馬。（下）（生云）妹子，你如何得到這裏？

【香柳娘】（小旦）想當初難中，想當初難中，與哥哥分散。孤身途路誰相盼？幸夫人見憐，幸夫人見憐，相挈在身邊。慈悲做方便。與親生女兒，與親生女兒，相看一般。喜今朝重見。

【前腔】（生唱）嘆兄南妹北，歎兄南妹北，無由會面。你身有托吾無伴。㈡繞山坡叫轉，繞山坡叫轉。驀地遇嬋娟，天教遂姻眷。㈢奈時乖運蹇，奈時乖運蹇。一別數年，存亡未判。

（小旦云）哥哥，嫂嫂也在這裏。（生云）如今在那裏？

【五更轉】（小旦）你望故人，如天遠，相逢在目前。（生云）妹子，你爲何認得嫂嫂？（小旦唱）閨

㈠　眉批：知趣。
㈡　眉批：也有個人伴。
㈢　眉批：快活，快活。

中小姐，曾會你在招商店。(一)拜月亭前，説出心願。（生云）你莫非差了麽？（小旦唱）鄉貫同，名字真，非訛舛。爹爹母親望乞垂憐見，早使相逢、不索留戀。

待我請嫂嫂來。姐姐有請。

【似娘兒】（旦唱）夢裏流鶯聲尚在，出蘭房風翻佩帶。（小旦云）姐姐，文狀元正是我的哥哥。（旦云）呀，在那裏？（見科）

【哭相思】（生唱）一别招商已數年，今朝重續舊姻緣。貞心一片如明月，映人清波到底圓。(二)

【五更轉】（旦唱）你的病未痊，我却離身畔，心中常掛牽。(三)（生唱）蒼天保祐，保祐身康健。與那結義兄弟呵，武舉文科，同登魁選。蒙聖恩，特議親，豈吾願。（合）相逢到此，到此真希罕。喜動離懷、笑生愁臉。

（外、夫云）孩兒、賢婿，不必説了。孩兒回歸香閨，重整新妝。狀元且到書院，换了服色，即同武狀元與瑞蓮孩兒成親便了。

(一) 眉批：細問他開了二張床，便知端的。

(二) 眉批：明月經拜過，纔肯映人。

(三) 眉批：描盡舊人情懷、新婦臉嘴。

（生、旦）天遣偶相逢，（小旦）渾疑是夢中。（外）門蘭多喜氣，（夫）女婿近乘龍。㈠

第四十齣　洛珠雙合

（外、夫吊場云）院子，快去唤賓相過來。（末云）賓相走動。（浄上云）全仗周孔禮樂，來成秦晉歡娱。大叔通報。（末云）老爺着你進去。（浄云）老爺、老夫人，賓相叩頭。（外云）起來，今日是黄道吉日，我與二位小姐招贅文武狀元，你與我贊禮成親，多説些利市言語，重重賞你。（浄云）理會得。（請科）㈡

【戀芳春】（生、小生上）寶馬驕嘶，香車畢集，燈光如晝通明。（旦、小旦上）彷彿天台劉阮，仙子相迎。（合）夙世姻緣已定，昔離别今成歡慶。相隨美滿夫妻，强如鸞鳳和鳴。（浄贊禮）

（拜）（撤帳科）（生、小生同把酒科）

【畫眉序】（生、小生唱）文武掇巍科，丹桂高攀近嫦娥。喜鶯遷喬木，鳳止高柯。十年探孔孟

㈠　眉批：大暢情景。
㈡　眉批：先曾破土了。

心傳，一旦試孫吴家學。（合）畫堂花燭光摇處，一派樂聲喧和。

【前腔】（旦、小旦唱）萍梗逐風波，豈料姻緣在卑木？似瓜纏葛藟，松附絲蘿。幾年間破鏡重圓，今日裏斷釵重合。(一)（合前）

【前腔】（外、夫）兩國罷干戈，民庶安生絶烽火。幸陽春忽布，網羅消磨。昨朝羨錦奪標頭，今夜喜紅絲牽幕。（合前）

【滴溜子】（末捧詔上）一封的，一封的，傳達聖聰。天顔喜，天顔喜，滿門詔封。九重紅雲簇擁，龍章出鳳墀，蒙恩受寵。五拜山呼，稽首鞠躬。

奉天承運皇帝詔曰：夫婦乃人倫所重，節義爲世教所關。邇者世際阽危，失之者衆矣。茲爾文科狀元蔣世隆，講婚禮於急遽之時，從容不苟；妻王瑞蘭待媒妁於流離之際，貞節自持。夫不重婚，尚宋弘之高誼；婦不再嫁，邁令女之清風。使樂昌之破鏡連圓，致陶穀之斷絃再續。(二)兵部尚書王鎮，保邦致治，有撥亂反正之才；解組歸閑，無貪位慕禄之行。陀滿興福出自忠良，實非反叛。父遭排擯，朕實悔傷。萌蘖尚存，天意有在。今爾榮魁武榜，互結姻緣。蔣世隆授開封府尹，妻王氏封懿德夫人。陀滿興福世襲昭勇將軍，妻蔣氏封順德夫人。尚書工鎮，歲支粟帛，與見任同。嗚呼！彝倫攸序，爾

(一) 眉批：今夜裏玉釵斜插。

(二) 眉批：只招他成親便了，餘事不必説。

宜欽哉！謝恩。（衆云）萬歲，萬歲，萬萬歲！

【望吾鄉】（衆唱）仰聖瞻天，恩光照綺筵。花枝掩映春風面，女貌郎才真堪羨。天遣爲姻眷。雙飛鳥，並蒂蓮，今朝得遂平生願。

【皂羅袍】向日鑾輿遷汴，正土崩瓦解、士庶紛然。人於顛沛節難全，堅金百煉終無變。娘兒兄妹，流離播遷。斷而還續，破而復圓。義夫節婦人間鮮。

【排歌】今日相逢，三生有緣。文兄武弟襟聯，喬公二女正芳年，孫策周瑜德並賢。夫榮耀，妻貴顯，宫花如錦酒如泉。風流事，著簡編，傳奇留與後人傳。

【前腔】（外、夫）吾年老，雪滿顛。無子承家業，晨昏每憂煎。且喜東床中選。雀屏中目，一雙白璧種藍田，百歲夫妻今美滿。山中相，地上仙，人間諸事不縈牽。壚邊醉，甕底眠，從今不惜杖頭錢。

【金錢花】（衆唱）翰林史筆如椽，如椽。倒流三峽詞源，詞源。撰成離合與悲歡。千百載，永流傳。千百載，永流傳。

【前腔】鐵球漾在江邊，江邊。終須到底團圓，團圓。戲文自古出梨園。今夜裏，且歡散。明日裏，再敷演。明日裏，再敷演。

詩曰：

由來好事最多磨，天與人違奈若何。
拜月亭前愁不淺，招商店内恨偏多。
樂極悲生從古有，分開復合豈今訛。
風流事載風流傳，太平人唱太平歌。

劇尾總批：

《拜月》曲都近自然，委是天造，豈曰人工。妙在悲歡離合，起伏照應。綫索在手，弄調如意。興福遇蔣一奇也，即伏下賊寨逢迎、文武並贅；曠野兄妹離而夫妻合，即伏下拜月緣由；商店夫妻離而父子合，驛舍而子母夫妻俱合，又應前曠野之離；商店兄弟合，又起下文武團圓、夫妻兄妹總成奇逢結局。豈曰人力，蓋天合也。命曰《天合記》。

新鐫陳眉公先生釋義幽閨記卷之下

第二十二齣

釋義：麯蘖：所以造酒者。《書經》：『若酒用汝作麯蘖。』旆：酒旗也。玉佩：身所佩之玉也。金貂：貂，鼠屬。北方以其皮爲煖額，因以爲侍中冠飾，取其内禦捍而外温潤。晉阮孚常以金貂換酒。劉伶：晉時竹林七賢内人，嘗荷鍤掛錢以爲醉，死即埋之。李白：唐時人，好酒，即『斗酒詩百篇』者。飲於採石磯，捉月沉死。榨滴珍珠：琉璃鍾，琥珀濃，小槽酒滴珍珠紅。瀲灩：言水之光漾也。流霞：《抱朴子》：『項曼都言：(一)「到天上，仙人以流霞一杯飲之。」』醍醐：酪之精者，佛經云：『乳成酪，酪成酥，酥成醍醐。』香醪：杜山亭《宴集》語：『清秋多宴樂，終日困香醪。』無緣：

(一) 項曼都：原作『碩蔓卿』，據《抱朴子》改。

晉末董仲甫聘舅女陳氏，將畢姻之期，值石勒陷泗水，將邑之婦女盡掠而去。仲父哭之殊死。父慰之曰：『此女與吾兒對面無緣也。』**有緣千里**： 范巨卿少遊太學，與張元伯友善。至告歸，巨卿曰：『我三年之後某日過訪。』伯元然之。至期，白母殺雞爲黍待之。母曰：『三年之別千里，戲言何相信之甚也？』伯元曰：『巨卿，信士也，必不失期。』是日果至。巨卿謂伯元曰：『別後連年遭疾，至此始痊，今得會子，可謂有緣矣。』二人盡歡而別。**黄金屋**： 古詞：『誰不願黄金屋，誰不愛千鍾粟，奈五行不是只般題目。』**門楣**： 唐玄宗册立楊貴妃，其從兄國忠加御史大夫，(一)銛鴻臚卿，女兄弟韓國、虢國、秦國三夫人。五宅上元夜遊，與廣寧公主争西市門，(二)主墜馬，駙馬陳昌裔被撾，主泣奏。上令決殺楊家奴，停昌裔官。楊氏轉横。時謡曰：『生女勿悲歡，生男勿喜歡。』又云：『男不封侯女作妃，君看女却爲門楣。』**啣環**： 漢楊寶爲童時，行泰山，見一黄雀被瘡，爲蟻損。寶收歸厢，採黄花餔之。十餘日，愈，旦去暮歸。忽一日，變爲黄衣少年，與寶雙環，曰：『好掌此環，累世爲三公。』其子震至彪，果四世爲太尉。**結草**：《左傳・宣公十五年》，魏顆父武子有嬖妾，武子疾，曰：『嫁是。』及病劇，曰：『以殉。』武子卒，顆乃嫁之。曰：『病劇則亂，吾從其治命也。』及敗秦師於輔氏，獲杜回。顆見老人結草以抗回，回躓故獲之。夜夢老人曰：『余乃汝所嫁婦人之父也，汝用先人治命，余是以報耳。』**佳婿**： 唐權德輿女妻獨孤鬱，

(一) 加：原作『如』，據文義改。

(二) 市：原作『四』，據文義改。

憲宗嘆曰：『德輿乃有佳婿。』虚名：杜詩：『虚名但蒙寒暄問，汎愛不救溝壑辱。』郵亭一宿姻緣好：宋陶穀奉使江南，學士韓熙載迎之於集賓館，以妓秦弱蘭僞爲驛卒之女，令掃地。穀見而悦之，與狎，遂作一詞名《風光好》以贈之。云：『好姻緣，惡姻緣，只得郵亭一夜眠。别神仙。琵琶撥盡相思調，知音少。那得鸞膠續斷絃，是何年。』唐主一日開宴，令弱蘭歌此詞以勸陶穀酒，穀大慚，即日北歸。冰清玉潔：晉衛玠妻父樂廣，皆有重名，時人以爲婦翁冰清，女婿玉潔。合巹：婦至婿揖，婦入共牢而食，合巹而酳，所以合體同尊卑，親之也。邂逅：不期而遇曰邂逅。《詩經》：『邂逅相遇，適我願兮。』又曰：『子兮子兮，如此邂逅何。』藍橋：唐裴航傭舟於襄漢，同舟樊夫人國色也，航賂其婢晨煙達詩云：『同舟胡越猶懷想，况遇天仙隔錦屏。倘若玉京再相會，願隨鸞鶴入青冥。』夫人曰：『幸無錯謬，與郎少有姻緣，他日必爲配偶。』因答詩曰：『一飲瓊漿百感生，玄霜搗盡見雲英。藍橋便是神仙路，何必區區上玉京。』别舟去。後航經藍橋驛，渴，見茅舍有一老嫗績麻，揖之求漿，嫗呼雲英擎一甌漿來，航接飲，真玉液也。航憶夫人雲英之句，謂嫗曰：『小娘子艷麗過人，願娶之，可乎？』嫗得曰：『我老病，神仙遺藥，欲得玉杵臼搗之。欲娶吾女，但得玉杵臼，其餘無所須。』航月餘果獲玉杵臼，與之，嫗曰：『有如此信士，吾豈惜此女哉！』航夜窺之，有玉兎持杵，雪光耀室，嫗遂吞藥。曰：『吾入洞，爲裴郎具帷帳。』俄見一大第，仙童侍女引航相見，媾婚。後夫婦入玉峰洞中，餌絳雪，修真昇仙去。冰人：晉令狐策夢立冰上，與冰下人語，索紞占曰：『在冰上與冰下人語，爲陽語陰，媒介事也，當爲人作伐，冰泮婚成。』會太守田豹因策爲子求張公徵女，仲春成婚焉。報瓊瑶：《詩》云：『投我以木桃，報之以瓊瑶。』銀缸照：閨房之燈也。東坡詞云：『孤燈照銀缸，淚點成殘妝。』又云：『今宵剩把銀缸照。』海誓山盟：漢高帝封功臣，爲之誓曰：『使黄河爲帶，太山若礪，國以永存，爰及苗裔。』連理：《搜神記》：丈夫韓朋其妻美，康王愛其姿色而奪之。朋自殺，妻與王登臺，自投臺下。遺書於帶曰：『願以屍還韓氏合葬。』王怒，令埋作兩塚，忽有梓木生二塚上，根盤於下，枝連於上，名曰連理枝。

音字：蘖：業。株：朱。榨：詐。渾：昏，上聲。皺：縐。醪：勞，去聲。鈔：皂。

鷩：畢。筋：今。霧：務。譽：諭。眇：渺。郵：由。崗：岡。邂：解。越：曰。

黍：水。擘：譬。缸：扛。

第二十三齣

釋義：邊烽：即俗所謂煙墩，遠近相望，可頃刻而傳信者，以狼糞燒之，謂之狼煙。三月天下皆知。孟津：驛舍之名，在齊地。海晏河清：周成王時，越裳氏重譯來朝，曰：『海不揚波，晏然者三載。』意者中國有聖人乎？王子年《拾遺記》：『丹丘千年一燒，黄河千年一清，皆聖世之瑞。』又云：『黄河清而聖人生，天下太平景象也。』

音字：烽：風。津：精。

第二十四齣

釋義：虎口：《莊子》：『探虎穴撩虎鬚，幾不免虎口矣。』鯨：海中大魚能吞舟者。消息：杜詩：『童稚相親四十年，中間消息兩茫然。』

音釋：卸：昔。赦：射。鯨：琴。

第二十五齣

釋義：盧醫扁鵲：齊渤海郡鄭縣人扁鵲，姓秦，名緩，字越人。前扁鵲，黄帝時人，㈠後扁鵲，春秋時人。《八十一難經》云：『秦越人與軒轅時扁鵲相類，故仍曰扁鵲。又家於盧國，因名盧醫。』盧越之東有扁鵲塚，所謂盧扁良醫也。尼姑：《事物紀原》：㈡『明帝既聽陽城劉峻等出家，又聽洛陽婦侯女阿潘等出家。此蓋中國尼姑之始。』和尚：千里相會曰和，父母反拜曰尚。蟬鳴聲噪：《古蟬吟》：『枝頭吸朝露，葉底噪鳴蟬。』黄泉：《左傳》：鄭莊公置母姜氏於城潁，㈢誓之曰：『不及黄泉，無相見

㈠ 黄：原作『皇』，據文義改。

㈡ 紀：原作『記』，據書名改。

㈢ 潁：原作『穎』，據《左傳》改。下同改。

也。』頫谷封人頫考叔聞之，有獻於公，公賜之羹，食而舍肉，公問之，對曰：『小人有母，曾嘗小人之食矣，未嘗君之羹，請以遺之。』公感其言，使母子如初。**無恙**：《風俗通》：『恙，毒虫也。喜傷人。入腹，食人心。古人草居霜宿，故相問必曰無恙耳。』**黄卷**：古人爲書用黄紙，有誤，以雌黄塗之，故曰黄卷。**禹門**：唐人比登科者爲登龍門。又古詩：『禹門三級桃花浪。』(一)**金榜**：登科謂金榜題名。《西京雜記》：『崔紹暴卒復甦，見冥間列榜書人姓名，將相金榜，其次銀榜，州縣小官並是鐵榜。』**參商**：出《左傳》，又《詩學》。參、辰二星名。參居東方，卯位；辰居西方，酉位。二星一出一没，朝暮不得相見。高辛氏有二子，長曰閼伯，次曰實沉，居於曠野，不能相見，見則從干戈以相征討。上帝遷閼伯於商丘，主辰，在酉地；遷實沉於太夏，(二)主參，在卯地。今人之離不得聚會者，若二星不見。又杜詩：『人生不相見，痛如參與商。』**一躍龍門**：詳見第二齣。**慈悲**：釋教以慈悲爲本，方便爲門。凡出家落髮後稱沙彌，言安息於慈悲之地，息惡行善也。**鐵膽**：王敏懿公素既陞臺憲，風力愈勁，議者目爲銅肝鐵膽。**斷腸**：宋女朱淑姿容甚美，善屬文詞，不幸父母失審，乃嫁市井，下配傭夫，孤負此生。所作詩詞皆斷腸。**相思**：白樂天詞：『天涯海角有窮時，只有相思無盡期。』

(一) 級：原作『吸』，據文義改。

(二) 夏：原作『憂』，據《左傳》改。

音字：邸：底。擡：臺。珀：白。慢：漫。唬：黑。纔：蠶。蟬：禪。徙：洗。窄：摘。沿：緣。漾：樣。穹：胸。響：享。躍：欲。凜：領。牀：床。恁：佞。彀：勾。攻：工。咽：煙。痊：筌。恙：樣。

第二十六齣

釋義：迍邅：言命運之乖蹇也。舞絮：杜詩：『顛狂柳絮隨風舞。』又，謝道韞《詠雪》詩曰：（一）『未若柳絮因風起。』寒角：起更，煞鼓吹哨角以節之。郵亭：即驛舍。鸞孤鳳隻：鸞鳳常和鳴，喻夫婦之和樂也。又宋子京詩云：『有心諧鳳侶，無意去求官。』又，張安世十五爲侍中，（二）善鼓琴作《雙鳳離鸞》之曲。塞雁嘹嚦：塞北地雁，陽鳥。北地秋分後西風凜冽，比南方不同。雁最畏寒，遇秋風一起，則度南方以來求食。古詩：『伶仃吊影生鄉思，嘹嚦哀聲動客愁。』又陳後主詞：『又聽得雲外數聲，新雁正嘹嚦。』駐節：駐，住也；節，所以示信者。出使皆持其節旌。故驛舍謂爲駐節之所。皇華：出《詩經・小雅》，遣使臣之詩，其首章曰：『皇皇者華，（三）于彼原隰。駪駪征夫，每懷靡及。』京

（一）韞：原作『蘊』，據文義改。

（二）世：原作『侍』，據《漢書》卷五十九《張湯傳》附傳改。

（三）皇皇者華：原作『皇華者華』，據《詩經》改。

城：天子所居之地。故謂之京城。京，大、衆之稱。淚珠：《博物志》：鮫人水底居，出，向人家寄住積日。賣綃，從主人索器，泣而出珠，以與主人。左思賦曰：『泉室纘織而卷綃，淵客慷慨而泣珠。』羊羔美酒銷金帳：宋陶穀有妾，乃党太尉家姬。穀冬取雪烹茶，顧謂妾曰：『党家有此風味否？』對曰：『彼武夫，安能識此風味？但能於銷金帳裏淺斟低唱，飲羊羔美酒而已。』咫尺：八寸曰咫，十寸曰尺。咫尺，言其近也。

音字：汴：便。狽：背。驛：益。徙：洗。嶄：讒。碾：展。縈：容。羔：高。鼕：冬。簷：延。匆：葱。攘：嚷。驀：默。欣：興。刎：聞，上聲。賸：勝。駐：住。

第二十七齣

釋義：龍潭虎穴：皆言險阻之處也。羈旅：羈，所以絡馬者；旅，客旅也。言纏在外鄉。《左傳》云：『臣，羈旅之臣也。』雁行：《禮記·王制》篇：『兄弟之齒雁行。』又杜詩：『君家兄弟功名震，麒麟閣畫鴻雁行。』鸞儔：鸞鳳常和鳴，故以喻夫婦和合。姻緣：義見二十二齣。否極生泰：陰陽循環，無端剝復，一定之理也。泰卦內乾外坤，天地交泰之象。否卦內坤外乾，天地否閉之象。鴛鴦兩處飛：匹鳥也，似鳧，毛有文彩，雌雄止則相偶，飛則成雙，未嘗相離。人獲其一，則一日相思而死。

甦：死而更生曰甦。暮雨朝雲：昔楚襄王與宋玉遊於雲陽臺，望高唐之觀有雲氣，變化無常。王問曰：『此何氣也？』對曰：『朝雲，吾先王嘗遊高唐，晝寢，夢一美人，謂之曰：「聞王遊此，願薦枕席。」因幸之，及去，爲辭曰：「妾在巫山之陽，高丘之北，朝爲行雲，暮爲行雨。朝朝暮暮，陽臺之下。」』

音字：羈：基。拽：弋。蠶：蚕。梓：子。

第二十八齣

釋義：恩詔：天子之命令曰詔；大赦天下，溥其恩光，謂之皇恩詔。商賈：行客曰商，坐客曰賈。沉疴：病重不能起也，故云。風波：黄山谷《題玄真子圖詩》云：『人間欲避風波險，一日風波十二時。』又，古詩云：『今人惟交態，風波當面來。』行李：《左傳》魯襄公八年有曰：『何不使一介行李告於寡君？』蓋『使』字爲山八子，後人誤以爲『李』字，今因之。

音字：懃：勤。恙：様。坷：可。疴：阿。斟：真。

第二十九齣

釋義：天顔：齊桓公曰：『天威不違顔咫尺。』千鍾禄：古詞：『誰不願，黄金屋，誰不愛，千鍾粟。奈五行不是，只般題目。』金屋：漢武帝幼時，景帝問曰：『兒欲得婦否？』長公主指其女曰：

『阿嬌好否?』武帝曰:『若得阿嬌,當以金屋貯之。』玉樓:唐詩:『金勒馬嘶芳草地,玉樓人醉杏花天。』無家:馮驩客孟嘗君,置之傳舍十日,彈鋏而歌曰:『食無魚。』孟嘗君遷之幸舍,食有魚矣。又歌曰:『長鋏歸來乎,無以爲家。』孟嘗君不悦。山河壯帝居:古詩:『日月光天德,山河壯帝居。太平無以報,願上萬言書。』良辰美景:良辰美景,賞心樂事,四美俱全也。

音字:餚:毫。截:集。轟:昏。汴:便。

第三十齣

釋義:海棠:古詩云:『也知造物有深意,故遣佳人在空谷。自然富貴出天姿,不待金盤薦華屋。』鞦韆:《古今藝術》:『鞦韆,北方山界之戲,以習輕嬌也。』按:《荆楚歲時記》:春節懸長繩於高木,士女袓服坐立其上,令人推引之,名曰鞦韆。楚俗謂之施鉤。《涅槃經》謂之罥索。漢光武後庭之戲,本謂之鞦韆祝壽。唐天寶中,寒食節立鞦韆爲樂,呼爲半仙戲。金縷衣:舞服也。唐李錡之妾秋娘爲錡歌曰:『願君欲惜金縷衣,勸君欲惜少年時。花開堪折直須折,莫待無花空折枝。』香肌:唐元載寵姬薛瓊英,其母幼時以香屑糁果啖英,至長故肌肉皆香。寒食:冬至後百五日有疾風暴雨,謂之寒食。其日不動火,預辦熟食,謂之禁煙節。

音字:媚:迷。撩:了。疲:皮。梭:速。肌:機。

第三十一齣

釋義：春風紫陌：劉禹錫詩：『紫陌紅塵拂面來，無人不道看花回。』人行起塵埃，故曰紫陌。星斗文章：古詩：『一天星斗焕文章。』萬里鵬翼：《莊子》：『北溟有魚，其名曰鯤。鯤之大，不知其幾千里，徙於南溟，化而爲鵬。鵬之背，不知其幾千里，乘秋風而飛，其翼若垂天之雲。扶摇而上者九萬里。』故曰大鵬未展垂天翅。唾手：《褚遂良傳》：『唾手可取。』英雄：唐太宗正觀中私幸端門，見進士綴行而出，喜曰：『天下英雄入吾彀中矣。』時人語曰：『太宗皇帝真長策，賺得英雄盡白頭。』端門，殿之正門。彀，張弓引滿也。賺，猶俗言陰哄也。蜀魄：《寰宇記》：荆人鱉靈死，其屍隨水上至汶山下，復活，見望帝，望帝立爲相。自以爲德不如鱉靈，禪位鱉靈，遂自亡去，化爲子規。蜀人聽其鳴曰：『我望帝也。』又名杜鵑。常五更徹夜早叫，後人有詩云：『杜宇曾爲蜀帝王，化禽飛去舊城荒。年年來叫桃花月，似向東風訴國亡。』香醪：杜詩：『不放香醪如蜜甜。』(一)又，『花下醉香醪』。酒家眠：唐李白常醉於酒肆。詩曰：『斗酒詩百篇，無如李謫仙。長安都市上，只在酒家眠。』

音字：艷：厭。醪：憦。韞：永。賺：暫。

(一) 放：原作『向』，據杜詩改。

第三十二齣

釋義：困人時節：朱淑真詞：『困人天氣日初長。』萱草：萱草爲忘憂花。《詩》：『安得萱草，言樹之背。』又杜詩：『萱草兒女花，不解壯士憂。』饒古：猶言口多。《傳燈録》：閭丘胤出牧丹丘，忽頭痛，得豐干禪師咒水噴之，立瘥。胤異之，乞一言示此安危。師曰：『若到謁文殊、普賢，在天台清涼寺執爨洗器，寒山、拾得是也。』胤到任，至寺訪之，三人在寺圍爐笑語。胤致拜，三人連聲叱咄，執胤手曰：『豐干饒舌。』古註：豐干是阿彌陀佛；寒山、拾得是文殊、普賢化身。愁城：庾信《愁賦》：『攻許愁城終不破，蕩許愁城終不開。』淚珠流血：魏文帝美女入宫别父母，淚下沾衣。陞車就路，淚紅色，及至京師，凝如血。又，唐楊貴妃初入宫，與父母别，淚落成紅水。玉簪斷折：白樂天《長恨歌》：『井底引銀瓶，銀瓶欲上絲繩絶，石上磨玉簪，玉簪雖成終久折。瓶墜玉折是何如，似妾今朝與君别。』音信絶：古詩：『山河荏苒音書絶，關塞逍迢絶雁飛。』生離：古詞：『行行重行行，與君生别離。相去萬餘里，各在天一涯。』

音字：針：貞。褶：只。珍：真。撇：匹。姊：子。餌：貳。胤：印。

第三十三齣

釋義：棘闈：就試貢院謂鏖戰棘闈。《通典·選舉類》：『禮部閲試之日，皆嚴設兵衛，植棘闈之，以防盜濫。』步雲梯：宋莆田鄭僑乾道間中式，未廷試，夢空中一梯雲氣圍繞，俄至梯側，僑舉步登之，次日殿試，果第一。雞窗：讀書舍曰雞窗。《幽冥録》：『宋處宗嘗買一長鳴雞著窗間，後雞作人語，與處宗談論，終日不輟，處宗因此功業大進。』

音字：棘：吉。韜：叨。脊：接。勳：薰。

第三十四齣

釋義：方寸：言人之心方圓只有一寸。古詩云：『但存方寸地，留與子孫耕。』渡孟津：商紂無道，西伯發東觀兵，諸侯大會於孟津。渡河中流，白魚躍入王舟中，武王俯取以既渡，有火自上，復於下至於王屋，流爲烏，其色赤，其聲魄。是時，諸侯不期而會孟津者八百，皆曰紂可伐矣。武王曰：『汝未知天命，未可也。』乃還師而歸。鏡剖：徐德言别陳公主，曰：『國破，伊必入權豪之家。』遂剖菱花鏡，各分其半，約他年正月十五日賣於市，以圖再見。千千拜：詩：『紅蓮欠我千千拜，我欠紅蓮一宿債。』

音字：縈：榮。衷：中。津：精。

第三十五齣

釋義：蓂莢：堯時有草生於庭，十五日以前生一葉，以後日落一葉，月小盡則一葉壓而不落，名曰蓂莢。觀之以知旬朔。流光過隙：《魏豹傳》：『人生在世，猶如白駒過隙。』桑榆：《淮南子》：『日西垂影在木端。』木，末也。喻人老不久也。建章：漢武帝太初元年，以柏梁殿災，粤巫占之，曰：『粤俗有大災，則復起大屋以壓勝之。』帝於是作建章宮，度爲千門萬户。前殿度高未央，其東則鳳闕高二十餘丈，其西則數十里虎圈，其北則太池，漸臺高二十餘丈，名曰太液池。中有蓬萊、方丈、瀛洲，其南有玉壁之屬，立井幹，高五十丈，輦道相屬焉。沐恩光：黄山谷詩：『桃李終不言，朝露沐恩光。』擇婿：後魏劉延明年十四，就博士郭瑀學，弟子五百餘人。瑀有女選婿，意在延明。設一席，『吾有女欲覓一快婿，誰坐此者，吾當妻之』。延明奮衣而坐曰：『延明其人也。』瑀遂妻焉。燕雀聲喧：古詩：『呢喃燕子語梁間。』椿萱：《莊子》云：『椿木八千歲爲春，八千歲爲秋。』以永年，故稱父。萱草，即紫萱也，一名鹿葱，佩之可以宜男，玩之可以忘憂。《詩》云：『安得萱草，樹之北堂。』以其得坤順之象，故比母。强梁：《山海經》：『大荒之中，山名北極，有神銜蛇，其狀虎首人身、四蹄長肘，名曰强梁。』三汲浪：古詩：『禹門三汲浪，平地一聲雷。』占鰲頭：《列子》：『龍伯之國有大人，一釣而連六鰲。』坡詩：『高文俱合在鰲頭。』謂大魁巍，占鰲頭也。風雲會：《易》曰：『雲從龍，風從虎。』喻士人登第，謂之風雲際會。潭府：韓公詩：『一爲公與相，潭潭相府居。』乘龍：魏黄尚與李元禮俱爲司徒，俱娶太尉桓叔元女，時人謂桓叔元兩女俱乘龍。杜詩：『門闌多喜色，女婿近乘龍。』《柏舟》：衛世子共伯蚤死，其妻共姜守義，父母欲奪而嫁之，故共姜作《柏舟》之詩以自誓。路八千：韓文公遭貶詩：『一封朝奏九重天，夕貶潮陽路八千。雲横秦嶺家何在，雪擁藍關馬不前。』匪媒弗克：《詩》：『析薪如之何，匪斧弗克。娶妻如之何，(一)匪媒弗得。』

音字：隙：協。簷：延。嫡：的。遴：憐。霎：色。鰲：敖。

第三十六齣

釋義：雙桂聯芳：喻兄弟並登第也。戴天之讐：《禮記·曲禮上》篇：『父母之仇，不共戴天。兄弟之仇，不及兵。交遊之仇，不同居。』秦晉：《左傳》：晉重耳至秦，秦穆公納女五人，懷嬴與焉。奉匜沃盥，既而揮之，怒曰：『秦晉匹也，何以欺我。』龍争虎鬭：漢高祖與項羽戰，謂之虎鬭龍争。鸞儔：段戎曰：『青鳥翠鸞，從來要匹；金雞玉鵠，不取成群。』破鏡重圓：陳太子舍人徐德言尚樂昌公主，陳政衰，隋遣楊越公素領兵伐之，德言謂妻曰：『國破，伊必入權豪之手，倘情緣未斷，尚冀相

(一) 如：原作『何』，據《詩經》改。

見。』乃破菱花鏡，各分其半，約他年正月望日賣於都市。及陳亡，德言與妻各逃出城，其妻果爲楊素得之。德言乃寄詩曰：『鏡與人俱去，鏡歸人未歸。無復嫦娥影，空留明月輝。』樂昌得詩，悲泣不已，越公聞之愴然，召德言，還其妻。

音字：黼：府。辜：姑。挈：吉。憪：咽。儔：酬。

第三十七齣

釋義：玉音：《索隱》云：『天子之言語，臣庶尊之爲玉音。』汗簡：漢《吴祐傳》註：『古人寫書以竹簡，其簡用火炙令汗出，拭去，易書，復不蠹。故謂之汗簡。』岳丈：泰山在魯地，東嶽也，其上有丈人峰，故稱妻父曰岳丈。繾綣：不分離貌。藉紅葉：唐僖宗時，于祐步於禁衢，見御溝流一紅葉，題有詩云：『流水何太急，深宫盡日閑。慇懃謝紅葉，好去到人間。』祐見詩亦題之云：『曾聞葉上題紅怨，葉上題詩寄阿誰？』祐託於韓泳門館，帝放宫女出嫁，泳以宫女韓夫人美貌，遂作伐而嫁于祐。韓於祐笥見紅葉，驚曰：『此詩乃妾所題，不擬君拾之，今果配合，事豈偶然。』一日，祐開宴宴泳，泳曰：『今日可謝冰人也。』韓笑曰：『一聯佳句隨流水，十載幽思滿素懷。今日結成鸞鳳友，方知紅葉是良媒。』

音字：汗：漢。森：生。潛：前。污：惡。繾：黔。綣：卷。

第三十八齣

釋義：離鸞：張安世十五爲侍中，善鼓琴，作有《雙鳳離鸞》之曲。知音：伯牙善琴，子期知音。志在高山，子期曰：『巍巍然若泰山。』志在流水，子期曰：『洋洋乎若江河。』後子期死，伯牙以世無知音者，乃斷絃，不復彈。錦囊：出《氏族》。唐李賀苦吟，每旦出騎弱馬，攜小奴，背古錦囊隨後，遇所得好句，寫投其中，暮歸，其母探囊中，見所多，即怒曰：『是兒嘔出心肝。』天台：漢明帝永平中，有劉晨、阮肇入天台山採藥，迷失道路。糧盡，望山頭有桃，共取食之，下山得澗水飲之，從山後出。次有一杯流出，中有胡麻飯屑，食之甚美。相謂曰：『去人家不遠。』過水，又過一山，見二女容貌絶美，便呼劉、阮姓名曰：『郎君何來晚也。』遂延至家，又設旨酒。數仙持三五桃來勸女婿。日暮，盡夫婦之禮，求歸甚切。更喚諸仙女作樂送劉出洞。還鄉，乃七代子孫傳聞上祖入山不歸。二公欲還女家，不復得路。至太康八年間，失二公所在。貌美：出《群玉》。晉潘安美姿容，挾琴彈出咸陽道，婦人皆連手，投之以果，滿車而歸。

音字：伉：亢。拭：失。肇：趙。

第三十九齣

釋義：青鳥書傳：漢武帝七月七日齋居朝承殿，忽一青鳥啣書從西來，集殿上。帝問東方朔，朔對曰：『此西王母欲來。』一日，西王母果乘彩雲而至。雁行：註見前。湖陽公主：宋弘是光武時人，光武要把姐姐湖陽公主嫁之，宋弘不從。對上道：『貧賤之交不可忘，糟糠之妻不下堂。』光武顧謂主曰：『事不諧矣。』石可轉：《詩經》：『我心匪石，不可轉也。』嬋娟：美好貌。指嫦娥也。古詩：『青女素娥俱耐冷，月中霜裏鬥嬋娟。』故人：史傳范睢先事魏大夫須賈，被重笞，佯死，更名張禄，逃入西秦，爲相。后賈使於秦，睢着敝衣間步之館，賈曰：『范叔一寒如此哉。』乃取綈袍賜之。及入秦府，始悟爲相。賈大驚，乃肉袒膝行至階下謝前罪。睢曰：『汝所以得無死者，以綈袍戀戀，尚有故人之意耳。』

音字：邀：夭。磁：辭。憑：平。挈：吉。驀：默。訛：我，平聲。健：欠。綈：梯。

第四十齣

釋義：寶馬驕嘶：《草堂詩餘》云：『玉驄慣識西湖路，驕嘶過沽酒樓前。』香車：唐制：公主、貴戚、夫人乘七香車，四面綴異香，流蘇下垂。鶯遷喬木：《詩》：『伐木丁丁，鳥鳴鶯鶯，出自幽谷，遷于喬木。』孫吳家學：孫武子，齊人，著兵法十三篇，斬吳王愛姬，行軍法。闔廬以爲將，西破强楚，入郢，北威齊魯，顯名諸侯。吳起，衛人，始事曾子，母死不奔喪。曾子絶之。後事於魯，齊人伐魯，魯人欲以爲將，起娶齊女爲妻，魯人疑之，起殺妻以求將，大破齊師。又事魏文侯，爲西河守，又相楚，南平北伐，西伐强秦。**萍梗逐風波**：言人生蹤跡之不定也。許慎《説文》：『萍，無根，浮水而生，有青紫二種，叶皆細，對生，梗長二寸許。』毛伯温征安南，以詩探之云：『隨田逐出冒秧針，到底原來種不深。空有根苗空有蒂，敢生枝葉敢生心。寧知聚處焉知散，但識浮時不識沉。大抵漢唐風色惡，掃歸湖海竟難尋。』又，古詩：『人生無根蒂，猶如水上萍。』**瓜纏葛藟**：瓜葛之藤延蔓相及，謂親戚之綿密也。(一)**松附絲蘿**：《毛詩》：『女蘿在草爲兔絲。』《古樂府》：『兔絲附女蘿。』**烽火**：古者十里一煙墩，舉火以報軍情。言世亂三月連舉烽火，家書斷絶，若得家書，可抵萬金之重。**陽春忽布**：唐宋璟愛惜民物，時人謂有脚陽春，所至如陽春及物也。**錦奪標頭**：唐盧肇、黄頗皆宜春人，同舉，郡守獨薦頗，明年肇狀元及第，歸郡，守接遇甚厚。延肇觀競渡，肇遂言曰：『向道是龍剛不信，果然奪得錦標歸。』守大慚。**紅絲牽幕**：太仆寺卿郭元振少有大志，開元初，中書令張嘉貞欲納之爲婿，謂之曰：『吾五女皆有姿色，各持一綫，以帷幔之，子可隨便牽之。』元振牽一紅綫，遂得第三女。**天顔**：《左傳》：齊桓曰：『天威不違顔咫尺。』**宋弘高義**：宋弘，長安人，建武中爲太尉。時光武姊湖陽公主新寡，帝與共論群臣，微觀其意，主曰：『宋弘威容，群臣莫及。』帝曰：『試圖之。』主坐於屏後，召弘問曰：『貴易交，富易妻，人情

(一) 密：原作『蜜』，據文義改。

乎？』弘曰：『貧賤之交不可忘，糟糠之妻不下堂。』帝顧謂主曰：『事不諧矣。』**解組歸閑**：疏廣、疏受，前漢宣帝時爲太子太傅，能見機而作。上疏乞骸骨，解組而歸。**光照綺筵**：聶夷中詩：『我願君王心，化作光明燭。不照綺羅筵，偏照逃亡屋。』**鸞輿**：天子之車駕曰鸞輿。**百煉**：古詩：『昔爲百煉剛，化作繞指柔。』**三生有緣**：《群玉》：有一省郎遊華嚴寺，(一)夢碧巖下一老僧言煙隱極微。僧云：『僧是檀越結願香，煙猶存而檀越已三生矣。第一生玄宗時安撫巡官，二生憲宗時西蜀書記，三生即今省郎，皆檀越結願來也。』省郎淡然方悟。**喬公二女**：漢喬玄字公祖，舉孝廉，補洛職縣尉，有二女，皆國色。孫策與周瑜攻皖得之。策自納大喬，瑜納小喬。策從容謂瑜曰：『喬公二女雖流離，得吾二人作婿，亦足以歡。』又曹孟德詩：『東風不與周郎便，銅雀春深鎖二喬。』**東床**：稱女婿爲東床。晉王羲之，王導之從子也。註：從子，兄弟之子也。郗鑒一女，(二)使門生求婿於導，導令就東廂遍觀子弟。門生歸曰：『王氏諸少年並佳，然聞信至，或自矜持，惟一少年在東床坦腹食胡餅，若不聞。』鑒曰：『此佳婿。』訪之，乃羲之。遂與妻之焉。**雀屏中目**：出《詩學》。竇毅仕周爲柱國，有女自幼聰慧。幼時讀《烈女傳》，一過不忘。毅曰：『此女有奇相，不可妄與人。』因畫二孔雀於屏，請求婚者射二矢，陰約中目

(一) 華：原作『草』，據文義改。
(二) 鑒：原作『監』，據《世說新語·雅量》改。

者則許之。射者數下，皆不合。高祖最後射，各中一目，遂歸於帝耳。白璧種藍田：漢王雍伯兄弟六人以傭菜爲業，公少修孝敬，達於遠邇。父母没，葬畢，長慕追思，不勝心悼。乃責田宅，北徙絶水漿處，大道峻阪下爲居，晨出水漿以給行旅，兼補履屩，不受其值。如是累年不懈。一日，天神化爲書生，問曰：『何故不種菜以給？』答曰：『無種。』書生就於懷中取出石子二升與之，曰：『種此生美玉，並得美婦。』雍大喜，种其石數歲，北平有女徐氏極姿容，人多求，不許。雍試求焉，徐戲之曰：『得白玉一雙，乃可共婚。』雍於所種石處掘得白玉五雙，即以具送。徐氏大愕，乃以女妻之。後生十男，皆俊異，位卿相，人皆以爲陽德所致。因名其地曰玉田云云。甕底眠：晉畢卓嘗爲吏部郎，比舍郎釀熟，卓因醉，夜至甕間，盜飲之，睡爲甕底，爲掌酒者所縛。明旦視之，乃畢吏部也。樂廣聞而笑之曰：『名教内自有樂地，何必乃爾？』杖頭錢：阮宣常步行，以百錢掛杖頭，至酒店便獨酣暢，雖當世貴盛，不顧也。筆如椽：晉珣夢人以大筆如椽與之，既覺，曰：『當有大手筆事。』俄武帝崩，哀册謚議，皆珣所草。倒流三峽：謂明月峽、巫山峽、廣澤峽，皆巴陵之地。又古詩：『詞源倒流三峽水，筆陣獨掃千人軍。』

音字：彷：訪。幕：莫。撥：不。彝：夷。襟：今。壚：瀘。敷：夫。嘶：西。藟：雷。傭：容。

重校拜月亭記

目録

重校拜月亭記目録

上　卷(一)

(一) 上卷：原闕，據文義補。

下卷

四十出　配合鸞凰

二南里人羅懋登註釋

重校拜月亭記目録終

重校拜月亭記上卷

第一出　家門始終(一)

（末上）

【西江月】輕薄人情似紙，遷移世事如棋。今來古往不勝悲，(二)何用虛名微利。遇景且須行樂，(三)當場謾共銜杯，莫教花落子規啼，(四)懊恨春光去矣。(五)

(一) 齣目名原闕，據目録補。下同補。
(二) 眉批：勝：音『升』。
(三) 眉批：樂：音『洛』。
(四) 眉批：教：音『交』。
(五) 眉批：懊：音『奥』。

（問内科）試問後房子弟，今日敷演誰家故事？那本傳奇？（内應）今日敷演一本《王瑞蘭幽閨拜月記》。（末）原來此本傳奇，聽道始終，便知大意。

【沁園春】蔣氏世隆，中都貢士，妹子瑞蓮。遇興福逃生，結爲兄弟。瑞蘭王女，失母爲隨遷。荒村尋妹，頻呼小字，音韻相同事偶然。應聲處，佳人才子，旅館就良緣。岳翁瞥見生嗔怒，(一)拆散鴛鴦最可憐。(二)嘆幽閨寂寞，亭前拜月，幾多心事，分付與嬋娟。兄中文科，(三)弟登武舉，恩賜尚書贅狀元。當此際，夫妻重會，(四)百歲永團圓。

老尚書緝探虎狼軍，窮秀才拆散鳳鸞群。
文武舉雙第黃金榜，幽閨怨佳人拜月亭。

第二出　閑居自歎

（生扮蔣世隆上）

(一) 眉批：瞥：音『撇』。嗔：音『瞋』。
(二) 眉批：拆：音『策』。
(三) 眉批：中：去聲。
(四) 眉批：重：平聲。

【珍珠簾】十年映雪囊螢，苦學干祿。幸首獲州庠鄉舉。繼晷與焚膏，(一)祇勤習詩書。咳唾珠璣才燦錦，(二)養浩然春闈必取。一躍過龍門，當此青雲得路。

中都風物景尤佳，街市駢闐繡麗華。(三)煙鎖樓臺浮錦色，月籠花影映林斜。禮樂流芳忝儒裔，雙親不幸俱傾逝。止存一妹在閨中，真乃家中多富貴。自家姓蔣，雙名世隆，中都路人氏。雖叨鄉薦，未赴春闈，只因服制在身，難以進取。家中別無親人，止有一妹，叫名瑞蓮，年已及笄，未曾許聘。〔鷓鴣天〕正是錦繡胸襟氣若虹，文章才學足三冬。循循善道馳庠校，濟濟儒風靄郡中。(四)題雁塔，步蟾宮。前程萬里附冥鴻。此時衣錦還鄉客，五百名中蔣世隆。道猶未了，妹子蚤到。(小旦扮蔣瑞蓮上)

【緱山月】樂道安貧巨儒，(五)嗟怨是何如。但孜孜有志效鴻鵠。似藏珍韞匵，(六)韜光隱辱，待價沽諸。

哥哥萬福。(生)妹子到來，妹子請坐。(小旦)哥哥請。哥哥，妹子往常間見哥哥眉開眼笑，今日見哥

(一) 眉批：晷：音『舉』。
(二) 眉批：咳：音『孩』。唾：『拖』去聲。
(三) 眉批：駢：音『胼』。闐：音『田』。
(四) 眉批：濟：上聲。
(五) 眉批：樂：音『洛』。下音同。
(六) 眉批：匵：音『讀』。

哥眉頭不展，面帶憂容，却爲些甚麽來？（生）妹子，你不知道，我有三件事在心，所以不樂。（小旦）那三件事？（生）第一件，父母靈柩在堂，未曾殯葬。㈠第二件，我服制在身，難以進取。第三件，你我年紀長大，親事未諧。以此不樂。（小旦）〔玉樓春〕瑞蓮愚不將賢諫，安居温習何嗟嘆。退藏山水作漁樵，進身皇闕爲官宦。（生）妹子，迅速光陰如轉眼，㈡少年何事功名賺。㈢蒼天未必誤儒冠，儒冠豈誤男兒漢。（小旦）哥哥，你平日攻書多少？

【玉芙蓉】（生）胸中書富五車，筆下句高千古。鎮朝經暮史，寐夜興夙。擬蟾宫折桂雲梯步，待求官奈何服制拘。教人怨，㈣怨不霑寸禄。（合）望當今聖明天子詔賢書。

【前腔】（小旦）功名事本在天，何必恁心過慮。㈤且從他得失，任取榮枯。爲人只恐身無藝，暫時間未從心所欲。金埋土，也須會離土。（合前）

㈠ 眉批：殯：音『擯』。
㈡ 眉批：迅：音『汛』。
㈢ 眉批：少：去聲。賺：音『站』。
㈣ 眉批：教：音『交』。
㈤ 眉批：恁：音『吝』。

【刷子序】（生）書齋數椽，(一)良田儘可、隨分饘粥。(二)世態紛紛，爭如靜守閑居。（小旦）勸劬。(三)事業學成文武，掌王朝方霑天禄。（合）但有個抱藝懷才，那曾見滄海遺珠。

【前腔】（生）難服。晚進兒童，奪朱污紫、肥馬輕裘。磊落男兒，(四)慚睹蠢爾之徒。(五)（小旦）聽語。萬事皆由天命，盡皆非者也之乎？（合前）

（生）琢磨成器待春闈，（小旦）萬里前程唾手期。

（合）一舉首登龍虎榜，十年身到鳳凰池。

釋義：映雪：梁孫康好學，(六)家貧無油，嘗映雪讀書，後至御史大夫。囊螢：車胤家貧，(七)以紗囊盛螢照書而讀，後知名於時。善於賞會，每有盛饌而胤不在，皆云無車公子不樂。(八)繼晷：《勸學解》：

(一) 眉批：椽：音『傳』。

(二) 眉批：分：去聲。饘：音『毡』。

(三) 眉批：劬：音『渠』。

(四) 眉批：磊：音『壘』。

(五) 眉批：蠢：音『惷』。

(六) 眉批：好：去聲。

(七) 眉批：胤：音『印』。

(八) 眉批：樂：音『洛』。

『焚膏油以繼晷。』龍門：大鯉魚登龍門化爲龍。遺珠：狄仁傑爲吏誣訴，閻立本召遷，異之。曰：『可謂滄海遺珠。』

第三出　胡騎南侵

（浄扮番將上）

【點絳唇】勢壓中華，仁將夷化。威風大。一曲琵琶，醉後驅鷹馬。

你看邊塞上好光景。(一)只見萬里寒沙，一天秋草。馬嘶平野呼鷹地，(二)犬吠低坡射雁人。(三)草叢中無非是赤兔黄獐，天際表有些兒皂雕白鷂。(四)夜夜月爲青塚鏡，年年雪作黑山花。俺這裏喫的是馬酪羊羔，(五)少甚麽龍肝鳳髓；(六)穿的是狐裘貂帽，要甚麽錦花繡裳。比着他諸夏無君，争似俺蠻夷有主。漢家雖盛，曾與和親；唐國雖隆，結爲兄弟。國號曰金，而威風凛凛；中華名宋，而氣宇巍巍。遠觀

(一) 眉批：塞：音『賽』。
(二) 眉批：嘶：音『西』。
(三) 眉批：吠：音『費』。
(四) 眉批：鷂：音『耀』。
(五) 眉批：酪：音『洛』。
(六) 眉批：髓：『雖』上聲。

着幾層瑞彩罩金城，(一)遥望見一派祥雲籠鐵柱。自家北番一個虎狼軍將是也。只因大金天子，俺這裏三年一小進，五年一大進，十年一總進。今經一十五年，並無一絲兒回答。俺主大怒，着俺起兵前去打奪州城，占據糧草。不免叫把都兒每出來，與他商議。把都兒那裏？（小生、外、丑、末上）

【水底魚】白草黄沙，氈房爲住家。胡兒胡女，慣能騎戰馬。(二)因貪財寶到中華。閑戲耍。被他拏住，鐵里温都哈喇。(三)

主帥呼唤，上前參見。（見科）（浄）把都兒每，只因大金天子，俺這裏三年一小進，五年一大進，十年一總進。今經一十五年，並無一絲兒回答。俺主大怒，着俺起兵前去打奪州城，占據糧草。衆把都兒每聽吾號令，不可有違！

【包子令】點起番家百萬兵，百萬兵。紛紛快馬似騰雲，似騰雲。叵耐大金無道理，(四)與他交戰定輸贏。(五)（合）安排器械便登程，殺教片甲不留存。

(一) 眉批：罩：音『笊』。
(二) 眉批：慣：古患切。
(三) 眉批：哈：音『煞』。喇：音『臘』。
(四) 眉批：叵耐：音『頗奈』。
(五) 眉批：贏：音『盈』。

【金字經】哨都兒哪應咖哩，(一)者麼打麼撒嘛呢。(二)哧嘛打麼呢，(三)咭囉也赤吉哩。(四)撒麼呢撒哩，吉麼赤南無應咖哩。

　　頭戴金盔挽玉鞭，驅兵領將幾千員。
　　金朝那解番狼將，(五)血濺東南半壁天。(六)

釋義：鐵里温：胡人謂首爲『鐵里温』。哈喇：胡人謂殺爲『哈喇』。

第四出　庭執遷都

（小生、丑扮金瓜武士上）蓬萊正殿體金鰲，紅日初生碧海濤。開着五門遥北望，赭黄新帕御床高。(七)

（末扮黄門上）

(一) 眉批：哨：『蛙』入聲。哪：音『擩』。咖：音『迦』。
(二) 眉批：嘛：音『麻』。呢：音『泥』。
(三) 眉批：哧：音『夏』。
(四) 眉批：咭：音『吸』。囉：音『羅』。
(五) 眉批：朝：音『潮』。
(六) 眉批：濺：音『賤』。
(七) 眉批：赭：音『者』。

【點絳脣】漸闢東方，星殘月淡，蒼明猶顯，平閃清光。點滴簷鈴響。

萬燭當天紫霧消，百花深處漏聲遥。宫門半闢天風起，吹落爐香滿繡袍。自家大金朝一個小黄門是也。主司儀典，出納綸音。身穿獸錦袍，與賓客言；口含鷄舌香，傳天子令。如今早朝時分，官裏陞殿，怕有奏事官到來，不免在此伺候。怎見得早朝？但見銀河耿耿，玉露瀼瀼。㈠似有似無，一天香霧；半明半滅，幾點殘星。銅壺水冷，數聲蓮漏出花遲；寶鴨香消，三唱金鷄明曙早。人過御溝橋，燈影裏衣冠濟楚；㈡馬嘶官巷柳，月朗中環珮鏗鏘。㈢鐘聲響大殿門開，五音合内宫樂奏。只見那奉天殿、武英殿、披香殿、太乙殿、謹身殿，巍巍峨峨，日色乍臨仙掌動；奉天門、承天門、大明門、朝陽門、乾明門，隱隱約約，香煙欲傍衮龍浮。其時有御用監官、尚膳監官、尚衣監官，各司其事，備其所用；鴻臚寺官、光禄寺官、太常寺官，各守乃職，聽其所需。周旋中規，折旋中矩，㈣降者降而升者升；過位色勃，執圭鞠躬，跪者跪而拜者拜。文官有稷、契、伊、傅之才，㈤武將有起、翦、頗、牧之勇。正是：日月光天德，山河壯帝居。太平無以報，願上萬言書。道猶未了，奏事官早到。（浄扮聶貫列

㈠ 眉批：瀼：音『攘』。
㈡ 眉批：濟：上聲。
㈢ 眉批：鏗：音『坑』。鏘：音『鎗』。
㈣ 眉批：二『中』並去聲。
㈤ 眉批：契：音『薛』。

上）（一）

【出隊子】番兵突至，（二）番兵突至。禦敵無人爲出師，（三）教人日夜苦憂思。事到臨危不可遲。奏議遷都，伏乞聖旨。

（末）來者何官？（净）臣聶賈列奏聞陛下。（末）所奏何事？（净）爲保國安民事。誠惶誠恐，稽首頓首，冒奏天顏，恕臣萬死萬死。臣聞番兵犯界，突入榆關，離俺中國只有百二十里之地。况彼人强馬壯，本國將寡兵疲，（四）難以當敵。（五）不若遷都汴梁，上保社稷無危，下免生民塗炭。（末）官裏道來，汴梁有何好處，可以遷都？（净）夫汴梁者，東有秦關，西有兩隘，南有函谷，（六）北有巨海，地雄土厚，可以遷都。所謂王公設險以守其國，願我王依臣所奏，不可遲回。（末）官裏道來，可在午門外與衆官商議，即便遷都汴梁，免致兩國相争，實爲便益。（净）萬歲，萬歲，萬萬歲。（退科）（外扮陀滿海牙上）

（一）眉批：賈：音『古』。
（二）眉批：突：音『秃』。
（三）眉批：爲：去聲。
（四）眉批：疲：音『皮』。
（五）眉批：當：上聲。
（六）眉批：函：音『咸』。

【點絳唇】長樂鐘鳴，(一)未央宮啓。(二)千官至，頓首丹墀，(三)遥拜着紅雲裏。

(末)來者何官？(外)臣陀滿海牙，累世忠良，官居左丞相之職，有事不容不諫。(末)所諫何事？(外)臣聞番兵犯界，軍馬已到榆關，相去百二十里之地，所謂『剥床以膚，切近災』者也。本合命將出師，今被奸臣竊柄，奏令遷都。不惟天子蒙塵，抑且生民塗炭。於此不諫，不爲忠也。誠惶誠恐，稽首頓首。君乃臣之元首，臣乃君之股肱。君有諍臣，父有諍子。王事多艱，民不堪命。若鉗口不言，(四)是坐視其危也。即今番兵犯界，何不遣將出師，却乃遷都遠避？(末)官裏道來，如今朝中缺少良將，何人爲帥，統領三軍，與他對敵？(外)臣舉一人，乃臣之子陀滿興福。此子六韜三略皆能，有萬夫不當之勇。手下見有三千忠孝軍，人人敢勇，個個當先，可退番兵。(净)臣聶賈列奏聞陛下：陀滿海牙已有無君之心，若令其子出軍，如虎加翼，助惡爲害不可。(外)咄！(五)聶賈列，你怎敢奏令遷都？(净)咄！陀滿海牙，你怎就敢阻駕？

(一) 眉批：樂：音『洛』。

(二) 眉批：央：音『殃』。

(三) 眉批：墀：音『池』。

(四) 眉批：鉗：音『乾』。

(五) 眉批：咄：當没切。

【新水令】（外）九重天聽望垂慈，(一)九重天聽望垂慈，主君賢諫臣須直。事當言敢自欺？既爲官要盡臣職。（浄）如今聖駕遷都，有何不可？（外）你若是要遷移，把社稷一時棄。（末）官裏道來：二臣所奏不同，還退在午門外與衆官商議。（外、浄）萬歲，萬歲，萬萬歲！（退科）

（外）聶貫列，你怎見得就該遷都？

【步步嬌】（浄）蠢爾番兵須臾至，(二)力寡難當禦。朝臣衆議之。你不見昔日呵，太王居邠，(三)狄人侵地。事之以皮幣不得免，事之以犬馬不得免，事之以珠玉不得免。他也無計可施爲，只得遷都去。

【折桂令】（外）古人言自有權輿，能者遷之，否則存之。（浄）説得好，説得好，你説聖上不如太王！（外）怎忍見夫挈其妻，(四)兄攜其弟，母抱其兒。城市中喧喧攘攘，(五)村野間哭哭啼啼。可惜車駕奔馳，生民塗炭，宗廟丘墟。

(一) 眉批：重：平聲。
(二) 眉批：蠢：音『惷』。
(三) 眉批：邠：音『斌』。
(四) 眉批：挈：音『怯』。
(五) 眉批：攘：音『釀』。

【江兒水】（淨）臣道當卑順，分毫敢犯之？你道能如太王則遷之，不能則謹守常法。這是不能堯舜欺君罪。那百姓每呵，見説仁君遷都避，紛紛從者如歸市。你道效死而民勿去，這等守正之言，怎及得遷國圖存之計？

【雁兒落】（外）俺穿一領裹乾坤縫掖衣，(一)要幹着儒家事。讀幾行正綱常賢聖書，要識着君臣義。俺則是一心兒清白本無私。（淨）你觸犯了聖上，(二)就該萬死。（外）言如達，死何辭。（淨）常言道：閉口深藏舌，安身處處牢。（外）怎做得窨無氣？(三)（淨）你許多年紀了，還要管這等閑事怎麽？（外）怎做得老無爲？今日任你就打落張巡齒，痴也麽痴，(四)常自把嚴顔頭在手内提。

【僥僥令】（淨）半空横劍戟，四面列旌旗。戰鼓如雷轟天地。(五)你却唱太平歌，念孔聖書。

(一) 眉批：裹：音『果』。縫：音『逢』。掖：音『夜』。
(二) 眉批：觸：音『畜』。
(三) 眉批：窨：音『印』。
(四) 眉批：痴：音『螭』。
(五) 眉批：轟：音『烘』。

【收江南】（外）呀！恰便是驕驄立仗，噤住口不容嘶。（一）將焉用彼過誰歟？那知那越瘦與秦肥？你這般所爲，你這般所爲，恨不得啗伊血肉寢伊皮。（二）

【園林好】（净）朝廷上尊嚴去處，豈容你談論是非。全不識君臣之體。憑河死，悔時遲。憑河死，悔時遲。

【沽美酒】（外）你爲人何太諛，（三）你爲人何太諛。腹中劍，口中蜜。（四）長脚憸人藍面鬼。（五）百般樣，肆奸回，肆奸回，把聖聰蒙蔽。俺學的是段秀實以笏擊賊，（六）你那臭名兒海波難洗。我好名兒史策留題。我呵，這件事你知我知，天知地知。呀！（七）便死做鬼魂靈一心無愧。

（净）聶貫列奏聞陛下：陀滿海牙故意阻駕，陀滿興福造意出軍，父子謀爲不軌。（八）（末）官裏道來，陀

（一）眉批：噤：音『禁』。嘶：音『西』。
（二）眉批：啗：音『淡』。
（三）眉批：諛：音『臾』。
（四）眉批：蜜：音『密』。
（五）眉批：憸：音『僉』。
（六）眉批：笏：音『忽』。
（七）眉批：呀：音『砑』。
（八）眉批：軌：音『矩』。

滿海牙父子既有反叛之心，着金瓜武士打死。（外）聖上，讒言不可聽信。（一）（小生、丑扯外下）（末）宫裏道來，陀滿海牙三百家口，不分良賤，盡行誅戮，髫齔不留。（二）就差聶貫列前去監斬，不得有違。（浄）奉聖旨。

（末）早朝奏罷離金階，（浄）戈戟森森列將臺。（三）

（合）會施天上無窮計，難免今朝目下災。

釋義：長樂：宫名。未央：漢宫名。詩：『願作元龜獻未央。』還邠：太王避狄人之難，（四）往還於邠。張巡齒：爲人志氣高邁。（五）天寶中，禄山反，巡守睢陽，大小四百戰。食盡城陷，被執不屈。賊箝其齒，（六）猶罵賊不絶。嚴顔頭：詩：『巴州年老將，（七）天下更無雙。寧可斷頭死，（八）安能屈膝

（一）眉批：讒：音『殘』。

（二）眉批：髫：音『條』。齔：音『儭』。

（三）眉批：森：音『參』。

（四）眉批：難：去聲。

（五）眉批：邁：音『賣』。

（六）眉批：『箝』『鉗』通。

（七）眉批：將：去聲。

（八）眉批：斷：音『段』。

降。』(一)**立仗馬**：《譚賓録》：李林甫謂杜暹曰：(二)『君等獨不見立仗馬乎？終日無聲，飫三品豆；一鳴，則黜之矣。』**秦越**：史：秦人視越人之肥瘠，(三)言不相關。**憑河**：《語》：『暴虎馮河，死而無悔者，吾不與也。』**腹劍**：李林甫時拜相，(四)奸猾專政，好啗人以甘言而陰陷之，(五)世謂『口有蜜，腹有劍』。**長脚**：秦檜時號『長脚奴』。**藍面**：盧杞號『藍面鬼』。**笏擊**：朱泚之亂，(六)衆議稱帝，段秀實勃然起，奪源休象笏，(七)前唾泚面大駡曰：『狂賊，吾恨不斬汝萬段，豈從汝反耶？』因以笏擊泚，纔中其額，(八)濺血灑地。(九)

(一)眉批：降：音『缸』。
(二)眉批：暹：音『銑』。
(三)眉批：瘠：音『脊』。
(四)眉批：相：去聲。
(五)眉批：啗：音『啖』。
(六)眉批：泚：音『擠』。
(七)源：原作『原』，據《舊唐書》卷一百二十八《段秀實傳》改。
(八)眉批：纔：音『才』。
(九)眉批：濺：音『賤』。

第五出　興福逃難

（小生陀滿興福上）

【紅納襖】將門庭，非小輕。掌貔貅，[一]百萬兵。威權勇猛千般計，勢顯英雄一派鉦。[二]官宦族，名譽稱，聲聞徹帝京。好笑番魔也，[三]怎當俺三千忠孝軍。

膽略曾經百戰場，勢如猛虎走群羊。胸中豪氣沖天地，訓練三軍悉智强。自家陀滿興福。爹爹海牙丞相，今早入朝未回，不免把軍士每訓練一番，多少是好。軍吏那裏？（丑上）朝中天子宣，閫外將軍令。覆將軍，有何鈞旨？（小生）取軍冊上來。（丑取冊，生看科）（末上）有事不敢不報，無事不敢亂傳。將軍，不好了！（小生）怎麽説？（末）即今番兵犯界，聶賈列奏令遷都，聖旨欲從，老相公極言苦諫，那聶賈列奸臣輒生惡意，妄奏聖上，説老相公故意阻駕，謀爲不軌。聖上聽信讒言，將老相公金瓜打死了！（小生哭科）（末）還有一件。（小生）又怎麽？（末）聖上就差聶賈列爲監斬官，把將軍三百家

[一] 眉批：貔貅：音『皮休』。

[二] 眉批：鉦：音『征』。

[三] 眉批：魔：音『磨』。

口，不分良賤，盡行誅戮。(一)如今聶賈列那厮帶領人馬，(二)將來拿捉將軍了也。(小生)這苦怎生是好？(末)將軍不妨。將軍手下見有三千忠孝軍，人人敢死，個個當先。待那奸臣來時，把他一刀殺了，上報老相公屈死之讎，下免三百口屠戮之苦，有何難處？(小生)我若殺了那厮，怎全得我老相公的忠義？無計可奈，只得逃難他方，再作計處。

雙手擘開生死路，(三)一身跳出是非門。

釋義：忠孝軍：『忠孝』，軍名，即興福所領。

第六出　官司追捕

(丑上)

【趙皮鞋】我是個巡警官，日夜差科千萬端。(四)俸錢些少幾曾關，怎得三年官債滿？(五)

〔西江月〕當職身充巡院，上司差遣常忙。捕賊違限最堪傷，罰俸别無指望。日裏迎來送往，夜間巡警

(一)　眉批：戮：音『六』。
(二)　眉批：厮：音『斯』。
(三)　眉批：擘：音『辟』。
(四)　眉批：差：音『釵』。
(五)　眉批：債：音『再』。

關防。雖然鵝酒得些噇，(一)事發納賍喫棒。今有當朝陀滿丞相，(二)阻當鑾駕，朝廷大怒，將他滿門良賤，盡皆誅戮，只走了陀滿興福一人。奉上司明文，遍張文榜，畫影圖形，十家爲甲，排門粉壁，各處挨捕。(三)但有拏得着者，有官有賞。窩藏者與本犯同罪。(四)不免教左右的出來分付。左右那裏？（末上）訟簡公衙静，民安士庶稱。明如秋夜月，清似玉壺冰。覆老爺，有何分付？（丑）我且問你，這個地方誰管？（末）這是中都路坊正該管。（丑）這等與我叫中都路坊正來，有事分付。（末）領鈞旨，中都路坊正走動。

【大齋郎】（浄上）狂秀才，命兒乖，身充坊正是官差。三隅兩巷民户災。(五)要無違礙，好生只把月錢來。

身充坊正霸鄉都，財物雞鵝怎得無？物取小民窮骨髓，(六)錢剥百姓苦皮膚。當權正好行方便，莫爲兒

(一) 眉批：噇：音『床』。
(二) 眉批：當：上聲。
(三) 眉批：挨：音『挨』。
(四) 眉批：窩：音『渦』。
(五) 眉批：隅：音『愚』。
(六) 眉批：髓：『雖』上聲。

孫作馬驢。發願滿門都喫素。年頭年尾只喫麩。(一)（末）你到佛口蛇心。（淨）你是甚麼人？（末）我是公使人，(二)乾熱亂，(三)得文引，去勾喚。窮三千，富五貫。得了錢，解一半。汝等之人，如何判斷？押赴市曹，一刀兩段。(四)吾奉太上老君，急急如律令敕！（末）你到是掌法司。（淨）没人跟，恨不得捉鬼使。（末）閻王面前夜叉，這便是鬼使巡警。老爹叫你半日了，還要閑説。（淨）叫我半日了，待我去見，老爹見坊正。（丑）我把你這狗骨頭！我在此半日了，你纔來見我，(五)到説老爹見坊正。我到來見你麼？（淨）不是這等説，不曾分得句讀，(六)我説『老爹見』，小人是『方正』，只少『小人』兩個字。（丑）這狗骨頭，白鐵刀，轉口快。且不打你，聽我分付：今有當朝陀滿丞相阻當鑾駕，(七)朝廷大怒，將他滿門良賤，盡皆誅戮，只走了陀滿興福一人。奉上司明文，遍張文榜，畫影圖形，十家爲甲，排門粉壁，各處挨捕。但有拿得着者，有官有賞。窩藏者，與本犯同罪。（淨叫科）東西南北四隅裏，賣豆腐的王公聽着，但有人拿得陀滿興福者，有官有賞。窩藏者，與本犯同罪。（丑）拿過來！我把你這狗骨

(一) 眉批：麩：音『夫』。
(二) 眉批：使：去聲。
(三) 眉批：乾：音『干』。
(四) 眉批：段：音『斷』。
(五) 眉批：纔：音『才』。
(六) 眉批：讀：音『豆』。
(七) 眉批：當：上聲。

頭，東南西北四隅裏，豈没有個姓張姓李的？偏只有這個賣豆腐的王公？（浄）老爹，有個緣故，小的老婆喫齋。賣豆腐的王公，每日挑了豆腐，在小的門首經過。小的老婆問他賒一塊兒喫，他再不肯。老婆説，家長老官兒，今後有甚麼官府事，報他一名。故此方纔報了他的名字。（丑）這狗骨頭，我到替你官報私讐！叫左右，拿下去打。（末）稟老爹，打多少？（丑）打十三。（末打科）（丑）你方纔打多少？（末）打十三。（丑）狗骨頭，明明打得他三板，就説打了十三，壞了我的法度！坊正起來，拿這狗骨頭下去打！（浄）六月債，還得快。稟老爹，打多少？（丑）也打十三。（浄打科）（丑）我曉得。人人如此，個個一般，你打得三板，也就哄我説打了十三，你每欺我老爺不識數？左右的，如今拿坊正下去打，打一下我老爺記一根籌。(一)難道也哄我不成？(二)（末打浄，丑諢科）你十三，我十三，三個十三三十九，賽過東京白牡丹。（丑）休閑説，聽我分付：

【柳絮飛】一軍人盡誅戮，誅戮。走了陀滿興福，興福。遍將文榜諸州掛，都用心跟捉囚徒，囚徒。（合）鄰佑與窩主，停藏的罪同誅。

【前腔】（末）聖旨非比尋俗，尋俗。明立官賞條局，條局。反叛朝廷非小可，市曹中影畫形圖，形圖。（合前）

(一) 眉批：籌：音『稠』。

(二) 眉批：哄：『烘』上聲。

【前腔】（浄）排門粉壁明書，明書。擾擾攘攘中都，(一)中都。坊正干繫天來大，(二)没錢賺不比差夫，(三)差夫。（合前）

（丑）排門粉壁刷具，（浄）各分干繫公徒。

（末）假饒人心似鐵，（合）怎當官法如鑪。

第七出　脱袍掩跡

（小生慌走上）休趕，休趕。拆碎玉籠飛彩鳳，(四)斷開金鎖走蛟龍。

【金瓏璁】鑾輿遷汴梁，大金太子，你信讒言殺害忠良。(五)忠孝軍盡誅亡。慌慌逃命走，(六)此身前往何方？天可表我衷腸。

(一) 眉批：攘：音『釀』。
(二) 眉批：大：音『舵』。
(三) 眉批：賺：音『站』。
(四) 眉批：拆：音『策』。
(五) 眉批：讒：音『殘』。
(六) 眉批：慌：音『荒』。

陀滿興福，大金人氏。〔水調歌頭〕本爲忠孝將，(一)翻作叛離人。番兵犯界，遷都遠避駕蒙塵。嚴父金階苦諫，聖怒一軍賜死，亡命且逃身。上天天無路，入地地無門。

【北絳都春】興福家九族遭殃，六親俱喪銜冤枉。(二)怎教俺三百口無罪身亡？(三)却教俺平地裏災從天降。

【混江龍】大金主上，想着大金主上。信讒言佞語殺害我忠良。把俺忠孝軍都殺盡，教俺一身逃難離了家鄉。(四)朝廷忙傳聖旨，差使命前往他方。(五)把興福圖形畫影，將文榜遍地裏開張。拏住的請功受賞，但人家不許窩藏。(六)却教俺走一步、一步回頭望，望着俺爹和娘。走得俺筋舒力乏，(七)諕得俺魄散魂揚。(八)

(一) 眉批：將：去聲。
(二) 眉批：喪：去聲。
(三) 眉批：教：音『交』。下同。
(四) 眉批：難：去聲。
(五) 眉批：使：去聲。
(六) 眉批：窩：音『渦』。
(七) 眉批：筋：音『斤』。
(八) 眉批：諕：音『赫』。

（内鑼鳴科）訝！後頭軍馬越趕得緊急了也。(一)休趕休趕，俺和你魚水無交。冤有頭，債有主，教你一個來時一個死，兩個來時兩個亡。

【油葫蘆】(二)則見幾個巡捕弓兵如虎狼，趕得我慌上慌、忙上忙。天那！這場災禍無可隄防。見那廝惡吽吽手裏拏着的都是鎗和棒，(三)諕得俺戰兢兢小鹿兒在心頭撞。(四)這壁廂無處隱藏。且住，這裏有一堵高牆，牆邊有口八角琉璃井，(五)曾記得兵書上有個金蟬脱殼之計，(六)不免將身上紅錦戰袍脱在這枯椿上，跳過牆去。待那土兵來時，見了這袍，則道我墜井身亡，打撈屍首。(七)那時陀滿興福在牆那邊，不知我去了多少路也。好計，好計。將俺這錦紅袍、錦紅袍脱放在枯椿上。(八)訝！衣便脱了，牆這等高，如何過得？自古道人極計生，不免攀住這杏花梢一跳，跳將過去。跳過這

(一) 眉批：趕：音『敢』。
(二) 【油葫蘆】：原闕，據汲古閣刊本《繡刻幽閨記定本》補。
(三) 眉批：吽：音『忻』。棒：音『蚌』。
(四) 眉批：撞：音『幢』。
(五) 眉批：琉：音『流』。璃：音『離』。
(六) 眉批：殼：音『確』。
(七) 眉批：撈：音『勞』。
(八) 眉批：椿：音『莊』。

粉牆，恰便是失路英雄楚霸王。教俺興福慌也不慌，今日來到花影傍。訝！好大風，想必是天神過往。且在這花叢底下，暫躲一躲，(一)再作計處。（虛下）（末扮太白星上）

【旋風子】祥雲縹緲，(二)飛昇體探人間。

湛湛青天不可欺，未曾舉意早先知。善惡到頭終有報，只争來早與來遲。

【北雁兒落帶過得勝令】（末）總乾坤一轉丸，睹日月雙飛箭。浮生夢一場，世事雲千變。萬里玉門關，七里釣魚灘。(三)曉日長安近，秋風蜀道難。險些兒誤殺了個英雄漢。淒淒冷冷埋冤世間。

善哉，善哉。苦事難挨。(四)有難不救，等待誰來？花園土地那裏？（丑上）花園土地老，並無犧牲咬。(五)㕭耐看花奴，(六)香爐都推倒。覆仙主，有何分付？（末）今有本國忠孝將陀滿興福，乃冤枉之人。他家三百餘口，盡被誅戮，脱得一身在此。此人向後必有顯榮之日。後頭軍馬趕得緊急，汝可隱形全

(一) 眉批：躲：音『朵』。
(二) 眉批：縹緲：音『飄眇』。
(三) 眉批：灘：音『貪』。
(四) 眉批：挨：音『厓』。
(五) 眉批：犧：音『兮』。咬：音『夭』。
(六) 眉批：㕭：音『頗』。

庇此人這場大難，(一)不可有違。（丑）領鈞旨。便將此人變其形像，化爲小神，與他躲過便了。(二)（末）降身臨凡世，起步到天宫。（下）（丑坐科）（小生上）風已息了，不免尋個走路。訝！這裏太湖石畔，有個神像在此，牌上寫着明朗神之位。明朗神爺，陀滿興福是冤枉之人，逃難到此，(三)若得片雲蓋頂，救了小將之難，(四)他日重修廟宇，(五)再整祠堂。

【混江龍後】望神聖將身隱藏，興福撮土爲香，(六)禱告上蒼。但願得俺興福離了天羅、脱了地網。（推丑下坐科）（外、末、浄、丑上）

【六么令】官司遍榜，捕捉陀滿興福惡黨。正身拏住受官賞。尋蹤跡，問行藏。俺待見了休想輕輕饒放。俺待見了休想輕輕饒放。

(一) 眉批：庇：音『蔽』。難：去聲。
(二) 眉批：躲：音『朵』。
(三) 眉批：難：去聲。下同。
(四) 眉批：將：去聲。
(五) 眉批：重：平聲。
(六) 眉批：撮：音『錯』。

（浄）你每見也不曾見？（衆）見甚麼？（浄）攀脊梁不着，㈠一個矮子。㈡（衆）啐，攀脊梁不着，是個長子。（浄）在這裏，在這裏。（衆）在那裏？（浄）你看這脚跡，不是陀滿興福的？（衆）怎麼曉得是陀滿興福的脚跡？（浄）陀滿興福是雕青大漢，他人長脚也長。（衆）有多少長？（浄）待我量一量，看有一丈七八長。（衆）一尺七八長。且住，脚跡在這裏，怎麼就不見了？（浄）是跳牆過去了。（衆）這牆是誰家的？（外）㈢是蔣舉人的花園，那個進去？（浄）你們進去。（衆）是你進去。（浄）也罷，我有個分曉，待我先把這棍子丢將進去看。㈣（丢棍科）（末）這是個護身龍，怎麼就丢了進去？（浄）如今不叫他是護身龍。（末）叫他甚麼？（浄）叫他是查實。（末）怎麼叫做查實？（浄）丢這棍子進去，倘若裏面有溝有河，有人有狗，也曉得個明白，故此叫他是查實。（末）如今丢在那里響？（浄）在平地上響，待我進去。（作跳牆科）訝，有個神像在此，牌上寫着是明朗神之位。且住，陀滿興福是個有本事的人，撞着了，㈤被他一拳打得稀爛，㈥還出去叫他每一齊進來。（作出科）（末）怎麼又出來了，

㈠ 眉批：『攀』『扳』同。脊：音『積』。
㈡ 眉批：矮：『挨』上聲。
㈢ 外：原作『浄』，據汲古閣刊本《繡刻幽閨記定本》改。
㈣ 眉批：丢：『柳』上聲。
㈤ 眉批：撞：音『幢』。
㈥ 眉批：拳：音『權』。爛：音『濫』。稀：原作『希』，據《李卓吾先生批評幽閨記》改。

可見些甚麽？（浄）不見甚麽，只是一個神道，坐在裏面，和你都進去看。（末）上司拏人，㈠和你推倒牆進去。（衆）既如此，推倒牆進去。（推進科）果然有個神道在此。（浄）列位哥，我和你在神道面前許他一個願心，保佑你我早拏得陀滿興福，你道如何？（衆）好麽。（丑）我就許他一隻鵝。（浄）我就許他一隻雞。（末）我許一刀肉。（末）我是酒果帋燭，都在我身上。（衆）明朗神爺，我每都是土兵，奉上司明文，捉拏陀滿興福，若拏得着，還你個三牲。（丑）若拏不着，我那兒，你休怪。（外）神明怎麽去褻瀆他？㈡（末）來我和你在此嚷了半日，㈢他就在此也去了。和你還到牆外邊去尋。（浄）説得有理，走在這裏。（丑）在那裏？（浄）這不是陀滿興福的紅錦戰袍？見我每追得緊急，墜井而亡了。（丑窺井科）一個，一個。（外看科）（丑）兩個，兩個。（外）不是，是我和你的影子。（丑）怎麽有人在裏面説話響？（外）這是我和你的應聲。哥，被他使了計了。（浄）使甚麽計？（外）金蟬脱殼之計。㈣他哄我和你打撈尸首，㈤他不知去多少田地了。不如拏這領衣服去請賞罷。（衆）説得有理，拏這紅錦戰袍到官府請賞去。

㈠　眉批：『拏』『拿』同。
㈡　眉批：褻：音『薛』。
㈢　眉批：嚷：音『禳』。
㈣　眉批：『殼』『壳』同。
㈤　眉批：哄：『烘』上聲。撈：音『勞』。

【好花兒】恨不得掘地翻天，(一)見樹邊一人端然。是個土地公公塑在花園。(二)許金錢，望指點。(合)歹人歹人那里見？(三)

【前腔】尋不見連忙向前，搜索盡牆邊院邊。(四)莫不是隱身法術似神仙。走如煙，眼尋穿。(合前)

【前腔】捉拏了三千六千，做公人十年五年。馬翰司公且休言。見着錢，最爲先。(合前)

(外)手眼快且鐃巡院。(末)心機巧枉説周宣。(净)有指爪擘開地面。(五)(丑)插翅翼飛上青天。(六)

(並下)(小生弔場)你看這一起土兵，到在我跟前許下三牲去了。這回不走，更待何時？拜謝天地。

【金蕉葉】謝天！謝了天，怎麼不謝明朗神爺？謝神！(走科)避難來幸脱離了禍門。(七)(生上)

(一) 眉批：掘：音『厥』。
(二) 眉批：塑：音『素』。
(三) 眉批：歹：『獃』上聲。
(四) 眉批：索：音『色』。
(五) 眉批：爪：音『蚤』。擘：音『辟』。
(六) 眉批：翅：音『啻』。
(七) 眉批：難：去聲。

咄！是何人入我園中暗隱？（小生跪科）告少息雷霆怒嗔。(一)

（生）漢子，這不是説話的去處，隨我到亭子上來。

【章臺柳】（生）情既緊，言又窘，我斟量非姦即盜賊。（小生）小人不是賊，逃軀潛地奔。（生）既不是賊呵，無故入人家，有何事因？（小生）小人也是好人家兒女。（生）你休得要逞花唇，(二)休得要逞精神。稍虚詞送你到有司推問。

（小生）長者息怒且停嗔。聽我從頭説事因。興福本爲忠孝將，誰知翻作叛離人。長者若拏興福去，官上加官職不輕。正是：合放手時須放手，得饒人處且饒人。

【前腔】我將冤苦陳，教君不忍聞。(三)（生）你是何處人氏？姓甚名誰？（小生）念興福生來女直人。（生）做甚麼勾當？（小生）身充忠孝軍。（生）訝！既是忠孝軍，怎麼不去隨駕？倒在這裏。

（小生）爲父直諫遷都阻佞臣，齠齔不留存。(四)誅戮盡只留我苟活逃遁。(五)

(一) 眉批：嗔：音『瞋』。
(二) 眉批：唇：音『純』。
(三) 眉批：教：音『交』。
(四) 眉批：齠齔：音『條覷』。
(五) 眉批：戮：音『六』。

【醉娘兒】（生）且聽言，此情實爲可憫。漢子，擡起頭來我看。（小生擡頭科）（生）覷着他貌英雄出輩群。(一)且住，結交在未遇之先，施恩在貧窘之日。看此人一貌堂堂，後來必有好處。意欲結義他爲兄弟，未知他意下何如。漢子，請起。你不嫌秀士貧窮，和你弟兄相識認。（小生）小人該死之徒，得蒙長者饒恕，已出望外，焉敢與長者齊軀？（生）這也非在今日，他時須記取今危困。

【前腔】（小生）死重生，(二)怎敢忘伊大恩。（生）你多少年紀了？（小生）二十八歲。（生）我今年三十歲，長你二歲，你稱我爲兄便了。（小生）既如此，哥哥請上，受兄弟幾拜。（生）不要拜。（小生拜科）既爲兄休謙遜。（生）你拜我受之不穩。(三)（小生）休道是百拜受不穩，受兄弟千拜何勞頓。除了仁兄呵，誰肯把我負屈啣冤問？

（生）兄弟，我本待要留你在此暫住幾時，只是一件。

【雁過南樓】此間難留汝身，此間難容汝身，但人知彼此遭迍。(四)兄弟，你衣帽那裏去了？（小生）衣帽都失去了。（生）叫院子，取我的衣帽、十兩銀子出來。（末上）衣帽、銀子在此。（生）你自迴避。

(一) 眉批：覷：音『砌』。

(二) 眉批：重：平聲。

(三) 眉批：穩：音『刎』。

(四) 眉批：迍：音『屯』。

（末下）（生）無物贈君，些少鏒銀。〔一〕不嫌少望留休哂。〔二〕（小生）多謝哥哥。（生）兄弟，你此去呵，莫辭苦辛，暮行朝隱。更名姓向外州他郡。

兄弟，你方纔打從那裏來的？（小生）後頭牆上跳過來的。（生）我如今送你到前門出去。（别科）

【前腔】（小生）拜别拜别，方欲離門。且住，我陀滿興福聰明了一世，懵懂在一時。〔三〕方纔跳入那秀士園中，他不拏我送官請賞，反賜我銀兩，又結義我爲兄弟。久後若得寸進，欲報此人恩義，未知他姓甚名誰。猛回身，猛回身，又還思忖。〔四〕（生）呀！兄弟，你去了怎麽又轉來？（小生）特有少禀，欲言又忍。（生）兄弟有甚話？但説不妨。（小生）哥哥姓和名，小兄弟敢問？（生）自家姓蔣，雙名世隆，中都路人氏。兄弟，你三回五次問我的姓名，莫非恐人拏住，要攀害着我麽？（小生）無他效芹，略得進身。犬馬報怎敢忘半米生分。

（走科）（生）兄弟且慢去，我還有幾句言語囑付你。

〔一〕眉批：鏒：音『慘』。
〔二〕眉批：哂：音『審』。
〔三〕眉批：懵：音『蠓』。懂：音『董』。
〔四〕眉批：忖：『村』上聲。

【山麻稭】[一]你去渡關津，怕有人盤問。又没個官司文憑路引，此行何處能安頓？驀忽地怕有便人，[二]寄取一封平安書信。

【前腔】（小生）兄長言極明論。[三]遍行軍州，立賞明文。世没個男兒、有誰投奔？一片心、后土皇天，表我忠直、不陷良人。

【尾聲】埋名避禍捱時運，滿望取皇家赦恩。罪大彌天、[四]甚時許自新。

（生）古語積善逢善，（小生）常言知恩報恩。

（合）此去願逢吉地，前行莫撞凶門。[五]

釋義：失路：項羽自垓下潰圍南出，至陰陵，迷失道，問一田父，田父紿曰：[六]『左。』左，乃陷大泽中，以故汉兵追及之。玉門關：班超在絶域，年老思歸，上書曰：『不敢望到酒泉郡，[七]但願生入玉門

(一) 稭：原作『客』，據《幽閨怨佳人拜月亭記》改。
(二) 眉批：驀：音『默』。
(三) 眉批：長：上聲。
(四) 眉批：彌：音『迷』。
(五) 眉批：撞：音『幢』。
(六) 眉批：紿：音『臺』。
(七) 到：原闕，據《後漢書》卷四十七《班超傳》補。

關。』七里灘：嚴陵釣處有『七里灘』。蜀道難：李白爲《蜀道難》以斥嚴武，陸暢更爲《蜀道易》以美韋皋。效芹：《列子》：宋田父曝日曰：〔一〕『負日之暄，以獻吾君。』其妻曰：『昔有美芹莖萍子者，對鄉豪稱之。鄉豪嘗之，蜇於口，〔二〕慘於腹，衆乃大哂。』

第八出　瑞蘭自敘

（旦扮王瑞蘭上）

【七娘子】生居畫閣蘭堂裏，正青春歲方及笄。〔三〕家世簪纓，儀容嬌媚，那堪身處歡娛地。〔四〕

〔踏莎行〕瑞蘭蘭蕙温柔，柔香肥體。體如玉潤宮腰細。細眉淡掃遠山横，横波滴溜嬌還媚。媚臉凝脂，脂匀粉膩。〔五〕膩酥香雪天然美。〔六〕美人妝罷更臨鸞，鸞釵斜插堆雲髻。〔七〕

〔一〕眉批：曝：音『卜』。
〔二〕眉批：蜇：音『折』。
〔三〕眉批：笄：音『飢』。
〔四〕眉批：娱：音『魚』。
〔五〕眉批：匀：音『云』。
〔六〕眉批：酥：音『蘇』。
〔七〕眉批：髻：音『計』。

【錦纏道】(旦)髻雲堆，珠翠簇，蘭姿蕙質。香肌稱羅綺，黛眉長，(一)盈盈照泓秋水。(二)鞋直上冠兒至底，諸餘没半椿兒不美。(三)針黹暫閑時，(四)花朝月夕，丫鬟侍妾隨。(五)好景須歡會，四時不負佳致。

【朱奴兒】春名苑奇葩異卉。(六)夏水閣浮瓜沉李。秋玩蟾光折桂枝，逢冬景賞雪觀梅。知他唤，唤愁是甚的？總不解愁滋味。(七)

芳容魚沉雁落，美貌月閉花羞。
肌骨天然自好，不搽脂粉風流。(八)

釋義：簪纓：簪纓世胄。浮瓜沉李：詩餘：『風蒲獵獵小池塘，過雨荷花滿院香，沉李浮瓜冰

(一)眉批：黛：音『代』。
(二)眉批：泓：音『翁』。
(三)眉批：椿：音『莊』。
(四)眉批：黹：音『止』。
(五)眉批：丫：音『鴉』。鬟：音『環』。
(六)眉批：卉：音『諱』。
(七)眉批：解：音『懈』。
(八)眉批：搽：音『茶』。

雪涼。』

第九出　避難落草

（外、淨、丑扮婁羅上）

【水底魚】擊鼓鳴鑼，(一)殺人並放火。倚山爲寨，(二)號爲攔路虎。(三)金銀財寶，劫來如糞土。(四)無錢買路，霸王也難過。

（淨）山中壯士，全無救苦之心；寨内强人，儘有害民之意。不思昔日蕭何律，且效當時盜跖能。(五)衆兄弟，你我不是别人，虎頭山草寇是也。寨中有五百名婁鑼，你我是個頭領。昨夜巡哨各山，有事也没事？（外）我巡東山，一些事也没有。（淨）我巡西山，也没事。（丑）我巡南山，也没事。只有巡北山的不見回來，待他來時，便知分曉。（末上）歡來不似今日，喜來勝似今朝。（衆）哥回來了。（末）是回來了，你每巡哨有事也没事？（衆）我每都没事。（末）我倒有事。（丑）你敢被人拏住了？（末）被人

(一) 眉批：鑼：音『羅』。
(二) 眉批：寨：音『在』。
(三) 眉批：攔：音『闌』。
(四) 眉批：劫：音『結』。
(五) 眉批：跖：音『炙』。

拏住還好哩。(一)(衆)却怎麽説？(末)我一巡巡到山凹裏。(二)只見霞光萬道，瑞氣千條。被我把鏵鍬掘將下去，(三)只見一個石匣。(四)石匣裏面，一頂金盔，(五)一把寶劍。(衆)在那裏？(末)被我藏在那裏。(衆)去，拏來看一看。(末)我去拏來。(背云)我在那裏戴一戴。戴在頭上生痛，戴不得把與他每戴一戴看？哥，你看好東西。(净)拏來我戴。(丑)拏來我戴。(外)拏來我戴。(末)不要奪，我有個主張，我每虎頭山有五百名婁羅，只少一個寨主。若是戴得這盔的，就拜他做寨主。(丑)這有甚麽難戴，拏來我先戴起。(末)你要戴時還早哩，通得些文墨纔戴得。(丑)要我文墨，這個不打緊，拏來我戴了説。(末)説了戴。(丑)要我説了戴。也罷，我就説，怎麽樣説好？(末)要説大些。(丑説)混沌初分我出身。如何？(衆)大便大了，看下句。(丑)有麽，混沌初分我出身，伏羲神農是我後輩人。山中寨主無人做，五百名婁羅我是尊。拏來我戴。(末)欽賜了你，不要謝恩。(净)好皇家氣象。(丑)好，你看耀日争光，我原戴那紅帽兒不用了，賞與你每罷。我要防後，拏那你識我來。(末)甚麽你識

(一) 眉批：哩：音『里』。

(二) 眉批：凹：音『腰』。

(三) 眉批：鏵鍬：音『華鍫』。掘：音『厥』。

(四) 眉批：匣：音『挾』。

(五) 眉批：盔：音『恢』。

我？（丑）劍。插在我這楊柳細邊。〔一〕（末）甚麽楊柳細？（丑）腰。你識我見，楊柳細腰。（淨）皇帝打歇後語，須行天下，都要打歇後語。（末）反了。（丑）一日皇帝也不曾做，就反了？（末）盔戴反了。（丑）你每曉得甚麽，我是那没面的大王，叫做珍珠倒捲簾。（末）好。（丑）這叫做耳不聞。（作推末科）（末）推我上去怎麽？（丑）叫做推位讓國。（末）不要摇。（丑）是堯舜。（末）怎麽抖？〔二〕（丑）劉備的兒子叫做阿斗。（末）怎麽坐在地上？（丑）地主明王。阿訝，盔内有鬼。（末）無鬼不成魁。（丑）快備龍床，寡人要駕崩了。〔三〕（倒科）（衆扶科）怎麽説？（丑）戴在頭上看看，似泰山壓下來一般。頭痛眼跳，〔四〕成不得。這寨主不願做了，只是戴紅帽兒。（淨）我説你這等鬼頭鬼臉，要做寨主？看我麽坐在這裏，就有樣了。（末）你要做寨主，也要通文。（淨）有麽，混沌初分我出世。壽星老兒是我的徒弟。這些小賊莫多言，虎頭山中我即位。（末）好個我即位。（淨）拏來我戴。（末）也罷，你戴。把紅帽兒我拏了。（淨）放在此，備而不用。且住，我如今戴了這盔做了寨主，你每都要聽我使喚，欽我約束，不聽我的拏來就殺。（衆）好欺心，寨主未做，就要殺兄弟。（淨）不是麽，也要先説過了。（戴科）你看我戴了，坐在這裏就像一個寨主。走過一邊，走過東來。（衆走科）走過西去。（衆走科）阿訝！

〔一〕眉批：插：音『臿』。
〔二〕眉批：抖：音『斗』。
〔三〕眉批：崩：悲朋切。
〔四〕眉批：跳：音『條』。

不好了，不好了。（倒科）（衆問科）（浄）戴不得！戴不得！戴在頭上，就像有一萬斤重。寨主要做，受不得這般痛苦。拏那紅帽兒來我戴了，還只是做小妻羅。（末）列位哥，我在山凹裏就戴一戴，戴在頭上生痛。罷了，好戴倒不戴了，與你每戴。（丑）列位，以後有了得的客商經過，只把這盔與他戴，就壓倒了，金銀財寶都是我們的。（末）不然，天賜這頂盔，必有個做寨主的來戴。和你下山去，招軍買馬，積草聚糧，等候他便了。（衆）説得是。

【節節高】强梁勇猛人會一家，殺人放火張威霸。行劫掠，聚草糧，屯人馬。㈠慣戰武藝多瀟灑，㈡從來賊膽天來大。蛟龍猛虎離山窩，㈢聞風那個不驚怕，聞風那個不驚怕。

【醉羅歌】（小生上）那日那日離都下，流落流落在天涯。㈣畫影圖形遍挨查，㈤到處都張掛。

㈠ 眉批：屯：音『豚』。

㈡ 眉批：慣：音『貫』。

㈢ 眉批：離：去聲。窩：音『渦』。

㈣ 眉批：涯：音『衙』。

㈤ 眉批：挨：音『埃』。

草爲茵褥，(一)橋爲住家。山花當飯，溪流當茶。(二)陀滿興福這般苦楚呵，(三)那些個一刻值千金價。(内喊科)兵戈擾，道路賒，幾番回首望京華。

(外、末、浄、丑上)咄！(四)這厮往那里走？(五)(小生)你這夥是甚麽人？(六)攔我怎麽？(七)(衆)攔你怎麽！快留下買路錢去。(小生)我且問你，這路是你家的？我倒是没錢在身邊，就有，也要我的不得。(丑)你是賊的老子？要你的不得。(浄)啐！(八)賊的兒子。(丑)你是賊的兒子？要你的不得。(小生)怎麽叫做買路錢？(浄)我每這裏虎頭山虎頭寨，但是人打我這裏經過，要幾貫買路錢，若是没有，一刀兩段。(小生)你這夥是翦徑的毛賊麽？(九)(浄)罷了，叫出表名來了。(小生)我行路，肚中饑又饑，渴又渴，有酒飯拏些來我吃，有盤纏贈我些，饒你這夥毛賊的性命。(浄)罷了，倒要土地三陌紙。

(一) 眉批：茵：音『因』。褥：音『辱』。
(二) 眉批：當：去聲。
(三) 般：原作『步』，據汲古閣刊本《繡刻幽閨記定本》改。
(四) 眉批：咄：音『燭』。
(五) 眉批：厮：音『斯』。
(六) 眉批：夥：音『火』。
(七) 眉批：攔：音『闌』。
(八) 眉批：啐：音『翠』。
(九) 眉批：夥：音『火』。

（丑）哥，過這山的人，少不得説幾句大話唬人。㈠（净）説得有理，待我去拏他過來。咄！你休得説大話，戰得我過，饒你性命。（小生）你來了。（净倒科）（丑）啐，倒了虎頭山的架子，待我去拏他。你要活的就是活的，要死的就是死的。若要活的順手牽羊，□去牽將過來。咄！這厮看刀。（丑怯科）（净）不是這等，和你衆人齊上去與他殺，你曉得雙拳不敵四手。（丑）這個有理，和你齊上去。（小生）你都來。（衆戰倒科）（丑）這個人果然有些本事。來，拏那話兒來。（末）甚麽那話兒？（丑）就是那戴在頭上生痛的。（净）待我去拏來。（取盔，衆跪科）壯士爺。（丑）啐，怎麽跪了他叫爺？（净）你不曉得我喫他□怕了，壯士爺。（末）又叫爺？（净）能麽，奉承他些罷。（小生）怎麽説？（净）衆人没有些孝敬，止有頂嵌金盔在此，㈡壯士爺若戴得，就奉。（小生）拏上來。（净）在此。（小生）你這夥毛賊倒有這頂好金盔在此。（净）衆人也望成些大事，打在此的。（小生戴科）也倒是好。（衆）痛？（小生）甚麽痛？（净）你不頭痛？（小生）我怎的頭痛？（净）你眼可花？（小生）我的眼爲甚麽花？（丑）真命强盜，真命寨主。（衆）禀壯士，你來得去不得了。（小生）怎麽來得去不得？

【不漏水車子】（衆）告壯士休怒嗔。㈢不嫌我草寨貧，拜壯士爲山中頭領，掌管婁羅五百名。

㈠ 眉批：唬：音『赫』。

㈡ 眉批：嵌：音『謙』。

㈢ 眉批：嗔：音『瞋』。

（小生）你每要留我麼？（衆）是。（小生）且退後。且自沉吟，謾自評論。畫影圖形，捕捉甚緊。不如隱遁在埋名徑。也罷，我住在這裏罷。（衆拜科）多蒙便應承，小的每悉遵鈞令。請問寨主上姓？（小生）你問我姓名麼？（衆）是。（小生背云）雖然没人到此尋我，也不可把真名來説與他知道。衆婁羅，我姓蔣雙名世昌，聽我號令。（衆應科）（小生）汝等下山，三不可殺。（衆）那三不可殺？（小生）中都路人不可殺，秀士不可殺，姓蔣的不可殺。其餘有買路錢的放他過去，没有的帶上山來。（衆）領鈞旨。（小生）

【紅繡鞋】本爲蓋世英雄，英雄。奸邪嫉妬難容，難容。萬山深處隱其蹤。不是路，且相從。屯作蟻，(一)聚成蜂。屯作蟻，聚成蜂。

【前腔】將軍凛凛威風，威風。戰袍繡虎雕龍，雕龍。山花斜插茜巾紅。(二)新寨主，坐山中。商旅過，莫遭逢。商旅過，莫遭逢。

（小生）暫居山寨作生涯，(三)（衆）喜得將軍肯上來。

（合）巍嶺翠峰通隱豹，野花芳草待時開。

(一) 眉批：屯：音『豚』。
(二) 眉批：茜：音『塹』。
(三) 眉批：涯：音『崖』。

第十出　緝探軍情

（外扮王尚書上）

【丞相賢】彎弓馳騎射雙雕，武勇超群膽氣高。紫袍金帶非同小。見隨朝，(一)兵部尚書官養老。

馬掛征鞍將掛袍，柳梢門外月兒高。男兒未掛封侯印，腰下常懸帶血刀。自家姓王名鎮，女直人也，官拜兵部尚書。家眷五十餘口，至親者三人。夫人張氏，小女瑞蘭，年方及笄，(二)未曾許聘。今日私宅閑居，怕有朝使到來，不當穩便。院子那裏？（末上）堂上呼雙字，階前應一聲。覆老爺，有何分付？

（外）院子，我今日私宅閑居，怕有朝使到來，報與我知道。（末）理會得。

【梨花兒】（浄扮使臣上）使臣走馬傳敕旨，(三)鋪陳香案疾忙接。萬歲山呼行禮畢，嗏！欽依宣諭躬身立。

(一) 眉批：見：音『現』。朝：音『潮』。下並同。

(二) 眉批：笄：音『飢』。

(三) 眉批：使：去聲。

聖旨已到，跪聽宣讀，傳奉大金天子敕旨：　朕當邦國阽危，〔一〕邊疆多難，〔二〕士庶洶洶，〔三〕各不聊生。賊情叵測，〔四〕難以遥度。〔五〕爾兵部尚書王鎮，當朝良將，昭代名臣，可前往邊城，緝探詳細。軍情緊急，不許稽遲。謝恩。（外）萬歲，萬歲，萬萬歲！（見科）（外）朝使，不知朝廷敕旨，爲何這等慌促？

【番鼓兒】（淨）爲塞北，〔六〕興兵臨邊鄙，臨邊鄙。但州城關津險隘，〔七〕勢怎當敵？待欲遷都迴避，不許稽遲，上京去緝探事實。（合）火速便馳驛，〔八〕等回音星飛電急。

【前腔】（外）念老臣，年登七十歲，七十歲。今又奉朝廷敕旨，事屬安危。恨不得肋生雙翅，〔九〕兩頭白日，多只行五里十里。（合前）

〔一〕眉批：阽：音『店』。
〔二〕眉批：疆：音『姜』。難：去聲。
〔三〕眉批：洶：『匈』上聲。
〔四〕眉批：叵：音『頗』。
〔五〕眉批：度：入聲。
〔六〕眉批：爲：去聲。塞：音『賽』。
〔七〕眉批：隘：音『鎰』。
〔八〕眉批：驛：音『亦』。
〔九〕眉批：肋：音『勒』。翅：音『啻』。

【前腔】（末）緊使人，疾速催驛騎，（一）催驛騎。便疾忙安排鞍轡，（二）打點行李，這回須教仔細。（三）先解韁繩，（四）怕騎了没頭馬兒。（合前）

【前腔】（浄）兀刺赤，（五）兀刺赤，門外等多時。（末）縱轡加鞭，心急馬遲。（外）伴宿女孩兒，羊酒要關支。管取完備，休得誤了軍期。

【雙勸酒】（末）軍情緊急，國家責委，不敢有違滯。常言道養兵千日，今朝用人之際。（合）火速便馳驛，等回音星飛電急。

（浄）老大人，此乃朝廷大事，即目就望回音，作急去能。眼望旌捷旗，耳聽好消息。（下）（外）身食天禄，命懸君手。驛馬俱已完備，只得就此前去。院子，後堂請老夫人、小姐出來，分付家事，即便起程。（末）理會得。老夫人、小姐有請。（老旦扮夫人，旦扮小姐上）

【東風第一枝】宫日添長，壺冰結滿，仲冬天氣嚴寒。（旦）繡工閑却金針，紅爐畫閣人閑。

（一）眉批：騎：去聲。
（二）眉批：鞍：音『安』。轡：音『臂』。
（三）眉批：教：音『交』。
（四）眉批：韁：音『姜』。繩：音『成』。
（五）眉批：兀：音『屋』。刺：音『辣』。

金猊香裊，(一)麗曲趁舞袖弓彎。(二)(合)錦帳中褥隱芙蓉，怎教鸚鵡杯乾？(三)

(老旦)相公萬福。(外)夫人少禮。(旦)爹爹萬福。(外)孩兒到來。(老旦)相公，〔臨江仙〕忽聽朝廷頒敕旨，傳宣未審何因？(外)使臣走馬到私門。教老夫急離龍鳳闕，緝探虎狼軍。(旦)爹爹，朝中多少文和武，緣何獨選家尊？(末)奉行君命豈私身。正是：家貧顯孝子，國難見忠臣。(四)(旦)爹爹，如今不去也罷。(外)孩兒説那裏話。我若不去，是違忤了朝廷了。今日將家私交付與你母子，就此起程。(老旦)相公，路上帶誰去伏侍？(外)六兒北邊熟，帶六兒去。(老旦)院子，叫六兒過來。(末)六叔，爺叫。(丑上)聽得爹爹叫，疾忙便來到。爹爹，奶奶，姐姐，六兒叩頭。(外)六兒，我往北邊和番，帶你去伏侍，快去收拾行李。(丑)理會得。(叫科)媳婦，收拾我行李，我隨爹往北邊和番去。(老旦)老身安排一杯酒，與相公餞行。看酒過來。(旦)酒在此。

【催拍】(外)受君恩身居從班，(五)食君禄怎敢辭難。(老旦)此行非同小看，非同小看。緝探上京虛實，便往邊關。漠漠平沙，路遠天寒。(合)一別後涉水登山。今日去甚時還？

(一) 眉批：猊：音『倪』。裊：音『鳥』。

(二) 眉批：『趁』『趂』同。

(三) 眉批：鸚鵡：音『嬰武』。乾：音『干』。

(四) 眉批：難：去聲。

(五) 眉批：從：去聲。

【前腔】(老旦)氣力衰行履尚難，怎驅馳揮鞭跨鞍。(旦)愁只愁路裏，愁只愁路裏，難禁冒雨蒙霜、(一)此身勞煩。誰奉興居、暮宿朝餐。(合前)

【前腔】(旦)去難留愁擎鳳盞，愛情深重淹淚眼。(二)(外)休憂慮放懷，休憂慮放懷。堂上母親叮嚀、(三)小心相看。(老旦)娘女在家中、怎免愁煩。(合前)

【前腔】(末、丑)宣限緊休作等閑，報國家忠心似丹。(旦)稍遲延半晌，(四)稍遲延半晌。尋思止得些時、面覷尊顏。(五)子父隔絶、霧阻雲攔。(合前)

(外)夫人，就此拜别了。

【一撮棹】今日去，便馳驛離鄉關。(六)朝廷命，(七)疾登途怕遲晚。(老旦)兵南進，興戈甲取江

(一) 眉批：禁：音『襟』。
(二) 眉批：淹：音『焉』。
(三) 眉批：叮嚀：音『丁寧』。
(四) 眉批：晌：音『向』。
(五) 眉批：覷：音『砌』。
(六) 眉批：離：去聲。
(七) 眉批：朝：音『潮』。

山。（旦）遭離亂，家無主怎逃難？（一）（外）士馬侵邊緊，兩三月便回還。（老旦）專心望，望佳音報平安。

（外）軍情怎敢暫留停，（老旦）疾速登程離帝京。

（合）正是相逢不下馬，（末、丑）從今各自奔前程。

釋義：射雙雕：高駢見雙雕曰：（二）『我貴，當中之。』（三）一發貫雙雕，後號『雙雕侍御』。添長：

詩：『冬至日添長。』又，『刺繡五紋添弱綫』。

第十一出　世隆聞亂

（末慌走上）災來怎躲，（四）禍至難逃。官人，小姐，快走，快走！（生、小旦上）忽聞人喚語，未審有何因？（末）官人，小姐，不好了！（生）怎麽説？（末）只見簇簇軍馬往南來，（五）密密鎗刀從北至。勢

（一）眉批：難：去聲。
（二）眉批：駢：音『胼』。
（三）眉批：中：去聲。
（四）眉批：躲：音『朵』。
（五）眉批：簇：音『族』。

不可解，鋒不能當。奪關隘争履平川，攻城邑競登坦地。黎民逃難，街衢中似亂亂奔獐；(一)官宦隨遷，途路裏若慌慌走鹿。(二)百司解散，萬姓倉惶。明張榜示，今朝駕幸汴梁城；曉諭通知，即曉要徙中都路。一來軍馬臨城，二者都堂法令。螻蟻尚且貪生，(三)爲人豈不惜命。官人小姐聽緣因，滿目干戈不太平。雙手擘開生死路，一身跳出是非門。(下)

【薄媚滚】(生、小旦)聽人報，軍馬近城、天子遷都汴。今晚庶民，今晚庶民，不許一人、流落後在京城。生長昇平，(四)遭離亂，苦怎言？膽顫心驚，(五)如何可免？

【前腔】聽街坊巷陌，聽街坊巷陌，唯聞得炒炒哀聲遍。急去打疊，(六)急去打疊，金共寶隨身帶做盤纏。田業家私，田業家私，不能守、不能戀。(七)兩淚漣。(八)生死安危，只得靠天。

(一) 眉批：街：音『佳』。衢：音『瞿』。獐：音『章』。
(二) 眉批：慌：音『荒』。
(三) 眉批：螻：音『婁』。蟻：音『螘』。
(四) 眉批：長：上聲。
(五) 眉批：顫：音『戰』。
(六) 眉批：疊：音『迭』。
(七) 眉批：戀：音『練』。
(八) 眉批：漣：音『連』。

（生）父母家鄉甚日歸，（小旦）慌慌垂淚離京畿。（一）

（合）避難一心忙似箭，逃生兩脚走如飛。

第十二出　婁羅打圍

（小生上）

【賀聖朝】斬龍誅虎威風，擒王捉將英雄。錦征袍相稱茜巾紅，（二）鎮山北山東。

陀滿興福，來到此間。所謂『荒不擇路，饑不擇食』，只得結集亡命，哨聚山林。（三）靠高岡爲寨栅，（四）依野澗作城濠。（五）風高放火，無非刼掠莊農；月黑殺人，盡是傷殘民命。弓兵巡尉，（六）聞知胆喪心驚；（七）客旅經商，見説魂飛魄散。除非黄榜可招安，餘下官兵收不得。衆婁羅那裏？（外、末應上）（小生）你

（一）眉批：離：去聲。

（二）眉批：茜：音『濺』。

（三）眉批：哨：音『稍』。

（四）眉批：靠：『考』去聲。寨：音『在』。栅：音『策』。

（五）眉批：濠：音『豪』。

（六）眉批：尉：音『畏』。

（七）眉批：喪：去聲。

每俱有差占，(一)只有大小婁羅没有，與我唤來。(外、末下唤科)(净、丑上)宋江三十六，回來十八雙。若還少一個，定是不還鄉。覆主帥，有何分付？(小生)大小婁羅，别的都有差占，獨你兩個没有，如今發下。一個夥落更梆，(二)一個巡山伏路。問你頭上帶的，腰間繫的，手中拏的，脚下穿的，少了一件，重打二十。(净、丑)領鈞旨。(大婁羅巡山，小婁羅打更，諢科)(小生)大小婁羅，聽我分你。

【豹子令】聞説中都起戰塵，起戰塵。黎民逃難亂紛紛，亂紛紛。怕有推車儋擔人經過，(三)劫掠財寶共金銀。(合)用心巡，登山驀嶺用心巡。(四)

【前腔】(净)休避些兒苦共勤，苦共勤。提刀攜劍聚成群，聚成群。士農工商錢奪下，回來山寨醉醺醺。(五)(合前)

【前腔】(丑)劫掠金珠不要分，不要分。肥羊美酒不霑唇，(六)不霑唇。但願捉得個多嬌女，

(一) 眉批：占：去聲。
(二) 眉批：梆：音「邦」。
(三) 眉批：推：音「焞」。儋：音「單」。擔：音「旦」。
(四) 眉批：驀：音「默」。
(五) 眉批：醺：音「熏」。
(六) 眉批：霑：音「沾」。

將來壓寨做夫人。(一)（合前）

（小生）逢人買路要金珠，（浄）認得山中好漢無。

（丑）日後欲求生富貴，（合）眼前須下死工夫。

第十三出　母子避難

（老旦上）

【破陣子】況是君臣分散，那堪母子臨危。（旦上）嚴父東行何日返？天子南遷甚日回？

（合）家邦無所依。

（老旦）〔望江南〕身狼狽。(二)荒急便奔馳。貼肉金珠揣得甚，隨身衣服着些兒。子母緊相隨。（旦）離帝輦，前路去投誰？風雨催人辭故國，鄉關回首暮雲迷，何日是歸期？（老旦）孩兒，顧不得你鞋弓襪小，只得趲行幾步。(三)（旦）是，母親請。

(一) 眉批：壓：音『押』。

(二) 眉批：狼：音『郎』。狽：音『貝』。

(三) 眉批：趲：音『儹』。

【漁家傲】(老旦)天不念去國愁人助慘悽，(一)淋淋的雨若盆傾，(二)風如箭急。(旦)侍妾從人皆星散，(三)各逃生計。(合)身居處華屋高堂，(四)但尋常珠繞翠圍。那曾經地覆天翻，天翻来受苦時。

(老旦)孩兒，兩條路不知往那一條去？

【剔銀燈】迢迢路不知是那裏，(五)前途去安身在何處？(旦)一點點雨間着一行行恓惶淚，(六)一陣陣風對着一聲聲愁和氣。(合)雲低。天色傍晚，子母命存亡兀自尚未知。(七)

【攤破地錦花】(旦)繡鞋兒，分不得幫和底。(八)一步步提，百忙裏褪了跟兒。(九)(老旦)冒雨盪

(一) 眉批：慘：『參』上聲。悽：音『妻』。
(二) 眉批：淋：音『林』。
(三) 眉批：從：去聲。
(四) 眉批：處：上聲。
(五) 眉批：迢：音『條』。
(六) 眉批：間：去聲。行：音『杭』。
(七) 眉批：兀：音『屋』。
(八) 眉批：幫：音『邦』。
(九) 眉批：褪：因吐切。跟：音『根』。

風，[一]帶水拖泥。[二]（合）步遲遲，全没些氣和力。

【麻婆子】（老旦）路途路途行不慣，[三]心驚膽顫摧。[四]（旦）地冷地冷行不上，人慌語亂催。（老旦）年高力弱怎支持？（倒科，旦扶科）泥滑跌倒在凍田地，款款扶將起。（合）心急步行遲。

最苦家尊去遠，怎當車馬臨城。
正是福無雙至，果然禍不單行。

釋義：嚴父：《易》：『家人有嚴君焉，父母之謂也。』

第十四出　兄妹逃難

（生上）

（一）眉批：盪：音『湯』。
（二）眉批：拖：音『它』。
（三）眉批：慣：音『貫』。
（四）眉批：顫：音『戰』。摧：音『催』。

【薄倖】凜冽寒風，淋漓冷雨。(一)送君臣南北，父子西東。（小旦上）心腸痛，不幸見刀兵冗冗。（合）望故國雲山遠濛濛。(二)

（生）〔浣溪沙〕萬里飛沙咽鼓鼙，(三)三軍殺氣傍旌旗。天涯兄妹兩相依。（小旦）前路未知何處是？故鄉猶恐不同歸。出關愁暮雨霑衣。(四)（生）妹子，管不得你鞋弓襪小，只得趲行幾步。(五)（小旦）是，哥哥請。

【賽觀音】（生）雨兒催、風兒送，嘆一旦家邦盡空。（小旦）想富貴榮華如夢。（合）哽咽傷心，教我氣填胸。(六)

【前腔】意兒慌、脚兒痛，顫篤速如癡似懵。(七)（生）苦挨着疾忙行動。（合）郊野看看，又早晚雲籠。

(一) 眉批：淋漓：音『林離』。

(二) 眉批：濛：音『蒙』。

(三) 眉批：鼙：音『皮』。

(四) 眉批：霑：音『沾』。

(五) 眉批：趲：音『儹』。

(六) 眉批：教：音『交』。填：音『田』。

(七) 眉批：顫：音『戰』。懵：音『蒙』。

【人月圓】途路裏奔走流民擁，膽喪魂飛心驚恐。(一)(小旦)風吹雨濕衣襟重，止不住雙雙珠淚湧。(合)行不上，惟聞得戰鼓聲振蒼穹。

【前腔】(生)軍馬又來、四下如鐵桶，眼見得京師城壁空。(小旦)他每趕着無輕縱，人似豺狼馬似龍。(合)遭驅虜，親骨肉甚年何日重逢？(二)

(生)急前去汴梁路杳，(小旦)慢停待中都亂擾。

(合)烏鴉共喜鵲同巢，吉凶事全然未保。

釋義：雲山：古詩：『白雲飛繞家山遠。』如夢：詩：『人生富貴如幻夢。』

第十五出　番將收兵

(丑扮老人上)天有不測風雲，人有旦夕禍福。只今番兵犯界，天子遷都汴梁，百官隨駕，各離中都。萬姓逃生，交馳道路。正是：相逢不下馬，各自奔前程。訝！(三)前面人煙擾攘，想是番兵來了。不免在

(一)眉批：喪：去聲。

(二)眉批：重：平聲。

(三)眉批：訝：音『迓』。

此石板橋下，暫躲片時，(一)再作計處。（淨扮番將引衆上）

【竹馬兒】喊殺漫山漫野，(二)招颭着皂旗兒萬點寒鴉。(三)見千户萬户每，領雄兵、圍繞中都城下。見敵樓上、無一個人披掛，都遷徙離京華。(四)前驅奮武征伐，盡攬轡攀鞍、(五)加鞭乘着駿馬。(六)待逃生、除非是插雙翅，(七)直追趕到天涯。(八)馬呀！金鞍玉轡斜插着寶凳葵花。(九)

生長陰山燕水北，(一〇)襖子渾金腰繫玉。彎弓沙塞射雙雕，(一一)躍馬圍場逐走鹿。展手齊齊弄舞腰，顛脚來來高唱曲。有時畫在小屏風，展轉教人看不足。(一二)且喜已到中都地面，果然好花錦世界。彼國軍民，

(一) 眉批：躲：音『朵』。

(二) 眉批：漫：音『瞞』。

(三) 眉批：颭：音『戰』。

(四) 眉批：離：去聲。

(五) 眉批：攬：音『覽』。轡：音『臂』。鞍：音『安』。

(六) 眉批：鞭：音『編』。駿：音『俊』。

(七) 眉批：翅：音『啻』。

(八) 眉批：涯：音『牙』。

(九) 眉批：凳：音『磴』。

(一〇) 眉批：燕：音『煙』。

(一一) 眉批：塞：音『賽』。雕：音『凋』。

(一二) 眉批：教：音『交』。

皆已隨駕遷都汴梁去了。今日無事，不免與把都兒每閑耍一回。（衆）告主帥，前面石板橋下有一個老兒。（净）拏過來。（衆拏丑見科）（净）你是甚麽人？（丑）小人是本處耆老。（净）叵耐你大金天子，(一)俺那裏三年一小進，五年一大進，十年一總進。今經一十五年，並無一絲兒回答，是何道理？（丑）本國前月差兵部王尚書，裝載寶物，從水路進至上國來了。（净）我每打從旱路上來，想是錯過了也。你莫非説謊？(二)（丑）小人怎麽敢？（净）既如此，我且回兵去罷。

（净）加鞭哨馬走如龍，（衆）海角天涯要立功。

（合）假饒一國長空闊，盡在皇都掌握中。

釋義：攬轡：范滂攬轡登車。

第十六出　奔持途路

（老旦、旦上）

(一)　眉批：叵：音『頗』。耐：音『奈』。

(二)　眉批：謊：『荒』上聲。

【滿江紅】身遭兵火，身遭兵火，母子逃生受奔波。怎禁得風雨摧殘，(一)田地上坎坷，(二)泥滑路生行未多。軍馬追急，教我怎奈何？(三)彈珠顆。冒雨盪風，(四)沿山轉坡。

（衆上趕老旦、旦下）（衆偷傘諢科下）(五)（生、小旦上）

【前腔】身遭兵火，身遭兵火，兄妹逃生受奔波。怎禁得風雨摧殘，田地上坎坷，泥滑路生行未多。軍馬追急，教我怎奈何？彈珠顆。冒雨盪風，沿山轉坡。(六)

（衆上趕生、小旦下）（衆偷包諢科下）（老旦、旦、生、小旦同上，各唱前曲科）（丑扮婦人，淨扮和尚，外扮道士上，逃難諢科）（衆上趕散科）（並下）

【東甌令】（旦上）我那娘，心如醉，淚交流，去遠家尊絶信久。途中母子生離別，這苦如何受？一重愁翻做兩重愁，(七)是我命合休。

(一) 眉批：禁：音『今』。

(二) 眉批：坷：音『軻』。

(三) 眉批：教：音『交』。

(四) 眉批：盪：音『蕩』。

(五) 眉批：諢：音『混』。

(六) 眉批：沿：音『緣』。

(七) 眉批：重：平聲。

我那娘。（下）（生撞上）瑞蓮！

【望梅花】叫得我不絕口，恰被喊聲流民四走。荒急便尋不知個所有。此間無處安身，想只在前頭後頭。

瑞蓮！（下）（老旦上）瑞蘭！

【東甌令】尋思苦，路生疏。軍喊風傳行路促，娘兒挽手相回護。這苦難分訴。(一)望天、天憐念老身孤，免使受奔波。

瑞蘭！（下）（小旦撞上）我那哥哥！

【滿江紅尾】大喊一聲過，諕得人獐狂鼠竄。(二)那裏去了哥哥，怎生撇下了我？(三)教我無處安身，(四)無門路可躲。(五)

我那哥哥。（下）

(一) 眉批：訴：音『素』。

(二) 眉批：諕：音『赫』。竄：音『篡』。

(三) 眉批：撇：音『別』。

(四) 眉批：教：音『交』。

(五) 眉批：躲：音『朵』。

釋義：鼠竄：抱頭鼠竄而去。

第十七出　途中邂逅

（旦上）

【金蓮子】古今愁，古今愁，誰似我目下這樣愁？聽軍馬驟，聽軍馬驟，人亂語稠。(一)向深林中逃難，(二)恐有人搜。（虛下）（生上）

【前腔】百忙裏散失差了路頭。尋妹子不見教我怎措手？瑞蓮！（旦內應科）（生）神天祐，神天祐。這搭兒是有親骨肉，(三)見了向前走。瑞蓮！（旦應上）

【菊花新】你是何人我是誰？（生）應了還應，訝！見又非。（旦）將咱小名提，(四)進前去問他端的。

(一) 眉批：稠：音『紬』。

(二) 眉批：難：去聲。

(三) 眉批：搭：音『答』。

(四) 眉批：咱：音『查』。

我只道是我母親，元來是個秀才。（生）我只道是我妹子，元來是一位娘子。（旦）啐！(一)你不是我母親，如何叫我？（生）啐！我自叫瑞蓮，誰來叫你？

【古輪臺】（旦）自驚疑，相呼厮喚兩相回，瑞蘭和先輩不曾相識。（生）瑞蓮名兒本是卑人親妹。不知娘子因甚到此？（旦）妾因兵火急，離鄉故。（生）娘子如何獨行？（旦）母子隨遷往南避，中途相失。秀才在何處不見了令妹？（生）喊殺聲各各逃生，電奔星馳。(二)中路裏差池，(三)因循尋至。應聲錯聽偶逢伊。娘子不見了母親，小生不見了妹子。正是俱錯意，一般煩惱兩心知。

【前腔】名兒應錯了自先回。（旦）秀才那裏去？（生）急急便往跟尋，(四)豈容遲滯？（旦）事到如今，事到頭來怎生惜得羞耻？（拜科）秀才，念苦憐孤，救奴殘喘，(五)帶奴離此免災危，我也不忘你的恩義。（生）娘子，你方纔說，不見了令堂，遠遠望見一位媽媽來了。（旦回頭科）在那裏？

(一) 眉批：啐：音『翠』。
(二) 眉批：奔：去聲。
(三) 眉批：差：音『叉』。
(四) 眉批：跟：音『根』。
(五) 眉批：喘：音『舛』。

(生近前科)曠野間、曠野間見獨自一個佳人，生得千嬌百媚。他又無夫無婿，眼見得落便宜。(一)且待我謊他一謊，娘子，如何是，天色昏慘暮雲迷。

(旦慌科)秀才，帶奴同行則個。(生)娘子差矣，我自家妹子尚且顧不得，那帶得你？

【撲燈蛾】自親妹不見影，自親妹不見影，他人怎相庇？(二)(旦)秀才，你讀書也不曾？(生)秀才家何書不讀，那書不覽？(旦)書上説道，惻隱之心，人皆有之。既然讀詩書，惻隱心怎不周急也？(生)你只曉得有惻隱之心，那曉得有别嫌之禮。我是個孤男你是寡女。厮趕着、厮趕着教人猜疑。(三)(旦)亂軍中，亂亂軍中有誰來問你？(生)緩急間、語言須是要支持。

【前腔】(旦)路中不儅攔，(生)路中若儅攔。(旦)路中若儅攔，(四)可憐奴做兄妹。(生)兄妹固好，只是面貌不同，語言各别。有人厮盤問，教咱把甚言抵對也？(旦)没個道理。(生)既没道理，小生自去。(旦)有一個道理。(生)有甚麽道理？(旦)怕問時，(生)怕問時却怎麽？(旦)奴家害羞，説不出口來。(生)娘子，没人在此，便説也何害？(旦)問時權、(生)怎麽又不説了？權甚麽？

(一) 眉批：便：音『楩』。

(二) 眉批：庇：音『畀』。

(三) 眉批：教：音『交』。猜：音『釵』。

(四) 眉批：儅：音『黨』。攔：音『闌』。

（旦）權說是夫妻。（生）恁的說方纔可矣。㈠便同行、訪蹤窮跡去尋覓。㈡

【尾聲】（旦）今日得君提掇起，免使一身在污泥。（生）久後常思受苦時。

（生）半路兄尋妹，（旦）中途母喪兒。㈢

（合）情知不是伴，事急且相隨。

釋義：惻隱：惻隱之心，人皆有之。

第十八出　相逢得意

（小旦上）

【普天樂】我那哥哥，叫得我氣全無，哭得我聲難語。只教我兩頭來往到千百步，㈣兄安在妾是何如？真個是逆旅窮途。哥哥，須念我、念我爹媽身故。須是一蒂一派兒和女，㈤割得

㈠ 眉批：纔：音『才』。

㈡ 眉批：『蹤』『踪』同。覓：音『密』。

㈢ 眉批：喪：去聲。

㈣ 眉批：教：音『交』。

㈤ 眉批：蒂：音『帝』。

斷弟兄腸肚。將奴閃在這裏，(一)進無門、退也還又無所。

【小桃紅】大道上難前去。小路裏怎逃伏。遥望箇梁三兩間茅簷屋。(二)轉彎環野徑休辭苦。暫安身少避些風和雨，多管是村野民居。（虛下）（老旦上）

【生查子】行尋行又尋。瑞蘭！（小旦内應科）（老旦）遠遠聞人應。瑞蘭！（小旦應上）呼唤瑞蓮名，聽了還重省。(三)

【水仙子】（老旦）眼又昏天將暝。(四)趁聲兒向前廝認。(五)（認科）那兒，我渾身上雨水淋漓，盡皆泥濘。(六)生來這苦何曾慣經。(七)（小旦）眼見錯十分定。事無可奈，只得陪些下情。娘娘，你是高年人，怎生行得這山徑？瑞蓮款款扶着娘慢行。（老旦）

(一) 眉批：閃：音『陝』。
(二) 眉批：箇：音『倭』。
(三) 眉批：重：平聲。
(四) 眉批：暝：音『茗』。
(五) 眉批：『趁』『趂』同。
(六) 眉批：濘：音『令』。
(七) 眉批：慣：古患切。

【前腔】觀模樣聽語聲。訝！元來又不是我孩兒。你是阿誰便應承？(一)枉了許多時，教娘苦相等。(二)（小旦）非許應，瑞蓮聽得名兒廝類，怕尋覓是我家兄。偶遇娘娘如再生。

【刮地風】（老旦）看他舉止與我孩兒也不恁撑。(三)小娘子，廝跟去你心肯？（小旦）奴家不見了哥哥，望娘娘帶奴同行則個。（老旦）也罷，我就把你做女兒看承罷。（小旦）情願做小爲婢身，焉敢指望兒稱？（老旦）若得干戈寧静，和你同往到南京。（小旦）謝深恩，感大恩救取奴一命。

（合）天昏地黑迷去路程，就此處權停。

（老旦）母爲尋兒錯認真，(四)（小旦）不因親者强來親。(五)

（合）愁人莫向愁人説，説與愁人愁殺人。

(一) 眉批：應：平聲。

(二) 眉批：教：音『交』。

(三) 眉批：恁：音『吝』。撑：音『崢』。

(四) 眉批：爲：去聲。

(五) 眉批：强：上聲。

第十九出　路遇强人

（生上）

【高陽臺引】凛凛嚴寒，漫漫肅氣，㈠依稀曉色將開。宿水餐風，去客塵埃。㈡（旦上）思今念往心自駭，受這苦誰想誰猜。㈢（合）望家鄉水遠山遥，霧鎖雲埋。

（生）亂亂隨遷客，紛紛避禍民。風傳軍喊急，雨送哭聲頻。（旦）子不能庇父，君無可庇臣。（合）寧爲太平犬，莫作離亂人。（生）你看一路上光景，好生傷感人也呵。

【山坡羊】翠巍巍雲山一帶，碧澄澄寒波一派。深密密煙林數簇，㈣滴溜溜黄葉都飄敗。一兩陣風，三五聲過雁哀。（旦）傷心對景，對景愁無奈。回首家鄉，珠淚滿腮。（合）情懷，急煎煎悶似海。形骸，骨巖巖瘦似柴。

㈠　眉批：漫：音『瞞』。

㈡　眉批：埃：音『挨』。

㈢　眉批：猜：音『釵』。

㈣　眉批：簇：音『族』。

【水紅花】（旦）憶昔歌舞宴樓臺，會金釵，歡娱難再。（一）（生）思之詩酒看書齋，命多乖，風光難再。（旦）母親知他何處？尊父阻天涯，（二）不能彀千里故人來也囉。（三）

【梧桐葉】（生）徙黎民，遷臣宰，天子蒙塵盡遠邁。雕闌玉砌今何在？（四）（旦）想畫閣蘭堂那樣安排，翻做草舍茅簷這境界，怎教人償得盡恓惶債？（五）

【水紅花】路滑霜重步難擡，（六）小弓鞋，其實難挨。（生）家亡國破更時乖。這場災，冰消瓦解，否極何時生泰？（七）苦盡更甜來，只除是枯木上再開花也囉。（内鳴鑼科）（生、旦慌科）

（一）眉批：娱：音『虞』。
（二）眉批：涯：音『崖』。
（三）眉批：彀：音『溝』。囉：音『羅』。
（四）眉批：雕：音『凋』。
（五）眉批：教：音『交』。
（六）眉批：擡：音『臺』。
（七）眉批：否：『丕』上聲。

【金錢花】聽得數聲鑼篩，(一)鑼篩。好漢山前齊擺，(二)齊擺。個個獰惡似狼豺。(三)(外、末、淨、丑上)留買路，與錢財。不留與，便殺壞。

你兩個是甚麼人？留下買路錢去。

【念佛子】(生、旦)窮秀才夫和婦，爲士馬逃難登途。(四)望相憐壯士略放一路。(衆)枉自説閑言語，買路錢留下金珠。稍遲延便教你身喪須臾。(五)

【前腔換頭】(生、旦)區區。山行路宿，粥食無覓處。(六)有盤纏肯相推阻？(七)(衆)敢厮侮，窮酸餓儒，(八)模樣須尋俗。隨行所有、疾忙分付。

(一) 眉批：鑼：音『羅』。篩：音『腮』。
(二) 眉批：擺：音『排』。
(三) 眉批：獰：音『能』。
(四) 眉批：爲：去聲。難：去聲。
(五) 眉批：教：音『交』。喪：去聲。
(六) 眉批：覓：音『密』。
(七) 眉批：推：音『焞』。
(八) 眉批：酸：音『栓』。

【前腔換頭】（生、旦）苦不苦，從頭至足，衣衫皆藍縷。(一)難同他往來客旅。（衆）你不與我施威仗勇，輪動刀和斧，激得人忿心發怒。

【前腔換頭】（生、旦）告饒恕，魂飛膽顫摧，(二)神恐心驚懼。此身恁地，(三)無屈死真實何辜？(四)（衆綁生、旦科）

【尾聲】且執縛。管押前去，(五)山寨裏聽從區處。(六)（生、旦）到那裏吉凶事全然未知。

（生）秀才身畔没行囊，（旦）逃避刀兵離故鄉。

（衆）且聽雷霆施號令，休言星斗焕文章。

釋義：餐風：宿水餐風，喻行役之苦。金釵：金釵十二行。(七)畫閣：畫閣朱樓。窮酸：東坡詩『豪氣一洗儒生酸』。

(一)眉批：縷：音『吕』。
(二)眉批：顫：音『戰』。
(三)眉批：恁：音『吝』。
(四)眉批：辜：音『孤』。
(五)眉批：押：音『鴨』。
(六)眉批：處：上聲。
(七)眉批：行：音『杭』。

第二十出　遇難逢恩

（小生上）

【粉蝶兒】山寨鳴金，白鶴半空展翅。(一)（生、旦）離天羅、入地網，逃生無計。（合）到麾下善惡區處。(二)（衆押生、旦上）見擒獲過客夫妻。

（衆）禀主帥，夜來巡哨，拏得一個漢子、一個婦人。（小生）帶過來。（衆帶生、旦見科）（小生）那漢子，俺這裏經年無客過，累月少人行。你明知山有虎，故作採樵人。

【尾犯序】山徑路幽僻，但尋常此間來往人稀。(三)男女相隨，豈是良人行止？（生、旦）凶時。遭士馬流民散失，避干戈君臣遠徙。夫和婦，爲天摧地塌、(四)逃難路途迷。(五)

(一) 眉批：翅：音『啻』。

(二) 眉批：麾：音『揮』。處：上聲。

(三) 眉批：稀：音『希』。

(四) 眉批：塌：音『榻』。

(五) 眉批：難：去聲。

【前腔】(小生)無非買命與贖身,(一)但隨行有何囊篋貲費?(二)(生、旦)没有,將軍。(衆)快口强舌,休同兒戲。(生、旦)聽啓。亂荒荒行來數日,苦滴滴實没半釐。(衆)你好不知禮。常言道打魚獵射怎空回?

【前腔】(小生)何必説甚的。衆妻羅,便推轉斬首,更莫遲疑。(衆扯科)將他扯起,(三)倒拽横拖,(四)倒拖横拽,把軍令遵依。(生、旦)魂飛。纔逆旅窮途認妻,蚤背井離鄉做鬼。聽哀告,望雷霆暫息,略罷虎狼威。

【前腔】(小生)軍前令怎移?但一言既出,駟馬難追。(生、旦)將軍可憐饒命。(衆)枉自厚禮卑詞,休想饒你。(旦)傷悲。王瑞蘭遭刑枉死。(生)蔣世隆銜冤負屈。(五)天和地,有誰人可憐,燒陌紙錢灰。

(小生)訝!像似那漢子説甚麽蔣世隆一般。衆妻羅。

(一)眉批:贖:音『蜀』。
(二)眉批:篋:音『莢』。貲:音『資』。
(三)眉批:扯:音『撦』。
(四)眉批:拽:音『曳』。
(五)眉批:銜:音『咸』。

【梁州賺】且與我留人，押回來問取詳細。(一)那漢子，你家居在那裏？農種工商學文藝？（生）通詩禮，鄉進士。州庠屢魁，中都路離城三里。（小生）因甚到此？（生）閑居止，因兵火棄家無所倚。（小生）聽説仔細。漢子，擡起頭來我看。（生擡頭科）

【前腔】（小生）緊降階釋縛扶將起。是兄弟負恩忘義。這是何人？（生）是我渾家。（小生）尊嫂受禮，誰知此地能完聚。（旦）愁爲喜，深謝得賢叔盜跖。(二)（小生）哥哥行那些個尊卑？(三)權休罪，適間冒瀆少拜識。（生）恐君錯矣。

（小生）哥哥，你就不認得兄弟了？（生）一時間想不起。

【鮑老催】（小生）朝廷當時巡捕急，(四)閃避在圍牆内。(五)若非恩人救難危，(六)險赴法雲陽市。

（生）呀！原來是興福兄弟。相逢狹路難迴避，這言語古來提。（小生）衆婁羅，連忙准備排筵

(一) 眉批：押：音『鴨』。
(二) 眉批：跖：音『炙』。
(三) 眉批：行：音『杭』。
(四) 眉批：朝：音『潮』。
(五) 眉批：閃：音『陝』。
(六) 眉批：難：去聲。

席，歡來不似今日。

看酒過來。（浄）酒在此。（小生把酒科）

【前腔】酒浮嫩醅，(一)酒浮嫩醅，壓驚解煩休要推。嫂嫂請酒。（旦）奴家天性不飲。（小生）寒色

告少許半杯。（旦）非詐僞，量淺窄休央及。(二)（小生）高歌暢飲展放眉，開懷醉了重還醉。酒

待人無惡意。

【前腔】（旦）秀才你儒業祖傳襲，(三)文章幼攻習。我低低問、暗暗猜、(四)心疑忌。叔伯遠房

姑舅的？（生）不是。（旦）敢是兩姨一派蒂？（生）也不是。（旦）這不是，那不是，怎有這個

賊兄弟？（浄）稟主帥，主帥好意勸那娘子飲一杯酒，那娘子反罵主帥。（小生）哥哥，兄弟好意勸嫂嫂

飲一杯酒，如何反罵兄弟？（生）兄弟，你小校聽錯了，不是罵。道這不是，那不是，怎有這個好兄

弟。賽關張勝劉備。(五)

(一) 眉批：醅：音『陪』。

(二) 眉批：窄：音『則』。

(三) 眉批：襲：音『習』。

(四) 眉批：猜：倉才切。

(五) 眉批：賽：音『塞』。

（旦）秀才，去罷。

【前腔】（生）兄弟告辭去急。（小生）姑留待等寧静歸。（生）龍潭虎穴難住地。（小生）衆婁羅，取一百兩金子過來。（浄）金子在此。（小生）哥哥既不肯住呵，金百兩，望領納，爲盤費。（生）多謝兄弟，就此告别了。（合）懊恨人生東又西，㈠難逢最苦别離易。㈡嘆此行何時會，遲疾蚤晚干戈息，共約行朝訪蹤跡。

【尾聲】男兒志，心肯灰？一旦風雲際會日，怎肯依舊中原一布衣。

（生）相促相催行步緊，（旦）厮收厮拾去心頻。

（小生）他日劍誅無義漢，（合）此時金贈有恩人。

釋義：盗跖：㈢《莊子》：『盗跖死，利于東陵之上；㈣伯夷死，名于西山之上。』雲陽市：（原闕）

賽關張：劉備、關、張桃園三結義。

㈠ 眉批：懊：音『奥』。

㈡ 眉批：易：去聲。

㈢ 跖：原作『路』，據曲文改。

㈣ 上：原作『下』，據《莊子·駢拇》改。

第二十一出　母女途行

（老旦上）

【天下樂】行盡長亭又短亭。窮途路，那曾經。（小旦上）飄零此身如萍梗，嗟何日歸到汴京。

（老旦）〔憶秦娥〕(一)拋家業，人離財散如何説？如何説？(二)這般愁悶，這般時節。（小旦）不幸爲人遭此劫。一回追想添情切，添情切。(三)心兒悒怏，眼兒流血。（老旦）孩兒，天色將暝，(四)和你趲行幾步。(五)

（小旦）是，母親請。

【排歌】（老旦）黯黯雲迷，(六)寒天暮景，驅馳水涉山登。蕭蕭黄葉舞風輕，這樣愁煩不慣經。

(一) 娥：原作『蛾』，據汲古閣刊本《繡刻幽閨記定本》改。

(二) 如何説：原不疊，據汲古閣刊本《繡刻幽閨記定本》補。

(三) 添情切：原不疊，據汲古閣刊本《繡刻幽閨記定本》補。

(四) 眉批：暝：音『茗』。

(五) 眉批：趲：音『攢』。

(六) 眉批：黯：音『闇』。

不忍聽，(一)不美聽，聽得胡笳野外兩三聲。(二)（合）風力勁，天氣冷，一程分作兩程行。

【前腔】（小旦）只見數點寒鴉，投林亂鳴，晚煙宿霧冥冥。迢迢古岸水澄澄，野渡無人舟自橫。不忍聽，不美聽，聽得孤鴻天外兩三聲。（合前）

【憶多嬌犯】（老旦）前路梗，行步生，那更天將暝。(三)憂心戰兢兢，傷情淚盈盈。那些兒悽慘，那些兒寂寞，清風明月最關情。無人來往冷清清，叫他不應天怎聞。不忍聽，不美聽，聽得疏鐘山外兩三聲。（合前）

【前腔】（老旦）忽地明，一盞燈。遥望茅簷近，不須意兒省。休得慢騰騰，休辭迢遞，(四)望明前去，遠臨此地叩柴扃。(五)今宵村舍暫消停，卧却山城長短更。不忍聽，不美聽，聽得寒砧林外兩三聲。(六)（合前）

(一) 眉批：聽：去聲。
(二) 眉批：笳：音『加』。
(三) 眉批：暝：音『茗』。
(四) 眉批：迢：音『條』。遞：音『地』。
(五) 眉批：扃：音『縈』。
(六) 眉批：砧：音『針』。

【尾聲】得安寧，天之幸。一夕安穩到天明，(一)免使狼籍登路程。

(老旦)前村燈火已黄昏，(小旦)但願中途遇好人。

(合)曾經路苦方知苦，謾説家貧未是貧。

釋義：窮途：阮籍好游，每至窮途，號泣而返。胡笳：大胡笳十八拍，世號『沈家聲』；小胡笳九拍，末拍爲契聲，號『祝家聲』。

重校拜月亭記上卷終

(一) 眉批：穩：音『刎』。

重校拜月亭記下卷

第二十二出　旅館諧姻

（末上）【臨江仙】調和麯糵多加料，(一)釀成上等香醪。(二)籬邊風旆似相招。(三)三杯傾竹葉，兩臉暈紅桃。(四)不飲傍人應笑你，(五)百錢斗酒非高。莫言村店客難邀。神仙留玉珮，卿相解金貂。(六)且喜天下稍平，民安盜息，不免叫貨賣出來，分付他開張鋪面，迎接客商，多少是好。貨賣那裏？（淨上）忙把店門

(一) 眉批：麯：音『曲』。糵：音『遏』。
(二) 眉批：釀：音『嚷』。醪：音『勞』。
(三) 眉批：旆：音『佩』。
(四) 眉批：暈：音『運』。
(五) 眉批：應：平聲。
(六) 眉批：相：去聲。

開，安排待客來。不將辛苦藝，難得世間財。家長老官兒有何分付？(一)（末）貨賣，如今且喜天下稍平，民安盜息，你與我開張鋪面，迎接客商。你在外面發賣，我在裏面會鈔記帳。（淨）説得是，我在外面發賣，你在裏面會鈔記帳。我一賣還他一賣，兩賣還他成雙。（末）説得是。奉饒加一二，自有客人來。（下）（淨）前臨官道，後靠野溪。(二)幾株楊柳緑陰濃，一架薔薇清影亂。古壁上列劉伶仰卧，小窗前畫李白醉眠。知味停舟，果是開缸香十里；聞香駐馬，管教隔壁醉三家。(三)但有南北二京、福建江西、湖廣襄陽、山東山西、雲南貴州、廣東廣西客商都來買好酒喫。自古道：『牙關不開，利市不來。』不免把酒來嘗一嘗。好酒，一生喫不慣悶酒，(四)得一個朋友來同酌一杯便好。（生、旦上）

【駐馬聽】一路裏奔馳，多少艱辛來到這裏。且喜略時肅静，漸次平安、稍爾寧息。恨悠悠千里旅情悲，苦懨懨一片鄉心碎。(五)感嘆傷悲，離情滿眼關山淚。

(一) 眉批：長：上聲。
(二) 眉批：靠：音『犒』。
(三) 眉批：教：音『交』。
(四) 眉批：慣：『關』去聲。
(五) 眉批：懨：音『焉』。

【前腔】（浄）草舍茅簷，門面不妝酒味美。真個杯浮緑蟻，榨滴珍珠、㈠甕潑新醅。㈡（生、旦）酒旗斜掛小窗西，布帘兒招颭在疏籬際。㈢和你共飲三杯，今朝有酒今朝醉。

娘子，此間是廣陽鎮招商店。且沽一壺，少解旅途情況，再行何如？（旦）但憑秀才。（生）叫酒保。（浄）官兒買酒喫的？（生）是買酒喫的。（浄）請坐。（生）還有渾家在外面。（浄）渾家請。（生）咄！㈣你這酒保好野。（浄）我小人不野。（生）我與娘子夫妻便稱得渾家，你怎麽也叫渾家？（浄）官兒，人之父母，就是我之父母。官兒的渾家，就是我的渾家一般。和你大家渾一渾。（生）胡説，稱娘子纔是。㈤（浄）娘子請，如何？（叫科）兩杯茶來，有客來了。（生）酒保，你家有甚麽好酒？（浄）有好酒。（生）有甚麽嗄飯？㈥（浄）有好嗄飯。（生）只把好的拿來，喫了算帳。（浄叫科）那官兒脚上帶黄泥，必是遠來的。多着懷屍露，少着父娘皮。一賣做兩賣，不要少他的。（生）酒保，你説多着懷屍露，少着父娘皮。父娘皮是甚麽？（浄）父娘皮是骨。（生）懷屍露便是骨。（浄）懷屍露是肉。（生）

㈠ 眉批：榨：音『乍』。
㈡ 眉批：醅：音『陪』。
㈢ 眉批：帘：音『簾』。颭：音『帖』。
㈣ 眉批：咄：音『燭』。
㈤ 眉批：纔：音『才』。
㈥ 眉批：嗄：音『夏』。

父娘皮是肉，懷屍露是骨，你怎麼哄我？（淨叫科）這官兒是老江湖，不要哄他，懷屍露少放些，畫眉青多放些。（生）酒保，畫眉青是甚麼？（淨）畫眉青是肉。（生）畫眉青是菜。（淨叫科）不要哄他了，一賣肉，一賣雞，一賣燒鵝，一賣匾食。〔一〕快着。（生）看酒過來。（淨）好酒在此。（生）這是新蒭，〔二〕可有窨下？〔三〕（淨）我這裏來往人多，没有窨下，只有新蒭。（生）也喫得過了，酒保與我斟一斟。（淨）不要說一針，兩針也會，針在此。（生）休閑說。（把酒科）

【駐雲飛】村釀新蒭，要解愁煩須是酒。壺内馨香透，盞内清光溜。〔四〕（旦不飲科）（生）嗏，何必恁多羞。〔五〕（旦）非是奴家害羞，天性不會飲。（生）但略霑口，勉意休推，〔六〕莫把眉兒皺。〔七〕一醉能消心上愁。

娘子不曾飲得幾杯，爲何臉上紅了？〔八〕

〔一〕眉批：匾：音『扁』。

〔二〕眉批：蒭：楚鳩反。

〔三〕眉批：窨：音『蔭』。

〔四〕眉批：溜：『留』去聲。

〔五〕眉批：恁：音『吝』。

〔六〕眉批：推：音『焞』。

〔七〕眉批：皺：音『奏』。

〔八〕眉批：爲：去聲。臉：音『檢』。

【前腔】(旦)盞落歸臺，却蚤兩朵桃花上臉來。酒保，將酒過來，待我也回那秀才一杯。(淨背云)蹺蹊，(一)待我問他。官兒，方纔娘子說：『酒保，看酒過來，待我也回那秀才一杯。』那者是怎麽說？(生)這是我那裏鄉音，那者是好也。(淨背云)待我也打腔兒哄他。(二)(叫科)夥計看那酒來，(三)那下飯來。(生)酒保，甚麽酒？那下飯？(淨)官兒就不曉得了，我這裏也是那者好也，好的拿來與官兒、娘子喫。(生)休取笑。(旦把酒科)秀才，多感君相帶，(生)多謝心相愛。(旦)嗏，擎樽奉多才，(生)小生也不會飲。(旦)你量如滄海。(生)酒保拏來減一減我喫。(四)(淨)甚麽説話？喫一個滿杯。(旦)滿飲一杯，暫把情懷解，樂以忘憂放下懷。(五)

(生)酒保，你來。我與娘子一路來，有幾句言語，不肯喫酒。你若勸得娘子喫一杯酒，我就與你一錢銀子。(淨)官兒，我勸娘子喫一杯酒，就是一錢銀子。若喫十杯，(生)就是一兩。(淨)若喫了一百杯，就是十兩。(生)那喫得許多？(淨)待我去奉。(遮面把酒科)娘子請酒。

(一) 眉批：蹺蹊：音『喬溪』。
(二) 眉批：哄：『烘』上聲。
(三) 眉批：夥：音『火』。
(四) 酒：原作『海』，據文義改。
(五) 眉批：樂：音『洛』。

【前腔】瀲艷流霞，(一)(生)酒保，你怎麼把臉兒遮了？(淨)小人臉兒不那，恐娘子見了不肯喫酒，故意遮了。不比尋常賣酒家。娘子請一杯。(旦)我不會喫。(淨)小人跪了。(旦)也罷，起來，我喫。(淨)娘子出路人，不要喫單杯，喫一個雙杯。(把酒科)村店多瀟灑，坐起極幽雅。(旦)不喫了。(淨)没奈何，小人拜了。(旦)也罷，起來，我再喫一杯。(淨)嗏，何必論杯斝，(二)試嘗酬價。愛飲神仙，玉珮曾留下。今後逢人喫甚麼茶？

【前腔】(生)悶可消除，只怕醉倒黄公舊酒壚。(三)(旦)秀才，天色晚了，去罷。(生)天晚催人去，(淨)新旋的酒在此。(生)好酒留人住。嗏，香醪豈尋俗，(四)味若醍醐。(五)曾向江心，點滴在波深處，慢櫓摇船捉醉魚。(六)

(旦)秀才，我猜着你了。(七)(生)你猜着我甚麼？(旦)你哄我喫醉了呵，要捉那醉魚，意有在矣。只怕

(一) 眉批：瀲：音『斂』。艷：音『焰』。
(二) 眉批：斝：音『價』。
(三) 眉批：壚：音『廬』。
(四) 眉批：醪：音『勞』。
(五) 眉批：醍醐：音『提胡』。
(六) 眉批：櫓：音『魯』。
(七) 眉批：猜：倉才切。

你滿船空載明月。（生）娘子，這個是昔年唐明皇與楊貴妃，在采石江邊飲宴的故事。（淨）娘子，正是那唐明皇與楊貴妃，在采石江邊飲宴的故事。我小人親眼見的。（生）酒保，你多少年紀了？（淨）我小人三十歲了。（生）唐明皇與楊貴妃，在采石江邊飲宴，到今四百餘年了，怎麽親眼見？（淨）自不曾説謊，㈠略謊得一遭，就露出馬脚來。（旦）秀才，天色晚了，去罷。（生）酒保，天色晚了，酒不喫了，會鈔罷。（淨叫科）官兒、娘子不喫酒了，會鈔。（生）酒保，這裏到旅館中，還有多少路？（淨）還有三十里，你問他怎麽？（生）我要去借宿。（淨）去不到了，官兒，我這裏廣陽鎮招商店，前面喫酒，後面宿人。這裏不歇。那裏去歇？（生）娘子，方纔酒保説，㈡到旅館中還有三十里路，去不到了。就在此安歇了罷？（旦）但憑秀才。㈢（生）酒保，一發明日會鈔。與我打掃一間房，鋪下一張床。（淨叫科）那官兒不去了，一發明日會鈔。打掃一間房，鋪下一張床。一個聯二枕頭，一個馬子，一個尿鼈。㈣（旦）酒保，那秀才與你説甚麽？（淨）那官兒教我打掃一間房，鋪下一張床。（旦）不要依他，只依我。與我打掃兩間房，鋪下兩張床。（淨叫科）不依前頭了。打掃兩間房，鋪下兩張床，兩個枕頭，兩個馬子，兩個尿鼈。（生）酒保，娘子叫你怎麽？（淨）叫我打掃兩間房，鋪下兩張床。（生）酒錢、飯錢都是我還，

㈠ 眉批：謊：『荒』上聲。
㈡ 眉批：纔：音『才』。
㈢ 眉批：憑：音『平』。
㈣ 眉批：鼈：音『別』。

你怎麼不依我説？還只是打掃一間房，鋪下一張床。（浄）是，酒錢、飯錢都是官兒還，只依官兒。（叫科）不依後頭了，照舊依前。打掃一間房，鋪下一張床，一個聯二枕頭，一個馬子，一個尿鼈。（旦）酒保，那秀才又與你説甚麽？（浄）那官兒還教我打掃一間房，㈠鋪下一張床。（旦）你這酒保只依我説罷了，有這許多改變？（浄）你兩個只管咭力骨碌，㈡骨碌咭力。（生）酒保，你怎麽惱將起來？（浄）不是我惱，官兒又是打掃一間房，鋪下一張床。娘子又是打掃兩間房，鋪下兩張床。依了官兒不依娘子，娘子又狗頭狗起來。（生）甚麽狗頭狗？（浄）惱。（生）只依我就罷了。（浄）也不依官兒，也不依娘子，依我。（生）怎麽依你？（浄）依我便打掃一間房，依着官兒了，鋪下兩張床。（生）只鋪一張床。（浄）也依娘子一半兒，鋪床便把來丁字鋪了。（生）怎麽様丁字鋪？（浄）官兒的床鋪在這裏，娘子的床鋪在這裏。上了床，吹滅了燈，一個筋斗打將過。㈢（生）又取笑，張燈來。（浄叫科）看燈來，看洗脚水來。（下）（生）娘子，請睡了罷。（旦）你自請睡。（生）請睡了罷。（旦）秀才，你自睡，我自睡，你管我怎麽？

㈠ 眉批：教：音『交』。
㈡ 眉批：咭：音『吉』。碌：音『六』。
㈢ 眉批：筋：音『斤』。

【絳都春】（生）儋煩受惱。㈠豈容易、㈡共伊得到今朝。有分憂愁，㈢無緣恩愛何時了？（旦）長吁短嘆我心自曉。（生）娘子，你曉得我甚麼？（旦）有甚的真情深奧？（生）正要娘子曉得。（旦）禮法所制，人非土木，待說也難道。

（生）尋蹤訪跡在林中，㈣（旦）受苦扶危出禍叢。（生）娘子，我和你有緣千里能相會，（旦）我與你無緣對面不相逢。（生）娘子，你怎麼把言語來說遠了。你敢忘了？（旦）奴家不曾忘了甚麼。（生）不曾忘，你記得林榔中的言語來？㈤（旦）林榔中曾與秀才說兄妹同行。（生）這也有來，我說面貌不同，語言各別，娘子又怎麼說來？（旦）奴家不曾再說甚麼。（生）正是貴人多忘事，娘子再想。（旦）奴家想起來了，說怕有人盤問，權做夫妻。（生）却又來，別的便好權，做夫妻可是權做得的？我也不問娘子別的，你曉得仁義禮智信？不要說仁義禮智，只說一個信字。（旦）信字怎麼說？（生）天若爽信，雲霧不生；地若爽信，草木不長。爲人豈可失信？（旦）奴家也不曾失信與秀才。（生）既不失信，如何忘了林榔中的言語？（旦）秀才，你送我回去，多多將些金銀謝你罷。（生）豈不聞書中自有黃金屋，要

㈠ 眉批：儋：音「丹」。
㈡ 眉批：易：音「異」。
㈢ 眉批：分：去聲。
㈣ 眉批：「蹤」「踪」同。
㈤ 眉批：榔：音「朗」。

你那金銀何用？（旦）也罷，你送我回去，我與爹爹説與你個官兒做罷。（生）訝！(一)這官是朝廷的，(二)是你家的？我一路來，倒不曾問得娘子，不知娘子是何等人家？（旦）秀才，你不問起也罷，若問我家中事情，不要説與你同行同坐，就是立站的去處，(三)也没有你的。（生）韓景陽，大來頭，你是何等人家？願聞。（旦）奴家祖公是王和玉，祖婆是王太真，父親是兵部王尚書，母親是王太國夫人，奴家是守節操的千金小姐。（生）既是千金小姐，怎麽隨着個窮秀才走？（旦）啐，(四)不知你妹子隨着那個哩？(五)（生）你自身顧不得，那顧得别人？且住，不要與他硬，(六)若硬，兩下裏就硬開了。不若放軟些，(七)娘子元來是宦家之女，我蔣世隆冷眼覷晝堂，(八)尚然消受不起，倒與娘子同行同坐。望娘子高擡貴手，(九)饒恕蔣世隆之罪。（跪科）（旦亦跪科）恩人請起。

(一)眉批：訝：音『迓』。
(二)眉批：朝：音『潮』。
(三)眉批：站：音『贊』。
(四)眉批：啐：音『翠』。
(五)眉批：哩：音『里』。
(六)眉批：硬：音□。
(七)眉批：軟：音□。
(八)眉批：覷：音『砌』。
(九)眉批：擡：音『臺』。

【降黄龍】（生）你是宦世門楣，(一)寒士尋常、望若雲霄。時移事遷，時移事遷，爲地覆天翻，(二)君去民逃。多嬌。此時相遇，料應我和你姻緣非小。(三)做夫妻相呼廝喚、(四)怎生忘了？

【前腔】（旦）秀才，何勞，獎譽過高。昔日榮華、眼前窮暴。身無所倚，身無所倚，幸然遇君家、危途相保。（拜科）英豪。念孤恤寡，再生之恩難報。久以後銜環結草、敢忘分毫？

【前腔】（生）聽告，娘子你，身到行朝。(五)與父母團圞、(六)再同歡笑。那時節呵，你在深沉院宇，深沉院宇，要見你除非是夢魂來到。（旦）那時節與你成親也未遲。（生）還要我？你去攀高，選擇佳婿，卑人呵，命蹇時乖、其實難招。我與娘子一路同行到此，便是三歲孩童，也説一對好夫妻。正是：羊肉饅頭不喫得，空教惹却一身羶。(七)這虛名人言自説、聽着偏好。

(一) 眉批：楣：音『眉』。

(二) 眉批：爲：去聲。

(三) 眉批：應：音『英』。

(四) 眉批：廝：音『色』。

(五) 眉批：朝：音『潮』。

(六) 眉批：圞：音『栾』。

(七) 眉批：教：音『交』。羶：音『搧』。

【前腔】(旦)休焦。所許前詞，侍枕之私、敢惜微眇？(生)既如此，却又推三阻四怎麽？(旦)怕仁人累德，仁人累德，娶而不告。朋友相嘲。(一)(生)娘子，你曉得瓜田不納履，李下不整冠麽？(旦)瓜田不納履怎麽説？(生)假如人家一園瓜正熟，打從瓜園中經過，曲腰整其鞋履，隔遠人見，只説偷其瓜否。(旦)李下不整冠怎麽説？(生)假如人家一園李子正熟，卑人打從李樹下過，欲待伸其手整其冠幘，遠人觀見，只説盜其李否。從教。(二)整冠李下，此嫌疑實亦難逃。(旦)秀才，你送我到行朝，(三)與爹爹説知。叫個媒人説合成親，却不全了奴家的節操。(生怒科)你前日在虎頭寨上，若没有我蔣世隆呵，亂亂軍中，亂軍中遭驅被虜、(四)怎全節操？

(丑内叫)老兒起來，盤兒碗兒都打碎了。(末、丑上)

【太平令】曲徑迢遥，(五)深夜柴門帶月敲。郵亭一宿姻緣好，(六)又何故語叨叨？(七)

(一)眉批：嘲：音『啁』。
(二)眉批：教：音『交』。
(三)眉批：朝：音『潮』。
(四)眉批：虜：音『魯』。
(五)眉批：迢：音『條』。
(六)眉批：郵：音『由』。
(七)眉批：叨：音『滔』。

【前腔】（生、旦）旅邸蕭條，(一)回首鄉關路轉遥。寒燈照影傷懷抱，因此上話通宵。（末）官人、娘子，我兩口兒在隔壁聽得言語許久，頗知一二，你也不要瞞我了。(二)（生）既如此，瞞不得公公婆婆了。（末）秀才官人，他是宦族名流、深閨處子，自非桑間之約，濮上之期，焉肯鑽穴隙相窺，(三)踰牆相從？秀才官人，你是讀書之人，豈不聞柳下惠之事乎。（生）惶恐，惶恐。（末）秀才官人莫怪，請到前樓去坐一坐，老夫别有話説。（生）是如此。（下）（末）小姐在上，老夫有一言相告：小姐，男女授受不親，禮也。嫂溺援之以手，權也。權者，反經合禮之謂。且如小姐處于深閨，衣不見裹，言不及外，事之常也。今日衝出道途，風餐水宿，事之變也。况急遽苟且之時，傾覆流離之際，失母從人二百餘里，雖小姐冰清玉潔，惟天可表，清白誰人肯信？是非誰人與辨？正所謂崑岡失火，玉石俱焚。今小姐堅執不從，那秀才被我道了幾句言語，兩下出門，各不相顧。倘遇不良之人，無賴之輩，强逼成婚，(四)非惟玷污了身己，(五)抑且所配非人。不若反經行權，成就了好事罷。（旦）望公公婆婆收留奴家

(一) 眉批：邸：音『抵』。
(二) 眉批：瞞：音『漫』。
(三) 眉批：鑽：音『簪』。
(四) 眉批：强：上聲。
(五) 眉批：玷：音『店』。

在此，倘我父母有相見之日，那時重重相謝，決不虛言。（末）訝！（一）收留人家迷失子女，律有明條。況小店中來往人多，不當穩便。（二）既然不從，小姐請出去罷。（旦悲科）（丑）老兒，他既無父母之命，又無媒妁之言，（三）我兩人年紀高大，權做主婚之人，安排一樽薄酒，權爲合巹之杯。（四）所謂禮由義起，不爲苟從。我老兩口主張不差，（五）小姐依順了罷。（旦）既如此，没奈何了，但憑公公婆婆主意。（丑）老兒，小姐也是看得這秀才上眼的，他也要拏個班兒。（末）你去看酒來，待我請那秀才官人來。秀才官人有請。（生上）（末）被老夫勸從了。（生揖科）多謝公公。（末）不要謝。（丑上）老兒，酒在此了。（末）將酒過來。（把酒科）

【撲燈蛾】才郎殊美好，才郎殊美好，佳人正年少。（六）相逢邂逅間，（七）姻緣會合非小也。天然

（一）眉批：訝：音『迓』。
（二）眉批：穩：音『刎』。
（三）眉批：妁：音『勺』。
（四）眉批：巹：音『謹』。
（五）眉批：差：音『叉』。
（六）眉批：少：去聲。
（七）眉批：邂逅：音『諧后』。

輳巧，(一)把招商店權做個藍橋。翠帷中風清月皎。算歡娛千金難買是今宵。(二)

【前腔】(旦)禮儀謹化源，《關雎》始風教。一時見君子，匆匆遽成人道也。(生)我是山雞野鳥，配青鸞無福難消。仗冰人一言已定，此生此德，何以報瓊瑶？(三)

(丑、末)官人，娘子，請穩便罷。(四)夜深了，明日再取一尊，與你煖房。姻緣本無意，天遣偶相逢。賸把銀釭照，(五)猶疑是夢中。(下)(生旦弔場)

【衮遍】(旦)不肯賦薄情，不肯賦薄情，隨順教人笑。空使我意沉吟，眉留目亂羞難道。

(生)看他喜時模樣，愁時容貌。燈兒下、燈兒下越看着越波俏。(六)

【前腔】(旦)才郎意堅牢，才郎意堅牢，賤妾難推調。(七)只恐容易間，(八)把恩情心事都忘了。

(一) 眉批：輳：音『湊』。
(二) 眉批：娱：音『虞』。
(三) 眉批：瓊瑶：音『窮遥』。
(四) 眉批：穩：音『刎』。
(五) 眉批：賸：音『剩』。
(六) 眉批：俏：音『峭』。
(七) 眉批：推：音『焞』。
(八) 眉批：易：去聲。

（生）蔣世隆若有此心，與你星前月下去罰下誓。（旦）你自去罰。（生）蔣世隆若忘恩，永遠前程不吉。（旦）不是這等罰。（生）怎麽樣罰？（旦）跪了罰。（生）也罷，和你同去罰。海誓山盟，神天須表。辨至誠，辨至誠，圖久遠同諧老。（一）

【尾聲】恩情豈比閑花草，往常恨更長寂寥，今夜只愁天易曉。（二）

（生）野外芳葩並蔕開，（三）（旦）村中連理共枝栽。

（合）百年夫婦今宵合，一段姻緣天上來。

釋義：　浮蟻：《釋名》：『酒有汎齊，浮蟻在上，汎汎然。』珍珠：　李詩：『小槽酒滴珍珠紅。』佩留：　古詩：『神仙留玉佩，卿相解金貂。』黄公壚：　王戎爲尚書令，着公服過黄公壚，謂後車客曰：『吾昔與嵇叔夜、阮嗣宗暢飲於此壚。自嵇、阮亡後，便爲時所羈紲。今視此雖近，邈若山河。』（四）醍醐：　酥之精液者。穆員兄弟和粹，號員爲『醍醐』。銜環：　楊寶養被瘡之黄雀，飛去。後有黄衣童子持白環四枚相謝，且曰：『公子孫潔白，位三公，當如此數。』結草：　魏顆從父治命嫁妾，後與秦師杜回戰，見

（一）眉批：　諧：　音『鞋』。

（二）眉批：　易：　去聲。

（三）眉批：　葩：　音『爬』。　蔕：　音『帝』。

（四）眉批：　邈：　音『莫』。

老人結草以亢回，回敗，獲之。夜夢老人曰：『余，而所嫁妾之父也。爾用治命，余是以報。』整冠李下：顔延年『李下不整冠』。藍橋：裴航藍橋遇仙女雲英。冰人：晉令狐策夢立冰上，與冰下人語。問于索紞，紞曰：『冰上爲陽，冰下爲陰。婚姻事也，兆當是媒介。』策初不信，會太守因策爲子求張公女，果仲春成婚，而策爲介矣。瓊瑶：《詩》：『投之以木桃，報之以瓊瑶。』

第二十三出　王鎮還朝

（外扮王尚書，丑扮六兒上）

【三棒鼓】一鞭行色望南京，喜得兩國通和也，無戰争。邊疆罷征，(一)邊烽罷驚，不暫停。（合）如今海晏河清也，重逢太平，重樂太平。(二)

（外）六兒，這裏到磁州孟津驛，(三)還有多少路？（丑）爹爹，不多遠了。（外）分付人夫趲行，到孟津驛去安歇。（丑）人夫趲行，(四)到孟津驛去安歇罷。

(一) 眉批：疆：音『姜』。

(二) 眉批：樂：音『洛』。

(三) 眉批：磁：音『慈』。

(四) 眉批：趲：音『喈』。

【前腔】（外）遠聞軍馬犯邊城，怎奈奉旨登途也，離鄉背井。這場戰爭，這場恐驚，誰慣經。〔一〕（合前）

（外）玉帛交歡四海清，〔二〕（丑）家無王事國無征。

（合）太平元是將軍定，還許將軍見太平。

釋義：海晏：周成王時，越裳氏重譯來朝，〔三〕曰：『天無烈風淫雨，海不揚波三年矣，意者中國有聖人。』河清：《拾遺記》：『丹丘千年一燒，黄河千年一清，皆至聖之君以爲瑞。』又曰：『黄河清而聖人出。』

第二十四出　興福應試

（小生上）

【稱人心】宵行晝伏，脱離虎口鯨牙。〔四〕不得已截道打家。聚忘生集捨死，山間林下。逆天

〔一〕眉批：慣：古患切。
〔二〕清：原作『情』，據汲古閣刊本《繡刻幽閨記定本》改。
〔三〕眉批：重：音『虫』。朝：音『潮』。
〔四〕眉批：鯨：音『擎』。

無道這榮華，成甚生涯。(一)

〔減字木蘭花〕陀滿興福，(二)父母妻兒都殺戮。(三)逃命潛奔，啃聚山林暫隱身。(四)心闌意卸，(五)天幸遭逢須大赦；改過從新，作個昇平無事人。我陀滿興福，受了無限苦楚，今日幸蒙恩赦，散了衆婁羅，離了山寨。到此聞得行朝開科選士，(六)招取文武全才，我如今一來上京應試，二來尋取哥哥消息，却不是好。天色未晚，不免趲行幾步。(七)

【排歌】休戈甲，罷征戍，(八)區宇宣王化。惠及生靈，恩霑遐邇。(九)如今日之際，海之涯。(一〇)普

(一)眉批：涯：音『衙』。

(二)眉批：陀：音『駝』。

(三)眉批：戮：音『六』。

(四)眉批：啃：音『稍』。

(五)眉批：卸：音『謝』。

(六)眉批：朝：音『潮』。

(七)眉批：趲：音『咱』。

(八)眉批：戍：音『庶』。

(九)眉批：霑：音『沾』。

(一〇)眉批：涯：音『牙』。

天之下，再生重見太平，(一)歡聲四洽。

仰謝天恩放赦歸，再回重睹太平時。(二)

盡消軍器爲農器，不掛征旗掛酒旗。

第二十五出　蓦拆鸞凰

（旦扶生上）

【三登樂】世亂人荒，幸脱離天羅地網。不隄防病染這場。事不寧、身未穩，(三)天降災殃。淹留旅邸，(四)望河南怎往？

（旦）官人，你今日病體如何？（生）十分沉重。（旦）待我叫店主人出來，請個太醫看你一看。店主人有請。（末上）貧無達士將金贈，病有良醫説藥方。小姐拜揖。（旦）店主人萬福。（末）小姐，官人貴體若何？（旦）官人病體，十分沉重。煩你請個太醫來看一看。（末）這個當得。不争三五步，咫尺到

(一) 眉批：重：平聲。

(二) 眉批：重：音『虫』。

(三) 眉批：穩：音『刎』。

(四) 眉批：淹：音『焉』。邸：音『抵』。

他家。(一)太醫先生在麽？（浄）是那個？（末）請你看病的。（浄）幾個在外面？（末）只我一個。（浄）得兩個拏扇板門來，擡了去便好。(二)（末）爲甚麽？（浄）生了天疱瘡走不動。(三)（末）何不自醫好了？（浄）自古道，盧醫不自醫。（末）快走快走。（浄）來了，待我分付了着。分付丁香奴劉寄奴，好生與我牢看着家裏，(四)我去採人參、官桂、便茴香，倘有蘆參取藥，你把香白芷包與他去，前者有個浪蕩子上山去採柴胡也當歸去了，他都是薄杏仁前春，因你不細辛，被木賊上我金綿重樓，盜去丹砂襖子、栗砂帽子、桂皮靴子，今又起不良姜之心，可牽我海馬到常山坳内喫些草果，宿砂灘上飲些水銀。(五)至晚看天南星起，將紅燈籠到芍藥闌邊豆蔻家來接我。你若來遲，我將玄胡索弔你在桑白皮樹上，打你四十甘草棒，打得你屁孛孛出，不饒你半夏。

【水底魚】三世行醫，(六)四方人盡知。不論貴賤，請着的即便醫。盧醫扁鵲，料他直甚的。人人道我，道我是個催命鬼。

(一) 眉批：咫：音『止』。
(二) 眉批：擡：音『臺』。
(三) 眉批：疱：音『砲』。
(四) 眉批：牢：音『勞』。
(五) 眉批：灘：音『攤』。
(六) 眉批：《禮記》：『醫不三世，不服其藥。』

我做郎中真熟慣，(一)下藥且是不懶慢。熱病與他柴胡湯，冷病與他五靈散。醫得東邊纔出喪，醫得西邊已入斂。醫得南邊買棺材，北邊打點又氣斷。(二)若論我每做郎中，十個醫死九個半。你若今日請我醫，想你也是該死漢。小子姓翁，祖居山東。藥性醫書看過，(三)《難經》《脉訣》未通。(四)燒人的是我娘舅，賣棺材的是我外公。我若不醫死了些人，叫外婆在家裏喝風。你是那個？（末）是我，先生，我店中有個秀才，得了病，請你去醫。（淨）他是甚麼病？（末）去看脉便知道，怎麼問我？（淨）你不曉得，明醫暗卜，問得明白了去，方纔看脉也對科，下藥也對病。（末）也説得有理，我説便説，你不要對那秀才説。（淨）你是好意，我怎麼就説？（末）那秀才離亂時世得的病。（淨）這等便是憂疑驚恐上來的，不打緊，一貼藥就好。（末）先生略待，我進去説了來請你進去。大娘子，醫人到了。（旦）公公，他是個病虚的人，叫他悄悄的進來，不要驚赫了病人。(五)（末出）先生，那秀才是病虚的，你可悄悄哩進去。(六)（淨）我曉得，我曉得。（淨進看將桌打大響一聲發怒諢科）（旦）這個先生，病虚的人，教你悄悄

(一) 眉批：慣：古患切。
(二) 眉批：斷：音『段』。
(三) 藥性：原作『染病』，據汲古閣刊本《繡刻幽閨記定本》改。
(四) 眉批：難：去聲。　未：原作『皆』，據汲古閣刊本《繡刻幽閨記定本》改。
(五) 眉批：赫：音『黑』。
(六) 眉批：哩：音『里』。

的，㈠爲何大驚小怪？㈡（净）這是我醫人的入門訣。（旦）怎麽説？（净）驚一驚，驚出他一身冷汗，好了也不定。（旦）倘或不好？（净）就驚死，也罷了。這是教道活驚殺。（末）先生且看脉。（净）阿訝，㈢這等一個病人，放這一貼補藥在身邊，怎麽得好？（末）又取笑。（净）伸出脚來，待我看脉。（末）還是手，怎麽説脚？（净）你不曉得，病從跟脚起。（净看脉科）（旦）先生，用心看一看，這是甚麽症候？（净）這個病症，是亂軍中不見了親人，憂疑驚恐，七情所傷得成這症候。（旦）好！這先生就如見的。（净）我自不曾見，是王公方纔與我説的。㈣（末）呀！我教你不要説。（净）我不説，不表你的好意思。（旦）先生，你再看。

【柰子花】（净）他犯着産後驚風？（旦）不是。（净）莫不是月數不通？

（旦）這太醫胡説。（末）他是男子漢，怎麽到説了女人的病症？（净）我手便拏着官人的，眼便看了這娘子，故此説到女科去了。待我再看，呀！不好了。

【駐馬聽】這脈息昏沉，兩手如冰駭死人。叫幾個尼姑和尚做些功果，出南門，叫些木匠，月

㈠ 眉批：教：音『交』。
㈡ 眉批：爲：去聲。
㈢ 眉批：訝：音『迓』。
㈣ 眉批：纔：音『才』。

𨳊𨳇𨳇，(一)把這棺材釘。(末)你怎麼打我？(淨)打你這個腦蓋骨。(旦哭科)(淨)這個大娘子，我的人兒呵連哭兩三聲。呀！你不曾動？(旦)他不曾動。(淨)這等不妨，有救。是我差拏了手背，你慌則甚？

(末、旦)如今怎麼？(淨)如今下針。(旦)怎麼這等大針？(淨)待我換。(旦)一發大了。(淨)怎等，我有藥在這裏。(末)甚麼藥？(淨)是飛龍奪命丹，拏去與秀才吃。(生喫吐科)(旦)怎麼喫了又吐？(淨)虛弱得緊，胃口倒了。娘子也喫一服。(旦)我没有病。(淨)你伏侍他喫些，夜間好睡不遺精，不白濁。(旦喫作吐科)(末)這個先生，女人家説這個話。(淨)老官兒，你也喫一服。(末)我没有甚麼病。(淨)你喫了髮白再黑，牙落再生。(末)這等好，拏來我喫。(作吐科)(二)(淨)二三十兩銀子合的藥，都吐了。你們不會喫，待我喫與你看。(作吐科)(末)先生，這是甚麼藥？喫的都吐了。(淨看科)阿訝！連我也拏差了，這是醫痔瘡的藥。(三)(末)如今怎麼？(淨)待我猜一猜。(四)

【剔銀燈】他渾身上如湯似火燒？(旦)不熱。(淨)頭猜就猜不着，再猜。口兒裏常常乾燥？(五)

(一) 眉批：𨳊：音『胖』。𨳇：音『聘』。
(二) 眉批：吐：音『兔』。
(三) 眉批：痔：音『治』。
(四) 眉批：猜：倉才切。
(五) 眉批：乾：音『干』。

(旦)也不。(浄)終朝飯食都不要？(旦)也喫些兒。(浄)耳聞得蟬鳴聲噪？(旦)也不。(浄)心焦？(旦)也不。(浄)莫不是害勞？(旦)這先生説得一些也不是。(浄)都不是不醫便了。(下)

(末)這先生去了，娘子勸官人且自寧耐。老夫去了又來。正是藥醫不死病，果然佛度有緣人。(下)

(生)娘子，太醫説我病體如何？(旦)官人，太醫説你没事，且自寧耐則個。(一)

【山坡羊】(生)娘子，我病體難醫難治，你這苦如何存濟？(旦)願流恩降福，降福災星退。(生)勢漸危，料應我不久矣。若還我死，必選個高門配。我便死向黄泉，一心只念你。(旦)休提，不由人淚暗垂。傷悲，何時得歸故里？

【三棒鼓】(外、丑上)君臣遷徙去如星，只怕土産凋零也，人不見影。一程兩程，長亭短亭，不住行。如今海晏河清也，重逢太平，重樂太平。(二)

六兒，這是那裏了？(丑)是廣陽鎮了。(外)可有駐節的所在？(丑)這裏没有。(外)我要寫個報子，打到孟津驛去。那裏好暫歇？(丑)這裏有個招商客店到潔浄，好暫歇。(外)好潔浄房兒看一間，

(一) 眉批：耐：音『奈』。
(二) 眉批：樂：音『洛』。

我進去。（丑）叫一個皂隸隨我。咄！（一）有甚麼人在這裏？（末上）是誰呀？（二）牌子買飯喫的？（丑）這個弟子孩兒，人也不識，買飯喫的。（衆）這是六爺。（末）是六爺，小人不識得。（丑）你去打掃一間店房，我與老爺要進來，快些。（末）小店中窄小，（三）住不得。（丑）不要在此住，只要寫個報子就行。（末）既如此，請六爺去看，中意便請老爺進來。（四）（丑）也罷，去看。（末）這一間？（丑）不好。（末）那一間？（丑）不潔淨。（末）只有裏面一間，且是潔淨。一個秀才染病在裏面。（丑）教他出去一會兒，（五）待老爺寫了報子再進去。（旦）呀！（六）到像我家六兒，待我叫他一聲，六兒。（丑）誰叫六兒？（旦）六兒。（丑）呀！姐姐，爹爹。爹爹，姐姐。爹爹，姐姐在此。姐姐，爹爹在此。（旦）爹爹在那裏？（外）女孩兒在那裏？（相見科）（旦）呀，爹爹。

【五供養】別來久矣，自離朝尊體無恙。（七）骨肉重再睹，（八）喜非常。（外）孩兒，屈指數月，折倒

（一）眉批：咄：音『燭』。
（二）眉批：呀：音『迓』。
（三）眉批：窄：音『則』。
（四）眉批：中：去聲。
（五）眉批：教：音『交』。
（六）眉批：呀：音『迓』。
（七）眉批：朝：音『潮』。
（八）眉批：重：平聲。

盡昔時模樣。思故里念家鄉，多少鬢邊霜。

（旦）〔鷓鴣天〕爹爹，目斷魂消信息沉，沿途窮跡問踪尋。（外）孩兒，親情再見誠無意，子父重逢豈有心！（一）（丑）言往昔，話如今。店中權歇問家音。（合）正是着意種花花不活，等閑插柳柳成陰。（外）孩兒，你怎麽在這裏？說個備細，與我知道。

【園林好】（旦）纔說起遷都汴梁，（二）鬧炒炒哀聲四方。不忍訴凄涼情況。（三）（外）家所有？（旦）家所有盡撇漾。（四）（外）家使奴？（旦）家使奴盡逃亡。

【嘉慶子】（外）你一雙子母何所傍？（旦）更雨緊風寒勢怎當？心急行程不上。人亂亂世慌慌。愁慽慽淚汪汪。（五）

【尹令】那時又無倚仗，當時有親難傍，其時有家難向。他東我西，地亂天荒事怎防？

（外）你母親如今在那裏？

（一）眉批：重：平聲。

（二）眉批：纔：音『才』。

（三）眉批：訴：音『素』。

（四）眉批：撇：音『別』。

（五）眉批：慽：音『戚』。

【品令】（旦）逃生士民在官道驛程傍。天色漸晚，陰雲黯穹蒼。(一)匆匆正往，喊聲如雷響。各各奔走，都向樹林中伉。偷生苟免，瓦解星飛子離了娘。

【豆葉黄】（外）我兒你一身見在誰行？(二)（旦）我隨着個秀，（外）秀甚麼？（旦）我隨着個秀才棲身。（外）呀！(三)他是甚麼人你隨着他？（旦）他是我的家長。(四)（外怒科）誰爲媒妁？(五)甚人主張？（旦）爹爹，人在那亂、人在那亂離時節，怎選得高門廝對廝當？(六)

（外）六兒，那秀才在那裏？（丑）在這裏，還不走過來。（生見科）（外）這個就是？

【月上海棠】你自想，甚年發跡窮形狀。（生）怎凡人逆相、(七)海水斗升量。（旦）非奬。陋巷十年黄卷苦，那時禹門三月桃花浪，一躍龍門，便把名揚。管取姓字標金榜。

（外）孩兒，隨我回去。

(一) 眉批：黯：音『闇』。
(二) 眉批：見：音『現』。行：音『杭』。
(三) 眉批：呀：音『迓』。
(四) 眉批：長：上聲。
(五) 眉批：妁：音『勺』。
(六) 眉批：廝：音『色』。當：去聲。
(七) 眉批：相：去聲。

【五韻美】（旦）意兒裏想，眼兒裏望。望救取東君艷陽，㈠與花柳争芳。（生）全没些可傷，身凛凛如雪上加霜。（外）孩兒，快隨我去罷。（生、旦）更没些和氣一味莽。鐵膽銅心，打開鳳凰。

【二犯么令】（外）你是娘生父養，逆親言心向情郎。（生）我向地，我向地獄，相救你到天堂。怎下得撇在没人的店房。㈡（旦合）若是兩分張，管取潑殘生命亡。

（外）去罷，去罷。（旦）官人，和你同去告。

【玉交枝】（生）哀告慈悲岳丈，（外）走！誰是你岳丈！（生）可憐我伏枕在床。（外）就死也得。（生）煎藥煮粥無人管，等待我三五日時光。（外）去去！一時也等不得。（生）全没些好言劈面搶，㈢惡狠狠怒發三千丈。㈣（外）六兒，扯上馬去。（生）只倚着官高勢强，只倚着官高勢强。

（丑扯科）

㈠ 眉批：艷：音『焰』。
㈡ 眉批：撇：音『别』。
㈢ 眉批：劈：音『辟』。搶：『鎗』上聲。
㈣ 眉批：狠：『痕』上聲。

【江兒水】（旦）眼見得今朝去直恁忙。(一)相隨百步，尚且情悒怏。(二)何況我夫妻月餘上，怎下得霎時間如天樣。(三)（外、丑）若要成雙休指望。（生、旦）一對鴛鴦，生被趺天風浪。

（外）六兒，快扯上坐馬去。（扯科）

【川撥棹】（生）心相誑，更不將恩義想。（旦）無奈何事，無奈何事有參商。父逼女夫言婦傷。（合）苦別離愁斷腸。(四)兩分離愁斷腸。

【前腔】（旦）男兒贖藥把衣衫典當償。(五)我不能彀覷、(六)我不能彀覷得你身體康。(七)（生）我和你再、我和你再得成雙，怕死後一霎兒到你行。(八)（合前）

(一) 眉批：恁：音『吝』。
(二) 眉批：悒怏：音『邑養』。
(三) 眉批：霎：音『煞』。
(四) 眉批：斷：音『段』。
(五) 眉批：贖：音『屬』。當：去聲。
(六) 眉批：彀：音『搆』。
(七) 眉批：覷：音『砌』。
(八) 眉批：行：音『杭』。

【前腔】（旦）休爲我相思損天常。(一)緊攻書臨選場。（生）我不道再、我不道再娶重婚，(二)你焉肯終身守孀。(三)（合前）

（外）六兒，快扯上馬去。（丑扯科）

【哭相思】（生、旦）怎下得將人生離别？愁萬縷腸千結。(四)

（丑扯旦下）（生奪旦，外推倒生科）早知今日事如此，何不當初莫用心？（下）

【卜算子】（生）病弱身着地，（末上扶生科）（生）氣咽魂離體。拆散鴛鴦兩處飛。(五)天那，多少銜冤氣。

店主人，待我趕他轉來。

【金梧桐】這厮忒倚官，(六)忒挾勢。（末勸科）（生）便死待何如，欺侮俺是窮儒輩。(七)俺這裏病

(一) 眉批：爲：去聲。

(二) 眉批：重：平聲。

(三) 眉批：孀：音『霜』。

(四) 眉批：縷：音『吕』。

(五) 眉批：拆：音『策』。

(六) 眉批：厮：音『斯』。

(七) 眉批：侮：音『武』。

愈深，他那裏愁無際。旅店郵亭，(一)兩下裏人應憔悴。(二)我那妻，怎教我忍得住恓惶淚。(三)

（末）秀才官人，休要短見，且自將息便了。

（生）天涯海角有窮時，人豈終無相見日。

（末）但願病痊無個事，(四)免教心下常憂鬱。(五)

釋義：盧醫：名盧，三代時人，以醫名於世。未詳出處。扁鵲：少遇長桑君，傳以懷中之藥，飲以池上之水。後視病，盡見五臟癥結，特以診脉爲名。禹門：『禹門三級桃花浪。』參商：二星名。一出一没，永不相見。

第二十六出　萍跡偶合

（老旦上）

(一) 眉批：郵：音『由』。

(二) 眉批：憔悴：音『樵翠』。

(三) 眉批：教：音『交』。

(四) 眉批：痊：音『筌』。

(五) 眉批：教：音『交』。鬱：音『役』。

【上馬踢】干戈動地來，車駕遷都汴。兒夫離帝京，路遥人又遠。軍馬臨城，無計將身免。這苦怎言？禍不單行，中路兒不見。

【月兒高】（小旦上）喊殺連天，骨肉怎相戀？（一）自古常言道，人離鄉賤，得到今朝平安幸非淺。是則是我身狼狽，（二）眼前受迍邅。（三）

【鑾江令】煩惱多歷遍，憂愁怎消遣？眼兒哭得破，脚兒行得倦。五里十里，一日如同過一年。但願前途去，蚤蚤逢親眷。

【狼草生】（合）勁風寒四合，暮煙昏慘慘。彤雲篩晚天變。（四）只愁那長空雪舞絮綿綿，去心如箭。旅舍全無，何處安歇停眠？

（老旦）孩兒，天色已晚，無處安歇，這裏是館驛門首，和你權宿一宵，明日早行罷。（小旦）呀，（五）遠遠望見一位官長來了。（六）

（一）眉批：戀：音『練』。
（二）眉批：狽：音『貝』。
（三）眉批：迍邅：音『屯毡』。
（四）眉批：彤：音『同』。篩：音『腮』。
（五）眉批：呀：音『迓』。
（六）眉批：長：上聲。

【前腔】（末上）孟津驛舍住，在黃河岸邊。乘船坐馬十分便。（老旦、小旦）子母忙向前，可憐窮面，暫借安身望週全。

（末）日晚天寒過客無，遠臨傳舍意如何？（一）（老旦、小旦）此情不對英雄説，更有何人念旅途？（末）我且問你，這兩個婦人，是何等樣人家？何處人氏？爲何到此？（二）

【羅帶兒】（老旦）妾身本宦族，京城久居。爲侵邊犯闕軍奮武，君臣遷徙離中都也。（三）（小旦）散亂人逃避，奔程途。身無主去無所，慘可地千生受萬苦辛。（合）今宵得借歇宿，可憐見子母每天翻地覆。

【前腔】（末）兵戈起路程，人不慣經。（四）畨尋個旅邸休待等，怎容你行客寓郵亭也。（五）（老旦）心下貪行路，望南京。不覺的暮雲平，遠涉地不知處人又生。（小旦）今宵得少留停，可憐見子母每天寒地冷。

（一）眉批：傳：去聲。
（二）眉批：爲：去聲。
（三）眉批：離：去聲。
（四）眉批：慣：古患切。
（五）眉批：郵：音『由』。

（末）非是我不肯留你，只是皇華駐節的所在，㈠留你婦人不得。

【前腔】（小旦）不容奴在此間，千羞萬慚。開口告人難上難，傷情無語淚偷彈也。（末）這般恓惶事，恁愁煩。㈡罷罷罷，自古道：『與人方便，自己方便。』看你這兩個婦人，也不是已下人家的宅眷，我這裏不留你，前途恐遇不良之人。留你在此，暫宿一宵。怕有官員每來往，不當穩便。㈢千萬不可啼哭。（老旦、小旦）這個不敢。（末）不忍見你受摧殘，靜悄悄地留一夜來蚤散。㈣（老旦、小旦）今宵得暫安眠，可憐見子母每天昏地暗。

（末）正廳上不敢相留，就在那迴廊底下，暫歇了罷。

【前腔】（老旦、小旦）娘和女深感激。蒙恩受德，幸然遇好人相愛惜。免風霜寒冷受勞役也。（末）隨我來，向這迴廊畔正廳側，借得些薦和席。湅款款地彎跧坐，㈤覓些飲食。㈥（老旦、小

㈠ 眉批：駐：音『注』。
㈡ 眉批：恁：音『吝』。
㈢ 眉批：穩：音『刎』。
㈣ 眉批：悄：音『愀』。
㈤ 眉批：款：『寬』上聲。跧：音『筌』。
㈥ 眉批：覓：音『密』。

旦）多謝官長。(一)今宵得略休息，可憐見子母每天寬地窄。(二)（坐地科）（末）天上人間，方便第一。（下）

【灞陵橋】（外上）馬兒行又急，轉頭間五里復十里。此去河南，只隔這帶水。孟津驛，今夜權停止。嗏，知他這碾車兒恁行遲。(三)

【前腔】（丑上）馬兒行較疾，疾上碾車兒，直恁的簪簪地。正是心急步行遲，晚相催。天冷彤雲密。(四)嗏，迭得到孟津驛且安息。

【前腔】（旦上）這苦説向誰，這苦説向誰。索性死別離，各自也着邊際。生把我鴛鴦分開兩下裏。一步一回頭，教我傷情意。(五)嗏，衫兒上淚珠兒任淹濕。(六)

(一) 眉批：長：上聲。
(二) 眉批：窄：音『則』。
(三) 眉批：碾：音『振』。恁：音『吝』。
(四) 眉批：彤：音『同』。
(五) 眉批：教：音『交』。
(六) 眉批：淹：音『焉』。

（末上）驛丞接老爺。（外）叫驛丞，我一路上鞍馬辛苦，圖得一覺好睡，(一)不許閑人打攪。(二)（末）不敢。

（外）孩兒，我與六兒書房裏睡，你在後堂睡罷。（旦）是如此。（外、丑下）

【新水令】（老旦）淒涼逆旅人千里，（旦）這縈牽怎生成寐？(三)（小旦）萬苦橫心裏。（合）睡不着，是愁都在枕邊淚。

（老旦）夫阻關山隔遠邦，女因兵火散他鄉。（小旦）自己不知凶與吉，親兄未審在何方。（旦）千愁當日兒離母，萬苦今朝鳳拆凰。(四)（合）枕邊不敢高聲哭，恐怕猿聞也斷腸。(五)（老旦）呀！(六)又早是黄昏時候了，怎生睡得着！

【銷金帳】黄昏悄悄，(七)助冷風兒起。想今朝思向日。曾對這般時節，這般天氣。羊羔美酒，美酒銷金帳裏。兵亂人荒，遠遠離鄉里。如今怎生，怎生街頭上睡。

(一) 眉批：覺：音『教』。
(二) 眉批：攪：音『絞』。
(三) 眉批：縈：音『盈』。
(四) 眉批：拆：音『策』。
(五) 眉批：斷：音『段』。
(六) 眉批：呀：音『迓』。
(七) 眉批：悄：音『愀』。

（旦）呀！（一）譙樓上又早一更了。

【前腔】初更鼓打，哽咽寒角吹。（二）滿懷愁分付與誰？遭逢這般磨折，這般別離。鐵心腸打開，打開鸞孤鳳隻。我這裏恓惶，他那裏難存濟。翻覆怎生，怎生獨自個睡。

（小旦）又早是一更了。

【前腔】鼕鼕二鼓，（三）敗葉敲窗紙。響撲簌聒悶耳。（四）難禁這般蕭索，（五）這般岑寂。骨肉到此，到此伊東我西。去又無門，住又無依倚。傷心怎生，怎生街頭上睡。

（旦）夜闌人靜月微明，恨殺孤眠睡不成。心上只因縈悶繫，（六）萬愁千恨歎離人。天那！又早是三更了。

（一）眉批：呀：音『迓』。
（二）眉批：哽咽：音『梗拽』。
（三）眉批：鼕：音『冬』。
（四）眉批：撲：音『卜』。簌：音『速』。聒：音『适』。
（五）眉批：禁：音『今』。索：音『縩』。
（六）眉批：縈：音『盈』。悶：『門』去聲。

【前腔】三更漏轉，寒雁聲嘹嚦。(一)半明滅燈火煤。尋思這般沉疾，這般狼狽。(二)相别到今，到今吉凶未知。冷落空房，藥食誰調理。床兒上怎生，怎生獨自個睡。

【前腔】(老旦)樓頭四鼓，風捲簷鈴碎。略朦朧驚夢回。(三)娘女這般相逢，這般重會。(四)颯然覺來，(五)覺來孩兒那裏？(六)多少傷悲，多少縈牽繫。(七)教人怎生，(八)怎生街頭上睡。

【前腔】(小旦)五更又催，野外疏鐘急。算通宵幾嘆息。一似這般煩惱，這般孤恓。一身苟活，苟活成得甚的。(旦)俺這裏愁煩，那壁厢長吁氣。聽得怎生，怎生獨自個睡。

(外上)正想家鄉夢，忽聞啼哭聲。六兒在那裏？(丑上)爹怎麽？(外)這狗才，一夜不睡，只管啼哭怎麽？(丑)爹，六兒没有，是了，驛丞啼哭。(外)驛丞怎麽啼哭？(丑)爹昨日到晚了，驛丞不曾准

(一)眉批：嘹嚦：音『僚歷』。
(二)眉批：狼狽：音『郎貝』。
(三)眉批：朦朧：音『蒙龍』。
(四)眉批：重：平聲。
(五)眉批：颯：音『霎』。
(六)眉批：覺：音『教』。
(七)眉批：縈：音『盈』。
(八)眉批：教：音『交』。

備得鋪卧，把自睡的鋪卧拏出來了，他兩口兒昨晚没有被蓋，所以啼哭這一夜。（外）胡説！拏那驛丞過來。（丑）叫驛丞。（末上）有。（外）我已曾分付你，説我在一路上鞍馬辛苦，圖得一覺好睡，(一)不許閑雜人等打攪，(二)正睡間，只聽得這壁厢啼哭，那壁厢哀怨。却怎麽説？（末）禀爺，昨晚爺未到的時節，有兩個婦人來此借宿。小驛丞不知爺到，見他身上寒冷，留他在迴廊底下，權宿一宵。想必天寒凍哭之聲，驚恐了爺，是小驛丞有罪了。（外）這驛丞好打，這是皇華駐節的所在，敢容婦人在此歇宿？叫六兒，押了這驛丞，去拏那兩個婦人過來。（丑）這婦人在那裏？（末）在這裏，你兩個婦人好不達時務，好意容你在此，權宿一宵，教你不要啼哭。一夜五更，只管啼啼哭哭，驚恐了尚書老爺，如今在這裏拏你，你自去回話。（小旦）母親，如何是好？（老旦）呀！(三)這是我家六兒。六兒！（丑）呀！是奶奶。奶奶，爹爹。爹爹，奶奶。爹爹，奶奶在這裏。奶奶，爹爹在這裏。（老旦）相公在那裏？(四)（外）夫人在那裏？（旦）娘在那裏？（見科）

【思園春】（旦）呀！娘，久阻尊顔想念勤。（老旦）孩兒，此逢將謂是夢和魂。（外）這女兒是誰？

(一) 眉批：覺：音『教』。
(二) 眉批：攪：音『絞』。
(三) 眉批：呀：音『迓』。
(四) 眉批：相：去聲。

（老旦）是我途中厮認来的。[一]（小旦）奴是不應親者，[二]今日强來親。[三]（合）子母夫妻苦分散，無心中完聚怎由人。

【好孩兒】（老旦）相公匆匆地離皇朝，[四]你心不穩。棄家私老小，去得安忍？（外）只知國難識大臣，[五]不隄防萬馬千軍犯京城。[六]君去民逃，常言道龍鬭魚損。

【福馬郎】（旦）那日風寒雨又緊，正行裏喊聲如雷震。無處藏隱，急向林榔中躲、[七]道途上奔。（老旦）其時節亂紛紛。身難保命難存。

【紅芍藥】（外）兵擾攘阻隔關津。思量着役夢勞魂。（丑）眼見得家中受危困。望吾鄉有家

（一）眉批：厮：音『色』。

（二）眉批：應：平聲。

（三）眉批：强：上聲。

（四）眉批：離：去聲。朝：音『潮』。

（五）眉批：難：去聲。

（六）隄：原作『是』，據汲古閣刊本《繡刻幽閨記定本》改。

（七）眉批：榔：音『朗』。躲：音『朵』。

難奔。(一)（老旦）孩兒歷盡了苦共辛，娘逢人見人尋趁。(二)只愁你舉目無親，子父每何處斷認？(三)

【紅衫兒】（旦）我有一言説不盡。（老旦）有甚麽話説？（旦）向日招商店驀忽地撞着家尊。(四)（哭科）（老旦）孩兒有甚事，説與我知道。不要啼哭。（旦）我尋思他眼盼盼人遠天涯近。(五)（老旦）爲甚的來那壁千般恨？(六)（外怒科）夫人，休只管叨叨問。(七)

【會何陽】（老旦）相公，有甚事争差，(八)且息怒嗔。(九)閑言閑語總休論。（小旦）賤妾不懼責罰

(一) 眉批：奔：去聲。

(二) 眉批：趁：一作『問』。

(三) 眉批：斷：音『色』。

(四) 眉批：驀：音『默』。撞：音『狀』。

(五) 眉批：盼：『攀』去聲。

(六) 眉批：爲：去聲。

(七) 眉批：叨：音『滔』。

(八) 眉批：差：音『叉』。

(九) 眉批：嗔：音『瞋』。

將片言語陳，難得見今朝分。(一)(旦)甚時除得我心頭悶？ 甚日除得我心頭恨？

【縷縷金】教准備展芳樽，(二)得團圞都喜慶，(三)盡歡欣。(老旦)館驛中有雜人來往，其實不穩。(四)到南京得見聖明君，那時好會佳賓。

(外)六兒，叫驛丞催趲船隻起程。(五)(丑叫)(內應科)

【越恁好】(外)辦集船隻，辦集船隻，指日達帝京。(小旦)漸行漸遠，親兄長不知死何存。(旦)愁人見説愁更新。(小旦)姐姐你爲甚啼哭？(六)(旦)欲言又忍，心兒裏痛切切如刀刎，(七)兩眼兒裏淚滴滴如珠搵。(八)

【紅繡鞋】(衆)畫船已在河濱，河濱。不勞馬足車輪，車輪。(外)六兒，就此起程去罷。(衆)離

(一) 眉批：分：去聲。
(二) 眉批：教：音『交』。
(三) 眉批：圞：音『欒』。
(四) 眉批：穩：音『刎』。
(五) 眉批：趲：音『盞』。
(六) 眉批：爲：去聲。
(七) 眉批：刎：音『穩』。
(八) 眉批：搵：『温』去聲。

孟津，望前進。風力順，水程緊，咫尺是，汴梁城。

【尾聲】別離會合皆緣分，(一)受過憂危心自忖，從今暮樂朝歡還再整。(二)

(外)士馬紛紛路不通，(老旦)娘兒兄妹各西東。

(合)今朝賸把銀釭照，(三)猶恐相逢是夢中。

釋義：羊羔美酒：宋陶穀學士掃雪烹茶，顧謂党姬曰：『党家有此清趣否?』姬曰：『彼但能銷金帳裏羊羔美酒，淺斟低唱耳。』穀有慚色。

第二十七出　旅邸思妻

(生上)

【步蟾宮】龍潭虎穴愁難數，(四)更染病眈疾羈旅。(五)分別夫妻兩南北，誰念我無窮淒楚。

(一) 眉批：分：去聲。

(二) 眉批：樂：音『洛』。

(三) 眉批：『賸』『剩』同。

(四) 眉批：數：音『所』。

(五) 眉批：眈：音『單』。羈：音『基』。

傾家蕩業任飄零，受盡苦和辛。雁行中斷，(一)鸞儔死别，無限傷情。窮途那更多災病。囊底已無緡。(二)正是：福無雙至，禍不單行。我蔣世隆自從與娘子分别，忽已月餘。這幾日身體雖覺漸安，争奈舉目無依。蕭條旅館，好生感傷人也！

【五樣錦】姻緣將謂、五百年眷屬，十生九死成歡聚。經艱歷險、幸然無虞。也指望否極生泰，禍絶受福。未妥尚有如是苦。急浪狂風，風吹折並根連枝樹，(三)浪驚散鴛鴦兩處飛。更全然不想我這病體疾軀，那肯放容他些兒個叮嚀囑付，(四)將他倒拽横拖奔去途。回頭道不得聲將息，幾曾有這般慈父。跌得我氣絶再復，死絶再甦。(五)一回價上心來，一回價痛哭。

暮雨朝雲去不還，强移栖息一枝安。(六)

(一) 眉批：行：音『杭』。
(二) 眉批：緡：音『眠』。
(三) 眉批：折：音『舌』。
(四) 眉批：叮嚀：音『丁寧』。囑：音『燭』。
(五) 眉批：甦：音『蘇』。
(六) 眉批：强：上聲。

春蠶到老絲方盡，（一）蠟燭成灰淚始乾。（二）

釋義：連枝樹：康王殺韓朋，奪其妻，妻投臺下死，遺書：『願以屍合葬。』康王怒，令埋兩塚相望。（三）經宿，有梓木生二塚，根交於下，枝連於上。

第二十八出　恩詔傳頒

（小生上）

【孤飛雁】恩詔從天降，遍遐邇萬民欽仰。宥極刑身有重生望，（四）散群輩與群黨。回凶就吉，轉禍爲祥。前臨帝輦絶却親黨。回首家鄉，没了父娘。感傷，尋思着雨淚千行。（五）

〔行香子〕興福舉眼無親，進退無門，聞知道結義恩人，廣陽鎮上旅館安身。幾番尋，幾番覓，（六）幾番詢。

（一）眉批：蠶：音『蚕』。
（二）眉批：乾：音『干』。
（三）眉批：相：平聲。
（四）眉批：重：音『虫』。
（五）眉批：行：音『杭』。
（六）眉批：覓：音『密』。

此間正是廣陽鎮招商店了，不免叫一聲：店主人有麽？（末上）商賈紛紛，(一)士庶群群，大門外馬足車輪。主人招接，小二慇懃。(二)俺這裏客來多，客來便，客來頻。（小生）店主人拜揖。（末）客官何來？（小生）

【惜黄花】中都路是本鄉，車駕望南往。一程程來到廣陽，特來相訪。（末）小可敢覆尊丈，有何事斷問當？(三)買物貨請商量，要安下却無妨。（小生）小生也非爲買貨，也不要安下，特來尋人。（末）若是問尋人，道如何模樣？

【前腔】（小生）店名須號招商。（末）是這裏，是招商店。（小生）少浼勞尊長。(四)（末）且説怎麽樣人？姓甚麽？（小生）有個秀才身姓蔣。（末）多少年紀了？（小生）三十餘上。（末）有，有，有。住此兩月將傍，（小生）在那裏安下？（末）正東下轉那廂。（小生）第幾間房兒？（末）從外數第三房。(五)（小生）他一向好麽？（末）患時病纔無恙。(六)（小生）如今在那裏？（末）贖藥便回來，（小

(一) 眉批：賈：音『古』。
(二) 眉批：慇懃：音『殷勤』。
(三) 眉批：斷：音『色』。
(四) 眉批：長：上聲。
(五) 眉批：數：音『所』。
(六) 眉批：纔：音『才』。恙：音『漾』。

生)藥鋪近遠?(末)想只在前街後巷。

(小生)既如此。我在此等他一等。(末)裏面請坐,想就回也。

【惜奴引】(生)禍不單行,先自來遭兵火,那堪更重重坎坷。(一)(末)官人,回來了?(生)是,回來了。(末)有人到此相訪。(生)人在那裏?(末)在裏面。(見科)(小生)訝!(二)哥哥,久阻尊顏,幾曾忘却些兒個。(生)彼我,縱然有音書怎托?

(小生)〔鶴鴻天〕自別恩兄兩月來。(生)重重坎坷受災危。(小生)哥哥你有甚坎坷災危事?(生)説起教人珠淚垂。(三)(末)休嗟怨,慢悲哀。房中請坐且寬懷。(生)從前一一都分訴,(四)萬恨千愁掃不開。(末)二位官人請坐,待我看茶來。

【本序】(生)自與相別,風寒勞役,受盡奔波。那更憂愁思慮,在旅邸頓染沉疴。(五)(小生)違

(一) 眉批:重:平聲。下同。坷:音『可』。下同。

(二) 眉批:訝:音『迓』。

(三) 眉批:教:音『交』。

(四) 眉批:訴:音『素』。

(五) 眉批:疴:音『阿』。

和，天相吉人身痊可。(一)却望節飲食，休勞碌。(二)怎忘却，忘了問别來尊嫂貴體安樂？(三)

【前腔】(生)提着，心腸慘悽，不由人忍不住淚珠流顆。(四)但有死别生離，那煩惱似天來大。(五)(小生)緣何？他棄舊憐新，從了别個？(生)不是。(小生)多應是疾病亡遭非禍？(六)(生)不是。(末)你道爲甚麽？(七)(小生)却爲甚麽？(末)依勢挾權，將夫妻苦苦拆破。(八)

【蝦蟆序】(生)摧挫。(九)艱共險愁和悶，要躲怎躲？(一〇)到如今尚有平地風波。(小生)驚愕。(一一)焰騰騰心上火。是誰人道與我？(生)你道如何？愛富嫌貧，岳丈倚强凌弱。

(一) 眉批：相：去聲。痊：音『筌』。
(二) 眉批：碌：音『六』。
(三) 眉批：樂：音『洛』。
(四) 眉批：顆：音『課』。
(五) 眉批：大：音『舵』。
(六) 眉批：應：平聲。
(七) 眉批：爲：去聲。
(八) 眉批：拆：音『策』。
(九) 眉批：摧：音『崔』。挫：音『剉』。
(一〇) 眉批：躲：音『朵』。
(一一) 眉批：愕：音『惡』。

【前腔】（小生）斟酌。尊共卑親和戚、順他受他。（一）等些時宛轉求人團掿。（二）（生）參差，（三）其中話更多。都只恨緣分薄，（四）（小生、末）事多磨。放心將息、休得自損天和。

（小生）哥哥，即目朝廷降敕，（五）宣詔天下文武進士，盡赴行朝應舉，正是男兒得志之日。哥哥休爲夫妻恩愛，（六）誤却前程。可收拾行李，與興福同往行朝。一來應舉求官，二來亦可打聽尊嫂消息。不知哥哥意下如何？（生）此言極是，只還少些房錢在此，未曾還得。（小生）兄弟帶得儘有，不煩哥哥費心。店主人，請算一算，小生奉還。（末）不多了，且請安歇，明日算罷。

（小生）離合悲歡不自由，（生）心懷縈悶幾時休。（七）

（末）争似不來還不往，（合）也無歡喜也無愁。

（一）眉批：他：音『拖』。
（二）眉批：掿：音『諾』。
（三）眉批：參差：音『參蹉』。
（四）眉批：分：去聲。
（五）眉批：朝：音『潮』。下同。
（六）眉批：爲：去聲。
（七）眉批：縈：音『盈』。

第二十九出　宴慶團圓

（外上）

【傳言玉女】得睹天顏，真爲主憂臣辱。（老旦上）皇恩深沐，享千鍾重禄。（旦、小旦上）如今幸得再整銀屏金屋。（合）皇朝重見，㈠太平重睹。

（外）盡日笙歌按玉樓，（老旦）忽朝軍馬犯皇州。（旦、小旦）但知會取非常樂，㈡（合）須是隄防不測憂。（外）夫人，今日幸喜骨肉團圓，夫妻再合。早上分付安排酒筵慶賀，不知完備未曾？院子在那裏？（末上）匈奴遥俯伏，漢相儼簪裾。㈢覆老爺，有何分付？（外）早上分付你安排酒餚，可曾完備了？（末）完備多時了。（老旦）看酒過來。（把酒科）

【玉漏遲序】㈣得寵念辱，想其時駕遷民移前去。父母妻兒散離，值此天時。抵多少喫辛受苦，抵多少無家失所。（合）今幸得在畫堂深處。

㈠ 眉批：重：平聲。

㈡ 眉批：樂：音『洛』。

㈢ 眉批：相：去聲。簪：音『臻』。裾：音『居』。

㈣ 序：原作『亭』，據汲古閣刊本《繡刻幽閨記定本》改。

【前腔】(外)驛程去速，奈何被士馬攔截歸路。(一)國敗家亡，怎知此日完聚。知幾遍宵行晝伏，知幾遍風餐露宿。(合前)

【前腔】(旦)轟雷戰鼓，(二)喊殺聲散亡人盡奔逐。那時無他可憐，救我在危途。知何處作婢爲奴，知何處遭驅被虜。(三)(合前)

【前腔】(小旦)兄南妹北，亂兵中怎知生死。須臾骨肉分別，此身去住無所。感謝得恤寡念孤，感謝得爲親做主。(合前)

【撲燈蛾】(老旦)到行朝汴梁，(四)看山河壯帝居。四時有常開花木，論繁華不減中都也。(外)受恩深處，便爲家自來俗語。(合)休思故里，對良辰媚景、宴樂且歡娱。(五)

【前腔】(旦)依舊珠圍翠簇，(六)依舊雕鞍繡轂。列侍妾丫鬟使女，(七)送金杯聽歌觀舞也。(小

(一) 眉批：攔：音『闌』。
(二) 眉批：轟：音『烘』。
(三) 眉批：虜：音『魯』。
(四) 眉批：朝：音『潮』。
(五) 眉批：樂：音『洛』。娱：音『魚』。
(六) 眉批：簇：音『族』。
(七) 眉批：丫：音『鴉』。鬟：音『還』。

旦）因災致福，愛惜奴似親生兒女。（合前）

【尾聲】從今休把光陰負，但暢飲高歌休阻，共醉樂神仙洞府。㈠

（外）莫辭今日醉顏酡，㈡（老旦）百歲光陰能幾何。

（旦）遇飲酒時須飲酒，（小旦）得高歌處且高歌。

釋義：銀屏金屋：即金屋貯阿嬌之意。

第三十出　傷心倦遊

（旦上）

【夜行船】六曲闌干和悶倚，不覺又媚景芳菲。（小旦上）微雨昨宵，新晴今日。（合）知道海棠開未？

（旦）〔蝶戀花〕春來分外傷懷抱。㈢燕燕鶯鶯，空自啼春巧。（小旦）三月春光無限好。野花一夜都開了。（丑扮梅香上）忽聽院宇笙歌繞。笑語歡聲，花下金樽倒。二位小姐，你心中有甚閑煩惱？忍教

㈠ 眉批：樂：音『洛』。

㈡ 眉批：酡：音『陀』。

㈢ 眉批：分：去聲。

辜負韶光老？(一)（旦）我自有煩惱處，你那裏知道。

【本序】春思懨懨，(二)此愁誰訴？(三)此情誰知？　心撩亂慵睹妝臺梳洗。(四)（小旦）芳時。　不煖不寒，鞦韆院宇、(五)堪遊堪戲。（旦）空對，鶯花燕柳，悄忽地暗皺雙眉。(六)

【前腔】（小旦）因誰。　牽惹芳心，媚容香褪，(七)嫩臉桃衰。　看看恁寬盡金縷羅衣。(八)（旦）休疑。　只爲傷春，(九)知他怎生、年年如是。（丑）休對，晴天暖日，輕可地過了寒食。

二位小姐，這等好天氣，和你到後花園閑步一回也好。

(一) 眉批：教：音『交』。
(二) 眉批：懨：音『焉』。
(三) 眉批：訴：音『素』。
(四) 眉批：撩：音『僚』。慵：音『鏞』。
(五) 眉批：鞦韆：音『秋千』。
(六) 眉批：悄：音『愀』。皺：音『奏』。
(七) 眉批：褪：吐困切。
(八) 眉批：恁：音『吝』。縷：音『吕』。
(九) 眉批：爲：去聲。

【風入松】(旦)甚心情閑步小園西。(小旦)姐姐爲甚不去?(旦)推一個身倦神疲。(一)(丑)趁春風桃李花開日,(二)誰不待去尋芳拾翠。九十日光陰撚指,(三)三分景二分歸。

【前腔】(小旦)那春光也應笑咱伊,(四)(旦)笑我甚的來?(小旦)笑你恁瘦減香肌。(五)(旦)東君不管人憔悴,(六)恨見得緑密紅稀。香閨掩珠簾鎮垂,不肯放燕雙飛。

【尾聲】衷心先自不如意,縱然間肯同隨喜,也做了興盡空回。(七)

(旦)傷心情緒倦追遊,(小旦)好景如梭不肯留。

(丑)來朝自有新條在,(合)惱亂春風卒未休。

(一) 眉批:疲:音『皮』。

(二) 眉批:趁:音『陣』。

(三) 眉批:撚:音『輾』。

(四) 眉批:應:平聲。咱:音『渣』。

(五) 眉批:恁:音『吝』。

(六) 眉批:悴:音『翠』。

(七) 眉批:興:去聲。

釋義：鞦韆：《荆楚歲時記》：春節懸長繩於高木，士女袨服坐立其上，(一)相推引之，(二)名曰『鞦韆』。

第三十一出　同赴雲程

（生上）

【望遠行】春風紫陌，又是天涯行客。（小生上）野草閑花，掩映水光山色。（末、浄上）杏花朵朵欹紅，(三)楊柳絲絲弄碧。（合）沙岸遠漣漪初溢。(四)

（生）攜書挾策赴天邦，（小生）那更風光值艷陽。(五)（末）路上野花鑽地出，(六)（浄）村中美酒透瓶香。（各見科）（浄）不敢動問此間老兄上姓？（生）學生姓蔣。（浄）貴表？（生）雙名世隆。（浄）此間？（小生）學生覆姓陀滿，雙名興福。（浄）此間？（末）學生姓卜，雙名登科。（生）老兄？（浄）學生姓

(一) 袨：原作『袒』，據《荆楚歲時記》改。
(二) 眉批：相：平聲。推：音『焞』。
(三) 眉批：欹：音『欺』。
(四) 眉批：漣：音『連』。漪：音『衣』。
(五) 眉批：艷：音『焰』。
(六) 眉批：鑽：音『簪』。

成，雙名何濟。你我都是科舉朋友，不期而逢。天色將晚，各請趲行幾步。(一)

【望吾鄉】(生)降詔頒拆，(二)搜賢赴帝域。文武遠投安邦策，星斗文章誰能及？下筆如神力。(合)一朝裏身顯跡，受賞加官職。

【前腔】(小生)萬里鵬翼，(三)功名唾手得。(四)英雄果是千人敵，正是男兒峥嶸日，(五)豈敢辭勞役。(合前)

【感亭秋】(末)短亭長亭，程程去知幾驛，逆旅中過寒食。見點點殘紅飛絮，向夕陽影裏啼蜀魄。(合)家鄉遠心謾憶，回首雲煙隔。

【前腔】(淨)香醪待飲何處覓，牧童處問端的。遥望前村疏籬側，招颭酒旗林梢刺。(六)(合前)

(一) 眉批：趲：音『盞』。

(二) 眉批：拆：音『策』。

(三) 眉批：鵬：音『朋』。

(四) 眉批：唾：音『拖』。

(五) 眉批：峥：音『撑』。嶸：音『弘』。

(六) 眉批：颭：音『帖』。刺：音『七』。

【紅繡鞋】小徑迢迢狹窄，(一)狹窄。野水潺潺湍激，(二)湍激。飲數杯，解愁戚。那裏堪觀賞，可閑適。只愁他，天晚逼。

【尾聲】酒家眠權休息，韞匵藏珠隱塵跡，(三)萬里前程在咫尺。(四)

(生)過却長亭又短亭，(小旦)看看相近汴梁城。(五)

(末)路上有花並有酒，(淨)一程分作兩程行。

釋義：　蜀魄：　即杜鵑也。蜀帝化爲鵑，故曰蜀魄。

第三十二出　幽懷密訴

(旦上)

(一) 眉批：迢：音『條』。窄：音『則』。

(二) 眉批：湍：音『顓』。

(三) 眉批：韞：音『蘊』。匵：音『讀』。

(四) 眉批：咫：音『止』。

(五) 眉批：看：平聲。

【齊天樂】懨懨捱過殘春也，[一]猶是困人時節。景色供愁，天氣倦人，針黹何曾拈刺。[二]（小旦）閑庭静悄，[三]瑣窗瀟灑，小池澄徹。（合）疊青錢，[四]泛水圓小嫩荷葉。

（小旦）〔浣溪沙〕階前萱草簇深黄。[五]檻外榴花疊絳囊。[六]清和天氣日初長。（旦）懶去梳妝臨寶鏡，慵拈針黹向沙窗。[七]（合）晚來閑步出蘭房。（小旦）姐姐，當此良辰媚景，正好快樂，[八]你反眉頭不展，面帶憂容。爲甚麽來？[九]

【青衲襖】（旦）我幾時得煩惱絶，幾時得離恨徹。本待散悶閑行到臺榭，[一〇]傷情對景腸寸

[一] 眉批：懨：音『焉』。
[二] 眉批：黹：音『止』。拈：音『年』。刺：音『七』。
[三] 眉批：悄：音『愀』。
[四] 眉批：疊：音『迭』。
[五] 眉批：簇：音『族』。
[六] 眉批：囊：奴當切。
[七] 眉批：慵：音『鱅』。拈：音『年』。黹：音『止』。
[八] 眉批：樂：音『洛』。
[九] 眉批：爲：去聲。
[一〇] 眉批：榭：音『謝』。

結。(小旦)姐姐撇下些罷。(旦)悶懷些兒待撇下怎忍撇,(一)待割捨難割捨。倚遍闌干萬感情切,都分付長嘆嗟。

【紅衲襖】(小旦)姐姐,你繡裙兒寬褪了褶,(二)爲傷春憔悴些。(三)近日龐兒瘦成劣怯,(四)莫不是又傷夏月。姊妹每休見別,斟量着非爲別。(五)(旦)你量着我甚麼?(小旦)多應把姐夫來縈牽,(六)別無些話説。(旦怒科)

【青衲襖】你把濫名兒將咱引惹,(七)直恁的情性乖心意劣。(八)女孩兒家多口共饒舌。爹娘行快活要他做甚的?(九)要妝衣滿篋,(一〇)要食珍饈則盛設,和你寬打周折。(走科)(小旦)姐姐,

---

(一)眉批:撇:音『別』。
(二)眉批:褪:吐困切。褶:音『摺』。
(三)眉批:憔悴:音『樵翠』。些:音『薛』。
(四)眉批:龐:音『傍』。
(五)眉批:量:音『亮』。爲:去聲。
(六)眉批:應:平聲。縈:音『盈』。
(七)眉批:咱:音『渣』。
(八)眉批:劣:音『列』。
(九)眉批:行:音『杭』。下同。
(一〇)眉批:篋:音『怯』。

到那裏去？（旦）到父親行先去説，（小旦）説些甚麽？（旦）説你小鬼頭春心動也。

【紅衲襖】（小旦）我特地錯睹別，（一）（跪科）姐姐，望高擡貴手饒過些。（二）一句話兒傷了俺賢姐。（旦）起來，且饒你這次，今後再不可如此。（小旦）若再如此呵，瑞蓮甘痛決，姐姐閑耍歇，（三）小的每先去也。（旦）那裏去？（小旦）只管在此閑行，忘收了針綫帖。

（旦）也罷，你自去。（小旦）推些緣故歸家早。（四）花陰深處遮藏了。熱心閑管是非多，冷眼覷人煩惱少。（虚下）（旦）呀，這丫頭去了，天色已晚，只見半彎新月，斜掛柳梢。不免安排香案，對月禱告一番，争些誤了。〔卜算子〕款把桌兒擡，輕揭香爐蓋。一炷心香訴怨懷。對月深深拜。（拜科）

【二郎神慢】拜星月，寶鼎中明香滿爇。（五）（小旦潛上聽科）（旦）上蒼，這一炷香呵，願我抛閃下男兒疾效些，得再睹同歡同悦。（小旦）悄悄輕將衣袂拽。（六）姐姐，却不道小鬼頭春心動也。（走

（一）眉批：睹：音『堵』。
（二）眉批：擡：音『臺』。
（三）眉批：耍：音『傻』。
（四）眉批：推：音『焞』。
（五）眉批：鼎：音『頂』。爇：音『薛』。
（六）眉批：悄：音『愀』。袂：音『寐』。拽：音『柮』。

科)(旦)妹子到那裏去?(小旦)我也到父親行去説。(一)(旦扯科)(小旦)放手,我這回定要去。(旦跪科)妹子,饒過了姐姐罷。(小旦)姐姐請起,那嬌怯。無言俛首,(二)紅暈滿腮頰。(三)

【鶯集御林春】(小旦)恰纔的亂掩胡遮,(四)事到如今漏洩。姊妹每心腸休見别,夫妻每是有些周折?(旦)教我難推怎阻,(五)罷,妹子,我一星星對伊仔細從頭説。(小旦)姐姐,他姓甚麼?(旦)姓蔣。(小旦)訝!(六)他也姓蔣,叫做甚麼名字?(旦)世隆名。(小旦)訝!他家住在那裏?(旦)中都路是家。(小旦)訝!姐姐,你怎麼認得他?他是甚麼樣人?(旦)是我男兒受儒業。

【前腔】(小旦悲科)聽説罷姓名家鄉,這情苦意切。悶海愁山將我心上撇。(七)不由人不淚珠流血。(旦)我悽惶是正理,只合此愁休對愁人説。妹子,你啼哭爲何因?(八)莫非是我男兒

(一)眉批:行:音『杭』。
(二)眉批:俛:音『免』。
(三)眉批:暈:音『運』。腮:音『篩』。頰:音『莢』。
(四)眉批:纔:音『才』。
(五)眉批:教:音『交』。推:音『焞』。
(六)眉批:訝:音『迓』。
(七)眉批:撇:音『别』。
(八)眉批:爲:去聲。下同。

舊妻妾？

【前腔】（小旦）他須是瑞蓮親兄，（旦）訝！元來是令兄，爲何散失了？（小旦）爲軍馬犯闕。（旦）是，我曉得了，散失忙尋相應者，那時節只争個字兒差迭。(一)妹子，和你比先前又親，自今越更着疼熱。(二)你休隨着我跟脚，久已後是我男兒那枝葉。

【前腔】（小旦）我須是你妹妹姑姑，你是我的嫂嫂又是姐姐。未審家兄和你因甚别？兩分離是何時節？（旦）正遇寒冬冷月，恨爹爹把奴拆散在招商舍。(三)（小旦）你如今還思量着他麼？（旦）思量起痛辛酸，(四)那其間他染病耽疾。(五)（小旦）那時怎割捨得撇了？（旦）是我男兒教我怎割捨？(六)

(一) 眉批：差：音『叉』。
(二) 眉批：疼：音『滕』。
(三) 眉批：拆：音『策』。
(四) 眉批：酸：『算』平聲。
(五) 眉批：耽：音『丹』。
(六) 眉批：教：音『交』。

【四犯黄鶯兒】（小旦）他直恁太情切，（一）你十分忒軟怯，（二）眼睁睁怎忍相拋撇。（三）（旦）枉自怨嗟，無可計設，當不過他搶來推去望前拽。（四）（合）意似虺蛇，（五）性似蝎螫，（六）一言如何訴説。

【前腔】（小旦）流水一似馬和車，（七）頃刻間途路賒，（八）他在窮途逆旅應難捨。（旦）那時節呵，囊篋又竭，（九）藥食又缺，他那裏悶懨懨捱不過如年夜。（一〇）（合）寶鏡分裂，玉釵斷折，（一一）甚日重圓再接？

【尾聲】自從别後信音絶，這些時魂驚夢怯，莫不是煩惱憂愁將人斷送也。

（一）眉批：恁：音『吝』。
（二）眉批：軟：音『楝』。怯：音『挈』。
（三）眉批：睁：音『争』。拋：音『泡』。撇：音『别』。
（四）眉批：搶：『鎗』上聲。推：音『焞』。
（五）眉批：虺：音『諱』。
（六）眉批：螫：音『折』。
（七）眉批：車：音『琿』。
（八）眉批：賒：音『奢』。
（九）眉批：囊：奴當切。篋：音『怯』。
（一〇）眉批：懨：音『焉』。
（一一）眉批：折：音『舌』。

（旦）往時煩惱一人悲，（小旦）從此淒涼兩下知。
（合）世上萬般哀苦事，無過死别共生離。

釋義：青錢：《千家詩》：『點溪荷葉疊青錢。』寸結：古詞：『柔腸寸結。』饒舌：閭丘胤出牧丹丘，豐干禪師曰：『若蒞任，當問清涼寺執爨、滌器者。』後訪，二人果于廚下圍爐笑語。胤即下拜，二人連聲叱咄，執胤手曰：『豐干何饒舌耶？』因示以未來揭。

第三十三出　科場考試

考試照常，故不録。

第三十四出　姊妹縈思

（旦上）

【秋蕊香】半載縈牽方寸，(一)何時不淚滴眉顰。(二)（小旦上）欲語難言信難問，（合）即漸漸裏慵

(一) 眉批：縈：音『盈』。
(二) 眉批：顰：音『頻』。

懨瘦損。(一)

(旦)〔玉樓春〕深沉院宇無疑問。縱然有便難傳信。(小旦)這邊愁似那邊愁。伊的恨如奴的恨。

(旦)心中漫然思又忖。(二)口中枉自評和論。(合)有時欲向夢中訴。(三)夢又不成燈又燼。(四)(旦)妹子,這些時天下文武賢良,都來赴選,不知你哥哥來也不曾?好悶人呵!(小旦)哥哥料應在此,(五)只怕他不得成名,就知嫂嫂消息,也難廝見。(六)

【二犯孝順歌】(旦)從別後,渡孟津,思君盡日欲見君。鳳北鸞南,生生地鏡剖與釵分。鎮千思萬想,要見無門。(合)放不落,心上人。撇不下,心上人。

【前腔】(小旦)一回價,暗自忖,非親怎知却是親?你東咱西,(七)荒荒地路途人亂奔。自一

(一) 眉批:懨:音『焉』。
(二) 眉批:忖:『村』上聲。
(三) 眉批:訴:音『素』。
(四) 眉批:燼:音『贐』。
(五) 眉批:應:平聲。
(六) 眉批:廝:音『色』。
(七) 眉批:咱:音『渣』。

别半載，杳然無聞。(一)（合前）

【前腔】（旦）恩和愛，苦共辛，衷腸告天天怎聞？妾後夫前，懨懨地幾曾忘半分。(二)有三言兩語，寄也無因。（合前）

【前腔】（小旦）當時苦，值亂軍，離鄉背井兄妹分。做小服低，看看地過冬還過春。捱十生九死，舉目無親。（合前）

（旦）天從人願最爲難，（小旦）再睹重逢豈等閑。(三)

（合）從今許下千千拜，望月瞻星夜夜閑。

釋義：鏡剖：隋亡，樂昌公主與徐德言别，破鏡爲記。後公主歸楊越公府中，德言以鏡求合，越公憐而歸之。釵分：史二蘭故事。

(一) 眉批：杳：音『妖』。

(二) 眉批：懨：音『焉』。

(三) 眉批：重：平聲。

第三十五出　絲牽二鳳

（外上）

【高陽臺】蓂莢更新，(一)流光過隙，桑榆日近西山。有女無家，一心日夜憂煩。

使命傳宣出建章，(二)微臣深愧沐恩光。可憐年老身無子，特旨巍科擇婿郎。老夫親生一女，小字瑞蘭。向者兵戈撓攘之際，夫人途中帶回一女，小字瑞蓮。與我親生孩兒一般看待。如今俱已及笄。(三)蒙聖旨着我招贅文武狀元爲婿。不免請夫人女孩兒出來。一同遣遞絲鞭便了。(四)院子那裏？（末上）丹墀日月開金榜，(五)市井駢闐擇婿車。(六)覆老爺，有何鈞旨？（外）後堂請老夫人與二位小姐出來。（末）理會得。老夫人、二位小姐有請。（老旦上）

【前腔】蘭堂日永，湘簾捲，畫簷前燕鵲聲喧。（旦、小旦上）喜椿萱晚景安然，感謝蒼天。

(一) 眉批：蓂：音『冥』。莢：音『結』。更：音『庚』。
(二) 眉批：使：音『四』。
(三) 眉批：笄：音『基』。
(四) 眉批：遞：音『弟』。
(五) 眉批：墀：音『池』。
(六) 眉批：駢：音『便』。闐：音『田』。

爹爹、母親萬福。（外）孩兒到來。夫人，老夫年紀高大，女孩兒俱已及笄，(一)未曾有親。昨蒙聖恩憐俺無嗣，着俺招贅文武狀元爲婿。今日請夫人與兩個孩兒出來，一同遣遞絲鞭，不知尊意若何？（老旦）相公，(二)男大須婚，女大須嫁，此是美事，有何不可。（旦）告爹爹、母親，孩兒已有丈夫，不敢從命。（外怒科）走，你丈夫在那裏？胡説！（旦）爹爹，容奴稟覆。爹爹向因兵戈離亂，前往邊庭，孩兒與母親分散東西，逃生曠野。那時一身無靠，(三)舉目無親。幸遇秀才蔣世隆，惻隱存心，救奴作伴。又被强梁拿縛山寨，幾乎殺死。(四)幸得寨主是他故人，與他情深義重，方免殘生。若無他救，不知生死何地。後來與他同到招商店中，盟山誓海，共結鸞凰。豈期爹爹來至，將奴拆散。(五)今蒙嚴命，再選夫婿，豈敢有違？爹爹高居相位，(六)坐理朝綱，(七)習觀書史，止有守貞守節之道，那有重婚重嫁之禮？(八)世隆乃讀

(一) 眉批：笄：音『基』。
(二) 眉批：相：去聲。
(三) 眉批：靠：音『犒』。
(四) 眉批：幾：平聲。
(五) 眉批：拆：音『策』。
(六) 眉批：相：去聲。
(七) 眉批：朝：音『潮』。
(八) 眉批：重：平聲。

書才子，有日禹門三汲浪，一舉占鰲頭。(一)孩兒甘守節操，斷不從命。(二)離亂兵戈喊殺聲，(三)娘兒驚散竄山林。(四)危途不遇賢君子，貴府那存賤妾身。莫把故人來不顧，不應親者免相親。(五)世隆有日風雲會，須待團圞到底真。(六)(外)孩兒説那裏話？這是朝廷恩命，(七)誰敢有違？(小旦)爹爹，小女瑞蓮，亦有少稟。(外)你也有甚麽話説？也罷，你説。(小旦)自從妾遭兵火，兄妹各奔逃生。閃棄妾身在曠野之中。(八)藏形躲難，(九)幸蒙夫人叫聲，與奴名厮類，(一〇)不顧你我慌忙應答，當蒙夫人提挈妾身爲伴，(一一)脱離災厄。後來爹爹緝探回朝，驛中相遇，又蒙收留潭府，享用畫堂。恩育妾如嫡女，衣食豐足，無可稱報。前日因同姐姐燒香，各表誠心禱告上蒼，方知姐姐與妾兄蔣世隆偶結姻緣，已成夫婦之禮。

(一)眉批：占：去聲。鰲：音『厫』。
(二)眉批：斷：音『段』。
(三)眉批：喊：『咸』上聲。
(四)眉批：竄：音『攛』。
(五)眉批：應：音『英』。
(六)眉批：圞：音『栾』。
(七)眉批：朝：音『潮』。
(八)眉批：閃：音『陝』。
(九)眉批：躲：音『朵』。難：去聲。
(一〇)眉批：厮：音『色』。
(一一)眉批：當：去聲。

今蒙爹爹嚴命，將奴姊妹招贅文武狀元，不敢不從。伏望爹爹高臺明鏡，細加照察。妾兄蔣世隆，飽學多才，有日風雲際會，亦未可量。(一)瑞蓮甘與姐姐一同守節，但得天從人願，妾兄一舉成名，那時夫貴妻榮，姻緣再合。妹承兄命，始配鸞凰。酬謝爹爹養育之恩，管取團圓到底。九烈三貞自古今，從新棄舊枉爲人。如今縱有風流婿，休想佳人肯就親。(外)這是朝廷恩命，休得胡説。院子，快與我喚官媒婆過來。(末)理會得。轉彎抹角，此間便是官媒婆家裏，官媒婆走動。

【普賢歌】(丑上)媒婆終日脚奔波，成就人間好事多。這家也是我，那家也是我。只爲家貧没奈何。(二)

大叔是王老爺府中，喚老娘有何使用？(末)俺老爺奉朝廷恩命，將二位小姐招贅文武狀元，喚你遞送絲鞭。(三)(丑)通報。(末)禀老爺，官媒婆喚到了。(外)着他進來。(末)老爺着你進來。(丑)老爺、老夫人、二位小姐，官媒婆叩頭。(外)媒婆，我奉朝廷恩命，招贅文武狀元爲婿，你與我院子同去遞送絲鞭，聽我道。

(一) 眉批：量：去聲。
(二) 眉批：爲：去聲。
(三) 眉批：遞：音『弟』。

【黄鶯兒】二女正青年，相門高當遴選。(一)乘龍未遂吾心願。幸朝廷命宣，(二)配文武狀元，郎才女貌真堪羨。(老旦)(合)媒婆，你去遞絲鞭，一雙兩美，成就好姻緣。

【前腔】(旦)口誦《柏舟》篇，更何心續斷絃。(三)(丑)小姐是深閨的處子，如何説起斷絃來？(四)(旦)我洞房曾會招商店。(丑)既如此，如何又拆散了？(五)(旦)爹爹錦旋，途中偶見，霎時間拆散了鴛鴦伴。(六)媒婆，休要遞絲鞭，我甘心守節，誓不再移天。

(丑)小姐，説那裏話？一定還要諧一個佳偶。(七)

【前腔】(小旦)那日涉風煙，望關山路八千。亂軍中不見了哥哥面。幸夫人見憐，將奴身保全。勝似嫡親，相待恩非淺。今日遞絲鞭，我紅生羞臉，黄色上眉間。

【前腔】(丑)鈞命敢遲延，這姻緣非偶然。匪媒弗克成姻眷。調和兩邊，并無一言。人間第

(一) 眉批：相：去聲。遴：音『隣』。
(二) 眉批：朝：音『潮』。
(三) 眉批：斷：音『段』。
(四) 眉批：斷：音『段』。
(五) 眉批：拆：音『策』。
(六) 眉批：霎：音『煞』。
(七) 眉批：諧：音『鞋』。

一要行方便。明日遞絲鞭，仙郎肯受，多贈我貫頭錢。

（外）媒婆，又有一件，恐二位狀元不知二位小姐妍醜，[一]將這真容與他看去。（丑）理會得。

（外）憑媒選日遞絲鞭，（老旦）招贅文科武狀元。

（末）時人莫訝登科早，（丑）只爲嫦娥愛少年。

釋義：蓂莢：黄帝時，有草生于庭。初一至十五，每日生一葉；十六至三十，每日落一葉。月小則存一而不落。用是知日月之朔望。桑榆：日上桑榆，則日之夕矣。喻年老時光短也。乘龍：太尉桓玄二女得孫儁、李元禮爲婿，人謂桓叔元兩女乘龍。言得婿如龍也。《柏舟》篇：衛世子共伯早卒，其妻共姜守制，父母欲奪而嫁之，姜不從，作《柏舟》之詩以自誓。續斷絃：漢武帝時，西海獻膠五兩。一日帝射於甘泉宫，絃斷。西使乞以所進膠續之，[二]果兩頭相着，射之終日而不斷。帝大悦，名續絃膠。

第三十六出　棄婚不允

（生上）

[一] 眉批：妍：音『年』。

[二] 眉批：使：去聲。

【風入松】同聲相應氣相求，同占鰲頭。(一)（小生上）追思往事皆成謬，(二)傷情處不堪回首。（合）幸喜聲名貴顯，相期黼黻皇猷。(三)

（小生）哥哥，且喜雙桂聯芳，早遂凌雲之志。行看兩葵並秀，同傾向日之誠。（生）兄弟，所喜者志得意滿；所悲者家園蕩廢，琴瑟凄涼。（小生）哥哥，這個都不打緊，兄弟一門良賤，三百餘口，都被聶賈列奸臣無辜殺戮，(四)止逃兄弟一身，幸得恩兄救得性命，到如今戴天之讐未報，(五)再生之恩未酬。哥哥這些小事，何足掛念？（末、丑上）

【勝葫蘆】聖主憂心及大臣，因無子繼家門。二女如花未得諧秦晉。(六)特來說合、兩兩仙郎共成親。

此間正是狀元寓所，不免徑入。呀，(七)二位老爺，官媒婆、院子叩頭。（生、小生）你兩個從何而來？有

(一) 眉批：占：去聲。鰲：音『廒』。
(二) 眉批：謬：音『繆』。
(三) 眉批：黼黻：音『甫紱』。
(四) 眉批：辜：音『孤』。戮：音『六』。
(五) 眉批：戴：音『帶』。讐：音『仇』。
(六) 眉批：諧：音『鞋』。下同。
(七) 眉批：呀：音『迓』。

何話說？（丑、末）我兩人是王尚書府中，一來奉天子洪恩，二來領尚書嚴命，特來遞送絲鞭，請二位老爺諧爲佳偶。二位小姐真容在此，狀元請看。（生看悲科）（小生）哥哥，今日是個喜日，爲何墮下淚來？（一）（生）兄弟，你自受了絲鞭，我斷然不受。（二）（小生）哥哥爲何不受？

【集賢賓】（生）那時挈家逃難走，（三）正鬼哭神愁。喊殺聲如雷軍馬驟，（四）亂荒荒過壑經丘。（五）妹子，瑞蓮呵，相失在後，尋討處不知所有。難措手，忽有人同聲相應同氣相求。

（小生）向日山寨中見的嫂嫂，想就是了。

【前腔】（生）途中見時雖厮守，（六）猶覺滿面嬌羞，到得磁州廣陽鎮招商店中呵，（七）直待媒妁之言成配偶。不意他父親王尚書，緝探虎狼軍，回來偶到招商店中。遇見是他女兒，竟自奪回去了。（小生）

（一）眉批：爲：去聲。墮：音『惰』。

（二）眉批：斷：音『煅』。

（三）眉批：挈：音『怯』。難：去聲。

（四）眉批：驟：音『奏』。

（五）眉批：壑：音『涸』。

（六）眉批：厮：音『色』。

（七）眉批：磁：音『慈』。

哥哥，你那時怎割捨得他下？（生）病懨懨無計相留，(一)（小生）若是小弟呵，一定與他廝鬧一場。（生）怎敢與他龍争虎鬭？（小生）別後曾有信音麼？（生）分别後知他安否？（小生）如今這親事，怎辭得他？（生）恩德厚，有何顏再配鸞儔？(二)

（末、丑）好怪哉！我小姐又説招商店有了丈夫，不肯再嫁，狀元又説招商有了妻室，不肯重婚。(三)

【琥珀猫兒墜】（小生）哥哥説罷，方識此根由。破鏡重圓從古有，何須疑慮反生愁？不謬。准備着乘龍花燭風流。

【前腔】（末、丑）正是義夫節婦，語意兩相投。莫不是姻緣當輻輳。(四)文狀元老爺，此情分付與東流。休休，把舊恨新愁一筆都勾。

（生）媒婆、院子，煩你多多拜上老爺，一定不得奉命了。

（末）事跡相同説不差，(五)（丑）這般異事實堪誇。

(一) 眉批：懨：音『焉』。
(二) 眉批：儔：音『稠』。
(三) 眉批：重：平聲。
(四) 眉批：輻：音『福』。輳：音『湊』。
(五) 眉批：差：音『杈』。

（小生）落花有意隨流水，（生）流水無情戀落花。

釋義：鰲頭：《列子》：渤海之東有五山，隨波上下，天帝使巨鰲十五舉首戴之，其上皆神仙所居。故奪大魁者，爲『占鰲頭』。秦晉：晉太子圉質于秦，秦伯以女妻焉。㈠晉文公重耳奔秦，秦又以五女妻之。故今之世婚姻者，詔謂『秦晉』。

第三十七出　月老回姻

（外上）

【似娘兒】姻事未和諧，㈡媒婆去不見回來。（老旦上）教人望眼懸懸待。㈢（合）玉音已降，冰人已遣，汗簡何乖。

（外）夫人，昨遣官媒婆、院子，到文武狀元寓所，遞送絲鞭，㈣一去許久不見回報？待他來時，便知分曉。（末、丑上）指望將心托明月，誰知明月照溝渠。個中一段姻緣事，對面相逢總不知。老爺、老夫

㈠ 眉批：妻：去聲。
㈡ 眉批：諧：音『鞋』。
㈢ 眉批：教：音『交』。懸：音『玄』。
㈣ 眉批：遞：音『弟』。

人，官媒婆、院子叩頭。（外）媒婆、院子回來了，二位狀元受了絲鞭不曾？（末、丑）奉天子洪恩，領老爺嚴命，去到狀元寓所説親，那武狀元欣然領納，並不推辭，(一)只有文狀元不肯應承。(二)再三勸他，方把真情説出來。（外）他怎麽説？

【啄木兒】（末、丑）他説遭離亂值變遷，民庶逃生離故園。兄攜妹遠涉風煙，亂紛紛戈戟森然。喊殺中妹子忽不見，前村後陌都尋遍，聲唤多嬌蔣瑞蓮。

（外）那時尋見也不曾？

【前腔】（末、丑）兄尋妹涕淚漣，(三)忽聽得悠悠聲應遠。只道是妹見哥哥，却元來錯認陶潛。那女子呵，他娘兒拆散中途伴，(四)叫聲應聲隨呼唤，（外）那女子怎肯應他？（末、丑）那女子叫名瑞蘭，與瑞蓮聲音厮類，名韻相同事偶然。

（外）那女子失散了母親，在途路上行也不便。

(一) 眉批：推：音『焞』。

(二) 眉批：應：音『英』。

(三) 眉批：涕：音『剃』。漣：音『連』。

(四) 眉批：拆：音『策』。

【三段子】（末、丑）欲隨向前，男女輩同行未便。欲落後邊，亂軍中污辱未免。(一)只得做兄妹同行呵，相隨同到招商店，主人翁作伐諧姻眷。(二)那其間狀元染起病來，正仗那娘子扶持，不意他岳丈相逢拆散錦鴛。

（外）有這等事，夫人。

【前腔】孩兒瑞蘭，與伊妻名兒一般。孩兒瑞蓮，與伊妹名非兩般。你中都路母子曾拆散，我招商店父子重相見，(三)事跡相同豈偶然？

（老旦）如今却怎生是好？（外）我有一個道理。

【滴溜子】明日裏，明日裏，小設酒筵。媒婆去，媒婆去，傳語狀元。既然他心中不願，如何强逼他諧繾綣？(四)（老旦）既如此，你要請他來怎麽？（外）只要請來一會，待得飲酒之間呵，先教他妹子在堂前，(五)隔簾認看。

(一) 眉批：污：音『烏』。
(二) 眉批：諧：音『鞋』。
(三) 眉批：重：音『虫』。
(四) 眉批：强：上聲。繾：音『遣』。綣：音『倦』。
(五) 眉批：教：音『交』。

（老旦）此計甚好。

【尾聲】相逢到此緣非淺，真與假明朝便見。媒婆，你去多多拜上狀元，望勿推辭，(一)請他來赴宴。

（外）明朝宴佳賓，（老旦）須知假共真。慇懃藉紅葉，寄與有情人。

釋義：汗簡：古未有書契，用竹簡代書，須火炙汗出，而後易書且不蛀，故曰『汗簡』。錯認陶潛：語云：『錯認陶潛作阮郎。』

第三十八出　冰人請宴

（浄上）有福之人人伏事，無福之人伏事人。自家乃蔣狀元府中一個使用的是也。蒙狀元鈞旨，着俺打掃畫堂，整理琴書清玩。鋪設已完，不免在此伺候則個。

【玩仙燈】（生上）有事掛心懷，(二)好一似和鉤吞綫。

(一) 眉批：推：音『焞』。

(二) 眉批：掛：音『卦』。

憶自離家幾變更，此身雖在亦堪驚。東邊日出西邊雨，道是無情却有情。昨爲王尚書遣官媒婆、院子來此説親，教我越加煩惱。不知甚日方得我嬌妻音耗。今日閑暇，不免將琴書消遣一番，多少是好。

【懶朝天】一自瑶琴操離鸞，眼底知音少，不與彈。今朝拂拭錦囊看，(一)雪窗寒。傷心一曲倚闌干，續《關雎》一調難。（末、丑上）

【懶畫眉】空勞仙子下天台，何意劉郎事不諧？(二)狀元老爺，官媒婆、院子叩頭。（生）媒婆因甚去還來？（末、丑）早成就了合歡帶。管取相逢笑口開。

（生）媒婆、院子，我昨日已煩你拜上老爺，這親事斷然不敢奉命。(三)（末、丑）告狀元老爺知道，王尚書老爺多多拜上，姻緣之事，不敢相拗。久仰狀元老爺才高貌美，只請枉臨一會，再無他意。（生）既如此，我少不得來參拜你老爺。你二人先去，我隨後就來了。（末、丑）回去禀復老爺，掃門拱候。

（生）相府玳筵開，(四)珍饈百味排。

（末）掃門端拱候，（丑）專待狀元來。

(一) 眉批：囊：奴當切。看：平聲。

(二) 眉批：諧：音『鞋』。

(三) 眉批：斷：音『煅』。

(四) 眉批：相：去聲。玳：音『代』。

釋義：天台：晉劉晨、阮肇入天台採藥，遇二仙，邀至其家，行夫婦之禮，甫半載而歸，其家已七世。

第三十九出　劍合雙鸞

（外上）

【卜算子】一段好姻緣，説起難抛下。今朝開宴特相邀，試問真和假。

昨日已遣官媒婆、院子，去請狀元來此會宴。早間已曾分付安排酒餚，不知完備未曾？院子那裏？（末上）堂上呼雙字，階前應一聲。覆老爺，有何分付？（外）筵席完備了未曾？（末）完備多時了。（外）快去請張都督來陪宴。（末）小人已曾去請，説就來。（净上）聞呼即至，有請當來，通報。（末）稟老爺，張老爺到了。（外）張大人請。（净）老司馬請，下官隨後。（外）豈有此禮？寒舍。（净）請了，老司馬拜揖。（外）張大人拜揖。（净）老司馬今日相招，不知有何見教？（外）老夫今日之設，非爲别事。(一)只因當初老夫緝探虎狼軍去了，老妻正值遷都世亂之時，帶領小女瑞蘭，前往京師躲避。(二)行至中途，被軍馬趕散，母子分離。已後老夫回到磁州廣陽鎮招商店中，遇見小女，隨着一個秀才爲伴。老

(一) 眉批：爲：去聲。
(二) 眉批：躲：音『朵』。

夫一時氣忿，不曾問得詳細，撇了那秀才，㈠取了女兒回京。如今蒙聖恩將此小女招贅今科狀元爲婿，昨遣官媒婆、院子去遞絲鞭，㈡那狀元説有了妻室，不肯領納。已後再三勸他，説出真情。元來這狀元就是招商店中那秀才。（浄）有這等事？（外）還有一件，當初老妻途中失了小女時節，叫聲尋問，忽有一個女兒，叫名瑞蓮，與小女名韻相同，只道叫他上前應答。老妻見他是好人家兒女，就認他做女兒帶回。元來此女又是狀元的妹子。（浄）有這等事，一發奇怪。（外）老夫本欲就令小女與他廝見，㈢未敢造次。今日聊設一杯水酒，請狀元來到寒舍。着他妹子隔簾認看，便知分曉，故此特請張大人過來相陪。（浄）這個當得。（外）院子，狀元來時，即便通報。（末）理會得。

【前腔】（生上）仙子宴瑤池，青鳥書傳送。道是無情却有情，既信猶疑夢。

（末）禀老爺，狀元到了。（外）快請。（末）有請。（外）狀元請。（生）老先生請。（浄）還是大人先請。（生）不敢，還是老先生請，學生焉敢。（外）僭了。（生）老先生拜揖。（外）狀元拜揖。（浄）狀元大人拜揖。（生）老先生拜揖。（外）狀元請坐。（生）老先生請，學生侍坐。（外）豈有此禮，請。（生）告坐了。（外）請坐。（浄）狀元大人，老司馬有一位小姐奉聖旨招閣下爲婿，爲何不肯應承？㈣（生）二位

㈠ 眉批：撇：音『別』。
㈡ 眉批：遞：音『弟』。
㈢ 眉批：廝：音『色』。
㈣ 眉批：爲何：去聲。

老先生聽禀。

【山坡羊】那日因遭兵燹，（一）兄妹移家遷汴。亂軍中拆散雁行，（二）兩下裏跟尋不見。叫瑞蓮，有個佳人忽偶然。（净）那佳人怎麽就肯答應？（生）那佳人叫名瑞蘭，與瑞蓮聲音厮類，故此應錯了。（净）既如此，曾與他配合也不曾？（生）相隨同到招商店，合巹曾勞媒妁言。（三）交歡，誰知一病纏。學生正染病間，被他父親也是王尚書偶然遇見，奪回去了。（净）這個天殺老忘八！（生）堪憐，分開鳳與鸞。

（净）那是一時的事，也抛撇得下了。今日相府議親，（四）如何再三不允？

【前腔】（生）佩德銜恩非淺，别後心常懷念。（外）今日之事，非是老夫强逼，（五）只是聖意如此，不敢有違。（生）縱有湖陽公主，那宋弘呵，怎做得虧心漢。（净）狀元大人，你如此説，縱不然終身不娶不成？（生）石可轉，吾心到底堅。（净）成了此親，享榮華，受富貴。有何不可？（生）貪豪戀富，怎

（一）眉批：燹：音『銑』。
（二）眉批：行：音『杭』。
（三）眉批：巹：音『謹』。妁：音『酌』。
（四）眉批：相：去聲。
（五）眉批：强：上聲。

把人倫變？爲學須當慕聖賢。（淨）今日官裏與你説親，姻緣非淺。（生）姻緣，難把鸞膠續斷絃。(一)（淨）狀元大人，不如請受了絲鞭罷。（生）絲鞭，辜負嫦娥愛少年。(二)

（老旦、小旦上看科）（老旦）孩兒，這個可是你哥哥？（小旦）(三)呀！(四)正是我的哥哥。（見科）哥哥。

【哭相思】（生）兄妹當初兩分散，誰知此地重見。(五)

（淨）這個是誰？（外）這就是狀元的妹子。（淨）果有這等異事，老夫回去辦尺頭羊酒，來作賀老司馬。（下）（生）妹子，你如何得到這裏？

【香柳娘】（小旦）想當初難中，(六)想當初難中，與哥哥分散，孤身途路誰相盼？幸夫人見憐，幸夫人見憐，相挈在身邊，(七)慈悲做方便。與親生女兒，與親生女兒，相看一般。喜今

(一) 眉批：膠：音『交』。斷：音『段』。
(二) 眉批：辜：音『孤』。少：去聲。
(三) 小旦：原作『小生』，據汲古閣刊本《繡刻幽閨記定本》改。
(四) 眉批：呀：音『迓』。
(五) 眉批：重：平聲。
(六) 眉批：難：去聲。
(七) 眉批：挈：音『揭』。

朝重見。(一)

【前腔】(生)歎兄南妹北，歎兄南妹北，無由會面。伊身有托吾無伴。繞山坡叫轉，繞山坡叫轉，驀地遇嬋娟，(二)天教遂姻眷。(三)奈時乖運蹇，奈時乖運蹇。一別數年，存亡未判。

(小旦)哥哥，嫂嫂也在這裏。(生)如今在那裏？

【五更轉】(小旦)你望故人，如天遠，相逢在目前。(生)嫂嫂，你爲何認得他？(四)(小旦)閨中小姐，曾會你在招商店。拜月亭前，説出心願。(生)你莫非差了麽？(五)(小旦)鄉貫同，名字真，非譌舛。(六)爹爹母親望乞垂憐見。早使相逢、不索留戀。

待我請嫂嫂來。姐姐有請。(旦上)

【似娘兒】夢裏流鶯聲尚在，出蘭房風翻珮帶。

(一) 眉批：重：平聲。
(二) 眉批：驀：音『默』。嬋：音『蟬』。娟：音『涓』。
(三) 眉批：教：音『交』。
(四) 眉批：爲：去聲。
(五) 眉批：差：音『叉』。
(六) 眉批：譌：音『僞』。舛：音『喘』。

（小旦）姐姐，正是我的哥哥。（旦）訝！(一)在那裏？（見科）

【哭相思】（生）一別招商已數年，今朝重續舊姻緣。(二)貞心一片如明月，映人清波到底圓。

【五更轉】（旦）你的病未痊，(三)我却離身畔，心中常掛牽。（生）蒼天保佑，保佑身康健。與結義兄弟呵，武科文舉，同登魁選。蒙聖恩，特議親，非吾願。（合）相逢到此，到此真希罕。喜動離懷，笑生愁臉。

（外、老旦）孩兒，賢婿，不必説了。孩兒回歸香閣，重整新妝。(四)狀元歸到書院，換了衣服，即同瑞蓮孩兒與武狀元成親便了。

（生、旦）天遣偶相逢，（小旦）渾疑是夢中。

（外）門闌多喜氣，（老旦）女婿近乘龍。

釋義：青鳥：漢武帝忽見青鳥飛來，可怪。以問東方朔，朔曰：『此西王母青鳥也。』少頃，(五)王母

(一) 眉批：訝：音『迓』。

(二) 眉批：重：平聲。

(三) 眉批：痊：音『筌』。

(四) 眉批：重：平聲。

(五) 眉批：少：上聲。

果至。雁行：雁之行有序，(一)故以喻兄弟。合巹：《婿義》：『婦至門，婿揖婦入，共牢而食，合巹而飲。』湖陽公主：漢光武帝之姊湖陽公主新寡，主意屬宋弘，帝覘之。弘曰：『糟糠之妻不下堂。』帝顧謂主曰：『事不諧矣。』石轉：《詩》：『我心匪石，不可轉也。』

第四十出　配合鸞凰

（外、老旦弔場）院子，快去喚賓相過來。(二)（末）已喚下了。（外）着他進來。（浄）全仗周孔禮樂，來成秦晉歡娛。(三)大叔通報。（末）老爺着你進去。（浄）老爺、老夫人，賓相叩頭。（外）起來，今日是黄道吉日。我與二位小姐招贅文武狀元成親，你與我念些詩詞歌賦，三請拜堂，説些利市言語，重重賞你。（浄）理會得。（請科）（生、小生上）

【戀芳春】寶馬驕嘶，(四)香車畢集，燈花如晝通明。（旦、小旦上）彷彿天台劉阮，(五)仙子相迎。

(一) 眉批：行：音『杭』。
(二) 眉批：相：去聲。下同。
(三) 眉批：娛：音『虞』。
(四) 眉批：嘶：音『西』。
(五) 眉批：彷彿：音『訪拂』。

（合）夙世姻緣已定，昔離別今成歡慶。相隨美滿夫妻，强如鸞鳳和鳴。（淨贊禮拜科）（撒帳科畢）（生、小生同把酒科）

【畫眉序】文武掇巍科，(一)丹桂高攀近嫦娥。喜鶯遷喬木，鳳止高柯。十年探孔孟心傳，一旦試孫吴家學。（合）畫堂花燭光摇處，一派樂聲喧和。

【前腔】（旦、小旦）萍梗逐風波，豈料姻緣在卑末。似瓜纏葛藟，(二)松附絲蘿。(三)幾年間破鏡重圓，(四)今日裏斷釵重合。（合前）

【前腔】（外、老旦）兩國罷干戈，民庶安生絶烽火。幸陽春忽布，羅網消磨。昨朝羡錦奪標頭，今夜喜紅絲牽幕。（合前）（末捧詔上）

【滴溜子】一封的，一封的，傳達聖聰。天顔喜，天顔喜，滿門詔封。九重紅雲簇擁。龍章出鳳墀，(五)蒙恩受寵。五拜山呼，稽首鞠躬。

(一) 眉批：掇：音『奪』。

(二) 眉批：藟：音『雷』。

(三) 眉批：蘿：音『羅』。

(四) 眉批：重：平聲。下同。

(五) 眉批：墀：音『池』。

奉天承運，皇帝詔曰：　夫婦乃人倫所重，節義爲世教所關。不幸世際阽危，失之者衆矣。茲爾文科狀元蔣世隆，講婚禮於急遽之時，從容不苟；(一)妻王瑞蘭，待媒妁於流難之際，貞節自持。夫不重婚，尚宋弘之高誼；　婦不再嫁，邁令女之清風。(二)使樂昌之破鏡重圓，(三)致陶穀之斷絃再續。兵部尚書王鎮，保邦致治，有撥亂反正之才；　解組歸閑，(四)無貪位慕禄之行。(五)陀滿興福出自忠良，實非反叛。父遭排擯，朕實憫傷。萌蘖尚存，天意有在。今爾榮魁武榜，互結姻聯。蔣世隆授開封府尹，妻王氏封懿德夫人。　陀滿興福世襲昭勇將軍，妻蔣氏封順德夫人。　尚書王鎮，歲支粟帛見任同。(六)嗚呼！　彝倫攸敘，(七)爾宜欽哉！　謝恩！　（衆）萬歲，萬歲，萬萬歲！

【望吾鄉】仰聖瞻天，恩光照綺筵。(八)花枝掩映春風面，女貌郎才真堪羨。天遣爲姻眷。雙

(一) 眉批：從：音『匆』。
(二) 眉批：邁：音『賣』。
(三) 眉批：樂：音『洛』。
(四) 眉批：組：音『祖』。
(五) 眉批：行：音『倖』。
(六) 眉批：見：音『現』。
(七) 眉批：彝：音『遺』。
(八) 眉批：綺：音『豈』。

飛鳥，並蒂蓮。(一)今朝得遂平生願。

【皂羅袍】此日鑾輿遷汴，正沙崩瓦解、士庶紛然。人於顛沛節難全，堅金百鍊終無變。娘兒兄妹，流離播遷。斷而還續，破而復圓。義夫節婦人間鮮。(二)

【排歌】今日相逢，三生有緣。文兄武弟襟聯，喬公二女正芳年，孫策周瑜德並賢。夫榮耀，妻貴顯，宮花如錦酒如泉。風流事，著簡編，傳奇留與後人傳。(三)

【前腔】吾年老，雪滿顛。無子成家業，晨昏每憂煎。且喜東床中選，雀屏中目，(四)一雙白璧種藍田。百歲夫妻今美滿。山中相，(五)地上仙，人間諸事不縈牽。(六)壚邊醉，(七)甕底眠，從今不惜杖頭錢。

(一) 眉批：蒂：音『帝』。

(二) 眉批：鮮：上聲。

(三) 眉批：傳奇：去聲。人傳：平聲。

(四) 眉批：『中選』『中目』並去聲。

(五) 眉批：相：去聲。

(六) 眉批：縈：音『盈』。

(七) 眉批：壚：音『盧』。

【金錢花】翰林史筆如椽，(一)如椽。倒流三峽詞源，詞源。撰成離合與悲歡。千百載，永流傳。千百載，永流傳。

【前腔】鐵毬漾在江邊，江邊。終須到底團圓，團圓。戲文自古出梨園。今夜裏，且歡散。明日裏，再敷演。

【尾聲】中山兔穎端溪硯，闕處完成斷處連，(二)從此人家儘可搬。(三)

常言好事最多磨，天與人違怎奈何。
拜月亭前緣分淺，(四)招商店内恨偏多。
樂極悲生應是有，(五)分開復合未能過。
風流事作風流傳，(六)太平人唱太平歌。

(一) 眉批：椽：音『傳』。
(二) 眉批：斷：音『段』。
(三) 眉批：搬：音『般』。
(四) 眉批：分：去聲。
(五) 眉批：樂：音『洛』。應：音『英』。
(六) 眉批：傳：音『篆』。

釋義：劉阮：註見前第三十八出。絲蘿：《詩》：『蔦與女蘿，施于松柏。』破鏡斷釵：註見前第三十四出。奪標：盧肇、黄頗皆宜春人，同舉，郡守獨餞頗。明年，肇狀元及第歸。郡守會肇，觀競渡，肇即席作詩云：『報道是龍人不識，果然奪得錦標歸。』守大慚。瓜葛：晉王導其子悦奕棊争道，導曰：『相與有瓜葛，何得爲爾耶？』絲牽：張嘉貞有五女，欲納郭元振爲婿，未知誰匹，使五女各持一綫幔前，元振牽之，得紅絲綫，乃第三女，姿色殊絶。山呼：漢武帝封禪泰山，聞山呼『萬歲』者三。三生：有一省郎遊華嚴寺，夢至碧巖下一老僧前，煙隱極微，僧云：『此是檀越結願香，煙存而檀越已三生矣。第一生玄宗時安撫巡官，第二生憲皇時西蜀書記，第三生即今生也。』省郎大悟。喬公：二女皆國色。孫策納大喬，周瑜納小喬。詩云：『銅雀春深鎖二喬。』東床：郄鑒求婿於王導，導令遍觀子弟，羲之在東床坦腹，獨若不聞。鑒謂：『得婿。』遂妻之。(一)雀屏：竇毅擇婿，畫二孔雀於屏，請婚者射二矢。陰約中目。(二)後唐高祖來射二矢，各中一目。遂歸之，爲竇皇后。藍田：楊雍伯設義漿，忽一人就飲，訖，取菜子一升與之，且曰：『種此生美玉，並得好婦。』後求婚于徐公，公曰：『得白璧一雙，乃可。』果於所種得雙璧，卒取徐女，甚有國色。山中相：梁陶弘景隐茅山，武帝每有大事，詢之。人謂

(一) 眉批：妻：去聲。
(二) 眉批：中：去聲。下同。

『山中宰相』。(一)**地上仙**：《楞嚴經》：衆生堅固，服餌草木，藥道員成，名『地行仙』。(二)**甕底眠**：畢卓爲吏部郎，比舍郎釀熟，(三)卓夜至甕間盜飲，醉卧。**杖頭錢**：阮宣常步行，以百錢掛杖頭，至酒店，獨酣暢。雖當世富貴而不肯顧，家無擔石之儲，晏如也。**筆如椽**：王詢夢人與大筆如椽，人曰：『當有大手筆。』**詞源**：『詞源倒流三峽水。』**梨園**：唐明皇梨園法曲。

重校拜月亭記終

(一) 眉批：相：去聲。

(二) 眉批：行：平聲。

(三) 比：原作『此』，據《晉書》卷四十九《畢卓傳》改。

幽閨怨佳人拜月亭記

目録

幽閨怨佳人拜月亭卷二……六五九

幽閨怨佳人拜月亭卷三……七〇〇

幽閨怨佳人拜月亭卷四……七三一

拜月亭傳奇跋

《拜月亭》一記，屬元詞四大家之一，王元美先生訾其有三病，然詞林家至今膾炙之，何也？蓋其度曲不以駢麗爲工，而樸真藴古，動合本色，與中原紫氣之習判不相入。非近日作手所能振腕者。獨歲月久湮，迄無善本，舛錯較他曲滋甚。乃家仲父即空觀主人素與詞隱生伯英沈先生善，雅稱音中塤篪，每晤時，必相與尋宫摘調，訂疑考誤，因得渠所抄本，大約時本所紕繆者，十已正七八，而真本所不傳者，十亦缺二三。或止存牌名，不悉其詞；或姑仍沿習，不核其寔。余竊有志，蔑由正焉。今兹刻悉遵是本，板眼悉依《九宫譜》，至臆見確有證據者，亦間出之，以補詞隱生之不及，其缺疑猶是也。儻世謂予除此記一塵劫，予何敢任？若謂予不獲聯此記于全璧，猶留餘誤以俟後人，予亦何敢辭？

西吴椒雨齋主人三珠生題。

幽閨怨佳人拜月亭目録

一　卷(一)

二　卷

(一) 底本四卷目録原分置每卷卷首，現合并於此。

三　卷

四　卷

幽閨怨佳人拜月亭記卷一

第一折　開場始末(一)

（末上）

【西江月】輕薄人情似紙，遷移世事如棋。今來古往不勝悲，何用虚名虚利。遇景且須行樂，當場謾共啣杯。莫教花落子規啼，懊恨春光去矣。

【中吕慢詞·沁園春】(二)蔣氏世隆，中都貢士。妹子瑞蓮，遇興福逃生，結爲兄弟。瑞蘭王女，失母爲隨遷。荒村尋妹，頻呼小字，音韻相同事偶然。應聲處，佳人才子，旅館就良緣。

(一) 齣目名原闕，據目録補。下同補。

(二) 眉批：【沁園春】本調『佳人才子』九字，宜五字一節、四字一節。此二句卻似【滿庭芳】，必有誤。

岳翁瞥見生嗔怒，拆散鴛鴦最可憐。歎幽閨寂寞，亭前拜月，幾多心事，分付與嬋娟。兄中文科，弟登武舉，恩賜尚書贅狀元。當此際，夫妻重會，百歲永團圓。

老尚書緝探虎狼軍，窮秀才拆散鳳鸞群。
文武舉雙第黃金榜，幽閨怨佳人拜月亭。

第二折　書幃自嘆

（生扮蔣世隆上）

【雙調引子・珍珠簾】十年映雪囊螢，苦學干禄。幸首獲州庠鄉舉。繼晷與焚膏，祇勤習詩書。咳唾珠璣才燦錦，(一)養浩然春闈必取。一躍過龍門，當此青雲得路。

中都風物景尤佳，街市駢闐繡麗華。煙鎖樓臺浮錦色，月籠花影映林斜。禮樂流芳忝儒裔，雙親不幸俱傾逝。止存一妹在閨中，真乃家傳多富貴。自家姓蔣，雙名世隆，中都路人氏。雖叨鄉薦，未赴春闈，只因服制在身，難以進取。家中別無親人，止有一妹，叫名瑞蓮，年已及笄，未曾許聘他人。〔鷓鴣天〕正是錦繡胸襟氣若虹，文章才學足三冬。循循善道馳庠校，濟濟儒風藹郡中。題雁塔，步蟾宫，前

(一) 眉批：『學干禄』三字用平平仄亦可。『禄』字可不用韻。『膏』字、『錦』字用韻亦可。

程萬里附溟鴻。此時衣錦還鄉客，五百名中蔣世隆。

【仙吕入雙調過曲·月上海棠】(一)君子儒，文章學業馳名譽。但一心憂道，豈爲貧居。十年挨淡飯黄齏，終身享鼎食重褥。(合)前賢語，果是書中自有金玉。

歲月易虚，寸陰當惜，不免到書房中將經史檢點則個。(二)

琢磨成器待春闈，萬里前程唾手期。
一舉首登龍虎榜，十年身到鳳凰池。

第三折　虎狼擾亂

(净扮番將上)

【北仙吕·點絳唇】勢壓中華，仁將夷化。威風大。一曲琵琶，醉後驅鷹馬。

(一)　眉批：　詞隱生曰：『此折【月上海棠】二曲，皆生獨唱，至十一折【緱山月】引子，則生唱一闋，旦唱一闋。而繼以【玉芙蓉】【刷子序】各二曲，及聞遷都之報，然後以【薄媚衮】一曲終焉。今坊本併【緱山月】半曲，【玉芙蓉】【刷子序】于此，而廢【月上海棠】一曲，謬矣。此記錯亂尤甚，舉此一出，他可知也。』據詞隱生所云，【月上海棠】有二曲，此止存其一，乃優人省唱者去之。惜無從獲睹也。

(二)　夾批：　□□□□□□坊本作『憂貧』；『十年挨』與下『終身享』相對，坊本作『挨十年』；『重褥』，坊本作『天禄』。俱非。

你看邊塞上好光景，只見萬里寒沙，一天秋草。馬嘶平野呼鷹地，犬吠低坡射雁人。草叢中無非是赤兔黄獐，天際表有些兒皂雕白鷂。夜夜月爲青塚鏡，年年雪作黑山花。俺這裏吃的是馬酪羊羔，少甚麽龍肝鳳髓；穿的是狐裘貂帽，要甚麽錦袍繡裳。比着他諸夏無君，争似俺蠻夷有主。漢家雖盛，曾與和親；唐國雖隆，結爲兄弟。國號曰金，而威風凛凛；中華名宋，而氣宇巍巍。遠觀着幾層瑞彩罩金城，遥望見一派祥雲籠鐵柱。自家北番一個虎狼軍將是也。只因大金天子，俺這裏三年一小進，五年一大進，十年一總進。今經一十五年，並無一絲兒回答。俺主大怒，着俺起兵前去打奪州城，占據粮草。不免叫把都兒们出來，與他商議。把都兒那裏？（小生、外、丑扮番軍上）

【越調過曲·水底魚】(一)白草黄沙，氈房爲住家。胡兒胡女，慣能騎戰馬。因貪財寶到中華。閑戲耍。被他拏住，鐵里温都哈喇。

主帥呼唤，上前參見。（浄）把都兒們，只因大金天子，俺這裏三年一小進，五年一大進，十年一總進。今經一十五年，並無一絲兒回答。俺主大怒，着俺起兵前去打奪州城，占據粮草。衆把都兒們，聽吾號令，不可有違。

【包子令】(二)點起番家百萬兵，百萬兵。紛紛快馬似騰雲，似騰雲。叵耐大金無道理，與他

(一) 眉批：此調細考正詳《琵琶》中。

(二) 眉批：【包子令】本調『便登程』三字可重唱，作者遂增『殺教』一句，寔本調所無也。

交戰定輸贏。(合)安排器械便登程，殺教片甲不留存。(衆)

【北南吕・金字經】(一)骨都兒哪應咖哩，者麽打麽撒嘛呢。唦嘛打麽呢，咭囉也赤吉哩。撒嘛呢撒哩，吉麽赤南無應咖哩。

頭戴金盔挽玉鞭，驅兵領將幾千員。

金朝那解番郎將，血濺東南半壁天。

第四折　罔害皤良

(小生、丑扮金瓜武士上)蓬萊正殿體金鼇，紅日初生碧海濤。開着午門遥北望，赭黄新帕御床高。(末扮黄門上)

【北仙吕・點絳唇】漸闢東方。殘月淡起，猶同朗，(二)平閃清光。點滴簷鈴響。萬燭當天紫霧消，百花深處漏聲遥。宫門半闢天風起，吹落爐香滿繡袍。自家大金朝一個小黄門是也。主司儀典，出納綸音。身穿戰錦袍，與賓客言；口含雞舌香，傳天子令。如今早朝時分，官裏升

(一) 眉批：【金字經】北南吕曲也，坊本混刻，限于不知耳。譜中載本調曲云：『飛絮粘蜂蜜，落花香燕泥，膩葉皤雲護，錦機宜。笙歌一派隨，遊人醉。半竿紅日低。』此曲皆胡語，文義不可曉。姑闕以俟知者。

(二) 眉批：『同朗』，坊本作『同顯』，非。蓋本調第三句宜用韻，而『同』字必平聲乃叶耳。

殿，恐有奏事官到來，不免在此伺候。怎見得早朝？但見銀河耿耿，玉露瀼瀼。似有似無，一天香霧；半明半滅，幾點殘星。銅壺水冷，數聲蓮漏出花遲；寶鴨香消，三唱金雞鳴曙早。人過御溝橋，燈影裏衣冠濟楚；馬嘶官巷柳，月明中環珮鏗鏘。鐘聲響大殿門開，五音合内宫樂奏。只見那奉天殿、武英殿、披香殿、太乙殿、謹身殿巍巍峨峨，日色乍臨仙掌動；奉天門、承天門、大明門、朝陽門、乾明門隱隱約約，香煙欲傍衮龍浮。其時有御用監官、尚膳監官、尚衣監官各司其事，備其所用；鴻臚寺官、光禄寺官、太常寺官各守乃職，聽其所需。周旋中規，折旋中矩，降者降而升者升；過位色勃，執圭鞠躬，跪者跪而拜者拜。文官有稷、契、伊、傅之才，武將有起、翦、頗、牧之勇。正是：日月光天德，山河壯帝居。太平無以報，願上萬言書。道尤未了，奏事官早到。（净扮聶貫列上）

【越調過曲・出隊子】番兵突至，禦敵無人爲出師，教人日夜苦憂思。事到臨危不可遲。奏議遷都，伏乞聖旨。

（末）來者何官？（净）臣聶貫列有事奏聞陛下。（末）所奏何事？（净）爲保國安民事，誠惶誠恐，稽首頓首，冒奏天顔，恕臣萬死萬死。臣聞番兵犯界，突入榆關，離俺中國，只有百二十里之地。況彼人强馬壯，本國將寡兵疲，難以當敵。不若遷都汴梁，上保社稷無危，下免生民塗炭。（末）官裏道來，汴梁有何好處，可以遷都？（净）夫汴梁者，東有秦關，西有兩隘，南有函谷，北有巨海，地雄土厚，可以遷都。所謂王公設險以守其國，願我王依臣所奏，不可遲回。（末）官裏道來，可退在午門外，與衆官商議。即便遷都汴梁，免致兩國相爭，實爲便益。（净）萬歲，萬歲，萬萬歲！（退科）（外扮陀滿海牙上）

【北仙吕·點絳唇】長樂鐘鳴，未央宫啓。千官至，頓首丹墀，遥拜着紅雲裏。

（末）來者何官？（外）臣陀滿海牙，累世忠良，官居左丞之職。有事不容不諫。（末）所諫何事？

（外）臣聞番兵犯界，軍馬已到榆關，相去百二十里之地，深入吾境。路逕不熟，食用不敷，人馬疲弊。所謂『剥床以膚，切近災』者也。本該命將出師，以征不軌，剿滅夷寇，方顯堂堂大國之威。今被奸臣擅權竊柄，奏令遷都以避强勢，不惟天子蒙塵，抑且生民塗炭。於此不諫，不爲忠也。誠惶誠恐，稽首頓首。君乃臣之元首，臣乃君之股肱。君有諍臣，父有諍子。王事多艱，民不堪命。若鉗口不言，是坐視其危也。即今番兵犯界，何不遣將禦敵，却乃遷都遠避，引進賊寇以亂中華。此豈爲國安民之臣也？

（末）官裏道來，如今朝中缺少良將，何人爲帥，統領三軍，與他對敵？（外）臣舉一人，乃臣之子陀滿興福。此子六韜三略，件件皆能，有萬夫不當之勇。手下見有三千忠孝軍，人人勇猛，個個當先，可退番兵。不必憂慮。（净）臣聶賈列奏聞陛下：陀滿海牙已有無君之心，第令其子爲帥領兵，如虎加翼，助惡爲害，不可聽信其言。（外）咄！聶賈列，你這讒佞之賊，扇惑君心，引誘賊寇，怎敢奏令遷都，毒苦生民？（净）咄！陀滿海牙，你兒子招軍聚衆，思得兵權，潛懷異志，阻駕遷都，欲圖篡逆。（外）

【北雙調·新水令】㈠九重天聽望垂慈，主君賢諫臣須直。事當言敢自欺，既爲官要盡臣職。

（净）如聖駕遷都，有何不可？（外）你若是要遷移，把社稷一時棄。

㈠ 眉批：本調末句『一』字當用仄聲，如譜中『嘆塵世縧昏晝』，今人用平聲，則落調矣。

（末）官裏道來，二人所奏不同，還退在午門外與衆官商議。（外、浄）萬歲，萬歲，萬萬歲！（退科）

（外）聶貫列，你怎見得就該遷都？（浄）

【南仙吕入雙調過曲・步步嬌】蠢爾番兵須臾至，(一)力寡難當禦。朝臣衆議之。你不見昔人爲君者呵，太王居邠，狄人侵避。事之以皮幣不得免，事之以犬馬不得免，事之以珠玉俱不得免焉。他也無計可施爲，只得遷都去。（外）

【北折桂令】古人言自有權輿，(二)能者遷之，否則存之。（浄）説得好，説得好。你説聖上不如太王之能！（外）你要遷都，怎忍見那夫挈其妻，兄攜其弟，母抱其兒。城市中喧喧嚷嚷，(三)村野間哭哭啼啼。可惜車駕奔馳，(四)生民塗炭，宗廟丘墟。（浄）

【南江兒水】臣道當卑順，分毫敢犯之？你道能如太王則遷之，不能則謹守常法。這是不能堯舜欺君罪。那百姓每，聞道遷於汴梁呵，見説仁君遷都避，紛紛從者如歸市。你道效死而民勿去，這等守正之言，怎及得遷國圖存之計。（外）

(一) 眉批：『蠢爾番兵』用仄仄平平，『計可』用去上聲，俱妙甚。説詳《琵琶》中。

(二) 眉批：『自有』二字，上去聲，妙。

(三) 眉批：『嚷嚷』二字，用平聲便非。

(四) 眉批：『車駕奔馳』一句，疊句亦可。

【北雁兒落帶得勝令】(一)俺穿一領裏乾坤縫掖衣，要幹着儒家事。讀幾行正綱常賢聖書，要識着君臣義。俺則是一心兒清白本無私。（浄）你觸犯了聖上，就該萬死。（外）言如達死何辭。（浄）常言道：『閉口深藏舌，安身處處牢。』（外）怎做得瘖無氣？（浄）你許多年紀了，還要管這等閑事怎麽？（外）怎做得老無爲？今日任你就打落張巡齒，癡也麽癡，常自把嚴顔頭在手内提。（浄）

【南僥僥令】半空横劍戟，四面列旌旗。戰鼓如雷轟天地。(二)你却唱太平歌，念孔聖書。（外）

【北收江南】(三)呀，恰便是驕驄立仗，噤住口不容嘶。將焉用彼過誰歟？那知那越瘦與秦肥？你這般所爲，你這般所爲，恨不得啗伊血肉寢伊皮。（浄）

【南園林好】朝廷上尊嚴去處，豈容你談論是非。全不識君臣之體。憑河死，悔時遲。憑河死，悔時遲。（外）

【北沽美酒帶太平令】你爲人何太諛，腹中劍，口中蜜，長脚憸人藍面鬼。百般樣，肆奸回。

(一) 眉批：本調如此，作者止可于每句上增幾個襯字耳，後人卻併其正腔之平仄而改之，謬矣。

(二) 眉批：『戰鼓如雷』四字，用仄仄平平，妙甚。

(三) 眉批：本調首句止七字句，自古曲中增『早知道』字、『様』字、『呵』字、『誰待要』字，如此曲增『恰便是噤住口』六襯字，後人誤認作二句，遂于『仗』字處用韻矣。

肆奸回，把聖聰蒙蔽。俺學的是段秀實以笏擊賊，你那臭名兒海波難洗。我的好名兒史策留題。我呵，這件事你知我知，天知地知。呀，便死做鬼魂靈一心無愧。

（净）聶賈列奏聞陛下：陀滿海牙故意違阻聖駕，要子興福領兵得權，父子造意，謀爲不軌，望乞聖鑒明察。（末）官裏道來，陀滿海牙父子既有反叛之心，着金瓜武士拏出午門外，御棍打死。（外）臣分該死，伏乞聖上，讒言之言，切勿聽信。（小生、丑扯外下）（末）官裏道來，陀滿海牙三百家口，不分良賤，盡行誅戮，齠齔不留。就差聶賈列前去監斬，不得有違。（净）奉聖旨。

（末）早朝奏罷離金階，（净）戈戟森森列將臺。

（合）會施天上無窮計，難免今朝目下災。

第五折　亡命全忠

（小生扮陀滿興福上）

【南吕過曲・紅納襖】將門庭，非小輕。掌貔貅，百萬兵。威權勇猛千般計，勢顯英雄一派鉦。官宦族名譽稱，聲聞徹帝京。好笑番魔也，怎當俺三千忠孝軍。

膽略曾經百戰場，勢如猛虎走群羊。胸中豪氣沖天地，訓練三軍悉智强。自家陀滿興福是也。爹爹海牙丞相，今早入朝未回，不免把軍士每訓練一番，多少是好。軍吏那裏？（丑上）朝中天子宣，閫外將軍令。覆將軍，有何鈞旨？（小生）取軍册上來。（丑取册，生看科）（末上）有事不敢不報，無事不敢亂傳。將軍，不好了！（小生）怎麽説？（末）即今番兵犯界，聶賈列奏令遷都以避，聖意欲從，老相公極言苦諫，那聶賈列奸臣輒生惡意，妄奏聖上，説老相公故意阻駕，謀爲不軌。聖上聽信讒言，將老相公金瓜打死了！（小生哭科）（末）還有一件。（小生）又怎麽？（末）聖上就差聶賈列爲監斬官，把將軍三百家口，不分良賤，盡行誅戮。如今聶賈列那廝，帶領人馬將來拏捉將軍了也。（小生）這苦怎生是好！（末）將軍不妨。將軍手下見有三千忠孝軍，人人敢勇，個個當先，待那奸臣來時，把他一刀殺了。上報老相公屈死之讐，下免三百口屠戮之苦，有何難處。（小生）我若殺了那廝，怎生全得我老相公這一點忠義之心？如今無計可奈，只得棄家逃難他方，再作區處。

雙手劈開生死路，一身跳出是非門。

第六折　圖形追捕

（丑上）

【越調過曲·趙皮鞋】我是個巡警官，日夜差科千萬端。俸錢些少幾曾關，怎得三年官債滿？

〔西江月〕當職身充巡院，上司差遣常忙。捕賊違限最堪傷，罰俸别無指望。日裏迎來送往，夜間巡警關防，雖然鵝酒得些噇，事發納贓喫棒。今有當朝陀滿丞相阻當鑾駕，朝廷大怒，將他滿門良賤，盡皆誅戮，只走了陀滿興福一人。奉上司明文，遍張文榜，畫影圖形，十家爲甲，排門粉壁，各處挨捕。但有拏得着者，有官有賞。窩藏者，與本犯同罪。不免叫左右的出來分付。左右那裏？（末上）訟簡公衙静，民安士庶稱。明如秋夜月，清似玉壺冰。覆老爹，有何分付？（丑）我且問你，這個地方誰管？（一）（末）這是中都路坊正該管。（丑）這等，與我叫中都路坊正來，有事分付他。（末）領鈞旨。中都坊正那裏？老爺叫他。（浄）在這裏。（浄）

【仙吕過曲・大齋郎】狂秀才，命兒乖，身充坊正是官差。三隅兩巷民户，要無違礙，好生只把月錢來。

身充坊正霸鄉都，財物雞鵝怎得無。物取小民窮骨髓，錢剥百姓苦皮膚。當權正好行方便，莫爲兒孫作馬驢。罰願滿門都喫素，年頭年尾只喫麩。（末）你莫不是佛口蛇心。（浄）你是甚麽人？（末）我是公使人。（浄）公使人，乾熱亂。得文引，去勾唤。窮三千，富五貫。得了錢，解一半。汝等之人，如何判斷？押赴市曹，一刀兩段。吾奉太上老君急急如律令敕。（末）你到是掌法司。（浄）没人跟隨，恨不得捉鬼使。（末）閻王面前夜叉，這便是鬼使。巡警老爺叫你半日了，還要閑説！（浄）叫我半日了，何不早説。既然如此，待整衣見他。老爺見坊正。（丑）我把你這狗骨頭！我在此半日了，你纔來

（一）個：原作『固』，據《李卓吾先生批評幽閨記》改。

見我，到説老爺見坊正。我到來見你麽？這様狗骨的，好打！（浄）且住。老爺戴了個紗帽，也是斯文中人，想肚裏也有幾句書，我坊正有這職役，也曉几個字，亦是斯文一派。怎麽就説打的話出來。只是我學生不曾稱得『小人』兩字，覺得大模様些，因此不好看像。（丑）這狗骨頭，是白鐵刀，轉口快。且不打你，聽我分付：今有當朝陀滿丞相，阻當鑾駕遷都，朝廷大怒，將他滿門良賤，盡皆誅戮，只走了陀滿興福一人。今奉上司明文，遍張文榜，畫影圖形。十家爲甲，排門粉壁，各處挨捕。但有拏得陀滿興福者，有官有賞；窩藏者，與本犯同罪。（浄叫科）東南西北四隅裏，賣豆腐的王公聽着，但有人拏得陀滿興福者，有官有賞；窩藏者，與本犯同罪。（丑）拏過來，我把你這狗骨頭。東南西北四隅裏，豈没有個姓張姓李的？偏只有這個賣豆腐的王公？（浄）老爺，你不曉得有個緣故。學生家令政喫齋把素，賣豆腐的王老兒每日挑豆腐在我學生門首過，家令政問他賒一塊兒煎來下酒。他再四不肯，晚間床上家令政告訴我云：家長老官，今後有什麽官府事，報他一名。故此方纔特特報了他的名字。（丑）這狗骨頭，我到替你官報私讐。叫左右，拏下去打。（末）禀老爺，打多少？（丑）打十三。（末打科）（丑）你方纔打多少？（末）打十三。（丑）狗骨頭，明明打得他三板，你得了他包兒，就説打了十三？得財賣放，壞了我的法度。坊正起來，拏這狗骨頭下去打迴棒。（浄）六月債，還得快。禀老爺，打多少？（丑）也打十三。（浄打科）（丑）我曉得了，人人如此，個個一般。你打得他三板，也就哄我説打了十三。你每欺我老爺不識數？左右的，如今拏坊正下去打。打一下，我老爺記一根籌，難道也哄我不成？（末打浄，丑諢科）你十三，我十三，三個十三三十九，賽過東京白牡丹。（丑）休閑説，聽我

分付。（丑）

【仙呂入雙調過曲・柳絮飛】一干人盡誅戮，誅戮。走了陀滿興福，興福。遍將文榜行諸處，都用心跟捉囚徒。（合）鄰佑與窩主，停藏的罪同誅。（末）

【前腔】聖旨非比尋俗，尋俗。明立官賞條局，條局。反叛朝廷非小可，市曹中影畫形圖。（合前）（浄）

【前腔】排門粉壁明書，明書。擾擾攘攘中都，中都。坊正干繫天來大，没錢賺不比差夫。（合前）

排門粉壁刷具，各分干繫公徒。
假饒人心似鐵，怎當官法如爐。

第七折　文武同盟

（小生慌走上）休趕，休趕。拆碎玉龍飛彩鳳，頓開金鎖走蛟龍。

【雙調引子・金瓏璁】鑾輿遷汴梁，大金天子，你信讒言殺害忠良。忠孝軍盡誅亡。荒荒逃命走，此身前往何方？天可表我衷腸。

陀滿興福，大金人氏。〔水調歌頭〕本爲忠孝將，翻作叛離人。番兵犯界，遷都遠避駕蒙塵。嚴父金階苦諫，聖怒一門賜死，亡命且逃身。上天天無路，入地地無門。

【北仙吕·點絳唇】(一)興福家九族遭殃，六親俱喪銜冤枉。怎教俺三百口無罪身亡？却教俺平地裹災從天降。

【混江龍】(二)大金主上，怨着大金主上惱恨殺，聽讒言佞語，殺害我忠良。把俺忠孝軍都殺盡，教俺一身逃離了家鄉。朝廷忙傳聖旨，差使命前往他方。把興福圖形畫影，將文榜遍地裹開張。拏住的請功受賞，但人家不許窩藏。却教俺走一步一步回頭望，望着俺爹和娘，走得俺筋舒力乏，唬得俺魄散魂揚。

（内鑼鳴科）呀，後頭軍馬越趕得緊急了也！休趕，休趕，俺和你魚水無交。冤有頭，債有主，教你一個來時一個死，兩個來時兩個亡。

【油葫蘆】(三)則見幾個巡捕弓兵如虎狼，趕得俺荒上荒、忙上忙。天那，這場災禍，無可隄防。

(一) 眉批：坊本見此曲有襯字，句法長短不定，妄冒以【絳都春】，不知北仙吕從無此名，唯南南吕引子、過曲皆有之，卻與此無涉。

(二) 眉批：第二句宜七字，今失其三字，無從考之。

(三) 眉批：【油葫蘆】一曲，時本多混刻在【混江龍】曲後。

見那廝惡吽吽手裏拏着的都是鎗和棒，諕得俺戰兢兢小鹿兒在心頭撞，這壁厢無處隱藏。(一)且住。這裏有一堵高牆，牆邊有口八角琉璃井，曾記得兵書上有『金蟬脱殼』之計，不免將身上紅錦戰袍便脱在這枯椿上了。跳過牆去，待那土兵來時，見了這袍，則道俺投井身亡。他去打撈屍首，那時我在牆那邊，不知走了多少路了。好計，好計！將俺這錦紅袍、錦紅袍脱放在枯椿上。呀，衣服脱了，這牆許多高，怎麼得過去？自古道，人急計生。不免扳住這杏花梢趁勢一跳，跳將過去。跳過粉牆，恰便似失路英雄楚霸王。教俺興福荒也不荒，今日來到花影傍。(二)

呀，好大風！想必是天神過往，且在這花叢底暫躲一躲，再作區處。（虚下）（末扮太白金星上）

【引子・旋風子】(三)祥雲縹緲，飛昇體探人間。

湛湛青天不可欺，未曾舉意早先知。善惡到頭終有報，只争來早與來遲。

【北雁兒落帶過得勝令】總乾坤一轉丸，睹日月雙飛箭。浮生夢一場，世事雲千變。萬里玉門關，七里釣魚灘。曉日長安近，秋風蜀道難。險些兒誤殺了個英雄漢。(四)淒淒冷冷埋怨

(一) 眉批：『這壁厢』以下與本調不合，無從考正。

(二) 眉批：自【油葫蘆】下至『花影傍』大抵與【天下樂】有合處，惜顛倒脱落不全耳。

(三) 眉批：查南北宮曲譜，從無【旋風子】，應必有誤。無可考。疑是【女冠子】首二句。

(四) 眉批：『險些兒』下亦非【得勝令】。

世間。(一)

善哉善哉，苦事難捱。有難不救，等待誰來。花園土地那裏？（丑上）花園土地老，並没犧牲咬。囙耐灌花奴，香爐都推倒。覆仙主，有何分付？（末）今有本國忠孝將陀滿興福，乃冤枉之人。他家三百餘口，盡被誅戮，脱得一身到此。此人久後必有顯榮之日。如今後頭軍馬趕得緊急，汝可隱形全庇此人這場大難，不可有違。（丑）領鈞旨。便將此人變其形像，化爲小神，與他躲過便了。（末）降身臨凡世，起步到天台。（下）（丑坐科）（小生上）風已息了，不免尋個走路。呀，這裏太湖石膆有個神像在此，牌上寫着明朗神之位。明朗神，陀滿興福是冤枉之人，逃難到此，若得片雲蓋頂，救了小將之難，他日重修廟宇，再整祠堂。

【混江龍後】(二)望神聖將身隱藏，興福撮土爲香，禱告上蒼。但願得俺興福離了天羅、脱了地網。（小生推丑下，坐科）（外、末、浄、丑上）

【仙吕入雙調過曲·六么令】官司遍榜，捕捉陀滿興福惡黨。正身拏住受官賞。尋踪跡，問行藏，俺待見時休想輕饒放。俺待見時休想輕饒放。

(一) 眉批：坊本皆去北曲而易以南【江兒水】【五供養】各一曲，故此折舊曲皆紕繆更甚。今依舊本刻北曲，而南曲附于後。

(二) 眉批：【混江龍】亦無分先後之法，姑存以俟知者。

（净）你們見也不曾？（衆）見甚麽？（净）攀脊梁不着，是一個矮子。（衆）啐，攀脊梁不着，是個長子。（净）在這裏，在這裏。（衆）在那裏？（净）你看這脚跡，不是陀滿興福的？（衆）你怎麽曉得是陀滿興福的脚跡？（净）陀滿興福是雕青大漢，他人長脚也長。（衆）有多少長？（净）待我量一量看，有一丈七八長。（衆）一尺七八長。（净）且住，脚跡在這裏，怎麽就不見了人？（净）是跳牆過去了。（衆）這牆是誰家的？且是造得高。（净）是蔣舉人的花園，那個進去？（净）你每進去。（衆）是你進去。（净）也罷，我有個分曉，待我先把這棍子丢將進去看。（丢棍科）（末）你好呆，這是個護身龍，怎麽就丢了進去？（净）如今不叫做護身龍。（末）叫做什麽？（净）叫他是查實。（末）怎麽叫做查實？（净）丢這棍子進去，倘若裏面有溝、有河、有人、有狗，也曉得個明白，故此叫他是查實。（末）如今丢去在那裏響？（净）在平地上響。待我進去。（作跳牆科）呀，有個神像在此，牌上寫着是明朗神之位。且住，陀滿興福是個有本事的人，撞着了，被他一拳打得稀爛，〔一〕一生名節罷了。還跳將出去，叫他衆人一齊進來搜捉。（作出科）（末）怎麽又出來了？可見些什麽？（净）不見什麽東西，只見一個神道坐在裏面，和你大衆都進去看。（末）上司拏人，和你推倒牆進去，怕他甚麽蔣舉人。（衆）既如此，把牆推倒進去何妨。（推牆進科）果然有個神道在此。（净）列位哥兒們，我和你在神道面前許他一個願心，保佑我們衆人早拏住陀滿興福。請功受賞。十七八品官兒不能勾得做，那一二品官兒得一

〔一〕稀：原作『希』，據《李卓吾先生批評幽閨記》改。

個，也好畫神像，傳與兒孫們稱世宦第。列位哥兒們，你道如何？（衆）你且不要在那裏作春夢哩。（丑）我就許他一隻鵝，（浄）我就許他一隻雞。（外）我許一刀肉，（末）我酒菓紙燭都在我身上。（衆）明朗神爺，我每都是土兵，奉上司明文，捉拏陀滿興福，若拏得着，所許物件即時奉酬。（丑）若拏不着，我那兒你休怪。（外）神明怎麽去褻瀆他？（末）你衆人不曉事，我和你在此嚷了半日，他就在此，不知走多少路了，我和你還到牆外去尋。（浄）説得有理。呀，在這裏了。（丑）在那裏？（浄）這不是陀滿興福的紅錦戰袍？見我每追得緊急，墜井而亡了。（丑窺井科）一個一個。（浄看科）兩個兩個。（外）你這獃子，是我和你的影子。（丑）怎麽有人在裏面説話響？（外）這是我和你的應聲。哥，我和你被他使了計了。（浄）使什麽計？（外）金蟬脱殼之計。他哄我和你打撈屍首，他不知去多少田地了。不如拏這領衣服去請賞罷。（衆）説得是，拏這紅錦袍請賞去罷。（衆）

【中呂過曲・好孩兒】(一)恨不得掘地翻天，見樹邊一人端然。是個土地公公塑在花園。許金錢，望指點。（合）歹人恰是那裏見？歹人恰是那裏見？

【前腔】尋不見連忙向前，搜索盡院邊牆邊。莫不是隱身法術似神仙。走如煙，眼尋穿。（合前）

【前腔】捉拏了三千六千，做公人五年十年。馬翰司公且休言。見着錢，最爲先。（合前）

(一) 眉批：坊本誤刻作【好花兒】，《九宮譜》從無此名，今細查始得之。

(外)手眼快且饒巡院，(末)心機巧枉説周宣。(淨)有指爪劈開地面，(丑)插翅翼飛上青天。(並下)

(小生吊場)你看這一起土兵到在我跟前許下三牲去了。這回不走待何時？

【越調引子・金蕉葉】(一)且拜謝天地而去。謝天！既謝天地，怎麽不謝明朗神爺？謝神！(走科)避難來幸脱離了禍門。(生上)咄！是何人入我園中暗隱？(小生跪科)告少息雷霆怒嗔。

(生)漢子，這不是説話的去處，且隨我到花亭上來。

【越調過曲・章臺柳】情既緊，言又窘，我斟量非奸即盜賊。(二)(小生)小人冤枉，逃難之人不是賊。逃軀潛地奔。(生)既不是賊呵，無故入人家，有何事因？(小生)一言難盡，小人也是好人家兒女。(生)你休得要逞花唇。(三)稍虚詞送你到有司推問。

(小生)長者息怒且停嗔，聽我從頭説事因。興福本爲忠孝將，誰知翻作叛離人。長者若拏興福去，官上加官職不輕。正是合放手時須放手，得饒人處且饒人。

【前腔】(四)我將冤苦陳，教君不忍聞。(生)你是何處人氏？姓甚名誰？(小生)念興福生來女直

(一) 眉批：首句用去平去平，妙甚。《琵琶》中『恨多怨多』亦然。

(二) 眉批：『賊』字非韻，疑誤。

(三) 眉批：坊本增『休得要逞精神』六字，本調多一句矣。

(四) 眉批：此曲宜如此點板。今唱『情既緊』一曲，起處三句，似【不是路】，非也。

人。（生）做甚勾當？（小生）身充忠孝軍。（生）呀，既是忠孝軍，怎麽不去隨駕，到在這裏？（小生）爲父直諫遷都阻佞臣，齠齔不留存。誅戮盡只留我苟活逃遁。（生）

【醉娘子】我聽言此情，實爲可憫。漢子，你擡起頭來我看。（小生擡頭科）（生）覷着他貌英雄出輩群。且住。結交在未遇之先，施恩在貧窘之日。看此人一貌堂堂，後來必有好處。意欲結義他爲兄弟，未知他意下如何？漢子請起，你不嫌秀士貧，(一)和你弟兄相識認。（小生）小人該死之徒，得蒙長者饒恕，已出望外，焉敢與長者齊軀。（生）這也非在今日，他時須記取今危困。（小生）

【前腔】死重生，怎敢忘伊大恩。（生）你多少年紀了？（小生）小人二十八歲。（生）我今年三十，長你二歲，你稱我爲兄便了。（小生）既如此，多蒙哥哥俯愛。請上，受兄弟幾拜，以爲虚敬之禮。（生）不勞罷了。（小生拜科）既爲兄休謙遜。（生）你拜我，受之不穩。（小生）休道是百拜受不穩，受兄弟千拜何勞頓。除了仁兄呵，誰肯把我負屈銜冤問？

（生）兄弟，我本待要留你在家下盤桓幾日，以敘情悰，争奈有一件。

【雁過南樓】此間難留汝身，但人知彼此遭迍。兄弟，你衣帽都那裏去了？（小生）實不相瞞哥哥説，小弟因追趕緊急，卸下做脱身之計，因此都失去了。（生）叫院子，取我的衣帽來，更取白金十兩來。

(一) 眉批：『貧』字坊本增一『窮』字。多一字，且非韻。

（末上）衣帽、銀子在此。（生）你自迴避。（末下）（生）無物贈君，些少𨱇銀。莫嫌少望留休哂。（小生）多謝哥哥！（生）兄弟，你此去呵，莫辭苦辛，暮行朝隱。更名姓向外州他郡。兄弟，你元從那裏來的？（小生）後頭牆上跳過來的。（生）我如今送你到前門出去。（拜別科）（小生）

【前腔】拜別方欲離門。且住，我陀滿興福聰明了一世，懵懂在一時，方才跳入那秀士園中，他不拏我送官請賞，反送我銀兩，又結義我爲兄弟。久後若得寸進，欲報此人恩義，未知他尊姓高名。猛回身，又還思忖。（生）呀，兄弟你既去了，如何又轉來？（小生）特有少稟，欲言又忍。（生）兄弟有甚話，但說不妨。（小生）哥哥姓和名，小人敢問？（一）（生）自家姓蔣，雙名世隆，中都路人氏。兄弟，你三回四轉，來問我姓名，莫非恐人拏住時，要扳害我麼？（小生）無他效芹，略得進身，犬馬報不做半米兒生分。（二）

（生）兄弟且慢去，我還有幾句言語囑付你。

（一）眉批：『小人』乃古人自稱之詞，與後『老小人年已七十歲』正同，坊本改爲『小兄弟』，可厭。

（二）眉批：『不做半米兒生分』，坊本作『怎敢忘半米生分』，非。『半米兒』今俗語亦有之。『生分』亦本色語，北詞常用之。

【山麻稭】(一)你去渡關津，怕有人盤問，又没個官司文憑脚引，此行何處能安頓？驀忽地怕有便人，寄取一封平安書信。

【前腔】(二)(小生)兄長言極明論，遍行軍州、立賞明文。世没個男兒有誰投奔？一片心後土皇天，表我忠直不陷良人。

【尾聲】埋名避禍挨時運，滿望取皇家赦恩。罪大彌天其時許自新。

(生)古語積善逢善，(小生)常言知恩報恩。

(合)此去願逢吉地，前行莫撞凶門。

第八折　少不知愁

(旦扮王瑞蘭上)

【正宮引子・七娘子】生居畫閣蘭堂裏，正青春歲方及笄。家世簪纓，儀容嬌媚，那堪身處

(一)　眉批：【山麻稭】，『稭』字音『皆』，稈也。《北西厢》内『瘦似麻稭』即此也，即俗云麻管也。後人不識『稭』字，妄改爲『楷』，或又以『楷』字與北音『客』字同音，又訛爲『山麻客』矣。

(二)　眉批：此曲用换頭，譜中自載其本調，然又有换頭，與此又多數語，不知何解。

歡娛地。

〔踏莎行〕瑞蘭蘭蕙温柔，柔香肥體，體如玉潤宮腰細。細眉淡掃遠山横，横波滴溜嬌還媚。媚臉凝脂，脂匀粉膩，膩酥香雪天然美。美人妝罷更臨鸞，鸞釵斜插堆雲髻。

【正宮過曲・錦纏道】(一)髻雲堆，珠翠簇，蘭姿蕙質，香肌稱羅綺。黛眉長，盈盈照一泓秋水。鞋直上冠兒至底，諸餘没半星兒不美。針指暫閑時，花朝月夕，丫鬟侍妾隨。好景宜歡會，四時端不負佳致。(二)

【朱奴兒】春名苑奇葩異卉，夏水閣浮瓜沉李。秋玩蟾光折桂枝，逢冬景賞雪觀梅。知他唤、唤愁是甚的？總不解愁滋味。

芳容魚沉雁落，美貌月閉花羞。
肌骨天然自好，不搽脂粉風流。

(一) 眉批：詞隱生曰『直上』『諸餘』皆本色語，如《西厢》云『頭直上只少個圓光』，北詞云『諸餘俏倬』是也。

(二) 眉批：時本脱『端』字，遂于『負』字下打截板。非。

第九折　緑林寄跡

（外、浄、丑扮婁羅上）

【越調過曲·水底魚】擊鼓鳴鑼，殺人並放火。倚山爲寨，號爲攔路虎。金銀財寶，劫來如糞土。無錢買路，霸王也難過。

（浄）山中壯士，全無救苦之心；寨内强人，儘有害民之意。不思昔日蕭何律，且效當時盜蹠能。衆兄弟，你我不是别人，虎頭山上草寇是也。寨中有五百名婁羅，你我是個頭領。昨夜巡哨各山，有事也没事？（外）我巡東山，一些事也没有。（浄）我巡西山，也没事。（丑）我巡南山，也没事。只有巡北山的不見回來，待他來時，便知分曉。（末上）歡來不似今日，喜來那勝今朝。（衆）哥兒，你如何回來得遲？（末）北山路遠些，因此回遲。你每巡哨各山，有事也没有？（衆）我們都没事。（末）我到有事。（丑）你敢被應捕拏住了？（末）被他拏住了，還回來得？（丑）却怎麽説？（末）我一巡巡到山凹裏，只見霞光萬道，瑞氣千條，被我把刀尖掘將下去，只見一個石匣，揭開石匣，裏面一頂金盔，一把寶劍。（衆）在那裏？（末）被我藏在那裏。（衆）去取來看一看。（末）我去拏來。（背云）我在那裏戴一戴，戴在頭上生疼，戴不得。把與他們戴一戴，看是如何。哥兒每，你看好東西。（浄）拏來我戴。（丑）拏來我戴。（外）拏來我戴。（末）不要争奪，我有個主張：我每虎頭山有五百名婁羅，只少一個寨主，若是戴得這盔，平安無事，就拜他做寨主。（丑）這有甚麽難戴？拏過來我先戴起。（末）你要戴時還早哩，也要通得些文墨纔與你戴。（丑）要我文墨，這個不打緊。拏來，我戴了說。（末）說了戴。（丑）要我說了戴？也罷，我就說。出口成章，怎麽樣說好？（末）要說得氣度大道些。（丑介）混沌初分我出身。如何？（衆）大便大了，看下句承接。（丑）肚裏儘有。混沌初分我出身，伏羲、神農是我後輩人。山中寨主無人做，五百名嘍羅是我尊。拏來我戴。（末）欽賜了你。不要謝恩。（淨）好皇家氣象。（丑）我戴得好麽？你看耀日争光，有威氣麽？我元戴的那紅帽兒不用了，賞與你每罷。拏那你識我來。（末）甚麽『你識我』？（丑）因此你不通文墨。劍也，插我這楊柳細邊。（末）甚麽叫做『楊柳細』？（丑）腰也。你識我是見，楊柳細是腰。（淨）皇帝打歇後語，須行天下，都要打歇後語。（末）反了。（丑）一日皇帝也不曾做，就反了？（末）盔戴反了。（丑）你們曉得什麽，我是那没面目的大王，教做珍珠倒捲簾。（末）好名色。（丑）這叫做耳不聞。（作推末科）（末）推我上去怎麽？（丑）這叫做推位讓國。（末）頭不要摇。（丑）是堯舜之道。（末）身子怎麽抖？（丑）劉備兒子叫阿斗。（末）怎麽坐在地上？（丑）地主明王，阿呀，盔内有鬼！（末）無鬼不成魁。（丑）快備龍床，寡人要駕崩了。（倒卧科）（衆扶介）（衆）你風了，怎麽說？（丑）戴在頭上，看看似太山壓下來一般，頭疼眼跳，成不得。這寨主不願做了，只是戴紅帽兒罷。（淨）我說你這等鬼頭鬼臉，要做寨主。看我麽，坐在這裏，就有些樣範。（末）你要做寨主，也要通文。（淨）文怕没有？混沌初分我出世，壽星老兒我徒弟。這些小賊莫多言，虎頭山中我即位。（末）好個我即位！（淨）拏盔來我戴。（末）也罷。與你戴戴看。把紅帽兒我拏了。（淨）放在這裏，備而不用。且住。我如今戴了這盔，做了寨主，你們都要聽我使唤，依我約束。不聽我的號令，拏來就殺。（衆）好欺心。寨主不知有福做否，就要殺弟兄們。（浄）不是欺你們，也要先說在前，使無後怨。（戴科）你看我戴了坐在這裏，就像一個寨主。你衆過一邊立着，聽我呼唤，走過東來。（衆走科）走過西去。（衆走科）阿呀，不好了，不好了！（倒科）（衆問介）（浄）戴不得，不好戴，真古怪，戴在頭上，頭暈眼花，就像一萬斤重，頂戴不起。寨主要做，受不過這般痛苦。拏那紅帽兒來我戴了，還只是做小婁羅的命。（末）實不瞞你列位哥兒們，我在山凹裏掘出時就戴一戴，戴在頭上，箍緊疼起來，連忙除下藏起，若是好戴，我自不戴，倒與你們戴。（丑）列位哥，以後有了得的客商經過這裏，只把這盔與他戴，就壓倒了，金銀財寶都是我們的。（末）不然，天賜這頂盔，必有個做寨主的來戴。和你下山去招軍買馬，積草屯粮，等他便了。（衆）說得是。（衆）

【南呂過曲·節節高】强梁勇猛人會一家，殺人放火張威霸。行劫掠，聚草粮，屯人馬。慣戰武藝多瀟灑，從來賊膽天來大。蛟龍猛虎離山窩，聞風那個不驚怕。（下）

（小生上）孤身逃難無依倚，不知何日得棲身。□苦呵！

【仙吕過曲·醉羅歌】(一)【醉扶歸】那日那日離都下，流落流落在天涯。畫影圖形遍挨查，到處都張掛。【皂羅袍】草爲茵褥，橋爲住家。山花當飯，溪水當茶。陀滿興福這等苦楚呵，那些

(一)　眉批：首二句第二字宜平，第四字宜仄。此用入作平，故可兩用。甚妙。

個一刻值千金價。（内喊科）【排歌】兵戈擾，道路賒，幾番回首望京華。

（外、末、净、丑上）咄！這厮往那裏走？（小生）你這夥是甚麽人，敢膽大攔阻我去路怎麽？（衆）攔你怎麽？快留下買路錢，饒你過去。（小生）我且問你，這路是你家裏開的，還是朝廷官路？我倒是没錢在身邊，就有，也要我的不得。（丑）你是賊的老子，要你的不得？（净）啐！賊的兒子。（丑）你是賊的兒子，要你的不得？（小生）怎麽叫做買路錢？（净）我每這個虎頭山虎頭寨，弟兄每有五百多人，都是强壯勇猛，英雄豪傑，以此爲生，但是人打從我這東西南北路頭經過者，俱有人把守，要他買路錢，放他過。若是没有，一刀兩段。（小生）你這夥人元來是剪徑的小毛賊。（净）罷了，叫出表名來了。（小生）我行路得早了，肚中飢又飢，渴又渴，有酒飯拏些來請我老爺吃，有盤纏送我些，做過路好看錢，我方饒你這夥毛賊的性命。（净）罷了。倒要土地三陌紙。（丑）阿哥，但人過我這山路，少不得要説幾句大話唬我們。（净）説得有理，待我去拏他過來，方顯手段。咄！你休要誇嘴説大話，戰得我過，饒你性命。（小生）你來。我不怯你，一拳打倒。（净倒科）（丑）啐！倒了虎頭山的架子，你不濟事，待我老爺去拏他。你要活的就是活的，要死的就是死的。若要活的，順手牽羊，一去牽將過來。咄！這厮看刀。（小生）你來。一脚踢倒。（丑跌倒科）（净）不是這等樣，我和你衆人一齊湧去與他殺，你曉得雙拳不敵四手。（丑）這個有理。和你齊上去。（小生）你都來。（衆戰倒科）（丑）這個蠻子，果然有些本事，大的把前日那話兒來。（末）什麽那話兒？（丑）戴在頭上生疼那話兒。（净）待我去拏來，壓殺了他。（取盔跪科）（衆呼）壯士爺。（丑）啐！你這些人没志氣，怎麽跪了他，又稱爺？（净）你不曉得，我吃了打，怕了。壯士爺。（末）又叫爺。（淨）没奈何，奉承他些罷。（小生）怎麽説？（淨）衆人説没有甚麽孝順，止有這頂嵌金盔在此，壯士爺若戴得，就奉送。（小生）拏上來。（淨）在此。（小生）你這夥毛賊，不知那裏擄這頂好金盔在此？（淨）衆人也望成些大氣候，特特請匠人打在此的。（小生戴科）也倒正相稱，是我戴的一般（衆）可疼麽？（小生）甚麽疼？（淨）你不頭疼？（小生）我怎麽會頭疼？（淨）你眼可花？（小生）我的眼爲甚麽花？（丑）既然戴這盔頭又不疼、眼又不花，是個真命强盜頭。（外）是真命寨主。（衆）禀壯士，你來得去不得了。（小生）怎麽來得去不得？（衆）

【不漏水車子】(一)告壯士休怒嗔。不嫌我草寨貧，拜壯士爲山中頭領，掌管婁羅五百名。

（小生）你每要留我爲寨主麽？（衆）是。（小生）且退後，待我思忖看。且自沉吟，謾自評論。畫影圖形，捕捉甚緊。不如隱遁在埋名徑。也罷，既然你衆人留我，我且住在這裏，以待天時。（衆拜科）多蒙便應承，小的每悉遵鈞令。

請問寨主上姓？（小生）你問我的姓名？（衆）是。（小生背云）雖然没人到此尋我，也不可把真名説與他知道。衆婁羅，我姓蔣，雙名世昌，聽我號令。（衆應科）（小生）汝等下山，三不可殺。（衆）那三不可殺？（小生）中都路人不可殺，秀士不可殺，姓蔣的不可殺。其餘有買路錢的放他過去，没有的帶

(一) 眉批：南北譜内皆無此調名，豈譜中失之耶？

上山來。（衆）領鈞旨。〔一〕不敢有遠。（小生）

【中吕過曲・紅繡鞋】本爲蓋世英雄，英雄。奸邪嫉妒難容，難容。萬山深處隱其踪，不是路，且相從。屯作蟻，聚成蜂。屯作蟻，聚成蜂。

【前腔】（衆）將軍凛凛威風，威風。戰袍繡虎雕龍，雕龍。山花斜插茜巾紅。新寨主，坐山中。商旅過，莫遭逢。

暫居山寨作生涯，喜得將軍肯上來。
巍嶺翠峰通隱豹，野花芳草待時開。

〔一〕鈞：原作『軍』，據文義改。

幽閨怨佳人拜月亭卷二

第十折　奉使臨番

（外扮王尚書上）

【越調過曲·丞相賢】(一)彎弓馳騎射雙雕，武勇超群膽氣豪，紫袍金帶非同小。見隨朝，兵部尚書官養老。

馬掛征鞍將掛袍，柳梢門外月兒高。男兒未帶封侯印，腰下常懸帶血刀。自家姓王名鎮，女直人也。官拜兵部尚書，家眷五十餘口，至親者三人。夫人張氏，小女瑞蘭，年方及笄，未曾許聘。今日私宅閑居，怕有朝使到來，不當穩便。院子那裏？（末上）堂上呼雙字，階前應一聲。覆老爺，有何分付？

(一)　眉批：　此越調過曲，今人見爲外出場之曲，遂唱作引子，謬甚。

（外）院子，我今日幸喜無事，在私宅閑居，恐朝廷有使命到來，報與我知道。（末）理會得。（淨扮使臣上）

【梨花兒】使臣走馬傳敕旨，鋪陳香案疾穿執。萬歲山呼行禮畢，嗏，欽依宣諭躬身立。聖旨已到，跪聽宣讀。傳奉大金天子敕旨：朕當邦國阽危，邊疆多難，士庶洶洶，各不聊生。賊情叵測，難以遥度。爾兵部尚書王鎮，當朝良將，昭代名臣，可前往邊城緝探詳細。軍情緊急，不許稽遲。謝恩。（外）萬歲，萬歲，萬萬歲！（見科）（外）朝使大人，不知朝廷敕旨爲何這等慌促得甚？（淨）

【番鼓兒】[一]爲塞北，爲塞北，興兵臨邊鄙。但州城關津險隘，勢怎當敵？待欲遷都迴避，不許稽遲，上京去緝探事實。（合）火速火速便馳驛，等回音星飛電急。（外）

【前腔】老小人，[二]老小人，年登七十歲。奉朝廷宣行敕旨，事屬安危。恨不得肋生雙翅，兩頭白日，多只行五里十里。（合前）（末）

【前腔】緊使人，緊使人，疾速催驛騎。便疾忙安排鞍轡，打點行李。這回須教仔細，先解韁繩，怕騎了没頭馬兒。（合前）（淨）

[一] 眉批：今人不疊唱『爲塞北』三字而疊唱『臨邊鄙』三字，誤。

[二] 眉批：『老小人』金元時俗語，今改爲『念老臣』，非古本。

【前腔】兀剌赤,(一)兀剌赤,門外等多時。(末)縱轡加鞭,心急馬遲。伴宿女孩兒,羊酒須要關支。管取完備,休得誤了軍期。(浄)

【仙吕入雙調過曲·雙勸酒】(二)軍情緊急,國家責委,不敢有違滯。常言道養兵千日,今朝用人之際。火速便馳驛,等回音星飛電急。

老大人,此乃朝廷大事,即目就望回音,作急去罷。眼望旌捷旗,耳聽好消息。(下)(外)身食天禄,命在君手。驛馬俱已完備,只得就此前去。院子,後堂請夫人、小姐出來,分付家事,即便起身。(末)理會得。老夫人、小姐,老爺有請!(老旦、旦同上)

【大石調引子·東風第一枝】宫日添長,壺冰結滿,仲冬天氣嚴寒。(旦)繡工閑却金針,紅爐畫閣人閑,金爐香裊,麗曲趁舞袖弓彎。(合)錦帳中褥隱芙蓉,怎教鸚鵡杯乾。

(老旦)相公萬福。(外)夫人少禮。(旦)爹爹萬福。(外)孩兒到來。(老旦)相公。【臨江仙】忽聽朝廷頒敕旨,傳來未審何因?(外)使臣走馬到吾門,教老夫急離龍鳳闕,緝探虎狼軍。(旦)爹爹,朝中多少文和武,緣何獨選家尊?(末)此行君命豈私身,正是家貧顯孝子,國難見忠臣。(旦)爹爹,如今不去也罷。(外)孩兒説那裏話。我若不去,是違迕了朝廷之命,是不忠也。今日把家私交付與你母

(一) 眉批:『兀剌赤』,元人掌車馬者之稱。

(二) 眉批:此曲若依【雙勸酒】本調,不宜合上唱『火速』句,豈因上曲而並誤之耶?

子，就此起程。（老旦）相公，此去路上帶誰伏侍？（外）六兒北邊頗熟，帶他去罷。（老旦）院子，叫六兒過來。（末）六叔，老爺叫。（丑上）聽得爹爹叫，即忙便來到。爹爹、奶奶、姐姐，六兒叩頭。（外）六兒，朝廷差我往北邊和番，帶你去路上伏侍，快去收拾行李起程。（丑）理會得。（叫科）媳婦，收拾我的行李，我要隨爹往北邊和番去。（老旦）老身安排一杯酒，與相公餞行。看酒過來。（旦）酒在此。

（外）

【大石調過曲・催拍】〔一〕受君恩身居從班，食君禄怎敢辭難？（老旦）此行非同小看，緝探上京虛實，便往邊關。漠漠平沙、路遠天寒。（合）一別後涉水登山，今日去甚時還？（老旦）

【前腔】氣力衰行履尚難，怎驅馳揮鞭跨鞍？（旦）愁只愁路裏，難禁冒雨蒙霜，〔二〕此身勞煩。誰奉興居、暮宿朝餐？（合前）（旦）

【前腔】去難留愁擎鳳盞，愛情深重掩淚眼。（外）休憂慮放懷，堂上母親叮嚀，小心相看。（老旦）娘女在家中，怎免愁煩？（合前）（末）

【前腔】軍限緊休作等閑，報國家忠心似丹。（旦）稍遲延半晌，尋思止得些時，面覷尊顏。子

〔一〕眉批：又名【急板令】。『非同小看』句，重唱亦可。

〔二〕眉批：『鞭』字用平聲，『雨』字用仄聲，比前曲更發調。

父隔絶、霧阻雲攔。（合前）（外）夫人，就此拜別了。

【正宫過曲・一撮棹】今日去，便馳驛離鄉關。朝廷命，疾登程怕遲晚。（老旦）兵南進，興戈甲取江山。（旦）遭離亂，家無主怎逃難？（外）丄馬侵邊緊，兩三月便回還。（老旦）專心望，望佳音報平安。

軍情怎敢暫留停，疾速登程離帝京。

正是相逢不下馬，從今各自奔前程。

第十一折　士女隨遷

（生上）

【正宫引子・繞山月】(一)守正處寒爐，勤苦誦詩書。盼春闈身進踐榮途。奈雙親服制，前程未遂，敢仰天呼。（小旦上）樂道安貧巨儒，嗟怨是何如。但孜孜有志效鴻鵠。似藏珍韞匵，韜光隱諱，待價沽諸。

哥哥萬福！（生）妹子到來，妹子請坐。（小旦）哥哥請。哥哥，妹子往常間見哥哥眉開眼笑，今日因甚

(一)　眉批：後世庸伶欲省唱者，去前半引，而生旦分唱後半引。坊本遂因之。若無古本查考，幾失此前半曲矣。

眉頭不展，面帶憂容，却爲何來？（生）妹子，你不知道，我有三件事在心，所以不樂。（小旦）那三件事？（生）第一件，父母靈柩在堂，未曾殯葬。第二件，我服制在身，難以進取。第三件，你我年紀長大，親事未諧。以此不樂。（小旦）〔玉樓春〕瑞蓮愚不將賢諫，安居温習何嗟嘆？退藏山水作漁樵，進身皇闕爲官宦。（生）妹子，迅速光陰如轉眼，少年何事功名賺？蒼天未必誤儒冠，儒冠豈誤男兒漢。（小旦）哥哥，你平日攻書多少，諒必自知上達之意。（生）

【正宫過曲・玉芙蓉】㈠胸中書富五車，筆下句高千古。鎮朝經暮史，寐晚興夙。擬蟾宫折桂雲梯步，待求官奈何服制拘。㈡教人怨，怨不沾寸禄。（合）望當今聖明天子詔賢書。（小旦）

【前腔】功名事本在天，何必心心過慮。且從他得失，任取榮枯。爲人只恐身無藝，暫時間未從心所欲。金埋土，也須會離土。（合前）（生）

【刷子序】書齋數椽，㈢良田儘可、隨分饘粥。世態紛紛，争如静守閑居。（小旦）勤劬。事業學成文武，掌王朝方展訏謨。（合）但有個抱藝懷才，那曾見滄海遺珠。

㈠ 眉批：時本并此四曲于第二折，此處竟無曲矣。

㈡ 眉批：『求官奈何』四字，今人皆用仄仄平平，便不發調矣，益見古曲之諧律。

㈢ 眉批：『椽』字宜用韻。

【前腔換頭】（生）難服。晚進兒童，肥馬輕裘、污紫奪朱。〔一〕磊落男兒，慚睹蠢爾之徒。（小旦）聽語。萬事皆由天命，盡皆非者也之乎。（合前）

（末慌走上）災來怎躲？禍至難逃。官人、小姐不好了，快走！（生）怎麽説？（末）只見簇簇軍馬往南來，密密刀鎗從北至。勢不可遏，鋒不可當。奪關隘争履平川，攻城邑競登坦地。黎民逃難，街衢中似亂亂奔獐；官宦隨遷，途路裏若荒荒走鹿。百司解散，萬姓倉皇。明張榜示，今朝駕幸汴梁城；曉諭通知，即日要從中都路。一來軍馬臨城，二者都堂法令。螻蟻尚且貪生，爲人豈不惜命？官人小姐聽原因，滿目干戈不太平。雙手劈開生死路，一身跳出是非門。各人自去逃生去了。（下）

【南吕過曲·薄媚滚】聽人報，軍馬近城，國主譔都汴。今晚庶民，不許一人落後在京輦。〔二〕生長昇平，〔三〕誰曾慣遭離亂。苦怎言，膽顫心驚，如何可免？

【前腔】聽街坊巷陌，唯聞得炒炒哀聲遍。急去打疊，金共寶隨身帶做盤纏。田業家私，不能守不能戀，兩淚漣。生死安危，只得靠天。

（生）父母家鄉甚日歸？（小旦）荒荒垂淚離京畿。

〔一〕眉批：『肥馬』句，坊本顛倒之，作『奪朱污紫、肥馬輕裘』，遂無調無韻矣。可嘆。

〔二〕眉批：『輦』字，坊本誤作『城』字。非韻。

〔三〕眉批：『今晚庶民』四字與『生長昇平』四字，重唱一句亦可。

（合）避難一心忙似箭，逃生兩脚走如飛。

第十二折　山寨巡羅

（小生上）

【雙調引子・賀聖朝】斬龍誅虎威風，擒王捉將英雄。錦征袍相稱茜巾紅，鎮山北山東。

陀滿興福來到此間，所謂荒不擇路，饑不擇食，只得結集亡命，哨聚山林。靠高岡爲寨柵，依野澗作城濠。風高放火，無非劫掠莊農；月黑殺人，盡是傷殘民命。弓兵巡尉，聞知膽喪心驚；客旅經商，見説魂飛魄散。除非黄榜見招安，餘下官兵收不得。衆嘍羅那裏？（外、末應上）（小生）你每俱有差占，只有大小婁羅，没有什麽事委他，與我叫他來。（外、末下唤科）（净、丑上）宋江三十六，回來十八雙。若還少一個，定是不還鄉。覆主帥，有何分付？（小生）大小婁羅，别的都有差占，獨你兩個没有甚勾當與你管，今發下一個夥落更梆，一個巡山伏路。問你頭上戴的，腰間繫的，手中拏的，脚下穿的，少了一件，重打二十。（净、丑）領鈞旨。大婁羅巡山，小婁羅打更。（諢科）（小生）聽我分付着：

【越調過曲・豹子令】聞説中都起戰塵，起戰塵。黎民逃難亂紛紛，亂紛紛。怕有推車儋擔人經過，劫掠財寶共金銀。（合）登山驀嶺用心巡。（净）

【前腔】休避些兒苦共勤，苦共勤。提刀攜劍共成群，共成群。士農工商錢奪下，回來山寨

醉醺醺。(合前)(丑)

【前腔】劫掠金珠不要分，不要分。肥羊美酒不沾唇，不沾唇。但願捉得個花嬌女，將來壓寨做夫人。(合前)

逢人買路要金珠，認得山中好漢無。
日後欲求生富貴，眼前須下死工夫。

第十三折　相泣路岐

(老旦上)

【正宫引子·破陣子】況是君臣分散，那看母子臨危。(旦)嚴父東行何日返，(一)天子南遷甚日回？(合)家邦無所依。(老旦)

〔望江南〕身狼狽，荒急便奔馳。貼肉金珠揣得甚，隨身衣服着些兒，子母緊相隨。(旦)離帝輦，前路去投誰？風雨催人辭故國，鄉關回首暮雲迷，何日是歸期？(老旦)孩兒，管不得你鞋弓襪小，只得趲行幾步。(旦)是緊隨母行。(老旦)

(一)　眉批：第三句若用平平仄仄平平仄，便非。

【中呂過曲・漁家傲】(一)天不念去國愁人助慘淒，淋淋的雨似盆傾，(二)風如箭急。(旦)侍妾從人皆星散，各逃生計。(合)身居處華屋高堂，但尋常珠繞翠圍，那曾經地覆天翻受苦時。(老旦)孩兒，天雨淋漓，人跡稀走，兩條路不知往那裏去？

【剔銀燈】(三)迢迢路不知是那裏？前途去安身在何地？(旦)一點點雨間着一行恓惶淚，一陣陣風對着一聲聲愁氣。(合)雲低。天色傍晚，子母命存亡兀自未知。(旦)

【攤破地錦花】(四)繡鞋兒，分不得幫和底。一步步提，百忙裏褪了跟兒。(老旦)冒雨蕩風，帶水拖泥。(合)步難移，全没些氣和力。(老旦)

【麻婆子】路途路途行不慣，心驚膽顫摧。(旦)地冷地冷行不上，人荒語亂催。(老旦)年高

(一) 眉批：詞隱生曰：『此調最難查訂，今始得之。「天不念」三字，「淋淋地」三字，「身居處但尋常那會經」九字，皆襯字耳。古本首句無「天」字，今人于「天翻」下增「天翻來」三字，可笑。』

(二) 雨：原作『的』，據文義改。

(三) 眉批：此曲古本原自如此。今人于『點』字下增一『聲』字，『陣』字下增一『陣』字，且于『雨』字、『風』字下各增一截板，『兀』字下增一『尚』字，可惡甚。至『愁』字下增一『和』字，并文理亦不通矣。

(四) 眉批：今人點板于第二『步』字及『百』字上，甚無謂。

力弱怎支持？（倒科）（旦扶科）泥滑跌倒在凍田地，款款扶將起。㈠（合）心急步行遲。㈡

最苦家尊去遠，怎當軍馬臨城。
正是福無雙至，果然禍不單行。

第十四折　風雨間關

（生上）

【南吕引子·薄倖】凛冽寒風，淋漓冷雨。送君臣南北，父子西東。（小旦上）心腸痛，不幸見刀兵冗冗。（合）望故國雲山遠濛。（生）

〔浣溪沙〕萬里飛沙咽鼓鼙，三軍殺氣傍旌旗，天涯兄妹兩相依。（小旦）前面未知何處是，故鄉猶恐不同歸，出關愁暮一霑衣。（生）妹子，當此國家播遷離亂之際，顧不得你鞋弓襪小，只得趲行幾步。（小旦）哥哥言之有理。（生）

【大石調過曲·賽觀音】雨兒催、風兒送，嘆一旦家邦盡空。（小旦）想富貴榮華如夢。（合）

㈠　眉批：　或重『款款』二字，可厭。
㈡　眉批：　末句用平平平仄平，亦可。

哽咽傷心氣填胸。（小旦）

【前腔】意兒荒，脚兒痛，顫篤速如癡似懵。（生）苦捱着疾忙行動。（合）郊野看看又早晚雲籠。（生）

【人月圓】途路裏奔走流民擁，[一]膽喪魂飛心驚恐。（小旦）風吹雨濕衣襟重，止不住雙雙珠淚湧。（合）行不上，惟聞得戰鼓聲振蒼穹。（生）

【前腔】軍馬來四下如鐵桶，眼見得京師城壁空。（小旦）那每趕着無輕縱，[二]如虎般英雄馬似龍。（合）遭驅虜，親骨肉甚年何日重逢？

急前去汴梁路杳，慢停待中都亂擾。
烏鴉共喜鵲同巢，吉凶事全然未保。

[一] 眉批：『途路裏』三字，原無板。今人將下『軍馬來』句增一『又』字，且唱兩句，故妄加二板，而并加『途路裏』二板耳。可恨。

[二] 眉批：『那每趕着』如今北人言『那們』『這們』，猶云『那般』『這般』也。改作『他每』，失之矣。

第十五折　番落回軍

（丑扮老人上）天有不測風雲，人有旦夕禍福。只今番兵犯界，天子遷都汴梁，百官隨駕，各離中都；萬姓逃生，交馳道路。正是相逢不下馬，各自奔前程。呀，前面人煙擾攘，想是番兵來了，不免躲在石板橋下片時，再作區處。（净扮番將引衆上）

【南吕過曲·番竹馬】（一）喊殺漫山漫野，招颭着皂旗兒萬點寒鴉。千户萬户每，領雄兵、圍繞中都城下。見敵樓、無個人披掛，都遷徙離京華。前去奮武征伐，盡攬轡攀鞍、加鞭乘駿馬。待逃生、除是翅雙插，（二）直追到海角天涯。金鞍玉轡，斜楂着寶鐙菱花。（三）

生長陰山燕水北，襖子渾金腰繫玉。彎弓沙塞射雙雕，躍馬圍場逐群鹿。展手齊齊弄舞腰，顛脚來來高唱曲。有時畫在小屏風，輾轉教人看不足。且喜已到中都地面，果然好個花錦世界。彼國軍民，皆已隨駕遷都汴梁去了，今日無事，不免與把都兒每閑耍一回。（衆）告主帥，前面石板橋下有一個老兒。（净）拏過來。（衆拏丑見科）（净）你是甚麽人？（丑）小人是本處耆老。（净）㕸耐你大金天子，俺那

（一）眉批：此曲坊本誤作【竹馬兒】，非。

（二）眉批：『雙翅插』，坊本作『插雙翅』，非。

（三）眉批：中字句多倒置訛落，今查正。

裏三年一小進，五年一大進，十年一總進。經今一十五年，並無一絲兒回答，是何道理？（丑）本國前月差兵部王尚書，裝載寶物，從水路進至上國來了。（净）我每打從旱路上來，想是挫過了也。你莫非説謊麽？（丑）小人怎麽敢説謊？（净）既然如此，我且回兵去罷。

加鞭哨馬走如龍，海角天涯要立功。
假饒一國長空闊，盡在皇都掌握中。

第十六折　違離兵火

（老旦、旦上）

【正宫過曲・滿江紅急】[一]身遭兵火，身遭兵火，[二]母子逃生受奔波。怎禁得風雨摧殘，田地坎坷，泥滑路生行未多。軍馬追急怎奈何？彈珠顆。冒雨衝風，沿山轉坡。[三]（衆上趕老旦、旦下，衆偷傘，諢科下）（生、小旦上）

[一] 眉批：坊本誤作【滿江紅】，查過曲並無【滿江紅】，唯南吕引子有之，與此不相蒙。

[二] 身遭兵火：原闕，據《李卓吾先生批評幽閨記》補。

[三] 坡：原作『波』，據《李卓吾先生批評幽閨記》改。

【前腔】㈠身遭兵火，身遭兵火，兄妹逃生受奔波。怎禁得風雨摧殘，田地上坎坷，泥滑路生行未多。軍馬追急，教我怎奈何？彈珠顆。冒雨衝風，沿山轉坡。

（衆上，趕生、小旦下）（衆偷包諢科下）（老旦、旦、生、小旦同上）（各唱前曲科）（丑扮懷孕婦人）（淨扮和尚）（外扮道士上逃難諢科）㈡（衆上趕散科）（並下）（旦上）

【南呂過曲·東甌令】我那娘！心如醉，淚交流，去遠家尊絕信久。途中母子生離別，這苦如何受？一重愁翻做兩重愁，是我命合休。

我那娘！（下）（生撞上）瑞蓮！

【仙呂過曲·望梅花】叫的我不絕口，恰被喊殺聲流民四走。慌急便尋不知個所有。此間無多應，只在前頭。㈢

瑞蓮！（下）（老旦上）瑞蘭！

【南呂過曲·東甌令】尋思苦，路生疏。軍喊風傳行路促，娘兒挽手相回護。這苦難分訴。

㈠ 眉批：譜中原以此曲並後小旦大喊一聲過，合爲【滿江紅急】一曲，若如今並前曲亦不全也，意或此曲原爲生、小旦所唱，偶逸老旦、正旦所唱之曲，而借用之耳。愧不能考正。

㈡ 科：原作『和』，據文義改。

㈢ 眉批：坊本作『此間無處安身，想只在前頭後頭』，大謬。

望天、天憐念老身孤，免使受奔波。瑞蘭！（下）（小旦撞上）我那哥哥！

【正宮過曲・滿江紅急後】大喊一聲過，諕得人獐狂鼠竄。那裏去也哥哥，怎生撇下了我？此身無處安存，無門可躲。(一)我那哥哥！教妹子那裏去尋討。苦殺我也。（下）

第十七折　曠野奇逢

（旦上）

【南吕過曲・金蓮子】(二)古今愁，誰似我目下這樣憂？聽軍馬驟，人亂語稠。向深林中躲避、只恐有人搜。（虚下）（生上）

【前腔】百忙裏散失、差了路頭。尋覓竟不見怎措手？瑞蓮！（旦内應科）（生）神天祐，這搭

(一)　眉批：　坊本『門』字下加一『路』字，非。

(二)　眉批：　此【金蓮子】正調也。今人皆信陳大聲『表記留』一曲，不知必如此。『曲』今字平聲，『驟』字用韻始叶耳。　坊本重『古今愁』『軍馬驟』『神天祐』一句，又『憂』作『悲』，『躲避』作『逃難』，『覓』竟作『妹子』，加『教我』二字，脱『尋路』二字，俱非。

兒是有親骨肉、(一)見了尋路向前走。

瑞蓮！（旦應上）

【中呂引子・菊花新】你是何人我是誰？（生）應了還應，呀，見又非。（旦）將咱小名提，進前去問他端的。

我只道是我母親，元來是個秀才。（生）我只道是我妹子應聲，元來是一位娘子。（旦）啐！你不是我母親，如何叫我名字？（生）啐！我自叫我妹子瑞蓮的名，誰來叫你？（旦）奴家只道是娘，方曉得叫我名字。

【中呂過曲・古輪臺】(二)自驚疑，相呼厮喚兩相回，瑞蘭和先輩不曾相識。（生）瑞蓮名兒，本是卑人親妹。不知娘子因甚到此？（旦）妾因兵火急，離鄉故。（生）娘子如何獨行？（旦）母子隨遷往南避，中途相失。秀才在何處不見了令妹？（生）喊殺聲各各逃生，電奔星馳。中路裏差池，因循尋至，應聲錯偶逢伊。娘子不見了母親，小生不見了妹子。正是俱錯意，一般煩惱兩

(一) 眉批：『這搭兒』詞家本色，如馬東籬『認下這搭兒沙和草』，《誠齋樂府》『今宵那搭兒花徑行』皆是。猶云『這裏』『那裏』。

(二) 眉批：此曲本急調，觀他本用此者，可見施君美用之于此，正以見逃奔倥偬之狀，今伶人皆以細腔唱之，恐失其旨。然至第二曲又不得不急矣。

心知。（生）

【前腔】名兒應錯了自先回。（旦）秀才那裏去？（生）急急便往跟尋，豈容遲滯。（旦）事到如今，㈠怎能惜得羞恥？（作拜科）秀才，念苦憐孤，救奴殘喘，帶奴離此免災危，我也不忘你的恩義。㈡（生）娘子，你方纔説不見了令堂，遠遠望見一個老娘來了不是。（旦回顧科）在那裏？（生近看科）曠野間見獨自一個佳人，生得千嬌百媚。他又無夫無婿，眼見得落便宜。且待我諕他一諕。娘子，如何是，天色昏慘暮雲迷。

（旦慌科）秀才，帶奴同行則個。（生）娘子差矣，男女授受不親，禮也。我妹子尚且不見，焉能帶你同行？

【撲燈蛾】自親不見影，㈢自親不見影，他人怎相庇？（旦）秀才，你讀書也不曾？（生）秀才家何書不讀，那書不覽。（旦）書上説道，惻隱之心，人皆有之。既然讀詩書，惻隱心怎不周急也？（生）娘子，你只曉得有惻隱之心，那曉得有別嫌之禮？我是孤男你是寡女，厮趕着教人猜疑。（旦）亂軍中誰來問你？（生）緩急間語言須是要支持。（旦）

㈠ 眉批：坊本『事到如今』下增『事到頭來』四字，又重『曠野間』三字，此俗優作態妄加，至混本調。可恨。

㈡ 眉批：『我也』下脱二字，無從考正。

㈢ 眉批：『自親』正對下『他人』説，音律甚叶。今人妄加一『妹』字，失調矣。

【前腔】路中不擋攔，（生）路中若擋攔，怎麽處？（旦）路中若擋攔，可憐奴做兄妹。（生）兄妹固好，只是面貌不同，語言各别。有人厮盤問，教咱把甚言抵對也？（旦）没個道理。（生）既没道理，小生自去了罷。（旦）有一個道理。（生）有甚麽道理？（旦）怕問時（生）怕問時却怎麽？（旦）怕問時權，（生）『權』甚麽？（旦）權説是夫妻。(一)（生）恁地時方纔可矣。(二)便同行訪踪窮跡去尋覓。（旦）

【尾聲】今日得君提掇起，免使一身在污泥。（生）久後常思受苦時。

半路兄尋妹，中途母失兒。
情知不是伴，事急且相隨。

第十八折　彼此親依

（小旦上）

(一) 眉批：重『有一個道理』句、『怕問時權』句，乃伶人演戲時描寫當時光景，故不得不即將上句重唱，實非本調所宜有也。去之恐驚俗眼，姑存之。

(二) 眉批：『恁地時』猶云『這般』。改爲『恁般』説者，非。

【正宮過曲・普天樂】(一)我那哥哥，叫得我氣全無，哭得我聲難語，兩頭來往到千百步。兄安在妾是何如？真所謂困旅窮途。哥哥，須念我爹娘身故。我須是一蒂一瓜親兒女，(二)割得斷兄妹腸肚。閃下奴家在這裏，進無門退時還又無所。（小旦）

【小桃紅】(三)大道上難前去，小路裏怎逃伏？遥望窩梁三兩間茅屋，轉彎環野徑休辭苦。暫安身少避些風和雨，多管是村野民居。（虚下）（老旦上）

【南吕引子・生查子】行尋行又尋，瑞蘭！（小旦内應科）（老旦）遠遠聞人應。瑞蘭！（小旦應上）呼喚瑞蓮名，聽了還重省。（老旦）

【黄鍾過曲・水仙子】(四)眼又昏、天將暝，趁聲兒向前打認。（認科）我那兒，渾身上雨水淋漓，盡皆泥濘。生來這苦何曾慣經？（小旦）

【前腔】眼見是錯十分定，事無可奈，只得陪些下情。老娘，你是高年人，怎生行得山徑？瑞蓮款款扶着娘娘慢行。（老旦）

(一) 眉批：此本調正體也。《浣紗記》『錦帆開』等，慎不可學。
(二) 眉批：『一瓜一蒂』至今諺語猶然。或作『一蒂一派』，非也。後云姑表、兩姨一瓜一蒂，亦同。
(三) 眉批：此曲越調【小桃紅】不同，或作【山桃犯】亦非。
(四) 眉批：詞隱生曰：『此曲最不可解。蓋因唯《拜月亭》有之，又無好官板可查明耳。』

【前腔】(一)觀模樣聽語聲，呀，元來又不是我的孩兒。你是阿誰便應承。枉了許多時，教娘苦相等。(小旦)非許應，瑞蓮聽得名兒厮類，怕尋覓是我家兄。偶遇老娘如再生。(老旦)

【刮地風】(二)看他舉止與我孩兒不甚爭。小娘子，厮跟去你心肯。(小旦)奴家因亂軍中不見了哥哥，如今得遇老娘，望挈帶奴家同行，早晚伏侍則個。(老旦)我的女兒名喚瑞蘭，也因軍亂失散，無處尋討。也罷。我今就把你做我女兒看承罷。且名兒略相類，正好也。(小旦)情願做奴爲婢身多幸，如何敢望做兒稱。(老旦)干戈若寧静，和你同往神京。(小旦)謝深恩，感深恩救取奴命。(合)天昏地黑迷去程，就此處權停。

　母爲尋兒錯認真，不因親者强來親。

　愁人莫向愁人説，説與愁人愁殺人。

第十九折　偷兒擋路

(生上)

(一) 眉批：譜中止載前一曲，而第二曲又與前不合，安能起施君於九原而問之邪。坊本混刻作一曲，大謬。

(二) 眉批：此調歷查諸舊曲皆如此，奈舊譜將『干戈』以下打一圈，又似另分一曲矣。今人又唱做『情愿做兒爲婢，天昏地黑迷去路程』兩句，俱失體，而『迷去路程』并文理亦不通矣。

【商調引子・高陽臺】凜凜嚴寒，漫漫肅氣，依稀曉色將開。宿水餐風，去客塵埃。（旦上）思今念往心自駭，受這苦誰想誰猜。（合）望家鄉，水遠山遥，霧鎖雲埋。

（生）亂亂隨遷客，紛紛避禍民。風傳軍喊急，雨送哭聲頻。（旦）子不能庇父，君無可庇臣。（合）寧爲太平犬，莫作亂離人。（生）娘子，你看村莊籬落，一路上光景，好生傷感人呵！

【南調過曲・山坡羊】翠巍巍雲山一帶，碧澄澄寒波幾派，深密密煙林數簇，滴溜溜黃葉都飄敗。一兩陣風，三五聲過雁哀。（旦）傷心對景愁無奈。回首家鄉，珠淚滿腮。(一)（合）情懷，急煎煎悶似海。形骸，骨巖巖瘦似柴。（旦）

【水紅花】憶昔歌舞宴樓臺，會金釵，歡娛難再。（生）思之詩酒看書齋，命多乖，風光難再。（旦）母親知他何處，尊父阻隔天涯。不能彀千里故人來也囉。（生）

【梧桐花】徙黎民，遷臣宰，国主蒙塵尚遠邁，雕欄玉砌今何在？（旦）想畫閣蘭堂那樣安排，翻做了草舍茅簷這境界，怎教人償得盡悽惶債？（旦）

【水紅花】路滑霜重步愁擡，小弓鞋，其實難捱。（生）家亡國破更時乖。這場災，冰消瓦解，否極何時生泰，苦盡更甘來。只除是枯木上再花開也囉。

(一) 眉批：『回首』句本七字，襯一『淚』字。今人用八字句，如時曲『椿椿惆悵』是也。『惆』字用平聲，尤謬。

（内鳴鑼吶喊科）（生、旦慌科）

【南吕過曲・金錢花】聽得數聲鑼篩，鑼篩。好漢山前齊擺，齊擺。個個獰惡似狼豺。（外、末、浄、丑上）留買路，與錢財。不留與，便殺壞。

你兩個是甚麽人？留下買路錢，放你過去。（生、旦）

【中吕過曲・念佛子】(一)窮秀才夫和婦，爲士馬逃難登途。望相憐壯士略放一路。（衆）捉住。枉説言語，買路錢且留下金珠。稍遲延便教身死須臾。（生、旦）

【前腔换頭】區區。山行路宿，粥食無覓處。有盤纏肯相推阻。（衆）敢厮侮，窮酸餓儒，模樣須尋俗。应隨行所有、疾忙分付。（生、旦）

【前腔】苦不苦，從頭至足，衣衫皆藍縷。難同他往來客旅。（衆）你不與施威仗勇，輪動刀和斧，激得人忿心發怒。（生、旦）

【前腔】告饒恕，魂飛膽顫，神恐心驚懼。此身恁屈死真實何辜。（衆綁生、旦科）且執縛。管押前去，山寨裏聽區處。（生、旦）到那裏吉凶事全然未知。

(一) 眉批：此本【念佛子】四曲，時本不曉，妄混刻作一曲，而以『且執縛』三句作尾聲，大謬。不知中吕内尾聲亦無此體。曲内字句增損、倒置，今悉考正。『應』猶言『一應』也，『疾早』猶言『疾忙』也，語都本色可喜。

秀才身畔没行囊，逃避刀兵離故鄉。
且聽雷霆施號令，休言星斗焕文章。

第二十折　虎頭遇舊

（小生上）

【中吕引子·粉蝶兒】(一)山寨鳴金，白鶴半空展翅。（衆押生、旦上）見擒獲過客夫妻。（生、旦）離天羅、入地網，逃生無計。（合）到麾下善惡區處。

（衆）禀大王，夜來巡哨，拏得一個漢子，一個婦人。（小生）帶過來。（衆帶生、旦見科）（小生）那漢子，俺這裏經年無客過，累月少人行。你明知山有虎，故作採樵人。（小生）

【中吕過曲·尾犯序】山徑路幽僻，尋常此間來往人稀。男女相隨，豈是良人行止？（生、旦）凶時。遭士馬流民散失，避干戈君臣遠徙。夫和婦，爲天摧地塌、逃難路途迷。（小生）

【前腔】無非買命與贖身，但隨行有何囊篋貲費。（生、旦）亂軍中俱已奪去，如今没有了，將軍饒

(一) 眉批：此調與《荆釵記》『一片胸襟』云云皆南曲引子，非北曲也。今人見【粉蝶兒】及【點絳唇】皆唱北曲，可笑。

命。（衆）快口强舌，休同兒戲。（生、旦）聽啓，亂荒荒行來數日，苦滴滴實没半盞。（衆）你好不知禮。常言道打魚獵射怎空回？（小生）

【前腔】何必説甚的，衆妻羅，便推轉斬首、更莫遲疑。（衆扯科）將他倒拽横拖，（一）把軍令遵依。（生、旦）魂飛，纔逆旅窮途認妻，早背井離鄉做鬼。聽哀告，望雷霆暫息、略罷虎狼威。（小生）

【前腔】軍前令怎移？但一言既出、駟馬難追。（生、旦）將軍可憐饒命！（衆）枉自厚禮卑詞，休想饒你。（旦）傷悲，王瑞蘭遭刑枉死。（生）蔣世隆銜冤負屈。天和地，有誰人可憐、燒陌紙錢灰。

（小生）呀，那漢子説甚蔣世隆！這有些兒像似他的模樣一般。衆妻羅，替我把那兩個帶回來。（小生）

【南吕過曲・梁州賺】且與我留人，押回來問取詳細。那漢子，你家居那裏？工商農種學文藝？（生）通詩禮，鄉進士。州庠屢魁，中都路離城三里。（小生）因甚到此？（生）閑居止，因兵火棄家無所倚。（小生）聽説仔細。

（一）眉批：時本多『扯起』二字，重『倒拽横拖』句，非。

漢子，擡起頭來我看。（生擡頭科）（小生）

【前腔】緊降階釋縛扶將起，[一]是兄弟負恩忘義。這是何人？（生）是我渾家。（小生）尊嫂受禮，誰知此地能完聚。（旦）愁爲喜，深謝得賢叔盜蹠。（小生）哥哥行那些個尊卑？權休罪，適間冒瀆少拜識。（生）恐君錯矣。

（小生）哥哥，你就不認得兄弟了？（生）一時間心荒撩亂，想不起來。（小生）哥哥，兄弟該死了。

【中吕過曲・耍鮑老】[二]朝廷當時巡捕急，閃避在圍牆内。若非恩人救難危，險赴法雲陽市。（生）呀，元來是興福兄弟！相逢狹路難迴避，這言語古來提。（小生）衆婁羅，連忙准備排筵席，歡來不似今日。

看酒過來。（浄）酒在此。（小生把酒科）

[一] 眉批：『緊降階』以下乃本調，第二曲時本混刻，非。

[二] 眉批：詞隱生曰：『此調正與《江流兒》「憶昔銜冤」一曲相同。乃【耍鮑老】本調也。舊譜云是【鮑老催】換頭，又曰【鮑老兒】，自相矛盾矣。舊板《戲曲金錦》作【鮑老催】，不知「酒浮嫩醅」以下始爲【鮑老催】，而起調又與【永團圓】相同。故舊註亦有以此誤作【永團圓】者，今查正。』

【前腔】(一)酒浮嫩醅，壓驚解煩休要推。嫂嫂請酒。(旦)奴家天性不飲。(小生)寒色告少飲半杯。(旦)非詐僞，量淺窄休央及。(小生)高歌暢飲展放眉，開懷醉了重還醉。酒待人無惡意。

哥哥、嫂嫂，放開懷抱寬飲一杯。(旦)

【前腔】秀才儒業祖傳襲，你文章幼攻習。我低低問暗暗猜、心疑忌，叔伯遠房姑舅的？(生)不是。(旦)敢是兩姨一瓜蒂？(生)也不是。(旦)這不是，那不是，怎有這個賊兄弟？(淨背聽)告大王知道，大王好意勸那娘子飲酒，那娘子反罵大王。(小生)豈有此理。哥哥，兄弟好意勸嫂嫂飲酒，如何反罵兄弟？(生)兄弟，你那小校聽差了，不是罵。道怎有這個好兄弟。賽關張勝劉備。(二)

(旦)秀才，去罷。(生)

(一) 眉批：時本不知此爲【耍鮑老】二曲，妄以不似，今日爲【鮑老催】第一曲。『酒浮』至『無惡意』爲第一曲。『秀才儒業』至『勝劉備』爲三曲。『告辭去急』下爲四曲。又並【尾聲】內『遲疾早晚』二句混入第四曲內，而妄增『男兒志』二句作尾。訛亂若此，非詳考細讐，此曲何時得白？可勝嘆哉。

(二) 眉批：前『歡來不似今日』用平平仄仄平平更妙。故板打在『不』字上，『似』字下、『日』字上，與此『賽關張』六字不同，唱者不可不辨也。

【前腔】告辭去急。（小生）姑留待等寧靜歸。（生）龍潭虎穴難住地。（小生）既然哥哥不肯留此，衆婁羅，在東庫裏取散碎白金一百兩、紅緑紵絲襖兩件，遞將過來。（淨）銀子衣服在此。（小生）哥哥既不肯住此呵，金百兩，望領納爲盤費。（生）多謝厚意，就此告别了。（合）懊恨人生東又西，難逢最苦别離易，歎此行何時會。

【尾】遲疾早晚兵戈息，㈠共約行朝訪踪跡，怎肯依舊中原一布衣。

（旦）秀才去罷。

相促相催行步緊，厮收厮拾去心頻。
他日劍誅無義漢，此時金贈有恩人。

第二十一折　子母途窮

（老旦上）

【正宫引子・燕歸梁】㈡行盡長亭又短亭，窮途路，那曾經。（小旦上）飄零此身如萍梗，嗟何

㈠ 眉批：『遲疾』與《西厢》『遲和疾，擦倒蒼蠅』相合，亦詞家本色。

㈡ 眉批：坊本刻此作【天下樂】，而于末句『到』字上加一『歸』字，『神』字改作『汴』字，竟不知作何調矣。試查《琵琶記》『一片花飛故苑空』爲【天下樂】也，豈若此乎？

日到神京？（老旦）

〔憶秦娥〕拋家業，人離財散如何說？如何說？這般愁悶，這般時節。（小旦）不幸爲人遭此劫，一回追想添情切。添情切，心兒悒怏，眼兒流血。（老旦）孩兒，天色將暝，和你趲行幾步，投個村莊棲身，明日再行。（小旦）是。母親請行。（老旦）

【仙呂過曲·羽調排歌】黯黯雲迷，寒天暮景，驅馳水涉山登。蕭蕭黄葉舞風輕，這樣愁煩不慣經。不忍聽，不美聽，聽得胡笳野外兩三聲。（合）風力勁，天氣冷，一程分作兩程行。

（小旦）

【前腔】只見數點寒鴉，投林亂鳴，晚煙宿霧冥冥。迢迢古岸水澄澄，野渡無人舟自横。不忍聽，不美聽，聽得孤鴻天外兩三聲。（合前）（老旦）

【三疊排歌】㈠前路梗，行步生，那更天將暝。憂心戰兢兢，傷情淚盈盈。那些兒淒慘，那些兒寂寞，清風明月最關情。無人來往冷清清，叫他不應天怎聞？不忍聽，不美聽，聽得疏鐘山外兩三聲。（合前）（小旦）

㈠ 眉批：『三疊』不可解，又名【道和排歌】，時本作【憶多嬌犯】，不知何意。惟本腔故可合前，若別宮豈有復合前曲者？甚矣世人之聾聵也。

【前腔】忽地明，一盞燈，遥望茅簷近。不須意兒省，休得慢騰騰。休辭迢遞，望明前去，遠臨此地叩柴扃。今宵村舍暫消停，卧却山城長短更。不忍聽，不美聽，聽得寒砧林外兩三聲。（合前）

【尾聲】㈠得暫寧天之幸，一夕安眠到天明，免使狼籍追追登路程。

前村燈火已黄昏，但願中途遇好人。

曾經路苦方知苦，謾説家貧未是貧。

第二十二折　招商諧偶

（末上）

〔臨江仙〕調和麯糵多加料，釀成上等香醪。籬邊風旆似相招。三杯傾竹葉，兩臉暈紅桃。不飲傍人應笑你，百錢斗酒非高。莫言村店客難邀。神仙留玉珮，卿相解金貂。且喜天下稍平，民安盜息，不免叫貨賣的出來，分付他開張鋪面，迎接往來客商，多少是好。貨賣那裏？（淨上）忙把店門開，安排待客來。不將辛苦藝，難近世間財。家長老官兒，有何分付？（末）貨賣，如今且喜天下稍平，民安盜息，你

㈠　眉批：此【尾聲】疑亦後人所增。

與我開張鋪面，迎接客商。你在外面發賣，我在裏面會鈔記帳。（净）説得有理。我在外面發賣，你在裏面會鈔記帳。我一責還他一責，兩責還他成雙。（末）説得是。奉饒加一二，自有客人來。（下）

（净）莫道開張小店，坐當衝要路頭。前臨官道，後靠野溪。幾株楊柳緑陰濃，一架薔薇清影亂。古壁上列劉伶仰卧，小窗前畫李白醉眠。知味停舟，果是開埕香十里；聞香駐馬，管教隔壁醉三家。但有南北二京、福建、江西、湖廣、襄陽、山東、山西、雲南、貴州、廣東、廣西客商行旅，都來買我這好酒吃。自古道，牙關不開，利市不來。不免把酒來嘗一嘗。好酒！我一生喫不慣悶酒，得個朋友來同酌，與他猜三枚，道兩謊，纔開懷也。（生、旦上）

【中吕過曲·駐馬聽】一路裏奔馳，多少艱辛來到這裏。且喜略時肅静，漸次平安，稍爾寧息。恨悠悠千里旅情悲，苦懨懨一片鄉心碎。感嘆咨嗟，傷情滿眼關山淚。（一）（净）

【前腔】草舍茅簷，門面不妝酒味美。真個杯浮緑蟻，榨滴珍珠，甕潑新醅。（生、旦）酒旗斜掛小窗西，布帘兒招颭在疏籬際。和你共飲三杯，今朝有酒今朝醉。

（生）娘子，我和你來到此間，是廣陽鎮招商店。且沽一壺，少解旅途情況，再行何如。（旦）但憑秀才。（生）叫酒保。（净）官兒買酒喫的？（生）是買酒喫的。（净）請裏面坐。（生）還有渾家在外面。

（一）眉批：末句本七實字句，如《琵琶記》『一家賀喜再相見』是也。時本及時伶必欲作『關山之淚，今朝沉醉』，可笑。

（浄）渾家請進。（生）咄，你這酒保好野！（浄）我小人不野。（生）我與娘子是夫妻，便稱得渾家，你怎麽也叫渾家？（浄）官兒，你不曉得。我記得古書云，人之父母就是己之父母，官兒的渾家就是己之渾家一般。大家和你渾一渾。（生）胡説！稱娘子纔是。（浄）既然，娘子請進裏面坐，何如？（叫科）兩杯茶來，有客來了。（生）酒保，你家有甚麽好酒？（浄）有好酒。竹叶青、蓮花白、狀元紅。（生）有甚麽好下飯？（浄）有精致下飯。水晶蹄、鹽燒鼈、香椒胳、東坡雞、酥鮓油煠鵝。（生）好的。只管拏來，喫了算帳。（浄叫科）那官兒脚上帶黄泥，必是遠來的。多着懷屍露，少着父娘皮。一責做兩責，不要少他的。（生）酒保，你説『多着懷屍露』，便是骨。（浄）『懷屍露』是肉。（生）父娘皮肉，懷屍露骨。你怎麽哄得我？（浄叫科）這官兒是老江湖，不要哄他。『懷屍露』少放些，『畫眉青』多放些。（生）酒保，『畫眉青』是甚麽東西？（浄）『畫眉青』是肉。（生）『畫眉青』是菜。（浄叫科）不要哄他了，一責肉，一責雞，一責燒鵝，一責匾食。快着來！（生）看酒過來。（浄）好酒在此。（生）這是新蒭，可有久窨的？（浄）軍亂以來，則近釀出，況我這裏來往人多，没下窨下，只有新蒭。（生）也罷了，可喫得。酒保，與我斟一斟。（浄）不要説一針，兩針也會針。（生）閑説。（把酒科）（生）

【駐雲飛】村釀新蒭，要解愁腸須是酒。壺内馨香透，盞内清光溜。（旦不舉盞科）（生）嗏，何必恁多羞。（旦）非是奴家害羞，天性不會飲。（生）但略沾口，（一）勉意休推，莫把眉兒皺。一醉能

（一）眉批：『但略沾口』用三字，則皆一字點徹板，第二字點實板。

消心上愁。

娘子不曾飲得幾杯，爲何臉都紅了？（旦）

【前腔】盞落歸臺，却早兩朵桃花上臉來。酒保，將酒過來，待我也回那秀才一杯。（淨背云）這話有些蹺蹊，待我問那官兒。方纔娘子說酒保看酒過來，待我也回那秀才一杯。『那』者是怎麽說？（生）這是我那裏鄉音，『那』者是好也。（淨背云）待我也打腔兒哄他。（叫科）夥計，看『那』酒來，『那』下飯來。（生）酒保，說甚麽『那』酒、『那』下飯？（淨）官兒就不曉得了，我這裏也是『那』者，『好』也。好的拿來與官兒、娘子喫。（生）休取笑。（旦把酒科）秀才一路裏蒙提帶奴家到此，多感君相帶。（生）多謝心相愛。（旦）嗏，擎樽奉多才，（生）小生也不會飲。（旦）你量如滄海。（生）酒保既然這樣說，拏壺過來，我減些喫半杯罷。（淨）官兒甚麽說話，減酒減情，這般嬌滴滴一個女娘子勸酒，莫說一杯，就是一千杯我也喫了。（旦）滿飲一杯，暫把愁懷解，樂以忘憂須放下懷。

（生）酒保過來，我見你爲人到也伶俐乖覺，我與娘子路上來，有幾句言語相觸，不肯喫酒。你若替我勸得娘子喫一杯酒，就賞你一錢銀子。（淨）官兒，我勸得娘子喫一杯酒，就與我一錢銀子；若喫十杯？（生）就是一兩。（淨）若勸一百杯，就是十兩！（生）他怎的喫得許多？（淨）待我去奉。（遮面科）娘子請酒。（淨）

【前腔】瀲灩流霞，（生）酒保，你怎麽把臉兒遮了？（淨）小人的臉兒不『那』，恐娘子見了不肯喫酒，故此遮了。不比尋常賣酒家。娘子請一杯。（旦）我不會喫。（淨）小人跪了。（旦）也罷。你起來，我喫。（淨）娘子，出路人不要喫單杯，喫一個雙杯，才是喜氣重歡。村店多瀟灑，坐起極幽雅。（旦）不喫了。（淨）没奈何，帶挈我趁兩錢銀子，小人就拜了。（旦）也罷。起來，我再喫一杯。（淨）再喫十杯。（旦）只顧來歪絲纏。（淨）嗏，何必論杯斝，試嘗酬價。愛飲神仙，玉珮曾留下。今後逢人喫甚茶。（生）

【前腔】悶可消除，只怕醉倒黄公舊酒壚。（旦）秀才，天色晚了，去罷。（生）天晚催人去，（淨）新旋的好酒在此。（生）好酒留人住。娘子，新旋好酒再用一杯。（旦）奴家不喫。（生）嗏，香醪豈尋俗，味若醍醐。曾向江心點滴在波深處，慢櫓摇船捉醉魚。

（旦）秀才，我猜着你了。（生）娘子，你猜着我甚麽？（旦）你將這酒哄我喫得醉了呵，要捉那醉魚。意有在矣，只怕你空載那滿船的明月。（生）娘子，你差矣！這個是昔年唐明皇與楊貴妃遊采石江飲宴的故事。（淨）娘子，這個真個是唐明皇與楊貴妃在采石江邊飲宴的故事，我小人親眼見的。（生）酒保，你多少年紀了？（淨）我小人今年齊頭三十歲了。官兒問我，莫非要替我慶壽？（生）不是。唐明皇到今，七百餘年了，怎麽你親眼見？這樣會説謊。（淨）自來不曾説謊，略謊得這一次，就露出馬脚來。（旦）秀才，天色晚了，去罷。（生）酒保，天色晚了，酒不喫了，會鈔罷。（淨叫科）官兒，娘子不喫酒了，來會鈔。（生）酒保，這裏到旅館中還有多少路？（淨）還有三十里。你問他怎麽？（生）我夫妻兩人要到那裏去借宿。（淨）去不到了。官兒，我這廣陽鎮有名的招商店，(一)士夫旅宦、道輩仙流常來寓宿，故此前面喫酒，後面宿人。松軒竹塢，木槿籬笆。這裏不歇，還要到那裏去歇？（生）娘子，方纔酒保說，去旅館中還有三十里路，去不到了，他這裏有清幽房榻，就在此處安歇了罷。（旦）但憑秀才。（生）酒保過來，一發明日會鈔謝你。今夜與我打掃一間房，鋪下一張床。（淨叫科）那官兒不去了，一發明日會鈔。打掃一間房，鋪下一張床，一個聯二枕頭，一個馬子，一個尿鼈。（旦）酒保，那秀才與你說甚麼？（淨）那官兒分付我打掃一間房，鋪下一張床。（旦）不要依他，只依我。與我打掃兩間房，鋪下兩張床，兩個枕頭，兩個馬子，兩個尿鼈。（生）酒保，娘子叫你說甚麼？（淨）叫我打掃兩間房，鋪下兩張床。（生）酒錢、飯錢，謝你的都是我還你，怎麼不依我說。還只是打掃一間房，鋪下一張床。（淨）是。有理。酒錢、飯錢，都是官兒還。只依官兒說的是。（叫科）不要依後頭說的，照舊依前。只打掃一間一間房，鋪下一張床，一個二聯二枕頭，一個馬子，一個尿鼈。（旦）酒保，那秀才又與你說甚麼？（淨）那官兒叫我只要依他打掃一間房，鋪下一張床。（旦）你這酒保沒骨頭的。只依我就罷了。有許改變。（淨）你兩個只管咭力骨碌、骨碌咭力。（生）酒保，你怎麼惱將起來？（淨）不是我惱，官兒又是打掃一間房，鋪下一張床。娘子又是打掃兩間房，鋪下兩張床。依了官兒，不依娘子，娘子又狗頭狗起來。（生）甚麼狗頭狗？（淨）狗頭狗腦。（生）只依我就罷了。（淨）也不依官兒，也不

(一) 陽：原作『揚』，據前文改。

依娘子。依我自己。（生）怎麽依你。（净）依我便打掃一間房，這個依官兒了，鋪下兩張床。（生）只鋪一張床。（净）也依娘子一半兒。我把床丁字兒曲尺鋪了。（生）怎麽丁字兒鋪？（净）官兒的床鋪在這裏，娘子的鋪在這裏。上了床，吹滅了燈，一個觔斗打將過去。（生）休取笑。張燈來。（净叫科）看燈來，看洗脚湯來。官兒、娘子請自在安置了。（下）（生）娘子，請睡了罷。（旦）你自睡，我自睡，你管我怎麽？（生）娘子，我和你一路逃生至此，今夜在旅次之中暫得安身，如何説薄情之話？

【黄鍾引子·絳都春】（生）耽煩受惱，豈容易、共伊得到今朝。有分憂愁，無緣恩愛何時了？（旦）長吁短嘆我心自曉。（生）小生妹子不去尋覓，偶逢娘子同行到此，所爲何事，正要娘子心中自曉。（旦）有甚的真情深奥。禮法所制，人非土木、待説也難道。

（生）尋踪訪跡在林中，（旦）受苦扶危出禍叢。（生）娘子，我和你有緣千里能相會，（旦）我與你無緣對面不相逢。（生）娘子，你怎麽把言語來説遠了，你敢忘了？（旦）奴家不曾忘了甚麽。（生）不曾忘，你記得林榔中的言語來？（旦）林榔中曾與秀才説兄妹同行。（生）這也説得有來。那時我説面貌不同，語言各别，娘子又怎麽説來？（旦）奴家不曾再説甚麽。（生）正是貴人多忘事。娘子再想一想。（旦）奴家想起來了，説怕有人盤問，權做夫妻答對。（生）却又來了，别樣的事，或者可以權做，夫妻兩字，可是『權做』得的？我也不問娘子别的，你曉得仁義禮智信？不要説仁義禮智，只説一個『信』字。（旦）『信』字怎麽説？（生）信者，人生立身之本。天若爽信，雲霧不時。地若爽信，草木不長。爲人可豈可失信？人而無信，其何以行之哉！自古皆有死，民無信不立。（旦）奴家女流之輩，那與你盤今博古。（生）娘子既不曉盤今博古，那一日林榔中惻隱之心，人皆有之。難道一路到此，今夜娘子一毫惻隱之心都没有？望乞救濟一時之急，略存半點惻隱，何如？（旦）秀才，你送我回去，多將金寶謝你罷。（生）娘子，豈不聞書中自有黄金屋，誰要你金銀？（旦）也罷，你送我回去，對爹爹説，討個官兒與你做罷。（生）呀，這官兒是朝廷的命爵，是你家裏的不成？我一路裏來，不曾動問得娘子，是何等大家？什麽出身？（旦）秀才，你不問起也罷，若問我家中事情，不要説與你同行同坐，就是立站的去處，没有你的地位。（生）想是大金天子遷都，遺落的公主。（旦）奴家祖公是王和王，祖婆是王太真，父親是兵部王尚書，母親是王太國夫人，奴家是守節操的千金小姐。（生）既是千金小姐，緣何没有一個使女丫頭伏事跟隨，獨自單身在野林中，要隨我個窮秀才走？（旦）啐！我隨你走，還是個讀書君子，不知令妹跟着什麽漢子。（生）你自身顧不得，那管得别人！且住，不要與他硬，若硬氣時，兩下裏就硬開。不如放和軟些罷。娘子，你元來是宦家之女，我蔣世隆冷眼覷畫堂，尚然消受不起，倒與娘子同行同坐，望娘子高擡貴手，饒恕蔣世隆之罪。（跪科）（旦亦跪科）恩人請起。

【黄鍾過曲·降黄龍】(一)（生）你是宦室門楣，寒士尋常，望若雲霄。時移事遷，爲地覆天翻，

（一）眉批：古人詞曲只要句法合調，其韻腳多不拘平仄。觀此二曲『望若雲霄』，用仄仄平平，而後『眼前窮暴』乃仄平平仄，『遷』字平聲，而後『倚』字仄聲，『君去民逃』用平仄平平，而後『危途相保』乃平平平仄，『怎生恁消』用仄平仄平，而後『敢忘分毫』乃仄仄平平，錯綜用之，正使人易學耳。

君去民逃。多嬌。此時相見，料應我和你姻緣非小。做夫妻相呼厮唤、怎生恁消？（旦）

【前腔換頭】何勞。獎譽過高。昔日榮華、眼前窮暴。身無所倚，幸然遇君家、危途相保。（拜科）英豪。念孤恤寡，再生之恩難報。久以後銜環結草、敢忘分毫？（生）

【前腔換頭】聽告。你身到行朝，與父母團圞、再同歡笑。娘子那時節呵，身居相府，你在深沉院宇，要見你除非是魂夢來到。（旦）送我回去，對爹爹説，高結綵樓，招你爲婿，可不風流。那時與你成親也未遲。（生）娘子，你那時節還認我？你去攀高。選擇佳婿，卑人呵，命蹇時乖、實是難招。我與娘子一路同行到此，誰人不説好一對夫妻。豈知羊肉饅頭不曾喫得，空落得惹下一身羶氣。這虛名人言自説、聽着偏好。（旦）

【前腔換頭】休焦。所許前詞，侍枕之私、敢惜微眇？（生）既如此説，娘子却又推三阻四，做出許多模樣怎麽？（旦）怕仁人累德，娶而不告。朋友相嘲。（生）娘子，你曉得瓜田不納履，李下不整冠之説麽？（旦）『瓜田不納履』怎麽説？（生）假如人家一園瓜正熟，打從瓜園中走過，曲腰搊其鞋履，隔遠人望見，只説偷他瓜喫。（旦）『李下不整冠』怎麽説？（生）假如人家一樹李子正熟，有人打從李樹下經過，欲待伸手整其巾幘，遠人覷見，只説摘他李子喫。從教。整冠李下，此嫌疑實亦難逃。（旦）秀才，你送我到行朝，與爹爹説知，教一個媒人説合成親，名正言順，却又夸美奴家的節操。（生怒科）你前日在虎頭寨上，若没有我蔣世隆呵，你那時亂軍中遭驅被虜、怎全節操？

（丑内叫科）老兒快起來，盤兒、碗兒都打碎了。（末、丑同上）

【中吕近詞・太平令】曲徑迢遥，深夜柴門帶月敲。郵亭一宿風光好，又何故語叨叨？

（生、旦）

【前腔】旅邸蕭條，回首鄉關路轉遥。寒燈照影傷懷抱，因此上話通宵。

（末）官人、娘子，我兩老口就在隔壁，聽得言語許久，頗知一二，你兩人也不要瞞我了。（生）既如此，不敢相瞞公公、婆婆了。（末）秀才官人，他是宦族名流，深閨彦秀，焉肯鑽穴相窺，踰牆相從？秀才官人，你是讀書之人，豈不聞柳下惠之事？（生）惶恐惶恐。（末）秀才官人莫怪，請到前樓去坐一坐，老夫別有話説。（生）是如此。（下）（末）小姐在上，老夫有一言相告。男女授受不親，禮也。嫂溺援之以手，權也。權者，反經合禮之謂。且如小姐處於深閨，衣不見裏，言不及外，事之常也。今日奔馳道途，風餐水宿，事之變也。況急遽苟且之時，傾覆流離之際，失母從人二百餘里，雖小姐冰清玉潔，惟天可表，清白誰人肯信？是非誰人肯辨？正所謂昆岡失火，玉石俱焚。今小姐堅執不從，那秀才被我道了幾句言語，兩下出門，各不相顧，倘遇不良之人、無賴之輩，强逼爲婚，非惟玷污了身己，抑且所配非人。不若反經行權，成就了好事罷。（旦）望公公、婆婆收留奴家在此，倘或父母有相見之日，那時重重相謝，決不虚言。（末）呀，收留人家迷失子女，律有明條。況小店中來往人多，不當穩便。既然不從，小姐請出去罷。（旦悲科）（丑）老兒，他只因無父母之命，又無媒妁之言，我兩人年紀高大，權做主婚之人，安排一樽薄酒，權爲合卺之杯。所謂禮由義起，不爲苟從。我兩老口主張不差，小姐依順了罷。（旦）我如今没奈何了，但憑公公婆婆主張。（丑）老兒，小姐也是看上這秀才的，他也要拏些班兒。（末）你去看酒來，待我請那秀才官人來。秀才官人有請。（生上）（末）被老夫勸從了。（生揖科）多謝公公！（丑）老兒，酒在此了。（末、丑把酒科）

【中吕過曲・撲燈蛾】才郎殊美好，佳人正年少。相逢邂逅間，姻緣會合非小也。天然湊巧，把招商店權做藍橋。翠帷中風清月皎，算歡娱千金難買是今宵。（旦）

【前腔】禮儀謹化源，《關雎》始風教。一時見君子，匆匆遽成人道也。（生）我是山雞野鳥，配青鸞無福難消。仗冰人一言定約，(一)此生此德、何以報瓊瑶？

（丑、末）官人、娘子請穩便罷。夜深了，明日再取一樽酒與你暖房。姻緣本無意，天遣偶相逢。剩把銀缸照，猶疑是夢中。（丑、末下）（旦）

【黄鍾過曲・黄龍滚】不肯賦情薄，不肯賦情薄，隨順教人笑。空使我意沉吟，眉留目亂羞難道。（生）看他喜時模樣，愁時容貌。燈兒下、燈兒下越看着越波俏。(二)（旦）

【前腔】才郎意堅牢，才郎意堅牢，賤妾難推調。只恐容易間，(三)把恩情心事都忘了。（生）蔣

(一) 眉批：『定約』二字用入聲作上，作『杳』字音方叶韻。或作『一言已定』，即非。

(二) 眉批：『波俏』，詞中常用者。時本改作『俊俏』，何味之有。

(三) 眉批：『只恐』二字，或改作『許時』，陋甚。

世隆若有此心，與你星前月下去罰下誓來。（旦）你自去罰。（生）蔣世隆若忘了小姐厚恩，永遠前程不吉。海誓山盟，神天須表。辦至誠、圖久遠同諧老。（旦）

【尾聲】恩情豈比閑花草，（生）往常恨更長寂寥，今夜只愁天易曉。

（生）野外芳葩並蒂開，（旦）村邊連理共枝栽。

（合）百年夫婦途中合，一段姻緣天上來。

幽閨怨佳人拜月亭卷三

第二十三折　和寇還朝

（外扮王尚書、丑扮六兒引衆上）

【仙吕入雙調過曲・三棒鼓】一鞭行色望南京，喜得兩國通和也，無戰争。(一)邊疆罷征，邊烽罷驚，不暫停。（合）如今海晏河清也，重逢太平，重樂太平。

（外）六兒，這裏到磁州孟津驛還有多少路？（丑）爹，不多遠了。（外）分付趲行到孟津驛去安歇罷。（丑）人夫趲行。（外）

【前腔】遠聞軍馬犯邊城，争奈奉旨登途也，離鄉背井。這場戰争，這場恐驚，誰慣經。（合

(一) 眉批：『和』字用韻乃妙，觀下『清』字可見。『無戰争』三字用平平去上四字亦可。

前）

玉帛交歡四海清，家無王事國無征。
太平元是將軍定，還許將軍見太平。

第二十四折　會赦更新

（小生上）

【南呂引子・稱人心】宵行晝伏，脱離虎口鯨牙。不得已截道打家。聚亡生集捨死，山間林下。逆天無道這榮華，成甚生涯。

〔減字木蘭花〕陀滿興福，父母妻兒都殺戮。逃命潛奔，哨聚山林暫隱身。心闌意卸，天幸遭逢頒大赦。改過從新，作個清平無事人。我陀滿興福受了無限苦楚，今日幸蒙恩赦，散却衆婁羅，離了山寨。聞得行朝開科選士，招取文武全才。我如今一來上京應試，二來尋取哥哥消息，却不是好。天色將晚，不免趲行幾步。

【五韻美】(一)休戈甲，罷征戍，區宇宣王化。惠及生靈，恩霑遐邇。如今日之際，海之涯。普

(一)　眉批：越調【五韻美】，譜中載三調，與此各不相合，又本傳後折『意兒裏想』一曲，可入雙調者，又不合，必有誤。

天之下，再生重見太平，歡聲四洽。

仰謝天恩放赦歸，再生重睹太平時。
盡銷軍器爲農器，不掛征旗掛酒旗。

第二十五折　抱恙離鸞

（旦扶生上）

【南吕引子·三登樂】世亂人荒，幸脱離天羅地網。不隄防病染這場。事不寧、身未穩，天降災殃。淹留旅邸，望河南怎往？

（旦）官人，你今日病體如何？（生）十分沉重。（旦）待我央店主人，請個太醫來看一看。店主人有請。（末上）貧無達士將金贈，病有良醫説藥方。小姐拜揖。（旦）店主人萬福。（末）小姐，官人貴體若何？（旦）官人病體十分沉重，我要煩你請個太醫來看一看。（末）這個當得，我就去。不争三五步，咫尺是他家。太醫先生在家麽？（净）是那個？（末）請你看病的。（净）幾個在外面？（末）只我一個。（净）得兩個，拏扇板門來擡了去，便好。（末）爲甚麽要擡？（净）生一身天疱瘡，走不動。（末）何不自醫好他？（净）自古盧醫不自醫。（末）不要閑説，收拾藥包快些兒來。（净）你請先步，我分付就來。我家裏老媽分付丁香奴、劉寄奴，好生與我牢看着家裏。我去採人參、官桂便茴香，倘有蘆參取藥，你把香白芷包與他去。前者有個浪蕩子，上山去採柴胡，也當歸去了，也都是薄杏仁。前春因你不細辛，被木賊上我金綫重樓，盜去丹砂襖子、宿砂帽子、桂皮靴子，今又起不良薑之心，可牽我海馬到常山坳内，喫些草菓，宿砂灘上飲些水銀，至晚看天南星起，將紅紗燈籠到芍藥闌邊荳寇家來接我。你若來遲，我將玄胡索，吊你在桑白皮樹上，打你四十甘草棒，打得你屁孛孛出，不饒你半夏。

【越調過曲・水底魚】三世行醫，四方人盡知。不論貴賤，請着的即便醫。盧醫扁鵲，料他直甚的。人人道我，道我是個催命鬼。

我做郎中真久慣，下藥且是不懶慢。熱病與他柴胡湯，冷病與他五靈散。醫得東邊纔出喪，醫得西邊已入殮。醫得南邊買棺材，北邊打點又氣斷。若論我每做郎中，十個醫死九個半。你若今日請我醫，想來也是該死漢。小子姓翁，祖居山東。染病醫書看遍，《難經》《脈訣》皆通。燒人的是我娘舅，賣棺材的是我外公。我若不醫死了些人，叫我外婆妗母都在家裏嗑北風。你先前來我家中請我，是你這裏？（末）便是我這裏。（浄）尊處何人得病？（末）小店中有個秀才，得了些病，請你看視何如？（浄）他是甚麼病？（末）你去看脈便知道，怎麼問我。（浄）你不曉得，明醫暗卜。問得明白了，去把脈方纔對科，那時下藥也對病症。（末）也説得有理。我説便説，你不要對那秀才説。（浄）你是好意幫襯我趁錢，我怎麼就説。（末）那秀才離亂時世得的病，勞碌上成的。（浄）這等便是憂疑驚恐上來的。不打緊，一貼藥就好。（末）先生略等着，待我進去説了，來請你進去。大娘子，醫人到了。（旦）公公，他是個病虛之人，叫他悄悄的進來，不要驚嚇了病人，不當穩便。（末出）先生，那秀才是病虛的人，你可悄悄哩進去。（净）我曉得，醫人自有方法。（净進看）（將桌大打響一聲發科諢介）（旦）這個先生，他病虚的人，教你悄悄的，爲何倒反大驚小怪？（净）大娘子，你不曉得這是我醫人的入門訣。（旦）怎麽説？（净）驚一驚，驚出他一身冷汗，或者好了也不定。（旦）倘或不好？（净）驚死了也罷了，這個叫道活驚殺。（末）先生且看脈。（净）阿呀，這等一個病人，放這一貼補藥在身邊，怎麽得好！（末）又取笑。（净）伸出脚來，待我看脈。（末）脈在手上，怎麽伸出脚來？（净）你不曉得，病從跟脚起。（净看脈科）（旦）先生用心看一看，這是甚麽症候？（净）這個病症是亂軍中不見了親人，憂疑驚恐，七情所傷，得成這症候。（旦）好！這先生就如神見。（净）我自不曾見，是王公公方纔説與我知道。（末）呀，我教你不要説！（净）我不説，不表你的好意思。（旦）先生，你替我仔細斟酌，診其根源起發，方好下藥。（净）

【南吕過曲·柰子花】(一)他犯着産後驚風。（旦）不是。（净）莫不是月數不通？（旦）這太醫胡説。（末）他是男子漢，怎麽到説了女人的病症？（净）你一發不明白，我手便拏着官人的脈，眼却看着娘子，心卻想他，故此説到女科上去了。待我再看。呀，不好了！

【中吕過曲·駐馬聽】這脈息昏沉，兩手如冰駭死人。教幾個尼姑和尚做些功果，送出南門，

(一)　眉批：此【柰子花】二起句也。本調《荆釵記》有論。《荆釵》『名本輕微』一曲意此，或軼落之耳。若止用二句而名【柰子花】，必無是理。

鬼門關上去招魂。叫些木匠，彐彐尸尸把這棺材釘。（末）你怎麼打我？（淨）打你這腦蓋骨。（旦哭介）這個大娘子，我的人兒呵，連哭兩三聲。呀，你不曾動？（旦）他不曾動。（淨）這等不妨，還有救。是我差拿了手背，你慌則甚。

（末、旦）如今怎麼？（淨）如今要下針。（旦）怎麼這等大針？（淨）待我換一個。（旦）一發大了。（淨）這等，我有藥在裏。（末）甚麼藥？（淨）是飛龍奪命丹，拏去與秀才喫。（生喫吐介）（旦）怎麼喫下又吐？（淨）虛弱得緊，胃口倒了。娘子也喫一服。（旦）我没有病，喫他則甚？（淨）你伏侍他喫些，夜間好睡。不遺精，不白濁。（旦喫作吐介）（末）你這個先生，女人家説這個話。（淨）老官兒，你也喫一服。（末）我没有甚麼病，不要他喫。（淨）你喫了，髮白再黑，牙落重生。（末）有這樣好處，拏來我喫。（作吐介）（淨）二三十兩銀子合的藥，都吐了！你們不會喫，待我喫與你看。（作吐介）（末）先生，這個是甚麼藥，喫的都吐了？（淨看介）連我也差了，這是醫痔瘡的藥。（末）怎麼好！（淨）不打緊，待我猜一猜。

【剔銀燈】他渾身上如湯似火燒？（旦）他身子不熱。（淨）頭猜就猜不着，再猜一猜。口兒裏常常乾燥？（旦）也不乾燥。（淨）終朝飯食都不要？（旦）也喫得些粥湯兒。（淨）耳聞得蟬鳴聲噪？（旦）也不響。（淨）心焦？（旦）也不是。（淨）莫不是害癆？（旦）這先生口裏一些也不是。（淨）都不是不醫便了。（下）

（末）小姐，這先生去了，勸官人且自寧耐些，老夫去了又來看。正是藥醫不死病，果然佛度有緣人。（下）（生）娘子，太醫説我病體如何？（旦）官人，太醫説没事，小心寧耐就好。（生）娘子，

【商調過曲・山坡羊】（一）我病體難醫難治，你這苦如何存濟？（旦）願流恩降福災星退。（生）勢漸危，料應我不久矣。若還我死，必選個高門配。我便死向黄泉，一心只念你。（旦）休提，不由人淚暗垂。傷悲，何時得歸故里？（外、丑上）

【仙呂入雙調過曲・三棒鼓】君臣遷徙去如星，只怕土産凋零也，人不見影。一程兩程，長亭短亭，不住行。如今海晏河清也，重逢太平，重樂太平。

（外）六兒，這是那裏？（丑）是廣陽鎮了。（外）可有駐節的所在？（丑）這裏没有。（外）我要寫個報子，打到孟津驛去，那裏好暫歇。（丑）這裏有個招商客店，倒潔浄，好暫歇。（外）好潔浄房兒看一間，我進去坐。（丑）叫一個皂隸隨我進來。咄！有甚麽人在這裏？（末上）是誰？呀！牌子買飯喫的？（丑）這個獃子孩兒，人也不識，買飯喫的！（衆）這是六爺。（末）是六爺，小人不曉得。（丑）你去打掃一間乾浄店房，我每老爺要進來。快些！（末）小店中窄狹，住不得。（丑）不要在此住，只要暫時間在此寫個報子就行。（末）既如此，請六爺去看中意，便請老爺進來。（丑）也罷。去看。（末）這

（一）眉批：此【山坡羊】本調，最爲近古，與【山坡裏羊】原無二樣。以後作者，皆添出字句，又有以四句起者，爲【山坡羊】，以三句起者爲【山坡裏羊】，皆非也。『不由人』下，時本多加一『不』字，無解。

一間？（丑）不好。（末）那一間？（丑）不潔淨。（末）只有裏面一間，且是潔淨，一個秀才染病在裏頭。（丑）教他出去一會兒，待老爺寫了報，再進去。（旦）呀，倒像我家六兒。待我叫他一聲：『六兒！』（丑）誰叫六兒？（旦）六兒！（丑）呀，姐姐！爹爹，爹爹，姐姐！爹爹，姐姐在此！姐姐，爹爹在此！（旦）爹爹在那裏？（外）女孩兒在那裏？（見科）（旦）呀，爹爹：

【雙調引子·五供養】[二]別來久矣，自離朝尊體無恙。骨肉重再睹，喜非常。（外）孩兒，屈指數月，折倒盡昔時模樣。思故里念家鄉，多少鬢邊霜。

（旦）〔鷓鴣天〕爹爹，目斷魂消信息沉，沿途久跡問蹤尋。（外）孩兒，親情再見誠無意，子父重逢豈有心。（丑）言往昔，話如今，店中歡歇問家音。（合）正是着意種花花不活，等閑插柳柳成陰。（外）孩兒，你怎麽在這裏？快説備細與我知。（旦）

【仙吕入雙調過曲·園林好】纔説起遷都汴梁，鬧炒炒哀聲四方。不忍訴淒涼情況。（外）家中所有産業？（旦）家所有盡撇漾。（外）家使奴僕等都在那裏去了，不來伏事你？（旦）家使奴盡逃亡。（外）

[二] 眉批：今人多以此混刻在過曲内，非也。然此引子與《琵琶》『終朝垂淚』又小有不同。

【嘉慶子】(一)你一雙子母何所傍？（旦）更雨緊風寒勢怎當，心急行程不上。人亂亂世荒荒。愁戚戚淚汪汪。（旦）

【尹令】那時又無倚仗，當時有親難傍，其時有家難向。他東我西，地亂天荒事怎防？

（外）各自逃生，你母親不知何處？（旦）

【品令】逃生士民在官道驛程傍。天色漸晚，陰雲黯穹蒼。匆匆正往，喊聲如雷響。各各奔走，都向樹林遮障。苟免偷生，瓦解星飛子離了娘。（外）

【豆葉黃】我兒，你一身眼下見在誰行？（旦）我隨着個秀，（外）我兒，你怎麼半吞半吐，話不説全。説什麼秀？（旦）我隨着個秀才棲身。(二)（外）呀，他是你甚麼人？可跟隨着他？（旦）他是我的家長。（外發怒科）誰爲媒妁，甚人主張？（旦）爹爹，亂軍逃命不及，那個爲媒主張？人在那亂離時節，人在那亂離時節，(三)怎選得高門廝對廝當？

(一)　眉批：此曲他處甚少，或以【川撥棹】換頭作之，非也。惟《連環記》『偶來拜月』一曲與此同。然以『端不爲麗情相牽』作第一句，平仄全拗矣。況舊譜只作『風寒怎當』，而舊本《拜月亭》又有『勢』字並板眼，亦謬。辨之。

(二)　眉批：重『我隨着個秀』五字，亦優人演戲時關目，非腔中正字也。

(三)　眉批：『人在那亂離』句本宜重一句，唯此傳奇皆重半句，如後【川撥棹】是也。然或亦後人相傳者誤耳。施君美原本未必如此。

（外）六兒，那秀才在那裏？（丑）在這裏，還不走過來見老爺。（生見科）（外）這個就是？（旦）爹爹，他身染病，故是這般形狀。（外）

【三月海棠】㈠你自想，甚年發跡窮形狀。（生）南山大豹，東海巨鰲。怎凡人貌相、海水升量。（旦）爹爹，非獎。陋巷十年黃卷苦，那時禹門三月桃花浪。一躍龍門，便把名揚。㈡管取姓字標金榜。

（外）孩兒不必多言，我爲父的不見你，也只得罷了。今既在此見了你，難道肯放你在這裏，與他同受苦楚不成。（旦）

【五韻美】㈢意兒裏想，眼兒裏望。望救取東君艷陽，與花柳增芳。（外）他是何人我是誰，怎麽救他。（生）全没些可傷，身凜凜如雪上加霜。（外）孩兒，休得閑説，快隨我去。（生）更没些和氣一味莽。（旦）鐵膽銅心，打開鳳凰。（外怒介）

㈠ 眉批：坊本作【月上海棠】，非。今人點板在『龍』字上，便非本調矣。　詞隱生曰：『「一」宜作襯字，點板在「躍」字、「門」字，亦如【蠻牌令】之第七句，原是二句，而誤並爲一句。』

㈡ 便：原闕，據《李卓吾先生批評幽閨記》補。

㈢ 眉批：此本越調，可入雙調。

【二犯六么令】〔一〕你是娘生父養，逆親言心向情郎。（生）我向地、我向地獄相救轉到天堂。娘子，怎下得撇在没人的店房。（旦合）若是兩分張，管取潑殘生命亡。

（外）作急去，作急去。（旦）官人，我和你同去告稟一聲。（生）

【玉交枝】哀告慈悲岳丈，（外）咗，誰是你的岳丈！（生）你令愛在亂軍中，因尋妹子，只爲名兒厮類，苦凂相隨至此。今者小生染病在身，舉目無親，只靠令愛看顧。老先生若要他回去，也須念此人病患之際，豈可置之于死地。是可忍也，孰不可忍也。可憐我伏枕在床。（外）我的女兒伏事你，就死也得。（生）煎藥煮粥無人管，等待我三五日時光。（外）去去去，一時也等不得。（生）全没些好言劈面搶，惡狠狠怒發三千丈。（外）六兒，把小姐扯上馬去。（生）只倚着官高勢强，只倚着官高勢强。

（旦）

【江兒水】眼見得今朝去直恁忙。相隨百步，尚且情悒怏。何況我夫妻月餘上，〔二〕怎下得霎時間如天樣。（外、丑）若要成雙休指望。（生、旦）一對鴛鴦，生被跌天風浪。

（外）六兒，快扯去。（生）

〔一〕眉批：前二句乃【六么令】也，後四句不知犯何二調。

〔二〕眉批：『況我夫妻』用仄仄平平，妙甚。種種見舊曲之中律也。

【川撥棹】心相詎，更不將恩義想。他全無惻隱之心。（旦）無奈何事，無奈何事有參商。父逼女夫言婦傷。（合）苦别離愁斷腸，兩分離愁斷腸。（旦）

【前腔】㈠男兒贖藥把衣衫典當償。我不能勾覷、我不能勾覷得你身體康。（生）娘子，我和你再、我和你再得成雙，怕死後一靈兒到你行。（合前）（旦）

【前腔】休爲我相思損天常。緊攻書臨選場。（生）我不道再、我不道再娶重婚，你焉肯終身守孀。（合前）

（外）六兒，快扯小姐上馬去。（丑扯科）（生、旦）

【南吕引子·哭相思】㈡怎下得將人生離别？愁萬縷腸千結。

（丑扯旦下）（生奪旦，外推倒生科）（外）早知今日事如此，何不當初莫用心。（下）（生）世間有這等狠毒惡心的人呵！

㈠　眉批：　此本調換頭也。今皆誤作【嘉慶子】，誤。換頭止首句用七字句，與本調不同，其餘俱同此曲。『我不能勾』句止六字句，即『更不將恩義想』句也。重半句乃俗優之誤，惟『無奈何事』句、『我和你再』句、『我不知道再』句本宜重一句，乃亦重半句，不知何謂。至若士湯先生演《還魂記》亦從之，況他人乎！相沿已久，正之恐駭世目，姑仍之。至有以重半句爲關目之妙，更堪噴飯。

㈡　眉批：　此用【哭相思】之半，全曲本四句。

【仙呂引子・卜算子】(一)病弱身着地，(末上扶起生介)(生)氣咽魂離體。拆散鴛鴦兩處飛。天那，多少含冤氣。

店主人，待我趕他轉來。

【商調過曲・金梧桐】這廝忒倚官，這廝忒挾勢。(二)(末勸科)(生)便死待何如，欺侮俺是窮儒輩。俺這裏病愈深，他那裏愁無際。旅店郵亭，兩下裏人憔悴。我那妻，怎教我忍得住恓惶淚。

(末)秀才官人，休要短見。且自將息身體好了。有志功名要緊。

(生)天涯海角有窮時，人豈終無相見日。

(末)但願身安病患除，免教心下常憂鬱。

第二十六折　皇華悲遇

(老旦上)

(一)　眉批：首句不宜用韻。

(二)　眉批：時本第二句脱『這廝』二字，本調缺二字。

【仙呂過曲・上馬踢】干戈動地來，車駕遷都汴。兒夫離帝京，路遥人又遠。軍馬臨城，無計將身免。這苦怎言？禍不單行，中路兒不見。（小旦上）

【月兒高】㈠喊殺連天，骨肉怎相戀。自古常言道，人離鄉賤，到得今朝平安幸非淺。是則是身狼狽，眼前受迍邅。（合）

【蠻江令】㈡煩惱多歷遍，憂愁怎脱免？眼兒哭得損，脚兒行得倦。五里十里，一日如同過一年。但願前途去，早早逢親眷。

【涼草虫】㈢勁風寒四合，暮煙昏慘慘。彤雲布晚天變。只愁那長空舞絮綿，㈣去心如箭。旅舍全無，今宵何處安眠？

（老旦）孩兒，天色已晚，無處安歇。這裏是館驛門首，和你權借宿一宵，明日早行罷。（小旦）呀，遠遠望見一位官長來了。（末上）

㈠　眉批：　舊譜作【攤破月兒高】，此曲疑犯别調，惟《錦香亭》『看遍閑花草』一曲方是本調。

㈡　眉批：　或作【蠻江令】。

㈢　眉批：　或作【狼草生】，誤。

㈣　眉批：　『長空舞絮綿』，時本作『長空雪舞絮綿綿』，『今宵何處安眠』作『何處安歇停眠』。俱非。

【臘梅花】(一)孟津驛舍，住在黃河岸邊，乘船坐馬十分便。（老旦、小旦）子母每忙向前，可憐窮面，暫借安身望週全。

（末）日晚天寒過客無，遠臨傳舍意何如？（老旦、小旦）此情不對英豪説，更有何人念旅途。（末）我且問你，這兩個婦人是何等樣人家？何處人氏？單單兩個婦女，爲何事到此？（老旦）

【南吕過曲・羅帶兒】(二)【香羅帶】妾身本宦族，京城久居。爲侵邊犯闕軍奮武，君臣遷徙離中都也。（小旦）散亂人逃避，奔程途。【梧叶兒】身無主去無所，(三)慘可可地千生受萬辛苦。(四)（合）今宵得借歇宿，可憐見子母每天翻地覆。（末）

【前腔】兵戈起路程，人不慣經。早尋個旅邸休待等，怎容你行客寓郵亭也。（老旦）心下貪行路，望南京。不覺的暮雲平，遠涉涉地不知處人又生。（小旦）（合）今宵得少留停，可憐見子母每天寒地冷。

(一) 眉批：【臘梅花】一曲，時本多連刻，前曲後又一本，刻作【前腔】，皆非。今查正。

(二) 眉批：此犯【梧葉兒】者，【梧葉兒】本調在商調。

(三) 眉批：『身無主』，『主』字似用韻，然實不必用韻。

(四) 眉批：詞隱生曰：『「慘可可地」「遠涉涉地」「静悄悄地」「凍款款地」及「彎跧」等語，皆本色可喜。北調皆用「地」字，後人或以「的」字代之，音相近也，然不若「地」字之古，吾所以最喜此記者，以其近古且大似北詞耳。』

（末）非是我不肯留你兩個暫宿一宵，争奈是是皇華駐節所在，官府不時來往，你每女眷不便。（小旦）

【前腔】不容奴在此間，千羞萬慚。開口告人難上難，傷情無語淚偷彈也。（末）這般恓惶事，恁愁煩。罷罷，自古道『與人方便，自己方便』。看你這兩婦人，也不是以下人家宅眷，我這裏不留你，若前途去，恐有不良之人。不當穩便。今留你在此暫歇一宵，只怕有官員來往，千萬不可啼哭。（老旦、小旦）既蒙相留，怎敢囉唣。（末）不忍見你受摧殘，静悄悄地留一夜來早散。（老旦、小旦）今宵得暫安眠，可憐見子母每天昏地暗。

（末）正廳上不敢奉承，就在迴廊下小房，將就歇了罷。（老旦、小旦）

【前腔】娘和女深感激。蒙恩受德，幸然遇好人相愛惜。免風霜寒冷受勞役也。（末）隨我來。向這迴廊畔正廳側，借得些薦和席。凍款款地彎跧坐覓些飲食。（老旦、小旦）多謝官長厚德，今宵得略休息，可憐見子母每天寬地窄。

（老旦）孩兒，不因離亂苦，焉知行路難。（坐地科）（末）天上人間，方便第一。（下）（外上）

【仙吕入雙調過曲·灞陵橋】(一)馬兒行又急，轉頭間五里復十里。此去河南，只隔這帶水。

(一) 眉批：此曲當以第三曲爲正，前一曲字句長短必有脱落，惜無好板正之。

孟津驛，今夜權停止。嗏，知他這碾車兒恁行遲。(一)(丑上)

【前腔】馬兒行較疾，疾上碾車兒。直恁的簪簪地。正是心急步行遲，晚相催。天冷彤雲密。嗏，迭得到孟津驛且安息。(旦上)

【前腔】這苦説向誰？索性死别離，各自也着邊際。生把我鴛鴦分開兩下裏。一步一回頭，教我傷情意。嗏，衫兒上淚珠兒任淹濕。

(末上)驛丞接老爺。(外)分付驛丞，我一路上鞍馬辛苦，夜間圖得一覺好睡。不許閑雜人打攪。(末)不敢。(下)(外)孩兒，我與六兒在書房裏睡，你在我後堂睡罷。(旦)是。(外、丑下)(老旦)

【雙調引子・新水令】(二)凄涼逆旅人千里，(旦)這縈牽怎生成寐？(小旦)萬苦横心裏。(合)睡不着，是愁都做了枕邊淚。(三)

(老旦)夫阻關山隔遠邦，女因兵火散他鄉。(小旦)自己不知凶與吉，親兄未審在何方。(旦)千愁當日兒離母，萬苦今朝鳳折凰。(合)枕邊不敢高聲哭，恐怕猿聞也斷腸。(老旦)呀，又早是黄昏時候了。(小旦)娘，四壁悄静，寒風甚冷。(老旦)

(一)　眉批：　曲皆本色中之最佳者。

(二)　眉批：　不可認作北曲。

(三)　眉批：　『是愁』句妙絶，『是愁』猶言『但是愁』也。坊本刻作『都在枕邊淚』，便索然矣。

【仙呂入雙調過曲・銷金帳】(一)黃昏悄悄，助冷風兒起。想今朝思向日，一似這般時節，這般天氣。羊羔美酒，美酒銷金帳裏。世亂人慌，遠遠離鄉里。如今怎生，怎生街頭上睡。

(旦)呀，譙樓上又早一更了。

【前腔】初更鼓打，哽咽寒角吹。滿懷愁分付與誰？遭逢這般磨折，這般別離。鐵心腸打開，打開鸞孤鳳隻。我這裏恓惶，他那裏難存濟。翻覆怎生，怎生獨自個睡。

(小旦)母親雖則暫寓郵亭，心下驚恐，又早是二更鼓了。

【前腔】鼕鼕二鼓，敗葉敲窗紙。響撲簌聒悶耳，難禁這般蕭索，這般岑寂。骨肉到此，到此伊東我西。去又無門，住又無依倚。傷心怎生，怎生街頭上睡。

(旦)又早是三更了。

【前腔】三更漏轉，寒雁聲嘹嚦。半明滅燈火煤，尋思這般沉疾，這般狼狽。相別到今，到今吉凶未知。冷落空房，藥食誰調理？床兒上怎生，怎生獨自個睡？(老旦)

【前腔】樓頭四鼓，風捲簷鈴碎。略朦朧驚夢回。娘女這般相逢，這般重會。颯然覺來，覺來孩兒那裏？多少傷悲，多少縈牽繫？教人怎生，怎生街頭上睡？(小旦)

(一) 眉批：詞隱生曰：『此曲諸闋佳處人皆知之，然其神采在十二個「這般」上。』

【前腔】五更又催，野外疏鐘急。算通宵幾嘆息，一似這般煩惱，這般孤恓。一身苟活，苟活成得甚的。（旦）俺這裏愁煩，那壁廂長吁氣。聽得怎生，怎生獨自個睡。

（外上）正想家鄉夢，忽聞啼哭聲。六兒在那裏？（丑上）爹怎麽？（外）你這狗才，一夜不睡，只管啼哭怎麽？（丑）爹，六兒没有啼哭，是那驛丞啼哭。（外）驛丞怎麽啼哭？（丑）爹昨日到晚了，驛丞不曾準備得鋪蓋，把他和驛丞嫂自家睡的鋪蓋拏出來與爹睡。他兩個兒昨晚没有被蓋，凍得冷了，所以啼哭這一晚。（外）胡説，拏那驛丞過來。（丑）叫驛丞！（末上）驛丞見。（外）我昨日已曾分付你，説我在路上鞍馬辛苦，圖得一覺好睡，不許閑雜人打攪。正睡間，只聽得這壁厢啼哭，那壁厢哀怨，却怎麽説？（末）爺爺，驛丞有罪。昨晚爺未到時節，有兩個婦人來此借宿。小驛丞不知爺到，他説也是宦族之家，逃難至此。驛丞見他身上寒冷，發慈悲心，留他在迴廊底下權宿一宵。想必天寒凍哭之聲，驚攪老爺，望爺饒驛丞的罪。（外）咄，這驛丞好打！這是皇華駐節所在，敢留婦女在此歇宿？六兒，你押這驛丞去，拏那兩個婦人過來。（丑）婦人在那裏？（末）在這裏。你這兩個婦人，好不達時務。好意容你在此權歇一宵，叫你不要囉唣。一夜五更，只管啼啼哭哭，驚恐了尚書老爺。如今在這裏拏你，你自去回話。（小旦）母親，如何是好？（老旦）呀，這是我家六兒！六兒！（丑）呀，是奶奶！奶奶，爹爹在這裏！（老旦）相公在那裏？（外）夫人在那裏？（旦）娘在那裏？（相見科）（旦）呀，我的娘！

【中呂引子·思園春】(一)久阻尊顔想念勤，(老旦)孩兒，此逢將謂是夢和魂。(外)這女兒是誰？(老旦)是我途中厮認的。(小旦)奴是不應親者强來親。(合)子母夫妻若散雲，(二)無心中完聚怎由人。

(老旦)相公，

【中呂過曲粉蝶兒·粉孩兒】(三)匆匆地離皇朝你心不穩。(四)棄家私老小去得安忍？(外)夫人，我爲臣下者，只因國難識大臣，不隄防萬馬千軍犯京城。君去民逃，常言道龍門魚損。(旦)

【正宮過曲·福馬郎】(五)那日風寒雨又緊，正行裏喊聲如雷震。無處隱，急向林樹中躲、道途上奔。(老旦)其時亂紛紛。身難保命難存。(外)

【中呂過曲·紅芍藥】兵擾攘阻隔關津。思量着役夢勞魂。(丑)眼見得家中受危困。望吾

(一) 眉批：與【四園春】大同小異。

(二) 眉批：『若散雲』一韻句，坊本作『苦分散』，便非。

(三) 眉批：【粉孩兒】，坊本作【好孩兒】，誤。【好孩兒】本傳前自有『尋不見疾忙向前』一曲。

(四) 眉批：今人于『朝』字下打一截板，非。

(五) 眉批：前後皆中呂曲，且成一套者，豈中忽正宮一曲也。意必有誤。況舊譜中原無此曲，新譜亦云『又一體』，則又訛謬之一證也。

鄉有家難奔。（老旦）孩兒歷盡苦共辛，〔一〕娘逢人見人尋問。只愁你舉目無親，父子每何處斷認？（旦）

【耍孩兒】〔二〕我有一言説不盡。（老旦）我兒，有什麽話説？（旦）向日招商店肯分地撞着家尊。（哭科）（老旦）孩兒有甚事？説與我娘知道，不要啼哭。（旦）我尋思他眼盼盼人遠天涯近。〔三〕（老旦）爲甚的那壁千般恨？（外怒科）夫人，你休只管叨叨問。（老旦）相公，

【會河陽】有甚争差，且息怒嗔。閑言閑語總休論。（小旦）賤妾不避責罰將片言語陳，難得見今朝分。（旦）甚時除得我心頭悶，甚日除得我心頭恨？（外）

【縷縷金】教準備，展芳樽。得團圞都喜慶，盡歡欣。（老旦）館驛中有雜人來往，其實不穩。到南京得見聖明君，那時好會佳賓。那時好會佳賓。

（外）六兒，叫驛丞催趲船隻起程。（丑叫内應科）（外）

〔一〕眉批：『孩兒』二字，乃曲中正文。『兒』字有二板，今人皆作呼叫之聲，甚謬。

〔二〕眉批：坊本將此曲作【紅衫兒】，不知【紅衫兒】自屬南吕，謬甚。益知前曲必非【福馬郎】也。愧不能并前曲而考正之。

〔三〕眉批：『肯分地』亦詞家本色語，猶云『恰好的』也，北詞之『肯分地纏一朵並頭花』，後人不解，改爲『驀忽地』。『眼盼盼』，今作『眼紛紛』，謬甚。或作『眼巴巴』，亦非。

【越恁好】辦集船隻，辦集船隻，指日達國門。（小旦）漸行漸遠，親兄長知他死和存。（旦）愁人見說愁更新。（小旦）姐姐，你爲甚事只管啼哭？（旦）欲言又念，心兒裏痛點點如剜刃，眼兒裏淚滴滴如珠揾。（丑）

【紅繡鞋】畫船已在河濱，河濱。不勞馬足車輪，車輪。（外）六兒，叫集水手，就此開船起程去罷。（衆）離孟津，望前進。風力順，水程緊。咫尺是，汴梁城。

【尾聲】(一)別離會合皆緣分，受過憂危心自忖，從今暮樂朝歡還正本。

（外、老旦）士馬紛紛路不通，（旦、小旦）娘兒兄妹各西東。

（合）今宵賸把銀缸照，猶恐相逢是夢中。

第二十七折　逆旅蕭條

（生上）

【南呂引子·步蟾宮】龍潭虎穴愁難數，更染病耽疾羈旅。分別夫妻兩南北，誰念無窮淒楚。

(一) 眉批：元曲云『把俺受過的淒涼正了本』與此意正同，俗本改爲『還再整』，古意索然矣。

〔眼兒媚〕傾家蕩業任飄零，受盡苦和辛。雁行中斷，鸞儔死別，無限傷情。窮途更多災病，囊底也無緡。恁般正是，福無雙至，禍不單行。我蔣世隆自從與娘子分別，忽已月餘。這幾日身子雖覺漸安，争奈舉目無親，蕭條旅館，好生傷感人呵！

【南吕過曲·五樣錦】【蠟梅花】姻緣將謂，是五百年眷屬，十生九死成歡聚。【香羅帶】經艱歷險幸無虞也。指望否極生泰，禍絶受福。【刮鼓令】誰知尚有如是苦。【梧葉兒】急浪狂風，【好姐姐】風吹折並根連枝樹，浪打散鴛鴦兩處孤。(一)更全然不想我這病體疾軀，那肯放容他些兒個叮嚀囑付，將他倒拽横拖奔去途。回頭道不得聲將息，幾曾有這般慈父。跌得我氣絶再復，死絶更甦。一回價上心來，一回價痛哭。

暮雨朝雲去不還，强移棲息一枝安。
春蠶到老絲方盡，蠟燭成灰淚如乾。

第二十八折　兄弟彈冠

（小生上）

(一)　眉批：『兩處孤』以上【五樣錦】本調已完，以下不知何調。時本多混刻，然無從覓善本考正，徒知其謬，闕缺以俟知者耳。

【南吕過曲·孤飛雁】聖恩詔旨從天降，遍遐邇萬民欽仰。宥極刑身有重生望，散群輩與群黨。回凶就吉，轉禍爲祥。前臨帝輦絶却親黨。回首家鄉，没了父娘。感傷，尋思着兩淚千行。

〔行香子〕我與福舉眼無親，進退無門，聞知道結義恩人。廣陽鎮上，旅館安身。幾番尋，幾番覓，幾番詢。此間正是廣陽鎮招商店了，不免叫一聲店主人有麽？（末上）商賈紛紛，士庶群群，大門外馬足車輪。主人招接，小二殷勤。俺這裏客來多，客來便，客來頻。（小生）店主人拜揖。（末）客官何來？要買酒喫還要在此安歇？（小生）

【仙吕過曲·惜黄花】[一]中都路是本鄉，車駕遷南往。一程程來到廣陽，特來相訪。（末）小可敢覆尊丈，有何事厮問當？[二]買貨請商量，要安下却無妨。（小生）小生也非爲買貨，也不是安下，特來尋訪一人。（末）若是問尋人，道如何模樣？（小生）

【前腔】店名須號招商。（末）這是小店中名。（小生）少浼勞尊長。（末）且説姓名，生得甚麽模樣？（小生）有個秀才身姓蔣。（末）多少年紀了？（小生）三十餘上。（末）有有有。住此兩月將

[一] 眉批：曲中字句多訛謬，今依古本改定。

[二] 眉批：『問當』，北詞中當行語。

傍。（小生）在那裏安歇？（末）正東下轉那廂。（小生）第幾間房？（末）從外數第三房。（小生）他在此寄居，一向好麽？（末）患時病纔無恙。（小生）如今在那裏？（末）贖藥便回來。（小生）藥鋪遠近？（末）想只在前街後巷。

（小生）既如此，我在這裏等他一等。（末）客官裏面請坐，想就回也。（生上）

【雙調引子・惜奴嬌】禍不單行，先自來遭兵火，那堪更重重坎坷。（末）官人回來了？（生）公公，我回來了。（末）有人到此相訪。（生）人在那裏？（末）在客堂裏坐。（相見科）（小生）呀，哥哥尊顔爲何這般清減？久阻尊顔，幾曾忘却些兒個。（生）兄弟，彼我，（一）縱然有音書怎托？（小生）

〔鷓鴣天〕自别恩兄兩月來，（生）重重坎坷受災危。（小生）哥哥，你有何坎坷災危事？（生）説起教人珠淚垂。（末）休嗟怨，慢悲哀，房中請坐且寬懷。（生）從前一一都分訴，萬恨千愁掃不開。（末）二位請坐，我看茶來喫。（生）

【仙吕入雙調過曲・惜奴嬌】（二）自與相别，風寒勞役，受盡奔波。那更憂愁思慮，在旅邸頓染沉疴。（小生）違和，天相吉人身痊可。却望節飲食，休勞碌。怎忘却問别來尊嫂貴體安

（一）眉批：『彼我』二字自爲句，乃調中應有者，非與下句聯也。

（二）眉批：時本以前引子即【惜奴嬌】，皆混刻作【本序】。

樂？（生）

【前腔換頭】提着，心腸慘悽，不由人不住淚珠流顆。但有死別生離，那煩惱似天來大。（小生）緣何？他棄舊憐新，從了別個？（生）不是。（小生）多應是疾病亡遭非禍。（生）不是，你道爲甚麽？（小生）却爲甚麽？（生）倚勢挾權，將夫妻苦苦拆破。

【黑麻序】(一)摧挫。艱共險、愁和悶要躲怎躲？到如今尚有平地風波。（小生）驚愕。焰騰騰心上火，是誰人道與我？（生）你道如何？愛富嫌貧、岳丈倚强凌弱。（小生）

【前腔】斟酌。尊共卑、親和戚順他受他，等些時宛轉求人團掿。(二)（生）參差，其中話更多，都只恨緣分薄。(三)（小生、末）（合）事多磨，放心將息、休自損天和。

（小生）哥哥，即日朝廷降敕，宣詔天下文武賢良，盡赴行朝應舉，正是男兒得志之日。哥哥休爲夫妻恩愛，誤却前程。可收拾行李，與興福同往行朝，一來應舉求官，二來打聽尊嫂消息，不知哥哥意下如何？（生）此言極是。只是少些房錢在此，未曾還得。（小生）兄弟帶得儘有，不勞哥哥費心。店主請算一算奉還。（末）不多了，且請安息，明日算罷。

(一) 眉批：【黑麻序】訛謬尤甚，其辨證亦多詳《琵琶》，此不贅。
(二) 眉批：『團掿』二字，亦本色。
(三) 眉批：『薄』，坊本誤作『淺』，非韻。

（小生）離合悲歡不自由，（生）心懷縈悶幾時休？
（末）争似不來還不往，（合）也無歡喜也無愁。

第二十九折　太平家宴

（外上）

【黄鍾引子・傳言玉女】得睹天顔，真爲主憂臣辱。（老旦）皇恩深沐，（一）享千鍾重禄。（旦、小旦）如今幸得再整銀屏金屋。（合）皇朝重見，太平重睹。

（外）盡日笙歌按玉樓，（老旦）忽朝軍馬犯皇州。（旦、小旦）但知會取非常樂，（合）須是隄防不測憂。

（外）夫人，今日幸喜骨肉團圓，夫妻再合，早上分付安排酒席慶賀，不知完備未曾？院子那裏？（末上）匈奴遥俯伏，漢相儼簪裾。覆老爺，有何分付？（外）早上分付你安排酒餚，可曾完備了？（末）完備多時了。（老旦）看酒過來。（把酒科）

【黄鍾過曲・玉漏遲序】得寵念辱，想其時駕遷民移前去。父母妻兒散離，值此天數。（二）是

（一）眉批：『皇恩深沐』句少加一二字。

（二）眉批：『寵』字改平聲乃叶，『念』字時本作『思』字，『天數』時本作『天時』，俱非。

多少喫辛受苦，是多少亡家失所。（合）今日裏幸得在畫堂深處。（外）知幾遍宵行晝伏，知幾遍風餐露宿。（合前）（旦）

【前腔】驛程去速，奈何被士馬攔截歸路。國敗家亡，怎知此日完聚。知幾遍風餐露宿。（合前）（旦）

【前腔】轟雷戰鼓，喊殺聲散亡人盡奔逐。那時無他可憐，救我在危途。知何處作婢爲奴，知何處遭驅被虜。（合前）（小旦）

【前腔】兄南妹北，亂兵中怎知生死。須臾骨肉分别，此身去住無所。感謝得恤寡念孤，感謝得爲親做主。（合前）（老旦）

【中吕過曲・撲燈蛾】到行朝汴梁，看山河壯帝居。四時有常開花木，論繁華不減中都也。（外）受恩深處，便爲家自來俗語。（合）休思故里，(一)對良辰媚景、宴樂且歡娱。（旦）

【前腔】依舊珠圍翠簇，依舊雕鞍繡轂。列侍妾丫鬟使女，送金杯聽歌觀舞也。（小旦）因災致福，愛惜奴似親生兒女。（合前）

【尾聲】從今休把光陰負，但暢飲高歌休阻，共醉樂神仙洞府。

（外）莫辭今日醉顏酡，（老旦）百歲光陰能幾何？

(一) 眉批：『休思』上尚宜有三字，惜無從查補。

(旦)遇飲酒時須飲酒，(小旦)得高歌處且高歌。

第三十折　對景含愁

(旦上)

【雙調引子・夜行船】六曲闌干和悶倚，不覺又媚景芳菲。(小旦上)微雨昨宵，新晴今日。(合)知道海棠開未？

(旦)〔蝶戀花〕春來分外傷懷抱，燕燕鶯鶯，空自啼春巧。(小旦)三月春光無限好，野花一夜都開了。(丑扮梅香上)忽聽院宇笙歌繞，笑語歡聲，花下金樽倒。二位小姐，心中有甚閑煩惱，忍教辜負韶光老。(旦)我自有煩惱處，你那裏知我心下事。

【仙呂入雙調過曲・夜行船序】(一)春思懨懨，此愁誰訴？此情誰知？心撩亂慵睹妝臺梳洗。(小旦)芳時。不暖不寒，鞦韆院宇、堪遊堪戲。(旦)空對。鶯花燕柳，悄忽地暗皺雙眉。(小旦)

【前腔換頭】因誰。牽惹芳心，媚容香褪，嫩臉桃衰。看看恁寬盡金縷羅衣。(旦)休疑。只

(一)　眉批：【夜行船序】，時本亦混作【本序】。

爲傷春，知他怎生、年年如是。（丑）休對。晴天暖日，輕可地過了寒食。

二位小姐，這等好天氣，和你到後花園閑玩一回也好。（旦）

【風入松】甚心情閑步小園西。（小旦）姐姐爲甚麽不去？（旦）推一個身倦神疲。（丑）趁春風桃李花開日，誰不待去尋芳拾翠。九十日光陰撚指，三分景二分歸。（小旦）

【前腔】那春光也應笑咱伊。（旦）笑我甚的來？（小旦）笑你恁瘦減香肌。（旦）東君不管人憔悴，眼見得緑密紅稀。香閨掩珠簾鎮垂，不肯放燕雙飛。

【尾聲】衷心先自不如意，縱然間肯同隨喜，也做了個興盡空回。

（旦）傷心情緒倦追遊，（小旦）好景如梭不少留。

（丑）來朝更有新條在，（合）惱亂春風卒未休。

第三十一折　英雄應辟

（生上）

【仙呂引子·望遠行】春風紫陌，又是天涯行客。（小生上）野草閑花，掩映山光水色。（末、淨上）杏花朵朵欹紅，楊柳絲絲弄碧，（合）沙岸遠漣漪初溢。

（生）攜書挾策赴天邦，（小生）那更風光值艷陽。（末）路上野花鑽地出，（淨）村中美酒透瓶香。（各相見科）（浄）不敢動問，此間老兄上姓？（生）學生姓蔣。（浄）貴表？（生）雙名世隆。（浄）此間？（小生）學生覆姓陀満，雙名興福。（浄）此間？（末）學生姓卞，雙名登科。（生）老兄？（浄）學生姓成，雙名何濟。你我都是科舉朋友，不期而會於此。天色將晚，趲行幾步。好尋下處。（生）

【仙吕過曲・望吾鄉】降詔頒敕，搜賢赴帝域。文武遠投安邦策，星斗文章誰能及？下筆如神力。（合）一朝裏身顯跡，受賞加官職。（小生）

【前腔】萬里鵬翼，功名唾手得。英雄果是千人敵，正是男兒峥嶸日，豈敢辭勞役。（合前）

（末）

【感亭秋】短長亭去去知幾驛。逆旅中過寒食。見點點殘紅飛絮白，夕陽影裏啼蜀魄。（合）家鄉遠心謾憶，回首雲煙隔。（浄）

【前腔】香醪待飲何處覓，牧童處問端的。遥望前村疏籬側，招颭酒旗林稍刺。（合前）

【中吕過曲・紅繡鞋】小徑迢迢狹窄，狹窄。野水潺潺湍激，湍激。飲數杯，解愁戚。那裏堪觀賞，可閑適。只愁他，天晚逼。

【尾聲】酒家眠權休息，韞櫝藏珠隱塵跡，萬里前程在咫尺。

（生）過却長亭又短亭，（小生）看看相近汴梁城。

（末）路上有花並有井，（浄）一程分作兩程行。

幽閨怨佳人拜月亭卷四

第三十二折[一] 幽閨拜月

（旦上）

【正宮引子・齊天樂】懨懨捱過殘春也，猶是困人時節。景色供愁，天氣倦人，針指何曾拈刺。[二]（小旦上）閑庭静悄，瑣窗蕭灑，小池澄澈。（合）疊疊青錢，[三]泛水圓小嫩荷葉。（小旦）

〔浣溪沙〕階前萱草簇深黄，檻外榴花疊絳囊，晴和天氣日初長。（旦）懶去梳妝臨寶鏡，慵拈針指向紗窗。（合）晚來閑步出蘭房。（小旦）姐姐，當此良辰媚景，正好快樂遊賞，你反終日眉頭不展，面帶憂

[一] 三十二：原作『三十四』，據文義改。

[二] 眉批：『拈刺』一作『粘惹』，一作『拈撚』，皆通。

[三] 眉批：『疊疊青錢』一句，下七字成句，今唱者脱一疊字，連『泛水』二字作句，謬甚。

容，爲甚麼事來？（旦）

【南呂過曲・青衲襖】(一)幾時得煩惱絶，幾時得離恨徹。本待散悶閑行到臺榭，傷情對景腸千結。（小旦）姐姐，閑愁撇下些罷。（旦）悶懷些兒待撇下怎忍撇，待割捨難割捨。倚遍闌干萬感情切，都分付長嘆嗟。（小旦）姐姐，

【紅衲襖】你繡裙兒寬褪了褶，爲傷春憔悴些。近日龐兒瘦成勞怯，莫不是又傷夏月。姊妹們休見別，斟量着你不爲別。（旦）你量着我甚麼？（小旦）姐姐多應把姐夫來縈牽，別無些話説。（旦怒科）

【青衲襖】你把濫名兒將咱引惹，直恁的情性乖心意劣。女孩兒家多口共饒舌。爹娘行快活要他做甚的？要妝衣滿篋，要食珍羞則盛設。和你寬打周折。(二)（走科）（小旦）姐姐要到那裏去？（旦）到父親行先去説。（小旦）姐姐到父親那裏説些甚麼？（旦）説你小鬼頭兒春心動也。（小旦）

(一) 眉批：此調及【紅衲襖】，今人皆以句法長短不定，遂至失律。不知襯字正可句頭、句中用之，至末後三字平仄斷不可易。慎之。

(二) 眉批：『寬打周折，到父親行先去説』本一句而中分之，非二句也。與下『姓蔣，世隆名』句正同。

【紅衲襖】我特地錯賭弩，(一)（跪科）姐姐，望高擡貴手饒過些。一句話兒傷了賢姐。（旦）起來，且饒你一次，今後再不可如此放肆。（小旦）若再如此呵，瑞蓮甘痛決，姐姐閑耍歇，小的每先去也。（旦）你那裏去？（小旦）只管在此閑行，忘收了針綫帖。(二)

（旦）也罷，隨你自去。（小旦）推些緣故歸家早，花陰深處遮藏了。熱心閑管是非多，冷眼覷人煩惱少。（虚下科）呀，這丫頭去了。天色已晚，只見半彎新月，斜掛柳稍。不免安排香案，對月禱告一番。祈保他疾病早痊，功名得意呵。〔卜算子〕款把卓兒移，輕揭香爐蓋。一炷心香訴怨懷，對月深深拜。（拜科）

【商調引子·二郎神慢】(三)（旦）拜新月，寶鼎中明香滿爇。（小旦潛上聽科）（旦）上蒼，這一炷香呵，願拋閃下男兒疾較些，得再睹同歡同悦。（小旦）悄悄輕將衣袂拽，姐姐，却不道小鬼頭春心動也。（走科）（旦扯科）（小旦）放手，我這回定然要去。（旦跪科）妹子饒過了姐姐罷。（小旦）姐姐

(一) 眉批：『弩』，弓戾也，即古撇之意。元曲中皆同此字，《水滸傳》亦有之。今人不解，改作『賭別』，可笑。

(二) 眉批：此曲每句末後第二字俱用仄，獨第三句用平聲，如前曲『勞怯』、『勞』字是也。其律如是，斷不可易。此曲第三句元是『傷賢姐』，本合律，時本句末加一『姐』字，便非調矣。

(三) 眉批：此調本是引子。凡有『慢』字者，皆引子也。今人强唱作過曲。何『悄悄』句又不免作引子唱矣，況豈有【鶯集御林春】四曲、【四犯黃鶯兒】二曲在後，而以二【二郎神】居前者乎？又況【二郎神】曲第四句用十字，而此曲『得再睹』句止七字，其非過曲亦明甚，何今人之不悟也。

請起。那喬怯。無言俛首，紅暈滿腮頰。(一)（小旦）

【商調過曲・鶯集御林春】(二)【鶯啼序】恰纔的亂掩胡遮，事如今漏泄。(三)【集賢賓】姊妹每心腸休見别，夫妻每是有些周折？（旦）教我難推怎阻，罷，妹子，【簇御林】我一星星對伊仔細從頭説。（小旦）姐姐，他姓甚麽？（旦）【三春柳】姓蔣。（小旦）呀，他也姓蔣？叫做甚麽名字？（旦）世隆名。（小旦）呀，他家住在那裏？（旦）中都路是家。（小旦）姐姐，你怎麽認得他？他是甚麽出身的人？是我男兒受儒業。(四)（小旦悲科）

【前腔】聽説罷姓名家鄉，這情苦意切。悶海愁山將我心上撇，不由人淚珠流血。（旦）我恓惶是正理，只合此愁休對愁人説。妹子，你啼哭爲何因？莫非是我男兒舊妻妾？（小旦）

【前腔】他須是瑞蓮親兄。（旦）呀，元來是你令兄！爲何都散失了？（小旦）爲軍馬犯闕。（旦）是了，我曉得。散失忙尋相應者，那時節只争個字兒差迭。妹子，和你比先前又親，自今越更着

(一) 眉批：詞隱生曰：『又一舊刻末句作「雲雲紅滿腮頰」，恐是「匀匀」之誤，未知是否。』

(二) 眉批：此四曲末句因有襯字，遂致今人有疑。首折與末折多一句者，不知其皆九字句，原多異也。襯字之拈出，其可緩乎。

(三) 眉批：『事』字下今人加一『到』字，便陋。

(四) 眉批：末二句，舊譜作【三春柳】，然【三春柳】本調在黄鍾，句法亦不似。

疼熱。你休隨着我跟脚，久已後須是我的男兒那枝葉。（小旦）

【前腔】我須是你妹妹姑姑，你是我的嫂嫂又是姐姐。未審家兄和你因甚别？兩分離是何時節？（旦）正遇寒冬冷月，恨爹爹把奴拆散在招商舍。（小旦）姐姐因此思量他？（旦）思量起痛酸辛，那其間他染病耽疾。（小旦）那時染病在身，姐姐怎忍得撇了他？（旦）是我男兒教我怎割捨？（小旦）

【四犯黄鶯兒】㈠他直恁太情切，你十分忒軟怯，眼睁睁怎忍相抛撇？（旦）枉自怨嗟，無可計設，當不過他搶來推去望前扯。（合）意似虺蛇，性似蠍螫，一言如何訴説。

【前腔】流水一似馬和車，頃刻間途路賒。他在窮途逆旅應難捨。妹子，那日分散時呵，囊篋又竭，藥餌又缺，他那裏悶懨懨難捱如年夜。（合）寶鏡分破，玉簪斷折，妹子又不知甚日重圓再接？

【尾聲】㈡自從别後音信絶，這些時魂驚夢怯，莫不是煩惱憂愁將人斷送也。

㈠ 眉批：此曲前六句分明皆【黄鶯兒】也，後止三句，即云四犯，不可曉。

㈡ 眉批：見前輩云，施君美真筆終于此折，以下皆後人竄改者，故有譜中所載斷簡所留者，而傳中反無，今録之于後，覽之不勝憤嘆。

（旦）往時煩惱一人悲，（小旦）從此淒涼兩下知。（合）世上萬般哀苦事，無過死別共生離。

第三十三折　照例開科

考試照常科。

第三十四折　姊妹論思

（旦上）

【雙調引子·秋蕊香】半載縈牽方寸，何時不淚滴眉顰？（小旦上）欲語難言信難問，（合）即漸裏懨懨瘦損。（一）

（旦）〔玉樓春〕深沉院宇無疑問，縱然有便難傳信。（小旦）這邊愁似那邊愁，伊的恨如奴的恨。（旦）心下漫然思又忖，口中枉自評和論。（合）有時欲向夢中尋，夢又不成燈又燼。（旦）妹子，我聞知這些時天下文武賢良都來赴選，不知你哥哥來也不曾？好悶人也呵。（小旦）哥哥料應在此。只怕他不得

（一）眉批：『即漸』，一作『積漸』，文義稍明，然『即漸』二字爲古。

成名。縱然知道嫂嫂消息，也不能勾來相見。（旦）妹子他若在此，我自有計得他來，只恐他病未痊呵。

【雙調過曲·二犯孝順歌】【孝順歌】從别後，渡孟津，思君盡日欲見君。鳳北鸞南，生生地鏡剖與釵分。鎮千思萬想，要見無門。(一)【鎖南枝】放不落，心上人。撇不落，心上人。（小旦）

【前腔】一回價，暗自忖，非親怎知却是親？你東咱西，荒荒地路途人亂奔。自一别半載，杳然無聞。（合前）（旦）

【前腔】恩和愛，苦共辛，衷腸告天天怎聞？妾後夫前，㞞㞞地幾曾忘半分？有三言兩語，寄也無因。（合前）（小旦）

【前腔】當時苦，值亂軍，離鄉背井兄妹分。做小服低，看看地過冬還過春。捱十生九死，舉目無親。（合前）

（旦）天從人願最爲難，（小旦）再睹重逢豈等閑。

（合）從今許下千千拜，望月瞻星夜夜間。

(一) 眉批：詞隱生曰：『「鳳北」至「無門」，不知犯何調。』

第三十五折　詔贅仙郎

（外上）

【商調引子・高陽臺前】[一]蓂莢更新，流光過隙，桑榆日近西山。有女無家，一心日夜憂煩。使命傳宣出建章，微臣深愧沐恩光。可憐年邁身無子，特旨巍科擇婿郎。老夫親生一女，小字瑞蘭。向者兵戈擾攘之際，夫人途中帶回一女，小字瑞蓮，秀質賢能，與我親生女孩兒一般看待。如今俱已及笄，蒙聖旨着俺招文武狀元爲婿，不免請夫人女孩兒出來，一同遣遞絲鞭便了。院子那裏？（末上）丹墀日月開金榜，市井駢闐擇婿車。覆老爺，有何鈞旨？（外）後堂請老夫人與二位小姐出來。（末）理會得。老夫人、二位小姐，老爺有請。（老旦）

【高陽臺後】蘭堂日永湘簾捲，畫簷前燕鵲聲喧。（旦、小旦）喜椿萱晚景安然，感謝蒼天。爹爹、母親萬福。（外）孩兒到來。夫人年紀高大，女孩兒俱已及笄，未曾有親。昨蒙聖恩憐我無嗣，着我招贅文武狀元爲婿。今日請夫人與兩個孩兒出來，一同遣遞絲鞭，不知意下如何？（老旦）相公，男大須婚，女大須嫁，古今大禮，乃是美事。相公所處，有何不可？（旦）告爹爹母親知道，孩兒已有丈夫，不敢從命。（外怒科）咗，你丈夫在那裏？不得父母之命，媒妁之言，還敢向前胡説！（旦悲哭哀

[一] 眉批：此引與下引合爲【高陽臺】一曲，今本刻作二曲，且以下引作【陽臺引】，可笑。

告科）爹爹息雷霆之怒，容孩兒訴再生之事。（外）有何再生之事？（旦）爹爹向因兵戈離亂，前往邊庭，孩兒與母親亂兵追逐，分散西東，逃生曠野之中。那時一身無靠，舉目無親。叫爹不着，叫娘不應。幸遇秀才蔣世隆，尋妹瑞蓮，應名相類，感蒙惻隱存心，仁慈是念。提出危途，救奴作伴。又被無賴强寇，拿縛山寨，幾乎殺死，幸得寨主是他故人，與他情深義重，方免殘生。若無他救，身亦遭辱，死歸何地矣。後來與同到招商店中，孩兒甘守貞志，店主公婆苦勸，備整筵席，權作冰人，方與他盟山誓海，共結鸞儔。不過一月，病患沾身，豈料爹爹來至，將奴拆散。雖然未得三從之義，爭奈女子當守一醮之誠。今蒙嚴命，再選夫婿，豈敢有違。爹爹高居相位，坐理朝綱，曾觀書史，止有守貞守節之道，那有重婚重嫁之禮。世隆乃讀書才子，有日禹門三汲浪，一舉占鰲頭。若今中的狀元是蔣世隆，乃天從人願，是兒之幸。若是他人，孩兒甘守節操，斷不從命。爹若强逼而成，孩兒先求自盡以免玷辱。（旦作悲哭云）爹爹，離散兵戈喊殺聲，娘兒驚散在山林。危途不遇賢君子，今日焉能有妾身。莫把恩人來不顧，當思契合有緣因。世隆不是池中物，有日風雲到底親。（外）孩兒，你空自閑説。此乃朝廷恩命，怎敢有違。（小旦）爹爹，小女瑞蓮亦有少稟。（外）你也有甚麽話説？也罷，你且説着。（小旦）自從妾遭兵火，兄妹各奔逃生，閃棄妾身在曠野之中，藏形躲難。幸蒙夫人叫聲，與奴名廝類，不顧你我，荒忙答應，當蒙夫人不棄，提挈妾身爲伴，脱離災危。後來爹爹緝探回朝，驛中相遇，又蒙收留潭府，享用晝堂，恩育妾如嫡女，衣食豐足，無可稱報。前日因同姐姐後園燒香，保祐爹爹母親。各表誠心，禱告上蒼。方知姐姐與妾兄蔣世隆偶結姻緣，已成夫婦之禮。今蒙爹爹嚴命，叫奴姊妹招贅文武狀元，不得不從，伏望爹爹高臺明鏡，細加照察。妾兄蔣世隆飽學多才，决非落後之輩，有日風雲際會，亦未可量。瑞蓮甘與姐姐一同守節。但得天從人願，一舉成名，那時夫貴妻榮，姻緣再合。妹承兄命，始配鸞凰，酬謝爹爹養育之恩，報答母親挈帶之德。爹媽團圞到老，姐妹各得所天。（作悲哀科）九烈三貞自古聞，從新棄舊枉爲人。如今縱有風流婿，休想佳人肯就親。（外）這兩個妮子，不知在那裏學得這言語，在我跟前來胡説。此係朝廷恩命，聖旨定下的，視爲等閑。院子，快些與我唤媒婆來！（末）理會得。轉灣抹角，此間就是官媒婆家裏了。官媒婆在家麼？（丑上）誰叫？

【仙吕入雙調過曲・普賢歌】媒婆終日脚奔波，成就人間好事多。這家也是我，那家也是我，只爲家貧没奈何。

大叔是王老爺府中，唤老身有何使用？（末）俺老爺奉朝廷恩命，將二位小姐招贅文武狀元，唤你去遞送絲鞭。（丑）既然有此好事，請通報。（末）禀老爺，官媒婆到了。（外）着他進來。（末）老爺着你進去。（丑）老爺、老夫人、二位小姐，官媒婆叩頭。（外）媒婆，我奉朝廷恩命，招贅文武狀元爲婿，你可與我院子同去遞送絲鞭。聽我道來：

【商調過曲・黄鶯兒】㈠二女正青年，相門高當遴選。乘龍未遂吾心願。幸朝廷命宣，配文

㈠　眉批：詞隱生曰：『自此出以後皆錯雜訛謬，無從釐正，唯末出幸有譜中【越調・小桃紅】一套可證。今人皆不知矣。可爲浩嘆。』

武狀元。郎才女貌真堪羨。（老旦）（合）媒婆，你去遞絲鞭，一雙兩美，成就好姻緣。（旦）

【前腔】口誦《柏舟》篇，更何心續斷絃。（丑）小姐是深閨處子，如何説起斷絃來？（旦）我洞房曾會招商店。（丑）既成鸞凰，如何又折散了？（旦）爹爹錦旋，途中偶見，霎時間拆散了鴛鴦伴。媒婆。你要遞絲鞭，我甘心守節，誓不再移天。

（丑）小姐説那裏話，一定選要諧個佳偶。（小旦）

【前腔】那日涉風煙，望關山路八千。亂軍中不見了哥哥面。幸夫人見憐，將奴身保全，勝似嫡親相待恩非淺。今日遞絲鞭，我紅生羞臉，黄色上眉間。（丑）

【前腔】鈞命敢遲延，這姻緣非偶然。匪媒弗克成姻眷。調和兩邊，並無一言。人間第一要行方便。明日遞絲鞭，仙郎肯受，多贈我貫頭錢。

（外）媒婆過來，又有一件，恐二位狀元不知二位小姐妍醜，將這軸真容與他看去。（丑）理會得。

（外）憑媒選日遞絲鞭，（老旦）招贅文科武狀元。

（末）時人莫訝登科早，（丑）只爲嫦娥愛少年。

第三十六折　推就紅絲

（生上）

【雙調引子・風入松慢】(一)同聲相應氣相求，同占鰲頭。(小生上)追思往事皆成謬，傷春處不堪回首。(合)幸喜聲名貴顯，相期黼黻皇猷。

(小生)哥哥，且喜雙桂聯芳，早遂凌雲之志。行看兩葵並秀，同傾向日之誠。(生)兄弟，所喜者志得意滿，身顯名揚；所悲者家園蕩廢，琴瑟淒涼。(小生)哥哥，這個都不打緊。小弟一門良賤三百餘口，都被聶賈列奸臣無辜殺戮，止逃得小弟一身。幸遇恩兄救得性命，延到如今。戴天之讐未報，再生之恩未酬。哥哥那田園小事，何足掛念。(末、丑上)

【仙吕過曲・勝葫蘆】聖主憂心及大臣，因無子繼家門。二女如花未得諧秦晉。特來説合、兩兩仙郎共成親。

此間正是狀元寓所，不免逕入則個。二位老爹，官媒婆、院子叩頭。(生、小生)你兩個從何而來？有何話説？(末、丑)稟老爹，我兩人是王尚書府中，一來奉天子洪恩，二來領尚書嚴命，特來遞送絲鞭，請二位老爺諧爲佳偶。二位小姐真容在此，狀元請看。(生看悲科)(小生)哥哥，今日既送絲鞭，是個喜事，爲何墮下淚來？(生)兄弟，你自受了絲鞭，我決斷然不受。(小生)哥哥有甚掛懷，爲何不受？

(一)　眉批：今人不知此爲引子，皆以『不須提起蔡伯喈』唱，謬甚。及至《寶劍》《還帶》生衝場引子，又不敢不以引子唱之矣。

【商調過曲・集賢賓】(一)那時挈家逃難走，正鬼哭神愁。喊殺聲如雷軍馬驟，亂荒荒過壑經丘。妹子瑞蓮呵，相失在後，尋討處不知所有。難措手，忽有人同聲相應同氣相求。(小生)莫非向日在山寨中所見的嫂嫂，想就是了麼？(生)

【前腔】途中見時雖厮守，猶覺滿面嬌羞。到得磁州廣陽鎮招商店中呵，直得媒妁之言成配偶。不意他父親王尚書，緝探虎狼軍回來，偶到招商店中，遇見是他女兒，竟自奪回去了。(小生)哥哥，你那時怎割捨放他去？(生)病懨懨無計相留。(小生)若是小弟呵，做定與他厮鬧一場。(生)怎敢與他龍争虎鬥。(小生)别後曾知消息麼？(生)分别後知他安否？(小生)如今這親事怎麼辭得他？(生)恩愛厚，有何顔再配鸞儔？

(末、丑)好怪哉！我小姐又説招商店有了丈夫，不肯再嫁。狀元又説招商店有了妻室，不肯重婚，莫非就是對頭？(小生)

【琥珀猫兒墜】哥哥説罷，方識此根由。破鏡重圓從古有，何須疑慮反生愁？不謬。准備着乘龍，花燭風流。(二)

(一) 眉批：詞隱生曰：『舊本此折用【啄木兒】【三段子】【歸朝歡】各二闋，其詞精練蒼古，非君美不能爲也。今皆用【集賢賓】【琥珀猫兒墜】諸曲矣。』

(二) 眉批：今并【啄木兒】等曲，亦無從見之，奈若何！

（生）兄弟，誓海盟山，斷然不改。除是故人尚在，方可諧和。（末、丑）

【前腔】正是義夫節婦，語意兩相投。莫不是姻緣當偶輳。文狀元，老爹此情分付與東流。休休，把舊恨新愁一筆都勾。

（生）院子、媒婆，煩你多多拜上老爹，一定不得奉命了。

（末）事蹟相同話不差，（丑）這般奇異實堪誇。

（小生）落花有意隨流水，（生）流水無情戀落花。

第三十七折[一]　官媒回話

（外上）

【仙呂引子・似娘兒】姻事未和諧，媒婆去不見回來。（老旦上）教人望眼懸懸待。（合）玉音已降，冰人已遣，汗簡何乖？

（外）夫人，昨遣官媒婆與院子到文武狀元寓所遞送絲鞭，至今不見回報？（老旦）相公，想必此時一定回來。待他來時便知分曉。（末、丑上）指望將心托明月，誰知明月照溝渠。個中一段姻緣事，對面相

[一] 三十七：原作『三十八』，據文義改。

逢總不知。老爺、老夫人，官媒婆、院子叩頭。（外）媒婆、院子，你回來了。二位狀元受了絲鞭不曾？（末、丑）奉天子洪恩，領老爺嚴命，去到狀元寓所説此親事，那武狀元欣然領納，並不推辭；只有那文狀元不肯應承。再三勸他，方説出真情。（外）他怎麽説？（末、丑）

【黄鐘過曲·啄木兒】他説遭離亂值變遷，民庶逃生離故園。兄攜妹遠涉風煙，亂紛紛戈戟森然。喊殺中妹子忽不見，前村後陌都尋遍，聲唤多嬌蔣瑞蓮。

（外）那時尋見也不曾？（末、丑）

【前腔】兄尋妹涕淚漣，忽聽得悠悠聲應遠。只道是妹見哥哥，却元來錯認陶潛。那女子呵，他娘兒拆散中途伴，叫聲應聲隨呼唤，（外）那女子怎肯應他？（末、丑）那女子叫名瑞蘭，與瑞蓮聲音厮類，彷彿差不多，名韻相同事偶然。

（外）那女子失散了母親，在途路上行走也不便，如何處？（末、丑）

【三段子】欲隨向前，男女輩同行未便。欲落後邊，亂軍中污辱未免。只得做兄妹同行呵，相隨同到招商店，主人翁作伐諧姻眷。那其間狀元染病起來，正靠那娘子扶持，不意他岳丈相逢拆錦鴛。

（外）有這等異事！夫人，

【前腔】孩兒瑞蘭，與伊妻名兒一般。孩兒瑞蓮，與伊妹名非兩般。你中都路母子曾失散，我招商店父子重相見，事蹟相同豈偶然。

（老旦）依這般説起來，這文狀元是我女婿了。如今怎生是好？（外）我有一個道理。

【滴溜子】明日裏，明日裏，小設酒筵。媒婆去，媒婆去，傳語狀元。既然他心中不願，如何强逼他諧繾綣？（老旦）既如此，請他來怎麽處置？（外）只要請來一會，待他飲酒之間呵，先教他妹子在堂前，隔簾認看。

（老旦）此計甚好。

【尾聲】相逢到此緣非淺，真與假明朝便見。媒婆，你去多多拜上狀元。望勿推辭，請他來赴宴。

（外）明日宴佳賓，（老旦）須知假共真。

（末）慇懃藉紅葉，（丑）寄與有情人。

第三十八折　請諧伉儷

（淨上）有福之人人伏事，無福之人伏事人。自家乃蔣狀元府中一個使用的是也。蒙狀元鈞旨，着打掃畫堂，整理琴書清玩，鋪設已完，不免在此伺候則個。（生上）

【南呂過曲·玩仙燈】[一]有事掛心懷，好一似和鉤呑綫。

憶自離家幾變更，此身雖在亦堪驚。東邊日出西邊雨，道是無情却有情。昨日因王尚書遣院子、官媒婆來此説親，教我越加煩惱，不知何日訪得我嬌妻的消息，方散得我一天愁悶。如今就是當朝玉葉金枝，焉能動得我毫髮之念。今日且喜閑暇，不免撫一曲琴，以消遣胸中鬱結。多少是好。

【二犯朝天子】[二]一自瑤琴操離鸞，眼底知音少，不與彈。今朝拂拭錦囊看，雪窗寒。傷心一曲倚闌干，續《關雎》調難。

久不撫弄，今日指下便覺生澀，不免將書一展玩着。（末、丑上）

【南呂過曲·懶畫眉】空勞仙子下天台，何意劉郎事不諧？狀元老爹，官媒婆、院子叩頭。（生）媒婆因甚去還來？（末、丑）早成就了合歡帶，管取相逢笑口開。

（生）媒婆、院子，我昨日和你兩人説，煩你拜上老爺，這親事斷然不敢奉命，怎麼今日又來？（末、丑）告禀狀元老爹知道，我家老爺多多拜上。姻緣之事，不敢相攀。久仰狀元老爹才高貌美，只請枉臨一會，再無他意。（生）既如此，我少不得要來參拜你老爺。你兩個先去，我隨後來。（丑、末）回覆老爺，

[一] 眉批：此本調首一句也。以下或優人所軼落耳。

[二] 眉批：按譜在『不知宮調』中，按南曲未有【朝天子】，唯北曲有之。然此與《金印》二古戲皆有此調，不知何所本也。《金印》中又多一句，時本以此作【懶朝天】，不知何據。

掃門拱候。

（生）相府玳筵開，（浄）珍羞百味排。

（末）掃門端拱立，（丑）專待狀元來。

第三十九折　天湊姻緣

（外上）

【仙呂引子・卜算子】一段好姻緣，説起難抛下。今朝開宴特相邀，試問真和假。

昨日遣官媒婆同院子去請狀元來此會宴，早前已曾分付，安排酒餚，不知完備未曾？院子那裏？（末上）堂上呼雙字，階前應一聲。覆老爺，有何分付？（外）筵席完備了未曾？（末）完備多時了。（外）快去請張都督過來陪宴。（末）小人已曾去請，他説就來。（浄上）聞呼即至方爲直，有請當來是上賓。通報。（末）禀老爺，張老爺到了。（外）張大人請。（浄）不敢。老司馬請，下官隨後。（外）豈有此禮，此乃寒舍，不必太謙。（浄）請了，老司馬拜揖。（外）張大人拜揖。（浄）老司馬，今日相招下官，有何見教？（外）老夫今日之設，非爲别事，只因當初老夫蒙聖旨差遣，緝探虎狼軍去了，老妻正值遷都世亂之時，帶領小女瑞蘭，前往京師躲避。行至中途，被軍馬趕散，母子分離。已後老夫回到磁州廣陽鎮招商店中，遇見小女隨着一個秀才爲伴，老夫一時氣忿，不曾問得詳細，撇了那秀才，取了女兒回京。

如今蒙聖恩將我小女招贅今科狀元爲婿，昨遣官媒婆同院子去遞絲鞭，那狀元説有了妻室，不敢領納。已後再三勸他，説出真情。元來這狀元就是招商店中那秀才。我小女也不枉了。（净）有這等事？（外）還有一件，當初老妻途中失了小女時節，叫聲尋取，忽有一個女子，名叫瑞蓮，與小女名韻相同，只道叫他，上前答應。老妻見他是好人家兒女，就認他做女兒帶回。元來此女又是狀元的妹子。（净）有這等事，一發奇怪。（外）老夫本欲就令小女與他廝見，未敢造次。今日聊設一杯水酒，請狀元來到寒舍，着他妹子隔簾認看，便知分曉。故此特請張大人過來相陪。（净）這個當得奉命。（外）院子，狀元來時，即便通報。（末）理會得。（生上）

【前腔】仙子宴瑤池，青鳥書傳送。道是無情却有情，既信猶疑夢。

（末）禀老爺，狀元到了。（外）快請。（末）有請。（外）狀元請。（生）老先生請。（净）還是狀元大人先請。（生）不敢。還是老先生請。學生晚輩，焉敢斗占。（外）僭了。（生）老先生拜揖。（外）狀元拜揖。（净）狀元大人拜揖。（生）老先生拜揖。（外）狀元請坐。（生）老先生請，學生侍坐。（外）豈有此禮。舍下免謙。請。（生）告坐了。（外）請坐。（净）狀元大人，老司馬有一位小姐，奉聖命招閣下爲婿，爲何不肯應承？（生）二位老先生，聽我學生告禀。（生）

【商調過曲・山坡羊】那日因遭兵燹，兄妹移家還汴。亂軍中拆散雁行，兩下裏跟尋不見。叫瑞蓮，有個佳人忽偶然。（净）那佳人怎麽就肯答應？（生）那佳人名叫瑞蘭，與瑞蓮聲音廝類，故此錯應了。學生見不是我妹子，轉身就行。此佳人自叫，君子姑帶我同行。彼時學生以嫌疑見卻。其佳人道，赤子將落井，忍視之而不救乎？　相隨同到招商店。（淨）既如此，曾配合也不曾？（生）合卺曾勞媒妁言。交歡，誰知一病纏。學生正染病之間，與死爲鄰，被他父親、也是王尚書偶然遇見，奪回去了。（淨）這個天殺老忘八，恁般不好！（生）堪憐，分開鳳與鸞。

（淨）狀元，那是一時的事，如今日遠日疏，也好抛撇得下了。今日相府議親，狀元爲何不肯應允？

（生）

【前腔】佩德銜恩非淺，别後心常懷念。（外）今日之事，非是老夫强逼，只是聖意如此，不敢有違。

（生）二位老先生，雖與他在逆旅之中，苟簡而就，其山盟海誓之重，勝過洞房花燭。縱有湖陽公主，(一)那宋弘呵，怎做得虧心漢。（淨）狀元大人，依你這般説，終不然今生不娶了？恐不孝有三之義，有大於硜硜小信之義。（生）石可轉，吾心到底堅。（淨）成了此親，享榮華，受富貴，有何不可？（生）貪豪戀富怎把人倫變？爲學須當慕聖賢。（淨）今日官裏與你説親，這段姻緣非通小可。（生）姻緣，難把鸞膠續斷絃。（淨）狀元大人，我勸你受了絲鞭，上不違忤聖旨，下得共效于飛。豈不兼盡其美。

（生）絲鞭，辜負嫦娥愛少年。

（老旦、小旦上偷看科）（老旦）孩兒，這可是你哥哥？（小旦）呀，正是我的哥哥。（相見科）（生）

(一) 湖：原作『胡』，據《後漢書》卷二十六《宋弘傳》改。

【南呂引子・哭相思】兄妹當初兩分散，誰知此地重相見。（净）這個是誰？（外）就是狀元的妹子。（净）果有這等異事。待老夫回去，辦尺頭羊酒來作賀老司馬。（下）（生）妹子，你如何在這裏？（小旦）

【南呂過曲・香柳娘】想當初難中，想當初難中，與哥哥分散，孤身途路誰相盼？幸夫人見憐，幸夫人見憐，相挈在身邊，慈悲做方便。與親生女兒，與親生女兒，相看一般。喜今朝重見。（生）

【前腔】嘆兄南妹北，嘆兄南妹北，無由會面，伊身有托吾無伴。繞山坡叫轉，繞山坡叫轉，驀地遇嬋娟，天教遂姻眷。奈時乖運蹇，奈時乖運蹇，一別數年，存亡未判。

（小旦）哥哥，嫂嫂也在這裏。（生）呀，妹子，你怎麽曉得我有嫂嫂，他緣何在那裏？（小旦）

【五更轉】你望故人，如天遠，相逢在目前。（生）你在那裏會着他？（小旦）閨中小姐，曾會你在招商店。拜月亭前，説出心願。（生）你莫非差了？（小旦）鄉貫同，名字真，非訛舛。爹爹母親望乞垂憐見。早使相逢，不索留戀。

待我請嫂嫂出來相見。嫂嫂有請。（旦上）

【仙呂引子·似娘兒】(一)夢裏流鶯聲尚在，出蘭房風翻珮帶。(小旦)姐姐，這狀元正是我的哥哥了。(旦)呀，在那裏？(相見科)(生)

【南呂引子·哭相思】一别招商已數年，今朝重續舊姻緣。貞心一片如明月，映入清波到底圓。(旦)

【南呂過曲·五更轉】你的病未痊，我却離身畔，心中常掛牽。(生)蒼天保佑身康健。已後得我那結義兄弟尋到店中同來，武舉文科，同登魁選。蒙聖恩，特議親，非吾願。(合)相逢到此，到此真希罕。喜動離懷、笑生愁臉。

(外、老旦)孩兒、賢婿，往事不必再説了。孩兒回進香閣，重整新妝。狀元歸到書院，换了衣服，即同瑞蓮孩兒與武狀元與成親。

(生、旦)天遣偶相逢，(小旦)渾疑是夢中。

(外)門闌多喜氣，(老旦)女婿近乘龍。

(一)　眉批：本調首二句。

第四十折　洛珠雙合

（外、老旦吊場）院子，快喚賓相過來。（末）禀老爺，小人已喚來多時了。（外）着他進來。（浄）全仗周孔禮樂，來成秦晉歡娛。大叔通報。（末）老爺着你進去。（浄）老爺、老夫人，賓相叩頭。（外）起來。今日紅鸞天喜，黄道吉日，我與二位小姐招贅文武狀元成親，你與我念些詩詞歌賦。三請拜堂。説些利市言語，重重賞你。（浄）小人理會得。請二位狀元來。（生、小生）

【南吕引子・戀芳春】寶馬驕嘶，香車畢集，燈光如晝通明。（旦、小旦）彷彿天台劉阮，仙子相迎。（合）夙世姻緣已定，昔離别今成歡慶。相隨美滿夫妻，强如鸞鳳和鳴。

（浄贊禮拜科畢）（撤帳科畢）（生、小生把酒科）

【黄鐘過曲・畫眉序】文武掇巍科，丹桂高攀近嫦娥。喜鶯遷喬木，鳳止高柯。十年探孔孟心傳，一旦試孫吴家學。（合）畫堂花燭光摇處，一派樂聲喧和。（旦、小旦）

【前腔】萍梗逐風波，豈料姻緣在卑末。似瓜纏葛藟，松附絲蘿。幾年間破鏡重圓，今日裏斷釵再合。（合前）（外、老旦）

【前腔】兩國罷干戈，民庶安生絶烽火。幸陽春忽布，網羅消磨。昨朝羡錦奪標頭，今夜喜紅絲牽幕。（合前）（末扮朝臣捧詔上）

【滴溜子】一封的，一封的，傳達聖聰。天顔喜，天顔喜，滿門詔封。九重紅雲簇擁，龍章出鳳墀，蒙恩受寵。五拜山呼，稽首鞠躬。

奉天承運，皇帝詔曰：夫婦乃人倫所重，節義爲世教所關。不幸世際顛危，失之者衆矣。茲爾文科狀元蔣世隆，講婚禮於急遽之時，從容不苟；妻王瑞蘭待媒妁於流離之際，貞節自持。夫不重婚，尚宋弘之高誼；婦不再嫁，邁令女之清風。使樂昌之破鏡重圓，致陶穀之斷絃再續。兵部尚書王鎮，保邦致治，有撥亂反正之才；解組歸閑，無貪位慕禄之行。陀滿興福出自忠良，實非反叛。父遭排擯，朕實憫傷。萌蘖尚存，天意有在。今爾榮魁武榜，互結姻聯。蔣世隆授開封府尹，妻王氏封懿德夫人。陀滿興福世襲招勇將軍，妻蔣氏封順德夫人。尚書王鎮歲支粟帛，與見任同。嗚呼！彝倫攸敘，爾宜欽哉！謝恩。（衆）萬歲，萬歲，萬萬歲！（生）天使大人有勞待茶。（末）不消就回。（衆）

【仙吕過曲·望吾鄉】仰聖瞻天，恩光照綺筵。花枝掩映春風面，女貌郎才真堪羡。天遣爲姻眷。雙飛鳥，並蒂蓮，今朝得遂平生願。

【皂羅袍】此日鑾輿還汴，正沙崩瓦解、士庶紛然。人於顛沛節難全，堅金百煉終無變。娘兒兄妹，流離播遷。斷而還續，破而復圓。義夫節婦人間鮮。

【羽調排歌】今日相逢，三生有緣。文兄武弟襟聯。喬公二女正芳年，孫策周瑜德並賢。夫榮耀，妻貴顯，宫花如錦酒如泉。風流事，著簡編，傳奇留與後人傳。（外）

【三疊排歌】(一)吾年老，雪滿顛。無子成家業，晨昏每憂煎。且喜東床中選，雀屏中目，一雙白璧種藍田。百歲夫妻今美滿。山中相，地上仙，人間諸事不縈牽。壚邊醉，甕底眠，從今不惜杖頭錢。

【南呂過曲・金錢花】翰林史筆如椽，如椽。倒流三峽詞源，詞源。撰成離合與悲歡。千百載，永流傳。千百載，永流傳。

【前腔】鐵毬漾在江邊，江邊。終須到底團圓，團圓。戲文自古出梨園。今夜裏，且歡散。明日裏，再敷演。

【尾聲】(二)中山兔穎端溪硯，闕處完成斷處連，從此人家儘可搬。

常言好事最多磨，天與人違怎奈何。
拜月亭前緣分淺，招商店内恨偏多。
樂極悲生應是有，分開復合總成和。
風流士撰風流傳，太平人唱太平歌。

(一) 眉批：此【三疊排歌】與前曲不同，然本曲『憂煎』下脱一五字句，『藍田』下脱一七字句，無考。
(二) 眉批：觀此尾曲，豈施君美之舊哉！可笑，可笑。

附録　時本軼落譜中所載諸曲

【正宫引子·喜遷鶯】紗窗清曉，睡覺起、傷心有恨無言。淚眼空懸，愁眉難展，還又度日如年。他那裏相思無限，我這裏煩惱無邊。是怎夢魂中相見，生無由得見。

【越調引子·杏花天】曲江賜罷瓊林宴，稱藍袍宫花帽偏。玉鞭裊裊如龍騎，簇擁着傳呼狀元。

【越調過曲·小桃紅】狀元執盞與嬋娟，滿捧着金杯勸也。厚意殷勤，到此身邊，何異遇神仙。輕輕將袖兒掀，露春纖，盞兒拈，低嬌面也，真個似柳如花、柳如花，鬬争妍。

【下山虎】大人家體面，委實多般。有眼何曾見，懶能向前，他那裏弄盞傳杯，恁般靦覥，我這裏新人忒煞虔，待推怎地展，争奈主婚人不見憐。配合夫妻，事事非偶然。好惡因緣都在天。

【二犯排歌】文官狀元，武官狀元，兩姨處相回勸。不想這搭兒裏重會再見。久别你前夫是誰過愆，早忘了當初囑付言。偏我意堅，方纔及第，如何便接了絲鞭。有的話兒但只問你妹子瑞蓮。

【五般宜】他爲你晝忘餐、夜無眠，他爲你悽慘慘淚漣漣。天教你重完聚續斷絃，這夫妻非同偶然。尊嫂別來康健，夫妻每再圓，仗望相公夫人作個周全，這佳期争不遠。

【本宮賺】若說武人，前程萬里功名遠，儒人秀才，一個個窮似范丹和原憲。看奴面，不肯嫁人怎趁錢，壞人道業，心不善福分淺。棄嫌我怎與他成姻眷，事成生變。

【鬬蛤蟆】古質漢，村情性，事有萬千。說的話沒些兒委曲宛轉，只好再等三年，後嫁一個風流俏的狀元。休記先，休記冤，欲配姻親，未敢自專。

【五韻美】兄妹間，苦難勸。媒人議說須再三。說教他事體重完善。你好隨機應變，看待我十分輕鮮。看我虎符金牌，向腰内懸，沒一個因由，告人勸勉。

【江頭送別】天台路，當日裏降臨二仙。桃花岸，武陵賺入劉阮。不争再把程途踐，仙凡自此隔遠。

附録　第七折内

（小生）這厮們追趕得甚緊，此間一堵高牆，牆邊有一口八角琉璃井在此，曾記得兵書云『金蟬脱殼』之計，不免將身上紅錦戰袍脱在此間，跳過牆去，那厮們趕來，見了我這袍，道吾墜井而亡，必定打撈尸首，不知我去了多少路也。好計，好計！

【仙吕入雙調過曲・江兒水】（小生）忙把衣裝改。且住，衣裝雖改，面貌卻怎麽，將灰變了龐，撲簌簌小鹿兒心頭撞，戰兢兢脚軟行不上，無人處垂淚回頭望，望我妻兒爹娘，生死安危，平白地禍從天降。

（内作鑼鼓介）

【五供養】定睛纔半晌，聽得人言，喧鬧驚荒。遥觀巡捕卒，都是棒和鎗。東西看了，並無處將身遮障。見所村莊舍，俱是矮圍牆。也罷，事已到此，顧不得牆高了，不免扳住柳梢，跳將過去。

（作跳介）呀，原是一所花園，這太湖石畔，[一]有一廟宇在此，不免進去，看是甚麼神道。呀，原來是明朗神牌位在此，幸喜有其廟而無其神，且住。人急計生，[二]不免拜求明朗神爺，陀滿興福逃難至此，若得片雲遮護，那時重修慶宇，再塑金身。暫時權向此中藏。

（小生坐科）（丑、浄、外、末上）

[一] 石：原作『來』，據汲古閣刊本《繡刻幽閨記定本》改。

[二] 急：原作『極』，據汲古閣刊本《繡刻幽閨記定本》改。